SARAH J. MAAS

CASA DE CIELO Y ALIENTO

CIUDAD MEDIALUNA

Traducción de Carolina Alvarado Graef

ALFAGUARA

Casa de Cielo y Aliento

Título original: *House of Sky and Breath*

Primera edición: marzo, 2022

D. R. © 2022, Sarah J. Maas
Publicado por acuerdo con The Laura Dail Literary Agency and International Editors' Co.

D. R. © 2020, Penguin Random House Grupo Editorial, S. A. U.
Travessera de Gràcia, 47-49, 08021, Barcelona
D. R. © 2022, derechos de edición mundiales en lengua castellana:
Penguin Random House Grupo Editorial, S. A. de C. V.
Blvd. Miguel de Cervantes Saavedra núm. 301, 1er piso,
colonia Granada, alcaldía Miguel Hidalgo, C. P. 11520,
Ciudad de México

penguinlibros.com

D. R. © 2021, Carolina Alvarado Graef, por la traducción

Diseño de portada: John Candell y David Mann
Ilustración de portada: Carlos Quevedo

ISBN: 978-607-381-397-6

Impreso en Colombia – *Printed in Colombia*

Para Robin Rue,
agente intrépida y amiga verdadera

LAS CUATRO CASAS DE
MIDGARD

Como fue decretado en 33 V.E. por el Senado Imperial
en la Ciudad Eterna

CASA DE TIERRA Y SANGRE

Metamorfos, humanos, brujas, animales comunes y
muchos más a quienes Cthona invoca, así como algunos
elegidos por Luna

CASA DE CIELO Y ALIENTO

Malakim (ángeles), hadas, elementales, duendecillos,* y
aquellos que recibieron la bendición de Solas, junto con
algunos favorecidos por Luna

CASA DE LAS MUCHAS AGUAS

Espíritus de río, mer, bestias acuáticas, ninfas, kelpies,
nøkks, y otros bajo el cuidado de Ogenas

CASA DE FLAMA Y SOMBRA

Daemonaki, segadores, espectros, vampiros, draki,
dragones, nigromantes y muchas cosas malvadas y sin
nombre que ni siquiera la misma Urd puede ver

*Los duendecillos fueron expulsados de su Casa como consecuencia de su
participación en la Caída y ahora son considerados Inferiores, aunque muchos de ellos se niegan a aceptar esto.

Prólogo

Sofie había sobrevivido durante dos semanas en el campo de concentración de Kavalla.

Dos semanas y los guardias, criaturas conocidas como necrolobos, todavía no la descubrían. Todo había salido según el plan. Al menos, el hedor de los días que pasó hacinada en el transporte, como ganado, sirvió para disimular el olor distintivo de su sangre. También la protegió cuando la llevaron, junto con los demás, por los pasajes que separaban los edificios de ladrillo: este nuevo Averno que representaba una pequeña muestra de lo que los asteri tenían planeado hacer si la guerra continuaba.

Dos semanas aquí y ya tenía ese hedor tatuado en la piel al grado que incluso engañaba el fino olfato de los lobos. Esa mañana, estuvo a un par de metros de uno en la fila para el desayuno y el guardia ni siquiera olfateó en dirección a ella.

Una pequeña victoria. La agradecía estos días.

La mitad de las bases rebeldes de Ophion había caído. Otras más caerían pronto. Pero para ella sólo existían dos lugares ahora: aquí y el puerto de Servast, su destino esta noche. Sola, incluso a pie, podría llegar sin problema. Era uno de los pocos beneficios de poder cambiar entre sus identidades humana y vanir... aparte de ser una de las pocas humanas que había realizado el Descenso.

Eso técnicamente la convertía en vanir. Le concedía una expectativa de vida larga y todos los beneficios que eso implicaba, los cuales su familia humana no tenía ni tendría jamás. Ella tal vez no se hubiera molestado con hacer el Descenso si sus padres no la hubieran alentado: las capacidades de sanación que adquiriría le proporcionaban una armadura adicional en este mundo diseñado para matar a los de su especie. Así que lo había hecho a escondidas, en un centro de Descenso clandestino y altamente ilegal. Un sátiro lascivo hizo las veces de su Ancla y tras el ritual tuvo que ceder toda su luzprístina. Había pasado los años subsiguientes aprendiendo a usar su humanidad como un disfraz, interno y externo. Tal vez tuviera todos los rasgos de los vanir, pero nunca *iba a ser* vanir. Ni en el corazón ni en el alma.

Pero esta noche... esta noche, a Sofie no le importó liberar un poco al monstruo.

No sería un viaje sencillo gracias a la docena de pequeñas figuras que estaban a sus espaldas, agachadas en el lodo frente a la cerca de alambre de púas.

Cinco niños y seis niñas estaban reunidos alrededor de su hermano de trece años, quien los estaba cuidando como un pastor a su rebaño. Emile los había sacado de sus literas, con ayuda de un amable humano sacerdote del sol que hacía las veces de centinela desde un cobertizo a diez metros de distancia.

Los niños lucían demacrados, con la piel grisácea. Los ojos demasiado grandes, desahuciados.

Sofie no necesitaba conocer sus historias. Lo más probable era que fueran iguales a la suya: padres humanos rebeldes que habían sido capturados o traicionados. Los de Sofie pertenecían al segundo tipo.

Por mera suerte, Sofie había escapado también de las garras de los necrolobos, al menos hasta ahora. En una ocasión hace tres años, se quedó estudiando con sus amigos hasta altas horas de la noche en la biblioteca de la universidad. Al regresar a su casa pasada la medianoche, notó que las ventanas estaban rotas, la puerta principal destrozada y, pintado con aerosol en el costado de su casa en los suburbios, un mensaje: REBELDES DE MIERDA. Se echó a correr. Probablemente, la intervención divina de Urd fue lo único que evitó que la viera el necrolobo que vigilaba la puerta.

Más tarde pudo confirmar que sus padres estaban muertos. Supo que la Cierva, o su escuadrón de élite conformado por necrolobos interrogadores, los había torturado brutalmente hasta matarlos. Durante meses, Sofie se había dedicado a ascender en el escalafón de Ophion para conseguir un informe que no sólo le reveló el destino de sus padres sino también de sus abuelos. Habían sido separados del grupo al llegar al campo de concentración de Bracchus, en el norte, y luego fueron fusilados junto con otros ancianos y sus cadáveres abandonados en una fosa común.

Y su hermano... Sofie todavía no había logrado averiguar nada sobre Emile. Durante años, trabajó con los rebeldes Ophion a cambio de cualquier información sobre él, sobre su familia. No quería ni pensar en lo que había tenido que hacer para obtener esa información. El espionaje, la gente que había asesinado para lograr conseguir los datos que Ophion quería... esas cosas le pesaban en el alma como una capa de plomo.

Pero por fin ya había hecho suficiente por Ophion y le informaron que habían enviado a Emile a este campo de concentración y que, contra toda expectativa, había sobrevivido. Al fin ya lo tenía localizado. Convencer al Comando de que le permitiera venir por él... eso fue otro de los laberintos que se vio obligada a recorrer.

De hecho, necesitó el apoyo de Pippa. El Comando escuchaba a Pippa, su soldado fiel y ferviente, líder de la unidad de élite Ocaso. En especial ahora, que las filas de Ophion estaban tan mermadas. Pero Sofie era sólo parcialmente humana... Ella sabía la ventaja que eso representaba a pesar de que la sangre vanir que corría por sus venas haría que nunca confiaran plenamente en ella. Así que, de vez en cuando, necesitaba a Pippa. De la misma manera que Pippa había requerido de los poderes de Sofie para las misiones de Ocaso que coordinaba.

Pippa no le ofreció su ayuda porque tuvieran una amistad. Sofie estaba casi segura de que los amigos no existían dentro de la red rebelde de Ophion. Pero Pippa era una oportunista y sabía lo que podría ganar si esta operación resultaba exitosa, las puertas que se le abrirían dentro del Comando si Sofie regresaba triunfante.

Una semana después de que el Comando aprobara el plan, a más de tres años de la fecha en que irrumpieron en su casa y raptaron a su familia, Sofie entró a Kavalla.

Para lograrlo, había esperado hasta que una patrulla local de necrolobos pasara marchando y entonces fingió toparse con ellos accidentalmente, apenas a poco más de un kilómetro del sitio donde estaba ahora. De inmediato, la patrulla encontró los documentos falsos de rebelde que ella traía guardados en el abrigo. No tenían idea de que Sofie también llevaba, oculta dentro de su cabeza, información que bien podría convertirse en la pieza final en esta guerra contra los asteri.

El golpe que podría significar su fin.

Ophion se había enterado demasiado tarde de que, justo antes de entrar a Kavalla, Sofie al fin había completado la misión para la cual llevaba años preparándose. Se había asegurado de que Pippa y Ophion supieran que había obtenido esa información antes de que la arrestaran. Sólo para cerciorarse de que cumplirían la promesa de liberarlos a ella y a Emile. Sabía que esto tendría graves consecuencias: que hubiera conseguido la información a escondidas y que ahora la estuviera usando como garantía.

Pero ya lidiaría con eso después.

La patrulla de necrolobos la había interrogado durante dos días. Dos días y después la echaron al carro del ganado con los demás, convencidos de que era sólo una humana tonta y despechada a quien su examante le había dado esos documentos.

Sofie nunca pensó que algún día sacaría provecho de sus estudios universitarios de teatro. Que escucharía la voz de su profesor favorito criticando su actuación mientras alguien le arrancaba las uñas. Que fingiría una confesión con toda la sinceridad que solía utilizar en el escenario.

Se preguntó si el Comando sabría que había usado esas dotes de actuación con ellos también.

Pero esto tampoco le debía preocupar ya. Al menos, no hasta mañana. Esta noche, lo único que importaría sería el plan desesperado que estaba por concretarse. Si no la habían traicionado, si el Comando no se había enterado de la verdad, entonces habría una embarcación esperándolos a treinta kilómetros para sacarlos de Pangera. Miró a los niños que la rodeaban y rezó para que el barco tuviera espacio suficiente para todos porque ella había dicho que sólo serían tres pasajeros.

La primera semana y media que estuvo en Kavalla la dedicó a intentar encontrar a su hermano: cualquier pista sobre su ubicación en el enorme campo de concentración. Y luego, hacía unos días, se lo encontró en la fila de la comida. Sofie fingió tropezarse para disimular el asombro y la dicha y el dolor.

Había crecido tanto. Ya estaba de la altura de su padre. Parecía estar hecho de puras extremidades torpes y huesos, para nada el aspecto que debería tener un joven sano de trece años. Sin embargo, su cara... ésa era la cara que ella recordaba. Apenas empezaban a vislumbrarse en el horizonte las primeras señales de que pronto se convertiría en un hombre.

Esta noche, ella aprovechó una oportunidad para meterse al dormitorio de su hermano. Y a pesar de los tres años y las incontables penurias que habían soportado, él la reconoció también en un instante. Sofie se lo hubiera llevado en ese momento si él no le hubiera suplicado que rescataran a los otros.

Y ahora tenía doce niños agachados detrás de ella.

Las alarmas no tardarían en sonar. Ya sabía que tenían diferentes sirenas para cada ocasión en este lugar. Para indicar la hora de levantarse, la hora de las comidas, las inspecciones sorpresa.

Se escuchó el canto melancólico de un ave en la niebla baja. *Todo despejado.*

Con una oración silenciosa de agradecimiento al sacerdote del sol y al dios que veneraba, Sofie levantó su mano lastimada hacia la cerca electrificada. No se fijó en las uñas que le faltaban, ni en los golpes, ni siquiera en lo entumidas y tiesas que tenía ambas manos, cuando la energía de la cerca crepitó por su cuerpo.

Fluyó a través de ella, hacia su interior, *convirtiéndose* en ella. Convirtiéndose en suya para que la usara como quisiera.

Con sólo pensarlo, la energía de la cerca cambió de dirección de nuevo y los dedos de Sofie chisporrotearon en el sitio donde se envolvían en el metal. El metal se puso anaranjado y después rojo bajo su mano.

Tenía la piel de la palma de la mano tan ardiente que, con un movimiento descendente, atravesó sin problema el metal y el alambre. Emile le susurró a los demás algo para evitar que gritaran pero Sofie alcanzó a escuchar que uno de los niños murmuraba: *bruja.*

El miedo típico que sentían los humanos hacia los que tenían dones de vanir, hacia las mujeres que tenían un poder tan tremendo. No volteó para aclararle que lo que fluía por su cuerpo no era el poder de una bruja. Era algo mucho más excepcional.

La tierra fría y lodosa golpeó su mano cuando terminó de desgarrar la última parte de la cerca y separó los dos extremos, apenas lo suficiente para poder pasar entre ellos. Los niños avanzaron un poco pero ella les hizo una señal para que se detuvieran y analizó el terreno. El camino que separaba el campo de concentración de los enormes pinos y helechos estaba vacío.

Pero la amenaza vendría de atrás. Giró hacia las torres de vigilancia en las esquinas del campo, donde había guardias apostados con rifles de francotirador que apuntaban hacia el camino.

Sofie respiró profundamente y el poder que había succionado de la cerca volvió a recorrerla. En el campo de concentración, los reflectores se rompieron con una cascada de chispas que hizo que los guardias gritaran y giraran en esa dirección.

Sofie abrió la cerca un poco más, con toda la fuerza de sus brazos. El metal le cortó las palmas de las manos pero ella le gruñó a los niños para que *corrieran, corrieran, corrieran...*

Las pequeñas sombras avanzaron, con sus uniformes color gris claro desgarrados y sucios y demasiado brillantes bajo la luz de luna casi llena. Cruzaron la cerca y el camino lodoso hacia los helechos densos y el barranco escarpado un poco más adelante. Emile cruzó al final, su aspecto alto y huesudo seguía produciéndole una descarga de asombro casi comparable a las descargas de electricidad que su cuerpo era capaz de generar.

Sofie no se permitió pensar sobre eso mientras corría detrás de él. Estaba débil por la falta de alimento, las labores forzadas; la miseria de ese sitio que le drenaba el alma. El lodo y las rocas le cortaban los pies descalzos, pero el dolor era una sensación distante porque estaba concentrada en la docena de rostros pálidos que se asomaban desde los helechos. *Rápido, rápido, rápido,* les susurró.

La camioneta esperaría poco tiempo.

Una de las niñas se tambaleó al ponerse de pie y pareció como si fuera a caer por la pendiente, pero Sofie la alcanzó a tomar debajo del hombro huesudo y la mantuvo en pie para continuar con su camino entre los helechos que les rozaban las piernas, entre las raíces que se enredaban en sus pies. Más rápido. Tenían que avanzar *más rápido...*

Se escuchó el aullido de una sirena.

Sofie no la había escuchado antes. Pero sabía que ese sonido estridente representaba algo: *fuga.*

Los haces de luz de las lámparas empezaron a recorrer los árboles justo cuando Sofie y los niños llegaron a la cima de una colina y prácticamente se dejaron caer hacia la hondonada cubierta de helechos. Los necrolobos estaban en su forma humanoide, entonces. Bien... su vista no era tan aguda en la oscuridad cuando estaban en esa forma. Mal, porque significaba que portaban armas de fuego.

Sofie sintió que le faltaba el aliento pero se concentró y lanzó su poder hacia atrás. Las lámparas se apagaron. Ni siquiera la luzprístina podía contra su poder. Se escucharon gritos... masculinos, feroces.

Sofie se apresuró hacia el frente del grupo y Emile pasó a la retaguardia para asegurarse de que nadie se quedara atrás. Ella sintió cómo el pecho se le henchía de orgullo a pesar de que el sentimiento se entremezclaba con el terror.

Sabía que nunca regresarían vivos al campo de concentración si los capturaban.

Sentía cómo le quemaban los muslos pero continuó corriendo y subió por el costado de la hondonada. No quería pensar en lo que estarían sufriendo los niños con sus rodillas prominentes y sus piernitas huesudas que apenas parecían poder sostenerlos en pie. Lograron llegar a la cima de la colina justo cuando aullaron los necrolobos, un sonido inhumano que les desgarraba las gargantas humanoides. Un llamado a la cacería.

Empujó a los niños para que se apresuraran más. Niebla y helechos y árboles y rocas...

Cuando uno de los niños colapsó, Sofie lo cargó y se concentró en las manitas demasiado frágiles que se sostenían del frente de su túnica.

Deprisa, deprisa, deprisa...

Y entonces apareció el camino, y la camioneta. El agente Silverbow los había esperado.

No sabía su verdadero nombre. Se había rehusado a que él se lo dijera aunque ella tenía una buena idea de qué... quién... era. Pero para ella, él siempre había sido Silver. Y la había esperado.

Le había dicho que no lo haría. Le había dicho que Ophion lo mataría por abandonar su misión. Que *Pippa* lo mataría. O que le ordenaría a uno de sus soldados de Ocaso que lo hiciera.

Pero había acompañado a Sofie, se había mantenido oculto estas dos semanas hasta que Sofie le envió un rayo de luzprístina anoche, la única señal que se había atrevido a enviar por la presencia de tantos vanir que recorrían el campo de concentración, para avisarle que estuviera en ese punto en veinticuatro horas.

Ella le dijo que no usara sus poderes. Aunque eso hubiera ayudado a que toda esta misión fuera mucho más segura y sencilla, lo habría drenado demasiado para poder escapar. Y ella lo necesitaba con su fuerza íntegra en ese momento.

Bajo la luz de la luna, la cara de Silver lucía pálida y contrastaba con el color del uniforme imperial que se había robado. Traía el cabello peinado hacia atrás como el típico oficial vanidoso. Hizo una mueca al ver a Emile y después a los otros once niños, obviamente calculando cuántos podrían caber en la camioneta blanca.

—Todos —dijo Sofie con voz rasgada mientras corría hacia el vehículo encendido—. Todos, Silver.

Él entendió. Siempre la había entendido.

Saltó del carro con gracia sobrenatural y abrió las puertas traseras. Un minuto más tarde, apretada contra Silver en el asiento delantero de la camioneta, sintiendo el calor de su cuerpo irradiar hacia ella a través de sus prendas raídas, Sofie apenas había logrado dar un respiro antes de que él acelerara a fondo. Él le acariciaba el hombro con el pulgar una y otra vez, como si necesitara asegurarse de que ella estaba ahí, de que lo había logrado.

Ninguno de los niños hablaba. Ninguno lloraba.

Mientras la camioneta se alejaba a toda velocidad hacia la noche, Sofie se preguntó si los niños todavía tendrían la capacidad de hacerlo.

Les tomó treinta minutos llegar a la ciudad portuaria de Servast.

Sofie se recargó en Silver, quien a pesar de ir a toda velocidad, de noche, por un camino rural accidentado y sinuoso, se cercioró de que los niños encontraran las bolsas de comida que traía en la parte trasera. Sólo había suficiente para tres, pero los niños sabían cómo repartir la escasa comida entre todos. Silver se aseguró de que Sofie también comiera algo. Dos semanas en ese campo de concentración casi la habían destruido. Ella no lograba comprender cómo habían sobrevivido estos niños durante meses. Años. Su hermano había sobrevivido *tres años*.

Silver habló en voz baja cuando salieron de una curva muy cerrada:

—La Cierva está cerca. Recibí un informe esta mañana de que estaba en Alcene —una pequeña ciudad a menos de dos horas de distancia; uno de los puntos vitales de almacenamiento a lo largo de la Espina Dorsal, la red ferroviaria que corría de norte a sur y que surtía de municiones y provisiones a las tropas imperiales—. Nuestros espías nos indicaron que venía en esta dirección.

Sofie sintió que el estómago se le hacía nudos, pero se concentró en ponerse la ropa y los zapatos que Silver le había traído.

—En ese caso, espero que podamos llegar a la costa antes que ella.

Él tragó saliva. Ella se atrevió a preguntar:

—¿Pippa?

Un músculo de la mandíbula de Silver se movió involuntariamente. Él y Pippa habían estado compitiendo por un ascenso a las filas superiores del Comando durante años. *Una fanática enloquecida*, había dicho él de Pippa en más de una ocasión, por lo general después de que su escuadrón Ocaso realizara un ataque brutal sin supervivientes. Pero Sofie podía comprender la devoción de Pippa: ella misma había crecido aparentando ser completamente humana, después de todo. Había sido testigo de cómo eran tratados los humanos en realidad. Se podía imaginar cómo había sido tratada Pippa por los vanir durante toda su vida. Había ciertas cosas, ciertas experiencias, que Silver nunca podría comprender.

Silver dijo:

—No se sabe nada todavía. Más le vale estar donde prometió estar.

Se podía percibir la desaprobación y la desconfianza en cada una de sus palabras.

Sofie no dijo nada más y continuaron avanzando. No le contaría los detalles de la información que había obtenido, a pesar de todo lo que él había hecho y todo lo que significaba para ella, a pesar de las horas en silencio que pasaron juntos, con sus cuerpos y almas fundidos. No se lo diría a nadie hasta que el Comando cumpliera sus promesas.

Los asteri probablemente ya se habían dado cuenta de lo que había descubierto. Sin duda habían enviado a la Cierva a cazarla para evitar que Sofie se lo dijera a alguien más.

Pero la amenaza más apremiante provenía de los necrolobos que se iban acercando con cada kilómetro que avanzaban hacia Servast, como sabuesos tras un rastro. Las miradas frecuentes de Silver al espejo retrovisor le confirmaban que él también estaba consciente de ello.

Entre los dos tal vez podrían pelear contra un puñado de metamorfos de lobo; lo habían hecho antes. Pero sin duda un escape de Kavalla ameritaría muchos más que un puñado. Muchos más de los que podrían enfrentar y sobrevivir.

Ella se había preparado para esta contingencia. Entregó su cristal de comunicación al Comando antes de entrar a Kavalla. Esa tan preciada y única línea de comunicación con su espía más valiosa. Sabía que ellos mantendrían ese pequeño trozo de cuarzo a salvo. De la misma manera que sabía que Silver mantendría a Emile a salvo. Le había dado su palabra.

Cuando salieron de la camioneta, la niebla envolvía los muelles de Servast y se retorcía sobre las heladas aguas del mar de Haldren, oscuras como la noche. Se arremolinaba

alrededor de las antiguas casas de roca del puerto. La luzprístina de los pocos postes de alumbrado titilaba sobre
las calles empedradas. No se veía luz detrás de los postigos
de las ventanas, ni un carro o peatón moviéndose entre las
sombras profundas y la niebla.

Era como si las calles de Servast se hubieran vaciado en
anticipación a su llegada. Como si sus pobladores, la mayoría pescadores pobres, tanto humanos como vanir aliados
con la Casa de las Muchas Aguas, se hubieran refugiado
obedeciendo a un instinto que les gritaba que no debían
adentrarse a la niebla. No esta noche.

No hoy que los necrolobos andaban merodeando.

Silver iba adelante. Se había puesto una gorra que dejaba visible un poco de su cabello. Miraba de un lado al
otro y traía la pistola al alcance de su mano, a su costado.
Ella lo había visto matar eficientemente sólo valiéndose de
su poder, pero en ocasiones era más fácil usar una pistola.

Emile se mantuvo cerca de Sofie mientras avanzaban
por las calles desgastadas por el paso de los siglos, a través
de los mercados vacíos. Ella podía sentir las miradas detrás
de los postigos cerrados. Pero nadie abrió la puerta para
ofrecer ayuda.

A Sofie no le importaba. Mientras el barco estuviera
esperando donde le había pedido que estuviera, el mundo
podía irse al Averno.

Afortunadamente, el *Bodegraven* estaba esperando al final de un muelle largo de madera a tres cuadras de distancia. Las letras plateadas de su nombre brillaban en
contraste con el casco negro de la embarcación. Unas cuantas lucesprístinas relucían en las claraboyas del pequeño
barco de vapor, pero las cubiertas permanecían en silencio. Emile inhaló bruscamente al verlo, como si tuviera enfrente una visión provocada por Luna.

Sofie rezó para que los demás barcos de Ophion estuvieran esperando más allá del puerto para proporcionar-
les apoyo, como el Comando le había prometido a cambio

del valioso elemento que había ido a rescatar del campo de concentración. Les daba lo mismo que ese valioso elemento fuera su hermano. Lo único que les interesaba era lo que ella les había dicho que él podía hacer.

Miró las calles, los muelles, los cielos.

El poder vibraba en sus venas al compás del latido de su corazón. Un contratiempo. Un tambor de hueso, un tañido mortal. Una advertencia.

Tenían que irse *ahora*.

Ella empezó a acelerar pero la mano grande de Silver la tomó por el hombro.

—Están aquí —dijo con su acento del norte. Con sus agudos sentidos, podía detectar a los lobos mejor que ella.

Sofie examinó los tejados inclinados, las calles empedradas, la niebla.

—¿Qué tan cerca?

El rostro apuesto de Silver se llenó de temor.

—En todas partes. Están en todas putas partes.

Estaban a sólo tres cuadras de la salvación. Se escuchó el eco de unos gritos rebotar en las rocas a una cuadra de distancia. *¡Allá! ¡Allá!*

Un instante para decidir. Un instante... vio a Emile detenerse, el destello de miedo en sus ojos oscuros.

No más miedo. No más dolor.

Sofie le siseó a Silver:

—*Corre*.

Silver se movió para buscar su pistola pero ella le empujó la mano y se acercó a su cara:

—Llévate a los niños al barco y vete. Yo mantendré ocupados a los lobos y me reuniré contigo allá —le indicó. Algunos de los niños ya iban corriendo hacia el muelle, pero Emile se quedó—. ¡Corre! —le repitió a Silver. Él le tocó la mejilla, la más suave de las caricias, y salió corriendo detrás de los niños, rugiéndole al capitán que acelerara los motores. Ninguno de ellos sobreviviría si no salían en ese momento.

Sofie miró a Emile:

—Ve al barco.

Los ojos de su hermano, iguales a los de su madre, se abrieron como platos.

—Pero, tú cómo...

—Te prometo que te volveré a encontrar, Emile. Recuerda todo lo que te dije. *Vete.*

Cuando abrazó el cuerpo delgado y huesudo de su hermano, se permitió inhalar profundamente su olor, el olor que estaba debajo de las capas acres de suciedad y desechos del campo de concentración. Entonces Emile se tambaleó hacia atrás y casi se tropezó al percatarse del poder que empezaba a acumularse en la punta de los dedos de Sofie.

—*Hazlos pagar* —le dijo su hermano suavemente antes de partir.

Ella cerró los ojos y se preparó. Hizo acopio de su poder. Las luces se apagaron en la cuadra a su alrededor. Cuando abrió los ojos en la recién creada oscuridad, Emile ya había llegado al muelle donde Silver esperaba en la rampa, llamándolo debajo de la única lámpara del alumbrado público que seguía encendida. La mirada de Sofie se cruzó con la de Silver.

Ella asintió una vez, con la esperanza de que el gesto le transmitiera todo lo que estaba sintiendo en su corazón, y se dirigió hacia los aullidos de los necrolobos.

Sofie corrió directamente hacia los dorados haces de luz que brotaban desde los faros de los cuatro vehículos. Todos estaban decorados con el símbolo asteri: SPQM y su guirnalda de siete estrellas. También estaban llenos de necrolobos que vestían el uniforme imperial y tenían las pistolas desenfundadas.

Sofie ubicó de inmediato a la mujer rubia sentada en el asiento delantero del convertible militar. Una torques de plata brillaba en su cuello.

La Cierva.

La metamorfa de venado tenía dos francotiradores apostados a su lado en el automóvil abierto, con los rifles apuntando a Sofie. Incluso en la oscuridad, el cabello de Lidia Cervos brillaba y su rostro hermoso se veía pasivo y frío. Sus ojos de ámbar estaban fijos en Sofie con diversión petulante. Triunfal.

Sofie dio vuelta en una esquina antes de que los tiros resonaran como truenos. El gruñido de los necrolobos de la Cierva retumbó en la niebla a sus espaldas mientras ella se adentraba hacia Servast, alejándose del puerto. De ese barco y de los niños. De Emile.

Silver no podía usar sus poderes para ir por ella. No tenía idea de dónde estaba.

Sofie sentía que los jadeos le desgarraban el pecho pero siguió corriendo por las calles vacías y oscuras. El barco hizo sonar su sirena una vez a través de la noche nebulosa, como si le estuviera suplicando que se apresurara.

En respuesta, media docena de aullidos sobrenaturales se elevaron a sus espaldas. Todos se escuchaban más cerca.

Algunos ya habían adoptado su forma de lobo, entonces.

Se podía escuchar cada vez más cerca el fragor de las garras contra las rocas de la calle y Sofie apretó los dientes y cortó por otro callejón para dirigirse al único sitio que aparecía en todos los mapas que había estudiado donde tendría una oportunidad de salir con vida. La sirena del barco volvió a sonar, una última advertencia de que partiría.

Sólo un poco más hacia el interior de la ciudad, un poco más adentro...

Los colmillos restallaron a sus espaldas.

Sigue moviéndote. No sólo para alejarse de los vanir que venían detrás de ella, sino también para separarse de los francotiradores en las calles que esperaban la oportunidad de dispararle. Para alejarse de la Cierva, que ya debía saber qué información poseía Sofie. Supuso que debería sentirse halagada de que la mismísima Cierva se hubiera encargado de supervisar esta misión.

La pequeña plaza del mercado apareció frente a ella y Sofie se abalanzó hacia la fuente en su centro. Lanzó un rayo de su poder directamente a ella y desgajó la roca y el metal hasta que el agua salió disparada, un géiser que cubrió toda la plaza del mercado. Los lobos entraron al agua desde las calles aledañas y se transformaron para empezar a cercarla.

En el centro de la plaza inundada, Sofie se detuvo un momento.

Dentro de sus uniformes imperiales, los lobos tenían cuerpos humanos. Tenían diminutos dardos de plata a lo largo de los cuellos de sus camisas. Un dardo por cada espía rebelde derrotado. Ella sintió cómo se le revolvía el estómago. Sólo un tipo de necrolobo portaba esos dardos plateados. La guardia privada de la Cierva. El cuerpo de mayor élite de los metamorfos.

Un silbido ronco sonó desde el puerto. Una advertencia y una despedida.

Así que Sofie saltó hacia el borde de la fuente y les sonrió a los lobos que se acercaban. No la matarían. No ahora que la Cierva estaba esperando para interrogarla. Era una pena que no supieran quién era Sofie en verdad. No era humana ni bruja.

Liberó el poder que había reunido en los muelles.

La energía crepitante se enrolló en las puntas de sus dedos y brilló en sus ojos y entre los mechones de su cabello castaño corto. Uno de los necrolobos lo dedujo en ese momento: conectó lo que estaba viendo con los mitos que los vanir les susurraban a sus hijos.

—¡Es una puta *pájaro de trueno*! —rugió el lobo justo cuando Sofie liberó su poder sobre el agua que inundaba la plaza y en dirección a los necrolobos sumergidos hasta los tobillos.

No tenían ninguna posibilidad de salvarse.

Sofie giró hacia los muelles mientras la electricidad terminaba de deslizarse por las rocas y casi ni miró los cadáveres humeantes y semisumergidos. Los dardos de plata en sus collares relucían con el resplandor del metal casi fundido.

Otra sirena. Todavía podría alcanzar el barco.

Sofie corrió chapoteando por la plaza inundada con el aliento desgarrándole la garganta.

El necrolobo tenía razón en parte. Ella era parte pájaro de trueno: hacía mucho tiempo, una de sus bisabuelas procreó con un humano antes de ser ejecutada. El don, más leyenda que verdad en estos días, había resurgido en Sofie.

Por eso los rebeldes tenían tanta urgencia de conseguirla, por eso la habían enviado en misiones tan peligrosas. Era el motivo por el cual Pippa la había empezado a valorar. Sofie olía a humana y podía pasar por humana, pero escondía en sus venas una habilidad que podía matar en un instante. Los asteri habían cazado a casi todos los pájaros de trueno y los habían llevado a la extinción hacía mucho tiempo. Ella nunca se enteró de cómo había sobrevivido su bisabuela, pero sus descendientes habían mantenido en secreto ese linaje. *Ella* lo había mantenido en secreto.

Hasta hace tres años, el día que mataron y raptaron a su familia. Cuando encontró la base Ophion más cercana y les mostró exactamente lo que podía hacer. Cuando les dijo lo que quería que ellos hicieran por ella a cambio.

Los odiaba. Casi tanto como odiaba a los asteri y el mundo que habían construido. Durante tres años, Ophion le había prometido darle información sobre el paradero de Emile, le prometía que lo encontraría, que la ayudaría a liberarlo, si tan sólo ella se encargaba de *una misión más*. Pippa y Silver creían en la causa, aunque se distinguieran en sus métodos para luchar por ella, pero Emile siempre había sido la causa de Sofie. Un mundo libre sería maravilloso. Pero no tendría importancia si ella no tenía una familia con quien compartirlo.

Muchas veces había extraído energía de la red, de lámparas y máquinas por esos rebeldes y había matado y matado hasta quedar con el alma hecha andrajos. Con frecuencia se preguntaba si debía empezar a trabajar sola y buscar a su hermano por su cuenta, pero ella no era espía. No tenía ninguna red. Así que se quedó y fue consiguiendo a escondidas una carnada propia, algo que incentivara la negociación con Ophion. Se aseguró de que supieran con detalle lo que había averiguado antes de entrar a Kavalla.

Más y más rápido se apresuró hacia el muelle. Si no lograba llegar, tal vez podría encontrar una embarcación más pequeña que la transportara al barco de vapor. Tal vez podría nadar hasta estar lo suficientemente cerca para que Silver la viera y pudiera alcanzarla con su poder.

Pasó al lado de casas semiderruidas y calles irregulares; los velos de niebla ondulaban.

El muelle de madera que la separaba del barco de vapor en movimiento estaba despejado. Sofie aceleró.

Alcanzó a ver a Silver en la cubierta del *Bodegraven*, vigilando su aproximación. Pero, ¿por qué no usaba su poder para alcanzarla? Unos cuantos metros más le permitieron distinguir la mano presionada contra el hombro ensangrentado.

Que Cthona se apiadara de él. Silver no parecía estar gravemente herido, pero ella tenía la sensación de saber qué tipo de bala le habían disparado. Una bala con centro de roca gorsiana que inhibía la magia.

El poder de Silver estaba inutilizado. Pero si un francotirador le había disparado a Silver en el barco... Sofie se detuvo en seco.

El convertible estaba entre las sombras del edificio frente a los muelles. La Cierva seguía sentada como una reina, con un francotirador al lado apuntándole a Sofie. No sabía dónde habría ido el otro. Sólo importaba ése. Ése y su rifle.

Probablemente estaba cargado de balas gorsianas. La acabarían en segundos.

Los ojos dorados de la Cierva brillaron como brasas en la oscuridad. Sofie calculó la distancia hasta el final del muelle, la cuerda que Silver había lanzado y que iba alejándose con cada centímetro que el *Bodegraven* continuaba avanzando hacia aguas abiertas.

La Cierva inclinó la cabeza en gesto desafiante. Una voz engañosamente serena brotó de sus labios rojos.

—¿Eres más rápida que una bala, pájaro de trueno?

Sofie no se quedó a conversar. Tan rápida como el viento que soplaba entre los fiordos de su tierra natal, se abalanzó hacia el muelle. Sabía que el rifle del francotirador estaba apuntándole, que iba siguiendo sus movimientos.

El final del muelle, el puerto oscuro más allá, se acercaban.

El rifle tronó.

El rugido de Silver desgarró la noche antes de que Sofie cayera sobre los tablones de madera. Se le clavaron astillas en la cara y el impacto las dirigió a uno de sus ojos. Sintió un dolor intenso explotarle en el muslo derecho que dejó tras de sí una estela de carne desgarrada y huesos destrozados tan violenta que incluso le robó el grito de sus pulmones.

El aullido de Silver se detuvo abruptamente... y luego le gritó al capitán: ¡Vamos, vamos, vamos, vamos!

Boca abajo sobre el muelle, Sofie podía notar que la cosa pintaba mal. Levantó la cabeza ahogando el grito de dolor y sintió cómo le escurría sangre de la nariz. El zumbido amortiguado proveniente de la energía de un buque Omega recorrió su cuerpo antes de que pudiera ver las luces bajo la superficie del agua en el puerto.

Cuatro buques de guerra imperiales sumergibles convergían como tiburones hacia el *Bodegraven*.

Pippa Spetsos estaba de pie en el barco rebelde *Orrae*. El mar Haldren era una gran extensión de oscuridad a su alrededor. A la distancia, las lucesprístinas de los poblados a lo largo de la costa norte de Pangera brillaban como estrellas doradas.

Pero su atención permaneció fija en el brillo de Servast. En esa pequeña luz que navegaba en dirección a ella.

El *Bodegraven* llegaba a tiempo.

Pippa presionó una mano contra la armadura fría y rígida que le cubría el pecho, justo sobre la insignia del sol poniente de la unidad Ocaso. No dejaría escapar ese último suspiro de alivio hasta ver a Sofie. Hasta haber asegurado las dos piezas de gran valor que Sofie traía: el niño y la información.

Después le demostraría a Sofie precisamente cuál era el sentir del Comando por haber sido manipulado.

El agente Silverbow, ese bastardo arrogante, había actuado siguiendo a la mujer que amaba. Pippa sabía que él no le daba mucha importancia al niño. Qué tonto. Pero la posibilidad de acceder a la información que Sofie llevaba años reuniendo en secreto para Ophion... Hasta Silverbow querría eso.

El capitán Richmond se acercó a su lado.

—El informe —le ordenó ella.

Él había tenido que aprender por las malas a no desobedecerla. Había averiguado exactamente quién la apoyaba en el Comando y sabía que el Averno se desataría sobre él si la contrariaba. Con la mirada en la embarcación que se aproximaba, Richmond dijo:

—Ya establecimos contacto por radio. Su operativo viene a bordo de ese barco.

Pippa se quedó inmóvil.

—¿El hermano?

—El hermano sí. Y otros once niños de Kavalla. Sofie Renast se quedó en el puerto para conseguirles más tiempo. Lo siento.

Lo siento. Pippa ya había perdido la cuenta de cuántas veces había escuchado esa puta frase.

Pero por lo pronto... Emile ya había logrado abordar el barco. ¿Conseguirlo a él justificaba haber perdido a Sofie?

Eso era a lo que se habían arriesgado al siquiera permitir que Sofie ingresara a Kavalla: probablemente perderían un operativo valioso en su misión a cambio de conseguir otro. Pero eso había sido antes de que Sofie partiera, cuando les informó, justo antes de entrar al campo de concentración, que había conseguido información vital sobre sus enemigos. Perder a Sofie en este momento, poniendo en juego esa información vital que poseía...

Le siseó al capitán:

—Quiero...

Un soldado humano salió corriendo entre las puertas de vidrio del puente. Su piel se veía alarmantemente pálida bajo la luz de la luna. Miró al capitán y después a Pippa, titubeando por no saber a quién informarle.

—Hay cuatro Omegas persiguiendo al *Bodegraven* y le están dando alcance. El agente Silverbow está herido, bala gorsiana en el hombro.

Pippa sintió que se le helaba la sangre. Silverbow no serviría de nada con una bala gorsiana en el cuerpo.

—Preferirán hundir ese barco a permitir que los niños escapen.

Ella todavía no se había endurecido tanto ante los horrores de este mundo como para que estas cosas ya no le revolvieran el estómago. El capitán Richmond maldijo en voz baja.

Pippa le ordenó.

—Prepara a los artilleros.

Aunque las probabilidades eran bajas de que *ellos* sobrevivieran a un ataque de los Omegas, podrían servir como distractor. El capitán indicó que estaba de acuerdo con un gruñido. Pero el marinero que había salido corriendo del puente ahogó un grito y señaló.

En el horizonte, todas y cada una de las luces de Servast se estaban apagando. La ola de oscuridad se movía tierra adentro.

—¿Qué demonios...?

—No son demonios —murmuró Pippa al ver que el apagón se extendía.

Sofie. O... Entrecerró los ojos al mirar hacia el *Bodegraven*.

Pippa corrió hacia el puente para tener una mejor vista. Llegó, jadeando, con Richmond a su lado, a tiempo para ver el *Bodegraven* avanzar a toda velocidad hacia ellos perseguido por las luces sumergidas de los cuatro Omegas que estaban justo detrás, cada vez más cerca.

Pero entonces una gran luz blanca se extendió bajo la superficie. Envolvió sus brazos largos alrededor del Omega más cercano.

Un instante después, la luz blanca saltó y voló al siguiente buque. Ninguna de las luces del buque sumergible quedó encendida tras su paso. En el radar que tenía frente a ella, el Omega desapareció.

—Santos dioses —dijo Richmond.

Algo así, quiso responder Pippa. Era el extraño don de Sofie: no sólo la electricidad sino también poder de luzprístina. Tenía a su disposición la energía de cualquier tipo y podía absorberla. Los asteri habían perseguido a las personas como ella hasta la extinción desde hacía siglos debido a ese don poderoso e inconquistable: o eso era lo que se creía.

Pero ahora había dos.

Sofie afirmaba que los poderes de su hermano eran mucho mayores que los de ella. Pippa pudo confirmar estos poderes cuando vio la luz saltar del segundo buque sumergible, completamente apagado, al tercero.

No podía distinguir a Emile sobre la cubierta del *Bodegraven*, pero debía estar ahí.

—¿Qué puede acabar con un Omega sin torpedos? —murmuró uno de los marineros. Cada vez más cerca, la luz pasó debajo de la superficie buscando el tercer Omega y, a pesar de la distancia, Pippa logró distinguir el núcleo de tentáculos blancos y brillantes que se extendían como alas.

—¿Un ángel? —susurró alguien.

Pippa rio para sus adentros. No existían los ángeles entre los contados vanir de Ophion. Si dependiera de Pippa, no habría ningún vanir en sus filas... salvo los que eran de este tipo. Con poderes vanir pero alma y cuerpo humanos.

Emile era un gran trofeo para la rebelión... El Comando ciertamente quedaría complacido.

El tercer Omega se apagó y desapareció en la negrura profunda. La sangre de Pippa se regocijó ante esa gloria terrible. Sólo quedaba un Omega.

—Vamos —exhaló Pippa—. Vamos...

Demasiadas cosas dependían de ese buque. Posiblemente incluso el resultado de esta guerra.

—¡El Omega restante disparó dos torpedos de azufre! —gritó un marinero.

Pero la luz blanca chocó con el Omega, kilómetros de luzprístina que enviaron al último buque sumergible en una espiral hacia el abismo acuoso.

Luego la luz saltó hacia afuera, un latigazo que iluminó las olas y las pintó de turquesa. Una mano extendida.

Con la voz enronquecida por el asombro y la anticipación, un marinero dijo:

—Los torpedos de azufre desaparecieron del radar. Ya no están.

Lo único que quedaba eran las luces del *Bodegraven*, como estrellas tenues en un mar de oscuridad.

—¿Comandante Spetsos? —preguntó Richmond.

Pero Pippa no le hizo caso a Richmond, entró a la calidez del puente y tomó un par de binoculares de largo alcance de un gancho justo junto a la puerta. En cuestión de segundos, ya la azotaba de nuevo el viento en la cubierta exterior pero apuntó con los binoculares en dirección al *Bodegraven*.

Emile estaba ahí, se veía mayor pero definitivamente era el mismo niño de las fotografías de Sofie, apenas una solitaria figura delgada en la proa. Tenía la mirada perdida en el cementerio acuático sobre el cual iba flotando y luego miró hacia la costa en el horizonte. Lentamente, se dejó caer de rodillas.

Sonriendo para sus adentros, Pippa enfocó los binoculares en la negrura absoluta de Pangera.

Recostada de lado, escuchando solamente el sonido de las olas contra el muelle y el goteo de su sangre en las rocas debajo de los tablones de madera, Sofie aguardaba la muerte.

Su brazo colgaba del extremo del muelle y, al fondo, el *Bodegraven* navegaba hacia esas luces salvadoras en el mar. Hacia Pippa. Pippa había traído buques de guerra para escoltar al *Bodegraven* a un sitio seguro. Probablemente para garantizar que Sofie estuviera a bordo, junto con Emile, pero... lo importante era que Pippa había llegado. Ophion había llegado.

Las lágrimas rodaban por sus mejillas y caían en los tablones de madera. Todo le dolía.

Sabía que esto ocurriría, si se exigía demasiado, si usaba demasiado poder, como lo había hecho esta noche. La luzprístina siempre le dolía mucho más que la electricidad. Aunque le carbonizaba el interior, la dejaba deseosa de sentir más de ese poder intenso. Por eso la evadía siempre que era posible. Pero también era el motivo por el cual Emile le interesaba tanto al Comando, a Pippa y a su escuadrón Ocaso.

Pero Sofie ya estaba vacía. Sin una chispa de poder. Y nadie vendría a salvarla.

Escuchó unos fuertes pasos caminar sobre el muelle y la vibración que provocaban en su cuerpo. Se mordió el labio por el dolor lacerante.

Unas lustrosas botas negras se detuvieron a centímetros de su nariz. Sofie giró el ojo sano hacia arriba. El rostro pálido de la Cierva la miraba.

—Niñita malcriada —dijo la Cierva con esa voz suave—. Electrocutaste a mis necrolobos —recorrió a Sofie con sus ojos de ámbar—. Qué poder tan sorprendente tienes. Y qué poder tan sorprendente tiene tu hermano, que hundió mis Omegas. Parece que las leyendas de tu gente resultaron verdaderas.

Sofie no dijo nada.

La quebrantadora de espías sonrió ligeramente.

—Dime a quién le diste la información y me iré de este muelle y te dejaré vivir. Te dejaré volver a ver a tu querido hermanito.

Sofie dijo entre labios apretados:

—A nadie.

La Cierva se limitó a decir:

—Vamos a dar una vuelta, Sofie Renast.

Los necrolobos llevaron a Sofie a una embarcación sin señas particulares. Nadie habló cuando salieron hacia el mar. Pasó una hora y el cielo empezó a aclararse. Cuando la costa estaba tan lejos que ya ni siquiera lucía como una mancha oscura contra el cielo nocturno, la Cierva levantó una mano. Se apagaron los motores y el barco se quedó flotando sobre las olas.

De nuevo, esas lustrosas botas a la rodilla se acercaron a Sofie. Estaba atada y con grilletes gorsianos alrededor de las muñecas para extinguir su poder. Tenía la pierna entumida por el dolor agonizante.

Con un movimiento de cabeza, la Cierva le ordenó a un lobo que pusiera a Sofie de pie. Sofie ahogó su grito de dolor. A sus espaldas, otro lobo abrió la portezuela para dejar a la vista la pequeña plataforma que salía de la parte trasera del barco. Sofie sintió un nudo en la garganta.

—En vista de que tu hermano ha provocado la muerte multitudinaria de mis soldados imperiales, esto será un castigo apropiado para ti —dijo la Cierva y se fue a la plataforma sin parecer preocuparse por el agua que le salpicaba las botas. Sacó una pequeña roca blanca de su bolsillo, la levantó para que Sofie la pudiera ver y luego la lanzó al agua. La vio con su vista excelente de vanir caer, caer, caer en las aguas negras como tinta.

—A esa profundidad, es más probable que te mueras antes de llegar al fondo del mar —dijo la Cierva. Un mechón de cabello dorado flotaba frente a su rostro imperioso.

Metió las manos a sus bolsillos mientras los lobos se arrodillaban a los pies de Sofie y los encadenaban con bloques de plomo.

—Te lo preguntaré una vez más —dijo la Cierva con la cabeza inclinada y la torques de plata brillando en su cuello—. ¿Con quién compartiste lo que averiguaste antes de entrar a Kavalla?

Sofie sintió el dolor de sus uñas faltantes. Vio los rostros de ese campo de concentración. La gente que había dejado atrás. Su causa había sido Emile, pero Ophion tenía razón en muchas cosas. Y una pequeña parte de ella se sentía contenta de matar por Ophion, de luchar por esa gente. Seguiría luchando por ellos, por Emile, ahora. Respondió entre dientes:

—Ya te dije: a nadie.

—Muy bien, pues —la Cierva apuntó al agua—. Ya sabes cómo termina esto.

Sofie mantuvo su rostro impasible para ocultar la sorpresa ante su buena suerte, un último favor de Solas. Aparentemente, ni siquiera la Cierva era tan lista como se creía. Le ofrecía una muerte rápida y horrible, pero eso no era nada comparado con la tortura interminable que Sofie había anticipado.

—Pónganla en la plataforma.

Un necrolobo, un enorme macho de cabello oscuro, objetó con desdén:

—Podemos sacarle la información.

Mordoc, el segundo al mando de la Cierva. Casi tan temido como su comandante. En especial debido a sus dones particulares.

La Cierva ni siquiera lo volteó a ver.

—No voy a desperdiciar mi tiempo en esto. Ella dice que no le dijo a nadie y le creo —esbozó lentamente una sonrisa—. Así que la información morirá con ella.

Era todo lo que la Cierva necesitaba decir. Los lobos arrastraron a Sofie a la plataforma. Ella intentó no gritar al sentir la oleada de agonía que le desgarró el muslo. El agua helada la salpicó y empapó su ropa, quemaba y adormecía.

Sofie no podía dejar de temblar. Intentó recordar el beso del aire, el olor del mar, el gris del cielo antes del amanecer. No vería salir el sol, a minutos de distancia. Nunca volvería a ver un amanecer.

Había dado por sentadas la belleza y la simplicidad de la vida. Cómo deseaba haberlas disfrutado más. Cada momento.

La metamorfa de venado se acercó un poco más:

—¿Últimas palabras?

Emile había escapado. Eso era lo único que importaba. Estaría a salvo ahora.

Sofie levantó la vista hacia la Cierva y esbozó una sonrisa torcida:

—*Vete al Averno*.

Las garras de Mordoc la empujaron de la plataforma.

El agua helada golpeó a Sofie como una explosión y luego el plomo de sus pies tomó todo lo que ella era y todo lo que podría haber sido y tiró de ella hacia el fondo.

La Cierva se quedó ahí parada, un fantasma en la brisa helada del mar de Haldren, y se quedó mirando hasta que Sofie Renast quedó envuelta en el abrazo de Ogenas.

PARTE UNO
LAS PROFUNDIDADES

1

Para una noche de martes en el Ballet de Ciudad Medialuna, el teatro estaba inusualmente lleno. Las grandes multitudes en el vestíbulo, comiendo y conversando y conviviendo, llenaban a Bryce Quinlan con una especie de dicha y orgullo silenciosos.

Había una sola razón por la cual el teatro del BCM estaba tan lleno esa noche. Con su oído de hada, podía jurar haber escuchado cientos de voces a su alrededor murmurando *Juniper Andrómeda*. La estrella de la función de esta noche.

Pero incluso con la presencia de la multitud, se percibía en el lugar una atmósfera de reverencia y serenidad silenciosas. Como si fuera un templo.

Bryce tenía la sensación de que varias de las antiguas estatuas de dioses que flanqueaban el vestíbulo la estaban observando. O tal vez era la pareja de metamorfos bien vestidos recargados en la estatua de Cthona, la diosa de la tierra que aguardaba desnuda el abrazo de Solas, su amante. Los metamorfos (por su olor, de algún felino grande), de edad madura y gustos lujosos en relojes y joyería, la miraban descaradamente.

Bryce les esbozó una sonrisa inexpresiva con los labios apretados.

Alguna variante de esta situación le ocurría prácticamente todos los días tras el ataque de la primavera pasada. Las primeras veces le había parecido inquietante y abrumador que la gente se acercara a ella sollozando de gratitud. Ahora simplemente se le quedaban mirando.

Bryce no culpaba a la gente que quería hablar con ella, que *necesitaba* hablar con ella. La ciudad había sanado, gracias a ella, pero su gente...

Decenas de personas ya habían muerto cuando su luzprístina hizo erupción a través de Lunathion. Hunt había corrido con suerte, estaba en su último aliento cuando la luzprístina lo salvó. Cinco mil otras personas no habían tenido tanta suerte.

Sus familias no habían tenido tanta suerte.

Se vieron tantos barcos oscuros flotando sobre el Istros hacia el Sector de los Huesos que parecía una bandada de cisnes negros. Hunt la llevó volando para que pudiera verlos. Los muelles a lo largo del río estaban repletos de gente. Los gritos de dolor se elevaban hasta las nubes bajas donde ella y Hunt flotaban.

Hunt se había limitado a abrazarla con más fuerza y luego los llevó de regreso a casa.

—Saquen una fotografía —le dijo Ember Quinlan a los metamorfos. Estaba parada junto al torso de mármol de Ogenas elevándose entre las olas. Los senos turgentes de la diosa del océano sobresalían debido a sus brazos levantados—. Sólo les costará diez marcos de oro. Quince, si quieren fotografiarse con ella.

—Con un carajo, mamá —murmuró Bryce. Ember se llevó las manos a la cadera. Lucía preciosa con su vestido gris sedoso y su pashmina—. Por favor deja de hacer eso.

Ember abrió la boca, como si fuera a decir algo más a los metamorfos amonestados que se alejaban rápidamente en dirección a la escalera este, pero su esposo la interrumpió.

—Yo estoy de acuerdo con la petición de Bryce —dijo Randall, muy apuesto con su traje color azul marino.

Con furia en sus ojos oscuros, Ember volteó a ver al padrastro de Bryce. Aunque en realidad, en opinión de Bryce, él era su único padre. Randall señaló un friso ancho detrás de ellos.

—Ése me recuerda a Athalar.

Bryce arqueó la ceja, agradecida por el cambio de tema, y giró hacia el sitio donde él señalaba. En el friso estaba representada una hada poderosa, de pie frente a un yunque, con un martillo en la mano levantada y un rayo que caía desde los cielos para inundar el martillo y fluir desde él hacia el objeto que iba a golpear: una espada.

La leyenda decía simplemente: *Escultor desconocido. Palmira, circa 125 V.E.*

Bryce sacó su teléfono móvil y tomó una fotografía. Abrió el chat que tenía con *Hunt Athalar es mejor en solbol que yo.*

No podía negarlo. Habían ido al campo local de solbol una tarde soleada la semana pasada y Hunt de inmediato la hizo pedazos en el juego. Luego cambió el nombre en el teléfono de Bryce cuando iban de regreso a casa.

Con unos cuantos movimientos de sus pulgares, la fotografía salió lanzada al éter junto con su mensaje: ¿Un pariente lejano tuyo?

Devolvió el teléfono a su bolso y notó que su madre la estaba observando.

—¿Qué? —farfulló Bryce.

Pero Ember se limitó a hacer un ademán hacia el friso:

—¿A quién representa?

Bryce revisó lo que estaba escrito en la esquina inferior derecha.

—Sólo dice *La creación de la espada.*

Su madre miró el grabado desgastado.

—¿En qué idioma?

Bryce intentó mantener su postura relajada.

—El lenguaje antiguo de las hadas.

—Ah —dijo Ember con los labios fruncidos y Randall sabiamente se alejó entre la multitud para estudiar una estatua enorme de Luna que apuntaba su arco a los cielos acompañada de dos perros de caza a sus pies y un ciervo que le tocaba la cadera con el hocico—. ¿Sigues hablándolo?

—Sip —respondió Bryce. Luego agregó—: Ha resultado útil.

—Me lo imagino —dijo Ember y se acomodó un mechón de cabello negro detrás de la oreja.

Bryce se acercó al siguiente friso colgado del techo distante con alambres casi invisibles.

—Éste es de las Primeras Guerras —examinó el relieve grabado en la plancha de mármol de tres metros—. Es sobre... —ajustó su expresión para que denotara neutralidad.

—¿Qué? —preguntó Ember y se acercó más a la representación de un ejército de demonios alados que volaban en picada desde los cielos hacia un ejército terrestre reunido en una planicie.

—Éste es sobre los ejércitos del Averno, cuando llegaron a conquistar Midgard durante las Primeras Guerras —terminó de decir Bryce todavía esforzándose por mantener su voz inalterable. Para bloquear las imágenes de las garras y los dientes y las alas de cuero... el ensordecedor disparo del rifle que sentía hasta los huesos, los ríos de sangre en las calles, los alaridos y los alaridos y...

—Uno pensaría que hoy esto sería una pieza popular —dijo Randall al regresar con ellas para observar el friso.

Bryce no respondió. No disfrutaba particularmente discutir sobre los acontecimientos de la primavera pasada con sus padres. En especial no en medio del vestíbulo atiborrado de un teatro.

Randall movió la barbilla en dirección a la inscripción:

—¿Qué dice ésta?

Muy consciente de que su madre estaba atenta a cada parpadeo, Bryce mantuvo su actitud inexpresiva mientras leía el texto escrito en el lenguaje antiguo de las hadas.

No estaba intentando ocultar lo que sentía y lo que había soportado. Ya *había* hablado con sus padres sobre esto en varias ocasiones. Pero la conversación siempre terminaba con Ember llorando o quejándose de los vanir que habían encarcelado a tantos inocentes, y el peso de todas las emociones de su madre encima de las *suyas*...

Bryce se había dado cuenta de que era más fácil simplemente no sacar el tema a la conversación. Prefería hablarlo con Hunt o sacarlo sudando en las clases de baile de Madame Kyrah dos veces a la semana. Pequeños pasos hacia estar preparada para una verdadera terapia donde lo pudiera hablar, como sugería Juniper, pero de cualquier manera ambas actividades le habían ayudado inmensamente.

En voz baja, Bryce tradujo el texto:

—Esto es una pieza que forma parte de una colección más grande, probablemente una que envolvía todo el exterior de un edificio y en la cual cada losa contaba una parte distinta de la historia. Ésta dice: *Así los siete príncipes del Averno miraron con envidia a Midgard y liberaron sus hordas malditas sobre nuestros ejércitos unidos.*

—Por lo visto, no ha cambiado mucho en quince mil años —dijo Ember y unas sombras oscurecieron sus ojos.

Bryce mantuvo la boca cerrada. Nunca le había hablado a su madre sobre el príncipe Aidas, sobre cómo ya le había ayudado en dos ocasiones y que parecía no saber sobre los planes oscuros de sus hermanos. Si su madre supiera que ella había convivido con el quinto príncipe del Averno, se tendría que redefinir el concepto de *perder completamente los estribos.*

Pero entonces Ember dijo:

—¿No podrías conseguir un trabajo *aquí*? —hizo un ademán con la mano bronceada hacia la entrada del BCM, sus siempre cambiantes exposiciones de arte en el vestíbulo y en algunos de los otros pisos—. Tienes los conocimientos necesarios. Esto hubiera sido perfecto.

—No había vacantes.

Eso era cierto. Y ella no quería valerse de su estatus de princesa para conseguir una. Quería trabajar en un lugar como el departamento de arte del BCM por sus propios méritos.

Su trabajo en el Archivo Hada... Bueno, definitivamente ése sí lo había conseguido porque la veían como una princesa hada. Pero eso era distinto, de cierta manera. Tal vez porque no tenía tantas ganas de trabajar ahí.

—¿Siquiera lo *intentaste*?

—Mamá —advirtió Bryce con tono tajante.

—Bryce.

—Señoras —interrumpió Randall, un comentario bromista diseñado para fracturar la tensión creciente.

Bryce le sonrió agradecida pero notó que su madre fruncía el ceño. Suspiró y elevó la mirada a los candelabros en forma de diente de león que colgaban sobre la multitud resplandeciente.

—A ver, mamá. Ya dilo.

—¿Que diga qué? —preguntó Ember con inocencia.

—Tu opinión sobre mi trabajo —replicó Bryce entre dientes—. Durante años, me estuviste criticando por ser una asistente pero ahora que estoy haciendo algo mejor, ¿no es satisfactorio?

No era el lugar para tener esta conversación. Había muchísima gente caminando a su alrededor y las podían escuchar, pero Bryce ya estaba harta.

A Ember no pareció importarle y respondió:

—No es que no sea satisfactorio. Es el sitio donde está ese trabajo.

—Los Archivos Hada operan de manera independiente de él.

—¿Ah, sí? Porque yo lo recuerdo presumiendo que eran prácticamente su biblioteca personal.

Bryce dijo con sequedad:

—Mamá, la galería ya no existe. Necesito un empleo. Perdóname si no tengo posibilidades de conseguir un trabajo corporativo de nueve a cinco por el momento. Y perdón que el departamento de arte del BCM no esté contratando.

—Es que no puedo entender por qué no pudiste negociar algo con Jesiba. Todavía tiene esa bodega... seguramente necesita ayuda con lo que sea que haga allá.

Bryce hizo un esfuerzo por no poner los ojos en blanco. Un día después del ataque a la ciudad en la primavera, Jesiba había vaciado la galería, junto con los invaluables tomos que quedaban de la antigua Gran Biblioteca de Parthos. La mayoría de las demás piezas de Jesiba estaban ahora en una bodega, muchas de ellas en cajas, pero Bryce no tenía idea de dónde habría escondido la hechicera los libros de Parthos, uno de los pocos remanentes del mundo humano previo a la llegada de los asteri. Bryce no se había atrevido a cuestionar a Jesiba sobre eso. De milagro los asteri no se habían enterado sobre la existencia de los libros de contrabando.

—Hay un límite a cuántas veces puedo pedir trabajo sin que parezca que le estoy suplicando.

—Y una princesa no puede rebajarse a eso.

Ya había perdido la cuenta de cuántas veces le había repetido a su madre que ella no era una princesa. No quería serlo y el Rey del Otoño ciertamente tampoco tenía ningún puto interés en que lo fuera. No había hablado con ese pendejo desde aquella vez que la visitó en la galería, justo antes de su confrontación con Micah. Cuando le había revelado qué poder circulaba por sus venas.

Fue un esfuerzo no mirarse el pecho, el escote de su vestido azul pálido de tela semitransparente que llegaba justo debajo de sus senos para revelar la marca en forma de estrella que tenía entre ellos. Afortunadamente, la espalda de la prenda era alta y ocultaba el Cuerno que tenía tatuado ahí. Como una vieja cicatriz, la marca blanca resaltaba en contraste con su piel pecosa y dorada por el sol. No se había desvanecido en los tres meses que habían transcurrido desde el ataque a la ciudad.

Ya había perdido la cuenta de cuántas veces había descubierto a su mamá mirando la estrella fijamente desde su llegada a la ciudad la noche anterior.

Un grupo de mujeres hermosas, ninfas del bosque, a juzgar por su olor a cedro y musgo, pasaron a su lado con flautas de champaña en la mano y Bryce bajó la voz.

—¿Qué quieres que diga? ¿Que me mudaré de nuevo a casa en Nidaros y fingiré ser normal?

—¿Qué tiene de malo ser normal? —preguntó su madre. En su rostro hermoso ardía un fuego interior que nunca disminuía, jamás se apagaba—. Creo que a Hunt le agradaría vivir allá.

—Hunt sigue trabajando para la 33ª, mamá —dijo Bryce—. Es el segundo al mando, carajo. Y aunque él te dé por tu lado diciéndote que le *encantaría* vivir en Nidaros, no creas ni por un segundo que lo dice en serio.

—Qué manera de echarlo de cabeza —intervino Randall sin apartar la mirada de una cédula informativa cercana.

Antes de que Bryce pudiera responder, Ember dijo:

—No creas que no he notado que las cosas están raras entre ustedes.

Claro que su mamá sacaría a la conversación dos cosas sobre las cuales ella no quería hablar en un lapso de cinco minutos.

—¿De qué forma?

—Están juntos pero no están *juntos* —respondió Ember sin tapujos—. ¿Cuál es el motivo?

—No es de tu incumbencia.

Era verdad. Pero como si Hunt las hubiera escuchado, el teléfono en su bolso vibró. Lo sacó y miró la pantalla.

Hunt había escrito: *Sólo espero poder tener un abdomen como ése algún día.*

Bryce no pudo evitar sonreír un poco al volver a ver al musculoso hada macho en el friso. Luego respondió: *Creo que tal vez tú le ganas, de hecho...*

—No me ignores, Bryce Adelaide Quinlan.

Su teléfono volvió a vibrar pero ya no vio la respuesta de Hunt porque le respondió a su mamá:

—¿Podrías ya dejar el tema? Y no lo menciones cuando llegue Hunt.

Ember abrió la boca pero Randall habló antes.

—De acuerdo. Nada de interrogatorios sobre el trabajo ni el romance cuando llegue Hunt.

Su madre se veía dubitativa pero Bryce agregó:

—Mamá, sólo... déjalo, ¿sí? No me desagrada mi trabajo y lo que sucede entre Hunt y yo es lo que acordamos. Estoy bien. Dejémoslo así.

Era mentira. Parcialmente.

En realidad le *gustaba* su trabajo... mucho. El ala privada de los Archivos Hada contenía un tesoro de artefactos antiguos que llevaban siglos de descuido. Era necesario investigar y catalogarlos para que pudieran ser enviados en una exhibición itinerante la siguiente primavera.

Bryce establecía su propio horario y sólo le rendía cuentas a la jefa de la investigación, una metamorfa de búho, una de las pocas empleadas que no eran hadas, que sólo trabajaba del anochecer al amanecer, así que rara vez se encontraban en el trabajo. La peor parte de su día era la entrada al enorme complejo a través de los edificios principales, donde los guardias siempre se le quedaban viendo con la boca abierta. Algunos incluso le hacían reverencias. Y luego tenía que cruzar el atrio, donde los bibliotecarios y los usuarios también solían quedársele viendo.

Todos en realidad se le quedaban viendo estos días, era un verdadero fastidio y lo odiaba. Pero Bryce no quería decirle nada de eso a su madre.

Ember dijo:

—Está bien. Ya sabes que me preocupo por ti.

Algo se suavizó un poco en el pecho de Bryce.

—Lo sé, mamá. Y sé... —se esforzó por encontrar las palabras adecuadas—. Mira, me sirve saber que puedo mudarme a casa si así lo deseo. Pero no en este momento.

—Muy bien —comentó Randall y le lanzó una miradita a Ember antes de abrazarla por la cintura y conducirla hacia otro friso del lado opuesto del vestíbulo del teatro.

Bryce aprovechó la distracción para sacar el teléfono y vio que Hunt le había escrito dos mensajes:

¿Quieres contar mis músculos abdominales cuando regresemos del ballet?

Sintió mariposas en el estómago y agradeció que sus padres tuvieran sentido del olfato de humano porque los dedos de los pies se le enroscaron dentro de sus zapatos de tacón.

Hunt había agregado:

Llego en cinco minutos, por cierto. Isaiah me entretuvo con un caso nuevo.

Bryce le respondió con una imagen de pulgares arriba y: *Por favooooor, apúrate lo más que puedas. Tuve que soportar un interrogatorio sobre mi trabajo. Y sobre ti.*

Hunt le respondió de inmediato y Bryce leyó mientras caminaba hacia sus padres, que se habían detenido frente a otro friso:

¿Qué de mí?

—Bryce —la llamó su madre y apuntó al friso que tenían delante—. Mira éste. Es JJ.

Bryce levantó la vista de su teléfono y sonrió.

—La incontenible guerrera, Jelly Jubilee.

En la pared colgaba la representación de un pegaso, aunque no un unicornio-pegaso como el juguete de la infancia de Bryce, que se abalanzaba al ataque en batalla. Una figura con armadura, cuyo casco disimulaba sus facciones reconocibles, iba sobre la bestia con la espada levantada. Bryce le tomó una fotografía y se la envió a Hunt.

¡JJ de las Primeras Guerras, reportándose para la batalla!

Estaba a punto de responder a la pregunta de Hunt de *¿Qué de mí?* cuando su mamá dijo:

—Dile a Hunt que deje de coquetear y que se apresure a llegar.

Bryce le hizo una mueca a su madre y guardó el teléfono.

Habían cambiado tantas cosas desde que había revelado su ascendencia como la hija del Rey del Otoño y heredera astrogénita: las miradas de la gente, la gorra y lentes oscuros que ahora usaba en la calle para lograr un poco de anonimato, el trabajo en los Archivos Hada. Pero al menos su madre seguía siendo la misma.

Bryce no podía decidir si eso era un alivio o no.

Al ingresar al palco privado de la sección para ángeles —que estaba a la izquierda del escenario, en el primer nivel del teatro—, Bryce sonrió al ver el pesado telón dorado que ocultaba el escenario. Sólo faltaban diez minutos para que empezara el espectáculo. Para que el mundo se enterara de lo increíblemente talentosa que era Juniper.

Ember se sentó con movimientos agraciados en una de las sillas de terciopelo rojo en la primera fila del palco y Randall tomó el asiento a su lado. La madre de Bryce no sonrió. Considerando que los palcos reales de las hadas estaban en el ala frente a ellos, Bryce no la culpaba. Y considerando que muchos de los nobles enjoyados miraban fijamente a Bryce, era un milagro que Ember no les hubiera hecho ya una seña obscena.

Randall dejó escapar un silbido de admiración por los lugares de primera y se asomó por encima del barandal dorado.

—Buena vista.

Justo en ese momento, la atmósfera detrás de Bryce se electrificó. Se sentía vibrante y viva. Sintió cómo se le erizaba la piel. Una voz masculina resonó desde el vestíbulo.

—Una de las ventajas de tener alas: nadie quiere sentarse detrás de ti.

Bryce había desarrollado una excelente habilidad para percibir la presencia de Hunt, como el aroma de un relámpago en el viento. Bastaba con que él entrara a una habitación para que ella lo detectara por ese aumento de poder en su cuerpo. Al igual que su magia, su propia sangre respondía a la de él.

Vio a Hunt en la puerta ajustándose la corbata de moño alrededor del cuello.

Se veía... maldita sea.

Se había puesto un traje negro y una camisa blanca, ambos ajustados a su cuerpo poderoso y musculoso. El efecto era devastador. Si se le agregaban las alas grises que enmarcaban la imagen, era suficiente para desmayarla.

Hunt le sonrió con picardía pero asintió en dirección a Randall y le dijo:

—Hasta pareces una persona decente cuando te bañas. Perdón por la tardanza.

Bryce casi ni escuchó lo que su padre respondió porque no quería perder detalle del agasajo malakim parado frente a ella.

El mes pasado se había cortado el cabello. No demasiado corto, porque ella intervino con el estilista draki antes de que Hunt pudiera mutilar sus rizos hermosos, pero el cabello ya no le llegaba al hombro. El corte le quedaba bien pero, semanas después, seguía siendo una sorpresa verle el cabello a la nuca y sólo unos cuantos mechones escapando por el agujero de su gorra de solbol. Esta noche, sin embargo, había logrado someter esos cabellos rebeldes y había dejado expuesta toda su frente.

Eso también seguía sorprendiéndola: no tenía tatuaje. No había señal de los años de tormento que el ángel había soportado más allá de la C estampada sobre el tatuaje de esclavo en su muñeca derecha que lo marcaba como un hombre libre. No era un ciudadano pleno, pero estaba más cerca que los peregrini.

La marca estaba oculta por la manga de su saco y la camisa debajo. Bryce levantó la mirada al rostro de Hunt. Se le secó la boca al percibir la voracidad descarada que le llenaba los ojos oscuros y ligeramente rasgados.

—Tú también te ves bien —dijo con un guiño.

Randall tosió pero siguió hojeando el programa. Ember hizo lo mismo a su lado.

Bryce recorrió su vestido azul con la mano.

—¿Este trapo viejo?

Hunt rio y volvió a acomodarse la corbata.

Bryce suspiró.

—Por favor dime que no eres de esos tipos rudos que tienen que hacer todo un espectáculo para que quede claro cuánto odian vestirse formalmente.

Ahora fue el turno de toser de Ember pero a Hunt le bailaron los ojos con diversión depredadora cuando le respondió a Bryce:

—Qué bueno que no tengo que hacerlo con demasiada frecuencia, ¿verdad?

Alguien tocó a la puerta del palco y le impidió a Bryce responder. Apareció un mesero sátiro con una bandeja de flautas de champaña de cortesía.

—De parte de la señorita Andrómeda —anunció el hombre con pies de pezuña.

Bryce sonrió.

—Guau.

Tomó una nota mental para recordar hablar a la florería y pedir que el ramo de flores que había pensado enviarle a June al día siguiente fuera del doble de tamaño. Tomó la copa que el sátiro le estaba ofreciendo pero antes de poder llevársela a los labios, Hunt la detuvo poniendo la mano suavemente sobre su muñeca. Había dado por terminada oficialmente su regla de No Beber después de la primavera, pero sospechó que la mano de Hunt no era un simple recordatorio de moderación.

Arqueó la ceja y esperó a que el mesero se fuera antes de preguntar:

—¿Quieres hacer un brindis?

Hunt metió la mano al bolsillo interior de su saco y sacó un pequeño contenedor de mentas. O algo que parecían mentas. Ella ni siquiera pudo reaccionar antes de que él dejara caer una píldora blanca en su copa.

—Qué carajos...

—Estoy haciendo una prueba —dijo Hunt mientras miraba la copa atentamente—. Si la bebida está adulterada o envenenada, se pondrá verde.

Ember intervino como muestra de aprobación.

—El sátiro dijo que las bebidas eran de parte de Juniper, pero, ¿cómo puedes estar segura, Bryce? Podrían tener cualquier cosa —le asintió a Hunt—. Buena idea.

Bryce quiso objetar pero... Bueno, de acuerdo, tenían razón.

—¿Y qué se supone que debo hacer con esto ahora? Está arruinada.

—La píldora no tiene sabor —dijo Hunt y chocó su copa contra la de Bryce al ver que el líquido seguía siendo de color dorado claro—. Fondo.

—Qué elegancia —respondió ella, pero bebió. Seguía sabiendo a champaña. No había rastro de sabor de la píldora disuelta.

Los candeleros dorados y los que colgaban espectacularmente del techo sobre ellos parpadearon dos veces como aviso de que faltaban cinco minutos para el inicio, así que Bryce y Hunt ocuparon sus asientos detrás de Ember y Randall. Desde ese ángulo, Bryce apenas alcanzaba a ver a Fury en la primera fila.

Hunt pareció notar hacia dónde se dirigía su mirada.

—¿No quiso sentarse con nosotros?

—Nop —dijo Bryce y miró el cabello oscuro y lustroso de su amiga, su traje negro—. Quiere poder ver cada gota de sudor de Juniper.

—Pensaría que eso lo puede ver cada noche —dijo Hunt con ironía y Bryce arqueó las cejas.

Pero Ember volteó a verlos y una sonrisa genuina le iluminaba el rostro.

—¿Cómo les va a Fury y Juniper? ¿Ya están viviendo juntas?

—Desde hace dos semanas —dijo Bryce mientras estiraba el cuello para ver bien a Fury, que parecía estar leyendo el programa—. Y están muy bien. Creo que Fury ya se quedará aquí esta vez.

Su madre preguntó con delicadeza:

—¿Y tú y Fury? Sé que las cosas estuvieron complicadas por un rato.

Hunt le hizo el favor a Bryce de ocuparse en su teléfono. Ella se puso a hojear el programa.

—Solucionar la situación con Fury tomó un poco de tiempo. Pero estamos bien —respondió.

Randall preguntó:

—¿Axtar sigue haciendo lo que sabe hacer mejor?

—Sip —Bryce se conformaba con saber que su amiga era mercenaria y no averiguar más—. Pero está contenta. Y, lo más importante, June y Fury están contentas juntas.

—Bien —dijo Ember con una sonrisa suave—. Son una pareja hermosa.

Y como su mamá era... bueno, *dado* que era su mamá, Ember escudriñó a Bryce y Hunt y agregó, sin ninguna vergüenza:

—Ustedes dos también lo serían, si pusieran su desmadre en orden.

Bryce se despatarró en el asiento y levantó el programa para ocultar su rostro profundamente sonrojado. ¿Por qué no apagaban las luces todavía? Pero Hunt no se inmutó y contestó:

—Todo lo bueno se hace esperar, Ember.

Bryce frunció el ceño por la arrogancia divertida en el tono de su voz y aventó el programa sobre sus piernas antes de decir:

—Esta noche es muy importante para June. Traten de no arruinarla con sus tonterías.

Ember le dio unas palmaditas a Bryce en la rodilla y luego devolvió su atención al escenario.

Hunt bebió su champaña y a Bryce se le volvió a secar la boca al ver cómo se movía la columna poderosa de su garganta al tragar. Luego dijo:

—Y yo que pensaba que te encantaban las tonterías.

Bryce tenía la opción de empezar a babear o apartar la mirada, así que optó por no arruinar su vestido y ponerse a estudiar a la multitud que estaba ocupando sus asientos correspondientes. Más de uno miraba su palco.

Puso especial atención a los palcos de las hadas frente a ellos. No había rastro de su padre ni de Ruhn, pero reconoció algunas de las caras gélidas. Los padres de Tristan Flynn, lord y lady Hawthorne, estaban entre ellos. Sathia, su hija esnob profesional, estaba sentada entre ellos. Ninguno de los miembros de la destellante nobleza parecía complacido con la presencia de Bryce. Bien.

—Esta noche es muy importante para June, acuérdate —le murmuró Hunt con un esbozo de sonrisa.

Ella lo miró molesta.

—¿Qué?

Hunt inclinó la cabeza en dirección a los nobles hadas que hacían muecas de desdén al otro lado del teatro.

—Puedo ver que estás pensando en alguna manera de hacerlos enojar.

—No es cierto.

Él se acercó a ella, le rozó el cuello con su aliento y le dijo:

—Sí es cierto y lo sé porque yo estaba pensando lo mismo.

Se pudo ver el flash de algunas cámaras arriba y abajo. Sabía que esas personas no estaban fotografiando el telón.

Bryce retrocedió un poco para mirar a Hunt con atención, esa cara que conocía tan bien como la propia. Por un momento, una eternidad demasiado breve, se miraron. Bryce tragó saliva pero no pudo moverse. Ni cortar el contacto.

La garganta de Hunt se movió. Pero tampoco dijo nada más.

Tres putos *meses* de esta tortura. Estúpido acuerdo. Eran más que amigos. Más, pero sin ninguno de los beneficios físicos.

Finalmente, Hunt dijo con la voz entrecortada:

—Es muy amable de tu parte haber venido a apoyar a Juniper.

Ella se echó el cabello por encima del hombro.

—Lo haces sonar como si fuera un gran sacrificio.

Él señaló a la nobleza hada que continuaba con sus muecas de desdén.

—No puedes ponerte gorra y lentes de sol aquí, así que... sí.

Ella lo reconoció.

—Preferiría que nos hubiera conseguido boletos en la última fila.

Pero en vez de eso, Juniper, para que Hunt tuviera espacio para sus alas, les había conseguido este palco. Justo donde todos podían ver a la princesa astrogénita y al ángel caído.

Los músicos empezaron a afinar y los sonidos del gradual despertar de los violines y flautas atrajeron la atención de Bryce hacia el foso de la orquesta. Sus músculos se tensaron involuntariamente, como si se estuvieran alistando para moverse. Para bailar.

Hunt volvió a acercarse y le ronroneó al oído:

—Te ves hermosa, ¿sabes?

—Oh, lo sé —contestó ella aunque se mordió el labio inferior para evitar sonreír. Las luces empezaron a apagarse así que decidió mandar todo al Averno—. ¿Cuándo voy a poder contar esos músculos de tu abdomen, Athalar?

El ángel se aclaró la garganta, una... dos veces, y se reacomodó en el asiento con un crujido de plumas. Bryce sonrió orgullosa.

Él murmuró:

—Cuatro meses más, Quinlan.

—Y tres días —le respondió ella.

Los ojos de Hunt destellaban en la creciente oscuridad.

—¿De qué están hablando allá atrás? —preguntó Ember.

Bryce, sin apartar la mirada de la de Hunt, dijo:

—Nada.

Pero no era nada. Era el estúpido trato que había hecho con Hunt: que en vez de aventarse de inmediato a la cama, esperarían hasta el Solsticio de Invierno para dar rienda suelta a sus deseos. Pasarían el verano y el otoño conociéndose sin tener que cargar a cuestas el peso de un arcángel psicótico o de la presencia de demonios rondando.

Así que eso habían hecho. Torturarse mutuamente con coqueteos provocadores estaba permitido pero, a veces, en especial esta noche... en verdad deseaba nunca haberlo sugerido. Deseaba poder arrastrarlo al vestíbulo del teatro y meterse al guardarropa para mostrarle exactamente cuánto le gustaba ese traje.

Cuatro meses, tres días y... Consultó el reloj elegante en su muñeca. Cuatro horas. Y al dar la medianoche del Solsticio de Invierno, *ella* estaría dándole a...

—Por la putísima Solas, Quinlan —gruñó Hunt y se volvió a reacomodar en su asiento.

—Perdón —murmuró ella, agradecida por segunda vez en una hora de que sus padres no tuvieran el sentido del olfato que poseía Hunt.

Pero Hunt rio y pasó el brazo por el respaldo de su silla y enroscó el cabello suelto de Bryce entre sus dedos. Parecía satisfecho. Confiado de su posición.

Ella miró a sus padres, sentados con una cercanía similar, y no pudo evitar sonreír. Su madre también había tardado en dar rienda suelta a sus deseos con Randall. Bueno, inicialmente hubo unas cuantas... cosas. Eso era lo más que Bryce se permitía pensar sobre ellos. Pero sabía que había pasado casi un año antes de que la relación fuera oficial. Y todo había resultado bastante bien.

Así que estos meses con Hunt los había disfrutado. Así como también había disfrutado sus clases de baile con Madame Kyrah. Nadie excepto Hunt podía entender en realidad lo que había vivido... Sólo Hunt había estado en esa Puerta.

Estudió el rostro apuesto del ángel y volvió a sonreír. ¿Cuántas noches en vela habían pasado, hablando de todo y de nada? Ordenando comida, viendo películas o *realities* o solbol, jugando videojuegos o simplemente sentados en la azotea del edificio de departamentos viendo a los malakim y las brujas y los draki pasar volando por el cielo como estrellas fugaces.

Él le había compartido muchas cosas sobre su pasado, cosas tristes y horribles y felices. Ella quería saberlo todo. Y mientras más conocía, más compartía y mientras más...

Una luz brilló en la estrella de su pecho.

Bryce la cubrió rápidamente con la mano.

—No debí haberme puesto este estúpido vestido.

Sus dedos apenas podían cubrir la estrella que relucía con luz blanca en el teatro oscurecido e iluminaba todas las caras que ahora volteaban a verla mientras la orquesta se acallaba en anticipación a la entrada del director.

No se atrevió a mirar en dirección a las hadas del otro lado del teatro. A distinguir su repulsión y desdén.

Ember y Randall giraron en sus asientos. La cara de su papá estaba contraída en un gesto de preocupación. Los ojos de Ember estaban muy abiertos por el miedo. Su madre también sabía que las hadas estaban observando. Les había mantenido a Bryce oculta toda su vida por temor a cómo reaccionarían al ver el poder que ahora irradiaba.

Algún imbécil gritó desde el nivel de abajo: «¡*Eh! ¡Apaguen la luz!*».

Bryce sintió cómo se le quemaba la cara al sonrojarse y algunas personas rieron un poco pero guardaron silencio rápidamente.

Asumió que Fury estaba cerca de ellos.

Bryce cubrió la estrella con las dos manos. Le había dado por elegir los *peores* putos momentos para brillar, aunque éste era el que más la había mortificado.

—No sé cómo apagarla —murmuró e intentó ponerse de pie para huir al vestíbulo detrás de la cortina.

Pero Hunt colocó una mano tibia y seca sobre su cicatriz. Le rozaba los senos con los dedos. La palma de su mano era lo suficientemente ancha para cubrir la marca y atrapar la luz ahí. Se escapaba a través de sus dedos y la piel morena clara brillaba con un tono dorado y rosado, pero logró contener la luz.

—Acéptalo, inventaste un pretexto para que te manoseara —susurró Hunt.

Bryce no pudo contener su risa estúpida y nerviosa. Ocultó la cara en el hombro de Hunt. El material suave de su saco se sentía fresco contra su mejilla y su frente.

—¿Necesitas un minuto? —preguntó él aunque ella sabía que les estaba lanzando una mirada furiosa a todos los idiotas que seguían viéndolos. La nobleza hada estaba siseando sobre la *deshonra*.

—¿Quieren que nos vayamos? —preguntó Ember, su tono de voz sonaba entrecortado por la preocupación.

—No —respondió Bryce con la garganta un poco cerrada y puso su mano sobre la de Hunt—. Estoy bien.

—No puedes quedarte ahí sentada nada más.

—Estoy bien, mamá.

Hunt no movió su mano.

—Estamos acostumbrados a que se nos queden viendo, ¿verdad, Quinlan? —le sonrió a Ember—. No se meterán con nosotros.

Su sonrisa tenía un dejo de violencia, un recordatorio a cualquiera que los estuviera viendo de que él no sólo era Hunt Athalar sino también el Umbra Mortis. La Sombra de la Muerte.

Se había ganado ese nombre a pulso.

Ember movió la cabeza aprobatoriamente y Randall le asintió a Hunt con gratitud. Afortunadamente, el director de la orquesta salió en ese momento y el teatro se llenó con el sonido de los aplausos.

Bryce inhaló profundamente y luego exhaló con lentitud. No tenía ningún control sobre el momento en que la estrella se encendía o se apagaba. Dio un trago a su champaña y luego le dijo a Hunt con tono despreocupado:

—El titular de los sitios de chismes de mañana va a ser: *El calenturiento Umbra Mortis manosea a la princesa astrogénita en el ballet.*

—Bien —murmuró Hunt—. Eso me dará más estatus en la 33ª.

Ella sonrió a pesar de todo. Era uno de los muchos dones del ángel, hacerla reír incluso cuando todo el mundo parecía preferir humillarla y evitarla.

Los dedos de Hunt se oscurecieron en su pecho y Bryce suspiró aliviada.

—Gracias —dijo al mismo tiempo que el director de la orquesta levantó su batuta.

Lenta, muy lentamente, Hunt retiró la mano de su pecho.

—No hay de qué, Quinlan.

Ella lo miró de reojo de nuevo y se preguntó a qué se debería el cambio en su tono de voz. Pero la orquesta empezó a abrir con las notas melodiosas y se levantó el telón. Bryce se adelantó en su asiento y contuvo la respiración en espera de la gran entrada de su amiga.

2

Bryce intentó no estremecerse con deleite cuando un ala de Hunt chocó con ella mientras caminaban hacia los peldaños pandeados de la entrada a la casa de Ruhn.

Una pequeña reunión, les había dicho Ruhn cuando los invitó a que fueran después del ballet. Ante la posibilidad de que su madre la interrogara de nuevo sobre su trabajo, su vida sexual y su estatus de princesa, y consciente de que eso la orillaría a la bebida de todas maneras, Bryce y Hunt habían decidido dejarlos en el hotel. Pasaron a su departamento a cambiarse de ropa —Hunt había insistido en eso al decir entre dientes *Tengo que quitarme este puto traje*— y luego volaron hacia casa de Ruhn.

Por lo visto, toda la Vieja Plaza también llegó a la reunión: hadas y metamorfos y personas de todas las Casas estaban bebiendo y bailando y platicando. En el patético jardín frontal de la casa un grupo de ninfas de río con el cabello verde y unos faunos, hembras y machos, jugaban *cornhole.* Un conjunto de hadas estaba detrás de ellos, probablemente miembros del Aux, a juzgar por su musculatura y la postura como si se hubieran tragado un palo de escoba. Se entretenían en algo que parecía ser una partida absolutamente *cautivante* de bochas.

El día árido se había convertido en una noche dulce y suave, lo suficientemente cálida para que todos los bares y cafés y clubes de la Vieja Plaza, en especial alrededor de la calle Archer, se llenaran de personas de fiesta. Incluso con el sonido aturdidor de la música que brotaba de la casa de Ruhn, Bryce alcanzaba a distinguir la vibración de los bajos que salían de otras casas en la misma calle, en el bar de la esquina y de los automóviles que pasaban por ahí.

Todos celebraban estar vivos.

Como debía ser.

—Fury y June ya están aquí —le gritó Bryce a Hunt para que la escuchara a pesar del ruido. Iban subiendo los escalones frágiles y salpicados de cerveza hacia la casa de Ruhn—. June dijo que están en la sala.

Hunt asintió aunque tenía la mirada fija en el grupo de invitados. Incluso aquí, una gran parte de la gente notaba la llegada de la princesa astrogénita y el Umbra Mortis. Les abrían el paso y algunos incluso retrocedían un poco. Bryce estaba tensa pero Hunt continuó caminando impasible. Estaba acostumbrado a esta mierda; tenía tiempo de estar acostumbrado a esto. Y aunque ya no era oficialmente la Sombra de la Muerte, la gente no había olvidado lo que alguna vez hizo. A quién le había servido.

Hunt se dirigió a la sala que quedaba a la izquierda del pasillo de entrada. La ridícula musculatura de sus hombros se movía con cada paso. Estaba expuesta casi obscenamente porque había decidido usar una camisa negra sin mangas. Bryce tal vez podría haber sobrevivido a ese espectáculo de no ser por la gorra blanca de solbol volteada hacia atrás, como Hunt la usaba por lo general.

De hecho, prefería esa gorra al traje elegante.

Para su sorpresa, Hunt no protestó cuando una duendecilla de aire enfiestada flotó a su lado y les puso un collar de tubitos de luzprístina. Bryce se lo quitó y se lo envivió en el brazo como pulsera. Hunt se dejó el collar sobre el pecho. La luz provocaba sombras contrastantes en los músculos profundos de sus pectorales y sus hombros. Que los dioses la salvaran.

Hunt apenas había dado un paso hacia la sala cuando se escuchó resonar la voz de Tristan Flynn desde el vestíbulo a sus espaldas:

—¡Qué *carajos*, Ruhn!

Bryce rio y pudo ver entre la multitud al lord hada en uno de los extremos de la mesa de cerveza pong donde había dibujado la imagen de una enorme cabeza de hada que se comía un ángel entero.

Ruhn estaba al otro extremo de la mesa, con ambos dedos medios levantados hacia sus oponentes. El piercing de su labio brillaba bajo las luces tenues.

—Paguen, pendejos —dijo su hermano. El cigarrillo que tenía entre los labios subía y bajaba con sus palabras.

Bryce acercó la mano a Hunt. Sus dedos le rozaron las alas suaves y él se puso rígido y volteó a verla. Las alas de los ángeles eran muy sensibles. Era como haberlo cogido de los testículos. Sonrojada, ella señaló a su hermano con el pulgar.

—Dile a June y Fury que iré en un segundo —gritó—. Quiero ir a saludar a Ruhn.

No esperó a que Hunt contestara antes de abrirse paso hacia su hermano.

Flynn gritó de gusto cuando ella apareció. Era obvio que su recorrido por el sendero hacia una borrachera legendaria ya estaba bastante avanzado. Típica noche de martes para él. Consideró si debía enviar una fotografía de su estado etílico a sus padres y hermana. Tal vez así ya lo pensarían un poco antes de mirarla con esas muecas de desdén.

Declan Emmet parecía estar ligeramente más sobrio junto a Flynn y dijo:

—Hola, B.

Bryce lo saludo con un movimiento de la mano porque no quería gritar por encima de la multitud reunida en lo que alguna vez fue un comedor. Ahora parecía ser un espacio dedicado al billar y los dardos. Perfectamente apropiado para el príncipe heredero de las hadas de Valbara, pensó Bryce con una media sonrisa y se acercó a la persona que estaba junto a su hermano.

—Hola, Marc.

El enorme metamorfo de leopardo, todo músculos debajo de la piel oscura, la miró hacia abajo. Sus impactantes ojos de topacio resplandecían. Declan llevaba un mes saliendo con Marc Rosarin. Había conocido al empresario de tecnología durante una fiesta elegante de las compañías de ingeniería en el Distrito Central de Negocios.

—Hola, princesa.

Flynn se quejó:

—¿Desde cuándo permites que Marc te llame princesa?

—Desde que me cae mejor que tú —le replicó Bryce y se ganó una palmada en el hombro de Marc y una sonrisa de Ruhn. Luego, le dijo a su hermano—: Una *pequeña reunión*, ¿eh?

Ruhn se encogió de hombros. Los tatuajes de sus brazos se movieron con el gesto.

—Flynn tiene la culpa.

Flynn levantó su cerveza en gesto de saludo y bebió.

—¿Dónde está Athalar? —preguntó Declan.

—Con June y Fury en la sala —respondió Bryce.

Ruhn asintió para saludar a uno de sus invitados y luego preguntó:

—¿Cómo estuvo el ballet?

—Increíble. June estuvo genial en sus solos. Ovación de pie.

Bryce había sentido que la piel se le erizaba en todo el cuerpo cuando su amiga bailó. Los ojos se le llenaron de lágrimas cuando Juniper recibió esa ovación de pie al terminar. Bryce nunca había escuchado tantas aclamaciones en el BCM. La imagen del rostro sonrojado y dichoso de Juniper, que agradecía con reverencias al público, le hizo saber a Bryce que su amiga también estaba consciente de eso. Sin duda, pronto recibiría un ascenso a bailarina principal.

—El espectáculo más codiciado del momento —dijo Marc con un silbido—. La mitad de mi oficina hubiera vendido su alma para poder estar ahí esta noche.

—Me hubieras dicho —dijo Bryce—. Teníamos unos cuantos lugares en nuestro palco. Podríamos haberlos invitado.

Marc la miró con una sonrisa de aprecio.

—Para la próxima.

Flynn empezó a reacomodar los vasos del cerveza pong y le gritó:

—¿Cómo están mami y papi?

—Bien. Me dieron mi lechita y me leyeron un cuento antes de salir.

Ese comentario le provocó risa a Ruhn, que se había vuelto cercano a Ember, y preguntó:

—¿Cuántos interrogatorios desde que llegaron anoche?

—Van seis —contestó Bryce y apuntó hacia la sala del otro lado del pasillo de entrada—. Por eso voy a ir a beber algo con mis amigas.

—Barra libre —dijo Declan con un gesto magnánimo hacia sus espaldas.

Bryce se despidió con un movimiento de la mano y se fue. Sin la figura imponente de Hunt, muchas menos personas se fijaban en ella. Pero cuando la veían... surgían burbujas de silencio. Ella intentó no hacer caso y casi suspiró aliviada cuando reconoció el par de cuernos que sobresalía de los rizos recogidos en un elegante chongo, el peinado usual de Juniper. Estaba sentada en el sillón sucio de la sala, muslo a muslo con Fury, con los dedos de sus manos entrelazados.

Hunt estaba de pie frente a ellas. Mantenía las alas en una posición relajada mientras hablaba con sus amigas. Levantó la mirada cuando Bryce entró a la sala y ella podría haber jurado que sus ojos negros se iluminaron al verla.

Ella trató de controlar su dicha y se dejó caer en los cojines al lado de Juniper. Se acercó a ella con cariño. Luego acercó su cara al hombro de su amiga.

—Hola, mi talentosa y brillante y hermosa amiga.

Juniper rio y apretó un poco a Bryce.

—Lo mismo para ti.

Bryce dijo:

—Le estaba hablando a Fury.

Juniper le dio un manotazo en la rodilla y Fury rio al verlas.

—Ya está empezando a actuar como una prima donna.

Bryce suspiró con dramatismo.

—No puedo esperar a ver a June montar una rabieta por el estado de su camerino.

—Las dos se están portando horrible —dijo Juniper pero rio con ellas—. En primer lugar, ni siquiera voy a *tener* un camerino privado en años. *Dos...*

—Ahí vamos —dijo Fury y, cuando June hizo un ruido para objetar, ella sólo rio y le besó la sien a la fauna.

Ese detalle cariñoso y despreocupado revelaba una intimidad que hizo que Bryce se atreviera a mirar en dirección a Hunt, quien sonreía un poco. Él la miró de regreso y Bryce tuvo que resistir la tentación de cambiar de posición, de pensar en cómo ellos podrían estar así, haciéndose cariños en el sillón y besándose. Hunt simplemente dijo con voz rasposa:

—¿Qué te traigo de beber, Quinlan? —asintió hacia la barra en el fondo de la habitación, apenas visible por las grandes cantidades de personas que intentaban conseguir la atención de los cantineros.

—Whisky, cerveza de jengibre y limón.

—Hecho.

Con un saludo militar, Hunt se alejó entre la gente.

—¿Cómo va ese convenio de nada de sexo, Bryce? —preguntó Fury con ironía mientras se acercaba para poder ver bien su cara.

Bryce se recargó derrotada en el respaldo del sillón.

—Cabrona.

La risa de June vibró por todo su cuerpo y su amiga le dio unas palmadas en el muslo.

—Recuérdame, ¿por qué están haciendo eso?

Bryce miró hacia atrás para asegurarse de que Hunt siguiera en la barra antes de responder:

—Porque soy una pendeja y ustedes dos cabronas lo saben bien.

Juniper y Fury rieron y la segunda dio un sorbo a su vodka con soda.

—Sólo dile que cambiaste de opinión —dijo la mercenaria y colocó el vaso sobre su rodilla envuelta en cuero negro. Bryce no lograba comprender cómo Fury podía vestir ropa de cuero con este calor. Shorts, camiseta y sandalias era lo único que ella podía soportar con las temperaturas ardientes, incluso de noche.

—¿Y romper nuestro acuerdo antes del Solsticio de Invierno? —siseó Bryce—. Nunca me permitiría olvidarlo.

—Athalar ya sabe que quieres romperlo —dijo Fury con voz pausada.

—Ay, claro que lo sabe —agregó Juniper.

Bryce se cruzó de brazos.

—¿Podemos no hablar de esto?

—Pero eso no sería divertido —la contradijo Fury.

Bryce pateó la bota de cuero de Fury e inmediatamente hizo una mueca de dolor porque su pie, que sólo tenía la sandalia dorada como protección, chocó contra el metal duro.

—¿Punta de acero? ¿En serio?

—Esto es una franca fiesta de fraternidad universitaria —dijo Fury con una sonrisa burlona—. Tal vez haya la necesidad de patear algunos traseros si alguien le insinúa cualquier cosa a mi novia.

Juniper brilló de felicidad al escuchar el término. *Novia.*

Bryce no sabía qué demonios era ella para Hunt. *Novia* sonaba ridículo al tratarse del puto Hunt Athalar. Como si Hunt hiciera algo tan normal y común como salir en una cita.

Juniper le clavó un dedo en el brazo.

—Oye, pero en serio. Recuérdame por qué tienen que esperar hasta el solsticio para hacerlo.

Bryce se hundió varios centímetros más en el sillón. Estiró los pies y tiró varias latas vacías de cerveza bajo la mesa.

—Es que...

El zumbido familiar de poder y virilidad que era Hunt llenó el aire a sus espaldas y Bryce cerró la boca justo cuando apareció frente a ella un vaso de plástico lleno de líquido ambarino y decorado con una rebanada de limón.

—Princesa —canturreó Hunt. Bryce volvió a sentir que los dedos de los pies se le enroscaban. Parecían tener esa costumbre cada que Hunt rondaba a su alrededor.

—¿Ya podemos usar ese término? —preguntó June y se enderezó deleitada—. Me he estado *muriendo* de...

—Por supuesto que no —le respondió Bryce y dio un trago a su bebida. Le provocó una arcada—. ¿Cuánto whisky le pediste al cantinero que le *pusiera*, Athalar? —tosió como si eso fuera a aliviar el ardor.

Hunt se encogió de hombros.

—Pensaba que te gustaba el whisky.

Fury resopló divertida pero Bryce se puso de pie. Levantó el vaso hacia Hunt en un brindis silencioso y luego hacia June.

—Por la próxima bailarina principal del BCM.

Luego se tomó todo el vaso de un trago y permitió que el ardor la quemara hasta el fondo del alma.

Hunt se permitió, sólo por un puto segundo, mirar a Bryce. Admirar el golpeteo constante y firme de su sandalia sobre el piso desgastado de madera al ritmo de la música, las piernas largas y musculosas que brillaban bajo las luces prístinas de neón, sus shorts blancos que contrastaban con el color bronceado de su piel en verano. Aparte de la marca en su pecho, no le quedaba ninguna cicatriz de todo el mierdero de la primavera pasada, aunque aún tenía la curva gruesa de la cicatriz en el muslo.

Su feroz, fuerte y hermosa Bryce. Había hecho un esfuerzo por no fijarse en la forma de su trasero en esos shorts cuando venían en camino a la fiesta, el movimiento de su cabellera larga contra su espalda baja, las caderas amplias que se mecían con cada paso.

Era un puto animal estúpido. Pero siempre había sido un puto animal estúpido alrededor de ella.

Casi no pudo prestarle atención al ballet, al baile de June, porque Bryce lucía tan... deliciosa con ese vestido azul. Lo único que evitó que pensara demasiado en meter su mano por debajo del material semitransparente y subir por su muslo fue la presencia de sus padres en la fila de enfrente.

Pero eso no era parte del plan. En la primavera, no tuvo problema con el acuerdo. La deseaba pero estuvo de acuerdo con el concepto de conocerse mejor antes de agregar el sexo a la ecuación. Sin embargo, ese deseo había empeorado en los últimos meses. Vivir juntos en su departamento se había convertido en una especie de tortura en cámara lenta para ambos.

Los ojos color whisky de Bryce lo miraron. Ella abrió la boca y luego volvió a cerrarla al detectar algo en su expresión.

El recuerdo de aquellos días después de las muertes de Micah y Sandriel enfrió un poco su lujuria creciente.

Vayamos poco a poco, le había pedido ella. *Siento que llegamos aquí a tropezones y, ahora que las cosas empiezan a normalizarse, quiero hacer esto bien contigo. Conocerte en tiempo real, no mientras estamos corriendo por toda la ciudad intentando resolver asesinatos.*

Él estuvo de acuerdo porque... ¿qué más podía hacer? Aunque había llegado a casa del Comitium esa noche con el plan de seducir a Quinlan hasta enloquecerla. Ni siquiera había llegado a la parte de besarla cuando ella anunció que quería meter el freno.

Él sabía que había algo más detrás de esta decisión. Sabía que probablemente tenía algo que ver con la culpa que sentía por las miles de personas que no pudieron salvar ese día. Permitirse a sí misma estar con él, estar feliz...

Necesitaba tiempo para aclarar todo. Y Hunt se lo daría. Lo que Bryce quisiera, lo que fuera, se lo daría gustoso. Él ya era libre de hacerlo, gracias al tatuaje en la muñeca que lo marcaba como liberado.

Pero en noches como ésta, con ella vistiendo esos shorts... era realmente un maldito esfuerzo enorme.

Bryce se levantó del sillón con un salto y caminó hacia él. Dejó a Juniper y Fury a solas para que platicaran. Fury estaba ocupada refrescando el sitio web de la sección de artes del *Diario de Ciudad Medialuna* en busca de la reseña de la actuación de Juniper.

—¿Qué pasó? —le preguntó Hunt a Bryce cuando ella llegó a su lado.

—¿Te gusta venir a estas fiestas en realidad? —lo cuestionó Bryce con un ademán en dirección a la multitud. El tubito de luzprístina alrededor de su muñeca brillaba intensamente—. ¿Esto no te provoca repulsión?

Él pegó un poco más las alas al cuerpo.

—¿Por qué me provocaría repulsión?

—Porque has sido testigo de toda la mierda que sucede en el mundo y te han tratado horriblemente y esta gente... —se echó la larga cabellera por encima del hombro—. Muchos no tienen idea. O simplemente no les importa.

Hunt examinó con atención su rostro serio.

—¿Por qué venimos a estas fiestas si te molesta?

—Bueno, hoy estamos aquí para evitar estar con mi mamá —Hunt rio pero Bryce continuó—. Y porque quiero celebrar que June es genial —le sonrió a su amiga en el sillón—. Y estamos aquí porque Ruhn me lo pidió. Pero... no lo sé. Quiero sentirme normal, pero luego me siento culpable por sentirme así, y después me enojo con todas estas personas que al parecer ni les importa tanto como para sentir culpa, y creo que esa píldora detectora de veneno que seguro le echaste a mi whisky tenía alguna especie de poción entristecedora porque no sé por qué estoy pensando en esto ahora.

Hunt trató de disimular su carcajada.

—¿Poción entristecedora?

—¡Tú me entiendes! —le dijo con una mirada irritada—. ¿En serio a ti no te molesta esto?

—No —miró a la gente que celebraba a su alrededor—. Prefiero ver a la gente disfrutando sus vidas. Y no puedes asumir que porque estén aquí, eso signifique que no les importe. No puedes saber si muchos de ellos perdieron familiares y amigos en la primavera. A veces la gente necesita cosas como ésta para volver a sentirse vivos. Para encontrar una especie de consuelo.

Era la palabra equivocada. Él ciertamente llevaba tres meses de no encontrar ningún puto consuelo, de no ser el de su propia mano. Había intentado no pensar si Bryce abría el cajón de su mesita de noche, donde guardaba sus juguetes, con la misma frecuencia que él se masturbaba en la ducha.

Cuatro meses para del Solsticio de Invierno. Sólo cuatro.

Bryce asintió porque su mente obviamente seguía en el tema que estaban platicando.

—Yo creo que... A veces me descubro disfrutando un momento y me preocupo de estarlo disfrutando *demasiado*, ¿sabes? Siento como si permitirme demasiada diversión o acostumbrarme mucho a sentirme feliz es arriesgarme a que llegue algo y lo arruine todo.

—Conozco esa sensación —no pudo evitar enroscar las puntas del cabello de Bryce entre sus dedos—. Tomará algo de tiempo adaptarnos.

Él también se estaba adaptando. No podía acostumbrarse a andar por ahí sin un hueco en el estómago preguntándose constantemente qué horrores le tendría reservados ese día. Ser dueño de sí mismo, de su futuro... Los asteri le podían quitar todo de nuevo, si así lo deseaban. Sólo le habían permitido vivir porque él y Bryce eran dos figuras demasiado públicas como para matarlos. Los asteri querían que vivieran discretamente el resto de sus vidas. Y si no lo hacían... Bueno, Rigelus había sido muy claro en su llamada con Bryce hacía meses: la Mano Brillante de los asteri mataría a todas las personas cercanas a Bryce y Hunt si desobedecían. Así que no tenían alternativa salvo vivir discretamente.

Hunt no tenía problema con hacer justo eso. Ir al ballet y a estas fiestas y fingir que nunca había sido distinto. Pensar que Bryce no tenía tatuado el Cuerno en su espalda.

Pero cada mañana, cuando se ponía la armadura negra habitual de la 33ª, lo recordaba. Isaiah le había pedido que lo apoyara justo después de la muerte de Micah y Hunt lo hizo gustoso. Y decidió permanecer como el comandante no oficial de Isaiah. No era oficial sólo porque Hunt no quería encargarse de todo el trabajo burocrático que hubiera tenido que hacer si lo asignaban formalmente.

Pero la ciudad había estado tranquila. Concentrada en sanar. Hunt no se quejaría.

Su teléfono vibró en el bolsillo trasero de sus jeans negros y lo sacó para encontrarse con un correo electrónico de Isaiah. Hunt lo leyó y se quedó inmóvil. Sintió que el corazón se le iba a los pies y de regreso.

—¿Qué pasa? —preguntó Bryce mientras se asomaba por encima de su hombro.

Hunt le pasó el teléfono con manos sorprendentemente tranquilas.

—Se han elegido nuevos arcángeles para los territorios de Micah y Sandriel.

Ella abrió los ojos como platos.

—¿Quiénes? ¿Qué tan mal está la situación?

Él le indicó que leyera el correo de Isaiah y Bryce, que todavía tenía el tubito de luzprístina enroscado en la muñeca, obedeció.

Demos la bienvenida había escrito Isaiah como único comentario al correo electrónico reenviado del secretario imperial de los asteri sobre las nuevas posiciones.

—No está tan mal —dijo Hunt con la mirada perdida en los asistentes a la fiesta que estaban reunidos alrededor de un hada parada de manos sobre el barril de cerveza en el rincón—. Ése es el problema.

Bryce frunció el ceño y leyó rápidamente el correo.

—Ephraim... él comparte Rodinia con Jakob actualmente. Sí, parece decente. Pero él irá al norte de Pangera. ¿Quién...? Oh. ¿Quién demonios es Celestina?

Las cejas de Hunt se juntaron.

—Se ha mantenido fuera de los reflectores. Ella supervisa Nena... con una población de unos, no sé, cincuenta. Tiene una legión bajo su mando. *Una*. Ni siquiera tiene triarii. La legión está controlada literalmente por los asteri, todos guardias de la Fisura Septentrional. Ha funcionado solamente como una representante sin poder.

—Es una promoción importante, entonces.

Hunt gruñó.

—Todo lo que he escuchado sobre ella suena inusualmente amable.

—¿No cabe la posibilidad de que sea verdad?

—¿Entre arcángeles? No —se cruzó de brazos.

Fury dijo desde el sillón:

—Para tu tranquilidad, Athalar, yo tampoco he escuchado nada malo de ella.

Juniper los miró.

—Entonces el nombramiento es prometedor, ¿no?

Hunt negó con la cabeza. No era buena idea tener esta conversación en público, pero dijo:

—No puedo comprender por qué los asteri la asignarían *aquí*, cuando sólo ha estado a cargo de un pequeño territorio. Debe ser una marioneta de ellos.

Bryce ladeó la cabeza y lo miró de ese modo descarnado y profundo que hacía que se le apretaran los testículos. Dioses, era hermosa.

—Tal vez sea algo bueno, Hunt. Nos han sucedido tantas putas desgracias que tal vez ahora ya no confiamos que algo *sea* bueno de verdad. Pero podría ser que sea una suerte que hayan nombrado a Celestina.

—Yo me inclino por pensar que Urd nos está concediendo este favor —dijo Juniper.

Fury Axtar no dijo nada. Sus ojos brillaban mientras pensaba. La mercenaria probablemente era la única que tenía una noción realista del proceder de los asteri. Aunque, por supuesto, no revelaría ningún detalle sobre sus tratos con ellos.

—Celestina quiere reunirse con lo que queda del triarii de Micah cuando llegue. Parece ser que habrá una especie de reestructuración —dijo Hunt cuando Bryce le devolvió el teléfono—. Lo que sea que eso signifique. El comunicado de prensa no saldrá hasta mañana por la mañana, así que no digan nada.

Las tres mujeres asintieron aunque él tenía la sensación de que Fury no mantendría su palabra. Las personas con quienes trabajaba, los valiosos clientes a quienes servía, probablemente se enterarían antes del amanecer.

Bryce se acomodó el cabello rojo detrás de las orejas puntiagudas.

—¿Cuándo llega Celestina?

—Mañana por la tarde —dijo Hunt y se le cerró la garganta.

Juniper y Fury empezaron a conversar entre ellas, como si quisieran darles algo de privacidad. Bryce detectó su intención y también bajó la voz.

—Eres un hombre libre, Hunt. Ella no puede ordenarte que hagas nada que no quieras hacer —envolvió la muñeca de Hunt con sus dedos cálidos y pasó el pulgar sobre el spqm tachado—. Tú *elegiste* reenlistarte en la 33ª. Tienes todos los derechos de un ciudadano libre. Si ella no te agrada, si no quieres servir con ella, entonces no tienes que darle ninguna explicación para irte. No necesitas su permiso.

Hunt asintió con un gruñido aunque todavía sentía el puto nudo en el pecho.

—Celestina puede hacernos la vida muy difícil.

Bryce levantó la mano. La luzastral brilló e hizo que su piel se volviera luminosa. Un borracho idiota cerca de ellos dejó escapar un *ooooh*. Bryce no le hizo caso y dijo:

—Me gustaría que lo intentara. Yo soy la Superpoderosa y Especial Princesa Mágica Astrogénita, ¿recuerdas? —él sabía que era broma, pero ella apretó los labios—. Yo te protegeré.

—¿Cómo olvidarlo, oh Mágicamente Poderosa y Superespecial... lo que sea que hayas dicho.

Bryce sonrió y bajó la mano. Se había estado reuniendo con Ruhn una vez a la semana para explorar su magia, para aprender más sobre lo que recorría sus venas, el poder de tantos que la alimentaba. Su magia sólo se manifestaba como luzastral, un don puramente hada. No tenía sombras, como Ruhn, ni fuego, como su padre. Pero la fuerza pura de su poder provenía de todos aquellos que habían cedido una gota de su magia a las Puertas a lo largo de los años. Todo combinado para crear una especie de combustible que aumentaba la potencia de su luzastral. O algo así. Bryce había intentado explicarlo, por qué la magia se manifestaba como un talento hada, pero a Hunt no le importaba de dónde viniera siempre y cuando la mantuviera a salvo.

La magia significaba protección en un mundo diseñado para matarla. La protegía de su padre, que bien podría decidir eliminar la amenaza de una hija que lo sobrepasaba en poder, aunque fuera sólo por una fracción.

Hunt todavía tenía dificultad para entender que la mujer a su lado se había vuelto más poderosa que el Rey del Otoño. El poder de Hunt técnicamente seguía siendo mayor que el de ella y el de su padre pero, con el Cuerno tatuado en la espalda, ¿quién podía saber en realidad la magnitud del poder de Bryce? Si atendían a las órdenes de Rigelus de ser discretos, Bryce en realidad no podía ponerse a explorar cómo afectaba el Cuerno a su magia. Además, después de lo sucedido en la primavera... era poco probable que Bryce estuviera tentada a experimentar con el Cuerno de cualquier manera.

Notó que Axtar estaba observando a Bryce pero la mercenaria no dijo nada.

Así que Hunt continuó, a un volumen que indicaba que también quería que Fury y Juniper se enteraran.

—No sé qué signifique este asunto de Celestina, pero los asteri no hacen nada por la bondad de sus corazones.

—Necesitarían tener corazones para hacer eso —susurró Juniper. Era un comentario venenoso poco característico de ella.

Fury bajó la voz.

—La guerra está empeorando en Pangera. Valbara es un territorio clave repleto de recursos vitales. Designar a alguien que, según todos los informes, es *benévola* parece una estupidez.

Juniper arqueó las cejas. No por lo que estaban comentando sobre los asteri, supuso Hunt, sino porque Fury hubiera mencionado espontáneamente la guerra al otro lado del océano. La mercenaria rara vez hablaba de eso. Lo que había hecho allá. Lo que había visto. Hunt, que había combatido en muchas de esas batallas, tenía una buena idea de ambas cosas.

—Tal vez en verdad quieren un títere —dijo Juniper—. Alguien que sea una figura sin poder para que puedan darles órdenes a todas las tropas de Valbara en el extranjero sin encontrar resistencia.

Fury se acomodó un mechón de cabello detrás de la oreja. Axtar tenía apariencia completamente humana. Pero era definitivamente vanir. De qué raza, de qué Casa, Hunt no tenía idea. Flama y Sombra parecía ser lo más probable, pero no podía adivinar más allá de eso. La mercenaria dijo:

—Incluso Micah podría haberse resistido a una orden así.

El rostro de Bryce palideció al escuchar el nombre de ese bastardo. Hunt reprimió su deseo de abrazarla con el ala. No le había contado sobre sus propias pesadillas, en las que se veía forzado a ser testigo, una y otra vez, de Micah brutalizándola. Todas las pesadillas de ella corriendo por las calles, perseguida por hordas de demonios provenientes de los rincones más oscuros del Averno. Del misil de azufre que iba dirigido hacia ella en la Vieja Plaza.

—Podemos pasar toda la noche tratando de adivinar —dijo Bryce recuperando el control sobre sí misma—, pero hasta que tengas esa junta mañana, Hunt, no sabremos nada. Sólo ve con mente abierta.

—O sea, me estás pidiendo que no busque pleito —respondió con una sonrisa torcida. Fury rio un poco.

Bryce apoyó la mano en la cadera.

—Lo que digo es que no vayas a esa reunión en tu papel de Patán Intimidante. Tal vez podrías intentar algo como Patán Accesible.

Juniper soltó una carcajada y Hunt también rio suavemente. No pudo controlarse y le dio un golpe suave con el ala a Bryce por segunda ocasión en esa noche. Prometió:

—Seré un Patán Accesible entonces, Quinlan.

3

Ruhn Danaan sabía tres cosas con absoluta certeza:

1. Había fumado tanto risarizoma que ya no podía sentir la cara. Lo cual era una pena porque, en ese momento, tenía una mujer sentada sobre ella.
2. Había bebido una cantidad obscena de whisky porque no tenía idea de cómo se llamaba la mujer, de cómo había llegado a su recámara ni de cómo había terminado él con la lengua entre sus piernas.
3. De verdad amaba su puta vida. Al menos... por el momento.

Ruhn clavó las puntas de sus dedos en los flancos suaves y moteados de la deliciosa criatura que gemía sobre él y arrastró el piercing de su labio por el punto donde él sabía que... Sí. Ahí estaba. Ese gemido de placer puro que se le fue directamente al pene que ya pulsaba debajo de sus jeans negros. Ni siquiera se había desvestido para empezar a hacerle sexo oral a esa dulce fauna que se había acercado a él tímidamente en la mesa de cerveza pong hacía unos minutos. Había visto sus grandes ojos verdes, las piernas largas que terminaban en esas lindas pezuñitas y la piel de crema alrededor de su cuello, justo sobre esos senos firmes, y supo precisamente dónde quería que terminara su noche.

Afortunadamente, ella tenía la misma idea. Le había dicho precisamente lo que quería con esa voz susurrante.

Ruhn pasó la lengua sobre el botón tenso de su clítoris, saboreando el gusto suave a pradera en su boca. Ella se arqueó, tensó los muslos y tuvo un orgasmo acompañado de una serie de gemidos roncos que casi lo hicieron venirse en los pantalones.

Ruhn la sostuvo del trasero desnudo y la dejó montar su cara mientras la recorrían las oleadas de placer. Él gemía también al meter y sacar su lengua de ella y permitir que sus delicados músculos internos la apretaran.

Carajo, era excitante. *Ella* era excitante. Incluso tomando en cuenta el letargo provocado por las drogas y el alcohol, estaba listo para la acción. Lo único que necesitaba era que se lo pidieran esos labios carnosos y estaría enterrado en ella en cuestión de segundos.

Por un instante, como una flecha de luz disparada en la oscuridad del placer de su mente, recordó que él estaba, técnicamente, comprometido. Y no con cualquier hada cuyos padres podrían objetar ante su comportamiento, sino con la mismísima Reina de las Brujas de Valbara. Era cierto que no habían intercambiado votos de fidelidad. Carajo, apenas habían intercambiado unas cuantas palabras durante la Cumbre y en los siguientes meses pero... ¿esto cruzaba alguna línea? ¿Esta putería estaba mal?

Conocía la respuesta. El peso de esta noción lo atormentó durante meses. Y tal vez por eso estaba en esta situación ahora: sí cruzaba una línea pero era una línea en la cual su opinión salía sobrando. Y sí, respetaba y admiraba a Hypaxia Enador, que era alarmantemente hermosa, valiente e inteligente, pero hasta que la Alta Sacerdotisa uniera sus manos en el Templo de Luna, hasta que el anillo de titanio entrara a su dedo... saborearía estos últimos meses de libertad.

Al menos tenía la esperanza de que fueran unos cuantos meses. Hypaxia no le había dado al Rey del Otoño ninguna idea sobre las fechas.

La fauna se quedó quieta, su pecho se movía al ritmo de su respiración jadeante. Ruhn permitió que los pensamientos sobre su prometida se desvanecieran y tragó el sabor de la fauna hasta el fondo de su garganta.

—Santa Cthona —exhaló la fauna y se puso de rodillas para levantarse de su cara. Ruhn soltó las nalgas firmes para encontrarse con la mirada brillante y el rubor de los pómulos altos del rostro de la metamorfa.

Ruhn le guiñó y se relamió las comisuras de los labios para saborearla un poco más. Dioses, era deliciosa. Ella tragó saliva y su pulso se agitó como el batir de un tambor anticipatorio.

Ruhn le recorrió los muslos desnudos con las manos. Sus dedos rozaron la cadera angosta y la cintura.

—¿Quieres...?

La puerta de su recámara se abrió de golpe y Ruhn, atrapado debajo de la mujer, no pudo hacer nada salvo girar la cabeza para ver quién había entrado.

Aparentemente, ver al príncipe heredero de las hadas de Valbara con una mujer montada en la cara era algo tan común que Tristan Flynn ni siquiera parpadeó. Ni siquiera sonrió un poco aunque la fauna se levantó con un gritito agudo y se ocultó al otro lado de la cama.

—Ven abajo —le dijo Flynn, cuya piel normalmente dorada lucía pálida. Ya se le había bajado toda la borrachera. Incluso sus ojos color castaño se veían alertas.

—¿Por qué? —preguntó Ruhn, ya de camino a la puerta, y deseando haber tenido tiempo de hablar con la mujer que se apresuraba a recoger su ropa al otro lado de la cama.

Pero Flynn se limitó a apuntar hacia la esquina opuesta de la recámara, al montón de ropa sucia y la Espadastral recargada contra la pared cochambrosa.

—Trae eso.

La enorme erección de Ruhn ya había desaparecido, afortunadamente, para cuando llegaron a la parte superior de las escaleras sobre el vestíbulo. La música seguía haciendo vibrar el piso de la casa, la gente seguía bebiendo y ligando y fumando y haciendo lo que sea que hacía durante esas fiestas.

No había señal de peligro, no había señal de nada excepto...

Ahí. Una sensación en la nuca. Como un viento helado que le recorría la parte alta de la columna.

—El nuevo sistema de seguridad de Dec detectó algún tipo de anomalía —susurró Flynn sin apartar la atención de la fiesta del piso de abajo. Estaba ya completamente en modo Aux—. Está encendiendo todos los sensores. Una especie de aura... Dec dijo que se sentía como si una tormenta estuviera rodeando la casa.

—Genial —dijo Ruhn, ya empuñando el metal fresco de la Espadastral en la mano—. ¿Y no es algún pendejo borracho que esté haciendo estupideces con su magia?

Flynn miró a la multitud.

—Según Dec, no. Dice que por la manera en que rodea la casa, parece como si estuviera inspeccionando la zona.

Su amigo y compañero de casa había pasado meses diseñando un sistema para colocarlo alrededor de su hogar y las calles aledañas, un sistema que pudiera captar cosas como el demonio kristallos que antes era demasiado rápido para que la tecnología lo detectara.

—Entonces vamos a ver si le gusta que lo vigilen también —dijo Ruhn y deseó estar menos drogado y borracho porque sus sombras se tambaleaban a su alrededor. Flynn rio.

El risarizoma se apoderó de él por un momento e incluso Ruhn rio al avanzar hacia la escalera. Pero su diversión empezó a desvanecerse al revisar las habitaciones a cada lado del vestíbulo. ¿Dónde carajos estaba Bryce? La había visto con Fury, Juniper y Athalar en la sala, pero desde este ángulo en la parte superior de las escaleras, no la alcanzaba a ver...

Ruhn bajó tres escalones esquivando latas de cerveza, vasos desechables y un sostén con estampado de cebra. En ese momento, la puerta principal se oscureció.

O, mejor dicho, el espacio dentro del marco de la puerta se oscureció. Justo como había sucedido cuando aquellos demonios entraron por las Puertas.

Ruhn se quedó boquiabierto un instante al ver que un portal al Averno había ocupado el espacio de la puerta de su casa.

Entonces, buscó la espada que todavía no traía firmemente ajustada a la espalda y trató de despejar su mente para concentrar sus sombras en la otra mano. La risa y los cantos y la plática cesaron y las lucesprístinas parpadearon. La música se apagó como si alguien hubiera arrancado el cable de la pared.

De inmediato, Bryce y Athalar aparecieron en el arco que daba a la sala. Su hermana traía puesta la gorra de Athalar y el ángel venía armado con una pistola discretamente enfundada en el muslo. Athalar era la única persona a quien Ruhn permitiría portar armas de fuego en una de sus fiestas. Y a Axtar, que ya no estaba por ninguna parte.

Ruhn desenfundó la espada, bajó los escalones restantes de un salto y logró aterrizar con gracia al otro lado de su hermana. Flynn y Dec ocuparon sus posiciones junto a él. Las sombras empezaron a subirle por el brazo izquierdo como serpientes gemelas.

Una luz tenue emanaba de Bryce. No, eso era el tubito de luzprístina de su brazo.

De la oscuridad de la puerta emergió una figura. Directo del Averno. Y en ese momento, Ruhn supo otras tres cosas.

1. No estaba viendo un portal al Averno, después de todo. Dentro del marco de la puerta, lo que se arremolinaba eran sombras. Sombras familiares y susurrantes.

2. Lo que brillaba no sólo era el tubo de luzprístina en el brazo de Bryce. La cicatriz con forma de estrella debajo de su camiseta estaba encendida con una luz iridiscente.

3. Un hada conocida de cabello dorado salió de las sombras hacia la sala. En ese instante, Ruhn supo que su noche empezaba a empeorar.

4

—Ay, *no puede ser* —siseó Bryce al ver la cicatriz luminosa entre sus senos. O lo que alcanzaba a ver debajo del escote de su camiseta y el sostén. La luz encendía la tela de ambas prendas y, si no hubiera estado viendo al hada que acababa de aparecer envuelto en una nube de sombras, *tal vez* podría haber aprovechado el momento para pensar por qué y cómo brillaba.

Los invitados habían detenido en seco sus festejos. Anticipando el desmadre que estaba a punto de iniciar.

¿Y quién había sido el idiota que apagó la música? Qué amor por el dramatismo.

—¿Qué carajos estás haciendo aquí? —preguntó Ruhn mientras se acercaba al desconocido.

El rostro bronceado del hada podría considerarse apuesto con un estilo tosco de no ser porque su expresión carecía por completo de emociones. Sus ojos color café claro lucían muertos. Sin humor. El delgado suéter blanco que vestía, combinado con unos jeans negros y botas de combate, le indicó a Bryce que venía de algún sitio más frío.

La multitud pareció percibir peligro también y todos retrocedieron hasta que sólo Hunt, Bryce, Ruhn y sus amigos quedaron frente al desconocido. Bryce no sabía dónde habían quedado Fury y Juniper. La primera probablemente estaría posicionada estratégicamente en la habitación para asegurarse de poder interceptar cualquier peligro antes de que se acercara a su novia. Bien.

El desconocido avanzó con largas zancadas y Bryce se preparó para lo que viniera. Hunt se interpuso ligeramente entre ella y el hada, y el gesto la hizo contener una sonrisa.

En cuanto el rubio habló con su acento pronunciado y cargado, esa incipiente sonrisa se esfumó instantáneamente.

—Me invitaron, por supuesto.

El desconocido volteó a verla y sonrió con ironía, un gesto tan falto de vida como un pez fuera del agua.

—Me parece que no nos han presentado —movió la cabeza en dirección a ella, a su pecho—. Aunque yo sé quién eres, por supuesto —la recorrió con la mirada—. Te ves mejor de lo que esperaba. Claro que no esperaba mucho.

—¿Qué *carajos* estás haciendo aquí, Cormac? —gruñó Ruhn y dio un paso al frente. Pero volvió a enfundar la Espadastral en su espalda.

El rubio, Cormac, miró al hermano de Bryce. Olfateó una vez y luego rio.

—Hueles a sexo.

Bryce sintió asco al escucharlo. Cormac siguió hablando a pesar de la clara incomodidad de Ruhn.

—Y, ya te lo dije: fui invitado —insistió.

—No a esta puta casa —intervino Flynn y se paró al lado de Ruhn. Declan avanzó a su otro costado. Una unidad letal.

Cormac estudió sus alrededores.

—¿Llamas a esto una casa? No sabía que tus estándares habían caído tanto, lord Hawthorne.

Declan gruñó.

—Vete al carajo, Cormac.

Marc se acercó detrás de él. Mostraba los dientes en un silencioso gesto amenazador.

Si hubiera sido cualquier otro enemigo, Bryce sabía que lo hubieran eliminado de inmediato, pero este hombre era un hada de Avallen: poderoso, entrenado en el combate desde muy joven y despiadado.

El hada dijo, como si se diera cuenta de que ella estaba intentando descifrarlo:

—Soy tu primo, Bryce.

Hunt, el infeliz bastardo, soltó una risotada.

—No tengo ningún primo hada —respondió Bryce en tono cortante. Deseó que la estúpida cicatriz dejara de brillar. Que la gente regresara a la fiesta.

—Esa luz me indica lo contrario —la contradijo Cormac con seguridad descarada—. Yo soy primo de Ruhn directamente por parte de su madre, pero tu padre, el rey Einar, es hada, y su linaje en alguna ocasión se cruzó con el nuestro, hace mucho tiempo —levantó la mano y las flamas se envolvieron alrededor de sus dedos antes de apagarse.

Bryce parpadeó. Su madre nunca le había dicho el nombre del Rey del Otoño, y Bryce se enteró del nombre su padre hasta que tuvo edad para saber manejar una computadora.

—¿Por qué estás aquí? —ladró Ruhn.

De reojo, Bryce alcanzó a ver que los relámpagos crujían en las puntas de los dedos de Hunt. Con una descarga Hunt podría asar a este imbécil.

Pero Cormac seguía sonriendo con frialdad. Sus ojos muertos brillaron con desprecio puro cuando hizo una reverencia burlona hacia Bryce.

—Estoy aquí para conocer a mi futura esposa.

Las palabras recorrieron la mente de Hunt en un destello tan rápido que apagaron un poco sus relámpagos, pero Bryce echó la cabeza atrás con una carcajada.

Nadie más rio con ella.

Y cuando Bryce terminó de reír, le esbozó una sonrisa cáustica a Cormac.

—Eres muy gracioso.

—No es broma —respondió Cormac y su rostro se oscureció—. Ha sido decretado.

—¿Por quién? —preguntó Hunt al instante.

El hada de Avallen miró a Hunt con desdén palpable. Por lo visto, no estaba acostumbrado a que se le cuestionara. Pendejete mimado.

—Por su padre, el Rey del Otoño, y el mío, el Alto Rey de las Hadas de Avallen.

Eso convertía a este idiota en un príncipe heredero.

Bryce dijo con frialdad:

—Hasta donde sé, yo ya no estoy disponible.

Hunt se cruzó de brazos y se volvió un muro de músculos a su lado. Que Cormac pudiera ver precisamente con quién tendría que enfrentarse si daba un paso más hacia Bryce. Hunt hizo que unas chispas de sus relámpagos recorrieran sus hombros, sus alas.

—Tú eres un hada soltera —dijo impasible Cormac—. Eso significa que le perteneces a tus parientes hombres hasta que decidan entregarte a otro. Esa decisión ya fue tomada.

Desde el arco que daba a la sala, emergió una figura oscura y delicada. Axtar. Tenía una pistola en la mano pero la sostenía junto a su muslo. No había rastro de Juniper. La fauna probablemente estaba escondida donde Fury le había indicado.

Cormac miró en dirección a la mercenaria y su gesto desdeñoso titubeó un poco.

Había pocas personas en el poder en Midgard que no conocieran a Fury Axtar. De lo que era capaz si se le provocaba.

Ruhn apuntó a la puerta y le gruñó Cormac.

—Lárgate de una puta vez de mi casa. Da igual si usas tus sombras o tus pies, pero lárgate.

Cormac frunció el ceño al ver la Espadastral que se asomaba por encima del hombro ancho de Ruhn.

—Dicen los rumores que esa espada canta para mi futura esposa también.

Un músculo de la mandíbula de Ruhn se movió ligeramente. Hunt no sabía con precisión cómo interpretar eso.

Pero Bryce dio un paso al frente. La estrella seguía brillando.

—Yo no soy tu futura esposa, pendejo. Y no lo seré, así que arrástrate al agujero del que saliste y diles a tus reyes que se busquen a otra persona. Y diles...

—Qué boquita —murmuró Cormac.

A Hunt no le gustó mucho ese tono insinuante del hada. Pero contuvo su poder. Incluso lanzar una chispa de sus relámpagos contra Cormac podría interpretarse como una declaración de guerra.

Las hadas eran unos bebitos delicados. Sus rabietas podían durar siglos.

Bryce le sonrió a Cormac con dulzura.

—Entiendo que estés en tu papel de Príncipe Atormentado, pero pobre de ti si te atreves a interrumpirme otra puta vez.

Cormac parpadeó. Hunt ocultó su sonrisa aunque le subió la temperatura al escuchar la irreverencia de Bryce.

Ella continuó:

—Mi hermano te dijo que te largaras de esta casa —la piel le empezó a brillar—. No te conviene que *yo* te lo tenga que pedir.

Hunt sintió que el vello de la nuca se le erizaba. Ella había dejado gente ciega con ese poder, y eso fue antes de hacer el Descenso. Con toda la magia que ahora alimentaba su luzastral... Todavía no había sido testigo de cómo se manifestaría. Casi deseó averiguarlo en ese momento, que experimentara con este pendejo.

Hunt miró a Flynn, Declan y Marc, que estaban tensos y listos para entrar a la pelea. Y Ruhn...

Hunt no sabía por qué la sonrisa satisfecha de Ruhn le sorprendía. Pensó que tendría el orgullo lastimado, quizá, porque Bryce lo estaba opacando en su propia casa. Pero lo que transmitía la expresión de Ruhn era orgullo... orgullo por Bryce. Como si el príncipe hubiera estado esperando que su hermana manifestara su poder desde hacía tiempo y se sintiera honrado de tenerla a su lado.

Hunt devolvió su atención a Cormac cuando el príncipe de Avallen levantó las manos y le sonrió a Bryce lentamente. El gesto lucía tan muerto como sus ojos.

—Ya vi todo lo que necesitaba ver.

—¿De qué carajos estás hablando? —exigió saber Ruhn. Las sombras se retorcían en sus hombros, un contraste oscuro con la luz que emanaba de Bryce.

Pero las sombras también se arremolinaban detrás de Cormac, más oscuras, más violentas que las de Ruhn, como una estampida de caballos indomables esperando a arrasar sobre ellos a todo galope.

—Quería confirmar con mis propios ojos que ella tuviera el don. Gracias por demostrarlo —metió un pie en esas sombras salvajes e inclinó la cabeza a Bryce—. Nos vemos en el altar.

La estrella de Bryce se apagó en el momento que él desapareció y quedaron atrás sólo unas cuantas brasas brillando.

Bryce apenas y se percató del final de la fiesta: la gente que iba saliendo por la puerta principal, los incontables ojos que la miraban en el vestíbulo mientras ella se ocupaba escribiendo en su teléfono.

—Mañana en la mañana hay un tren que sale a las siete —le dijo Bryce a Hunt, que seguía a su lado. Como si estuviera temeroso de que el hombre de Avallen reapareciera para llevársela.

Pero no era cualquier hombre de Avallen: era el Príncipe Cormac. Su... prometido.

—Tu mamá no se va a querer ir por ningún motivo —dijo Hunt—. Si de milagro no sospecha que por algo quieres adelantar su partida cinco horas, entonces Randall sí lo hará.

Juniper buscaba en su teléfono al otro lado de Bryce.

—Los canales sociales están vacíos a esta hora, pero...

—Con una persona que hable... —terminó la frase Fury desde su posición al frente de la casa, donde monitoreaba con la misma actitud vigilante que Hunt—. Aunque creo que dejé muy clara mi posición sobre las consecuencias de hacerlo.

Que los dioses la bendijeran, Fury ciertamente lo había dejado muy claro. *Si cualquiera de ustedes postea, habla o siquiera piensa en lo que acaba de suceder aquí esta noche,* declaró con autoridad silenciosa a todos los invitados impresionados, *los cazaré y haré que se arrepientan.*

Nadie había dicho nada, pero Bryce notó que más de una persona borraba fotografías de su teléfono al salir apresuradamente.

Hunt dijo:

—Sacar a tus padres de la ciudad sin que sospechen *ni* se enteren será difícil, por decir lo menos —ladeó la cabeza—. ¿Estás segura de que no sería más sencillo simplemente decirles?

—¿Y arriesgarme a que mi madre se vuelva loca? ¿Que cometa alguna imprudencia?

Y eso sin mencionar lo que Randall podría hacer si pensara que el Rey del Otoño ponía en juego la felicidad de Bryce o el control sobre su propia vida. Lo que Ember dejara del cadáver del Rey del Otoño quedaría lleno de las balas de Randall.

—No voy a arriesgarlos así.

—Son adultos —dijo Fury—. Puedes confiar en que tomarán decisiones racionales.

—¿Acaso conoces a mi mamá? —exigió saber Bryce—. ¿*Racional* es la palabra que viene a tu mente cuando piensas en ella? Hace esculturas de bebés en camas de lechuga, con un carajo.

—Sólo pienso que —intervino June— se van a enterar de todas maneras, así que tal vez sería mejor que lo escucharan de ti. Antes de que lo escuchen de boca de alguien más.

Bryce negó con la cabeza.

—No. Quiero estar muy, muy lejos de ellos cuando se enteren. Y poner unos cuantos cientos de kilómetros entre ellos y el Rey del Otoño también.

Hunt gruñó para indicar que estaba de acuerdo y ella lo miró agradecida.

El sonido de Declan que cerraba la puerta la hizo apartar su atención del ángel. El hada se recargó contra la entrada.

—Bueno, ya se me bajó todo lo enfiestado.

Flynn se dejó caer en los escalones inferiores de la escalera con una botella de whisky en la mano.

—Entonces será mejor que empecemos a recuperarnos —dio un trago a la botella antes de pasársela a Ruhn, quien se recargó contra el barandal de la escalera con los brazos cruzados y los ojos azules brillando con un tono casi violeta. Llevaba varios minutos en silencio.

Bryce no tenía idea de por dónde empezar la conversación con él. Sobre Cormac, sobre el poder que había mostrado en la casa del mismo Ruhn, sobre la estrella que brilló ante el Príncipe de Avallen... sobre todo eso. Así que simplemente dijo:

—¿Supongo que él es el primo de tu Prueba?

Ruhn, Dec y Flynn asintieron con seriedad. Su hermano bebió otra vez de la botella de whisky.

—¿Qué tan cerca estuvo Cormac de matarte durante tu Prueba? —preguntó Hunt. Ruhn debió haberle contado sobre esto en algún momento durante el verano.

—Cerca —dijo Flynn y se ganó una mirada molesta de parte de Ruhn.

Pero Ruhn admitió:

—Fue grave —Bryce podría haber jurado que evitó verla cuando agregó—: Cormac pasó toda su vida pensando que él se ganaría la Espadastral algún día. Que iría a la Cueva de los Príncipes y demostraría merecerla. Estudió todas las leyendas, se aprendió el linaje, leyó detenidamente todos los recuentos que detallaban las variaciones en el poder. No... no le hizo nada de gracia cuando yo obtuve la espada.

—Y ahora su prometida tiene derecho sobre ella, además —dijo Flynn y esta vez fue Bryce quien lo miró molesta. Podría haber vivido el resto de su vida sin que le recordaran eso.

Ruhn pareció forzarse a mirar a Bryce al decir:

—Es verdad —entonces sí había visto su mirada molesta—. La espada es tan tuya como mía.

Bryce hizo un ademán para restarle importancia.

—Yo me la llevaré los fines de semana y los días feriados, no te preocupes.

Hunt agregó:

—Y además así tendrá *dos* Solsticios de Invierno, así que... el doble de regalos.

Ruhn y los demás los vieron como si les hubieran salido diez cabezas, pero Bryce le sonrió a Hunt. Él le sonrió de vuelta.

Él la entendía... su humor, sus miedos, sus dudas. Lo que fuera, Athalar la *entendía*.

—¿Es verdad? —preguntó Juniper, tomó a Bryce del brazo y se acercó—. ¿Sobre la legalidad de un compromiso en contra de la voluntad de Bryce?

Eso le borró la sonrisa de la cara a Hunt. Y a Bryce. Su mente corría a toda velocidad, cada pensamiento tan rápido y vertiginoso como una estrella fugaz. Sintió un nudo en el estómago.

—Dime que hay una manera de que evitemos esto, Ruhn —caminó hacia su hermano y le arrebató la botella de whisky. Una luz tenue se encendió en la espalda del joven: la Espadastral. Zumbó, un silbido similar a un dedo recorriendo el borde de un vaso.

La mirada de Ruhn se cruzó con la de ella, inquisitiva y precavida, pero Bryce dio un paso atrás. La espada dejó de cantar.

No va a morder, ya lo sabes.

Bryce casi brincó al escuchar la voz de su hermano llenar su mente. Él usaba ese don de hablar en su mente muy rara vez, por lo que ella solía olvidar que lo podía hacer.

Es tu espada. No mía. Tú eres tan príncipe astrogénito como yo princesa.

Él respondió, con el brillo de las estrellas en los ojos, *No soy el tipo de hombre cuyo sentido del orgullo es tan frágil que necesito aferrarme a un arma brillante. Si la quieres usar, es tuya.*

Ella sacudió la cabeza. *Tú conseguiste esa espada, y aparentemente tuviste que lidiar con Cormac para lograrlo. Eso por sí solo te da derecho a quedártela.*

La risa de Ruhn le llenó la mente, repleta de diversión y alivio. Pero su rostro permaneció serio cuando le dijo al grupo que los miraba:

—No presté atención en clase cuando vimos el tema de la ley hada. Lo siento.

—Bueno, pues yo sí —dijo Marc—. Y ya puse a unos de mis socios del bufete a investigarlo. Cualquier caso legal o precedente que se haya subido a la base de datos, si no está oculto en los Archivos Asteri, lo podremos consultar.

Declan asintió:

—Yo también buscaré.

Pero ni siquiera Dec, con sus dotes de *hacker*, podría violar la seguridad que protegía los archivos antiguos y privados de los asteri.

—Gracias —dijo Bryce pero no permitió que ni un poco de esperanza surgiera en su pecho—. Avísenme en cuanto averigüen algo.

Ruhn empezó a hablar pero Bryce lo dejó de escuchar y le pasó la botella de whisky a Juniper antes de salir al decrépito porche delantero. Avanzó procurando no pisar las latas y vasos tirados. Hunt la siguió como una tormenta de viento a sus espaldas mientras ella caminaba hacia la pequeña franja de césped al frente para impregnarse de la actividad de la Vieja Plaza a su alrededor.

—¿Por qué estás tan tranquila con esto? —preguntó Hunt con los brazos cruzados. El aire seco y cálido de la noche le despeinó el cabello y las alas grises.

—Porque esto es alguna especie de jugada del Rey del Otoño —dijo Bryce—. Está anticipando que voy a salir corriendo a su casa para pelear con él. Estoy intentando descifrar de qué le serviría eso. Cuál es su verdadera intención.

Y cuál podría ser la de ella.

—Conectar los dos linajes reales más poderosos de las hadas es una intención bastante clara —gruñó Hunt—. Y encima de todo, tú eres astrogénita. Me dijiste que tienes los dones de uno de los primeros astrogénitos. Y tienes el Cuerno. Eso te convierte en una pieza muy valiosa para alguien que busca más poder.

—Eso es demasiado simple para el Rey del Otoño. Sus juegos se extienden a lo largo de muchos años... siglos. Este compromiso sería el primer paso. O tal vez ya avanzamos varios pasos.

Sólo debía averiguar una manera de *adelantar* unos cuantos pasos sin revelar sus intenciones. El compromiso tendría que mantenerse. Por ahora.

—Qué desmadre.

Bryce hizo acopio de su fortaleza.

—Estaba disfrutando mucho este verano, ¿sabes? Parece como si la intención del día de hoy fuera arruinarlo para ambos.

Hunt bajó la cabeza.

—Casi se podría pensar que esto es un plan de los dioses. Probablemente tienen un grupo de fuerzas especiales con la misión: Cómo Joderse a Bryce y Hunt en Un Día.

Bryce rio.

—Celestina podría terminar siendo una bendición. Pero... ¿Crees que el Rey del Otoño podría haber planeado que esto coincidiera con que tú recibieras la noticia sobre Celestina?

—¿Con qué fin?

—Para alterarnos. Para obligarnos a actuar, no sé —respondió ella. Luego se atrevió a decir—: Tal vez pensó que irías a atacarlo y que eso te haría ver mal frente a la nueva arcángel.

Hunt se quedó inmóvil y Bryce se volvió muy consciente de la distancia entre sus cuerpos.

—De nuevo —dijo él con voz ronca—, ¿con qué fin?

—Si tú hicieras algo ilegal —pensó Bryce en voz alta y su corazón empezó a acelerarse al sentir que él se acercaba—, como...

—¿Como matar a un príncipe heredero de las hadas?

Bryce se mordió el labio.

—Celestina necesita poner un ejemplo de cómo planea gobernar. Y castigar a un ángel poderoso, un ángel *famoso* que actuó indebidamente... ésa sería la manera perfecta de demostrar su poder. Y que ella te sacara de la jugada favorecería al Rey del Otoño. Él sabe que somos un equipo.

—Un equipo —repitió Hunt lentamente. Como si, de todo lo que ella acababa de decir, *eso* fuera lo que le había llamado la atención.

—Sabes a qué me refiero —dijo Bryce.

—No estoy seguro.

¿Acaso su voz se escuchaba más grave?

—Somos compañeros de casa —dijo ella con la voz también un poco más jadeante.

—Compañeros de casa.

—¿Campeones ocasionales de cerveza pong?

Hunt le quitó la gorra de la cabeza a Bryce y la colocó sobre la suya, con la visera hacia atrás, como era su costumbre.

—Claro, el Rey del Otoño en verdad le teme a nuestra alianza profana de cerveza ponguistas.

Bryce sonrió y dejó que esa sensación ahuyentara la oscuridad que se agazapaba en su alma. Pero Hunt agregó:

—No podemos olvidar que Avallen tiene su propia perspectiva en esta situación. ¿Por qué estarían de acuerdo con esta unión?

—¿Sabes qué? —dijo Bryce—. ¿A quién le importan ellos? Mi padre, las hadas de Avallen, que se vayan al carajo —sólo podía ser así de despreciativa con Hunt. Él siempre la apoyaría, sin importar qué—. Al menos hasta que logremos subir a mis padres a ese tren.

—Todavía no me has propuesto un plan convincente sobre cómo vamos a hacer *eso*. Para el caso, ya podrían estar enterándose de esto en las noticias.

—Oh, mi teléfono ya estaría explotando si mi madre se hubiera enterado —se pasó la mano por el cabello—. Tal vez debería pedirle a Fury que se meta a escondidas a su hotel y desactive sus teléfonos.

—¿Está muy mal que piense que debería ir un paso más allá y amarrarlos, arrojarlos a la cajuela de un automóvil y llevárselos a casa para que lleguen allá antes de las noticias? Porque eso es lo que Fury probablemente haría si la enviaras a ese hotel.

Bryce rio y el sonido recorrió su cuerpo como una canción de campanas de plata.

—De acuerdo, nada de Fury —dijo y tomó a Hunt del brazo. Saboreó su masa muscular y se dirigieron hacia la reja del jardín y luego a la acera—. Ordenemos una pizza, veamos episodios viejos de *Destino Playa Lujuria* y busquemos maneras de engañar a mis padres.

Una de las alas de Hunt le rozó la espalda con la más suave de las caricias. Cada centímetro que tocó se encendió como luzprístina.

—Suena como cualquier noche de martes.

Caminaron lentamente de regreso a casa y, a pesar de la poca seriedad de las palabras de Bryce, ella sintió que empezaba a sumergirse en un estado de oscuridad arremolinada y pensamientos como estrellas fugaces. Había sido una tonta por pensar que podría mantenerse discretamente oculta para siempre. Había estado dispuesta a seguir las órdenes de los asteri y llevar una vida aburrida y normal, pero el resto del mundo tenía otros planes para ella. Y para Hunt.

Apenas estaba llevándose el teléfono al oído para llamar a sus padres y darles la noticia de que *Ay, me da tanta pena pero Jesíba necesita que vaya a su bodega mañana y creo que esto podría darme una oportunidad de pedirle trabajo. ¿Podrían tomar el tren más temprano?* cuando salieron del elevador y encontraron entreabierta la puerta de su departamento.

Si su madre y Randall habían llegado de visita sorpresa...

Syrinx ladraba dentro y Bryce se abalanzó hacia la puerta. El recuerdo de otra noche la hizo ver rojo. Ahora, al igual que entonces, el aroma a cobre de la sangre flotaba en el aire, en el pasillo, en el umbral de su puerta...

No otra vez. No sus padres...

Hunt la empujó hacia atrás y se acercó cuidadosamente a la entrada. Tenía la pistola desenfundada y sus relámpagos le envolvían la otra mano. La violencia se podía palpar en cada una de las líneas tensas de su cuerpo, en sus alas erguidas.

La sorpresa destelló en sus ojos oscuros y bajó la pistola. Bryce miró lo que había en el centro de la sala y se recargó en Hunt con alivio y sorpresa.

Sí, los dioses claramente habían creado un grupo de fuerzas especiales con la misión de Cómo Joderse a Hunt y Bryce.

Dentro del departamento estaba Ithan Holstrom, sangrando por todo el piso de madera clara.

5

Tharion Ketos la había cagado realmente.

De manera literal. La Reina del Río estaba *encabronada*.

Por eso ahora se veía obligado a hacer el esfuerzo de mantenerse en pie en una pequeña embarcación pesquera en un mar tan tormentoso que incluso su estómago de acero estaba revuelto. Arriba y abajo, abajo y arriba, el barco se movía bajo la lluvia, a merced de las olas y el viento que amenazaba con arrancarle la piel hasta los huesos a pesar de su grueso suéter negro y su chaleco táctico.

Podría estar descansando ahora sobre una roca en el Istros, de preferencia mientras lo admiraban todas las mujeres que recorrían el muelle. Ciertamente disfrutaba encontrar fotos no-tan-discretas de él en las redes sociales con pies de página como: ¡*Tan sexy que de milagro no evapora todo el Istros!*

Ése había sido uno de sus favoritos. Desgraciadamente, también había sido el motivo de que terminara aquí. Castigado por la Reina del Río porque el mensaje había hecho llorar a su hija.

Estaba acostumbrado al frío, había explorado las profundidades hasta el límite que le permitían sus dones de mer sin que se le reventara el cráneo como un huevo, pero esta sección al norte del Mar Haldren era distinta. Le succionaba la vida de los huesos. Su color grisáceo le corroía hasta el alma.

Aunque nadar le provocaría menos náuseas, eso sí.

Tharion agachó la cabeza para enfrentar el embate de la lluvia. El cabello rojizo se le pegaba al cráneo y el agua helada goteaba por su cuello. Dioses, quería regresar a casa. De vuelta al calor seco e intenso de un verano en Lunathion.

—El sumergible está dentro de rango —gritó la capitana. La metamorfa de delfín estaba resguardada en la seguridad del vestíbulo de comando. Maldita suertuda—. Estamos empezando a recibir una transmisión en vivo.

Tharion apenas podía sostenerse del barandal resbaloso por la lluvia pero logró abrirse paso hacia el vestíbulo. Sólo cabían dos personas, así que tuvo que esperar hasta que el primer oficial, un metamorfo de tiburón, saliera antes de poder entrar. La calidez era como el beso del mismo Solas, y Tharion suspiró al cerrar la puerta corrediza y examinó la pequeña pantalla junto al timón.

Las imágenes de la fosa eran borrosas: pequeñas corrientes con fragmentos flotantes frente a la gran oscuridad al fondo. Si hubieran estado en un buque de batalla, ¡demonios, hasta en un yate!, tendrían pantallas gigantes con claridad cristalina. Sin embargo, este barco pesquero, capaz de pasar desapercibido al radar de la marina de Pangera, había sido la mejor opción.

La capitana se paró frente a la pantalla y apuntó con un dedo moreno hacia el número de la esquina superior derecha. Iba aumentando.

—Nos estamos acercando a la profundidad solicitada.

Tharion se sentó en la silla giratoria que estaba anclada al piso. Técnicamente era la silla de la capitana, pero no le importó. Él estaba pagando por esta expedición. Claro, lo había hecho con su tarjeta de crédito expedida por la Corte Azul, pero podía sentarse donde se le diera su pinche gana.

La capitana arqueó una ceja oscura.

—¿Sabes qué es lo que estás buscando?

Varios espías que trabajaban con él le habían recomendado ampliamente a esta capitana: una mujer discreta y valiente que no huiría ante la primera señal de buques de guerra imperiales.

Tharion estudió la pantalla.

—Un cuerpo.

La capitana silbó.

—Sabes que las probabilidades son...

—Estaba atada a bloques de plomo y la dejaron caer al agua en esta zona.

Había sido la Cierva.

—Si no es de la Casa de las Muchas Aguas, hace mucho que murió.

Qué información tan novedosa.

—Sólo necesito encontrarla.

Lo que quedara de ella, después de dos semanas en el fondo del mar. Francamente, lo más probable era que sus huesos y cuerpo hubieran explotado por la presión.

Su reina se había enterado del destino de la pobre chica a través de lo que le susurraban los ríos y los mares. Él sabía que éste era el método que usaba la Reina del Río para mantenerse al tanto de sus hermanas, que gobernaban en los otros cuerpos de agua alrededor de Midgard, pero no sabía que la información podía ser tan precisa. La reina le había podido decir que buscara bloques de plomo y dónde buscarlos. Y qué tipo de vanir, exactamente, era Sofie: una pájaro de trueno. Que Ogenas tuviera piedad de todos.

Había venido por la ligerísima probabilidad de que el cuerpo vanir de Sofie hubiera sobrevivido al descenso en las aguas y que no hubiera sido comida por carroñeros. Su reina parecía tener la impresión de que Sofie era un elemento valioso, incluso muerta.

Pero se había negado a decirle más al respecto. Sólo le había dicho que debía recuperar el cuerpo y llevarlo de regreso a la Corte Azul. Probablemente para buscar en él información o armas. Rezó por no tener que encargarse personalmente de eso.

—Estamos a la profundidad mencionada —anunció la capitana y el sumergible se detuvo. Se vieron más fragmentos blancos flotando frente a la cámara que giraba para revelar el suelo marino limoso y alienígena.

—¿Alguna idea de por dónde comenzar, capitán?

Capitán. Tharion seguía pensando que el título era ridículo y bastante doloroso. El caso que le había ganado la reciente promoción había sido el del asesinato de su hermana. Hubiera cambiado ese título en un instante con tal de tener a Lesia de vuelta. De escuchar una vez más la risa escandalosa de su hermana menor. Capturar y matar a su asesino no le había servido para mitigar ese sentimiento.

—Con base en la corriente, debe haber tocado fondo cerca de aquí —dijo Tharion y permitió que su magia de agua se sumergiera lentamente hacia el fondo. No pudo evitar sentir algo de rechazo ante la violencia del océano. No era para nada como la calma clara del Istros. Claro que había muchos monstruos que habitaban el Río Azul, pero esas aguas color turquesa le cantaban, reían con él, lloraban con él. Este mar sólo aullaba enfurecido.

Tharion monitoreó la transmisión.

—Rota la cámara al oeste y mueve el sumergible unos diez metros hacia adelante.

Con el resplandor de los rayos de luzprístina sobre el sumergible a control remoto, pudieron ver más fragmentos carnosos flotar frente a la cámara. Micah había condenado a Viktoria a esto. El arcángel encerró la esencia de la espectro en una caja mágicamente sellada y la arrojó al fondo de la Fosa Melinoë. Dentro, ella permanecía completamente consciente a pesar de no tener forma corpórea.

Que el fondo de esa fosa estuviera a veinticinco kilómetros más de profundidad que el fondo del mar frente a ellos provocó un escalofrío en los antebrazos con rayas atigradas de Tharion. La caja de la espectro era del tamaño de una caja de zapatos y estaba hechizada para soportar la presión. Y Viktoria, que no necesitaba ni agua ni comida, podría vivir para siempre. Atrapada. Sola. Sin luz, ni nada, salvo silencio. Ni siquiera tendría el consuelo de su propia voz.

Era un destino peor que la muerte. Ahora que Micah estaba en una bolsa de basura en algún tiradero de la ciudad, ¿quién se atrevería a buscar a la espectro? Athalar no había mostrado señales de rebelión y Bryce Quinlan, según lo último que había escuchado Tharion, estaba conforme con regresar a una vida normal.

Demonios, después de esta primavera, ¿acaso no era lo que todos querían, regresar a la normalidad?

La Reina del Río no parecía quererlo. Lo había enviado a buscar los restos de la espía rebelde. A recuperar su cadáver Muy Pinche Importante.

Aunque el hecho de estar buscando el cadáver de una espía rebelde podría condenar a la Reina del Río. Los podría condenar a todos.

Y él estaría al frente de la línea de fuego. Pero nunca se había atrevido a contradecir a la reina ni a comentar sobre las contradicciones de su decisión: lo castigó por hacer llorar a su hija pero, ¿qué sucedería si él moría o resultaba lesionado durante uno de sus castigos? ¿No lloraría su hija en ese caso?

Su hija, tan caprichosa como su madre e igual de celosa. Si tenía algunos comportamientos de monstruo posesivo, era porque su madre así la había educado.

Él había sido un tonto al no percatarse de eso antes de tomar su doncellez y jurarle lealtad hacía una década. Antes de siquiera ser su prometido. El amado de la hija de la Reina del Río. Un príncipe en entrenamiento.

Una puta pesadilla.

A juzgar por el hecho de que había conservado su trabajo estos diez años, y que incluso había sido ascendido, la madre aparentemente todavía no sabía bien qué hacer con él. A menos que la hija hubiera intervenido a su favor, para mantenerlo seguro. Pensar en eso, que tenía que mantener las cosas en paz con ella, era suficiente para convencerlo de conservar el pene bien guardado en los pantalones y las manos lejos de las tentaciones. Las aletas. Daba igual.

Y había aceptado todos los castigos, a pesar de lo injustos e inmerecidos y peligrosos que fueran.

—No veo nada —dijo la capitana y ajustó el interruptor de control en el tablero.

—Sigue moviéndote. Haz un barrido completo de un perímetro de kilómetro y medio.

No regresaría con su reina con las manos vacías si podía evitarlo.

—Estaremos aquí por horas —objetó la capitana con el ceño fruncido.

Tharion sólo se acomodó en la silla y miró al primer oficial, que se resguardaba contra el costado del vestíbulo.

Sabían a qué se enfrentarían cuando decidieron venir. Sabían el tipo de tormentas que recorrían estos mares en esta época del año. Si el metamorfo se cansaba del viento y la lluvia, podía saltar bajo las olas.

Aunque un tiburón en estas aguas era el menor de los terrores.

Tres horas y media después, Tharion levantó una mano.

—Regresa a la derecha. No... ajá. Ahí. ¿Puedes acercarte más?

El sumergible a control remoto acababa de pasar flotando junto a una ventila hidrotermal, junto al lodo y roca y toda clase de criaturas extrañas. Pero ahí, escondida entre un conjunto de anélidos tubícolas blancos y rojos... una roca cuadrada.

Sólo manos vanir o humanas la podrían haber tallado.

—Maldición —murmuró la capitana y se inclinó sobre la pantalla. La luz le iluminaba el rostro anguloso—. Ésos son bloques de plomo.

Él trató de contener su escalofrío. La Reina del Río tenía razón. Hasta el último detalle.

—Haz un círculo a su alrededor.

Pero... las cadenas que salían del bloque estaban sobre el suelo marino. Vacías.

La capitana dijo:

—La persona que estaba sostenida por esas cadenas hace mucho que ya no está. O se la comieron o explotó por la presión.

Tharion miró las cadenas y asintió. Pero algo más llamó su atención.

Miró a la capitana para ver si ella había notado la anomalía pero nada de su expresión revelaba sorpresa. Así que Tharion permaneció en silencio y le permitió sacar el pequeño sumergible a la superficie, donde el primer oficial lo subió a la cubierta.

Dos horas después, de regreso en tierra firme, empapado y lodoso por la lluvia, Tharion calmó el castañeo de sus dientes el tiempo suficiente para llamar a su reina.

La Reina del Río respondió al primer timbrazo.

—Habla.

Tharion, acostumbrado a esa voz cortante pero etérea, dijo:

—Encontré los bloques de plomo. Las cadenas seguían pegadas a ellos.

—¿Entonces?

—No había cuerpo —dijo y escuchó un suspiro de decepción. Lo volvió a recorrer un escalofrío, aunque esta vez no se debía sólo al frío—. Pero los grilletes estaban abiertos.

El suspiro se detuvo. Él había aprendido a leer sus pausas, tan variadas como la vida en su río.

—¿Estás seguro de eso?

Él evitó preguntar por qué las corrientes no le habían compartido este detalle particularmente vital. Tal vez eran tan caprichosas como ella. Tharion dijo con suavidad:

—No había señales de daño. Al menos por lo que lograba ver en la pésima pantalla.

—¿Crees que Sofie Renast se liberó?

—No lo sé —dijo Tharion y se subió a la camioneta negra que conduciría al helipuerto privado en el norte de Pangera. Encendió la calefacción al máximo. Su cuerpo congelado tal vez necesitaría toda la hora del recorrido tierra adentro para calentarse—. Pero definitivamente creo que no llegó a tocar el fondo del mar.

Tharion condujo por el camino accidentado. El lodo salpicaba el vehículo y los limpiaparabrisas hacían un suave sonido al moverse.

Su reina dijo:

—Entonces alguien llegó antes que nosotros... o Sofie está viva. Es interesante que el agua no me haya susurrado nada de eso. Como si hubiera sido silenciada —Tharion tuvo la sensación de saber hacia dónde se dirigía la conversación—. Encuéntrala —le ordenó la reina—. Apostaría mi corte completa a que está buscando a su hermano. Movió cielo, mar y tierra para liberarlo de Kavalla. El mar susurra que él es tan talentoso como ella. Encuéntralo y la encontraremos a ella. Y viceversa. Pero incluso si sólo encontramos al niño... ciertamente será valioso.

Tharion no se atrevió a preguntar por qué estaban buscando a cualquiera de los dos. Podría imaginar motivos para querer a la rebelde, pero el chico... Emile Renast tenía el don de su hermana y eso era todo. Era un don poderoso, pero era un niño. Ni siquiera había hecho el Descenso. Y, hasta donde Tharion sabía, su reina no solía usar soldados infantiles. Pero Tharion no podía decir otra cosa salvo:

—Empezaré la búsqueda de inmediato.

6

Bryce buscó rápidamente en el gabinete debajo de su lavabo. Botellas de productos para el cabello, maquillaje viejo, secadoras descompuestas... Todo salía volando y caía detrás de ella. Dónde *carajos* había puesto...

Ahí. Bryce sacó el botiquín blanco de primeros auxilios. Syrinx hizo un pequeño baile a su lado. Como si la quimera de pelo dorado hubiera encontrado el botiquín. Cachorro travieso.

Bryce se puso de pie de un salto y abrió la tapa. Buscó el ungüento antiséptico, vendajes y un frasco de poción para el dolor. Le frunció el ceño a Syrinx.

—Estas pociones no caducan, ¿verdad?

Syrinx arrugó el hocico y resopló como diciendo ¡Ni idea!

Bryce le rascó debajo de la barbilla y regresó a la sala. Encontró a Hunt agachado al lado de Ithan, a quien habían recostado sobre la mesa de centro. El rostro de Ithan... Solas en llamas.

Bueno, estaba consciente. Y hablando. Ojalá no hubiera escuchado la discusión que tuvo con Hunt sobre dónde colocar su cuerpo apenas consciente hacía unos momentos. Hunt quería recostarlo en el sillón pero Bryce no pudo evitar gritarle algo sobre arruinar los cojines blancos. Así que lo recostaron sobre la mesa de centro.

Hunt e Ithan estaban murmurando en voz demasiado baja para que Bryce entendiera y guardaron silencio cuando se acercó. Aunque ella no podía detectar ninguna señal externa, los relámpagos de Hunt parecían crujir en el aire a su alrededor. O tal vez era solamente la presencia de Hunt que, de nuevo, le hacía cosas raras a sus sentidos. Bryce levantó el botiquín.

—Lo encontré.

Ithan gruñó:

—No... no estoy tan mal como parece.

—La boca te volvió a sangrar literalmente sólo por decir eso —respondió Bryce y dejó caer el botiquín en la mesa al lado de Ithan para después empezar a buscar las toallitas estériles. No lo había visto desde el ataque de la primavera pasada. No había hablado con él.

Bryce pasó la mano sobre el rostro amoratado e hinchado que no se parecía en nada al joven de facciones apuestas y encantadoras que había conocido tan bien.

—No sé siquiera por dónde empezar con este... cochinero.

No se refería solamente a su rostro.

—Ni tú ni yo —murmuró Ithan y siseó cuando ella le empezó a limpiar una cortada en la frente. Alejó la cabeza—. Sanará. Ésa ya está haciéndose más chica.

—Parece que las heridas fueron provocadas por garras —dijo Hunt con los brazos cruzados. Syrinx saltó al sofá, dio tres vueltas y luego se acurrucó hecho bolita.

Ithan no dijo nada. Bryce se volvió a acercar a la herida pero él se alejó más sin poder evitar una mueca de dolor.

—¿Por qué carajos estás aquí, Ithan? —preguntó Hunt con voz áspera.

Los ojos color castaño de Ithan, uno casi cerrado por la hinchazón, miraron a Bryce. Ahí brillaba la ira.

—Yo no les dije que me trajeran aquí. Perry... la Omega de mi jauría... ella me trajo.

La imagen borrosa de una mujer de cabello castaño se formó en la mente de Bryce. Perry... Ravenscroft. La hermana menor de Amelie.

—¿*Ella* te hizo esto?

Ithan resopló con una risa dura y luego volvió a hacer una mueca de dolor. Sus costillas probablemente...

Bryce le levantó la camiseta gris y ensangrentada para revelar unos músculos abdominales repugnantemente bien formados y...

—Carajo, Ithan.

Él se bajó la camiseta rápidamente para ocultar el extenso amoratamiento de su cuerpo.

—Estoy bien.

—Parecen costillas rotas —dijo Hunt con sequedad.

—Definitivamente costillas rotas, Athalar —agregó ella y se sentó sobre sus talones—. Y un brazo roto, por la manera en que lo está sosteniendo.

—La fractura del cráneo ya sanó —observó Hunt con frialdad, como si estuvieran en uno de esos programas de juicios penales vanir que le gustaba ver. Los ojos de Ithan volvieron a brillar.

—Estoy percibiendo hostilidad y una buena dosis de orgullo de macho —dijo Bryce.

—Si le sumas un poco de esa terquedad, creo que podríamos diagnosticar un caso clásico de estupidez —respondió Hunt.

—¿Cuál *carajos* es su problema? —exigió saber Ithan.

Bryce le sonrió a Hunt y todos los pensamientos sobre ser la prometida de alguien y sobre su padre y los asteri desaparecieron al encontrar la mirada divertida que brillaba en los ojos del ángel. Pero dejó de sonreír al volver a ver a Ithan.

—Prometo curarte lo más rápido posible y luego ya te puedes ir —dijo.

—Tómate tu tiempo. No es que tenga a dónde ir.

Hunt se quedó inmóvil.

—¿Amelie te corrió?

—Sabine me corrió —gruñó Ithan—. Ella, Amelie y los demás hicieron... esto.

—¿Por qué? —logró preguntar Bryce.

Ithan la miró a los ojos.

—¿Por qué crees?

Bryce negó con la cabeza y sintió cómo el repudio recorría su cuerpo. Ithan agregó:

—Ya sabes cómo opera Sabine. Algún reportero me acorraló en un bar hace unas semanas para hablar sobre el ataque de la primavera pasada y hablé sobre... lo que sucedió. Cómo te ayudé. El artículo se publicó esta mañana. Aparentemente a Sabine no le encantó.

—¿Ah, sí? —comentó Hunt con las cejas arqueadas.

La garganta amoratada de Ithan se movió cuando tragó saliva.

—Tal vez incluso te defendí —le dijo a Bryce—. De unas palabras muy desagradables de Sabine.

Bryce resistió la tentación de sacar su teléfono para buscar el artículo. Nada de lo que leyera ahí la haría sentir mejor sobre esto. Así que dijo:

—Sabine es una Líder de la Ciudad. ¿De verdad en esto es en lo que quiere desperdiciar su tiempo?

—Los lobos no hablan mal de otros lobos.

—Pero tú lo hiciste —indicó Hunt.

—También Sabine —dijo Ithan a Bryce con tristeza y cansancio—. El Premier te llamó loba. Eso es suficiente para mí. Yo, eh... No me gustó lo que dijo Sabine. Pero supongo que el artículo no le gustó a ella tampoco. Así que estoy fuera.

Bryce exhaló con un suspiro largo, largo.

—¿Por qué te trajeron aquí? —preguntó Hunt.

Ithan hizo una mueca de dolor.

—Perry recordó que éramos amigos, en otro tiempo —trató sin éxito de ponerse de pie—. Pero sólo denme unos minutos y me iré de aquí.

—Te quedarás aquí —dijo Bryce.

Honestamente, después de la noche que había tenido, esto era lo último que deseaba. En especial porque todavía tenía que llamar a su mamá para convencerla de irse de la ciudad. Dioses, si Ember se enteraba de que Ithan estaba aquí, jamás se iría. Lo amaba como a un hijo. Bryce trató de no pensar en eso.

—Tienes suerte de que Sabine no te matara.

—Créeme, lo quería hacer —respondió Ithan con amargura—. Pero yo no valía la pena el desmadre legal.

Bryce tragó saliva. El hermano menor de Connor alguna vez había sido su mejor amigo, después de Danika. Fury y June habían llegado después de eso. Dioses, ¿cuántos mensajes habían intercambiado Ithan y ella a lo largo de los años? ¿Cuántas bromas inmaduras habían compartido? ¿Cuántas veces había brincado en las gradas en uno de sus partidos de solbol, animándolo a todo pulmón?

El hombre frente a ella era un desconocido.

—Debería irme —dijo Ithan con voz gruesa. Como si él estuviera también recordando su historia. Como si lo leyera en su rostro.

—Siéntate de una puta vez —le dijo Hunt—. Ni siquiera puedes caminar.

—Bueno —concedió Ithan—. Sólo una noche.

Debía estar desesperado, por lo visto.

Bryce se esforzó por controlar el nudo que sentía en el pecho y sacó su teléfono.

—Bien —dijo y miró el reloj. Era casi medianoche. Sus padres probablemente ya estarían por quedarse dormidos—. Tengo que hacer una llamada.

Hunt preparó una taza de café descafeinado sólo para entretenerse en algo mientras Ithan sangraba sobre la mesa de centro a sus espaldas. Fragmentos de la voz de Bryce hablando con sus padres se filtraban por el pasillo.

Planearemos un fin de semana largo para la próxima. Tal vez Hunt y yo podamos ir a verlos. Creo que le encantaría por fin conocer Nidaros.

Los labios de Hunt empezaron a esbozar una sonrisa. ¿Llevarlo a casa de sus papás, eh? Daba igual que lo que estaba diciendo fuera una mentira descarada.

La cafetera terminó justo cuando Bryce estaba diciendo:

—Está bien. Los veré en el hotel a las seis. Sip. Tempranito. Está bien. Los quiero. Adiós.

Hunt le sopló al café humeante mientras Bryce regresaba por el pasillo.

—¿Todo bien? —le preguntó.

—Aparte del hecho de tener que levantarme en unas pocas horas, sí —respondió Bryce y puso su teléfono sobre la isla de la cocina—. Ya cambiamos sus boletos.

Miró a Ithan, que tenía los ojos cerrados. Pero Hunt estaba seguro de que el lobo estaba escuchando.

—Bien —dijo Bryce—. A las camas.

—Yo me puedo quedar en el sillón —gimió Ithan.

Hunt parecía estar de acuerdo pero Bryce dijo:

—Oh, no. Tú te quedarás conmigo en mi recámara. No vas a estar sangrando por todo mi sillón blanco.

Hunt dijo con aspereza:

—Yo dormiré en el sillón. Holstrom, puedes quedarte con mi recámara.

—Nop —lo contradijo Bryce—. Está bien. Mi cama es grande.

Hunt le respondió:

—Entonces *tú* duerme en el sillón y dale la cama a Holstrom.

—¿Con mis problemas de espalda?

Antes de que Hunt pudiera preguntar de qué demonios hablaba, ella agregó:

—Estoy cansada y no quiero discutir. Fin de la conversación.

Ithan abrió un ojo y los miró a los dos. Hunt tuvo que controlar su gruñido de frustración.

Quince minutos más tarde, Hunt estaba en su propia cama, apretando los dientes mientras miraba el techo y acompañado solamente por Syrinx y sus ronquidos.

Estaba bien. No tenía ninguna puta importancia que Ithan Holstrom estuviera compartiendo la cama de Bryce.

Ninguna. Puta. Importancia.

Su cama, le rugió la sangre. Aunque él no había estado ni remotamente cerca de ella en meses. Su cama, *su* Bryce, quien salió del baño con sus shorts para dormir y una camiseta desteñida y raída que no hacía nada por disimular la sombra de sus pezones debajo de la tela morada. Afortunadamente, Holstrom tenía los ojos demasiado hinchados para que Hunt pudiera percibir si la había visto o no. Aunque no importaba en realidad. Confiaba en Bryce. Sabía precisamente qué, y a quién, quería.

Pero... no importaba que Holstrom hubiera defendido a Bryce durante el ataque, o en algún estúpido artículo. Se había portado como un maldito hijo de puta los dos años anteriores. Y había permitido que Amelie hiciera lo que le venía en gana, que atormentara a Bryce por la muerte de Connor.

Y, sí, confianza aparte, tal vez sí se sentía ligeramente inquieto. Holstrom era bien parecido, cuando no lo habían golpeado hasta el borde del Averno. Había sido jugador estrella de solbol en UCM. Hunt recordaba algunos de los partidos que vio en la sala de la 33ª en el Comitium y cuánto le maravillaban la velocidad y agilidad de Holstrom. El lobo llevaba dos años sin practicar el deporte pero su cuerpo seguía estando en forma.

Estúpido idiota celoso. Carajo, tener a Holstrom ahí le molestaba más que ese imbécil de Cormac con su idea de que se casaría con Quinlan.

Se odió un poco a sí mismo al tomar el teléfono de su mesita de noche y escribir *Ithan Holstrom Sabine Fendyr Bryce Quinlan.*

El artículo apareció de inmediato.

Hunt lo leyó por encima. Leyó lo que Sabine dijo y tuvo que esforzarse por controlar su respiración. Por no saltar hacia el cielo y para ir a hacer jirones a la heredera a Premier.

«Bryce Quinlan no es más que una niñita fiestera y mimada que estuvo convenientemente en el lugar indicado durante el ataque. Mis lobos salvaron inocentes. Ella es sólo una patética busca-fama.»

Hunt apretó tanto los dientes que le dolió la mandíbula. Casi al final del artículo encontró la cita de Holstrom.

«Los lobos llegaron a Prados de Asfódelo gracias a Bryce. Ella emitió el llamado de auxilio y contuvo al enemigo hasta que nosotros pudimos llegar a apoyarla. Ella salvó esta ciudad. Para mí, es una heroína. No permitan que nadie los convenza de lo contrario. En especial, personas que ni siquiera estaban en la ciudad durante el ataque.»

Bueno, Hunt no culpaba a Sabine por estar encabronada. La verdad dolía.

Hunt suspiró y estaba a punto de poner su teléfono de vuelta sobre la mesa de noche cuando vibró para indicar que le había llegado un mensaje de Isaiah. *¿¿Opiniones??*

Hunt sabía que Isaiah se refería al nombramiento de Celestina. *Demasiado pronto para saberlo,* escribió en respuesta. *Demasiado pronto para sentir esperanzas también.*

Isaiah respondió de inmediato. *Llegará mañana a las cinco de la tarde. Trata de portarte bien, Hunt. Ella no es Micah.*

Hunt respondió con pulgares arriba. Pero el sueño tardó en llegar.

Bryce miraba el techo de su recámara mientras escuchaba la respiración húmeda y dificultosa del lobo a su lado.

Por lo menos, sus padres al menos sí se habían tragado entera la mentira. Claro que significaba que tendría que despertar en cuatro horas, pero era un precio que valía la pena pagar. No se había filtrado información sobre su compromiso todavía. Sólo podía rezar para que no sucediera antes de que el tren saliera de la ciudad.

Ithan se movió un poco y el sonido de los cobertores rompió el silencio. Era extraño tenerlo ahí y que su olor le llenara la nariz. Tan similar al olor de Connor...

—Podría haber dormido en el sillón —le dijo Ithan en la oscuridad.

—No confío en que Athalar no te vaya a asfixiar con un cojín.

Ithan contuvo la risa.

—¿Es rencoroso, eh?

—No tienes idea.

Se volvió a hacer el silencio, espeso y pesado. En realidad ella quería tener vigilado a Ithan. Era así de simple. Con o sin los hechizos que protegían este lugar, no lo dejaría sin vigilancia si existía la posibilidad de que Sabine y Amelie cambiaran de opinión sobre el desmadre legal y el papeleo. Ya había perdido a un Holstrom.

—Danika me dio el acceso —dijo Ithan—. Justo antes de... todo. Me mostró el departamento, quería que yo participara en la sorpresa. Así fue como pude meterme.

Bryce sintió que se le hacía un nudo en la garganta.

—Oh.

—¿Es verdad que Danika te ayudó a hacer el Descenso?

La voz de Danika se había transmitido por todas las Puertas a todos los rincones de la ciudad, por lo que era del conocimiento general que Danika Fendyr tenía algo que ver con el Descenso de Bryce, pero los rumores sobre qué había hecho exactamente variaban muchísimo.

—Sí —dijo Bryce—. Ella... eh... Ella fue mi Ancla.

—No sabía que eso era posible.

—Yo tampoco.

La respiración de Ithan se hizo más suave. Bryce dijo:

—Yo... Ithan, cuando vi a Danika durante la Búsqueda, me dijo que los otros, Connor y Nathalie y toda la Jauría de Diablos, detuvieron a los segadores para comprarle tiempo para estar conmigo. Ellos me salvaron también. Connor me salvó.

Ithan no dijo nada durante un largo rato. ¿Hacía cuánto no habían hablado así? Con calma y tranquilidad. Sin estar escupiendo odio como ácido que quema todo lo que toca. Entonces Ithan dijo:

—Él te amaba más que a nadie.

Ella sintió que se le estrujaba el corazón.

—Él te amaba a *ti* más que a nadie.

—Connor pensaba que tú eras su pareja.

Bryce cerró los ojos al sentir el golpe que chocó contra su estómago.

—¿En el sentido lobo de la palabra?

—¿Cuál otro sentido hay? Sí, en el sentido lobo.

Había varias definiciones del término *pareja*, aunque Bryce suponía que para Ithan, para un metamorfo, sólo importaba una: el amor verdadero y predestinado por Urd.

Las hadas tenían un concepto similar, una pareja era un vínculo más profundo que el matrimonio y más allá del control del individuo. Ella sabía que los ángeles usaban el término de manera mucho más desenfadada: para los malakim, era algo similar al matrimonio y las uniones podían ser concertadas. Como apareamiento de animales en un zoológico.

Pero para Connor, si él había considerado que Bryce era su pareja... Bryce volvió a sentir que se le retorcía el estómago.

—¿Lo amabas? —susurró Ithan.

—Sabes que sí —respondió Bryce con voz espesa.

—Desperdiciamos tanto tiempo. Tal vez es nuestra maldición como inmortales. Ver el tiempo como un lujo, un océano interminable —dejó escapar una exhalación larga—. Yo desperdicié mucho.

Bryce no podía descifrar exactamente a qué se refería.

—Muy poético de tu parte.

Ithan rio suavemente. En la oscuridad fresca gracias al aire acondicionado, Bryce preguntó:

—¿Por qué dejaste de jugar solbol?

Sintió que Ithan se tensaba, que el colchón se movía.

—Porque es un juego estúpido —dijo él con voz vacía y se dio la vuelta para recostarse de lado con un gemido.

Bryce no tenía idea de cómo responder. Así que cerró los ojos, se frotó la cicatriz del pecho distraídamente y rezó para que Luna le enviara un sueño profundo y sin pesadillas.

7

—Esto es una puta ridiculez —dijo Ruhn mientras caminaba sobre las ostentosas alfombras del estudio de su padre. El reloj de piso en la esquina marcó las dos de la mañana—. *Sabes* que es una absoluta putísima ridiculez.

En una silla de cuero color carmesí al lado de la chimenea oscura, el Rey del Otoño se mantuvo en silencio. Los experimentos y tonterías en los que trabajaba día y noche hervían y burbujeaban constantemente, su vibración incesante era el ruido de fondo del lugar.

—¿Qué pasó, primo? ¿Sintiéndote posesivo con tu hermana? —preguntó Cormac con una sonrisa burlona. Estaba apoyado en el marco de mármol negro de la chimenea. El suéter blanco quedaba algo restirado en su pecho musculoso. Ni uno solo de sus cabellos dorados estaba fuera de su sitio.

Pendejo.

Ruhn ignoró la provocación de Cormac y se dirigió a su padre:

—Vivimos en una ciudad moderna. En tiempos modernos. Hay docenas de abogados con infinitos recursos para impugnar esto. Además, hay cortes que podrían ver con ojos favorables sentar un nuevo precedente que proteja los derechos de las mujeres hadas.

—Bryce llegará voluntariamente al altar —respondió su padre—. Y tú también.

La boca de Cormac esbozó el principio de una sonrisa.

—Escuché que estás comprometido con Hypaxia Enador. Felicidades.

Ruhn le frunció el ceño con fastidio. Cormac siguió intentando provocar a Ruhn.

—Por supuesto, el matrimonio es poco convencional, considerando la familia y el linaje de tu prometida.

Ruhn tensó el cuerpo.

—Si tienes mierda que escupir sobre Hypaxia, hazlo de una vez.

Pero Cormac se dirigió al Rey del Otoño:

—¿Acaso no lo sabe?

Su padre, maldito, parecía aburrido cuando respondió:

—No me pareció necesario. Mis órdenes son ley.

Ruhn miró a uno y luego al otro.

—¿De qué están hablando?

Su padre, con una mueca de repudio, como si estuviera decepcionado de que Ruhn no lo hubiera averiguado por su cuenta, dijo:

—La difunta reina Hécuba tenía dos hijas, de distintos padres. El padre de Hypaxia, según lo supo el aquelarre de Hécuba más adelante, era un poderoso nigromante de la Casa de Flama y Sombra. Parece ser que Hypaxia heredó sus dones junto con los de su madre.

Ruhn parpadeó. Lentamente. Hypaxia podría reanimar e invocar a los muertos. Muy bien. Podía vivir con eso.

—Genial.

Las flamas centellearon en el cabello de su padre y bailaron sobre sus hombros.

—Sin embargo, el padre de su hermana mayor era un metamorfo. Un ciervo.

—¿Y?

Cormac resopló.

—La media hermana de Hypaxia es mejor conocida como la Cierva.

Ruhn se quedó con la boca abierta. ¿Cómo no sabía eso? Cormac continuó:

—No heredó ninguno de los dones de las brujas, así que fue entregada a la familia de su padre. La corona recayó naturalmente en Hypaxia. Pero parece que, tras la coronación de tu prometida, la cuestión de su nigromancia se ha convertido en... un problema entre las brujas.

—Eso no tiene nada que ver con esta conversación —intervino su padre—. Ruhn se casará con ella, nigromante o no, hermana odiosa o no.

—A mi padre le pareció problemático el pasado de Hypaxia —dijo Cormac.

—Qué bueno que no será tu padre quien se case con ella, entonces —respondió el Rey del Otoño.

Cormac se calló la boca y Ruhn contuvo una sonrisa de deleite.

Pero su padre continuó hablando.

—Ruhn se casará con Hypaxia y Bryce Quinlan se casará contigo, príncipe Cormac. No habrá más debate.

—¿Sí recuerdas que Bryce y Athalar están juntos? —preguntó Ruhn—. Intenta separarlos y recibirás un curso de actualización sobre por qué lo llamaban el Umbra Mortis.

—Lo último que me informaron mis espías es que ella todavía no porta su olor. Así que puedo asumir que no han consumado su relación.

Sólo hablar de este tema con su padre era asqueroso. Cormac interrumpió:

—Un día, será la Reina de Avallen. Sería una tonta si desperdiciara esa oportunidad por un ángel bastardo.

Ruhn escupió:

—Ustedes necesitan más a Bryce que ella a cualquiera de los dos. Ella es astrogénita.

El Rey del Otoño enseñó los dientes.

—Si Bryce deseaba mantenerse separada de nuestra casa, no debió haber manifestado tan descaradamente su poder.

—¿Ése es el fondo de este asunto? —exigió saber Ruhn y sintió el fuego avivarse en sus venas—. ¿Que ella te *superó en público*? ¿Que ella tiene más poder que tú? ¿Que... necesitas ponerla en su lugar?

—Estás delirando —dijo Cormac con una sonrisa que prometía violencia—. Me estoy rebajando a casarme con tu hermana. Mucha de mi gente considerará esta unión una deshonra.

—Cuidado —advirtió el Rey del Otoño con verdadera ira reflejada en sus ojos color whisky—. Independientemente de su sangre humana, Bryce es heredera del linaje astrogénito. Más que mi hijo —miró a Ruhn con desdén palpable—. No hemos visto luzastral tan potente en miles de años. No me tomo a la ligera esta decisión de entregarla a Avallen.

—¿Qué carajos te están ofreciendo a cambio? —preguntó Ruhn con la náusea arañándole la garganta.

Su padre respondió:

—Tu hermana tiene un valor para mí: su potencial para procrear. Ambas casas reales se beneficiarán de la unión.

Cormac agregó:

—Y el compromiso continuado de la alianza entre nuestra gente.

—¿Contra quién?

¿Habían perdido todos la cabeza?

—Una debilitación de la magia en la sangre real —dijo Cormac—. Como han demostrado las generaciones recientes —hizo un ademán con la mano cubierta en flamas hacia Ruhn y sus sombras.

—Púdrete —siseó Ruhn—. ¿Esto tiene que ver con la guerra en Pangera? ¿La rebelión?

Recientemente había escuchado rumores de que Ophion había hundido cuatro sumergibles Omega en el norte. *Cuatro*. Algo insólito debía estar sucediendo por allá. Su padre incluso había insinuado algo en la primavera cuando anunció el compromiso de Ruhn. Que se acercaba la guerra y necesitaban acumular alianzas.

—Tiene que ver con asegurarnos de que las hadas retengamos nuestro poder y derechos de nacimiento —dijo su padre. Su voz gélida siempre había contrastado con la flama despiadada de su sangre—. Tu hermana puede heredarles eso a sus hijos con Cormac.

Cormac gruñó para indicar que estaba de acuerdo y sus flamas se apagaron.

Ruhn intentó de nuevo.

—Con un carajo, no metan a Bryce en esto. ¿No tenemos a otros miembros de la realeza que podamos reproducir para que produzcan a un par de bebés?

—No te recordaba tan quejumbroso, Ruhn —dijo Cormac.

—¿Antes o después de que trataras de matarme? ¿O cuando clavaste una espada en el abdomen de Dec?

Los ojos de Cormac brillaron como brasas ardientes.

—Sólo estaba midiendo fuerzas con ustedes —respondió Cormac y se apartó de la chimenea para avanzar hacia las puertas cerradas—. Sabes —dijo por encima del hombro—, los astrogénitos solían casarse entre ellos. El hermano se casaba con la hermana, la tía se casaba con el sobrino y así sucesivamente. Todo para conservar la pureza de la sangre. Como pareces estar tan interesado en quién comparte la cama de Bryce, tal vez se podrían revivir las viejas tradiciones con ustedes dos.

—Lárgate al Averno —gruñó Ruhn. Sus sombras empezaban a retorcerse en las puntas de sus dedos, como látigos listos para azotarse contra el cuello del príncipe de Avallen.

—Puedes rebelarte todo lo que quieras, Ruhn Danaan, pero eres un príncipe heredero al igual que yo. Nuestros destinos son los mismos. Pero yo sé quién de los dos estará a la altura.

Entonces se fue.

Nuestros destinos son los mismos. Cormac implicaba que ambos serían reyes pero Ruhn sabía que su destino era más complejo que eso.

El linaje real terminará contigo, príncipe. La voz del Oráculo flotó por su mente y le retorció el estómago. Era probable que no viviera tanto como para llegar a verse coronado. Sintió que se le helaba la sangre. ¿Sería porque Cormac intentaría encabezar una especie de golpe de Estado?

Se sacudió la sensación y volteó a ver a su padre.

—¿Por qué estás haciendo esto?

—El que me lo tengas que preguntar me demuestra que no eres un verdadero hijo mío.

Las palabras le ardieron. Nada podía ser más doloroso que lo que este hombre ya le había hecho, tenía las cicatrices en los brazos para probarlo, aunque las mangas de sus tatuajes las cubrían por completo. Pero las palabras... ésas seguían lastimando.

Sin embargo, Ruhn se negó a permitir que el viejo bastardo lo notara. Nunca le permitiría que lo notara.

—Y supongo que piensas que Cormac se convertirá en ese hijo verdadero al casarse con Bryce.

La boca de su padre empezó a esbozar una sonrisa. Sus ojos estaban tan muertos como el Foso.

—Cormac siempre ha sido el hijo que debí haber tenido. Más que el que me tocó soportar.

8

—¿Hoy es el gran día, eh?

Hunt apartó su atención de la cafetera, donde estaba intentando lograr que el sonido de la molienda del café ahogara los pensamientos que rugían en su mente. Bryce estaba recargada en el mueble de mármol blanco a sus espaldas. Vestía mallas y una camiseta vieja.

Hunt acercó las alas grises a su cuerpo e hizo un saludo militar.

—Patán Accesible reportándose al servicio —dijo y vio que Bryce empezaba a sonreír pero continuó con su pregunta—. ¿Cómo te fue con tus papás?

Bryce se había marchado mucho antes de que él despertara.

—Perfectamente —respondió ella y fingió limpiarse un poco de polvo de los hombros—. No hubo ni una palabra sobre el compromiso. Creo que Randall sospechaba *algo* pero fingió demencia.

—Apuesto cinco marcos de oro a que tu mamá llama antes del mediodía para empezar a gritar.

La sonrisa de Bryce era más brillante que el sol matutino que se derramaba desde las ventanas.

—Trato —ladeó la cabeza para examinar su uniforme de todos los días: el usual traje negro de batalla para la 33ª—. Deberías ver las decoraciones que aparecieron de la noche a la mañana por toda la ciudad. Al parecer, están sacando la alfombra roja y no escatimarán recursos. Banderas, flores, calles brillando de limpias, incluso en la Vieja Plaza. No se verá ni olerá una sola gota de vómito de borracho.

—El nombramiento de una nueva gobernadora es algo importante —dijo él y se preguntó a dónde iba ella con ese comentario.

—Sip —dijo Bryce. Luego preguntó con desenfado—: ¿Quieres que te acompañe hoy?

Ahí estaba. Algo en el pecho de Hunt se conmovió al escuchar la oferta.

—No necesito que me des la mano, Quinlan. Pero gracias.

Los ojos de Bryce brillaron con el destello depredador de las hadas.

—Recuerda lo que les hicimos a los últimos dos arcángeles, Hunt —dijo en voz baja. Esto era nuevo, ese poder en bruto que retumbaba debajo de sus palabras—. Si Celestina hace alguna cosa perversa, reaccionaremos como debe ser.

—¿Tienes sed de sangre, Quinlan?

Ella no sonrió.

—Aunque hoy vayas sin mí, sólo tienes que llamarme por teléfono si se ofrece algo.

Él sintió que algo se le apretaba en el pecho. Ella lo haría, lo apoyaría contra una puta arcángel, por el maldito Solas en llamas.

—De acuerdo —dijo con la voz gruesa. Asintió hacia el pasillo—. ¿Cómo está nuestro invitado?

—Se ve mucho mejor esta mañana, aunque las costillas rotas todavía no terminan de sanar. Seguía dormido cuando salí.

—¿Cuál es el plan? —preguntó Hunt intentando mantener su tono de voz neutral. Había pasado muy mala noche. Cada sonido lo despertaba de golpe. Bryce, por supuesto, se veía tan hermosa como siempre.

—Ithan puede quedarse todo el tiempo que quiera —dijo Bryce sin mayor aspaviento—. No se lo voy a entregar a Sabine.

—Me alegra saberlo —dijo Ithan a sus espaldas e incluso Hunt se sobresaltó.

El lobo se había acercado con un silencio sobrenatural. *Sí* se veía mejor. Todavía tenía costras de sangre en ese corto y dorado cabello típico de los Holstrom, pero la hinchazón alrededor de sus ojos había desaparecido y sólo le quedaban unas cuantas manchas amoratadas. La mayoría de las laceraciones había sanado excepto la grande de la frente. Ésa tomaría un par de días más. Ithan hizo un ademán hacia algo detrás de Hunt.

—¿Eso es café?

Hunt se ocupó sirviendo las tres tazas y le pasó la primera a Quinlan.

—Una gota de café en una taza de leche, como a ti te gusta.

—Idiota —dijo ella y le arrebató la taza—. No sé cómo lo puedes tomar negro.

—Porque soy un adulto.

Hunt entonces le pasó la segunda taza a Ithan, cuya mano enorme casi hizo desaparecer la taza de cerámica blanca que decía *Sobreviví a la Semana de Graduación de la Generación 15,032 y lo único que tengo para demostrarlo es esta estúpida taza.*

Ithan la vio y las comisuras de su boca se curvaron hacia arriba.

—Recuerdo esta taza.

Hunt permaneció en silencio y Bryce exhaló una carcajada.

—Me sorprende, dado lo borracho que estabas. Aunque eras un lindo mocosito.

Ithan rio y dejó ver un asomo de ese hombre apuesto y engreído de quien Hunt había oído hablar.

—Tú y Danika me tenían haciendo parados de manos en el barril de cerveza a las diez de la mañana. ¿Cómo querías que me mantuviera sobrio? —el lobo dio un sorbo a su café—. Mi último recuerdo de ese día es de ti y Danika inconscientes en el sillón que habían sacado a medio patio.

—¿Y por qué es ése tu último recuerdo? —preguntó Bryce con dulzura.

—Porque me quedé inconsciente junto a ustedes —dijo Ithan con una sonrisa grande.

Bryce sonrió también y eso le movió algo a Hunt en el corazón. Era una sonrisa de dolor y dicha y pérdida y nostalgia... y esperanza. Pero ella se aclaró la garganta y miró el reloj.

—Necesito meterme a la ducha. Voy a llegar tarde al trabajo.

Con un movimiento de cadera, salió caminando por el pasillo.

Syrinx le rascó la pantorrilla a Hunt y el ángel le siseó:

—Absolutamente no. Ya te di un desayuno.

Probablemente ya había comido dos, si Bryce lo había alimentado antes de salir a ver a sus padres. Syrinx se dejó caer junto a su plato de acero y gimoteó. Hunt intentó no hacerle caso.

Vio a Ithan, que lo observaba con cuidado.

—¿Qué? —preguntó Hunt sin molestarse en que su voz sonara agradable.

Ithan se limitó a dar otro sorbo de su taza.

—Nada.

Hunt dio un trago grande de café. Miró el pasillo para asegurarse de que Bryce ya estuviera en su recámara. Su voz sonó como un gruñido grave.

—Permíteme repetir lo que te dije anoche. Si traes problemas aquí, si le traes problemas a Bryce, te voy a dejar hecho putos pedacitos.

Ithan empezó a esbozar una sonrisa.

—Mira cómo tiemblo, Athalar.

Hunt no le sonrió de regreso.

—¿De repente ya no tienes problema con ella porque es princesa? ¿Por el Cuerno y lo astrogénita y esa mierda?

Ithan arrugó la nariz con un gesto que era el principio de un gruñido canino.

—No me importa nada de eso.

—¿Entonces por qué carajos te molestaste en defenderla en ese artículo? Tenías que saber que habría consecuencias con Sabine. Prácticamente la desafiaste.

—Danika apareció para ayudarla. Mi hermano y el resto de la Jauría de Diablos aparecieron para apoyarla esta primavera. Si ellos no le guardan rencor, ¿yo cómo puedo hacerlo?

—¿Necesitabas permiso de tu hermano muerto para ser amable con ella?

El gruñido de Ithan hizo vibrar los gabinetes.

—Bryce era mi mejor amiga, lo sabes. Ella tenía a Danika, sí, pero yo sólo la tenía a *ella*. ¿Tu llevas, qué... unos meses de conocerla? Nosotros fuimos amigos por cinco *años*. Así que no me putas vengas a hablar sobre mí, mi hermano ni ella como si supieras algo de nosotros. No sabes ni mierda, *Umbra Mortis*.

—Sé que fuiste un hijo de puta con ella durante dos años. Vi cómo no hacías nada mientras Amelie Ravenscroft la atormentaba. Ya madura de una puta vez.

Ithan le enseñó los dientes. Hunt hizo lo mismo.

Syrinx se puso de pie y gimió lastimeramente para exigir más comida.

Hunt no pudo contener su risa exasperada.

—Está bien, está bien —le dijo a la quimera y estiró el brazo hacia el contenedor de las croquetas.

Los ojos de Ithan le quemaron como un marcador de ganado. Hunt le había visto esa misma expresión inflexible en los juegos televisados de solbol.

—Connor estuvo enamorado de ella esos cinco años, ¿sabes? —el lobo se dirigió al sillón y se dejó caer sobre los cojines—. Cinco años y, al final, sólo había logrado que ella *accediera* a salir con él en una cita.

Hunt mantuvo su rostro inexpresivo mientras Syrinx devoraba su segundo, o potencialmente tercer, desayuno.

—¿Y?

Ithan encendió el noticiero matutino y subió los pies a la mesa de centro. Se puso las manos en la nuca con los dedos entrelazados.

—Tú estás en el quinto mes, hermano. Buena suerte.

Los Archivos Hada zumbaban con la actividad. El volumen de todo ese movimiento ya había hecho que Bryce se habituara a tener puestos los audífonos todo el día, incluso con la puerta cerrada en su diminuta oficina del Subnivel Alfa.

Aunque no era exactamente un *escándalo*: los archivos estaban tan tranquilos como lo suele estar una biblioteca. Pero tanta gente visitaba o estudiaba o trabajaba en el atrio cavernoso y en los estantes a su alrededor que siempre se podía escuchar un rugido constante al fondo. El raspar de los zapatos, la cascada de la fuente que caía desde el techo del atrio, el sonido de los teclados que se empalmaba con el crujir de las páginas de los libros, los susurros de los usuarios y los turistas que se mezclaban con alguna ocasional risita o el sonido de una cámara fotográfica.

Eso la irritaba.

Los días silenciosos y solitarios de la galería habían quedado en el pasado. Los días de poner su música a todo volumen en el sistema de sonido.

Lehabah también había quedado en el pasado.

Ya no tenía la plática incesante sobre el último episodio de *Fajes salvajes*. Ya no había quejas sobre querer salir al exterior. Ni monólogos dramáticos sobre la crueldad de Bryce.

Bryce se quedó viendo la pantalla oscura de la computadora sobre su escritorio de vidrio. Estiró el pie para acariciar a Syrinx pero sus dedos sólo encontraron aire. Cierto, había dejado a la quimera en casa para cuidar a Ithan.

Se preguntó si Syrinx siquiera recordaría a Lehabah.

Bryce había visitado el Muelle Negro durante los días posteriores al ataque en busca de un barco diminuto de ónix entre la aglomeración de Travesías. No apareció ninguno.

Pero Lehabah tampoco tenía restos. La duendecilla de fuego se había apagado como una vela en el instante en que quinientos mil litros de agua le cayeron encima.

Bryce había revivido la situación una y otra vez. Por lo general, durante su clase de baile con Madame Kyrah, entre jadeos y sudor. Siempre llegaba a la misma conclusión: no había nada que pudiera haber hecho para evitar la muerte de Lehabah.

Bryce lo podía comprender, podía hablar de ello racionalmente, pero... Esos pensamientos seguían circulando en su cabeza, como si bailaran a su lado: *Podrías haber encontrado una manera. Podrías haber confesado antes que eras astrogénita. Decirle a Lehabah que corriera mientras tú te enfrentabas a Micah.*

Lo había hablado con Hunt también. Y él le había recordado que todas esas alternativas hubieran resultado en su propia muerte, pero... Bryce no podía dejar de cuestionarse: ¿por qué la vida de Lele era menos valiosa que la de ella? Su estatus de princesa astrogénita no significaba nada. Puestos a hacer un recuento, Lele había sido una mejor persona y había sufrido durante décadas de esclavitud. La duendecilla de fuego debería estar libre. Viva y libre y pasándola bien.

Bryce tomó el teléfono y marcó. Jesiba respondió al tercer timbrazo.

—¿Otra pregunta, Quinlan? Es la tercera de esta semana.

Bryce tamborileó con los dedos sobre el escritorio de vidrio.

—Tengo aquí un busto rhodiniano de Thurr de nueve mil años —básicamente un hombre serio que se suponía debía pasar por una deidad menor de las tormentas y que había quedado prácticamente olvidado. Lo único que quedaba de él en su cultura era el enorme planeta que llevaba su nombre. Y los jueves, aparentemente. Bryce le había mandado una foto del busto a Hunt con el comentario: *Bryce Quinlan presenta: La primera mirada sexy de alfadejo.*

—Hay un museo interesado pero les preocupa que el dueño anterior haya falsificado algunos documentos sobre su historia. Quieren asegurarse de que sea legítimo antes de ponerlo en exhibición. ¿Alguna idea de a quién puedo llamar en Rhodinia para verificar?

—Si yo voy a estar haciendo tu trabajo por ti, ¿entonces por qué no me pagan a mí?

Bryce apretó los dientes.

—¿Porque somos amigas?

—¿Lo somos?

—Tú dime.

Jesiba ahogó una risa suave. La hechicera, que se había escapado de su clan de brujas y había jurado alianza a la Casa de Flama y Sombra, seguía rondando Lunathion, pero Bryce no la había visto en meses. No desde el día que Jesiba la encontró buscando entre las ruinas acuosas de la biblioteca de la galería y le dijo que no regresara.

No lo había hecho de una manera grosera. Sólo como diciendo *Esta galería ya está permanentemente cerrada y esos libros que estás buscando están ocultos donde nadie los encontrará jamás.*

Jesiba dijo:

—Supongo que debo considerarlo un honor, que me llame amiga una princesa astrogénita, hija del Rey del Otoño —una pequeña pausa y Bryce supo lo que diría después—. Y la futura reina de Avallen.

Bryce rápidamente abrió un sitio de noticias con un siseo.

—¿Quién te lo dijo?

—Algunas de las personas que he convertido en animales siguen trabajando conmigo, ¿sabes? Me cuentan lo que escuchan en las calles. En especial las ratas de alcantarilla que esperan poder recuperar sus formas verdaderas algún día.

Bryce honestamente no tenía idea si Jesiba estaba diciendo eso en serio. Volvió a suspirar.

—Supongo que no tienes ninguna idea sobre *por qué* el Rey del Otoño repentinamente decidió arruinar mi vida.

Jesiba chasqueó la lengua.

—Los hombres siempre intentarán controlar a las mujeres que los asustan. El matrimonio y la crianza de hijos son sus métodos tradicionales.

—A pesar de lo satisfactorio que es pensar que mi padre me tiene miedo, eso no puede ser.

—¿Por qué no? Han pasado meses. No has hecho nada con tu nuevo poder, tus títulos. Ni con el Cuerno en tu espalda. Se cansó de esperar. No me sorprendería enterarme de que hizo esto sólo para ver cómo reaccionarías.

—Tal vez —Bryce se puso a garabatear en un pedazo de papel junto a su computadora. Un pequeño corazón que decía *BQ + HA*.

—¿Qué *vas* a hacer al respecto? —preguntó Jesiba, como si no pudiera evitarlo.

—¿Fingir que no está sucediendo hasta que ya no pueda fingir más?

Jesiba volvió a reír.

—Me preocupó, ¿sabes?, cuando me enteré de que eras astrogénita. He visto a muchos sucumbir ante el atractivo de ser el Elegido. Tal vez tú y tu hermano tengan más en común de lo que pensaba.

—Eso sonó como un cumplido.

—Lo es. Ruhn Danaan es uno de los pocos que ha tenido la fuerza suficiente para rechazar lo que es —Bryce gruñó—. Y tú entonces no estás planeando hacer nada con eso —preguntó Jesiba, con voz más baja de lo que Bryce le había escuchado jamás—. Con tu talento. O con el Cuerno.

—*Definitivamente* no con el Cuerno. Y parece que la mayor parte del valor del poder astrogénito yace en lo que puedo aportarle al linaje de las hadas —dijo Bryce y se enderezó. Empezó a darle vueltas al lápiz que traía entre los dedos—. ¿Y qué ventaja tiene el poder de cegar a la gente? Digo, *tiene* sus usos, pero seguramente hay armas más mortíferas que podría usar, ¿no?

Como los relámpagos de Hunt.

—Mataste un arcángel sin acceso a ese poder. Me imagino que ahora puedes hacer muchas cosas, Quinlan.

Bryce se tensó al escuchar las palabras, pronunciadas de manera tan desenfadada en una línea telefónica abierta. No tenía idea de qué habría hecho Jesiba con el rifle Matadioses. Honestamente, nunca quería volverlo a ver.

Bryce bajó el volumen de su voz, aunque sabía que no había nadie cerca de su pequeña oficina subterránea.

—Los asteri me ordenaron vivir una vida discreta. Para siempre.

—Qué terriblemente aburrido de tu parte que los estés obedeciendo.

Bryce abrió la boca pero entonces sonó el interfono de su escritorio.

—Señorita Quinlan, la necesitan en el ala norte. El doctor Patrus quiere su opinión sobre esa escultura de Delsus.

Bryce presionó el botón.

—Llego en cinco minutos —respondió. Luego le dijo a Jesiba—: Mira, voy a enviarte fotografías de esta pieza. Me gustaría que te dignaras a darme tu opinión. Y dime si tienes algún contacto en Rhodinia que pueda ayudarme a verificar su autenticidad.

—Estoy ocupada.

—Yo también.

—Tal vez te convertiré en un sapo.

—Al menos los sapos no tienen que usar estúpidos tacones en el trabajo —respondió Bryce y volvió a ponerse los zapatos blancos de tacón que se había quitado debajo del escritorio.

Jesiba dejó escapar otra risita suave y malévola.

—Un consejo, Quinlan: considera las ventajas de casarte con Cormac Donnall antes de que decidas ser un cliché y lo rechaces.

Bryce se puso de pie con el teléfono entre la oreja y el hombro.

—¿Quién dice que no lo estoy haciendo?

Hubo una pausa larga al otro lado de la línea pero la hechicera dijo al fin:

—Buena chica.

Y colgó.

9

—¿Nada?

—Nada de nada. Aunque tenías razón sobre la decoración. Casi choqué con seis diferentes banderas y coronas de camino esta mañana. Pero no hay informes sobre avistamientos de la gobernadora. Ha sido un día bastante normal hasta el momento, para ser honestos —la voz grave de Hunt recorría los brazos de Bryce con manos invisibles mientras ella terminaba su almuerzo: un gyro de la cafetería del personal de los archivos—. Aunque sí recibí un mensaje con la foto de un abdomen musculoso de mármol y apareció justo cuando le estaba mostrando fotografías de escenas del crimen a Naomi.

—Pensé que la disfrutarías.

La risa del ángel retumbó a través de la línea de teléfono. La recorrió como luzastral. Si él podía reír hoy, estaba bien. Ella haría todo lo posible por mantener una sonrisa en el rostro de Hunt. Él se aclaró la garganta y dijo:

—Thurr estaba bastante fortachón, ¿eh?

—Estoy elaborando una petición para que se vendan réplicas en la tienda de regalos. Creo que las viejecitas podrían apreciarlo mucho —ese comentario provocó otra hermosa risa. Ella se mordió el labio y contuvo su enorme sonrisa—. ¿Entonces se supone que Celestina llegará a las seis? —aparentemente llevaba una hora de retraso.

—Sip —toda la diversión desapareció de la voz del ángel.

Bryce movió el cursor de su computadora para reencenderla. Hasta el momento, los sitios de noticias no habían informado de nada más allá del encabezado de que Lunathion, todo Valbara, tendría una nueva líder.

Bryce estaba dispuesta a admitir que había pasado prácticamente una hora husmeando entre las imágenes de la hermosa arcángel y pensando qué tipo de jefa sería para Hunt. No encontró ni una pista sobre parejas románticas, aunque Micah tampoco solía dar a conocer con quién se estaba acostando. No era que Bryce estuviera *preocupada*, aunque ciertamente sí sintió *algo* cuando vio precisamente lo hermosa que era Celestina, pero... simplemente quería saber a quién estaría viendo Hunt todos los días.

Bryce tiró el resto de su almuerzo al cubo de basura junto a su escritorio.

—Podría ir después del trabajo. Estar contigo para la gran llegada.

—No te preocupes. Ya te contaré después. Tal vez tarde un poco, así que no me esperes para cenar.

—Pero es noche de pizza.

Hunt rio.

—Me alegra que tengas tus prioridades claras —se escuchó el suave crujir de sus alas al fondo—. ¿Alguna noticia del Príncipe Imbécil?

—Nada en las noticias, nada de mi madre.

—Agradezcamos los pequeños milagros.

—Me debes cinco marcos de oro.

—Agrégalos a mi cuenta, Quinlan.

—No olvides que mi mamá probablemente va a estar encabronada *contigo* por no decirle.

—Yo ya tengo mi maleta de emergencia empacada y lista para huir a otro territorio.

Ella rio.

—Creo que tendrías que irte hasta Nena para huir de ella —Hunt rio también—. ¿No crees que ella...?

Bryce vio un brillo en su pecho. De la cicatriz.

—¿Bryce? —Hunt sonó alertado.

—Yo, eh...

Con el ceño fruncido, Bryce miró hacia su escote, a la estrella brillante entre sus senos. No otra vez. Su brillo había sido poco frecuente hasta ahora, pero después de lo sucedido anoche...

Levantó la vista.

—Mi jefe está aquí. Te llamo después —mintió y colgó antes de que Hunt pudiera responder.

Bryce levantó la barbilla y le dijo a Cormac Donnall, que había aparecido en su puerta:

—Si estás buscando *Cómo no ser un pendejo* está guardado entre *Lárgate, idiota* y *Vete al carajo*.

El príncipe heredero de Avallen se había cambiado y ya vestía ropa apropiada para el clima: una camiseta gris que hacía poco para ocultar los músculos considerables de sus brazos. Un tatuaje con símbolos extraños rodeaba su bíceps izquierdo. La tinta negra relucía bajo las luces brillantes.

Estudió la oficina del tamaño de un armario con típica arrogancia hada y... desaprobación.

—Tu estrella brilla en mi presencia porque nuestra unión está predestinada. En caso de que te lo estuvieras preguntando.

Bryce soltó una risa golpeada.

—¿Según quién?

—El Oráculo.

—¿Cuál?

Había doce esfinges en el mundo, cada una más agresiva que la anterior. La más hiriente, según decían, vivía Abajo, en la corte de la Reina del Océano.

—¿Qué importa? —dijo Cormac y examinó el vestido blanco que traía puesto, las pulseras de oro y, sí, el pronunciado escote. ¿O estaba fijándose en la estrella? Probablemente daba lo mismo.

—Sólo quiero saber a quién debo golpear.

Las comisuras de los labios de Cormac se movieron hacia arriba.

—No sé por qué esperaba que una mestiza fuera tan dócil como una purasangre.

—No te estás ayudando.

—Yo no dije que prefiriera una mujer más dócil.

—Qué asco. ¿Qué fue exactamente lo que te dijo el Oráculo?

—¿Qué te dijo a *ti* antes de empezar a arañarse los ojos ciegos?

Bryce ni siquiera quiso saber cómo había averiguado eso. Tal vez su padre le había dicho, tal vez le había advertido sobre su prometida.

—Eso es información antigua. Y yo te pregunté primero.

Cormac la miró molesto.

—El Oráculo de Avallen dijo que yo estaba destinado a asociarme con una princesa que tenía una estrella en el corazón. Que nuestra asociación traería gran prosperidad a nuestra gente.

Bryce tamborileó con los dedos sobre el escritorio de vidrio.

—Esa profecía se puede interpretar de muchas maneras.

Sólo a una Oráculo se le ocurriría referirse al sexo como *asociación*.

—No estoy de acuerdo.

Bryce suspiró.

—Dime por qué estás aquí y luego lárgate, por favor. Tengo trabajo.

Cormac examinó el pequeño torso de Thurr que estaba sobre su escritorio.

—Quería ver dónde trabajaba mi prometida. Para tener una idea de tu... vida.

—Lo dices como si fuera extraño que las mujeres tuvieran trabajo.

—En Avallen lo es —se recargó en el marco de la puerta—. Mi gente ha permitido que las viejas tradiciones permanezcan inamovibles. Tendrás que adaptarte.

—Gracias, pero no. Me gustan mi televisión y mi teléfono. Y me gusta ser considerada una persona, no ganado para crianza.

—Como dije anoche, no tienes alternativa.

Su voz era monótona, sus ojos vacíos.

Bryce se cruzó de brazos y se dio cuenta de que eso hacía que su escote y la estrella quedaran más expuestos, así que los volvió a bajar.

—¿Puedo... pagarte para que te olvides de todo esto de estar comprometidos?

Cormac rio.

—Tengo más oro del que necesito. El dinero no tiene poder para mí —él también se cruzó de brazos—. Tú tienes la oportunidad de ayudar a tu gente y a este mundo. Cuando me hayas dado algunos herederos, puedes tener tantos amantes como quieras. Yo haré lo mismo. Este matrimonio no tiene que ser una carga para ninguno de los dos.

—Excepto por la parte en la que debo acostarme contigo. Y vivir en tu tierra retrógrada y rancia.

Una sonrisa se asomó en labios de Cormac.

—Creo que la primera parte te parecerá bastante disfrutable.

—Palabras de verdadera arrogancia masculina.

Él se encogió de hombros, obviamente seguro de que ella *sí* lo disfrutaría.

—No he recibido quejas. Y si nuestra unión ayuda a nuestra gente y fortalece nuestros linajes reales, entonces lo haré.

—Las hadas no son mi gente.

Nunca lo habían sido y ciertamente no lo eran ahora, después de que, durante el ataque de la primavera, se habían encerrado sin permitir la entrada a ciudadanos inocentes y se habían negado a ayudar a nadie. Bryce apuntó a la puerta.

—Adiós.

Él la miró con desprecio apenas contenido.

—Tu padre te permitió demasiada libertad por demasiado tiempo.

—Mi padre se llama Randall Silago. El Rey del Otoño es sólo el hombre que me dio su material genético. Nunca tendrá un lugar en mi vida. Ni tú.

Cormac dio un paso atrás y se apartó de la puerta. Sus sombras iban ondulando. Su cabello dorado brillaba como metal fundido.

—Ahora eres inmortal, además de astrogénita. Es hora de empezar a actuar como tal.

Bryce le azotó la puerta en la cara.

Hunt observó a la hermosa arcángel sentada ante el viejo escritorio de Micah. Su piel resplandeciente y tan oscura como el ónix contrastaba con el color castaño claro de sus ojos y su boca delicada parecía tener siempre una sonrisa paciente. Era esa sonrisa, ese gesto amable y gentil, lo que lo confundía.

—Siéntense, por favor —les dijo Celestina a Naomi, Isaiah y a él.

Hunt casi se ahogó al escuchar esas palabras. *Por favor*. Micah nunca hubiera dicho nada por el estilo. Isaiah se veía igual de confundido mientras se sentaban en las tres sillas frente al sencillo escritorio de roble. Naomi se mantuvo inexpresiva pero sus alas negras se movían ligeramente.

Detrás de las resplandecientes alas color blanco de la gobernadora, a través de los ventanales, se podía ver una cantidad inusual de ángeles volando por la zona. Todos tenían la esperanza de poder echar un vistazo a la mujer que había entrado al Comitium en una gran procesión hacía treinta minutos.

La absoluta confusión de Hunt había iniciado durante la ceremonia en el vestíbulo. En lugar de avanzar magnánimamente entre la multitud ahí reunida, la arcángel voluptuosa y de cuerpo sensual se tomó su tiempo, se detuvo a saludar a los malakim que se acercaban y les preguntaba sus nombres. Decía cosas como: *Me da mucho gusto conocerte* y *No puedo esperar a trabajar con ustedes*. Que Cthona lo perdonara pero a Hunt honestamente le pareció que podría estarlo diciendo en serio.

De todas maneras, no bajó la guardia. No cuando llegó con él, Naomi e Isaiah, que esperaban frente a las puertas de los elevadores para conducirla a su nueva residencia y oficina; no cuando el saludo de mano tuvo una calidez genuina; y, ciertamente, no ahora que estaban sentados para esta reunión privada.

Celestina los observó con una claridad inquietante.

—Ustedes tres son todo lo que queda del triarii de Micah.

Ninguno respondió. Hunt no se atrevió a mencionar a Vik... ni a suplicarle a la arcángel que la rescatara de las negras profundidades de Melinoë. Que la rescatara del Averno en vida. Ya llevaba meses. Tal vez Vik ya había enloquecido. Probablemente estaba suplicando que llegara la muerte con cada instante que pasaba en esa caja.

La gobernadora ladeó la cabeza y su cabello negro y muy rizado se reacomodó con el movimiento. Tenía puesta una túnica clara, rosada y lila, de gasa etérea, y la joyería de plata en sus muñecas y cuello brillaba como si estuviera iluminada por la luna. Micah irradiaba dominio y poder mientras que ella brillaba con fortaleza y belleza femeninas. Apenas le llegaba a Hunt al pecho pero... tenía una presencia que hacía que Hunt la mirara con cautela.

—¿No hablan mucho, entonces? —dijo con una voz musical que parecía elaborada con campanas de plata—. Supongo que mi antecesor tenía reglas muy distintas a las mías —tamborileó en el escritorio. Tenía las uñas pintadas de color rosa suave—. Permítanme aclararles algo: no deseo servilismo. Quiero que los miembros de mi triarii sean mis compañeros. Quiero que trabajen a mi lado para proteger esta ciudad y territorio y que me ayuden a hacer que alcance su gran potencial.

Lindo discursito. Hunt no dijo nada. ¿Ella sabría lo que le había hecho a Sandriel? ¿Lo que Bryce le había hecho a Micah? ¿Lo que Micah había hecho en su misión de proteger supuestamente este territorio?

Celestina se envolvió un rizo alrededor del dedo. Sus alas inmaculadas se movieron un poco.

—Veo que tendré que trabajar arduamente para ganarme su confianza.

Hunt mantuvo su rostro inexpresivo al mismo tiempo que deseó que ella fuera igual de directa que Micah. Siempre había odiado a sus dueños cuando ocultaban sus almas muertas debajo de discursos bonitos. Eso podría ser parte del juego: que ellos confiaran en ella, que llegaran cojeando a refugiarse en sus suaves brazos para luego activar la trampa. Hacerlos sufrir.

La barbilla afilada de Naomi se elevó un poco.

—No deseamos ofenderla, Su Gracia...

—Llámame Celestina —interrumpió la arcángel—. Aborrezco las formalidades.

Micah había dicho lo mismo en una ocasión. Hunt había sido un tonto al creerle.

Las alas de Isaiah se movieron, como si su amigo estuviera pensando lo mismo.

Su amigo, que todavía tenía el tatuaje de halo en la frente. Isaiah era una mejor persona, un mejor líder, y seguía siendo un esclavo. Se habían corrido rumores en los meses previos a la muerte de Micah de que el arcángel lo liberaría pronto. Ahora, esa posibilidad ya estaba tan muerta como el propio Micah.

Naomi asintió y Hunt sintió que el pecho se le apretaba al notar la esperanza incipiente en los ojos color negro azabache de su amiga.

—No deseamos ofenderte... Celestina. Nosotros y la 33ª estamos aquí para servirte.

Hunt tuvo que contener el rechazo que sentía ante esa palabra. *Servírte*.

—La única manera en que me podrías ofender, Naomi Boreas, sería si me ocultaras tus sentimientos y pensamientos. Si algo te molesta, quiero saberlo. Incluso si lo que te molesta es algo de mi propio comportamiento —volvió a sonreír—. Somos compañeros. Me di cuenta de que esta relación de compañerismo funcionaba de maravilla con mis legiones en Nena. En contraste con los... sistemas que prefieren otros arcángeles.

Tortura y castigo y muerte. Hunt bloqueó el recuerdo de las barras de hierro abrasadoras, blancas de tan calientes, y cómo le golpeaban la espalda, le rostizaban la piel, la desgarraban hasta el hueso mientras Sandriel observaba desde su diván, comiendo uvas...

Isaiah dijo:

—Nos sentimos honrados de trabajar contigo, entonces.

Hunt apartó de su mente los horrores sangrientos y aullantes del pasado cuando una sonrisa encantadora volvió a florecer en los labios de la gobernadora.

—He escuchado muchas cosas maravillosas sobre ti, Isaiah Tiberian. Me gustaría que te quedaras como líder de la 33ª, si así lo deseas.

Isaiah agachó la cabeza en agradecimiento. Un esbozo de sonrisa apareció en su cara como una respuesta tentativa. Hunt intentó no quedarse boquiabierto. ¿Él era el único idiota que no se estaba creyendo nada de esto?

Celestina volteó entonces a verlo.

—Tú todavía no dices nada, Hunt Athalar. ¿O deseas que te llamemos Orión?

—Hunt está bien.

Sólo su madre había tenido autorización de llamarlo Orión. Y así seguiría.

Ella lo volvió a estudiar con cuidado, elegante como un cisne.

—Entiendo que tú y Micah no necesariamente compartían opiniones —Hunt tuvo que controlar su instinto por gruñir ante la veracidad del comentario. Celestina pareció leer sus pensamientos—. En otra ocasión, me gustaría saber más sobre tu relación con Micah y qué fue lo que falló. Para que, de esa manera, podamos evitar una situación similar entre nosotros.

—Lo que salió mal fue que intentó matar a mi... a Bryce Quinlan —dijo Hunt, incapaz de contener sus palabras o su titubeo.

Las cejas de Naomi casi se unieron a la línea de su cabello cuando lo escuchó, pero Celestina suspiró.

—Me enteré. Lo siento, lamento el dolor que tú y la señorita Quinlan sufrieron como resultado de las acciones de Micah.

Las palabras lo golpearon como rocas. *Lo siento*. Nunca, en todos sus siglos de vida, había escuchado a un arcángel pronunciar esas palabras.

Celestina continuó:

—Por lo que he averiguado, elegiste vivir con la señorita Quinlan en lugar de quedarte en la torre de las barracas.

Hunt mantuvo su cuerpo relajado. Se negó a permitir que la creciente tensión se apoderara de él.

—Sí.

—No tengo ninguna objeción a ese acuerdo —dijo Celestina y Hunt casi se cayó de la silla. Isaiah parecía estar a punto de caer también. En especial por lo que la arcángel les dijo después a Isaiah y Naomi—: Si ustedes desean también vivir en sus propias residencias, siéntanse con la libertad de hacerlo. Las barracas son un buen lugar para establecer vínculos, pero creo que los de ustedes ya son bastante sólidos. Son libres de disfrutar sus propias vidas —miró a Isaiah, el halo que todavía tenía tatuado en la frente—. Yo no tengo esclavos —un gesto reprobatorio le endureció el rostro—. Y aunque los asteri te sigan considerando como tal, Isaiah, para mí eres un hombre libre. Me voy a esforzar por continuar la labor de Micah para convencerlos de que te liberen.

Isaiah tragó saliva y Hunt fingió distraerse con la ventana, con la ciudad reluciente al fondo, para darle algo de privacidad. Al otro lado de la habitación, Naomi hacía lo mismo.

Celestina no podía estar hablando en serio. Esto tenía que ser fingido.

—Me gustaría arrancar de inmediato —continuó la gobernadora—. Cada mañana, reunámonos aquí para que me puedan actualizar con las novedades y los planes para el día. Si tengo alguna tarea para ustedes o la 33ª, aquí se las daré a conocer —colocó las manos sobre su regazo—. Estoy consciente de que tienen experiencia en cazar demonios y que han sido empleados para hacerlo en el pasado. Si algún demonio entra a esta ciudad, que los dioses no lo quieran, me gustaría que ustedes dirijan la unidad de contención y exterminio.

Hunt sólo movió la barbilla como respuesta. No sería difícil. Aunque en la primavera lidiar con el kristallos no había sido nada sencillo.

Celestina terminó:

—Y si surge algo antes de nuestra junta de mañana en la mañana, mi teléfono siempre está encendido.

Naomi volvió a asentir:

—¿A qué hora mañana?

—Digamos que a las nueve —respondió Celestina—. No es necesario sacarlos de la cama temprano sólo para aparentar que están ocupados —Hunt parpadeó—. Y me gustaría que los demás descansen un poco después de su viaje.

—¿Los demás? —preguntó Isaiah.

La arcángel frunció el ceño un poco.

—El resto del triarii. Se retrasaron unas horas debido al mal clima en el norte.

Los tres se quedaron inmóviles.

—¿A qué te refieres? —preguntó Hunt en voz baja.

—Estaba en la carta formal que recibiste —le dijo Celestina a Isaiah, quien negó con la cabeza.

El ceño de Celestina se frunció aún más.

—El Ministro de Comunicaciones de los asteri no suele cometer errores. Me disculpo por su equivocación. Los asteri se vieron en un predicamento después de perder a dos arcángeles. Ustedes son lo único que queda del triarii de Micah, pero Sandriel tenía un establo lleno. Yo no tenía triarii en Nena, ya que allá la legión responde técnicamente a los asteri, pero Ephraim quería llevarse a su propio triarii. Así que en vez de permitir que su grupo se hiciera demasiado grande, lo dividieron, ya que el nuestro está tan mermado.

Un rugido hizo erupción en la cabeza de Hunt. El triarii de Sandriel. La verdadera escoria del universo.

Vendrían aquí. A ser parte de *este* grupo. En *esta* ciudad.

Alguien tocó a la puerta y Hunt volteó al mismo tiempo que Celestina decía:

—Adelante.

Los relámpagos crujieron en las puntas de los dedos de Hunt. La puerta se abrió y entraron Pollux Antonius y Baxian Argos.

El Martillo y el Mastín del Averno.

10

Un silencio absoluto se extendió por toda la oficina de la gobernadora cuando Hunt y sus amigos se encontraron cara a cara con los dos recién llegados.

Uno tenía el cabello oscuro y la piel morena. Era alto y de músculos finos: el Mastín del Averno. Sus alas negro azabache brillaban ligeramente, como las plumas de un cuervo. Pero lo que capturaba la atención de quien lo veía era la horrible cicatriz que bajaba por su cuello ramificándose alrededor de la columna de su garganta.

Hunt conocía esa cicatriz: él se la había provocado al Mastín hacía treinta años. Por lo visto, ni siquiera la inmortalidad podía ofrecer protección contra algunos poderes.

Los ojos de obsidiana de Baxian centellearon al encontrarse con la mirada de Hunt.

Pero el cobalto de los ojos de Pollux se encendió con feroz deleite cuando vio a Naomi, luego a Isaiah y, por último, a Hunt. Hunt permitió que sus relámpagos se encendieran un poco mientras le sostenía la mirada al líder del triarii de Sandriel, con su cabello y piel dorados. El desgraciado más brutal y sádico que hubiera caminado sobre el suelo de Midgard. El Hijo de Puta Número Uno.

Pollux sonrió, una sonrisita de suficiencia, lenta y satisfecha. Celestina estaba diciendo algo más, pero Hunt ya no la escuchó.

No pudo escuchar nada salvo la voz pausada de Pollux que dijo:

—Hola, amigos.

Y entonces saltó de su silla y lo tacleó al piso.

Ithan Holstrom limpiaba las últimas cortadas que le quedaban en el rostro con una toalla húmeda y hacía muecas frente al espejo. El baño de Bryce era exactamente como esperaba que fuera: lleno de al menos tres diferentes tipos de champú y acondicionador, una colección de tratamientos para el cabello, cepillos, tubos rizadores de dos tamaños diferentes, una secadora de pelo que seguía conectada al enchufe de la pared, velas a medio usar y maquillaje desperdigado por toda la superficie de mármol, como si hubiera estallado una bomba de brillantina.

Era casi exactamente igual a su baño en el viejo departamento. Sólo de estar aquí, Ithan sentía una opresión en el pecho. Sólo de oler este lugar, de olerla a *ella*, sentía esa opresión en el pecho.

Había tenido pocas cosas para distraerse el día de hoy. Estuvo sentado solo con la quimera, Syrinx, como lo había llamado Athalar, en el sillón, casi muerto de aburrimiento viendo televisión diurna. No tenía muchas ganas de ver los noticieros durante horas en espera de poder darle un vistazo a la nueva arcángel. Ninguno de los canales de deportes transmitía nada interesante y, de todas maneras, no sentía ganas de escuchar hablar a esos imbéciles.

Ithan ladeó la cabeza frente al espejo para poder ver mejor la laceración de su frente. Esta belleza en particular se la había provocado la misma Sabine con un zarpazo de su puño con garras.

Tenía la impresión de que ella había dirigido el ataque a sus ojos. Claro que habrían sanado solos después de unos días o semanas, o menos si iba con una medibruja, pero quedarse temporalmente ciego no estaba en su lista de prioridades.

Aunque la verdad era que no había *ninguna* otra cosa en su lista de prioridades.

Su teléfono vibró e Ithan se asomó para encontrarse con tres alertas simultáneas de noticias y reportajes fotográficos sobre la llegada de Celestina. Si las cosas no hubieran explotado con Sabine, probablemente estaría preparándose para ir a conocer a la hermosa malakh como parte de la bienvenida formal de los lobos. Para hacer el juramento de fidelidad y esa mierda.

Pero ahora era un agente libre. Un lobo sin jauría.

No era algo común, pero sucedía. Los lobos solitarios existían, aunque la mayoría vivía en parajes despoblados y básicamente debían valerse por sus propios medios. Nunca pensó que terminaría siendo uno de ellos.

Ithan dejó el teléfono y colgó la toalla en el ya de por sí atiborrado toallero.

Decidió transformarse e inhaló profundamente para ordenarle a sus huesos que se fundieran, a su piel que se extendiera en una onda.

Un instante después de adoptar la forma de lobo se dio cuenta de que el baño no era lo suficientemente grande.

Y en efecto, con un movimiento de la cola tiró varias botellas y las esparció por todo el piso de mármol. Sus garras hacían ruido sobre las losetas pero levantó el hocico hacia el espejo y vio su reflejo otra vez.

El lobo del tamaño de un caballo que lo miró desde el espejo tenía los ojos huecos pero el pelo le cubría la mayoría de los golpes y cortaduras, salvo la lesión grande de la frente.

Inhaló y el aire se le atoró entre las costillas. En un espacio extraño y vacío.

Lobo sin jauría. Amelie y Sabine no sólo lo habían dejado ensangrentado sino que también lo habían exorcizado de sus vidas, de la Madriguera. Retrocedió y chocó con el toallero. Sacudió la cabeza de un lado al otro.

Peor que un Omega. Sin amigos, sin hermanos, no deseado...

Ithan se estremeció de vuelta a su forma humanoide. Jadeando, apoyó las manos en el lavabo y esperó a que pasaran las náuseas. Su teléfono volvió a vibrar. Todos los músculos de su cuerpo se tensaron.

Perry Ravenscroft.

Habría ignorado el mensaje de no ser porque alcanzó a leer la primera parte cuando apareció en la pantalla.

Por favor dime que estás vivo.

Ithan suspiró. La hermana menor de Amelie, la Omega de la Jauría de la Rosa Negra, era técnicamente el motivo por el cual había llegado aquí. Perry no dijo nada cuando vio que su hermana y Sabine lo molían a golpes, pero luego lo trajo cargando al departamento. Fue la única de su jauría que se molestó por ver cómo estaba.

Perry agregó: *Sólo contéstame sí o no.*

Ithan se quedó viendo el mensaje durante un largo rato.

Los lobos eran criaturas sociales. Un lobo sin jauría... era una herida al alma. Una herida que dejaría mutilado a casi cualquier lobo. Pero él ya había recibido una herida al alma hacía dos años y había sobrevivido.

Aunque sabía que no podría soportar volver a adoptar su forma de lobo en el futuro cercano.

Ithan miró a su alrededor en el baño, las porquerías que Bryce había dejado tiradas por ahí. Ella también había sido una loba sin jauría durante esos dos años. Sí, ella tenía a Fury y a Juniper, pero no era lo mismo que Danika y Connor y la Jauría de Diablos. Nada sería igual a eso jamás.

Ithan respondió *Sí* y luego se metió el teléfono al bolsillo. Bryce llegaría pronto. Y había mencionado algo sobre una pizza.

Ithan salió hacia la sala del departamento amplio y ventilado. Syrinx descansaba en el sofá y levantó la cabeza para inspeccionarlo. Luego, la quimera volvió a recostarse con un bufido de aprobación. Su cola de león se movía.

El silencio del departamento le pesaba a Ithan. Nunca había vivido solo. Siempre tenía a su alrededor el caos constante y la cercanía de la Madriguera, la locura del dormitorio en la universidad, o los hoteles en los que se había quedado con el equipo de solbol de UCM. Este lugar bien podría ser otro planeta.

Se frotó el pecho, como si el movimiento pudiera borrar la tensión.

Sabía con precisión por qué había desobedecido las órdenes de Sabine en la primavera, cuando Bryce gritó pidiendo ayuda. El sonido de su súplica había sido insoportable. Y cuando ella mencionó que había niños en peligro, algo le explotó en el cerebro. No se arrepentía de lo que había hecho.

¿Pero podría soportar las consecuencias? No la golpiza, eso lo podría soportar en cualquier momento. Pero estar aquí, solo, a la deriva... No se había sentido así desde la muerte de Connor y los demás. Desde que se salió del equipo de solbol y dejó de contestar a sus llamadas.

No tenía ni idea de qué demonios haría ahora. Tal vez la respuesta no sería algo grande y trascendental. Tal vez podría ser algo tan simple como poner un pie delante del otro.

Así es como terminaste siguiendo a alguien como Amelie, gruñó una voz que sonaba demasiado parecida a la de Connor. *Toma mejores decisiones esta vez, cachorro. Evalúa. Decide qué quieres* tú.

Pero por el momento... un pie delante del otro. Podía hacer eso. Aunque fuera sólo por hoy.

Ithan caminó a la puerta y descolgó la correa del gancho en la pared.

—¿Quieres ir a caminar? —le preguntó a Syrinx. La bestia rodó y se acostó de lado, como si dijera *Ráscame la panza, por favor.*

Ithan volvió a colgar la correa en su gancho.

—Lo que tú digas, amiguito.

—Con que Patán Accesible, ¿eh?

Bryce se recargó contra los barrotes de la celda inmaculada en los sótanos del Comitium. Frunció el ceño a Hunt, que estaba sentado sobre un catre de metal con la cabeza agachada. Se enderezó al escuchar su voz y guardó más las alas. Su rostro... Bryce se puso rígida.

—¿Qué *carajos*, Hunt?

Ojo morado, labio hinchado, cortaduras en la sien, en la línea de crecimiento del pelo...

—Estoy bien —refunfuñó él aunque se veía igual de mal que Ithan—. ¿Quién te llamó?

—Tu nueva jefa... ella me informó sobre lo sucedido. Suena amable, por cierto —dijo Bryce y se asomó por los barrotes—. Definitivamente amable, porque no te ha echado a la calle todavía.

—Pero me puso en esta celda.

—Isaiah te puso en esta celda.

—Lo que sea.

—No me *loquesees*.

Dioses, sonaba igual que su madre. Hunt respondió tajante:

—Nos veremos en casa. No deberías estar aquí.

—Y tú no deberías haberte involucrado en una estúpida pelea, pero hete aquí.

Unos relámpagos le recorrieron las alas.

—Regresa a casa.

¿Estaba... de verdad estaba enojado de que ella estuviera aquí? Bryce resopló.

—¿Estabas intentando autosabotearte intencionalmente hoy?

Hunt se puso de pie de un salto y luego hizo una mueca al sentir el dolor que eso le provocó en su cuerpo maltrecho.

—¿Por qué carajos haría eso?

Una voz masculina profunda respondió:

—Porque eres un cabrón idiota.

Bryce hizo una mueca. Se había olvidado de Pollux. Hunt gruñó.

—No quiero oír tu puta voz.

—Vete acostumbrando —respondió otra voz masculina desde los elevadores al fondo del pasillo blanco.

Bryce se encontró con un ángel alto y delgado que se aproximaba con elegancia natural. No era hermoso, no de la manera en que eran Hunt y Pollux e Isaiah, pero... era impactante. Intenso y concentrado.

Baxian Argos, el Mastín del Averno. Un ángel con la rara capacidad de transformarse en la forma que le había dado su sobrenombre.

Hunt le había contado sobre él. Baxian nunca había torturado a Hunt ni a otros, hasta donde ella sabía, pero había hecho muchas otras cosas horribles en nombre de Sandriel. Había sido su espía en jefe y su rastreador.

Baxian le mostró los dientes con una sonrisa feroz. Hunt se alteró visiblemente.

Ni por todos los demonios del Averno estos machos la harían retroceder.

Pollux, con esa cara de niño bonito tan maltratada como la de Hunt, canturreó desde su celda:

—¿Por qué no te acercas un poquito, Bryce Quinlan?

Hunt gruñó:

—No le hables.

Bryce le dijo a Hunt con tono cortante:

—Ahórrate tus desplantes de alfadejo.

Antes de que Hunt pudiera responder, Bryce se acercó a la celda de Pollux.

Pollux se esforzó por hacer un espectáculo de mirarla desde la cabeza hasta la punta de sus zapatos de tacón.

—Pensé que las de tu calaña por lo general trabajaban en el turno de la noche.

Bryce rio.

—¿Tienes algún otro insulto anticuado que lanzarme?

Ante el silencio de Pollux, Bryce continuó:

—El trabajo sexual es una profesión respetable en Ciudad Medialuna. No es mi culpa que Pangera no se haya puesto al corriente con los tiempos modernos.

Pollux desbordaba malicia.

—Micah debería haberte matado y santo remedio.

Ella hizo brillar sus ojos, que él pudiera notar que sabía todo lo que le había hecho a Hunt, cuánto lo detestaba.

—¿Eso es lo mejor que se te ocurre decir? ¿No se suponía que el Martillo era una especie de estrella del sadismo?

—Y yo pensaba que las putas mestizas se suponía que mantenían la boca cerrada. Por fortuna, sé perfectamente qué meterte en esa bocota para que te calles.

Bryce le guiñó con picardía.

—Cuidado. Uso los dientes.

Hunt tosió y Bryce se inclinó hacia enfrente... tan cerca que si Pollux extendía el brazo, podría envolverle el cuello con la mano. Pollux abrió mucho los ojos al darse cuenta de eso. Bryce dijo con dulzura:

—No sé a quién habrás encabronado para que te envíaran a esta ciudad, pero voy a hacer de tu vida un verdadero Averno si vuelves a tocar a Hunt.

Pollux se abalanzó hacia ella con los dedos listos para cogerla del cuello.

Ella dejó que su poder brotara de golpe, tan brillante que Pollux retrocedió cubriéndose los ojos con el brazo. Los labios de Bryce se curvaron un poco hacia un lado.

—Eso pensé.

Retrocedió unos pasos y giró hacia Hunt de nuevo. Él arqueó una ceja y sus ojos brillaron debajo de la piel amoratada.

—Qué elegancia, Quinlan.

—Mi meta es impresionar.

Se escuchó el susurro de una risa grave a su lado y Bryce vio al Mastín del Averno que ahora estaba recargado contra el muro frente a las celdas, al lado de una televisión grande.

—Supongo que estaré viéndolos más de lo que quisiera —dijo Bryce.

Baxian hizo una reverencia. Portaba una armadura negra ligera hecha de placas superpuestas. A Bryce le pareció como una versión reptiliana del traje de Hunt.

—Tal vez me des un recorrido —dijo Baxian.

—Sigue soñando —murmuró Hunt.

Los ojos oscuros del Mastín brillaron. Se dio la media vuelta y, antes de entrar al elevador, dijo:

—Me alegra que alguien finalmente le metiera una bala al cerebro de Micah.

Bryce se quedó viéndolo en silencio estupefacto. ¿Había bajado por alguna otra razón o sólo para decir eso? Hunt exhaló con fuerza. Pollux continuó en silencio deliberado en su celda.

Bryce agarró los barrotes de la celda de Hunt.

—No más peleas.

—Si digo que sí, ¿podremos irnos a casa ya? —preguntó Hunt y su expresión lastimera era casi idéntica a la de Syrinx cuando pedía algo.

Bryce reprimió su sonrisa.

—Eso no lo puedo decidir yo.

La voz de una mujer flotó desde el interfono en el techo.

—Ya vi suficiente. Athalar puede irse, señorita Quinlan.

Los barrotes sisearon y la puerta se abrió con un tronido metálico.

Bryce dijo al techo:

—Gracias.

Pollux gruñó desde su celda:

—¿Y qué hay de mí? Yo no empecé esta pelea.

El idiota tenía huevos. Bryce le concedería eso. Celestina respondió con frialdad:

—Tampoco hiciste nada para evitarla.

—Perdóname por defenderme cuando un bruto me estaba atacando.

Desde el rabillo del ojo, Bryce podría haber jurado ver que Hunt sonreía ampliamente. La gobernadora dijo con voz tajante y que no admitía tonterías:

—Discutiremos esto después.

Pollux tuvo el suficiente criterio para no contestar.

La arcángel continuó:

—Mantén a Athalar controlado, señorita Quinlan.

Bryce saludó hacia la cámara montada al lado de la televisión. Como Celestina ya no respondió, Bryce dio un paso atrás para permitir que Hunt saliera de la celda. Cojeó hacia ella, tanto que ella le pasó el brazo por la cintura y se dirigieron hacia los elevadores.

Desde su celda, Pollux dijo con desdén:

—Ustedes dos mestizos se merecen el uno a la otra.

Bryce le aventó un beso.

11

Tharion necesitaba un nuevo trabajo.

Honestamente, después de años en esta posición, seguía sin tener idea de cómo había terminado a cargo de la inteligencia de la Reina del Río. Sus compañeros de escuela probablemente se reían cada vez que veían su nombre: había sido un estudiante promedio, si no es que francamente holgazán, y había aprobado básicamente por lo encantador que era con el personal docente. Tenía poco interés en la historia o la política o los idiomas y su materia favorita en la escuela siempre fue la hora del almuerzo.

Tal vez eso lo había preparado bien. La gente era mucho más propensa a hablar si estaba comiendo. Aunque siempre que torturaba a un enemigo, vomitaba después. Afortunadamente, había aprendido que una cerveza fría, algo de risarizoma y unas cuantas partidas de póker por lo general le conseguían lo que necesitaba.

Y esto: investigación.

Normalmente, le pedía a uno de sus analistas que revisara con cuidado su proyecto en turno, pero la Reina del Río quería que esto se mantuviera en secreto. Frente a la computadora de su oficina, lo único que necesitó hacer fue teclear un par de cosas para obtener acceso a lo que quería: la cuenta de correo de Sofie Renast.

Declan Emmet le había instalado este sistema: capaz de hackear cualquier cuenta de correo electrónico no imperial en cuestión de minutos. Emmet le había cobrado un brazo y una aleta, pero el sistema había demostrado ser más que útil. La primera vez que Tharion lo usó había sido para rastrear al asesino de su hermana.

El puto enfermo mental se enviaba fotografías de sus víctimas por correo. Ni siquiera lo que Tharion le hizo después había logrado borrar de su cerebro la imagen del cuerpo brutalizado de su hermana.

Tharion tragó saliva y miró hacia el ventanal que daba hacia las cristalinas aguas de cobalto. Una nutria pasó a toda velocidad. Su chaleco amarillo contrastaba con las aguas del río. Traía un tubo sellado entre sus pequeños colmillos.

Una criatura de ambos mundos. Algunas de las nutrias mensajeras vivían aquí, en la Corte Azul, en las profundidades del Istros. Era una pequeña metrópolis al mismo tiempo expuesta y aislada por el agua a su alrededor. Otras nutrias vivían Arriba, en la actividad y el caos de Ciudad Medialuna en sí.

Tharion se recordó a sí mismo que nunca podría mudarse a Arriba. Sus responsabilidades requerían que estuviera aquí. A las órdenes de la Reina del Río. Tharion miró sus pies descalzos y los enterró en la alfombra de pelo largo color crema debajo de su escritorio. Llevaba casi un día en su forma humana. Tendría que regresar pronto al agua o se arriesgaría a perder las aletas.

Sus padres pensaban que era raro por haber elegido vivir en uno de los edificios secos de vidrio y metal anclados a la gran plataforma al fondo del río y no con ellos en la red de cuevas subacuáticas que hacían las veces de departamentos para los mer. Pero a Tharion le gustaba la televisión. Le gustaba que su comida no estuviera húmeda, en el mejor de los casos, o fría y mojada, en el peor. Le gustaba dormir en una cama cálida, extendido sobre los cobertores y almohadas, y no en una hamaca de algas meciéndose con la corriente. Y como vivir en la superficie no era una alternativa, este edificio subacuático se había convertido en su mejor opción.

La computadora hizo un sonido y Tharion devolvió su atención a la pantalla. Su oficina estaba en una de las burbujas con domo de vidrio que conformaban el centro de operaciones de la Unidad de Investigación de la Corte

Azul. La Reina del Río sólo había permitido su construcción porque las computadoras debían permanecer secas.

Tharion se había visto forzado a explicarle personalmente este simple hecho.

Su reina era todapoderosa, hermosa y sabia, pero al igual que muchos de los vanir de mayor edad, no tenía idea de cómo funcionaba la tecnología moderna. Al menos su hija sí se había adaptado mejor. Tharion había sido su instructor designado y le enseñó a usar una computadora. Así era como había terminado aquí.

Bueno, no en esta oficina. Sino en esta posición. En su vida actual.

Tharion buscó superficialmente en el archivo de los correos electrónicos de Sofie Renast. Las evidencias de una existencia normal: correos entre amigos sobre deportes o la televisión o una fiesta; correos de sus padres que le pedían que pasara a comprar algunas cosas de regreso de la escuela; correos de su hermano menor. Emile.

Ésos fueron los que revisó con más detenimiento. Tal vez correría con suerte y aquí encontraría alguna pista sobre dónde habría ido Sofie.

Más y más, Tharion continuó leyendo sin descuidar el reloj. Tenía que regresar al agua pronto, pero... Continuó leyendo. Buscando cualquier clave o pista sobre dónde podrían haber ido Sofie y su hermano. No encontró nada.

Tharion terminó de revisar la bandeja de entrada de Sofie, examinó la carpeta de correos no deseados y finalmente la de la basura. Esta última estaba prácticamente vacía. Abrió la carpeta de correos enviados y no pudo contener un gemido de frustración al ver la cantidad. Pero empezó a leer de nuevo. Clic tras clic tras clic.

Su teléfono emitió una alerta: le quedaban treinta minutos para regresar al agua. Podía estar en la esclusa de aire en cinco minutos si caminaba rápido. Tenía tiempo de leer otros correos antes de salir. *Clic, clic, clic.* El teléfono de Tharion volvió a sonar. Diez minutos.

Pero se había detenido en un correo de hacía tres años. Era tan simple, tan falto de sentido, que llamaba la atención.

Asunto: Re: La Verdad sobre Atardecer.

El asunto sonaba extraño. Pero el cuerpo del correo era aún más raro.

Estoy buscando cómo conseguir acceso. Tomará tiempo.

Eso era todo.

Tharion buscó más, en el mensaje original al que Sofie había respondido. Lo había recibido dos semanas antes de su respuesta.

De: BansheeFan56

Asunto: La Verdad sobre Atardecer

¿Ya pudiste entrar? Cuéntamelo todo.

Tharion se rascó la cabeza, abrió otra ventana en la computadora y buscó *La Verdad sobre Atardecer*.

Nada. No existía registro sobre una película o libro o programa de televisión. Buscó en el sistema de correos, esta vez el nombre de quien había enviado el correo: *BansheeFan56*.

Otra cadena parcialmente eliminada. Ésta la había iniciado BansheeFan56.

Asunto: Proyecto Thurr

Podría ser útil para ti. Léelo.

Sofie había contestado:

Acabo de leerlo. Creo que es poco probable. Y los Seis me matarán por esto.

Tenía una buena idea de quiénes eran los «Seis» a los que se refería: los asteri. Pero cuando Tharion buscó en línea *Proyecto Thurr*, no encontró nada. Sólo reportajes sobre sitios arqueológicos o exhibiciones de arte centradas en un antiguo semidiós. Interesante.

Sólo quedaba otro correo electrónico, en la carpeta de borradores.

BansheeFan56 había escrito:

Cuando lo encuentres, escóndete en el sitio que te mencioné, donde las almas cansadas encuentran alivio de su sufrimiento en Lunathion. Es seguro.

¿Un punto de reunión? Tharion leyó lo que Sofie había empezado a contestar pero que nunca envió.

Gracias. Intentaré pasarle esta información a mi

Nunca lo terminó. Esa oración podría haber terminado de muchas maneras. Pero Sofie debía necesitar un sitio donde nadie pudiera encontrarlos a ella y su hermano. Si Sofie Renast había sobrevivido a la Cierva, bien podría haber ido a ese sitio, a esta ciudad, con la promesa de un lugar seguro para ocultarse.

Pero todo esto sobre el Proyecto Thurr y la Verdad sobre Atardecer... Guardó esos fragmentos de información para después.

Tharion abrió otra búsqueda dentro del programa de Declan y escribió la dirección de quien enviaba el correo. El resultado lo sobresaltó.

Danika Fendyr.

Tharion salió corriendo de su oficina a toda velocidad por los corredores de vidrio que dejaban a la vista toda clase de vida acuática del río: mer y nutrias y peces, aves acuáticas que se sumergían en el agua y duendecillos de agua y la ocasional serpiente marina. Sólo tenía tres minutos para regresar al agua.

Afortunadamente, la compuerta de la esclusa presurizada estaba abierta cuando llegó y Tharion saltó dentro, azotó la compuerta redonda y apretó el botón a su lado.

Apenas acababa de sellar la puerta cuando el agua se precipitó sobre sus pies y llenó la esclusa con un suspiro. Tharion también suspiró y se dejó caer en el agua que llenaba la esclusa. Se quitó los pantalones. El cuerpo empezó a cosquillearle cuando las aletas reemplazaron la piel y el hueso, sus piernas se fusionaron y empezaron a ondular con las escamas que formaban un patrón atigrado.

Se quitó la camisa y, con un estremecimiento, aparecieron las escamas en sus brazos y hasta la mitad de su torso. Le brotaron garras curvas de los dedos y Tharion las levantó hacia su cabello para peinar los mechones rojos hacia atrás.

Qué pinche inconveniente.

Tharion miró el reloj digital sobre la puerta de la esclusa de aire. Podría regresar a su forma humana, pero prefería esperar unos cinco minutos. Sólo para estar absolutamente seguro de quedar marcado por la magia extraña que guiaba a los mer. El agua que él podía crear de la nada no servía para esto... la transformación sólo contaba si se sumergía por completo en las corrientes de magia salvaje.

Danika Fendyr conocía a Sofie Renast. Habían intercambiado correos electrónicos durante un lapso de seis meses antes de la muerte de Danika, todos relacionados con algo sobre la Verdad sobre Atardecer y este Proyecto Thurr, excepto por el correo donde se hablaba de un sitio seguro.

Pero, ¿Danika Fendyr también conocía a Emile? ¿Emile era la persona a quien Sofie quería pasarle la información sobre el sitio seguro? Era una simple conjetura, pero por lo que le había dicho la Reina del Río, todo lo que Sofie hizo antes de su muerte fue por su hermano. ¿Por qué no sería él la persona que ella estaba ansiosa por esconder, si lo lograba liberar de Kavalla? El problema ahora sería encontrarlos en esta ciudad. *Donde las almas cansadas encuentran alivio de su sufrimiento*, aparentemente. Lo que fuera que eso significara.

Tharion esperó a que pasaran los cinco minutos y después levantó uno de sus brazos musculosos hacia el botón de descarga al lado de la compuerta. El agua drenó y la esclusa quedó vacía. Tharion siguió sentado, viendo sus aletas que se movían en el aire.

Se transformó de nuevo y una luz brilló a lo largo de sus piernas. Sintió el dolor que las recorría cuando su aleta se dividió en dos y reveló su cuerpo desnudo.

Sus pantalones estaban empapados pero a Tharion no le molestaba demasiado, así que volvió a ponerse la ropa. Al menos no traía zapatos. Había perdido incontables pares de zapatos en transformaciones de emergencia como ésta a lo largo de los años.

Con un gemido, se puso de pie y abrió la puerta de nuevo. Se puso uno de los rompevientos color azul marino que colgaban en la pared para entrar en calor. Tenía las letras UICA escritas en amarillo en la espalda: Unidad de Investigación de la Corte Azul. Era técnicamente parte del Auxiliar de Lunathion, pero a la Reina del Río le gustaba pensar que su reino era una entidad separada.

Revisó su teléfono mientras avanzaba por el pasillo de regreso a su oficina y leyó rápidamente los informes de campo que habían llegado. Se quedó inmóvil al leer uno de ellos. Tal vez Ogenas sí estaba cuidándolo.

Un metamorfo de martín pescador había enviado un informe hacía tres horas, desde los Pantanos Nelthianos. Un bote pequeño y abandonado. Nada fuera de lo común, pero la matrícula capturó su atención. Había atracado en Pangera. El resto del informe hizo que Tharion corriera de vuelta a su oficina.

En el bote habían encontrado un chaleco salvavidas de talla de adolescente con *Bodegraven* escrito en la espalda. No había nadie a bordo, pero quedaba un olor. Humano, hombre, joven.

¿Qué probabilidades había de que un chaleco salvavidas del mismo barco donde el hermano de Sofie Renast había estado apareciera en una embarcación distinta, cerca de la ciudad donde los correos entre Sofie y Danika indicaban que había un sitio seguro para esconderse?

Emile Renast tenía que haber estado a bordo de ese barco. La pregunta era: ¿Emile tenía motivos para sospechar que su hermana había sobrevivido a la Cierva? ¿Estarían en camino de reunirse? Tharion tenía algunas ideas sobre qué podrían implicar las instrucciones crípticas de Danika y ninguna de las opciones era buena. Tal vez no tenía idea de para qué quería su reina a Sofie o a Emile, aparte de que quería a la primera viva o muerta, pero no tenía mucha alternativa salvo seguir esta pista.

Hacía mucho tiempo que había renunciado al derecho de tener una alternativa.

Tharion tomó una moto de agua para subir río arriba por el Istros, en dirección a la zona pantanosa a una hora al norte de la ciudad. El río fluía a lo largo de la costa en esta zona, en un recorrido sinuoso entre el siseo de los juncos ondulantes. En una de las curvas del río había una pequeña embarcación ladeada sobre los carrizos.

En el cielo volaban algunas aves y varios ojos lo observaron sin parpadear desde los carrizos cuando se acercó lentamente en su moto de agua para examinar la embarcación.

Sintió un escalofrío. Las bestias de río hacían sus nidos en estos pantanos. Incluso Tharion tenía que ser cuidadoso al elegir qué pasajes acuosos tomar entre los pastos. Los sobeks podrían saber que no debían meterse con el mer, pero una hembra tal vez preferiría morir en el ataque para proteger a sus crías.

Un niño de trece años, sin importar cuáles fueran sus dones, sería un delicioso postre.

Tharion usó su magia de agua para que lo guiara directamente al barco y lo abordó. Encontró latas de comida vacías y botellas de agua que rodaban y chocaban entre sí con el movimiento que provocó al abordar. Tras un análisis rápido del área para dormir en el nivel inferior, encontró el olor de un hombre humano además de unas mantas y más comida.

Unas huellas pequeñas y lodosas manchaban la cubierta cerca del timón. Sí había habido un niño en esta embarcación. ¿Habría navegado hasta acá desde Pangera solo? Tharion sintió una mezcla de lástima y aprensión revolverse en su estómago al ver la basura abandonada.

Encendió el motor y descubrió que aún quedaba bastante combustible, lo cual indicaba que el motivo por el cual el barco había sido abandonado en este lugar no era que se hubiera agotado su luzprístina. Así que debía tratarse de un atraque intencional. Esto sugería que Sofie sí le había transmitido a Emile la información sobre el punto de reunión. Pero si él había abandonado el barco aquí, en el corazón del territorio sobek... Tharion se frotó la mandíbula.

Examinó detenidamente los juncos que rodeaban la embarcación. Escuchando, olfateando. Y... carajo. Sangre humana. Se preparó para lo peor mientras se acercaba a los juncos salpicados de rojo.

Su alivio duró poco. El olor era de adulto pero... eso era un brazo. Arrancado del cuerpo, que probablemente había sido arrastrado a las profundidades. El trauma al bíceps coincidía con una mordida de sobek.

Tharion se esforzó por controlar su estómago revuelto y se acercó más. Lo volvió a olfatear.

Era un olor más fresco que el del niño en el barco, por uno o dos días. Y tal vez era sólo una coincidencia que hubiera un brazo humano ahí, pero Tharion reconoció el color gris oscuro de la manga desgarrada que quedaba en el brazo. El parche con un sol dorado entre una pistola y un cuchillo seguía distinguiéndose cerca de la mordida.

La insignia de Ophion. Y el sol poniente rojo sobre la insignia... El escuadrón de élite Ocaso, liderado por Pippa Spetsos.

Con cautela, lo más silenciosamente posible, Tharion avanzó entre los juncos rezando para no toparse con ningún nido de sobek. Los olores humanos eran más numerosos aquí. Varios hombres y una mujer, todos adultos. Y todos provenían de tierra adentro, no del agua. Por Ogenas... ¿Pippa Spetsos en persona había traído su unidad acá para conseguir al niño? Debieron haber intentado acercarse sigilosamente al barco desde los juncos. Y por lo visto, uno de ellos había pagado el precio más alto.

Ophion había enviado su mejor unidad aquí, a pesar de sus numerosas pérdidas recientes. Necesitaban a Ocaso en Pangera y, no obstante, estaban gastando sus recursos en esta cacería. Así que no era probable que estuvieran buscando al niño simplemente por la bondad de sus corazones. ¿Emile habría abandonado el barco aquí no porque Sofie se lo hubiera dicho, sino porque había percibido que alguien lo seguía? ¿Había huido a esta ciudad no sólo para encontrar a su hermana en el punto acordado sino para liberarse de los rebeldes?

Tharion volvió sobre sus pasos de regreso al barco y buscó otra vez. Se metió bajo la cubierta, buscó abajo de las mantas y entre la basura, observó, prestó atención...

Ahí. Un mapa de la costa de Valbara con unas marcas. Con un círculo en estos pantanos. Estos pantanos... y una marca más. Tharion hizo una mueca. Si Emile Renast había huido a pie desde aquí hasta Ciudad Medialuna...

Sacó su teléfono y le habló a uno de sus oficiales. Les ordenó que fueran a los pantanos. Que empezaran donde estaba el barco y fueran avanzando tierra adentro hacia la ciudad. Y que trajeran pistolas, no sólo por las bestias entre los juncos, sino también por los rebeldes que podrían estar siguiendo al niño.

Y si encontraban a Emile... Le ordenó al oficial que lo siguieran por un rato. Que vieran con quién se reunía. Con quién los podría estar conduciendo.

Eso si el niño siquiera salía vivo de estos pantanos.

12

Hunt estiró las piernas y acomodó las alas para que no se aplastaran entre su espalda y la banca de madera. Bryce estaba sentada a su lado. Su helado de pistache se derretía y Hunt se esforzó por no quedarse viéndola lamer cada gotita verde que escurría por el costado del cono.

¿Éste sería su castigo por la pelea con Pollux? ¿Estar sentado aquí y tener que ver esto?

Hunt optó por concentrar su atención en la motoneta que ella aparentemente había conducido a toda velocidad hasta el Comitium. Pero cuando salieron de ahí, se fueron caminando y él empujó la motoneta hasta el parque. Se aclaró la garganta y le preguntó a Bryce:

—¿Le pasa algo a tu motoneta?

Bryce frunció el entrecejo.

—Estaba haciendo un ruido raro. No me pareció prudente volver a subirnos —arqueó una ceja—. ¿Quieres ser un caballero y cargarla a casa por mí?

—Preferiría cargarte a *ti*, pero claro.

La motoneta pesaría pero nada que él no pudiera aguantar. Recordó su propio helado, de café, a tiempo para lamer las partes derretidas. Intentó no fijarse en cómo la mirada de Bryce seguía con atención cada movimiento de su lengua.

—¿Qué tipo de ruido estaba haciendo? —preguntó.

—Una especie de chisporroteo rasposo cuando no estaba avanzando —volteó para ver su amada motoneta recargada en un poste de luz decorado con banderas—. Va a tener que ir al mecánico, la pobre.

Hunt rio.

—Puedo llevarla a la azotea y revisarla.

—Qué romántico. ¿Cuándo salen las invitaciones para la boda de ustedes dos?

Él volvió a reír.

—Me sorprende que Randall no te haya obligado a aprender cómo arreglar tu propia motoneta.

—Oh, lo intentó. Pero para ese momento yo ya era legalmente adulta y no tenía la obligación de hacerle caso —lo miró de reojo—. Pero, en serio, ¿sabes arreglar una moto?

Hunt asintió y su diversión disminuyó un poco.

—Sí. Yo, eh... sé cómo arreglar muchas máquinas.

—¿Tus relámpagos te ayudan para saber cómo funciona la maquinaria o algo así?

—Sí.

Hunt fijó su mirada en el Istros. El sol inclemente al fin estaba poniéndose e iluminaba el río de rojos y dorados y anaranjados. Muy por debajo de la superficie brillaban pequeñas luces, lo único que daba fe de la existencia de la enorme y poderosa corte debajo del agua. Hunt dijo en voz baja:

—Sandriel se aprovechó de eso. Con frecuencia, me hacía desarmar mecatrajes de Ophion después de las batallas para que averiguara cómo funcionaban y luego sabotearlos. Y entonces enviaba discretamente las máquinas de regreso al frente para que las usaran los rebeldes sin darse cuenta —no se atrevía a verla. En especial porque ella guardó silencio cuando él agregó, casi en tono de confesión—: Aprendí mucho sobre cómo funcionan las máquinas. Cómo hacer que *no* funcionen. En especial en momentos claves. Es probable que mucha gente haya muerto por eso. Por mí.

Había intentado convencerse a sí mismo de que lo que había hecho estaba justificado, que los trajes en sí eran monstruosos: de cinco metros de altura y hechos de titanio, eran esencialmente una armadura exoesquelética que el humano que la conducía podía pilotear con la misma facilidad que movía su propio cuerpo. Armados con espadas de dos metros y medio, algunas de ellas cargadas con luz-prístina, y enormes pistolas, podían pelear mano-a-fauces con un metamorfo de lobo y salir ilesos. Eran el recurso más valioso del ejército humano, y la única manera de poder soportar un ataque vanir.

Pero que Sandriel le ordenara desarmar esos trajes y alterarlos no tenía nada que ver con eso. Ella lo hacía por pura crueldad y diversión enfermiza: robar los trajes, saboteárlos y devolverlos a los humanos incautos. Lo que buscaba era ver con deleite a los pilotos que se enfrentaban a las fuerzas vanir sólo para descubrir que sus mecatrajes les fallaban.

Bryce le puso la mano sobre la rodilla.

—Lamento que te haya obligado a hacer eso, Hunt.

—Yo también —respondió Hunt con una larga exhalación, como si con eso pudiera limpiar su alma.

Bryce pareció detectar su necesidad de cambiar de tema porque preguntó de pronto:

—¿Qué demonios vamos a hacer con Pollux y Baxian? —le lanzó una mirada irónica que lo arrancó del pasado—. Aparte de golpearlos hasta dejarlos hechos carne molida.

Hunt resopló y le agradeció a Urd en silencio que hubiera puesto a Bryce en su camino.

—Sólo nos queda la esperanza de que Celestina los mantenga bajo control.

—No suenas tan seguro.

—Hablé con ella durante cinco minutos antes de que Pollux llegara. No fue suficiente para fabricarme una opinión.

—Parece que a Isaiah y a Naomi les agradó.

—¿Hablaste con ellos?

—Cuando llegué al Comitium. Están... preocupados por ti.

Hunt gruñó.

—Deberían estar preocupados por esos dos psicópatas que ahora estarán viviendo aquí.

—Hunt.

El sol iluminó los ojos de Bryce y los encendió de un tono dorado tan brillante que lo dejó sin aliento. Bryce dijo:

—Conozco tu pasado con Pollux. Entiendo por qué reaccionaste así. Pero no puede volver a suceder.

—Lo sé —respondió Hunt. Volvió a lamer su helado—. Los asteri lo enviaron aquí por alguna razón. Probablemente para provocarme así.

—Nos pidieron que mantuviéramos un perfil bajo. ¿Por qué provocarte para que hicieras algo así?

—Tal vez cambiaron de opinión y quieren un motivo público para arrestarnos.

—Matamos a dos arcángeles. No necesitan levantarnos más cargos para firmar nuestras condenas de muerte.

—Tal vez sí. Tal vez se preocupan de que *pudiéramos* ir a juicio y no ser condenados. Y un juicio público significaría admitir nuestros roles en las muertes de Micah y Sandriel.

—Creo que el mundo no tendría dificultad en creer que mataste a una arcángel. ¿Pero una pequeña humana mestiza desconocida como yo? *Eso* es lo que no quieren que se sepa.

—Supongo. Pero... me cuesta trabajo creer todo esto. Creer que la presencia de Pollux y Baxian aquí no significa que las cosas están por irse al carajo. Creer que Celestina en verdad es una persona decente. Tengo más de doscientos años de historia que me indican que sea cauteloso. No puedo desprogramarme.

Hunt cerró los ojos.

Un instante después, unos dedos suaves se enredaron en su cabello y empezaron a recorrer los mechones lentamente. Casi ronroneó pero se mantuvo perfectamente inmóvil mientras Bryce decía:

—Nos mantendremos con la guardia en alto. Pero creo... creo que tal vez deberíamos empezar a creer en nuestra buena suerte.

—La llegada de Ithan Holstrom es justo lo opuesto.

Bryce le dio un empujoncito con el hombro.

—No es para tanto.

Él abrió un ojo.

—Cambiaste de opinión rápidamente sobre él.

—No tengo tiempo para estar guardando rencores.

—Eres inmortal ahora. Creo que sí tienes tiempo.

Ella abrió la boca pero entonces se escuchó una voz masculina e insulsa en todo el parque: *Las Puertas cerrarán en diez minutos. Quien no esté en la fila no tendrá acceso.*

Bryce frunció el ceño.

—Podría haber vivido sin que estuvieran usando las Puertas para transmitir anuncios todo el día.

—Tú tuviste la culpa, lo sabes —dijo él empezando a esbozar una sonrisa.

Bryce suspiró pero no lo refutó.

Era verdad. Después de que ella se puso en contacto con Danika a través de las Puertas de cristal, el interés del público en ellas resurgió junto con la conciencia de que podían usarse para hablar por toda la ciudad. Ahora se usaban básicamente para transmitir avisos, desde los horarios de apertura y cierre de los sitios turísticos hasta la ocasional grabación de un anuncio imperial en voz de Rigelus. Hunt odiaba esos mensajes más que los demás. *Habla Rigelus, Mano Brillante de los asteri. Honramos a los caídos que murieron en la hermosa Lunathion y le agradecemos a todos los que lucharon en su servicio.*

Y los estamos vigilando a todos como halcones, pensaba siempre Hunt cuando escuchaba la voz monótona de ese ser antiguo que se ocultaba dentro del cuerpo de un hada adolescente.

La voz de las Puertas volvió a callar y el aire se llenó de nuevo con el suave oleaje del Istros y el susurro de las palmeras en lo alto.

La mirada de Bryce se deslizó hacia el otro lado del río, hacia la niebla que se arremolinaba en la ribera opuesta. Sonrió con tristeza.

—¿Crees que Lehabah esté allá?

—Eso espero.

Hunt nunca había dejado de sentir gratitud por lo que había hecho la duendecilla de fuego.

—La extraño —dijo Bryce en voz baja.

Hunt le puso el brazo sobre los hombros y la atrajo hacia su lado. Saboreó su calidez y le ofreció la suya.

—Yo también.

Bryce recargó la cabeza en su hombro.

—Sé que Pollux es un monstruo y que tú tienes todos los motivos del mundo para quererlo matar. Pero por favor no hagas nada que obligue a la gobernadora a castigarte. No podría... —se le cortó la voz y Hunt sintió una opresión en el pecho—. Ver a Micah cortarte las alas... No puedo ver eso otra vez, Hunt. Ni ningún otro horror que ella pudiera inventar para ti.

Él le acarició el cabello sedoso.

—No debí haber perdido el control de esa manera. Lo siento.

—No tienes por qué disculparte. No por esto. Sólo... sé cuidadoso.

—Lo seré.

Ella comió un poco más de su helado pero no se movió. Así que Hunt hizo lo mismo cuidando no mancharle el cabello.

Cuando se terminaron los helados, cuando el sol ya casi había desaparecido y empezaron a brillar las primeras estrellas, Bryce se enderezó.

—Ya deberíamos regresar a casa. Ithan y Syrinx necesitan cenar.

—Sugiero que no le digas a Holstrom que lo pusiste en la misma categoría que tu mascota.

Bryce rio y se apartó de él. Hunt tuvo que reprimir su deseo de volverla a acercar.

Ya había decidido mandarlo todo al Averno y darse el gusto cuando vio que Bryce se tensaba y fijaba su atención en algo detrás de sus alas. Hunt giró y su mano voló hacia el cuchillo enfundado en su muslo.

Maldijo. Éste no era un oponente con el que pudiera pelear. Nadie podía.

—Vámonos —murmuró Hunt y la cubrió con un ala al ver el barco negro que se acercaba al muelle. Un segador venía a bordo de la embarcación. Cubierto con velos negros y vaporosos que ocultaban si era hombre o mujer, joven o viejo. Esas cosas no eran relevantes para los segadores.

La sangre de Hunt se convirtió en hielo al ver el barco sin remos ni timón que se deslizaba directo hacia el muelle, un crudo contraste con las banderas elegantes y las flores que adornaban cada rincón de la ciudad. La embarcación se detuvo como si unas manos invisibles la hubieran amarrado al atracadero de concreto.

El segador se movió, con tanta fluidez que parecía que caminaba en el aire. Bryce tiritaba a su lado. La ciudad a su alrededor guardaba silencio. Incluso los insectos dejaron de cantar. No había viento moviendo las palmeras alrededor del muelle. Las banderas que colgaban de los postes de alumbrado dejaron de ondular. Las ornamentadas coronas de flores parecieron marchitarse y cambiar de color.

Sin embargo, una brisa fantasma hacía que las túnicas del segador revolotearan y flotaran a sus espaldas mientras avanzaba hacia el pequeño parque adjunto al muelle y a las calles al fondo. No los volteó a ver y no se detuvo.

Los segadores no necesitaban detenerse por nada, ni siquiera por la muerte. Los vanir se describían a sí mismos como inmortales pero, en realidad, sí podían morir por trauma o enfermedad. Incluso a los asteri era posible matarlos. Pero los segadores...

No se puede matar lo que ya está muerto. El segador avanzó flotando, dejando a su paso una estela de silencio, y desapareció en la ciudad.

Bryce apoyó las manos en las rodillas.

—Puaj, *puaaaj*.

—Me leíste el pensamiento —murmuró Hunt.

Los segadores vivían en todas las islas eternas del mundo: en el Sector de los Huesos aquí, en las Catacumbas de la Ciudad Eterna, en las Tierras Estivales de Avallen... Cada uno de esos sagrados dominios durmientes era vigilado por un fiero monarca. Hunt no conocía al Rey del Inframundo de Lunathion y esperaba nunca hacerlo.

Se relacionaba lo menos posible con los segadores del Rey del Inframundo también. Mediasvidas, los llamaba la gente. Eran humanos y vanir que alguna vez estuvieron vivos y que habían enfrentado a la muerte y le ofrecían sus almas al Rey del Inframundo como guardias privados y sirvientes. El costo: vivir para siempre, sin envejecer ni morir, pero nunca jamás poder volver a dormir, comer, coger. Los vanir no se metían con ellos.

—Vámonos —dijo Bryce y se sacudió el escalofrío—. Necesito más helado.

Hunt rio.

—Está bien.

Estaba a punto de darse la vuelta para alejarse del río cuando se escuchó el rugido del motor de una moto acuática. Por entrenamiento e instinto, miró en dirección al sonido y se detuvo cuando vio a un hombre de cabello rojizo sobre el vehículo. Un brazo musculoso que les hacía señas. No era un gesto amistoso sino uno frenético.

—¿Tharion? —preguntó Bryce al voltear hacia donde miraba Hunt y ver al mer dirigiéndose a ellos a toda velocidad con una estela de olas agitadas detrás de él.

En cosa de un instante, ya estaba con ellos y Tharion apagó el motor y se acercó al muelle, manteniéndose a una distancia prudente de la embarcación negra.

—¿Dónde carajos estuviste *tú* este verano? —preguntó Hunt y se cruzó de brazos.

Pero Tharion le dijo a Bryce con el poco aliento que le quedaba:

—Tenemos que hablar.

—¿Cómo nos encontraste? —preguntó Bryce cuando iban en el elevador hacia su departamento unos minutos después.

—¿Soy maestro espía, recuerdas? —respondió Tharion con una sonrisa—. Tengo ojos por todas partes.

Entró al departamento tras Bryce y Hunt.

La atención de Bryce se posó de inmediato en Ithan, quien estaba exactamente en el lugar donde lo había dejado en la mañana: en el sofá con Syrinx acostado en sus piernas. Su rostro había sanado más y la cicatriz grande ya casi había desaparecido.

Ithan se enderezó cuando entró Tharion.

—Tranquilo —dijo Bryce y no volvió a voltear hacia el lobo. Hunt y Tharion se dirigieron al sofá.

Bryce dejó escapar un siseo de advertencia para que Tharion no se sentara con la ropa mojada.

Hunt puso los ojos en blanco y se sentó en las sillas del comedor.

—Por eso la gente no tiene sofás blancos —gruñó el ángel y Bryce le frunció el ceño.

—Entonces *tú* puedes limpiar el agua de río y la tierra —le reviró.

—Para eso son los hechizos de limpieza instantánea —contestó Hunt de inmediato.

Bryce se notaba irritada.

—Pura dicha doméstica, puedo ver —dijo Tharion.

Bryce rio pero Ithan preguntó desde el sofá:

—¿Y tú quién eres?

Tharion le sonrió y le respondió:

—No es de tu incumbencia.

Pero Ithan olfateó.

—Mer. Ah, sí. Te conozco. Capitán Loquesea.

—Ketos —murmuró Tharion.

Hunt inclinó la cabeza en dirección a Ithan.

—Le acabas de dar un golpe fuerte al ego del Capitán Loquesea, Holstrom.

—Lo que duele es que mis amigos más queridos no exalten mis abundantes cualidades cuando alguien me agrede —dijo Tharion con expresión de decepción.

—¿Amigos más queridos? —preguntó Hunt con la ceja arqueada.

—Amigos más hermosos —corrigió Tharion y le aventó un beso a Bryce.

Bryce rio y se dio la vuelta para silenciar su teléfono antes de mandarle un mensaje veloz a Ruhn. *Ven de inmediato.*

Su hermano contestó al instante. *¿Qué pasa?*

AHORA.

Lo que fuera que Tharion necesitara con tanta urgencia, Ruhn también debería estar enterado. Quería que él lo supiera todo. Lo cual era... raro. Pero bueno.

Bryce se guardó el teléfono en el bolsillo trasero y Tharion señaló hacia el sostén de encaje rosa neón que colgaba de la puerta plegable frente al nicho de la lavadora.

—Sexy —dijo el mer.

—No la alientes —murmuró Hunt.

Bryce lo miró molesta pero se dirigió a Tharion:

—Ha pasado bastante tiempo.

El mer era tan atractivo como ella recordaba. Tal vez más, ahora que estaba ligeramente desarreglado y lodoso.

—¿Estamos hablando sobre tu vida sexual o te refieres al tiempo que no nos hemos visto? —preguntó Tharion y miró a los dos.

Hunt hizo un gesto de molestia pero Bryce sonrió con malicia. Tharion continuó, sin prestar atención a la ira de Hunt.

—Ha sido un verano muy ocupado —se sentó en un taburete frente a la isla de la cocina y le dio unas palmadas al de junto—. Siéntate, Piernas. Platiquemos.

Bryce se sentó a su lado y apoyó los pies en la barra que había debajo.

Tharion, repentinamente serio, preguntó:

—¿Danika mencionó alguna vez a alguien llamada Sofie?

Ithan gruñó con sorpresa.

Bryce torció la boca.

—¿Sofie qué?

Antes de que pudiera preguntar algo más, Hunt exigió saber:

—¿De qué carajos trata esto?

Tharion respondió sin inmutarse.

—Solamente estoy actualizando unos archivos viejos.

Bryce tamborileó con los dedos sobre la plancha de mármol.

—¿Archivos de Danika?

Tharion se encogió de hombros.

—A pesar de lo glamorosa que pueda parecer mi vida, Piernas, hay trabajo tedioso tras bambalinas —le guiñó el ojo—. Aunque no es precisamente el *trabajo* que me gustaría hacer contigo, por supuesto.

—No trates de distraerme con tu coqueteo —dijo Bryce—. ¿Por qué estás preguntando sobre Danika? ¿Y quién demonios es Sofie?

Tharion suspiró y miró al techo.

—Hay un caso sin resolver en el que estoy trabajando y Danika...

—No le mientas, Tharion —gruñó Hunt. Los relámpagos le bailaban en las alas.

Una emoción intensa recorrió a Bryce al verlo, no sólo por la descarga de poder, sino por saber que él la apoyaba siempre. Le dijo a Tharion:

—No te voy a decir ni una puta cosa hasta que me des más información —señaló a Ithan con el pulgar—. Y él tampoco, así que ni preguntes.

Ithan se limitó a sonreírle pausadamente al mer, como si lo desafiara a intentarlo.

Tharion los estudió a todos. Había que reconocerle que no se retractó. Pero un músculo de su mejilla palpitó un poco. Como si estuviera debatiéndose internamente. Luego el capitán mer dijo:

—Yo, eh... Fui asignado a investigar a una humana, Sofie Renast. Era una rebelde que capturó la Cierva hace dos semanas. Pero Sofie no era una humana ordinaria, y tampoco su hermano menor, Emile. Tanto él como Sofie parecen humanos pero poseen todo el poder de los pájaros de trueno.

Bryce exhaló. Ciertamente no estaba esperando *eso*.

—Pensé que los pájaros de trueno se habían extinguido porque los asteri los cazaron a todos —dijo Hunt. *Demasiado peligrosos y volátiles para permitirles vivir* era lo que le habían enseñado en la escuela. *Una seria amenaza al imperio*—. Son poco más que mitos, ahora.

Era cierto. Bryce recordaba el caballo de Starlight Fancy llamado Pájaro de Trueno: un unicornio-pegaso azul y blanco capaz de controlar todo tipo de energías. Siempre quiso uno pero nunca lo había conseguido.

Tharion continuó:

—Bueno, pues de alguna manera, en alguna parte, uno sobrevivió. Y se reprodujo. Emile fue capturado hace tres años y enviado al campo de concentración de Kavalla. Sus captores no sabían a quién habían capturado y él, sabiamente, mantuvo sus dones ocultos. Sofie se infiltró a Kavalla y lo liberó. Sin embargo, por lo que me dijeron, la Cierva capturó a Sofie antes de que pudiera ponerse a salvo. Emile escapó pero también huyó de Ophion. Parece ser que vino hacia acá, pero varias personas siguen *muy* interesadas en los poderes que posee. Y en los de Sofie también, si es que sobrevivió.

—Nadie sobrevive a la Cierva —agregó Hunt en tono oscuro.

—Sí, lo sé —respondió Tharion—. Pero los grilletes de los bloques de plomo en el fondo del mar estaban vacíos. Abiertos. Parecería que Sofie sí se salvó. O alguien se robó su cuerpo.

Bryce frunció el entrecejo.

—¿Y la Reina del Río quiere al niño y a Sofie? ¿Por qué? ¿Y qué tiene que ver esto con Danika?

—No sé cuál será la finalidad de mi reina. Lo único que sé es que tiene mucho interés en encontrar a Sofie, viva o muerta, y también en conseguir a Emile. Pero, a pesar de lo que esto parecería sugerir, ella no está afiliada con Ophion de ninguna manera —Tharion se frotó la mandíbula—. En el proceso de intentar descifrar todo este desmadre, encontré algunos correos electrónicos entre Sofie y Danika donde hablaban sobre un sitio seguro en esta ciudad para que Sofie pudiera esconderse si lo requería.

—Eso no es posible —dijo Ithan.

Hunt se puso de pie y caminó al lado de Bryce. Ella sintió su poder recorrerle el costado, electrizarle hasta la sangre con su cercanía.

—¿La Reina del Río está loca? ¿*Tú* estás loco? Buscar rebeldes y no entregarlos es una garantía de terminar crucificado —dijo el ángel.

Tharion le sostuvo la mirada.

—No tengo alternativa en realidad. Las órdenes son órdenes —les asintió—. Miren, me queda claro que ustedes no saben nada de esto. Sólo háganme el favor de no mencionárselo a nadie, ¿está bien?

El mer se puso de pie y se dirigió hacia la puerta.

Bryce se bajó de un salto del taburete y se interpuso en su camino.

—Oh, lo dudo —dejó que un poco de su luzastral brillara a su alrededor—. No puedes venir a decirme que Danika estuvo en contacto con una rebelde famosa y luego salir de aquí como si nada.

Tharion rio y un velo frío le cubrió los ojos.

—Sí, sí puedo, Piernas —dijo y dio un paso descaradamente desafiante hacia ella.

Bryce se mantuvo en su sitio. Estaba sorprendida y deleitada de que Hunt le permitiera librar esta batalla sin interferir.

—¿Siquiera te importa que este pájaro de trueno oh-tan-poderoso sea un niño? ¿Que sobrevivió a un puto *campo de concentración*? ¿Y que ahora está solo y asustado?

Tharion parpadeó y ella tuvo que reprimir su deseo de estrangularlo.

—Sé que soy un hijo de puta por decir esto —agregó Ithan—, pero si el niño tiene ese poder, ¿por qué no lo usó para escaparse de Kavalla solo?

—Tal vez todavía no sepa cómo usarlo —dijo Tharion—. Tal vez esté demasiado débil o cansado. No lo sé. Pero los veré luego —dijo e intentó pasar al lado de Bryce.

Bryce volvió a impedirle el paso.

—Independientemente de Emile, Danika no era una rebelde y no conocía a nadie que se llamara Sofie Renast.

Ithan dijo:

—Estoy de acuerdo.

Tharion respondió con firmeza:

—El correo estaba ligado a ella. Y la dirección del correo era *BansheeFan56*. Danika era claramente una fanática de los Banshees. Busca en sus viejos perfiles de redes sociales y hay miles y miles de referencias a su amor por esa banda.

Por Solas, ¿cuántas camisetas y pósters de los Banshees había acumulado Danika a lo largo de los años? Bryce había perdido la cuenta.

Dio unos golpes en el piso con el pie y sintió cómo le empezaba a hervir la sangre. ¿Philip Briggs no había dicho algo similar cuando ella y Hunt interrogaron al exlíder de la secta rebelde de Keres en su celda? ¿Que Danika era simpatizante de los rebeldes?

—¿Qué decían los correos?

Tharion mantuvo la boca cerrada.

Bryce se empezó a irritar visiblemente.

—¿Qué decían los correos?

En un inusual desplante emocional, Tharion respondió con tono agresivo:

—¿La Verdad sobre Atardecer significa algo para ti? ¿Qué tal el Proyecto Thurr? —Bryce e Ithan lo miraron confundidos. El mer agregó—: Eso pensé.

Bryce apretó la mandíbula tanto que le dolía. Después de esta primavera, se había dado cuenta de que no sabía tanto sobre Danika como creía, pero agregar más cosas a esa lista... Trató de que no le afectara.

Tharion dio otro paso desafiante hacia la puerta. Pero Bryce dijo:

—No puedes venir a escupirnos toda esa información y esperar que yo no haga nada. Que no vaya a buscar a este niño.

Tharion arqueó la ceja.

—Siempre con el corazón tan blando. Pero no te metas, Piernas.

—Me meteré si quiero —lo contradijo Bryce.

Hunt intervino:

—Bryce. Los asteri nos dieron una orden, de boca del mismo Rigelus, de mantener un perfil bajo.

—Entonces obedezcan —dijo Tharion.

Bryce le lanzó una mirada molesta al mer y luego a Hunt. Pero Hunt dijo con una tormenta cerniéndose en su mirada:

—Los asteri nos asesinarán, junto con toda tu familia, si se enteran de cualquier involucramiento tuyo en actividades rebeldes. Aunque sea sólo para ayudar a encontrar a un niño perdido.

Bryce abrió la boca pero Hunt insistió:

—No tendremos un juicio, Bryce. Sólo una ejecución.

Tharion se cruzó de brazos.

—Exactamente. Así que, de nuevo, mantente apartada de esto y ya me voy.

Antes de que Bryce pudiera responder, alguien abrió la puerta de golpe y la figura de Ruhn apareció en la entrada.

—¿Qué caraj...? Ah. Hola, Tharion.

179

—¿Lo invitaste? —Tharion acusó a Bryce.

Bryce se quedó en silencio sin titubear.

—¿Qué pasa? —preguntó Ruhn, volteó a ver a Hunt y se sobresaltó al percatarse de la presencia de Ithan—. ¿Y qué está haciendo *él* aquí?

—Ithan es un agente libre ahora, así que se estará quedando con nosotros —dijo Bryce. Al notar la mirada confundida de Ruhn, agregó—: Te lo explicaré después.

Ruhn preguntó:

—¿Por qué tienes taquicardia?

Bryce se miró el pecho casi anticipando ver la cicatriz encendida. Afortunadamente, permanecía latente.

—Bueno, aparentemente Tharion piensa que Danika estaba involucrada con los rebeldes.

Ruhn se quedó con la boca abierta.

—Gracias, Bryce —murmuró molesto Tharion.

Bryce le sonrió con exagerada dulzura y le explicó a Ruhn sobre la investigación de Tharion.

—¿Y bien? —preguntó Ruhn cuando ella terminó de hablar. Estaba pálido—. ¿Danika *sí* era rebelde?

—¡No! —respondió Bryce y extendió los brazos—. Por Solas, estaba más interesada en qué tipo de comida chatarra teníamos en el departamento.

—Eso no era lo único en lo que estaba interesada —corrigió Ruhn—. Se robó el Cuerno y te lo ocultó. Lo ocultó *en ti*. Y toda esa mierda con Briggs y el sinte...

—Está bien, de acuerdo. Pero sobre los rebeldes... Ella nunca *hablaba* siquiera de la guerra.

—Seguro sabía que eso te pondría en peligro —sugirió Tharion.

Hunt le dijo a Tharion:

—¿Y tú no tienes problema con que te obliguen a trabajar en esta mierda?

Tenía el semblante más pálido de lo usual. Tharion no dijo nada. Se limitó a cruzar sus largos brazos musculosos. Hunt continuó en voz más baja:

—No va a terminar bien, Tharion. Créeme. Estás involucrándote en algo muy peligroso.

Bryce intentó no fijarse en la marca del tatuaje eliminado en la muñeca de Hunt.

Tharion tragó saliva.

—Lamento siquiera haber venido. Sé lo que opinas de todo esto, Athalar.

—¿En realidad crees que existe la posibilidad de que Sofie esté viva? —preguntó Ruhn.

—Sí —dijo Tharion.

—Si sobrevivió a la Cierva —dijo Hunt— y la Cierva se entera, vendrá de inmediato.

—Es posible que la Cierva ya venga en camino —dijo Tharion con la voz engrosada—. Independientemente de Sofie, los poderes de Emile son un tesoro. O bien, son algo que quieren eliminar por completo —se pasó los dedos largos por el cabello rojo oscuro—. Sé que dejé caer una bomba —hizo una mueca, sin duda al percatarse de su desafortunada elección de palabras por lo sucedido en la primavera—, pero quiero encontrar a este niño antes que alguien más.

—¿Y hacer qué con él? —preguntó Bryce—. ¿Entregárselo a tu reina?

—Estaría a salvo Debajo, Piernas. Los asteri tardarían mucho tiempo para siquiera encontrarlo... y matarlo.

—¿Para que lo use tu reina como una especie de batería de armamento? De ninguna manera les permitiré hacer eso.

—De nuevo, no sé qué será lo que quiera con Emile. Pero no lo lastimaría. Y a ti te convendría mantenerte fuera de su camino.

Ithan intervino antes de que Bryce pudiera empezar a escupir veneno:

—¿En realidad crees que el niño venga para acá? ¿Que la Cierva lo seguirá?

Hunt se frotó la mandíbula.

—En la 33ª no hemos escuchado nada sobre la Cierva. Ni de la presencia de Ophion en el área.

—Tampoco en el Aux —confirmó Ruhn.

—Bueno, a menos que uno de los sobeks del pantano haya nadado hasta el otro lado del Haldren para darle un mordisco a un soldado de Ophion, no puedo pensar en otra razón que explique por qué encontré ese cuerpo desmembrado ahí —dijo Tharion.

—No sé ni siquiera qué pensar de lo que acabas de decir —comentó Hunt.

—Sólo confía en mí —dijo Tharion—. Ophion viene en camino, si no es que ya están aquí. Así que necesito saber lo más posible y lo más rápido posible. Si encontramos a Emile, encontraremos potencialmente a Sofie.

—¿Y ganaremos un buen soldado infantil, no? —dijo Bryce con seriedad.

Tharion la miró con ojos suplicantes.

—La Reina del Río puede ponerme a mí a cargo de buscarlos o puede asignar a alguien más, posiblemente alguien con una mentalidad menos... independiente. Prefiero ser yo quien encuentre a Emile.

Ithan exclamó:

—¿Podemos discutir que están hablando sobre *rebeldes* en esta ciudad? ¿Que *Danika* pudo haber sido una rebelde? —gruñó—. Eso es una puta acusación muy seria.

—Sofie y Danika intercambiaron varios correos intencionalmente vagos —respondió Tharion—. Correos que incluían una mención a un sitio seguro para ocultarse en Lunathion. Un sitio *donde las almas cansadas encuentran alivio de su sufrimiento*. Me imagino que se refería al Sector de los Huesos, aunque creo que ni siquiera Danika sería tan intrépida como para mandarlos allá. Pero, de cualquier manera, no es una acusación. Es un hecho.

Ithan negó con la cabeza pero fue Hunt quien dijo:

—Esto es un juego letal, Tharion. Uno que preferiría no volver a jugar.

Bryce podría haber jurado que al ángel le temblaban un poco las manos. Esto sin duda estaría haciéndolo pensar en sus peores recuerdos y miedos: él *había sido* un rebelde en el pasado. Le había costado doscientos años de esclavitud.

Y hoy había sido un día largo y extraño y eso que todavía no le contaba sobre la visita de Cormac al mediodía.

Pero permitir que este niño fuera cazado por tanta gente... No podía quedarse sin hacer nada. Ni por un instante. Así que Bryce dijo:

—Puedo preguntarle a Fury mañana si sabe algo sobre Danika y Sofie. Tal vez ella tenga una idea sobre dónde pudo haberle sugerido a Danika que se escondiera.

—Pregúntale de una vez —dijo Tharion con inusual seriedad.

—Es miércoles en la noche. Ella y Juniper siempre tienen una cita.

No era del todo cierto y Hunt debió haber detectado que era por él porque su ala le rozó suavemente el hombro a Bryce.

Pero Tharion dijo:

—Interrúmpelas.

—¿No sabes *nada* sobre Fury Axtar? —dijo Bryce con un movimiento amplio de la mano—. La llamaré mañana en la mañana. Siempre está de mejor humor después de estar con Juniper.

Tharion la miró a ella, luego a Hunt, luego a Ruhn e Ithan, que observaban en silencio. El mer buscó dentro de su chaqueta y sacó un montón de papeles doblados con un suspiro de resignación.

—Aquí hay una muestra de los correos —dijo. Se los entregó a Bryce y se dirigió de nuevo hacia la puerta. Se detuvo junto a Syrinx, se arrodilló y le acarició la cabeza, el cuello ancho. Le enderezó el collar a la quimera y se ganó un lengüetazo de agradecimiento. Las comisuras de los labios de Tharion se elevaron un poco cuando se puso de pie.

—Linda mascota —dijo y abrió la puerta—. No dejes nada por escrito. Regresaré mañana a la hora del almuerzo.

En cuanto el mer cerró la puerta, Hunt le dijo a Bryce:

—Es mala idea involucrarse en esto.

Ruhn intervino:

—Estoy de acuerdo.

Bryce sólo sostuvo los papeles con más firmeza y volteó a ver a Ithan.

—Aquí es donde tú dices que también estás de acuerdo.

Ithan frunció profundamente el ceño.

—Puedo ignorar la mierda sobre Danika y Ophion, pero hay un niño fugitivo. Que probablemente no tiene nada que ver con Ophion y sólo necesita ayuda.

—*Gracias* —dijo Bryce y volteó a ver a Hunt—. ¿Ves?

—Es asunto de Tharion. Ya déjalo, Bryce —advirtió Hunt—. Ni siquiera sé por qué tuviste que preguntar sobre este tema.

—No sé por qué tú *no* preguntarías —le respondió Bryce.

Hunt insistió:

—¿Esto es en realidad sobre encontrar a ese niño o es más bien que quieres saber algo más sobre Danika?

—¿No pueden ser ambas?

Hunt sacudió la cabeza lentamente.

Ruhn dijo:

—Pensemos esto bien, Bryce, antes de decidir actuar. Y tal vez tendríamos que quemar esos correos.

—Ya lo decidí —anunció ella—. Voy a encontrar a Emile.

—¿Y qué vas a hacer con él? —preguntó Hunt—. Si los asteri lo quieren, estarás albergando a un rebelde.

Bryce no pudo contener la luz que emanaba de ella.

—Tiene trece años. No es un rebelde. Los rebeldes sólo *quieren* que lo sea.

Hunt dijo en voz baja:

—Yo vi niños de su edad en el campo de batalla, Bryce.

Ruhn asintió con solemnidad.

—Ophion no rechaza soldados por motivos de edad.

Ithan dijo:

—Eso es despreciable.

—No estoy diciendo que no lo sea —dijo Hunt—. Pero a los asteri no les va a importar si tiene trece o treinta, si es un verdadero rebelde o no. Si te interpones en su camino, te castigarán.

Ella abrió la boca pero pudo ver cómo un músculo de la mejilla de Hunt temblaba y hacía más notorio el amoratamiento. La culpa la recorrió y entró en conflicto con la ira que sentía.

—Lo pensaré —concedió y se dirigió molesta hacia su recámara.

Necesitaba un respiro antes de decir o hacer más de lo que quería. Un momento para procesar la información que le había proporcionado Tharion. No había creído nada de lo que le había dicho Briggs sobre Danika y los rebeldes cuando intentó provocarla. Estaba tratando de alterarla de cualquier manera posible. Pero al parecer estaba equivocada.

Hurgó en su memoria para ver si recordaba cualquier detalle mientras se quitaba el maquillaje y se cepillaba el cabello. Se alcanzaban a escuchar voces masculinas al otro lado de la puerta, pero Bryce hizo caso omiso y se puso la piyama. Su estómago hizo ruido.

¿Emile estaría hambriento? Era un niño, solo en el mundo y que había tenido que sufrir en esos malditos campos de concentración, no le quedaba familia. Debía estar aterrorizado. Traumatizado.

Esperaba que Sofie continuara con vida. No por la información o por sus sorprendentes poderes, sino sólo para que Emile tuviera a alguien más. Algo de familia que lo amara por él y no por ser un elegido todopoderoso cuyos ancestros habían sido cazados en el pasado hasta la extinción.

Bryce frunció el ceño frente al espejo. Luego miró el montón de papeles que Tharion le había entregado. Los correos entre Sofie y Danika y algunos entre Sofie y Emile.

Los primeros eran exactamente lo que Tharion había dicho. Menciones vagas sobre cosas.

Pero los correos entre Sofie y Emile...

Tuve que irme de tu juego de solbol antes de que terminara, escribió Sofie en un intercambio de hacía más de tres años, *pero mamá me dijo que ganaron. ¡Felicidades, jugaste increíble!*

Emile respondió:

Jugué bien. Fallé dos tiros.

Sofie le había respondido, a las tres de la mañana, como si se hubiera desvelado estudiando o en una fiesta: *Yo una vez jugué en un partido y fallé ¡diez tiros! Así que estás haciéndolo mucho mejor que yo. :)*

A la mañana siguiente, Emile sólo había respondido: *Gracias, hermanita. Te extraño.*

Bryce tragó saliva. Era un intercambio tan ordinario, prueba de una vida normal y decente.

¿Qué les había sucedido? ¿Cómo había terminado él en Kavalla? De cierta manera, no quería averiguarlo, pero... leyó los correos de nuevo. El intercambio amoroso e informal entre dos hermanos.

¿Alguna de las muchas personas que estaban buscando a Emile en realidad querría ayudarle? No usarlo, sino sólo... ¿protegerlo? Tal vez él y Sofie se reunirían en el punto de encuentro que Danika había mencionado. Tal vez correrían con suerte y nadie los encontraría jamás.

Danika siempre había ayudado a quien lo necesitaba. Incluida Bryce.

Y durante el ataque de la primavera, cuando Bryce corrió a los Prados de Asfódelo... en este momento la invadía esa misma sensación. El niño necesitaba ayuda. No se alejaría de esto. No *podía* alejarse de esto.

¿Pero cómo estaba involucrada Danika en todo esto? Necesitaba saberlo.

Su estómago volvió a protestar. Cierto... la cena. Con una oración silenciosa a Cthona para que ayudara a mantener a Emile a salvo, Bryce emergió de la recámara y dijo:

—Voy a ordenar una pizza.

Ruhn dijo «Yo quiero» como si lo hubieran invitado pero Bryce miró en dirección a la puerta cerrada de la recámara de Hunt.

Si *ella* necesitó un momento, él sin duda necesitaría mucho más.

Hunt abrió la ducha con mano temblorosa. El sonido del chorro del agua y las salpicaduras le proporcionaban el necesario ruido blanco, una barrera de sonido contra el mundo al otro lado de su baño. Había balbuceado algo sobre necesitar ducharse y se metió a su recámara sin importarle lo que pensaran Danaan y Holstrom.

Hunt se quitó el traje de batalla, apenas consciente del dolor de los golpes en las costillas y la cara. La pelea con Pollux casi había quedado olvidada.

No podía dejar de temblar, no podía contener la oleada de ácido que le invadía las venas y que convertía cada una de sus respiraciones en una tortura.

Tharion era un hijo de puta. Ese estúpido y arrogante imbécil. Meterlos, meter a *Bryce*, en esto. La Reina del Río tal vez no estuviera asociada con Ophion, pero Emile era el hermano de una rebelde. Danika posiblemente había sido una rebelde también. Los acercaba demasiado a la órbita de Ophion.

Por supuesto, Bryce no podría olvidar el tema después de enterarse sobre él. Él sabía que era irracional enojarse con Bryce por eso, él la adoraba justo por ser el tipo de persona que *querría* ayudar pero... con un carajo.

Hunt inhaló rápidamente y se metió bajo el chorro del agua tibia. Apretó la mandíbula para intentar controlar los relámpagos que empezaban a arremolinarse en su sangre y los recuerdos que traían consigo.

Esas reuniones estratégicas en la carpa de guerra de Shahar; el caos sangriento y aullante de la batalla; su rugido cuando murió Shahar, cuando un pedazo de su corazón murió con ella; el golpe de dolor implacable cuando le serrucharon las alas tendón por tendón...

Hunt inhaló otra vez y sus alas vibraron, como si sintieran el eco de aquel dolor.

No podía permitir que eso sucediera otra vez. Si todo había sido por Bryce, para llegar a este momento, entonces también era para que él supiera cuándo alejarse y mantenerla a salvo.

Pero él no había podido encontrar las palabras. Hunt se concentró en respirar, en la sensación de sus pies en las losetas resbalosas, el agua que escurría por sus alas.

Y no pudo evitar pensar que el agua tibia se sentía muy similar a la sangre.

Treinta minutos después, estaban sentados alrededor de la mesa del comedor con una torre de cuatro cajas de pizza frente a ellos.

—*Sólo para carnívoros* —le dijo Bryce a Hunt forzando un poco su buen humor y le pasó la pizza de carne con carne y carne. Él le sonrió pero el gesto no se veía reflejado en sus ojos. Sin embargo, ella no preguntó sobre ese aire atormentado. No ahora que estaban ahí Ithan y Ruhn. No ahora que Hunt ya había dejado bastante claro qué era lo que estaba pasando por su mente.

Sin duda sacarían el tema en cuanto se quedaran a solas.

—*Sólo para carnívoros* con salchicha extra —le dijo a Ithan y le guiñó al entregarle su caja. Podría jurar que Ithan se había sonrojado.

—Y pepperoni con cebolla asada —le dijo a Ruhn.

—¿Tú qué pediste? —le preguntó su hermano. Un intento por volver a la normalidad después de la visita de Tharion.

Hunt e Ithan dijeron simultáneamente:

—Salchicha y cebolla con extra queso.

Bryce rio.

—No sé si sentirme impresionada o preocupada.

Pero Ithan y Hunt no sonrieron. Bryce vio a Ruhn al otro lado de la mesa y su hermano le dijo en la mente: *Haciendo a un lado toda esa mierda de Tharion y Emile, es superextraño que Holstrom esté aquí.*

Ella dio una mordida a su pizza y suspiró ante la combinación de carne y queso y la salsa ligeramente dulce. *Creo que es superextraño también para él.*

Ruhn mordió su rebanada. *La verdad es que, y no te me vayas a poner loca, técnicamente eres una princesa astrogénita. Y ahora estás albergando a un lobo exiliado. Odio toda esta mierda política, pero... No dudaría que Sabine lo tomara como una afrenta. Los lobos son teóricamente nuestros aliados.*

Bryce dio un trago a su cerveza. *Ya no tiene familia.* Le dolió el corazón. *Créeme, se está sintiendo* miserable *de no tener a dónde ir.*

Yo puedo hospedarlo. Su hermano hablaba con absoluta sinceridad.

¿Eso no es la misma mierda política?

Puedo decir que lo contraté para trabajar para el lado hada del Aux. Decir que es para una investigación secreta, que supongo sí es este asunto con Danika y Sofie y Emile. Sabine no puede reclamar por eso.

Está bien. Sólo... dale unos días. No quiero que piense que lo estoy echando.

¿Por qué no? Fue un hijo de puta contigo.

Hubo otros cinco años antes de eso cuando fuimos muy cercanos.

¿Y? Fue un hijo de puta contigo cuando más lo necesitaste.

Y yo me alejé justo cuando él me necesitaba más.

Bryce parpadeó y se dio cuenta de que Hunt e Ithan los estaban observando. El ángel dijo con voz lenta, sin un dejo de su incomodidad atormentada de antes:

—Algunos considerarían grosero mantener una conversación silenciosa frente a otras personas.

Ithan levantó la mano para indicar que estaba de acuerdo. Cómo se había dado cuenta de qué era lo que estaba sucediendo sólo se lo podía atribuir a sus agudas habilidades de lobo. O a sus talentos como atleta para leer a sus oponentes.

Bryce le sacó la lengua.

—Lamento que no seas un hada mágica y especial como nosotros.

—Ahí vamos —dijo Hunt y empezó a comer su rebanada—. Estaba esperando que llegara este día.

—¿Qué día? —preguntó Ithan y dio un trago a su cerveza.

Hunt sonrió.

—Cuando Bryce se dé cuenta de lo verdaderamente insoportable que su condición de princesa le permite comportarse.

Bryce le hizo una señal con el dedo medio.

—Si tengo que sufrir por portar el título, ustedes tienen que sufrir los efectos.

Hunt abrió la boca pero Ithan dijo:

—Escuché que hiciste tu Prueba ese día de primavera. ¿Felicidades?

Bryce se quedó inmóvil.

—Sí. Eh, gracias.

No quería pensar en eso, el nøkk, Syrinx que casi se ahogó, el tanque... Syrinx se restregó contra sus tobillos, como si percibiera su angustia. Y Hunt, que también lo percibió, le dijo a Ruhn:

—Tú hiciste tu Prueba en Avallen, ¿cierto? ¿Y nuestro nuevo amigo Cormac estaba ahí?

Antes de que Ruhn pudiera responder, Flynn y Dec entraron al departamento con una llave que ella definitivamente no les había dado. Volteó rápidamente a ver a Ruhn.

—¿Les diste acceso de huella digital y copias de mis llaves?

Flynn se sentó en la silla junto a ella y tomó la caja de pizza.

—Tomamos las huellas de Ruhn cuando estaba desmayado en el Solsticio de Verano, para entrar al sistema. Luego, Dec agregó las nuestras.

Declan se sentó en la silla al otro lado de Ruhn, tomó una de sus rebanadas y una cerveza de la cubeta al centro de la mesa.

—Hicimos copias de las llaves físicas antes de que él se diera cuenta de que no estaban.

—En verdad me están haciendo quedar bien ustedes dos —refunfuñó Ruhn.

Bryce estiró la mano.

—Voy a cambiar mi sistema de huellas digitales por algo más seguro. Dame esa llave.

Flynn se la metió al bolsillo.

—Ven por ella, bombón.

Hunt le lanzó una mirada molesta al lord hada y Declan rio.

—Cuidado, Flynn —advirtió Dec.

Ithan resopló intentando controlar la risa y las dos hadas lo vieron con atención. Por supuesto que ya se habían percatado de él, eran guerreros entrenados, pero no se habían dignado a reconocer su presencia.

Flynn esbozó una sonrisa encantadora y una dentadura perfecta.

—Hola, cachorro.

Los dedos de Ithan formaron puños al escuchar el término.

—Hola.

Declan le sonrió igual que Flynn.

—¿Bryce necesitaba una nueva mascota?

—Está bien, está bien —interrumpió Bryce—. Digamos que ya hicimos mil chistes sobre perros e Ithan, que él ya hizo mil chistes sobre hadas cabronas y ustedes dos, idiotas, y que todos nos odiamos profundamente... y ahora comportémonos como adultos y comamos nuestra comida.

—Yo apoyo esa moción —dijo Hunt y empezó a comer su tercera rebanada. Usó la otra mano para chocar su botella de cerveza con la de Bryce.

Flynn volvió a sonreír.

—Pensé que te había escuchado preguntarle a Ruhn sobre su Prueba. También fue nuestra Prueba, ¿sabes?

—Lo sé —dijo Bryce y se echó el pelo por encima del hombro—. Pero él se ganó la espada de premio, ¿no?

—Auch —dijo Flynn y se llevó la mano al corazón.

—Eso dolió, B —agregó Declan.

Ruhn rio y se recargó en el respaldo de su silla para terminarse la cerveza. Empezó a recordar:

—Tenía veintisiete años. Mi... nuestro padre me envió a Avallen a... conocer a las mujeres de allá.

—Había una hada, miembro de una familia poderosa, con quien el Rey del Otoño quería casar a Ruhn —explicó Flynn—. Desafortunadamente, Cormac también quería casarse con ella. Ninguno de los dos terminó casado con esa hada, por supuesto.

Bryce gimió con fastidio.

—Por favor dime que toda esta tensión entre ustedes no se debe a una mujer.

—Sólo en parte —dijo Declan—. También se debe a que Cormac y sus primos gemelos intentaron matarnos. Cormac literalmente me atravesó el estómago con la espada —se dio unos golpecitos en su abdomen duro como piedra.

—¿No son todas las hadas... aliadas? —preguntó Ithan con las cejas arqueadas.

Flynn casi escupió su bebida.

—Las hadas de Valbara y las hadas de Avallen se *odian*. Las hadas de Avallen son un grupo de idiotas retrógradas. El príncipe Cormac tal vez sea primo de Ruhn, pero por nosotros podría morirse de una buena vez.

—Fuertes lazos familiares, por lo visto —dijo Hunt.

Flynn se encogió de hombros.

—Se merecían lo que les pasó en la Prueba.

—¿Que fue qué, exactamente? —preguntó Bryce.

—Humillación —se regodeó Declan—. Unas cuantas semanas después de que llegamos, el rey Morven, el padre de Cormac, le ordenó a Ruhn que fuera a intentar sacar la Espadastral de las cuevas.

—Cuenta toda la historia, Dec. ¿*Por qué* tuvo que ordenarme que hiciera eso? —gruñó Ruhn.

Dec sonrió con algo de vergüenza.

—Porque yo estaba alardeando que lo podrías hacer.

Ruhn destapó otra cerveza.

—¿Y?

—Y me burlé de Cormac por no haber ido a buscarla todavía.

—¿Y?

—Y dije que un solo guerrero hada de Valbara era mejor que diez de Avallen.

Bryce rio.

—¿Así que el tío Morven los mandó para darles una lección?

—Sip —repuso Flynn—. A los tres. No nos dimos cuenta de que había enviado también a Cormac y a los cabrones gemelos a cazarnos a las cuevas hasta que estábamos sumergidos en la niebla. Las cuevas están literalmente llenas de niebla.

—La creación de una reyerta familiar —le dijo Bryce a Declan y alzó la mano para chocarla con el hada—. Buen trabajo.

Declan le dio una palmada pero Ithan preguntó:

—¿Así que sus Pruebas ocurrieron entonces?

—Sí —contestó Ruhn y su rostro se ensombreció—. Todos nos perdimos en las cuevas. Pasaron algunas cosas... siniestras ahí dentro. Espíritus malignos y espectros... seres antiguos y malvados. Los seis pasamos de intentar matarnos unos a otros a intentar mantenernos con vida. Para no hacerles el cuento largo, Flynn, Dec y yo terminamos en unas catacumbas muy profundas debajo de la cueva...

—Rodeados de espíritus chupasangre que se iban a comer nuestros cuerpos y luego nuestras almas —agregó Flynn—. ¿O era nuestras almas y después nuestros cuerpos?

Ruhn sacudió la cabeza.

—A mí me desarmaron. Así que busqué en el sarcófago al centro de la cámara donde estábamos atrapados y... ahí estaba. La Espadastral. Era o morir a manos de esas criaturas o morir intentando sacar la espada de su funda —se encogió de hombros—. Afortunadamente, funcionó.

Declan dijo:

—Los bastardos salieron gritando de la cueva cuando Ruhn desenvainó la espada. Corrieron hasta donde Cormac y los gemelos venían persiguiéndonos —volvió a sonreír—. Los tres se vieron obligados a salir huyendo de regreso a su castillo. El rey Morven *no* estaba contento. En especial cuando Ruhn regresó con la Espadastral y le dijo que se podía ir al carajo.

Bryce miró a su hermano impresionada. Él sonrió y el piercing de su labio centelleó.

—No soy un total perdedor, después de todo, ¿verdad?

Bryce hizo un ademán de hastío.

—Como sea.

Flynn, con la mirada en el cuello tatuado de Ithan, preguntó:

—¿Vas a conservar ese tatuaje?

Ithan se terminó la cerveza.

—¿A ti qué te importa?

Otra sonrisa encantadora.

—Sólo quiero saber cuándo te puedo decir que Sabine y Amelie son dos de las peores putas personas que viven en esta ciudad.

Ithan resopló pero en sus labios se dibujó el fantasma de una sonrisa.

Bryce miró a Ruhn, quien le dijo en la mente, *Tal vez no sea tan mala idea que venga a quedarse con nosotros.*

¿De verdad quieres compartir casa con un lobo?

Preferible a compartirla con un ángel.

Depende de lo que estés haciendo con ese ángel.

Qué asco, Bryce.

Bryce devolvió su atención a la conversación justo cuando Declan preguntó con una sonrisa maliciosa que indicaba su intención de empezar a fastidiar:

—Entonces, ¿quién va a dormir dónde en este departamento hoy?

Bryce no pudo evitar voltear a ver a Hunt, quien mantuvo la expresión perfectamente neutral cuando afirmó:

—Yo voy a dormir con Bryce.

Bryce abrió la boca pero Ithan habló antes:

—Qué bueno, porque ronca.

—Idiotas —dijo Bryce molesta—. Los dos se pueden ir a dormir a la azotea.

—No es suficiente distancia para dejar de oír tus ronquidos —dijo Ithan con una sonrisa.

Bryce frunció el ceño y se agachó para acariciar las orejas aterciopeladas de Syrinx.

Hunt sólo le guiñó el ojo.

—Conseguiré unos tapones para los oídos.

13

Bryce casi no durmió. Pasó el tiempo esforzándose demasiado por fingir que no tenía al puto Hunt Athalar durmiendo a su lado. La ilusión se resquebrajaba cada vez que se daba la vuelta en la cama y la cara le quedaba pegada a las alas grises y entonces volvía a recordar que el puto Hunt Athalar estaba durmiendo a su lado.

No habían hablado sobre la visita de Tharion. Ni sobre su decisión de encontrar a Emile. Así que cualquier pelea en ese frente probablemente seguía en el horizonte.

Naturalmente, Bryce despertó con los ojos hinchados, sudada y con un gran dolor de cabeza. Hunt ya estaba despierto y hacía café, a juzgar por los sonidos de la otra habitación.

Bryce se salió de la cama y eso le ganó un ladrido de molestia de Syrinx por haberlo despertado. Estaba sonando su teléfono y eso le agravaba el dolor de cabeza. La sensación no mejoró al leer el identificador de llamadas.

Intentó hablar con su tono de voz más alegre.

—Hola, mamá.

—Hola, Bryce —dijo Ember con voz calmada. Demasiado calmada.

Ithan sonrió desde el sillón cuando ella pasó a su lado, caminando a ciegas hacia el atrayente aroma del café. Dioses, necesitaba una taza. Bryce le preguntó a su mamá:

—¿Cómo están? ¿Llegaron bien?

Los ventanales dejaban ver un día soleado. Había brujas y ángeles volando por el cielo a toda velocidad. Y Bryce se dio cuenta a la luz del día de que todavía traía puesta su camiseta desgastada que decía *Centro Comunitario de Nidaros*

Campamento de Verano 15,023 y... poco más. Ups. Con razón Ithan estaba sonriendo. Su tanga de encaje color lila dejaba muy poco a la imaginación. Bryce tuvo que controlar su instinto por tirar del borde de la camiseta para taparse el trasero descubierto.

Los ojos de Hunt se oscurecieron pero sólo se recargó contra la isla de la cocina y le ofreció una taza de café en silencio.

—Ah, sí —respondió Ember—. Llegamos a casa, tuvimos tiempo para ir de compras y atender unos cuantos pendientes.

Bryce puso el teléfono en altavoz y lo colocó sobre el mueble para luego alejarse un poco. Como si fuera una granada de luzprística comprimida a punto de explotar.

—Qué bien —dijo Bryce y podría jurar que Hunt estaba intentando no reír.

—También tuvimos suficiente tiempo —continuó su madre—para responder a todas las llamadas telefónicas que empezamos a recibir y que nos preguntaban cuándo sería la boda.

Hunt dio un trago largo a su café. Ithan sólo la miró con expresión confundida. Cierto. No le había dicho.

Bryce apretó los dientes e intentó sonreír.

—¿Randall y tú van a renovar sus votos?

Su madre guardó silencio. Una ola que empezaba a crecer, a formar una cresta, a punto de romper.

—¿Este compromiso es una especie de plan para presionar a Hunt a que por fin declare su amor por ti?

Hunt se ahogó con el café.

Oh, dioses. Bryce se sintió tentada a vaciarse el café hirviendo sobre la cabeza y derretirse para desaparecer.

—Con un carajo —siseó y levantó el teléfono para desactivar el altavoz. Aunque Hunt e Ithan, con su oído agudo, sin duda podrían escuchar todo lo que Ember dijera.

—Mira, no es un compromiso *real*...

—Ciertamente suena como si lo fuera, Bryce Adelaide Quinlan —dijo Ember. El volumen de su voz iba aumentando con cada palabra—. Y suena a que estás comprometida con el príncipe heredero de Avallen. *¿Sabes* quién es su padre?

—Mamá, no me voy a casar con él.

—¿Entonces por qué tantos de mis amigos de la escuela lo saben? ¿Por qué hay fotos de ustedes dos en una reunión privada en tu oficina ayer?

Las alas de Hunt se esponjaron en señal de alarma pero Bryce negó con la cabeza. *Después*, parecía estarle diciendo.

—Cormac me emboscó...

—¿Que hizo *qué*?

—No de manera física. Nada que yo no pudiera manejar. *Y mira* —interrumpió a su madre que empezaba a objetar—, no tengo ninguna intención de casarme con el Principito Insufrible, pero tienes que confiar en que yo lo resolveré.

Miró a Hunt como para decirle: *Y tú también*.

Hunt asintió al entender el mensaje. Bebió más café. Como si lo necesitara.

Ember, sin embargo, siseó:

—Randall entró en *pánico*.

—¿Randall o tú? Porque hasta donde yo me quedé, papá sabe que yo me puedo cuidar sola —Bryce no pudo contener la dureza de su tono.

—Estás metiéndote con la realeza hada y pueden ser más astutos que tú y aventajarte en todos tus movimientos, probablemente anticiparon tu renuncia y...

El teléfono de Bryce vibró. Ella leyó el mensaje entrante. Gracias a Urd.

—Gracias por tu voto de confianza, mamá. Debo irme. Tengo una reunión importante.

—No intentes...

—*Mamá* —no pudo evitarlo, no pudo contener el poder arremolinado y creciente que empezó a hacer brillar su cuerpo, como si fuera una olla hirviendo de luzastral líquida a punto de derramarse—. Tú no puedes decirme qué hacer o qué no hacer, y si eres inteligente, conservarás tu maldita distancia de todo este asunto.

Un silencio estupefacto de parte de su madre. También de Hunt e Ithan.

Pero las palabras siguieron brotando.

—No tienes ni *puta* idea de lo que he vivido, y enfrentado, ni con qué estoy lidiando ahora —su mamá y Randall nunca sabrían lo que le había hecho a Micah. No podría arriesgarse—. Pero déjame decirte que lidiar con este compromiso falso no es *nada* comparado con lo demás. Así que *déjalo* de una vez.

Otra pausa. Luego su madre dijo con frialdad:

—Sabía que nos habías enviado de regreso en la madrugada por algo. Quiero *ayudarte*, Bryce...

—Gracias por intentar hacerme sentir culpable —dijo Bryce. Prácticamente podía ver a su madre ponerse rígida.

—Bien. Estaremos a su disposición en caso de que nos necesite, Su Majestad.

Bryce abrió la boca pero su mamá ya había colgado. Lenta, lentamente, Bryce cerró los ojos. Hunt dijo en el repentino silencio que cayó pesadamente en la habitación:

—¿Cormac fue a los archivos?

Bryce abrió los ojos.

—Sólo para clavar su bandera en mi territorio —Hunt se tensó visiblemente. Bryce agregó—: No literalmente.

La expresión del ángel se volvió cautelosa.

—¿Por qué no me lo dijiste?

—Porque recibí una llamada telefónica de Celestina para informarme que estabas en una celda —mostró los dientes—. Ahórrate el numerito de macho territorial, ¿de acuerdo?

—Ocúltale lo que quieras a tus padres, pero no me ocultes cosas a mí. Somos un equipo.

—Se me *olvidó*. No era importante.

Hunt titubeó.

—Está bien —levantó las manos—. De acuerdo, perdón.

Se hizo el silencio y Bryce se sintió muy consciente de que Ithan los estaba observando.

—Hunt te puede poner al tanto de mis dichosas noticias —dijo mientras echaba un vistazo al reloj—. De verdad tengo una junta y tengo que irme a vestir.

Hunt arqueó la ceja pero Bryce no ofreció ninguna explicación y se dirigió a su recámara.

Regresó a la sala una hora después, bañada y con ropa para ir al trabajo. Hunt ya estaba vestido con su traje y equipamiento de la 33ª.

Ithan estaba haciendo lagartijas frente a la televisión con una soltura sobrenatural. Bryce le dijo:

—Regresaré a la hora del almuerzo para ver a Tharion. Come lo que quieras del refrigerador y llámame si necesitas algo.

—Gracias, mamá —dijo Ithan entre repeticiones de sus lagartijas. Bryce le sacó la lengua.

Quitó el cerrojo de la puerta y le puso la correa a Syrinx antes de salir al pasillo. El día anterior se había sentido sola en los archivos sin él. Y tal vez un poco celosa al pensar que Syrinx había pasado todo el día con Ithan.

Y además hubiera sido lindo verlo darle un mordisco en el trasero al príncipe Cormac.

El elevador acababa de llegar cuando Hunt apareció detrás de ella. Cada uno de los músculos de su cuerpo se electrizó. ¿El elevador siempre había sido tan pequeño? ¿Habían crecido las alas de Hunt en la noche?

—¿Por qué están tan raras las cosas entre nosotros? —preguntó Hunt.

Directo a la yugular, entonces.

—¿Las cosas están raras?

—No te hagas la tonta. Anoche fue raro, no lo niegues. Y es raro ahora también, carajo.

Bryce se recargó contra la pared.

—Perdón. Perdón —fue lo único que pensó en decir.

Hunt preguntó con cautela:

—¿Cuándo me ibas a decir que Cormac se había presentado en los archivos? ¿Qué carajos dijo?

—Sólo que tú y yo somos unos perdedores y que piensa que yo soy una niña mimada e inmadura.

—¿Te tocó? —preguntó Hunt con relámpagos recorriéndole las alas. Las luces del elevador parpadearon.

Llegaron a la planta baja antes de que ella pudiera contestar y se quedaron en silencio cuando pasaron junto a Marrin, el portero. El metamorfo de oso se despidió de ellos con un gesto de la mano.

Cuando salieron a la acera ardiente, Bryce respondió:

—No. Cormac sólo es un idiota insufrible. Al parecer la ciudad está llena de otros como él estos días —hizo un movimiento de cabeza hacia el cielo, donde los ángeles volaban hacia el enorme complejo del Comitium en el DCN. Las decoraciones en honor de Celestina parecían haberse multiplicado en la noche—. No pelees hoy, ¿de acuerdo?

—Lo intentaré.

Llegaron a la esquina donde Bryce debía dar vuelta a la derecha y Hunt a la izquierda.

—Lo digo en serio, Hunt. No más peleas. Necesitamos mantener un perfil bajo.

En especial ahora. Estaban demasiado cerca de Ophion.

—Bien. Sólo si me llamas en el momento en que el Príncipe Pendejo se ponga en contacto contigo.

—Lo haré. Y avísame si sabes algo de Tharion. O si te enteras de cualquier cosa sobre... —miró las cámaras montadas en los ornamentados postes de alumbrado. No podría pronunciar el nombre de Emile ahí.

Hunt se tensó y guardó un poco las alas.

—Tenemos que hablar de eso. Yo, eh... —unas sombras oscurecieron sus ojos y Bryce sintió que algo le estrujaba el corazón al saber qué recuerdos estaban provocando esa reacción. Pero ahí estaba. La discusión que había estado esperando—. Sé que quieres ayudar, Bryce, y te admiro por eso. Pero creo que realmente tenemos que sopesar todo antes de tomar una decisión.

Ella no pudo resistir el impulso de apretarle la mano.

—Está bien —le dijo y sintió cómo los callos de la mano de Hunt le rozaban la piel—. Es buen punto.

—Tharion me tomó desprevenido anoche —continuó Hunt—. Me trajo a la mente recuerdos muy viejos y preocupaciones por ti. Pero si quieres hacer esto... platiquémoslo antes.

—Está bien —repitió ella—. Pero voy a ver a Fury ahora de todas maneras.

Tenía demasiadas preguntas para *no* reunirse con ella.

—De acuerdo —dijo él aunque la preocupación se podía notar en su mirada—. Mantenme al tanto —le soltó la mano—. Y no creas que ya no vamos a hablar sobre por qué están raras las cosas entre nosotros.

Para cuando Bryce abrió la boca para responder, él ya iba volando hacia el cielo.

Bryce se sentó en uno de los taburetes de la barra de ocho lugares que era *Té estás tranquilo*, su bar de té favorito de la ciudad.

Estaba oculto en la calle Ink en el corazón de la Vieja Plaza, un callejón angosto y con paredes grafiteadas, donde la mayoría de los negocios seguían cerrados. Sólo el bar de té y una pequeña panadería operaban desde una ventanilla abierta entre dos salones de tatuajes. A la hora del almuerzo, los restaurantitos abrían sus puertas y ponían mesitas y bancas que llenaban ambos lados de la calle. Cuando los comensales regresaban a sus oficinas, la calle volvía a ser silenciosa, hasta que salía la gente del trabajo e iba a buscar una cerveza, un coctel especial u otra cosa de comer. Y con la noche llegaba otra nueva oleada de clientes: los borrachos idiotas.

—Buenos días, B —dijo Juniper. Tenía el cabello rizado peinado en un chongo elegante. Su piel morena relucía bajo la luz de la mañana. A su lado estaba Fury, quien ya se había sentado en uno de los taburetes y estaba viendo su teléfono—. Quería saludarte antes de irme a mi ensayo.

Bryce besó la mejilla sedosa de su amiga.

—Hola. Te ves hermosa. Te odio.

Juniper rio.

—Deberías verme cuando esté goteando de sudor en una hora.

—Seguirás hermosa —dijo Bryce y Fury asintió sin levantar la vista del teléfono—. ¿Ya ordenaron algo?

—Sí —respondió Fury y guardó su teléfono—. Así que ordena, si quieres.

Juniper agregó:

—Pero lo mío es para llevar.

Dio unos golpecitos a su bolso color azul marino, que estaba parcialmente abierto y dejaba a la vista su leotardo color rosa claro. Por un instante, Bryce se permitió mirar a su amiga, realmente ver la belleza que era Juniper. Agraciada y alta y delgada, ciertamente no tenía el *cuerpo equivocado*.

¿Cómo habría sido ir en la mañana a un ensayo? ¿Tener un bolso lleno de equipo para baile y no un bolso lleno de porquerías varias al hombro? Con los tacones enganchados en el tubo descansapiés bajo la barra, Bryce no pudo evitar mover y arquear los pies, como si estuviera poniendo a prueba la fuerza y flexibilidad de unas zapatillas de punta.

Bryce conocía bien el placer de bailar frente al público. Lo había deseado todos esos años que pasó en Nidaros, bailando con su pequeño equipo en el auditorio. Ella había sido la mejor bailarina del pueblo, de toda esa región montañosa. Luego había ido a Lunathion y se había enfrentado a la frágil burbuja en la que había estado viviendo. Y, sí, finalmente no creía poder haber durado tanto tiempo como Juniper, pero... al ver a la fauna ahí parada, cierta parte de ella se lo seguía preguntando. Lo anhelaba.

Bryce tragó saliva y suspiró para despejar las telarañas de sus viejos sueños. Bailar en la clase de Madame Kyrah dos veces a la semana era placer suficiente. Y aunque Kyrah alguna vez había bailado en el escenario del BCM antes de decidir abrir su propio estudio, la bailarina convertida en instructora la comprendía.

Así que Bryce preguntó:

—¿Qué están ensayando hoy?

—*Marceline* —respondió Juniper con un destello en sus ojos—. Pero yo no soy la primera bailarina.

Bryce arqueó las cejas.

—Pensaba que llevabas semanas ensayando para esa parte.

Fury dijo con sequedad:

—Aparentemente, el disfraz de Marceline no le queda a Juniper.

Bryce se quedó con la boca abierta.

—Los papeles con frecuencia se deciden así —intervino rápidamente Juniper—. Pero estoy bien con ser solista.

Bryce y Fury intercambiaron miradas. No, no lo estaba. Sin embargo, tras el desastre de esta primavera, el BCM había dejado pendientes todos los «nuevos» cambios. Incluyendo la promoción de June de solista a primera bailarina.

Juniper con frecuencia se había preguntado en voz alta, cuando salían a tomar algo o a comer un postre, si esa tardanza se debería a que ella había sido la única en el refugio antibombas en exigir que se mantuvieran abiertas las puertas para que pudieran entrar los humanos. Había plantado firmemente la pezuña y se había enfrentado a varios de los patrocinadores más adinerados del ballet sin pensar dos veces en las consecuencias que eso podría implicar para su carrera.

Sobre lo que podría significar que la primera fauna en bailar en el escenario de ese teatro insultara a los patrocinadores, que los acusara directamente por su cobardía y egoísmo.

Bueno, *eso* era lo que había significado para ella.

June se sentó desganada en el taburete al lado de Bryce y estiró sus largas piernas. Otro año de esperar entre bastidores para tener la oportunidad de brillar.

—¿Entonces quién consiguió tu papel en Marceline?

El grupo de primeras bailarinas y solistas veteranas rotaba los roles principales cada noche.

—Korinne —dijo Juniper con un tono de voz demasiado neutral.

Bryce resopló.

—Pero tú eres veinte veces mejor bailarina que ella.

June rio suavemente.

—Claro que no.

—Claro que sí —dijo Fury.

—Vamos —dijo Bryce y le dio un codazo a Juniper—. No hace falta que actúes humilde.

June se encogió de hombros y luego le sonrió a la barista cuando le dio su té verde en un vaso para llevar.

—Está bien. Tal vez *dos* veces mejor bailarina.

Fury dijo:

—Ésa es mi chica.

Luego asintió como agradecimiento a la barista cuando le dio su bebida en una taza de cerámica.

Juniper le quitó la tapa a su vaso desechable y le sopló a la bebida humeante que contenía.

Bryce preguntó:

—¿Pensaste en aquella oferta que te hicieron de la Compañía Heprin?

—Sí —murmuró June. De repente, Fury concentró toda su atención en su bebida.

—¿Y? —presionó Bryce—. Prácticamente te están suplicando que vayas como su bailarina principal.

Y lo mismo estaban deseando otras tres compañías de danza más pequeñas de la ciudad.

—Son muy buenos —dijo June en voz baja—. Pero seguiría siendo un paso hacia atrás.

Bryce asintió. Lo entendía. De verdad. Para una bailarina en Valbara, el BCM era el máximo honor. La estrella distante a la cual aspirar. Y June había llegado *tan cerca*. Lo suficiente para tocar ese espejismo de bailarina principal. Ahora iba en caída libre.

—Quiero esperar otro año —dijo June y le puso la tapa a su té antes de ponerse de pie—. Sólo para ver si las cosas cambian.

El dolor traslucía en los ojos grandes y hermosos de su amiga.

—Así será —le aseguró Bryce, porque la esperanza era lo único que podía ofrecer en ese momento.

—Gracias —dijo Juniper—. Bien. Me voy. Te veo más tarde en casa —le dijo a Fury y se acercó para darle un beso rápido. Sin embargo, cuando intentó alejarse, Fury le puso una mano en la mejilla y la mantuvo cerca. Hizo el beso más profundo y duró un par de instantes más.

Luego Fury retrocedió un poco, la miró a los ojos y dijo:

—Nos vemos en casa.

Una promesa sensual envolvía cada una de sus palabras.

Juniper estaba más que sin aliento, tenía las mejillas sonrojadas. Giró para despedirse de Bryce con un beso en la mejilla.

—Adiós, B —dijo y luego salió y se perdió en el sol y el polvo.

Bryce miró a Fury de reojo.

—Vaya que estás enamorada, ¿eh?

Fury resopló.

—No tienes idea.

—¿Cómo estuvo su cita de ayer? —preguntó Bryce con un movimiento sugerente de las cejas.

Fury Axtar dio un trago a su té delicadamente.

—Exquisita.

El placer y la felicidad irradiaban silenciosamente de su amiga y Bryce le devolvió la sonrisa.

—¿Qué estás tomando?

—Chai con leche de almendras. Está bueno. Especiado.

—¿Nunca habías venido aquí?

—¿Acaso me veo como el tipo de persona que frecuenta bares de té?

—¿Sí...?

Fury rio y el movimiento hizo ondular su cabellera oscura. Estaba vestida como de costumbre, de negro de pies a cabeza, a pesar del calor.

—Está bien. Pero dime, ¿cuál es ese tema urgente que tenías que hablar conmigo?

Bryce esperó a ordenar su latte de matcha con leche de avena antes de responder con un murmullo:

—Es sobre Danika.

Ella y Hunt tal vez tendrían que hablar sobre el tema de Emile, pero platicarle a Fury no necesariamente iba a hacer que la cosa avanzara en alguna dirección. Podía enterarse de la verdad sin ser arrastrada a la órbita Ophion, ¿no?

A esta hora, los únicos que estaban en el bar eran la barista y otro cliente. La calle estaba vacía aparte de unos cuantos gatos que hurgaban en las pilas de basura. Era seguro hablar sin miedo a que las estuvieran escuchando.

Fury conservaba una posición despreocupada y desinteresada.

—¿Tiene que ver con que Ithan se esté quedando en tu casa?

—¿Cómo te enteraste siquiera de eso? —Fury sonrió orgullosa pero Bryce negó con la cabeza—. No me contestes. Pero, no, es un tema aparte.

—Él siempre tuvo interés en ti, ¿sabes?

—Eh, Ithan estaba interesado en Nathalie.

—Claro.

—Como sea —pensó qué palabras iba a utilizar—. Tú sabías sobre Danika y el asunto del sinte. Me preguntaba si había alguna otra cosa que estuvieras... manteniendo en secreto por ella.

Fury dio un sorbo a su chai.

—¿Me podrías explicar un poco más?

Bryce hizo una cara.

—Eso no fue una petición, en realidad —agregó Fury con tono letalmente suave.

Bryce tragó saliva. Y en voz tan baja que sólo Fury alcanzaba a oír, le contó sobre Sofie Renast y Tharion y la Reina del Río y la cacería para encontrar a Emile y todo el poder que poseía. Sobre el barco abandonado en los pantanos y Ophion, que también estaba cazando al niño. Sobre la ubicación del potencial punto de encuentro que Danika había sugerido hacía tres años y las vagas menciones al Proyecto Thurr y la Verdad sobre Atardecer en aquellos correos entre Danika y Sofie.

Cuando terminó, Fury se acabó su bebida y dijo:

—Voy a necesitar algo mucho más fuerte que un chai.

—Yo todavía no me recupero desde que Tharion me dijo —admitió Bryce con voz todavía baja—. Pero Danika y Sofie definitivamente se conocían. Lo suficiente para que Sofie confiara en que Danika le encontraría un potencial sitio para ocultarse, si es que lo llegaba a necesitar.

Fury tamborileó con los dedos sobre la barra.

—Te creo. Pero Danika nunca dio muestras de estar involucrada con los rebeldes y yo nunca me enteré de nada a través de mis canales usuales.

Bryce casi exhaló de alivio. Tal vez la cosa no había avanzado demasiado, entonces. Tal vez que se conocieran no tenía nada que ver con Ophion.

—¿Crees que el punto de reunión esté en el Sector de los Huesos?

Rezó por que no fuera así.

—Danika no hubiera enviado a un niño allá, ni siquiera uno que tuviera el poder de los pájaros de trueno en las venas. Y no sería tan estúpida como para decir algo *así* de obvio.

Bryce frunció el ceño.

—Sí. Cierto.

—En lo que respecta a la Verdad sobre Atardecer y el Proyecto Thurr... —Fury se encogió de hombros—. Ni idea. Pero Danika siempre estuvo interesada en cosas raras y absurdas. Podía pasarse horas perdida en una investigación en las interredes.

Bryce sonrió ligeramente. Eso también era verdad.

—¿Pero piensas que Danika podría estar guardando algún otro secreto?

Fury pareció considerarlo. Luego dijo:

—El único otro secreto que yo conocía sobre Danika era que era una sabueso de sangre.

Bryce se enderezó.

—¿Una qué?

Fury le hizo una señal a la barista para que le trajera otro chai.

—Una sabueso de sangre... podía olfatear los linajes, los secretos que había en ellos.

—Sabía que Danika tenía un sentido del olfato muy intenso —admitió Bryce—. Pero no sabía que era *eso*... —guardó silencio mientras los recuerdos salían a flote—. Cuando fue a casa conmigo en las vacaciones de invierno el primer año, pudo descifrar los vínculos familiares entre todos en Nidaros. Pensé que era algo que hacían los lobos. ¿Es especial?

—Sólo sé sobre esto porque me confrontó cuando nos conocimos. Me olfateó y quería entender —la mirada de Fury se oscureció—. Aclaramos ese tema, pero Danika sabía algo peligroso sobre mí y yo sabía algo peligroso sobre ella.

Eso era más de lo que Fury había confesado jamás sobre... lo que ella era.

—¿Por qué es peligroso ser sabueso de sangre?

—Porque la gente pagará mucho dinero para usar ese don y para matar a quien lo tenga. Imagina ser capaz de conocer el linaje verdadero de cualquiera, en especial si esa persona es un político o algún miembro de la realeza cuya ascendencia esté en duda. Aparentemente el don venía del lado de su padre.

Tal vez ése era otro motivo por el cual Danika no lo había querido mencionar. Nunca había discutido quién era el hombre que había tenido los huevos suficientes para coger con Sabine.

Bryce preguntó:

—¿No se te ocurrió nunca decirme esto durante la investigación?

—No me parecía relevante. Era sólo uno de los muchos poderes de Danika.

Bryce levantó una mano para frotarse los ojos y luego se detuvo al recordar su maquillaje.

—¿Cuáles son las probabilidades de que Sofie supiera de esto?

—Ni idea —respondió Fury—. Bajas, probablemente —calculó. Luego agregó con cautela—: ¿Estás segura de que quieres seguir investigando sobre esto? ¿Quieres ir a buscar a ese niño?

—No es sólo por el bien de Emile —admitió Bryce—. Yo... quiero saber qué estaba haciendo Danika. Siento como si estuviera siempre dos pasos, o más bien unos *diez* pasos, por delante de mí. Quiero saber todo.

—Ella está muerta, Bryce. Saber o no saber no cambiará eso.

Bryce se encogió un poco al escuchar las duras palabras de su amiga.

—Lo sé. Pero si Danika estaba involucrada con Ophion, con Sofie... Quiero encontrar a Sofie, si es que sigue viva. Saber qué sabía ella sobre Danika y cómo se pusieron en contacto. Si Danika de verdad estaba alineada con Ophion.

—Te estás enredando en cosas peligrosas.

—Hunt me dijo lo mismo. Y... los dos tienen razón. Tal vez eso indique que soy estúpida, por no alejarme de esto. Pero aparte del hecho de que Emile es un niño perseguido por personas muy intensas, si puedo encontrarlo para Tharion, él me conducirá a Sofie, o hacia información sobre ella. Y sus respuestas sobre Danika.

Fury asintió para agradecer a la barista y dio un sorbo a su segundo chai.

—¿Y qué harás cuando conozcas la verdad?

Bryce se mordió el labio.

—Rezarle a Cthona para que pueda aceptarla, supongo.

14

Hunt se cruzó de brazos e intentó concentrarse en la unidad que estaba entrenando en uno de los gimnasios en las azoteas del Comitium para no tener que pensar en el calor insoportable que amenazaba con chamuscarle las alas. A su lado, Isaiah también estaba sudando y mantenía los ojos oscuros fijos en un par de soldados que luchaban. La mujer era más rápida y más lista que el hombre con quien peleaba, pero el hombre le llevaba unos cincuenta kilogramos de ventaja. Seguramente cada uno de sus golpes se sentía como ser atropellada por un camión.

—Le apuesto al hombre —murmuró Isaiah.

—Yo también. Ella está demasiado verde para resistir mucho más.

Hunt se limpió el sudor de la frente, agradeciendo haberse cortado el cabello antes de que empezara a hacer calor de verdad. Se sentía como si Solas los estuviera asando lentamente sobre carbones ardientes. Por fortuna, se había puesto unos putos shorts y una camiseta en las barracas.

—No importará en realidad a la larga —dijo Isaiah cuando el hombre le dio un golpe a la mujer en la mandíbula con la empuñadura de su espada. La sangre le brotó de la boca—. No si vamos a la guerra.

La guerra no hacía distinciones.

Hunt no dijo nada. Apenas había dormido la noche anterior. No había podido tranquilizar los pensamientos que revoloteaban una y otra vez frente a sus ojos. Quería hablar con Bryce, pero ese ácido en sus venas aumentaba cada vez que lo intentaba y disolvía todas sus palabras.

Incluso esta mañana, lo único que había podido decir era que tenían que hablar.

Pero Bryce, siendo Bryce, había percibido todo eso. Sabía lo que lo atormentaba. Y lo tomó de la mano y dijo que sí.

Revisó su teléfono. Sólo una hora más antes de que Tharion se apareciera en el departamento para discutir las cosas. Genial.

—¿Crees que terminemos de regreso allá? —preguntó Isaiah con la mirada distante—. ¿En aquellos campos de batalla?

Hunt sabía a cuáles se estaba refiriendo, aunque habían peleado en muchos. Sandriel los había enviado a ambos a matar rebeldes humanos hacía décadas, cuando Ophion acababa de formarse.

—Espero que no —respondió Hunt e intentó bloquear las imágenes de esas masacres lodosas: los mecatrajes ardiendo y los pilotos dentro desangrándose; montones de alas rotas apiladas hasta el cielo; algunos metamorfos que se volvieron salvajes y se comían la carroña junto con los cuervos.

Miró a Isaiah. ¿Qué diría su amigo si se enterara de Tharion? Las palabras de Isaiah en su última discusión en la carpa de Shahar seguían resonándole en los oídos. *¡Esto es una tontería, Athalar! Volaremos al matadero. No tenemos aliados, no hay ruta de retirada... ¡ustedes dos nos van a matar a todos!*

Hunt le había ordenado a su amigo que se saliera. Luego, se acurrucó al lado de Shahar, quien había escuchado su discusión desde la cama detrás de la cortina. Ella le prometió que Isaiah estaba equivocado, que sólo estaba asustado, y Hunt le creyó. Porque él también estaba asustado, se dio cuenta después. Le había creído y habían cogido como animales y unas horas después del amanecer, ella estaba muerta.

Hunt se sacudió los recuerdos del pasado y se concentró en la pelea frente a él. La mujer esquivó y chocó su puño contra el vientre del hombre, quien cayó como costal de harina. Hunt rio y se terminó de sacudir los recuerdos y el terror.

—Una agradable sorpresa —dijo y dirigió su atención a los demás soldados que peleaban en parejas en el lugar. El sudor brillaba en la piel desnuda, las alas blancas y negras y color café y gris hacían ruido y había sangre en varias de las caras.

Naomi estaba en el aire, entrenando una unidad en maniobras de bombardeo en picada. Hunt debió esforzarse para no mirar hacia el último cuadrilátero, donde Pollux y Baxian supervisaban una unidad que practicaba con armas de fuego. El segundo había adoptado su enorme forma canina. Su pelaje negro estaba impecable.

Se sentía mal de tener a ese par de imbéciles de mierda trabajando con ellos en vez de que estuvieran Vik y Justinian.

Tan mal que sí los volteó a ver después de todo. Observó la forma animal del Mastín del Averno. Había visto a Baxian arrancarle piernas a sus oponentes de un mordisco con esa mandíbula y moverse tan rápido en tierra como lo hacía en su forma malakh. Como si percibiera su atención, Baxian volteó a verlo. Sus ojos oscuros brillaron.

Hunt se irritó visiblemente ante el desafío descarado en la mirada de Baxian. No disminuyó cuando Baxian se transformó con un destello de luz. Algunos ángeles que estaban cerca se sobresaltaron al verlo regresar a su forma humanoide.

Isaiah murmuró:

—Relájate.

Baxian le dijo algo a Pollux y luego empezó a caminar hacia ellos.

Era casi tan alto como Hunt y, a pesar del calor infernal, estaba vestido de negro de pies a cabeza, un tono que hacía juego con sus alas y con su pelaje de Mastín del Averno.

—Pensé que estaban haciendo algo mucho más interesante aquí en Valbara, Athalar. Me sorprende que no te hayas muerto de aburrimiento.

Isaiah tomó eso como la señal de que debía ir a ver cómo estaba un hombre noqueado. Le guiñó a Hunt al alejarse.

Traidor.

—Algunos de nosotros desearíamos tener una vida normal, ¿sabes? —le respondió Hunt a Baxian.

Baxian rio.

—Todas esas batallas, toda esa gloria que te ganaste, todos esos relámpagos en tus venas... ¿y sólo deseas un trabajo de nueve a cinco? —se tocó la cicatriz en el cuello—. El hombre que me provocó esto estaría horrorizado.

—El hombre que te provocó eso —dijo Hunt entre dientes— siempre quiso la paz.

—No parecía ser así cuando me azotaste con tus relámpagos.

—Tú entregaste a esa familia de rebeldes a Sandriel sin pensarlo dos veces. Creo que te lo merecías.

Baxian rio, una risa grave y sin vida. La brisa caliente y seca le revolvió las plumas de las alas negras.

—Siempre fuiste un bastardo literal. Nunca supiste leer entre líneas.

—¿Qué carajos significa eso? —preguntó Hunt y el poder empezó a destellarle en las puntas de los dedos.

Baxian se encogió de hombros.

—Tal vez yo no haya sido un esclavo como tú eres... eras —hizo un ademán hacia su frente limpia—. Pero de todas maneras, tenía tan pocas opciones al servicio de Sandriel como tú. Yo simplemente no hacía patente mi desagrado.

—Eso es una puta mentira. Tú le servías gustoso. No puedes reescribir tu historia ahora que estás aquí.

Las alas de Baxian se reacomodaron.

—Nunca me preguntaste por qué estaba en su triarii, ¿sabes? Ni una sola vez, en todas esas décadas. Así eres con todo el mundo, Athalar. Superficial.

—Vete al carajo. Ponte a trabajar.

—Éste es mi trabajo. La gobernadora me acaba de enviar un mensaje para decirme que haga equipo contigo.

Hunt sintió que se le revolvía el estómago. ¿Celestina de alguna manera sabía que Tharion le había pedido que ayudaran a encontrar a ese niño pájaro de trueno? ¿Qué mejor manera de monitorearlo que atarlo al Mastín del Averno?

—Ni loco —dijo Hunt.

Las comisuras de los labios de Baxian se curvaron hacia arriba, cruel y frío al asentir en dirección a Pollux.

—Llevo cien años sin poderme librar de ese cabrón. Es hora de que alguien más tenga que lidiar con él —señaló a Naomi.

¿Era egoísta de su parte alegrarse de no tener que lidiar con el Martillo?

—¿Por qué no nos lo dijo durante la junta de hoy?

—Creo que nos ha estado observando esta mañana —dijo Baxian y ladeó la cabeza hacia las cámaras—. Probablemente no quería alterar nuestro comportamiento antes de decidir cómo hacer las parejas.

—¿Con qué fin?

Como si le respondiera, el teléfono de Hunt vibró. Lo sacó de sus shorts y vio un mensaje de Celestina.

Isaiah va a estarme escoltando por la ciudad para presentarme a varios de los líderes, así que confío en que tú y Naomi me apoyarán con la adaptación de nuestros dos recién llegados. Me gustaría que trabajaras con Baxian. Enséñale las bases. No sólo el funcionamiento de la 33ª, sino también cómo opera la ciudad. Ayúdalo a integrarse a la vida en Valbara.

Hunt consintió pero internamente estaba quejándose. Estaba muy consciente de las cámaras, la arcángel podría estar observando cada una de sus expresiones.

—¿Puso a Naomi a cargo de Pollux para ayudarle a adaptarse?

Al otro lado del lugar, Isaiah estaba revisando su teléfono con el ceño profundamente fruncido. Miró a Hunt con alarma. No era por el honor de escoltar a la gobernadora, eso lo sabía Hunt.

Devolvió su atención a Baxian, quien sin duda había entendido ya que Hunt tenía todas las órdenes que necesitaba.

—Pollux no permitirá de ninguna manera que alguien le *enseñe las bases*.

Baxian se encogió de hombros.

—Que Pollux cave su propia tumba aquí. Está demasiado encabronado porque lo separaron de la Cierva como para lograr comprender su nueva realidad.

—No me había percatado de que el Martillo era capaz de querer a alguien así.

—No lo es. Solamente le gusta tener el control sobre sus... pertenencias.

—La Cierva no le pertenece a nadie.

Hunt no había conocido muy bien a Lidia Cervos. Su época al servicio de Sandriel sólo había coincidido brevemente y la Cierva pasaba la mayor parte del tiempo en misiones para los asteri. La contrataban para realizar una especie de trabajo de campo en el cual se encargaba de la cacería de espías y el quebrantamiento de rebeldes. Cuando Lidia estaba en el castillo de Sandriel, estaba en juntas secretas con la arcángel o cogiendo con Pollux en la habitación que les diera la gana usar. Gracias a los dioses que la Cierva no había llegado. Ni la Arpía.

Pero si Emile Renast estaba en camino a la ciudad... Hunt preguntó:

—¿La Cierva de verdad no va a venir a Lunathion?

—No. Pollux recibió una llamada de ella esta mañana. Ha estado de mal humor desde entonces.

—¿Mordoc finalmente hará su movida?

El líder de los necrolobos de la Cierva era tan formidable como su ama.

Baxian rio con un resoplido.

—Él no es del tipo de Lidia. Y no tiene los huevos para enfrentarse cara a cara con Pollux.

—¿Mordoc la acompañó a ver a Ephraim? —tenía que preguntar con mucho cuidado.

—Sí —respondió Baxian sin apartar la mirada de Pollux—. Están en Forvos ahora. Ephraim ha estado manteniéndolos cerca las últimas semanas... eso le ha molestado a la Cierva. La Arpía está aún más enojada.

Así que la Cierva no estaba persiguiendo a Emile. Al menos, no por el momento. Lo cual dejaba a los agentes de Ophion como el peligro principal para el niño, supuso. Hizo una nota mental para comentarle a Tharion cuando lo viera más tarde y dijo:

—Pensé que tú y la Arpía eran pareja... no pareces tener problema con no verla.

Baxian dejó escapar otra de sus risitas graves que le hacían vibrar los huesos a Hunt.

—Ella y Pollux serían mejor pareja que él y Lidia.

Lidia. Hunt nunca había escuchado a Baxian usar el nombre de pila de la Cierva pero ahora ya lo había usado en dos ocasiones.

—Ella le va a hacer la vida imposible a Ephraim —continuó Baxian sonriendo para sí mismo—. Qué mal que no podré presenciarlo.

Hunt casi sintió lástima por Ephraim por haber heredado a la Arpía.

—¿Y el Halcón?

—Está haciendo lo que sabe hacer mejor: tratar de superar a Pollux en su crueldad y brutalidad.

El metamorfo de halcón hacía mucho que era el rival principal de Pollux en su búsqueda de poder. Hunt había mantenido su distancia durante décadas. Por lo visto, Baxian había hecho lo mismo. Nunca los había visto interactuar.

—Eres un hombre libre —dijo Hunt con cuidado—. Sandriel ya no está. ¿Por qué continúas sirviendo?

Baxian se pasó la mano por el cabello casi rapado.

—Podría hacerte a ti la misma pregunta.

—Necesito el dinero.

—¿Ah, sí? —preguntó Baxian con un chasquido de la lengua—. Bryce Quinlan es una novia cara, supongo. A las princesas les gustan las cosas bonitas.

Hunt sabía que no debía negar que Bryce era su novia. No si eso abría la puerta para que Baxian lo provocara.

—Exactamente.

Baxian continuó:

—Me agrada. Tiene huevos.

Isaiah gritó el nombre de Hunt desde el otro lado del lugar y Hunt sintió tanto alivio que casi se le notó físicamente. Aprovechó el pretexto para terminar la conversación.

—Ésta es la primera regla para adaptarse: no me dirijas la puta palabra a menos que yo te hable primero.

Como el segundo de Isaiah, su rango era mayor al de Baxian.

Baxian abrió los ojos, como si apenas se estuviera dando cuenta.

—Estoy tomándome este trabajo en serio, ¿sabes?

Hunt esbozó una sonrisa salvaje.

—Oh, lo sé —dijo. Si tuviera que ayudar a Baxian a adaptarse, lo arrastraría gustoso a este siglo. Con suerte, lo haría gritar y patalear en el proceso—. Yo también.

Baxian tuvo la sensatez de verse un poquito nervioso.

Tharion quería ser dueño del departamento de Bryce Quinlan. Con desesperación.

Pero ciertamente no ganaba el dinero suficiente para poder pagar algo así y el sol primero brillaría en el Averno antes de que la Reina del Río le permitiera vivir Arriba. Frunció el ceño al pensar en eso cuando tocó a la puerta del departamento.

El cerrojo sonó e Ithan Holstrom se asomó del otro lado de la puerta con las cejas arqueadas.

—Bryce todavía no llega.

—Ya me avisó —dijo Tharion y le enseñó su teléfono donde mostraba el breve intercambio con la princesa hada hacía unos minutos.

Ya estoy en tu departamento y listo para revisar el cajón de tu ropa interior.

Ella le había respondido de inmediato.

Llegaste temprano. Estaré ahí en diez minutos. No dejes manchas de saliva en los de encaje. Ni nada peor.

No prometo nada, respondió él, a lo que ella dijo: *Sólo perdónale la vida al sostén rosado, por favor.*

Para sorpresa de Tharion, Ithan revisó que el número bajo su información de contacto de verdad fuera el de Bryce. Era un chico inteligente. Ithan apretó la mandíbula antes de decir:

—Pensé que estaba involucrada con Athalar.

—Oh, sí lo está —dijo Tharion y guardó el teléfono en su bolsillo—. Piernas y yo tenemos un acuerdo en lo que respecta a su ropa interior.

Dio un paso al frente, una exigencia descarada de que lo dejara pasar.

Ithan se tensó y mostró los dientes. Lobo puro. Pero abrió la puerta más y le permitió entrar. Tharion mantuvo una sana distancia. ¿En cuántos juegos de solbol había visto Tharion a este joven anotar el tiro que decidía el partido? ¿Cuántas veces le había gritado a la televisión ordenándole a Ithan que *lanzara la puta pelota*? Era extraño verlo cara a cara. Enfrentarse con él mano a mano.

Tharion se dejó caer en el sofá blanco ridículamente cómodo y se hundió en sus cojines.

—Me quedé pensando anoche, después de irme, que tú no dijiste mucho sobre Danika.

Ithan se recargó en la isla de la cocina.

—¿A qué te refieres?

Tharion le sonrió.

—Tal vez seas un deportista, pero no eres tonto. Me refiero a lo que le dije anoche a Bryce.

—¿Por qué me diría Danika a mí algo sobre conocer a una rebelde?

—Eras muy cercano a ella.

—Ella era mi Alfa.

—Tú no eras parte de la Jauría de Diablos.

—No, pero lo hubiera sido.

Tharion se quitó los zapatos y subió los pies descalzos a la mesa de centro. Un programa de noticias deportivas sonaba en la televisión.

—Pensé que te ibas a dedicar profesionalmente al solbol.

La expresión de Ithan se tensó.

—Eso no es de tu incumbencia.

—Cierto. Yo sólo soy el Capitán Loquesea —dijo Tharion y le hizo un saludo militar de burla—. Pero si sabes sobre cualquier involucramiento de Danika, si había un lugar donde ella le podría haber dicho a Sofie que estaría segura en la ciudad que suene como si pudiera ser el sitio *donde las almas cansadas encuentran alívio,* o incluso si tu hermano...

—No hables de mi hermano —interrumpió Ithan con un gruñido que hizo vibrar los vasos en los gabinetes de la cocina.

Tharion levantó las manos.

—Está bien. No sabes nada.

—No hablamos sobre la rebelión, ni la guerra, ni nada por el estilo —un músculo le tembló en la mandíbula a Ithan—. No me gusta que me involucren en esto. Ni que Bryce se involucre, para el caso. La estás poniendo en peligro sólo por mencionarlo. Ir a buscar a un niño perdido es una cosa, pero toda esa mierda con Ophion es letal.

Tharion miró al joven con una sonrisa encantadora.

—Tengo mis órdenes y debo obedecerlas.

—Eres un idiota si no ves el riesgo en difundir esta información de que tu reina está buscando a Emile.

—Tal vez, pero el Averno en el que terminaré si desobedezco será mucho peor que lo que te hicieron pasar

Sabine y Amelie a ti —esbozó otra sonrisa—. Y no tendría a la hermosa Bryce para que me bese las heridas después.

Ithan volvió a gruñir. ¿Ese lobo tenía idea de lo que revelaba sólo con ese gruñido? Había sido un jugador de solbol inteligente que nunca dejaba ver sus jugadas. Por lo visto había perdido esa capacidad.

Pero Tharion continuó:

—Danika hizo muchas cosas turbias antes de morir. Bryce lo sabe. No la estás protegiendo al negarte a hablar.

Tharion se puso de pie y caminó al refrigerador, muy consciente de cada respiración del lobo.

Abrió la puerta para buscar alguna botana cuando Ithan habló:

—Ella estudió Historia en la universidad.

Tharion arqueó la ceja.

—¿Sí?

Ithan se encogió de hombros.

—Una vez me dijo que estaba investigando algo que probablemente le provocaría muchos problemas. Pero cuando le pregunté más adelante qué calificación había sacado en ese trabajo, me dijo que había cambiado de tema. Siempre me pareció raro.

Tharion cerró la puerta del refrigerador y se recargó en ella.

—¿Por qué?

—Porque Danika era implacable. Si algo le interesaba, no se detenía. En realidad no le creí que hubiera cambiado el tema de su trabajo sin un buen motivo.

—¿Crees que una estudiante universitaria encontró algo secreto que la condujo a Ophion?

—Danika nunca fue tan sólo una estudiante universitaria.

—De la misma manera que tú nunca fuiste sólo un jugador de solbol colegial, ¿eh?

Ithan no hizo caso a la provocación.

—Me preguntaste sobre Danika. Aparte de todo lo que sucedió con el sinte, eso es lo único que se me ocurre. Disculpa si no es lo que esperabas.

Tharion se quedó viendo al lobo frente a él. Solo.

Tal vez era un cursi pero Tharion señaló la televisión.

—Me perdí el partido de solbol contra Korith anoche y quiero ver el resumen. ¿Te importa si lo veo contigo mientras esperamos a los demás?

Ithan frunció el ceño pero Tharion se puso una mano sobre el corazón.

—No es una cosa secreta de espías, lo juro. Yo sólo... —suspiró—. Me vendrían bien unos cuantos minutos de paz.

Ithan sopesó las palabras, la expresión de Tharion, con una mirada penetrante y aguda que solía usar en sus oponentes. Tal vez el jugador de solbol no estaba muerto, después de todo.

Pero Ithan sólo dijo:

—Quedó un poco de pizza, si tienes hambre.

15

Ruhn se reunió con su hermana afuera de los Archivos Hada justo cuando la gente de las oficinas salía hacia las pequeñas calles en Cinco Rosas.

Entre la multitud, pocas de las hadas que pasaban por ahí los notaban porque iban demasiado enfocadas en comer o en sus teléfonos. De todas maneras, Bryce se puso una gorra de solbol y unos lentes oscuros al salir a la calle tan ardiente que ni siquiera los árboles y vegetación de Ci-Ro podían refrescar.

—Yo no me voy a poner algo así —le advirtió Ruhn. Ciertamente no en territorio hada—. La gente va a reconocerte muy rápido de todas maneras.

—Ya no puedo aguantar que se me queden viendo.

—Es parte de todo esto.

Bryce murmuró algo que Ruhn prefirió no escuchar.

—¿Entonces Tharion ya está en la casa? —preguntó Ruhn mientras caminaban hacia su departamento.

—Sí. Ya está interrogando a Ithan.

Ése era el motivo por el cual le había pedido a Ruhn que fuera como apoyo. Eso le provocaba a él bastante satisfacción.

Cruzaron una calle transitada llena de hadas y metamorfos y el ocasional draki avanzando a toda velocidad. Ruhn dijo:

—Supongo que no me invitaste a acompañarte a tu casa sólo en mi papel de músculos de apoyo en las peligrosas calles de Ciudad Medialuna.

Hizo un ademán irónico en dirección a los ángeles y las brujas que volaban sobre ellos, hacia la pequeña nutria con su chaleco amarillo que corría por ahí, a la familia de una especie de metamorfos equinos que trotaban entre los coches.

Ella lo miró molesta por encima de los lentes oscuros.

—Quería discutir algo contigo... y no confío en el teléfono. Ni en los mensajes.

Ruhn exhaló.

—Sé que esa mierda con Cormac es absurda...

—No es sobre Cormac. Es sobre Danika.

—¿Danika?

—Vi a Fury esta mañana. Me dijo que Danika era sabueso de sangre. ¿Tú sabes qué es eso?

—Sí —respondió Ruhn y se notó que la sorpresa le recorría el cuerpo—. ¿Así nada más... me estás diciendo esto?

Su hermana hizo un gesto para restarle importancia.

—Danika me ocultó muchas cosas. Y no veo ya cuál es la necesidad de seguir manteniendo secretos.

—Está permitido enojarse con ella, ¿sabes?

—Ahórrate la plática de autoayuda, ¿está bien?

—De acuerdo —Ruhn se frotó la mandíbula—. Supongo que esto explica cómo Danika supo que éramos hermanos antes que cualquier otra persona.

Nunca olvidaría esa ocasión en que se encontró con Bryce y Danika en una fiesta de fraternidad. La primera vez que veía a su hermana en años. Y cómo Danika se le había quedado viendo. Luego vio a Bryce con las cejas arqueadas. Él supo en ese momento que Danika había adivinado lo que nadie más, aunque Bryce lo presentaba como su primo. Él se lo adjudicó a las excelentes habilidades de observación de la loba.

—Pensé que sólo era *buena* con el olfato —dijo Bryce y se abanicó la cara por el calor—. No una genio o lo que sea. ¿Piensas que esto podría tener algo que ver con su conexión con Sofie?

—Parece poco probable. Danika era una vanir poderosa e influyente independientemente de ese don. Es posible que Sofie u Ophion la hayan buscado por varias razones.

—Lo sé.

Guardaron silencio hasta que Bryce se detuvo frente a las puertas de vidrio de su edificio de departamentos.

—Tal vez Sofie pensó que Danika podría ayudarla a liberar a su hermano de Kavalla o algo así. Sonaba como si hubiera pasado años trabajando en eso antes de poder llegar con él. Quizás imaginaba que Danika tenía influencias.

Ruhn asintió. No podía imaginarse cómo habían sido las cosas para Emile, lo que había tenido que soportar, y que Sofie pasara cada instante de cada día rezando y trabajando para conseguir que sobreviviera. Que no se hubiera dado por vencida, que lo hubiera logrado... Ruhn no tenía palabras.

—¿Pero Danika sí *tenía* ese tipo de influencias? —preguntó.

Bryce negó con la cabeza.

—Digo, podría haber conseguido algo, pero nunca intentó usarlas para algo así, hasta donde yo sé. Y no veo por qué Sofie contactaría a Danika, entre tanta gente, si Danika estaba aquí y Sofie estaba en Pangera. No tiene sentido —Bryce lanzó su coleta por encima del hombro y gruñó por la frustración—. Quiero saber lo que Sofie sabía sobre Danika.

—Entiendo —dijo Ruhn con cautela—. Y entiendo por qué quieres encontrar a Emile también. Pero sólo diré esto una vez más, Bryce: si yo fuera tú, me mantendría al margen de lo que sea que estén haciendo Tharion y la Reina del Río en su búsqueda por el niño. En especial si Ophion está cazando a Emile también.

Bryce abrió la puerta de su edificio y el aire acondicionado los cubrió como una manta helada. Saludó a Marrin. El metamorfo de oso respondió desde su escritorio y

Ruhn le sonrió a medias antes de entrar al elevador detrás de su hermana.

Ruhn esperó a que las puertas se cerraran por completo antes de decir en voz baja.

—Sé que Athalar ya te dijo esto anoche, pero los asteri podrían matarte por involucrarte. Aunque sea en algo aparentemente tan inofensivo como encontrar a este niño.

Bryce se envolvió toda la coleta alrededor de la muñeca.

—Me podrían haber matado esta primavera, pero no lo hicieron. Supongo que no lo harán ahora.

Ruhn empezó a jugar con el piercing de su labio. Tiraba del aro plateado cuando se abrieron las puertas del elevador y salieron al piso de Bryce.

—Si te quieren viva, entonces yo me empezaría a preguntar por qué. Tienes el Cuerno en la espalda. Eso no es cualquier cosa.

Ruhn no pudo evitar mirar en dirección a la espalda de su hermana cuando lo dijo y alcanzó a ver los trazos superiores del tatuaje visibles debajo de su vestido. Continuó con su idea:

—Ahora eres una jugadora poderosa, Bryce, te guste o no. Y créeme, lo entiendo, es *horrible* querer ser normal pero tener toda esta mierda que te impide serlo —su voz se hizo más ronca y ella volteó a verlo por encima del hombro con expresión neutral—. Pero eres astrogénita y tienes el Cuerno. Y tienes mucho poder gracias al Descenso. La Bryce de antes de esta primavera podría haber ido a buscar a Emile con pocas consecuencias, pero, ¿la Bryce de ahora? Cualquier movimiento que hagas será politizado, analizado, visto como un acto de agresión o rebelión o franca guerra. No importa lo que tú digas.

Bryce suspiró exageradamente, pero sus ojos se habían suavizado. Ya fuera por lo que él había dicho o por lo que había admitido sobre su propia vida.

—Lo sé —dijo ella antes de abrir la puerta de su departamento.

Encontraron a Tharion en el sofá con Ithan. Tenían la televisión a todo volumen con las últimas estadísticas deportivas. Tharion estaba comiendo un pedazo de pizza y tenía las piernas largas extendidas frente a él, los pies descalzos sobre la mesa de centro.

Ruhn habría entrado para tomar un pedazo de pizza si Bryce no se hubiera quedado inmóvil.

Una quietud hada, evaluando una amenaza. Todos los instintos de Ruhn se pusieron en alerta y le gritaron que defendiera, que atacara, que matara cualquier amenaza contra su familia. Ruhn los reprimió y mantuvo sus sombras bajo control a pesar de que le suplicaban que las dejara libres, que ocultara a Bryce.

Ithan dijo sin voltearlos a ver:

—La pizza está allá si quieren.

Bryce permaneció en silencio y el miedo envolvió su olor. Los dedos de Ruhn rozaron el metal fresco de la pistola que traía enfundada en el muslo.

—Tu gato es una dulzura, por cierto —continuó Ithan sin apartar la mirada de la televisión mientras acariciaba al gato blanco que tenía acurrucado en las piernas. Bryce cerró la puerta lentamente detrás de ella—. El tarado me asustó cuando saltó desde ese mueble hace unos minutos.

El lobo le acarició el pelaje lustroso y el gato ronroneó en respuesta.

Los ojos del gato eran de un color azul impactante. Parecían estar muy atentos cuando se fijó en Bryce.

Las sombras de Ruhn se le arremolinaron en los hombros, serpientes listas para atacar. Sacó su pistola discretamente.

Detrás de Bryce, una onda familiar de poder envuelto en éter le recorrió la piel. Fue un pequeño alivio para Bryce, que dijo con voz ronca:

—Eso no es un gato.

Hunt llegó al departamento justo a tiempo para escuchar las palabras de Bryce a través de la puerta cerrada. Entró en un instante con relámpagos listos en las puntas de sus dedos.

—Oh, tranquilízate —le dijo el Príncipe de las Profundidades y saltó hacia la mesa de centro.

Ithan soltó una palabrota, se levantó del sofá y saltó detrás de él con gracia sobrenatural. Tharion buscó el cuchillo que traía enfundado en el muslo, un arma mortífera con la punta curvada. Diseñada para hacer el mayor daño posible al salir.

Pero cuando Aidas se dirigió a Hunt, sus pequeños colmillos brillaron:

—Pensé que éramos amigos, Orión.

—Me llamo Hunt —dijo él con aspereza y los relámpagos le recorrieron los dientes y tronaron sobre su lengua.

Un movimiento y freiría al príncipe. O lo intentaría. No se atrevía a apartar la vista de Aidas para revisar en qué posición estaba Bryce. Ruhn se aseguraría de que se mantuviera lejos.

—Es igual —dijo Aidas y caminó por la mesa de centro para luego saltar hacia la alfombra. Una luz brillante llenó un extremo del campo de visión de Hunt y vio a Ruhn al otro lado de Bryce con la Espadastral en la mano.

Pero Bryce, maldita fuera, dio un paso al frente. Hunt intentó impedir su avance pero ella lo esquivó sin problema. Mantuvo la barbilla en alto y dijo:

—Me da gusto volverte a ver, Aidas.

Ruhn, Tharion e Ithan parecieron inhalar simultáneamente.

Hunt apenas respiró cuando vio al gato correr hacia ella y enredarse entre sus piernas, frotándose contra las espinillas de Bryce.

—Hola, princesa.

A Hunt se le heló la sangre. El príncipe demonio ronroneó la palabra de manera muy deliberada. Con un gran deleite. Como si tuviera alguna especie de derecho sobre ella. Los relámpagos de Hunt se encendieron.

Aidas trotó hacia la cocina y se subió a la isla con un salto agraciado. Luego se quedó mirándolos a todos. Su mirada azul regresó finalmente a Bryce.

—¿Por qué todavía no sabes cómo usar tus poderes?

Bryce rotó los hombros, se tronó el cuello y extendió una mano. Una chispa de luzastral se encendió en su palma.

—Los puedo usar.

Se escuchó una risa suave y sibilante.

—Ésos son trucos para entretener en las fiestas. Me refiero a tus poderes verdaderos. Tu herencia.

Los dedos de Hunt se apretaron en su pistola. Bryce reviró.

—¿Cuáles poderes?

Los ojos de Aidas brillaron como estrellas azules.

—Recuerdo a la última reina astrogénita, Theia, y sus poderes —pareció estremecerse—. Tu luz es su luz. Reconocería ese resplandor en cualquier parte. Asumo que tú debes tener sus otros dones también.

—¿*Conociste* a la última reina astrogénita? —exigió saber Ruhn. La luzastral brillaba entre las sombras de Ruhn y relucía a lo largo de su espada.

Los ojos de Aidas centellearon con una especie de rabia extraña cuando miró al príncipe hada.

—Así es. Y conocí también al príncipe llorón cuya luz portas *tú*.

Una onda de silencio aturdido recorrió la habitación.

Ruhn, había que reconocérselo, no retrocedió ni un centímetro. Pero Hunt vio con el rabillo del ojo que Ithan y Tharion estaban adoptando posiciones en espejo detrás del Príncipe de las Profundidades.

Bryce dijo, más para ella misma que para el príncipe demonio:

—No me había dado cuenta de que tendrían luzastral personalizada. Siempre había pensado que la mía sólo era... más brillante que la tuya —hizo una mueca a Ruhn—. Supongo que tiene sentido que existan ligeras diferencias en la luz de las hadas cuando se reproducen entre sí. La hija mayor de Theia, Helena, tenía el don y se casó con el príncipe Pelias. Tu ancestro.

—También es tu ancestro —murmuró Ruhn.

—Pelias no era un verdadero príncipe —escupió Aidas y enseñó los colmillos—. Era el alto general de Theia y se autodenominó príncipe después de casarse con Helena por la fuerza.

—Perdón —dijo Ithan mientras se frotaba la cara—, pero ¿qué carajos está pasando?

Miró la pizza sobre la mesa, como si se estuviera preguntando si habría tenido alguna sustancia.

Bienvenido a nuestras vidas, quiso responder Hunt.

Pero Bryce se había puesto pálida.

—¿La reina Theia permitió eso?

—Theia ya estaba muerta para entonces —dijo Aidas impasible—. Pelias la mató —hizo un ademán hacia la Espadastral en la mano de Ruhn—. Y le robó su espada cuando terminó —gruñó—. Esa espada le pertenece a la *heredera* de Theia. No al descendiente que corrompió su linaje.

Bryce tragó saliva de manera audible y Ruhn miró su espada con la boca abierta.

—Nunca había oído sobre eso —protestó el príncipe hada.

Aidas rio con frialdad.

—Tu celebrado príncipe Pelias, el supuesto primer príncipe astrogénito, era un impostor. La otra hija de Theia escapó, desapareció en la noche. Nunca supe qué fue de ella. Pelias usó la Espadastral y el Cuerno para establecerse como príncipe y la heredó a sus hijos, los hijos que tuvo con Helena tras violarla.

Ese mismo Cuerno que ahora estaba tatuado en la espalda de Bryce. Un escalofrío le recorrió la columna a Hunt y sus alas empezaron a moverse involuntariamente.

—La sangre cobarde de Pelias corre por las venas de ustedes dos —le dijo Aidas a Ruhn.

—Pero también la de Helena —le respondió Ruhn. Luego recitó—: *Helena, la del cabello de la noche, de cuya piel dorada brotaron la luzastral y las sombras.*

Bryce chasqueó la lengua, impresionada.

—¿Memorizaste ese pasaje?

Ruhn la miró con un gesto que parecía indicar que le molestaba que ella se enfocara en eso cuando tenían frente a ellos a un príncipe demonio.

Pero Bryce le preguntó a Aidas:

—¿Por qué nos estás diciendo eso ahora?

Aidas brilló de rabia.

—Porque no pude ayudar entonces. Llegué demasiado tarde y me superaban en número por mucho. Cuando todo terminó, le pedí un favor a mi hermano mayor. Enfrentarme a Pelias en el campo de batalla y eliminarlo de este mundo —Aidas dio unos pasos con la cola en movimiento—. Te estoy diciendo esto ahora, Bryce Quinlan, para que el pasado no se repita. ¿Estás haciendo algo para ayudar en esta guerra interminable?

—¿Te refieres a la causa rebelde? —preguntó Tharion con el rostro tenso por la incredulidad y el temor.

Aidas no apartó la mirada de Bryce cuando respondió:

—Es la misma guerra que peleamos hace quince mil años, sólo que renovada. La misma guerra que tú peleaste, Hunt Athalar, en una forma diferente. Pero llegó el momento para hacer otro intento.

Ithan dijo lentamente:

—El Averno es nuestro enemigo.

—¿Lo es? —rio Aidas y le vibraron las orejas—. ¿Quién escribió la historia?

—Los asteri —dijo Tharion con tono oscuro.

Aidas volteó a verlo con aprobación.

—Has escuchado alguna versión de la verdad, supongo.

—Sé que la historia oficial de este mundo no necesariamente debe creerse.

Aidas saltó del mueble y volvió a trotar hacia la mesa de centro.

—Los asteri obligaron a los ancestros de ustedes a tragarse sus mentiras. Hicieron que los académicos y filósofos escribieran sus versiones de los acontecimientos bajo pena de muerte. Borraron todo registro de Theia. Esa biblioteca que posee tu exjefa —le dijo a Bryce y volteó a verla— es lo que queda de la verdad. Del mundo previo a los asteri y de las pocas almas valientes que intentaron comunicar esa verdad después. Tú lo sabías, Bryce Quinlan, y protegiste esos libros por años, pero no has hecho nada con ese conocimiento.

—¿Qué carajos? —preguntó Ithan y se quedó mirando a Bryce.

Aidas sólo preguntó:

—¿Qué era este mundo *antes* de los asteri?

Tharion dijo:

—Aquí vivían los humanos antiguos y sus dioses. He escuchado que las ruinas de su civilización están bajo el mar.

Aidas inclinó la cabeza.

—¿Y de dónde vienen los asteri? ¿De dónde vienen las hadas, los metamorfos o los ángeles?

Bryce interrumpió.

—Ya son suficientes preguntas. ¿Por qué no nos lo dices simplemente? ¿Qué tiene esto que ver con mis... dones? —la palabra parecía atorársele en la garganta.

—La guerra está acercándose a su crescendo. Y tu poder no está listo.

Bryce se echó la coleta por encima del hombro.

—Qué puto cliché. Lo que sean mis poderes, no quiero nada con ellos. No si de alguna manera me vinculan contigo... los asteri lo considerarán una amenaza seria. Y tendrían razón.

—Mucha gente murió para que tú pudieras tener este poder. Ha estado muriendo gente en esta batalla a lo largo de quince mil años para que pudiéramos llegar a este punto. No te hagas la heroína renuente ahora. *Eso* sí que sería un cliché.

Bryce pareció quedarse sin palabras, así que Hunt intervino.

—¿Qué hay de tu hermano mayor con sus ejércitos? Ellos parecían perfectamente satisfechos matando midgardianos inocentes.

—Esos ejércitos siempre han estado ahí para ayudarles. No para conquistar.

—El ataque de la primavera a esta ciudad parecería indicar lo contrario —argumentó Hunt.

—Fue un error —contestó Aidas—. Las bestias que entraron eran... mascotas. Animales. Micah abrió las puertas de sus jaulas. Perdieron el control e hicieron lo que quisieron. Afortunadamente, ustedes lograron controlar la situación antes de que requiriera intervención —dijo con una sonrisa a Bryce.

—Mucha gente murió —gruñó Ithan—. Murieron niños.

—Y pronto morirán más en esta guerra —le respondió Aidas con frialdad—. Los ejércitos del Averno atacarán cuando así lo ordenes, Bryce Quinlan.

Las palabras le cayeron como una bomba.

—Puras mentiras —dijo Ruhn. Su rostro se arrugó cuando gruñó—: Estás esperando el momento indicado, cuando todos estemos en guerra unos con otros, para finalmente poder encontrar cómo entrar a este mundo.

—Para nada —respondió Aidas—. Ya sé cómo entrar a este mundo —apuntó a Bryce con una pata y ladeó la cabeza—. A través de mi hermosa Bryce y el Cuerno en su espalda.

Hunt reprimió un gruñido al escuchar la palabra *mi* y todos la voltearon a ver. Ella seguía viendo fijamente a

Aidas con los labios apretados en una línea delgada. El Príncipe de las Profundidades dijo:

—Es tu decisión al final. Siempre ha sido tu decisión.

Bryce negó con la cabeza.

—A ver, déjame entenderlo: ¿Estás aquí para convencerme de rebelarme contra los asteri frente a toda esta gente? ¿Y qué... que me una a Ophion? No, gracias.

Aidas se limitó a reír.

—Deberías haber prestado más atención a los gatos que estaban hurgando en la basura en la calle Ink esta mañana. Deberías haber elegido un sitio más discreto para discutir la rebelión con Fury Axtar —Bryce siseó. Pero no dijo nada cuando Aidas continuó—: Pero sí, claro, puedes convertirte en rebelde. Ayuda a Ophion, si necesitas responderle a alguna autoridad. Puedo decirte antes de que sin duda lo preguntes, no tengo información sobre la conexión entre Danika Fendyr y Sofie Renast.

Bryce gruñó:

—Yo ni siquiera *conozco* a ningún rebelde de Ophion.

Aidas estiró sus patas delanteras y arqueó la espalda.

—Eso no es cierto —Hunt se quedó inmóvil mientras el demonio bostezaba—. Hay uno justo detrás de ti.

Bryce dio la vuelta al mismo tiempo que Hunt, que ya tenía sus relámpagos listos para atacar.

Cormac Donnall estaba parado en la puerta. Las sombras estaban desapareciendo de sus hombros.

—Hola, agente Silverbow —canturreó Aidas y luego desapareció.

16

—Perdón —dijo Ruhn abruptamente sin poder cerrar la boca ante la aparición del príncipe de Avallen en la puerta—, ¿que tú eres *qué cosa*?

La mirada de Bryce pasaba de su hermano a su primo. Ithan estaba olfateando con delicadeza en dirección a Cormac, claramente descifrando quién era la persona que estaba frente a ellos.

—¿Agente Silverbow? —quiso saber Tharion.

Ruhn continuó:

—¿Tu padre sabe sobre esto? *¿Mi* padre lo sabe?

Bryce intercambió miradas con su hermano. Podrían usar esto. Tal vez podría librarse de ese matrimonio...

La amenaza oscureció el rostro de Cormac.

—No. Y nunca lo sabrán —dijo. La intimidación crujía en cada una de sus palabras.

Bryce se hubiera unido al interrogatorio de no ser porque la estrella en su pecho empezó a brillar visiblemente a través de la tela de su vestido. Se la tapó con una mano.

Típico de Aidas revelar el secreto de Cormac y salir huyendo. Bryce tenía la fuerte sensación de que el Príncipe de las Profundidades también le había ayudado a Cormac a entrar a pesar de los hechizos de protección gracias a su poder maldito.

Puto demonio.

Cormac se irritó visiblemente y recorrió la habitación con mirada molesta.

—¿Qué carajos saben ustedes sobre Sofie Renast?

Bryce presionó su pecho con más fuerza y empujó contra su esternón. Respondió:

—¿Qué carajos sabes *tú* sobre Sofie Renast, *agente Sílverbow*?

Cormac volteó a verla y se acercó a ella.

—Respóndeme.

Hunt se atravesó en su camino. Los relámpagos bailaban sobre sus alas. Un alfadejo hasta la médula pero, de todas maneras, provocó una calidez en Bryce.

Tharion se dejó caer en el sofá, puso el brazo despreocupadamente sobre los cojines del respaldo y empezó a estudiarse las uñas. Su mirada se dirigió a Cormac.

—¿Y tú eres...?

Las sombras recorrieron los brazos de Cormac, como columnas de humo que bajaban desde sus hombros. Eran iguales a las sombras de Ruhn, sólo que más oscuras y de cierta forma, más salvajes. Bryce se sintió un tanto impresionada. El príncipe de Avallen gruñó:

—Cormac Donnall. Te preguntaré una vez más, mer. ¿Qué sabes sobre Sofie?

Tharion cruzó la pierna con el tobillo sobre la rodilla.

—¿Cómo sabes que soy mer?

Por Solas, ¿Tharion estaría provocándolo sólo por diversión?

—Porque apestas a pescado —escupió Cormac y Tharion, fiel a su carácter, levantó un brazo para oler su axila. Ithan rio. La mayoría de los vanir podían detectar cuando un mer estaba en su forma humanoide por ese olor de agua y sal. No era un olor desagradable pero sí distintivo.

Hunt y Ruhn no estaban sonriendo. Bryce debía admitir que su hermano era una figura imponente. Aunque no se lo diría nunca.

Tharion le sonrió a Cormac con un aire de suficiencia.

—Supongo que Sofie es tu... ¿novia?

Bryce parpadeó. Cormac dejó escapar un gruñido que le hizo vibrar hasta los huesos.

—Impresionante —le murmuró Hunt a Bryce pero ella no se sentía con ánimo de sonreír.

Cormac volteó a verla de nuevo.

—Tú conoces a Sofie.

—Yo no... no la conocí —dijo Bryce y se paró junto a Hunt—. Nunca había oído hablar de ella hasta ayer, cuando él vino a hacer unas preguntas —miró a Tharion, quien levantó las manos de dedos largos—. Pero ahora tengo un montón de preguntas que hacer, así que si pudiéramos todos... ¿sentarnos y hablar? ¿En vez de este extraño duelo verbal que estamos teniendo?

Cerró la puerta del departamento y luego se sentó en uno de los taburetes de la cocina. Se quitó los tacones y los dejó debajo. Ruhn se sentó en el taburete a su izquierda. Hunt en el de la derecha. Dejaron a Cormac parado en medio de la sala, observándolos a todos.

—¿Por qué tus sombras se ven distintas a las de Ruhn? —le preguntó Bryce a Cormac.

—¿*Eso* es lo primero que quieres saber? —murmuró Hunt. Ella no le hizo caso.

—¿Cómo sabes sobre Sofie? —fue la única respuesta de Cormac.

Bryce puso los ojos en blanco.

—Ya te dije, no la conozco. Tharion, ¿puedes ya sacarlo de sus dudas?

Tharion se cruzó de brazos y se acomodó entre los cojines del sofá.

—Me pidieron que confirmara su muerte.

Bryce se fijó en que la respuesta de Tharion podía interpretarse como que debía asegurarse de que una rebelde peligrosa había muerto. Era listo.

—¿Y lo lograste? —preguntó Cormac en voz grave. Todo el cuerpo le temblaba, como si estuviera controlándose para no saltar sobre Tharion. Tenía brasas ardiendo en el cabello.

Pero Hunt se recargó en la isla de la cocina, con los codos sobre la superficie de piedra. Los relámpagos serpenteaban a lo largo de sus alas pero su cara tenía una tranquilidad letal. La absoluta personificación del Umbra Mortis. Una descarga recorrió las venas de Bryce cuando Hunt habló:

—Tienes que entender que no vas a conseguir otras respuestas, ni saldrás vivo de aquí, si no nos convences sobre algunas cuantas cosas claves.

Dioses. Lo decía en serio. El corazón de Bryce latía desbocado.

—Así que respira —le dijo Hunt al príncipe—. Tranquilízate —agregó y le sonrió con todos los dientes—. Y haz caso a la propuesta de la dama y siéntate de una puta vez.

Bryce apretó los labios para no sonreír. Pero Cormac, en efecto, respiró. Otra vez. Bryce miró a Ithan pero él tenía la mirada fija en Cormac mientras el príncipe respiraba. Estaba analizando todos sus movimientos como si fuera su oponente en el campo de solbol.

Sin embargo, Ruhn sí la miró a los ojos y su expresión era de sorpresa. Le dijo en la mente: *No me esperaba esto*.

Bryce hubiera respondido pero las sombras de los brazos de Cormac se desvanecieron. Sus hombros amplios se relajaron. Luego avanzó hacia la mesa del comedor y se sentó. Tenía la mirada despejada... más tranquila.

La estrella en el pecho de Bryce también se apagó. Como si se sintiera tranquila de que todo estaba bien.

—Bien —dijo Hunt con ese tono que no admitía ninguna tontería y que le hacía cosas raras a ella—. Primero lo primero, ¿cómo entraste aquí? Este lugar está perfectamente protegido.

—Ese gato, o no gato. Que de alguna manera sabía quién... qué soy —una mirada de molestia en sus ojos indicaba que el príncipe sólo estaba dejando esa cuestión para después—. Dejó un gran agujero en las protecciones.

Hunt asintió, como si esto no fuera de una gran puta importancia.

—¿Y por qué viniste aquí, en este momento exactamente? —preguntó ya por completo en modo de interrogatorio. ¿Cuántas veces habría hecho eso en la 33ª?

Cormac señaló a Tharion.

—Porque creo que estamos buscando a la misma persona: Emile Renast. Quiero saber lo que ustedes saben.

Bryce no pudo evitar hacer un sonido de sorpresa. Pero el rostro de Tharion permaneció pétreo, la expresión del capitán de inteligencia de la Reina del Río. Preguntó:

—¿Te envió Pippa Spetsos?

La risa de Cormac sonó como un ladrido.

—No. Pippa es la razón por la cual Emile huyó del *Bodegraven*.

—¿Entonces quién te envió a encontrar a Emile? —preguntó Hunt.

—Nadie —respondió Cormac y volvió a inhalar profundamente—. Me enviaron a esta ciudad por otra razón, por muchas razones, pero este asunto de encontrar a Emile... —apretó la mandíbula—. Sofie y yo éramos cercanos. Yo le ayudé a liberar a Emile de Kavalla. Y antes de que ella... —tragó saliva—. Yo le hice una promesa, no sólo de un agente a otro, sino como su... amigo. Que protegería a Emile. Le fallé. De todas las maneras, le fallé.

O es un gran actor, le dijo Ruhn en la mente, *o estaba enamorado de Sofie.*

De acuerdo, respondió Bryce.

—¿Por qué huyó Emile de Pippa? —preguntó Tharion.

Cormac se pasó las manos por la cabellera rubia.

—Le tenía miedo. Tiene razón en tenerlo. Pippa es una fanática en vías de ser ascendida al Comando Ophion. Con tantas de nuestras bases recientemente destruidas, Ophion está lo suficientemente nervioso para empezar a considerar sus ideas. Y a mí me preocupa que no tarden en empezar a seguirla a ella también. No hay límite que ella y su unidad de soldados Ocaso no estén dispuestos a cruzar. ¿En sus noticias se enteraron de aquella historia sobre la masacre de leopardos hace un año?

Bryce no pudo evitar estremecerse. Ithan dijo en voz baja:

—Sí.

Cormac agregó:

—Eso fue idea de Pippa y lo llevó a cabo Ocaso. Usar a esos niños y bebés vanir para lograr que sus padres salieran de sus madrigueras ocultas... y luego matarlos a todos. Sólo por deporte. Porque sí. Porque eran vanir y *merecían* morir. Incluso los niños. Dijo que era parte de la limpieza de este mundo. Que iban ascendiendo hasta llegar a la cima: los asteri. Por eso el nombre de Ocaso.

Hunt volteó a ver a Tharion, quien asintió con seriedad. Aparentemente, el capitán de inteligencia también había escuchado sobre eso.

Cormac continuó:

—Pippa ve a Emile como un arma. La noche de su escape, destruyó esos Omegas imperiales y ella estaba loca de emoción. Lo asustó con su entusiasmo de llevarlo a un campo de batalla y él logró huir en un bote salvavidas antes de que yo pudiera convencerlo de que estaba ahí para ayudar. El niño navegó al puerto más cercano y luego robó otro barco.

—Un niño con iniciativa —murmuró Ithan.

—Lo rastreé hasta estas costas —movió la barbilla hacia Tharion—. Te vi en los pantanos en el barco abandonado. Me imaginé que estabas buscándolo también. Y te observé encontrar los restos del cuerpo del soldado Ocaso, así que debes al menos haberte imaginado que Pippa quiere a Emile para su unidad Ocaso. Si lo captura, lo arrastrará de regreso a la base principal de Ophion y lo convertirá en un arma. Exactamente en lo que los asteri temían cuando cazaron a todos los pájaros de trueno hace siglos.

Volteó a ver a Hunt.

—Me preguntaste por qué vine aquí, en este preciso momento. Porque como el mer seguía regresando a este sitio, me imaginé que ustedes deberían estar involucrados de alguna manera, algunas de las mismas personas que me mandaron a conocer. Esperaba incluso que Emile estuviera aquí —volvió a apretar la mandíbula—. Si saben dónde está Emile, díganmelo. No está seguro.

—No entiendo —intervino Ruhn—. ¿Tú y Pippa están en Ophion pero están intentando encontrar a Emile para... alejarlo de las manos de Ophion?

—Sí.

—¿Ophion no se encabronará?

—El comando nunca se enterará de mi involucramiento —dijo Cormac—. Tengo otras tareas que completar aquí.

A Bryce no le gustó nada el sonido de eso. Se bajó del taburete y dio un paso hacia la mesa del comedor. Empezó a mover la boca antes de poder pensar bien en sus palabras.

—¿Esperas que confiemos en ti en lo que respecta a todo este tema cuando te portaste tan estúpidamente obsesivo con un pedazo de metal que querías para matar a mi hermano? —hizo un ademán con la mano en dirección a Ruhn y la Espadastral que sostenía.

Ruhn gruñó con sorpresa y Cormac repuso:

—Eso fue hace cincuenta años. La gente cambia. Las prioridades cambian.

Pero Bryce dio un paso más para acercarse a la mesa del comedor y no le importó que Cormac lo considerara un desafío.

—Las hadas no cambian. Y menos ustedes, pobres diablos de la vieja escuela.

Cormac la miró a ella y después a Ruhn con desdén palpable.

—Ustedes las hadas de Valbara son unos bebés. ¿No aprendiste nada sobre ti mismo, sobre tu destino, *príncipe* Ruhn, gracias a que yo estuve pisándote los talones todo el tiempo?

—Le clavaste una espada a Dec en el estómago —dijo Ruhn con tranquilidad—. No le llamaría a eso *pisarnos los talones*.

Tharion interrumpió:

—Asumiendo que creemos tu historia, ¿por qué un príncipe hada como tú querría unirse a Ophion?

Cormac respondió:

—Me uní porque sentí que era lo correcto. No hacen falta más detalles.

—No si pudieras estar trabajando para los asteri —dijo Bryce.

—¿Piensas que yo los entregaría a los asteri? —rio Cormac con frialdad—. No le desearía eso a nadie. Los calabozos debajo de su palacio de cristal son más oscuros y más letales que el foso.

Hunt dijo con voz helada:

—Lo sé. Estuve ahí.

Bryce odió las sombras que se formaron en sus ojos. Haría lo que fuera por ayudarlo a sanar y eliminar esas sombras. Haría cualquier cosa por evitar que aparecieran sombras nuevas. Equipo Sobrevivir a Toda Costa, ése era su equipo. No le importaba si eso la convertía en una cobarde.

Cormac continuó sin hacer caso a Hunt:

—Sofie era agente de Ophion porque los asteri masacraron a su familia. Su familia humana y sus ancestros pájaros de trueno. Lo único que quería era encontrar a su hermano. Todo lo que hizo ella fue por él.

Tharion abrió la boca, pero Bryce levantó una mano y lo interrumpió para dirigirse a Cormac:

—Tharion vino ayer para preguntarnos sobre una conexión entre alguien que yo... conocía y Sofie. Se portó muy sospechoso —Tharion la miró molesto—, pero logré sacarle algunas respuestas, principalmente que está buscando a Emile a nombre de la Reina del Río.

Cormac miró a Tharion con ojos entrecerrados:

—¿Qué quiere tu reina con el niño?

Tharion se encogió de hombros.

Ruhn murmuró:

—Apuesto que nada bueno.

Tharion gruñó en advertencia pero Bryce continuó:

—No me interesa la política. Emile es un niño y está perdido. Quiero encontrarlo.

Y averiguar cuál era la relación entre Danika y Sofie pero... eso podía esperar a otro momento. Primero quería averiguar más sobre Cormac.

De hecho, los ojos del príncipe de Avallen sí se suavizaron un poco... con gratitud.

Podría estar fingiendo eso, le dijo Ruhn.

Podría ser, pero mi instinto me dice que no, respondió Bryce antes de ladear la cabeza y preguntarle a Cormac:

—La Cierva es algo muy serio. ¿Se tomó tantas molestias para matar a Sofie sólo por liberar a su hermano? ¿O fue porque Sofie era una pájaro de trueno?

Cormac apretó las manos hasta formar puños.

—La Cierva se tomó todas esas molestias porque Sofie, como garantía para asegurarse de que el barco de Ophion se presentara para recoger a Emile, había reunido información vital sobre los asteri y se aseguró de que el Comando lo supiera.

—¿Qué? —dejó escapar Hunt. Las alas le vibraban involuntariamente.

—¿Qué tipo de información? —preguntó Tharion con el rostro ensombrecido.

Cormac negó con la cabeza.

—Sofie era la única persona que lo sabía. Me comentó que era algo grande, algo que podría cambiar el rumbo de la guerra. Que Ophion la mataría para conseguir esa información. Y que nuestros enemigos la matarían para evitar que se diera a conocer.

Al otro lado de la habitación, Ithan tenía los ojos abiertos como platos. ¿Su entrenamiento lo había preparado para algo así? ¿El de ella?

Tharion dijo:

—Los asteri probablemente enviaron a la Cierva para matarla antes de que pudiera decirle a alguien más.

Cormac hizo una mueca.

—Sí. Pero sospecho que la Cierva sabía que Sofie resistiría a la tortura y decidió que sería mejor que la información muriera con ella —se estremeció un poco—. Le arrancaron las uñas cuando entro a Kavalla, ¿saben? Me dijo que le arrancaron las uñas de una mano y, cuando le pidieron que les revelara la información, ella extendió la otra mano —rio un poco para sí mismo—. Uno de los guardias se desmayó.

—Mujer valiente —dijo Ithan con suavidad y se ganó una mirada de agradecimiento de Cormac que hizo que Bryce deseara haber dicho algo similar. Bryce estudió sus propias uñas manicuradas. Se preguntó si podría resistir si alguna vez estuviera en esa situación.

Cormac volvió a dirigirse a Tharion con expresión desolada.

—Dime que la Cierva al menos le dio un balazo en la cabeza antes de lanzar a Sofie a las profundidades.

—No lo sé —dijo Tharion—. Su cuerpo no estaba.

—¿Qué? —preguntó Cormac con sombras ondulándole por el cuerpo.

Tharion continuó:

—Los bloques de plomo y las cadenas estaban ahí. Pero el cuerpo de Sofie no. Y los grilletes estaban abiertos.

Cormac se puso de pie de un salto.

—¿Sofie está viva?

Su voz estaba llena de esperanza pura. ¿Era por amor genuino? ¿O sólo la esperanza de que la información que portaba siguiera existiendo?

—No lo sé —respondió Tharion. Luego admitió—: Pero por eso vine a ver a Bryce. Ella tenía una amiga que conoció a Sofie hace años. Estoy investigando las conexiones entre ellas. Me pregunto si eso nos podría proporcionar pistas sobre dónde está Emile —se encogió de hombros—. Tengo motivos para creer que establecieron un punto seguro de reunión hace mucho tiempo en caso de que se diera un escenario como el actual y que Emile probablemente vaya hacia allá. Al igual que Sofie, si es que está viva.

¿Sofie le habría transmitido esa información vital a su hermano? Bryce miró a Hunt, que la estaba viendo con su expresión de *Ni se te ocurra*.

Cormac empezó a caminar y dijo:

—Sofie hizo el Descenso en un centro ilegal donde no se llevaba registro. Pensé que existía la posibilidad de que hubiera sobrevivido pero, cuando no se puso en contacto conmigo... —entrecerró los ojos hacia el mer—. ¿Qué más sabes?

—Ya te dije todo —mintió Tharion y se cruzó de piernas.

Cormac sonrió ampliamente y con expresión burlona.

—¿Y qué hay de Danika Fendyr?

Bryce se quedó inmóvil.

—¿Qué hay con ella?

Hunt volvió a mirarla para advertirle que se mantuviera en silencio.

Cormac dijo:

—Ella y Sofie se conocían. Ella fue quien estableció ese punto seguro, ¿no?

—No sabes nada de eso con certeza —dijo Hunt.

—Sí lo sé —respondió Cormac con la mirada todavía en Bryce, en la estrella de su pecho, que había empezado a brillar un poco otra vez—. Por eso accedí a casarme con Bryce.

Ruhn necesitaba un momento para procesar todo. Miró a su primo con cautela.

Pero Bryce rio.

—Pensé que habías accedido a casarte conmigo por mi adorable personalidad.

Cormac no sonrió.

—Accedí a casarme contigo porque necesito acceso a ti. Y a ti, primo —dijo hacia Ruhn.

Athalar exigió saber:

—¿No te hubiera bastado con una visita amistosa?

—Las hadas de Avallen y las hadas de Valbara no tienen una relación *amistosa*. Somos aliados pero también rivales. Necesitaba un motivo para venir aquí. Necesitaba venir a buscar a Emile y, por una bendición de Urd, Ophion me envió aquí para otra misión también.

Bryce frunció el ceño.

—Forzarme al matrimonio me parece un poco extremo.

—Es lo único que tengo para ofrecer. Mi potencial de reproducción.

Ruhn resopló una risa. Él y su primo tenían más en común de lo que se pensaba.

—¿Por qué necesitas acceso a mí?

—Porque puedes hablar de mente a mente, ¿no? Así fue como lograron sobrevivir tú y tus amigos en la Cueva de los Príncipes durante tu Prueba. Lucharon como si fueran una sola mente. Nunca le dijiste a mi padre, pero él lo sospechaba. *Yo* lo sospechaba. Es un don raro de los astrogénitos. Una habilidad que Ophion necesita desesperadamente.

Ruhn dijo:

—¿Qué hay de tus primos, los gemelos? Ellos pueden hablar de mente a mente.

—Ellos no son de fiar. Lo sabes.

Athalar interrumpió:

—No le permitas engancharte en lo que sea que esté planeando, Danaan. Buscar a Emile de manera independiente es una cosa. Si permites que te haga su propuesta, estarás a un paso de empezar a trabajar para Ophion. A los asteri no les importará si lo aceptas o si lo rechazas —le dirigió una mirada a Cormac—. Y permíteme recordarte que Ophion está luchando contra legiones que los superan en poder y tamaño. Si uno de los asteri sale al campo de batalla, están terminados.

El poder de un asteri, la estrella sagrada que brillaba en su interior, podía destrozar a todo un ejército.

Hunt continuó:

—Y si los asteri se enteran de que el *agente Silverbow* está intentando reclutar a Ruhn, todos seremos llamados para interrogarnos. Si tenemos suerte. Si no, nos ejecutarán a todos.

—No parecías tener esas preocupaciones cuando te rebelaste, Ángel Caído —dijo Cormac.

—Aprendí por las malas —respondió Hunt entre dientes. Bryce se acercó a él y le tocó suavemente los dedos—. Preferiría proteger a mis amigos para evitarles que aprendieran esa lección.

No debería haber significado nada para Ruhn que Athalar lo considerara un amigo. Pero sí significaba algo.

Hunt continuó:

—No sólo estás loco por contarnos esto, eres imprudente. No tienes manera de saber si te delataremos en un instante.

Tharion agregó:

—O eres un infiltrado de los asteri intentando ponernos una trampa.

Cormac dijo con frialdad:

—Créanme, yo no ando por ahí publicando esta información ante cualquiera —miró a Athalar con atención—. Tú tal vez cometiste errores imprudentes en el pasado, Umbra Mortis, pero yo no lo haré.

—Vete a la mierda.

Eso vino de Bryce. Su voz era baja y letal.

Ruhn le dijo a Cormac, con la esperanza de lograr bajar unos cuantos grados la temperatura:

—Yo no me voy a involucrar contigo ni con Ophion. No me arriesgaría. Así que ni siquiera me pidas que haga lo que sea que necesites que haga con mis... cosas mentales.

Odiaba que su primo lo supiera. Que Tharion ahora lo estuviera observando con una mezcla de sorpresa, asombro y cautela.

Cormac rio con amargura.

—¿No puedes arriesgar a tus amigos y familia? ¿Qué hay de los incontables amigos y familias en Pangera que están siendo torturados, esclavizados y asesinados? Te vi entrar a este departamento hace rato y asumí que estabas ayudando al Capitán Ketos en la búsqueda de Emile. Pensé que convencerte a ti de ayudarme sería mucho más fácil. Pero parece ser que lo único que ustedes quieren es anteponer sus vidas a las de los demás.

—No jodas —gruñó Hunt—. ¿Viste lo que sucedió aquí en la primavera?

—Sí. Me convenció de tu... compasión —le dijo a Bryce—. Vi que corriste a los Prados de Asfódelo. Con los humanos —miró a Ithan—. Tú también. Pensé que eso significaba que tendrían compasión por el conflicto mayor y su situación en otras partes —se dirigió de nuevo a Bryce—. Por eso quería acercarme a ustedes. Tú y Danika salvaron esta ciudad. Me di cuenta de que las dos eran cercanas. Quería saber si tal vez tú podrías tener alguna información... si Danika de hecho sí consiguió un punto de reunión para Sofie como lo he sospechado desde hace mucho —miró a Tharion—. ¿Dónde sospechas que podría ser el punto de reunión?

—En ningún lugar bueno —murmuró Tharion. Luego agregó—: Tendrás más detalles cuando nosotros estemos listos para compartirlos contigo, principito.

Cormac se irritó visiblemente y unas chispas se volvieron a encender en su cabello pero Bryce intervino:

—¿Cómo se conocieron Danika y Sofie?

Aparentemente, esto era lo más importante para ella. Cormac negó con la cabeza.

—No estoy seguro. Pero por lo que Sofie me dijo, Danika sospechaba algo sobre los asteri y necesitaba que alguien se infiltrara para confirmarlo. Sofie fue esa persona.

Bryce tenía los ojos brillantes, arremolinados. No pintaba bien.

Sin embargo, Bryce frunció el ceño y preguntó:

—Danika murió hace dos años. ¿Sofie tuvo esta información todo este tiempo?

—No. Por lo que sé, hace tres años Danika necesitaba que Sofie la consiguiera pero a Sofie le tomó mucho tiempo obtener acceso a esa información. Danika murió antes de que Sofie pudiera dársela. Cuando finalmente la consiguió, decidió usarla para manipular a Ophion y que le cumplieran la parte del trato donde se comprometían a ayudarle a rescatar a Emile.

—¿Entonces Danika trabajaba para *Ophion*? —preguntó Ithan. El rostro del lobo era el vivo retrato de la sorpresa.

—No —respondió Cormac—. Estaban conectados pero no les reportaba a ellos. Hasta donde le entendí a Sofie, Danika tenía su propia misión.

Bryce se limitó a mirar a Cormac con la cabeza ladeada. Ruhn conocía ese gesto.

Bryce estaba planeando algo. Ya había planeado algo.

Bryce se acercó a Cormac. El sonido de sus pies descalzos fue lo único que se escuchó. Ruhn se preparó mentalmente para lo que fuera a salir de su boca.

—Si sirve de algo, dudo que Aidas haya adquirido el hábito de permitir que personas leales a los asteri entren a mi departamento.

—¿Aidas? —se sobresaltó Cormac y palideció—. ¿Ese gato era el Príncipe de las Profundidades?

—Sip —respondió Bryce—. Y creo que Aidas te trajo hasta acá como un regalo para mí —Athalar parpadeó pero Bryce continuó—. Di lo que quieras sobre seguir a Tharion hasta acá y tu intención de reclutar a Ruhn, pero no creas ni por un instante que Aidas no estuvo involucrado en que tú estuvieras aquí en el momento exacto que me dijo que aprendiera a usar mis poderes —se cruzó de brazos—. ¿Qué sabes sobre los dones de los astrogénitos?

Cormac no dijo nada. Y Ruhn empezó a hablar, un poco por temor a que Bryce tuviera razón:

—Te dije la otra noche que nuestro primito estaba tan obsesionado con la idea de conseguir la Espadastral que se aprendió todo lo que hay que saber sobre los poderes de los astrogénitos. Es una verdadera biblioteca de información.

Cormac lo vio con expresión molesta. Pero admitió:

—En efecto, dediqué... una buena parte de mi juventud a leer sobre los diversos dones.

Ella empezó a esbozar una sonrisa.

—Príncipe rebelde y lector —Athalar la vio como si hubiera perdido la cabeza—. Haré un trato contigo.

Hunt gruñó para transmitir su objeción pero la mente de Ruhn no paraba de girar. Ésta era la Bryce que conocía, siempre buscando una ventaja.

—¿No estás interesada en ayudar por la bondad de tu corazón, princesa? —preguntó Cormac con expresión burlona.

—Quiero librarme de este matrimonio —dijo Bryce sin titubear y recorrió el borde de la isla de la cocina con la punta del dedo. Ruhn fingió no ver el estremecimiento de Athalar—. Pero sé que si yo le pongo fin a nuestro compromiso demasiado pronto, mi... progenitor sólo enviará a alguien que no esté tan motivado a trabajar conmigo —eso era verdad—. Así que haremos un equipo con Tharion para hallar a Emile. E incluso te ayudaré a encontrar la información que Danika quería que Sofie averiguara. Pero quiero que este compromiso termine cuando yo diga. Y quiero que me enseñes sobre mi magia. Si no, buena suerte. Me aseguraré de indicarle a Pippa y su unidad Ocaso dónde pueden encontrarte.

Hunt sonrió. Ruhn se esforzó por no hacer lo mismo. Tharion solamente colocó los brazos detrás de su cabeza. El único que parecía sorprendido era Ithan. Como si nunca hubiera visto este lado de Bryce.

—Bien —dijo Cormac—. Pero el compromiso sólo terminará cuando concluya mi trabajo con Ophion. Necesito este pretexto para permanecer en Valbara.

Ruhn esperaba que Bryce objetara, pero ella pareció pensarlo.

—Es verdad que necesitamos la excusa para ser vistos juntos —dijo pensativa—. De otra manera, quien sea que sepa lo desagradable que eres se preguntaría por qué demonios yo me rebajaría a pasar tiempo contigo. Sería sospechoso.

Hunt tosió hacia su hombro.

Ruhn dijo:

—¿Yo soy el único que piensa que esto es una locura?

Ithan agregó:

—Yo pienso que todos terminaremos muertos sólo por hablar de esto.

Pero Hunt se frotó la mandíbula, solemne y agotado.

—Necesitamos hablarlo antes de decidir.

Bryce asintió y volvió a rozarle la mano con los dedos.

Ruhn gruñó para indicar que estaba de acuerdo y le dijo a su primo:

—Acabas de soltarnos una tonelada de información encima. Necesitamos procesarla —hizo un ademán de despedida hacia la puerta—. Nos pondremos en contacto.

Cormac no se movió ni un centímetro.

—Necesito su juramento de sangre de que no dirán ni una palabra sobre esto.

Ruhn rio.

—No voy a hacer un juramento de sangre. Puedes confiar en nosotros. ¿Nosotros podemos confiar en ti?

—Si yo puedo confiar en cobardes que eligen pintarse las uñas mientras el resto del mundo sufre, entonces ustedes pueden confiar en mí.

Bryce dijo con ironía:

—Te estás esforzando mucho por ser encantador, Cormac.

—Hagan el juramento de sangre. Y me iré.

—No —dijo Bryce con calma sorprendente—. Tengo cita para una manicura en diez minutos.

Cormac le lanzó una mirada fulminante.

—Necesito su respuesta para mañana. Mientras tanto, estoy dejando mi vida en sus manos —miró a Ruhn—. Si desearas en algún momento oír mi *propuesta*, hoy estaré en el bar de la esquina de Archer y Ward. Tus servicios serían... muy valorados.

Ruhn no dijo nada. El hijo de puta podía pudrirse.

Cormac entrecerró los ojos con diversión helada.

—Tu padre sigue sin enterarse de tus dones de hablar mente a mente, ¿verdad?

—¿Me estás amenazando? —gruñó Ruhn.

Cormac se encogió de hombros y caminó hacia la puerta.

—Ven a verme al bar y te enterarás.

—Idiota —murmuró Ithan.

Cormac se detuvo con la mano en la perilla de la puerta. Inhaló y los músculos poderosos de su espalda se movieron. Cuando volteó a verlos por encima del hombro, la diversión helada y las amenazas ya no estaban ahí.

—Más allá de Sofie, más allá de Emile... Este mundo podría ser mucho más. Este mundo podría ser *libre*. No entiendo por qué podrían no querer eso.

—Es difícil disfrutar de la libertad —le respondió Hunt con tono oscuro— si estás muerto.

Cormac abrió la puerta y salió hacia las sombras arremolinadas.

—No puedo pensar en una mejor razón para entregar mi vida.

17

—¿Alguien más siente como si estuviera a punto de despertar de una pesadilla? —preguntó Ithan y su voz hizo eco en el silencio tenso del departamento.

Bryce revisó la hora en su teléfono. ¿Había pasado menos de una hora desde que venía por la calle con Ruhn entre la multitud que iba al almuerzo? Se frotó la estrella distraídamente. Todavía brillaba un poco. Dijo sin dirigirse a nadie en particular:

—Necesito volver a los archivos.

Ruhn exigió saber:

—Después de todo eso, ¿vas a regresar al *trabajo*?

Pero ella cruzó la habitación y miró a Hunt de una manera que hizo que la siguiera. Siempre la entendía así, no necesitaban los trucos elegantes de diálogo mente a mente de Ruhn para comunicarse.

Se detuvo frente a la puerta de entrada. Ninguna de las sombras de Cormac seguía ahí, ni siquiera un hilo delgado. Ni una brasa. Por un instante, deseó regresar a la serenidad de Lehabah, a la serenidad de la galería y su biblioteca silenciosa.

Pero esas cosas se habían perdido irrevocablemente.

Bryce les dijo a los hombres que la veían, con toda la calma que logró reunir y con expresión neutral:

—Acaban de lanzar una bomba a nuestras vidas. Una bomba que está por estallar. Necesito pensar. Y tengo un empleo al que estoy contractualmente obligada a regresar.

Donde podría cerrar la puerta de la oficina y decidir si quería correr y alejarse lo más posible de esa bomba o enfrentar su ira.

Hunt le puso una mano en el hombro pero no dijo nada. Había saltado frente a una bomba para protegerla hacía unos meses. Usó su cuerpo como escudo para protegerla de un misil de azufre. Pero no había nada que pudiera hacer para protegerla de esto.

Bryce no podía soportar ver la preocupación y el temor que sabía estarían grabados en su rostro. Él sabía en qué se estaban metiendo. El enemigo y las probabilidades que enfrentaban.

Ella miró a Tharion:

—¿Qué quieres hacer, Tharion? No porque la Reina del Río esté decidiendo y moviendo los hilos de titiritera, sino *tú*, ¿qué quieres *tú*?

—Este departamento, para empezar —contestó Tharion, recargandola cabeza contra los cojines. Su pecho musculoso se expandió cuando inhaló profundamente—. Quiero encontrar respuestas. Independientemente de mis órdenes, quiero encontrar la verdad de lo que estoy enfrentando, el enemigo frente a mí y también el que está a mis espaldas. Pero sí me inclino por creerle a Cormac, no mostró ninguna señal de estar mintiendo.

—Créeme —gruñó Ruhn—, es más hábil de lo que piensas.

—Yo tampoco pienso que estuviera mintiendo —admitió Hunt.

Bryce se masajeó el cuello y luego se enderezó.

—¿Hay alguna posibilidad de que la Verdad sobre Atardecer esté relacionada de alguna manera con el escuadrón Ocaso?

Tharion arqueó la ceja:

—¿Por qué?

Hunt entendió hacia dónde iba su pensamiento de inmediato.

—Ocaso. También conocido como Atardecer.

—Y el Proyecto Thurr... dios del trueno... ¿Podría estar relacionado con los pájaros de trueno? —continuó Bryce.

—¿Crees que la información tenga que ver con el escuadrón Ocaso de Pippa? —preguntó Ruhn.

—Parecía ser una información que cambiaría el rumbo de todo —dijo Tharion—. Y Thurr... Podría tener algo que ver con las cosas de los pájaros de trueno. Sofie parecía estar temerosa de la ira de los asteri en su respuesta a Danika... Tal vez era porque temía que se enteraran de que ella tenía el don.

—Son puras hipótesis —dijo Hunt—. Y suposiciones bastante aventuradas. Pero podrían conducirnos a alguna parte. Sofie y Danika ciertamente estaban conscientes de las amenazas que representaban tanto Ocaso como los asteri.

Ithan intervino:

—¿Podemos volver al tema de que el Príncipe de las Profundidades estaba *sentado en mis piernas*?

—Te falta mucho para estar al corriente —le respondió Hunt con una risa macabra—. Alégrate de no haber estado aquí durante su primera invocación.

Bryce le dio un codazo.

—De verdad tengo que regresar al trabajo.

Ruhn preguntó:

—¿No crees que deberíamos ir al Sector de los Huesos a buscar a Emile y Sofie?

Bryce hizo una mueca.

—No iré al Sector de los Huesos a buscar a *nadie* a menos que estemos absolutamente seguros de que están ahí.

—De acuerdo —dijo Tharion—. Es demasiado peligroso para precipitarnos a ir sin un buen motivo. Seguiremos investigando. Tal vez Danika quiso decir otra cosa cuando escribió *almas cansadas*.

Bryce asintió.

—Ninguno de nosotros hablará con nadie más. Creo que todos sabemos bien que nos quemarán vivos si algo de esto llegara a filtrarse.

—Una palabra de Cormac y estamos muertos —dijo Ruhn con seriedad.

—Una palabra de nosotros —replicó Hunt— y *él* está muerto.

Hizo un movimiento con la barbilla hacia Bryce. Ella al fin le devolvió la mirada y sólo encontró en ella una expresión fría y calculadora.

—Ve por una pistola —le dijo Hunt.

Bryce frunció el entrecejo.

—Por supuesto que no —señaló su vestido ajustado—. ¿Dónde la ocultaría?

—Entonces llévate la espada —apuntó hacia el pasillo que conducía a su recámara—. Úsala como si fuera una especie de accesorio. Si alguien puede salirse con la suya con eso, eres tú.

Bryce no pudo evitar voltear a ver a Ithan. Eso la delató por completo.

—¿Nunca devolviste la espada de Danika después del ataque de la primavera? —preguntó el lobo con un tono ligeramente más bajo.

—Sabine puede pelear conmigo si la quiere —respondió Bryce e ignoró las órdenes de Hunt de ir por la espada. Giró la perilla de la puerta—. Tomémonos el día. Acordemos no hacer nada que vaya a joder a los demás, recemos para que Cormac no sea un mentiroso de mierda y reunámonos aquí otra vez mañana en la noche.

—Hecho —dijo Tharion.

Bryce salió al pasillo. Hunt iba detrás de ella. Alcanzaron a oír a Ithan suspirar a sus espaldas.

—Este día no ha sido lo que yo esperaba —le murmuró a Tharion antes de volver a subir el volumen de la televisión.

Lo mismo digo, pensó Bryce y cerró la puerta.

La cabeza de Hunt no paró de dar vueltas mientras bajaba con Bryce por el elevador hacia el vestíbulo del edificio. Había vivido unos cuantos meses de gloriosa libertad sólo para terminar de nuevo en la cúspide de otra rebelión.

La misma guerra, había dicho Aidas. Sólo que con otro nombre, con otro ejército. Hunt tenía las manos empapadas de sudor. Había visto el resultado de esta guerra. Había sufrido al pagar el precio durante siglos.

Le dijo a Bryce, sin poder evitar el temblor que ahora le recorría todo el cuerpo, la sensación de que las paredes del elevador se cerraban:

—No sé qué hacer.

Ella se recargó contra el barandal.

—Yo tampoco.

Esperaron hasta estar en la calle y hablaron en voz baja cuando Hunt retomó la conversación. Las palabras le brotaron sin parar de la boca.

—Esto no es algo a lo que podamos meternos sólo porque sí —ni siquiera podía respirar bien—. He visto mecatrajes arruinados, a sus pilotos humanos colgados de la cabina con los órganos de fuera. He visto lobos tan fuertes como Ithan ser partidos en dos. He visto ángeles decimar campos de batalla sin siquiera poner un pie en el suelo —se estremeció al imaginarse a Bryce en medio de todo eso—. Yo... carajo.

Ella lo tomó del brazo y él se acercó hacia su calidez porque, a pesar del clima tan caluroso, sentía frío.

—Esto suena más a... espionaje, no tanto a pelear en una batalla o lo que sea.

—Preferiría morir en el campo de batalla que en uno de los cuartos de interrogatorios de la Cierva —dijo Hunt. *Preferiría que tú murieras en el campo de batalla que en sus manos.* Tragó saliva—. Sofie corrió con suerte de que la Cierva la echara al mar nada más.

Se detuvo en un callejón y jaló a Bryce hacia las sombras.

Se permitió verla a la cara: la palidez hacía que las pecas contrastaran mucho, tenía los ojos muy abiertos. Estaba asustada. El olor le llegó un instante después.

—Nunca se nos iba a permitir vivir como gente normal —exhaló Bryce y Hunt le pasó la mano por el cabello, saboreando los mechones sedosos—. Siempre supimos que los problemas nos encontrarían.

Él sabía que ella tenía razón. No eran el tipo de personas que podían vivir vidas ordinarias. Hunt se esforzó para controlar el temblor de sus huesos, el rugido de su mente.

Ella levantó una mano y su palma cálida le cubrió la mejilla. Él se recargó contra su mano y trató de contener su ronroneo al sentir el pulgar de Bryce acariciarle el pómulo.

—¿En realidad no crees que Cormac nos está conduciendo a una trampa con su afirmación de que Sofie tenía alguna especie de información vital... que la carnada sea que Danika estaba involucrada de alguna manera?

—Es posible —admitió Hunt—. Pero claramente existía una conexión entre Danika y Sofie, los correos lo demuestran. Y Cormac pareció auténticamente sorprendido al enterarse de que Sofie podría estar viva. Creo que pensaba que la información sobre los asteri había muerto con Sofie. No lo culparía por preguntarse si eso podría volver a entrar en juego.

—¿Crees que exista la posibilidad de que Sofie se la haya comunicado a Emile antes de que se separaran?

Hunt se encogió de hombros.

—Estuvieron juntos en Kavalla. Tal vez podría haber encontrado una oportunidad para decirle. Y si él no tiene la información y Sofie sigue viva, él podría saber hacia dónde se dirige Sofie. Eso hace muy valioso a Emile. Para todos.

Bryce empezó a contar con los dedos.

—Entonces tenemos a Ophion, Tharion y Cormac que lo quieren encontrar.

—Si tú también lo quieres encontrar, Bryce, entonces tenemos que proceder con mucha cautela. Considerar si realmente queremos involucrarnos.

Ella torció la boca hacia un lado.

—Si existe la posibilidad de que descubramos lo que Sofie sabía, lo que Danika adivinó, independientemente de Cormac, de esta mierda con esa tal Pippa y lo que sea que busque la Reina del Río, creo que la información vale la pena el riesgo.

—¿Pero por qué? ¿Para poder evitar que los asteri nos estén fastidiando con el asunto de Micah y Sandriel?

—Sí. Cuando me reuní con Fury esta mañana, mencionó que Danika sabía algo peligroso sobre ella, así que Fury averiguó algo sobre Danika también —Hunt no alcanzó a preguntar exactamente a qué se refería antes de que Bryce volviera a hablar—. ¿Por qué no aplicar el mismo razonamiento a esto? Los asteri saben algo peligroso sobre mí. Sobre ti —que habían matado a dos arcángeles—. Yo sólo quiero emparejar un poco el terreno de juego —Hunt podría haber jurado que su expresión era igual a una que le había visto al Rey del Otoño. Bryce continuó—: Así que podemos averiguar algo vital sobre *ellos*. Daremos los pasos necesarios para asegurarnos de que si se meten con nosotros, esa información se filtrará al resto del mundo.

—Ése es un juego verdaderamente letal, Bryce. No estoy seguro de que los asteri quieran jugarlo.

—Lo sé. Pero más allá de eso, Danika consideró que esta información podría ser lo suficientemente importante para enviar a Sofie por ella, enviarla a arriesgar su vida por ella. Si Sofie está muerta, entonces alguien más debe asegurar esa información.

—No es tu responsabilidad, Bryce.

—Lo es.

Hunt no iba a meterse en eso. Todavía no.

—¿Y qué hay del niño?

—Lo encontraremos también. No me importa un carajo si es poderoso, es un niño y está involucrado en un verdadero desastre.

La mirada de Bryce se suavizó y le ablandó el corazón a Hunt. ¿A Shahar le habría importado el niño? Sólo de la manera en que le interesaba a Ophion y la Reina del Río: como arma. Bryce preguntó entonces, con la cabeza ladeada:

—¿Y qué hay de lo que dijo Cormac sobre liberar al mundo de los asteri? ¿Eso no tiene relevancia, en tu opinión?

—Por supuesto que sí —respondió Hunt y la abrazó por la cintura para acercarla más a él—. Un mundo sin ellos, sin los arcángeles y las jerarquías... Me gustaría ver ese mundo algún día. Pero... —se le secó la garganta—. Pero no quiero vivir en ese mundo si el riesgo de crearlo implica... —*sácalo ya*—. Si implica que *nosotros* no lleguemos a vivir en ese mundo.

Los ojos de Bryce volvieron a suavizarse y le acarició de nuevo la mejilla con el pulgar.

—Opino lo mismo, Athalar.

Él ahogó una risa e inclinó la cabeza, pero ella le levantó la barbilla con la otra mano. Él le apretó la cintura con los dedos.

Los ojos color whisky de Bryce brillaron en la penumbra del callejón.

—Bueno, ya que estamos metiéndonos en un mierdero altamente peligroso, tal vez sea un buen momento para admitir que no quiero esperar hasta el Solsticio de Invierno.

—¿Para qué? —carajo, su voz se había hecho una octava más grave.

—Esto —murmuró ella y se puso de puntitas para besarlo.

Él se agachó hacia ella, incapaz de contener su gemido al acercarla. Sus labios encontraron los de Bryce al mismo tiempo que sus cuerpos se tocaron. Podría haber jurado que el puto mundo daba un vuelco bajo sus pies al probar su sabor...

La cabeza se le llenó de fuego y relámpagos y tormentas y lo único en lo que podía pensar era en su boca, su cuerpo cálido y sensual, la sensación adolorida de su pene que se presionaba contra sus pantalones, que se presionó contra *ella* cuando le puso los brazos alrededor del cuello.

Iba a correr a ese lobo del departamento de inmediato.

Hunt giró y la recargó contra la pared. Ella abrió más la boca con una inhalación ahogada. Él metió su lengua para saborear la miel especiada que era Bryce pura. Ella le envolvió una pierna en la cintura y Hunt aceptó la invitación. Levantó más su muslo y se presionó contra ella hasta que ambos estaban frotándose uno contra la otra.

Si alguien caminaba por el callejón sin duda los vería. Pasaban a su alrededor todos los empleados que iban de regreso a las oficinas después del almuerzo. Lo único que tendrían que hacer sería asomarse al callejón, a las sombras polvosas. *Una* fotografía y todo esto...

Hunt se detuvo.

Una fotografía y su compromiso con Cormac se cancelaría. Junto con el trato que Bryce había acordado con él.

Bryce, jadeando con fuerza, preguntó:

—¿Qué pasa?

—Es que, eh... —las palabras le parecían un concepto desconocido. Todo pensamiento se le había ido a la entrepierna. A la entrepierna de *ella*.

Tragó saliva y luego retrocedió suavemente, intentando controlar su respiración entrecortada.

—Estás comprometida para casarte. Técnicamente. Tienes que mantener las apariencias por el trato que hiciste con Cormac, al menos en público.

Ella se acomodó el vestido y... mierda. ¿El sostén de encaje lila se asomaba bajo su escote? ¿Por qué carajos Hunt no había explorado eso? Bryce se asomó hacia el callejón. Tenía los labios hinchados por sus besos. Una parte salvaje de él aulló satisfecha de saber que *él* había provocado eso, que *él* le había provocado el enrojecimiento de las mejillas y el profundo olor envinado de su excitación. Ella era *suya*.

Y él era de ella. De su absoluta puta propiedad.

—¿Estás sugiriendo que encontremos un motel de mala muerte? —preguntó ella con una sonrisa. El pene de Hunt empezó a pulsar al verla, como si le estuviera suplicando que esa boca lo tomara.

Dejó escapar un sonido ahogado.

—Lo que estoy sugiriendo —carajo, *¿qué* estaba sugiriendo?— No sé —dijo con una exhalación profunda—. ¿Estás segura de que quieres hacer esto ahora? —los señaló a ambos—. Sé que las emociones están a flor de piel después de lo que nos acabamos de enterar. Es que... —no pudo verla—. Lo que tú quieras, Quinlan. Eso es lo que quiero decir.

Ella se quedó un momento en silencio. Luego le acarició el pecho y su mano aterrizó sobre su corazón.

—¿Tú qué quieres? ¿Por qué sólo lo que yo quiera?

—Porque tú sugeriste que esperáramos hasta el solsticio.

—¿Y?

—Y yo quiero asegurarme de que estés completamente segura de querer terminar con nuestro... acuerdo.

—Está bien. Pero también quiero saber qué quieres *tú*, Hunt.

Hunt concentró su mirada en esos ojos dorados.

—Tú sabes lo que yo quiero —no pudo evitar que su voz se hiciera más grave de nuevo—. Nunca he dejado de desearlo, de desearte a ti. Pensé que eso era obvio.

Ella sentía que su corazón latía sin control. Él podía escucharlo. Miró hacia su busto amplio y alcanzó a ver un ligero brillo.

—Tu estrella...

—Ni siquiera la menciones —dijo ella con un ademán hacia la cicatriz—. Sigamos hablando sobre cuánto me deseas —le guiñó.

Hunt la abrazó por los hombros y la condujo de regreso hacia la calle llena de gente. Le susurró al oído.

—¿Por qué no mejor te lo demuestro más tarde?

Ella rio y el brillo de su estrella se desvaneció bajo la luz del sol cuando emergieron a las calles ardientes y se volvió a poner los lentes oscuros y la gorra.

—Eso es lo que quiero, Hunt. Eso es *definitivamente* lo que quiero.

18

Ithan se frotó la cara. El día se había puesto... complicado.

—Parece que necesitas un trago —dijo Tharion y caminó hacia la puerta del departamento. Ruhn se había marchado hacía unos momentos. Ithan supuso que se quedaría sentado unas cuantas horas para contemplar el gran cochinero en el que había aterrizado de alguna manera. En el que Bryce parecía decidida a involucrarse.

—¿Cuánto tiempo llevan haciendo esta mierda?

—Sí sabes lo que pasó durante la Cumbre, ¿no?

—Los demonios arrasaron con la ciudad, mataron a mucha gente. Dos arcángeles murieron. Eso lo sabe todo el mundo.

Tharion arqueó las cejas.

—¿Supiste cómo murieron Micah y Sandriel?

Ithan parpadeó y se preparó para lo que escucharía.

Tharion dijo con una expresión absolutamente seria:

—Te voy a decir esto después de recibir una llamada personal de Rigelus hace tres meses en la que me dijo que mantuviera la boca cerrada o me mataría a mí y a mis padres. Pero como todo lo que estoy haciendo estos días me indica que eso sucederá de todas maneras, de una vez sería bueno que tú también supieras la verdad. Ya que probablemente vas a terminar muerto con nosotros.

—Fantástico —dijo Ithan y deseó que Perry lo hubiera dejado en cualquier otro departamento menos éste.

Tharion dijo:

—Hunt le arrancó la cabeza de los hombros a Sandriel después de que la arcángel amenazó a Bryce.

Ithan se sobresaltó. Sabía que Athalar era intenso como pocos, pero matar a una arcángel...

—Y Bryce asesinó a Micah después de que se regodeó de haber matado a Danika y la Jauría de Diablos.

Ithan sintió que el cuerpo se le entumecía.

—Yo... —no podía respirar—. Micah... ¿qué?

Para cuando Tharion terminó de explicarle, Ithan estaba temblando.

—¿Por qué no me dijo?

El lobo sin jauría que tenía dentro estaba aullando de rabia y de dolor.

Carajo, Sabine no tenía idea de que Micah había matado a su hija. O... un momento. Sabine *sí* sabía. Sabine y Amelie habían estado en la Cumbre, junto con el Premier. Habían sido testigos de las transmisiones de lo que Tharion acababa de describir.

Y... no le dijeron. Al resto de la Madriguera era entendible pero Connor era su hermano. La sangre le hervía con la necesidad de transformarse, de aullar y rugir, le temblaba a lo largo de los huesos. Se contuvo.

Tharion continuó, sin advertir al animal que intentaba abrirse paso a rasguños.

—Los asteri le dejaron muy claro a Bryce y Athalar: una palabra a cualquiera y morirían. La única razón por la cual no están muertos todavía es porque se portaron bien en el verano.

Las garras aparecieron en las puntas de los dedos de Ithan. Tharion se dio cuenta.

A través de los colmillos que empezaban a crecerle, Ithan gruñó:

—Micah mató a mi hermano. Y Bryce mató a Micah por eso.

No podía comprenderlo... que Bryce, *antes* del Descenso, hubiera destruido a un arcángel.

No tenía sentido.

Él había tenido la audacia, la ignorancia, de cuestionar su amor por Danika y Connor. Las garras y los colmillos empezaron a retraerse. El lobo en su interior dejó de bramar.

Ithan se frotó la cara de nuevo y sintió la vergüenza como un río aceitoso que recorría su cuerpo y ahogaba a ese lobo bajo su piel.

—Necesito tiempo para procesar esto.

El lobo que solía ser habría corrido al campo de solbol para practicar hasta quedar convertido solamente en aliento y sudor. Los pensamientos se acomodaban solos. Pero no había puesto un pie en uno de esos campos en dos años. No empezaría ahora.

Tharion volvió a dirigirse hacia la puerta.

—Estoy seguro de que lo necesitas pero te daré un consejo: no tardes demasiado. Los caminos de Urd son insondables y no creo que haya sido una coincidencia que hayas sido traído aquí justo cuando empezó toda esta mierda.

—Entonces, ¿se supone que debería seguirles la corriente porque tienes la corazonada de que el destino me puso aquí?

—Tal vez —respondió el mer. Levantó sus hombros poderosos, esculpidos tras una vida entera de nadar—. Pero cuando te canses de quedarte en ese sofá autocompadeciéndote, ven a buscarme. Me serviría el sentido del olfato de un lobo.

—¿Para qué?

El rostro de Tharion se puso serio.

—Necesito encontrar a Emile antes que Pippa Spetsos. O Cormac.

Con eso, el mer se fue. Por un rato, Ithan permaneció sentado en silencio.

¿Connor sabría algo sobre el involucramiento de Danika con Sofie Renast? ¿O Sabine? Lo dudaba, pero... Al menos Bryce estaba tan poco enterada de este tema como él.

Bryce, quien había usado la espada de Danika durante el ataque en esta ciudad y se la había quedado desde entonces. Ithan miró hacia la puerta.

Se movió antes de poder pensar dos veces qué tan sabio o moral sería hacerlo, y fue directo al armario. Paraguas, cajas de porquerías... nada. El armario de blancos y el armario de la lavandería tampoco tenían nada.

Lo cual dejaba... Hizo un gesto de remordimiento al entrar a la recámara.

No sabía cómo no la había visto la otra noche. Bueno, le habían dado una golpiza del Averno, así que eso era suficiente excusa, pero... la espada estaba recargada contra la silla al lado de su vestidor, como si la hubiera dejado ahí de decoración.

A Ithan se le secó la boca, pero se acercó a la antigua espada, que el Premier le había regalado a Danika en un acto que desató la furia de Sabine, quien llevaba mucho tiempo esperando heredar el arma de la familia.

Todavía podía escuchar las palabras furiosas de Sabine en las semanas posteriores a la muerte de Danika, intentando encontrar dónde había dejado la espada. Prácticamente destrozó el departamento en la búsqueda. Ithan pensó que se había perdido hasta que vio a Bryce blandiéndola en la primavera.

Con el aliento apretado en el pecho, Ithan levantó el arma. Era ligera pero estaba perfectamente equilibrada. La desenfundó. El metal brillaba en la luz tenue.

Carajo, era hermosa. Sencilla pero de manufactura impecable.

Exhaló largamente para ahuyentar las telarañas restantes de sus recuerdos: Danika, que llevaba la espada a todas partes, que la usaba cuando entrenaba. La espada de alguna manera validaba el hecho de que, aunque Sabine fuera de lo peor, con Danika tenían un futuro brillante, con Danika, los lobos serían *más*...

No pudo evitarlo. Adoptó una postura defensiva y ondeó la espada.

Sí, era perfecta. Un arma notable y de fabricación exquisita.

Ithan giró, fintó y luego atacó a un oponente invisible. Sabine se pondría como loca si se enterara de que estaba jugando con la espada. Daba igual.

Ithan volvió a atacar hacia las sombras y se estremeció al escuchar el hermoso canto de la espada que cortaba el aire. Y... qué demonios: había tenido una puta mañana muy rara. Necesitaba eliminar la tensión.

Empezó a hacer ataques y defensas, saltos y giros. Ithan luchó contra un enemigo invisible.

Tal vez había enloquecido. Tal vez esto era lo que le sucedía a los lobos sin jauría.

La espada era una extensión de su brazo, pensó. Se deslizó sobre la mesa de vidrio del comedor, luchaba con dos, tres, diez enemigos...

Holstrom bloquea; Holstrom avanza...

Ithan se movió por todo el departamento, saltó sobre la mesa de centro frente al sofá. La madera crujió bajo su peso. La narración en su mente era fuerte y precisa.

¡Holstrom propina el golpe mortal!

Ondeó la espada en un arco triunfal.

Se abrió la puerta del departamento.

Bryce se quedó viéndolo. Él seguía parado sobre la mesa de centro con la espada de Danika.

—Se me olvidó mi identificación para el trabajo... —empezó a decir Bryce con las cejas tan arqueadas que casi parecía que le iban a tocar la línea de crecimiento del cabello. Ithan le rezó a Solas para pedirle que le permitiera derretirse en el suelo y que su sangre se evaporara.

Por lo visto, el dios del sol estaba escuchando. La mesa de centro crujió con más fuerza. Luego se rompió en dos.

Y se desplomó bajo sus pies.

Ithan podría haberse quedado ahí tirado, con la esperanza de que algún segador viniera a succionarle el alma del cuerpo, de no ser porque Bryce se apresuró a su lado. No, no se acercaba a él, y no iba a ayudarlo a levantarse. Sino a investigar algo que quedaba justo detrás de su línea de visión.

—¿Qué demonios es esto? —preguntó ella y se arrodilló.

Ithan logró moverse de entre los restos de la mesa y alzó la cabeza para ver a Bryce, que estaba agachada frente a un montón de papeles.

—¿La mesa tenía un cajón? —preguntó Ithan.

—No. Debe haber tenido un compartimento secreto —Bryce quitó algunas astillas de madera de las páginas en el piso—. Esta mesa ya estaba aquí cuando me mudé. Todos los muebles eran de Danika —levantó la vista hacia Ithan—. ¿Por qué ocultaría sus viejos apuntes de la universidad aquí?

Ruhn sostuvo la Espadastral contra la piedra de afilar. Unas chispas negras e iridiscentes salieron volando del borde de la espada. Detrás de él en la armería vacía del Aux, Flynn y Declan estaban limpiando su colección de pistolas en una mesa de trabajo.

Había planeado reunirse con ellos esta tarde. Había planeado afilar la espada, limpiar e inspeccionar sus pistolas y luego terminar el día con una reunión de Líderes de la Ciudad para discutir sobre la nueva arcángel.

Un día normal, en otras palabras. Excepto por el colosal y mortífero mierdero que acababa de suceder. Por extraño que fuera, el menor de sus problemas era el Príncipe de las Profundidades.

—Ya escúpelo —dijo Flynn sin levantar la vista de su pistola.

—¿Qué? —preguntó Ruhn y apartó la espada de la piedra.

Declan respondió:

—Lo que sea que te ha tenido ahí parado en silencio durante diez minutos. Ni siquiera te has quejado de la horrenda música de Flynn.

—Idiota —le dijo Flynn a Dec y movió la cabeza hacia su teléfono de donde salía heavy metal a todo volumen—. Esta música es poesía.

—Han hecho estudios donde las plantas se marchitan y mueren cuando las expones a esta música —lo contradijo

Declan—. Y así precisamente es como me siento en este momento.

Flynn rio pero volteó a ver a Ruhn.

—Creo que estás rumiando sobre alguna de las siguientes tres cosas: papi horrible, hermanita menor o prometida bonita.

—Ninguna de las anteriores, imbécil —le respondió Ruhn y se dejó caer en la silla al otro lado de la mesa donde ellos trabajaban. Miró en dirección a las puertas, con el oído atento. Cuando estuvo seguro de que no había nadie en el pasillo al otro lado, dijo:

—Mi hora del almuerzo empezó con un encuentro con el Príncipe de las Profundidades en forma felina en el departamento de Bryce, donde nos reveló que Cormac es un rebelde de Ophion y terminó cuando Cormac nos informó que estaba buscando a un niño perdido y a su hermana espía. Que además es la novia de Cormac. Y él básicamente amenazó con decirle a mi padre sobre mis poderes de hablar con la mente si no me reúno con él en un bar para que me trate de convencer de cómo puedo ser útil para Ophion.

Los dos amigos se quedaron con la boca abierta. Declan dijo con cuidado:

—¿Todos siguen... vivos?

—Sí —respondió Ruhn con un suspiro—. Me hicieron jurar que guardaría el secreto, pero...

—Mientras no hayas hecho un juramento de sangre, ¿qué más da? —dijo Flynn. La pistola ya había quedado olvidada sobre la mesa.

—Créeme, Cormac lo intentó. Me negué.

—Bien —dijo Dec—. Cuéntanos todo.

Ellos eran las únicas dos personas en el mundo a quienes Ruhn les confiaría esta información. Bryce, y Hunt, lo molerían a patadas por abrir la boca, pero podían irse al carajo. Ellos se tenían una al otro para desahogarse. Así que Ruhn explicó.

—Y... ya están al tanto —terminó de decir mientras jugaba con el piercing de su labio.

Flynn se frotó las manos.

—Esto se va a poner emocionante.

Lo decía completamente en serio. Ruhn no podía creerlo.

Pero Declan tenía la mirada pensativa cuando le dijo:

—Una vez hackeé la base de datos militar imperial y vi material en video sin censura de los campos de batalla y campos de concentración.

Incluso la sonrisa de Flynn desapareció. Declan continuó hablando. Su cabello rojizo brillaba bajo la luzprístina.

—Me dio náuseas. Soñé con eso durante semanas.

—¿Por qué no nos dijiste nada? —preguntó Ruhn.

—Porque no podíamos hacer nada al respecto. Al menos así parecía —dijo Declan y asintió como para sí mismo—. Lo que necesites, cuenta conmigo.

—¿Así de fácil, eh? —preguntó Ruhn con las cejas arqueadas.

—Así de fácil —respondió Dec.

Ruhn tuvo que tomarse un momento. No tenía idea de con qué dioses había quedado bien para que le hubieran concedido la bendición de estos amigos. Eran más que amigos. Eran sus hermanos. Finalmente, Ruhn dijo con voz ronca:

—Si nos descubren, estamos muertos. Y nuestras familias —miró a Dec—. Y Marc.

—Créeme, Marc sería el primero en decir que sí a esto. Odia a los asteri —contestó Dec pero su sonrisa se atenuó—. Pero... sí, creo que sería más seguro si no se enterara —miró a Flynn con el ceño fruncido—. ¿Tú puedes mantener el secreto?

Flynn dejó escapar un sonido de indignación.

—Hablas cuando estás borracho —agregó Ruhn. Pero sabía que Flynn era una bóveda de acero cuando quería serlo.

La voz de Declan se hizo más grave en una ridícula burla de Flynn y dijo:

—Oh, sexy escritora ninfa, mira tus bubis, son tan redondas, me recuerdan esas bombas que el Aux está ocultando en su armería en caso de...

—¡Eso *no* fue lo que sucedió, con un carajo! —siseó Flynn—. Para empezar, ella era reportera...

—Y fue hace veinte años —lo interrumpió Ruhn antes de que pudiera empezar a desatinar y adentrarse más en su locura—. Creo que aprendiste tu lección.

Flynn los miró con furia.

—¿Entonces ahora qué? ¿Vas a ir a reunirte con Cormac y escuchar su propuesta?

Ruhn exhaló y empezó a limpiar su espada de verdad. Bryce iba a ponerse como loca.

—No veo otra alternativa.

19

—¿Qué putas *es* esto? —susurró Bryce al arrodillarse entre los restos arruinados de su mesa de centro para hojear el montón de papeles que aparentemente habían estado ocultos dentro.

—No son sólo los papeles de la universidad —dijo Ithan y extendió las páginas a su lado—. Éstos son documentos e imágenes de notas periodísticas —los miró con atención—. Todos parecen estar relacionados con los usos de la luzprístina, principalmente cómo se puede convertir en armamento.

A Bryce le temblaban las manos. Miró algunos de los artículos académicos, todos llenos de partes censuradas, que teorizaban sobre el origen de los mundos y qué *eran* siquiera los asteri.

—Nunca mencionó nada de esto —dijo Bryce.

—¿Crees que esto haya sido lo que descubrió Sofie Renast? —preguntó él—. Tal vez Danika averiguó algo sobre los asteri con sus... —titubeó un momento—. ¿Dones?

Bryce levantó la vista hacia él, hacia el rostro que él mantenía cautelosamente neutral intentando recuperarse de su tropiezo.

—¿Tú sabías sobre sus dones de sabueso de sangre?

Ithan se reacomodó sobre sus rodillas.

—Nunca se tocaba el tema, pero... sí. Connor y yo sabíamos.

Bryce empezó a ver otra hoja y se guardó el fragmento de información.

—Bueno, ¿por qué importaría siquiera que Danika hubiera averiguado algo sobre los asteri? Son estrellas sagradas.

Seres que poseían dentro de sí la fuerza de toda una estrella, que no envejecían y no morían.

Pero con cada artículo que revisaba Bryce, mientras Ithan hacía lo mismo a su lado, empezó a ver que la información parecía refutar ese hecho. Se obligó a seguir respirando con regularidad y calma. Danika había estudiado Historia en UCM. Nada de esto salía de lo ordinario... excepto que estuviera oculto. Aquí.

Lo único que tenemos de prueba sobre su supuesto poder sagrado es su palabra, leyó Bryce. *¿Quién ha visto alguna vez a una de esas estrellas manifestarse? Si son estrellas de los cielos, entonces son estrellas caídas.*

Bryce sintió que un escalofrío le recorría la espalda y se llevó una mano al pecho. Ella tenía una estrella en su interior. Bueno, luzastral que se manifestaba como algo en forma de estrella, pero... ¿Cuál era entonces el poder de los asteri? El sol era una estrella... ¿tenían el poder de un sol verdadero?

De ser así, esta rebelión estaba perdida. Tal vez Danika se había preguntado sobre eso y quería que Sofie de alguna manera lo verificara. Tal vez sobre eso era la información, lo que Danika había sospechado y temido y que sólo necesitaba confirmar oficialmente: que no había forma de ganar. Nunca.

Deseó que Hunt estuviera con ellos, pero no se atrevió a llamarlo para contarle esta información. Aunque después de lo ocurrido entre ellos en el callejón a la hora del almuerzo, tal vez sería mejor que no estuvieran encerrados juntos. No confiaba en sí misma para no tocarlo.

Porque, *malditos fueran los dioses.* Ese beso. No lo había pensado dos veces, no había titubeado. Sólo había visto a Hunt, ese exterior usualmente inamovible que se estaba desvaneciendo y... necesitó besarlo.

El problema era que ahora necesitaba más. Desafortunadamente, Ithan se estaba quedando en su casa y el tipo de sexo que planeaba tener con Hunt sacudiría las paredes.

Pero... Urd debía haberla enviado de regreso al departamento ahora. Por esto. Exhaló. Acarició las hojas de papel. Las últimas páginas del montón hicieron que Bryce contuviera la respiración.

—¿Qué pasa? —preguntó Ithan.

Bryce negó con la cabeza y se hizo un poco a un lado para leerlo de nuevo.

La Verdad sobre Atardecer.

El mismo proyecto que se mencionaba en los correos entre Sofie y Danika. Que Danika había dicho que serían de interés para Sofie. ¿Danika había estado investigando esto desde la *universidad*? Bryce inhaló y pasó a la siguiente página.

Estaba completamente en blanco. Como si Danika nunca hubiera llegado a escribir ninguna nota sobre ese tema.

—La Verdad sobre Atardecer es una de las cosas que Danika le mencionó a Sofie —dijo Bryce en voz baja—. La Verdad sobre Atardecer y el Proyecto Thurr.

—¿Qué es?

Bryce sacudió la cabeza de nuevo.

—No lo sé. Pero tiene que haber una conexión entre todo esto.

Lanzó el documento de la Verdad sobre Atardecer de regreso al montón.

Ithan preguntó:

—Entonces, ¿ahora qué?

Ella suspiró.

—Tengo que regresar a trabajar.

En respuesta, él arqueó la ceja.

—Trabajo, ¿te acuerdas? —se puso de pie—. Tal vez, eh... ¿podrías buscar un lugar donde ocultar esto? Y no te pongas a jugar otra vez al Héroe Guerrero. Me gustaba esa mesa de centro.

Ithan se sonrojó.

—No estaba jugando al Héroe Guerrero —murmuró.

Bryce rio y tomó su identificación para el trabajo de donde la había dejado colgada junto a la puerta, pero luego se volvió a poner seria.

—Te veías bien usando esa espada, Ithan.

—Sólo estaba jugando —su tono era tenso, así que ella ya no dijo nada más antes de irse.

Ruhn se reunió con Cormac en un billar de CiRo. Su primo estaba perdiendo contra un sátiro. Una vieja canción de rock sonaba desde la rocola al otro lado del recinto de concreto.

Sin levantar la vista de su tiro, Cormac dijo:

—Nunca le diría a tu padre, por cierto.

—Y sin embargo, heme aquí —dijo Ruhn. El sátiro echó un vistazo a la cara de Ruhn y prefirió marcharse—. Parece ser que tu amenaza funcionó.

—Cuando la necesidad es apremiante... —murmuró Cormac.

Ruhn tomó el taco que el sátiro había dejado y analizó la mesa. Notó de inmediato cuál iba a ser el siguiente tiro del sátiro y sonrió.

—Ese tipo probablemente iba a partirte la madre.

Cormac volvió a considerar su jugada.

—Estaba dejándolo ganar. Es el comportamiento digno de un príncipe.

Se escuchó el choque de las bolas y Ruhn rio cuando se dispersaron por la mesa. Ninguna encontró su buchaca.

—Sí, claro —respondió Ruhn y acomodó la bola blanca. Dos bolas llegaron a sus buchacas con un *plínc* muy satisfactorio.

Cormac maldijo en voz baja.

—Tengo la sensación de que estamos más en tu elemento que en el mío.

—Me declaro culpable.

—Tienes el aspecto de alguien que pasa mucho tiempo en este tipo de lugares.

—¿En vez de hacer qué?

—Cosas.

—Soy líder del Aux. No estoy todo el día perdiendo el tiempo en antros como éste —dijo Ruhn con una mirada deliberada alrededor del bar donde había encontrado a su primo.

—Esa fiesta que organizaste parecería indicar lo contrario.

—Nos gusta divertirnos aquí en el soleado Lunathion.

Cormac rio con un resoplido.

—Eso veo —miró a Ruhn meter otra bola y luego fallar su segundo tiro por un par de centímetros—. Tienes más piercings que la última vez que te vi. Y más tatuajes. Las cosas por acá deben ser aburridas si te da tiempo de hacer todo eso.

—Está bien —respondió Ruhn recargándose en su taco—. Tú eres el héroe meditabundo y yo soy el vago cabrón. ¿En serio así es como quieres empezar tu labor de convencimiento?

Cormac hizo su jugada y una de las bolas al fin logró entrar a la buchaca. Pero falló su segundo tiro y dejó el ángulo que Ruhn necesitaba completamente abierto.

—Sólo escúchame, primo. Es todo lo que pido.

—Está bien —Ruhn tiró—. Te escucho —dijo con voz apenas más alta que un susurro.

Cormac se apoyó en su taco y miró el bar vacío a su alrededor antes de empezar a hablar.

—Sofie estaba en contacto con nuestra espía más vital en la rebelión: la agente Daybright.

Ruhn sintió una oleada de malestar. En verdad no quería saber nada de esto.

Cormac continuó:

—Daybright tiene acceso directo a los asteri. Ophion se ha preguntado desde hace mucho tiempo si Daybright será uno de los asteri. Daybright y Sofie intercambiaban mensajes en código a través de radios que funcionan con cristales. Pero con la... desaparición de Sofie, se ha vuelto demasiado peligroso seguir utilizando los viejos métodos de comunicación. El hecho de que la Cierva pudiera llegar tan rápido aquella noche indica que alguien podría haber interceptado los mensajes y descifrado nuestro código. Necesitamos alguien que pueda comunicarse de mente a mente para que entre en contacto directo con la agente Daybright.

—¿Y por qué carajos creen que yo estaría de acuerdo en trabajar con ustedes?

Aparte de la amenaza de Cormac de contarle a su padre sobre sus talentos.

La capacidad de hablar mente a mente era un don poco común entre las hadas de Avallen. Ruhn lo había heredado de la familia de su madre y siempre había sido algo natural para él. Lo había usado por primera vez cuando tenía cuatro años para pedirle un sándwich a su mamá. Ella gritó cuando lo escuchó en su mente y, en ese momento, él supo que el don era algo que debía mantener oculto, en secreto. Cuando ella se frotó la cabeza y obviamente se estaba preguntando si habría sido su imaginación, él guardó silencio. Y se aseguró de que ella no tuviera motivos para comentar el incidente con su padre quien, incluso entonces, lo hubiera interrogado, examinado y nunca lo hubiera dejado en paz. Ruhn no había vuelto a cometer ese error.

No le permitiría a su padre que controlara también esa parte de él. E incluso si Cormac había jurado que no lo revelaría... sería estúpido creerle a su primo.

—Porque es lo correcto —dijo Cormac—. He visto esos campos de concentración. He visto lo que queda de la gente que sobrevive. Los niños que sobreviven. No se puede permitir que continúe.

Ruhn dijo:

—Los campos de concentración no son nada nuevo. ¿Por qué actuar ahora?

—Porque Daybright llegó y empezó a darnos información vital que ha conducido a ataques exitosos en las cadenas de abastecimiento, misiones, campamentos. Ahora que tenemos a alguien en los niveles más altos del gobierno de los asteri, eso cambia todo. La información que Daybright te transmitiría podría salvar miles de vidas.

—Y también costar miles de vidas —dijo Ruhn con tono pesimista—. ¿Le hablaste al Comando sobre mí?

—No —respondió Cormac con sinceridad—. Sólo mencioné que tenía un contacto en Lunathion que podría resultar útil para restablecer nuestra conexión con Daybright y me enviaron para acá.

Ruhn no podía culparlo por intentar. Aunque no podía leer los pensamientos o invadir la mente de alguien sorpresivamente como podían hacer algunos de sus primos, había aprendido que podía hablarles a las personas con una especie de puente psíquico, como si su mente lo tendiera, ladrillo por ladrillo, entre dos almas. Era perfecto para una red de espionaje.

Pero Ruhn preguntó:

—¿Y fue una casualidad que coincidiera con la llegada de Emile aquí?

Cormac esbozó una sonrisa ligera.

—Dos pájaros de un tiro. Yo necesitaba un pretexto para estar aquí, para ocultar que lo estaba buscando. Venir a solicitar que nos ayudaras con tus dones me dio ese pretexto para Ophion. Al igual que el compromiso con tu hermana.

Ruhn frunció el ceño.

—¿Entonces me estás pidiendo que qué... que te ayude una vez? ¿O por el resto de mi puta vida?

—Te estoy pidiendo, Ruhn, que te encargues de lo que Sofie dejó pendiente. Cuánto tiempo decidas trabajar con nosotros depende de ti. Pero en este momento, Ophion está desesperado por la información de Daybright. La vida de muchas personas depende de eso. Daybright nos ha alertado tres veces ya de un ataque imperial a una de nuestras bases. Esas advertencias salvaron miles de vidas. Necesitamos que nos ayudes unos cuantos meses, o al menos hasta que tengamos la información que tenía Sofie.

—No sé cómo puedo darte otra respuesta que no sea sí.

—Ya te dije, no le diré a tu padre. Sólo necesitaba asegurarme de que vinieras y me escucharas. No te pediría esto si no fuera absolutamente necesario.

—¿Cómo fue que te involucraste en este asunto de los rebeldes?

La vida de Cormac había sido bastante cómoda, hasta donde sabía Ruhn. Pero supuso que su propia vida también podría parecerle así a un desconocido.

Cormac sopesó el taco que tenía en las manos.

—Es una historia larga. Me uní a ellos hace como cuatro años.

—¿Y cuál es tu cargo en Ophion, exactamente?

—Agente de campo. Técnicamente, soy comandante de campo de la red de espionaje del noroeste de Pangera —exhaló lentamente—. Sofie era una de mis agentes.

—¿Pero ahora estás intentando mantener a Emile lejos de Ophion? ¿Estás dudando de la causa?

—Nunca de la causa —respondió Cormac en voz baja—. Sólo de la gente involucrada. Después de los graves ataques a nuestras bases este año, a Ophion le quedan unos diez mil miembros, controlados por un equipo de veinte en el Comando. La mayoría son humanos pero hay algunos vanir. Cualquier vanir asociado con Ophion, en el Comando o no, debe jurar guardar el secreto, tal vez con estándares más estrictos que los humanos.

Ruhn ladeó la cabeza y preguntó con franqueza:

—¿Cómo sabes que puedes confiar en mí?

—Porque tu hermana le metió una bala en la cabeza a un arcángel y nadie ha dicho nada al respecto.

Ruhn asintió hacia una buchaca pero falló su último tiro. No obstante, respondió con tranquilidad:

—No sé de qué estás hablando.

Cormac rio suavemente.

—¿En serio? Los espías de mi padre se enteraron antes de que los asteri pudieran silenciar el incidente.

—¿Entonces por qué la tratas como si fuera sólo una chica fiestera?

—Porque ella regresó a la fiesta después de todo lo sucedido en la primavera.

—Yo también —pero se estaban apartando del tema—. ¿Qué sabes de la agente Daybright?

—Lo mismo que tú —dijo Cormac y su bola falló su blanco por una distancia vergonzosa.

—¿Cómo me pondría en contacto? ¿Y cuál es el proceso después de que reciba la información?

—Me la pasarías a mí. Yo sé dónde enviarla al Comando.

—Y, de nuevo, se supone que yo debo simplemente... confiar en ti.

—Yo te he confiado información que me podría hacer terminar en las celdas de los asteri.

No era cualquier prisión. Por este tipo de infracción, para alguien del rango de Cormac, o del rango de Ruhn, los enviarían al famoso calabozo bajo el palacio de cristal de los asteri. Un sitio tan terrible, tan brutal, que los rumores decían que no había cámaras. No había registro ni prueba de las atrocidades ahí cometidas. Excepto por excepcionales testigos y supervivientes como Athalar.

Ruhn acomodó su último tiro y dijo a qué buchaca iba, pero hizo una pausa antes de tirar.

—¿Entonces cómo lo hago? ¿Lanzo mi mente al vacío y espero que alguien responda?

Cormac rio y volvió a maldecir al ver que Ruhn lograba meter su última bola a la buchaca. Ruhn tomó el triángulo de madera sin decir palabra y empezó a reacomodar las bolas.

Ruhn abrió con un tronido estrepitoso y empezó la segunda ronda. Metió las bolas tres y siete en las buchacas del lado opuesto... Así que serán las bolas sólidas.

Cormac sacó un pequeño cristal de cuarzo de su bolsillo y se lo lanzó a Ruhn.

—Todo es una hipótesis por el momento, dado que nunca hemos trabajado con alguien como tú. Pero primero intenta contactar a Daybright sosteniendo esto. Daybright tiene el cristal de comunicación gemelo. Tiene las mismas propiedades de comunicación que las Puertas de esta ciudad.

El cristal de comunicación se sentía cálido contra la piel de Ruhn cuando lo guardó en su bolsillo.

—¿Cómo funciona?

—Así era como nuestros radios localizaban a Daybright. Siete cristales, todos tallados de la misma roca, seis divididos en seis diferentes radios y el séptimo en el radio de Daybright. Son señales que transmiten en la misma frecuencia precisa. Siempre están buscando reconectarse y volver a formar uno solo. Este cristal es el último que queda de nuestros seis. Los otros cinco fueron destruidos por seguridad. Quiero pensar que si alguien con tus poderes lo sostiene, podría vincularte con Daybright cuando emitas tus pensamientos. De la misma manera que las Puertas pueden enviar audio entre ellas.

La mirada de Cormac se nubló, se veía quebrantada. Y Ruhn le preguntó:

—¿Este cristal es del radio de Sofie?

—Sí —respondió Cormac con la voz engrosada—. Se lo dio al Comando antes de entrar a Kavalla. Ellos me lo entregaron cuando mencioné que tal vez conocía a alguien que lo podría usar.

Ruhn percibió la pena y el dolor del rostro de su primo y suavizó un poco el tono de su voz.

—Sofie suena como una persona increíble.

—Lo era. Es —Cormac tragó saliva—. Tengo que encontrarla. Y a Emile.

—¿La amas?

Una flama se encendió en los ojos de Cormac.

—No quiero engañarme y pensar que mi padre aprobaría una unión con alguien que es parte humana, en especial alguien que no tiene fortuna ni un apellido distinguido. Pero sí. Esperaba encontrar una manera de pasar mi vida con ella.

—¿De verdad crees que esté aquí en alguna parte intentando reunirse con Emile?

—El mer no lo descartó. ¿Yo por qué habría de hacerlo? —nuevamente se erigieron esos muros en la mirada de Cormac—. Si tu hermana sabe algo sobre Danika y el sitio que decía conocer para que se escondieran, necesito saberlo.

Ruhn detectó un dejo de desesperación, de terror y pánico, y decidió hacer algo para ayudar a su primo.

—Sospechamos que Danika le podría haber dicho a Sofie que se ocultara en el Sector de los Huesos —dijo.

Una expresión de alarma surgió en el rostro de Cormac pero le asintió con gratitud a Ruhn.

—Entonces tendremos que encontrar cómo transportarnos allá de manera segura... y una forma de buscar sin que nos detecten ni nos molesten.

Bueno, Ruhn necesitaba un trago. Gracias a Urd ya estaban en un bar.

—Está bien —dijo. Estudió a su primo, su cabellera rubia perfecta y su rostro apuesto—. Si quieres saber lo que pienso, creo que si encontramos a Sofie deberías casarte con ella si ella corresponde a tus sentimientos. No permitas que tu padre te ate a un compromiso que tú no deseas.

Cormac no sonrió. Se limitó a ver a Ruhn con la misma claridad en su mirada penetrante y dijo:

—La reina bruja Hypaxia es hermosa y sabia. Podría haber sido mucho peor, ¿sabes?

—Lo sé —eso era lo más que Ruhn estaba dispuesto a decir.

Era hermosa. Increíble y alarmantemente hermosa. Pero ella no estaba interesada en él para nada. Le había dejado eso muy claro en los meses posteriores a la Cumbre. No la culpaba del todo. Incluso, había podido darse una ligerísima idea de cómo sería la vida con ella. Como si se asomara a través del hoyo de la cerradura.

Cormac se aclaró la garganta.

—Cuando te pongas en contacto con Daybright, dile esto para que confirmen sus identidades.

Mientras su primo le decía las frases clave, Ruhn hizo una y otra jugada hasta que sólo quedaban dos bolas. Entonces, falló una jugada sencilla y cometió una falta con la bola blanca para darle una oportunidad a su primo. No sabía ni siquiera por qué se había molestado.

Cormac le devolvió la bola blanca.

—No quiero que me dejes ganar.

Ruhn puso los ojos en blanco pero recibió la bola y tiró otra vez.

—¿Hay alguna información específica que debería pedirle a Daybright?

—Llevamos meses tratando de coordinar un ataque a la Espina Dorsal. Daybright es nuestra fuente principal de información sobre cuándo y dónde debemos atacar.

La Espina Dorsal, las vías ferroviarias que conectaban el norte con el sur y que cortaban Pangera por la mitad. La arteria principal para el abastecimiento en esta guerra.

—¿Por qué arriesgarse a ese ataque? —preguntó Ruhn—. ¿Para interrumpir las cadenas de abastecimiento?

—Eso y Daybright ha estado escuchando rumores por meses de que los asteri están trabajando en un nuevo prototipo de mecatraje.

—¿Distinto a los mecatrajes que usan los humanos?

—Sí. Éste es un mecatraje diseñado para un piloto vanir. Para los ejércitos imperiales.

—Carajo —ni siquiera podía imaginar lo peligrosos que serían.

—Exactamente —dijo Cormac. Miró su reloj—. Debo regresar al Muelle Negro, quiero buscar si hay alguna pista de que Emile o Sofie hubieran estado ahí. Pero contacta a Daybright en cuanto puedas. Necesitamos interceptar el prototipo del traje vanir para estudiar su tecnología antes de que lo puedan usar para masacrarnos.

Ruhn asintió, resignado.

—Está bien. Los ayudaré.

—No les va a gustar a tus amigos. A Athalar en particular.

—Yo me encargo de Athalar —él no le respondía al ángel. Pero a su hermana...

Cormac lo observó de nuevo.

—Cuando quieras salir de esto, te sacaré. Lo prometo.

Ruhn metió su última bola en una buchaca y recargó el taco contra la pared de concreto.

—Me aseguraré de que lo cumplas.

20

El sonido del agua que escurría de la moto acuática de Tharion al piso de plástico del muelle seco de la Corte Azul era lo único que se escuchaba mientras él reparaba el vehículo. Su sudor goteaba junto con el agua a pesar de la temperatura fresca de la habitación. Se había quitado la camisa minutos después de llegar a este lugar, porque incluso el algodón suave de la prenda se sentía demasiado restrictivo en su piel mientras trabajaba. Se habían atorado unos juncos en el motor en la visita a los pantanos del otro día y, aunque el equipo de ingeniería lo hubiera podido arreglar con facilidad, quería hacerlo personalmente.

Quería darle un espacio a su mente para poner sus pensamientos en orden.

Cuando despertó esa mañana, hablar con el Príncipe de las Profundidades (en forma de gato, por el amor de Urd) no estaba ni remotamente cerca de la lista de posibilidades para su día. Tampoco había considerado enterarse de que un príncipe de Avallen era un rebelde de Ophion en busca del hermano menor de Sofie Renast. Ni que Danika Fendyr había enviado a Sofie a averiguar información vital sobre los asteri. No, había despertado con una sola meta en mente: averiguar qué sabía Ithan Holstrom.

Un montón de nada, aparentemente.

Vaya Capitán de Inteligencia que era. *Capitán Loquesea*, como lo había llamado Holstrom. Tharion se sentía tentado a mandar grabar una placa con ese nombre para ponerla sobre su escritorio.

Pero al menos Holstrom había accedido a ayudar si Tharion necesitaba de su nariz para buscar al niño. Si Pippa

Spetsos estaba cazando a Emile, como había dicho Cormac, independientemente de la política y de Sofie y de su reina... tenían que encontrar primero a ese niño. Aunque fuera sólo para evitar que lo obligaran a usar sus poderes de pájaro de trueno de maneras horribles. Holstrom sería un elemento valioso en esa misión.

Y además, el lobo parecía necesitar ocuparse en algo que hacer.

La puerta al muelle seco se abrió de golpe y dejó entrar un aroma de arroyos burbujeantes y lirios acuáticos. Tharion mantuvo su atención en el motor y la llave de tuercas apretada en su puño.

—Escuché que estabas aquí —dijo la voz cantarina de una mujer y Tharion forzó una sonrisa en su rostro al voltear a ver a la hija de la Reina del Río por encima de su hombro.

Vestía su usual vestido diáfano color azul claro, lo cual contrastaba con el tono moreno cálido de su piel. Sus gruesos rizos negros estaban adornados con perlas de río y trozos de concha de abulón. La cabellera caía como una cascada por sus hombros delgados y le llegaba hasta la cintura. Se deslizó hacia él descalza. El frío del agua que cubría el piso no parecía molestarle para nada. Siempre se movía así: como si estuviera flotando bajo el agua. No tenía forma mer, era sólo una fracción mer, de hecho. Era una especie de humanoide elemental, tan cómoda en el aire libre como bajo la superficie del agua. Parte mujer, parte río.

Tharion levantó su llave de tuercas con un listón de planta de río enredado en la punta.

—Reparaciones.

—¿Por qué sigues insistiendo en hacerlas personalmente?

—Me da una tarea tangible —se recargó contra la moto acuática que estaba en la plataforma a sus espaldas. Las gotas de agua en su costado se sentían frescas contra su piel caliente.

—¿El trabajo que haces para mi madre es tan poco satisfactorio que necesitas esas cosas?

Tharion le respondió con una sonrisa encantadora.

—Me gusta fingir que sé lo que hago con las máquinas —dijo para evadir la pregunta.

Ella le respondió con una risa ligera y se acercó más. Tharion se mantuvo perfectamente inmóvil y se obligó a no apartarse de la mano que ella le colocó en el pecho desnudo.

—No te he visto mucho últimamente.

—Tu madre me ha estado manteniendo ocupado.

Si tienes queja, habla con ella.

La hija de la reina esbozó una sonrisa pequeña y tímida.

—Esperaba que pudiéramos... —se sonrojó y Tharion entendió a qué se refería.

No habían hecho *eso* en años. ¿Por qué ahora? Los espíritus acuáticos eran caprichosos. Él creía que ella lo había conseguido, utilizado, perdido el interés y luego había seguido adelante. Aunque los votos entre ellos seguían uniéndolos irrevocablemente.

Tharion cubrió su mano pequeña con la de él y acarició su piel aterciopelada con el pulgar.

—Es tarde y tengo que levantarme temprano mañana.

—Y sin embargo aquí estás, trabajando en esta... máquina.

Se parecía a su madre en lo que tenía que ver con la tecnología. Apenas había logrado comprender el concepto de la computadora, a pesar de las lecciones con Tharion. Él se preguntaba si ella siquiera conocería el nombre de la máquina que tenía a sus espaldas.

—La necesito para el trabajo mañana.

Mentira.

—¿Más de lo que me necesitas a mí?

Sí. Definitivamente sí.

Pero Tharion le dedicó otra de esas sonrisas.

—En otra ocasión, lo prometo.

—Me enteré de que fuiste hoy a la ciudad.

—Siempre estoy en la ciudad.

Ella lo miró y él percibió el destello de celos y cautela.

—¿A quién viste?

—A unos amigos.

—¿Cuáles?

¿Cuántos interrogatorios habían empezado así y terminaban con ella llorándole a su mamá? El último había sido apenas hacía unos días. Como consecuencia, él había terminado en ese barco en el mar Haldren buscando los restos de Sofie Renast.

Dijo con cuidado:

—Bryce Quinlan, Ruhn Danaan, Ithan Holstrom y Hunt Athalar.

No hacía falta mencionar a Aidas ni al príncipe Cormac. Ellos no eran sus amigos.

—Bryce Quinlan, ¿la chica de esta primavera? ¿La de la estrella?

No le sorprendió que sólo preguntara sobre la mujer.

—Sí.

Otra mirada cautelosa que Tharion fingió no notar antes de comentar con tono despreocupado:

—Ella y Athalar están saliendo juntos, ¿sabes? Un final feliz después de todo lo que sucedió.

La hija de la Reina del Río se relajó visiblemente y sus hombros se curvaron un poco hacia el frente.

—Qué lindo.

—Me gustaría presentarte algún día.

Mentira descarada.

—Le preguntaré a mamá.

Tharion dijo:

—Voy a verlos mañana otra vez. Podrías ir conmigo —era una oferta arriesgada pero... había pasado ya diez años evadiendo a la chica, esquivando la verdad. Tal vez podrían cambiar un poco las cosas.

—Oh, mamá va a necesitar más tiempo que eso para prepararse.

Él asintió, el vivo modelo de la comprensión.

—Tú avísame cuándo puedes. Saldremos en una cita doble.

—¿Qué es eso?

La televisión no existía acá abajo. Al menos no en las habitaciones de la Reina del Río. Así que la cultura popular, cualquier cosa moderna... ni siquiera estaban en su radar.

Aunque estar comprometido con esta chica no podía considerarse como un compromiso verdadero. Era algo más parecido a una esclavitud con sueldo.

—Dos parejas que salen a comer algo juntos. Ya sabes, una cita... pero con dos parejas.

—Ah —esbozó una sonrisa hermosa—. Eso me gustaría.

También a Athalar. Sin duda, le proporcionaría material para burlarse el resto de su vida. Tharion miró su reloj.

—De verdad tengo que salir temprano y este motor es un cochinero...

Era lo más cercano a pedirle que se fuera que se atrevería a decir. Tenía algunos derechos, después de todo: ella podía buscarlo para sexo, como ya lo había hecho, pero él podía negarse sin que hubiera repercusiones. Y sus obligaciones como Capitán de Inteligencia eran más importantes que satisfacer las necesidades de ella. Rezó por que ella considerara arreglar una moto acuática como una de esas obligaciones.

Gracias a Ogenas, así fue.

—Te dejaré que termines, entonces.

Y se fue. El olor de lirios acuáticos desapareció con ella. Cuando las puertas se abrieron para dejarla pasar, Tharion alcanzó a ver a los cuatro guardias mer que la esperaban del otro lado. La hija de la Reina del Río nunca iba a ninguna parte sola. Los hombres de pecho amplio hubieran peleado hasta la muerte por tener la oportunidad de compartir la cama con ella. Él sabía que lo detestaban por tener ese acceso y rechazarlo.

Pero con gusto les cedería su posición. Si tan sólo la Reina del Río se lo permitiera.

Cuando volvió a quedarse solo, Tharion suspiró y recargó la frente contra la moto acuática.

No sabía cuánto tiempo más podría resistir esto. Podrían ser semanas o años hasta que ella y su madre empezaran a presionar para que se casaran. Y luego para que tuvieran hijos. Y él terminaría encerrado en una jaula, aquí debajo de la superficie, hasta que su vida vanir terminara. Viejo y sin sueños y olvidado.

Un destino peor que la muerte.

Pero si esta situación con Sofie y Emile Renast en realidad era tan importante como parecía... lo usaría como pretexto para escapar temporalmente. No le importaba un carajo la rebelión, no en realidad. Pero su reina le había encomendado una tarea, así que ordeñaría esta investigación hasta la última gota. Tal vez podría averiguar qué ventajas *personales* podía obtener con la información de Sofie.

Hasta que sus propias decisiones estúpidas le cobraran la deuda.

—Y aquí está la sala común —le dijo Hunt entre dientes a Baxian al abrir con el hombro la puerta hacia la sala de estar de las barracas—. Como ya lo sabías.

—Siempre es bueno escucharlo de parte de un local —dijo Baxian. Mantuvo las alas negras muy pegadas al cuerpo mientras estudiaba el espacio en penumbras: la pequeña cocineta a la izquierda de la puerta, las sillas y sillones de cojines hundidos frente a la gran televisión, la puerta a los baños al frente—. ¿Esto es sólo para el triarii?

—Todo tuyo esta noche —dijo Hunt y revisó su teléfono. Ya habían pasado las diez. Iba saliendo a las siete cuando Celestina lo llamó y le pidió que le diera a Baxian un tour por el Comitium. Considerando las dimensiones del enorme complejo... le había tomado mucho tiempo. En especial porque Baxian tenía tantísimas *preguntas*.

El cabrón sabía que estaba evitando que Hunt pudiera irse a su casa. Lo estaba manteniendo lejos de Bryce y esa boca dulce y sensual. Que fue precisamente el motivo por el cual Hunt había optado por sonreír y tolerarlo: no le daría al imbécil de mierda la satisfacción de saber exactamente cuánto lo estaba fastidiando. Ni cuánto estaba torturando a sus pobres testículos inflamados.

Pero ya era suficiente. Hunt preguntó:

—¿Necesitas que te cuente un cuento para dormir, también?

Baxian rio con un resoplido, se acercó al refrigerador y abrió la puerta de un tirón. La luz se reflejó en sus alas y bañó de plata sus arcos.

—La cerveza que tienen es una porquería.

—Salario del gobierno —dijo Hunt y se recargó en el marco de la puerta—. Los menús de la comida a domicilio están en el cajón superior a tu derecha. O también puedes llamar a la cafetería y ver si todavía están sirviendo comida. ¿Está bien? Perfecto. Adiós.

—¿Qué es eso? —preguntó Baxian y su tono de voz tenía suficiente curiosidad para que Hunt no optara por arrancarle la cabeza de un mordisco. Siguió la dirección de la mirada del Mastín.

—Eh. Es una televisión. La usamos para ver cosas.

Baxian le lanzó una mirada fulminante.

—Sé qué es una televisión, Athalar. Me refiero a los cables y cajas que están debajo.

Hunt arqueó la ceja.

—Eso es un OptiCubo.

Baxian lo miró inexpresivo. Hunt intentó de nuevo:

—¿Una consola de juegos?

El Mastín del Averno negó con la cabeza.

Por un momento, Hunt recordó estar en el lugar de Baxian, recorriendo la misma habitación, la misma tecnología extraña y nueva. Isaiah y Justinian le tuvieron que explicar qué era un puto teléfono celular. Hunt dijo con aspereza:

—Es para jugar juegos. Juegos de carreras, juegos en primera persona... te puede consumir una enorme cantidad de tiempo pero es divertido.

Baxian parecía no conocer la palabra *divertido* tampoco. Por Solas.

Sandriel odiaba la tecnología. Se había negado a siquiera permitir que hubiera televisiones en su palacio. Baxian bien podría haber viajado tres siglos al futuro. Hunt sí había estado expuesto a la tecnología en otras partes del mundo, pero como la mayor parte de sus obligaciones lo mantenían concentrado en Sandriel o sus misiones, en realidad no había tenido tiempo para aprender sobre cosas de la vida cotidiana.

Desde el pasillo a las espaldas de Hunt se escuchó el murmullo de voces. Naomi... y Pollux. Los tonos tranquilizantes de la voz de Isaiah se entretejían entre las voces. Gracias a los dioses.

Hunt se dio cuenta de que Baxian lo miraba con cautela. Le devolvió una mirada inexpresiva, una que había perfeccionado como el Umbra Mortis. Baxian se limitó a dirigirse al pasillo. Hunt lo dejó pasar.

El Martillo estaba en la puerta de la habitación de Vik, hablando con Isaiah y Naomi en el pasillo. Ahora era la habitación de Pollux. La magia de Hunt chisporroteó con relámpagos en el horizonte. Pollux miró a Hunt con desdén cuando pasó a su lado. Detrás de él había bolsas y cajas que se apilaban a lo alto. Una ciudad miniatura dedicada a la vanidad del Martillo.

Hunt, muy consciente de todas las cámaras, de la súplica de Bryce de que se comportara, sólo siguió avanzando y les hizo un saludo con la cabeza a Naomi y a Isaiah al pasar.

—Bueno, aquí estarás tú —le dijo Hunt a Baxian y se detuvo frente a la vieja habitación de Justinian. Baxian abrió la puerta. La habitación estaba tan vacía y desnuda como había estado la de Hunt.

Junto a la cama angosta había un bolso de lona. Todas las pertenencias de Baxian cabían en un puto bolso.

Pero eso no cambiaba nada. El Mastín del Averno era un idiota que había hecho mierda con la que ni siquiera Hunt podía lidiar. Que él estuviera en la habitación de Justinian, ocupando su lugar...

El crucifijo del vestíbulo le vino a la mente a Hunt. El rostro agonizante de Justinian que colgaba de él. Hunt intentó librarse de ese recuerdo pero sin éxito. Él había fallado. En dos ocasiones ya, había fallado. Primero con la rebelión de los Caídos y luego esta primavera con la Reina Víbora y ahora... ¿En verdad iba a permitir que Bryce y él terminaran siendo arrastrados a una situación similar? ¿Cuánta gente terminaría destruida al final?

Baxian entró a su habitación y dijo:

—Gracias por el recorrido, Athalar.

Hunt volvió a mirar esa pequeña y triste habitación a espaldas del Mastín. Tal vez algo parecido a la lástima se removió dentro de él porque dijo:

—Te daré una clase de cómo jugar videojuegos mañana. Debo ir a casa.

Podría haber jurado que una sombra nubló la mirada de Baxian por un instante con algo muy parecido a la añoranza.

—Gracias.

Hunt gruñó:

—Nos vemos después de la reunión de la mañana. Puedes ser mi sombra durante el día.

—Qué generoso de tu parte —dijo Baxian y le cerró la puerta sin responder más.

Afortunadamente, Pollux también le estaba cerrando la puerta en la cara a Naomi justo en ese momento. Lo cual dejó a Hunt con sus dos amigos.

Se dirigieron hacia la sala común sin necesidad de decir una palabra, esperaron a tener la puerta cerrada y a estar seguros de que nadie estuviera en el baño antes de dejarse caer en el sofá. Hunt de verdad ya quería irse a casa pero...

—Qué puta joda —dijo en voz baja.

—Pollux debería ser descuartizado —dijo Naomi.

—Me sorprende que sigan vivos —le dijo Isaiah a Naomi. Luego puso los pies sobre la mesa de centro y se aflojó la corbata gris alrededor del cuello. A juzgar por el traje, debió haber estado a cargo de escoltar a Celestina a alguna parte—. Pero como su comandante, les agradezco a ambos que no hayan peleado.

Miró a Hunt deliberadamente.

Hunt resopló. Pero Naomi dijo:

—Esos dos están profanando las habitaciones que les dieron.

—Sólo son habitaciones —dijo Isaiah aunque se podía ver el dolor en sus ojos—. Todo lo que eran Vik y Justinian... no está ahí dentro.

—Sí, está en una caja al fondo de una fosa —dijo Naomi y se cruzó de brazos—. Y las cenizas de Justinian están flotando en el aire.

—Igual que las de Micah —dijo Hunt con suavidad y ambos voltearon a verlo.

Hunt sólo se encogió de hombros.

—¿De verdad ibas a rebelarte en la primavera? —preguntó Naomi. No habían hablado una sola vez sobre esto en meses. Lo que había sucedido.

—Al final ya no —respondió Hunt—. Pero todo lo que dije en el bote lo dije en serio. Cambié de opinión. Me di cuenta de que no era el camino para mí —miró el gesto de desaprobación de Isaiah—. Sigo diciéndolo en serio.

Y así era. Si Sofie y Emile y Ophion y Cormac y toda esa mierda desapareciera de repente, no lo pensaría dos putas veces. Le daría *gusto*.

Pero así no era como se estaban dando las cosas. Así no era como Bryce quería que sucedieran. Apenas podía mirar la frente tatuada de Isaiah.

—Lo sé —dijo Isaiah finalmente—. Tienes mucho más en juego ahora —agregó y Hunt se preguntó si había detectado un ligero tono de advertencia en sus palabras.

Se preguntó si Isaiah recordaría cómo él y los otros ángeles en la sala de conferencias en la Cumbre se habían inclinado frente a él después de que le arrancara la cabeza a Sandriel. ¿Qué harían sus amigos si les dijera sobre su contacto reciente con un rebelde de Ophion? La cabeza le daba vueltas.

Hunt cambió de tema e hizo un gesto hacia el pasillo detrás de las puertas cerradas.

—¿Se van a quedar aquí o van a buscar casa por su cuenta?

—Oh, yo me voy —dijo Isaiah con una sonrisa—. Ya firmé el contrato de arrendamiento esta mañana para un lugar cerca de aquí. En el DCN pero más cerca de la Vieja Plaza.

—Qué bien —dijo Hunt y miró a Naomi, quien sacudió la cabeza.

—Aquí no pago renta —dijo ella—. A pesar de los nuevos compañeros.

Pollux y Baxian se quedarían aquí hasta que Celestina considerara que se habían adaptado lo suficiente para vivir solos en la ciudad. Hunt se estremeció sólo de pensar en ese par caminando libre.

—¿Confías en que se van a comportar? —le preguntó a Isaiah—. Porque yo de ninguna puta manera.

—No tenemos alternativa salvo confiar en que lo harán —dijo Isaiah con un suspiro—. Y esperar que la gobernadora abra los ojos y vea lo que son en realidad.

—¿Servirá de algo que ella lo sepa? —preguntó Naomi. Luego se puso las manos detrás de la cabeza.

—Supongo que lo averiguaremos —dijo Hunt y volvió a mirar su teléfono—. Bueno, ya me voy.

Sin embargo, hizo una pausa en la puerta. Miró a sus dos amigos, completamente ignorantes de la mierda que se acercaba. Sería algo enorme para ambos, potencialmente liberador para Isaiah, si terminaran con Ophion. Si capturaran a Sofie Renast y su hermano y entregaran a Cormac.

Si hablaba en ese momento, si confesaba todo lo que sabía, ¿podría hacer que Bryce se salvara de lo peor? ¿Podría evitar la crucifixión, evitar que una habitación vacía fuera todo lo que quedara de él un día también? Si pensaba bien sus jugadas, ¿podría salvarlos a los dos, y tal vez a Ruhn e Ithan, y vivir para contarlo? Tharion probablemente estaría muerto de todas maneras sólo por no alertar a las autoridades sobre su misión, reina o no reina, al igual que el príncipe heredero de Avallen. Pero...

Isaiah preguntó:

—¿Tienes algo en mente?

Hunt se aclaró la garganta.

Las palabras le quemaron la lengua. Un paracaídas... Era el momento preciso para abrirlo. *Tenemos un grave problema porque hay varios rebeldes que convergerán en la ciudad y necesito que me ayudes para asegurarme de que caigan en nuestras manos.*

Hunt volvió a aclararse la garganta. Negó con la cabeza.

Y se marchó.

21

—La Verdad sobre Atardecer, ¿eh? —la voz grave de Hunt retumbó por la cama hasta Bryce mientras estaban recostados en la oscuridad con Syrinx roncando entre ambos.

—Danika definitivamente pensaba que había encontrado algo —respondió Bryce.

Hunt no había llegado a cenar y eso la había dejado con una comida increíblemente incómoda a solas con Ithan. El lobo estuvo silencioso y contemplativo. Tenía la expresión impasible que usaba en el terreno de juego antes de los partidos importantes. Se lo comentó pero él no quería hablar.

Así que Bryce se puso a revisar con cuidado los documentos y recortes de Danika otra vez. No encontró nada nuevo. Le contó a Hunt cuando finalmente regresó del Comitium, ya que se habían acostado para dormir. Cualquier esperanza de continuar lo que había sucedido en el callejón ya había desaparecido para cuando ella terminó de hablar.

Hunt murmuró entre labios y se recostó de lado.

—Entonces sí vas a ayudar a Cormac.

—No es que quiera ayudarlo a él, más bien quiero ayudar a Emile. Pero lo que te dije en el callejón es verdad: esto es también porque quiero obtener una ventaja para nosotros de toda esta situación —un final al compromiso y un poco de entrenamiento—. Y para averiguar algo más sobre Danika —admitió.

—¿Importa? Lo de Danika, digo.

—No debería. Pero sí. Por alguna razón sí —respondió. Luego agregó con cautela—: Sé que discutimos esto antes, pero... no puedo hacer esto sin ti, Hunt.

Él respondió con suavidad:

—Lo sé. Es que yo... Carajo, Quinlan. La idea de que te suceda algo me da terror. Pero entiendo. Eso fue lo que me motivó en la primavera... lo que estaba haciendo con Vik y Justinian. Era por Shahar.

Ella sintió una opresión en el corazón.

—Lo sé —él había estado dispuesto a renunciar a eso por ella, por *ellos*—. ¿Entonces estamos de acuerdo? —preguntó Bryce.

—Sí. Todo lo que pueda dar, lo ofrezco. Pero necesitamos una estrategia de salida.

—Así es —dijo ella—. Pero hablemos de eso mañana. Estoy agotada.

—Está bien —sus alas le rozaron el hombro desnudo y ella volteó y lo encontró observándola con la cabeza apoyada en el puño.

—No *hagas* eso.

—¿Qué? —preguntó él con un brillo en los ojos.

Ella se recostó de lado y movió la mano hacia él.

—Verte tan... tan así.

Las comisuras de los labios de Hunt se curvaron hacia arriba.

—¿Sexy? ¿Atractivo? ¿Seductor?

—Todas las anteriores.

Él se recostó de espaldas.

—Me siento raro de hacer cualquier cosa con Holstrom del otro lado de la pared.

Ella apuntó a la pared mencionada.

—Está al otro lado del departamento.

—Es un lobo.

Bryce inhaló el olor almizclado de medianoche de Hunt. Excitación.

—Entonces seamos silenciosos.

El sonido de Hunt tragando saliva fue más fuerte de lo que creía.

—Yo... está bien. Te seré franco, Quinlan.

Ella arqueó la ceja.

Él exhaló hacia el techo.

—Ha pasado... un rato. Para mí, quiero decir.

—Para mí también.

Era el periodo más largo que había pasado sin sexo desde su primera vez a los diecisiete. Bueno, eso si no contaba lo que había hecho con Hunt en el sofá hacía meses, aunque ése no era el tipo de sexo que quería en ese momento.

Él dijo:

—Te garantizo que no importa cuánto tiempo haya pasado para ti, ha pasado más para mí.

—¿Cuánto tiempo?

Una parte de ella aullaba al pensar en que cualquiera, cualquier puta persona, pusiera sus manos y boca y otras partes en él. Al pensar en *Hunt* tocando a alguien más. Deseando a alguien más. O existiendo en un mundo donde no la conocía y otra mujer había sido más importante...

Alguna otra mujer *sí* había sido más importante. Shahar. Él la había amado. Había estado dispuesto a morir por ella.

También estuvo a punto de morir por ti, le susurró una vocecita. Pero... esto era distinto de alguna forma.

Hunt hizo una mueca.

—¿Seis meses?

Bryce rio.

—¿Eso es todo?

Él gruñó.

—Es mucho tiempo.

—Yo pensé que ibas a decir *años*.

Él la miró ofendido.

—Tampoco era célibe, ¿sabes?

—¿Quién fue la afortunada, entonces?

O, supuso, afortunado. Siempre había asumido que él prefería a las mujeres, pero era perfectamente posible que a él también...

—Una ninfa en un bar. No era de aquí y no me reconoció.

Bryce sintió que se le enroscaban los dedos, como si le aparecieran garras invisibles en las puntas.

—Una ninfa, ¿eh?

¿Ése sería su tipo? ¿Justo como las bailarinas del ballet? ¿Delicadas y esbeltas? ¿Shahar sería así? Bryce nunca había buscado retratos de la arcángel muerta, nunca había querido torturarse así. Pero Sandriel era hermosísima, delgada y alta, y Hunt alguna vez había mencionado que eran gemelas.

Bryce agregó, aunque fuera sólo porque quería que él sintiera un poco de la miseria que ella estaba sintiendo en ese momento:

—Metamorfo de león. En un baño en el Cuervo Blanco.

—¿La noche del bombardeo? —preguntó él con palabras cortantes. Como si el hecho de que ella se hubiera acostado con alguien cuando ya se conocían fuera inaceptable.

—Unos días antes —respondió ella con tono despreocupado, silenciosamente satisfecha de escucharlo así.

—Pensé que no te gustaban los alfadejos.

—Me gustan para ciertas cosas.

—¿Ah, sí? —le recorrió el brazo desnudo con un dedo—. ¿Cuáles, exactamente? —su voz se convirtió en un ronroneo—. No parece gustarte que los hombres te digan qué hacer.

Ella no pudo evitar sonrojarse.

—De vez en cuando —fue lo único que pudo decir. Los dedos de Hunt llegaron a su muñeca y levantaron su mano para llevarla hasta su boca y besarle la palma—. Éste era especialmente hábil para tomar el control.

—Está bien, Quinlan —le dijo hacia la piel—. Estoy completamente celoso.

Ella rio.

—Yo también.

Él le besó el interior de la muñeca y le rozó la piel sensible con los labios.

—Antes de que nos desviáramos en esta estúpida tangente, estaba intentando advertirte que ha pasado bastante tiempo así que podría ser que yo...

—¿Fueras rápido?

Él le mordisqueó la muñeca.

—Que sea ruidoso, idiota.

Ella rio y le pasó los dedos por la frente lisa y sin marcas.

—Podría amordazarte.

Hunt soltó una carcajada.

—Por favor dime que eso no es lo tuyo.

Ella dejó escapar un *hmmm*.

—¿En serio? —se sentó lentamente en la cama.

Ella se recargó en las almohadas y puso los brazos detrás de la cabeza.

—Yo intentaré lo que sea al menos una vez.

Él sintió que un músculo de su cuello latía.

—Está bien. Pero empecemos con lo básico. Si eso nos aburre, prometo encontrar maneras de mantenerte interesada.

—Eso no nos libra del problema del excelente oído de Ithan.

Él se volvió a mover en la cama y Bryce miró hacia su regazo y encontró la descarada evidencia de su interés, que empujaba contra sus calzoncillos ajustados. Por Solas, era enorme.

Ella rio con suavidad y también se sentó.

—Realmente ha pasado mucho tiempo.

Él temblaba con anticipación y control.

—Dime que sí, Bryce.

Ella se derritió al percibir el deseo crudo de sus palabras.

—Yo quiero tocarte primero.

—Eso no es sí.

—Yo quiero *tu* sí.

—Sí. Carajo, sí. Ahora es tu turno.

Ella sólo sonrió y le puso una mano sorprendentemente firme en el pecho desnudo y musculoso. Él le permitió que lo empujara de regreso hacia las almohadas.

—Diré que sí cuando esté satisfecha.

Hunt dejó escapar un sonido grave y áspero.

—No es demasiado tarde aún para esa mordaza —murmuró Bryce y le dio un beso en el pecho.

Hunt estaba a punto de explotar y salirse de su piel. No podía soportarlo ya, la imagen de Bryce montada en sus muslos, solamente con una camiseta vieja y suave, la ola sedosa de su cabello desparramada sobre su pecho desnudo cuando le besó el espacio entre los pectorales. Luego otro beso cerca de su pezón.

Había otra persona en ese departamento. Una persona con oído excepcional y él...

Los labios de Bryce se cerraron en su pezón izquierdo y el calor húmedo hizo que Hunt moviera su cadera hacia la de ella. Bryce agitó la lengua sobre el botón endurecido y Hunt siseó:

—Carajo.

Ella rio alrededor del pezón y luego se dirigió al otro.

—Tu pecho es tan grande como el mío —dijo.

—Eso es lo menos sexy que me han dicho en la vida —logró decir él.

Ella le enterró las uñas largas en el pecho, el destello de dolor fue como un beso breve y ardiente. Su pene latía en respuesta. Que los dioses lo perdonaran, no duraría ni un minuto.

Bryce le besó las costillas de la derecha. Recorrió los músculos con la lengua.

—¿Cómo consigues estos estúpidos músculos, por cierto?

—Ejercicio.

¿Por qué estaba hablando ella? ¿Por qué estaba hablando *él*?

Le temblaban las manos e hizo puños con las sábanas. Syrinx se había bajado de la cama y corrió al baño. Cerró la puerta con su pata trasera. Quimera lista.

Ella le recorría las costillas izquierdas con la lengua e iba bajando mientras con sus dedos trazaba líneas a lo largo de su pecho, de su estómago. Le besó el ombligo y su cabeza se mantuvo a unos pocos centímetros del borde de sus calzoncillos, tan cerca que él estaba a punto de hacer erupción sólo al verla...

—¿No se supone que debemos besarnos un poco primero? —su voz era gutural.

—Absolutamente no —dijo Bryce, concentrada por completo en su labor. Hunt casi dejó de respirar cuando los dedos de Bryce se enroscaron en la cintura de su ropa interior y se la quitaron. Sólo podía dejarla hacerlo y levantar su cadera para que fuera más fácil para ella, quedando completamente expuesto...

—Vaya, vaya, vaya —canturreó ella y se sentó. Hunt casi empezó a gemir al sentir la distancia que ella puso entre esa boca y su pene—. Ésta es una... gran sorpresa.

—Deja de jugar, Quinlan.

Le quedaban cinco segundos antes de que él se lanzara sobre ella y le hiciera todo lo que había soñado hacerle ya durante varios meses. Todo lo que había planeado hacerle en la noche más larga del año.

Ella le puso un dedo sobre los labios.

—Silencio.

Le tocó los labios con su boca. Rozó la lengua en el borde de sus labios. Hunt abrió la boca para ella y cuando ella metió la lengua, la atrapó entre sus labios y succionó con fuerza. Le dejó saber precisamente cómo le gustaba.

El gemido que emitió Bryce fue un triunfo. Pero Hunt se mantuvo quieto cuando ella se alejó, se enderezó y se quitó la camiseta.

Carajo, esos senos. Llenos y pesados y con unos pezones rosados en la punta que lo hacían ver doble...

No había tenido suficiente de ellos ese día que habían estado juntos. Ni por mucho. Necesitaba hacer un festín de ellos, necesitaba su peso en las palmas de sus manos, esos hermosos pezones en su lengua...

Ella se apretó los senos, los estrujó mientras lo veía desde arriba. Él movió la cadera y acercó su pene a ella en una petición silenciosa. Bryce sólo se retorció. Su vientre ondulaba. Se volvió a estrujar los senos y arqueó el cuello hacia atrás.

Hunt se levantó para tomarla entre sus brazos, para poner su boca donde ella tenía las manos, pero ella levantó un dedo.

—Todavía no.

Sus ojos brillaban como brasas ardientes en la oscuridad. Su estrella empezó a brillar un poco, como si estuviera bajo luz ultravioleta. Ella pasó el dedo sobre la suave iridiscencia.

—Por favor.

Él jadeó entre dientes, su pecho subía y bajaba con fuerza, pero se volvió a recostar en las almohadas.

—Bueno, ya que lo pides tan amablemente...

Ella dejó escapar una risa sensual y se recargó en él. Le recorrió el pene con las uñas y de regreso a su base. Él se estremeció. El placer le subía por la columna vertebral cuando ella dijo:

—No habrá manera de que todo esto quepa en mí.

Él alcanzó a decir:

—No sabremos hasta que lo intentemos.

Bryce sonrió y bajó la cabeza mientras sostenía su pene con los dedos, apenas logrando abarcarlo por completo. Apretó la base justo al mismo tiempo que lamía la punta.

Hunt se arqueó y jadeaba con fuerza. Bryce rio hacia su pene.

—En silencio, ¿recuerdas?

Iba a cortarle las orejas a Holstrom. Eso evitaría que el lobo oyera...

Bryce volvió a lamerlo. Su lengua hizo círculos y luego metió toda la ancha cabeza en su boca. Un calor húmedo y denso lo envolvió cuando ella empezó a succionar con fuerza y...

Hunt volvió a arquearse. Se puso la mano sobre la boca y puso los ojos en blanco. Sí. *Carajo*, sí. Bryce retrocedió y luego deslizó su boca más abajo. Unos cuantos movimientos más y él...

Hunt se movió e intentó agarrarla, pero ella sostuvo su cadera a la cama con la mano. Lo metió a su boca hasta que chocó con el fondo de su garganta. Él casi salía volando de su piel.

Ella lo succionó con fuerza. La presión era tan perfecta que era prácticamente dolor y luego se retiraba hasta su punta antes de volverlo a tomar completo. Lo que no le cabía en la boca lo apretaba con la mano en sintonía perfecta.

Hunt miró su pene desaparecer en la boca de Bryce, el cabello largo que le susurraba en los muslos, sus senos meciéndose...

—Quinlan —gimió, una súplica y una advertencia.

Bryce sólo volvió a deslizarlo hasta su garganta. Tenía la mano libre clavada en los músculos de su muslo como pidiendo en silencio que la dejara continuar. En su boca... ahí era donde lo quería.

Tan sólo de pensarlo, eso lo liberó. Hunt no pudo contenerse y le clavó las manos en el cabello, con los dedos enterrados en su cuero cabelludo, y montó su boca. Ella siguió sus movimientos, cada empujón, gimiendo en lo más profundo de su garganta de manera que hacía eco por todo el cuerpo de él...

Y luego ella puso la mano en sus testículos y apretó mientras le recorría la longitud del pene suavemente con los dientes...

Hunt explotó, se mordió el labio con tanta fuerza que el sabor a cobre de la sangre le cubrió la lengua. Movió la cadera con fuerza hacia el interior de ella y se vació, derramándose completamente en su garganta.

Bryce tragó todo cuando él se vino. Las paredes de su boca se movían alrededor de él. Y él sentía que la puta *muerte* iba a llegar por él, que ella se la iba a provocar, por el placer que le estaba exprimiendo...

Hunt gimió y la última gota de él salió disparada a la boca de Bryce. Luego quedó temblando y jadeando mientras ella retiraba su boca con un movimiento húmedo y deslizante y lo miró a los ojos.

Ella volvió a tragar. Se lamió los labios.

Hunt intentó sin éxito ponerse de pie. Como si su cuerpo estuviera atontado.

Bryce sonrió, una reina triunfante. De todas las fantasías que él había tenido estos meses, ninguna se aproximaba a esto. A cómo se sentía su boca, cómo se veía ella desnuda.

Hunt había logrado apoyarse en los codos cuando Ithan gritó desde el otro lado del departamento:

—*¡Por favor, tengan sexo más ruidoso! ¡No oí nada!*

Bryce soltó una carcajada, pero Hunt sólo podía fijarse en la pequeña gota que corría por su barbilla, brillando en la luz tenue de su estrella. Ella notó la dirección de su mirada y la limpió. Frotó sus dedos uno contra otro y luego los lamió.

Hunt gruñó, bajo y grave.

—Te voy a coger hasta que te desmayes.

Los pezones de Bryce estaban duros como piedras y ella se retorció contra él. Nada separaba la dulzura de ella de sus propios muslos desnudos salvo esa tanga de encaje.

Pero entonces Holstrom gritó:

—*¡Eso suena médicamente peligroso!*

Y Bryce volvió a reír. Se apartó de Hunt y buscó su camiseta.

—Vayamos a un motel de mala muerte mañana —dijo y se durmió de inmediato.

Hunt, con la mente hecha pedazos, sólo pudo quedarse ahí tendido, desnudo, preguntándose si se habría imaginado todo.

Hunt estaba sentado en una silla plegable en el fondo de un abismo. No había nada salvo negrura a su alrededor. La única luz provenía del tenue brillo que emitía su propio cuerpo. No había ni principio ni final de la eterna noche.

Se había quedado dormido al lado de Quinlan. Se preguntó si debería simplemente ponerle la mano sobre la cadera para volver a familiarizarse con ese hermoso lugar entre sus piernas. Pero Bryce no estaba ahí.

No quería que Bryce estuviera en un sitio como ése, tan oscuro y vacío pero al mismo tiempo tan... despierto. Se escuchaba el crujir de alas, no de las plumas suaves de sus propias alas, sino algo similar al cuero. Seco.

Hunt se tensó. Intentó ponerse de pie pero no pudo. Su trasero permaneció pegado a la silla aunque no tenía ataduras. Sus botas estaban pegadas al piso negro.

—¿Quién está ahí? —preguntó y la oscuridad absorbió su voz, la amortiguó. Las alas de cuero volvieron a susurrar y Hunt giró la cabeza en dirección al sonido. Mover la cabeza era lo único que lograba hacer.

—Un guerrero más grande ya se hubiera liberado de esas ataduras —dijo una voz suave y grave que se deslizó sobre su piel.

—¿Quién carajos eres tú?

—¿Por qué no usas los dones que tienes en la sangre para liberarte, Orión?

Hunt apretó los dientes.

—Soy Hunt.

—Ya veo. Porque Orión era un cazador, o *hunter*.

La voz venía de todas partes.

—¿Cuál es *tu* nombre?

—Los midgardianos no se sienten cómodos pronunciando mi nombre de tu lado de la Fisura.

Hunt se quedó inmóvil. Sólo había un ser cuyo nombre no se pronunciaba en Midgard.

El Príncipe del Foso. Apollion.

La sangre se le heló. Esto era solamente un puto sueño extraño, sin duda provocado por las mamadas, literales, de Quinlan...

—Esto no es un sueño.

El séptimo y más letal de los príncipes demonios del Averno estaba *en su mente*...

—No estoy en tu mente, aunque tus pensamientos ondean hacia mí como las ondas de radio de tu mundo. Tú y yo estamos en un sitio entre nuestros mundos. Un reino burbuja, por decirlo de alguna manera.

—¿Qué quieres? —preguntó Hunt manteniendo la voz firme pero... carajo. Necesitaba salir de ahí, encontrar una manera de regresar con Bryce. Si el Príncipe del Foso podía entrar a la mente de Hunt, entonces...

—Si yo entrara a la mente de ella, mi hermano se pondría furioso conmigo. Otra vez —Hunt casi podría jurar que la sonrisa se escuchaba en la voz del príncipe—. Y tú ciertamente te preocupas demasiado por una mujer que está mucho más segura que tú en este momento.

—¿Por qué estoy aquí? —masculló Hunt. Intentó despejar su mente de cualquier otra cosa que no fuera ese pensamiento. Pero era difícil. Este ser que estaba frente a él, a su alrededor... Este príncipe demonio había matado al séptimo asteri. Había *devorado* al séptimo asteri.

El Astrófago.

—Me gusta ese nombre —dijo Apollion con una risita suave—. Pero sobre tu pregunta, estás aquí porque yo deseé verte. Evaluar tu progreso.

—Aidas ya nos dio la plática motivacional esta tarde, no te preocupes.

—Mi hermano no me informa sobre sus movimientos. No sé ni me importa lo que haya o no haya hecho.

Hunt levantó la barbilla con una valentía que no estaba sintiendo.

—Entonces escuchémosla, tu propuesta sobre cómo deberíamos aliarnos con ustedes para derrocar a los asteri y establecerlos a ustedes como nuestros nuevos amos.

—¿Eso es lo que piensas que sucederá?

—Aidas ya nos dio una clase de historia. Ahórramela.

La oscuridad retumbó con un trueno distante.

—Eres imprudente y arrogante.

—Supongo que te puedes reconocer en esos comportamientos.

La oscuridad hizo una pausa.

—También eres impertinente. ¿No sabes de dónde provengo? Mi padre era el Vacío, el Ser que Existía Antes. Caos fue su esposa y mi progenitora. A ellos regresaremos todos algún día y a sus grandes poderes que circulan por mi sangre.

—Qué elegancia.

Pero Apollion dijo:

—Estás desperdiciando los dones que se te concedieron.

Hunt dijo con voz pausada:

—Oh, yo creo que les he dado buen uso.

—No conoces ni una fracción de lo que puedes hacer. Tú y la chica astrogénita.

—De nuevo, Quinlan ya recibió la plática de «aprende a usar tus poderes» de Aidas hoy y estuvo aburrida, así que no la repitamos.

—Los dos podrían beneficiarse de algo de entrenamiento. Sus poderes son más similares de lo que saben. Ambos son conductores. No tienes idea de lo valiosos que son ustedes y sus semejantes.

Hunt arqueó la ceja.

—¿Ah, sí?

La oscuridad vibró con molestia.

—Si desprecias tanto mi ayuda, tal vez podría enviar unos... bocadillos para ponerte a prueba a ti y a los tuyos.

Hunt abrió un poco las alas.

—¿Para qué me invocaste? ¿Sólo para darme este empujón?

La esencia maldita de Apollion le susurró a su alrededor otra vez.

—La Fisura Septentrional está gimiendo otra vez. Puedo olfatear la guerra en el viento. No planeo perder esta vez.

—Bueno, yo no planeo tener un príncipe demonio como gobernante, así que búscate otra meta de cinco años.

Apollion profirió una risa suave.

—Me diviertes, Orión.

Hunt gruñó y sus relámpagos crepitaron en respuesta.

—Asumo que ya terminamos con esto...

La oscuridad encrespada y las alas de cuero desaparecieron.

Hunt despertó sobresaltado. Se movió para buscar el cuchillo en la mesita de noche pero se detuvo.

Quinlan dormía junto a él. Syrinx estaba recostado al otro lado de ella y ambos roncaban suavemente. En la oscuridad, el cabello rojizo de Bryce parecía sangre fresca en su almohada.

El Príncipe del Foso le había hablado. Sabía quién era él y quién era Bryce...

El Príncipe del Foso era un mentiroso y un monstruo y era perfectamente posible que estuviera intentando atraer a Hunt y Bryce para que emprendieran una misión con sus poderes. Pero... carajo.

Hunt se pasó una mano temblorosa sobre el rostro lleno de sudor y luego se reacomodó en las almohadas. Acarició la mejilla suave de Bryce con el nudillo. Ella murmuró algo y se acercó a él y Hunt la abrazó por la cintura y la cubrió con su ala. Como si pudiera protegerla de todo lo que los cazaba.

En ambos lados de la Fisura Septentrional.

22

Ruhn se terminó su cerveza y la colocó en la mesa de centro frente a la enorme televisión de la sala. Declan, sentado a su izquierda, hizo lo mismo.

—Muy bien —dijo Dec—, es la hora del espionaje.

Flynn, que fumaba un poco de la risarizoma que Ruhn necesitaba desesperadamente, rio un poco.

—Nuestro pequeñito Ruhn ya creció y está espiando para los rebeldes.

—Cállate —gruñó Ruhn—. Sabía que debía haber hecho esto en privado.

—¿Y dónde estaría entonces la diversión? —preguntó Dec—. Además, ¿no debería haber alguien aquí en caso de que esto fuera, no sé, una trampa o algo?

—¿Entonces por qué carajos está fumando? —dijo Ruhn con un movimiento de cabeza en dirección al lugar donde Flynn hacía donas de humo.

—¿Porque soy un idiota autodestructivo pero demencialmente encantador? —sonrió Flynn.

—Con énfasis en el *demencial* —murmuró Dec.

Pero Ruhn quería que lo acompañaran esta noche, mientras la mayoría de la ciudad dormía, para hacer el intento de contactar a la agente Daybright. Tenía el cristal de comunicación, aunque no estaba muy seguro de qué hacer con él, cómo siquiera empezar a conectar sus habilidades con su afinidad comunicativa. Todo eran hipótesis y no había ninguna garantía de éxito. No podía decidir si sería un alivio fracasar o no. Poder alejarse de todo esto.

—Entonces, ¿se supone que debemos meditar contigo o algo? —preguntó Flynn y dejó a un lado el risarizoma.

—¿Cómo demonios ayudaría eso? —preguntó Ruhn.

—¿Solidaridad? —sugirió Flynn.

Ruhn resopló.

—Estoy bien. Sólo... ponme el mango de una cuchara de madera entre los dientes si me convulsiono o algo.

Declan le mostró una cuchara y dijo:

—Ya había pensado en eso.

Ruhn se puso una mano sobre el corazón.

—Gracias, me conmueves.

Flynn le dio unas palmadas en la espalda.

—Estamos contigo. Tú haz lo que tienes que hacer.

No había nada más que hacer o decir, nada que Ruhn necesitara escuchar, así que cerró los ojos, se recargó contra los cojines del sillón y apretó el cristal en su puño. La roca estaba extrañamente tibia.

Un puente mental, así era como siempre imaginaba el vínculo entre su mente y la de alguien más. Así que ésa fue la imagen que invocó y la envió hacia el cristal que sostenía en la mano, sin duda de la misma manera que Bryce había concentrado sus poderes a través del cristal de la Puerta en la primavera. Cormac había dicho que el cristal tenía propiedades similares así que... ¿por qué demonios no?

Ruhn extendió el puente desde él, a través del cristal y luego hacia lo desconocido. Lo extendió hacia la oscuridad interminable. Apretó más el cristal en su mano y pidió que lo guiara a donde tenía que ir, como si fuera un prisma que filtraba sus poderes hacia el mundo.

¿Hola? Su voz hizo eco por el puente. Hacia la nada.

Visualizó el centro lechoso del cristal. Se imaginó un hilo que salía de él, recorría su puente mental y salía del otro lado.

¿Hola? Soy el agente...

Carajo. Debía haber pensado en un nombre clave. Definitivamente no podía arriesgarse a dar su propio nombre o identidad, pero quería algo que sonara bien, maldición.

Soy tu nuevo contacto.

No llegó ninguna respuesta de Daybright. Ruhn siguió extendiendo el puente, permitiendo que creciera hacia la nada. Se imaginó el cristal y su hilo y se permitió seguir su camino hacia la noche.

Estoy aquí para...

¿Sí?

Ruhn se quedó inmóvil al escuchar la débil voz femenina. Una luz brilló al fondo del puente y luego ella ya estaba ahí,

Una mujer de flama pura. O así era como elegía aparecer. No de la misma manera que Lehabah estaba hecha de flama con el cuerpo visible, sino una mujer cubierta de flama donde sólo se podía distinguir una muñeca o un tobillo o un hombro a través del velo. Era humanoide, pero eso era todo lo que podía distinguir. Parecía una de las sacerdotisas del sol radicales que se habían inmolado para estar cerca de su dios.

¿Quién eres?, preguntó Ruhn.

¿Quién eres tú?, respondió desafiante. No había ninguna señal de su rostro.

Yo pregunté primero.

Las flamas se avivaron un poco, como si estuviera molesta. Pero dijo: *El pequeño perro negro duerme profundamente sobre una manta de lana.*

Ruhn exhaló. Ahí estaba, la clave que Cormac le había dado para que confirmara su identidad. Respondió: *Y la gata gris se limpia las patas bajo la luz de la luna.*

Qué tonterías.

Pero ella respondió: *Soy la agente Daybright, en caso de que eso no te hubiera quedado claro. Ahora... ¿tú eres?*

Ruhn soltó una palabrota y volteó a verse. No había pensado en ocultar su cuerpo...

Pero encontró sólo una figura cubierta de noche y estrellas, galaxias y planetas. Como si su silueta estuviera llena de ellas. Levantó una mano y no encontró su piel sino el manto estrellado del cielo que le cubría los dedos. ¿Su mente lo había escudado instintivamente? ¿O así era él, muy por debajo de la piel? ¿Este ser de fuego a diez metros de él en el puente mental era como *ella* era, muy por debajo de su piel? O pelo, supuso.

Podría ser una fauna o una sátira. O una bruja o metamorfa. O una asteri, como había sugerido Cormac. Tal vez el fuego era el de esa estrella sagrada en ella.

Ella se quedó ahí parada, ardiendo, y exigió, *¿Y bien?*

Su voz era hermosa. Como un canto dorado. Removía su alma de hada, la hacía reanimarse. *Yo, eh... No he llegado tan lejos todavía.*

Ella ladeó la cabeza con una intención que parecía depredadora. *¿Enviaron a un novato?*

Un escalofrío le recorrió la columna a Ruhn. Ella ciertamente hablaba como uno de los asteri, regia y distante. Entonces miró sobre su hombro, como si estuviera viendo hacia el cuerpo conectado con su mente.

Ruhn dijo: *Mira, el agente Silverbow me dio este cristal pero no tenía idea si funcionaría con un contacto mente a mente. Así que yo sólo quería intentar ponerme en contacto y dejarte saber que estoy aquí y que éste es el nuevo medio de comunicación. Para que, si surge una emergencia, no tenga que perder tiempo entendiendo cómo ponerme en contacto.*

Está bien.

Volvió a mirarla. *Entonces, ¿sólo confiamos en el otro?* No pudo evitar hacer esta pregunta algo provocadora. *¿No te preocupa para nada que el cristal pudiera haber llegado a las manos equivocadas y que las claves se hubieran averiguado?*

Los agentes de los asteri no dicen tantas tonterías.

Maldición. *Haré un mayor esfuerzo por impresionarte la próxima vez.*

Otra risa suave. *Ya lo hiciste, agente Night.*

¿Me acabas de dar mi nombre clave? Night y Daybright. Night y Day, noche y día... le gustaba.

Pensé que podía ahorrarte la molestia de tratar de inventar algo interesante. Se dio la vuelta hacia su extremo del puente y las flamas fluyeron tras ella.

¿No tienes algún mensaje que desees que transmita? No se atrevía a decir el nombre de Cormac. *¿Algo sobre la Espina Dorsal?*

Ella siguió caminando. *No. Pero dile a tu comandante que el paso seguro está garantizado bajo la luz de la luna menguante.*

Ruhn se irritó. Ni por todos los demonios del Averno Cormac era su comandante. *No sé qué significa eso.*

No se supone que lo debas saber. Pero el agente Silverbow sí lo entenderá. Y dile que prefiero este método de comunicación por mucho.

Entonces, Daybright y su flama se apagaron y Ruhn se quedó solo.

—¿Por qué no me dijiste nada de la agente Daybright? —le preguntó Ruhn a Cormac a la mañana siguiente. Estaban en la sala y él bebía su segunda taza de café mientras Flynn reposaba a su lado. Le había enviado un mensaje a su primo pidiéndole que lo visitara con el pretexto de discutir las condiciones del compromiso con Bryce. Afortunadamente, su primo no necesitó más motivos para presentarse poco tiempo después.

Cormac se encogió de hombros. Su camiseta color gris estaba cubierta de sudor, probablemente por la caminata bajo el sol ardiente.

—Incluso dudé en decirte que era mujer porque pensé que tal vez compartías los puntos de vista retrógrados de tu padre acerca de las mujeres. Quizá considerabas que no deben correr ningún peligro y te negarías a arriesgarla.

—¿Algo de lo que yo hago te ha indicado que así pienso?

—Eres demasiado protector con tu hermana —dijo Cormac con el ceño fruncido—. ¿*Viste* a Daybright?

—Se apareció con forma humanoide cubierta de flamas. No pude ver nada, en realidad.

—Bien. Asumo que tú también te velaste.

Sólo por pura suerte.

—Sí.

Cormac caminó frente a la televisión.

—¿Pero ella no dijo nada de Sofie?

Ruhn no había pensado en preguntar. La culpabilidad se le retorció en el estómago.

—No.

Cormac se pasó las manos por el cabello rubio y corto.

—¿Ni ninguna información sobre el prototipo del mecatraje de los asteri que van a enviar por la Espina Dorsal?

—No. Sólo me pidió que te dijera que el paso seguro está garantizado bajo la luz de la luna menguante.

Cormac suspiró, lo que fuera que eso significaba. Pero Declan preguntó mientras regresaba de la cocina con una taza de café en la mano.

—¿Entonces qué sigue? ¿Ruhn espera a que ella lo busque para darle la información sobre este ataque a la Espina Dorsal?

Cormac miró a Declan con desprecio. Era un esnob de Avallen hasta la médula. Le dijo a Ruhn:

—Recuérdame, primo, ¿por qué sentiste la necesidad de involucrar a estos dos tontos en nuestros asuntos?

—Recuérdame —le respondió Ruhn—, ¿por qué estoy trabajando con alguien que insulta a mis hermanos?

Dec y Flynn le sonrieron burlonamente a Cormac, que se molestó pero exhaló. El príncipe de Avallen dijo:

—Para responder a tu pregunta, Declan Emmett, sí. Ruhn esperará a que Daybright se ponga en contacto con él y le dé detalles sobre el ataque a la Espina Dorsal. O hasta que yo tenga algo que deba informarle a ella, en cuyo caso, él la volverá a contactar.

Flynn se recargó en el respaldo del sofá y se puso los brazos detrás de la cabeza.

—Suena aburrido.

—Hay vidas en juego —dijo Cormac entre dientes—. Este ataque a la Espina Dorsal, conseguir el prototipo del nuevo mecatraje antes de que los asteri lo puedan usar contra nosotros en el campo de batalla, nos dará una oportunidad.

—Eso sin mencionar todas las armas que robarán de los trenes de abastecimiento —dijo Declan con tono oscuro.

Cormac no le hizo caso a su tono.

—No hacemos nada a menos que esté aprobado por el Comando. Así que espera a saber de mí antes de volverla a contactar.

Bien. Él podía hacer eso. Continuar con su vida, fingiendo que no era una especie de rebelde. Sólo hasta que él pidiera salirse, le había prometido Cormac. Y después de eso... regresaría a lo que había estado haciendo. Liderar el Aux y odiar a su padre pero al mismo tiempo temer el día en que muriera. Hasta que apareciera la siguiente persona que lo necesitara.

Flynn sonrió.

—La burocracia en su máximo esplendor.

Cormac le lanzó una mirada fulminante pero avanzó hacia la puerta principal.

—Debo irme.

—¿Estás buscando a Emile? —preguntó Ruhn. Era media mañana, el niño seguramente estaría escondido.

Cormac asintió.

—Ser un príncipe visitante me permite tener el pretexto de... turistear, como le dicen por acá. Y como turista, me he interesado mucho en su Muelle Negro y sus costumbres.

—Qué mórbido —dijo Declan.

Ruhn no lo pensó y dijo:

—No puedes pensar que Emile simplemente va a saltar a uno de los barcos negros a plena luz del día.

—Lo buscaré tanto bajo la luz del sol como de la luna, hasta que lo encuentre. Pero prefiero hacerles preguntas a los segadores durante el día.

—¿Estás loco? —dijo Flynn y rio incrédulo.

Ruhn pensaba algo similar.

—No te metas con los segadores, Cormac —advirtió—. Ni siquiera por Emile.

Cormac solamente le dio unas palmaditas al cuchillo que traía guardado. Como si eso pudiera hacer algo para matar a una criatura que ya estaba muerta.

—Sé cómo conducirme.

—Te dije que esto sucedería —le gruñó Hunt a Isaiah mientras sus pasos retumbaban en el pasillo de la residencia privada de Celestina, en la punta de la tercera torre del Comitium. Celestina había convocado a esta junta en su propia casa, en vez de en las oficinas públicas que Micah había utilizado siempre.

—Todavía no sabemos qué tan grave fue —respondió Isaiah y se ajustó la corbata y las solapas de su traje gris.

Celestina había intentado suavizar el modernismo adusto que prefería Micah en la decoración. Unas alfombras mullidas decoraban los pisos de mármol blanco. Las estatuas angulosas habían sido reemplazadas por efigies voluptuosas de Cthona y casi todas las mesas y consolas tenían floreros con flores brillantes y esponjadas.

Era un bello contraste, podría haber pensado Hunt. De no ser porque los habían llamado a este sitio por algún motivo.

Seguía recordándose ese motivo y que esto era una reunión de triarii y no una sesión uno a uno. Que éste no era el castillo de los horrores de Sandriel, donde un viaje a sus habitaciones privadas terminaba en sangre y gritos.

Inhaló una vez y pensó en Bryce, en su olor, en la calidez de su cuerpo contra el de él. Eso le redujo un poco la ansiedad aunque algo mucho más letal abrió un ojo. Lo que estaban haciendo con Cormac, toda esta mierda rebelde que habían acordado anoche...

Hunt miró a Isaiah mientras tocaba a las puertas abiertas del estudio de Celestina. Hunt se lo podría decir. Necesitaba a alguien como Isaiah, alguien sensato e inalterable. En especial si el Averno tenía un interés en este conflicto. Y en Hunt mismo.

Decidió ignorar las órdenes de Apollion. No tenía ningún interés en involucrarse con el Averno.

Celestina murmuró unas palabras de bienvenida y Hunt se preparó para lo que vendría al entrar detrás de Isaiah.

La luz del sol llenaba el espacio de vidrio y mármol. Todo el mobiliario de bordes afilados había sido reemplazado por piezas de madera artesanales y hermosas. Sin embargo, Hunt sólo notó a los dos hombres sentados frente al escritorio. Naomi estaba recargada contra el muro junto al librero a su derecha. Tenía la expresión seria y la mirada letal enfocada en los dos.

Bueno, en uno. El motivo por el cual estaban ahí.

Pollux no volteó a verlos cuando entraron y Hunt se dirigió hacia la silla al lado de Baxian. Isaiah podía sentarse junto a Pollux. Isaiah lo miró como diciendo *Gracias, imbécil*, pero Hunt tenía la atención puesta en la expresión de Celestina en busca de alguna pista.

La molestia le tenía tensas las comisuras de los labios pero sus ojos se veían tranquilos. El rostro lleno de contemplación. Tenía puesta una túnica de color morado claro y los rizos de su cabello caían por sus brazos desnudos como una cascada de noche pura. Podría haber sido una diosa, de tan serena y hermosa. Podría haber sido la misma Cthona, voluptuosa y de cuerpo carnoso, de no ser por las alas radiantes que se llenaban con la luz del sol que entraba por las ventanas a sus espaldas.

—Siento haber enviado un mensaje tan breve —les dijo Celestina a Hunt, Isaiah y Naomi—. Pero no quería que todo el asunto quedara registrado.

Hunt miró a Pollux y Baxian de reojo. Ambos mantuvieron la mirada fija en la nada. O eso asumió Hunt, dado que uno de los ojos de Baxian estaba cerrado por la hinchazón y la cara de Pollux estaba completamente amoratada. Que siguiera así doce horas después sugería que el daño inicial debía haber sido impresionante. Deseó haberlo presenciado.

—Entendemos —dijo Isaiah con el tono duro de un comandante—. Compartimos tu decepción.

Celestina suspiró.

—Tal vez fui ingenua al creer que podía meter a dos pangeranos a esta ciudad sin una educación más completa sobre sus costumbres. Delegar esta responsabilidad —miró a Naomi y luego a Hunt— fue mi error.

Hunt le podría haber advertido eso. Pero mantuvo la boca cerrada.

—Me gustaría escuchar de ustedes, en sus propias palabras, qué fue lo que sucedió —le ordenó la arcángel a Pollux y Baxian. El tono de su voz no era desagradable pero sus ojos tenían una mirada de acero—. ¿Pollux? ¿Por qué no empiezas tú?

Era algo hermoso, la manera en que Pollux se reacomodó irritado en su asiento. Su cabellera larga y dorada seguía manchada de sangre. El Martillo odiaba esto. Hunt notó con deleite que odiaba esta puta situación con intensidad. La amabilidad de Celestina, su justicia, su suavidad... Pollux estaba incluso más irritado que Hunt. Había servido a Sandriel con entusiasmo, gozaba de su crueldad y sus juegos. Tal vez enviarlo con Celestina había sido un castigo que ni siquiera los asteri habían anticipado.

Pero Pollux gruñó:

—Estaba divirtiéndome en una taberna.

—Bar —corrigió Hunt—. Aquí los llamamos bares.

Pollux lo miró furioso pero dijo:

—La mujer no me dejaba en paz. *Dijo* que lo quería.

—¿Que quería qué? —preguntó Celestina. Su voz se había vuelto decididamente frígida.

—Coger conmigo —dijo Pollux y se recargó en el respaldo de la silla.

—No dijo nada parecido —gruñó Baxian con un movimiento de alas.

—¿Y tú estuviste ahí toda la noche? —quiso saber Pollux—. Aunque tal vez sí estuviste. Siempre estás suplicándome por mis sobras.

Isaiah miró a Hunt. Había surgido una enorme tensión entre estos dos en los años transcurridos desde que ellos habían dejado el territorio de Sandriel.

Baxian le mostró los dientes con una sonrisa feroz.

—Y yo que pensaba que tus *sobras* eran las que suplicaban por mí. Siempre me parecieron tan... insatisfechas cuando salían de tu habitación.

El poder de Pollux, magia malakim estándar pero potente, hizo vibrar los adornos que había en el librero.

Celestina interrumpió:

—Ya es suficiente.

Un poder cálido como el beso del verano llenó la habitación y sofocó todos los dones de los demás. Una magia femenina y constante, del tipo que no permite tonterías y que haría cumplir la ley si se sintiera amenazada. Que no sentía ningún temor de Pollux y el tipo de hombre que era. Celestina le dijo al Martillo:

—Explícame qué sucedió.

—Fuimos al callejón detrás de la *taberna* —lanzó esta palabra hacia Hunt— y ella estaba encima de mí, interesada, como ya les dije. Luego este bastardo —dedicó estas palabras a Baxian— me atacó.

—¿Y en qué momento no la escuchaste decir que no? —exigió saber Baxian—. ¿La primera o la décima vez?

Pollux resopló.

—Algunas mujeres dicen que no cuando sí lo desean. Para ellas es un juego.

—Estás absolutamente idiota —le escupió Naomi desde el otro lado de la habitación.

—¿Te estaba hablando a ti, bruja? —gruñó Pollux.

—*Suficiente* —intervino Celestina y su poder volvió a llenar la habitación y ahogó toda la magia que pudieran haber invocado los demás. Le preguntó a Baxian—: ¿Por qué fuiste al callejón detrás de él?

—Porque he pasado décadas con este hijo de puta —dijo Baxian furioso—. Ya sabía lo que iba a suceder. No le iba a permitir hacerlo.

—Lo hiciste muchas veces cuando estábamos con Sandriel —dijo Isaiah con un tono serio—. Ni tú y ni todo tu triarii intervenían.

—Tú no tienes ni puta idea sobre lo que yo hacía o no —le ladró Baxian a Isaiah y luego le dijo a Celestina—. Pollux se merecía la golpiza que le di.

El Martillo enseñó los dientes. Hunt sólo podía observar con algo similar a la sorpresa.

—Eso tal vez sea cierto —dijo Celestina—, pero sigue siendo verdad que ustedes dos están en mi triarii y que su pelea fue filmada. Y ahora está en línea y está siendo transmitida por todas las estaciones de noticias —su mirada se concentró en Pollux—. Le ofrecí a la mujer la oportunidad de denunciarte pero se negó. Asumo que está consciente del circo mediático que se generaría y está asustada de las consecuencias que esto pudiera tener para ella y sus seres queridos. Planeo ponerle fin a esto en esta ciudad. En este territorio. Aunque eso signifique poner a mi triarii como ejemplo.

La sangre de Hunt hervía y aullaba. Tal vez esto sería el final. Tal vez Pollux por fin recibiría su merecido.

Pero Celestina tragó saliva y dijo:

—Sin embargo, recibí una llamada esta mañana y he visto la... sabiduría de concederte una segunda oportunidad.

—¿Qué? —dejó salir Hunt.

Pollux inclinó la cabeza en una burla de gratitud.

—Los asteri son amos benevolentes.

Un músculo vibró en la mejilla tersa de Celestina.

—Así es.

Naomi preguntó:

—¿Qué hay de ése? —asintió en dirección a Baxian, quien le frunció el ceño.

Celestina dijo:

—Me gustaría darte a ti también una segunda oportunidad, Mastín del Averno.

—Yo *defendí* a la mujer —dijo Baxian molesto.

—Lo hiciste y te felicito por ello. Pero lo hiciste de una manera pública que llamó la atención.

No sólo la atención de la ciudad. De los asteri.

De nuevo, Celestina tragó saliva.

Isaiah preguntó con un exceso de suavidad:

—¿Qué podemos hacer para arreglar este asunto?

Ella mantuvo la vista en su escritorio de madera. Sus pestañas gruesas casi le rozaban los pómulos.

—Ya está hecho. Para darle a los medios otra cosa en qué concentrarse, los asteri me han bendecido con una oportunidad. Un regalo.

Incluso Pollux dejó su actuación y ladeó la cabeza. Hunt se preparó. Esto no podía ser nada bueno.

Celestina sonrió aunque Hunt notó lo forzado de su expresión.

—Tendré que procrear con Ephraim. Con dos arcángeles muertos, es necesario… engrosar las filas. En el Equinoccio de Otoño tendremos nuestra ceremonia de unión aquí en Lunathion.

En un mes. El día feriado conocido como Día de la Muerte era alegre, a pesar de su nombre: era un día de equilibrio entre la luz y la oscuridad, cuando el velo entre los vivos y los muertos era más delgado. Cthona empezaba sus preparativos para su sueño inminente entonces, pero en Lunathion se hacían grandes fiestas de disfraces a lo largo del Istros en los diversos puntos de salida para las Travesías. La fiesta más grande de todas rodeaba el Muelle Negro. Se enviaban faroles por el agua hacia el Sector de los Huesos junto con ofrendas de alimento y bebida. Cada vez que Hunt había sobrevolado la fiesta, veía que era un verdadero desenfreno. Podía imaginar lo que Bryce usaría. Lo más irreverente posible, se imaginaba.

Celestina continuó:

—Él se quedará aquí unas cuantas semanas y luego regresará a su territorio. Después de eso, él y yo alternaremos las visitas a los territorios del otro.

Hasta que naciera un bebé, sin duda.

Naomi preguntó:

—¿Esto es bueno, verdad?

Celestina volvió a hacer esa sonrisa forzada.

—Ephraim ha sido mi amigo por muchos años y es un hombre justo y sabio. No puedo pensar en una pareja más adecuada.

Hunt percibía la mentira. Pero ése era el destino de los arcángeles: si los asteri decidían que debían procrear, ellos tenían que obedecer.

—¿Felicidades? —dijo Isaiah y Celestina rio.

—Sí, supongo que es momento de felicitar —dijo.

Sin embargo, su expresión se desvaneció al ver a Pollux, quien había provocado esto. Había avergonzado a la ciudad, la había avergonzado a ella y los asteri lo habían notado. Y ahora ella tendría que pagar. No por lo que Pollux había intentado hacerle a esa mujer, sino por haber sido descubierto por el público. Los asteri aprovecharían esta oportunidad para recordarle a Celestina exactamente cuánto control tenían sobre ella. Su vida. Su cuerpo.

Hunt no sabía por qué se molestaban, por qué se habían esfrozado tanto en reafirmar su posición, pero... nada le sorprendía en lo que a los asteri respectaba. La sangre de Hunt empezó a calentarse junto con su temperamento. Putos monstruos.

—Con el anuncio de mi unión con Ephraim, los medios se volverán locos. La ceremonia y la fiesta serán eventos de muy alto perfil. Asistirá la realeza y dignatarios junto con el séquito de Ephraim.

Pollux se sentó más derecho al escuchar eso. Sus ojos amoratados mostraron deleite. Celestina lo miró con frialdad de nuevo.

—Espero que con la visita de la Cierva, te abstengas de comportarte como lo hiciste anoche.

Baxian resopló.

—Eso nunca lo ha detenido antes.

Pollux le enseñó los dientes de nuevo pero Celestina continuó:

—Hunt, me gustaría hablar contigo. El resto puede marcharse.

Hunt se quedó congelado pero no dijo nada mientras los demás salían de la habitación. Isaiah y Naomi lo vieron con miradas de advertencia antes de cerrar las puertas a sus espaldas.

A solas con la arcángel, Hunt se obligó a respirar. A mantenerse tranquilo.

Ella lo iba a destrozar por no controlar a Baxian anoche. Por no estar ahí para evitar la pelea, aunque no le habían dado órdenes de estar con él en todo momento. Venía el castigo, lo podía percibir...

—El Rey del Otoño me informó del compromiso de la señorita Quinlan con el príncipe heredero Cormac de Avallen —dijo Celestina.

Hunt parpadeó.

Ella continuó:

—Esperaba que me pudieras contar más sobre esta situación, considerando que se esperará que asistan juntos a mi ceremonia de unión.

No había pensado en eso. Que esto siquiera fuera algo que tendrían que discutir. Y después de lo que habían hecho anoche... ¿Podría tolerarlo, verla en brazos de otro hombre, aunque fuera sólo fingido?

—Es un matrimonio arreglado —dijo Hunt—. Sus padres insisten.

—Eso asumí —dijo Celestina con los labios apretados—. Siento curiosidad sobre cómo te sientes *tú*. Tú y la señorita Quinlan son cercanos.

—Sí. Lo somos —Hunt se frotó el cuello—. Estamos lidiando con esto un día a la vez —admitió.

Celestina lo observó con atención y Hunt se obligó a sostenerle la mirada. No encontró nada salvo... consideración y preocupación ahí.

—Eres exactamente como pensé que serías —dijo ella.

Hunt arqueó la ceja.

Los ojos de Celestina cayeron a sus manos, retorcía los dedos.

—Shahar era mi amiga, ¿sabes? Mi amiga más querida. No hablábamos mucho de eso. Los asteri no lo hubieran aprobado. Shahar ya los estaba desafiando a todos de alguna manera cuando nos volvimos cercanas y ella pensaba que podrían ver nuestra amistad como una alianza e intentar... detenerla.

El corazón de Hunt dio un tropiezo.

—Nunca me dijo nada.

—Nos mantuvimos en contacto a través de correspondencia secreta por años. Y cuando tú te rebelaste... yo no tenía nada que ofrecerle. Mi legión en Nena es... era... una extensión de las fuerzas asteri.

—Podrías haberle ofrecido tu propio poder.

Carajo, una sola arcángel que hubiera luchado con ellos aquel día...

—He vivido con las consecuencias de mi decisión desde entonces —dijo Celestina.

—¿Por qué me estás diciendo esto?

—Porque escuché los susurros de lo que hiciste, lo que yo había querido hacer desde que me enteré de la muerte de Shahar a manos de Sandriel. Lo que quería hacer cada vez que tenía que sentarme en una sala de consejo de los asteri y escuchar a Sandriel escupir sobre el recuerdo de su hermana.

Santos putos dioses.

—Y me gustaría disculparme por mi fracaso para liberarte de los amos que te mantuvieron preso durante los años transcurridos tras la caída de Shahar.

—Eso no es tu culpa.

—Lo intenté, pero no fue suficiente.

Hunt frunció el ceño.

—¿Qué?

Ella puso las manos sobre el escritorio. Entrelazó los dedos.

—Reuní los fondos para... comprarte, pero los asteri no me lo permitieron. Intenté en tres ocasiones. Tuve que detenerme hace un siglo, hubiera sido sospechoso que siguiera insistiendo.

Ella era simpatizante de los Caídos. De su causa.

—¿Todo por Shahar?

—No podía permitir que alguien que le importaba a ella se pudriera así. Desearía —exhaló—. Desearía que me hubieran dejado comprarte. Muchas cosas serían diferentes ahora.

Todo esto podía ser mentira. Una mentira hermosa e ingeniosa para que él confiara en ella. Si ella era simpatizante de los Caídos, ¿compartiría los mismos sentimientos sobre los rebeldes de Ophion? ¿Si le decía lo que estaba sucediendo en esta ciudad, los condenaría o los ayudaría?

—La duda en tu mirada me avergüenza.

De verdad sonaba como si lo dijera en serio.

—Sólo me cuesta trabajo creer que durante toda la mierda que tuve que soportar, alguien ahí afuera estaba intentando ayudarme.

—Entiendo. Pero tal vez pueda compensar mis fallas ahora. Me gustaría que fuéramos... amigos.

Hunt abrió la boca y luego la volvió a cerrar.

—Gracias.

Lo dijo sinceramente, se dio cuenta.

Celestina sonrió, como si ella también lo comprendiera.

—Estoy a tu disposición si necesitas cualquier cosa. Lo que sea.

Él consideró la expresión amable de su rostro. ¿Ella sabía sobre Ophion y Cormac y Sofie? De alguna manera había averiguado que él había matado a Sandriel, así que obviamente tenía la capacidad de conseguir información secreta.

Hunt respiró profundamente para tranquilizarse y luego dijo otra vez:

—Gracias —se levantó de la silla—. Mira, ya que estamos siendo honestos aquí... El triarii de Sandriel es veneno. No sé por qué Baxian de repente está jugando el papel de buena persona, pero lamento no haber estado ahí para controlarlo anoche.

—No te hago responsable de eso.

Algo se relajó en el pecho de Hunt. Continuó:

—Está bien, pero el resto... Son personas peligrosas. Peores que los Príncipes del Averno.

Ella rio.

—Los comparas con ellos como si lo supieras por experiencia.

Así era. Pero él esquivó el comentario:

—Cacé demonios por años. Reconozco a un monstruo cuando lo veo. Así que cuando la Arpía y el Halcón y la Cierva vengan a la ceremonia, te suplico que seas cuidadosa. Para proteger a la gente de esta ciudad. Podemos quejarnos de que Baxian no hiciera nada mientras Pollux aterrorizaba a la gente, pero yo también tuve que hacerlo. He visto lo que hace Pollux, lo que disfruta. La Arpía es su contraparte femenina. El Halcón es reservado y peligroso. Y la Cierva...

—Sé muy bien qué tipo de amenaza representa Lidia Cervos.

Incluso los arcángeles le temían a la Cierva. Lo que podría averiguar. Y Celestina, la amiga secreta de Shahar, que todavía pensaba en su amiga siglos después, que cargaba con la culpa de no haber ayudado...

—Lo que necesites —dijo Hunt en voz baja—, lo que sea que necesites para esta ceremonia de unión, para lidiar con el grupo de Sandriel, avísame.

Tal vez los asteri habían redistribuido al triarii de Sandriel aquí no sólo para balancear los números, sino para plantar aliados y espías. Para enviar informes sobre Hunt... y sobre Celestina.

Ella asintió con solemnidad.

—Gracias, Hunt.

Él caminó hacia la puerta con las alas muy pegadas a su cuerpo. Se detuvo en el umbral.

—No tienes que sentirte culpable, ¿sabes? Sobre la mierda que me pasó.

Ella ladeó la cabeza.

—¿Por qué?

Él le sonrió a medias.

—Si hubiera ido contigo a Nena, nunca hubiera venido aquí. A Lunathion —su sonrisa creció y salió por la puerta—. Nunca hubiera conocido a Bryce.

Y todos los horrores, todas las pesadillas... todo eso valía la pena por ella.

Hunt encontró a Baxian esperándolo al final del pasillo. Tenía los brazos cruzados y su rostro amoratado se veía solemne.

—¿Cómo te fue en tu tiempo especial? —preguntó Baxian a modo de saludo.

—¿Qué carajos quieres? —dijo Hunt y siguió caminando hacia la veranda al final del pasillo. Iría a ver a Bryce en el almuerzo. Tal vez se desnudarían. Eso sonaba como un excelente puto plan.

—La vieja pandilla se reunirá en unas cuantas semanas. Asumo que sólo le estabas advirtiendo a Celestina.

—Ustedes son un montón de psicópatas sádicos —dijo Hunt y salió a la veranda vacía. El viento le azotaba el cabello con el aroma fresco del Istros al otro lado de la ciudad. Se veían nubes de tormenta formándose en el horizonte y los relámpagos le bailaron en las venas.

—Yo no los llamaría la *vieja pandilla*.

Las comisuras de los labios de Baxian se movieron hacia arriba y los moretones se restiraron.

Hunt dijo:

—Mira, no voy a comprarte lo que sea que estés vendiendo al darle esa paliza a Pollux.

—Nueva ciudad, nuevas reglas —dijo Baxian con un movimiento ligero de sus plumas negras—. Nueva jefa, a quien no parece agradarle mucho Pollux.

—¿Y? —preguntó Hunt y abrió las alas.

—Entonces ya no tengo que fingir —dijo Baxian con un movimiento de cabeza en dirección al cielo que se oscurecía—. Se avecina una tormenta. Ten cuidado.

—Gracias por tu preocupación —respondió Hunt y con un movimiento de sus alas elevó los pies del piso.

—No estoy intentando fastidiarte.

—¿Sólo estás intentando ser una leve molestia, entonces?

Baxian soltó una risa.

—Sí, supongo.

Hunt volvió a poner los pies en el piso.

—¿A qué carajos se referían Pollux y tú... sobre sus sobras?

Baxian metió las manos a los bolsillos.

—Es un pendejo celoso. Lo sabes.

Hunt sólo podía pensar en una persona por quien Pollux hubiera mostrado una preferencia más allá de Sandriel.

—¿Sientes algo por la Cierva?

Baxian ladró una risotada.

—Ni loco. Pollux es el único orate que se atreve a estar cerca de ella. Yo no me le acercaría sin equipo de protección.

Hunt observó al hombre que había sido tanto tiempo su enemigo que ya había perdido la cuenta de los años. Algo había cambiado. Algo grande, algo primigenio y...

—¿Qué putas pasó con Sandriel después de que me fui?

Baxian sonrió irónicamente.

—¿Quién dice que tuvo algo que ver con Sandriel?

—¿Por qué nadie me puede dar una respuesta directa estos días?

Baxian alzó la ceja. A la distancia, amenazaba el rugido de los truenos.

—Tú cuéntame tus secretos, Athalar, y yo te contaré los míos.

Hunt le hizo una seña con el dedo medio. No se tomó la molestia de despedirse antes de salir disparado hacia el cielo, que ya se oscurecía.

Pero no pudo quitarse de encima la sensación de que Baxian lo seguía observando. Como si hubiera dejado algo vital en la balanza. Parecía como si fuera sólo cuestión de tiempo antes de que eso regresara para atormentarlo.

23

Ithan se mantuvo un paso atrás de la pequeña reunión de trabajadores de emergencia mer reunidos alrededor del Capitán Ketos... y del cuerpo. Había olfateado la muerte antes de que se acercaran al tramo casi virgen del Istros a una hora al norte de Lunathion, un sitio hermoso y verde entre los robles del pequeño bosque. Habían llegado en motos acuáticas por el Río Azul, ya que esta sección del río era casi inaccesible a pie. Supuso que podría haber llegado fácilmente en su forma de lobo, pero después de oler el cadáver a más de un kilómetro río abajo, se alegró de no estar en ese cuerpo.

—Mujer selkie —estaba diciendo Tharion al pequeño grupo reunido ahí. El mer se limpió el sudor de la frente. Incluso a la sombra de los poderosos robles, el sol horneaba el bosque seco que podría arder en cualquier momento.

Ithan dio un trago a su cantimplora. Debía haber usado shorts y sandalias en vez de los jeans negros y botas del Aux. No tenía ya ningún motivo para seguir usando esa ropa, en realidad.

Tharion continuó con la mirada concentrada en el bulto en la ribera del río. Lo había descubierto una nutria al pasar.

—La muerte fue al estilo de una ejecución.

La muerte no era nada nuevo. A sus veintidós años, Ithan sólo deseaba no estar tan familiarizado con ella como para ya ni siquiera parpadear. Pero ésa era la vida de un lobo. De un Holstrom.

Tharion señaló:

—Bala gorsiana en el muslo derecho para evitar que se transformara en foca y luego un desangrado lento con un corte en la arteria femoral. Laceraciones múltiples que indican que el asesino abrió la incisión en el muslo continuamente para que siguiera sangrando hasta morir.

Que Cthona lo salvara.

—O hasta que el asesino obtuviera sus respuestas —agregó Ithan.

El grupo, tres de los miembros del equipo de Tharion, lo volteó a ver. Lo habían traído aquí por una razón, para que usara su nariz. Aparentemente, eso no incluía el derecho a hablar.

—O eso —dijo Tharion y se cruzó de brazos. Miró a Ithan.

No digas nada; tengo el mismo instinto que tú sobre esto.

Al menos, eso fue lo que Ithan pensó que estaba transmitiendo la mirada. Se había vuelto bueno para evaluar las miradas y gestos delatores de otros gracias a sus años en el campo de solbol.

Tharion le dijo al grupo:

—Bien. Continúen documentando la escena y luego veamos si podemos averiguar su nombre.

La gente se empezó a alejar para seguir sus órdenes y Tharion se hizo a un lado para olfatear el aire.

Una voz masculina habló a la izquierda de Ithan.

—Oye, tú jugabas solbol, ¿verdad?

Ithan volteó a ver a un mer de rostro sonrosado con el rompevientos azul de UICA a un par de metros de distancia. Tenía un walkie-talkie en la mano.

Ithan gruñó:

—Sí.

—Para UCM. Tú eras uno de los chicos Holstrom.

Eras. Todo en su vida estaba en el pasado ahora. *Eras el hermano de Connor. Eras parte de una jauría. Eras miembro del Aux. Eras jugador de solbol. Eras amigo de Bryce. Eras normal. Eras feliz.*

—El mismísimo.

—¿Por qué dejaste de jugar? O sea, podrías ser el mejor jugador de los profesionales ahora.

Ithan no sonrió e intentó verse lo más desinteresado posible.

—Tenía otros planes.

—¿Aparte de jugar solbol profesionalmente? —preguntó el hombre con la boca abierta. Como si no tuvieran al lado el cuerpo mutilado de la selkie.

Todos los estaban viendo ahora. Ithan había crecido siendo siempre observado así: había triunfado y fracasado espectacularmente frente a miles de personas, día tras día, durante años. Nunca se volvió más fácil.

—Holstrom —interrumpió la voz de Tharion y, afortunadamente, lo alejó de esa conversación.

Ithan le asintió al hombre con el que hablaba y se dirigió hacia el sitio donde estaba el capitán junto al río. Tharion murmuró:

—¿Hueles algo?

Ithan inhaló. Sangre y podredumbre y agua y hierro y...

Olfateó de nuevo, más profundamente, separando las capas. Sal y agua y foca. Eso era la selkie. Luego...

—Hay un olor humano aquí. En ella —asintió hacia la selkie que yacía entre las hojas y la maleza seca—. Dos humanos.

Tharion no dijo nada mientras jugaba con un listón de agua entre sus dedos. Los mer eran similares a los duendecillos de agua en ese aspecto: podían invocar agua del aire.

Ithan empezó a caminar por el claro poniendo atención a no alterar las huellas. Iba notando y olfateando las ligeras alteraciones en la tierra y las hojas y los palos.

Volvió a olfatear y guardó en su cerebro todos esos olores para clasificarlos.

—¿No sería más sencillo en tu forma de lobo? —preguntó Tharion y se recargó contra un árbol.

—No —mintió Ithan y continuó moviéndose. No podía soportar adoptar esa forma, sentir a ese lobo de alma vacía.

Volvió a olfatear unas veces más y luego caminó hacia Tharion para decirle en voz baja:

—Hay el olor de una humana en toda esta zona. Pero el segundo olor... es de un humano. Es un poco raro, pero humano —exactamente como Ithan habría descrito a un humano parte pájaro de trueno—. Sólo está en la selkie. Sólo un ligero olor.

—¿Eso qué te dice? —preguntó Tharion también en un susurro y con la mirada fija en el resto del equipo que documentaba la escena del crimen.

—¿Mi suposición?

—Sí, dame tus primeras impresiones.

Ithan miró a los mer a su alrededor. Su sentido del oído tal vez no era igual de agudo que el de él pero...

—Creo que deberíamos estar en un sitio más seguro.

Tharion lo miró con un *hmm* contemplativo. Luego llamó al grupo de investigadores:

—¿Algo más que hayan notado, chicos?

Nadie respondió.

Tharion suspiró.

—Muy bien. Colóquenla en una bolsa para llevarla de vuelta al laboratorio. Quiero los resultados lo antes posible, junto con una identificación.

Los demás se separaron y se dirigieron a los vehículos acuáticos que estaban en las orillas del Río Azul, atados con su magia de agua. Dejaron a Ithan y Tharion con el cuerpo.

El mer arqueó la ceja.

—Necesito regresar a la Corte Azul pero me gustaría que me compartieras tus impresiones mientras estén frescas. ¿Tienes tiempo?

—Tiempo es lo que me sobra —respondió Ithan.

Se preguntó cuándo se sentiría menos complicado tener tanto tiempo.

—Entonces, cuéntame —dijo Tharion. Se sentó en la silla de su oficina y encendió la computadora.

Ithan Holstrom se paró frente al ventanal y miró hacia el azul profundo del Istros. Vio pasar a las nutrias y los peces a toda velocidad. El lobo no había dicho mucho en el camino al Abajo, aunque a juzgar por sus ojos muy abiertos, nunca había estado ahí antes.

Ithan dijo sin voltear:

—Asumamos que los jugadores involucrados son quienes creemos que son. Creo que la selkie encontró al niño y lo ayudó a acercarse a Lunathion. Poco después, por la manera en que su olor sigue impregnado en su ropa, la selkie fue hallada y torturada por una mujer humana para extraer información sobre la ubicación de Emile. Por lo que sabemos sobre ella, yo diría que se trata de Pippa Spetsos.

Tharion torció la boca.

—Mis técnicos dijeron que llevaba un día muerta cuando la encontramos. ¿Eso se ajusta a tu información?

—Sí, aunque probablemente sea un poco menos. El olor del niño en su ropa era anterior. Por unas seis horas nada más.

—¿Por qué? —preguntó Tharion y apoyó la barbilla en sus manos.

—Porque ella no podría haber regresado al agua, o haberse cambiado de ropa, ya que todavía tenía su olor en ella. Según sé, los selkies rara vez pasan más de un día antes de transformarse para nadar. El agua habría eliminado el olor del niño.

Tharion lo pensó y le dio vueltas a la información en su mente.

—Pero no detectamos ninguna huella del niño en el claro.

—No —concordó Ithan y volvió a mirarlo—. Emile nunca estuvo en ese claro. La selkie debió haber llegado después.

Tharion miró el mapa de Ciudad Medialuna y sus alrededores, que estaba detrás de su escritorio.

—Ese sitio está entre el barco que yo investigué y la ciudad. Si se encontró con la selkie en alguna parte alrededor de ahí, definitivamente se está moviendo hacia

Lunathion. Y si esa muerte tiene menos de un día, tal vez acaba de llegar aquí.

—Y Pippa Spetsos, si ése es el olor que detecté en la selkie, también podría ya estar aquí.

—O uno de sus soldados, supongo —admitió Tharion—. De cualquier manera, Ocaso está cerca. Tenemos que ser cuidadosos.

—Pippa es humana.

—Es una rebelde peligrosa, capaz de matar a un vanir gracias a esas balas gorsianas. Además de ser una psicópata que disfruta matar hasta al más inocente. No nos acercaremos a ella sin preparación y un plan bien pensado.

Con suerte, encontrarían a Emile primero y no tendrían que lidiar con Pippa para nada.

Ithan resopló.

—Podemos con ella. Mi hermano derrotó a Philip Briggs.

—Algo me dice que Pippa podría ser peor que Briggs.

—Para nada—dijo Ithan con tono de burla.

Tharion no se tomó la molestia de disimular su seriedad.

—A mí me gusta estar vivo. No voy a arriesgarme a morir porque tú tengas una visión exagerada de tus habilidades de lobo.

—Vete al carajo.

Tharion se encogió de hombros.

—Mi río, mis reglas, cachorro.

Se escuchó un trueno desde las alturas que hizo eco en los pasillos silenciosos e incluso hizo temblar el cristal grueso.

—Puedo buscarla por mi cuenta.

Tharion sonrió incrédulo.

—No mientras estés atrapado aquí abajo.

Los ojos de Ithan se abrieron como platos.

—¿En serio? ¿Me apresarías?

—Por tu propia seguridad, sí. ¿Sabes qué me haría Bryce si tú aparecieras muerto? Nunca volvería a tocar su ropa interior.

Ithan se quedó viéndolo con la boca abierta. Luego soltó una carcajada. Era un sonido profundo y algo ronco, como si no lo hubiera producido en mucho tiempo.

—Me sorprende que Athalar te permita seguir vivo.

—¿Sabes qué le haría Bryce a Hunt si *yo* apareciera muerto? —Tharion sonrió—. Mi dulce Piernas me apoya.

—¿Por qué la llamas así? —preguntó Ithan con cautela.

Tharion volvió a encogerse de hombros.

—¿En verdad quieres que te responda eso?

—No.

Tharion sonrió.

—De cualquier manera, la verdadera pregunta es si Emile se está dirigiendo hacia el sitio que Danika insinuó en sus correos.

Holstrom ya le había informado sobre los documentos y los recortes de periódico que él y Bryce habían descubierto el día anterior, pero ninguno les daba una pista sobre la posible ubicación del punto de encuentro.

La puerta de la oficina de Tharion se abrió y entró una de sus oficiales, Kendra. La centinela rubia se detuvo bruscamente al ver a Ithan. El movimiento hizo que su cabellera se meciera. Miró a Tharion, quien asintió. Podía hablar frente al lobo.

—La jefa quiere verte en sus habitaciones. Está en uno de sus... estados de ánimo.

Carajo.

—Pensé que había escuchado un trueno —dijo Tharion y movió la barbilla hacia la puerta cuando Kendra se fue—. Hay una sala al fondo de este pasillo a la izquierda. Puedes ver televisión, comer algún bocadillo, lo que quieras. Regreso... pronto. Luego podremos empezar a buscar a ese niño.

Y con suerte, evitar a Pippa Spetsos.

Tharion aprovechó el recorrido hacia las habitaciones de su reina para tranquilizar sus nervios ante la tormenta que se avecinaba. Tenía que ser algo grave si estaba lloviendo Arriba durante los meses secos del verano.

Bryce se abanicó la cara en el calor del verano y le agradeció a Ogenas, la Portadora de Tormentas, por la lluvia que estaba a unos momentos de caer. O al vanir que estuviera haciendo una rabieta. A juzgar por la rapidez con que la tormenta llegó para arruinar el perfecto cielo azul, era probable que fuera lo segundo.

—No hace *tanto* calor —dijo Ruhn mientras caminaban por la acera hacia las instalaciones de entrenamiento del Aux en el borde de la Vieja Plaza y Moonwood. La habitación vacía y cavernosa por lo general se utilizaba para reuniones grandes, pero él la había reservado una vez a la semana a esta hora para su entrenamiento regular.

Tendrían un nuevo miembro hoy. Eso si el príncipe Cormac se dignaba a presentarse para empezar el entrenamiento de Bryce, como lo había prometido.

—No sé cómo puedes estar usando una chamarra de cuero —dijo Bryce, que sentía cómo se le pegaban los muslos sudorosos con cada paso.

—Tengo que ocultar las armas —respondió Ruhn y se dio unas palmadas en las fundas debajo de la chamarra—. No puedo permitir que los turistas se pongan inquietos.

—Literalmente siempre cargas con una espada.

—El impacto en la gente es diferente si tienes una pistola.

Era cierto. Randall le había enseñado eso hacía mucho tiempo. Las espadas podían significar esperanza, resistencia, fuerza. Las pistolas significaban muerte. Debían ser respetadas pero sólo como armas para matar, incluso en defensa propia.

El teléfono de Bryce sonó y miró el identificador de llamadas antes de silenciarlo y metérselo al bolsillo.

—¿Quién era? —preguntó Ruhn y la miró de reojo. Los truenos seguían retumbando. La gente empezó a dejar las calles y se metía a las tiendas y edificios para evitar la tormenta. Con el clima árido, las tormentas de verano solían ser violentas y rápidas, y podían provocar inundaciones en las calles.

—Mi madre —dijo Bryce—. La llamaré después —sacó una postal de su bolso y se la enseñó a Ruhn—. Probablemente me está llamando por esto.

—¿Una postal?

Al frente, decía ¡SALUDOS DESDE NIDAROS! con una tipografía alegre.

Bryce la volvió a guardar en su bolso.

—Sí. Es algo de cuando era niña. Cuando teníamos una pelea horrible, mi mamá me enviaba postales como una especie de disculpa rara. Tal vez no nos habláramos en persona pero nos empezábamos a comunicar a través de postales.

—¿Pero vivían en la misma casa?

Bryce rio.

—Sí. Ella las echaba por abajo de mi puerta y yo en la suya. Nos escribíamos de todo *excepto* la pelea. Lo seguimos haciendo cuando entré a UCM y después.

Bryce buscó en su bolso y sacó una postal en blanco con una nutria que saludaba. La postal decía ¡LUNATHION ES DE PELOS!

—Voy a enviarle una más tarde. Es más fácil que una llamada telefónica.

Él preguntó:

—¿Le vas a contar... todo?

—¿Estás loco?

—¿Y sobre el engaño del compromiso de boda? Seguramente eso te la quitaría de encima un rato.

—¿Por qué crees que estoy evitando sus llamadas? —preguntó Bryce—. Me va a decir que estoy jugando con fuego. Literalmente, si consideramos el poder de Cormac. No hay manera de ganar con ella.

Ruhn rio.

—¿Sabes?, realmente me hubiera gustado tenerla como madrastra.

Bryce soltó una risita.

—Sería extraño. Eres como unos veinte años mayor que ella.

—Eso no significa que no necesite una mamá que me regañe de vez en cuando.

Lo dijo con una sonrisa pero... La relación de Ruhn con su madre era tensa. Ella no era cruel, sólo mentalmente ausente. Ruhn la cuidaba estos días. Sabía que su padre no lo haría.

Bryce habló sin pensar.

—Estoy pensando en ir a casa, en Nidaros, para el Solsticio de Invierno. Hunt vendrá conmigo. ¿Quieres venir?

Ahora que ella y Hunt habían reajustado su calendario, Bryce supuso que podía portarse como una persona decente e ir a casa en las fiestas.

Eso si su mamá la perdonaba por el compromiso. Y por no decirle.

La lluvia empezó a caer sobre el pavimento pero Ruhn se detuvo. Sus ojos se llenaron de tal esperanza y felicidad que a Bryce le dolió el pecho. Su hermano dijo:

—¿Vas a llevar a Hunt a casa, eh?

Bryce no pudo evitar sonrojarse.

—Sí.

—Es un paso importante, llevar al novio a casa.

Ella hizo un ademán para quitarle peso a la situación pero el diluvio que empezó a caer en ese instante la distrajo. Todavía les faltaban cinco cuadras para llegar al centro de entrenamiento.

—Esperemos un poco —dijo y se metió bajo el toldo de un restaurante vacío.

El Istros estaba a una cuadra de distancia, tan cerca que Bryce podía ver los velos de lluvia que azotaban su superficie. Ni siquiera los mer salían con esta tormenta.

La lluvia chorreaba desde el toldo, en cascadas gruesas, y se unía al río que ya fluía hacia la alcantarilla abierta en la esquina. Intentando hablar a un volumen adecuado para que Bryce lo escuchara a pesar del escándalo de la lluvia, Ruhn dijo:

—¿De verdad quieres que los acompañe?

—No te lo hubiera preguntado si no lo quisiera.

Asumiendo que siguieran vivos para diciembre. Si esta mierda de la rebelión no los mataba a todos antes.

Ruhn tragó saliva y su garganta tatuada se movió.

—Gracias. Normalmente paso las fiestas con Dec y su familia pero... no creo que les importe si no voy este año.

Ella asintió y los envolvió un silencio incómodo. Por lo general tenían el entrenamiento para mantenerse ocupados durante los silencios tensos, pero ahora, atrapados bajo la lluvia... Ella se mantuvo callada y esperó a ver qué diría Ruhn.

—¿Por qué no quieres tocar la Espadastral?

Ella lo volteó a ver y miró la empuñadura negra de la espada que se asomaba por encima del hombro de su hermano.

—Es tuya.

—También es tuya.

—Yo tengo la espada de Danika. Y tú encontraste la Espadastral primero. No me parece justo usarla.

—Tú eres más astrogénita que yo. Tú deberías tenerla.

—Qué estupidez —dijo ella y retrocedió un paso—. No la quiero.

Podría jurar que la lluvia, el viento, pausaron. Parecía que escuchaban. Incluso la temperatura pareció descender.

—Aidas dijo que tú tienes la luz de la verdadera reina astrogénita. Yo sólo soy el heredero de un cabrón violador.

—¿Importa? Me gusta que tú seas el Elegido.

—¿Por qué?

—Porque... —se acomodó el cabello detrás de las orejas y luego se puso a jugar con el borde de su camiseta—.

Ya tengo una estrella en el pecho —se tocó la cicatriz suavemente. El vello de sus brazos se erizó en respuesta—. No necesito agregar una espada elegante.

—¿Pero yo sí?

Ella se obligó a mirar a su hermano a los ojos.

—¿Honestamente? Creo que tú no sabes lo especial que eres, Ruhn.

Los ojos azules de Ruhn se encendieron.

—Gracias.

—Lo digo en serio —lo tomó de la mano y la luz en su pecho brilló—. La espada llegó contigo primero por alguna razón. ¿Cuándo fue la última vez que existieron dos miembros de la realeza Astrogénita juntos? Hay una tonta profecía de las hadas que dice: *Cuando la daga y la espada se reúnan, también se reunirá nuestra gente.* Tú tienes la Espadastral. Qué tal si... no sé. ¿Qué tal que existe un cuchillo para mí en alguna parte? Pero, más allá de eso, ¿a qué está jugando Urd? ¿O es Luna? ¿Cuál es la meta final?

—¿Crees que los dioses tienen algo que ver en esto?

De nuevo, el vello en sus brazos se erizó. La estrella en su pecho se atenuó y luego se apagó. Le dio la espalda a Ruhn y miró la calle azotada por la lluvia.

—Después de esta primavera, no puedo evitar pensar si *hay* algo más allá. Algo que esté guiando todo esto. Si hay algo en ciernes que... no sé. Algo más grande de lo que podemos comprender.

—¿A qué te refieres?

—El Averno es otro mundo. Otro *planeta*. Aidas dijo eso. Hace meses, quiero decir. Los demonios veneran a dioses distintos a los nuestros pero, ¿qué pasa cuando los mundos se empalman? Cuando los demonios vienen aquí, ¿sus dioses vienen con ellos? Y todos nosotros, los vanir... venimos de otra parte. Somos inmigrantes en Midgard. ¿Pero qué sucedió con nuestros mundos de origen? ¿Nuestros dioses? ¿Siguen prestándonos atención? ¿Nos recuerdan?

Ruhn se frotó la mandíbula.

—Esta mierda es demasiado sacrílega para la hora del almuerzo. Las postales de tu mamá, eso lo puedo manejar. ¿Esto? Necesito café.

Ella sacudió la cabeza y cerró los ojos, incapaz de reprimir el escalofrío que le recorrió la columna.

—Sólo tengo una sensación.

Ruhn no dijo nada y ella volvió a abrir los ojos. Ruhn ya no estaba.

Un segador podrido y sin velo, con la capa negra y la túnica pegadas a su cuerpo huesudo y con la lluvia escurriendo por su cara flácida y grisácea, se estaba llevando a su hermano inconsciente al otro lado de la calle empapada. Sus ojos color verde ácido brillaban como si estuvieran encendidos por el fuego del Averno.

La lluvia debió haber ocultado a la criatura mientras se acercaba. Ella tenía erizado el vello de los brazos pero lo había atribuido a su conversación peligrosa. No había nadie más en la calle... ¿sería porque todos los demás de alguna manera habían percibido al segador?

Bryce corrió hacia la lluvia implacable con un rugido en la garganta pero era demasiado tarde. El segador había metido a Ruhn en una alcantarilla abierta con sus dedos demasiado largos que terminaban en uñas rotas y afiladas y luego había entrado detrás de él.

24

Ruhn iba a la deriva.

En un instante, estaba hablando con Bryce sobre dioses y destino y esa mierda. Al siguiente, algo frío y podrido le había respirado en la oreja y ahora estaba en este negro vacío, sin arriba ni abajo.

¿Qué carajos había pasado? Algo lo había atacado por sorpresa a él y *carajo*, Bryce...

Night.

La voz femenina revoloteaba desde todas las direcciones y desde ninguna.

Night, abre los ojos.

Giró hacia la voz.

¿Daybright?

Abre los ojos. Despierta.

¿Qué sucedió? ¿Cómo encontraste mi mente? No tengo el cristal.

No tengo idea de qué te pasó. Ni cómo encontré tu mente. Sólo sentí... No sé qué sentí, pero el puente de pronto estaba ahí. Creo que estás en grave peligro, donde sea que estés.

Su voz hacía eco desde arriba, desde abajo, desde dentro de sus huesos.

No sé cómo despertar.

Abre los ojos.

No me digas.

Ella ladró: *¡Despierta! ¡Ahora!*

Algo familiar retumbó en su voz. No podía ubicarlo.

Y luego ella estaba ahí, con la flama ardiente, como si el vínculo entre sus mentes se hubiera solidificado. Brillaba con fuerza, como una fogata. Su cabello flotaba alrededor de su cabeza. Como si ambos estuvieran bajo el agua.

¡Despierta!, rugió ella y las flamas crepitaron.

¿Por qué conozco tu voz?

Puedo asegurarte que no la conoces. Y estás a punto de acabar muerto si no despiertas.

Tu olor...

No me puedes oler.

Sí puedo. Lo conozco.

Yo nunca te he conocido y tú nunca me has conocido...

¿Cómo puedes saber eso, si no sabes quién soy?

¡ABRE LOS OJOS!

Había oscuridad y el rugido de agua que corría. Ésa fue la primera patética observación de Bryce sobre el alcantarillado cuando cayó en el río subterráneo que corría debajo de la ciudad.

No se permitió pensar sobre lo que nadaba o flotaba en el agua mientras daba brazadas hacia el pasillo de piedra que se extendía a las orillas de la corriente, emergiendo y mirando en todas direcciones en busca del segador. De Ruhn.

Nada salvo penumbra, apenas iluminada por la tenue luz que se escabullía entre las rejillas en la parte superior. Miró a su interior, a la estrella en su pecho. Inhaló profundamente. Y cuando exhaló, estalló la luz.

Creaba contrastes pronunciados, relieves descarnados, rocas plateadas, agua color marrón, el techo con arcos...

Bueno, ahí estaba su hermano.

Y cinco segadores.

Los segadores flotaban sobre el río del alcantarillado. Sus túnicas flotaban tras ellos. Ruhn estaba inconsciente y colgaba entre dos de ellos. Todavía traía la Espadastral en la espalda. O eran demasiado estúpidos para desarmarlo o no querían tocarla.

—¿Qué carajos quieren? —exigió saber Bryce y dio un paso hacia ellos. El agua chorreaba desde arriba y el río estaba creciendo con rapidez.

—Traemos un mensaje —entonaron los segadores juntos. Como si fueran una sola mente.

—Hay maneras más fáciles para enviarlo —les escupió y avanzó otro paso.

—Ni un paso más —le advirtieron y dejaron caer a Ruhn unos centímetros para enfatizar sus palabras. Como si fueran a dejarlo caer inconsciente al agua para que se ahogara.

Uno de ellos quedó un poco más cerca de Ruhn cuando lo volvieron a atrapar. La empuñadura de la Espadastral le rozó la túnica. El segador siseó y se alejó.

De acuerdo, definitivamente no querían tocar la espada.

Sin embargo, eso se convirtió en la menor de sus preocupaciones cuando aparecieron a sus espaldas otros cinco segadores desde la oscuridad. Buscó el teléfono en su bolsillo trasero, pero los segadores que tenían sostenido a Ruhn lo dejaron caer otro par de centímetros.

—Nada de eso —dijeron y el sonido hizo eco a todo su alrededor.

Despierta, le dijo a la mente de Ruhn. *Despierta de una puta vez y haz mierda a estos cabrones.*

—¿Qué quieren? —volvió a preguntar.

—Nos envía el Príncipe del Foso.

Ella sintió que se le helaba la sangre.

—Ustedes no son sus sirvientes. Dudo que su verdadero rey esté de acuerdo con esto.

—De cualquier manera portamos su mensaje.

—Bajen al príncipe Ruhn y hablaremos.

—¿Y que uses la estrella sobre nosotros? Lo dudamos.

Ella giró e intentó mantenerlos a todos en su campo de visión. Ruhn podría sobrevivir ser arrojado al río, pero había límites. ¿Cuánto tiempo podría aguantar un vanir que hubiera hecho el Descenso sin oxígeno? ¿O sería un proceso tortuoso de ahogarse, sanar y ahogarse de nuevo hasta que incluso su fuerza inmortal se agotara y finalmente muriera?

No lo quería averiguar.

—¿Cuál es el mensaje? —exigió saber.

—Apollion, el Príncipe del Foso, está listo para atacar.

A ella se le heló la sangre al escuchar el nombre pronunciado en voz alta.

—¿Va a declarar la guerra?

Aidas había dicho algo similar el día anterior, pero había dado a entender que los ejércitos estarían del lado de *ella*. Pensó que él estaba ofreciendo ayuda con lo que fuera que estuviera planeándose en el Averno.

—El Príncipe del Foso quiere un oponente digno esta vez. Uno que no se rompa con tanta facilidad, como el príncipe Pelias hace tanto tiempo. Insiste en enfrentarse a *ti*, Astrogénita, cuando estés en la plenitud de tu poder.

Bryce ladró una risotada.

—Díganle que yo iba literalmente de camino a mi entrenamiento cuando ustedes mediasvidas me interrumpieron —le temblaron los huesos al pensar a quién representaban pero continuó hablando—. Díganle que acaban de noquear a mi tutor.

—Entrena más. Entrena mejor. Él está esperando.

—Gracias por los ánimos.

—Tu falta de respeto no es apreciada.

—Sí, bueno, su secuestro de mi hermano definitivamente tampoco es apreciado.

Ellos se estremecían de ira y Bryce se encogió un poco.

—El Príncipe del Foso ya está buscando entre las nieblas del Sector de los Huesos para encontrar al otro que podría ser un oponente digno... o su mayor arma.

Bryce abrió la boca pero la cerró antes de que se le saliera la palabra *¿Emíle?* Pero, *carajo*, ¿Apollion también estaba buscando al niño? ¿Sería el Sector de los Huesos después de todo a lo que se refería Danika? Su mente no paraba de girar, empezó a calcular plan tras plan, y luego dijo:

—Me sorprende que el Rey del Inframundo le permita a Apollion recorrer su territorio sin más.

—Incluso quienes cuidan de los muertos le son deferentes al Príncipe del Foso.

El corazón de Bryce se hundió. Emile *sí* estaba en el Sector de los Huesos. O al menos eso creía Apollion. ¿Qué carajos estaba pensando Danika al decirle a Sofie que era seguro ahí?

Antes de que Bryce pudiera preguntar más, los segadores dijeron como uno solo:

—Tú vendiste tu alma, Bryce Quinlan. Cuando llegue tu hora, vendremos a hacerla trizas.

—Es una cita.

Tenía que encontrar la manera de ir por Ruhn, ser más rápida y más inteligente que ellos...

—Tal vez podamos tener una demostración tuya ahora —se abalanzaron hacia ella.

Bryce hizo brillar su luz y se recargó contra la pared curva del túnel. El agua chocaba con el borde del pasillo y salpicaba sus tenis color rosa neón.

Los segadores retrocedieron en un instante pero a pesar de sus amenazas, continuaron sosteniendo a Ruhn entre ellos. Así que Bryce reunió el poder que tenía dentro, lo dejó llegar a su cúspide en un parpadeo y luego...

Otra explosión. Pero no surgió de ella sino de otra parte. Una explosión de noche pura.

En un instante, el segador que estaba junto a ella desapareció. Se desvaneció en la nada. Los otros gritaron, pero...

Bryce gritó cuando Cormac apareció repentinamente, flotando sobre el río, con los brazos alrededor de otro segador y luego desapareció otra vez.

Volvió a aparecer. De nuevo, tomó a otro segador y desapareció.

Lo que ya estaba muerto no se podía matar. Pero podían ser... removidos. O lo que fuera que les estuviera haciendo Cormac.

Cormac volvió a aparecer. Su cabello rubio brilló cuando rugió:

—*¡USA LA PUTA LUZ!*

Ella volteó hacia donde miraba Cormac. Veía a Ruhn. Los segadores que lo sostenían en el aire.

Bryce aumentó su poder y empezó a brillar con el poder de una supernova. Los segadores gritaron y cumplieron con su amenaza. Soltaron a Ruhn hacia el agua agitada...

Cormac lo atrapó antes de que chocara con la superficie espumosa. Volvieron a desaparecer.

Los segadores se arremolinaban, gritando y siseando. Bryce brilló con fuerza de nuevo y se alejaron rápidamente hacia las sombras más oscuras.

Entonces Cormac regresó y le lanzó algo a ella, la Espadastral. Debió habérsela quitado a Ruhn. Bryce no se detuvo a pensar y la desenvainó. La luzastral hizo erupción de la espada negra. Como si su metal se hubiera forjado con fuego iridiscente.

Un segador atacó y Bryce movió la espada hacia arriba, un bloqueo a ciegas y poco agraciado que sin duda hubiera horrorizado a Randall.

Pero la cuchilla tocó la tela y la carne putrefacta y el hueso antiguo. Y por primera vez, tal vez por única vez en ese mundo, un segador sangró.

Gritó, un sonido tan penetrante como el grito de un halcón. Los demás aullaron, horrorizados y rabiosos.

La Espadastral cantó con luz y el poder de Bryce fluyó hacia el arma. La activó. Y nada se había sentido jamás tan bien, tan fácil, como clavar esa espada en el pecho huesudo del segador herido. Se arqueó, aulló y le brotó sangre negra de los labios marchitos.

Los otros gritaron entonces. Con tanta fuerza que Bryce pensó que el sonido podría derrumbar el túnel del alcantarillado, con tanta fuerza que ella casi soltó la espada para taparse las orejas.

Los segadores atacaron pero Cormac apareció frente a ella en una cascada de sombras. La tomó por la cintura, casi la derribó, y se esfumaron.

El viento rugía y el mundo se alejó bajo sus pies en un instante pero...

Aterrizaron dentro del centro de entrenamiento del Aux. Ruhn tosía en el piso a su lado. El pino pulido estaba muy limpio excepto por el lugar donde ellos tres estaban goteando agua del drenaje.

—¿Tienes la puta capacidad de *teletransportarte*? —inhaló Bryce y giró para ver a Cormac a los ojos.

Pero la mirada de Cormac estaba en la Espadastral. Su rostro se veía cenizo. Bryce miró la espada, que todavía tenía sostenida con fuerza entre sus dedos. Como si su mano se negara a soltarla.

Con dedos temblorosos, la guardó en su funda de nuevo. Disminuyó su luz. Pero la Espadastral seguía cantando y Bryce no sabía qué pensar de eso.

De la espada que había matado lo que no se podía matar.

PARTE DOS

EL ABISMO

25

Tharion miró a los dos sobeks que descansaban a los pies de su reina. Sus poderosos cuerpos llenos de escamas estaban tendidos sobre los escalones de la plataforma. Con los ojos cerrados, lo único que confirmaba que seguían vivos eran las burbujas que salían de sus hocicos largos. Hocicos que eran capaces de arrancar un brazo de una mordida veloz.

El trono de la Reina del Río había sido tallado en una enorme montaña de corales de río que surgían del suelo rocoso. Lunathion estaba lo suficientemente cerca de la costa para que el agua en esta parte del Istros tuviera la sal necesaria para que sobrevivieran criaturas marinas. El montículo estaba adornado por vibrantes corales, ramilletes de anémonas, el encaje ondulado de los abanicos marinos y los ocasionales listones arcoíris de las anguilas iris. Tharion tenía la sensación de que la magia de su reina había creado una buena parte de todo eso.

Con movimientos poderosos de su cola para conservar su posición a pesar de la fuerte corriente que fluía por ahí, Tharion inclinó la cabeza.

—Su Majestad.

A estas alturas, el esfuerzo contra la corriente ya era un instinto natural, pero sabía que ella había elegido esta ubicación para su trono para que todos los que se presentaran ante ella estuvieran un poco desbalanceados, y tal vez un poco menos reservados como resultado.

—¿Me llamó, Su Majestad?

—Me han informado —dijo la reina con el cabello oscuro flotando sobre su cabeza— que invitaste a mi hija a salir en una cita.

Tharion se concentró en mantener su cola en movimiento para poder permanecer en el mismo lugar.

—Sí. Pensé que lo disfrutaría —dijo.

—La invitaste a una cita *Arriba*. ¡Arriba!

Tharion levantó la barbilla y mantuvo las manos entrelazadas detrás de su espalda. Una posición servil y vulnerable que sabía era la preferida de su reina porque dejaba expuesto todo su pecho frente a ella. Su corazón estaba al alcance del afilado cuchillo de cristal marino que reposaba en el brazo de su trono, o al alcance de las bestias que dormitaban a sus pies. Ella tenía el poder de destrozarlo en un instante, pero él sabía que le gustaba la emoción de la cacería.

Él nunca lo entendió, hasta que encontró al asesino de su hermana y optó por desgarrar en pedazos al metamorfo de pantera con sus propias manos.

—Mi única intención era complacerla —dijo Tharion.

Pero los dedos de la Reina del Río se clavaron en los brazos labrados de su trono.

—Sabes lo abrumada que se sentiría. Es demasiado frágil para estas cosas.

Tharion inhaló profundamente con sus agallas. Exhaló antes de decir:

—Se supo conducir muy bien en la Cumbre.

Eso era una verdad a medias. Ella no había hecho nada de valor en la Cumbre, pero al menos no se la había pasado escondida todo el tiempo.

Las anémonas se encogieron, una advertencia instantánea de la ira de su reina cuando respondió:

—Eso fue en un sitio vigilado y organizado. Lunathion es un bosque salvaje de distracciones y placeres. La devorará entera.

Las anguilas arcoíris percibieron su tono y se escondieron entre las grietas y agujeros alrededor del trono.

—Me disculpo por cualquier angustia que la sugerencia le haya provocado a usted o a ella.

No se atrevió siquiera a apretar los dedos para formar un puño.

La reina lo estudió con concentración similar a la de los sobeks a sus pies cuando estaban a punto de atacar.

—¿Cómo vas progresando con el asunto del chico Renast?

—Tengo motivos para creer que acaba de llegar a esta ciudad. Tengo a mi gente buscándolo.

No habían encontrado nuevos cuerpos hoy, para bien o para mal. Sólo podía rezar que esto no significara que Pippa Spetsos había logrado encontrar al niño.

—Quiero a ese niño en la Corte Azul en el momento que sea encontrado.

Pippa o la Reina del Río. Arriba o Abajo. Las opciones para Emile Renast eran limitadas.

Cuando tuvieran al chico acá abajo, no podría regresar Arriba a menos que la Reina del Río así lo deseara. O que los asteri despacharan una de sus unidades acuáticas de élite para sacarlo. Pero eso significaría que estarían ya enterados de la traición de la Reina del Río.

Pero Tharion se limitó a asentir. Como siempre lo había hecho. Como siempre lo haría.

—Aprehenderemos pronto a Emile.

—Antes que Ophion.

—Sí.

No se atrevió a preguntarle por qué se estaba molestando con todo esto. Desde el instante en que escuchó sobre los rumores del niño capaz de hundir esos Omegas con su magia que drenaba poder, quiso a Emile. No compartió sus razones. Nunca lo hacía.

—Y antes que cualquier otra corte de los ríos.

Tharion levantó la cabeza ante ese comentario.

—¿Piensa que ellos también saben sobre Emile?

—Las corrientes me lo susurraron. No sé por qué mis hermanas no se enterarían de los mismos susurros del agua.

Las reinas de los cuatro grandes ríos de Valbara, el Istros, el Melanthos, el Niveus y el Rubellus (el Azul, el Negro, el Blanco y el Rojo, respectivamente) eran rivales desde hacía mucho tiempo y todas eran poderosas y tenían dones de magia. Todas eran vanidosas y antiguas y estaban aburridas.

Aunque Tharion tal vez no conociera los planes más íntimos de su reina, sí podía asumir que ella quería encontrar al niño por los mismos motivos que Pippa Spetsos: para usarlo como arma para que las reinas de las cortes Negra, Blanca y Roja le cedieran el poder. Con el niño bajo su hechizo, potencialmente lo podría usar para extraer sus poderes, para usar toda esa energía elemental en su contra y expandir su esfera de influencia.

Pero si ellas también sabían de Emile, ¿entonces ya habrían planeado enfrentar a la Corte Azul? ¿Y si la Reina de la Corte Roja deseaba derrocar a su reina, usar los dones de Emile para drenar su poder... él se opondría?

Unos años atrás habría respondido que por supuesto que sí.

Pero ahora...

Tharion miró hacia la superficie. El tenue y atrayente listón de luz.

Luego se dio cuenta de que ella lo miraba con atención. Como si pudiera escuchar todos sus pensamientos. El sobek a su izquierda abrió un ojo de pupila vertical en un fondo cetrino con vetas verdes.

Su reina preguntó:

—¿Las cosas son tan maravillosas Arriba que sufres el tiempo que pasas Abajo?

Tharion mantuvo una expresión neutral y agitó sus aletas con gracia estática.

—¿No pueden ser maravillosos ambos reinos?

El segundo sobek abrió un ojo también. ¿Abrirían sus fauces a continuación?

Comían de todo. Carne fresca, basura y, tal vez lo más importante, los cuerpos de los muertos considerados indignos. Que el barco negro de una persona se volcara de camino al Sector de los Huesos era la peor humillación y juicio: un alma que no se consideraba digna de entrar al sitio sagrado de descanso y cuyo cuerpo se convertía en alimento de las bestias de río.

Pero Tharion mantuvo las manos entrelazadas a sus espaldas, dejó el pecho expuesto, listo para ser hecho pedazos. Que ella viera su apertura, su completa sumisión ante su poder.

Su reina sólo dijo:

—Sigue buscando al niño. Infórmame en cuanto averigües otra cosa.

Él agachó la cabeza.

—Por supuesto.

Dio un aletazo y se preparó para salir nadando en cuanto ella se lo permitiera.

Pero la Reina del Río dijo:

—Y... ¿Tharion?

Él no pudo disimular que tragó saliva al escuchar el tono suave e informal.

—¿Sí, mi reina?

Sus labios carnosos empezaron a esbozar una sonrisa. Tan similar a las de las bestias a sus pies.

—Antes de que invites a mi hija a salir Arriba de nuevo, creo que deberías ser testigo personalmente de la falta de respeto que tienen los de Arriba con los ciudadanos de Abajo.

La Reina del Río sabía elegir bien sus castigos. Tharion se lo reconocía.

Cuando iba nadando en la sección del muelle de la Vieja Plaza una hora más tarde, mantuvo la cabeza agachada mientras recogía basura.

Él era su Capitán de Inteligencia. ¿Cuánta de su gente ya se habría percatado de que él estaba aquí o ya habría escuchado de esto? Pinchó una caja de pizza semipodrida. Se deshizo en tres pedazos antes de que pudiera meterla en la bolsa gigante que flotaba detrás de él con la corriente.

La Reina del Río ansiaba tener a Emile. Pippa Spetsos iba dejando tras ella una estela de cadáveres en su cacería del niño y *esto* era lo prioritario para su reina?

Se escuchó el agua salpicar en la superficie a unos seis metros hacia arriba. Tharion levantó la mirada y vio una botella de cerveza vacía que se estaba llenando de agua y se iba hundiendo. Al otro lado de la superficie alcanzaba a distinguir a una mujer rubia que se reía de él.

Había intentado *pegarle* con la puta botella. Tharion hizo acopio de su magia y sonrió para sí mismo cuando una columna de agua bañó a la mujer. Varios gritos y gruñidos surgieron a su alrededor.

Le llovieron otras diez botellas.

Tharion suspiró y unas burbujas brotaron de sus labios. Capitán Loquesea, de verdad.

La Reina del Río se consideraba a sí misma una gobernante benévola que quería lo mejor para su gente pero trataba a sus súbditos con la misma dureza que cualquier asteri. Tharion se abrió paso entre los pilares del muelle cubiertos de mejillones, consciente de que los cangrejos y otras criaturas carroñeras del fondo del río lo observaban desde las sombras.

Algo tenía que cambiar. En este mundo, en las jerarquías. No sólo de la manera que quería Ophion sino... este desbalance de poder en todas las Casas.

Tharion desatoró una puta rueda de bicicleta de entre dos rocas con un gran esfuerzo de sus músculos. Un cangrejo azul gigante se acercó moviendo las tenazas para reprenderlo. *¡Mía!,* parecía estar gritando. Tharion retrocedió e hizo un ademán hacia la basura. *Toda tuya*, le indicó con un movimiento de mano. Y con un poderoso agitar de su cola, avanzó a lo largo del muelle.

Las lucesprístinas brillaban y creaban ondas luminosas en la superficie. Era como nadar en oro.

Algo tenía que cambiar. Al menos para él.

Ruhn colocó la Espadastral sobre el escritorio de su padre. El Rey del Otoño entró con seriedad por las puertas de su estudio.

Los botones superiores de la camisa negra de su padre estaban desabrochados. Su cabello rojo y lacio, que por lo general lucía impecable, se veía desordenado. Como si alguien hubiera estado pasando sus manos por ahí. Ruhn se estremeció.

Su padre vio la espada.

—¿Qué es tan importante como para tener que interrumpir mi reunión de la tarde?

—¿Así se le dice ahora?

Su padre lo miró con frialdad y se acomodó en la silla de su escritorio. Miró con atención la Espadastral desenfundada.

—Hueles a basura.

—Gracias. Es una nueva colonia que estoy probando.

Considerando la locura de la última hora, era un milagro que siquiera pudiera bromear ahora.

La agente Daybright había estado en su mente, gritándole que despertara. Eso era todo lo que recordaba antes de empezar a vomitar agua y sepan los dioses qué otras cosas, (*él* ciertamente preferiría no enterarse) en el piso del centro de entrenamiento del Aux.

Cormac ya se había ido para cuando Ruhn logró recuperarse. Aparentemente, quería buscar pronto en el área para ver si encontraba algún rastro de Emile o Sofie. Bryce seguía en shock cuando Ruhn logró preguntar qué carajos había sucedido.

Pero ella sólo le contó a grandes rasgos y luego pateó la Espadastral hacia él por el piso vacío del centro de entrenamiento y se marchó. Tras lo cual él se había apresurado a ver a su padre. Los dedos del Rey del Otoño estaban a punto de estallar en flamas, la primera advertencia de su impaciencia. Así que Ruhn preguntó:

—¿Qué dicen las leyendas sobre esta espada?

Su padre arqueó la ceja.

—Llevas décadas portándola. ¿Ahora quieres conocer su historia?

Ruhn se encogió de hombros. La cabeza todavía le dolía por el golpe que le habían dado los segadores. Tenía el estómago revuelto como si hubiera estado bebiendo toda la noche.

—¿Tiene poderes especiales? ¿Dones extraños?

El Rey del Otoño miró larga y fríamente a Ruhn, desde sus botas empapadas hasta su cabeza semiafeitada. Los mechones más largos de su cabello estaban sucios por su viaje al alcantarillado.

—Algo sucedió.

—Unos segadores me atacaron y la espada... reaccionó.

Era una manera de expresarlo. ¿Bryce se había mantenido alejada de la espada todos estos años porque de alguna manera percibía que, en sus manos, desataría horrores?

No quería saber lo que su padre haría con la verdad. Una espada que podía matar lo que no podía morir. ¿Cuántos gobernantes de Midgard maquinarían y asesinarían con tal de conseguirla? Empezando por su padre y acabando con los asteri.

Tal vez correrían con suerte y la información quedaría contenida entre los segadores. Pero el Rey del Inframundo...

Su padre se quedó inmóvil.

—¿Cómo reaccionó la espada?

—¿No le corresponde a un padre preguntar si su hijo está bien? ¿Y por qué lo atacaron los segadores?

—Te ves bien. Y asumo que hiciste algo para ofenderlos.

—Gracias por el voto de confianza.

—¿Lo hiciste?

—No.

—¿Cómo reaccionó la espada en presencia de los segadores?

—Brilló. Y ellos huyeron —era sólo una mentira a medias—. ¿Tienes idea de por qué?

—Ya están muertos. Las espadas no son una amenaza para ellos.

—Bueno, pues... se asustaron.

Su padre estiró la mano hacia la espada pero se detuvo al pensarlo mejor. No era suya.

Ruhn controló su sonrisa de satisfacción. Pero, durante un largo rato, su padre se quedó observando los globos y modelos de sistemas solares que adornaban su oficina.

Ruhn miró su propio sistema solar al centro. Siete planetas alrededor de una estrella masiva. Siete asteri, técnicamente seis ahora, para gobernar Midgard. Siete príncipes del Averno para desafiarlos.

Siete puertas en esta ciudad a través de las cuales el Averno había intentado invadir en la primavera.

Siete y siete y siete y siete... siempre ese número sagrado. Siempre...

—Es una espada antigua —dijo el Rey del Otoño por fin y sacó a Ruhn de sus divagaciones—, de otro mundo. Está hecha del metal de una estrella fugaz: un meteorito. Esta espada existe más allá de las leyes de nuestro planeta. Tal vez los segadores percibieron eso y se alejaron temerosos.

Los segadores ya se habían enterado con precisión qué tan fuera de las leyes del planeta estaba esta espada. Los podía *matar*, con un carajo.

Ruhn abrió la boca pero su padre lo volvió a oler y frunció el ceño.

—¿Y cuándo me ibas a compartir que tu hermana estuvo involucrada en este incidente? Ella es aún más imprudente que tú.

Ruhn intentó apagar la chispa de rabia que se encendió en su estómago.

—Sólo sirve para procrear, ¿verdad?

—Debería considerarse afortunada de que yo la valore lo suficiente para eso.

—Tú deberías considerarte afortunado de que ella no viniera a partirte la cara por el compromiso con Cormac.

Su padre caminó hacia la elegante cava de madera detrás de su escritorio y sacó un decantador de cristal lleno de algo que olía como whisky.

—Oh, llevo días esperándola —dijo, se sirvió un vaso sin molestarse en ofrecerle a Ruhn y se lo bebió de un trago—. Supongo que la convenciste de no hacerlo.

—Ella sola decidió que no valía la pena hacer el esfuerzo por ti.

La mirada de su padre hervía cuando colocó el vaso y el decantador en el borde de su escritorio.

—Si la espada está haciendo cosas —dijo el Rey del Otoño sin hacer caso al insulto de Ruhn—, entonces sugiero mantenerla alejada de tu hermana.

Demasiado tarde.

—Ya se la ofrecí. No la quiso. No creo que esté interesada en tus movimientos políticos.

Pero ella se había metido de inmediato en el sistema de alcantarillado lleno de segadores para ir por él. Sintió cómo se le apretaba el corazón.

Su padre se sirvió otro vaso de whisky. Era la única señal de que algo de esta conversación lo estaba alterando. Sin embargo, la voz del Rey del Otoño sonó sosa cuando dijo:

—En la antigüedad, los rivales astrogénitos se cortaban mutuamente la garganta. Incluso a los niños. Ella ahora es más poderosa que tú y yo, como te encanta recordarme siempre.

Ruhn controló su deseo de preguntar si eso había sido un factor cuando su padre había matado al último heredero astrogénito.

—¿Me estás diciendo que mate a Bryce?

Su padre dio un sorbo al whisky esta vez antes de responder:

—Si tuvieras agallas, lo habrías hecho en el momento en que te enteraste de que ella era astrogénita. ¿Ahora qué eres? —otro sorbo antes de continuar—. Un príncipe de segunda que sólo posee la espada porque ella se lo permite.

—Ponernos uno en contra del otro no va a funcionar.

Pero esas palabras: *príncipe de segunda*... Esas palabras le provocaban una herida profunda. Agregó:

—Bryce y yo estamos bien.

El Rey del Otoño se terminó su bebida.

—El poder atrae al poder. Su destino es estar ligada con un hombre poderoso de fuerza equivalente. Preferiría no averiguar qué surgiría de su unión con el Umbra Mortis.

—¿Entonces organizaste el compromiso con Cormac para evitar eso?

—Para consolidar el poder de las hadas.

Ruhn lentamente tomó la Espadastral. No se atrevió a mirar a su padre a los ojos al volverla a enfundar en su espalda.

—¿Entonces de esto se trata ser rey? ¿Esa mierda de mantener a los amigos cerca pero a los enemigos más?

—Aún no sabemos si tu hermana es enemiga de las hadas.

—Creo que eso te lo debemos a ti. Que te aproveches de tu autoridad no ayuda.

Su padre devolvió el decantador de cristal al gabinete.

—Yo soy un rey de las hadas. Mi palabra es ley. No puedo aprovecharme de mi autoridad porque mi autoridad no tiene límites.

—Tal vez debería tenerlos —dijo Ruhn sin pensarlo.

Su padre se quedó inmóvil de una manera que siempre prometía dolor.

—¿Y quién los impondría?

—La gobernadora.

—¿Esa ángel de ojos de paloma? —profirió una risa fría—. Los asteri sabían lo que estaban haciendo al designar a una cordera para gobernar una ciudad de depredadores.

—Tal vez, pero apuesto a que los asteri estarían de acuerdo en que tu poder sí tiene límites.

—¿Por qué no les preguntas, entonces, príncipe? —esbozó una sonrisa lenta y cruel—. Tal vez te hagan rey a ti.

Ruhn sabía que su respuesta podría ser de vida o muerte. Así que se volvió a encoger de hombros, indiferente como siempre, y se dirigió a la puerta.

—Tal vez encuentren una manera de hacer que tú vivas para siempre. Yo tengo la certeza de que no me interesa tu puto trabajo.

Ruhn no se atrevió a mirar atrás antes de salir.

26

Bryce se recargó contra la pared de un edificio de ladrillos al lado de un callejón en las orillas del Muelle Negro, con los brazos cruzados y la expresión tenaz. Hunt, benditos fueran los dioses, estaba a su lado en una posición igual. Había venido en el instante que ella lo llamó porque percibió una calma extraña en su voz que le indicaba que algo grande había sucedido.

Ella sólo logró decir algo vago sobre segadores antes de que encontraran a Cormac aquí, buscando cualquier pista de Emile.

Cormac estaba recargado contra el muro al otro lado del callejón y tenía la mirada puesta en el muelle al fondo. Ni siquiera los vendedores de porquerías para los turistas se acercaban aquí.

—¿Y bien? —preguntó el príncipe de Avallen sin apartar su atención del Muelle Negro.

—Puedes teletransportarte —dijo Bryce en voz baja. *Eso* hizo que los ojos de Hunt se abrieran mucho. Tenía las alas pegadas al cuerpo pero a punto de estallar de poder. En un parpadeo, Hunt liberaría sus relámpagos sobre el príncipe.

—¿Y eso qué? —preguntó Cormac con bastante arrogancia.

—¿Qué les hiciste a los segadores que teletransportaste?

—Los puse como a un kilómetro de altura en el cielo —dijo el príncipe de Avallen con una sonrisa oscura—. No les gustó.

Las cejas de Hunt se elevaron un poco. Pero Bryce preguntó:

—¿Puedes ir tan alto? ¿Es así de preciso?

—Sólo tengo que conocer el lugar. Si es un sitio más complicado, dentro de un edificio o en una habitación específica, necesito coordenadas más precisas —respondió Cormac—. Mi precisión es como de sesenta centímetros.

Bueno, eso explicaba cómo se había presentado en la fiesta de Ruhn. La tecnología de Dec había recibido información sobre la teletransportación de Cormac alrededor del perímetro de la casa porque estaba calculando las coordenadas precisas para una entrada espectacular. Ya que las obtuvo, sólo le bastó con caminar directamente desde la sombra de la puerta.

Hunt señaló un basurero en el callejón.

—Teletranspórtate allá.

Cormac hizo una reverencia burlona.

—¿Lado izquierdo o lado derecho?

Hunt lo miró con frialdad.

—Izquierdo —dijo desafiante y Bryce contuvo su sonrisa.

Pero Cormac hizo otra reverencia desde la cintura y desapareció.

En un parpadeo, apareció precisamente en el sitio donde dijo que iría.

—Carajo —murmuró Hunt y se frotó la nuca. En un segundo, Cormac reapareció frente a ellos, justo donde había estado parado.

Bryce se separó de la pared.

—¿Cómo demonios haces eso?

Cormac se alisó el cabello rubio.

—Tienes que visualizar el sitio donde quieres ir. Luego simplemente te permites dar el paso. Como si estuvieras doblando dos esquinas de un pedazo de papel para que los extremos se junten.

—Como un agujero de gusano —dijo Hunt pensativo. Sus alas se movían un poco.

Cormac hizo un movimiento despectivo con la mano.

—Agujero de gusano, teletransportación, sí. Como quieran llamarlo.

Bryce exhaló impresionada. Pero eso no explicaba...

—¿Cómo supiste dónde encontrarnos a mí y a Ruhn?

—Iba de camino a reunirme con ustedes, ¿recuerdas? —Cormac puso los ojos en blanco, como si ella ya debiera haber entendido. Cabrón—. Te vi correr a la alcantarilla e hice unos cálculos rápidos para el salto. Afortunadamente, los hice bien.

Hunt dejó escapar un gruñido de aprobación pero no dijo nada.

Así que Bryce agregó:

—Me vas a enseñar cómo hacerlo. Cómo teletransportarme.

Hunt volteó a verla rápidamente. Pero Cormac sólo asintió.

—Si está dentro de tus posibilidades, lo haré.

Hunt dijo sin pensar:

—Perdón, pero, ¿las hadas simplemente pueden *hacer* esta mierda?

—*Yo* puedo hacer esta mierda —lo corrigió Cormac—. Si Bryce tiene tanta habilidad de astrogénita como parece ser, tal vez ella también pueda hacer esta mierda.

—¿Por qué?

—Porque yo soy la Superpoderosa y Especial Princesa Mágica Astrogénita —respondió Bryce con un movimiento sugerente de cejas.

Cormac agregó:

—Deberías tratar tu título y tus dones con la debida reverencia.

—Suenas como un segador —le respondió y se recargó en Hunt. Él la atrajo hacia su costado. Todavía tenía empapada la ropa. Y olía fatal.

Pero Hunt no hizo ningún gesto de asco y le cuestionó a Cormac:

—¿De dónde heredaste tú esta habilidad?

Cormac enderezó los hombros y lució como un príncipe muy orgulloso al responder:

—Alguna vez fue un don de los astrogénitos. Fue el motivo por el cual yo me... concentré tanto en conseguir la Espadastral. Pensé que mi capacidad para teletransportarme significaba que el linaje había resurgido en mí, ya que nunca he conocido a nadie más que lo pueda hacer —cerró un poco los ojos al continuar—. Como saben, estaba equivocado. Tengo algo de sangre astrogénita, aparentemente, pero no suficiente para ser digno de la espada.

Bryce no se iba a meter ahí. Así que se volvió a recoger el cabello mojado en un chongo apretado sobre la cabeza.

—¿Qué probabilidades hay de que yo también tenga el don?

Cormac la miró con una sonrisa grande.

—Sólo hay una forma de averiguarlo.

A Bryce le brillaron los ojos ante el desafío.

—Sería útil.

Hunt murmuró y su voz sonó llena de admiración:

—Te haría imparable.

Bryce le guiñó el ojo a Hunt.

—Sí, lo haría, carajo. En especial si esos segadores hablaban en serio y el Príncipe del Foso en efecto los envió para desafiarme en un duelo épico en el campo de batalla. Oponente digna, mis polainas.

—¿No crees que los haya enviado el Príncipe del Foso, entonces? —preguntó Cormac.

—No sé qué creer —admitió Bryce—. Pero debemos investigar un poco para confirmar de dónde salieron esos segadores, quién los envió, antes de hacer cualquier cosa.

—De acuerdo —dijo Hunt.

Bryce continuó:

—Más allá de eso, ya van dos veces que recibimos advertencias de que los ejércitos del Averno están listos. La advertencia de Apollion fue un poco pesada para mi gusto pero supongo que de *verdad* quiere dejar clara su posición.

Y quiere que yo esté más preparada para cuando todo se vaya al Averno. Literalmente, supongo.

Bryce sabía que no había puta manera de que ella pudiera enfrentar al Astrófago y sobrevivir, no si no ampliaba su conocimiento sobre su poder. Apollion había matado a un puto asteri, por el amor de los dioses. La haría trizas.

Le dijo a Cormac:

—Mañana en la noche. Tú. Yo. Centro de entrenamiento. Intentaremos esto de la teletransportación.

—Bien —dijo el príncipe.

Bryce se empezó a quitar suciedad de debajo de las uñas y suspiró.

—Podría haber vivido sin que el Averno se mezclara en todo esto. Sin que Apollion aparentemente también desee controlar los poderes de Sofie y Emile.

—Sus poderes —dijo Cormac con el rostro apasionado— son un don y una maldición. No me sorprende que tanta gente los busque.

Hunt frunció el ceño.

—¿Y de verdad piensas que vas a encontrar a Emile parado por aquí?

El príncipe miró al ángel con molestia.

—No te veo buscando por los muelles.

—No hace falta —respondió Hunt con tono pausado—. Lo vamos a buscar sin levantar un dedo.

Cormac rio burlonamente.

—¿Usando tus relámpagos para buscar en la ciudad?

Hunt no cayó ante su provocación.

—No. Usando a Declan Emmet.

Bryce dejó a los dos hombres para que siguieran compitiendo y sacó su teléfono para hacer una llamada. Jesiba contestó al segundo timbrazo.

—¿Qué?

Bryce sonrió. Hunt volteó ligeramente hacia ella cuando reconoció la voz de la hechicera.

—¿Tienes algunos Marcos de la Muerte por ahí?

Hunt le siseó:

—No puedes estarlo diciendo en serio.

Bryce no le hizo caso al ángel. Jesiba respondió:

—Tal vez. ¿Estás planeando un viaje, Quinlan?

—Me han contado que el Sector de los Huesos es hermoso en esta época del año.

Jesiba rio. Un sonido sensual y vibrante.

—Me haces reír de vez en cuando —hizo una pausa—. Pero tendrás que pagar por éste, ¿sabes?

—Mándale la cuenta a mi hermano.

A Ruhn le daría un infarto pero tendría que arreglárselas. Se escuchó otra risa suave. Jesiba dijo:

—Me quedan dos. Y no te llegarán hasta mañana.

—Bien. Muchas gracias.

La hechicera respondió con un tono un poco más suave:

—No encontrarás ningún rastro de Danika en el Sector de los Huesos, lo sabes.

Bryce se tensó.

—¿Eso qué tiene que ver con esto?

—Pensé que finalmente ibas a empezar a hacer preguntas sobre ella.

Bryce apretó tanto el teléfono que el plástico crujió.

—¿Qué tipo de preguntas?

¿Qué carajos sabía Jesiba?

Se escuchó una risa grave.

—¿Por qué no empiezas por preguntarte por qué siempre estaba metida en la galería?

—Para verme a mí —respondió Bryce entre dientes.

—Seguro —dijo Jesiba y colgó.

Bryce tragó saliva y se guardó el teléfono en el bolsillo. Hunt estaba sacudiendo la cabeza lentamente.

—No vamos a ir al Sector de los Huesos.

—Concuerdo —refunfuñó Cormac.

—Tú no vas a ir para nada —le dijo Bryce a Cormac con dulzura—. Sólo tenemos dos monedas y Athalar es mi acompañante.

El príncipe estaba visiblemente irritado pero Bryce volteó a ver a Hunt y agregó:

—Cuando lleguen las monedas mañana, quiero estar lista: tener toda la información posible sobre el origen de esos segadores.

Hunt dobló las alas a sus espaldas con un sonido de plumas moviéndose.

—¿Por qué?

—Para que el Rey del Inframundo y yo podamos tener una plática franca cara a cara.

—¿Qué estaba diciendo Jesiba sobre Danika? —preguntó Hunt con cautela.

La expresión de Bryce se endureció y su boca creó una línea delgada. Jesiba no decía ni hacía nada sin un motivo. Y aunque sabía que nunca obtendría respuestas de su antigua jefa, al menos esos comentarios eran algo.

—Resulta que le vamos a tener que pedir a Declan un favor adicional.

Esa noche, aún sin recuperarse por lo sucedido en el día, Ruhn estaba cambiando los canales de la televisión hasta que encontró el partido de solbol. Dejó el control remoto en la mesa y dio un trago a su cerveza.

En el otro extremo del sofá en el departamento de Bryce estaba sentado Ithan Holstrom, encorvado sobre una laptop. Declan estaba a su lado con su propia laptop. Bryce y Hunt estaban de pie detrás de ellos, mirando por encima de sus hombros. Hunt tenía el rostro atormentado.

Ruhn no le había dicho nada a nadie, en especial a Bryce, sobre la conversación con su padre.

Ithan tecleó y luego dijo:

—Me falta mucha práctica en esto.

Dec, sin levantar la vista de su computadora, respondió:

—Si tomaste el curso de Kirfner de *Introducción a sistemas y matrices*, no tendrás problema.

Ruhn frecuentemente olvidaba que Dec era amigo de otras personas aparte de él y Flynn. Aunque ninguno de ellos había ido a la universidad, Dec tenía una amistad de años con el malhumorado profesor de ciencias de la computación de UCM y con frecuencia consultaba al sátiro sobre sus incursiones de hackeo.

—Me puso ocho en su clase —murmuró Ithan.

—Por lo que me cuenta, eso es casi un diez —le respondió Declan.

—Está bien, está bien —intervino Bryce—, ¿tienen idea de cuánto tiempo tomará esto?

Declan la miró exasperado.

—Nos estás pidiendo que hagamos dos cosas a la vez y ninguna de ellas es sencilla, así que... ¿un rato?

Ella frunció el ceño.

—¿Cuántas cámaras hay en el Muelle Negro?

—Muchas —repuso Declan y devolvió la atención a su computadora. Miró de reojo la de Holstrom—. Presiona ahí —señaló una marca en la pantalla que Ruhn no alcanzaba a ver—. Ahora escribe este código para identificar la grabación que tiene a los segadores.

Cómo lograba Dec dirigir a Ithan para que buscara los videos correspondientes a los alrededores del Muelle Negro del día de hoy, mientras *también* creaba un programa para buscar en años de grabaciones de Danika en la galería era algo que Ruhn no lograba concebir.

—Es una locura que hayas hecho esto —dijo Ithan sin disimular para nada su admiración.

—Un día cualquiera de trabajo —respondió Dec sin dejar de teclear.

Conseguir todas las grabaciones de la galería en las que apareciera Danika podía tomar días, dijo. Pero al menos las grabaciones del Muelle Negro sólo tomarían unos minutos.

Ruhn le preguntó a Bryce con cautela:

—¿Estás segura de que confías en Jesiba lo suficiente para seguir esta pista? O simplemente, ¿confías en ella?

—Jesiba literalmente tiene una colección de libros que podrían costarle la vida —dijo Bryce con aspereza—. Confío en que sabe cómo mantenerse separada de... enredos peligrosos. Y tampoco me metería en problemas.

—¿Por qué no te dijo que buscaras en las grabaciones durante la investigación de esta primavera? —preguntó Hunt.

—No lo sé. Pero Jesiba debió tener un buen motivo.

—Esa señora me da miedo —dijo Ithan sin levantar la vista de la computadora.

—Se sentirá feliz de saberlo —le respondió Bryce, pero su cara permaneció seria.

¿Qué te pasa?, le preguntó Ruhn en la mente.

Bryce frunció el ceño. *¿Quieres la respuesta honesta?*

Sí.

Ella se acomodó un mechón de pelo detrás de la oreja. *No sé cuántas veces más podré soportar esto de «¡Sorpresa! ¡Danika tenía un gran secreto!». Se siente como si... ni siquiera sé cómo. Se siente como si nunca la hubiera conocido en realidad.*

Ella te amaba, Bryce. Eso no está en duda.

Sí, lo sé. ¿Pero Danika sabía sobre los libros de Parthos, u otros tomos de contrabando, que había en la galería? Jesiba insinuó que sí. Como si Danika tuviera un interés especial en ellos.

¿Nunca lo hablaron entre ustedes?

Nunca. Pero Jesiba siempre estaba monitoreando esas cámaras, así que... tal vez ella vio algo. Danika estuvo abajo conmigo muchas veces. Aunque Lehabah siempre solía estar ahí también.

Ruhn notó el dolor que llenaba los ojos de su hermana al pronunciar el nombre de la duendecilla de fuego.

Lo iremos descifrando, ofreció Ruhn y Bryce le sonrió agradecida.

—No olviden mantenerse alertas por si hay señales de Emile en los muelles —le dijo Bryce a Ithan. Cormac había rechazado la invitación de acompañarlos argumentando que prefería continuar buscando a Emile afuera.

—Ya lo agregué al programa —dijo Declan—. Nos arrojará cualquier segador o cualquier persona que tenga facciones y complexión similares a las del niño.

Declan había logrado conseguir una fotografía de las grabaciones de seguridad del poblado de Servast en la noche que se separaron Emile y Sofie.

Ruhn de nuevo observó a su hermana, que estaba viendo por encima del hombro de Declan con una intensidad que él podía reconocer. No soltaría nada de esto.

¿Lograría teletransportarse? Le había dicho que Cormac estaba de acuerdo en intentar enseñarle. Y eso sí que le daría al Rey del Otoño algo que pensar: Bryce más teletransportación, más poder astrogénito, más Espadastral con capacidades insólitas de matar, más Bryce con más magia que su padre daba igual a...

Ruhn conservó una expresión neutral y se guardó sus pensamientos sobre lo que Bryce con más poderes podría significar para las hadas.

Ithan terminó de escribir su código y dijo sin mirar a Ruhn:

—Hilene va a ganar éste.

Ruhn miró el partido de solbol que estaba empezando su primer periodo.

—Yo pensé que Ionia era el favorito.

Ithan estiró sus piernas largas y recargó los pies descalzos en el taburete acojinado que Bryce había arrastrado desde su sitio junto a la ventana para que hiciera las veces de mesa de centro temporal.

—Jason Regez ha estado fuera los últimos dos partidos. Jugué con él en UCM, puedo notar cuando empieza a deprimirse. Va a echarle a perder el partido a Ionia.

Ruhn miró a Ithan. Los años que llevaba fuera del campo de solbol no habían logrado borrar los músculos del lobo. Por algún motivo parecía ser todavía más musculoso que entonces.

—Odio a Ionia, de todas maneras —dijo Dec—. Son unos idiotas presuntuosos.

—Así es.

Escribió el siguiente fragmento de código que le dio Declan.

Bryce bostezó con entusiasmo.

—¿No podemos ver *Amor velado*?

—No —respondieron todos.

Bryce le dio un codazo a Hunt.

—Pensé que éramos un equipo.

Hunt resopló.

—El solbol siempre le ganará a los *realities*.

—Traidor.

Ithan rio.

—Recuerdo que hubo una época en que conocías a todos los jugadores del equipo de UCM y sus estadísticas, Bryce.

—Si piensas que eso era porque me interesaba siquiera remotamente el juego de solbol en sí, vives engañado.

Hunt rio y algo de la tensión de su rostro se aligeró un poco. Ruhn sonrió a pesar del viejo dolor en su corazón. Se había perdido todos esos años con Bryce. No se hablaban entonces. Esos años habían sido formativos y cruciales. Debió haber estado ahí.

Ithan le hizo una seña a Bryce con el dedo medio y le informó a Declan:

—Ya entré.

Bryce miró la pantalla.

—¿Puedes ver segadores cruzando en barcos?

—Según esto, nada atracó en el Muelle Negro hoy. Ni anoche.

Athalar preguntó:

—¿Cuándo fue la última vez que atracó un segador?

Ithan continuó tecleando y todos esperaron. El único sonido adicional era el teclado de Declan que sonaba bajo sus dedos veloces. El lobo dijo:

—Ayer en la mañana —hizo una mueca—. ¿Estos dos les resultan familiares?

Bryce y Ruhn estudiaron la imagen que Ithan les enseñó. Ruhn no tenía idea de por qué se molestaba, ya que él había estado inconsciente, pero sintió un escalofrío recorrerle la espalda al ver los rostros flácidos y grises, la piel arrugada y delgada que contrastaba fuertemente con los dientes afilados e irregulares que se alcanzaban a distinguir cuando los segadores salieron del barco. Ambos se habían quitado los velos durante el cruce del Istros pero volvieron a cubrirse los rostros cuando se bajaron en el Muelle Negro y se internaron en la ciudad.

Bryce dijo con voz áspera:

—No. Dioses, son horrendos. Pero no, ésos no son los que atacaron.

—Tal vez se escondieron durante unos días —dijo Athalar—. El Príncipe del Foso nos amenazó apenas la otra noche, pero ya podría haberlos dejado en sus posiciones desde antes.

Ruhn no tenía idea de cómo el ángel podía decir eso con tanta calma. Si el Astrófago se hubiera acercado a *él* y hubiera querido platicar cara a cara, todavía estaría cagándose en los pantalones.

—No veo a ningún niño alrededor del Muelle Negro tampoco —murmuró Ithan mientras revisaba los resultados. Volteó a ver a Bryce—. No hay señal de Emile en ninguna parte.

Ruhn preguntó:

—¿Es posible que el niño haya entrado por otro lugar? Tal vez Danika encontró una especie de entrada trasera al Sector de los Huesos.

—No es posible —dijo Athalar—. Sólo hay una entrada y una salida.

Ruhn se irritó un poco.

—Eso es lo que nos han enseñado pero, ¿alguien alguna vez ha intentado entrar de otra manera?

Athalar resopló.

—¿Por qué querrían hacerlo?

Ruhn lo miró molesto. Pero dijo:

—Buen punto.

Ithan se detuvo en una imagen.

—¿Qué piensan de éste? No llegó en barco, sólo apareció dentro de la ciudad...

—Es ése —siseó Bryce y su rostro palideció.

Todos se asomaron a ver la imagen. El segador estaba volteado y le estaba dando un poco la espalda a la cámara al entrar al marco desde una calle cercana al Muelle Negro. Era más alto que los demás pero tenía la misma cara grisácea y suave, además de los dientes aterradores.

Athalar silbó.

—Vaya que los sabes escoger, Quinlan.

Ella le frunció el ceño al ángel y le preguntó a Dec:

—¿De dónde viene? ¿Se puede agregar su cara al programa y hacer una búsqueda en las grabaciones de la ciudad?

Declan arqueó las cejas.

—¿Sabes cuánto tiempo tardaría *eso*? ¿Todas las cámaras de Lunathion? No estamos haciéndolo ni siquiera para Emile porque tomaría... Ni siquiera puedo calcular cuánto tiempo necesitaríamos.

—Está bien, está bien —dijo Bryce—. Pero no podemos sólo... ¿rastrear a éste un poquito?

Miró a Ithan pero el lobo negó con la cabeza.

—Debe haber una razón lógica para esto, un punto ciego en las cámaras o algo, pero ese segador parece como si sólo hubiera... aparecido.

—Micah hizo que el kristallos se mantuviera en puntos ciegos conocidos de las cámaras —dijo Hunt con seriedad—. Estos segadores tal vez también los estén usando.

Ithan señaló la pantalla.

—Aquí es cuando aparecen. Antes de eso, nada.

Ruhn abrió un mapa de la ciudad en su aplicación del Aux.

—Debería haber una entrada al alcantarillado justo detrás de ellos. ¿Es posible que hayan salido de ahí?

Ithan movió un poco la imagen.

—Las cámaras no cubren esa tapa de la alcantarilla.

Bryce dijo:

—Entonces ellos probablemente sabían que ése sería un buen punto de entrada. Y tendría sentido, ya que nos arrastraron al alcantarillado.

Donde no había ninguna cámara.

—Déjame buscar un poco más —ofreció Ithan y siguió presionando botones.

Athalar preguntó a nadie en particular:

—¿Creen que los estuvieran esperando a ustedes o a Emile?

—¿O a ambos? —repuso Ruhn—. Claramente, querían permanecer ocultos.

—¿Pero los envió el Príncipe del Foso o el Rey del Inframundo? —presionó Athalar.

—Qué bueno que tenemos una cita con el ser que nos puede responder esa pregunta —dijo Bryce.

Ruhn se estremeció. Había pagado por los Marcos de la Muerte que Jesiba les había prometido, pero no estaba feliz con eso. Sólo de pensar en Bryce confrontando al Rey del Inframundo le provocaba un temor de los mil demonios.

—Necesitamos un plan sobre cómo lo cuestionaremos —le advirtió Athalar—. Dudo que él aprecie que lo estemos interrogando.

—Por eso la investigación —repuso Bryce con un ademán en dirección a la computadora—. ¿Crees que soy tan tonta como para ir a verlo y lanzar acusaciones sin más? Si podemos confirmar que esos segadores vienen directo del Sector de los Huesos, tendremos más elementos cuando le hagamos preguntas. Y si podemos tener alguna pista de que Emile sí se dirigió al Sector de los Huesos, entonces tendremos buenas razones para preguntarle también sobre eso.

Ithan agregó:

—Considerando lo que Tharion piensa que hizo Pippa Spetsos en su búsqueda de Emile, casi preferiría que el niño ya estuviera en el Sector de los Huesos —se pasó la mano por el cabello castaño corto—. Lo que le hizo a esa selkie que encontramos en la mañana no era ninguna broma.

El lobo los había puesto a todos al tanto sobre su trabajo con Tharion: el cuerpo torturado que sospechaban había dejado atrás la fanática rebelde.

Bryce se dio la vuelta y empezó a caminar por el departamento. Syrinx iba trotando detrás de ella, gimiendo para pedir su segunda cena. Ruhn se ahorró el comentario de lo similares que eran los movimientos de Bryce a los que le había visto a su padre tantas veces en su estudio. No podía soportar seguir viéndola, así que concentró su atención en el partido de solbol.

Entonces Ithan le dijo a Ruhn, retomando la conversación de antes:

—¿Ves? Regez debía haber logrado ese tiro, pero le dio miedo. Está dudando de sí mismo. Está demasiado metido dentro de su propia cabeza.

Ruhn miró al lobo de reojo.

—¿Nunca has pensado en volver a jugar?

Un músculo de la mandíbula de Ithan tembló un poco.

—No.

—¿Lo extrañas?

—No.

Eso era una mentira obvia. Ruhn se percató de que la mirada de Bryce se había suavizado.

Pero Ithan ni siquiera miró en dirección a ella. Así que Ruhn le asintió al lobo.

—Si alguna vez quieres jugar un rato, Dec, Flynn y yo por lo general jugamos con algunos otros miembros del Aux en el Parque Oleander en Moonwood los domingos.

—¿Y a mí por qué no me invitas? —preguntó Bryce con gesto molesto.

Pero Ithan dijo con aspereza:

—Gracias. Lo pensaré.

Hunt preguntó:

—Asumo que a mí tampoco me invitarán, ¿verdad, Danaan?

Ruhn se rio del ángel.

—Si estás buscando una excusa para que te rompa la cara, Athalar, cuenta con ella.

Athalar sonrió pero su mirada se desvió hacia Bryce, quien ahora estaba viendo por encima del hombro de Declan, que pasaba a toda velocidad por las imágenes de las grabaciones en su laptop. Videos donde salía Danika hacía años.

Bryce se enderezó súbitamente. Se aclaró la garganta.

—Voy a ir al gimnasio. Llámenme si encuentran algo.

Se dirigió a su recámara, probablemente para cambiarse de ropa. Ruhn vio a Hunt alternar miradas entre ella y el partido de solbol. Considerando a cuál de los dos seguir.

Athalar apenas tardó treinta segundos en decidir. Se metió a su recámara, diciendo que se cambiaría para ir al gimnasio.

Ruhn se quedó solo con Dec e Ithan y su cerveza a medio terminar. Ithan dijo, sin levantar la vista de la computadora:

—Connor hubiera elegido el partido.

Ruhn arqueó la ceja.

—No me había percatado de que había una competencia entre ellos.

Entre un muerto y un vivo.

Ithan continuó tecleando, con la mirada deslizándose a toda velocidad por la pantalla.

Y, por alguna razón, Ruhn se atrevió a preguntar:

—¿Qué hubieras elegido tú?

Ithan no titubeó.

—A Bryce.

27

Bryce no fue al gimnasio. No todavía. Esperó frente al elevador y cuando Hunt apareció, se tocó la muñeca y dijo:

—Llegas tarde. Vámonos.

Él se detuvo.

—¿No vamos al gimnasio?

Bryce puso los ojos en blanco, entró al elevador y presionó el botón del vestíbulo.

—En serio, Athalar. Tenemos a un niño que encontrar.

—¿Realmente crees que Emile está *aquí*? ¿Qué hay del Sector de los Huesos? —le preguntó Hunt a Bryce mientras caminaban en esa madriguera llena de puestos que ocupaba una de las muchas bodegas del Mercado de Carne. No pasaba desapercibida con sus tenis color rosa neón y su vestimenta atlética, la coleta alta que se mecía de adelante hacia atrás y que casi rozaba esa gloriosa curva de su trasero.

—Los segadores prácticamente te dijeron que él y Sofie están escondidos allá. Pusiste a Emmet y a Holstrom a buscar entre todos esos videos *porque* piensas que Emile está allá.

Ella se detuvo en el área de comida y estudió la distribución de las mesas amontonadas y los comensales agachados sobre ellas.

—Perdóname si no les creo todo a esos mediasvidas. O si prefiero no esperar sentada mientras Declan e Ithan miran sus pantallas. Jesiba me dijo que las monedas llegarían mañana así que, ¿por qué no buscar alternativas mientras tanto? Lo que Danika mencionó... *donde las almas cansadas encuentran alivio*... ¿Eso no podría ser aquí también?

—¿Por qué les diría Danika que se mantuvieran ocultos en el Mercado de Carne?

—¿Por qué decirles que se mantuvieran ocultos en el *Sector de los Huesos*? —olfateó y suspiró con añoranza al ver un tazón de tallarines.

Hunt dijo:

—Incluso si Danika o Sofie le dijeron a Emile que era seguro esconderse aquí, si yo fuera un niño, no habría venido a este lugar.

—Tú fuiste niño hace como mil años. Perdóname si creo que mi niñez es un poco más relevante.

—Hace doscientos años —murmuró Hunt.

—De todas maneras más viejo que los putos cerros.

Él le pellizcó el trasero y ella dio un gritito agudo y le soltó un manotazo. Eso llamó la atención de varios, que voltearon a verlos. Su presencia no era exactamente discreta. ¿Cuánto tiempo pasaría antes de que la Reina Víbora se enterara de que estaban ahí? Hunt intentó no molestarse al pensarlo. No tenía ningún interés en lidiar con la metamorfa esta noche.

Hunt registró los rostros que voltearon a verlos, los que se alejaron a otros puestos y a las sombras.

—Y si éste es el sitio donde Sofie le dijo que se escondiera, entonces Sofie fue una tonta por haber escuchado a Danika. Aunque realmente dudo que Danika haya sugerido esto como un punto de encuentro.

Bryce lo miró por encima del hombro con expresión enojada.

—Este niño se robó *dos* barcos y logró llegar hasta acá. Creo que puede manejar el Mercado de Carne.

—Está bien, si creemos eso, ¿piensas que estará sentado en una mesa, cruzado de brazos? Estás como Cormac, recorriendo los muelles abiertamente en busca del niño —Hunt sacudió la cabeza—. Si sí encuentras a Emile, no te olvides de que vas a tener que pelear con Tharion y Cormac por él.

Ella le dio una palmadita en la mejilla.

—Entonces es una ventaja tener al Umbra Mortis a mi lado, ¿no?

—Bryce —gruñó él—. Hay que ser razonables. Mira a tu alrededor. Este mercado es enorme. ¿Vamos a buscar personalmente en cada una de las bodegas?

—Nop —respondió Bryce con las manos en la cadera—. Por eso traje refuerzos.

Hunt arqueó las cejas. Ella levantó la mano e hizo una seña a alguien al otro lado del lugar. Él siguió la línea de visión de ella y soltó un gruñido suave.

—No lo hiciste...

—Tú no eres el único cabrón que conozco, Athalar —dijo ella alegre y se acercó a Fury y a Juniper.

La primera estaba vestida como de costumbre, toda de negro, y la segunda con jeans ajustados y una blusa blanca holgada.

—Hola, amigas —dijo Bryce con una sonrisa. Le dio un beso en la mejilla a June como si se estuvieran reuniendo para desayunar y luego miró a Fury de cuerpo completo—. Dije ropa informal.

—Ésta es su ropa informal —dijo Juniper con mirada risueña.

Fury se cruzó de brazos e ignoró la conversación para dirigirse a Hunt:

—¿Ropa para el gimnasio? ¿En serio?

—Yo pensaba que de verdad *iba* al gimnasio —gruñó él.

Bryce hizo un ademán para restarle importancia.

—Bien, división del trabajo. Intentemos no llamar demasiado la atención —dijo. Les lanzó una mirada a Hunt y Fury para enfatizar la última parte. La mercenaria la vio con expresión amenazante—. No hagan preguntas. Sólo observen y escuchen. June, tú ve a los puestos del este; Fury, los del oeste; Hunt el sur y yo... —su mirada se dirigió hacia el muro norte, donde estaba pintado el *Memento Mori*. Los puestos bajo del mural, debajo del pasillo elevado, estaban en el área cercana a la puerta que llevaba a las habitaciones de la Reina Víbora.

Fury la miró pero Bryce le guiñó.

—Ya soy niña grande, Fury. Estaré bien.

Hunt gruñó y reprimió las objeciones que tenía en la punta de la lengua.

—Eso no es lo que me preocupa —dijo Fury. Luego preguntó en voz baja—: ¿Quién es este niño, otra vez?

—Se llama Emile —susurró Bryce—. Es de Pangera. Tiene trece años.

—Y es posiblemente muy, muy peligroso —advirtió Hunt y miró a Juniper—. Si lo localizas, ven a buscarnos.

—Yo puedo cuidarme sola, ángel —le respondió Juniper con aplomo impresionante.

—Es una niña grande también —dijo Bryce y chocó palmas con su amiga—. Bien. ¿Nos vemos aquí en media hora?

Se separaron y Hunt observó a Bryce que se abría paso entre las mesas del área de comida. Vio a muchos comensales que la miraban pero mantenían su distancia. Luego desapareció entre los puestos. Las miradas de la gente se deslizaron hacia él, inquisitivas. Hunt les mostró los dientes en un gruñido silencioso.

Avanzó hacia el área donde Bryce le había indicado que buscara. Abrió sus sentidos y tranquilizó su respiración.

Treinta minutos después, regresó al área de comida y vio a Juniper que se acercaba.

—¿Algo? —le preguntó a la fauna, que negó con la cabeza.

—Ni un susurro —dijo la bailarina con el ceño fruncido—. Realmente espero que el niño no esté aquí —miró la bodega aún con el ceño fruncido—. Odio este lugar.

—Ya somos dos —dijo Hunt.

Juniper se frotó el pecho.

—Deberías comentarle a Celestina sobre este sitio, las cosas que pasan aquí. No sólo la arena de peleas y los guerreros que la Reina Víbora prácticamente conserva como esclavos... —la fauna sacudió la cabeza—. También las otras cosas.

—Incluso Micah permitía que la Reina Víbora hiciera su voluntad —dijo Hunt—. No creo que la nueva gobernadora vaya a desafiarla pronto.

—Alguien debería hacerlo —dijo June en voz baja y sus ojos se deslizaron al *Memento Mori* del muro—. Algún día, alguien debería hacerlo.

Sus palabras se escucharon tan atormentadas y tensas que Hunt abrió la boca para preguntarle algo más pero Fury llegó, sigilosa como una sombra, y dijo:

—No hay señales del niño.

Hunt miró a su alrededor para ver dónde estaba Bryce y la vio en un puesto demasiado cercano a la puerta del área privada donde habitaba la Reina Víbora. Unas hadas enormes vigilaban la entrada a apenas unos veinte metros de ella pero no parpadearon siquiera ante su presencia. Ella traía una bolsa colgada de la muñeca y platicaba con entusiasmo.

Bryce terminó y empezó a caminar hacia ellos. De nuevo, demasiados ojos la observaron.

—Tiene un paso muy animado —observó Juniper con una risita—. Seguro consiguió una buena oferta.

El olor de la sangre y hueso y carne llenó la nariz de Hunt cuando Bryce se acercó.

—El carnicero me consiguió unos huesos de cordero para Syrinx. Se vuelve loco con el tuétano —dijo Bryce. Luego miró a Juniper y agregó—: Perdón.

Cierto. La fauna era vegetariana. Pero Juniper se encogió de hombros.

—Lo que sea por ese pequeño.

Bryce sonrió y luego los vio a todos.

—¿Nada?

—Nada —respondió Hunt.

—Yo tampoco —dijo Bryce con un suspiro.

—¿Ahora qué? —preguntó Fury con un ojo puesto en la multitud.

—Aunque Declan e Ithan no encuentren videos de Emile alrededor del Muelle Negro —dijo Bryce—, el hecho de que no hayamos encontrado ni una pista de él aquí en el Mercado de Carne nos lleva de regreso al Sector de los Huesos. Así que tenemos aún más motivos para preguntarle al Rey del Inframundo si Emile está allá.

La sangre de Hunt se encendió. Cuando ella hablaba de esa manera, tan segura y firme... Sintió una presión en los testículos. No podía esperar a mostrarle cuánto lo excitaba.

Pero Juniper dijo en voz baja:

—Un niño en el Sector de los Huesos...

—Lo vamos a encontrar —le aseguró Bryce a su amiga y le pasó el brazo sobre los hombros para dirigirse hacia la salida. Hunt intercambió miradas con Fury y las siguieron. Hunt permitió que Bryce y Juniper se adelantaran un par de metros y, cuando estuvo seguro de que no los escucharían, le preguntó a Axtar:

—¿Por qué tu novia odia tanto este lugar?

Fury mantuvo su mirada fija en las sombras entre los puestos, los vendedores y los compradores. Le dijo sin voltearlo a ver:

—Su hermano fue luchador aquí.

Hunt se sobresaltó.

—¿Bryce lo sabe?

Fury asintió con un movimiento corto.

—Era talentoso: Julius. La Reina Víbora lo reclutó del gimnasio donde entrenaban. Le prometió riquezas, mujeres, todo lo que quisiera si firmaba un contrato con ella. Lo que consiguió fue adicción a su veneno, quedar bajo su encantamiento y un contrato del cual era imposible salirse —un músculo vibró en la mandíbula de Fury—. Los padres de June intentaron de todo para liberarlo. *Todo.* Abogados, dinero, súplicas a Micah para que interviniera... nada funcionó. Julius murió en una pelea hace diez años. June y sus padres se enteraron porque los matones de la Reina Víbora dejaron su cuerpo tirado en la puerta de su casa con una nota que decía *Memento Mori*.

Hunt miró a la elegante bailarina que caminaba del brazo con Bryce.

—No tenía idea.

—June no habla de esto. Ni siquiera con nosotros. Pero odia este lugar más de lo que puedes imaginarte.

—¿Entonces por qué vino?

¿Por qué siquiera la había invitado Bryce?

—Por Bryce —dijo Fury simplemente—. Bryce le dijo que no tenía que venir pero ella quiso acompañarnos. Si hay un niño perdido corriendo por aquí, June haría lo que fuera por ayudar a encontrarlo. Incluso venir ella misma.

—Ah —asintió Hunt.

Los ojos de Fury brillaron con una promesa oscura.

—Un día voy a quemar todo este lugar por ella.

Hunt no lo dudaba.

Una hora después, los brazos y el abdomen de Bryce estaban temblando mientras se esforzaba por mantener la posición de plancha en el piso del gimnasio de su edificio de departamentos. El sudor le goteaba de la frente y manchaba el tapete suave y negro debajo de ella. Vio la salpicadura y se concentró en esa gota, en la música que vibraba en sus audífonos, en respirar por la nariz... en *lo que fuera* para no mirar el reloj.

El tiempo se había hecho más lento. Diez segundos duraban un minuto. Empujó sus talones hacia atrás para estabilizar su cuerpo. Dos minutos. Faltaban otros tres.

Antes de hacer el Descenso, por lo general lograba permanecer un minuto en esta posición. Después, con su cuerpo inmortal, cinco minutos no deberían ser ningún problema.

Dominar sus poderes, sí cómo no. Primero tendría que dominar su cuerpo. Aunque supuso que la magia era ideal para la gente perezosa: no necesitaba poder mantenerse en posición de plancha durante diez minutos si podía liberar su poder. Demonios, podía dejar ciego a alguien mientras estaba sentada si eso quería.

Se rio de la idea por horrible que fuera: estar sentada en una silla grande y cómoda, eliminando enemigos con la misma facilidad que cambiar de canal en una televisión con el control remoto. Y ella *sí* tenía enemigos ahora, ¿no? Había matado a un puto segador hoy.

En cuanto llegaran esos Marcos de la Muerte de Jesiba a la mañana siguiente, exigiría respuestas del Rey del Inframundo.

Por eso había venido a este sitio, no sólo para validar la excusa que había dado para salir del departamento. Bueno, por eso y porque ver a Danika en la computadora de Declan mientras revisaba los videos había hecho que le empezara a dar vueltas la cabeza y que un ácido ardiente le recorriera las venas. Liberar todo eso sudando le pareció una buena idea. Siempre funcionaba en las clases de Madame Kyrah.

Le debía a June una enorme caja de pastelillos por haberse presentado esta noche.

Bryce miró el reloj de su teléfono. Dos minutos, quince segundos. Al carajo. Se dejó caer de boca, con los codos a los lados y recargó la cara directamente en el tapete.

Un momento después, un pie le tocó las costillas. Como sólo había otra persona en el gimnasio, no se molestó en alarmarse y levantó la cabeza para mirar a Hunt. Sus labios se movían y el sudor le decoraba la frente y humedecía su camiseta gris entallada... malditos fueran los dioses. ¿Cómo podía verse tan bien?

Ella se quitó un audífono.

—¿Qué? —preguntó.

—Te preguntaba si estabas viva.

—Apenas.

Él empezó a sonreír y luego se levantó el borde de la camiseta para limpiarse el sudor de la cara. Ella disfrutó el vistazo de su abdomen cubierto de sudor. Luego Hunt dijo:

—Te dejaste caer como un cadáver.

Ella se empezó a frotar los músculos adoloridos de los brazos.

—Prefiero correr. Esto es una tortura.

—Tus clases de baile son igual de pesadas.

—Pero esto no es divertido.

Él le ofreció la mano y Bryce la tomó. Su piel sudorosa se resbaló con la de él cuando la ayudó a ponerse de pie.

Se limpió la cara con el brazo, pero lo tenía igual de sudoroso. Hunt regresó al conjunto de máquinas de metal que parecían más instrumentos de tortura y ajustó el asiento en una de ellas para que cupieran sus alas grises. Ella se quedó en el centro de la habitación como tonta por un momento, viendo cómo se movían los músculos de la espalda del ángel mientras hacía su serie de ejercicios.

Puto Solas en llamas.

Ella había tenido a este ángel en su boca. Se había deslizado por ese hermoso cuerpo fuerte y había tomado su pene ridículamente grande en la boca y luego casi tuvo un orgasmo ella misma cuando él se vino en su lengua.

Y ella sabía que era de lo más retorcido, considerando todo lo que tenían en la mente y lo que les esperaba, pero... bastaba *verlo*...

Se limpió el sudor que le rodaba por el pecho y que le dejaba una mancha muy poco sexy debajo de su sostén deportivo.

Hunt terminó su serie pero continuó sosteniendo la barra de metal sobre su cabeza. Tenía los brazos extendidos hacia arriba para estirar la espalda y las alas. Incluso vestido con camiseta y shorts, era formidable. Y... ella seguía viéndolo. Bryce regresó a su tapete e hizo una mueca al volver a ponerse el audífono de donde salía la música a todo volumen. Pero su cuerpo se rehusaba a moverse.

Agua. Necesitaba agua. Cualquier cosa para retrasar el regreso a esa plancha.

Caminó hacia el bar en el extremo más alejado del gimnasio. Había un refrigerador bajo el mostrador de superficie de mármol donde siempre había agua en botellas de vidrio y toallas heladas. Bryce tomó una de cada una. También había un platón con manzanas verdes junto con un canasto lleno de barras de granola. Tomó la fruta y dio un mordisco a la pulpa crujiente.

Al carajo con hacer planchas.

Saboreando el beso acidulado de la manzana, miró hacia donde estaba Hunt, pero... ¿dónde estaba? Incluso esa sensación de su poder que siempre delataba su presencia había desaparecido.

Buscó por el enorme gimnasio, las filas de aparatos, las caminadoras y elípticas frente a los ventanales que veían hacia la Vieja Plaza. ¿Cómo había...?

Unas manos se envolvieron alrededor de su cintura y Bryce gritó aterrorizada. La luz brotó de ella pero con la música en sus audífonos no podía escuchar nada.

—¡*Demonios*, Quinlan! —dijo Hunt y le quitó los audífonos—. ¿Podrías escuchar tu música un poquito más fuerte?

Ella frunció el ceño y giró para encontrarlo justo detrás de ella.

—No importaría si tú no te me *acercaras a escondidas*.

Él la miró con una sonrisa sudorosa y pícara.

—Sólo me estoy asegurando de que mis habilidades de Sombra de la Muerte no se oxiden antes de nuestra cita para tomar el té con el Rey del Inframundo mañana. Pensé en hacer la prueba para ver si podía hacerme un poco menos visible.

Por eso ella no había podido sentirlo acercarse. Hunt se frotó los ojos.

—No me di cuenta de que estarías tan... sobresaltada. O *brillante*.

—Yo que pensaba que me ibas a felicitar por mis rápidos reflejos.

—Buen salto. Casi me dejaste ciego. Felicidades.

Ella le dio una palmada en el pecho y encontró sus músculos duros como una roca debajo de la camiseta húmeda de sudor.

—Por Solas, Hunt —le dio unos golpes con los nudillos en los pectorales—. Podrías rebotar un marco de oro en esas cosas.

Él movió un poco las alas.

—Consideraré eso un cumplido.

Ella recargó los codos en el mostrador de mármol. Volvió a morder su manzana. Hunt extendió la mano y ella le pasó uno de sus audífonos. Él se lo metió a la oreja y ladeó la cabeza al escuchar la canción.

—Con razón no puedes hacer una plancha de más de dos minutos si estás escuchando esta música deprimente.

—¿Y tu música es mucho mejor?

—Yo estoy escuchando un libro.

Ella parpadeó. Con frecuencia intercambiaban sugerencias de música mientras hacían ejercicio, pero esto era una novedad.

—¿Cuál libro?

—Las memorias de Voran Tritus sobre crecer en la Ciudad Eterna y cómo se convirtió en... bueno, en él.

Tritus era uno de los anfitriones de programas nocturnos de entrevistas más jóvenes de la historia. Y era absurdamente guapo. Bryce sabía que eso último tenía poco que ver con los motivos de Hunt para verlo religiosamente, pero era una de las razones por las cuales ver su programa le resultaba mucho más disfrutable a ella.

—Yo diría que escuchar un libro mientras haces ejercicio es incluso menos motivante que mi música *deprimente* —dijo ella.

—Todo es memoria muscular a estas alturas. Sólo necesito pasar el rato hasta terminar.

—Idiota —comió más de su manzana y luego cambió la canción. Algo que había escuchado por primera vez en el espacio sagrado del club de baile Cuervo Blanco. Una mezcla de una canción más lenta que de alguna manera lograba combinarse con el atractivo sensual de la canción original con un ritmo que exigía baile.

La comisura de los labios de Hunt se movió hacia arriba.

—¿Estás intentando seducirme con esta música?

Ella mordió la manzana y lo miró a los ojos mientras masticaba. El gimnasio estaba vacío. Pero las cámaras...

—Tú fuiste el que se escondió y me sorprendió para manosearme.

Él rio y su garganta se movió con la risa. Una gota de sudor bajó por su cuello largo y poderoso y brilló sobre esa piel dorada. La respiración de Bryce se tornó dificultosa. Las fosas nasales de Hunt se ensancharon porque sin duda había olfateado todo lo que se había puesto caliente y húmedo en el transcurso de una respiración.

Apretó las alas, dejó el audífono en su oreja y dio un paso hacia ella. Bryce se recargó ligeramente contra el mostrador. El mármol le lastimaba un poco la espalda sobrecalentada. Pero él sólo le quitó la manzana de las manos. La miró a los ojos y mordió la fruta, y luego lentamente dejó el corazón sobre el mármol.

Ella sintió que los dedos de los pies se le enroscaban dentro de los zapatos.

—Esto es todavía menos privado que mi recámara.

Las manos de Hunt se deslizaron hacia su cintura y la levantó al mueble en un movimiento fluido. Sus labios encontraron el cuello de Bryce y ella se arqueó al sentir su lengua deslizarse por el costado, como si estuviera lamiendo una gota de sudor.

—Entonces será mejor que no hagas ruido, Quinlan —le dijo hacia la piel.

Unos relámpagos centellearon alrededor de la habitación. Ella no tuvo que fijarse para saber que él había cortado varios cables de las cámaras y probablemente tendría un muro de poder bloqueando la puerta. No necesitaba hacer otra cosa más que disfrutar la sensación de su lengua en su garganta, excitándola y probándola.

No pudo detener las manos que le pasó por el cabello, deslizándolas entre los mechones sudorosos. Las pasó por toda su cabeza hasta que llegaron a la nuca. Luego lo atrajo hacia ella y Hunt levantó la cabeza desde el cuello de Bryce para ir hacia su boca.

Ella abrió más las piernas y él se acomodó entre ellas, presionando con fuerza mientras chocaba su lengua contra la de ella.

Bryce gimió y sintió el sabor de la manzana y el cedro besado por una tormenta que era Hunt. Se movió contra su demandante dureza. Con los shorts de él y los *leggíns* de ella, no había manera de ocultar su erección o la humedad que manchaba su entrepierna.

Sus lenguas se enredaron y él bajó las manos de su cintura hacia su trasero. Ella gimió al sentir la presión de sus dedos que la atraían más cerca de él y cruzó las piernas detrás de la espalda de Hunt. No podía saborearlo tan profundo como quería, tan rápido como quería.

La camiseta de Hunt salió volando y luego ella empezó a recorrer esos músculos abdominales absurdos con sus dedos, acariciando los laterales y los pectorales, los músculos vibrantes de su espalda en un frenesí y desesperación por tocarlo todo.

Entonces la camiseta de Bryce salió por encima de su cabeza y los dientes de él empezaron a mordisquearle los senos por encima del sostén deportivo color verde espuma marina. La tela parecía casi neón en contraste con su piel bronceada.

Él la sostuvo de la cintura. Los callos de sus manos le rasparon la piel cuando la inclinó hacia atrás y Bryce le permitió recostarla sobre el mueble. Se recargó sobre los codos cuando él retrocedió, grácil como una marea saliente, mientras sus manos la recorrían desde sus senos hasta su abdomen sudoroso.

Los dedos de Hunt se enroscaron en la cintura de sus *leggíns* negros, pero se detuvo. La miró a los ojos en una petición silenciosa.

Al ver el fuego negro en su mirada, la absoluta belleza y tamaño y perfección que era él...

—Por un demonio, sí —dijo ella y Hunt sonrió ampliamente con malicia. Le empezó a quitar los *leggíns*. Dejó su abdomen expuesto. Luego el vientre. Luego el encaje de su tanga color amatista. Sus *leggíns* y su tanga estaban empapadas de sudor, no quería pensar a qué olerían, y abrió la boca para decírselo pero él ya se había arrodillado.

Le quitó los zapatos, luego las calcetas, luego los *leggíns*. Luego, con mucha, mucha delicadeza, tomó su tobillo derecho y besó la parte interna. Lamió el hueso. Luego su pantorrilla. La parte interna de la rodilla.

Oh, dioses. Esto iba a suceder. Aquí, en medio del gimnasio del edificio donde cualquiera podía pasar volando junto a los ventanales a poco más de cinco metros de distancia. Él iba a hacerle sexo oral ahí y su necesidad de que sucediera era mayor a cualquier otra cosa que jamás hubiera necesitado...

Él hacía círculos con la lengua en la parte interna de su muslo derecho. Más y más arriba hasta que ella empezó a temblar. Las manos de Hunt subieron y tomaron la cintura de su tanga. Besó la parte delantera de la prenda y ella podría haber jurado que se había estremecido al inhalar.

Bryce se volvió líquida. Ya no era capaz de detener sus movimientos demandantes. Hunt ahogó una risa cálida contra sus partes más sensibles y volvió a besarla a través de la tela de su tanga.

Pero luego le besó el muslo izquierdo, empezando una trayectoria descendente y jalando la tanga de paso. Y cuando la tanga terminó su recorrido, cuando estaba desnuda frente al mundo, las alas de Hunt se abrieron de par en par para bloquear la vista.

Para que sólo sus ojos la vieran, para que sólo su boca la devorara.

La respiración de Bryce se aceleró cuando la boca del ángel llegó a su tobillo izquierdo, lo volvió a besar y empezó a subir otra vez. Pero se detuvo cuando estuvo entre sus muslos. La tomó de los pies y los acomodó sobre el mueble.

La abrió más de piernas.

Bryce gimió mientras Hunt la miraba. La luz brillaba entre sus alas y lo hacía parecer un ángel vengador iluminado por un fuego interior.

—Mírate —murmuró con voz gutural por el deseo.

Ella nunca se había sentido tan desnuda pero al mismo tiempo tan vista y adorada. No lo dejó de sentir cuando Hunt recorrió su humedad con un dedo.

—Carajo —gruñó él, más para sí mismo que para ella, y ella de verdad ya no podía ni respirar cuando él se volvió a arrodillar y puso la cabeza donde ella más la necesitaba.

Con suavidad, con reverencia, Hunt puso una mano sobre ella y la abrió para él, para probarla. Pasó su lengua a lo largo de ella con un recorrido introductorio de *Hola, un placer coger contigo*. Ella se mordió el labio e intentó jadear por la nariz.

Pero Hunt agachó la cabeza y descansó la frente justo arriba del montículo. Pasó sus manos de nuevo a sus muslos. Inhaló y exhaló, temblando, y ella no tenía idea de si sólo estaría saboreando su olor o si realmente necesitaba un momento para tranquilizarse.

Una o dos lamidas más y ella sabía que perdería la cabeza por completo.

Entonces Hunt la besó en la parte superior de su sexo. Y luego otra vez, como si no pudiera evitarlo. Le acarició los muslos con sus manos. La besó una tercera vez. Las alas le temblaban. Luego, su boca se movió hacia el sur junto con una mano.

De nuevo, la abrió y presionó su lengua contra ella al mismo tiempo que la movía hacia arriba.

Bryce vio chispas en sus párpados cerrados. Sus senos estaban tan llenos de deseo que se arqueó hacia arriba, como si estuviera buscando unas manos invisibles para que los tocaran.

—Así —dijo Hunt contra su piel y volvió a pasar la lengua contra su clítoris con precisión letal.

Ella ya no podía con eso. No podía soportar un segundo más de esta tortura...

Su lengua se introdujo en ella y se curvó adentro. Ella se movió hacia él involuntariamente.

—Sabes como un maldito paraíso —gruñó él y se apartó lo suficiente para que ella pudiera ver la humedad alrededor de su boca, de su barbilla—. Sabía que sabrías así.

Bryce se tapó la boca con la mano para evitar gritar cuando Hunt volvió a introducir su lengua y luego la arrastró de regreso hasta su clítoris. Apretó ligeramente con los dientes y ella puso los ojos en blanco del placer. Por Solas en llamas y la misericordiosa Cthona...

—Hunt —logró decir ella con voz ahogada.

Él se detuvo, listo para dejar de hacer lo que ella le pidiera. Pero lo último que ella quería era que él se detuviera.

Bryce miró los ojos ardientes de Hunt con el pecho agitado y la cabeza convertida en un desorden de estrellas. Dijo lo único que tenía en la cabeza, en la mente y en el alma.

—Te amo.

Se arrepintió de decir esas palabras en el instante que salieron de su boca. Nunca se las había dicho a ningún hombre, ni siquiera había *pensado* esas palabras sobre Hunt, aunque lo sabía desde hacía tiempo. Por qué salieron en ese momento, no tenía idea, pero a él se le volvieron a oscurecer los ojos. Le apretó los muslos con los dedos.

Oh, dioses. Ya había arruinado todo. Era una estúpida calenturienta idiota y qué *carajos* estaba pensando diciéndole eso cuando ni siquiera estaban *saliendo*, con un carajo...

Hunt se desató. Enterró la cabeza de nuevo entre sus muslos y se deleitó con ella. Bryce podría haber jurado que la habitación se llenaba de tormentas eléctricas. Era una respuesta y aceptación de lo que había dicho. Como si él ya estuviera más allá de las palabras.

Lengua y dientes y un ronroneo profundo, todo combinado para crear una tormenta de placer que hacía que Bryce se retorciera contra él. Hunt le apretó los muslos con tanta fuerza que podría dejarle marcas y a ella le encantó, lo necesitaba. Acercó la cadera hacia la cara de Hunt y empujó para que su lengua la penetrara profundamente y entonces algo le *electrizó* el clítoris, como si Hunt hubiera usado una chispa de sus relámpagos, y su cerebro y su cuerpo se encendieron como fuego blanco, oh dioses, oh dioses, oh dioses...

Bryce estaba gritando las palabras. Las alas de Hunt los mantenían dentro de un capullo y entonces ella tuvo un orgasmo tan fuerte que se arqueó por encima del mueble, le clavó los dedos en el cabello y tiró de él. Brillaba con luz dentro y fuera, como un faro viviente.

Ella podría haber jurado que cayeron por el tiempo y el espacio, podría haber jurado que los sentía cayendo en dirección a algo, pero ella quería quedarse aquí, con él, en este cuerpo y en este lugar...

Hunt continuó lamiéndola en cada oleada de la sensación y cuando el clímax empezó a decrecer, cuando la luz que había hecho erupción en ella se atenuó un poco, cuando esa sensación de caída se estabilizó, él levantó la cabeza.

La miró a los ojos desde el centro de sus muslos, jadeando contra su piel desnuda, y dijo con relámpagos en la mirada:

—Yo también te amo, Quinlan.

Nadie le había dicho esas palabras a Hunt en dos siglos.

Shahar nunca las había dicho. Ni una sola vez, aunque él estúpidamente sí le había ofrecido esas palabras a ella. La última persona había sido su madre, unas cuantas semanas antes de su muerte. Pero escucharlas de Quinlan...

Hunt estaba recostado junto a ella en la cama treinta minutos más tarde. El olor a menta de su pasta dental y el de lavanda de su champú se entremezclaban en el aire. Eso era bastante raro: bañarse uno tras otro, luego cepillarse los dientes juntos, cuando seguía flotando ahí el eco de aquellas palabras. Caminar por el departamento, pasar al lado de Ruhn, Declan e Ithan, que veían una discusión de analistas de solbol sobre el partido de esa noche. Le maravilló pensar lo mucho y lo poco que habían cambiado las cosas en el transcurso de unos cuantos minutos.

Ir al Sector de los Huesos al día siguiente parecía una tormenta lejana. Un retumbar de truenos distantes. Cualquier pensamiento sobre su búsqueda en el Mercado de Carne esta noche se disolvió como nieve que se derrite.

En la oscuridad, con el sonido distante de la televisión en la sala, Hunt miró a Bryce. Ella lo miró de vuelta, en silencio.

—Uno de nosotros tiene que decir algo —dijo Hunt con la voz áspera.

—¿Qué más hay que decir? —preguntó ella y recargó la cabeza en su puño. Su cabello quedó derramado por encima de su hombro como una cortina roja.

—Dijiste que me amabas.

—¿Y? —dijo ella con una ceja arqueada.

Hunt empezó a sonreír.

—Lo dijiste bajo presión.

Ella se mordió el labio. Él deseó plantar ahí sus dientes.

—¿Me estás preguntando si lo dije en serio o piensas que eres tan bueno con la boca que perdí la razón?

Él le dio un garnucho suave en la nariz.

—Chistosa.

Ella se dejó caer sobre el colchón.

—Ambas cosas son ciertas.

Hunt sintió que se le calentaba la sangre.

—¿Ah, sí?

—No finjas —dijo ella y puso los brazos detrás de la cabeza—. Tienes que saber que eres bueno en esto. Esa cosa del *rayo*...

Hunt levantó un dedo y una chispa bailó en la punta.

—Pensé que te gustaría eso.

—Si lo hubiera sabido con anticipación, me habría preocupado de que frieras mis partes favoritas.

Él rio con calidez.

—No me atrevería. Son mis partes favoritas también.

Ella se recargó en los codos, no podía estarse quieta.

—¿Te parece raro? ¿Lo que dije?

—¿Por qué? Lo dije yo también, ¿no?

—Tal vez sólo te sentiste mal por mí y quisiste que la situación no fuera tan incómoda.

—Yo no soy el tipo de persona que dice esas palabras sin pensar.

—Yo tampoco —estiró la mano hacia él y Hunt se recargó en su palma, la dejó que le pasara los dedos por el cabello—. Nunca se lo había dicho a nadie. Románticamente, quiero decir.

El ángel ladeó la cabeza.

—¿De verdad?

Sintió que algo se le apretaba en el pecho.

Ella parpadeó y sus ojos se veían como fuego dorado en la oscuridad.

—¿Por qué te sorprende?

—Pensé que tú y Connor...

No estaba seguro de por qué necesitaba saberlo.

El fuego se apagó un poco.

—No. Tal vez lo hubiéramos dicho algún día, pero no llegó tan lejos. Lo amaba como amigo pero... necesitaba tiempo —sonrió ligeramente—. ¿Quién sabe? Tal vez estaba esperándote.

Él le tomó la mano y le dio un beso en los nudillos.

—Yo llevo ya un tiempo enamorado de ti. Lo sabes, ¿no? —el corazón le latía con fuerza, pero continuó—. Me sentí muy... apegado a ti durante nuestra investigación, pero cuando Sandriel me tuvo en esa celda bajo el Comitium, hizo una puta presentación enferma de todas las fotografías de mi teléfono. Las de nosotros dos. Y la vi y lo supe. Vi nuestras fotos hacia el final, cómo te veía y cómo me veías tú, y lo supe.

—Sellado con el momento en que saltaste frente a una bomba por mí.

—Es inquietante cuando haces bromas sobre eso, Quinlan.

Ella rio y le besó la mandíbula. El cuerpo de Hunt se tensó y se empezó a preparar para otro contacto. Suplicando que hubiera otro contacto. Ella dijo:

—Hice el Descenso por ti. Y ofrecí venderme como esclava en tu lugar. Creo que me merezco hacer bromas sobre esta mierda —él le dio un mordisco en la nariz. Pero ella retrocedió y lo miró a los ojos. Hunt la dejó ver todo lo que había ahí—. Yo lo supe en el momento en que te fuiste a buscar mis juguetes sexuales.

Hunt soltó una risotada.

—No me decido si eso es verdad o no.

—Fuiste tan cuidadoso con Jelly Jubilee. ¿Cómo no amarte?

Él volvió a reír y se agachó un poco para besarle la garganta tibia.

—Me gusta —le recorrió la cadera con las puntas de los dedos, la suavidad de la tela vieja de su camiseta se atoraba en los callos de su piel. Le besó la clavícula e inhaló su olor. Su pene empezó a excitarse—. ¿Ahora qué?

—¿Sexo?

Él rio.

—No. Digo, por supuesto que sí, pero no quiero público —asintió por encima de su hombro y ala hacia la pared a sus espaldas—. ¿Si vamos a un hotel en la ciudad?

—En otro continente.

—Ah, Quinlan —le dijo y le besó la mandíbula, la mejilla, la sien. Le susurró al oído—: De verdad quiero coger contigo en este momento.

Ella se estremeció y se arqueó hacia él.

—Yo también

Él movió su mano hacia su trasero.

—Esto es una tortura.

Metió la mano bajo la camiseta y encontró su piel desnuda tibia y suave. Con los dedos, recorrió el borde de su tanga de encaje y luego bajó por sus muslos. Un calor lo llamaba y ella inhaló bruscamente cuando él se detuvo justo antes del sitio donde quería estar.

Pero ella le puso una mano en el pecho.

—¿Cómo te llamaré ahora?

Las palabras tardaron un momento en registrarse en su mente.

—¿Qué?

—Digo, ¿qué *somos*? ¿Estamos saliendo? ¿Eres mi novio?

Él soltó una risa y dijo:

—¿Realmente quieres decir que estás saliendo con el Umbra Mortis?

—No voy a mantener esto en privado.

Ella lo dijo sin una gota de duda. Le acarició la frente con los dedos. Como si ella supiera lo que esto significaba para él.

Hunt logró preguntar:

—¿Y qué hay de Cormac y el engaño de su compromiso?

—Bueno, después de eso, supongo —si sobrevivían. Ella exhaló con fuerza—. *Novio* suena raro para ti. Es algo demasiado... juvenil. ¿Pero qué más hay?

Si él tuviera una estrella en su pecho, sabría que habría brillado cuando preguntó:

—¿Compañero?

—No es lo suficientemente sexy.

—¿Amante?

—¿Eso viene con su cuello alechugado y su laúd?

Él le pasó el ala por el muslo desnudo.

—¿Alguna vez te han dicho que eres insoportable?

—Sólo vos, mi anciano amante.

Hunt volvió a reír. Enganchó el dedo en el elástico de su tanga, estiró y lo soltó. Ella soltó un grito y le dio un manotazo.

Pero Hunt la tomó de los dedos y volvió a ponerle la mano sobre su corazón.

—¿Qué te parecería *pareja*?

Bryce se quedó inmóvil y Hunt contuvo el aliento. Se preguntó si habría dicho algo equivocado. Como ella seguía sin decir nada, él continuó:

—¿Las hadas tienen parejas, no? Ése es el término que usan.

—Las parejas son... algo intenso para las hadas —tragó saliva—. Es un compromiso de por vida. Un juramento entre cuerpos y corazones y almas. Es una unión de seres. Si tú dices que eres mi pareja frente a cualquier otra hada, lo entenderán como algo muy importante.

—¿Y nosotros no significamos algo muy importante? —preguntó él con cautela, con la respiración contenida. Ella tenía su corazón en sus manos. Lo había tenido desde el primer día.

—Tú lo eres *todo* para mí —exhaló ella y él también pudo soltar el aire que estaba reteniendo—. Si le dices a Ruhn que somos pareja, es como si estuviéramos casados. Para las hadas, estamos vinculados a nivel biológico, molecular. No hay manera de deshacerlo.

—¿*Es* algo biológico?

—Puede serlo. Algunas hadas sostienen que supieron quién era su pareja desde el momento en que se conocieron. Que hay una especie de vínculo invisible entre ellos. Un olor o una conexión entre las almas.

—¿Alguna vez ha sucedido entre especies?

—No lo sé —admitió ella y le acarició el pecho con los dedos haciendo círculos embriagantes e insinuantes—. Pero si tú no eres mi pareja, Athalar, nadie lo es.

—Una gran declaración de amor.

Ella estudió su rostro, franca y abierta de una manera en la que casi nunca se mostraba con otras personas.

—Quiero que entiendas lo que les vas a decir a otras personas, a las hadas, si vas a decir que soy tu pareja.

—Los ángeles tienen parejas. No tan así de «almas magicosas» como las hadas pero sí llamamos pareja a nuestros compañeros de vida en vez de esposo o esposa.

Shahar nunca lo había llamado así. Rara vez habían utilizado el término *amante*.

—Las hadas no distinguen. Usarán su puta definición intensa.

Él miró el rostro contemplativo de Bryce.

—Siento que es la palabra correcta. Como si ya estuviéramos vinculados en ese nivel biológico.

—Yo también —dijo ella—. ¿Quién sabe? Tal vez ya somos pareja.

Eso explicaría muchas cosas. Lo intenso que había sido todo desde el principio. Y cuando cruzaran esa última barrera física, él tenía la sensación de que ese vínculo se solidificaría aún más.

Así que... tal vez ya *eran* pareja, según esa definición hada. Tal vez Urd había ligado sus almas hacía mucho y con el tiempo se dieron cuenta. ¿Pero eso importaba realmente? ¿Que el destino o la voluntad hubieran sido responsables de que estuvieran juntos?

Hunt preguntó:

—¿Te asusta? ¿Llamarme tu pareja?

Ella bajó la mirada hacia el espacio entre ellos y murmuró:

—Tú eres el que ha sido definido por los términos de otras personas durante siglos —*Caído. Esclavo. Umbra Mortis*—. Yo sólo quiero que nos aseguremos de que sea un título que quieras tener. Para siempre.

Él le besó la sien e inhaló su aroma.

—De todos los nombres que me han dado, Quinlan, ser tu pareja será el único que adore de verdad.

Ella sonrió.

—¿Escuchaste eso de *para siempre*?

—Eso es lo que pienso de lo que hay entre nosotros.

—Llevamos, no sé, cinco meses de conocernos.

—¿Y?

—Mi mamá va a ponerse como loca. Va a decir que tenemos que salir juntos por lo menos dos años antes de llamarnos pareja.

—¿A quién le importa lo que piense la gente? Ninguna de sus reglas ha podido aplicarse a nosotros. Y si estamos de alguna manera predestinados a ser pareja, entonces no hay ninguna diferencia.

Ella volvió a sonreír y todo su pecho se iluminó. No, eso era la estrella entre sus senos. Él puso la mano sobre la cicatriz luminosa. La luz brillaba a través de sus dedos.

—¿Por qué hace eso?

—Tal vez le agradas.

—También brilló para Cormac y para Ruhn.

—Yo no dije que fuera inteligente.

Hunt rio y se acercó para besar la cicatriz.

—Muy bien, mi hermosa pareja. Nada de sexo esta noche.

Su pareja. *Suya*.

Y él era de ella. No le sorprendería que tuviera el nombre de Bryce tatuado en el corazón. Se preguntó si el suyo estaría tatuado en la estrella brillante de su pecho.

—Mañana. Mañana iremos a un hotel.

Le besó suavemente la cicatriz otra vez.

—Hecho.

28

Me da gusto verte vivo.

Ruhn estaba parado sobre el familiar puente mental. Los bordes de su cuerpo se volvieron a rellenar de noche y estrellas y planetas. Al otro lado del puente esperaba esa figura femenina en llamas. El cabello largo de flama pura flotaba a su alrededor, como si estuviera bajo el agua, y lo que alcanzaba a distinguir de su boca parecía sonreír.

—A mí también —dijo él.

Debió haberse quedado dormido en el sillón del departamento de Bryce. Ahí seguía a las dos de la mañana. Se había quedado a ver jugadas clásicas de partidos viejos con Ithan. Dec se había ido hacía horas a pasar la noche en casa de Marc. Nadie había conseguido algún fragmento de video con información sólida sobre Emile en los muelles, ni evidencias concretas de que los segadores hubieran sido enviados por el Rey del Inframundo o por Apollion. La búsqueda de Danika en la galería tomaría días, le había dicho Dec antes de irse. Además, tenía otro trabajo. Ithan se ofreció de inmediato como voluntario para seguir buscando.

El cachorro no estaba mal. Ruhn podía imaginarse ser su amigo, si su gente no estuviera enfrascada en peleas constantes. Literalmente.

Ruhn le dijo a la agente Daybright:

—Gracias por intentar despertarme.

—¿Qué pasó?

—Segadores.

Las flamas se apagaron un poco y se volvieron color azul violeta.

—¿Te atacaron?

—Es una larga historia —ladeó la cabeza—. ¿Entonces no necesito el cristal para buscarte? ¿Puedo estar inconsciente? ¿Dormido?

—Tal vez el cristal sólo se necesitó para iniciar el contacto entre nuestras mentes, un faro para tus talentos —dijo—. Ahora que tu mente y la mía saben a dónde ir, ya no requieres el cristal y puedes ponerte en contacto conmigo incluso en... momentos inoportunos.

Él sintió un pinchazo de culpabilidad. Ella participaba en los rangos más altos del imperio... ¿la habría puesto en peligro cuando perdió la conciencia? ¿Su mente la habría buscado a ciegas?

Pero Daybright dijo:

—Tengo información para que la transmitas.

—¿Ajá?

Ella se enderezó.

—¿Así es como hablan ahora los agentes de Ophion? *¿Ajá?*

Debía ser mayor, entonces. Algunas de las vanir tenían tanto tiempo vivas que los modismos modernos les parecían una lengua extranjera. O, dioses, si era una asteri...

Ruhn deseó tener un muro o puerta o algo donde se pudiera recargar cuando se cruzó de brazos.

—Así que eres pangerana de vieja escuela.

—Tu posición aquí no es averiguar cosas sobre mí. Es transmitir información. Quién soy, quién eres tú, es irrelevante —hizo un ademán hacia sus flamas—. Esto debería darte suficiente información.

—¿Sobre qué?

Sus flamas se ciñeron a su cuerpo y se volvieron de un color anaranjado vibrante, como las brasas más calientes. De las que quemarían hasta el hueso.

—Sobre lo que te sucederá si haces demasiadas preguntas impertinentes.

Él sonrió un poco.

—¿Entonces cuál es la información?

—El ataque a la Espina Dorsal está listo para lanzarse.

La sonrisa de Ruhn se desvaneció.

—¿Cuándo sale el cargamento?

—En tres días. Sale de la Ciudad Eterna a las seis de la mañana, hora de allá. No tiene escalas planeadas ni para recargar combustible. Viajarán rápidamente al norte, hasta Forvos.

—¿El prototipo del mecatraje estará en el tren?

—Sí. Y junto con él, el Transporte Imperial está trasladando cincuenta contenedores de misiles de azufre hacia el frente del norte, además de ciento doce cajas de armamento y unas quinientas cajas de municiones.

Solas en llamas.

—¿Van a asaltarlo?

—Yo no haré nada —dijo la agente Daybright—. Ophion será responsable. Yo recomendaría destruir todo. En especial ese mecatraje nuevo. No perdería el tiempo en tratar de descargar nada de los trenes, porque los descubrirán.

Ruhn no mencionó que Cormac había sugerido algo distinto. Había dicho que Ophion quería conseguir el traje... para estudiarlo. Y usar esas armas en su guerra.

—¿Cuál es el mejor sitio para interceptarlo?

En verdad iba a hacer esto, por lo visto. Al transmitir esta información se estaba alineando oficialmente con los rebeldes.

—Eso lo decidirá el Comando de Ophion.

Él preguntó con cautela:

—¿Pippa Spetsos estará encargada del ataque?

¿O estaría en realidad en Lunathion buscando a Emile, como sospechaba Tharion?

—¿Importa?

Ruhn se encogió de hombros con toda la indiferencia que pudo simular.

—Sólo quiero saber si tenemos que notificarle.

—Desconozco a quién envía el Comando en sus misiones.

—¿Pero sabes dónde está Pippa Spetsos en este momento?

Las flamas de Daybright chisporrotearon un poco.

—¿Por qué tienes tanto interés en ella?

Él levantó las manos.

—No tengo ningún interés —dijo. Podía percibir la incredulidad, así que preguntó—: ¿Habrá guardias armados en el cargamento?

—Sí. Unos cien lobos dentro y sobre los carros, junto con una docena de ángeles exploradores que vigilarán desde el aire. Todos armados con rifles, pistolas y cuchillos.

Las áreas boscosas serían entonces las óptimas para un ataque, para evitar que los vieran los malakim.

—¿Algo más?

Ella ladeó la cabeza.

—¿Nada de esto te molesta?

—He estado en el Aux por un tiempo. Estoy acostumbrado a coordinar cosas.

Aunque nada como esto. Nada que lo pusiera tan firmemente en la mira de los asteri.

—Es estúpido revelar eso. Ophion debe estar desesperado si enviaron a alguien tan mal entrenado como tú para tratar conmigo.

—La confianza es algo recíproco —hizo un movimiento en el espacio que los separaba.

Otra de esas risas suaves le recorrió la piel.

—¿Tú tienes algo para mí? ¿Cuál es ese asunto con Pippa Spetsos?

—Nada. Pero gracias por tratar de salvarme el pellejo hace rato.

—Sería una tonta si desperdiciara a un contacto valioso.

Él se irritó un poco.

—Me conmueve.

Ella resopló.

—Suenas como un hombre que está acostumbrado a que lo obedezcan. Interesante.

—¿Qué demonios tiene de interesante?

—Los rebeldes deben tener información sobre ti para hacerte arriesgar tu posición haciendo esto.

—Pensé que no te importaba un carajo mi vida personal.

—No me importa. Pero el conocimiento es poder. Siento curiosidad sobre quién podrías ser, si los segadores intentaron atacarte. Y por qué permites que los rebeldes se aprovechen de ti.

—Tal vez yo quería unirme.

Ella rio, una risa afilada como un cuchillo.

—En mi experiencia, la clase gobernante rara vez hace las cosas por la bondad de sus corazones.

—Qué cinismo.

—Tal vez, pero es verdad.

—Podría nombrar a un vanir en una posición alta que está ayudando a los rebeldes sin que nadie lo obligue.

—Entonces deberían meterte una bala en la cabeza.

Ruhn se tensó.

—¿Perdón?

Ella ondeó la mano.

—Si conoces su identidad, si puedes presumirla tan despreocupadamente, si estás haciendo demasiadas preguntas sobre la agente Spetsos, no eres para nada un elemento valioso. Eres imprevisible. Si los necrolobos te encuentran, ¿cuánto tiempo tardarás en confesar el nombre de esa persona?

—Vete al carajo.

—¿Alguna vez te han torturado? Es fácil que la gente diga que no se quebrantará, pero cuando te están arrancando el cuerpo pedazo por pedazo, hueso por hueso, te sorprendería saber lo que puedes ofrecer para que el dolor se detenga, aunque sea por un segundo.

El temperamento de Ruhn se encendió.

—Tú no sabes una mierda sobre mí o lo que he pasado.

Le agradecía a la noche y las estrellas que cubrían las marcas que le habían dejado los castigos de su papá en la piel, aquellas que la tinta no había podido ocultar.

Las flamas de Daybright se hicieron más brillantes.

—Deberías ser más cuidadoso con lo que le dices a la gente, incluso entre aliados de Ophion. Tienen maneras de hacer desaparecer a las personas.

—¿Como Sofie Renast?

El fuego de ella se estremeció.

—No repitas su nombre verdadero a nadie más. Llámala agente Cypress.

Ruhn apretó los dientes.

—¿Qué sabes sobre Sofie?

—Asumí que estaba muerta, dado que ahora tú eres mi contacto.

—¿Y si no lo está?

—No entiendo.

—Si no está muerta, ¿dónde iría? ¿Dónde se ocultaría?

Daybright giró hacia su extremo del puente.

—Esta reunión ha terminado.

Y antes de que Ruhn pudiera decir otra palabra, ella desapareció y dejó detrás sólo unas cuantas chispas volando.

—¿Por qué demonios los asteri crearían su propio meca-traje para esta guerra? —preguntó Hunt mientras se frotaba la mandíbula, recargado en la isla de la cocina a la mañana siguiente.

Intentó no fijarse en la caja negra en el otro extremo del mueble. Pero su presencia parecía vibrar. Parecía ahuecar el aire a su alrededor.

Considerando que dentro tenía dos Marcos de la Muerte, no era de sorprenderse.

Cormac dio un sorbo a su té con el rostro atormentado. Había llegado justo después del amanecer. Aparentemente porque recibió una llamada urgente de Ruhn. Había despertado a Hunt y lo había sacado de los brazos de Bryce al tocar a la puerta.

—Esos trajes son la única ventaja que tenemos. Bueno, que tienen los humanos.

—Lo sé —dijo Hunt con sequedad—. He peleado contra ellos. Los conozco bien.

Y los había desarmado. Y los había saboteado para que sus pilotos no tuvieran posibilidad de hacer nada.

Se había conformado con permitir que esos conocimientos le ayudaran recientemente a hacer cosas como arreglar la motoneta de Bryce, que incluso había lavado antes de entregársela, pero si los asteri estaban haciendo mecatrajes para sus soldados vanir...

—Siempre se me olvida —murmuró Ruhn desde donde estaba sentado en el sofá al lado de Bryce— que tú peleaste en dos guerras.

La guerra que había empezado y perdido con los Caídos y luego los años que pasó peleando bajo el comando de Sandriel contra los rebeldes de Ophion.

—A mí no —dijo Hunt con frialdad y se ganó un gesto de disculpa arrepentida de Ruhn—. Tenemos que ser cuidadosos. ¿Estás seguro de que esta información es real?

—Sí —respondió Ruhn.

Holstrom se recargó contra la pared de la cocina y miró el intercambio en silencio. Su expresión no revelaba nada. En el sillón había una laptop abierta que seguía buscando entre años de videos de la galería las imágenes de Danika.

Pero esta conversación con Cormac, este ataque a la Espina Dorsal...

—Probablemente haya dobles agentes en Ophion —le dijo Hunt al príncipe de Avallen.

—Daybright no —dijo Cormac con certeza absoluta.

—Cualquiera puede ser comprado —insistió Hunt.

Bryce no dijo nada. Se ocupó fingiendo estar más interesada en las uñas rosadas de los dedos de sus pies que en esta conversación. Hunt sabía que estaba desmenuzando cada palabra.

Él había salido de la recámara con la intención de decirle a todo el que se le cruzara enfrente que ella era su pareja, pero Ruhn estaba esperándolos con sus noticias y, aparentemente, había dormido en el sofá.

—Pero de todas maneras —dijo Cormac con sequedad— necesito transmitir esta información.

—Te acompañaré —dijo Ruhn.

Bryce se quedó con la boca abierta de la alarma.

—Podrían estar cayendo en una trampa —advirtió Hunt.

—No tenemos alternativa —le respondió Cormac—. No nos podemos arriesgar a desperdiciar esta oportunidad.

—¿Y qué se arriesgan a perder si es falsa? —los relámpagos chisporrotearon en los dedos de Hunt. Los ojos de Bryce al fin se levantaron y lo miraron cautelosos y precavidos.

Antes de que Cormac pudiera responder, ella dijo:

—Eso no es asunto nuestro, Hunt.

—Por supuesto que lo es. Estamos vinculados a esto, ya sea que queramos estarlo o no.

Los ojos de ella brillaban con fuego dorado.

—Sí, pero no tenemos nada que ver con este ataque, con esta información. Es un problema con el que tiene que lidiar Ophion —se enderezó y miró a Ruhn con furia, como diciéndole, *Tú también deberías mantenerte fuera,* pero luego volteó a darle la cara a Cormac—. Así que ve a darle tu informe al Comando y a nosotros no nos involucres.

Cormac la estudió de cuerpo completo mientras apretaba la mandíbula.

Ella le sonrió de una manera que hizo vibrar la sangre de Hunt.

—¿No estás acostumbrado a que las mujeres te den órdenes?

—Hay muchas mujeres en el Comando —dijo Cormac con las fosas nasales ensanchadas—. Y te aconsejaría que te comportes como debe hacerlo una hada cuando estemos en público. Ya será bastante difícil convencer a los demás de nuestro compromiso gracias a ese olor que tienes.

—¿Cuál olor? —dijo Bryce y Hunt acomodó los pies en preparación de lo que pudiera suceder. Ella podía cuidarse en una pelea, pero él disfrutaría de todas formas darle una paliza al bastardo.

Cormac hizo un ademán entre ella y Hunt.

—¿Crees que no puedo oler lo que sucedió entre ustedes dos?

Bryce se recargó contra los cojines y dijo:

—¿Te refieres a que *él* me hizo sexo oral?

Hunt casi se ahogó y Ruhn soltó una serie de malas palabras. Ithan simplemente se dirigió a la cafetera y murmuró que era demasiado temprano.

Sin embargo, Cormac ni siquiera se ruborizó. Sólo dijo en tono áspero:

—Sus olores entremezclados pondrán en peligro el engaño del compromiso.

—Lo tomaré en cuenta —dijo Bryce y luego le guiñó a Hunt.

Dioses, ella le había sabido a gloria. Y los sonidos dulces y jadeantes que hizo al venirse... Hunt movió los hombros para liberar un poco de tensión. Tenían un día largo por delante. Un día peligroso.

Hoy irían al Sector de los Huesos, carajo. Los videos de las cámaras de la calle habían identificado que el segador que atacó a Bryce y a Ruhn había estado a una cuadra del Muelle Negro, pero incluso con las habilidades de Declan no habían encontrado pruebas concretas de que el segador hubiera tomado un barco. Sin embargo, había una relación suficiente para preguntarle sobre esto al Rey del Inframundo. Y si sobrevivían a eso, entonces Hunt planeaba tener una larga, larga noche. Ya había hecho una reservación en el restaurante de un hotel elegante. Y había reservado una suite enorme. Con pétalos de rosas y champaña.

Cormac tamborileó con los dedos sobre la mesa y le dijo a Bryce:

—Si encuentran a Emile en el Sector de los Huesos, avísenme de inmediato.

Bryce, para sorpresa de Hunt, no objetó. Cormac giró a ver a Ruhn y movió la barbilla hacia la puerta.

—Debemos irnos. Si ese tren de provisiones sale en tres días, no podemos desperdiciar ni un momento —miró con severidad a Hunt—. Aunque la información no sea cierta.

—Estoy listo —dijo Ruhn y se puso de pie. Le frunció el ceño a su hermana—. Buena suerte en la cacería. No te metas en problemas hoy, por favor.

—Lo mismo para ti —le respondió Bryce con una sonrisa. Hunt se dio cuenta de que ella le estaba poniendo atención a la Espadastral, como si le estuviera hablando, suplicándole que protegiera a su hermano. Luego su mirada se deslizó hacia Cormac, que ya esperaba en la puerta.

—Ten cuidado —le dijo directamente a Ruhn.

La advertencia era bastante clara: *No confíes del todo en Cormac.*

Ruhn asintió lentamente. El hombre podría afirmar que había cambiado desde la última vez que había intentado matarlo, hacía unas décadas, pero Hunt tampoco confiaba en él.

Entonces Ruhn volteó a ver a Ithan, que iba en camino a la laptop sobre el sofá.

—Mira, no quisiera meter a nadie en nuestros problemas, pero... ¿quieres venir?

Holstrom movió la cabeza hacia la laptop.

—¿Qué hay de los videos?

—Pueden esperar unas horas, puedes buscar en las secciones marcadas cuando regresemos. Hoy nos servirían tus habilidades.

—¿Cuáles habilidades? —exigió saber Bryce. Una alarma pura y protectora—. Ser bueno en solbol no cuenta.

—Gracias, Bryce —gruñó Ithan y antes de que Ruhn pudiera darle un motivo para invitarlo, dijo:

—Sabine va a ponerse como loca si se enterara de que te estoy ayudando.

Eso era lo mínimo que sucedería si lo descubrían ayudando a rebeldes. Hunt intentó no mover las alas, intentó detener el eco de agonía que las recorría.

—Tú ya no le respondes a Sabine —le dijo Ruhn.

Ithan lo consideró.

—Supongo que ya estoy involucrado en este lío.

Hunt podría jurar que los ojos de Bryce se habían llenado de culpa y preocupación. Se mordió el labio inferior pero no siguió contradiciendo a Ithan.

—Está bien —continuó Ithan y conectó la laptop—. Voy a vestirme.

Bryce volteó y miró la caja negra con cautela, los Marcos de la Muerte que latían y aguardaban dentro. Y dijo:

—Bien, Athalar. Es hora de irnos. A prepararse.

Hunt siguió a Bryce de regreso a la recámara, su recámara ahora, supuso, y la vio tomar una funda de pistola y levantar la pierna para apoyarla en la cama. Su falda rosada corta se deslizó hacia arriba y reveló la extensión larga, torneada y dorada de su pierna. Su mente se puso en blanco mientras la veía ajustar la funda a su muslo.

A ella se le atoraron los dedos en la hebilla y Hunt estuvo ahí al instante para ayudarle. Saboreó la calidez sedosa de su piel desnuda.

—¿De verdad vas a usar esto para ir al Sector de los Huesos?

Movió la mano para juguetear con los suaves pliegues de la falda. Eso sin mencionar que la pistola sería inútil contra los segadores que se acercaran.

—Hoy estaremos a mil grados y el día será húmedo. No me voy a poner pantalones.

—¿Y si nos metemos en problemas?

Tal vez se tardó mucho más de lo necesario en ajustar la hebilla. Él sabía que ella se lo estaba permitiendo.

Ella sonrió con malicia.

—Entonces supongo que el Rey del Inframundo tendrá una buena vista de mi trasero.

Él la miró sin reír.

Bryce puso los ojos en blanco pero dijo:

—Dame cinco minutos para cambiarme.

29

—Creo que él ya sabe que vamos para allá —le susurró Bryce a Hunt cuando estaban en el borde del Muelle Negro y se asomaron entre la niebla que cubría el Istros. Afortunadamente, no había habido Travesías hoy. Pero frente a ellos entre la niebla se abría un camino, una apertura a través de la cual navegarían para llegar al Sector de los Huesos.

Ella lo sabía porque había hecho este recorrido antes.

—Bien —dijo Hunt y Bryce lo vio fijarse en la Espadastral que traía enfundada a la espalda. Ruhn se la había dejado con la nota: *Llévatela. No seas tonta.*

Por una vez en su vida, lo había escuchado.

Y Ruhn la había escuchado cuando le insistió, en una rápida conversación de mente a mente, que no confiara en Cormac. Su invitación a Ithan había sido el resultado.

A ella sólo le quedaba rezar que se mantuvieran a salvo. Y que Cormac cumpliera con su palabra.

Bryce se movió y guardó esos pensamientos. La madera negra y medio descompuesta debajo de sus zapatos crujió. Había terminado decidiéndose por unos *leggins* negros y una camiseta gris antes de salir. Pero, incluso con la niebla, el calor continuaba de alguna manera y convertía su ropa en una segunda piel pegajosa. Debía haberse quedado con la falda. Aunque fuera porque eso le permitía ocultar la pistola, que había tenido que dejar después de que Hunt le tuvo que recordar que sería completamente inútil contra cualquier cosa que se encontraran en el Sector de los Huesos.

—Bueno, pues allá vamos —dijo Bryce y sacó la moneda de ónix del bolsillo de la parte trasera de su cintura. El olor sofocante y terroso del moho le llenó la nariz, como si la moneda en sí estuviera descomponiéndose.

Hunt sacó su moneda de un compartimento de su traje de batalla y olfateó con un gesto de desagrado.

—Huele peor conforme nos vamos acercando más al Sector de los Huesos.

—Entonces qué bueno que ya nos vamos a deshacer de ellas —dijo Bryce y lanzó el Marco de la Muerte con el pulgar hacia el agua velada de niebla debajo de ellos. Hunt hizo lo mismo con el suyo. Ambos marcos hicieron una sola onda antes de salir a toda velocidad hacia el Sector de los Huesos, que permanecía oculto a la vista.

—Estoy seguro de que varias personas les han dicho esto —dijo una voz masculina a sus espaldas—, pero esto es una muy mala idea.

Bryce se dio media vuelta rápidamente, pero Hunt se veía molesto.

—¿Qué putas quieres, Baxian?

El Mastín del Averno emergió como espectro de la niebla. Tenía puesto su propio traje de batalla. Las sombras se habían quedado marcadas bajo sus ojos oscuros, como si no hubiera dormido en mucho tiempo.

—¿Por qué están aquí?

—Lo mismo te pregunto —dijo Hunt agresivo.

Baxian se encogió de hombros.

—Estoy disfrutando la vista —dijo y Bryce supo que era una mentira. ¿Los había seguido?—. Pensé que supuestamente trabajaríamos en parejas, Athalar. No te presentaste. ¿Celestina lo sabe?

—Es mi día libre —dijo Hunt. Lo cual era cierto—. Así que no. No es asunto de ella. Ni tuyo. Ve a reportarte con Isaiah. Él te dará algo que hacer.

Los ojos de Baxian se trasladaron a Bryce y ella le sostuvo la mirada. Los ojos de él bajaron a la cicatriz de su pecho. Sólo los picos superiores de la estrella estaban visibles sobre el escote de su camiseta.

—¿A quién van a ver allá? —preguntó con voz grave y peligrosa.

—Al Rey del Inframundo —dijo Bryce animadamente. Podía sentir la cautela de Hunt crecer con cada respiración.

Baxian parpadeó lentamente, como si estuviera leyendo la amenaza que emanaba de Athalar.

—No logro descifrar si es una broma pero, si no lo es, son las personas más tontas que he conocido.

Algo se movió detrás de ellos y entonces apareció un barco largo y negro en el delgado sendero que se abría en la niebla. Iba flotando hacia el muelle. Bryce estiró la mano para tomar la proa. Envolvió los dedos alrededor de la figurilla de un esqueleto gritando que estaba tallada en el arco.

—Supongo que tendrás que esperar para averiguarlo —dijo y se metió al barco.

No miró hacia atrás cuando Hunt se metió detrás de ella. El barco se meció con su peso. Se empezó a alejar del Muelle Negro por ese sendero angosto y dejaron atrás a Baxian, que se quedó viéndolos hasta que la niebla se los tragó.

—¿Crees que vaya a decir algo? —susurró Bryce en la penumbra. El camino hacia adelante ya había desaparecido también.

La voz de Hunt se escuchaba forzada y áspera en su recorrido hacia ella.

—No sé por qué lo haría. Ayer te atacaron segadores. Hoy vamos a ir a hablar de eso con el Rey del Inframundo. Nada de eso está mal ni es sospechoso.

—Bien.

Esta mierda con Ophion la tenía dudando de cada uno de sus movimientos.

Ninguno de los dos habló después de eso. Ninguno de los dos se atrevía.

El barco continuó su camino a través del río demasiado silencioso hasta la otra orilla distante.

Hunt nunca había visto un sitio así. Sabía en sus huesos que nunca lo quería volver a ver.

El barco avanzaba sin vela, sin timón, sin remo y sin capitán. Como si lo estuvieran jalando bestias invisibles hacia la isla al otro lado del Istros. La temperatura descendía con cada metro que avanzaban, hasta que Hunt pudo escuchar el castañeteo de los dientes de Bryce tras la niebla, tan espesa que no alcanzaba a distinguir su cara.

El recuerdo de Baxian lo estaba atormentando. Estúpido entrometido.

Pero tenía la sensación de que el Mastín del Averno no los delataría. Todavía no. Era más probable que Baxian estuviera reuniendo información, que siguiera todos sus movimientos y que atacara cuando hubiera recopilado lo suficiente para condenarlos.

Pero Hunt lo convertiría en cenizas humeantes antes de que lo hiciera. Qué puto desastre.

El barco se movió bruscamente y chocó contra algo con un golpe seco.

Hunt se tensó y los relámpagos se empezaron a formar en sus dedos. Pero Bryce se puso de pie, agraciada como un leopardo; la empuñadura oscura de la Espadastral se veía apagada y mate en la penumbra.

El barco se había detenido en la base de los escalones desgastados y desmoronados. La niebla sobre ellos se abrió para revelar un antiguo arco de hueso labrado, que estaba manchado de color café en algunas partes por los años. MEMENTO MORI, decía en la parte superior.

Hunt interpretó su significado de manera diferente aquí que en el Mercado de Carne: *Recuerda que morirás y que terminarás aquí. Recuerda quiénes son tus verdaderos amos.*

A Hunt se le erizó el vello de los brazos debajo de su traje de batalla. Bryce saltó del barco con elegancia hada y volteó para ofrecerle la mano. Él la aceptó, aunque fuera sólo porque quería tocarla, sentir su calidez en este sitio sin vida.

Pero ella tenía las manos heladas, la piel apagada y como de cera. Incluso su cabellera brillante se veía opaca. Él también lucía pálido, enfermo. Como si el Sector de los Huesos ya les hubiera succionado la vida.

Entrelazó sus dedos mientras subían los siete escalones hacia el arco y se guardó todas sus preocupaciones y miedos sobre Baxian, sobre su rebelión, en lo más profundo de su ser. Sólo lo distraerían.

Sus botas se rasparon en los escalones. Aquí, Bryce se había arrodillado alguna vez. Justo aquí había intercambiado su sitio en este lugar de descanso eterno por el de Danika. Él le apretó más la mano. Bryce apretó en respuesta y se apoyó en él cuando pasaron debajo del arco.

Más adelante el suelo estaba seco. Todo era gris, niebla y silencio. Obeliscos de mármol y granito se elevaban como gruesas lanzas. Muchos tenían inscripciones pero no de nombres, sólo símbolos extraños. ¿Señalización de tumbas o algo más? Hunt estudió la penumbra. Sus oídos se esforzaban por escuchar cualquier sonido que delatara la presencia de segadores o del gobernante a quien estaban buscando.

Y por cualquier pista de Emile o de Sofie. Pero no había ni una huella en el suelo. Ni un olor quedaba en la niebla.

La noción del niño oculto aquí... de cualquier ser vivo oculto aquí... Carajo.

Bryce susurró con la voz ahogada.

—Se supone que es verde. Yo vi una tierra verde y luz de sol —Hunt arqueó la ceja pero los ojos de Bryce, que ahora se veían color amarillo mate, buscaban entre la niebla—. El Rey del Inframundo me mostró a la Jauría de Diablos después del ataque a la ciudad —dijo con palabras temblorosas—. Me mostró que aquí descansaban entre praderas brillantes. No... esto.

—Tal vez los vivos no pueden ver la verdad a menos que el Rey del Inframundo lo permita.

Ella asintió pero él pudo percibir que la duda seguía tensando su rostro cenizo. Le dijo:

—No hay señal de Emile, desafortunadamente.

Bryce negó con la cabeza.

—Nada. Aunque no sé por qué pensé que sería sencillo. No es probable que hubiera acampado aquí en una tienda de campaña o algo así.

Hunt, a pesar de todo, le sonrió un poco.

—Así que nos dirigiremos al jefe, entonces.

Continuó buscando entre la niebla y la tierra para ver si encontraba cualquier pista de Emile o de su hermana mientras seguían su camino.

Bryce se detuvo súbitamente entre dos obeliscos negros. Cada uno de ellos estaba labrado con un conjunto distinto de símbolos extraños. Los obeliscos, y docenas más detrás de ellos, flanqueaban lo que parecía ser un pasaje central que se perdía al fondo entre la niebla.

Bryce desenfundó la Espadastral y Hunt no tuvo tiempo de detenerla antes de que le diera un golpe al obelisco más cercano. Produjo un ruido metálico y su eco llenó la penumbra. Lo volvió a hacer. Luego una tercera vez.

—¿Estás tocando la campana para indicar que la cena está servida? —preguntó Hunt.

—Tenía que intentarlo —murmuró Bryce en respuesta.

Además, era más inteligente que andar corriendo por ahí gritando el nombre de Emile y de Sofie. Aunque si fueran tan hábiles para la supervivencia como parecían ser, Hunt dudaba que cualquiera de ellos se acercara a investigar.

Conforme el sonido empezó a desvanecerse, lo que quedaba de luz se apagó. Lo que quedaba de calidez se convirtió en hielo.

Alguien, algo, había respondido.

El otro ser al que buscaban aquí.

Podían ver su propio aliento en el aire y Hunt se paró frente a Bryce para monitorear el camino que estaba delante de ellos.

Cuando el Rey del Inframundo habló, sin embargo, con una voz simultáneamente antigua y joven pero fría y seca, el sonido salió de detrás de ellos.

—Esta tierra está cerrada para ti, Bryce Quinlan.

Un estremecimiento recorrió a Bryce y Hunt reunió su poder, los relámpagos le crujían en las orejas. Pero su pareja dijo:

—¿No tengo un pase de invitada VIP?

La voz desde la niebla hacía eco a su alrededor.

—¿Por qué viniste? ¿Y por qué trajiste a Orión Athalar contigo?

—Llámalo Hunt —dijo Bryce con voz lenta—. Se pone de malas si le hablas con demasiada formalidad.

Hunt volteó para mirarla con incredulidad. Pero el Rey del Inframundo empezó a materializarse desde la niebla, centímetro por centímetro.

Medía más de tres metros de alto y vestía túnicas del terciopelo más fino y negro, las cuales se derramaban sobre la grava. La oscuridad se arremolinaba en el suelo frente a él y su cabeza... Algo en el ser más primitivo de Hunt le gritaba que corriera, que hiciera una reverencia, que cayera de rodillas y suplicara.

Un cadáver disecado, semiputrefacto y coronado con oro y joyas los observaba. Era más repugnante que cualquier cosa que pudiera imaginar pero, al mismo tiempo, tenía el porte de la realeza. Como un rey de antaño que se hubiera quedado descomponiéndose en un túmulo para luego emerger y convertirse en amo de estas tierras.

Bryce levantó la barbilla y dijo, valiente como la misma Luna:

—Necesitamos hablar.

—¿Hablar?

La boca sin labios se estiró para dejar a la vista unos dientes tan antiguos que eran color café.

Hunt se recordó a sí mismo con firmeza que el Rey del Inframundo era temido, sí, pero no era malvado.

Bryce continuó:

—Sobre tus matones, que atacaron a mi dulce herma-nito y se lo llevaron al alcantarillado. Dijeron que los había mandado Apollion —Hunt se tensó cuando ella pronun-ció el nombre del Príncipe del Foso. Bryce continuó com-pletamente despreocupada—. Pero no veo cómo pudieron ser enviados por alguien que no fueras *tú*.

El Rey del Inframundo siseó.

—No pronuncies ese nombre de este lado de la Fisura.

Hunt le hizo segunda a la irreverencia de Bryce.

—¿Ahora te toca insistir que tú no sabías nada?

—¿Tienen el descaro de cruzar el río, tomar un barco negro hasta mis costas y acusarme de traición?

La oscuridad detrás del Rey del Inframundo se estre-meció. Por miedo o por placer, eso Hunt no lo podía dis-tinguir.

—Algunos de tus segadores sobrevivieron a su pelea conmigo —dijo Bryce—. Sin duda ya te informaron.

Se hizo el silencio, como el mundo tras el estallido de un trueno.

Los ojos lechosos y sin párpados del Rey del Infra-mundo se deslizaron a la Espadastral en la mano de Bryce.

—¿Algunos *no* sobrevivieron?

Bryce tragó saliva con tanta fuerza que se alcanzó a es-cuchar. Hunt maldijo en silencio.

Bryce dijo:

—Sólo quiero saber por qué sentiste la necesidad de atacar. De fingir que eran mensajeros de... del Príncipe del Foso —chasqueó la lengua—. Pensé que éramos amigos.

—La muerte no tiene amigos —respondió el Rey del Inframundo con una calma inquietante—. Yo no mandé segadores a que te atacaran. Pero no tolero a aquellos que me acusan falsamente en mi reino.

—¿Y se supone que tenemos que creer en tu palabra de que eres inocente? —insistió Bryce.

—¿Me estás llamando mentiroso, Bryce Quinlan?

Bryce respondió, firme y tranquila como una reina:

—¿Quieres decir que hay segadores que simplemente pueden desertar de tu reino e ir a servir al Averno?

—¿De dónde crees que salieron los segadores en un principio? ¿Quién los gobernaba al principio, quién gobernaba a los vampiros? Los segadores eligieron Midgard. Pero no me sorprende que algunos hayan cambiado de parecer.

Bryce exigió:

—¿Y a ti no te importa que el Averno se meta en tu territorio?

—¿Quién dijo que eran mis segadores, para empezar? No me falta ninguno. Hay muchas necrópolis de donde podrían proceder —y otros gobernantes mediasvidas a quienes obedecían.

—Los segadores no viajan muy lejos entre sus reinos —logró decir Hunt.

—Una mentira para tranquilizar a los mortales —dijo el Rey del Inframundo con una sonrisa tenue.

—Está bien —dijo Hunt y le apretó los dedos a Bryce.

El Rey del Inframundo parecía estarles diciendo la verdad. Lo cual significaba... Mierda. Tal vez Apollion *sí* había enviado a los segadores. Y si esa parte era verdad, entonces lo que había dicho sobre Emile...

Bryce parecía estar siguiendo la misma línea de pensamiento porque dijo:

—Estoy buscando a dos personas que tal vez podrían estar ocultándose por aquí. ¿Tienes alguna idea sobre eso?

—Conozco a todos los muertos que residen aquí.

—Ellos están vivos —dijo Bryce—. Humanos o semihumanos.

El Rey del Inframundo los miró con atención. Hasta el fondo de sus almas.

—Nadie entra en esta tierra sin mi conocimiento.

—La gente puede escabullirse —lo contradijo Hunt.

—No —le respondió la criatura sonriendo de nuevo—. No pueden. A quien sea que busquen, ellos no están aquí.

Hunt presionó:

—¿Por qué deberíamos creerte?

—Juro por la corona oscura de Cthona que no hay otros seres vivos en esta isla aparte de ustedes.

Bueno, los juramentos no podían ser más serios que ése. Ni siquiera el Rey del Inframundo se atrevería a invocar el nombre de la diosa de la tierra en vano.

Pero eso los devolvía al inicio. Si Emile y Sofie no estaban aquí, si ni siquiera podían entrar... Danika tenía que haber sabido eso. Era lo suficientemente inteligente para investigar las reglas antes de enviarlos hacia acá para que se ocultaran.

Esto era un callejón sin salida. Pero implicaba que Apollion sí estaba buscando al niño y que ellos tenían que encontrarlo antes que cualquier otra persona.

Así que Hunt dijo:

—Tus palabras han sido esclarecedoras. Gracias por tu tiempo.

Pero Bryce no se movió. Tenía el rostro como piedra.

—¿Dónde están las praderas verdes y la luz del sol que me mostraste? ¿Eso fue otra mentira piadosa?

—Viste lo que deseabas ver.

Los labios de Bryce se pusieron blancos de la rabia.

—¿Dónde está la Jauría de Diablos?

—No tienes derecho a hablar con ellos.

—¿Lehabah está aquí?

—No conozco a nadie con ese nombre.

—Una duendecilla de fuego. Murió hace tres meses. ¿Está aquí?

—Los duendecillos de fuego no vienen al Sector de los Huesos. Los Inferiores no son de utilidad.

Hunt arqueó la ceja.

—¿De utilidad para qué?

El Rey del Inframundo volvió a sonreír... tal vez con un toque de arrepentimiento.

—Mentiras piadosas, ¿recuerdas?

Bryce insistió:

—¿Danika Fendyr te dijo algo antes de... desaparecer esta primavera?

—¿Quieres decir antes de intercambiar su alma para salvar la tuya, como tú hiciste con la tuya?

Hunt sintió que la náusea lo recorría. No se había permitido pensar mucho en esto... que Bryce no podría entrar aquí. Que él no descansaría con ella en el futuro.

Un futuro que podría llegar muy pronto si los descubrían asociándose con rebeldes.

—Sí —dijo Bryce entre dientes—. Antes de que Danika ayudara a salvar esta ciudad. ¿Dónde está la Jauría de Diablos? —volvió a preguntar con la voz un poco entrecortada.

Algo grande gruñó y se movió en las sombras detrás del Rey del Inframundo pero permaneció oculto en la niebla. Los relámpagos de Hunt sacaron chispas en sus dedos como advertencia.

—La vida es un hermoso círculo de crecimiento y descomposición —dijo el Rey del Inframundo. Las palabras hicieron eco en la Ciudad Durmiente a su alrededor—. No se desperdicia ninguna parte. Lo que recibimos al nacer, lo devolvemos al morir. Lo que se les otorga a los mortales en las Tierras Eternas es solamente otro paso en el ciclo. Un punto de descanso en el viaje hacia el Vacío.

Hunt gruñó:

—Déjame adivinarlo: ¿tú también provienes del Averno?

—Provengo de un sitio entre las estrellas, un lugar que no tiene nombre y nunca lo tendrá. Pero conozco el Vacío que adoran los Príncipes del Averno. Ahí nací yo también.

La estrella del pecho de Bryce se encendió.

El Rey del Inframundo sonrió y su horrible cara se tornó voraz.

—Vi tu luz desde el otro lado del río, ese día. Si hubiera sabido la primera vez que viniste... las cosas podrían haber sido muy distintas.

Los relámpagos de Hunt se abalanzaron pero los contuvo.

—¿Qué quieres con ella?

—Lo que quiero de todas las almas que pasan por aquí. Lo que le devuelvo a la Puerta de los Muertos, a todo Midgard: energía, vida, poder. Tú, Bryce, no le cediste tu poder al sistema eleusiano. Hiciste el Descenso fuera de él. Por lo tanto, todavía posees algo de luzprístina. Luzprístina cruda y nutritiva.

—¿Nutritiva? —preguntó Bryce.

El Rey del Inframundo ondeó una mano huesuda.

—¿Puedes culparme por probar los bienes cuando pasan por la Puerta de los Muertos?

A Hunt se le secó la boca.

—¿Tú... tú te alimentas de las almas de los muertos?

—Sólo de los que valen la pena. Los que tienen suficiente energía. No hay otro criterio salvo ése: si un alma posee suficiente poder residual para convertirse en un platillo nutritivo, para mí y para la Puerta de los Muertos. Cuando sus almas pasan por la Puerta, yo tomo... un bocado o dos.

Hunt sintió horror aunque trató de disimularlo. Tal vez se había precipitado al considerar que este ser frente a ellos no era malvado.

El Rey del Inframundo continuó:

—Los rituales fueron inventados por ustedes. Por sus ancestros. Para soportar el horror del tributo.

—Pero Danika estaba aquí. Me *respondió* —dijo Bryce con voz entrecortada.

—Estuvo aquí. Ella y todos los muertos recientes de los últimos siglos. Sólo el tiempo necesario para que sus descendientes vivos y sus seres amados los olviden o ya no vengan a preguntar. Viven aquí hasta entonces en relativa comodidad, a menos que se vuelvan una molestia y entonces decido enviarlos a la Puerta antes. Pero cuando los muertos son olvidados, cuando sus nombres ya no se escuchan susurrados en el viento... entonces son conducidos hacia la Puerta para convertirse en luzprístina. O en luzsecundaria, como se le llama al poder que surge de los muertos. Polvo eres y en polvo te convertirás y esas cosas.

—¿La Ciudad Durmiente es una mentira? —preguntó Hunt. El rostro de su madre pasó frente a sus ojos.

—Una mentira piadosa, como ya dije —repitió el Rey del Inframundo con voz triste otra vez—. Una mentira para beneficio de ustedes.

—¿Y los asteri saben sobre esto? —exigió saber Hunt.

—Nunca me atrevería a afirmar qué saben o no los sagrados.

—¿Por qué nos estás diciendo esto? —quiso saber Bryce. Tenía el rostro blanco del horror.

—Porque no nos va a dejar salir vivos de aquí —exhaló Hunt. Y sus almas tampoco vivirían entre los muertos.

La luz desapareció por completo y la voz del Rey del Inframundo se escuchó retumbar a todo su alrededor.

—Ésa es la primera cosa inteligente que has dicho.

Un gruñido profundo y vibrante sacudió el suelo. Reverberó por las piernas de Hunt. El ángel tomó a Bryce con firmeza y abrió las alas para volar a ciegas hacia arriba.

—Me gustaría probar tu luz, Bryce Quinlan —canturreó el Rey del Inframundo.

30

Ruhn había crecido en Ciudad Medialuna. Sabía que había algunos sitios que era mejor evitar pero siempre la había sentido como un hogar. Como su hogar.

Hasta hoy.

—Ephraim ya debe haber llegado —murmuró Ithan mientras esperaban en la penumbra de un callejón polvoso a que Cormac terminara de entregar la información—. Y trajo a la Cierva con él.

—¿Y ella trajo a toda su jauría de necrolobos? ¿Con qué fin?

Ruhn se puso a jugar con el piercing que le perforaba el labio inferior. Habían visto a dos de los interrogadores imperiales de élite de camino a su reunión cerca de la Vieja Plaza.

Ruhn los había cubierto con sus sombras mientras Cormac hablaba al otro extremo del callejón con una figura con capa y la cabeza cubierta disfrazada de indigente. Excepto por la silueta de una pistola que Ruhn alcanzaba a distinguir en el muslo del sujeto debajo de su capa raída.

Ithan lo miró.

—¿Crees que la Cierva ya sepa de nosotros?

Nosotros. Carajo, el simple uso de esa palabra lo asustaba cuando se refería al trato con rebeldes. Ruhn no dejaba de vigilar la calle iluminada al fondo del callejón e hizo que sus sombras los mantuvieran ocultos de quienes recorrían las aceras.

Turistas y habitantes de la ciudad por igual mantenían una distancia considerable de los necrolobos. Los metamorfos de lobo eran justo como esperaba Ruhn: de ojos fríos y rostros duros, vestidos con uniformes grises impecables. Un parche blanco y negro del cráneo de un lobo y una cruz de huesos adornaban el brazo izquierdo del uniforme. Las siete estrellas doradas de los asteri brillaban en un parche rojo sobre sus corazones. Y en sus cuellos almidonados y altos: dardos de plata.

La cantidad de dardos variaba en cada uno de los miembros. Un dardo por cada espía rebelde cazado y destrozado. Ruhn había pasado al lado de dos que tenían ocho y quince dardos, respectivamente.

—Se siente como si la ciudad se hubiera quedado en silencio —dijo Ithan con la cabeza ladeada—. ¿No es éste el sitio *menos* seguro para la entrega?

—No seas paranoico —dijo Ruhn aunque había pensado justo lo mismo.

Al fondo del callejón, Cormac terminó y regresó con ellos. En un parpadeo, la figura jorobada ya se había perdido, tragado por las multitudes más allá del callejón. La gente estaba demasiado concentrada en esquivar a los necrolobos que caminaban por la calle para fijarse en un vagabundo que cojeaba.

Cormac había velado su rostro en sombras y éstas se apartaron cuando miró a Ruhn a los ojos.

—Según el agente, creen que los asteri sospechan que Emile vino aquí después de huir de Ophion. Es posible que la Cierva haya traído a los necrolobos para cazarlo.

—Es una desgracia ver a esos lobos en la ciudad —gruñó Ithan—. Nadie va a tolerar esta mierda.

—Te sorprendería lo que la gente está dispuesta a tolerar cuando sus familias están amenazadas —dijo Cormac—. He visto ciudades y poblaciones quedar en silencio a la salida de una jauría de necrolobos. Sitios tan vibrantes como éste que ahora son guaridas de temor y desconfianza. Ellos también pensaron que nadie lo toleraría. Que alguien haría algo. Cuando se dieron cuenta de que *ellos* debían haber hecho algo, ya era demasiado tarde.

Ruhn sintió un escalofrío que le subía por los brazos.

—Tengo que hacer unas llamadas. El Aux y la 33ª están a cargo de esta ciudad. No la Cierva.

Mierda, tendría que ir a ver a su padre. Tal vez fuera un bastardo, pero el Rey del Otoño no apreciaría enterarse de que la Cierva estaba interviniendo en su territorio.

La mandíbula de Ithan se tensó.

—Me pregunto qué harán Sabine y el Premier al respecto.

—¿No hay lealtad entre lobos? —preguntó Cormac.

—*Nosotros* somos lobos —le respondió Ithan desafiante—. Los necrolobos... ellos son demonios con piel de lobos. Sólo son lobos de nombre.

—¿Y si los necrolobos solicitan quedarse en la Madriguera? —preguntó Cormac—. ¿Los principios morales del Premier o Sabine se mantendrán firmes?

Ithan no respondió.

Cormac continuó:

—Esto es lo que hacen los asteri. Ésta es la verdadera realidad de Midgard. Creemos que somos libres, que somos poderosos, que somos casi inmortales. Pero la verdad es que todos somos esclavos de los asteri. Y la ilusión se puede romper en un instante.

—¿Entonces por qué carajos estás intentando traer toda esta mierda por acá? —exigió saber Ithan.

—Porque esto tiene que terminar en algún momento —murmuró Ruhn. Se estremeció internamente.

Cormac abrió la boca. La sorpresa le iluminaba la cara, pero se volteó cuando un hombre alto, lleno de músculos y vestido con el uniforme impecable de los necrolobos apareció en el otro extremo del callejón. Tenía tantos dardos de plata que, a la distancia, su cuello parecía como una boca llena de dientes afilados como navajas.

—Mordoc —exhaló Ithan. Se podía percibir el temor genuino en su olor. Cormac le indicó al lobo que guardara silencio.

Mordoc... Ruhn intentó hacer memoria. El segundo al mando de la Cierva. Su principal carnicero y matón. El necrolobo estaba estudiando el callejón con ojos dorados y encendidos. Las garras oscuras brillaban en las puntas de sus dedos. Como si viviera permanentemente en un estado entre humano y lobo.

La nariz de Cormac se arrugó. El príncipe temblaba y la ira y la violencia se le escapaban del cuerpo. Ruhn tomó a su primo del hombro y le apretó el músculo rígido con fuerza.

Lentamente, Mordoc merodeó hacia el callejón. Se fijó en las paredes de ladrillo, el suelo polvoso...

Mierda. Habían dejado huellas por todo el callejón. Ninguno de ellos se atrevía a respirar demasiado fuerte y se quedaron presionados contra la pared.

Mordoc ladeó la cabeza. Su cuero cabelludo brillaba debajo de su cabello casi rapado. Luego se agachó y sus músculos se tensaron debajo del uniforme gris. Recorrió una de las huellas en el suelo con el dedo grueso. Levantó la tierra a su nariz y la olfateó. Sus dientes, ligeramente más grandes de lo normal, brillaron en la penumbra del callejón.

Mente a mente, Ruhn le preguntó a Cormac, *¿Mordoc conoce tu olor?*

No lo creo. ¿Conoce el tuyo?

No. Nunca lo había visto.

Ruhn le dijo a Ithan, quien se sobresaltó un poco al escuchar el sonido de la voz de Ruhn en su mente: *¿Conoces a Mordoc? ¿Se han visto antes?*

La mirada de Ithan estaba fija en el poderoso hombre que se estaba poniendo de pie para olfatear el aire.

Sí. Hace mucho tiempo. Fue a visitar la Madriguera.

¿Por qué?

Ithan respondió al fin, con los ojos muy abiertos y apesadumbrados. *Porque él es el padre de Danika.*

Bryce tuvo la buena idea de desenfundar la Espadastral. Reunir su poder a pesar de que esa cosa frente a ellos... Oh, dioses.

—Permítanme presentarles a mi pastor —dijo el Rey del Inframundo desde la niebla más adelante, con un perro negro de más de tres metros a su lado. Cada uno de los colmillos del animal era más grande que los dedos de Bryce. Tenían forma de gancho, como los de un tiburón. Estaban diseñados para enterrarse en la carne y sostenerse firmemente para romperla y desgarrarla. Tenía los ojos lechosos... ciegos. Eran idénticos a los del Rey del Inframundo.

Su luz no tendría ningún efecto en algo que estaba ciego.

El pelo del perro, brillante e iridiscente al grado de casi parecer escamas, crecía sobre unos grandes montones de músculos. Las garras como navajas cortaban el suelo seco.

Los relámpagos de Hunt crujían y saltaban en el piso alrededor de los pies de Bryce.

—Eso es un demonio —dijo lentamente. Había peleado con suficientes para saber distinguirlos.

—Un experimento del Príncipe del Desfiladero, de las Primeras Guerras —dijo con voz áspera el Rey del Inframundo—. Olvidado y abandonado aquí en Midgard después de todo. Ahora es mi fiel compañero y ayudante. Les sorprendería saber cuántas almas no están dispuestas a hacer su tributo final a la Puerta. El Pastor... Bueno, él los pastorea en mi nombre. Como lo hará con ustedes.

—Fríe a este hijo de puta —le murmuró Bryce a Hunt cuando el perro gruñó.

—Estoy evaluando.

—Evalúa más rápido. *Fríelo como un...*

—*No* hagas bromas sobre...

—Hot dog.

Bryce no había terminado de decir las palabras cuando el perro atacó. Hunt lanzó un relámpago, rápido y certero, directamente hacia el cuello de la bestia.

El perro aulló y se apartó hacia la izquierda. Un obelisco se desmoronó debajo de él. Bryce giró hacia donde estaba el Rey del Inframundo pero sólo quedaba niebla en su sitio.

Cobarde.

Hunt volvió al ataque. Unos relámpagos de varias puntas resquebrajaron el cielo antes de aterrizar en la espalda de la criatura, pero volvió a rodar y se sacudió los relámpagos.

—Qué *carajos* —jadeó Hunt. Sacó su espada y su pistola y se paró frente a Bryce. El Pastor se detuvo y sus ojos parecían mirarlos. Luego se empezó a abrir en dos.

Primero se le abrió la cabeza y dos nuevas cabezas se sumaron a la primera. Y después, el perro de tres cabezas continuó separándose hasta que había tres mastines gruñéndoles. Tres bestias que compartían una mente, una meta: *Matar*.

—Corre —ordenó Hunt sin quitar su atención a los tres perros—. Corre al río y *nada* si hace puta falta.

—No me iré sin ti.

—Iré justo detrás de ti

—Mejor llévanos volando...

El perro de la izquierda gruñó y se veía enojado. Bryce volteó a verlo y en ese parpadeo, el de la derecha saltó. Los relámpagos de Hunt se liberaron y Bryce no titubeó antes de dar media vuelta y salir corriendo.

La niebla se la tragó, se tragó a Hunt hasta que ya no era nada salvo una luz ondulante detrás de ella. Corrió junto a obeliscos y mausoleos de roca. ¿Los lugares de descanso de los muertos o simples jaulas para mantenerlos hasta que se pudieran convertir en alimento, valioso por su luz prístina? *Luzsecundaria*.

Unos pasos atronadores crujieron a sus espaldas. Se atrevió a voltear por encima del hombro.

Uno de los mastines corría en sus talones y cerraba la distancia entre ellos. Los relámpagos de Hunt se encendieron a sus espaldas y se escuchó su alarido de rabia. Ella estaba dejando atrás a su *pareja*...

Bryce giró para correr tierra adentro. La bestia, aparentemente convencida de que se dirigiría al río, dio vuelta demasiado tarde. Chocó contra un mausoleo, que se rompió contra su cuerpo. Bryce siguió corriendo. Corrió lo más rápido que pudo de regreso en dirección a Hunt.

Pero la niebla era un laberinto y los relámpagos de Hunt parecían salir de todas partes. Los obeliscos acechaban como gigantes.

Bryce chocó contra algo duro y liso. Se abrió el labio inferior con los dientes y la Espadastral salió rebotando de su mano. El sabor a cobre de la sangre le llenó la boca y cayó al suelo. Giró y vio hacia arriba un arco de cristal.

La Puerta de los Muertos.

Un rugido hizo retumbar la tierra. Bryce giró y se arrastró hacia atrás, en dirección a la Puerta. El Pastor emergió de la niebla.

Y en la tierra grisácea entre ellos estaba la Espadastral, brillando ligeramente.

La sangre de Ruhn se heló al escuchar la declaración de Ithan. ¿Bryce sabía que Mordoc era el papá de Danika? Se lo hubiera mencionado si lo supiera, ¿no?

No se hablaba de eso, explicó Ithan. *Sabine y los demás intentaron olvidarlo. Danika se negó a reconocer a Mordoc. Nunca pronunció su nombre o siquiera que tenía un padre. Pero algunos de nosotros estábamos en la Madriguera la única vez que fue a ver a su hija. Ella tenía diecisiete años y se negó a siquiera verlo. Después de eso, no quiso tocar el tema excepto para decir que ella no se parecía a él en nada. Nunca volvió a mencionar a Mordoc.*

El hombre se acercó y Ruhn estudió sus rasgos en busca de algún parecido con Danika Fendyr. No encontró ninguno. *No se parecen para nada...*

Ithan dijo con cautela y tristeza: *Las similitudes estaban bajo la superficie.* Ruhn sabía que a continuación le comunicaría la información difícil. Supo lo que venía incluso antes de que Ithan explicara: *Él es sabueso de sangre.*

Ruhn le dijo a Cormac: *Teletranspórtanos a la mayor puta distancia de aquí.* Debió haberlo dicho en el instante que vieron venir a Mordoc.

Sólo puedo llevarme a uno a la vez.

Mordoc se acercó. *Llévate a Ithan y* váyanse.

No podré encontrarte en las sombras cuando regrese, respondió Cormac. *Prepárate para correr a la avenida cuando te dé la señal.* Entonces tomó a Ithan y desapareció.

Ruhn se mantuvo perfectamente inmóvil mientras el lobo recorría el callejón. Olfateaba y su cabeza se mecía de lado a lado.

—Puedo olfatearte, hadita —gruñó Mordoc. Su voz sonaba como rocas crujiendo unas contra otras—. Puedo oler el café en tu aliento.

Ruhn conservó las sombras muy cercanas a él y se confundió con la oscuridad a lo largo del muro al fondo del callejón. Cada uno de los pasos que daba hacia la avenida era silencioso aunque el polvo del suelo amenazaba con delatarlo.

—¿Qué estarás haciendo aquí, me pregunto? —dijo Mordoc y se detuvo para dar media vuelta. Rastreando a Ruhn—. Vi a tu agente entrar... el vagabundo. Se filtró por mi red pero, ¿por qué te quedaste?

¿Dónde demonios estaba Cormac? Considerando que Bryce y Hunt estaban en el Sector de los Huesos, Ruhn había pensado que los que correrían más peligro hoy serían *ellos.*

Siguió moviéndose lenta y silenciosamente. La calle brillante y abierta estaba al fondo. La multitud podría ocultarlo, pero no su olor. Y sus sombras no servirían de nada bajo el sol.

—Cazarlos a todos ustedes como las plagas que son será una buena distracción —dijo Mordoc y volvió a girar en su sitio, como si pudiera ver a Ruhn entre las sombras—. Esta ciudad lleva demasiado tiempo siendo mimada.

El temperamento de Ruhn sacó las garras pero él lo controló con pura fuerza de voluntad.

—Ah, eso te molesta. Lo puedo oler —exclamó con una sonrisa salvaje—. Recordaré ese olor.

Al otro extremo del callejón, la magia de Ruhn registró la chispa que le indicaba que había llegado Cormac, sólo el tiempo necesario para raspar sus zapatos en la tierra y luego desaparecer.

Mordoc giró en esa dirección y Ruhn corrió y dejó caer las sombras a su alrededor.

Cormac apareció en un nido de oscuridad que se retorcía, lo tomó del brazo y los teletransportó lejos. Ruhn le pidió a Luna que para el momento en que Mordoc volviera a voltear hacia la calle, el sabueso de sangre ya no pudiera detectar nada de su olor.

31

Ruhn bebía un vaso de whisky lentamente en un intento por calmar sus nervios alterados. Ithan estaba sentado frente a él en un bar tranquilo en CiRo y veía las noticias deportivas en la televisión sobre el mostrador que exhibía las botellas. Cormac los había traído a este sitio antes de irse, probablemente para advertirles a sus contrapartes rebeldes sobre lo sucedido con Mordoc.

El padre de Danika. Bryce se pondría como loca.

¿La participación de su padre con los necrolobos habría sido en parte lo que provocó que Danika quisiera trabajar con los rebeldes? Tenía la rebeldía y el carácter desafiante como para decidir algo así.

Y Mordoc ya conocía ahora el olor de Ruhn. Sabía que el olor de Ithan había estado ahí. Por eso Cormac los había traído a este lugar, para que hubiera pruebas en video de que ellos estaban lejos de la Vieja Plaza en el momento en que Mordoc dijera que Ithan estaba en el callejón.

Ithan no dijo nada con el paso de los minutos. El whisky iba desapareciendo también. Sin importar que apenas fueran las once de la mañana y que sólo hubiera otra persona sentada en ese bar, una mujer jorobada que parecía haber visto mejores épocas. Décadas.

Ninguno de los dos se atrevió a decir una palabra sobre lo sucedido. Así que Ruhn le dijo a Ithan:

—Te pedí que vinieras conmigo aquí para que pudiéramos hablar de algo.

Ithan parpadeó.

—¿Sí?

Ruhn le dijo, mente a mente: *Sígueme el juego. No tengo idea si las cámaras tienen audio, pero si sí lo tienen, quiero que nuestra reunión aquí parezca planeada.*

El rostro de Ithan permaneció despreocupado, intrigado. *De acuerdo.*

Ruhn se aseguró de que su voz tuviera el volumen suficiente para que se registrara cuando dijo:

—¿Qué opinarías de mudarte conmigo y los chicos?

Ithan ladeó la cabeza.

—¿Cómo? ¿Vivir... vivir con ustedes?

Su sorpresa parecía genuina.

Ruhn se encogió de hombros.

—¿Por qué no?

—Eres hada.

—Sí, pero odiamos más a los ángeles que lo que odiamos a los lobos, así que... tú sólo eres nuestro segundo peor enemigo.

Ithan rio y le regresó un poco de color al rostro.

—Un argumento ganador.

—Lo digo en serio —insistió Ruhn—. ¿Honestamente quieres quedarte en el departamento de Bryce y tener que soportarlos haciendo cosas todo el tiempo?

Ithan rio.

—Demonios, no. Pero... ¿por qué? *Aparte de una excusa para las cámaras* —dijo Ithan en su mente.

Ruhn se recargó en el respaldo de la silla:

—Pareces ser un hombre decente. Estás ayudando a Dec con los videos y todo eso. Y necesitas un lugar donde vivir. ¿Por qué no?

Ithan pareció considerar su respuesta.

—Lo pensaré.

—Tómate todo el tiempo que necesites. La oferta seguirá en pie.

Ithan se enderezó y su atención pasó de inmediato a un punto a espaldas de Ruhn. Se quedó completamente inmóvil. Ruhn no se atrevió a mirar. Escuchó unos pasos ligeros seguidos de unos pesados. Antes de poder preguntarle a Ithan, mente a mente, lo que estaba viendo, Ruhn se encontró cara a cara con la mujer más hermosa que había visto jamás.

—¿Puedo sentarme con ustedes? —preguntó ella.

Su voz era hermosa, suave y agradable, pero no se veía ningún brillo luminoso en sus ojos color ámbar.

Un paso detrás de ella, una mujer malakh con rostro pálido y cabello oscuro sonrió con diversión maliciosa. Ella tenía facciones angostas, alas negras y un aire salvaje, como el viento occidental.

—Hola, principito. Cachorro.

A Ruhn se le heló la sangre cuando la Arpía se sentó en la silla a su izquierda.

Un surtido de cuchillos brillaba en el cinturón que traía alrededor de su delgado torso. Pero Ruhn volvió a levantar la vista hacia la mujer hermosa, cuyo rostro conocía gracias a los noticiarios y la televisión, aunque nunca lo había visto en persona. El cabello dorado de la mujer brillaba bajo las luces tenues del bar. Se sentó a la derecha de Ruhn y llamó al cantinero con una mano elegante.

—Pensé que podríamos jugar cartas un rato —dijo la Cierva.

Dos contra uno. Esas probabilidades por lo general eran risibles para Hunt.

Pero no cuando sus oponentes eran demonios del Averno. Uno de los experimentos desechados de los príncipes, que ahora actuaba como la mano derecha del Rey del Inframundo, alimentando a la Puerta con almas muertas desde hacía mucho tiempo para obtener energía de luzsecundaria. Como si todo lo que ellos eran, todo lo que serían, fuera alimento para dar energía al imperio.

El demonio a su izquierda se abalanzó con las fauces abiertas.

Hunt hizo restallar su trueno. Unas de sus ramificaciones se envolvieron alrededor del grueso cuello de la bestia. El perro tiró con fuerza, aulló y el que estaba a su derecha atacó. Hunt le lanzó otro collar de relámpagos alrededor del cuello, una correa de luz blanca que apretaba con fuerza en su puño.

¿Bryce habría llegado al río? El tercer demonio había salido corriendo detrás de ella antes de que él lo pudiera detener, pero ella era rápida e inteligente...

Los demonios que estaban frente a él se detuvieron. Se estremecieron y se fundieron de vuelta uno sobre otro para convertirse de nuevo en una sola bestia.

Sus relámpagos seguían alrededor de su cuello. Pero no pudo hacer nada cuando el perro usó sus músculos y rompió el relámpago que le rostizaba la piel. Algo de ese tamaño y velocidad se aprovecharía de los dos segundos que requeriría para salir por los aires y se lo tragaría entero.

Así no era como había anticipado su mañana.

Hizo acopio de su poder y se concentró. Había matado a Sandriel con sus relámpagos. Un demonio no debería representar problema. Pero antes de que pudiera actuar, un grito desgarró la niebla al sureste. La bestia giró hacia el sonido, olfateando.

Y antes de que Hunt pudiera detenerlo, más rápido que el látigo de sus relámpagos, salió corriendo hacia la niebla. Hacia Bryce.

Bryce estaba agachada junto a la Puerta de los Muertos, considerando las amenazas que la rodeaban. No sólo el mastín, sino también los veintitantos segadores que flotaban entre la niebla y formaban un círculo a su alrededor.

La carne putrefacta de los mediasvidas apestaba; sus ojos color verde ácido brillaban entre la niebla. Sus susurros rasposos se deslizaban como serpientes sobre su tez. El Pastor avanzó y le bloqueó el paso en otra dirección.

El cristal de la Puerta de los Muertos empezó a brillar con una luz blanca. No porque ella la estuviera tocando, sino como si...

Los segadores cantaban. De alguna manera estaban despertando a la Puerta de los Muertos.

Durante el ataque a la ciudad, la puerta había canalizado su magia contra los demonios, pero hoy... hoy le drenaría su poder. Su alma. Las Puertas succionaban la magia de quien las tocaba y la guardaban. Ella había heredado su poder de esa misma fuerza.

Pero ésta alimentaba ese poder directamente de vuelta a la red de energía. Como una especie de perversa batería recargable. Al parecer ella se había convertido en alimento. ¿Eso era lo que ella había intercambiado? ¿Unos cuantos siglos aquí, pensando que había encontrado el descanso eterno y luego llegar a este fin de todas maneras? En vez de eso, tendría que enfrentar un viaje directo al molino de carne de las almas inmediatamente después de morir.

Lo cual parecía que sucedería pronto.

Había una buena posibilidad de que ella pudiera extraer energía de la Puerta también, supuso. Pero, ¿qué tal si la Puerta de los Muertos era distinta? ¿Qué tal si ella se aproximaba para invocar el poder y en el intento perdía todo el suyo? No podía arriesgarse.

Bryce se puso de pie con las manos temblorosas. La Espadastral estaba entre ella y el Pastor.

Los relámpagos de Hunt se habían detenido. ¿Dónde estaba? ¿Una pareja sabría, una pareja sentiría...?

De la niebla surgió otro perro. Luego se separó en dos, los que habían estado peleando contra Hunt. No tenían sangre en el hocico, pero Hunt no estaba con ellos. Ni una chispa de sus relámpagos iluminaba el manto de niebla.

Los tres perros avanzaron olfateando en un intento por encontrarla. Los segadores continuaron cantando y la Puerta de los Muertos brilló con más intensidad. El poder de teletransportarse de Cormac hubiera sido útil. Podría haber tomado a Hunt hacía cinco minutos y ya hubieran desaparecido.

Miró la espada. Era ahora o nunca. Vivir o morir. Morir *de verdad*.

Bryce inhaló y no se permitió titubear ni considerar su estupidez. Corrió hacia los mastines. Ellos se abalanzaron hacia ella con tres mandíbulas batientes...

Bryce se dejó caer al suelo rocoso. Se raspó la cara al deslizarse debajo de las bestias pero llegó junto a la Espadastral y la acercó a su cuerpo. Algo ardiente le recorrió la espalda.

El mundo resonó con el impacto del aterrizaje de los tres mastines que de inmediato se dieron la vuelta. Bryce intentó levantarse, levantar la espada, pero sentía la sangre que le calentaba la espalda. Sin duda, una garra debió haberla rasgado cuando los mastines saltaron por encima de ella. El dolor desgarrador, ardiente...

Hunt estaba en alguna parte cerca. Posiblemente muriendo.

Bryce enterró la punta de la Espadastral en el suelo y la usó para ponerse de rodillas. Su espalda protestó en agonía. Ella tal vez gritó también. Tanto los tres mastines como los segadores a la distancia parecieron sonreír.

—Sí —jadeó Bryce y se puso de pie con esfuerzo—. Váyanse también al carajo.

Le temblaban las piernas pero logró levantar la espada negra frente a ella. Las tres bestias rugieron con tal fuerza que casi se le reventaron los oídos. Bryce abrió la boca para rugirles de regreso.

Pero alguien más lo hizo por ella.

Para Hunt, sólo existía Bryce, sangrando y herida.

Bryce, quien se había lanzado tan valientemente por la espada, probablemente pensando que era su única oportunidad. Bryce, quien se había puesto de pie de todas maneras y planeaba morir peleando.

Bryce, su pareja.

Los tres mastines se volvieron a convertir en uno. En preparación para el golpe mortal.

Hunt aterrizó en el suelo junto a ella y aulló con tal fuerza que la Puerta misma se sacudió.

Envuelto en relámpagos de la punta de las alas hasta la de los pies, Hunt aterrizó al lado de Bryce con tanta fuerza que estremeció la tierra. El poder que emanaba de él hizo que a Bryce le empezara a flotar el cabello. Una rabia primigenia brotaba de Hunt cuando enfrentó al Pastor. A los segadores.

Ella nunca había visto algo así: Hunt era la personificación del corazón de una tormenta. Los relámpagos a su alrededor se volvieron azules, como la parte más caliente de una flama.

Una imagen apareció súbitamente en su mente. Ella *había* visto esto antes, labrado en roca en el vestíbulo del BCM. Un hada posando como dios vengador, con el martillo elevado hacia el cielo, un conducto para su poder...

Hunt liberó su relámpago hacia el Pastor. Los segadores observaban con los ojos muy abiertos.

Bryce fue demasiado rápida, incluso para él, y saltó frente al ataque de Hunt con la Espadastral extendida. Era una teoría improbable, apenas a medio formar, pero...

El relámpago de Hunt golpeó la Espadastral y el mundo hizo erupción.

32

Hunt gritó cuando Bryce saltó frente a su poder. Cuando sus relámpagos chocaron con la espada negra y explotaron desde el metal, subieron por el brazo de Bryce, su cuerpo, su corazón. Una luz estalló, cegadora...

No, eso era Bryce.

El poder crujía de cada centímetro de su cuerpo al igual que de la Espadastral, que apretaba en una de sus manos al salir corriendo hacia el Pastor. La criatura volvió a separarse en tres mastines y, cuando la primera bestia aterrizó, Bryce atacó. La Espadastral brillaba y perforó la gruesa piel. Un relámpago explotó por todo el cuerpo de la bestia. Las otras dos gritaron y los segadores empezaron a dispersarse en la niebla más allá de los obeliscos.

Bryce giró cuando Hunt la alcanzó y dijo, con los ojos blancos por la luz:

—¡Cuidado!

Demasiado tarde. La bestia que había caído movió la cola en dirección a Hunt, lo golpeó en el abdomen y lo lanzó hacia la Puerta de los Muertos. Chocó contra la roca y se quedó tirado. Su poder se apagó.

Bryce gritó su nombre mientras se mantenía frente a las dos bestias restantes. La que había herido estaba muriendo en el suelo. Hunt intentó inhalar, intentó ponerse de pie.

Ella levantó la espada, que seguía crujiendo con los remanentes del poder. No era mucho. Como si el primer golpe hubiera agotado la mayor parte. Hunt colocó una mano en la placa de latón de la Puerta de los Muertos al tratar de ponerse de pie otra vez.

El poder fue succionado de sus dedos, la roca lo atraía. Retiró la mano. Una de las bestias se abalanzó hacia Bryce, pero se alejó de un salto cuando ella blandió la espada. Necesitaba más poder...

Hunt miró el arco de la Puerta de los Muertos sobre él. La luzprístina fluía en ambos sentidos. Fluía hacia y desde la Puerta de los Muertos.

Y aquí, donde el poder restante de los muertos la alimentaba... aquí había un pozo, como el que Bryce había utilizado durante el ataque de la primavera.

Sofie y Emile Renast también podían canalizar energía... y relámpagos. Hunt no era pájaro de trueno pero, ¿podía hacer lo mismo?

Los relámpagos corrían por sus venas. Su cuerpo estaba equipado para manejar energía pura y ardiente. ¿Acaso era lo que había insinuado Apollion, el motivo por el cual el príncipe no sólo quería a Hunt y Bryce sino también a Emile y Sofie? ¿El Príncipe del Foso había manufacturado esta situación? ¿Los había manipulado para venir al Sector de los Huesos para que Hunt se viera forzado a darse cuenta de lo que podía hacer con su poder? Tal vez Emile ni siquiera había venido aquí. Tal vez los segadores habían mentido sobre eso por órdenes de Apollion sólo para hacer que vinieran a este sitio, en este momento...

Bryce levantó un poco más la espada, lista para luchar hasta el final. Hunt la miró un instante, un ángel vengador también, y luego colocó la mano en la placa de latón de la Puerta de los Muertos.

Bryce sólo se atrevió a mirar de reojo a sus espaldas cuando Hunt volvió a aullar. Estaba de pie, pero su mano...

Una luzprístina blanca y cegadora, ¿o sería luzsecundaria?, fluyó de la Puerta de los Muertos hacia su brazo. Por su hombro. Y del otro lado del arco, la roca empezó a oscurecerse. Como si él la estuviera drenando.

Los dos mastines del Pastor volvieron a fusionarse en anticipación al siguiente ataque. La voz de Hunt resonó como un trueno cuando dijo, a sus espaldas:

—Préndete, Bryce.

Las palabras retumbaron en el corazón de Bryce en el mismo instante que Hunt disparó un rayo de su poder, el poder de la Puerta de los Muertos, hacia ella. Quemaba y rugía y cegaba, una bola de energía que se retorcía y que Bryce controló a fuerza de voluntad y dirigió hacia la Espadastral.

Unos rayos de luz crujieron desde Hunt, desde ella, desde la espada.

El Pastor se dio la media vuelta y salió huyendo.

Bryce corrió detrás de él.

Unas alas se escucharon detrás de ella y luego estaba en los brazos de Hunt. La llevó alto, encima de la espalda de la bestia y luego cayó con rapidez. Los rayos formaban una cascada a su alrededor, un meteorito a punto de chocar...

Chocaron contra la criatura y Bryce clavó la espada en la nuca del Pastor. Debajo del cráneo. Los relámpagos y la luzprística penetraron en la bestia, que explotó en un montón de pedacitos humeantes.

Bryce y Hunt cayeron al suelo jadeando y humeando. Estaban empapados de la sangre del Pastor. Pero Hunt volvió a ponerse de pie en un momento y empezó a correr. Tenía una mano en la espalda de Bryce y tiró de ella.

—Al río —jadeó.

Los relámpagos bailaban por sus dientes, por sus mejillas. Tenía las alas caídas, como si estuviera completamente exhausto. Como si volar no estuviera dentro de sus posibilidades.

Bryce no desperdició su aliento en responder y corrieron entre la niebla hacia el Istros.

—Dos cuerpos vanir más esta mañana, Su Excelencia —dijo Tharion a modo de saludo. Hizo una reverencia doblando el cuerpo desde la cintura. Estaban en el estudio privado de su reina.

Era más un biodomo que un estudio, en realidad. Estaba lleno de plantas y un río profundo y sinuoso lleno de grandes estanques. La Reina del Río nadaba entre los lirios. Su cabellera negra se extendía detrás de ella como tinta en el agua. Las reuniones de su día tal vez le exigían que estuviera dentro del edificio, pero las realizaba aquí, en su elemento.

Volteó a ver a Tharion. Tenía el cabello pegado en sus grandes senos. Su piel morena brillaba con el agua.

—Dime dónde.

Su voz era hermosa pero apagada. Fría.

—Uno quedó colgando boca abajo en un huerto de olivos al norte de la ciudad, drenado y con un disparo igual que la selkie. El otro estaba crucificado en un árbol al lado del primero. También tenía un disparo y un corte en la garganta. Claramente habían sido torturados. Se encontró el olor de dos humanos. Parece ser que esto sucedió ayer.

Había recibido el informe en la mañana, cuando estaba desayunando. No se había molestado en ir al lugar ni le pidió a Holstrom que fuera con él porque el Aux fue el que recibió la llamada y serían ellos quienes se encargarían de los cuerpos.

—Y todavía crees que la rebelde Pippa Spetsos está detrás de estas muertes.

—El estilo coincide con lo que su escuadrón Ocaso les hace a sus víctimas. Creo que ella es quien está siguiendo a Emile Renast y está torturando a su paso a quien sea que lo haya ayudado.

—¿El chico está aquí, entonces?

—Considerando la cercanía a la otra escena, tengo buenos motivos para creer que ya llegó.

Una nutria dio vueltas y giró frente a la ventana. Tenía un mensaje sostenido entre los colmillos. Su chaleco color amarillo neón deslumbraba por el contraste con el azul cobalto.

—¿Y Sofie Renast? —preguntó la Reina del Río mientras jugaba con un lirio rosado y dorado que acariciaba su vientre suave. Recorrió los pétalos con los dedos—. ¿Alguien la ha visto?

—No se sabe nada sobre su paradero.

No hacía falta mencionar que Bryce y Athalar irían al Sector de los Huesos en busca de respuestas. Todavía no había nada que informarle. Lo único que esperaba era que salieran ambos vivos de ahí.

—La Cierva está aquí, en Lunathion. ¿Crees que ella también esté siguiendo a Emile?

—Ella llegó apenas hoy —dijo Tharion, que ya había recibido informes de que sus lobos estaban acechando por toda la ciudad, junto con la Arpía. Al menos el Halcón, según sus espías, se había quedado en Pangera. Aparentemente para vigilar el redil de Ephraim—. Su ubicación ha sido del conocimiento del público desde hace unos días. Ella no tiene olor humano y tampoco estaba en la ciudad para cometer estos asesinatos. Todo apunta a Pippa Spetsos.

El espíritu del río arrancó el lirio y lo colocó detrás de su oreja. Brilló como si estuviera iluminado por un trocito de luzprístina.

—Encuentra a ese niño, Tharion.

Él inclinó la cabeza.

—¿Qué hay del Comando de Ophion? Si averiguan que tenemos a Emile...

—Asegúrate de que no se enteren —dijo la reina y sus ojos se oscurecieron con la amenaza de tormentas. Unos relámpagos estallaron contra el agua en la superficie—. Somos leales a la Casa de las Muchas Aguas antes que nada.

—¿Por qué el interés en el niño? —se atrevió a preguntar al fin—. ¿Por qué tantos deseos de encontrarlo?

—¿Me cuestionas?

Sólo la Reina del Océano, Señora de las Aguas, Hija de Ogenas, tenía ese derecho. O los asteri. Tharion hizo una reverencia.

Los relámpagos volvieron a iluminar la superficie y las cejas de Tharion descendieron. Esto no era el poder de su reina. Y como el pronóstico del clima no había advertido tormentas...

Tharion volvió a inclinarse.

—Me disculpo por mi impertinencia. Su voluntad es la mía —dijo. Las frases conocidas brotaron sin esfuerzo de sus labios—. Le avisaré en cuanto capturemos al niño.

Hizo un movimiento para marcharse. Se arriesgaba al hacerlo sin que lo hubieran despedido. Casi había llegado al arco de salida cuando la Reina del Río dijo:

—¿Disfrutaste tu castigo anoche?

Él cerró los ojos por un instante antes de girarse para responderle.

Ella volvió a meterse al río y no era nada salvo una cabeza oscura y hermosa entre los lirios. Como uno de sus sobeks, esperando alimentarse de los muertos indignos. Tharion dijo:

—Fue un castigo sabio y adecuado por mi ignorancia y mi transgresión.

Las comisuras de los labios de la reina se elevaron y su boca reveló dientes blancos y afilados.

—Me distrae que estés tirando de tu correa, Tharion.

Él se tragó su respuesta, su rabia, su dolor, e inclinó la cabeza.

Más relámpagos. Tenía que irse. Pero sabía que no debía revelar su impaciencia.

—Tenía las mejores intenciones en mente para su hija.

De nuevo, esa sonrisa antigua y cruel que le informaba que ella había visto a muchos hombres, algunos mucho más inteligentes que él, pasar por su corte.

—Supongo que ya nos enteraremos —dijo la reina y, con eso, se sumergió bajo el agua y desapareció bajo los lirios y entre los juncos.

Hunt apenas podía ponerse de pie.

El azote de la luzprístina había dejado una ruina humeante dentro de su cuerpo, de su mente. Pero había funcionado. Había tomado el poder y lo había convertido en propio. Aunque no tuviera claro cuál fuera el puto significado de eso. Apollion sabía, o había adivinado lo suficiente para tener razón. Y Bryce... la espada...

Ella había sido un conducto para su poder. Por el putísimo Averno.

Avanzaron a traspiés entre la niebla y los obeliscos. Un sonido agudo y sibilante empezó a elevarse a su alrededor. Segadores. ¿Quedaría todavía algún sitio seguro en Midgard, incluso después de la muerte? No le cabía ni una puta duda de que no quería que su alma llegara al Sector de los Huesos.

La puerta de hueso apareció sobre ellos. Estaba construida de las costillas de algún leviatán antiguo. Más allá, estaban los escalones hacia el río. Hunt sintió que se le doblaban las rodillas cuando divisó la moto acuática y el mer sobre ella, llamándolos frenéticamente mientras daba la vuelta a la moto para apuntar hacia Lunathion.

—Pensé que serías tú con todos esos truenos —jadeó Tharion al verlos apresurarse hacia él y saltar por los escalones. Se bajó de la moto para hacerles espacio y se transformó. El mer se veía fatal: abatido y cansado y desesperanzado.

Bryce se subió primero y luego Hunt que la abrazó por la espalda. Ella aceleró el motor a todo lo que daba y salieron disparados hacia la niebla. Tharion se sumergió bajo la superficie al lado de ellos. Hunt casi se colapsó a sus espaldas pero Bryce giró a la izquierda con tanta fuerza que él tuvo que sostenerse de su cadera para no caer al agua.

—¡Carajo! —gritó ella cuando vio unos dorsos musculosos y llenos de escamas romper la superficie del agua.

Sobeks.

Sólo las almas nutritivas llegaban con el Rey del Inframundo. Las que no eran dignas se les entregaban a las bestias como refrigerios. Como comida chatarra. Un hocico ancho y lleno de colmillos gruesos emergió repentinamente del agua.

La sangre brotó antes de que la criatura pudiera morder la pierna de Hunt. Bryce giró a la derecha y Hunt volteó para ver a Tharion detrás de ellos. Iba disparando un chorro mortífero de agua hacia arriba. A presión, como un cañón de agua. Tan intenso y brutal que había atravesado la cabeza del sobek.

Otra bestia los atacó y, de nuevo, Tharion la golpeó con su chorro de agua que desgajaba la carne con una fuerza tal que también rompería rocas sin problemas.

Una tercera y Tharion atacó con eficiencia brutal. Las otras bestias se detuvieron y azotaron el agua con sus colas.

—¡Sostente! —gritó Bryce a Tharion, quien se aferró a la moto acuática mientras ella los llevaba hacia el Muelle Negro a toda velocidad. La niebla empezó a quedar detrás de ellos y un muro de sol cegó a Hunt.

Pero no se detuvieron. Ni siquiera al chocar con el muelle. Ni siquiera cuando Tharion salió del agua de un salto y se transformó. Tomó un uniforme de la Corte Azul que estaba en el espacio bajo el asiento de la moto acuática. Los tres se apresuraron por las calles hasta llegar al departamento de Bryce.

En la seguridad de su casa, Bryce se arrodilló en el piso, mojada y ensangrentada y jadeando. La herida en su espalda era larga pero afortunadamente no era profunda y ya estaba dejando de sangrar. No había tocado el tatuaje del Cuerno por milímetros. A Hunt le quedaba suficiente cordura para recordar que no debía acercarse al sofá blanco. Entonces, Tharion preguntó:

—¿Qué pasó? ¿Alguna señal de Emile o Sofie?

—No, fue una estupidez siquiera ir a buscarlos en el Sector de los Huesos —dijo Hunt sentado frente a la mesa del comedor. Estaba intentando recuperar su mente. Bryce le contó lo demás al mer.

Cuando terminó, Tharion se dejó caer en uno de los taburetes de la cocina con el rostro pálido.

—Sé que debería decepcionarme que Emile y Sofie no estuvieran ocultándose en el Sector de los Huesos pero... ¿eso es lo que nos aguarda a todos al final?

Hunt abrió la boca pero Bryce preguntó:

—¿Dónde está Ruhn? Él e Ithan ya deberían haber regresado.

Hunt entrecerró los ojos.

—Llámalos.

Bryce les habló por teléfono pero ninguno contestó. Hunt buscó su teléfono, agradecido de haberle puesto el hechizo repelente de agua que había comprado porque Quinlan lo había fastidiado para que lo hiciera. La pantalla estaba llena de alertas de noticias y mensajes.

Hunt dijo con voz ronca:

—Ephraim acaba de llegar. Con la Cierva.

Tharion asintió con gravedad.

—Trajo a su jauría de necrolobos con ella.

Bryce volvió a revisar la hora en su teléfono.

—Necesito encontrar a Ruhn.

33

Ruhn no dijo nada cuando la Cierva sacó un mazo de cartas del bolsillo de su uniforme imperial.

Ithan adoptó el rol de deportista confundido, alternando ignorancia con distracción aburrida mientras veía el juego que se transmitía en la televisión sobre la barra. La Cierva revolvió y las cartas tronaron con un sonido de huesos fracturándose.

En el cuarto lado de la mesa, la Arpía se relajaba en su silla y registraba cada uno de los movimientos de Ruhn. Sus alas de color negro mate, como si las hubieran diseñado para pasar desapercibidas, se desparramaban sobre el piso. Tenía puesto el traje de batalla típico de la 45ª, la desaparecida y preciada legión de Sandriel. La Arpía, junto con el Martillo, había sido una de sus líderes más famosas por su crueldad.

—Creo que no nos han presentado —dijo la Cierva mientras revolvía y partía el mazo de nuevo. Tenía manos hábiles, confiadas. Sin cicatrices. Usaba un anillo de oro con un rubí cuadrado de corte limpio. Una sutil muestra de riqueza.

Ruhn se obligó a sonreír.

—Me halaga estar tan alto en tu lista de prioridades hoy.

—Tú eres el prometido de mi media hermana, ¿no? —dijo con una sonrisa sin vida.

Era lo opuesto a la calidez y la sabiduría de Hypaxia. La Cierva sólo era unos veinte años mayor que su hermana, cuarenta y siete años. Estaban mucho más cercanas en edad que la mayoría de los hermanos vanir. Pero no tenían nada en común, por lo visto.

—Sería grosero no presentarme a mi llegada. Ya visité la villa de tu padre. Me informó que estarías aquí.

Cormac debía haber llegado justo antes que la Cierva para poderle decir esa mentira al Rey del Otoño. Gracias a los dioses.

Ruhn resopló divertido.

—Mucho gusto. Estoy ocupado.

La piel de la Arpía era pálida como la leche, un impactante contraste con su cabello y ojos negros. Dijo:

—Eres tan impertinente como aparentas, principito.

Ruhn se movió el piercing del labio con la lengua.

—Odiaría decepcionarte.

Las facciones de la Arpía se contorsionaron de rabia. Pero la Cierva dijo tranquilamente:

—Jugaremos póker, creo. ¿No es eso lo que juegas los martes en la noche?

Ruhn contuvo su escalofrío de temor. Ese juego de todas las semanas no era secreto pero... ¿cuánto más sabía ella de él?

Ithan seguía aparentando total aburrimiento, benditos fueran los dioses.

Así que Ruhn le dijo a la Cierva:

—Está bien, me estás vigilando por el bien de tu hermana.

¿Era una mera coincidencia que ella lo hubiera buscado en ese momento? ¿Qué le había dicho Mordoc sobre dónde había estado Ithan en la mañana? Ruhn le preguntó a la Arpía:

—¿Pero por qué carajos estás *tú* aquí?

Los labios delgados de la Arpía se restiraron para formar una sonrisa grotesca. Extendió una mano pálida hacia el hombro musculoso de Ithan y dijo:

—Quería revisar la mercancía.

Sin voltear a verla, el lobo la tomó de los dedos y apretó con suficiente fuerza para que le quedara claro que le podría romper los huesos si así lo quisiera. Lentamente, volteó con la mirada llena de odio.

—Puedes ver pero no tocar.

—Si lo rompes, lo pagas —canturreó la Arpía y liberó sus dedos. Le gustaba eso... el borde del dolor.

Ithan le enseñó los dientes con una sonrisa feroz y le soltó la mano. El cachorro tenía huevos, eso había que reconocerlo. Ithan devolvió su atención a la televisión y dijo:

—Yo paso.

La Arpía se irritó visiblemente y Ruhn dijo:

—Es un poco joven para ti.

—¿Y qué hay de ti? —preguntó con la sonrisa cortante de una asesina.

Ruhn se recargó en el respaldo de su silla y dio un sorbo a su whisky.

—Estoy comprometido. Yo no me ando acostando con cualquiera.

La Cierva repartió las cartas con una gracia segura y veloz.

—Excepto con faunas, por supuesto.

Ruhn no permitió que su expresión se alterara. ¿Cómo sabía ella sobre la fauna de la fiesta? Miró sus ojos dorados. Era igual al Martillo en belleza y temperamento. No había estado en la Cumbre en la primavera, gracias a los dioses. La Arpía sí había estado y Ruhn había hecho todo por mantenerse lejos de ella.

La Cierva levantó sus cartas sin quitarle la vista de encima.

—Me pregunto si mi hermana se enterará de eso.

—¿Esto es una especie de interrogatorio? —preguntó Ruhn y abrió el abanico de sus cartas. Era una buena mano. No genial, pero había ganado con peores.

La atención de la Cierva regresó a sus cartas y luego de vuelta a su rostro. Esta mujer probablemente había matado a Sofie Renast. Alrededor de la base de su garganta brillaba una torques de plata. Como si hubiera matado y aniquilado a tantos rebeldes que ya no cabían más dardos en el cuello de su uniforme. ¿El collar crecería con cada nueva muerte que ella provocara? ¿La muerte del mismo Ruhn decoraría algún día ese collar?

La Cierva dijo:

—Tu padre sugirió que me reuniera contigo. Estuve de acuerdo.

Ruhn sospechaba que su padre no le había dado esta ubicación sólo por proporcionar una coartada sino también para advertirle que mantuviera su puta distancia de los problemas.

Ithan tomó sus cartas, las miró y maldijo. La Arpía no dijo nada mientras examinaba las suyas.

La Cierva le sostuvo la mirada a Ruhn cuando empezaron el juego. Era la viva imagen de Luna, con su peinado alto y el ángulo majestuoso de su cuello y mandíbula. Tan fríamente serena como la luna. Lo único que le faltaba era una jauría de sabuesos de cacería a su lado...

Y los tenía, con sus necrolobos.

¿Cómo había logrado alguien tan joven subir tan rápido de rango, ganando notoriedad y poder? No era de sorprenderse la estela de sangre que dejaba tras de sí.

—Cuidado —dijo la Arpía con esa sonrisa aceitosa—. El Martillo no comparte.

Los labios de la Cierva se curvaron hacia arriba.

—No, no comparte.

—Como dijo Ithan —comentó Ruhn con voz despreocupada—, yo paso.

La Arpía frunció el ceño pero la sonrisa permaneció en el rostro de la Cierva.

—¿Dónde está tu famosa espada, príncipe?

Con Bryce. En el Sector de los Huesos.

—La dejé en casa esta mañana —respondió Ruhn.

—Escuché que habías pasado la noche en el departamento de tu hermana.

Ruhn se encogió de hombros. ¿Este interrogatorio era sólo para provocarlo? ¿O la Cierva sabía algo?

—No sabía que tú tenías autoridad para interrogar a los líderes del Aux en esta ciudad.

—La autoridad de los asteri se extiende sobre todos. Incluidos los príncipes astrogénitos.

Ruhn vio al cantinero y le hizo una señal para que le sirviera otro whisky.

—¿Entonces esto es sólo para demostrar que tú tienes más huevos? —extendió el brazo por el respaldo de su silla con las cartas en una mano—. Si quieres dirigir el Aux mientras estás en la ciudad, perfecto. Me caerían bien unas vacaciones.

La Arpía enseñó los dientes.

—Alguien debería arrancarte la lengua de la boca. Los asteri te despellejarían por esta falta de respeto.

Ithan tomó otra carta con la misma tranquilidad.

—Es un gran atrevimiento venir a nuestra ciudad e intentar empezar a provocar problemas.

La Cierva respondió con la misma tranquilidad.

—Tú haces lo mismo, deseando a la mujer que amaba tu hermano.

Ruhn parpadeó.

Los ojos de Ithan se tornaron peligrosamente oscuros.

—Cuántas estupideces dices.

—¿Ah, sí? —respondió la Cierva y tomó otra carta—. Por supuesto, como mi visita a esta ciudad probablemente implicaría reunirme con la princesa, investigué su historia. Encontré una cadena de mensajes muy interesante entre ustedes.

Ruhn le agradeció al cantinero, quien le dio su whisky y se retiró rápidamente. Ruhn le dijo a Ithan mente a mente: *Está tratando de provocarte. No le hagas caso.*

Ithan no respondió. Sólo le dijo a la Cierva con la voz más cortante:

—Bryce es mi amiga.

La Cierva tomó otra carta.

—Años de desearla en secreto, años de culpa y vergüenza por sentir lo que siente, por odiar a su hermano cada vez que hablaba sobre la señorita Quinlan, por desear que *él* hubiera sido el primero en conocerla...

—Cállate —gruñó Ithan con ferocidad e hizo vibrar los vasos sobre la mesa.

La Cierva continuó sin inmutarse:

—Amándola, deseándola a la distancia. Esperando el día en que ella se diera cuenta de que *él* era con quien estaba destinada a estar. Jugando con todo su corazoncito en el campo de solbol, esperando que al fin ella lo notara. Pero entonces el hermano mayor se muere.

Ithan palideció.

La expresión de la Cierva se llenó de desprecio helado.

—Y él se odia aún más. No sólo por perder a su hermano, por no estar ahí, sino por el pensamiento traicionero que tuvo después de enterarse de la noticia. Que el camino hacia Bryce Quinlan estaba despejado. ¿Sí tengo bien esa parte?

—*Cállate la puta boca*—gruñó Ithan y la Arpía rio.

Cálmate, le advirtió Ruhn al lobo.

Pero la Cierva dijo:

—Pago por ver.

A pesar de que la mente le daba vueltas, Ruhn mostró sus cartas. La Arpía mostró las suyas. Bien. Él le había ganado. Pero entonces la Cierva extendió con elegancia sus cartas sobre la mesa.

La mano ganadora. Derrotó a Ruhn por una fracción.

Ithan no se molestó en bajar sus cartas. Ya las había mostrado, se dio cuenta Ruhn.

La Cierva volvió a sonreírle a Ithan:

—Ustedes los valbaranos son demasiado fáciles de quebrar.

—Vete al carajo.

La Cierva se puso de pie y recogió sus cartas.

—Bueno, esto ha sido deliciosamente aburrido.

La Arpía se puso de pie con ella. Sus garras negras destellaban en las puntas de sus dedos.

—Espero que al menos cojan mejor de lo que juegan póker.

Ruhn canturreó:

—Estoy seguro de que debe haber segadores que se rebajen a coger contigo.

La Cierva rio y se ganó una mirada molesta de la Arpía que la metamorfa de venado decidió ignorar. La Arpía le siseó a Ruhn:

—Yo no tomo los insultos a la ligera, principito.

—Lárguense de mi bar —gruñó Ruhn con suavidad.

Ella abrió la boca pero la Cierva dijo:

—Nos veremos pronto, estoy segura.

La Arpía entendió eso como la orden de marcharse y salió furiosa por la puerta y hacia la calle soleada. Donde la vida, de alguna manera, continuaba.

Pero la Cierva se detuvo en el umbral antes de irse. Volteó por encima del hombro para ver a Ruhn. Su collar de plata brillaba bajo la luz del sol que se filtraba. Tenía los ojos encendidos con un fuego maldito.

—Dile al príncipe Cormac que le mando mi amor —dijo la Cierva.

Bryce estaba a nada de llamar al Rey del Otoño cuando se abrió la puerta del departamento. Y, aparentemente, ella se veía mucho peor que su hermano o Ithan, porque ellos exigieron saber de inmediato qué le había sucedido.

Hunt, que bebía lentamente una cerveza en la cocina, dijo:

—Emile y Sofie no están en el Sector de los Huesos. Pero averiguamos información muy importante. Será mejor que se sienten.

Pero Bryce se puso de pie para ir con su hermano. Lo revisó desde los piercings de la oreja hasta sus brazos tatuados y sus botas de batalla. No tenía ni uno de sus cabellos sedosos fuera de sitio aunque su tez sí lucía ceniza. Ithan, a su lado, no le dio la oportunidad de revisarlo porque se fue directo al refrigerador y sacó una cerveza.

—¿Están bien? —le preguntó Bryce a Ruhn, quien tenía expresión de preocupación al ver la tierra y la sangre en ella. La herida de su espalda afortunadamente ya había cerrado, pero seguía adolorida.

Tharion estaba sentado en el sofá con los pies sobre la mesa de centro. Dijo:

—Todos están bien, Piernas. Ahora sentémonos como la buena familia de rebeldes que somos y contémonos unos a otros qué demonios sucedió.

Bryce tragó saliva.

—Está bien. Sí... seguro —miró a Ruhn otra vez y vio que él suavizaba la mirada—. Me estaba cagando de miedo.

—No podíamos contestar los teléfonos.

Ella no se permitió reconsiderar y abrazó a su hermano y lo apretó. Un instante después, él la abrazó de vuelta y Bryce casi podría jurar que lo sintió estremecerse de alivio.

El teléfono de Hunt vibró y Bryce se separó de Ruhn.

—Celestina quiere que esté en el Comitium para la llegada de Ephraim —dijo Hunt—. Quiere que su triarii esté reunido.

—Oh, Ephraim ya está aquí —dijo Ithan y se dejó caer en el sofá—. Nos enteramos por las malas.

—¿Lo vieron? —preguntó Bryce.

—A sus secuaces —respondió Ithan sin voltearla a ver—. Jugamos póker con ellas y toda la cosa.

Bryce giró rápidamente a ver a Ruhn. Su hermano asintió con seriedad.

—La Cierva y la Arpía se presentaron en el bar donde estábamos intentando pasar desapercibidos. No sé si fue porque Mordoc olfateó alrededor del callejón donde

Cormac hizo la entrega de la información o qué. Pero fue... no bueno.

—¿Saben algo? —preguntó Hunt en voz baja y con la mirada llena de tormentas—. ¿Sobre ti? ¿Sobre nosotros?

—No tengo idea —respondió Ruhn mientras jugaba con el piercing de su labio—. Creo que estaríamos muertos si lo supieran.

Hunt exhaló un suspiro.

—Sí, lo estarían. Ya te hubieran arrestado para interrogarte.

—La Cierva es un puto monstruo —dijo Ithan y encendió la televisión—. Ella y la Arpía, ambas.

—Eso te lo podría haber dicho desde antes —dijo Hunt. Se terminó su cerveza y caminó hacia Bryce, que estaba junto a la mesa de vidrio del comedor. Ella no le impidió que le pusiera la mano sobre la mejilla y la besara. Sólo un suave roce de sus bocas, pero era una declaración pública de su relación además de representar una promesa.

—¿Lo dejamos para otro día? —le murmuró hacia los labios. Cierto. La cena y el hotel...

Ella hizo un gesto lastimero pero dijo:

—Sí, otro día.

Él rio pero luego se puso absolutamente serio.

—Tengan cuidado. Regresaré lo antes posible. No salgan a buscar a ese niño sin mí.

Le dio un beso en la frente a Bryce antes de salir del departamento.

Bryce elevó una oración a Cthona y a Urd para que lo protegieran.

—Me alegra que finalmente hayan solucionado esto —dijo Tharion desde el sofá.

Bryce le hizo una seña con el dedo medio. Pero Ruhn la olfateó con cuidado:

—Hueles... diferente.

—Huele al Istros —dijo Ithan desde el sofá.

—No, es... —las cejas de Ruhn se juntaron y se rascó la parte de la cabeza donde estaba rapado—. No puedo explicarlo.

—Deja de olfatearme, Ruhn —dijo Bryce y se sentó en el sofá al otro lado de Tharion—. Es asqueroso. ¿Quieren que les cuente el cuento?

34

—¿Cómo me veo? —le susurró Celestina a Hunt. Estaban frente al escritorio de su estudio privado. Isaiah estaba al otro lado de ella con Naomi a su izquierda y Baxian a la derecha de Hunt. Baxian apenas inclinó un poco la cabeza cuando Hunt entró.

Hunt había aprovechado el vuelo hasta acá para tranquilizar sus nervios, su rabia residual y su asombro ante lo que él y Bryce habían hecho. Lo que habían averiguado. Para cuando arribó en la veranda de aterrizaje, su rostro de nuevo había adoptado su expresión impasible. La máscara del Umbra Mortis.

Sin embargo, no la pudo conservar del todo al ver a Pollux a un paso de Naomi. Sonriendo con un deleite feroz y anticipatorio.

Ésta era una reunión del Averno. La Cierva y el Martillo, juntos otra vez. La Arpía y el Mastín del Averno daban igual... Las cosas siempre habían girado alrededor de Pollux y Lidia, de sus almas gemelas marchitas, y de nadie más. Gracias a los dioses que el Halcón se había quedado en Pangera.

Hunt le murmuró a Celestina:

—Te vez como una mujer a punto de entrar en una unión concertada.

Le sorprendió que las palabras le salieran con tanta naturalidad, considerando todo lo ocurrido en la mañana.

La arcángel, vestida de color rosado claro, con oro en las muñecas y en las orejas, le lanzó una sonrisa triste que parecía decir: *¿Qué le vamos a hacer?*

Hunt, a pesar de todo, agregó:

—Pero te ves hermosa.

La sonrisa de ella se suavizó junto con la mirada de sus claros ojos castaños.

—Gracias. Y gracias por venir en tu día libre —dijo y le apretó la mano. Tenía los dedos fríos y húmedos, para sorpresa de Hunt. Verdaderamente estaba nerviosa.

Al fondo del pasillo, las puertas del elevador sonaron. Los dedos de Celestina apretaron los de Hunt antes de soltarlo. Podría haber jurado que a la arcángel le temblaban las manos.

Así que Hunt dijo:

—No es problema para nada. Estaré aquí toda la noche. Si necesitas escaparte, sólo hazme una señal, jálate el arete, por ejemplo, y yo inventaré alguna excusa.

Celestina le sonrió y enderezó los hombros.

—Eres un buen hombre, Hunt.

Él no estaba tan seguro de eso. Tal vez lo había ofrecido sólo para agradarle un poco más, para que cuando las cosas se pusieran feas, si Baxian o la Cierva o alguien más sugería que él y Quinlan estaban planeando algo turbio, ella quizá les concediera el beneficio de la duda. Pero le agradeció sus palabras de todas maneras.

La reunión entre Ephraim y Celestina fue tan tensa e incómoda como Hunt anticipaba.

Ephraim era apuesto, como tantos de los arcángeles: con el cabello negro muy corto al estilo de un guerrero, piel morena clara que irradiaba salud y vitalidad, y ojos oscuros que notaban a todas las personas de la habitación, como un soldado evaluando el campo de batalla.

Pero su sonrisa fue genuina al ver a Celestina, quien avanzó hacia él con las manos extendidas.

—Mi amigo —dijo y levantó la vista hacia su cara. Como si lo estuviera viendo por primera vez.

Ephraim sonrió. Tenía la dentadura alineada y perfecta.

—Mi pareja.

Ella inclinó la cabeza justo en el momento en que él se acercó para besarle la mejilla y Hunt tuvo que contener su reacción al ver los labios de Ephraim llegar al costado de la cabeza de Celestina. Ella cambió de postura en cuanto se dio cuenta del error de comunicación, al considerar que había personas que estaban siendo testigos de esto y...

Isaiah, que los dioses lo bendijeran, dio un paso al frente con el puño sobre el corazón.

—Su Gracia. Le doy la bienvenida a usted y su triarii.

Ephraim sólo había traído el triarii de Sandriel, se dio cuenta Hunt. Había dejado a sus miembros originales en Pangera con el Halcón.

Ephraim se recuperó del beso torpe y acercó más sus alas color blanco cegador a su cuerpo torneado y poderoso.

—Te agradezco la bienvenida, comandante Tiberian. Y espero que tu triarii le dé la bienvenida al mío con la misma calidez.

Hunt al fin miró en dirección a la Cierva, que estaba a un par de metros detrás de Ephraim. Luego miró a Pollux, que la miraba con intensidad lupina desde el otro lado de la habitación. Los ojos dorados de la Cierva parecían hervir, concentrados por completo en su amante. Como si estuviera esperando que le dieran luz verde para saltar sobre él.

—Qué asco —murmuró Naomi y Hunt tuvo que contener su sonrisa.

Celestina parecía estar buscando algo más qué decir, así que Hunt la ayudó y dijo:

—Trataremos a tu triarii como hermanos y hermanas.

La Arpía rio al escuchar las últimas palabras. Los relámpagos de Hunt chisporrotearon en respuesta pero continuó:

—Durante el tiempo que permanezcan aquí.

El tiempo que te permita seguir con vida, puta psicópata.

Celestina se recuperó lo suficiente para decir:

—Su alianza será sólo uno de los muchos éxitos de nuestra unión.

Ephraim expresó estar de acuerdo aunque recorrió a su pareja con la mirada una vez más. Se podía notar la aprobación de él, pero Celestina... La arcángel tragó saliva.

Ella había... estado con un hombre, ¿no? De hecho, Hunt ni siquiera estaba seguro de que ella prefiriera a los hombres. ¿Los asteri habrían considerado eso? ¿Les importaría cuáles fueran sus preferencias, cuál fuera su experiencia, antes de lanzarla a la cama con Ephraim?

Los ojos de Baxian seguían sobre la Arpía y la Cierva, fríos y observadores. No parecía particularmente complacido de verlas.

—Tengo unos bocadillos preparados —dijo Celestina e hizo un ademán hacia las mesas colocadas junto a los ventanales—. Vengan, vamos a brindar por esta feliz ocasión.

Bryce apenas había terminado de contarle a Ruhn e Ithan lo que había sucedido en el Sector de los Huesos. Ambos se veían tan enfermos como Tharion cuando escucharon sobre el destino real de los muertos. Entonces, alguien tocó a la puerta.

—Entonces, Connor —dijo Ithan mientras se frotaba la cara—. Él... ¿Alimentaron a la Puerta con su alma para que se convirtiera en luzprístina? ¿Luzsecundaria? Lo que sea.

Bryce se retorció las manos.

—Parece que esperarán hasta que todos nosotros estemos convertidos en polvo e incluso nuestros descendientes lo hayan olvidado, pero considerando cuánto hicimos enojar al Rey del Inframundo, creo que es posible que... adelante un poco la posición de Connor en esa lista.

—Necesito saber —dijo Ithan—. Necesito *saber* en este puto momento.

Bryce sintió un nudo en la garganta.

—Yo también. Intentaremos averiguarlo.

Tharion preguntó:

—¿Pero qué se puede hacer para ayudarlo, para ayudar a cualquiera de ellos?

Se hizo el silencio. Se volvió a escuchar que tocaban a la puerta y Bryce suspiró.

—Eso también lo averiguaremos.

Ruhn estaba jugando con uno de los piercings de su oreja izquierda.

—¿Deberíamos decirle esto a... alguien?

Bryce le quitó el seguro a la puerta.

—Los asteri sin duda lo saben y no les importa. Dirán que es nuestro deber cívico devolver todo el poder que sea posible.

Ithan negó con la cabeza y miró hacia la ventana.

Ruhn dijo:

—Tenemos que pensar esto con cuidado. ¿El Príncipe del Foso estaba presionándolos a ti y a Athalar para que fueran ahí al enviarles a los segadores? ¿O al hacer que sus segadores insinuaran que Emile y Sofie podrían estar escondiéndose allá? ¿Por qué? ¿Para... activar sus poderes combinados con ese truco de la Puerta? No podría haber sabido que eso sucedería. Tenemos que pensar en cómo podrían vengarse los asteri si esto *es* algo que quieren mantener oculto. Y lo que harán si de hecho encontramos y resguardamos a Emile y a Sofie.

—Lo indagaremos —dijo Bryce y al fin abrió la puerta.

Una mano se envolvió alrededor de su garganta y le cortó el paso del aire.

—Maldita hija de puta —siseó Sabine Fendyr.

Ruhn debió haber considerado quién podría necesitar tocar la puerta. En vez de hacer eso, había estado tan concentrado en la verdad que Bryce les había revelado sobre sus vidas, y sus vidas después de la muerte, que había permitido que ella abriera sin confirmar quién tocaba.

Sabine lanzó a Bryce al otro lado de la habitación, con tanta fuerza como para que chocara contra el costado del sofá y moviera el mueble gigantesco un par de centímetros.

Ruhn se puso de pie al instante y apuntó a la Alfa con la pistola. Detrás de él, Tharion le ayudó a Bryce a ponerse de pie. La atención de Sabine seguía fija en Bryce y dijo:

—¿A qué estás jugando, *princesa*?

Ese título era claramente lo único que había evitado que Sabine le arrancara el cuello a Bryce.

Bryce frunció el ceño e Ithan ocupó la posición al lado de Ruhn con la violencia brillando en sus ojos.

—¿De qué demonios estás hablando?

Sabine se irritó al escuchar esas palabras pero no apartó su concentración de Bryce y continuó:

—No podías mantenerte aparte de los asuntos de los lobos, ¿verdad?

Bryce dijo con indiferencia:

—¿Los asuntos de los lobos?

Sabine señaló a Ithan con la garra.

—Él fue exiliado. Pero *tú* decidiste darle asilo. Sin duda como parte de tu plan para robarme el legado que me corresponde.

—¿Y entonces el lobo feroz vino hasta acá para gritarme por eso?

—El lobo feroz —gruñó Sabine entre dientes— vino hasta acá para recordarte que no importa lo que mi padre pudiera haber dicho, *tú* no eres lobo —miró a Ithan con una sonrisa de desprecio— y él tampoco. Así que no se metan en los putos asuntos de los lobos.

Ithan dejó escapar un gruñido grave, pero el dolor se expandió como una onda bajo la superficie.

Ruhn gruñó:

—Si quieres hablar, Sabine, entonces siéntate de una puta vez como un adulto.

A su lado, estaba vagamente consciente de que Bryce escribía un mensaje en su teléfono.

Ithan enderezó los hombros.

—Bryce no me está dando asilo. Perry me trajo aquí.

—Perry es una tonta con la mirada perdida en la luna —escupió Sabine.

Pero Bryce ladeó la cabeza.

—¿Qué es lo que te molesta de esta situación, Sabine? —preguntó con voz gélida... Carajo, sonaba exactamente como su padre.

Ithan dijo:

—Bryce no tiene nada que ver con lo que pase entre tú y yo, Sabine. No la metas en esto.

Sabine volteó a verlo, molesta.

—Eres una deshonra y un traidor, Holstrom. Un desperdicio pusilánime si eliges rodearte con este tipo de gente. Tu hermano se avergonzaría.

Ithan respondió bruscamente:

—Mi hermano me diría «Puta, de la que te salvaste».

Sabine gruñó con el sonido de mando puro.

—Puede ser que estés exiliado, pero todavía debes *obedecerme*.

Ithan se estremeció pero se rehusó a retractarse.

Tharion dio un paso al frente.

—Si quieres pelear con Holstrom, Sabine, adelante. Yo me ofrezco como testigo.

Ithan perdería. Y Sabine lo despedazaría a tal grado que no habría esperanza de recuperación. Terminaría con su hermano, con el alma servida en bandeja de plata para el Rey del Inframundo y la Puerta de los Muertos.

Ruhn se preparó... pero se dio cuenta de que no tenía idea de qué hacer.

Celestina debería haber servido bebidas más fuertes que el vino rosado. Hunt no estaba tan borracho como para poder mantener una sonrisa permanente en la habitación llena de sus enemigos. Como para soportar ver a dos personas que no tenían alternativa salvo hacer que una unión concertada funcionara de alguna manera. No estarían oficialmente unidos hasta la celebración al mes siguiente, pero su vida juntos ya estaba empezando.

A su lado, en las puertas de la veranda privada junto al estudio de Celestina, Isaiah se tomó su rosado de un trago y dijo:

—Qué puto desmadre.

—Me siento mal por ella —dijo Naomi al otro lado de Isaiah.

Hunt gruñó para indicar su aprobación mientras veía a Celestina y Ephraim intentar hacer plática al otro lado de la habitación. Más allá, la Arpía parecía conformarse con mirar a Hunt con desdén toda la noche. Baxian estaba escondido junto a la puerta del pasillo. Pollux y Lidia hablaban cerca de la Arpía con las cabezas agachadas.

Naomi siguió la dirección de su mirada.

—Ésa sí es una unión aterradora.

Hunt rio un poco.

—Sí.

Su teléfono vibró y lo sacó del bolsillo. Vio un mensaje de texto de parte de *Bryce me la mama como campeona.*

Hunt casi se ahogó y se apresuró para cambiar de pantalla porque Isaiah se asomó sobre su hombro y rio.

—Asumo que no fuiste tú quien puso ese nombre.

—No —siseó Hunt.

Esto lo pagaría caro. Después de que finalmente pudieran coger. No había olvidado que eso era justamente lo que se suponía debían estar haciendo en ese momento. Que él había hecho reservaciones para cenar y para un hotel que había tenido que cancelar por esta estúpida ceremonia tan incómoda. Hunt le explicó a Isaiah:

—Es una broma estúpida que tenemos.

—Una broma, ¿eh? —los ojos de Isaiah bailaban deleitados. Le puso la mano en el hombro a Hunt—. Me alegro por ti.

Hunt sonrió para sí mismo y abrió el mensaje, intentando no fijarse en el nombre que le había puesto y pensar en lo cierto que era.

—Gracias —dijo, pero su sonrisa se desvaneció cuando leyó el mensaje.

Sabine está aquí.

El corazón de Hunt se aceleró un poco. Isaiah leyó el mensaje y murmuró:

—Ve.

—¿Qué hay de esto? —dijo Hunt y apuntó con la barbilla hacia Celestina y Ephraim al fondo.

—Ve —le insistió Isaiah—. ¿Necesitas refuerzos?

No debería, pero el mensaje de Bryce había sido tan vago y... mierda.

—No puedes venir conmigo. Sería demasiado obvio.

Volteó a ver a Naomi, pero ya se había ido de nuevo al carrito del bar. Si la detenía por la fuerza, eso atraería la atención de todo el mundo. Observó el espacio con atención.

Baxian lo miró a los ojos y pudo leer la tensión de su rostro, en su cuerpo. Idiota. Ahora alguien más *sabría* que él se había marchado...

Isaiah lo percibió y se dio cuenta.

—Yo me encargo —murmuró su amigo y se dirigió tranquilamente en dirección al ángel de alas negras. Le dijo algo a Baxian que lo hizo darle la espalda a Hunt.

Hunt aprovechó la oportunidad y empezó a retroceder. Primero un paso, luego otro, hasta empezar a desaparecer en las sombras de la veranda anexa al estudio. Continuó moviéndose, sigiloso, hasta que sus talones estaban en el borde del espacio para aterrizar. Sin embargo, justo un instante antes de dejarse caer hacia la noche, notó que Celestina lo estaba viendo.

Sus ojos se oscurecieron con decepción y desagrado.

35

Bryce se maldijo a sí misma por haber abierto la puerta. Por permitirle la entrada a la loba. Por permitir que las cosas escalaran tan rápido: Ithan y Sabine, a punto de pintar de sangre las paredes de este departamento. La sangre de Ithan.

Se le secó la boca. Piensa. *Piensa.*

Ruhn la volteó a ver rápidamente pero no le comunicó ninguna idea brillante mente a mente.

Sabine le gruñó a Ithan.

—Tu hermano sabía cuál era su lugar. Estaba conforme con ser el Segundo de Danika. Tú no eres tan inteligente como él.

Ithan no retrocedió cuando Sabine empezó a avanzar.

—Tal vez no sea tan listo como Connor —dijo—, pero al menos no fui tan tonto como para acostarme con Mordoc.

Sabine se detuvo.

—Cállate la boca, niño.

Ithan rio, una risa fría y sin vida. Bryce nunca lo había escuchado producir ese sonido.

—Nunca nos enteramos en su última visita: ¿fue una unión arreglada entre ustedes o una decisión durante una borrachera?

Mordoc... ¿el capitán de la Cierva?

—Te voy a arrancar la garganta —gruñó Sabine y dio un paso más. Pero Bryce lo notó, el destello que delataba sorpresa en su mirada. Duda. El comentario de Ithan había desbalanceado un poco a Sabine.

De nuevo, Ithan no bajó la vista.

—Está aquí, en esta ciudad. ¿Lo vas a ir a ver? ¿Lo vas a llevar al Muelle Negro para que se despida de su hija?

Bryce sintió que el estómago se le iba a los pies pero mantuvo una expresión neutral. Danika nunca se lo había dicho. Siempre decía que había sido...

Un hombre que no merece ser conocido ni recordado.

Bryce había asumido que era un lobo de jerarquía menor, algún hombre demasiado sumiso para conservar el interés de Sabine y que por ese motivo Sabine se había negado a que Danika lo viera. Y aunque Danika conocía la verdad sobre el padre de Bryce, nunca le contó sobre su propio linaje. Esa idea la quemaba como ácido.

Sabine escupió:

—Sé lo que estás intentando hacer, Holstrom, y no va a funcionar.

Ithan tensó los músculos de su ancho pecho. Bryce había visto esa misma expresión intensa en su cara cuando enfrentaba oponentes en el campo de solbol. Ithan por lo general era el que salía victorioso de esos encuentros. Y *siempre* salía victorioso si un compañero de equipo se unía a la pelea.

Así que Bryce dio un paso al frente. Le dijo a Sabine:

—¿Danika era rebelde?

Sabine giró la cabeza bruscamente:

—¿Qué?

Bryce mantuvo la espalda recta, la cabeza erguida. Intentó no olvidar que ahora ella tenía un rango superior al de Sabine en posición y poder, y continuó:

—¿Danika tenía contacto con los rebeldes de Ophion?

Sabine retrocedió. Sólo un paso.

—¿Por qué demonios harías esa pregunta?

Ithan no hizo caso a la pregunta de Sabine y presionó:

—¿Fue por Mordoc? ¿Sentía tanta repulsión por él que decidió apoyar a los rebeldes para fastidiarlo?

Bryce presionó del otro lado:

—Tal vez lo hizo porque tú también le provocabas asco.

Sabine retrocedió otro paso. La depredadora convertida en la presa. Gruñó:

—Los dos están delirando.

—¿Sí? —preguntó Bryce y luego se arriesgó a adivinar—. Yo no soy la que vino corriendo hasta acá para asegurarse de que Ithan y yo no estuviéramos planeando alguna especie de golpe de los lobos contra ti.

Sabine lucía molesta. Bryce siguió empujando y lo estaba disfrutando.

—¿Ése es el miedo, no? ¿Que yo vaya a usar mi elegante título de princesa para lograr que Holstrom te reemplace de alguna manera? Digo, tú ya no tienes heredera más allá de Amelie. E Ithan es tan dominante como ella. Pero no creo que Amelie sea tan querida en la Madriguera, ni tú, para el caso, como lo es él.

Ithan le parpadeó sorprendido. Pero Bryce le sonrió a Sabine, cuyo rostro parecía de piedra. La loba le gruñó.

—*No te metas en los asuntos de los lobos.*

Bryce decidió provocarla más.

—Me pregunto qué tan difícil sería convencer al Premier y a la Madriguera de que Ithan es el futuro brillante de los lobos de Valbara.

—Bryce —advirtió Ithan.

¿En verdad él nunca había considerado algo así?

La mano de Sabine se empezó a mover hacia algo en su espalda y Ruhn apuntó con la pistola.

—Nah —dijo el hermano de Bryce con una sonrisa maliciosa—. No lo creo.

Una onda familiar de aire cargado llenó la habitación un instante y Hunt dijo:

—Yo tampoco.

Había aparecido en la puerta tan silenciosamente que Bryce supo que se había acercado con el mayor sigilo posible. El alivio casi le dobló las rodillas al ver a Hunt entrar al departamento con la pistola apuntando a la nuca de Sabine.

—Vas a irte ahora y nunca nos vas a volver a molestar en toda tu puta vida —dijo el ángel.

Sabine dijo furiosa:

—Permítanme darles un consejo. Si se meten con Mordoc, tendrán su merecido. Pregúntenle sobre Danika y verán lo que les hace para sacarles respuestas.

Ithan le enseñó los dientes.

—Vete, Sabine.

—Tú no me das órdenes.

Los lobos se quedaron frente a frente: uno joven y con el corazón roto y la otra en plenitud... y sin corazón. ¿Alguien como Ithan podría, si lo quisiera, ganar en una batalla por el dominio?

Pero entonces otra figura entró al departamento detrás de Hunt.

Baxian. El ángel metamorfo tenía la pistola desenfundada y apuntaba a las piernas de Sabine para impedirle que saliera corriendo.

Bryce se dio cuenta de que esto no era una aparición planeada solamente por un destello de sorpresa en el rostro de Hunt.

Sabine se dio la vuelta lentamente. El reconocimiento destelló en sus ojos. Y algo similar al miedo.

Los dientes de Baxian brillaron en una sonrisa feral.

—Hola, Sabine.

Sabine hervía de rabia, pero siseó:

—Todos ustedes son carroña.

Y salió furiosa del departamento.

—¿Estás bien? —le preguntó Hunt a Bryce y la recorrió con la mirada. La irritación alrededor de su cuello empezaba a desaparecer.

Bryce frunció el ceño.

—Podría haberme ahorrado que me lanzara contra el sofá.

Baxian, que seguía en la puerta, ahogó una risa.

Hunt volteó a verlo con los relámpagos listos.

—¿No tienes nada mejor que hacer que estarme siguiendo?

—Parecía como si tuvieras una emergencia —le respondió Baxian—. Pensé que tal vez necesitarías apoyo. En especial considerando dónde estuviste en la mañana —una sonrisa veloz—. Me preocupó que algo te hubiera seguido desde el otro lado del Istros.

Hunt apretó tanto la mandíbula que le dolió.

—¿Qué hay de Isaiah?

—¿Quieres decir su patético intento por distraerme? —rio Baxian.

Antes de que Hunt pudiera responder, Ithan le preguntó al Mastín del Averno:

—¿Conoces a Sabine?

El rostro de Baxian se oscureció.

—Superficialmente.

Por la reacción de Sabine, quedaba claro que había algo más.

Pero Bryce repentinamente le preguntó a Ithan:

—¿Mordoc es... era... es el *papá* de Danika?

Ithan bajó la vista a sus pies.

—Sí.

—O sea, es el hombre que participó en su concepción. El que le dio su material genético.

Los ojos de Ithan parecían encendidos.

—Sí.

—¿Y a nadie se le ocurrió la puta idea de comunicármelo?

—Yo sólo lo sabía porque una vez visitó la Madriguera, un año antes de que te conociéramos. Danika tenía el don de sabueso de sangre por él. Era su secreto y ella tenía derecho a divulgarlo o no, pero ahora que ya no está...

—¿Por qué no me lo diría? —dijo Bryce y se frotó el pecho.

Hunt le tomó la mano y le acarició los nudillos con el pulgar.

—¿Tú querrías a ese imbécil como padre? —le preguntó Hunt.

—Ya tengo un imbécil como padre —le respondió Bryce y Ruhn gruñó para indicar que estaba de acuerdo—. Lo habría entendido.

Hunt le apretó la mano como señal de apoyo.

—No sé por qué no te diría nada —dijo Ithan y se dejó caer en el sofá. Se pasó las manos por el cabello—. Danika se hubiera convertido en mi Alfa algún día y Sabine en la que nos gobernara a todos, así que si ellas decidían mantener eso en secreto, yo no tenía alternativa.

Hasta que Sabine lo exilió y lo liberó de esas restricciones.

—¿Hubieras peleado con Sabine en este momento? —preguntó Tharion.

—Lo hubiera intentado, tal vez —admitió Ithan.

Hunt silbó. Pero Baxian fue quien dijo:

—No hubieras ganado esta noche.

Ithan gruñó.

—¿Te pedí tu opinión, perro?

Hunt los miró a los dos. Interesante, que Ithan lo viera como perro y no como ángel. Aparentemente, su forma animal era prioritaria para otro metamorfo.

Baxian le gruñó de regreso.

—Dije que no hubieras ganado *esta noche*. Pero otro día, si esperas unos cuantos años, cachorro, entonces tal vez.

—¿Y tú eres un experto en estas cosas?

Ithan seguía con hambre de pelea. Tal vez Baxian estuviera a punto de concedérsela al percibir que la necesitaba. Baxian tenía las alas pegadas al cuerpo. Definitivamente listo para pelear.

Bryce se dio un masaje en la sien.

—Vayan al gimnasio o a la azotea si van a pelear. Por favor. Ya no puedo perder más mobiliario —dijo con un gesto de irritación hacia Ithan.

Hunt rio y dijo:

—Superaremos este periodo de luto juntos, Quinlan. Tendremos un funeral para la mesa de centro. Holstrom podría decir unas palabras, dado que él la rompió.

Su teléfono vibró entonces y lo miró. Tenía un mensaje de Isaiah.

¿Todo bien?

Escribió su respuesta: *Sí, ¿tú?*

Está molesta de que te hayas ido. No dijo nada, pero se nota. Baxian también se fue.

Carajo. Hunt respondió: *Díle que fue una emergencia y que Baxian tuvo que ayudarme.*

¿Te siguió?

Sólo me está fastidiando, mintió Hunt.

Está bien. Ten cuidado.

Ithan le dijo a Ruhn:

—Voy a aceptar tu oferta.

Las cejas de Hunt se juntaron. Bryce preguntó:

—¿Cuál oferta?

Ruhn la observó con cuidado antes de responder:

—Que venga a vivir conmigo y los demás. Por tus putas paredes tan delgadas.

Tharion fingió estar muy ofendido.

—Yo pedí primero que el cachorro fuera *mi* amigo.

—Perdón por sexiliarte, Ithan —murmuró Bryce.

Hunt rio, pero Ithan no. No miró a Bryce para nada. Extraño.

Ruhn le dijo a Ithan:

—Muy bien. ¿Vas a pelear primero con ese pendejo o podemos irnos? —asintió en dirección a Baxian.

Hunt permaneció perfectamente inmóvil. Listo para intervenir o arbitrar, según fuera necesario.

Ithan miró al ángel con esa concentración y precisión de atleta. Baxian se limitó a sonreírle como invitación. ¿Cuántas veces había visto Hunt esa expresión en el Mastín del Averno antes de que atacara a alguien?

Pero Ithan sacudió la cabeza sabiamente.

—En otra ocasión.

Tres minutos después, Ithan iba saliendo al pasillo con Ruhn y Tharion, quien tenía que irse a informar a su reina nuevamente.

—Ithan —dijo Bryce antes de que pudiera irse. Desde la cocina, Hunt la vio dar un paso hacia el pasillo y luego detenerse, como si se estuviera conteniendo—. Hicimos un buen equipo.

Desde su ángulo, Hunt no alcanzaba a ver el rostro de Ithan, pero escuchó el «Sí» en voz baja justo antes de que sonaran las puertas del elevador. Luego un «Así fue». Podría haber jurado que el tono del lobo era triste.

Un instante después, Bryce regresó al departamento y se dirigió directamente a Hunt, como si fuera a dejarse caer exhausta en sus brazos. Se detuvo al ver a Baxian.

—¿Estás disfrutando la vista?

Baxian dejó de observar.

—Es un lugar agradable. ¿Por qué vino Sabine aquí?

Bryce se revisó las uñas.

—Estaba enojada porque le di asilo a Ithan después de que ella lo echó a la calle.

—Pero sabes sobre ella y Mordoc.

No fue exactamente una pregunta.

—¿*Tú* sabes? —preguntó Hunt.

Baxian encogió uno de sus hombros.

—He pasado años con la Cierva y los que están a su servicio. He pescado varios detalles interesantes.

—¿Qué sucedió cuando Mordoc visitó a Danika? —preguntó Bryce.

—Las cosas salieron mal. Él regresó al castillo de Sandriel... —dijo Baxian. Luego se dirigió a Hunt—. ¿Recuerdas esa vez que se comió a una pareja de humanos?

Bryce casi se ahogó.

—¿Él *qué cosa*?

Hunt dijo con voz ronca:

—Sí.

—Eso fue cuando regresó de la visita a la Madriguera —explicó Baxian—. Estaba tan furioso que salió y mató a una pareja de humanos que se encontró en la calle. Empezó a comerse a la mujer cuando el hombre todavía estaba vivo y suplicaba que tuviera piedad.

—Puto Solas en llamas —exhaló Bryce y su mano buscó la de Hunt.

—Sabine hizo bien en advertirte que te mantuvieras lejos de él —dijo Baxian mientras avanzaba hacia la puerta.

Hunt gruñó:

—Nunca pensé que estaría en esta ciudad.

—Esperemos que se vaya pronto, entonces —dijo Baxian y no volteó hacia atrás.

Bryce le retiró la mano a Hunt y dijo:

—¿Por qué viniste *tú* hoy, Baxian?

El ángel metamorfo se detuvo.

—Parecía que Athalar necesitaba ayuda. Después de todo, somos compañeros —sonrió con un gesto salvaje, burlón—. Y estar viendo a Celestina y Ephraim fingir estar interesados en el otro era demasiada tortura, incluso para mí.

Pero Bryce no se contentaría con eso.

—También estabas en el Muelle Negro esta mañana.

—¿Me estás preguntando si los estoy espiando?

—Eso o estás ansioso por poder integrarte al club de los niños populares.

—Un buen espía te diría que no y diría que estás teniendo pensamientos paranoicos.

—Pero tú... ¿no eres buen espía?

—No soy espía para nada y tú estás siendo paranoica.

Bryce puso los ojos en blanco y Hunt sonrió para sí mismo al verla avanzar hacia la puerta para cerrarla en cuanto saliera Baxian. Cuando empezó a cerrarla, escuchó que le decía al Mastín del Averno:

—Vas a entenderte de maravilla con todos aquí.

—¿Por qué le dijiste eso? —preguntó Hunt al sentarse en la cama junto a ella más tarde esa misma noche.

Bryce apoyó la cabeza en el hombro de Hunt.

—¿Decirle qué?

—Eso que le dijiste a Baxian de que se entendería de maravilla con todos.

—¿Estás celoso?

—Es sólo que... —su pecho se elevó con un suspiro—. Es un mal hombre.

—Lo sé. No pienses demasiado en mis tonterías, Hunt.

—No, no es eso. Es... Es un mal hombre. Lo sé. Pero yo no era mejor que él.

Ella le tocó la mejilla.

—Tú eres una buena persona, Hunt.

Ya en varias ocasiones le había asegurado eso.

—Le dije a Celestina que la apoyaría con Ephraim y luego me fui. Las buenas personas no hacen eso.

—Te fuiste porque venías a rescatar a tu pareja del lobo feroz.

Él le dio un garnucho en la nariz y se volteó para quedar recostado de lado. Las alas formaban un muro gris detrás de él.

—No puedo creer que Mordoc sea el padre de Danika.

—Yo no puedo creer que nuestras almas se conviertan en alimento de luzprística —dijo ella—. Ni que la Cierva haya traído a sus necrolobos acá. O que el Rey del Inframundo sea un puto psicópata.

La risa de Hunt retumbó a través de su cuerpo.

—Ha sido un día difícil.

—¿Qué crees que sucedió en el Sector de los Huesos... con tus relámpagos y la luzprística y todo eso?

—¿Qué estabas pensando al brincar frente a mi relámpago?

—Funcionó, ¿no?

La miró con seriedad.

—¿Viste la cicatriz del cuello de Baxian? Yo se la provoqué. Con mis relámpagos. Con una fracción de la energía que liberé en la Espadastral.

—Sí, sí, tú eres el macho rudo e inteligente que sabe todo y yo soy una mujer impulsiva cuyas emociones la meten en problemas...

—Con un carajo, Quinlan.

Ella apoyó la cabeza en una mano.

—¿Entonces no tenías idea de que podías hacer eso? ¿Tomar la energía de la Puerta de los Muertos y transformarla en relámpagos y todo eso?

—No. Nunca se me había ocurrido canalizar algo hacia mis rayos hasta que lo sugirió el Príncipe del Foso la otra noche. Pero... tenía sentido: tú tomaste el poder de la Puerta del Corazón esta primavera, y Sofie Renast, como pájaro de trueno, podía hacer algo similar, así que... aunque fuera una sugerencia del Príncipe del Foso la que me dio el empujón decisivo, intentarlo me pareció mejor alternativa que ser comido.

—Te pusiste todo... —movió los dedos en el aire—. Todo relampagoso-desenfrenado.

Él le besó la sien y recorrió la mano hasta su cadera.

—Me pongo un poco histérico cuando se trata de tu seguridad.

Ella le besó la punta de la nariz.

—Todo un alfadejo —dijo pero se dejó caer hacia atrás en la cama y puso los brazos bajo su cabeza—. ¿Crees que sí exista un sitio de reposo para nuestras almas? —suspiró hacia el techo—. Digo, si muriéramos y no fuéramos a esos lugares... ¿qué sucedería?

—¿Fantasmas?

Ella frunció el ceño.

—No estás siendo de ayuda.

Él rio y se acomodó también con las manos tras la cabeza. Ella le puso el tobillo sobre la espinilla y se quedaron acostados en silencio viendo al techo.

Después de un rato, él dijo:

—Intercambiaste tu lugar de descanso en el Sector de los Huesos por el de Danika.

—Dado lo que le sucede a todos los que están allá, me siento un poco aliviada ahora.

—Sí —dijo Hunt y la tomó de la mano, entrelazó los dedos con ella y atrajo sus manos hacia su corazón—. Pero donde sea que vayas cuando se termine esta vida, Quinlan, ahí es donde yo quiero estar también.

36

El puente estaba felizmente silencioso en comparación con la absoluta locura de día que había tenido Ruhn.

Trajo a Holstrom a su casa, donde Flynn y Dec habían estado atascándose de cinco pizzas entre los dos. El primero arqueó la ceja cuando Ruhn les anunció que la cuarta recámara, un asqueroso montón de porquerías que llevaban años acumulando cada que iban a tener una fiesta, era ahora de Ithan. Esta noche se quedaría en el sofá y mañana todos sacarían sus porquerías de ahí. Declan sólo se encogió de hombros y le lanzó una cerveza a Ithan. Luego acercó su laptop, probablemente para continuar buscando en los videos de la galería.

Flynn miró al lobo pero también se encogió de hombros. El mensaje era claro: sí, Holstrom era un lobo, pero mientras no estuviera hablando mal de las hadas, se llevarían bien. Y un lobo siempre era preferible a un ángel.

Así de simple era entre hombres. Sencillo.

No como la mujer en llamas al otro lado del puente.

—Hola, Day.

Deseó tener un sitio donde sentarse. Por un puto momento. Técnicamente estaba dormido, supuso, pero...

Y entonces, vaya. A unos centímetros de distancia apareció un sillón acolchado. Se dejó caer en él y suspiró. Perfección.

La risa de ella viajó en ondas hacia él y apareció otro sillón. Un diván de terciopelo rojo.

—Qué elegancia —dijo él cuando Day se recostó. Se parecía tanto a Lehabah que le dolió el pecho.

—Verme así te provoca angustia.

—No —respondió él, preguntándose cómo había leído sus emociones si la noche y las estrellas cubrían sus facciones—. No, es que... Yo, eh, perdí una amiga hace unos meses. Le encantaba sentarse en un diván así. Ella era una duendecilla de fuego, así que como tú tienes aspecto de fuego... me afectó un poco.

Ella ladeó la cabeza y las flamas se movieron también.

—¿Cómo murió?

Él tuvo que recordar no compartir demasiada información.

—Es una larga historia. Pero ella murió para salvar a mi... a alguien que amo.

—Entonces su muerte fue noble.

—Yo debí haber estado ahí —dijo Ruhn, se recargó en los cojines y miró hacia arriba, al negro infinito sobre ellos—. Ella no tenía que hacer ese sacrificio.

—¿Hubieras cambiado tu vida por la de una duendecilla de fuego?

La pregunta no era condescendiente sino de franca curiosidad.

—Sí, lo hubiera hecho —bajó la mirada hacia ella—. Pero bueno, hicimos la entrega de la información. Casi nos descubren, pero lo logramos.

Ella se enderezó un poco.

—¿Quiénes casi los descubren?

—Mordoc. La Cierva. La Arpía.

Se quedó inmóvil. Su fuego se fue apagando hasta quedar de color azul violeta.

—Ellos son *letales*. Si te capturan, tendrás suerte de que sólo te maten.

Ruhn cruzó la pierna con el tobillo sobre la rodilla.

—Créeme, lo sé.

—Mordoc es un monstruo.

—Y también la Cierva. Y la Arpía.

—Todos están en... ¿dónde estás ahora?

Él titubeó y luego dijo:

—En Lunathion. Ya no tiene caso no decírtelo, podrías haber encendido el noticiario y averiguado dónde están.

Ella negó con la cabeza y sus flamas fluyeron tras su movimiento.

—Hablas demasiado.

—Y tú no hablas lo suficiente. ¿Tienes más información sobre el cargamento a la Espina Dorsal?

—No. Pensé que me habías llamado para decirme algo.

—No. Yo... Supongo que mi mente buscó a la tuya.

Lo observó. Y aunque él no podía ver su cara y ella no podía ver la de él, nunca se había sentido tan desnudo. Ella dijo en voz baja:

—Te noto irritado.

¿Cómo se dio cuenta?

—Tuve un día... difícil.

Ella suspiró. Unos tentáculos de flamas ondearon a su alrededor.

—Yo también.

—¿Ajá?

—Ajá.

La palabra tenía un tono pícaro, un recordatorio de su conversación anterior. Entonces ella sí tenía sentido del humor.

Day dijo:

—Trabajo con personas que son... Bueno, que hacen que Mordoc parezca como una de esas nutrias adorables de tu ciudad. Algunos días me canso más que otros. Hoy fue uno de esos días.

—¿Al menos tienes amigos con los que puedas contar? —preguntó él.

—No. Nunca he tenido un amigo verdadero en mi vida.

Él no pudo evitar encogerse un poco al oírla.

—Eso es... muy triste.

Ella rio con un resoplido.

—Lo es, ¿verdad?

—No creo que yo hubiera podido hacer mucho sin mis amigos. O sin mi hermana.

—Pero los que no tenemos amigos ni familia encontramos la manera de compensarlo.

—Sin familia, ¿eh? Un verdadero lobo solitario —agregó—. Mi padre es una mierda así que... muchas veces deseé ser como tú.

—Yo tengo familia. Una familia muy influyente —apoyó la cabeza en su puño en llamas—. También son unas mierdas.

—¿Sí? ¿Tu padre alguna vez te quemó por hablar fuera de turno?

—No. Pero sí me dieron latigazos por estornudar mientras rezábamos.

Entonces no era asteri. Los asteri no tenían familia. Ni hijos. Ni padres. Simplemente *eran*.

Él parpadeó.

—Muy bien. Estamos empatados.

Ella rio en voz baja. Un sonido grave y suave que le recorría la piel a Ruhn con dedos delicados.

—Algo verdaderamente trágico que tener en común.

—De verdad lo es.

Sonrió aunque ella no podía verlo.

Ella dijo:

—Como tú estás en una posición de poder, asumo que tu padre también lo está.

—¿Por qué no puede ser que lo sea por mi cuenta?

—Digamos que por intuición.

Él se encogió de hombros.

—Está bien. ¿Y qué con eso?

—¿Él sabe de tus simpatías rebeldes?

—Creo que mi trabajo ya va más allá de simpatías, pero... no. Me mataría si lo supiera.

—Aun así arriesgas tu vida.

—¿Cuál es la pregunta, Day?

Ella sonrió un poco. O lo que él alcanzaba a ver lo hizo.

—Podrías usar tu poder y tu rango para debilitar a la gente como tu padre, ¿sabes? Ser un agente secreto para la rebelión en ese sentido, en vez de estar haciendo de mensajero.

Ella no sabía quién era él, ¿cierto? Ruhn se reacomodó en el sillón.

—¿Honestamente? Soy pésimo en estos juegos de engaño. Mi padre es el maestro. Esto es más lo mío.

—¿Y sin embargo se le permite a tu padre permanecer en el poder?

—Sí. ¿No se les permite a todos estos imbéciles permanecer en el poder? ¿Quién los va a detener?

—Nosotros. Gente como nosotros. Algún día.

Ruhn rio con un resoplido.

—Eso es un montón de mierda idealista. Tú sabes que si esta rebelión triunfa, probablemente tendremos una guerra por el dominio entre todas las Casas, ¿verdad?

—No si pensamos bien nuestra jugada —dijo ella con tono completamente serio.

—¿Por qué me dices esto? Pensaba que tu estilo era... nada personal y así.

—Achaquémoslo al día difícil.

—Está bien —repitió él.

Se volvió a recargar en el respaldo de su silla y se quedó callado. Para su sorpresa, Day hizo lo mismo. Se quedaron sentados en silencio por largos minutos. Luego ella dijo:

—Tú eres la primera persona con quien hablo normalmente en... mucho tiempo.

—¿Cuánto tiempo?

—Tanto tiempo que creo que ya olvidé cómo se siente ser yo misma. Creo que ya perdí mi verdadera yo por completo. Para destruir monstruos, nos convertimos en monstruos. Eso es lo que dicen por ahí, ¿no?

—La próxima vez traeré cervezas psíquicas y una televisión. Te devolveremos a la normalidad.

Ella rio, el sonido de campanas. Algo primigenio y masculino en él reaccionó ante el sonido.

—Sólo he bebido vino.

Él se sorprendió.

—Eso no es posible.

—La cerveza no era considerada apropiada para una mujer en mi posición. Le di un trago una vez cuando tuve la edad para... no tener que responderle a mi familia, pero no fue muy de mi agrado.

Él sacudió la cabeza fingiendo estar horrorizado.

—Ven a visitarme un día a Lunathion, Day. Pasaremos un día divertido.

—Dado el grupo que está en este momento en tu ciudad, creo que no acepto.

Él frunció el ceño. Cierto.

Ella también pareció recordar. Y por qué estaban ahí.

—¿Se confirmó dónde será el ataque de los rebeldes en el cargamento de la Espina Dorsal?

—No estoy seguro. Yo soy el intermediario, ¿recuerdas?

—¿Les dijiste lo que mencioné sobre el nuevo prototipo de mecatraje de los asteri?

—Sí.

—No olvides que eso es lo más valioso en ese tren. Dejen todo lo demás.

—¿Por qué no volar toda la Espina Dorsal y terminar con sus cadenas de abastecimiento?

El fuego se apagó un poco en ella.

—Lo hemos intentado varias veces. Con cada intento, nos han derrotado. Ya sea por traición o porque las cosas simplemente han salido mal. Un ataque de ese tipo requiere de mucha gente y se deben guardar muchos secretos con precisión. ¿*Tú* sabes hacer explosivos?

—No. Pero siempre está la magia para hacer eso.

—Recuerda que la rebelión está compuesta principalmente por humanos y sus aliados vanir prefieren permanecer ocultos. Dependemos del ingenio y habilidades de los humanos. Simplemente conseguir suficientes explosivos para realizar un ataque serio a la Espina Dorsal

requiere de un enorme esfuerzo. En especial considerando cuántas bajas ha tenido recientemente Ophion. Están contra las cuerdas —dijo con disgusto—. Esto no es
un videojuego.

Ruhn gruñó.

—Estoy consciente de eso.

Las flamas parpadearon un instante.

—Tienes razón. Hablé fuera de turno.

—Puedes decir «Lo siento». No hace falta lo demás.

Otra risa suave.

—Es una mala costumbre.

Él le hizo un saludo militar.

—Bueno, hasta la próxima, Day.

Casi esperaba que ella le contestara algo para que siguieran conversando, para mantenerlo ahí.

Pero Day y su diván desaparecieron entre brasas flotando en un viento fantasma.

—Adiós, Night.

Ithan Holstrom nunca había estado dentro de una casa tradicional de hadas. Sólo había dos hadas en su equipo de
solbol de UCM y ambos eran de ciudades de los otros territorios, así que nunca había tenido la oportunidad de ir a
sus hogares y conocer a sus familias.

Pero la casa del príncipe Ruhn era genial. Le recordaba el departamento de Connor y Bronson y Thorne, a
unas cuadras de aquí, de hecho: muebles viejos y maltrata-
dos, paredes manchadas con carteles de equipos deportivos pegados con cinta adhesiva, una televisión demasiado
grande y un bar bien surtido.

No le había importado quedarse en el sofá esa noche.
Habría dormido en el porche si eso lo mantenía lejos del
lugar donde Bryce y Hunt dormían juntos.

El reloj debajo de la televisión decía siete de la mañana
cuando Ithan despertó y se bañó. Usó uno de los muchos
productos para el cuerpo y champús elegantes de Tristan

Flynn, todos con un texto que decía: *PROPIEDAD DE FLYNN. NO TOQUES, RUHN. ES EN SERIO.*

Ruhn había escrito debajo en una de las botellas: *¡A NADIE LE GUSTA TU CHAMPÚ RARO DE TODAS MANERAS!*

Debajo, Flynn había escrito, justo en el borde de la botella, *¿ENTONCES POR QUÉ ESTÁ CASI VACÍA? ¿Y POR QUÉ TIENES EL CABELLO TAN BRILLANTE? ¡IDIOTA!*

Ithan rio aunque sintió que el corazón se le apretaba un poco. Él había tenido ese tipo de dinámica alguna vez con su hermano.

Su hermano, quien podría ya estar convertido en luz-secundaria... o en camino de serlo.

La sola idea hizo que cualquier interés que pudiera haber tenido por desayunar se disolviera entre náuseas. Ithan se vistió y bajó, las tres hadas que vivían en esa casa seguían dormidos. Levantó el teléfono a su oído.

Hola, soy Tharion, si no puedes contactarme, envía a una nutria.

Muy bien.

Una hora más tarde, después de una rápida revisión del programa que buscaba las imágenes de Danika en la galería, Ithan salió hacia el Istros. Pasó antes por un café helado. Ocultó su sonrisa cuando le dio un marco de plata a la nutria bigotona cuyo nombre en el chaleco amarillo decía *Fitzroy*. Ithan se sentó en una banca a orillas del Istros y miró al otro lado.

Habría deseado pelear con Sabine anoche. De hecho había imaginado cómo sabría su sangre cuando le arrancara la garganta de un mordisco, pero... las palabras del Mastín del Averno permanecieron en él.

Connor había sido un Alfa que aceptaba el rol de Segundo porque creía en el potencial de Danika. Ithan había caído con la jauría de Amelie porque no tenía otro sitio donde ir.

Pero anoche, aunque fuera sólo por un instante, cuando Bryce salió a su defensa y entre los dos hicieron retroceder a Sabine... recordó cómo había sido. No sólo ser parte de una jauría, sino un jugador en un equipo, trabajando juntos, como si fueran una misma mente, una misma alma.

Eso sin contar que alguna vez ya se había considerado a sí mismo y a Bryce de esa manera.

La puta Cierva se podía ir al Averno. No tenía idea de cómo había conseguido toda esa información, pero la mataría si alguna vez se la volvía a mencionar a alguien. En especial a Bryce.

No era asunto de nadie más y ya era historia de todas maneras. Había tenido dos años sin Bryce para poner toda su mierda en orden, y estar cerca de ella otra vez había sido... difícil. Pero él nunca le había dicho a nadie sobre sus sentimientos antes de que muriera Connor, y ciertamente no lo haría ahora.

Pero la Cierva tenía razón. Él había ido de visita al dormitorio de su hermano en el primer año en UCM con la intención de conocer a esa compañera increíble, preciosa y graciosa de quien Con hablaba constantemente. Y de camino a ese pasillo alfombrado y sucio, se topó con... bueno, una compañera de pasillo increíble, preciosa y graciosa.

Se había quedado embobado. Era la persona más sexy que había visto, sin exagerar. Su sonrisa calentó un lugar abandonado del pecho de Ithan que antes había sido un sitio helado y oscuro desde la muerte de sus padres. Y esos ojos de whisky parecían... *verlo*.

A él, no al jugador de solbol, no al atleta estrella ni nada parecido. Sólo a él. Ithan.

Hablaron durante diez minutos en el pasillo sin intercambiar nombres. Él sólo era conocido como el hermano menor de Connor y ella no le había dado su nombre y él había olvidado preguntarle. Pero para cuando Connor se asomó, Ithan ya había decidido que se casaría con ella. Iría a UCM, jugaría solbol para su equipo y no para Korinth U, quienes ya lo estaban tratando de conquistar, y encontraría a esta chica para casarse con ella. Sospechó incluso que eran pareja, si estaba en lo cierto sobre esa gran atracción hacia ella. Y eso sería todo.

Entonces Connor había dicho:

—Parece que ya conociste a Ithan, Bryce.

E Ithan quiso disolverse en esa alfombra asquerosa del dormitorio.

Sabía que era una puta estupidez. Había hablado con Bryce durante diez minutos antes de enterarse de que era la chica con quien estaba obsesionado su hermano, pero... eso le había hecho daño. Se había refugiado en el rol del amigo irreverente. Fingió que le atraía Nathalie para tener algo de qué quejarse con Bryce. Había sufrido a la distancia viendo a Connor caminar de puntitas alrededor de Bryce durante años.

Nunca le dijo a Bryce que el motivo por el cual Connor finalmente la había invitado a salir aquella noche había sido porque Ithan le dijo que se decidiera de una puta vez.

No en esos términos, y lo había dicho sin que su hermano sospechara, como siempre hacía cuando hablaba de Bryce, pero ya estaba harto. Simplemente *harto* con el titubeo de su hermano mientras Bryce salía con una sarta de imbéciles.

Si Connor no lo intentaba, entonces Ithan había decidido que finalmente él sí se animaría a hacerlo. Se arriesgaría y vería si esa chispa entre ellos podría llevar a alguna parte.

Pero Bryce le había dicho que sí a Connor. Y luego Connor había muerto.

Y mientras Connor estaba siendo asesinado, ella estaba cogiendo con alguien más en el baño del Cuervo Blanco.

Ithan no tenía idea de cómo no quedó un hoyo negro en el sitio donde él estaba en el momento en que se enteró de lo sucedido esa noche. Con esa fuerza había implosionado, como si la estrella que había sido hubiera mandado todo al puto carajo y se hubiera largado.

Ithan se recargó contra la banca, suspirando. Estos últimos días se había sentido como si estuviera asomando la cabeza a ese hoyo negro. Ahora esta mierda sobre las almas de Connor y de la Jauría siendo alimento de la Puerta de los Muertos tiraba nuevamente de él hacia ese agujero.

Sabía que Bryce estaba enojada. Alterada. Pero ahora ella tenía a Athalar.

Ithan no se lo recriminaba. No, esa historia había quedado atrás, pero... no sabía qué hacer cuando hablaba con ella. La chica de la que había estado tan seguro de que se casaría y sería su pareja y madre de sus hijos.

Cuántas veces se había permitido imaginar ese futuro: él y Bryce abriendo regalos con sus hijos la noche antes del Solsticio de Invierno, viajando juntos por el mundo mientras él jugaba solbol, riendo y envejeciendo en esta ciudad rodeados de sus amigos.

Le daba gusto ya no estar viviendo en el departamento de ella. No tenía otro sitio a donde ir después de que Sabine y Amelie lo habían echado y ciertamente no estaba haciendo putos planes para organizar algún tipo de golpe con Bryce, como Sabine parecía temer, pero... agradecía que Ruhn le hubiera ofrecido un lugar donde quedarse.

—Es un poco temprano, ¿no? —dijo Tharion desde el río e Ithan se levantó de la banca y vio al mer flotando gracias al movimiento poderoso de su aleta bajo el agua.

Ithan no se preocupó por sus modales.

—¿Me puedes llevar al Sector de los Huesos?

Tharion parpadeó.

—No. A menos que quieras que te coman.

—Sólo llévame a la orilla.

—No puedo. Porque no quiero que me coman. Las bestias del río atacarán.

Ithan se cruzó de brazos.

—Tengo que encontrar a mi hermano. Ver si está bien.

Odió la lástima que suavizó el rostro de Tharion.

—No veo qué podrías hacer. No importa si está bien o si... no lo está.

Ithan sintió que se le secaba la garganta.

—Tengo que saber. Llévame nadando a rodear la Ciudad Durmiente y veré si lo alcanzo a ver.

—De nuevo, bestias de río, así que no —Tharion se alisó el cabello hacia atrás—. Pero... Debo encontrar a ese niño y si no está en la Ciudad Durmiente... Tal vez podamos matar dos pájaros de un tiro.

Ithan ladeó la cabeza.

—¿Tienes idea de dónde más buscar?

—No. Así que necesito desesperadamente una pista que apunte hacia la dirección correcta.

La expresión de Ithan era de preocupación.

—¿Qué tienes en mente?

—No te va a gustar. Tampoco a Bryce.

—¿Por qué tiene que involucrarse ella? —Ithan no pudo evitar que se notara un cambio en su tono de voz.

—Porque conozco a Piernas y sé que va a querer venir.

—No si no le decimos.

—Oh, le voy a decir. Me gustan mis testículos donde los tengo —Tharion sonrió y apuntó hacia la ciudad detrás de Ithan con la barbilla—. Ve por algo de dinero. Marcos de oro, no crédito.

—Dime a dónde vamos.

A algún sitio sospechoso, sin duda.

Los ojos de Tharion se oscurecieron.

—Con los místicos.

37

—Sigan sosteniendo, sostengan, ¡sostengan! —cantó Madame Kyrah y la pierna izquierda de Bryce temblaba con el esfuerzo de mantener la pierna derecha elevada y en su sitio.

A su lado, Juniper también sudaba. Su rostro estaba concentrado y decidido. June mantuvo la forma perfecta, no encorvó los hombros ni la espalda. Cada una de las líneas del cuerpo de su amiga irradiaba fuerza y gracia.

—Y abajo a la primera posición —ordenó la instructora a un volumen mayor que la música rítmica. No era para nada el estilo de música que por lo general se bailaba en el ballet, pero era el motivo por el cual Bryce amaba esta clase: combinaba los movimientos formales y precisos del ballet con éxitos de los clubes de baile. Y de alguna manera, al hacerlo, esto le ayudaba a entender mejor los movimientos y el sonido. A fusionarlos mejor. Le permitía *disfrutarlo* más que bailar al ritmo de la música que alguna vez amó y con la cual había soñado bailar sobre el escenario.

El tipo equivocado de cuerpo no tenía lugar aquí, en este estudio luminoso en una de las zonas artísticas de la Vieja Plaza.

—Descansen cinco minutos —dijo Madame Kyrah. La metamorfa de cisne de cabello oscuro caminó hacia la silla junto a la pared de espejos para dar un trago de su botella de agua.

Bryce cojeó hacia su montón de porquerías en la pared opuesta y se agachó bajo la barra para recoger su teléfono. No tenía mensajes. Una mañana felizmente silenciosa. Justo lo que necesitaba.

Por eso había venido aquí. No sólo *quería* venir dos veces a la semana, hoy necesitaba estar en este lugar, para poner orden a todos sus pensamientos arremolinados. No le había contado a Juniper lo que había averiguado.

¿Qué podía decir? *Oye, por cierto, el Sector de los Huesos es una mentira y estoy bastante segura de que no existe tal cosa como la vida después de la muerte, porque todos nos convertimos en energía y somos enviados a cruzar la Puerta de los Muertos, aunque algo de nosotros es tragado por el Rey del Inframundo, así que... ¡buena puta suerte!*

Pero Juniper tenía el ceño fruncido y veía su propio teléfono mientras daba unos tragos de su botella de agua.

—¿Qué pasa? —le preguntó Bryce entre jadeos. Las piernas le temblaban tan sólo de quedarse parada.

Juniper lanzó el teléfono a su bolso.

—Korrine Lescau fue elegida como bailarina principal.

Bryce se quedó con la boca abierta.

—*Lo sé* —dijo Juniper al leer la rabia silenciosa en la cara de Bryce. Korrine había ingresado a la compañía hacía dos años. Sólo había sido solista esta temporada. Y el BCM había dicho que no iba a promover a nadie este año.

—Esto definitivamente es un *vete al carajo* —dijo Bryce furiosa.

June tragó saliva y las manos de Bryce formaron puños, como si pudiera arrancarle la cara a todos los directores y miembros del consejo del BCM por provocarle ese dolor a su amiga.

—Están muy temerosos de despedirme, porque los programas en los que soy solista son los que más gente atraen, pero harán lo posible por castigarme —dijo June.

—Todo porque le dijiste a un grupo de patanes ricachones que estaban comportándose como monstruos elitistas.

—Tal vez yo traiga el dinero para las presentaciones pero esos patanes ricachones donan millones —la fauna se terminó su agua—. Voy a aguantarme hasta que *tengan* que ascenderme.

Bryce dio golpecitos con el pie en el piso de madera clara.

—Lo siento mucho, June.

Su amiga enderezó los hombros con una dignidad silenciosa que resquebrajó el corazón de Bryce.

—Lo hago porque lo amo —dijo cuando Kyrah las llamó de regreso a sus lugares—. No vale la pena desperdiciar mi enojo en ellos. Tengo que recordar eso —se acomodó un mechón suelto de su cabello en el chongo—. ¿Has sabido algo sobre el niño?

Bryce negó con la cabeza.

—Nop —sólo diría eso.

Kyrah puso la música y regresaron a sus posiciones.

Bryce sudó y gruñó el resto de la clase, pero la concentración de Juniper estaba afilada como una navaja. Cada uno de sus movimientos fue preciso y perfecto, su mirada fija en el espejo, como si estuviera en una batalla consigo misma. Esa expresión no se alteró, ni siquiera cuando Kyrah le pidió a June que le demostrara a la clase una serie perfecta de treinta y dos *fouettés*, giros en un pie. Juniper dio vueltas como si el mismísimo viento la estuviera impulsando. La pezuña que estaba en el piso no se movió ni un centímetro de su posición inicial.

Forma perfecta. La bailarina perfecta. Pero eso no era suficiente.

Juniper salió de la clase casi en el instante que terminó. No se quedó a platicar como normalmente lo hacía. Bryce la dejó irse y esperó hasta que habían salido casi todos para acercarse a Kyrah junto al espejo. La instructora estaba jadeando suavemente.

—¿Viste las noticias sobre Korinne?

Kyrah se puso una sudadera rosada y holgada para protegerse del aire fresco del estudio. Aunque hacía años que no bailaba sobre el escenario del BCM, la instructora se mantenía en su mejor forma.

—Pareces sorprendida. Yo no.

—¿No puedes decir nada? Tú fuiste una de las bailarinas más preciadas del BCM.

Y ahora una de sus mejores instructoras cuando no estaba dando clases independientes.

Kyrah frunció el ceño.

—Yo estoy tan a la merced del liderazgo de la compañía como Juniper. Ella tal vez sea la bailarina más talentosa que jamás haya visto, y la más trabajadora, pero se está enfrentando a una estructura de poder muy firmemente establecida. A las personas al mando no les encanta que les recuerden lo que realmente son.

—Pero...

—Entiendo por qué la quieres ayudar —dijo Kyrah y se echó el bolso al hombro para empezar a caminar hacia las puertas dobles del estudio—. Yo quiero ayudarla también. Pero Juniper tomó su decisión en la primavera. Tiene que enfrentar las consecuencias.

Bryce se quedó mirándola un minuto y escuchó las puertas del estudio azotarse cuando la instructora salió. Al quedarse sola en el espacio soleado, sintió la presión del silencio. Miró el sitio donde Juniper había ejecutado esa serie perfecta de *fouettés*.

Bryce sacó su teléfono e hizo una búsqueda rápida. Un momento después, marcó un número.

—Quisiera hablar con el director Gorgyn, por favor.

Con el pie, daba golpes suaves sobre el piso mientras escuchaba a la recepcionista del BCM. Apretó los dedos para formar puños antes de responder:

—Dile que de parte de Su Alteza Real la Princesa Bryce Danaan.

Las lagartijas aburrían horriblemente a Hunt. De no ser por los audífonos que reproducían los últimos capítulos del libro que estaba escuchando, podría haberse quedado dormido mientras hacía ejercicio en la azotea de entrenamiento del Comitium.

El sol matutino le horneaba la espalda, los brazos, la frente, y el sudor goteaba hacia el piso de concreto. Estaba vagamente consciente de que había personas viéndolo, pero continuó sin hacerles caso. Trescientas sesenta y una, trescientas sesenta y dos...

Una sombra cayó sobre él y bloqueó el sol. Vio a la Arpía, que le sonreía desde arriba con el cabello oscuro volando en el viento. Y esas alas negras... Bueno, por eso no había más sol.

—Qué —preguntó en una exhalación sin perder el ritmo.

—La bonita quiere verte —dijo. Su voz brusca estaba teñida de diversión cruel.

—Se llama Celestina —gruñó Hunt y llegó a trescientas setenta antes de ponerse de pie de un salto. La mirada de la Arpía se deslizó por su torso desnudo y él se cruzó de brazos—. ¿Ahora eres su mensajera?

—Soy la mensajera de Ephraim, y como él acaba de terminar de coger con Celestina, yo era la que estaba más cerca para venir a llamarte.

Hunt contuvo la sensación de desagrado que eso le provocó.

—Está bien.

Buscó atraer la atención de Isaiah, al otro lado del cuadrilátero, y le hizo una señal para indicarle que se iría. Su amigo, que estaba en medio de su rutina de ejercicio, se despidió con la mano.

No se molestó en despedirse de Baxian, a pesar de su ayuda de la noche anterior. Y Pollux no había venido al cuadrilátero para su hora privada de entrenamiento. Probablemente seguía en la cama con la Cierva. Naomi lo había esperado treinta minutos antes de abandonarlo e irse a inspeccionar a sus propias tropas.

Hunt avanzó hacia las puertas de vidrio que daban al interior del edificio. Se limpió el sudor de la frente. La Arpía lo venía siguiendo, así que sonrió con desdén por encima del hombro y le dijo:

—Adiós.

Ella le sonrió ampliamente.

—Tengo instrucciones de escoltarte.

Hunt se tensó. Eso no podía ser buena señal. Su cuerpo empezó a sentirse distante pero continuó caminando en dirección a los elevadores. Si le enviaba un mensaje de advertencia a Bryce en este momento, ¿tendría el tiempo suficiente para huir de la ciudad? A menos que ya hubieran ido por ella...

La Arpía lo siguió como un espectro.

—Tu pequeño acto de desaparición de anoche va a provocarte problemas —canturreó y se metió al elevador con él.

Claro. Eso.

Intentó no verse demasiado aliviado al sentir que el ácido de sus venas iba disminuyendo. Ése debía ser el motivo por el cual Celestina lo estaba llamando. Una llamada de atención por su mal comportamiento era algo con lo cual sabía lidiar.

Si tan sólo la Arpía supiera lo que había estado haciendo en realidad últimamente.

Así que Hunt se recargó en la pared del fondo del elevador y contempló cuál sería su manera favorita de matarla. Un relámpago a la cabeza sería rápido pero no tan satisfactorio como clavarle una espada en el abdomen y retorcerla al irla moviendo hacia arriba.

La Arpía pegó las alas negras a su cuerpo. Tenía una complexión larga y delgada, su rostro era angosto y sus ojos demasiado grandes para sus facciones. Ella continuó:

—Siempre has pensado más con el pene que con la cabeza.

—Uno de mis mejores atributos —dijo él. No le permitiría que lo provocara. Lo había hecho antes, cuando ambos servían a Sandriel, y él siempre pagaba por ello. Sandriel nunca había castigado a la mujer por las peleas que le dejaban a él la piel hecha jirones. Él siempre había sido el que recibía los azotes después por «alterar la paz».

La Arpía salió al piso de la gobernadora como un viento oscuro.

—Te darán tu merecido, Athalar.

—Igualmente.

Avanzó detrás de ella hacia las puertas dobles de la oficina pública de Celestina. La Arpía se detuvo afuera y tocó una vez. Celestina murmuró su bienvenida y Hunt entró a la habitación. Le cerró la puerta en la nariz a la Arpía.

La arcángel, vestida de color azul cielo el día de hoy, estaba inmaculada... radiante. Si había estado despierta toda la noche con Ephraim, no se le notaba. Como tampoco se notaba ninguna otra emoción. Hunt se acercó al escritorio y dijo:

—¿Querías verme?

Adoptó una posición informal, las piernas separadas, las manos detrás de la espalda, las alas altas pero relajadas.

Celestina acomodó una pluma de oro que estaba sobre su escritorio.

—¿Tuviste una emergencia anoche?

Sí. No.

—Un asunto privado.

—¿Y te pareció correcto darle prioridad a eso en vez de ayudarme a mí?

Carajo.

—Parecías tener la situación bajo control.

Ella apretó los labios.

—Esperaba que tu promesa de apoyarme fuera válida por toda la noche. No por una hora.

—Lo siento —se disculpó él con sinceridad—. Si hubiera sido cualquier otra cosa...

—Estoy asumiendo que tuvo que ver con la señorita Quinlan.

—Sí.

—¿Y estás consciente de que tú, como miembro de mi triarii, elegiste ayudar a una princesa hada en vez de a tu gobernadora?

—No fue por un asunto político.

—Así no fue como mi... pareja lo percibió. Preguntó por qué dos miembros de mi triarii se habían marchado de nuestra celebración privada. Si me tenían en tan poca consideración, o a él, que podían marcharse sin permiso para ayudar a un miembro de la realeza hada.

Hunt se pasó las manos por el cabello.

—Lo lamento, Celestina. De verdad.

—Estoy segura de que así es —dijo ella con voz distante—. Esto no volverá a suceder.

¿O qué?, casi preguntó él. Pero dijo:

—No volverá a suceder.

—Quiero que te quedes en las barracas las siguientes dos semanas.

—¿*Qué*?

Hunt supuso que podría renunciar pero, ¿qué carajos haría entonces?

La mirada de Celestina era helada.

—Después de ese periodo, podrás regresar con la señorita Quinlan. Pero creo que necesitas que se te recuerden tus... prioridades. Y me gustaría que te comprometas de lleno a ayudar a Baxian a que se adapte —acomodó algunos papeles sobre su escritorio—. Puedes irte.

Dos semanas aquí. Sin Quinlan. Sin llegar a tocarla, sin acostarse con ella...

—Celestina...

—Adiós.

A pesar de su rabia, su frustración, la miró. La miró en realidad.

Estaba sola. Sola y como un rayo de sol en un mar de oscuridad. Él debería haberla apoyado anoche. Pero si la decisión era entre ella y Bryce, siempre, *siempre* elegiría a su pareja. Sin importar lo que le costara.

Lo cual era, por lo visto, dos semanas sin Bryce.

Pero preguntó:

—¿Cómo estuvo todo con Ephraim?

No te ves muy feliz para ser una mujer que acaba de acostarse con su pareja.

Ella levantó la cabeza bruscamente. De nuevo, la distancia en su mirada le comunicó que él ya no era bienvenido en este tema. Le respondió:

—Eso es un asunto privado, para usar tus propias palabras.

Bien.

—Estaré aquí el día de hoy, si me necesitas —se dirigió a la puerta. Antes de irse, agregó—: ¿Por qué enviaste a la Arpía por mí?

Ella cerró los ojos color caramelo.

—Ephraim pensó que ella sería más eficiente.

—¿Ephraim, eh?

—Él es mi pareja.

—Pero no tu jefe.

El poder brilló a lo largo de las alas y el cabello rizado de Celestina.

—Ten cuidado, Hunt.

—De acuerdo.

Hunt salió al pasillo y se preguntó si habría hecho algo para hacer enojar a Urd.

Dos semanas aquí. Con toda la mierda que estaba ocurriendo con Bryce y los rebeldes y Cormac. Carajo.

Y como si el mero pensamiento de la palabra *rebeldes* la hubiera invocado, se topó con la Cierva recargada en la pared del fondo. No había señal de la Arpía. La hermosa cara de la Cierva estaba serena, aunque sus ojos dorados parecían encendidos con fuego del Averno.

—Hola, Hunt.

—¿Vienes a interrogarme?

Hunt se dirigió al elevador que lo llevaría de regreso al cuadrilátero de entrenamiento. Mantuvo sus pasos despreocupados, arrogantes. Totalmente desenfadado.

Aunque Danaan se sintiera muy inquieto con ella, Hunt había visto y tratado con Lidia Cervos lo suficiente para saber qué botones presionar. Cuáles evitar. Y que si la mantenía lejos de Mordoc, de Pollux, de todo su séquito de necrolobos, la dejaría hecha una ruina humeante. Y, lo que son las cosas, estaba sola en ese momento.

La Cierva también lo sabía. Eso la hacía más peligrosa. Podía parecer desarmada, vulnerable, pero se comportaba como alguien que podría susurrar una palabra y hacer que la muerte descendiera a defenderla. Alguien que podría tronar los dedos y liberar a todo el Averno sobre él.

Él había sido posesión de Sandriel cuando la Cierva se unió. Había sido reclutada por la arcángel misma para servirle como maestra espía. Lidia era tan joven entonces, apenas de veintitantos. Acababa de hacer el Descenso y aparentemente no tenía un pozo profundo de magia, aparte de su rapidez como metamorfa de venado y su amor por la crueldad. Su designación en una posición tan alta había encendido las alarmas y advertía que había que mantenerla a una puta distancia prudente: ella era una vanir que cruzaría cualquier línea, si eso le complacía a Sandriel. Pollux la empezó a cortejar casi de inmediato.

—¿Qué carajos quieres? —preguntó Hunt y clavó el dedo en el botón del elevador. Bloqueó todos sus pensamientos sobre Ophion, Emile, o demás actividades. No era nada salvo el Umbra Mortis, leal al imperio.

—Eres amigo de Ruhn Danaan, ¿no es así?

Puto Solas en llamas. Hunt mantuvo una expresión neutral.

—No diría que es un amigo, pero sí. Pasamos tiempo juntos.

—¿E Ithan Holstrom?

Hunt se encogió de hombros. Calma... debía conservar la calma.

—Es un tipo decente.

—¿Y qué me dices de Tharion Ketos?

Hunt se obligó a suspirar ruidosamente. Eso le ayudaría a liberar la tensión que le apretaba el pecho.

—¿No es un poco temprano para empezar con los interrogatorios?

Carajo, ¿ya había ido por Bryce? ¿Alguno de sus secuaces, tal vez Mordoc, estaría en el departamento mientras ella arrinconaba aquí a Hunt en el elevador?

La Cierva sonrió sin mostrar los dientes.

—Desperté renovada esta mañana.

—No sabía que coger con Pollux fuera tan aburrido que pudieras seguir durmiendo durante el proceso.

Ella rio, para su sorpresa.

—Sandriel podría haber hecho tanto más contigo, si tan sólo hubiera tenido la visión.

—Qué mal que le gustaba más apostar que torturarme.

Debía agradecerles a los dioses que Sandriel se hubiera endeudado a tal grado que lo tuvo que vender a Micah para poder pagar.

—Qué mal que esté muerta.

Los ojos dorados de la Cierva destellaron. Sí, la Cierva sabía quién era responsable de esa muerte.

Se abrieron las puertas del elevador y Hunt entró. La Cierva entró detrás de él.

—Entonces, ¿por qué las preguntas sobre mis amigos?

¿Cuánto tiempo tendría para advertirles? ¿Si todos huyeran de la ciudad sería una admisión de culpa?

—Pensaba que eran simplemente personas con las que pasabas tiempo.

—Cuestión de semántica.

La sonrisita insulsa de la Cierva irritó el temperamento de Hunt.

—Es un grupo poco común, incluso en una ciudad tan progresista como Lunathion. Un ángel, un lobo, un príncipe hada, un mer, y una puta medio humana —Hunt gruñó al escuchar lo último y la rabia lo sacudió de su temor—. Suena como el inicio de un mal chiste.

—Si quieres preguntarme algo, Lidia, entonces ya hazlo de una puta vez. No me hagas perder el tiempo.

El elevador se abrió hacia el pasillo del piso de entrenamiento y entró el olor a sudor.

—Simplemente estoy observando una anomalía. Me pregunto qué será tan... interesante que tanta gente de poder, de diferentes especies y Casas, está *pasando tiempo* en el departamento de Bryce Quinlan.

—Tiene un sistema de videojuegos impresionante.

La Cierva rio y el sonido se escuchó envuelto en amenaza.

—Lo averiguaré, ¿sabes? Siempre lo hago.

—Me encantará que lo hagas —dijo Hunt y avanzó hacia las puertas.

Frente a ellos se veía una figura oscura: Baxian. Tenía los ojos en la Cierva. Fríos pero curiosos.

Ella se detuvo en seco. La *Cierva* se detuvo en seco.

Baxian dijo:

—Lidia.

La Cierva respondió sin inflexión en sus palabras:

—Baxian.

—Te estaba buscando —inclinó la cabeza hacia Hunt para indicar que podía irse. Él se encargaría de esto.

—¿Es para explicar por qué desapareciste anoche detrás de Hunt Athalar? —preguntó ella y puso las manos a su espalda en perfecta posición imperial. Una buena soldadita.

Hunt pasó al lado de Baxian.

—Ni una palabra —le dijo Hunt en voz tan baja que apenas fue más que un respiro. Baxian asintió sutilmente.

Hunt apenas había empezado a empujar las puertas hacia el área de entrenamiento cuando escuchó a Baxian decirle con cuidado a la Cierva, como si estuviera recordando quién era ella:

—Yo no te respondo a ti.

La voz de ella fue suave como la seda.

—No a mí, ni a Ephraim, pero sí a los asteri —sus verdaderos amos—. Cuya voluntad es la mía.

A Hunt se le revolvió el estómago. Tenía razón.

Y él debería tenerlo muy presente antes de que fuera demasiado tarde.

38

—Esta puta idea es muy estúpida.

—Te encanta decir eso, Piernas.

Bryce miró las puertas de hierro de dos pisos de altura en el callejón trasero de la vieja Plaza. Tenían la superficie labrada con estrellas y planetas y toda suerte de objetos celestiales.

—Ya nadie viene con los místicos por una razón.

Demonios, ella lo había sugerido cuando trabajaban en el caso de Danika en la primavera, pero Hunt la había convencido de no hacerlo.

Los místicos son una cosa oscura y jodida, le había dicho.

Bryce miró con irritación a Tharion e Ithan, quienes estaban parados detrás de ella en el callejón.

—Lo digo en serio. Lo que está tras esas puertas no es para los cobardes. Jesiba conoce a este tipo pero ni siquiera ella se mete con él.

Ithan dijo:

—No puedo pensar en otra alternativa. El Oráculo sólo ve el futuro, no el presente. Necesito saber qué está pasando con Connor.

Tharion habló lentamente.

—Si no tienes el estómago para soportarlo, Piernas, espéranos aquí en la esquina.

Ella suspiró por la nariz e intentó otra vez.

—Sólo la escoria consulta a los místicos actualmente.

Ya habían tenido esta conversación dos veces de camino acá. Ella probablemente iba a perder esta ronda también, pero valía la pena intentarlo. Si Hunt hubiera estado con ella, habría dejado clara su posición con ese estilo de alfadejo tan de él. Pero no le había contestado el teléfono.

Probablemente le reclamaría por venir aquí sin él. Bryce suspiró hacia el cielo ardiente.

—Está bien. Hagámoslo de una vez.

—Así se habla, Piernas —dijo Tharion y le dio una palmada en la espalda.

Ithan vio las puertas y su expresión se tornó preocupada.

Bryce estiró la mano hacia el timbre de la puerta, una luna creciente que colgaba de una delicada cadena de hierro. Tiró de ella una vez, dos. Se escuchó el eco de un timbrazo desentonado.

—Esto es una verdadera mala idea —volvió a murmurar.

—Sí, sí —dijo Ithan e inclinó la cabeza hacia atrás para estudiar el edificio. El tatuaje de la jauría de Amelie se veía muy oscuro bajo el sol. Bryce se preguntó si él desearía poder arrancarse la carne y empezar de cero.

Bryce dejó a un lado las preguntas cuando uno de los planetas tallados en la puerta, el gigante de cinco anillos que era Thurr, se abrió para revelar un ojo gris claro al otro lado.

—¿Tienen una cita?

Tharion levantó su insignia de UICA.

—La Corte Azul requiere de su ayuda.

—¿Ah, sí? —una risa ronca se escuchó y el ojo, muy agudo a pesar de las arrugas que lo rodeaban, se fijó en el mer. Se cerró un poco con diversión o placer—. Uno de los habitantes del río. Qué delicia, qué delicia.

El planeta se cerró de golpe y Tharion avanzó hacia el escalón de la entrada cuando las puertas se abrieron una rendija. Salió aire frío junto con el olor a sal y la humedad asfixiante del moho.

Ithan siguió a Bryce y maldijo en voz baja ante el olor. Ella volteó y le lanzó una mirada recriminatoria. Él hizo una mueca y avanzó detrás de ella con gracia de jugador de solbol y entraron al espacio cavernoso tras la puerta.

Un anciano de túnica gris estaba frente a ellos. No era humano pero su olor no revelaba nada salvo que era alguna especie de vanir humanoide. Su gran barba blanca caía hasta la delgada banda de cuerda que hacía las veces de su cinturón. Su cabello era delgado, largo y lo traía suelto. Tenía cuatro anillos de plata y oro en una de sus manos marchitas y llenas de manchas. En el centro de cada anillo, atrapadas en domos de vidrio casi invisibles, centelleaban pequeñas estrellas.

No, no eran estrellas.

Bryce sintió que el estómago se le revolvía al ver la mano minúscula que se presionaba contra el otro lado del vidrio. No se podía ocultar la desesperación que revelaba ese gesto.

Duendecillos de fuego. Esclavizados, todos ellos. Comprados y vendidos.

Bryce hizo un esfuerzo por no arrancarle el brazo al portador de los anillos. Podía sentir a Ithan que la observaba, sentía cómo él estaba intentando entender por qué se había quedado tan quieta y tensa, pero ella no podía quitar la vista de los duendecillos...

—No todos los días veo a un mer cruzar el umbral de mi puerta —dijo el hombre y su sonrisa reveló dientes demasiado blancos, todavía intactos a pesar de su edad. A menos que vinieran de alguien más—. Ya no digamos un mer en compañía de un lobo y un hada.

Bryce sostuvo su bolso con fuerza y controló su temperamento. Levantó la barbilla y dijo:

—Necesitamos consultar tus... —miró hacia atrás de los hombros huesudos del hombre y hacia el interior del espacio en penumbras—. Servicios.

Y luego me llevaré esos cuatro anillos y los romperé para abrirlos.

—Será un honor —dijo el hombre e hizo una reverencia a Tharion inclinándose desde la cintura, pero nose molestó en extender su cortesía a Bryce e Ithan—. Por aquí.

Bryce conservó la mano a una distancia discretamente corta del cuchillo en su bolso cuando entraron a la penumbra. Le hacía falta el reconfortante peso y fuerza de la espada de Danika, pero hubiera llamado demasiado la atención.

El espacio estaba compuesto por dos niveles. Había libreros llenos de tomos y pergaminos que se elevaban hacia el techo envuelto en oscuridad. Una rampa de hierro subía por la pared en una suave espiral. Del centro de la habitación colgaba una gran esfera dorada iluminada en el interior.

Y debajo de ellos, en bañeras talladas en el piso de piedra...

A su izquierda, Ithan inhaló bruscamente.

Tres místicos con mascarillas para respirar en sus rostros dormían sumergidos en agua turbia y verdosa. Vestían túnicas blancas que flotaban a su alrededor sin lograr ocultar los cuerpos esqueléticos que había debajo. Un hombre, una mujer y uno que era ambos. Así era siempre, así había sido siempre. El equilibrio perfecto.

Bryce volvió a sentir el estómago revuelto. Sabía que la sensación no cesaría hasta que se fueran de ese lugar.

—¿Les gustaría beber un té caliente antes de iniciar las formalidades? —preguntó el anciano a Tharion e hizo una señal hacia la gruesa mesa de roble a la derecha de la base de la rampa.

—Tenemos poco tiempo —mintió Ithan y avanzó para pararse al lado de Tharion. Bien. Que ellos lidiaran con ese viejo molesto.

Los marcos de oro que Ithan colocó sobre la mesa tintinearon.

—Si eso no cubre el costo, envíenme la cuenta de lo que haga falta.

Eso atrajo la atención de Bryce. Ithan habló con tanta... autoridad. Ella lo había escuchado hablar con sus compañeros de equipo como su capitán, lo había visto muchas veces al mando pero, en días recientes, el Ithan que había percibido estaba apagado.

—Por supuesto, por supuesto —dijo el hombre y miró alrededor de la habitación con sus ojos lechosos—. Puedo tener a mis hermosuras listos y funcionando en unos minutos.

Con pasos dificultosos avanzó hacia las rampas y apoyó la mano en el barandal de hierro para comenzar su ascenso.

Bryce volvió a mirar a los tres místicos en sus tinas, con sus cuerpos delgados, su piel pálida y húmeda. Al lado de ellos, en el piso, había un panel escrito en un idioma que ella nunca había visto.

—No les preste atención, señorita —dijo el anciano, que seguía subiendo hacia una plataforma más o menos a la mitad de la habitación. Ese espacio estaba lleno de controles y ruedas—. Cuando no se usan, se pierden a la deriva. Dónde van y qué ven es un misterio, incluso para mí.

No era que los místicos pudieran ver todos los mundos, no, el don no era lo perturbador. Era a lo que ellos habían renunciado por ese don.

La vida. La vida verdadera.

Bryce pudo oír que Tharion tragaba saliva. No le quiso recordar que se lo había advertido. Diez putas veces.

—Las familias reciben una muy buena compensación —dijo el anciano como si estuviera recitando de un guion diseñado para calmar a los clientes nerviosos. Estiró la mano hacia los controles y empezó a mover interruptores. Los engranes crujieron y unas cuantas luces se encendieron en los tanques e iluminaron más los cuerpos de los místicos—. Por si ésa es una de sus preocupaciones.

Encendió otro interruptor y Bryce dio un paso atrás involuntariamente cuando explotó frente a ellos una réplica holográfica de su sistema solar, el cual orbitaba el sol colgante que estaba al centro del lugar. Tharion exhaló de una manera que ella interpretó como impresionada. Ithan miró hacia arriba, como si pudiera encontrar a su hermano en ese mapa.

Bryce no los esperó para seguir al anciano por las rampas mientras los siete planetas se alineaban perfectamente.

Había estrellas que brillaban en las esquinas más alejadas de la habitación. No pudo evitar el tono de voz brusco al preguntar:

—¿Sus familias los ven alguna vez?

En realidad ella no tenía derecho a exigir esas respuestas. Era cómplice al venir a este sitio, al usar sus servicios.

—Sería difícil para ambas partes —respondió el hombre a la distancia. Seguía trabajando en los interruptores.

—¿Cómo te llamas? —preguntó Bryce y subió un poco más por la rampa.

Tharion murmuró:

—Piernas...

Ella no hizo caso a la advertencia. Ithan se mantuvo en silencio.

Pero el anciano respondió, completamente indiferente.

—Algunas personas me llaman el Astrónomo.

Ella no pudo controlar lo cortante de su voz.

—¿Cómo te llaman otras personas?

El Astrónomo no respondió. Más y más arriba, Bryce ascendió a los cielos. Tharion e Ithan venían detrás. Como si los idiotas estuvieran dudando de esto.

Uno de los místicos se movió un poco y el agua salpicó.

—Es una reacción normal —dijo el Astrónomo sin siquiera levantar la vista de sus controles conforme ellos se iban acercando—. Todo el mundo se preocupa siempre por su bienestar. Ellos eligieron esto, ¿saben? Yo no los forcé —suspiró— a renunciar a la vida en el mundo de los despiertos para tener un vistazo de las maravillas del universo que ningún vanir o mortal verá jamás —dijo y se acarició la barba. Luego añadió—: Este trío es bueno. Los he tenido por un tiempo sin ningún problema. El último grupo... uno se perdió al irse demasiado lejos a la deriva y por demasiado tiempo. Se llevó a los otros con él. Un desperdicio.

Bryce intentó bloquear las excusas. Todos conocían la verdad: los místicos eran de todas las razas y por lo general eran pobres. Tan pobres que cuando nacían con el don, sus familias los vendían a personas como el Astrónomo, quien explotaba su talento hasta que morían, solos en esas tinas. O se iban tan profundamente hacia el cosmos que no podían encontrar el camino de regreso a sus mentes.

Bryce apretó las manos para formar puños. Micah había permitido que esto sucediera. Su padre de mierda también se hacía de la vista gorda. Como Rey del Otoño, tenía la capacidad de ponerle fin a esta práctica o, al menos, hacer algo para detenerla, pero no lo hacía.

Bryce hizo a un lado su indignación y señaló los planetas en movimiento con un ademán de la mano.

—Este mapa espacial...

—Se llama planetario.

—Este *planetario* —Bryce llegó al lado del anciano—, ¿es tecnología, no magia?

—¿No puede ser ambas cosas?

Bryce volvió a apretar los puños. Pero dijo al venirle a la mente un recuerdo impreciso de su niñez:

—El Rey del Otoño tiene uno en su estudio privado.

El Astrónomo chasqueó la lengua.

—Sí, y es uno muy fino. Hecho por los artesanos de Avallen hace mucho tiempo. No he tenido el privilegio de verlo, pero he escuchado que es tan preciso como el mío, si no es que más.

—¿Cuál es su propósito? —preguntó ella.

—Sólo alguien que no siente la necesidad de asomarse al cosmos preguntaría algo así. El planetario nos ayuda a responder las preguntas más fundamentales: ¿Quiénes somos? ¿De dónde venimos?

Como Bryce no dijo nada más, Tharion se aclaró la garganta:

—Seremos breves con nuestras preguntas, entonces.

—Cada pregunta se cobrará, por supuesto.

—Por supuesto —dijo Ithan entre dientes y se paró al lado de Bryce. Miró a través de los planetas a los místicos, que flotaban en el nivel inferior—. ¿Mi hermano, Connor Holstrom, sigue en el Sector de los Huesos o su alma ya pasó por la Puerta de los Muertos?

El Astrónomo susurró:

—Por Luna en el firmamento —se puso a jugar con uno de los anillos con luz tenue de su mano—. Esa pregunta requiere de un método... más arriesgado de contacto que el usual. Uno que es casi ilegal. Les costará.

Bryce dijo:

—¿Cuánto?

Cosas de putos estafadores.

—Otros cien marcos de oro.

Bryce se sobresaltó pero Ithan dijo:

—Hecho.

Ella volteó para advertirle que no gastara una moneda más de la considerable herencia que le habían dejado sus padres, pero el Astrónomo cojeó hacia el gabinete de metal debajo de los controles y abrió sus pequeñas puertas. Sacó un paquete envuelto en lona.

Bryce se tensó al percibir el olor mohoso y de tierra podrida que emanaba del paquete. El anciano desdobló la lona y dejó a la vista un puñado de sal color óxido.

—¿Qué carajos es eso? —preguntó Ithan.

—Sal de sangre —exhaló Bryce.

Tharion la volteó a ver con mirada inquisitiva pero ella ya no se molestó en explicar más.

Sangre por la vida, sangre por la muerte... era la sal de invocación preparada con la sangre del sexo de una madre parturienta y sangre de la garganta de un hombre agonizante. Las dos grandes transiciones del alma para entrar y salir de este mundo. Pero usarla aquí...

—No puedes estar pretendiendo agregarle eso al agua —le dijo Bryce al Astrónomo.

El anciano empezó a bajar la rampa cojeando.

—Sus tanques ya contienen sales blancas. La sal de sangre simplemente enfocará su búsqueda.

Tharion le murmuró a Bryce:

—Tal vez tengas razón sobre este lugar.

—¿*Ahora* decides estar de acuerdo conmigo? —le dijo fingiendo un grito en voz baja mientras el Astrónomo espolvoreaba la sal roja en los tres tanques.

El agua se enturbió y luego se puso color óxido. Como si los místicos estuvieran ahora sumergidos en sangre.

Ithan murmuró:

—Esto no está bien.

—Entonces tomemos nuestro dinero y larguémonos —insistió Bryce.

Pero el Astrónomo regresó y Tharion le preguntó:

—¿Es seguro para los místicos contactar a los muertos en su descanso?

El Astrónomo escribió algo en el teclado que estaba montado en un atril chapado en oro y en forma de una estrella que explotaba, luego presionó un botón negro en un panel cercano.

—Oh, sí. Les encanta hablar. No tienen otra cosa que hacer con su tiempo —miró a Bryce fríamente con los ojos grises brillantes como dos cuchillos helados—. Y respecto a su dinero... tenemos una política de no hacer devoluciones. Lo dice aquí en la pared. Les conviene ya quedarse a escuchar su respuesta.

Antes de que Bryce pudiera contestar, el piso se deslizó pero dejó a los místicos en sus tinas. Y creó un espacio considerable entre la base de la rampa y la entrada.

Las tinas estaban ahora en la parte superior de unas columnas angostas. Se elevaban de un nivel inferior recubierto de más libros y otra rampa descendiente que bajaba y bajaba hasta un foso negro en el centro del piso. Y en ese subnivel se revelaban capa tras capa de oscuridad, cada una más negra que la anterior.

Siete capas. Una para cada nivel del Averno.

—Desde las estrellas más altas hasta el Foso mismo —suspiró el Astrónomo y escribió algo más en el teclado—.

Su búsqueda tal vez tarde un poco, incluso con la sal de sangre.

Bryce estudió el espacio entre la base de la rampa y la entrada. ¿Podría brincarlo? Ithan definitivamente podría, Tharion también.

Vio a Tharion, quien la observaba con los brazos cruzados.

—Sólo disfruta del espectáculo, Piernas.

Ella frunció el entrecejo.

—Creo que perdiste el derecho de llamarme así después de esto.

Ithan dijo en voz baja, con la voz dolida:

—Bryce, sé que esto es horrible. Esto no está... Esto no está bien —su voz se puso ronca—. Pero si es la única manera en que voy a poder enterarme de qué está sucediendo con Connor...

Ella abrió la boca para gritarle que Connor hubiera condenado este sitio y le diría a Ithan que encontrara otra manera pero... podía verlo. A Connor. Brillando ahí en el rostro de Ithan, en sus ojos, del mismo tono, y en los hombros amplios.

Sintió un dolor en la garganta.

¿Qué límite no cruzaría para ayudar a Connor y a la Jauría de Diablos? Ellos hubieran hecho lo mismo por ella. Connor tal vez hubiera condenado este sitio, pero si las posiciones estuvieran cambiadas...

Tharion movió la barbilla hacia la salida a lo lejos.

—Ve, princesa. Nos vemos más tarde.

—Vete al carajo —le dijo Bryce con brusquedad. Se paró con los pies separados—. Vamos a terminar esto.

Por el rabillo del ojo, Bryce alcanzó a ver que los hombros de Ithan se encorvaban un poco. De alivio o de vergüenza, no lo sabía.

El anciano los interrumpió, como si no hubiera escuchado ni una palabra de la discusión siseada.

—La mayoría de los astrónomos y místicos ya se han quedado sin trabajo estos días, ¿saben? Gracias a la tecnología moderna. Y a entrometidos que se dan golpes de pecho, como tú —dijo con molestia hacia Bryce.

Ella le gruñó. El sonido se parecía demasiado a los sonidos instintivos de las hadas para el gusto de Bryce, y él ondeó la mano llena de anillos en dirección a los místicos dentro de sus tinas.

—*Ellos* fueron la interred original. Cualquier pregunta que les interese hacer, ellos pueden encontrar la respuesta sin tener que filtrar todas las tonterías que hay allá afuera.

La mística se movió un poco. Su cabello oscuro flotaba a su alrededor, suspendido en el agua, tentáculos negros entre la sal roja. El borde de piedra de la tina tenía incrustada sal seca, como si se hubiera movido bruscamente antes de que ellos llegaran y las piedras se hubieran mojado. Sal para mayor flotación y para protegerlos de los demonios y seres que espiaban o con quienes conversaban. ¿Pero estas protecciones desaparecían con la sal de sangre en el agua?

El místico que era tanto hombre como mujer se sobresaltó y sus largas extremidades se movieron bruscamente.

—Oh —observó el Astrónomo y revisó su teclado—. Van lejos esta vez. Muy lejos —le asintió a Bryce—. Esa sal de sangre era de alta calidad, ¿sabes?

—Por cien marcos, es lo mínimo —dijo Ithan, quien respiraba superficialmente, pero su atención permaneció fija en los místicos que estaban debajo.

Otro botón presionado y los planetas holográficos empezaron a cambiar. Se fueron haciendo más pequeños, como si se estuvieran alejando. El sol se elevó hacia el techo y desapareció para dejar a la vista las estrellas distantes. Planetas diferentes.

—Los místicos crearon los primeros mapas estelares —dijo el Astrónomo—. Ellos crearon mapas más extensos que nadie más. En la Ciudad Eterna, supe que tienen mil místicos en las catacumbas del palacio trazando mapas de zonas cada vez más lejanas del cosmos. Hablando con criaturas que nunca conoceremos.

Hunt había estado en esas catacumbas. Específicamente, en los calabozos. ¿Alguna vez habría escuchado hablar de eso?

Algo sonó en la pantalla y Bryce la señaló.

—¿Qué es eso?

—El místico está llegando a la órbita del Averno —dijo el Astrónomo y chasqueó la lengua—. Hoy está siendo mucho más rápido. Impresionante.

—¿El alma de Connor terminó en el *Averno*? —preguntó Ithan con voz teñida de horror.

Bryce sintió que se le cerraba la garganta. No... no era posible. ¿Cómo podría haber sucedido eso? ¿Ella había hecho algo con la Puerta en la primavera que hubiera transportado su alma allá?

Se hizo el silencio y la temperatura descendió a la par. Ella exigió saber:

—¿Por qué está disminuyendo la temperatura?

—A veces, sus poderes manifiestan el entorno con el que se topan —dijo el anciano y, antes de que alguien pudiera contestar, giró uno de los controles de latón—. ¿Qué quieren ver, qué quieren escuchar?

El místico volvió a moverse. El agua roja salpicó por encima del borde de la tina y goteó hacia el foso debajo. Tharion se asomó por el barandal de hierro.

—Se le están poniendo azules los labios.

—El agua está tibia —dijo el Astrónomo restándole importancia—. Miren —señaló la pantalla donde apareció una gráfica de líneas que subían y bajaban, como ondas sonoras—. Debo admitir que la nueva tecnología tiene algunas ventajas. La manera anterior de transcribir era mucho más difícil. Tenía que referenciar cada una de las ondas cerebrales para encontrar la correlación con la letra o palabra correcta. Ahora la máquina hace todo esto por mí.

No me importan las ondas cerebrales, pensó Bryce. *Dime qué está sucediendo con Connor.*

Pero el Astrónomo continuó hablando, casi como si hablara solo.

—Cuando habla una persona, su cerebro le envía un mensaje a la lengua para que forme las palabras. Esta máquina lee ese mensaje, esa señal, y la interpreta. Sin que se tenga que pronunciar ni una palabra.

—Entonces es algo que lee la mente —dijo Tharion, cuyo rostro se veía pálido en esa luz. Bryce se acercó a Ithan: el lobo irradiaba angustia.

—Algo así —dijo el Astrónomo—. Ahora mismo, es más como un aparato que nos permite escuchar conversaciones ajenas, escuchar la conversación que está teniendo el místico con quien esté al otro lado de la línea.

Tharion tenía las manos detrás de la espalda y se asomó hacia la maquinaria:

—¿Cómo sabe qué es lo que está diciendo la otra persona?

—El místico está entrenado para repetir las palabras con el fin de que nosotros podamos transcribirlas.

La pantalla empezó a mostrar una serie de letras... palabras.

—*Demasiado oscuro* —leyó el Astrónomo—. *Está demasiado oscuro para ver. Sólo se puede escuchar.*

—¿Se puede determinar en qué sitio del Averno está tu místico? —preguntó Ithan señalando los niveles holográficos al fondo.

—No precisamente, pero a juzgar por el frío, yo diría que bastante profundo. Tal vez en las mismísimas Profundidades.

Bryce e Ithan intercambiaron miradas. Él tenía los ojos tan abiertos como ella.

El Astrónomo continuó leyendo.

—*¿Hola?*

Silencio. Nada salvo el silencio interminable.

—Esto es muy común —les dijo el Astrónomo y les hizo una señal para que se acercaran.

A pesar de todo, a pesar de sus objeciones, Bryce se acercó para leer.

El místico dijo: *Estoy buscando el alma de un lobo llamado Connor Holstrom.*

Alguien, algo contestó.

Desde hace eones ningún lobo ha deambulado por estas tierras. Ningún lobo con ese nombre está aquí, vivo o muerto. ¿Pero tú qué eres?

Ithan se estremeció y se tambaleó ligeramente. Bryce sintió alivio porque ella también estaba experimentando esa sensación de mareo y caída en su cuerpo.

—Es extraño —dijo el Astrónomo—. ¿Por qué nos atrajo el Averno si su amigo no está aquí?

Bryce no quería saberlo. Intentó sin éxito abrir la boca para decir que debían marcharse.

Soy un místico, respondió el hombre.

¿De dónde?

De un lugar lejano.

¿Por qué estás aquí?

Para hacer preguntas. ¿Me concederás respuestas?

Si puedo, místico, entonces lo haré.

¿Cómo te llamas?

Una pausa. Luego: *Thanatos.*

Bryce inhaló sorprendida.

—El Príncipe del Desfiladero —dijo Tharion y dio un paso atrás.

¿Sabes si Connor Holstrom sigue en el Sector de los Huesos de Midgard?

Una pausa larga, larga. Las ondas sonoras se aplanaron. Luego...

¿Quién te envió aquí?

Un lobo, un mer y una mujer mitad hada, mitad humana.

Bryce no tenía idea de cómo sabían los místicos sobre su presencia.

No quería saber qué clase de percepción poseían dentro de esos tanques de aislamiento.

Thanatos preguntó, *¿Cómo se llaman?*

No lo sé. ¿Responderás a mis preguntas?

Otra pausa larga.

—Tenemos que detener esto —dijo Ithan con un movimiento de cabeza en dirección a la tina del místico. Se empezaba a formar hielo sobre el agua.

Están escuchándome, ¿verdad?

Sí.

De nuevo, silencio.

Y luego el príncipe demonio dijo: *Déjame verlos. Déjalos que me vean.*

El místico abrió repentinamente los ojos en el tanque.

39

Una inhalación temblorosa fue la única señal de incomodidad que Bryce se permitiría mientras veía el holograma al centro del planetario. El hombre que ahora estaba contenido dentro de sus límites oscuros.

El cabello negro, corto y muy rizado de Thanatos resaltaba su rostro apuesto y serio. Su cuerpo lucía poderoso debajo de una armadura oscura y ornamentada. Miró directamente a Bryce. Como si de hecho pudiera ver a través de los ojos del místico.

El Astrónomo retrocedió un paso y murmuró una oración a Luna.

La transmisión continuó simultánea y sincronizada con los movimientos de la boca de Thanatos. La expresión del demonio era hambrienta.

Puedo oler la luzastral en ti.

El Príncipe del Desfiladero la conocía. De alguna manera.

El Astrónomo retrocedió otro paso, luego otro, hasta terminar pegado al muro a sus espaldas. Temblaba de terror.

Los ojos oscuros de Thanatos le perforaban el alma a Bryce.

Tú eres de la que habla uno de mis hermanos.

Ithan y Tharion la miraron y luego al demonio. Sus manos se acercaron a sus armas, a pesar de lo poco que podrían hacer con ellas.

—Vine a preguntar sobre el alma de un amigo. No sé por qué estoy hablando contigo —dijo Bryce y luego agregó en voz baja—, Alteza.

Soy un Príncipe de la Muerte. Las almas se inclinan ante mí.

Este demonio no tenía nada del refinamiento de Aidas ni lo que Hunt le había descrito como la arrogancia engreída de Apollion. Nada que indicara misericordia o humor.

Ithan, sin poder controlar el castañeteo de sus dientes, dijo bruscamente:

—¿Sabes si el alma de Connor Holstrom de alguna manera se pudo haber perdido en el Averno?

Thanatos frunció el ceño hacia sus botas a la rodilla, como si pudiera ver los niveles hacia abajo hasta el Foso.

El lobo es tu hermano, supongo, le dijo a Ithan.

—Sí —respondió el lobo y tragó saliva.

Su alma no está en el Averno. Está...

La atención del demonio regresó a Bryce. Se abrió paso entre la piel y el hueso para llegar al ser que estaba debajo.

Tú mataste una de mis creaciones. Mi amada mascota, que se había mantenido durante tanto tiempo de tu lado del Cruce.

El aliento de Bryce quedó visible cuando logró preguntar:

—¿Te refieres a los segadores? ¿O al Pastor? —un pastor de almas para un príncipe que las vendía—. El Rey del Inframundo dijo que lo habías abandonado después de las Primeras Guerras.

¿Abandoné o planté intencionalmente?

Maravilloso. Fantástico.

—No tenía interés en convertirme en su almuerzo —dijo Bryce.

Los ojos de Thanatos se abrieron con furia.

Me costaste un vínculo clave con Midgard. El Pastor me informaba fielmente todo lo que escuchaba en el Sector de los Huesos. Las almas de los muertos hablan libremente de su mundo.

—Ay, pobrecito.

¿Te burlas de un Príncipe del Averno?

—Sólo estoy buscando respuestas.

Y largarse de ese puto lugar.

Thanatos volvió a observarla, como si tuviera todo el tiempo del universo. Luego dijo:

Te las daré sólo por respeto a una guerrera capaz de matar a una de mis creaciones. Pero si te encuentro en el campo de batalla, me vengaré por la muerte del Pastor.

Bryce sintió que se le secaba la boca.

—Tenemos una cita.

Connor Holstrom sigue en el Sector de los Huesos. Mi Pastor lo vio en sus rondas nocturnas antes de que lo mataras. A menos... Ah, ya veo. Su mirada se tornó distante. *Había una orden emitida desde la oscuridad. Se le dejará solo con los demás hasta que haya pasado la cantidad usual de tiempo.*

—¿Quién dio esa orden? —exigió saber Ithan.

No es claro.

Bryce dijo:

—¿Hay alguna forma de ayudar a las almas como Connor?

Si lo enviaban a través de la Puerta de los Muertos mañana o en quinientos años, seguía siendo un destino horrible.

Eso sólo lo sabrían los asteri.

Tharion, el idiota, intervino:

—¿Puedes determinar la ubicación de un niño humano llamado Emile Renast en Lunathion?

Bryce se tensó. Si Apollion en efecto estaba buscando a Emile... ¿acababan de involucrar a otro Príncipe del Averno en la cacería?

—Así no es como funciona esto —siseó el Astrónomo desde su posición contra la pared.

No conozco ese nombre ni a esa persona.

Gracias a los dioses. Y gracias a los dioses, las palabras del príncipe no daban ninguna indicación de que supiera quién era Emile o qué podría querer Apollion con él.

Tharion dijo lentamente:

—¿Sabes quién sí podría saberlo?

No. Ésos son asuntos de tu mundo.

Bryce intentó tranquilizar su corazón acelerado sin éxito. Al menos Connor seguía en el Sector de los Huesos y habían conseguido un cese al fuego.

—El niño es un pájaro de trueno —dijo Tharion—. ¿Te suena familiar?

—Tharion —advirtió Ithan, aparentemente con las mismas inquietudes que Bryce.

Pensé que los asteri habían destruido esa amenaza hace mucho tiempo.

Bryce se aclaró la garganta.

—Tal vez —dijo sin dar más información—. ¿Por qué eran una amenaza?

Me cansan estas preguntas. Voy a darme un festín.

La habitación se sumergió en la oscuridad.

El Astrónomo susurró:

—Luna, protégeme, tu arco brillante ante la oscuridad, tus flechas como fuego de plata lanzadas hacia el Averno...

Bryce levantó una mano envuelta en luzastral e iluminó la habitación de color plateado. En el lugar donde estaba el holograma de Thanatos sólo quedaba un hueco negro.

El místico se movió violentamente, se sumergió y se arqueó hacia arriba. El líquido rojo salpicó. Los otros dos estaban inmóviles, como muertos. La máquina empezó a hacer un escándalo y los timbres a sonar y el Astrónomo detuvo sus oraciones para atender el panel de control.

—Lo capturó —dijo el anciano con un grito ahogado y las manos temblando.

Bryce hizo más brillante su luz y la transmisión empezó otra vez.

Ha pasado mucho tiempo desde que una mosca mortal pasó zumbando hasta estas profundidades del Averno. Probaré el alma de éste como si fueran un buen vino, como alguna vez bebí de ellos.

El piso se cubrió de escarcha. El místico volvió a arquearse. Sus brazos delgados se movían en todas direcciones, su pecho subía y bajaba con rapidez.

—¡Suéltalo! —ladró Bryce.

Por favor, suplicó el místico.

Qué triste y solitario y desesperado estás. Sabes a agua de lluvia.

Por favor, por favor.

Un poquito más. Sólo una probada.

El Astrónomo empezó a escribir algo. Empezaron a sonar alarmas.

—¿Qué está sucediendo? —gritó Tharion.

Abajo, el hielo avanzaba sobre los otros dos místicos en sus tinas.

El príncipe continuó:

Llegaste demasiado profundo. Creo que me quedaré contigo.

El místico se azotaba y creaba olas de agua roja que caían en cascada hacia el vacío debajo.

—Apaga las máquinas —ordenó Ithan.

—No puedo, no sin la extracción indicada. Su mente podría destrozarse.

Bryce protestó.

—Si no lo haces, estará perdido.

El Príncipe del Desfiladero dijo: *No me importa cuáles sean los motivos de mis hermanos. Yo no obedezco sus reglas ni sus restricciones ni sus ilusiones sobre la civilización. Los probaré a todos así, a ustedes y a sus amos, cuando la puerta entre nuestros mundos vuelva a abrirse. Empezando por ti, astrogénita.*

El hielo estalló por las paredes, cubrió a los místicos sumergidos. La maquinaria crujía, los planetas parpadeaban y luego...

Toda la luzprística y la tecnología se apagaron. Incluso la luzastral de Bryce desapareció. Bryce maldijo.

—Qué...

El Astrónomo jadeaba en la oscuridad. Los botones que presionaba hacían un sonido hueco.

—Sus respiradores...

Bryce sacó su teléfono y buscó su luz. Estaba muerto. Otra mala palabra de Tharion y ella supo que el de él tampoco servía. Todos los músculos y tendones de su cuerpo se tensaron.

Un resplandor dorado surgió de la mano levantada del Astrónomo. Los duendecillos de fuego atrapados en sus anillos continuaban reluciendo.

Aparentemente, eso era todo lo que Ithan necesitaba para ver y se lanzó sobre el barandal para correr hacia la tina del místico cubierta de hielo. Aterrizó con gracia, con los pies abiertos para equilibrarse. Un golpe de su puño hizo que el hielo se cuarteara.

El místico se convulsionaba, sin duda porque se estaba ahogando sin el respirador funcional. Ithan lo sacó y le arrancó la máscara de la cara. Salió un largo tubo de alimentación. El místico dio unas arcadas y tuvo varios espasmos, pero Ithan lo recargó contra el borde de su tina para que no volviera a hundirse.

Con esa misma gracia de atleta, Ithan saltó hacia la tina del centro y liberó al místico dentro. Luego a la tercera tina, la de la mística.

El Astrónomo gritaba, pero parecía como si Ithan apenas escuchara las palabras. Los tres místicos temblaban, pequeños gritos estremecidos brotaban de sus bocas azules. Bryce temblaba con ellos y Tharion le puso una mano en la espalda.

Algo crujió abajo y las luces se volvieron a encender. El metal empezó a rechinar. El piso empezó a subir y se acercó nuevamente a las tinas. El sol descendió del techo y el Astrónomo bajó por la rampa maldiciendo.

—No tenías ningún derecho a sacarlos, *ningún derecho*...

—¡Se habrían ahogado! —gritó Bryce y se puso en movimiento para lanzarse detrás del anciano. Tharion salió un paso detrás de ella.

La mística se movió un poco cuando el piso de piedra llegó a su posición alrededor de las tinas. Con sus brazos raquíticos, levantó un poco el pecho y parpadeó adormilada hacia Ithan y luego hacia la habitación.

—Regrésenme —resolló la mística con voz entrecortada y rasposa. Que no había sido usada en años. Sus ojos oscuros se llenaron de súplica—. *Regrésenme.*

—El Príncipe del Desfiladero estaba a punto de hacer pedazos el alma de tu amigo —dijo Ithan y se arrodilló frente a ella.

—¡*Regrésenme!* —gritó ella con palabras apenas distinguibles de un chillido ronco—. ¡*De regreso!*

No al Averno, lo sabía Bryce, no con el Príncipe de las Profundidades, sino a la existencia acuosa e ingrávida. Ithan se puso de pie y empezó a alejarse lentamente.

—Váyanse —dijo el Astrónomo furioso y se apresuró al lado de sus místicos—. Todos ustedes.

Bryce llegó al final de la rampa. Los anillos del Astrónomo seguían brillando con intensidad. La furia le hervía en el pecho.

—Los habrías sacrificado...

—¡REGRÉSENME! —volvió a gritar la mística.

Los otros dos místicos empezaron a recobrar la conciencia y gemían. Bryce llegó al lado de Ithan y lo tomó del brazo para conducirlo a las puertas. El lobo se quedó con la boca abierta ante los místicos, ante el desorden que habían provocado.

El Astrónomo se arrodilló al lado de la mística y buscó las mangueras que Ithan le había arrancado.

—Ellos ya no pueden existir en este mundo. *No quieren* existir en este mundo —miró a Bryce con rabia y un fuego helado en sus ojos color gris claro.

Bryce abrió la boca pero Tharion negó con la cabeza, ya de camino hacia la salida.

—Perdón por las molestias —dijo por encima del hombro.

—*Regrésenme* —lloriqueó la mística al Astrónomo.

Bryce intentó hacer que Ithan se apresurara, pero el lobo no apartaba la vista de la mística, del anciano. Tensó los músculos, como si estuviera considerando aventar al Astrónomo muy lejos y llevarse a la chica.

—Pronto —prometió el anciano y acarició el cabello mojado de la mujer—. Estarás flotando de nuevo muy pronto, mi hermosa.

Cada uno de sus anillos emitía rayos alrededor de la cabeza de la mística, como una corona.

Bryce dejó de tirar del brazo de Ithan. Dejó de moverse al ver las pequeñas manitas suplicantes presionando contra las esferas de vidrio en los dedos del Astrónomo.

Haz algo. Sé algo.

¿Pero qué podía hacer? ¿Qué autoridad tenía ella para liberar a los duendecillos? ¿Qué poder podría utilizar aparte de cegarlo y quitarle los anillos de los dedos? Avanzaría una cuadra antes de que el Aux o la 33ª llegaran y entonces tendría un verdadero desastre entre manos. Y si Hunt fuera a quien llamaran para aprehenderla... Sabía que la apoyaría en un instante pero también tendría que acatar las leyes. No podía obligarlo a elegir. Eso sin mencionar que no podían darse el lujo de estar bajo la lupa en este momento. En tantísimos sentidos.

Así que Bryce se dio la vuelta, odiándose a sí misma, y tiró de Ithan para llevárselo. Él no se resistió esta vez. El Astrónomo seguía murmurando a sus encomendados cuando Ithan cerró las pesadas puertas a sus espaldas.

La calle lucía sin cambios bajo la ligera llovizna de verano que estaba cayendo. El rostro de Tharion se veía atormentado.

—Tenías razón —admitió—. Fue una mala idea.

Bryce abrió y cerró los dedos de sus manos.

—Eres un idiota hijo de puta, ¿lo sabías?

Tharion esbozó una sonrisa burlona.

—Estás en una zona gris con nosotros, Piernas. No te pongas aburrida ahora que tienes una corona elegante.

Un gruñido grave se le escapó de la garganta.

—Siempre me he preguntado por qué la Reina del Río te hizo su Capitán de Inteligencia. Ahora lo sé.

—¿Qué quieres decir con eso? —dijo Tharion y avanzó un paso. Era mucho más alto que ella.

Ni por todos los demonios del Averno Bryce se amedrentaría.

—Significa que finges ser el Señorito Encantador, pero sólo eres un traidor despiadado que hará lo que sea necesario para alcanzar sus fines.

El rostro de Tharion se endureció. Se convirtió en alguien que ella no conocía. Se convirtió en el tipo de mer que la gente hacía bien en mantener a una distancia prudente.

—Intenta un día tener a toda tu familia a la merced de la Reina del Río y luego me vienes a llorar con tu moralidad —dijo con un tono de voz peligrosamente bajo.

—Mi familia está a la merced de *todos* los vanir —le respondió molesta. La luzastral se encendió a su alrededor y la gente en el callejón se detuvo. Voltearon a verlos. No le importó. Pero mantuvo su voz baja como un susurro y le siseó:

—Ya no trabajaremos contigo. Ve a encontrar a alguien más para arrastrarlo entre tus porquerías.

Volteó a ver a Ithan para que la apoyara, pero el lobo estaba pálido y miraba una pared de ladrillo al otro lado del callejón. Bryce siguió la dirección de su mirada y se quedó inmóvil. Había visto al hombre antes en los noticiarios y en fotografías, pero nunca en vivo. Inmediatamente deseó todavía tener una pantalla digital separándolos. Su luzastral chisporroteó y se apagó.

Mordoc sonrió, un reflejo blanco entre las sombras.

—¿Ya provocando problemas tan temprano?

40

El rostro áspero de Mordoc no guardaba ninguna similitud con Danika. Ni una sombra ni curva ni ángulo.

Sólo... ahí. La manera en que el capitán de los lobos se separó de la pared para avanzar hacia ellos. Bryce había visto a Danika hacer ese movimiento con la misma gracia y poder.

Ithan y Tharion se colocaron a sus flancos. Aliados nuevamente, aunque fuera sólo para esto.

—¿Qué quieres, Mordy? —preguntó Tharion, de nuevo como ese mer irreverente y encantador.

Pero el lobo se limitó a mirar a Bryce con desdén.

—Curioso que una princesita visite un sitio así.

Bryce se puso a ver sus uñas y agradeció que no le temblaran las manos.

—Necesitaba responder unas preguntas. Después de todo, me voy a casar. Quiero saber si hay alguna mancha en la impecable reputación de mi futuro esposo.

Una risa violenta llena de demasiados dientes.

—Me advirtieron que me cuidara de tu boquita.

Bryce le aventó un beso.

—Me alegra no decepcionar a mis fans.

Ithan intervino y gruñó suavemente.

—Ya nos vamos.

—El cachorro en desgracia —dijo Mordoc. Su risa sonó como grava—. Sabine dijo que te había echado. Parece ser que aterrizaste justo en la basura, ¿verdad? ¿O es por andar escondido en tantos callejones últimamente? ¿Quieres explicarte?

Bryce suspiró. Ithan estaba visiblemente irritado y dijo:

—No sé de qué hablas.

Antes de que Mordoc pudiera responder, Tharion dijo con su sonrisa irresistible:

—A menos que tengas una especie de directiva imperial para interrogarnos, esta conversación ya terminó.

El lobo le sonrió de regreso.

—Una vez hice que un mer como tú terminara en la costa. Lo arrinconé en una caleta con una red y averigüé qué es lo que les pasa a los mer cuando los mantienes un par de metros sobre el agua durante un día. Lo que harán por alcanzar una sola gota para no perder sus aletas para siempre. Lo que están dispuestos a sacrificar.

Un músculo se movió en la quijada de Tharion.

Bryce dijo:

—Excelente historia, amigo.

Tomó a Tharion del brazo, luego a Ithan y empezaron a avanzar por el callejón. Tal vez estuviera furiosa con el primero, pero elegiría al mer sobre Mordoc siempre. Siempre serían aliados contra gente como él.

El padre de Danika... Empezó a temblar cuando dieron la vuelta en la esquina y Mordoc quedó en las sombras del callejón. Sólo podía rezar que el Astrónomo fuera tan discreto como decían los rumores. Incluso frente a uno de los interrogadores más temidos del imperio.

Caminaron en silencio de regreso al bullicioso corazón de la Vieja Plaza. La mayoría de los turistas estaban demasiado ocupados tomando fotografías a las múltiples decoraciones en honor de Celestina y Ephraim como para prestarles atención a ellos. A una cuadra de la Puerta del Corazón, Bryce se detuvo y volteó a ver a Tharion. Él la miró con una franca expresión fría que parecía estarla evaluando. Aquí estaba el hombre que había hecho trizas al asesino de su hermana. El hombre que...

Que se había metido de un salto al helicóptero de Fury para ir a ayudarla durante el ataque de la primavera.

—Ay, Piernas —dijo Tharion al notar que su expresión se empezaba a suavizar. Estiró la mano para jugar con las puntas de su cabello—. Eres demasiado buena conmigo.

Una sonrisa torcida apareció en la boca de Bryce. Ithan seguía a unos pasos de distancia y se ocupó viendo su teléfono.

Ella le dijo a Tharion:

—Sigo enojada contigo.

Tharion sonrió también.

—¿Pero también me sigues queriendo?

Ella ahogó una carcajada.

—No conseguimos ninguna respuesta sobre Emile —sólo más preguntas—. ¿Vas a regresar?

—No —dijo Tharion con un estremecimiento. Le creyó.

—Avísame si se te ocurre alguna idea sobre dónde podría estarse ocultando el niño.

El mer le jaló el cabello.

—Pensé que ya no íbamos a trabajar juntos.

—Estás a prueba. Se lo puedes agradecer a tus increíbles músculos abdominales.

Él le tomó la cara entre las manos y le apretó las mejillas. Luego le dio un beso casto en la frente.

—Te enviaré unas fotos después. No se las enseñes a Athalar.

Bryce le dio un empujón.

—Mándame a una nutria y estaremos a mano.

Tal vez no aprobaba ni estaba de acuerdo con los métodos de Tharion, tal vez no confiaba plenamente en él, pero tenían enemigos mucho más poderosos tras ellos. Permanecer unidos era la única alternativa.

—Ya quedamos —dijo Tharion y le dio un garnucho en la nariz con uno de sus largos dedos. Le asintió a Ithan—. Holstrom.

Luego se fue caminando por la calle, probablemente de regreso al Istros para ir a ver a su reina.

A solas con Ithan sobre la acera ardiente, Bryce le preguntó:

—¿A dónde vas a ir ahora? ¿De regreso a casa de Ruhn?

Ithan tenía el rostro ensombrecido. Desolado.

—Supongo. ¿Tú vas a ir en busca de Emile?

Ella sacó una postal de su bolso. Los ojos de Ithan se iluminaron al reconocer esa vieja tradición.

—De hecho, voy a enviarle esto a mi mamá —miró a su amigo del pasado con cuidado y él volvió a ponerse solemne—. ¿Estás bien?

Él se encogió de hombros.

—Conseguí mis respuestas, ¿no?

—Sí, pero... —se frotó la frente. Tenía la piel pegajosa con los restos de sudor por su clase de baile hacía unas horas. Parecía como si hubieran pasado años.

—Digo, todo suena bien, ¿no? Connor está en el Sector de los Huesos y con una orden de que no lo toquen, así que...

Pero ella podía notarlo, por la manera en que caminaba, que la información no le gustaba. Le apretó el hombro.

—Encontraremos algo. Alguna manera de ayudarlo.

A él y a todos los demás que estaban atrapados en el matadero eterno.

Tal vez fue la peor mentira que jamás había dicho, porque cuando Ithan se fue, parecía como si en verdad le hubiera creído.

—Dos semanas no es tanto tiempo —le dijo Isaiah a Hunt para consolarlo. Estaban sentados en la mesa de vidrio de la cafetería privada de la 33ª en el Comitium. Era la mesa reservada exclusivamente para el triarii, junto a los ventanales de piso a techo con vista a la ciudad.

Normalmente, Hunt no iba a la cafetería, pero Isaiah lo había invitado para almorzar temprano y él necesitaba hablar. Apenas se había sentado cuando le soltó toda la historia de su conversación con Celestina.

Hunt dio una mordida a su sándwich de brie y pavo.

—Sé que no es mucho tiempo —dijo con la boca llena—, pero... —tragó su bocado y miró a su amigo con ojos suplicantes—. Bryce y yo decidimos no esperar hasta el Solsticio de Invierno.

Isaiah soltó una carcajada. El sonido era profundo y aterciopelado. Algunos soldados voltearon a verlos pero rápidamente devolvieron la atención a sus platos. Cualquier otro día, esto tal vez hubiera irritado a Hunt, pero hoy...

—Me alegra que te diviertan mis huevos hinchados —le siseó a su amigo.

Isaiah rio de nuevo, apuesto como ninguno con el traje que vestía. Considerando a cuántas reuniones había asistido con Celestina, y ahora con Ephraim, era un milagro de Urd que su amigo hoy hubiera encontrado tiempo para almorzar con él.

—Nunca pensé que viviría para ver al Umbra Mortis venir a llorarme por un castigo relativamente ligero porque interfiere con su vida sexual.

Hunt se terminó su agua. Isaiah tenía razón. De todos los castigos que había soportado, éste era el más inocuo.

Isaiah se puso serio y acalló un poco la voz.

—Entonces, ¿qué pasó anoche? ¿Está todo bien?

—Lo está ahora. Sabine llegó al departamento buscando a Ithan Holstrom. Bryce se asustó. Llegué a tiempo para convencer a Sabine de no empezar ningún lío.

—Ah —dijo Isaiah—. ¿Y Baxian?

—Decidió, como mi supuesto compañero, ofrecer su apoyo. Aunque no lo pedí.

Isaiah ahogó una risotada.

—¿Se gana unos puntos por intentarlo, siquiera?

Hunt rio.

—Seguro.

Isaiah empezó a comer y, por un momento, el pecho de Hunt sintió la presión del esfuerzo por mantener la verdad en su interior. Isaiah había estado a su lado a lo largo de toda la rebelión de los Caídos. Sin duda tendría una opinión valiosa sobre esta mierda con Ophion. Aunque su consejo fuera que mantuviera su puta distancia de todo eso.

—¿Qué pasa? —preguntó Isaiah.

Hunt sacudió la cabeza. Su amigo era demasiado bueno y lo leía a la perfección.

—Nada —buscó rápidamente alguna otra verdad—. Es raro pensar que dos semanas sin Bryce es un castigo. Con Sandriel, si parpadeaba mal me arrancaba las plumas una por una.

Isaiah se estremeció.

—Lo recuerdo.

Después de todo, él se había encargado de vendarle las alas destrozadas una y otra vez.

—¿Te gusta trabajar con ella? Con Celestina, quiero decir.

Isaiah no titubeó.

—Sí. Mucho.

Hunt exhaló largamente. No podía decirle a Isaiah. Ni a Naomi. Porque, si lo sabían, aunque aceptaran mantener todo esto con los rebeldes en secreto y no meterse... los matarían a ellos también. Así como estaban las cosas, de cualquier manera tal vez los torturarían un poco, pero quedaría claro que no sabían nada. Y eso les daría una oportunidad de sobrevivir.

—Sabes que puedes hablar conmigo de lo que sea, ¿verdad? —preguntó Isaiah. La amabilidad se reflejaba en sus ojos oscuros—. Incluso sobre Celestina. Sé que es raro con las jerarquías entre nosotros, pero... Yo soy el intermediario entre ella y la 33ª. Lo que necesites, cuenta conmigo.

No se merecía a un amigo como Isaiah.

—No es raro con las jerarquías entre nosotros —respondió Hunt—. Tú eres el líder de la 33ª. Me da gusto trabajar para ti.

Isaiah lo miró con detenimiento.

—Yo no tengo el poder de los relámpagos. Ni un apodo elegante.

Hunt no hizo caso al peso de lo que le decía su amigo.

—Créeme, prefiero que tú estés a cargo.

Isaiah asintió pero, antes de poder responder, el silencio se extendió como una onda por toda la cafetería. Hunt levantó la vista por instinto y buscó entre todas las alas y armaduras.

—Genial —murmuró.

Baxian, con bandeja en mano, iba caminando hacia ellos. No hizo caso de los soldados que se apartaban para abrirle el paso o que se quedaban en silencio cuando pasaba a su lado.

—Pórtate bien —le murmuró Isaiah y llamó a Baxian para que se sentara con ellos. No por Baxian, sino por toda la gente que los estaba observando. Los soldados que tenían que ser testigos de un liderazgo unificado.

Hunt se terminó su sándwich justo cuando el ángel metamorfo se sentó al lado de Isaiah. Hunt lo miró a los ojos.

—¿Cómo te fue con la Cierva? —preguntó.

Sabía que Baxian podría leer entre líneas. *¿Díjiste algo, imbécil?*

—Bien. Sé cómo manejar a Lidia.

No, no dije nada, idiota.

Hunt notó que Isaiah los estaba observando con las cejas arqueadas.

—¿Qué pasó con Lidia?

El Mastín del Averno respondió sin inmutarse:

—Quería interrogarme sobre los motivos para marcharme anoche. No tenía ganas de explicarle que soy la sombra de Athalar y que yo voy donde él vaya.

La mirada de Isaiah se oscureció.

—No eras tan antagónico con ella cuando estábamos bajo el mando de Sandriel.

Baxian empezó a comer su plato de kofta de cordero y arroz a las hierbas.

—Llevas ya mucho tiempo viviendo en Lunathion, Tiberian. Las cosas cambiaron después de que te fuiste.

Isaiah preguntó:

—¿Como qué?

Baxian dirigió su mirada hacia la ciudad que brillaba bajo el calor ardiente del mediodía.

—Cosas.

—Creo que eso significa que no nos metamos en lo que no nos incumbe —dijo Hunt.

Isaiah rio un poco.

—Está copiando tu estrategia, Hunt.

Hunt sonrió.

—Me estás confundiendo con Naomi. Yo al menos te diré directamente que no te metas en lo que no te importa. Ella sólo lo deja implícito.

—Con una mirada mortífera.

—Y tal vez una pistola sobre la mesa para enfatizar.

Ambos rieron, pero Hunt volvió a ponerse serio al notar que Baxian estaba observando el intercambio entre los dos con una expresión que se parecía a la envidia. Isaiah también lo notó, porque le dijo al Mastín del Averno:

—Puedes reírte, ¿sabes? Hacemos eso aquí.

Baxian apretó los labios hasta que formaron una línea delgada.

—Tú llevas más de diez años aquí. Perdóname si tardo un poco en olvidar las reglas del territorio de Sandriel.

—Mientras tú no te olvides de que ahora estás en Lunathion —respondió Isaiah y su tono albergaba una amenaza de violencia en cada una de sus palabras, en contraposición con su traje impecable—. Esa cicatriz que te provocó Athalar en el cuello no será nada comparada con lo que yo te haré si lastimas a quien sea en esta ciudad.

A Baxian le brillaron los ojos.

—Sólo porque tú no fuiste lo suficientemente interesante para ameritar formar parte del triarii de Sandriel, eso no te da derecho a desquitarte conmigo con esas amenazas de porquería.

Los dientes de Isaiah relucían.

—No tenía ningún interés en acercarme a un monstruo.

Hunt intentó no quedarse con la boca abierta. Había visto a Isaiah encargarse de poner orden y aplicar la ley en incontables ocasiones. Su amigo no habría llegado donde estaba sin la capacidad de poner un límite y mantenerlo. Pero era raro estos días ver emerger a ese guerrero despiadado. Los soldados empezaban a voltear a verlos.

Así que Hunt interrumpió:

—A Sandriel le hubiera encantado saber que todavía nos está poniendo uno contra el otro después de tantos años.

Isaiah parpadeó, como si le sorprendiera que hubiera intervenido. Baxian lo miró con cautela.

Hunt volvió a inhalar profundamente.

—Carajo, eso sonó muy sermoneador.

Baxian soltó un resoplido y la tensión se disolvió.

Isaiah esbozó una sonrisa agradecida a Hunt y luego se puso de pie.

—Necesito salir. Tengo una reunión con los líderes del Aux.

Hunt le guiñó.

—Dale mi amor a Ruhn.

Isaiah rio.

—Lo haré.

Con eso, su amigo salió caminando hacia los cubos de basura. Los ángeles levantaban la cabeza a su paso; algunos lo saludaban. El ángel de alas blancas les devolvía el saludo, se detenía en algunas mesas a intercambiar unas palabras. La sonrisa de Isaiah era amplia... genuina.

Baxian dijo en voz baja:

—Tu amigo nació para esto.

Hunt gruñó para indicar que estaba de acuerdo.

—¿Tú ya no tienes interés en volver a estar a la cabeza? —preguntó Baxian.

—Es demasiado papeleo.

Baxian sonrió.

—Seguro.

—¿Qué se supone que quiere decir eso?

—Que estuviste a la cabeza una vez y las cosas salieron mal. No te culpo por no volver a intentarlo.

Hunt apretó la mandíbula, pero no dijo nada más y terminó su comida. Baxian salió detrás de él cuando fueron a devolver sus platos y bandejas. Hunt no se atrevió a decirle al Mastín del Averno que se largara al carajo. No con tantas miradas sobre ellos. Podía escuchar a los soldados murmurar a su paso.

Hunt no se molestó en saludar a nadie como Isaiah. No podía soportar ver a los soldados. La gente que sería convocada para la lucha contra Ophion.

Gente que él mataría si amenazaban a Bryce. Carajo, si él replicaba lo que había hecho en el Sector de los Huesos, podría freírlos a todos en un segundo. Sin duda el motivo por el cual los asteri consideraban a los pájaros de trueno una amenaza... ese tipo de poder era letal.

Si Ophion lograba conseguir a Emile... Sí, eso sería un arma por la cual valdría la pena matar.

Hunt llegó a los elevadores pasando las puertas. Los cinco ángeles que estaban ahí reunidos rápidamente se dirigieron a las escaleras.

—Público difícil, ¿eh? —dijo Baxian a sus espaldas cuando Hunt entró al elevador. Para su molestia, el Mastín entró con él. El espacio era amplio y cabían dentro varios seres con alas, pero Hunt mantuvo las suyas muy pegadas al cuerpo.

—Te acostumbras a eso —dijo Hunt y presionó el botón de las barracas del triarii. Por qué no ir a ver de una vez qué armas había dejado en su habitación. Qué ropa necesitaría que le trajeran. Conociendo a Bryce, le mandaría también ropa interior de ella.

—Pensaba que tú eras el Sr. Popular —dijo Baxian mientras observaba los números ascendientes sobre ellos.

—¿Qué carajos te haría pensar eso?

Hunt no esperó que le respondiera cuando se abrieron las puertas del elevador y salió al pasillo silencioso.

—Pareces amistoso con todos fuera de este sitio.

Hunt arqueó la ceja y se detuvo frente a la puerta de su vieja habitación.

—¿Qué quiere decir eso?

Baxian se recargó contra la puerta de su propia recámara, frente a la de Hunt.

—Digo, sé que vas a fiestas con el príncipe Ruhn y sus amigos, tienes una novia, pareces estar en buenos términos con los lobos... ¿pero no con los ángeles?

—Isaiah y yo estamos en buenos términos.

Y Naomi.

—Quiero decir con los demás. Los de los niveles inferiores. ¿No tienes amigos aquí?

—¿Por qué demonios te importa?

Baxian contrajo un poco sus alas.

—Quiero saber qué puedo sacar de esto. Qué tipo de vida me puedo esperar.

—Depende de cómo te comportes —dijo Hunt y abrió su puerta. Una atmósfera polvosa y encerrada le dio la bienvenida. Muy alejada del olor a café que llenaba el departamento de Bryce.

Volteó por encima de su hombro y vio a Baxian estudiando su habitación. Lo vacía que estaba. Se asomó al otro lado del pasillo para ver que la recámara de Baxian era un espacio idénticamente vacío.

Hunt dijo:

—Así era mi vida, ¿sabes?

—¿Cómo?

—Vacante.

—¿Y luego qué pasó?

—Bryce pasó.

Baxian sonrió ligeramente. Con tristeza. ¿Sería... sería posible que el Mastín del Averno se sintiera *solo*?

—Lamento que tengas que mantenerte separado de ella por tanto tiempo —dijo Baxian, y pareció que lo decía en serio.

Hunt entrecerró los ojos con suspicacia.

—¿Celestina te castigó?

—No. Dijo que había sido tu mala influencia, así que sería tu castigo.

Hunt rio.

—De acuerdo, lo tengo merecido.

Entró a su habitación y empezó a revisar sus armas y su ropa.

Cuando volvió a salir al pasillo, Baxian estaba sentado frente al escritorio de pino de su habitación revisando lo que parecían ser informes. Todos los instintos de Hunt le indicaban que se fuera y no dijera nada, que mandara al Averno a este hombre que había sido más enemigo que amigo a lo largo de los años, pero...

Hunt recargó una mano en el marco de la puerta.

—¿En qué te tienen trabajando?

—Informes del progreso de los nuevos reclutas. Estoy revisando si hay algunos ángeles prometedores que puedan subir el escalafón.

—¿Los hay?

—No.

—Los ángeles como nosotros no surgen tan frecuentemente, supongo.

—Por lo visto, no —respondió Baxian y devolvió su atención a los papeles.

El silencio del pasillo, de la habitación, se posó sobre Hunt. Lo presionó. Podía escuchar a Bryce diciéndole: *Vamos. Inténtalo. No te matará.* Siempre lo mandoneaba, incluso en su imaginación. Así que Hunt dijo:

—Todavía nos quedan veinte minutos de la hora del almuerzo. ¿Quieres jugar un poco de *Solbol LUS*?

Baxian volteó.

—¿Qué es eso?

—En verdad no sabes nada sobre la vida moderna, ¿verdad? —Baxian lo miró con ojos inexpresivos—. La LUS —explicó Hunt—. La Liga Unida de Solbol. Es su videojuego. Puedes jugar desde el punto de vista de cualquier jugador, de cualquier equipo. Es divertido.

—Nunca he jugado un videojuego.

—Oh, lo sé —dijo Hunt con una sonrisa.

Baxian lo miró, analizándolo. Hunt esperó que rechazara su oferta, pero Baxian dijo:

—Está bien, ¿por qué no?

Hunt se dirigió hacia la sala común.

—Tal vez te arrepientas en un momento.

Y, dicho y hecho, diez minutos más tarde, Baxian estaba maldiciendo, sus dedos se movían torpemente en el control que sostenía con fuerza. Hunt esquivó hábilmente al avatar de Baxian.

—Patético —dijo Hunt—. Peor de lo que pensaba.

Baxian gruñó:

—Qué estupidez.

—Pero lo sigues jugando —le repuso Hunt.

Baxian rio.

—Sí. Supongo que sí.

Hunt anotó.

—No es muy satisfactorio jugar contra un novato.

—Dame un día y limpiaré el piso contigo, Athalar.

Baxian movió los pulgares contra el control. Su avatar corrió directo hacia la portería, rebotó y cayó tirado sobre el césped.

Hunt rio.

—Tal vez dos días.

Baxian lo miró de reojo.

—Tal vez.

Continuaron jugando y cuando el reloj sobre la puerta dio las doce, Baxian preguntó:

—¿Hora de trabajar?

Hunt miró alrededor del dormitorio.

—Yo no diré nada si tú no dices nada.

—¿Esta mañana no fue una prueba de que soy el alma de la discreción?

—Sigo esperando averiguar cuál es tu motivo, ¿sabes?

—No estoy aquí para convertirte en mi enemigo.

—No entiendo por qué.

Baxian volvió a chocar contra la portería. Su avatar rebotó de nuevo hacia el campo.

—La vida es demasiado corta para tener rencores.

—Ésa no es una razón suficientemente buena.

—Ésa es la única que tendrás —dijo Baxian. Logró retomar el control de la pelota por casi diez segundos antes de que Hunt se la volviera a quitar. Maldijo—. Por Solas. ¿No puedes ser un poco menos competitivo?

Hunt dejó el tema por el momento. Los dioses sabían que él había tenido muchas cosas de las cuales no quería hablar cuando llegó a este sitio por primera vez. Y los dioses sabían que había hecho muchas cosas terribles bajo las órdenes de Sandriel, también. Tal vez debería seguir sus propios consejos. Tal vez era hora de dejar de permitir que el espectro de Sandriel lo siguiera persiguiendo.

Así que Hunt sonrió toscamente.

—¿Pero eso qué tendría de divertido?

—Es horrible —murmuró Bryce al teléfono esa noche, tirada en su cama—. ¿De verdad no te dejan salir?

—Sólo para asuntos oficiales de la 33ª —dijo Hunt—. Ya había olvidado lo desagradables que son las barracas.

—Tu recamarita triste con su falta de decoración.

La risa de Hunt retumbó en su oído.

—Voy a portarme extrabién para que me deje ir antes.

—No voy a tener a nadie con quien ver *Destino Playa Lujuria*. ¿Estás seguro de que yo no puedo ir?

—No con Pollux y la Cierva aquí. De ninguna puta manera.

Bryce se puso a jugar con el borde de su camiseta.

—¿Aunque nos quedáramos en tu recámara?

—¿Oh? —respondió Hunt con un tono más grave al comprender qué era lo que ella sugería—. ¿Para hacer qué cosa?

Ella sonrió para sí misma. Necesitaba esto, después de la locura de hoy. No se había atrevido siquiera a contarle a Hunt lo que había sucedido con los místicos, no por teléfono, donde cualquiera podría estarlos escuchando. Pero la siguiente vez que se vieran cara a cara, le contaría todo.

Incluyendo la nutria que Tharion le había enviado hacía dos horas, como había prometido, con una nota que decía: *¿Me perdonas, Piernas? ¿Nos damos un beso para reconciliarnos?* Ella se había reído, pero la respuesta que le envió con una nutria imposiblemente adorable fue: *Empieza por besarme el trasero y, si sirve tu adulación, ya veremos.* Antes de las diez, llegó otra nutria con una nota que decía: *Será un placer.*

Ahora Bryce le dijo a Hunt, ya con el ánimo bastante levantado a pesar de las noticias:

—Cosas.

El movimiento de las alas de Hunt se podía escuchar al fondo.

—¿Qué tipo de cosas?

Ella sintió que los dedos de los pies se le enroscaban.

—Besos. Y... más.

—Hmm. Explícame qué quieres decir con *más*.

Ella se mordió el labio.

—Lamer.

La risa de Hunt era como terciopelo oscuro.

—¿Dónde te gustaría que te lamiera, Quinlan?

Iban a hacer esto, entonces. Ella sintió que se le calentaba la sangre. Syrinx debió haber olfateado lo que estaba pasando porque decidió bajarse de la cama y dirigirse a la sala.

Bryce tragó saliva.

—Mis senos.

—Mmm. Son deliciosos.

Ella sintió que su entrepierna se humedecía, frotó una pierna contra la otra y se acomodó entre sus almohadas.

—¿Te gusta probarlos?

—Me gusta probarte toda —Bryce apenas podía respirar—. Me gusta probarte y tocarte y cuando pueda irme de estas barracas otra vez, voy a volar en línea recta hacia donde sea que estés para poder cogerte completamente.

Ella susurró:

—¿Estás tocándote?

Un siseo.

—Sí.

Ella gimió y volvió a frotar sus muslos uno contra el otro.

—¿Y tú?

Movió la mano debajo de la cintura de sus shorts.

—Ya lo estoy haciendo.

Él gimió.

—¿Estás mojada?

—Empapada.

—Dioses —suplicó él—. Dime lo que estás haciendo.

Ella se sonrojó. Nunca había hecho algo así pero si no podía estar con Hunt... aceptaría lo que fuera.

Metió su dedo en su sexo y gimió suavemente.

—Estoy... Tengo un dedo dentro de mí.

—Carajo.

—Me gustaría que fuera el tuyo.

—*Carajo*.

¿Estaba cerca, entonces?

—Estoy agregando otro —dijo y, al hacerlo, elevó su cadera de la cama—. Pero no se siente tan bien como tú.

La respiración de él se volvió agitada.

—Abre tu mesa de noche, corazón.

Frenética, ella tomó uno de sus juguetes del cajón. Se quitó los shorts y su ropa interior empapada y puso el vibrador en su vagina.

—Tú eres más grande —dijo con el teléfono tirado a su lado.

Otro sonido primigenio de necesidad pura.

—¿Sí?

Ella empujó el vibrador para que entrara y arqueó la espalda.

—Oh, dioses —jadeó.

—Cuando cojamos por primera vez, Quinlan, ¿lo quieres rudo o algo largo y suave?

—Rudo —logró decir ella.

—¿Quieres estar arriba?

La liberación empezó a acumularse por su cuerpo como una ola a punto de reventar.

—Quiero tener mi turno arriba y luego te quiero detrás de mí, cogiéndome como un animal.

—¡*Carajo*! —gritó él y ella pudo escuchar carne chocando con carne al fondo.

—Quiero que me montes con tanta fuerza que me hagas gritar —continuó metiendo y sacando el vibrador. Dioses, iba a explotar....

—Lo que tú quieras. Lo que sea que quieras, Bryce, te lo daré...

Eso fue suficiente. No las palabras, sino su nombre en la lengua de Hunt.

Bryce gimió, un gemido profundo en su garganta. Sus jadeos eran rápidos y salvajes, su entrepierna se apretaba alrededor del vibrador mientras ella seguía metiéndolo y sacándolo, trabajando en su clímax.

Hunt volvió a gemir, maldijo y luego se quedó en silencio. Lo único que llenaba el teléfono era su respiración. Bryce estaba desfallecida contra la cama.

—Te deseo tanto —logró decir él.

Ella sonrió.

—Bien.

—¿Bien?

—Sí. Porque voy a cogerte hasta que explotes cuando regreses a casa.

Él rio suavemente, lleno de promesa sensual.

—Igualmente, Quinlan.

Tharion estaba sentado sobre una roca lisa y semisumergida al lado de una curva en medio del Istros y esperaba a que su reina respondiera a su informe. Pero la Reina del Río, recostada sobre una cama de plantas acuáticas como si fuera un camastro flotante de piscina, mantenía los ojos cerrados frente al sol matutino, como si no hubiera escuchado una sola palabra de lo que él le había estado explicando sobre el Sector de los Huesos y el Rey del Inframundo.

Pasó un minuto, luego otro. Tharion, al fin, preguntó:

—¿Es verdad?

El cabello oscuro de la reina flotaba más allá de su balsa de hierba y se retorcía sobre la superficie como serpientes marinas.

—¿Te inquieta que tu alma sea devuelta a la luz de la que provino?

Él no necesitaba ser Capitán de Inteligencia para saber que ella estaba evadiendo la pregunta. Dijo:

—Me inquieta que nos digan que descansaremos en paz y con tranquilidad pero que básicamente somos ganado esperando que nos envíen al matadero.

—Y sin embargo no tienes ningún problema con que tu cuerpo sea devuelto para alimentar la tierra y sus criaturas. ¿Por qué sería distinta el alma?

Tharion se cruzó de brazos.

—¿Lo sabías?

Ella abrió un ojo en advertencia. Pero apoyó la cabeza en el puño.

—Tal vez hay algo más allá de la luzsecundaria. Algún sitio donde nuestras almas vayan incluso después de eso.

Durante un instante, pudo ver el mundo que ella parecía querer: un mundo sin asteri, donde la Reina del Río gobernara las aguas y el actual sistema de reciclado de almas permaneciera porque, vaya, eso era lo que mantenía las luces encendidas. Literalmente.

Sólo quienes estaban en el poder cambiarían. Tal vez para eso quería a Emile: para tener un arma que le garantizara su supervivencia y triunfo en cualquier conflicto que surgiera entre Ophion y los asteri.

Pero Tharion dijo:

—La búsqueda de Emile Renast continua. Pensaba que tenía una manera más sencilla de encontrarlo, pero fue un callejón sin salida.

Darle seguimiento a los cuerpos que iba dejando detrás Pippa tendría que volver a ser su único camino hacia el niño.

—Infórmame cuando tengas algo.

No lo volteó a ver cuando las plantas se separaron debajo de su cuerpo y ella se hundió suavemente en las aguas azules.

Luego desapareció, se disolvió en el Istros mismo y se alejó flotando como plancton azul luminiscente... como una estela de estrellas que volaba por el río.

¿Valía la pena pelear por la rebelión, si sólo iba a colocar al mando a otros líderes hambrientos de poder? Para los inocentes, sí, pero... Tharion no podía evitar preguntarse si no habría una mejor manera de pelear esta guerra. Mejores personas para liderarla.

41

Una semana después, Ruhn estaba junto a Cormac y sonreía mientras Bryce sudaba en el cuadrilátero de las instalaciones de entrenamiento privadas del Aux.

—No te estás concentrando —la reprendió Cormac.

—Me *duele* literalmente la cabeza.

—Concéntrate en ese pedazo de papel y simplemente ve ahí.

—Lo dices como si fuera fácil.

—Lo es.

Ruhn deseaba que ésa fuera la primera vez que escuchaba esta conversación. Que fuera la primera vez que presenciaba este número de baile entre Bryce y Cormac mientras el príncipe trataba de enseñarle a teletransportarse. Pero en la semana que había transcurrido desde que sucedió todo, esto había sido lo más entretenido. Sus enemigos habían estado inquietantemente silenciosos.

Cuando Cormac no estaba ocupado en los diversos eventos de las hadas, Ruhn sabía que pasaba el tiempo buscando a Emile. Incluso lo había acompañado en un par de ocasiones, con Bryce, a recorrer los diversos parques de Moonwood con la esperanza de encontrar al niño acampando ahí. Sin éxito. No había ni un rastro de él por ninguna parte.

Tharion había reportado el día anterior que tampoco podía encontrar al niño. A juzgar por el rostro inusualmente demacrado de Tharion, Ruhn se preguntaba si la reina del mer estaría presionándolo. Pero tampoco habían aparecido más cuerpos. O el niño estaba aquí, oculto, o alguien más ya lo había encontrado.

Bryce inhaló profundamente y luego cerró los ojos al exhalar.

—Está bien. Intentemos otra vez.

Frunció el ceño y gruñó. Nada.

Cormac rio con un resoplido.

—Deja de esforzarte. Regresemos a invocar sombras.

Bryce levantó la mano.

—¿Puedo salir un momento, por favor?

Ruhn rio. Tampoco había tenido mucha suerte con las sombras. Luzastral, sí. Mucha, mucha luzastral. Pero invocar la oscuridad... no podía siquiera con un poco de sombra.

Si Apollion quería un oponente épico, Ruhn sentía que tal vez deberían informarle al Príncipe del Foso que tomaría un rato.

—Creo que mi magia ya se rompió —dijo Bryce y se agachó sobre sus rodillas con un suspiro.

Cormac hizo un gesto de desaprobación.

—Inténtalo de nuevo.

No habían sabido nada, ni siquiera de la agente Daybright, sobre lo que había sucedido con el cargamento de municiones y el prototipo del nuevo mecatraje. Los noticiarios no lo habían cubierto y ninguno de los agentes de Cormac había escuchado nada.

Ese silencio tenía preocupado a Cormac. También tenía nervioso a Ruhn.

Ithan se había adaptado fácilmente a la casa de Ruhn, cosa extraña. Se quedaba despierto hasta tarde jugando videojuegos con Dec y Flynn, como si llevaran toda la vida de ser amigos. Lo que el lobo hacía durante el tiempo que ellos estaban en el Aux, Ruhn no tenía idea.

No le había preguntado tampoco sobre lo que había dicho la Cierva en el bar acerca de Bryce, e Ithan ciertamente no lo había mencionado. Si el lobo sentía algo por su hermana, eso no era asunto de Ruhn. Ithan era buen compañero de casa: limpiaba lo que ensuciaba, recogía también lo que Flynn dejaba tirado y era excelente en el cerveza pong.

Bryce inhaló con fuerza.

—Lo puedo *sentir*, como una enorme nube de poder justo *aquí* —recorrió con el dedo la cicatriz de estrella de ocho picos entre sus senos. La luzastral pulsaba en la punta de su dedo. Como un latido de respuesta—. Pero no tengo acceso a él.

Cormac le sonrió de una forma que Ruhn supuso era de apoyo.

—Inténtalo una vez más y luego descansas.

Bryce empezó a refunfuñar pero fue interrumpida por el sonido del teléfono de Ruhn.

—Hola, Dec.

—Hola. Oye, ¿Bryce está contigo?

—Sí. Aquí está —Bryce se puso de pie de un salto en cuanto escuchó su nombre—. ¿Qué pasa?

Bryce se acercó para escuchar a Declan decir:

—Mi programa finalmente terminó de analizar todos los videos de Danika en la galería. Jesiba tenía razón. Encontró algo.

Bryce no sabía si era bueno o malo que Declan finalmente hubiera concluido su búsqueda. Sentados alrededor de su nueva mesa de centro —una pobre imitación de la original pero que había sido comprada por Ithan—, una hora después, miraba a Declan abrir el video.

No se había atrevido a llamar a Hunt. No en este momento que un movimiento en falso con Celestina podría mantenerlo alejado aún más tiempo.

Declan le dijo a ella, a Ruhn y a Cormac:

—Tomó tanto tiempo porque una vez que compiló todo el video, tuve que revisar todas las tomas con Danika —le sonrió a Bryce—. ¿*Alguna* vez trabajabas?

Bryce frunció el ceño.

—Sólo los martes.

Declan rio y Bryce se preparó mentalmente para ver a Danika, a Lehabah, la vieja biblioteca de la galería, cuando

Dec presionó el botón para reproducir el video. Sintió un tirón en su corazón al ver el cabello rubio tan familiar, con sus brillantes mechones teñidos, trenzado en la espalda de Danika. Y la chamarra de cuero negra con las palabras *Con amor, todo es posible* estampadas ahí. ¿La memoria USB ya estaría oculta ahí?

—Esto es de dos meses antes de que muriera —dijo Declan en voz baja.

Ahí estaba Bryce, con un vestido verde entallado y tacones de diez centímetros, hablando con Lehabah sobre *Faje salvaje...*

Danika estaba relajada en el escritorio, con las botas encima, las manos detrás de la cabeza, sonriendo mientras escuchaba la discusión regular de que la pornografía con trama no era equivalente a televisión digna de premios. Lehabah discutía que el sexo no abarataba la serie y su voz...

La mano de Ruhn se deslizó hacia la espalda de Bryce y le apretó el hombro.

En la pantalla, Bryce hacía un movimiento a Lehabah para que la siguiera al piso de arriba y ambas se fueran. No recordaba ese día, ese momento. Probablemente había ido por algo y no quiso dejar sola a Lehabah con Danika, que solía molestar a la duendecilla hasta hacer que sus flamas se tornaran de un color azul ardiente.

Pasó un segundo, luego dos, luego tres...

Danika se movió. Rápida y concentrada, como si hubiera usado el tiempo de descanso frente a la mesa para localizar dónde necesitaba ir. Se dirigió directamente a una repisa baja y sacó un libro. Miró en dirección a las escaleras, abrió el libro y empezó a sacar fotografías del interior con su teléfono. Página tras página tras página.

Luego lo puso de vuelta en la repisa. Danika regresó a su silla y adoptó una posición relajada. Fingió estar medio dormida cuando Bryce y Lehabah regresaron, todavía discutiendo sobre el estúpido programa.

Bryce se acercó a la pantalla.

—¿Qué libro era?

—Arreglé un poco la imagen —dijo Declan y abrió un recuadro del libro justo antes de que las uñas negras con brillantina de Danika lo tomaran: *Los lobos a través del tiempo: El linaje de los metamorfos.*

—Puedes ver su dedo acercarse al texto aquí —dijo Declan y abrió otro recuadro. Danika había abierto el libro y recorrió el texto rápidamente con un dedo. Dio unos golpes en algo cerca de la parte superior de la página.

Como si eso fuera exactamente lo que había estado buscando.

Bryce, Declan y Ruhn estudiaron la imagen del libro en las manos de Danika. Cormac se había ido al recibir una llamada que no quería, o no podía, explicar. El libro estaba empastado en cuero y era viejo, pero el título indicaba que había sido escrito antes de la llegada de los vanir.

—No es un libro publicado —dijo Declan—. O al menos es anterior a nuestro actual sistema de publicación. Pero por lo que pude averiguar, ninguna de las bibliotecas de Midgard lo tiene. Creo que debe ser un manuscrito de algún tipo, tal vez un proyecto personal que se encuadernó.

—¿Hay alguna posibilidad de que haya una copia en los Archivos Hada? —le preguntó Ruhn a Bryce.

—Tal vez —respondió Bryce—, pero es posible que Jesiba todavía tenga ése en algún almacén.

Sacó su teléfono y marcó rápidamente.

Jesiba contestó al segundo timbrazo.

—¿Sí, Quinlan?

—Tenías un libro en la vieja galería. *Los lobos a través del tiempo.* ¿Qué es?

Una pausa. Ruhn y Dec podían escuchar cada una de sus palabras con sus oídos de hada.

—Así que sí buscaste en los videos. Es curioso, ¿verdad?

—Sólo... por favor dime. ¿Qué es?

—Es una historia de la genealogía de los lobos.

—¿Por qué la tenías tú?

—Me gusta conocer la historia de mis enemigos.

—Danika no era tu enemiga.

—¿Quién dijo que me refería a Danika?

—Sabine, entonces.

Se escuchó una risa suave.

—Eres tan joven.

—Necesito ese libro.

—Yo no obedezco a las exigencias, ni siquiera de princesas astrogénitas. Ya te he dado suficiente.

Jesiba colgó.

—Eso fue útil —se lamentó Declan.

Pero veinte minutos después, Marrin los llamó para decirles que un mensajero había dejado un paquete de parte de la señorita Roga.

—Me inquieta y me impresiona —murmuró Ruhn cuando Bryce abrió el paquete sin marcas y sacó el tomo de cuero—. Le debemos un trago a Jesiba.

—Danika tomó fotografías de las páginas del principio —dijo Declan, que estaba revisando la grabación en su teléfono—. Tal vez sólo las primeras tres, de hecho. Pero creo que la página a la que le dio unos golpecitos fue la tercera.

Bryce abrió el libro y sintió que se le erizaba el vello de los brazos.

—Es un árbol genealógico. Se remonta a... ¿Esto se remonta hasta el momento en que se abrió la Fisura Septentrional?

Hacía quince mil años.

Ruhn se asomó por encima de su hombro mientras ella estudiaba el libro.

—Gunthar Fendyr es el nombre más reciente, y el último, que aparece aquí.

Bryce tragó saliva.

—Era el padre del Premier.

Pasó las páginas para llegar a la tercera, en la que Danika se había mostrado más interesada.

—Niklaus Fendyr y Faris Hvellen. El primero de la línea Fendyr —se mordió el labio—. Nunca he escuchado hablar de ellos.

Declan tecleó en la computadora.

—No aparece nada.

—Intenta con sus hijos —sugirió Bryce y le dio los nombres.

—Nada.

Recorrieron generación tras generación hasta que Dec dijo:

—Ahí. Katra Fendyr. De aquí... Sí, hay un registro histórico y menciones de Katra a partir de entonces. Empezando hace cinco mil años —recorrió el árbol con el dedo, a lo largo de generaciones, contando en silencio—. Pero nada sobre ninguno de estos Fendyrs antes de ella.

Ruhn preguntó:

—¿Pero por qué sentiría Danika la necesidad de mantener esto en secreto?

Bryce examinó los primeros dos nombres de la lista, los que Danika había tocado como si estuviera descubriendo algo, y respondió:

—¿Por qué se perdieron en la historia esos nombres?

—¿Ithan sabrá? —preguntó Declan.

—No tengo idea —dijo Bryce y se empezó a masticar un padrastro en el dedo—. Necesito hablar con el Premier.

Ruhn protestó:

—¿Debo recordarte que Sabine intentó matarte la semana pasada?

Bryce hizo una mueca.

—Entonces tendré que pedirles a ustedes dos que se aseguren de que no esté en casa.

Bryce no se atrevió a informarle a Hunt por teléfono de lo que estaba haciendo, por qué lo estaba haciendo. Ya se había arriesgado lo suficiente con la llamada a Jesiba. Pero no tener a Hunt a su lado al pasar desapercibida por los guardias de la puerta de la Madriguera la hacía sentir su ausencia como el fantasma de una extremidad amputada. Como si pudiera encontrárselo en las sombras a su lado en cualquier momento, evaluando alguna amenaza.

Declan estaba discutiendo con los guardias de la Madriguera sobre una ofensa imaginada. Y en el cuartel general del Aux... Bueno, si corrían con suerte, Sabine ya habría llegado para reunirse con Ruhn sobre un «asunto urgente».

Bryce encontró al Premier sin demasiada dificultad, sentado a la sombra de un enorme roble en el parque que ocupaba el espacio central de la Madriguera. Había un grupo de cachorros jugando a sus pies. No había otros lobos en el área.

Ella se apresuró a salir de entre las sombras de las columnas del edificio hacia la silla de madera. Algunos cachorros curiosos se pusieron alertas al verla. Ella sintió una presión en el pecho al ver sus orejitas peludas y sus colitas que se movían, pero conservó la mirada en el anciano.

—Premier —dijo y se arrodilló a su lado, oculta de los guardias que seguían discutiendo con Dec en la puerta—. Un momento de tu tiempo, por favor.

Él abrió un poco los ojos nublados por la edad.

—Bryce Quinlan —dio unos golpecitos sobre su pecho huesudo—. Una loba.

Ruhn le había comentado sobre las palabras del Premier durante el ataque. Bryce intentó no pensar en cuánto significaba eso para ella.

—Tu linaje... el linaje Fendyr. ¿Se te ocurre por qué Danika pudo estar interesada en él? —preguntó.

Él titubeó y luego les hizo una señal a los cachorros, que se fueron a jugar a otra parte. Ella calculó que tendrían unos cinco minutos hasta que alguno de ellos le dijera a otro adulto que una hada de cabello rojizo estaba ahí.

La silla del Premier crujió cuando giró para verla a la cara.

—A Danika le gustaba la historia.

—¿Está prohibido conocer los nombres de tus primeros ancestros?

—No. Pero están casi olvidados.

—¿Los nombres Faris Hvellen y Niklaus Fendyr te dicen algo? ¿Danika alguna vez preguntó por ellos?

Él se quedó en silencio, aparentemente intentando buscar en su memoria.

—Una vez. Dijo que estaba haciendo un trabajo para la escuela. Nunca supe qué fue de él.

Bryce exhaló. No había ningún trabajo sobre genealogía de lobos en los papeles secretos de la mesa de centro de su sala.

—Está bien. Muchas gracias.

Esto había sido una pérdida de tiempo. Se puso de pie, miró a su alrededor en el parque, hacia las puertas más allá. Podía correr en ese momento.

El Premier la detuvo con una mano seca y arrugada sobre la de ella. La apretó.

—No me preguntaste por qué hemos olvidado sus nombres.

Bryce se sobresaltó.

—¿Lo sabes?

Él asintió un poco.

—Es un trozo de leyenda que la mayoría de mi gente cuidó que nunca llegara a los libros de historia. Pero se mantuvo vivo gracias a la tradición oral.

Los arbustos crujieron. Mierda. Tenía que irse.

El Premier dijo:

—Hicimos cosas impensables durante las Primeras Guerras. Nos apartamos de nuestra verdadera naturaleza. La perdimos de vista y luego la perdimos para siempre. Nos convertimos en lo que somos ahora. Decimos que somos lobos libres, pero en realidad tenemos el collar de los asteri alrededor del cuello. Sus correas son largas y les permitimos que nos domesticaran. Ahora no sabemos cómo regresar a lo que éramos, lo que podríamos haber sido. Eso fue lo que me dijo mi abuelo. Lo que yo le dije a Sabine, aunque a ella no le importó. Le dije a Danika, quien... —le tembló la mano—. Creo que ella podría habernos llevado de regreso, como líder, ¿sabes? Al sitio donde estábamos antes de llegar aquí para convertirnos en criaturas de los asteri por dentro y por fuera.

A Bryce se le revolvió el estómago.

—¿Eso era lo que Danika quería?

No le hubiera sorprendido.

—No lo sé. Danika no confiaba en nadie —le apretó la mano—. Salvo en ti.

Un gruñido hizo vibrar la tierra y Bryce se encontró con una loba enorme que se aproximaba enseñando los colmillos. Pero Bryce le dijo al Premier:

—Deberías hablar con Sabine sobre Ithan.

Él parpadeó.

—¿Qué hay de Ithan?

¿No lo sabía? Bryce dio un paso atrás sin perder de vista a la loba que avanzaba.

—Lo echó y casi lo mató. Está viviendo con mi hermano ahora.

Esos ojos nublados se aclararon por un momento. Alertas y... enojados.

La loba se abalanzó y Bryce corrió, avanzó a toda velocidad por el parque hacia las puertas. Junto a los guardias que seguían discutiendo con Declan, quien les guiñó y luego salió corriendo a su lado hacia las calles bulliciosas de Moonwood. Con cada cuadra que corría, iba arrastrando más y más preguntas tras ella.

Tenía toda la intención de colapsarse en su sofá y procesar la información durante un largo rato pero, cuando llegaron, Cormac estaba esperando fuera de su departamento.

Ensangrentado y sucio y...

—¿Qué te pasó? —dijo Declan y Bryce abrió la puerta del departamento de par en par para que entraran.

Cormac sacó una bolsa de hielo del congelador, la presionó contra su mejilla y se sentó a la mesa de la cocina.

—Mordoc casi me atrapó en una entrega de información. Tenía a otros seis necrolobos con él.

—¿Mordoc pudo olerte? —preguntó Bryce mientras estudiaba al príncipe golpeado. Si sí, si rastreaban a Cormac hasta acá...

—No, me mantuve con el viento en contra, incluso para su nariz. Y si cualquiera de sus soldados sí lo hizo, ellos ya no son un problema.

¿La sangre de sus manos entonces no era de él? Bryce intentó no olerla.

—¿Qué decía la información? —preguntó Declan y se acercó a la ventana para revisar la calle debajo, probablemente para confirmar que nadie hubiera seguido a Cormac.

—El ataque a la Espina Dorsal fue exitoso —dijo Cormac con el rostro endurecido debajo de la sangre y los moretones—. El nuevo prototipo del mecatraje de los asteri se consiguió, junto con una cantidad invaluable de munición.

—Bien —dijo Declan.

Cormac suspiró.

—Enviarán el prototipo acá.

Bryce se sobresaltó.

—¿A Lunathion?

—A las Islas Coronal.

Cerca... a dos horas en barco.

—A una base en Ydra.

—Mierda —dijo Dec—. Van a empezar algo aquí, ¿verdad?

—Sí, probablemente con Pippa y su escuadrón Ocaso al mando.

—¿No saben que está loca? —preguntó Bryce.

—Tiene éxito con sus operativos. Eso es todo lo que importa.

—¿Qué hay de Emile? —presionó Bryce—. ¿Logró encontrarlo?

—No. Sigue allá afuera. El agente dijo que la cacería continúa.

—Entonces, ¿qué hacemos? —le preguntó Dec a Cormac—. ¿Ir a Ydra y convencerlos de que *no* dejen que Pippa tenga acceso a todas esas armas?

—Sí —Cormac le asintió a Bryce—. Envíale una nutria al capitán Ketos. Y creo que también vamos a necesitar la experiencia de Hunt Athalar.

42

Bryce apenas estaba caminando por el pasillo brillante camino a la oficina de Celestina cuando sonó su teléfono.

Juniper. Bryce dejó que la llamada se fuera al buzón. Llegó un mensaje. *Llámame ahora mismo.*

El terror le recorrió el cuerpo como ácido. Bryce marcó rezando que nada hubiera sucedido con Fury...

Juniper contestó al primer timbrazo.

—¿Cómo te *atreviste?*

Bryce se detuvo.

—¿Qué?

—¿Cómo te *atreviste* a llamar a Gorgyn?

—Yo... —Bryce tragó saliva—. ¿Qué pasó?

—¡Soy la bailarina principal, eso es lo que pasó!

—¿Y eso es malo?

Tenía la cita con Celestina en un minuto. No podía llegar tarde.

—¡Es malo porque *todos* saben que la *Princesa Bryce Danaan* llamó y amenazó con retirar las donaciones del Rey del Otoño si el BCM no *reconocía mi talento!*

—¿Qué tiene? —siseó Bryce—. ¿No es eso acaso lo único bueno de ser una princesa?

—¡No! ¡Es lo *opuesto!* —Juniper estaba dando alaridos de rabia. Bryce empezó a temblar—. ¡Llevo toda mi vida trabajando por esto, Bryce! *¡Toda mi vida!* ¡Y tú te metiste y me arrebataste este logro! Tú te convertiste, no yo ni mi talento, sino tú, en la razón por la cual me dieron este ascenso, la razón por la cual hice historia. *Tú*, no yo. No yo por perseverar, por luchar a través de las dificultades, sino mi amiga la princesa hada, ¡que no podía dejarme en paz de una buena vez!

El reloj sonó en el pasillo. Bryce tenía que irse. Tenía que ir a hablar con la arcángel.

—Mira, estoy a punto de entrar a una reunión —dijo lo más tranquilamente que pudo aunque sentía que iba a vomitar—. Pero te llamaré en cuanto salga, lo prometo. Siento mucho si...

—Ni te molestes —le contestó June bruscamente.

—Juniper...

La fauna colgó el teléfono.

Bryce se concentró en su respiración. Necesitaba una de las clases de baile de Kyrah. Inmediatamente. Necesitaba sudar y respirar y descargar y analizar este tornado que la estaba destrozando por dentro. Pero esta reunión... Enderezó los hombros, apartó el pleito de su mente, el hecho de haber echado todo a perder, de haber sido tan arrogante y estúpida y...

Tocó a la puerta de la oficina de Celestina.

—Adelante —dijo la dulce voz femenina.

Bryce le sonrió a la gobernadora como si no acabara de destruir una amistad un momento antes.

—Su Gracia —dijo Bryce e inclinó la cabeza.

—Su Alteza —respondió Celestina y Bryce tuvo que controlarse para no hacer una mueca. Así era como había conseguido esta cita también. Le había pedido la reunión a la arcángel no como Bryce Quinlan sino como una princesa de las hadas. Era una invitación a la cual hasta un arcángel tenía que acceder.

Se preguntó qué consecuencias negativas le traería esto ahora.

—Sólo por esta reunión —dijo Bryce y se sentó—. Vine a hacer una solicitud formal.

—Para el regreso de Hunt Athalar, supongo.

Una luz cansada y triste brillaba en los ojos de la gobernadora.

—Un regreso temporal —dijo Bryce y se recargó en el respaldo de la silla—. Sé que él se marchó de tu fiesta. Si yo hubiera sabido que haría eso, nunca le hubiera pedido que me ayudara aquella noche. Así que, por favor siéntete en total libertad de castigarlo. Tienes mi bendición.

Era mentira, pero las comisuras de los labios de Celestina se movieron un poco hacia arriba.

—¿Cuánto tiempo lo necesitas?

—Una noche.

Para ir a las Islas Coronal y de regreso antes de que Pippa Spetsos y su cabal pudieran llegar ahí. Para convencer a quien fuera que hubiera enviado el Comando de que *no* le diera a Spetsos la libertad de criterio para usar esas armas en Valbara.

—Pensamos que podríamos tomar el tren flecha en vez de conducir las ocho horas en cada sentido. Le prometí a mi madre que lo llevaría a casa conmigo. Si no viene, será un verdadero viaje al Averno.

Otra mentira.

Pero la gobernadora sonrió por completo al escuchar eso.

—Tu madre es... ¿una criatura temible?

—Oh, sí. Y si Hunt no está ahí, todo lo malo que piensa de él quedará confirmado.

—¿No le agrada?

—No le agrada *ningún* hombre. Ninguno es suficientemente bueno para mí, según ella. No tienes idea de lo difícil que era salir con alguien cuando era más joven.

—Intenta ser una arcángel en una comunidad pequeña —dijo Celestina y sonrió genuinamente.

Bryce devolvió la sonrisa.

—¿Todos estaban intimidados?

—Algunos salían corriendo entre gritos.

Bryce rio y se maravilló de poder hacerlo. Odiaba tener que mentirle a esta mujer cálida y amable.

Celestina se acomodó un rizo de cabello detrás de la oreja.

—Entonces, muchas cosas dependen de esta visita de Athalar.

—Sí. No es que yo requiera del permiso de mi madre para estar con él, pero... Sería bueno tener su aprobación.

—Estoy segura de que así sería —dijo Celestina y su sonrisa se tornó triste.

Bryce sabía que no era su lugar, pero preguntó:

—¿Cómo van las cosas contigo y Ephraim?

Una sombra cruzó por el rostro de Celestina, la confirmación de que no estaba satisfecha.

—Es un amante experto.

—¿Pero?

La respuesta fue deliberada y un tono de advertencia afiló su voz.

—Pero ha sido mi amigo por muchos años. Me he dado cuenta de que lo estoy conociendo de una manera completamente nueva.

Celestina se merecía tanto más que eso. Bryce suspiró.

—Sé que eres una... arcángel, pero si alguna vez necesitas una plática de chicas... Cuenta conmigo.

El último gobernador con quien habló había intentado matarla. Y ella le había metido una bala a la cabeza. Esto era un cambio bienvenido.

Celestina volvió a sonreír, esa calidez, y alivio, regresaron a sus facciones.

—Eso me gustaría mucho, Su Alteza.

—Bryce, en esta situación.

—Bryce —le brillaron los ojos—. Lleva a Athalar a casa. Y mantenlo allá.

Bryce arqueó las cejas.

—¿Permanentemente?

—No en casa de tus padres. Quiero decir que lo lleves contigo a casa de tu familia y luego podrá vivir contigo otra vez. La depresión con la que anda por todas partes está bajando la moral de todos. Lo enviaré contigo mañana en la mañana. Déjalo sufrir una noche más antes de que le diga mañana temprano.

Bryce sonrió feliz.

—Gracias. De verdad, *muchas* gracias.

Pero la gobernadora hizo un gesto para restarle importancia a su decisión.

—Tú me estás haciendo un favor a mí, créeme.

Bryce hizo una llamada de camino a su siguiente parada.

Fury contestó justo antes de que la llamada se fuera al buzón.

—La cagaste, Bryce.

Bryce se encogió un poco al escucharla.

—Lo sé. Lo siento en verdad.

—Entiendo por qué lo hiciste, créeme. Pero está *devastada.*

Bryce se bajó del elevador y se tragó el nudo que sentía en la garganta.

—Por favor, dile que lo siento tanto. Lo lamento como no sabes. Estaba tratando de ayudar y no pensé.

—Lo sé —respondió Fury—. Pero yo no me voy a meter en medio de todo esto.

—Tú eres su novia.

—Exactamente. Y tú eres su amiga. Y mía. Yo no voy a hacer de mensajera. Dale algo de tiempo y luego intenta hablar con ella.

Bryce se recargó en un muro desgastado y se dejó caer.

—Está bien. ¿Cuánto tiempo?

—Unas cuantas semanas.

—¡Eso es muchísimo!

—Está devastada. ¿Recuerdas?

Bryce se frotó el pecho, la cicatriz apagada que tenía ahí.

—Carajo.

—Empieza a pensar en buenas maneras de disculparte —dijo Fury. Luego agregó—: ¿Ya averiguaron algo sobre Danika o el niño?

—Todavía no. ¿Quieres ayudar?

Era lo más que se arriesgaría a decir por teléfono.

—No. Tampoco me voy a meter en esa mierda.

—¿Por qué?

—Tengo muchas cosas buenas en mi vida en este momento —dijo Fury—. June es una de ellas. No voy a arriesgar nada. Ni su seguridad.

—Pero...

—Una buena disculpa. No te olvides.

Fury colgó.

Bryce se tragó sus náuseas, el odio y repugnancia que sentía por sí misma. Caminó por el pasillo silencioso hasta una puerta conocida y luego tocó. Al abrirse la puerta, fue recompensada con la aparición de Hunt sin camisa y con la gorra de solbol volteada hacia atrás. Brillando de sudor. Seguramente estaba regresando del gimnasio.

Se sobresaltó.

—¿Qué estás...?

Ella lo interrumpió con un beso y lo abrazó del cuello.

Él rio y le envolvió la cintura con las manos y la levantó lo suficiente para que ella pudiera ponerle las piernas alrededor del cuerpo. Hizo más lento el beso y su lengua se aventuró profundamente en su boca, explorándola.

—Hola —le dijo contra los labios y la volvió a besar.

—Quería darte las noticias —le dijo y le besó la mandíbula, el cuello. Él ya se sentía duro contra su cuerpo. Ella se derritió.

—¿Sí?

Él le recorrió el trasero con las manos, amasando y acariciando.

—Mañana en la mañana —dijo ella y le besó la boca una y otra vez—. Te irás de aquí.

Él la dejó caer. No del todo, pero con suficiente rapidez para que sus pies hicieran un ruido sordo al chocar con el piso.

—¿Qué?

Ella recorrió su pecho mojado de sudor con las manos y luego jugueteó con el resorte de sus pantalones. Recorrió toda su longitud con un dedo. Ya sobresalía con una exigencia impresionante.

—Nos iremos a unas pequeñas vacaciones. Así que haz un buen trabajo de parecer muy deprimido todavía esta noche.

—¿Qué? —repitió él.

Ella le besó el pectoral y pasó su boca sobre el pezón duro y color café. Él gimió suavemente y la tomó del cabello.

—Empaca un traje de baño —murmuró ella.

Una voz masculina rio a sus espaldas y Bryce se tensó. Dio la vuelta rápidamente para encontrarse con Pollux, quien venía caminando con el brazo alrededor de los hombros de una mujer hermosa.

—¿Te paga por hora? —preguntó el Martillo.

La mujer, la *Cierva*, rio pero no dijo nada conforme se acercaban. Por Solas, era... hermosa y terrible. Ella había torturado a incontables personas. Los había matado, probablemente incluida Sofie Renast. Si Cormac la veía, si se acercaba tanto a ella, ¿se arriesgaría e intentaría ponerle fin?

Los ojos de ámbar de la Cierva brillaron al encontrarse con los de Bryce, como si pudiera leer todos los pensamientos de su mente. La metamorfa de venado le sonrió a modo de invitación.

Pero la Cierva y el Martillo continuaron su camino y, desde el exterior y de espaldas, bien podrían pasar por una pareja normal. Bryce no pudo evitar abrir la boca y dijo hacia las espaldas de Pollux:

—En serio necesitas buscarte nuevo material, Pollux.

Él la miró furioso por encima del hombro y pegó las alas a su cuerpo. Pero Bryce le sonrió con dulzura y él, afortunadamente, continuó su camino con su despreciable amante al lado.

Bryce vio que Hunt sonreía a su lado y eso le aligeró cualquier culpa restante sobre Juniper, cualquier frustración con Fury, cualquier miedo y angustia sobre estar tan cerca de la Cierva... a pesar de desear poder contarle todo ya. Hunt tiró de su mano e intentó que entrara a su habitación, pero ella plantó los pies en el piso y se resistió.

—Mañana en la mañana —dijo con voz ronca aunque el deseo hacía que le dolieran hasta los huesos—. Nos vemos en casa mañana.

Le diría todo entonces. Todas las locuras que habían ocurrido desde la última vez que se habían visto.

Hunt asintió y escuchó lo que ella no dijo. Volvió a tirar de ella y ella se acercó e inclinó la cabeza hacia atrás para recibir su beso. Él metió la mano por la parte delantera de sus *leggins*. Gruñó hacia su boca cuando sus dedos encontraron la humedad que lo aguardaba.

Ella gimió cuando él frotó su clítoris en un círculo prometedor y provocador.

—Nos vemos al amanecer, Quinlan.

Le dio un mordisco en el labio inferior y regresó a su habitación. Cuando cerró la puerta, él se lamió los dedos.

Ithan parpadeó cuando vio el teléfono que sonaba en sus manos.

Premier.

Todos los lobos de Valbara tenían el número del Premier en sus teléfonos. Pero Ithan jamás lo había llamado y el Premier de los lobos nunca le había hablado a él. No podía ser nada bueno.

Se detuvo a medio callejón. Los letreros de neón formaban remansos de colores en las rocas debajo de sus botas. Inhaló rápidamente y contestó:

—¿Hola?

—Ithan Holstrom.

Inclinó la cabeza, aunque el Premier no podía verlo.

—Sí, Premier.

La voz marchita se escuchaba pesada por la edad.

—Me informaron el día de hoy que ya no estás viviendo en la Madriguera.

—Por órdenes de Sabine, sí.

—¿Por qué?

Ithan tragó saliva. No se atrevía a decir por qué. Sabine lo negaría de todas maneras. Sabine era la hija del lobo al otro lado de la línea.

—Dime por qué.

Un asomo de lo que el Premier Alfa había sido durante sus años más jóvenes se sintió en el tono de voz. Este lobo había convertido a la familia Fendyr en una fuerza importante en Valbara.

—Tal vez podrías preguntarle a tu hija.

—Quiero escucharlo de ti, cachorro.

Ithan tragó saliva.

—Fue un castigo por desobedecer sus órdenes durante el ataque de esta primavera y por ayudar a los humanos en los Prados de Asfódelo. Y también por alabar las acciones de Bryce Quinlan durante el ataque en un artículo de una revista.

—Ya veo —aparentemente eso era todo lo que el Premier necesitaba—. ¿Qué planeas hacer ahora?

Ithan se enderezó.

—Estoy, ah, viviendo con el príncipe Ruhn Danaan y sus amigos. Estoy ayudándoles en la división hada del Aux.

Ayudando con una rebelión.

—¿Ahí es donde deseas estar?

—¿Tengo alguna alternativa?

El Premier hizo pausa larga y demasiado tensa.

—Yo te haría Alfa de tu propia jauría. Lo tienes en la sangre, lo he percibido. Durante demasiado tiempo lo has suprimido para que otros puedan liderar.

Ithan sintió que el suelo se movía debajo de sus pies.

—Yo... ¿qué hay de Sabine?

La cabeza le daba vueltas.

—Yo me encargaré de mi hija, si esto es lo que tú decides.

Ithan no tenía ni puta idea siquiera de quién estaría en su jauría. Se había separado tan absolutamente de viejas amistades y familiares tras la muerte de Connor que sólo se había molestado con asociarse con la jauría de Amelie. Perry era lo más cercano a una amiga que tenía en la Madriguera y ella nunca se apartaría del lado de su hermana. Ithan tragó saliva.

—Me siento muy honrado pero... necesito pensarlo.

—Has pasado por bastante, muchacho. Toma el tiempo que necesites para decidir, la oferta está ahí. No quiero perder a otro lobo valioso, en especial por las hadas.

Antes de que Ithan pudiera decir adiós, el viejo lobo colgó. Pasmado y sorprendido, Ithan se recargó contra uno de los edificios de ladrillo en el callejón. Alfa.

Pero... un Alfa a la sombra de Sabine cuando el Premier muriera. Sabine sería *su* Premier. Amelie reinaría como la Premier heredera. Y luego sería Premier ella misma, cuando Sabine ya no estuviera.

No tenía ningún interés en servir a ninguna de ellas dos. Pero... ¿era una traición a los lobos, al legado de su hermano, dejar a las jaurías de Valbara a la merced de la crueldad de Sabine?

Se apartó el cabello de la cara. Ya lo tenía más largo que lo que lo tuvo jamás cuando jugaba solbol. No podía distinguir si le gustaba o no.

Carajo, no podía distinguir si se agradaba *a sí mismo* o no.

Se enderezó y se separó de la pared para caminar hacia su destino original. Las puertas enormes del edificio de los horrores del Astrónomo estaban cerradas. Ithan llamó a la puerta usando la medialuna una vez.

No hubo respuesta.

Tocó una segunda vez, luego presionó una oreja contra una de las puertas metálicas con la intención de distinguir alguna señal de vida del otro lado. No se escuchó ni un paso, aunque sí alcanzaba a distinguir la vibración de la maquinaria. Tocó dos veces y luego presionó el hombro contra la puerta. Se abrió con un crujido, nada salvo oscuridad dentro. Ithan entró y cerró en silencio la pesada puerta a sus espaldas.

—¿Hola?

Nada. Se dirigió hacia el resplandor débil de los tres tanques al centro del espacio cavernoso. Nunca había visto algo tan extraño e inquietante: los tres seres que habían sido vendidos a esta vida. Existencia. Esto sin duda no era una puta vida.

No que él lo supiera. No había tenido vida en dos años.

La visita de la semana pasada había permanecido en él como una herida sin sanar.

Podría haber salido de este sitio condenando todo lo que había visto, pero de todas maneras le había dado su dinero al Astrónomo. Había contribuido a mantener este sitio en funciones.

Sabía que le molestaba a Bryce, pero ella había estado involucrada en demasiada mierda con Danika y, como princesa, estaba atada de manos en lo que respectaba a la escena pública. En especial ahora que caminaba en la cuerda floja y que cualquier atención adicional sobre ella podría significar su perdición.

Pero él no le importaba un carajo a nadie. No importaba lo que hubiera dicho el Premier.

—¿Hola? —volvió a llamar y su palabra hizo eco en la penumbra.

—No está aquí —respondió una voz femenina y rasposa.

Ithan se dio la vuelta rápidamente y movió la mano hacia su pistola mientras buscaba en la oscuridad. Su visión de lobo le permitía penetrar las sombras y pudo distinguir la ubicación de la persona que había hablado. Dejó caer la mano al verla.

El cabello largo y castaño colgaba sobre sus extremidades demasiado delgadas y pálidas. Su cuerpo estaba envuelto en esa túnica blanca que vestían los tres místicos. Sus ojos oscuros estaban quietos, como si sólo estuviera ahí a medias. Un rostro que podría haber sido hermoso, de no ser por lo demacrado. Tan atormentada.

Ithan tragó saliva y lentamente se acercó al lugar donde ella estaba encogida contra la pared, con las rodillas huesudas pegadas al pecho.

—Quisiera ver a tu... jefe.

No podía decir *dueño*, aunque eso era lo que era el anciano. En la penumbra, alcanzaba a distinguir una mesa de trabajo más al fondo de donde estaba sentada la mística en el piso. Había una caja encima. La luz se filtraba desde la caja y él pudo adivinar qué había dentro. Quiénes estaban dentro, atrapados en esos cuatro anillos, que aparentemente eran tan valiosos como para que el anciano los dejara ahí en vez de arriesgarse a sacarlos a la ciudad.

La voz rasposa de la mística sonaba como si no hubiera hablado en mucho tiempo.

—Puso a los otros dos dentro otra vez, pero le hacía falta una parte para arreglar la maquinaria de mi lugar. Está en el Mercado de Carne. Se reunirá con la Reina Víbora.

Ithan olfateó un poco intentando leer a la mujer. Lo único que podía percibir desde esa distancia era la sal. Como si hubiera permeado en su olor y lo hubiera eliminado.

—¿Sabes cuándo regresará?

Ella se limitó a mirarlo, como si todavía estuviera conectada a la máquina que estaba en ese sitio.

—Tú eres el que me liberó.

Solas, ella estaba sentada con una... quietud vanir. Nunca se había percatado de lo mucho que *él* se movía hasta que se paró a su lado. Y él se había considerado capaz de la inmovilidad absoluta de los lobos.

—Sí, perdón.

Pero la palabra se le quedó grabada: *liberó*. Ella había estado suplicando que la regresara. Él asumió que se refería al espacio liminal donde deambulaban los místicos, pero... ¿Qué tal si ella se refería a este mundo, a regresar a su vida previa? ¿A la familia que la había vendido?

Eso no era ni su problema ni su asunto por resolver. Pero de todas maneras preguntó:

—¿Estás bien?

Ella no se veía bien. Estaba sentada de la misma manera que él se sentó en el baño de su dormitorio la noche que se enteró de la muerte de Connor.

La mística sólo dijo:

—Él regresará pronto.

—Entonces lo esperaré.

—No le agradará.

Ithan le ofreció una sonrisa tranquilizadora.

—Puedo pagar, no te preocupes.

—Le has provocado muchos inconvenientes. Te echará.

Ithan se acercó un paso.

—¿Entonces tú me puedes ayudar?

—No puedo hacer nada a menos que esté en el tanque. Y no sé cómo usar las máquinas para preguntarles a los otros.

—Está bien.

Ella ladeó la cabeza.

—¿Qué quieres saber?

Él tragó saliva.

—¿Era verdad lo que dijo el príncipe demonio de mi hermano, que está seguro por el momento?

Ella hizo un gesto de tristeza y su boca se veía tan pálida que no era natural.

—Yo sólo podía percibir el terror del otro —dijo ella con un movimiento de cabeza hacia los tanques—. No lo que se dijo.

Ithan se frotó la nuca.

—Está bien. Gracias. Eso era todo lo que necesitaba.

Quería asegurarse de que Connor estuviera a salvo. Que había alguna manera de ayudarlo.

Ella dijo:

—Podrías encontrar a un nigromante. Ellos sabrían la verdad.

—Los nigromantes son pocos y están dispersos... y están muy regulados —dijo Ithan—. Pero gracias de nuevo. Y, eh... buena suerte.

Dio la vuelta para dirigirse hacia las puertas. La mística se movió un poco y el movimiento le envió un susurro de su olor en su dirección. Nieve y brasas y...

Ithan se quedó rígido. Giró hacia ella.

—Eres una loba. ¿Qué estás haciendo aquí?

Ella no respondió.

—¿Tu jauría permitió que esto sucediera?

La rabia le hervía en la sangre. Le aparecieron garras en las puntas de los dedos.

—Mis padres no tenían jauría —dijo ella con voz ronca—. Recorrían la tundra de Nena conmigo y mis diez hermanos. Mis dones se volvieron aparentes cuando tenía tres años. Para los cuatro, ya estaba aquí dentro.

Señaló el tanque e Ithan dio un paso atrás, horrorizado.

Una familia de lobos había *vendido* a su cachorra y ella había entrado a ese tanque...

—¿Cuánto tiempo? —preguntó sin poder detener su estremecimiento de rabia—. ¿Cuánto tiempo llevas ahí dentro?

Ella negó con la cabeza.

—Yo... no lo sé.

—¿Cuándo naciste? ¿Qué año?

—No lo sé. Ni siquiera recuerdo hace cuánto tiempo hice el Descenso. El Astrónomo hizo que un funcionario viniera aquí para marcarlo, pero... no lo recuerdo.

Ithan se frotó el pecho.

—Por Solas.

Ella se veía tan joven como él pero, entre los vanir, eso no significaba nada. Podría tener cientos de años. Dioses, ¿cómo había hecho el Descenso aquí?

—¿Cómo te llamas? —preguntó Ithan—. ¿Cuál es el nombre de tu familia?

—Mis padres nunca me pusieron nombre y nunca supe los suyos más allá de papá y mamá —su voz se hizo más cortante y un ligero asomo de su temperamento se alcanzó a distinguir—. Deberías marcharte.

—Tú no puedes estar aquí.

—Hay un contrato que sugiere lo contrario.

—Eres una *loba* —le gruñó él—. Te tienen en una puta *jaula* aquí.

Iría directamente con el Premier. Lo haría ordenarle al Astrónomo que liberara a esta mujer sin nombre.

—Mis hermanos y mis padres pueden comer y vivir cómodamente porque yo estoy aquí. Eso no seguirá sucediendo cuando me vaya. Volverán a morir de hambre.

—Es una puta pena —dijo Ithan, pero podía verlo, la determinación de su expresión que le indicaba que no iba a poder sacarla de este lugar. Y él podía entenderlo, esa necesidad de dar todo de ella misma para que su familia sobreviviera. Así que agregó—: Me llamo Ithan Holstrom. Si alguna vez quieres irte de aquí, avísame.

No tenía idea de cómo pero... tal vez podría venir a verla unas cuantas veces al año. Inventar excusas para hacerle preguntas.

La cautela llenó la mirada de la mística, pero asintió.

A él se le ocurrió que ella probablemente estaba sentada en el piso frío porque sus delgadas piernas se habían atrofiado de tanto tiempo de estar en el tanque. Ese pedazo de mierda la había dejado así.

Ithan buscó a su alrededor para ver si encontraba una manta pero no había nada. Sólo tenía su camiseta así que se la empezó a quitar pero ella dijo:

—No. Él sabrá que estuviste aquí.

—Bien.

Ella sacudió la cabeza.

—Él es posesivo. Si siquiera piensa que he tenido contacto con alguien que no sea él, me enviará al Averno con una pregunta sin importancia —se estremeció ligeramente. Ya había hecho eso.

—¿Por qué?

—A los demonios les gusta jugar —susurró ella.

Ithan sintió que se le cerraba la garganta.

—¿Estás segura de que no quieres marcharte? Puedo cargarte ahora mismo y después ya veremos cómo solucionar las cosas. El Premier te protegerá.

—¿Conoces al Premier? —su voz se llenó de asombro susurrado—. Yo sólo escuchaba a mis padres hablar de él cuando era niña.

Así que no había estado completamente aislada del mundo.

—Él te ayudará. Yo te ayudaré.

El rostro de ella se tornó indiferente de nuevo.

—Debes irte.

—Bien.

—Bien —repitió ella, de nuevo con esa insinuación de su temperamento. Un poco de dominio que hizo que el lobo dentro de Ithan se pusiera alerta.

La miró a los ojos. No sólo un poco de dominio... eso era un destello de dominio de *Alfa*. Sintió que las rodillas se le doblaban un poco, su instinto de lobo estaba sopesando si debía confrontarla o hacer una reverencia hacia ella.

Una Alfa. Aquí, en un tanque. Probablemente sería entonces la heredera de su familia. ¿Ellos lo sabrían, incluso cuando tenía cuatro años? Reprimió un gruñido. ¿Sus padres la habrían enviado aquí *porque* ella era una amenaza a su dominio sobre la familia?

Pero Ithan apartó las preguntas de su mente. Retrocedió hacia las puertas otra vez.

—Debes tener un nombre.

—Pues no lo tengo —le repuso ella.

Definitivamente una Alfa, con ese tono, ese destello de temple inflexible.

Alguien con quien el lobo dentro de él hubiera querido involucrarse.

Y dejarla aquí... Eso no le gustaba nada. Ni a él, ni al lobo en su corazón, tan roto y solitario como estaba. Tenía que hacer algo. Lo que fuera. Pero como ella claramente no se iba a ir de este sitio... Tal vez habría alguien más que él pudiera ayudar.

Ithan vio la pequeña caja sobre la mesa de trabajo y ni siquiera se cuestionó a sí mismo antes de tomarla. Ella intentó sin éxito ponerse de pie, sus piernas débiles la traicionaron.

—Él te *matará* por llevártelos...

Ithan se dirigió hacia las puertas con la caja de duendecillos de fuego atrapados en los anillos.

—Si tiene un problema con esto, puede hablar con el Premier.

Y explicarle por qué tenía una loba cautiva ahí.

Ella tragó saliva pero no dijo nada más.

Así que Ithan salió, hacia la normalidad discordante de la calle al otro lado, y cerró la puerta pesada a sus espaldas. Pero a pesar de la distancia que puso rápidamente entre él y los místicos, sus pensamientos regresaron a ella una y otra vez.

La loba sin nombre, atrapada en la oscuridad.

—Estoy solicitando un equipo acuático de veinticinco personas para mañana —le dijo Tharion a su reina con las manos a la espalda y la cola aleteando suavemente en la corriente del río. La Reina del Río estaba en su forma humanoide en un lecho de coral rocoso junto a su trono, tejiendo ortiga de mar con su vestido azul marino ondulando a su alrededor.

—No —respondió simplemente.

Tharion parpadeó.

—Tenemos información confiable de que este cargamento proviene de Pangera y que Pippa Spetsos probablemente ya esté allá. Si usted quiere que la capture y que la interrogue sobre la ubicación de Emile, necesitaré apoyo.

—¿Y que tantos testigos sepan del involucramiento de la Corte Azul?

¿Cuál es nuestro involucramiento?, Tharion no se atrevía a preguntar. *¿Cuál es su interés en esto más allá de querer el poder del niño?*

Su reina continuó:

—Tú irás, e irás solo. Asumo que tu actual equipo de... personas estará contigo.

—Sí.

—Eso deberá ser suficiente para interrogarla, dados los poderes de tus compañeros.

—Aunque sea cinco agentes mer...

—Sólo tú, Tharion.

No pudo contenerse y dijo:

—Algunas personas piensan que usted está intentando deshacerse de mí, ¿sabe?

Lenta, muy lentamente, la Reina del Río levantó la vista de su tejido. Él podría jurar que un temblor recorrió el lecho del río. Pero la voz de la reina fue peligrosamente suave cuando respondió:

—Entonces defiende mi honor contra tales calumnias y regresa vivo.

Él apretó la mandíbula e inclinó la cabeza.

—¿Debo despedirme de su hija, entonces? ¿En caso de que sea mi última oportunidad de hacerlo?

Las comisuras de los labios de la reina se volvieron a curvar hacia arriba.

—Creo que ya le has causado suficiente angustia.

Las palabras eran verdaderas. Ella podría ser un monstruo de muchas maneras, pero tenía razón sobre él en ese tema. Así que Tharion nadó hacia el azul claro y permitió que la corriente le pegara en la cabeza para quitarle el enojo a golpes.

Si había una posibilidad de conseguir el poder de Emile, la Reina del Río lo tomaría.

Tharion esperaba tener lo necesario para detenerla.

Las sillas se habían convertido en sofás de terciopelo en el puente del sueño.

Ruhn se sentó en el suyo, escudriñando la oscuridad interminable que lo rodeaba. Se asomó detrás del diván del «lado» de Day. ¿Si la siguiera hacia su lado, terminaría en su mente? ¿Vería las cosas a través de sus ojos y sabría quién era ella, dónde estaba? ¿Podría leer todos sus pensamientos?

Él podía hablar dentro de la mente de alguien, pero *entrar* de verdad en ella, leer los pensamientos como podían sus primos de Avallen... ¿Así era como lo hacían? Parecía como una violación. Pero si ella lo invitaba, si ella quería que él estuviera ahí, ¿lo podría hacer?

Las flamas ondularon frente a él y luego ahí estaba ella, extendida sobre el diván.

—Hola —dijo él y se volvió a sentar en su sillón.

—¿Alguna información que reportar? —preguntó ella a modo de saludo.

—Así que estaremos en tono formal esta noche.

Ella se sentó más erguida.

—Este puente es un camino para la información. Es nuestra primera y mayor obligación. Si tú estás viniendo aquí para coquetear con alguien, te sugiero que busques en otro sitio.

Él soltó una risa.

—¿Crees que estoy coqueteando contigo?

—¿Le dirías *hola* en ese tono a un agente si fuera hombre?

—Probablemente sí —dijo, pero concedió—, tal vez no exactamente igual.

—Exacto.

—Bueno, me descubriste. Estoy listo para mi castigo.

Ella rio. Una risa profunda y ronca que él nunca había escuchado antes.

—No creo que pudieras manejar el tipo de castigo que yo uso.

Él sintió que los testículos se le apretaban, no podía evitarlo.

—¿Estamos hablando de... ataduras? ¿Latigazos?

Podría haber jurado que alcanzó a ver unos dientes mordiendo un labio inferior.

—Ninguno. No me gusta nada de eso en la cama. Pero, ¿tú qué prefieres?

—Para mí siempre es lo que la dama prefiera. Yo puedo participar gustoso en todo.

Ella ladeó la cabeza y una cascada de flamas se derramó por el costado del diván, como si una cortina de cabello largo y hermoso quedara ahí tendida.

—Así que no eres un... hombre dominante.

—Oh, soy dominante —dijo él con una sonrisa—. Sólo que no me gusta presionar a mis parejas a hacer algo que no les guste.

Ella se quedó mirándolo.

—Dices *dominante* con tanto orgullo. ¿Eres un lobo, entonces? ¿Alguna especie de metamorfo?

—Mira quién está ahora intentando descifrarme.

—¿Lo eres?

—No. ¿*Tú* eres una loba?

—¿Te parezco loba?

—No. Tú pareces... —alguien labrado en aire y sueños y fría venganza—. Si tuviera que adivinar, diría que estás en Cielo y Aliento.

Ella se quedó inmóvil. ¿Había acertado?

—¿Por qué dices eso?

—Me recuerdas al viento —intentó explicar él—. Poderosa y capaz de enfriar o congelar tan sólo con pensarlo, dándole forma al mundo mismo aunque nadie pueda verte. Sólo tu impacto en las cosas —dijo. Luego agregó—: Suena solitario ahora que lo estoy diciendo.

—Lo es —dijo ella y él se sorprendió de que ella lo admitiera—. Pero gracias por tus palabras amables.

—¿Fueron amables?

—Fueron acertadas. Tú me ves. Eso es más de lo que puedo decir de cualquier otra persona.

Por un momento, se quedaron viendo el uno a la otra. La recompensa para él fue un movimiento de las flamas que reveló ojos grandes con las comisuras exteriores un poco hacia arriba: forjados de fuego pero se podía distinguir su forma. La claridad en ellos antes de que las flamas los volvieran a velar. Él se aclaró la garganta.

—Supongo que debo decirte que los rebeldes tuvieron éxito en su ataque a la Espina Dorsal. Traerán el prototipo del mecatraje a las Islas Coronal mañana por la noche.

Ella se enderezó.

—¿Por qué?

—No lo sé. Me dijo mi... informante. Un contingente rebelde estará ahí para recibir el cargamento. Dónde irán después, no lo sé.

Cormac quería que Athalar examinara el prototipo asteri, ver cuáles eran las diferencias con los de los humanos que el ángel había enfrentado con tanta frecuencia en batalla.

Porque Athalar era el único entre ellos que se había enfrentado a un mecatraje. Quien aparentemente pasó tiempo en Pangera desarmándolos y volviéndolos a armar. Cormac, que había estado peleando con los rebeldes humanos, nunca había luchado contra uno, y quería una opinión externa sobre los beneficios que implicaría replicar el modelo asteri.

Y como Athalar iría, Bryce iría. Y como Bryce iría, Ruhn iría. Y Tharion iría con ellos, ya que la Reina del Río se lo había ordenado.

Flynn, Dec e Ithan se quedarían. Si iban demasiados, provocarían sospechas. Pero no les había agradado enterarse. *Estás poniendo al pobre de Holstrom en la banca*, se había quejado Flynn. Dec agregó, *¿Sabes lo que eso le hace al ego masculino?* Ithan sólo gruñó para indicar que estaba de acuerdo, pero no discutió. Tenía una expresión distante en la cara. Como si su mente de lobo estuviera en otra parte.

—¿Quién estará ahí?

Él ladeó su cabeza.

—Nos enteramos de que Pippa Spetsos y su escuadrón Ocaso también estarán presentes. Tenemos algunas preguntas para ella sobre... una persona perdida.

Ella se volvió a enderezar.

—¿Spetsos va a asumir el comando del frente de Valbara?

—No lo sé. Pero esperamos poder convencer a quien sea que esté en el Comando allá de lo contrario. Sospechamos que ella y Ocaso dejaron un rastro de cuerpos por todo el campo.

Day permaneció en silencio durante un momento y luego preguntó:

—¿Sabes el nombre del barco que trae el prototipo?

—No.

—¿Qué isla?

—¿Por qué me estás interrogando sobre esto?

—Quiero asegurarme de que no sea una trampa.

Él sonrió.

—¿Porque me extrañarías si me muriera?

—Por la información que te extraerían antes de que lo hicieras.

—Qué frialdad, Day. Mucha frialdad.

Ella rio suavemente.

—Es la única manera de sobrevivir.

Lo era.

—Iremos a Ydra. Eso es todo lo que sé.

Ella asintió, como si el nombre significara algo para ella.

—Si los descubren, huir será su mejor opción. No peleen.

—Yo no estoy programado así.

—Entonces reprográmate.

Él se cruzó de brazos.

—No creo que...

Day siseó y se dobló a la altura de la cintura. Tuvo unos espasmos, casi como si se estuviera convulsionando.

—¿Day?

Ella inhaló bruscamente y luego desapareció.

—¡Day!

La voz de Ruhn hizo eco en el vacío.

No pensó. Se abalanzó por encima del diván y corrió hacia su extremo del puente, hacia la oscuridad y la noche, lanzándose detrás de ella...

Pero chocó con un muro de adamante negro. El tiempo se hizo más lento y trajo consigo unos destellos de sensación. No eran imágenes, sino... *tacto*.

Huesos de su muñeca izquierda crujiendo donde la estaban apretando con tanta fuerza que dolía; el dolor era lo que la había despertado, lo que la había apartado del puente...

Ella se estaba convenciendo de ceder, de rendirse, de volverse suya, de encontrar alguna manera de saborear esto. Dientes que raspaban su pezón, que apretaban...

Ruhn chocó contra el suelo y las sensaciones se desvanecieron. Se puso de pie y presionó la palma de la mano contra el muro negro.

Nada. Ni un eco para decirle qué era lo que estaba sucediendo.

Bueno, él *sabía* lo que estaba sucediendo. Percibió que era sexo muy rudo y aunque tenía la clara sensación de que era consensuado, no era... significativo. Quien fuera que durmiera a su lado la había despertado con eso.

El negro impenetrable se extendía frente a él. El muro de su mente.

No tenía idea de por qué esperó. Por qué se quedó. No tenía idea de cuánto tiempo había pasado hasta que una flama nuevamente emergió de ese muro.

El fuego de ella había disminuido lo suficiente para que él pudiera distinguir unas piernas largas que caminaban en dirección a él. Se detuvo enfrente y lo vio de rodillas. Luego ella también se dejó caer de rodillas y las flamas volvieron a cubrirla por completo.

—¿Estás bien? —preguntó él.

—Sí.

La palabra era un siseo de brasas que se apagaban.

—¿Qué fue eso?

—¿Nunca has tenido sexo?

Él ajustó su posición ante la pregunta cortante.

—¿Estás bien? —preguntó de nuevo.

—Dije que sí.

—No estabas...

—No. Me preguntó, aunque un poco repentinamente, y yo dije que sí.

Él sintió que se le hacía un nudo en el estómago al percibir la absoluta frialdad.

—No pareces haberlo disfrutado.

—¿A ti te incumbe si mi placer encuentra liberación o no?

—¿La tuviste?

—¿Perdón?

—¿Tuviste un orgasmo?

—Eso no te incumbe en lo absoluto.

—Tienes razón.

De nuevo se hizo el silencio, pero permanecieron arrodillados ahí, cara a cara. Después de un momento tenso, ella dijo:

—Lo odio. Nadie lo sabe, pero lo odio. Me repugna.

—¿Entonces por qué te acuestas con él?

—Porque... —exhaló un suspiro largo—. Es complicado.

—Tengo tiempo.

—¿Tú sólo te acuestas con gente que te agrada?

—Sí.

—¿Nunca has cogido con alguien que odies?

Él lo pensó, y el sonido de ella diciendo la palabra *cogido* despertó a su pene.

—Bueno. Tal vez una vez. Pero era una ex.

Una mujer hada con quien había salido hacía décadas, de quien no se había acordado hasta ese momento.

—Entonces puedes pensar que esto es algo similar.

—Entonces él es...

—No quiero hablar de él.

Ruhn exhaló.

—Quería asegurarme de que estuvieras bien. Me asustaste.

—¿Por qué?

—En un momento estabas aquí y al siguiente desapareciste. Parecía que estabas sintiendo dolor.

—No seas un tonto y empieces a sentir tanto apego como para preocuparte.

—Sería un monstruo si no me importara que otra persona estuviera siendo lastimada.

—No hay lugar para este tipo de situación si estamos en guerra. Mientras más pronto lo reconozcas, menos dolor sentirás.

—Entonces ya estamos de regreso con la rutina de la reina del hielo.

Ella se enderezó un poco.

—¿Rutina?

—¿Dónde quedó la mujer salvaje y excéntrica con quien estaba hablando de *bondage* hace rato?

Ella rio. A él le agradaba el sonido, era grave y ronco y depredador. Carajo, le gustaba mucho ese sonido.

—Eres el típico macho de Valbara.

—Te lo dije. Ven a visitarme a Lunathion. Nos divertiríamos, Day.

—Tantas ganas de conocerme.

—Me gusta el sonido de tu voz. Quiero conocer el rostro que hay detrás.

—Eso no sucederá. Pero gracias —dijo. Después de un momento, agregó—: A mí también me gusta el sonido de tu voz.

—¿Ajá?

—*Ajá* —rio—. Eres terrible.

—¿Es un cliché si digo que así es como me apodan, «*El Terrible*»?

—Oh, sí. Muy cliché.

—¿Cómo te apodarían a *ti*? —dijo con tono pícaro.

Las flamas se retractaron un poco y volvieron a revelar esos ojos de fuego puro.

—Retribución.

Él sonrió con malicia.

—Qué ruda.

Ella volvió a reír y él sintió cómo volvía a endurecerse al escuchar ese sonido.

—Adiós, Night.

—¿A dónde irás?

—A dormir. Como debe ser.

—¿Tu cuerpo no está descansando?

—Sí, pero mi mente no.

Ruhn no sabía por qué, pero hizo una señal hacia el diván.

—Entonces siéntate. Relájate.

—¿Quieres que me quede?

—¿Honestamente? Sí, sí quiero.

—¿Por qué?

—Porque me siento tranquilo a tu alrededor. Hay tantas cosas pasando en este momento, y yo... Me gusta estar aquí. Contigo.

—No creo que a la mayoría de las mujeres les halagaría que un hombre apuesto las llamara «tranquilizantes».

—¿Quién dice que soy apuesto?

—Hablas como alguien que está muy consciente de su buena apariencia física.

—Como un patán arrogante, entonces.

—Tú lo dijiste, no yo.

Day se puso de pie y caminó hacia el diván. Sus flamas se ondularon y se recostó en él. Ruhn regresó a su propio sillón de un salto.

—Lo único que me falta es una televisión y una cerveza —dijo.

Ella rio y se recostó de lado.

—Como te decía: típico macho de Valbara.

Ruhn cerró los ojos y disfrutó el timbre de su voz.

—Tienes que esforzarte más con tus cumplidos, Day.

Otra risa, más adormilada en esta ocasión.

—Lo agregaré a mi lista de pendientes, Night.

43

Hunt inhaló el aire fresco del mar turquesa. Admiraba las aguas cristalinas, tan transparentes que alcanzaba a distinguir los corales y las rocas y los peces que nadaban velozmente entre ellos.

En el muelle oculto en una enorme caverna, el barco de carga estaba siendo descargado todavía. La cueva, escondida en una parte aislada y árida de Ydra, una de las Islas Coronal más remotas, se internaba al menos un kilómetro y medio tierra adentro. Había sido seleccionada porque sus aguas eran muy profundas, lo suficiente para que grandes barcos cargueros pudieran deslizarse en su muelle labrado en roca para descargar su contrabando.

Hunt estaba parado en las sombras justo dentro de la boca de la cueva, enfocado en las aguas brillantes y abiertas frente a él y no en el olor del aceite de los antiguos mecatrajes que estaban ayudando a descargar del barco hacia la flota de vehículos que aguardaban: camiones de lavandería, de comida, de mudanzas... lo que fuera que pudiera transportarse razonablemente por las cerradas curvas y pendientes de la isla o a bordo de uno de los ferris de automóviles que transportaban vehículos entre las ciento y tantas islas de este archipiélago sin provocar demasiadas sospechas.

Cormac había teletransportado a todos a Ydra hacía una hora. Hunt casi vomitó durante el viaje de cinco minutos con varias paradas. Cuando por fin llegaron, se sentó en el concreto húmedo con la cabeza entre las rodillas. Cormac fue y vino, una y otra vez, hasta que todos estuvieron aquí.

Y luego el pobre diablo tuvo que ir a enfrentarse a quien estuviera representando al Comando para convencerlo de que Pippa Spetsos no debería acercarse a esta mierda.

Cormac estaba un poco inestable y pálido por tanto teletransportarse pero les prometió que regresaría pronto. Bryce, Tharion y Ruhn se sentaron en el suelo porque aparentemente ninguno confiaba todavía en sus piernas tampoco.

Hunt se percató de que Ruhn alargaba constantemente la mano por encima de su hombro, como si buscara la presencia tranquilizadora de la Espadastral, pero el príncipe la había dejado en Lunathion porque no quería arriesgarse a perderla si todo se iba al Averno. Parecía como si le faltara su mantita de seguridad mientras sus estómagos y sus mentes se calmaban.

—No debí haber desayunado —estaba diciendo Tharion con una mano sobre su abdomen. Tenía puestos sus *leggins* para nadar, que contaban con un espacio a lo largo de los muslos para guardar sus cuchillos. No traía ni zapatos ni camisa. Si necesitaba transformarse a su forma mer, dijo al llegar al departamento de Bryce en la mañana, no quería perder demasiadas cosas.

La llegada de Tharion fue un poco desafortunada. Había llegado al departamento justo después de Hunt. Bryce ya estaba montada en un mueble de la cocina, agarrando los brazos de Hunt mientras él le lamía el cuello lentamente. Cuando Tharion tocó a la puerta su llegada no fue muy... apreciada.

Todo eso tendría que esperar. Pero Bryce, su pareja, lo había sacado de las barracas y él le pagaría esto con mucha generosidad en la noche.

Ahora, Bryce le dio unas palmadas al hombro desnudo de Tharion.

—Me siento extrañamente satisfecha de que un mer se pueda marear en el aire, considerando cuántos de nosotros sufrimos de mareos cuando estamos en el agua.

—*Él* sigue verde también —dijo Tharion y apuntó a Hunt, quien sonrió con debilidad.

Pero Tharion volvió a observar distraídamente la cueva a su alrededor. Tal vez con *demasiada* distracción. Hunt sabía cuál era el objetivo principal de Tharion: conseguir que Pippa hablara sobre Emile. Si ese interrogatorio sería amistoso... eso ya dependería del capitán mer.

Ruhn murmuró:

—Ahí viene.

Todos voltearon hacia el barco carguero para ver acercarse a Cormac. Seguía pálido y drenado. Hunt no tenía idea de cómo los sacaría a todos de ahí cuando terminaran esto.

Hunt se tensó al ver la furia que hervía bajo la piel de Cormac.

—¿Qué pasó? —preguntó Hunt con una mirada hacia el interior de la cueva detrás de Cormac.

La atención de Tharion se movió en esa dirección también. Su cuerpo largo se reacomodó en cuclillas, listo para saltar a la acción.

Cormac sacudió la cabeza y dijo:

—Pippa ya tiene sus garras enterradas en ellos. Todos están a su servicio. Las armas son de ella y está a cargo del frente de Valbara.

Tharion frunció el ceño y buscó con los ojos en el espacio detrás del príncipe de Avallen.

—¿Algo sobre Emile o Sofie?

—No. No dijo nada sobre ellos y no podía arriesgarme a preguntar. No quiero que ella sepa que nosotros también los estamos buscando —Cormac caminó de un lado a otro—. Una confrontación sobre Emile frente a los demás probablemente terminaría en derramamiento de sangre. Lo único que podemos hacer es seguirle la corriente.

—¿Alguna posibilidad de aislarla? —presionó Tharion.

Cormac negó con la cabeza.

—No. Créeme, ella estará tan alerta y en guardia como nosotros. Si quieres llevártela para interrogarla, vas a provocar una batalla.

Tharion maldijo y Bryce le dio unas palmadas en la rodilla que Hunt sólo podía interpretar como un intento de consolación.

Cormac volteó a ver a Hunt.

—Athalar, tu turno —movió la cabeza hacia el enorme barco—. Están descargando el nuevo prototipo en este momento.

En silencio, siguieron al príncipe. Hunt se mantuvo cerca de Bryce. Los rebeldes, todos vestidos de negro, muchos con gorras o máscaras puestas, los miraban pasar. Ninguno sonreía. Un hombre gruñó:

—Pendejos vanir.

Tharion le aventó un beso.

Ruhn gruñó.

—Pórtense bien —le siseó Bryce a su hermano y le pellizcó el costado por encima de la camiseta negra. Ruhn le dio un manotazo con la mano tatuada.

—Muy maduros —murmuró Hunt cuando se detuvieron al pie de la plataforma de carga. Ruhn sutilmente le hizo una seña con el dedo medio. Bryce pellizcó también a Hunt.

Tharion dejó escapar un silbido cuando vio emerger cuatro mecatrajes oxidados de la bodega del barco, cada uno cargando una esquina de una enorme caja.

Parecía un sarcófago de metal, labrado con la insignia de los asteri: siete estrellas alrededor de un *SPQM*. Los humanos que piloteaban los modelos antiguos de mecatrajes no se distraían por nada mientras cargaban la caja por la rampa. El suelo vibraba debajo de los enormes pies de las máquinas.

—Esos trajes son para la batalla, no para labores manuales —murmuró Tharion.

—Tienen doce pistolas. Son los más fuertes de los modelos humanos —Hunt ladeó la cabeza hacia las dobles

pistolas gemelas en el hombro, las pistolas de cada antebrazo—. Seis pistolas visibles, seis ocultas... y una de ésas
es un cañón.

Bryce hizo una mueca.

—¿Cuántos de esos trajes tienen los humanos?

—Varios cientos —respondió Cormac—. Los asteri
han bombardeado suficientes de nuestras fábricas y todos
estos trajes ya son viejos. El prototipo imperial que traen
cargando podría darnos nueva tecnología, si lo podemos
estudiar.

Bryce murmuró:

—¿Y nadie está preocupado por entregarle este material a Pippa, que tiene tantas ganas de dispararle a algo?

—No —respondió Cormac con seriedad—. Ni una sola persona.

—¿Pero no tienen objeción con que examinemos el
traje? —preguntó Bryce.

—Les dije que Athalar podría tener algo de información sobre cómo se construyen.

Hunt chasqueó la lengua.

—Sin presión, entonces, ¿eh?

Reprimió el recuerdo de la cara de Sandriel, su cruel
diversión mientras veía lo que él le había hecho a los trajes bajo sus órdenes.

Los trajes y sus pilotos llegaron al muelle de concreto
y alguien ladró una orden que dispersó a los diversos rebeldes que trabajaban en los muelles hasta que sólo quedó una unidad de doce rebeldes, todos humanos, detrás de
Hunt y los demás.

A Hunt eso le gustaba tanto como el hecho de que
todos estuvieran aquí, en una puta base rebelde. Ayudando oficialmente a Ophion. Mantuvo su respiración lenta
y tranquila.

La unidad de rebeldes marchó a su lado, se subió a la
embarcación y los mecapilotos salieron dando pisotones y
dejaron atrás el sarcófago. Un instante después, una mujer

de cabello castaño y piel pecosa emergió de las sombras al lado del barco.

Por la manera en que Cormac se tensó, Hunt supo quién era. Notó que ella traía el uniforme del escuadrón Ocaso. Todos los rebeldes que habían pasado tenían bandas en los brazos con el emblema del sol poniente.

Hunt dejó la mano a una distancia corta de la pistola en su muslo y los relámpagos empezaron a retorcerse dentro de sus venas. Bryce acomodó su cuerpo, ya lista para lo que viniera. Tharion se movió un par de metros a la izquierda y posicionó a Pippa entre él y el mar. Como si pensara taclearla hacia el agua.

Pero Pippa se movió despreocupadamente al otro lado del sarcófago y le dijo a Cormac:

—El código para esa caja es siete-tres-cuatro-dos-cinco.

Su voz era suave y elegante, como si fuera una niña rica de Pangera jugando a ser rebelde. Se dirigió a Hunt:

—Estamos esperando ansiosos tu análisis, Umbra Mortis.

Era prácticamente una orden.

Hunt se quedó mirándola con las cejas fruncidas. Sabía que la gente lo reconocía. Pero la manera en que ella dijo su nombre definitivamente acarreaba una amenaza. Pippa pasó su atención a Cormac.

—Me preguntaba cuándo intentarías ponerlos en mi contra.

Hunt y Bryce se acercaron con las puntas de los dedos ya casi sobre sus pistolas. Ruhn se mantuvo un paso atrás, vigilando la retaguardia. Y Tharion...

El mer silenciosamente había vuelto a cambiar de posición y se colocó a un par de pasos rápidos de taclear a Pippa.

—No les he dicho nada sobre ti todavía —dijo Cormac con frialdad impresionante.

—¿Ah, sí? ¿Entonces por qué tenías tanta prisa en llegar aquí? Asumo que sólo pueden ser dos razones: para convencerlos de ponerte a *ti* a cargo del frente de Valbara, presumiblemente después de calumniarme, o para intentar capturarme para que yo les dijera todo lo que sé sobre Emile Renast.

—¿Quién dice que no pueden ser verdaderas las dos opciones? —le repuso Cormac.

Pippa gruñó:

—No tenías que haberte molestado con capturarme. Hubiera trabajado contigo para encontrarlo. Pero querías la gloria para ti solo.

—Estamos hablando de la vida de un niño —gruñó Cormac—. Tú sólo lo quieres como arma.

—¿Y ustedes no? —rio Pippa con desprecio—. Debe ser más fácil para ustedes si fingen que son mejores que yo.

Tharion dijo con suavidad letal.

—Nosotros no somos los que estamos torturando personas y matándolas para obtener información sobre el niño.

Ella frunció el ceño.

—¿Eso es lo que crees que estoy haciendo? ¿Esos asesinatos horrendos?

—Encontramos olor a humano y un fragmento de uno de tus soldados siguiendo la pista del niño —gruñó Tharion y una de sus manos se movió hacia sus cuchillos.

Los labios de Pippa se curvaron para formar una sonrisa fría.

—Vanires arrogantes y de mente estrecha. Siempre piensan lo peor de nosotros los humanos —sacudió la cabeza con gesto de falsa preocupación—. Están demasiado enredados en sus propios nidos de víboras para ver la verdad. O para ver quiénes entre ustedes tienen una lengua bífida.

Fiel a su personalidad, Bryce le sacó la lengua a la soldado. Pippa sólo rio con desdén.

—Suficiente, Pippa —dijo Cormac y presionó las teclas con el código en la pequeña caja al pie del sarcófago.

Los ojos de Bryce se habían entrecerrado. Le sostenía la mirada a Pippa y Hunt sintió un escalofrío recorrerle la espalda ante el dominio puro de la cara de Bryce.

Pippa continuó hablando pausadamente.

—Ya no importa, de todas maneras. El niño se ha considerado ya un desperdicio de recursos. En especial ahora que tenemos... mejores armas para usar.

Como respuesta, el sarcófago se abrió con un sonido silbante y Hunt puso un brazo frente a Bryce mientras la tapa se deslizaba hacia un lado. Brotó vapor de hielo seco y Cormac lo despejó con un movimiento de su mano.

Pippa dijo:

—Bueno, Umbra Mortis. Estoy esperando tu opinión.

—Yo tendría cuidado con cómo me dirijo a él, Pippa —le advirtió Cormac con un tono cortante de autoridad en la voz.

Pero Pippa miró a Bryce de frente.

—¿Y tú eres quien será esposa de Cormac, verdad?

Su tono de voz no tenía nada de calidez ni amabilidad.

Bryce le sonrió a la mujer.

—Puedes quedarte con el puesto si tantas ganas tienes.

Pippa se irritó visiblemente y Cormac le hizo una señal a Hunt para que avanzara cuando se terminó de despejar el humo.

Hunt miró el traje de la caja y maldijo.

—¿Los asteri diseñaron esto? —preguntó. Pippa asintió con los labios apretados—. ¿Para que lo piloteara un vanir? —insistió Hunt.

Pippa volvió a asentir. Dijo:

—No veo cómo puede poseer más poder que los nuestros. Es más pequeño que nuestros modelos.

El traje de color mercurio brillante mediría un poco más de dos metros.

—¿Sabes qué estás viendo? —le preguntó Ruhn a Hunt y se rascó la cabeza.

—Es como un robot —dijo Bryce asomada a la caja.

—No lo es —respondió Hunt. Se volvió a recargar en los talones con la mente acelerada—. Escuché rumores de que se estaba construyendo este tipo de cosa, pero siempre pensé que era improbable.

—¿Qué es? —exigió saber Pippa.

—Cuánta impaciencia, ¿eh? —se burló Hunt. Pero dio unos golpecitos al traje con el dedo—. Este metal tiene la misma composición que las piedras gorsianas —le asintió a Bryce—. Como lo que hicieron con el sinte... estaban buscando maneras de usar las piedras gorsianas como armas.

—Ya las tenemos en nuestras balas —dijo Pippa con orgullo.

Él dijo lentamente:

—Sé que así es.

Él tenía una cicatriz en el estómago que lo demostraba. Tal vez esa amenaza por sí sola evitó que Tharion atacara. El mer tenía el campo abierto hacia Pippa. Pero, ¿podría correr más rápido de lo que ella tardaría en sacar su pistola? Hunt y Bryce podrían ayudarle pero... Hunt en realidad no quería atacar descaradamente a una líder de Ophion. Dejarían a Tharion y a la Reina del Río lidiar con esa mierda.

Pippa se movió unos centímetros más lejos, fuera del rango de Tharion nuevamente.

Hunt continuó:

—Este metal... los asteri lo han estado investigando para averiguar cómo hacer que el mineral gorsiano absorba magia, no que la reprima.

Ruhn dijo:

—A mí me parece titanio común.

—Fíjate más de cerca —le dijo Hunt—. Tiene unas ligeras vetas moradas. Eso es la piedra gorsiana. La reconocería en cualquier parte.

—¿Entonces qué puede hacer? —preguntó Bryce.

—Si estoy en lo correcto —dijo Hunt con voz ronca—, puede sacar la luzprístina del suelo. De todas las tuberías que forman una cuadrícula en este territorio. Estos trajes podrían reunir la luzprístina y convertirla en armas. Misiles de azufre, hechos al momento. El traje nunca se quedaría sin municiones, nunca se quedaría sin batería. Simplemente hay que encontrar las líneas de cableado eléctrico bajo tierra y quedará cargado y listo para matar. Por eso son más pequeños, porque no necesitan toda la tecnología adicional y el espacio para el arsenal que requieren los trajes para los humanos. Un guerrero vanir puede meterse y esencialmente usarlo como un exoesqueleto, como armadura.

Silencio.

Pippa dijo, con la voz llena de asombro:

—¿Sabes lo que esto significaría para la causa?

Bryce intervino con seriedad.

—Significa que muchísima más gente moriría.

—No si está en nuestras manos —dijo Pippa.

Ese brillo en sus ojos... Hunt lo había visto antes, en la cara de Philip Briggs.

Pippa continuó, aunque se hablaba más a sí misma que a ellos:

—Tendríamos por fin una fuente de magia que liberar sobre ellos. Hacerlos comprender cómo sufrimos —soltó una carcajada de deleite.

Cormac se tensó. También Tharion.

Pero Hunt dijo:

—Esto es un prototipo. Es posible que todavía tenga algunos problemas por resolver.

—Tenemos excelentes ingenieros —dijo Pippa con firmeza.

Hunt presionó.

—Esto es una máquina de muerte.

—¿Y qué es una pistola? —respondió Pippa agresivamente—. ¿O una espada? —miró con desprecio los rayos que zumbaban en las puntas de sus dedos—. ¿Qué es tu magia, ángel, sino un instrumento de muerte? —los ojos volvieron a brillarle—. Este traje es simplemente una variación sobre el tema.

Ruhn le dijo a Hunt:

—¿Entonces qué opinas? ¿Ophion puede usarlo?

—Nadie debería usar este puto traje —gruñó Hunt—. Ninguno de los bandos —dijo. Luego se dirigió a Cormac—: Y si tú eres inteligente, le dirás al Comando que busque a los científicos detrás de esto para que los destruyan junto con sus planos. El derramamiento de sangre en ambos lados será enorme si todos empiezan a usar estas cosas.

—Ya es enorme —respondió Cormac en voz baja—. Sólo quiero que termine.

Pero Pippa dijo:

—Los vanir se merecen todo lo que les pase.

Bryce sonrió.

—Tú también, aterrorizando a ese pobre niño y luego decidiendo que no merece la pena.

—¿Emile? —rio Pippa—. Él no es el bebé indefenso que piensas. Encontró aliados que lo protegen. Por mí, ve a buscarlo. Dudo que les ayude a los vanir a ganar esta guerra, no ahora que tenemos esta tecnología en nuestras manos. Los pájaros de trueno no son nada comparados con esto —dijo y recorrió el borde de la caja con una mano.

Tharion interrumpió:

—¿Dónde está el niño?

Pippa esbozó una sonrisita de suficiencia.

—En un sitio donde hasta tú, mer, tendrías miedo de pisar. Yo me conformo con dejarlo ahí y el Comando también. El niño ya no es nuestra prioridad.

Bryce dijo furiosa:

—Estás engañada si crees que este traje sería algo más que un desastre para todos.

Pippa se cruzó de brazos.

—No sé cómo tú tienes algún derecho de juzgar. Mientras tú te estás pintando las uñas, princesa, la gente buena está peleando y muriendo en esta guerra.

Bryce le mostró las uñas a la rebelde.

—Si voy a estarme juntando con perdedoras como tú, lo mínimo que puedo hacer es verme bien cuando lo haga.

Hunt sacudió la cabeza e interrumpió a Pippa antes de que pudiera responder.

—Estamos hablando de máquinas que pueden hacer *misiles de azufre* en segundos y lanzarlos en distancias cortas.

Los relámpagos ahora chisporroteaban en sus manos.

—Sí —dijo Pippa con la mirada todavía encendida por una depredadora sed de sangre—. Ningún vanir se podrá defender.

Levantó la vista y prestó atención al barco sobre ellos y Hunt siguió su mirada y alcanzó a ver a la tripulación aparecer en las barandillas. De espaldas hacia ellos.

Cinco mer, dos metamorfos. Ninguno con uniforme de Ophion. Simpatizantes rebeldes, entonces, que probablemente habían ofrecido de manera voluntaria su embarcación y servicios a la causa. Levantaron las manos.

—¿Qué carajos estás haciendo? —gruñó Hunt justo cuando Pippa levantó el brazo como señal al escuadrón Ocaso humano en la cubierta. Para que acercaran a la tripulación vanir a la barandilla.

Se escuchó el tronido de pistolas.

La sangre brotó y Hunt abrió un ala para cubrir a Bryce de la salpicadura roja.

Los vanir cayeron y Ruhn y Cormac empezaron a gritar pero Hunt vio, congelado, cómo el escuadrón Ocaso en la cubierta se aproximaba a la tripulación caída y les llenaban las cabezas de balas.

—La primera ronda siempre es con balas gorsianas —dijo Pippa tranquilamente en el silencio terrible que se hizo mientras los soldados Ocaso sacaban cuchillos largos para empezar a separar las cabezas de los cuellos—. Para derribar a los vanir. Las demás son de plomo. La decapitación asegura que sea permanente.

—¿Estás *loca*, hija de puta? —gritó Hunt.

Simultáneamente, Tharion escupió:

—Eres una psicópata asesina.

Pero Cormac le gruñó a Pippa y se paró frente a su cara para bloquear el paso directo de Tharion.

—A mí me aseguraron que la tripulación no sería lastimada. Ellos nos ayudaron porque creían en la causa.

Ella dijo sin ninguna expresión en el rostro:

—Son vanir.

—¿Y eso es una excusa para hacer esto? —gritó Ruhn. La sangre que los había rociado desde arriba le brillaba en el cuello, en la mejilla—. Ellos eran vanir que estaban *ayudándote*.

Pippa simplemente se volvió a encoger de hombros.

—Esto es la guerra. No podemos arriesgarnos a que les digan a los asteri dónde estamos. La orden de matar a la tripulación vino desde el Comando. Yo soy su instrumento.

—Tú y el Comando van a llevar a esta gente a su ruina —las sombras se acumularon alrededor de los hombros de Ruhn—. Y por ningún motivo te voy a ayudar a hacerlo.

Pippa sólo rio.

—Ah, tu moral tan exquisita —dijo. El teléfono vibró en su bolsillo y revisó la pantalla—. Tengo que informar al Comando. ¿Quieres acompañarme, Cormac? —sonrió ligeramente—. Estoy segura de que les *encantará* escuchar tus preocupaciones.

Cormac la miró furioso y Pippa silbó con fuerza: una orden. Con eso, se alejó caminando por el muelle hacia el interior de la caverna, donde se había ido el resto de los rebeldes. Un momento después, el escuadrón Ocaso de humanos salió del barco con sus armas a los lados. Ruhn les gruñó suavemente pero ellos siguieron a Pippa sin siquiera voltearlos a ver.

Los humanos se estaban portando valientes al caminar junto a ellos y darles la espalda a los vanir después de lo que habían hecho.

Cuando Pippa y los Ocaso desaparecieron, Tharion dijo:

—Ella sabe dónde está Emile.

—Si confías en ella —le dijo Bryce.

—Lo sabe —intervino Cormac y le hizo una señal a Tharion—. Si quieres interrogarla, adelante. Pero con ella y Ocaso ahora a cargo del frente de Valbara, le dejarás un problema a tu reina si haces algo contra ellos. Yo lo pensaría dos veces, mer.

Bryce murmuró su aprobación y torció la boca a un lado.

—Yo me mantendría muy lejos de ella.

Hunt acercó las alas al cuerpo. Estudió a su pareja.

Ella lo miró. Inocentemente. Demasiado inocentemente.

Algo sabía.

La expresión de *¿Quién, yo?* se borró del rostro de Bryce y lo miró molesta. Como si le estuviera diciendo: *Ni se te ocurra atreverte a delatarme, Athalar.*

Quedó tan estupefacto que inclinó la cabeza. Ya le sacaría la verdad después.

Tharion estaba preguntando:

—Todas las municiones que descargaron... Ophion las traerá a esta región. Para hacer qué... ¿una gran batalla?

—Nadie me lo quiso decir —dijo Cormac—. Si le permiten a Pippa hacer lo que quiera, ella cometerá atrocidades que harían parecer misericordiosa aquella matanza de leopardos.

—¿Crees que ella va a empezar algo en Lunathion? —preguntó Ruhn.

—No veo para qué traer pistolas y misiles si sólo van a tomar el té —dijo Tharion frotándose la mandíbula. Luego agregó—: Ya tienen esta base establecida. ¿Cuánto tiempo ha estado aquí en Ydra?

—No estoy seguro —dijo Cormac.

—Bueno, con Pippa al mando, parece ser que ya están listos para atacar —dijo Ruhn.

Hunt habló:

—No puedo permitirles hacer eso. Aunque no estuviera en la 33ª, no puedo permitirles atacar a personas inocentes. Si quieren un enfrentamiento cara a cara en un campo de batalla lodoso, está bien, pero no les voy a permitir lastimar a nadie en mi ciudad.

—Yo tampoco —dijo Ruhn—. Yo lideraré el Aux contra ti, contra Ophion. Dile al Comando que si hacen cualquier movimiento, pueden despedirse de su contacto con Daybright.

Tharion no dijo nada. Hunt no lo culpaba. El mer tendría que seguir las órdenes de la Reina del Río. Pero su rostro estaba muy serio.

Cormac dijo:

—Si ustedes le advierten a alguien en Lunathion, les preguntarán cómo lo supieron.

Hunt observó los cuerpos tirados contra la barandilla del barco.

—Ése es un riesgo que estoy dispuesto a correr. Y uno de nosotros es un maestro en tejer mentiras —señaló a Bryce.

Bryce frunció el entrecejo. Sí, ella sabía que no se refería solamente a tejer mentiras para las autoridades sobre su involucramiento con los rebeldes. *En cuanto salgamos de aquí*, le comunicó él en silencio, *quiero saber todo lo que tú sabes*.

Lo miró molesta aunque no podía leer sus pensamientos. Pero ese gesto de molestia se convirtió en determinación gélida cuando los demás la vieron. Levantó la barbilla y dijo:

—No podemos permitir que los asteri obtengan este traje. Ni Ophion, en especial el escuadrón Ocaso.

Hunt asintió. Al menos en eso estaban de acuerdo.

—Eso va a molestarles como no tienen puta idea.

—Supongo que están ya acostumbrados —dijo Bryce y le guiñó a pesar de la palidez de su cara. Luego le dijo—: Préndete, Hunt.

Cormac giró.

—¿Qué están...?

Hunt no le dio tiempo al príncipe de terminar antes de poner su mano en el traje y volarlo en pedazos con sus relámpagos.

Hunt no sólo destruyó el traje. Sus relámpagos también destruyeron los camiones estacionados. Todos y cada uno. Bryce no podía evitar maravillarse al verlo, como el dios del trueno. Como el mismísimo Thurr.

Se veía *exactamente* como esa estatua que estaba sobre su escritorio hacía un par de semanas...

Ruhn le gritó que se agachara y Bryce se tiró al suelo y se cubrió la cabeza con los brazos mientras, uno tras otro, los camiones explotaban en la caverna. Las paredes temblaban, caían rocas y unas alas la estaban bloqueando, protegiéndola.

—¡Hay misiles de azufre en esos camiones! —rugió Cormac.

Bryce levantó la cabeza cuando Hunt le apuntó al camión entero que decía Pie Life.

—Sólo en ése.

De alguna manera había averiguado eso durante los últimos minutos. Hunt le sonrió con malicia a Tharion.

—Muéstranos tus talentos, Ketos.

Tharion le sonrió de regreso, una sonrisa de depredador puro. El hombre detrás de la máscara encantadora.

Un muro de agua chocó contra ese camión y salió volando por encima del muelle. El poder de Tharion lo hundió rápida y profundamente bajo el agua. Luego generó un pequeño remolino que abrió un túnel hacia el camión...

El relámpago de Hunt entró por ahí. El agua se cerró detrás y cubrió el camino del relámpago cuando el camión explotó debajo de la superficie.

El agua salió volando por toda la cueva y Bryce volvió a agacharse.

La gente gritaba y se apresuraba hacia el interior de la cueva. Tenían las pistolas apuntadas hacia el sitio donde ardían los camiones, un muro de flamas que llegaba hasta el techo elevado de la cueva.

—Es hora de irnos —le dijo Hunt a Cormac, que los miraba con la boca abierta. No había buscado su espada, lo cual era buena señal, pero...

El príncipe giró hacia los rebeldes y gritó entre todo el caos:

—¡Fue un accidente!

No tenía caso intentar excusarse, pensó Bryce cuando Hunt la acercó a él. Tenía las alas extendidas en anticipación a la carrera que tendrían que dar para salir de la cueva y al aire libre. Como si no pudiera esperar a que Cormac los teletransportara.

—Ya nos vamos —le ordenó Hunt a Ruhn, quien estaba en posición defensiva a sus espaldas. Luego le dijo a Tharion—: Si quieres a Pippa, es ahora o nunca.

Tharion estudió el caos detrás de los camiones, los rebeldes que avanzaban con sus pistolas. No había señal de Pippa.

—No voy a acercarme más a esa mierda —murmuró Tharion.

Cormac se empezó a acercar a sus aliados de Ophion con las manos en alto. El príncipe les gritó:

—El traje despertó y lanzó su poder...

Se escuchó el tronido de una pistola. Cormac cayó.

Ruhn maldijo y Hunt mantuvo a Bryce pegada a su costado mientras Cormac se retorcía en el suelo con la mano en el hombro. No tenía una herida de salida.

—Carajo —dijo Cormac cuando Pippa Spetsos salió de entre las sombras. Probablemente quería al príncipe de Avallen vivo para interrogarlo.

Y si Hunt salía volando... sería un blanco fácil. En especial mientras siguieran en los confines de la cueva, sin importar lo enorme que fuera. Tharion buscó el cuchillo en su muslo. Tenía agua alrededor de sus dedos largos.

—No seas tonto —le advirtió Hunt a Tharion. Giró hacia Cormac—. Teletranspórtanos.

—No puedo —jadeó Cormac—. Bala gorsiana.

—Carajo —exhaló Bryce y Hunt se preparó para arriesgarse a salir volando ya sin considerar las balas. Podía volar rápido. La sacaría. Luego regresaría por los demás. Sólo tenía que llevarla a un sitio seguro...

Pippa gruñó del otro lado de la caverna:

—Todos ustedes están *muertos*, basura vanir.

Los músculos de la espalda de Hunt se tensaron, sus alas estaban listas para el salto hacia arriba y luego un giro brusco a la izquierda.

Pero en ese momento, Bryce empezó a brillar. Una luz que brotaba de su estrella y luego hacia afuera por todo su cuerpo.

—Corre cuando te lo diga —dijo en voz baja y tomó a Hunt de la mano.

—Bryce —empezó a decir Ruhn.

Las estrellas brillaban en el cabello de Bryce.

—Cierren los ojos, chicos.

Hunt lo hizo y no esperó a ver si los demás lo hacían también. Incluso con los ojos cerrados, podía ver la luz brillar, cegadora. Los humanos aullaron. Bryce gritó:

—¡Vamos!

Hunt abrió los ojos hacia el resplandor que empezaba a ceder, tomó la mano aún brillante de Bryce y corrió hacia la amplia entrada de la cueva y hacia el mar abierto.

—¡Tomen ese barco! —dijo Tharion y señaló una embarcación pequeña a unos cuantos metros de la boca de la cueva... probablemente era la manera en que todos esos rebeldes habían llegado en secreto.

Hunt tomó a Bryce entre sus brazos y saltó al aire, aleteando, dirigiéndose al barco. Lo desató antes de que los otros llegaran y luego encendió el motor. Estaba listo para irse cuando llegaron los demás y se aseguró de que Bryce estuviera sentada y segura antes de acelerar.

—Este barco no va a llegar a la costa —dijo Tharion y tomó el control del timón—. Necesitaremos detenernos a recargar combustible.

Cormac miró hacia el humo que brotaba de la gran boca de la cueva. Como si un gigante estuviera exhalando una bocanada de risarizoma.

—Nos van a cazar y nos matarán.

—Me gustaría verlos intentarlo —escupió Bryce con el cabello azotándole la cara por el viento—. *Pendejos* psicópatas —dijo. Luego, al príncipe—: ¿Quieres pelear al lado de esta gente? No son mejores que el puto de Philip Briggs.

Cormac le repuso:

—¿Por qué crees que estoy haciendo todo lo posible por encontrar a Emile? ¡No quiero que él esté en sus manos! Pero esto es una guerra. Si no puedes manejar esto, entonces no te metas.

—¡Usar esos métodos significa que, aunque ganaran, ya no les quedará nada de humano! —gritó Bryce.

—Hoy fue un mal día —dijo Cormac—. Todo este encuentro...

—¿*Un mal día*? —gritó Bryce y señaló la cueva ardiente—. ¡Toda esa gente acaba de ser asesinada! ¿Así es como tratas a tus aliados? ¿Eso será lo que nos harás cuando ya no tengamos ningún valor para ti? ¿Seremos peones que asesinarás y luego manipularás a otras personas decentes para que te ayuden? Eres vanir, carajo, ¿no te das cuenta de que *te* harán lo mismo también?

Cormac se quedó viéndola en silencio.

Bryce le siseó:

—Puedes largarte al carajo. Tú y Pippa y los rebeldes. Que la Cierva los haga trizas. No quiero tener nada que ver con esto. Hemos terminado —dijo. Luego se dirigió a Tharion—: Y tampoco seguiré ayudándote a ti y a tu reina. Ya he terminado con todo esto.

Hunt intentó que el alivio no se le notara. Tal vez ahora podrían limpiarse las manos y deshacerse de todas estas relaciones incriminatorias.

Tharion no le respondió nada ni le dijo nada a nadie más. Tenía el rostro serio.

Bryce volteó hacia Ruhn.

—No te diré a ti qué hacer con tu vida, pero yo lo pensaría dos veces antes de asociarme con la agente Daybright. Ella te clavará un cuchillo en la espalda si así es como estas personas tratan a sus aliados.

—Sí —dijo Ruhn, pero no sonaba convencido.

Por un momento, parecía como si ella fuera a discutir más con él, pero se mantuvo en silencio. Sin duda, lo estaba pensando. Junto con todos los demás secretos que estaba guardando.

Hunt volteó para estudiar la costa de la isla. No habían salido barcos detrás de ellos y no había nada al frente salvo mar abierto. Pero...

Se quedó inmóvil al ver a un perro negro que corría por el borde de uno de los acantilados secos y blancos de la isla. Su pelaje era de un color negro mate extraño.

Conocía a ese perro. Esa tonalidad especial de negro. Como las alas que tenía en su otra forma. El perro corría por los acantilados, ladrando.

—Carajo —dijo Hunt con suavidad.

Levantó el brazo para indicarle al perro que lo había visto. Que había visto quién era. El perro señaló al oeste con una de sus patas enormes. La dirección que llevaban. Ladró una vez. Como en advertencia.

—¿Ése es...? —preguntó Ruhn al ver al perro.

—Baxian —dijo Hunt y miró hacia el horizonte al oeste—. Dirígete al norte, Tharion.

—Si Baxian está en esos acantilados... —dijo Bryce y tomó a Hunt del brazo y se acercó a él.

Hunt sólo podía pensar en un enemigo con quien Baxian podría haber sido llamado a trabajar.

—La Cierva no puede estar muy lejos.

44

—Tienes que teletransportarnos —le ordenó Bryce a Cormac, quien tenía la mano sobre su hombro ensangrentado—. Déjame sacarte esa bala gorsiana y...

—No puedes. Están diseñadas para fragmentarse en metralla al hacer contacto y así asegurarse de que la magia quede suprimida el mayor tiempo posible. Necesitaré cirugía para que me saquen todas las astillas.

—¿Cómo nos encontró la Cierva? —exigió saber Bryce, jadeando.

Cormac señaló el humo.

—Alguien debe haberle dicho que algo sucedería aquí hoy. Y Athalar acaba de indicarle nuestra localización precisa.

Hunt estaba molesto, los relámpagos se encendían alrededor de su cabeza como un gemelo brillante del halo. Bryce le puso la mano en el hombro como advertencia pero le dijo a Cormac:

—Lo intentaré yo, entonces. Teletransportarme.

—Terminarás en el mar —siseó Cormac.

—Lo intentaré —repitió ella y tomó a Hunt de la mano con más fuerza. Sólo sintió un poco de culpa de que era la mano de Hunt y no la de Ruhn, pero si tenía que elegir... sacaría primero a Hunt.

Tharion interrumpió:

—Yo podría protegernos en el agua, pero necesitaríamos echarnos primero.

Bryce ignoró su voz mientras los demás empezaron a discutir y luego...

—*Carajo* —gruñó Hunt y ella supo sin tener que abrir los ojos que la Cierva había aparecido en el horizonte. Las pistolas sonaron a un ritmo constante a la distancia, pero Bryce mantuvo los ojos cerrados, obligándose a concentrarse. Hunt dijo:

—Quieren evitar que vuele.

Ruhn preguntó:

—¿Saben quiénes somos?

—No —respondió Cormac—, pero la Cierva siempre tiene francotiradores para hacer eso. Si sales volando —le dijo a Hunt mientras Bryce, con los dientes apretados, le *ordenaba* a su poder que los moviera de ahí—, quedarás vulnerable.

—¿Podremos llegar a la siguiente isla antes de que nos alcancen? —le preguntó Ruhn a Tharion.

Tharion buscó en el compartimento junto al timón.

—No. Vienen en un barco más rápido. Nos alcanzarán cuando lleguemos a mar abierto —sacó un par de binoculares—. A unos tres kilómetros de la costa.

—Mierda —dijo Ruhn—. Sigue. Huiremos hasta que no haya otra opción.

Bryce intentó tranquilizar su respiración frenética. Hunt le apretó la mano para mostrarle su apoyo y los relámpagos le zumbaban en los dedos, pero Cormac le dijo en voz baja:

—No puedes hacerlo.

—Sí puedo —pero abrió los ojos y parpadeó al ver el resplandor. Era un lugar muy hermoso para morir, con el mar turquesa y las islas blancas detrás.

—Pollux y la Arpía están con la Cierva —anunció Tharion y bajó los binoculares.

—Agáchense —les advirtió Hunt e hizo lo mismo. Todos lo obedecieron. El agua del piso del barco mojó a Bryce hasta las rodillas—. Si nosotros podemos verlos, ellos nos pueden ver a nosotros.

—Lo dices como si hubiera alguna posibilidad de que nos fuéramos sin que nos vieran —murmuró Bryce. Luego, le dijo a Tharion—: Tú puedes nadar. Vete de aquí.

—De ninguna manera —respondió el mer. El viento le revolvía la melena roja mientras avanzaban entre las olas y el barco se abría paso ayudado por una corriente de su poder—. Estamos juntos en esto hasta el final, Piernas.

Justo en ese momento, el mer se quedó inmóvil y rugió:

—*¡Al agua!*

Bryce no lo pensó dos veces. Se lanzó por la borda, Hunt junto a ella. Sus alas salpicaron agua en todas direcciones. Los demás hicieron lo mismo. Tharion usó su magia de agua para impulsarlos a una distancia segura, una ola de poder que hizo que Bryce se atragantara y saliera tosiendo y con el agua salada irritándole los ojos.

En el momento exacto que algo enorme y brillante pasó debajo de sus piernas.

El torpedo chocó contra el barco.

La vibración en el agua le recorrió el cuerpo y Tharion siguió alejándolos mientras el barco estallaba en mil pedazos y una fuente de agua se elevó hasta el cielo.

Cuando cayó el agua, quedaba sólo una mancha de desechos y unas cuantas olas.

Expuestos y a la deriva en el agua, Bryce buscó a dónde ir. Hunt hacía lo mismo.

Pero Ruhn exclamó:

—Oh, dioses.

Bryce miró hacia donde estaba viendo su hermano. Vio las tres figuras negras y enormes que avanzaban hacia ellos.

Buques Omega.

Ruhn nunca en su vida se había sentido tan inútil como en ese momento, flotando en el agua, entre escombros, Ydra a la distancia y la isla más cercana apenas visible como una mancha en el horizonte.

Aunque Athalar pudiera elevarse con las alas empapadas, los francotiradores estaban esperándolo para dispararle y derribarlo, junto con Bryce. Cormac no podía teletransportarse y Tharion tal vez los podía mover un poco con su agua, pero contra tres Omegas...

Miró a Hunt entre las olas. El rostro empapado del ángel estaba sombrío y decidido cuando le preguntó:

—¿Tus sombras?

—El sol brilla demasiado —y las olas los movían mucho.

Dos de los Omegas se separaron para dirigirse a Ydra, probablemente para evitar que escaparan otros barcos de Ophion. Pero eso de todas maneras los dejaba con un submarino enorme tras ellos. Y la Cierva, la Arpía y el Martillo en esa lancha veloz que se acercaba.

Cuando se pudieran ver sus caras con claridad, todo habría terminado. El antiguo triarii de Sandriel sabría quiénes eran y todos estarían muertos. El Mastín del Averno, aparentemente, había intentado ayudarlos, pero el resto de esos malditos...

—Vete de aquí —le dijo Bryce de nuevo a Tharion.

Tharion negó con la cabeza salpicando agua.

—Si Athalar puede hundir sus buques...

—No puedo —interrumpió Hunt y Ruhn arqueó las cejas. Hunt explicó—: Aunque hacerlo no delatara mi identidad, ustedes están en el agua conmigo. Si desato relámpagos...

Ruhn terminó la frase:

—Nos freiremos todos.

Hunt le dijo a Bryce:

—Tampoco puedes cegarlos. Sabrán que eres tú.

—Es un riesgo que estoy dispuesta a correr —lo contradijo ella mientras flotaba en el agua—. Los relámpagos sabrían que son tuyos, pero un destello de luz... hay otras formas de explicarlo. Puedo cegarlos y, en ese momento, aprovechamos para tomar el control de su embarcación.

Hunt asintió con seriedad, pero Ruhn dijo:

—Eso no funciona con el Omega. No tiene ventanas.

—Nos arriesgaremos —dijo Hunt.

—Bien —dijo Bryce y se concentró en el escuadrón de la muerte que se aproximaba—. ¿Qué tan cerca dejamos que lleguen?

Hunt miró a sus enemigos.

—Lo suficientemente cerca para poder subirnos a la lancha en cuanto estén cegados.

Ruhn murmuró:

—Eso es demasiado cerca, maldita sea.

Bryce exhaló.

—Está bien, está bien —la luz empezó a brillar en su pecho, a acumularse, a encender el agua a su alrededor de un color azul más claro—. Dime cuándo —le indicó a Hunt.

—Alguien viene —dijo Tharion y señaló con su garra hacia la flotilla. Una moto acuática se separó de la lancha. Una cabeza rubia familiar apareció sobre ella avanzando entre las olas.

—La Cierva —dijo Cormac palideciendo.

—Al menos viene sola.

—Eso arruina nuestro plan —siseó Bryce.

—No —dijo Hunt aunque los relámpagos empezaron a brillar en su mirada. Por Solas en llamas—. Haremos lo que dijimos. Ella viene a hablar.

—¿Cómo lo sabes?

Hunt gruñó.

—Los otros se detuvieron.

Ruhn preguntó, molesto consigo mismo por no saberlo:

—¿Por qué haría eso la Cierva?

—Para atormentarnos —adivinó Cormac—. Le gusta jugar con sus enemigos antes de asesinarlos.

Athalar le dijo a Bryce, como el general encarnado que era:

—Ciégala cuando te dé la señal.

Luego le dio instrucciones a Tharion:

—Usa uno de esos cuchillos en cuanto caiga.

El mer sacó su cuchillo. La luz de Bryce parpadeaba en el agua y alcanzaba ya las profundidades.

El Omega frenó su avance detrás de la Cierva, pero no se detuvo del todo y siguió acercándose.

—No digan nada —les advirtió Cormac cuando se acercó más la moto y el motor se apagó.

Y entonces ahí estaba la Cierva, con su uniforme imperial impecable, las botas negras brillantes por el agua. No tenía ni un solo pelo de su cabellera dorada fuera de lugar y su rostro era el vivo retrato de la calma cruel cuando dijo:

—Qué sorpresa.

Ninguno de ellos emitió una sola palabra.

La Cierva pasó una de las piernas al otro lado de la moto acuática, de manera que quedó sentada de lado y recargó los codos sobre las rodillas. Acomodó su barbilla delicada en sus manos.

—Ésta es la parte divertida de mi trabajo, ¿saben? Encontrar a las ratas que están mordisqueando y royendo la seguridad de nuestro imperio.

Un rostro muerto y odioso. Como si fuera una estatua, perfecta y labrada, que hubiera cobrado vida.

La Cierva le asintió a Bryce. Sus labios rojos se curvaron hacia arriba.

—¿Esa lucecita es para mí?

—Acércate y lo verás —dijo Bryce y se ganó una mirada de advertencia de Hunt. ¿Qué estaba esperando?

Pero la Cierva miró a Tharion.

—Tu presencia es... inquietante.

El agua alrededor del mer se agitaba, impulsada por su magia, pero permaneció en silencio. Por alguna razón, no se había transformado aún. ¿Era un intento por permanecer sin ser reconocido como lo que era? ¿O quizá el instinto del depredador para ocultar una de sus mayores ventajas hasta poder atacar?

Pero la Cierva estudió de nuevo a Tharion.

—Me alegra ver que el Capitán de Inteligencia de la Reina del Río es lo suficientemente listo para saber que si usara su poder para hacer algo estúpido como voltear esta moto acuática, mis compañeros desatarían sobre ustedes un ataque como salido del mismísimo Averno.

Tharion enseñó los dientes. Pero no atacó.

Luego la Cierva miró a Ruhn a los ojos y todo él se concentró en una rabia pura y letal.

La mataría, y lo haría gustoso. Si pudiera subirse a esa moto acuática antes que Tharion, le arrancaría la garganta con los dientes.

—Dos príncipes hada —ronroneó la Cierva—. Príncipes herederos, además. El futuro de los linajes reales —chasqueó la lengua—. Eso sin mencionar a un heredero astrogénito. Qué escándalo será esto con las hadas. Qué vergüenza les provocará.

—¿Qué quieres? —preguntó Hunt. Los relámpagos brincaban por sus hombros. Bryce volteó a verlo, alarmada, y Ruhn se tensó más.

El poder de Athalar brillaba en la parte más alta de sus alas y se enredaba entre su cabello. Con cada respiración parecía reunir más poder, manteniéndolo fuera del alcance de las olas. Listo para atacar.

—Ya tengo lo que necesito —dijo la Cierva con tranquilidad—. Pruebas de su traición.

La luz de Bryce centelleó y se acumuló, descendiendo en ondas hacia las profundidades. Y Hunt... Si liberaba su poder, los electrocutaría a todos.

Ruhn le dijo a su hermana, mente a mente: *Súbete a esa moto acuática y vete.*

Vete al carajo. Bryce cerró su mente.

La Cierva buscó en su bolsillo y los relámpagos que estaban sobre Athalar se encendieron. Un látigo listo para golpear el arma que pudiera estar sacando la metamorfa de venado. Pero seguía sin dar la señal.

Sin embargo, la Cierva sacó una pequeña piedra blanca. La levantó.

Le sonrió ligeramente a Cormac.

—Le mostré una de éstas a Sofie Renast antes de que muriera, ¿sabes? Le hice esta misma demostración.

Muriera. La palabra pareció resonar sobre el agua. La Cierva en verdad la había matado entonces.

Cormac escupió:

—Voy a hacerte pedazos.

La Cierva rio con suavidad.

—Desde donde estoy, no veo que puedas hacer eso —extendió su brazo sobre el agua. Sus dedos delgados y manicurados se abrieron y la piedra cayó al agua. Apenas dejó unas ondas en la superficie de las olas y empezó a descender, más y más abajo, brillando con su blancura bajo la luz de Bryce y luego desapareció en la oscuridad.

—Es un camino largo hasta el fondo —dijo la Cierva con ironía—. Me pregunto si se ahogarán antes de alcanzarla.

El Omega se acercaba.

—Elijan sabiamente —canturreó la Cierva—. Vengan conmigo —les dijo a Hunt, a Bryce— o vean lo que tiene que ofrecerles el fondo del mar.

—Vete a joder a alguien más—dijo Hunt furioso.

—Oh, eso planeo cuando termine aquí —dijo ella con una sonrisa maliciosa.

Los relámpagos de Hunt volvieron a chisporrotear. Le brillaban en los ojos. Carajo... Athalar estaba en la cuerda floja, apenas podía mantener su poder bajo control.

Bryce murmuró el nombre de Hunt como advertencia. Hunt no le hizo caso, y Tharion maldijo en voz baja.

¿Qué pasa?, le preguntó Ruhn al mer, que no volteó a verlo cuando le respondió: *Algo grande. Viene hacia nosotros.*

¿No es el Omega?

No. Es... ¿qué carajos es?

—Apresúrense —dijo la Cierva—. No les queda mucho tiempo.

Los relámpagos se envolvieron alrededor de la cabeza de Hunt. El corazón de Ruhn se detuvo un instante al verlos ahí reunidos, como una corona, haciendo que Hunt pareciera un primitivo dios ungido. Dispuesto a matar todo lo que se interpusiera en su camino para salvar a la mujer que amaba. Los freiría a todos si eso le permitiera sacar a Bryce de ahí con vida.

Una parte intrínseca de Ruhn se estremeció ante eso. Algo le susurraba que debería alejarse lo más posible y suplicar piedad.

Pero Bryce no se intimidó con el poder impactante que se acumulaba alrededor de Athalar. Como si ella lo viera completo y le diera la bienvenida dentro de su corazón.

Los ojos de Hunt eran relámpagos puros y le asintió a Bryce. Como si le estuviera diciendo: *Ciega a la perra.*

Bryce inhaló y empezó a brillar.

Algo sólido y metálico chocó con las piernas de Bryce, con sus pies, y antes de que pudiera liberar su luz por completo, fue lanzada hacia arriba. Cuando el agua desapareció, estaba en la cubierta de un Omega.

No... no era una embarcación imperial. La insignia eran dos peces entrelazados.

Hunt estaba a su lado, con las alas empapadas, los relámpagos seguían crujiendo a su alrededor. Sus ojos.

Carajo, sus ojos. Estaban llenos de relámpagos puros. No tenía la parte blanca ni iris. Solamente relámpagos.

Restallaban a su alrededor, eran enredaderas envueltas en sus brazos, su frente. Bryce tenía la sensación de que los otros estaban detrás de ellos, pero se mantuvo concentrada en Hunt.

—Hunt —jadeó—. Tranquilízate.

Hunt le gruñó a la Cierva. Los relámpagos fluyeron como lenguas de fuego de su boca. Pero la Cierva había retrocedido, acelerando su moto, y avanzaba de regreso hacia su línea de barcos. Como si supiera qué tipo de muerte estaba a punto de provocarle Hunt.

—*Hunt* —dijo Bryce, pero algo de metal chocó contra la nariz chata del barco y luego una voz femenina aullaba:

—*¡A la escotilla! ¡Ahora!*

Bryce no cuestionó su buena suerte. No le importaba que la Cierva los hubiera visto, los conociera, ni que hubieran dejado viva a la quebrantadora de espías. Se puso de pie de un salto y se resbaló en el metal pero Hunt estaba ahí, con una mano bajo su codo. Sus relámpagos bailaban por su brazo, le cosquilleaban pero no la lastimaban. Tenía los ojos aún encendidos con su poder mientras evaluaba a la mujer desconocida frente a ellos que, había que reconocérselo, no había huido gritando.

Bryce miró a sus espaldas y vio a Ruhn, que ayudaba a Cormac y a Tharion en la retaguardia. Una ola enorme los separaba ya de la Cierva. Los ocultaba de la vista del barco que se aproximaba, con Pollux y la Arpía a bordo.

Ya no importaba. La Cierva lo sabía.

Una mujer de cabello oscuro les hizo señales desde la escotilla a la mitad del enorme buque, tan grande como un Omega. Su piel morena brillaba con la brisa marina y su rostro angosto lucía una calma sombría mientras les indicaba que se apresuraran.

Pero los relámpagos de Hunt seguían sin ceder. Bryce sabía que no sucedería hasta que estuvieran seguros de saber qué carajos estaba sucediendo.

—Apúrense —dijo la mujer cuando Bryce llegó a la escotilla—. Tenemos menos de un minuto para irnos de aquí.

Bryce se aferró a los travesaños de la escalera y se impulsó hacia abajo. Hunt venía justo detrás de ella. La mujer maldijo, probablemente al ver el estado actual de Hunt.

Bryce siguió bajando. Los relámpagos se enredaban por la escalera pero no lastimaban. Como si Hunt se estuviera conteniendo.

Uno tras otro, entraron, y la mujer apenas había cerrado la escotilla cuando la embarcación tembló y se meció. Bryce se sostuvo de la escalera mientras se hundían.

—Estamos sumergiéndonos —gritó la mujer—. ¡Sosténganse!

Bryce sintió un hueco en el estómago con el movimiento de la embarcación pero siguió bajando. Había gente haciendo cosas abajo, gritando. Se detuvieron al ver los relámpagos de Hunt extenderse por el piso. Una vanguardia de lo que estaba por venir.

—Si son de Ophion estamos jodidos —murmuró Ruhn desde arriba de Hunt.

—Sólo si están enterados de lo que hicimos —exhaló Tharion desde el otro extremo de su grupo.

Bryce iba recogiendo su luz con cada paso que descendía. Entre los dos enemigos que les pisaban los talones, prefería a Ophion, pero... ¿entre ella y Hunt podrían contra esta embarcación, si fuera necesario? ¿Lo podrían hacer sin ahogarse ni ahogar a sus amigos?

Llegó a una habitación blanca, limpia y brillante, una esclusa de aire. Estaba cubierta por hileras de equipo submarino junto con varias personas de uniforme azul al lado de la puerta. Mer. La mujer que los había escoltado se unió a los otros que los aguardaban.

Una mujer de cabello castaño y caderas amplias dio un paso al frente y estudió a Bryce.

Sus ojos se abrieron como platos cuando Hunt cayó en el piso mojado y los relámpagos fluyeron a su alrededor. Tuvo la buena idea de levantar las manos. La gente a sus espaldas hizo lo mismo.

—No los queremos lastimar —dijo con calma y firmeza.

Hunt no contuvo esa ira primigenia que todavía tenía a flor de piel. Bryce sintió que su respiración se aceleraba.

Ruhn y Cormac llegaron al otro lado de Bryce y la mujer también los observó con atención. Su rostro se contrajo al ver al príncipe de Avallen herido, recargado contra Ruhn. Pero sonrió cuando Tharion entró a la derecha de Hunt. Como si hubiera encontrado al fin a alguien razonable en este puto enorme caos que acababa de caer por su escotilla.

—¿Nos llamaste? —le preguntó a Tharion y miró nerviosa en dirección a Hunt.

Bryce le murmuró a Hunt:

—Tranquilízate de una puta vez.

Hunt miró a cada uno de los desconocidos, como si estuviera considerando cómo matarlos. Los relámpagos le zumbaban entre el cabello.

—Hunt —murmuró Bryce pero no se atrevió a tomarlo de la mano.

—Yo... —dijo Tharion y apartó la mirada de Hunt para parpadear mientras veía a la mujer—. ¿Qué?

—Nuestro Oráculo percibió que nos necesitaban en alguna parte por aquí, así que vinimos. Entonces recibimos su mensaje —dijo tensa y con un ojo todavía atento a Hunt—. La luz.

Ruhn y Tharion voltearon a ver a Bryce. Cormac colgaba casi como un peso muerto en los brazos del hada. Tharion sonrió toscamente.

—Eres un amuleto de la buena suerte, Piernas.

Era el golpe de suerte más estúpido que había tenido en toda la vida. Bryce dijo:

—Yo, eh... Yo envié la luz.

Los relámpagos de Hunt crujieron. Formaban una segunda piel sobre su cuerpo, sobre sus ropas empapadas. No mostraba ninguna señal de calmarse. Ella no tenía idea de *cómo* calmarlo.

Así estuvo aquel día con Sandriel, le dijo Ruhn de mente a mente. *Cuando le arrancó la cabeza.* Luego agregó con seriedad: *En esa ocasión también estabas en peligro.*

¿Qué se supone que quiere decir eso?

¿Por qué no me lo dices tú?

Tú pareces saber qué carajos le está pasando.

Ruhn la miró con furia mientras el ángel seguía brillando, amenazante. *Significa que él se está volviendo loco de la misma forma que lo hacen las parejas cuando el otro está en peligro. Es lo que sucedió entonces y es lo que está sucediendo ahora. Son una verdadera* pareja, de la forma en que lo son las hadas, en sus cuerpos y sus almas. Eso era lo distinto de tu olor el otro día. Sus olores están fusionados. Como lo hacen las parejas de las hadas.

Ella miró molesta a su hermano.

¿Y qué?

Así que encuentra cómo tranquilizarlo de una puta vez. Athalar es tu puto problema ahora.

Bryce le envió una imagen mental de su dedo medio como respuesta.

La mujer mer enderezó los hombros, sin saber sobre la conversación entre Ruhn y Bryce, y le dijo a Tharion:

—No hemos salido de esto. Nos está siguiendo un Omega.

Hablaba como si Hunt no fuera una tormenta eléctrica viviente a medio metro de distancia.

Bryce sintió que su corazón se alteraba. Verdadera pareja. No sólo de nombre sino... de la misma manera en que las hadas podían ser pareja unos con otros.

Ruhn dijo: Athalar era peligroso antes. Pero como hombre con pareja, es completamente letal.

Bryce respondió: Siempre fue letal.

No así. La misericordia no cabe en él. Se ha vuelto letal al estilo hada.

En ese estilo depredador de asesinar-a-todos-los-enemigos. Es un ángel.

No parece importar.

Una mirada al rostro endurecido de Hunt bastó para que Bryce se diera cuenta de que Ruhn tenía razón. Una pequeña parte de ella se sentía emocionada con eso, con el hecho de que él hubiera descendido tan profundamente en sus instintos primitivos para intentar salvarla.

Los alfadejos pueden tener su utilidad, le dijo a su hermano con una valentía que no estaba sintiendo y regresó a la conversación que estaba sucediendo frente a ellos.

Tharion le estaba diciendo a la mujer:

—Capitán Tharion Ketos de la Corte Azul a tu servicio.

La mujer hizo un saludo militar y la gente que la acompañaba abrió una portezuela hermética para revelar un pasillo brillante de vidrio frente a ellos. El azul se extendía a su alrededor. Un pasaje por el océano. Algunos peces pasaron nadando a su lado, o el barco pasó a toda velocidad entre los peces. Más rápido de lo que Bryce había percibido.

—Comandante Sendes —dijo la mujer.

—¿De qué corte mer vienes? —preguntó Bryce. Hunt avanzó a su lado, en silencio y brillando con su poder.

La comandante Sendes miró por encima de su hombro. Su rostro todavía estaba un poco pálido por Hunt.

—De ésta —dijo Sendes e hizo una señal hacia el pasillo de vidrio a su alrededor, el enorme barco que Bryce ahora alcanzaba a distinguir del otro lado.

No habían entrado por la parte plana de atrás de un barco, como había pensado Bryce, sino más bien por la punta. Como si el buque hubiera atravesado la superficie como una lanza. Y ahora, con una vista del resto del buque que se expandía más allá, hacia abajo, el pasaje de vidrio, lo que alcanzaba a ver de él parecía tener la forma de una especie de calamar que se sumergía hacia la penumbra de las profundidades. Un calamar tan grande como el Comitium y hecho de vidrio y metal mate para pasar desapercibido.

Sendes levantó la barbilla.

—Bienvenidos al *Guerrero de las Profundidades*. Uno de los seis buques-ciudad de la corte de Abajo de la Reina del Océano.

45

—De acuerdo, entonces te acusarán de allanamiento de morada, y probablemente de robo. Dime otra vez, ¿por qué piensas que tienes elementos para ir tras ese anciano? —dijo Marc, el novio de Declan, recargado en los cojines del sofá y con sus brazos musculosos cruzados mientras interrogaba a Ithan.

Ithan exhaló.

—Cuando lo pones de esa manera, puedo ver a qué te refieres al decir que sería un caso difícil de ganar.

Flynn y Declan, a su lado, intentaban asesinarse mutuamente en un videojuego, ambos maldiciendo entre dientes.

—Es admirable —admitió Marc. El metamorfo de leopardo miró con desaprobación la pequeña caja negra que Ithan había traído de la guarida del Astrónomo—. Pero te metiste hasta el fondo en un gran pinche problema.

—No está bien que esté atrapada ahí. ¿Cómo pudo elegir libremente si era una cachorra?

—No estoy discutiendo eso —dijo Marc—. Pero hay un contrato legal que dice que el Astrónomo es su dueño. No es esclava pero, legalmente, es como si lo fuera. Y el robo de esclavos es un delito muy grave, con un carajo.

—Lo sé —dijo Ithan—. Pero no me siento bien de dejarla ahí.

—¿Y entonces te llevaste a los duendecillos de fuego? —preguntó Marc con la ceja arqueada—. ¿Quieres adivinar cuánto cuestan? —movió la cabeza hacia la caja en el centro de la mesa—. ¿Qué estabas pensando?

—No estaba pensando —murmuró Ithan y le dio un trago a su cerveza—. Estaba encabronado.

Declan interrumpió sin apartar su atención de la pantalla y sus disparos.

—Pero no había cámaras, ¿verdad?

—No las vi.

—Entonces todo se reduce a si la chica del tanque te delata —dijo Declan. Sus pulgares volaban sobre el control. Flynn maldijo por algo que Dec le estaba haciendo a su avatar.

—Podrías devolverlos —sugirió Marc—. Alegar que estabas borracho, disculparte y enviarlos de regreso.

Ithan abrió la boca pero la caja sobre la mesa se sacudió. *Se sacudió.* Como si los seres en su interior los estuvieran escuchando. Incluso Declan y Flynn hicieron una pausa en su juego.

—Eh... —dijo Declan con un gesto horrorizado.

—¿Hola? —añadió Flynn viendo la caja.

Volvió a sacudirse. Todos se encogieron un poco.

—Bueno, alguien tiene una opinión —dijo Marc con una risa suave y se acercó a la caja.

—Con cuidado —advirtió Dec. Marc le lanzó una mirada irónica y abrió la caja negra.

Un resplandor, dorado y rojo, hizo erupción y bañó los muros y el techo. Ithan se protegió los ojos y la luz se contrajo, quedando a la vista cuatro anillos acomodados en terciopelo negro. Las cuatro diminutas burbujas de vidrio que sobre ellos brillaban.

El brillo dentro se apagó más y más hasta que...

Declan y Marc se miraron horrorizados.

—Por Solas —maldijo Flynn y lanzó su control a un lado—. Ese maldito anciano merecería que lo crucificaran por esto.

—Está bien —le murmuró Marc a Ithan—. Entiendo por qué te los llevaste.

Ithan gruñó en respuesta y se asomó para ver las figuras femeninas dentro de los anillos. No había conocido a Lehabah cara a cara porque Bryce nunca le había permitido entrar a la biblioteca que estaba debajo de la galería, pero había visto las fotos de Bryce.

Tres de las duendecillas eran justo como ella: flamas en la forma de cuerpos femeninos. Dos eran delgadas y una tan pecaminosamente curveada como Lehabah. La cuarta esfera era fuego puro.

Ese cuarto anillo se sacudió. Ithan retrocedió. Era claramente el que había sacudido la caja.

—Entonces, ¿las dejamos salir? —preguntó Flynn y estudió la caja y a las duendecillas atrapadas dentro.

—Por supuesto que sí, carajo —dijo Declan y se puso de pie de un salto.

Ithan se quedó viendo a las duendecillas, en especial a la cuarta tan radiante y que parecía tan... enojada. No la culpaba. Le murmuró a sus compañeros:

—¿Están seguros de no tener problema con liberar a un grupo de duendecillas de fuego furiosas en su casa?

Pero Flynn ondeó la mano como para desestimar el riesgo.

—Tenemos aspersores contra incendios y alarmas de humo.

—Eso no me tranquiliza —dijo Marc.

—Yo lo hago —dijo Declan que venía corriendo de la cocina con un martillo.

Marc se frotó las sienes y se recargó contra los cojines.

—Esto no puede terminar bien.

—Hombre de poca fe —dijo Flynn y atrapó el martillo que Declan le lanzó.

Ithan hizo un gesto de duda.

—Sólo... tengan cuidado.

—No creo que esa palabra exista en ninguno de sus vocabularios —bromeó Marc y se ganó un codazo en las costillas de parte de Declan cuando se sentó a su lado en el sofá.

Flynn acercó la caja y le dijo a las duendecillas:

—Cúbranse la cabeza.

Las tres que eran visibles se agacharon. La cuarta seguía convertida en una bola de fuego, pero se encogió un poco.

—Cuidado —volvió a advertir Ithan.

Flynn, con un movimiento rápido de muñeca, golpeó el primer anillo. Se resquebrajó y volvió a darle otro golpe. Se rompió en tres pedazos con el tercer golpe del martillo, pero la duendecilla seguía agachada.

Flynn pasó al siguiente anillo y luego al siguiente.

Para cuando abrió el tercer anillo, las duendecillas estaban asomando sus cabezas de fuego como polluelos emergiendo de huevos. Flynn movió el martillo hacia el cuarto. Cuando iba bajando, Ithan podría haber jurado que una de las duendecillas gritó, en una voz casi demasiado ronca para escucharse: ¡No!

Demasiado tarde.

Sólo hizo falta una cuarteadura y las flamas del interior empujaron hacia afuera y rompieron el vidrio.

Todos saltaron sobre el sofá con un grito y un *carajo,* y entonces todo estaba caliente y brillante y el viento rugía y algo aullaba...

Luego algo pesado cayó sobre la mesa de centro. Ithan y los demás se asomaron desde detrás del sillón.

—¿Qué carajos? —exhaló Flynn con humo saliéndole del sitio donde se habían quemado un poco los hombros de su camisa.

Las tres duendecillas estaban refugiadas en sus esferas rotas. Todas encogidas para protegerse de la mujer desnuda, del tamaño de una humana, que ardía sobre la mesa junto a ellas.

La mujer se recargó en sus brazos. Su cabello era del color del hierro más oscuro y caía en curvas rizadas sobre su rostro de facciones delicadas. Su cuerpo bronceado hervía y la madera debajo de ella se estaba carbonizando en todos los sitios que su forma sensual y desnuda tocaba. Levantó la vista y sus ojos... por el puto Averno.

Brillaban con el tono carmesí más intenso. Más como sangre hirviente que flama.

Su espalda se hinchaba con cada respiración larga y rasgada. Unas ondas de lo que parecían ser escamas color rojo y dorado fluían debajo de su piel.

—Los va a matar —dijo la mujer con voz ronca por la falta de uso. Pero no miraba a Ithan sino a Flynn, que tenía otra vez el martillo levantado, como si eso pudiera hacer algo contra el tipo de fuego que ella poseía—. Los va a encontrar y los va a matar.

Pero Flynn, como el idiota y estúpido arrogante que era, se puso de pie y le sonrió alegremente a la mujer sensual sobre la mesa de centro.

—Me alegra que una dragona ahora me deba algo.

Athalar era una bomba de tiempo, una que Ruhn no tenía idea de cómo desactivar. Supuso que ese honor le correspondería a su hermana, quien se mantenía a un paso de distancia del ángel, con un ojo en él y otro en la carrera por alcanzar el fondo marino.

Su hermana tenía una *pareja*. Era bastante raro entre las hadas, pero encontrar una pareja que además era un ángel... La mente le daba vueltas.

Ruhn se sacudió esos pensamientos y se acercó a la comandante Sendes para decirle:

—No escucho el ruido de un motor.

—No lo escucharás —dijo Sendes y abrió la compuerta de la esclusa de aire al final del largo túnel de vidrio—. Éstos son barcos secretos y son impulsados por el poder de la Reina del Océano.

Tharion silbó y luego preguntó:

—¿Entonces crees que podamos escapar de un Omega en algo así de grande?

—No. Pero no estamos escapando —señaló hacia un ventanal de vidrio grueso, hacia la penumbra debajo—. Vamos al Cañón Ravel.

—Si ustedes pueden entrar —dijo Ruhn y levantó un poco a Cormac, que gimió—, entonces los Omegas también pueden.

Sendes le sonrió con un gesto que indicaba que le compartía un secreto:

—Observa.

Ruhn asintió al príncipe, que colgaba de su hombro.

—Mi primo necesita una medibruja.

—Ya viene una en camino para encontrarse con nosotros —dijo Sendes y abrió otra compuerta.

El túnel que vieron era inmenso, con pasillos que se separaban en tres direcciones, como las arterias de una bestia poderosa. El pasillo que estaba directamente frente a ellos...

—Vaya, qué vista —murmuró Ruhn.

Un biodomo cavernoso florecía al final del pasillo, lleno de frondosos árboles tropicales, arroyos sinuosos que se abrían paso en el piso cubierto de helechos y orquídeas que floreaban en la niebla ondulante. Había mariposas volando por el aire y colibríes que bebían de las orquídeas y las flores de colores neón. Podría jurar que alcanzó a ver a una bestia pequeña y peluda que corría debajo de un helecho colgante.

—Tenemos desalinizadores en este barco —explicó Sendes y señaló el biodomo—, pero si alguna vez llegaran a fallar, éste es un ecosistema completamente separado que genera su propia agua dulce.

—¿Cómo? —preguntó Tharion pero Sendes se había detenido en la intersección de los tres pasillos—. La Reina del Río tiene uno similar, pero nada que pueda hacer esto.

—Dudo que tu amigo sangrante aprecie la explicación larga en este momento —respondió Sendes y dio la vuelta hacia el pasillo a su derecha.

Había gente, mer a juzgar por sus olores, que pasaba a su lado. Algunos se quedaban con la boca abierta, otros los veían con expresiones confundidas y otros saludaban a Sendes, quien devolvía el saludo.

Sus alrededores daban la sensación de un edificio corporativo, o de una zona metropolitana. La gente estaba haciendo su vida, con su ropa de negocios o informal, algunos hacían ejercicio, otros bebían café o smoothies.

La cabeza de Bryce giraba de un lado al otro, observándolo todo. Athalar se limitaba a continuar crujiendo con sus relámpagos.

—¿Nadie está preocupado por los que vienen persiguiéndonos? —le preguntó Ruhn a Sendes.

Ella se detuvo frente a otra ventana enorme y señaló.

—¿Por qué se preocuparían?

Ruhn plantó los pies cuando la embarcación se dirigió directamente a un muro oscuro y rugoso que se elevaba del fondo marino. Pero con la misma facilidad que un pájaro cambia de dirección, se acercó al muro y empezó a bajar. Luego se detuvo y se quedó flotando.

Ruhn sacudió la cabeza.

—Nos van a encontrar si nos quedamos así.

—Mira hacia el cuerpo del barco.

Presionado contra el vidrio, Cormac tenía un apoyo en ambos lados, así que Ruhn obedeció. Donde antes había un enorme submarino ahora... sólo había roca oscura. Nada más.

—¿Este submarino se puede volver invisible?

—No invisible. Camuflado —sonrió Sendes con orgullo—. La Reina del Océano le concedió a sus embarcaciones muchos dones de los mares. Éste tiene la capacidad de un calamar de confundirse con su entorno.

—Pero las luces del interior... —empezó a decir Tharion.

—El vidrio es unidireccional. Bloquea la luz y evita que se pueda ver su interior cuando se activa el camuflaje.

—¿Qué hay del radar? —preguntó Ruhn—. Tal vez sean invisibles al ojo desnudo, pero seguramente las embarcaciones imperiales los detectarán.

Ella esbozó otra de esas sonrisas orgullosas.

—De nuevo, el poder de la Reina del Océano es lo que mueve esta embarcación, no la luzprístina que el radar Omega está diseñado para detectar. Tampoco se registra la vida en el interior, ni siquiera como ballena o tiburón en un radar. Somos completamente indetectables. Para un Omega que pase a nuestro lado, sólo somos un montón de rocas.

—¿Y si chocan con ustedes? —preguntó Tharion.

—Simplemente flotamos hacia arriba o hacia abajo para evadirlos —señaló de nuevo—. Ahí vienen.

El corazón de Ruhn se le fue a la garganta. Los relámpagos de Athalar estaban recorriendo su cuerpo otra vez. Bryce le murmuró algo que aparentemente no hizo nada para tranquilizarlo.

Pero Ruhn estaba demasiado ocupado monitoreando el avance del enemigo. Como un lobo que salía de las sombras de un bosque de kelp, el Omega se dirigió hacia el cañón. Sus lucesprístinas brillaban en la oscuridad y revelaban su ubicación.

La gente continuaba caminando a su lado. Algunos volteaban a ver al enemigo que se acercaba pero no le prestaban demasiada atención.

Qué putas estaba pasando.

La embarcación imperial se sumergió justo detrás de ellos. Un lobo de cacería hecho y derecho.

—Mira —dijo Sendes.

Ruhn contuvo la respiración, como si eso de alguna manera fuera a evitar que los detectaran, cuando el Omega se acercó. Un barrido lento y estratégico.

Sólo alcanzaba a ver la pintura en sus costados, la insignia imperial que empezaba a descarapelarse, los cortes y abolladuras de batallas previas. En su casco tenía escrito *SPQM Faustus*.

—El *Faustus* —exhaló Tharion con temor en su tono de voz.

—¿Conoces ese buque? —le preguntó Sendes.

—He escuchado hablar de él —respondió Tharion sin apartar su atención de la embarcación de guerra que pasaba a su lado. No se percataban de su presencia en lo absoluto—. Esa nave por sí sola ha hundido dieciséis barcos rebeldes.

—Al menos enviaron a alguien impresionante tras nosotros esta vez —dijo Sendes.

Tharion se pasó la mano por el cabello húmedo y guardó las garras.

—Están pasando de largo. Es increíble.

Cormac gruñó y se movió en los brazos de Ruhn.

—¿Ophion sabe de esto?

Sendes se tensó.

—No estamos alineados con Ophion.

Gracias al puto cielo. Bryce se sintió aliviada y los relámpagos de Hunt se apagaron un poco.

—¿Qué hay de los asteri? ¿Ellos conocen esta tecnología? —preguntó Ruhn e hizo una señal hacia todo lo que los rodeaba y que desaparecía en las profundidades mientras el Omega pasaba a ciegas por encima de ellos.

Sendes continuó caminando y todos la siguieron.

—No. Y dadas las circunstancias en las que los encontramos, confío en que ustedes no darán a conocer esta información. Al igual que nosotros mantendremos su presencia confidencial.

Si ustedes abren la puta boca, nosotros haremos lo mismo.

—Así es —dijo Ruhn y le sonrió a Sendes, aunque ella no le devolvió el gesto. El submarino empezó a sumergirse más en las profundidades del cañón.

—Hela aquí —anunció Sendes cuando llegó corriendo una medibruja y un equipo de tres personas con una camilla detrás de ella.

—Que Cthona me salve —murmuró Cormac y logró levantar la cabeza—. No necesito todo eso.

—Sí, sí lo necesitas —dijeron Tharion y Ruhn al mismo tiempo.

Si la medibruja o su equipo los reconocieron, nadie dijo nada. Los siguientes minutos fueron un torbellino de acción para acomodar a Cormac sobre la camilla y llevarlo al centro médico con la promesa de que estaría fuera del quirófano en una hora y que podrían irlo a ver poco tiempo después.

A lo largo de todo esto, Bryce se mantuvo detrás con Athalar. Los relámpagos seguían recorriéndole la superficie de las alas y echaban chispas en las puntas de sus dedos.

Cálmate, le dijo Ruhn a la mente de Athalar.

Un trueno resonó como respuesta.

Muy bien, pues.

La embarcación-ciudad empezó a navegar por el fondo del cañón. El suelo marino era inusualmente plano y amplio entre los dos acantilados. Pasaron un pilar medio derruido y...

—¿Esas rocas están labradas? —le preguntó Ruhn a Sendes cuando los llevó de regreso por el pasillo.

—Sí —respondió ella en tono ligeramente más bajo—. De hace mucho, mucho tiempo.

Tharion preguntó:

—¿Qué había aquí abajo?

Miró los muros del cañón mientras seguían avanzando por el fondo. Todos tenían grabados con símbolos extraños.

—Esto era una autopista. No como las que se encuentran en la superficie, sino una gran avenida que los mer usaban antes para nadar entre las grandes ciudades.

—Nunca había escuchado de algo en esta zona.

—Es de hace mucho tiempo —repitió ella ligeramente más seria. Como si fuera un secreto.

Bryce dijo desde atrás.

—Yo solía trabajar en una galería de antigüedades y mi jefa una vez trajo una estatua de una ciudad sumergida. Siempre pensé que ella estaba falseando las fechas, pero dijo que tenía casi quince mil años de antigüedad. Que provenía del Abajo original.

Tan viejo como los asteri, o al menos de su llegada a Midgard.

La expresión de Sendes permaneció neutral.

—Sólo la Reina del Océano puede verificar eso.

Ruhn volvió a asomarse por el vidrio.

—¿Así que los mer alguna vez tuvieron una ciudad acá abajo?

—Alguna vez tuvimos muchas cosas —dijo Sendes.

Tharion miró a Ruhn y negó con la cabeza, una advertencia silenciosa para que lo dejara. Ruhn le asintió.

—¿A dónde vamos, exactamente? —preguntó para cambiar el tema.

—Asumo que querrán descansar un momento. Los llevaré a unas habitaciones privadas en nuestras barracas.

—¿Y luego? —se atrevió a preguntar Ruhn.

—Necesitamos esperar a que los Omegas hayan despejado el área, pero cuando eso suceda, los podremos llevar a donde ustedes deseen.

—A la desembocadura del Istros —dijo Tharion—. Mi gente puede reunirse con nosotros ahí.

—Muy bien. Llegaremos probablemente al amanecer, por la necesidad de permanecer ocultos.

—Si me pueden facilitar un radio, puedo enviar una señal codificada.

Ella asintió y Ruhn admiró la confianza innata que tenían los mer unos en otros. ¿Ella le hubiera permitido a *él* con tanta facilidad usar el radio para contactar a alguien fuera de esta embarcación? Lo dudaba.

Pero Bryce se detuvo en la intersección del pasillo. Vio a Hunt antes de decirle a Sendes:

—¿Te importaría si mi amigo brillante y yo vamos un rato al biodomo?

Sendes consideró a Hunt un momento con cautela.

—Lo cerraré al público temporalmente. Siempre y cuando él no dañe nada ahí.

Hunt enseñó los dientes y Bryce sonrió un poco tensa.

—Yo me aseguraré de que no lo haga.

La mirada de Sendes bajó hacia la cicatriz de su pecho.

—Cuando terminen, pregunten por la Barraca Seis, y alguien les indicará el camino.

—Gracias —dijo Bryce y volteó a ver a Ruhn y Tharion—. No se metan en problemas.

—Tú tampoco —le dijo Ruhn con una ceja arqueada.

Entonces Bryce se dirigió hacia el frondoso biodomo con Hunt caminando detrás de ella y dejando una estela de relámpagos a su paso.

Sendes sacó un radio de su bolsillo.

—Despejen el biodomo y sellen las puertas.

Ruhn se sobresaltó.

—¿Qué?

Sendes continuó avanzando. Sus botas hacían ruido sobre el piso de loseta.

—Creo que ella y el ángel deben tener algo de privacidad, ¿no crees?

46

Sólo estaban su poder y Bryce. El resto del mundo se había convertido en un conjunto de amenazas hacia ella.

Hunt tenía la vaga noción de haber sido traído a una enorme embarcación mer. De hablar con su comandante, de darse cuenta de la gente y del Omega y de que se llevaban a Cormac en una camilla.

Su mente divagaba, montada en una tormenta inacabable. Su magia gritaba y esperaba ser liberada. Había ascendido a este plano de existencia, de salvajismo primigenio, en el momento en que apareció la Cierva. Sabía que tenía que eliminarla si eso era lo que debía hacer para que Bryce estuviera a salvo. Había decidido que no importaba si Danaan o Cormac o Tharion terminaban cocinados en el proceso.

No podía apartarse de ese precipicio.

A pesar de que Bryce caminaba por un pasillo silencioso y cálido hacia un bosque frondoso con pinos y helechos y flores, con aves y mariposas de todos los colores, con pequeños arroyos y cascadas, no podía tranquilizarse.

Necesitaba sacar su magia, necesitaba gritar su ira y luego abrazarla y saber que ella estaba bien, que los dos estaban bien...

Siguió a Bryce hacia el verdor, cruzaron un arroyo pequeño. La luz era tenue aquí y la niebla se enroscaba en el suelo. Como si se hubieran adentrado a un jardín antiguo en el despertar del mundo.

Ella se detuvo en un pequeño claro. El piso estaba cubierto de musgo y pequeñas flores blancas en forma de estrellas. Volteó a verlo y sus ojos brillaban. Su pene se despertó al ver el destello de intención en ellos.

Los labios de Bryce se curvaron hacia arriba, con comprensión y un poco de desafío. Sin decir una palabra, se sacó la camiseta empapada por la cabeza. Un segundo después, su sostén de encaje morado también había desaparecido.

El mundo, el jardín, desaparecieron al ver sus pechos grandes, sus pezones color palo de rosa ya erectos. Se le hizo agua la boca.

Ella se desabrochó los pantalones. Se quitó los zapatos. Y luego se estaba quitando ya la ropa interior morada.

Estaba completamente desnuda frente a él. El corazón de Hunt latía con tanta violencia que pensó que se le iba a salir del pecho.

Era tan hermosa. Cada una de las líneas seductoras de su cuerpo, cada centímetro brillante de su piel, su sexo que lo llamaba...

—Es tu turno —dijo ella con voz ronca.

Su magia aullaba y suplicaba. Hunt apenas se percató de cómo sus dedos le quitaron la ropa y los zapatos. No le importó ya estar completamente erecto. Sólo le importó que los ojos de Bryce bajaron a ver su pene y que en sus labios se dibujó una especie de sonrisa complacida.

Desnudos, se vieron frente a frente en este jardín bajo el mar.

Él quería complacer a su pareja. Su hermosa y fuerte pareja. Hunt debió haberlo dicho en voz alta porque Bryce le dijo con suavidad:

—Sí, Hunt. Soy tu pareja —susurró y la estrella en su pecho centelleó como una brasa que cobraba vida—. Y tú la mía.

Las palabras le recorrieron el cuerpo. Su magia le quemó las venas como ácido y él gruñó para contenerla.

Los ojos de ella se suavizaron, como si pudiera percibir su dolor. Le dijo con voz ronca:

—Quiero que me cojas. ¿Lo harás?

Los relámpagos centellearon sobre sus alas.

—Sí.

Bryce se pasó la mano por el torso y empezó a hacer un círculo en la estrella brillante entre sus senos grandes. Su pene latía. Ella dio un paso hacia él con la suavidad del musgo bajo sus pisadas.

Hunt retrocedió un paso.

Ella arqueó una ceja.

—¿No?

—Sí —logró decir él otra vez. Su mente se aclaró un poco—. Este jardín...

—Está cerrado al público —ronroneó ella y la luz de la estrella brilló entre sus dedos. Dio otro paso y Hunt no retrocedió en esta ocasión.

No lograba respirar bien.

—Yo —tragó saliva—. Mi poder...

Ella se detuvo a unos centímetros de él. El olor de su excitación envolvía dedos invisibles alrededor de su pene y lo acariciaba con fuerza. Se estremeció.

—Lo que sea que necesites hacer, Hunt, yo puedo soportarlo.

Él dejó escapar un gemido grave.

—No quiero lastimarte.

—No lo harás —dijo ella y sonrió con suavidad, con amor—. Confío en ti.

Los dedos de Bryce rozaron su pecho desnudo y él volvió a estremecerse. Ella redujo la distancia que los separaba y le rozó el pectoral con la boca... sobre el corazón. Los relámpagos de Hunt se encendieron e iluminaron de plata el jardín. Bryce levantó la cabeza.

—Bésame —exhaló.

Los ojos de Hunt eran relámpagos puros. Su *cuerpo* era de relámpago puro cùando Bryce abrió la boca para él y su lengua entró con su sabor a lluvia y éter.

Su poder fluyó hacia ella, a su alrededor, un millón de caricias sensuales, y ella se arqueó hacia él, se entregó por completo. Él colocó la palma de su mano sobre uno de sus senos y liberó un poco de su poder en su pezón. Ella ahogó un grito. Él introdujo su lengua más profundamente, como si pudiera lamer ese sonido.

Ella sabía que Hunt necesitaba una manera de sacar toda su magia, una manera en que se pudiera asegurar de que ella estaba a salvo y era suya. *Mi hermosa y fuerte pareja*, gruñó mientras veía su cuerpo desnudo.

Con la otra mano le masajeaba el trasero, la atraía hacia él y su pene quedaba atrapado entre sus cuerpos. Gimió cuando sintió el vientre de ella tocarlo y ella se retorció justo lo necesario para volverlo loco.

Los relámpagos bailaban por la piel de ella, por su cabello, y ella lo disfrutaba. Lo absorbía y se permitía convertirse en ellos, convertirse en *él*, y permitirle a él convertirse en ella, hasta que fueron dos almas juntas y entrelazadas en el fondo del mar.

Bryce tenía la vaga sensación de estar cayendo por el aire, en el tiempo y el espacio, y luego se dio cuenta de que él estaba colocándola suave, reverencialmente, sobre el piso lleno de musgo. Como si, incluso con su enorme necesidad, su furia, quisiera asegurarse de que ella estuviera segura y bien. Que sólo sintiera placer.

Ella le pasó los brazos alrededor del cuello y se arqueó hacia él mientras le mordisqueaba el labio y succionaba su lengua. Más. Necesitaba más. Él le mordió a un lado de la garganta y succionó con fuerza. Ella se volvió a arquear, justo cuando él se acomodó entre sus piernas.

El roce de su pene suave como el terciopelo contra su sexo desnudo la hizo estremecerse. No de miedo, sino por su cercanía, por saber que ya no había nada entre ellos y que nunca más volvería a haber nada entre ellos.

Él se lubricó con su humedad y sus alas vibraron. Los relámpagos hacían telarañas sobre el musgo a su alrededor y luego subieron por los árboles.

—Hunt —jadeó Bryce. Podían explorar y jugar después. Ahora, cuando la muerte había estado tan cerca de ellos, ahora lo necesitaba con ella, dentro de ella. Necesitaba su fuerza y su poder y su gentileza, necesitaba esa sonrisa y humor y amor...

Bryce envolvió su mano alrededor de la base de su pene y lo acarició una vez antes de acomodarlo hacia el lugar donde estaba absolutamente empapada para recibirlo. Pero Hunt se quedó inmóvil. Apretó los dientes mientras ella acariciaba toda su imponente longitud otra vez. La miró a los ojos.

Los ojos de Hunt estaban llenos de relámpagos. Un dios vengador.

La estrella del pecho de Bryce se encendió y se fundió con los relámpagos de él. Hunt le puso la mano sobre la estrella. La tomó y la hizo suya, hizo suya la luz. La hizo suya a ella.

Bryce lo posicionó en su vagina y jadeó al sentir el roce de la gruesa cabeza de su pene. Pero lo soltó. Lo dejó decidir si esto era lo que él quería. Este puente final entre sus dos almas.

Los relámpagos desaparecieron de sus ojos, como si él los hubiera despejado a fuerza de voluntad. Como si quisiera que ella viera al hombre que había detrás.

Hunt puro. Nadie ni nada más.

Era una pregunta, de cierta forma. Como si él le estuviera mostrando cada cicatriz y herida, cada rincón oscuro. Preguntándole si esto, si él, era lo que ella quería en verdad. Bryce sólo sonrió suavemente.

—Te amo —susurró.

Con un estremecimiento, Hunt la besó y se deslizó hacia el hogar.

Nada nunca se había sentido tan bien.

Hunt empezó a moverse dentro de ella, la llenaba de una manera deliciosa, perfecta. Con cada movimiento suave hacia su interior, cada centímetro que avanzaba dentro de ella, la luz de su estrella brillaba con más fuerza. Los relámpagos de él crujían sobre ellos y a su alrededor.

Los músculos de la espalda del ángel se movían bajo los dedos de ella, sus alas estaban muy pegadas a su cuerpo. Su pecho subía y bajaba como un gran fuelle, presionando contra sus senos, contra la estrella entre ellos.

Otro centímetro, otro estremecimiento de placer. Y luego se salió. Más. Y más.

Su lengua chocó con la de ella y volvió a penetrarla de golpe, hasta el fondo. La luz se derramó de ella como un vaso que se desborda y corrió en ondas concéntricas por el suelo del bosque.

Bryce le enterró las uñas en la espalda, en el cuello, y los dientes de Hunt encontraron su pezón y lo mordieron. Ella se volvió loca y subió su cadera para encontrarse con él, poder chocando con poder.

Hunt mantuvo un ritmo constante y demoledor y ella le puso las manos en el trasero sólo para sentir cómo apretaba los músculos con cada movimiento, para *sentirlo* empujando hacia su interior...

Luego volvió a reclamar su boca y Bryce le envolvió las piernas alrededor de la cintura. Gimió cuando él se hundió más y sus movimientos se hicieron más fuertes, más rápidos. Los relámpagos y la luzastral rebotaban entre ellos.

Necesitaba que él fuera más desenfrenado. Necesitaba que liberara ese dejo de temor y rabia y que regresara a ser su Hunt. Apretó las piernas alrededor de él e hizo que se dieran la vuelta. El mundo giró y entonces ella estaba viéndolo hacia abajo, con su pene enterrado tan profundamente...

Los relámpagos fluían por los dientes de Hunt cuando jadeaba, todos sus músculos abdominales se contraían. Dioses, era hermoso. Y era suyo. Completamente suyo.

Bryce alzó la cadera y se levantó de su pene y luego se dejó caer. Se arqueó cuando él le besó la estrella del pecho. Volvió a levantarse, un deslizamiento constante y provocador, y luego se empaló a sí misma.

Él gruñó contra su piel.

—Despiadada, Quinlan.

Cerca. Tan cerca. Se volvió a levantar y disfrutó cada centímetro de su pene, saliendo casi hasta la punta. Y, al bajar, apretaba sus delicados músculos internos alrededor de él.

Hunt rugió y Bryce estaba nuevamente sobre su espalda y él entró en ella con fuerza. Su poder fluyó a través de ella, la llenó, y ella era él, y él era ella, y luego su pene tocó ese punto perfecto muy dentro de ella y el mundo fue sólo luz...

La liberación le recorrió el cuerpo con una explosión y Bryce podría estar riendo o sollozando o gritando su nombre. Hunt la montó todo ese tiempo y le extrajo hasta la última gota de placer y luego estaba moviéndose otra vez, fuertes movimientos penetrantes que los iban deslizando sobre el suelo de musgo. Sus alas eran un muro gris encima de ambos, sus alas... brillaban.

Estaban llenas de una luz iridiscente. *Él* se llenó de luz.

Bryce estiró la mano hacia sus alas encendidas. Sus propios dedos, su mano, su brazo... irradiaban esa misma luz. Como si se hubieran llenado de poder, como si su luz se hubiera filtrado en él y la de él en ella...

—Mírate —exhaló Hunt—. Bryce.

—*Míranos* —susurró ella y se levantó para besarlo. Él se acercó hacia ella y entrelazaron sus lenguas. Sus movimientos se hicieron más salvajes. Estaba cerca.

—Quiero que ambos terminemos al mismo tiempo —le dijo contra la boca. Sonaba... casi normal otra vez.

—Entonces haz que suceda —dijo ella y deslizó su mano hacia sus testículos. Él le acarició el clítoris con los dedos. Empezó a frotar.

Bryce amasaba sus testículos y un estremecimiento lo recorrió. Luego otro. La tercera vez que lo hizo, apretó justo cuando un relámpago salió de sus dedos y...

Ella iba cayendo. Tenía la sensación distante de estar gritando su placer hacia la superficie a kilómetros de distancia sobre ellos, de un orgasmo que la recorría y que reducía su mente a escombros. Estaba vagamente consciente de que Hunt se vaciaba en su interior, la llenaba, una y otra vez...

Iban cayendo por el tiempo y el espacio y la luz y las sombras...

Arriba era abajo y abajo era arriba y ellos eran los únicos seres en la existencia, aquí en este jardín, escondidos del tiempo...

Algo frío y duro presionaba contra su espalda pero no le importó, no ahora que se aferraba a Hunt y lo presionaba contra ella, jadeando para conseguir algo de aire, algo de cordura. Él temblaba, sus alas vibraban, y susurraba: «Bryce, Bryce, Bryce» en su oído.

Tenían los cuerpos bañados de sudor. Ella le recorrió la espalda con los dedos. Él era de ella y ella de él y...

—*Bryce* —dijo Hunt y ella abrió los ojos.

Se encontraron con una luz brillante y cegadora. Muros blancos, equipo de buceo y... una escalera. No había señal de un jardín.

Hunt se puso de pie en un instante y giró para evaluar sus alrededores. Su pene seguía erecto y brillante. Bryce necesitaba un momento para que le empezaran a funcionar las rodillas y se apoyó en el suelo frío.

Conocía esta habitación.

Los ojos de Hunt seguían alterados pero... no tenía relámpagos bailando en ellos. No quedaba rastro de esa furia primitiva. Sólo la marca iridiscente de una mano en su pecho, un resto de luzastral. Se desvanecía más con cada respiración.

Le preguntó entre jadeos:

—¿Cómo *carajos* terminamos en la esclusa de aire?

—Está bien —dijo Flynn y juntó las manos—. Entonces, para asegurarme de que entendí bien —señaló a la duendecilla de fuego delgada que flotaba en el aire a su izquierda—. Tú eres Ridi.

—¡Rithi! —gritó ella.

—Rithi —corrigió Flynn con una sonrisa. Luego señaló a la duendecilla con más curvas frente a él—. Tú eres Malana —dijo y ella sonrió encantada. Luego él señaló a la que estaba a la derecha de ella—. Y tú eres Sasa. Y son trillizas.

—Sí —dijo Malana con su cabellera larga flotando en el aire a su alrededor—. Somos descendientes de Persina Falath, la Señora de las Cenizas.

—Bien —dijo Ithan, como si eso significara algo para él. No sabía nada sobre las duendecillas y sus jerarquías. Sólo que habían sido exiliadas de Cielo y Aliento hacía muchísimo tiempo por una rebelión fallida. Que habían sido consideradas Inferiores desde entonces.

—Y *tú* —dijo Flynn lentamente y giró hacia la mujer desnuda que estaba al otro lado del sofá con una manta sobre sus hombros— eres...

—No te he dicho mi nombre —llegó la respuesta. Sus ojos rojos ya se habían apagado y se veían de un tono negro carbonizado. Había dejado de arder, al menos lo suficiente para no quemar el sillón.

—Exacto —dijo Flynn como si el lord hada no estuviera provocando a una dragona. Una puta *dragona*. Una Inferior, sí, pero... carajo. No eran verdaderos metamorfos que pudieran cambiar entre sus cuerpos humanoides y animales a voluntad. Eran más como los mer, si acaso. Existía una diferencia biológica o mágica que lo explicaba. Ithan recordaba vagamente haberlo aprendido en la escuela, aunque ya había olvidado los detalles.

Eso no importaba ahora, supuso. La dragona podía navegar entre dos formas. Sería un tonto si la subestimara en ésta.

La dragona se quedó mirando fijamente a Flynn. Él le esbozó una sonrisa encantadora. Ella levantó la barbilla.

—Ariadne.

Flynn arqueó una ceja.

—¿Una dragona llamada Ariadne?

—¿Supongo que tienes un mejor nombre para mí? —le dijo ella de regreso.

—Quebranta-Cráneos, Perdición Alada, Devoradora de Luz —fue mencionando Flynn y contando con sus dedos.

Ella resopló y el dejo de diversión hizo que Ithan se diera cuenta de que la dragona era... hermosa. Completamente letal y desafiante pero... maldición. Por el brillo en los ojos de Flynn, Ithan podía notar que el lord hada estaba pensando lo mismo.

Ariadne dijo:

—Esos nombres son para los antiguos que viven en sus cuevas de las montañas y duermen el sueño largo de los verdaderos inmortales.

—¿Pero tú no eres uno de ellos? —preguntó Ithan.

—Los de mi especie somos más... modernos —respondió y su mirada se concentró en Flynn—. Por eso, Ariadne.

Flynn le guiñó. Ella frunció el ceño.

—¿Cómo es que todas ustedes —interrumpió Declan con un ademán hacia Ariadne, su cuerpo similar al de una mujer hada— cabían en esos anillos diminutos?

—Fuimos hechizadas por el Astrónomo —susurró Sasa—. Él es un hechicero antiguo, no le permitan que los engañe con esa decrepitud fingida. Nos compró a todas y nos guardó en esos anillos para iluminar su camino cuando desciende al Averno. Aunque Ariadne fue puesta en ese anillo por...

Dejó de hablar cuando la dragona le lanzó una mirada cáustica de advertencia.

Un escalofrío recorrió la espalda de Ithan. Les preguntó:

—¿Se puede hacer algo para liberar a los que todavía están bajo su control? ¿Los místicos?

—No —respondió Ariadne y bajó la vista a su muñeca morena. La marca que tenía ahí. *SPQM*. La marca de un esclavo. Las duendecillas también la tenían—. Él es su dueño, como es nuestro. La mística con la que hablaste, la loba... —sus ojos negros volvieron a empezar a ponerse rojos—. Es su favorita. Nunca la dejará ir. No hasta que envejezca en ese tanque y muera.

Posiblemente eso no sucedería por siglos. Ithan sintió que se le retorcía el estómago.

—Por favor no nos hagas regresar —susurró Rithi y se aferró a Malana.

—Silencio —advirtió Malana.

Marc las estudió.

—Miren, señoras, están en una situación difícil. No sólo son esclavas, sino esclavas robadas —le lanzó una mirada de advertencia a Ithan, quien se encogió de hombros. No se arrepentía—. Sin embargo, hay leyes sobre cómo deben ser tratadas. Es arcaico y carece de sentido que alguien pueda ser propiedad de alguien más, pero si demuestran un maltrato severo, podría permitírseles que... sean compradas por alguien más.

—¿No liberadas? —susurró Sasa.

—Sólo su nuevo dueño podría hacer eso —respondió Marc con tristeza.

—Entonces cómpralas y listo —dijo Ariadne y se cruzó de brazos.

—¿Y qué hay de ti, corazón? —le ronroneó Flynn a la dragona, como si el hada literalmente no pudiera contenerse.

Los ojos de ella brillaron de color carmesí.

—Yo estoy mucho más arriba de lo que tú podrías pagar, lordecito.

—Ponme a prueba.

Pero la dragona se dio la vuelta y continuó viendo la televisión, que seguía pausada en el videojuego. Ithan tragó saliva y le preguntó:

—¿Es malo, entonces... lo que les hace a los místicos?

—Los tortura —respondió Ariadne con sequedad y Rithi lloriqueó un poco para indicar que estaba de acuerdo—. La loba es... desafiante. No mentía sobre sus castigos. Yo he estado en su mano por años y lo he visto enviarla a los rincones más oscuros del Averno. Deja que los demonios y sus príncipes la fustiguen. La aterroricen. Cree que la va a lograr doblegar algún día. Yo no estoy tan segura.

A Ithan se le revolvió el estómago.

Ariadne continuó:

—Ella dijo la verdad el otro día sobre el nigromante —Flynn, Marc y Declan voltearon a ver a Ithan con las cejas arqueadas—. Si quieres respuestas sobre tu hermano muerto, entonces deberás buscar a uno.

Ithan asintió. La dragona pertenecía a la Casa de Flama y Sombra, aunque el tatuaje de esclava le retiraba sus protecciones. Ella tendría conocimientos sobre las habilidades de un nigromante.

Declan anunció:

—Bueno, como estamos ocultando esclavas robadas, será mejor que las dejemos que se pongan cómodas. Siéntanse libres de tomar la habitación de Ruhn, la segunda recámara al subir las escaleras.

Las tres duendecillas subieron rápidamente por las escaleras, como si fueran niñas emocionadas. Ithan no pudo contener su sonrisa. Había hecho algo bueno hoy, al menos. Aunque esto lo metiera en muchos problemas.

Ariadne se puso lentamente de pie. Ellos se pararon al mismo tiempo.

Flynn, que estaba más cerca, le dijo a la dragona:

—Podrías irte, ¿sabes? Transformarte a tu otro cuerpo y despegar. No le diremos a nadie a dónde fuiste.

Sus ojos rojos empezaron a apagarse y ponerse negros.

—¿No sabes qué hace esto? —levantó el brazo para revelar el tatuaje que tenía ahí. Rio amargamente—. No puedo transformarme a menos que él lo permita. E, incluso si lo lograra, donde sea que vaya, en cualquier sitio en Midgard, él puede rastrearme en esa forma.

—Te teletransportaste —le dijo Cormac a Bryce una hora después cuando ella y Hunt estaban parados junto a su catre en el hospital del buque-ciudad. El príncipe estaba pálido pero vivo. Todas las metrallas de la bala gorsiana habían sido removidas. Otra hora más y estaría de vuelta a la normalidad.

A Hunt no le importaba en particular. Sólo habían buscado a Cormac para que les diera algunas respuestas.

Hunt seguía recuperándose del sexo que le había volado en pedazos la mente y el cuerpo y el alma, el sexo que Bryce había sabido lo traería de regreso del borde del precipicio, que había hecho cantar a su magia.

Que había hecho que se fundieran sus magias.

No sabía cómo describirlo... la sensación de la magia de ella que lo recorría. Como si él existiera por completo y no existiera para nada simultáneamente, como si pudiera fabricar lo que quisiera a partir de nada y que nada se le podría negar. ¿Ella vivía con esto, día con día? ¿Esa sensación pura de... posibilidad? La sensación se había desvanecido desde que se teletransportaron, pero todavía podía sentirla, en su pecho, donde la marca de su mano había brillado. Una pequeña chispa durmiente de creación.

—¿*Cómo*? —preguntó Bryce. No tenía vergüenza, ni siquiera se había sonrojado un poco al entrar a este sitio, los dos con una armadura acuática color azul marino que habían tomado de la esclusa de aire para cubrir sus cuerpos. Ruhn parecía muy incómodo, pero Tharion rio al ver el cabello despeinado de Hunt y la estúpida felicidad en su rostro y les dijo:

—Buen trabajo trayéndonos de vuelta a nuestro chico, Piernas.

Bryce fue directamente con Cormac y le explicó lo que había sucedido de la manera más Quinlan que Hunt podía imaginar:

—Justo cuando estaba terminando el acostón en el que casi se le sale el cerebro por los ojos a Hunt, *justo* cuando terminamos juntos, aparecimos en la esclusa de aire.

Cormac la estudió y después a Hunt.

—Sus poderes se fusionaron, supongo.

—Sí —dijo Bryce—. Ambos estábamos muy resplandecientes. No de la manera que él brillaba durante su... —frunció el ceño—. Su turbación de ira —ondeó la mano—. Esto era como... brillábamos con mi luzastral. Luego nos teletransportamos.

—Hmm —dijo Cormac—. Me pregunto si necesitas el poder de Athalar para teletransportarte.

—No estoy segura de si eso es un insulto o no —respondió Bryce.

Hunt arqueó las cejas.

—¿De qué manera?

—Si mis poderes sólo funcionan si me ayuda mi hombre grande y fuerte...

—¿No podría ser algo romántico? —exigió saber Hunt.

Bryce resopló.

—Yo soy una mujer independiente.

—Está bien —dijo Hunt con una risa suave—. Digamos entonces que yo soy como una especie de ficha mágica en un videojuego y, cuando me... usas, subes de nivel.

—Eso es lo más nerd que has dicho jamás —lo acusó Bryce y Hunt le hizo una reverencia.

—¿Entonces la magia de Hunt es la llave para la de Bryce? —le preguntó Ruhn a Cormac.

—No sé si es la de Hunt en específico o si es simplemente energía —dijo Cormac—. Tu poder provino de las Puertas, es algo que no entendemos. Es jugar con reglas desconocidas.

—Maravilloso —dijo Bryce entre dientes y se sentó en una silla junto a Ruhn cerca de la ventana. Detrás del vidrio se extendía el agua negra y eterna.

Hunt se frotó la mandíbula con expresión preocupada.

—El Príncipe del Foso me dijo algo de eso.

Bryce frunció el ceño.

—¿Sobre la teletransportación sexual?

Hunt rio con un resoplido.

—No. Me dijo que tú y yo no habíamos... explorado lo que podían hacer nuestros poderes. Juntos.

Ruhn dijo:

—¿Crees que esto era lo que tenía en mente?

—No lo sé —admitió Hunt y notó el destello de preocupación en el rostro de Bryce. Todavía tenían muchas cosas de qué hablar.

—¿Es sabio —preguntó Tharion lentamente— hacer lo que él dice?

—Creo que deberíamos esperar para ver si nuestra teoría es correcta —dijo Bryce—. Ver si realmente fueron nuestros poderes... fusionándose —concluyó. Luego le preguntó a Hunt—: ¿Cómo te sientes?

—Bien —respondió él—. Creo que conservé un fragmento de tu poder en mí por un rato, pero ya se acalló.

Ella sonrió un poco.

—Definitivamente necesitamos investigar más.

—Sólo quieres volver a coger con Athalar —le dijo Tharion.

Bryce inclinó la cabeza.

—Pensé que eso se daba por sentado.

Hunt caminó hacia ella, con toda la intención de arrastrarla a una habitación tranquila para poner a prueba esa teoría. Pero la puerta del cuarto se abrió y apareció la comandante Sendes. Tenía el rostro sombrío.

Hunt se preparó para lo que diría. Los asteri los habían encontrado. Los Omegas estaban a punto de atacar...

Pero la mirada de la comandante se posó en Cormac. Dijo en voz baja:

—La medibruja me dijo que, en tu delirio, estabas hablando sobre alguien llamado Sofie Renast. Ese nombre es conocido aquí: hemos escuchado de su trabajo por años. Pensé que deberías saber que fuimos llamados a rescatar a una agente del Mar del Norte hace semanas. Cuando llegamos nos enteramos de que era Sofie.

La habitación se quedó en un silencio total. Se pudo escuchar cómo Cormac tragó saliva mientras Sendes continuó:

—Llegamos demasiado tarde. Sofie ya se había ahogado para cuando la rescataron nuestros buzos.

47

La morgue estaba fría y silenciosa y vacía salvo por el cuerpo de la mujer que yacía sobre la mesa cromada. Estaba cubierta con una tela negra.

Bryce permaneció de pie junto a la puerta mientras Cormac se arrodillaba al lado del cuerpo, preservado por una medibruja hasta que la embarcación pudiera entregar a Sofie a los rebeldes de Ophion. El príncipe estaba en silencio.

Así había estado desde que Sendes llegó a su habitación.

Y aunque el cuerpo de Bryce seguía vibrando con todo lo que ella y Hunt habían hecho, ver el cuerpo delgado de esa mujer en la mesa, al príncipe arrodillado con la cabeza agachada... Le picaban las lágrimas en los ojos. Los dedos de Hunt buscaron los suyos y los apretaron.

—Lo sabía —dijo Cormac con voz áspera. Sus primeras palabras en varios minutos—. Creo que siempre lo supe, pero...

Ruhn avanzó al lado de su primo. Le puso la mano sobre el hombro.

—Lo siento.

Cormac recargó la frente contra el borde de la mesa de exploración. Le temblaba la voz.

—Ella era buena y valiente y amable. Nunca la merecí, ni por un minuto.

Bryce sentía un nudo doloroso en la garganta. Soltó la mano de Hunt para acercarse a Cormac, a tocar su otro hombro. ¿Dónde iría el alma de Sofie? ¿Se quedaría cerca de su cuerpo hasta que le pudieran dar una Travesía como debía ser? Si ella se fuera a uno de los lugares de descanso, la estarían condenando a un destino terrible.

Pero Bryce no dijo nada sobre eso. No al ver a Cormac meter los dedos debajo de la tela negra y sacar una mano azulada y rígida. La apretó y beso los dedos muertos. Los hombros le empezaron a temblar y las lágrimas fluyeron.

—Nos conocimos durante una operación de reconocimiento para el Comando —dijo Cormac con voz entrecortada—. Y yo sabía que era una tontería y que era arriesgado, pero tuve que hablar con ella cuando terminó la reunión. Para averiguar todo lo que pudiera sobre ella —le besó la mano otra vez y cerró los ojos—. Debí haber regresado por ella aquella noche.

Tharion, que había estado estudiando los archivos del forense sobre Sofie en el escritorio en la pared al fondo, dijo suavemente:

—Lo siento si te di falsas esperanzas.

—Eso la mantuvo viva en mi corazón un poco más —dijo Cormac y se tragó sus lágrimas. Presionó la mano rígida contra su frente—. Mi Sofie.

Ruhn le apretó el hombro.

Tharion preguntó con cuidado:

—¿Sabes lo que esto significa, Cormac?

Leyó una serie de números y letras.

Cormac levantó la cabeza.

—No.

Tharion les enseñó una fotografía.

—Los tenía grabados en el bíceps. El forense piensa que lo hizo mientras se ahogaba con alguna especie de alfiler o cuchillo que podría tener oculto en alguna parte.

Cormac se puso de pie de un salto y Bryce regresó a los brazos de Hunt cuando el príncipe hada dobló la sábana negra. No había nada en el brazo derecho que estaba sosteniendo, pero el izquierdo...

La lista de números y letras había sido grabada con cuidado a un par de centímetros por debajo de su hombro. No había sanado. Eran cortes profundos.

—¿Ella sabía que alguien vendría a buscarla? —preguntó Hunt.

Cormac sacudió la cabeza.

—No tengo idea.

—¿Cómo supieron los mer que debían ir a buscarla?

—Ella podría haberles hecho una señal con su luz —propuso Cormac—. O tal vez vieron la de Emile, como vieron la de Bryce. Encendió todo el mar cuando hundió esos Omegas. Eso debió enviar alguna señal.

Bryce tomó nota mental para preguntarle más tarde a la comandante Sendes. Le dijo a Hunt:

—¿Esos números y letras significan algo para ti?

—No —respondió Hunt y le acarició la mano con el pulgar, como para asegurarse de que ella estaba ahí y no era la que yacía en la mesa.

Cormac volvió a cubrir a Sofie con la sábana.

—Todo lo que Sofie hacía tenía una razón de ser. Me recuerdas a ella en ciertas cosas.

Ruhn dijo:

—Le pediré a Declan que investigue en cuanto lleguemos a casa.

—¿Qué hay de los rebeldes de Ophion y Pippa? —preguntó Bryce—. ¿Y la Cierva?

Hunt dijo:

—Ahora somos enemigos de todos.

Cormac asintió.

—Lo único que podemos hacer es enfrentar este desafío. Pero sabiendo con certeza que Sofie ya no está... Debo redoblar mis esfuerzos para encontrar a Emile.

—Pippa parecía saber dónde estaba ocultándose —dijo Tharion—. No tengo idea de si será ese sitio seguro que mencionó Danika.

Los ojos de Cormac destellaron.

—No permitiré que caiga en manos de tu reina. Ni que lo controle Ophion.

—¿Estás listo para ser un padre soltero? —preguntó Bryce—. Vas a tomar al niño y ¿qué?... ¿Te lo llevarás a Avallen? Ése será un lugar *verdaderamente* maravilloso para él.

Cormac se quedó inmóvil.

—No había planeado tan a futuro. ¿Estás sugiriendo que deje a ese niño solo en el mundo?

Bryce se encogió de hombros y se puso a ver sus uñas. Sintió que Hunt la observaba con cuidado.

—¿Entonces les advertimos a nuestras familias?

Dioses, si la Cierva ya había ido a la casa de su madre...

—La Cierva no irá tras ellos —la consoló Cormac. Luego agregó—: Todavía no. Querrá tenerte en sus garras primero para poder respirar tu sufrimiento mientras sabes que está cazándolos.

—¿Entonces regresamos a casa y fingimos que no sucedió nada? —preguntó Ruhn—. ¿Qué le impedirá a la Cierva arrestarnos cuando regresemos?

—¿Crees que podamos convencer a los asteri de que estábamos en la base rebelde para *detener* a Pippa y Ophion? —preguntó Bryce.

Hunt se encogió de hombros.

—Volé esa base en pedazos, así que la evidencia está a nuestro favor. En especial si Pippa ahora está tras nosotros.

—La Cierva no creerá eso —lo contradijo Cormac.

Pero Bryce dijo con una leve sonrisa:

—La maestra de las mentiras, ¿recuerdas?

Él no le sonrió de vuelta. Sólo miró a Sofie, muerta y perdida frente a él.

Así que Bryce le tocó la mano al príncipe.

—Los haremos pagar a todos.

La estrella de su pecho brilló como una promesa.

El *Guerrero de las Profundidades* se deslizó entre los cañones más oscuros del suelo marino. En el domo de vidrio del centro de mando, Tharion se quedó junto al arco de la puerta que veía hacia el pasillo y se maravillaba de toda la gama de tecnología y magia y los mer uniformados que operaban todo. Sendes se quedó a su lado. Su rostro mostraba aprobación mientras monitoreaba al equipo que mantenía el submarino funcionando.

—¿Cuánto tiempo han tenido estas embarcaciones? —preguntó Tharion. Eran sus primeras palabras en varios minutos desde que Sendes lo había invitado acá abajo, donde sólo se permitía la entrada a los oficiales de alto rango. Él supuso que al ser el Capitán de Inteligencia de la Reina del Río, eso le concedía el acceso, pero... él no tenía idea de que esto existía. Su título era una broma.

—Unas dos décadas —respondió Sendes y se acomodó la solapa de su uniforme—. Aunque tardaron el doble en diseñar el concepto y construirlos.

—Debieron costar una fortuna.

—Las profundidades del océano están llenas de recursos invaluables. Nuestra reina los explotó de manera muy inteligente para pagar este proyecto.

—¿Por qué?

Ella lo volteó a ver a la cara. Tenía un cuerpo maravillosamente curvilíneo que él había notado. Con el tipo de nalgas que le gustaría morder. Pero... El rostro frío de la Reina del Río apareció en su mente y Tharion volteó hacia las ventanas detrás de la comandante.

Más allá del ventanal, una nube bioluminiscente, una especie de medusa, pasó flotando. Algo convenientemente poco sexy.

Sendes preguntó:

—¿Por qué tu reina se involucra con los rebeldes?

—Ella no se está involucrando con ellos. Creo que solamente quiere algo que *ellos* quieren.

O algo que quisieron, si le creían a Pippa. Aunque después de que volaran en pedazos el traje, tal vez Ophion querría regresar a cazar al niño.

—Pero dudo que sus motivos para quererlo tengan necesariamente como propósito ayudar a la gente —agregó Tharion e hizo una mueca al pronunciar esas palabras. Había sido demasiado atrevido, demasiado imprudente...

Sendes ahogó una carcajada.

—Tu opinión está a salvo aquí, no te preocupes. La Reina del Océano está consciente de que su hermana del Río Azul es... voluble.

Tharion exhaló.

—Sí —dijo y miró alrededor del cuarto de control—. Entonces todo esto... las embarcaciones, el rescate de los rebeldes... ¿Es porque la Reina del Océano quiere derrocar a los asteri?

—No soy tan cercana a ella como para saber cuáles son sus verdaderos motivos, pero estas embarcaciones sí han ayudado a los rebeldes. Así que yo diría que sí.

—¿Y tiene intenciones de convertirse en gobernante? —preguntó Tharion con cautela.

Sendes parpadeó.

—¿Por qué querría hacer algo así?

—¿Por qué no? Eso es lo que haría la Reina del Río.

Sendes se quedó quieta, completamente franca cuando dijo:

—La Reina del Océano no se prestaría para ser la sustituta de los asteri. Ella recuerda el tiempo antes de que ellos llegaran. Cuando los líderes eran elegidos de manera justa. Eso es lo que ella desea lograr una vez más.

El océano oscuro pasaba del otro lado del vidrio y Tharion no pudo reprimir su risa amarga.

—¿Y tú le crees?

Sendes lo miró con lástima.

—Lamento que la Reina del Río haya abusado tanto de tu confianza como para que tú ya no le creas.

—Yo lamento que tú seas tan ingenua como para creer todo lo que dice tu reina —le dijo él.

Sendes volvió a verlo con lástima y Tharion se tensó. Pero cambió de tema.

—¿Cuáles son las probabilidades de que alguno de ustedes o Cormac me entregaran el cuerpo de Sofie?

Ella arqueó las cejas.

—¿Por qué lo quieres?

—Mi reina lo quiere. Yo no puedo hacer preguntas.

Sendes frunció el ceño.

—¿Qué podría querer hacer ella con el cadáver de una pájaro de trueno?

Él dudaba que Cormac apreciara que llamaran a Sofie un *cadáver*, pero dijo:

—De nuevo, ni idea.

Sendes guardó silencio.

—¿Tu... tu reina emplea a algún nigromante?

Tharion se sobresaltó.

—¿Qué? No —dijo. La única que conocía estaba a cientos de kilómetros de distancia y ella ciertamente no estaría dispuesta a ayudar a la Reina del Río—. ¿Por qué?

—Es la única razón que se me ocurre para tomarse todas estas molestias para recuperar el cuerpo de una pájaro de trueno. Para reanimarlo.

El horror helado le recorrió el cuerpo.

—Un arma sin conciencia o alma.

Sendes asintió con gesto sombrío.

—¿Pero para qué la necesita?

Él abrió la boca pero volvió a cerrarla. Especular sobre los motivos de su reina frente a una desconocida, aunque fuera amistosa, sería una tontería. Así que se encogió de hombros.

—Supongo que lo averiguaremos.

Sendes pudo detectar su mentira.

—Nosotros no tenemos ningún derecho sobre el cuerpo, pero el príncipe Cormac, como su amante y miembro de Ophion, sí. Tendrás que hablar del tema con él.

Tharion sabía precisamente cómo terminaría eso. Con un enorme y ferviente NO. Así que, a menos que se quisiera convertir en un ladrón de cadáveres, lo cual no estaba entre las prioridades de su lista de metas de vida, no podría llevarle nada a su reina.

—Es hora de empezar el ciclo de mentiras —murmuró Tharion, más para él mismo que para Sendes. Tendría que mentir sobre haber encontrado el cuerpo de Sofie o mentir sobre por qué no había podido robarlo. Carajo.

—Podrías ser más, ¿sabes? —le dijo Sendes, aparentemente al poder leer el temor en su rostro—. En un lugar como éste. Aquí no necesitamos mentir y maquinar.

—Me siento satisfecho donde estoy —dijo Tharion de inmediato. Su reina nunca le permitiría irse, de cualquier modo.

Pero Sendes inclinó la cabeza de manera comprensiva... triste.

—Si alguna vez necesitas algo, capitán Ketos, estamos aquí para ti.

La amabilidad lo sorprendió tanto que se quedó sin poder responder.

Uno de los oficiales de cubierta llamó a Sendes y Tharion observó al mer en los controles. Su rostro era serio, pero... sonreía. No había tensión, nadie tenía que cuidar lo que decía.

Miró el reloj. Debería ir al espacio que Sendes les había proporcionado para dormir. Ver cómo estaban los demás.

Pero cuando lo hiciera, dormiría. Y cuando despertara, regresaría a Lunathion.

A la Corte Azul.

Estaba volviéndose más difícil ignorar la parte de él que no quería regresar a casa.

Ruhn durmió a muchos kilómetros de la superficie, un sueño ligero del cual despertó con frecuencia para asegurarse de que sus compañeros estuvieran todos con él en la misma habitación pequeña, en sus catres y literas. Cormac había decidido quedarse en la morgue con Sofie porque quería pasar el duelo en privado, hacer todas las oraciones a Cthona y a Luna que merecía su amante.

Tharion durmitó en la litera inferior frente a la de Ruhn, tirado sobre las sábanas. Se había ido después de cenar a explorar la embarcación y regresó, horas más tarde, silencioso. No les dijo nada sobre lo que había visto aparte de *Era sólo para mer*.

Así que Ruhn se quedó con los dos noviecitos. Bryce estaba acomodada entre las piernas de Hunt cuando comieron en el piso de la habitación. El mar pasaba por la ventana. Llegarían a la desembocadura del Istros al amanecer y la gente de Tharion estaría esperándolos ahí para transportarlos río arriba hasta Lunathion.

Lo que sucedería después... Ruhn sólo podía rezar para que funcionara a su favor. Que Bryce pudiera jugar sus cartas bien y que eso bastara para evitar su condena.

¿Night?

La voz de Day flotó en su mente, débil y... preocupada.

Él permitió que su mente se relajara, se permitió encontrar ese puente, los dos sillones. Ella ya estaba en el suyo, ardiendo.

—Hola.

—¿Estás bien?

—Estabas preocupada por mí, ¿eh?

Ella no rio.

—Escuché que hubo un ataque en una base rebelde en Ydra. Que murió gente y que el cargamento de municiones y el traje fueron destruidos. Yo... pensé que podrías haber estado entre los que murieron.

Él la miró con detenimiento.

—¿Dónde estás ahora? —preguntó ella.

Él permitió que cambiara el tema.

—En un sitio seguro —respondió. No podía decir más—. Vi a Pippa Spetsos y a los rebeldes de Ophion matar a vanir inocentes a sangre fría hoy. ¿Quieres decirme qué carajos fue eso?

Ella se tensó.

—¿Por qué los mató?

—¿Importa?

Day lo consideró.

—No. No si las víctimas eran inocentes. ¿Pippa lo hizo personalmente?

—Un grupo de soldados bajo su mando lo hizo.

Las flamas se apagaron hasta ponerse del azul más caliente.

—Ella es una fanática. Dedicada a la causa rebelde, sí, pero sobre todo a su propia causa.

—Ella era amiga de la agente Cypress, por lo visto.

—Ella no era amiga de Sofie. Ni de nadie.

Su voz estaba fría. Como si estuviera tan enojada que hubiera olvidado usar el nombre clave de Sofie.

—Sofie está muerta, por cierto.

Day se sobresaltó.

—¿Estás seguro?

—Sí. Ahogada.

—Ella... —Day se sentó sobre sus piernas dobladas—. Ella fue una agente valiente. Mucho mejor y más valiente de lo que se merecía Ophion.

Un pesar auténtico permeaba en las palabras de Day.

—Te agradaba.

—Ella entró al campo de concentración de Kavalla para salvar a su hermano. Hizo todo lo que los comandantes de Ophion le pidieron sólo para conseguir algunos fragmentos de información sobre él. Si Pippa sólo trabaja para ella misma, entonces Sofie era lo opuesto: todo el trabajo que ella hizo fue por los demás. Pero sí. Me agradaba. Admiraba su valentía. Su lealtad. Era un espíritu afín de muchas maneras.

Ruhn se recargó en el respaldo de su sillón.

—Entonces, ¿qué? ¿Odias a Pippa y a Ophion también? Si todos la odian a ella y su grupo, ¿por qué carajos se molestan en seguir trabajando con ellos?

—¿Ves a alguien más al mando de la causa? ¿Alguien más se ha ofrecido?

No. Nadie más se atrevería.

Day continuó:

—Ellos son los únicos en la memoria reciente que han reunido semejante fuerza. Sólo Shahar y el general Hunt Athalar alguna vez hicieron algo de dimensiones similares y fueron diezmados en una batalla.

Y Athalar había sufrido las consecuencias durante siglos.

Day continuó:

—Para liberarnos de los asteri, hay cosas que todos debemos hacer que dejarán marcas en nuestras almas. Es el precio para que nuestros hijos y los hijos de ellos no tengan que pagarlo. Para que ellos conozcan un mundo de libertad y abundancia.

Eran las palabras de una soñadora. Un vistazo a lo que escondía debajo de su fachada ruda.

Así que Ruhn dijo, en voz alta por primera vez:

—Yo no tendré hijos.

—¿Por qué?

—No puedo.

Ella ladeó la cabeza.

—¿Eres infértil?

Ruhn se encogió de hombros.

—Tal vez. No lo sé. El Oráculo me lo dijo cuando era niño. Dijo que yo sería el último de mi linaje. Así que, o moriré antes de poder concebir un hijo o... estoy disparando salvas.

—¿Te molesta?

—Preferiría no morir antes de tiempo, así que si sus palabras sólo significan que no me convertiré en padre... No sé. No cambia nada de lo que soy, pero de todas maneras intento no pensarlo. Nadie en mi vida lo sabe.

Y considerando el padre que tengo... tal vez sea mejor que yo no lo sea. No sabría nada sobre cómo ser un padre decente.

—Eso no parece ser cierto.

Él resopló.

—Bueno, como sea, ésta fue mi manera estúpida de decir que, aunque tal vez no tenga hijos, yo... entiendo lo que estás diciendo. Tengo gente en mi vida que sí los tendrá y, por sus hijos, por sus familias... Haré lo que tenga que hacer.

Pero ella no le permitiría cambiar de tema.

—Eres amable y bondadoso. Y pareces amar a quienes te rodean. No puedo pensar en qué más requiere un buen padre.

—¿Qué tal madurar de una puta vez y dejar de andar de fiesta?

Ella rio.

—Está bien. Tal vez eso.

Él sonrió un poco. Las estrellas débiles y distantes brillaban en la oscuridad a su alrededor.

Ella dijo:

—Pareces turbado.

—Hoy vi muchas cosas horribles. Me estaba costando trabajo dormir antes de que tú tocaras.

—¿Tocara?

—O como quieras decirlo. Cuando me llamaste.

—¿Quieres que te cuente un cuento para que puedas dormir? —dijo con tono irónico.

—Sí —le dijo para ver qué hacía.

Pero ella sólo respondió:

—Está bien.

Él parpadeó.

—¿En serio?

—¿Por qué no? —le hizo una señal para que se recostara. Así que Ruhn lo hizo y cerró los ojos.

Luego, para su asombro, ella se sentó a su lado. Le pasó una mano ardiente por el cabello. Cálida y cuidadosa... tentativa.

Empezó:

—Había una vez, antes de que Luna cazara en los cielos y Solas calentara el cuerpo de Cthona, antes de que Ogenas cubriera Midgard de agua y Urd entrelazara sus destinos, una bruja joven que vivía en una cabaña en medio del bosque. Era hermosa y amable y su madre la adoraba. Su madre hizo lo mejor que pudo para criarla y sus únicos compañeros fueron los habitantes del bosque: aves y bestias y arroyos cantarines...

Su voz, hermosa y suave y constante, fluía por él como música. Le pasó la mano por el cabello nuevamente y él tuvo que contener el ronroneo que le provocó este contacto.

—Ella creció fuerte y orgullosa. Pero un príncipe viajero pasó un día por el claro donde vivía y su madre no estaba presente. Notó su belleza y deseó desesperadamente convertirla en su esposa.

—Pensé que esto iba a ser un cuento reconfortante —murmuró Ruhn.

Ella rio suavemente y tiró un poco de un mechón del cabello de Ruhn.

—Sólo escucha.

Ruhn decidió dejar de preocuparse y se movió para recargar la cabeza en el regazo de Day. El fuego no lo quemaba y el muslo debajo tenía músculos firmes pero elásticos. Y ese olor...

Ella continuó:

—La bruja no tenía ningún interés en los príncipes ni en gobernar un reino ni en ninguna de las joyas que él le ofreció. Lo que quería era un corazón auténtico que la amara, que corriera libre con ella en el bosque. Pero el príncipe no sería rechazado. La persiguió por el bosque junto con sus sabuesos.

El cuerpo de Ruhn se fue relajando extremidad por extremidad. Inhaló su olor, su voz, su calidez.

—Mientras corría, ella le suplicó al bosque que amaba tan profundamente que la ayudara. Así que el bosque lo hizo. Primero, la transformó en un venado para que pudiera ser rápida como el viento. Pero los sabuesos eran más rápidos y la alcanzaron pronto. Entonces el bosque la convirtió en pez, y ella nadó a toda velocidad por uno de los arroyos de la montaña. Pero él construyó un dique en su desembocadura para atraparla. Así que ella se convirtió en pájaro, en un halcón, y voló hacia los cielos. Pero el príncipe era un arquero muy hábil y disparó una de sus flechas de hierro.

Ruhn empezó a perderse en el sueño, silencioso y tranquilo. ¿Cuándo había sido la última vez que alguien le había contado un cuento para dormir?

—La flecha le perforó el pecho y donde cayó su sangre germinaron olivos. Cuando su cuerpo chocó con la tierra, el bosque la transformó una última vez...

Ruhn despertó. No estaba en su habitación sino todavía en el puente mental. Day estaba recostada en el sillón frente a él, dormida también, con el cuerpo todavía cubierto de flamas.

Él se puso de pie y caminó hacia ella.

Una princesa de fuego, dormida, esperando a un caballero que la despertara. Conocía esa historia. La tenía guardada en el fondo de su mente. Una princesa guerrera dormida rodeada por un anillo de fuego, condenada a permanecer ahí hasta que un guerrero con el valor suficiente para enfrentar las flamas las cruzara.

Day se dio la vuelta y, a través de las llamas, él alcanzó a ver un poco de su cabello largo colgando sobre el brazo del sillón...

Retrocedió un paso. Pero ella lo escuchó de alguna manera y se sentó de inmediato. Las flamas hicieron erupción a su alrededor cuando Ruhn llegó de regreso a su asiento.

—¿Qué hacías? —exigió saber ella.

Ruhn sacudió la cabeza.

—Quería... Quería saber cómo termina la historia. Me quedé dormido justo cuando la flecha perforó a la bruja.

Day se levantó de un salto y le dio la vuelta al sillón de modo que quedaba entre los dos. Como si él hubiera cometido una gran transgresión.

Pero dijo:

—El bosque convirtió a la bruja en un monstruo antes de que chocara con la tierra. Una bestia de garras y colmillos y sed de sangre. Hizo jirones al príncipe y los sabuesos que la perseguían.

—¿Y eso es todo? —quiso saber Ruhn.

—Eso es todo —dijo Day y se alejó caminando hacia la oscuridad dejando a su paso una estela de ceniza ardiente en el aire.

PARTE TRES

EL FOSO

48

Ruhn caminaba frente a la televisión de Bryce con el teléfono al oído. Los tatuajes de sus antebrazos se movían debido a la tensión de sus músculos por lo apretado que tenía el teléfono. Pero su voz sonó tranquila y pesada cuando dijo:

—Está bien, gracias por investigar, Dec.

Bryce miró a Ruhn a los ojos cuando colgó el teléfono y supo exactamente lo que iba a decir.

—¿No hubo suerte?

Ruhn se recargó con desgano en los cojines del sofá.

—No. Lo que vimos en el brazo de Sofie no aparece en ninguna parte.

Bryce se acurrucó contra Hunt al otro lado del sofá. El ángel estaba hablando con Isaiah por teléfono. Al llegar a Lunathion, gracias a unas cuantas de las motos acuáticas de la Corte Azul, Tharion fue Abajo a ver a su reina. Era improbable que la Reina del Río supiera lo que significaban los números y las letras tallados en el bíceps de Sofie, pero no perdían nada con preguntar.

Cormac regresó para toparse con treinta mensajes de su padre, que quería saber dónde estaba. Así que había decidido visitar la villa del Rey del Otoño para convencerlo, y así también convencer a su padre, de que había acompañado a Bryce a Nidaros.

Bryce supuso que debería avisarles a sus padres cuál era la historia oficial que estarían usando como coartada, pero no había logrado convencerse de hacerlo aún. Necesitaba tranquilizarse un poco antes de hacerlo, calmar su mente acelerada.

Francamente, era un milagro que la Cierva y sus necro-lobos no estuvieran esperándola en el departamento. Que los noticiarios no estuvieran transmitiendo todos sus retratos con un letrero donde se leyera *TRAIDORES REBELDES* debajo. Pero una revisión superficial de las noticias mientras Ruhn hablaba con Dec no había revelado nada.

Así que Bryce había pasado los últimos minutos esforzándose por teletransportarse del sofá a la cocina.

Nada. ¿Cómo lo había hecho mientras tenía sexo? No tenía clase con Ruhn y Cormac hasta el día siguiente, pero quería presentarse con *alguna* idea.

Bryce se concentró en los taburetes de la cocina. *Aquí estoy. Quiero ir allá.* Su magia no se inmutó. *Dos puntos en el espacio. Estoy doblando un pedazo de papel para unirlos. Mi poder es el lápiz que perfora el papel y los une...*

Hunt dijo:

—Sí. Ember me interrogó pero estamos bien. La pasamos bien —le guiñó a Bryce aunque el gesto bromista no se reflejaba en sus ojos—. Está bien. Nos vemos en la reunión más tarde —dijo Hunt y colgó el teléfono con un suspiro—. A menos que le estén clavando una daga a Isaiah en la espalda, parece que no tiene idea sobre lo que sucedió en Ydra. O que la Cierva nos vio.

—¿A qué está jugando? —preguntó Ruhn mientras movía el piercing de su labio—. ¿En serio no crees que Isaiah pudiera estar fingiendo para convencerte de ir al Comitium más tarde?

—Si quisieran arrestarnos, habrían estado aquí esperándonos —dijo Hunt—. La Cierva se está reservando esto.

—¿Pero por qué? —preguntó Bryce con el ceño fruncido—. ¿Sólo para fastidiarnos?

—¿Honestamente? —dijo Hunt—. Es una posibilidad. Pero si me lo preguntas, creo que ella sabe que estamos... tramando algo. Creo que quiere ver qué haremos a continuación.

Bryce lo consideró.

—Hemos estado tan concentrados en Emile y Ophion y los demonios que olvidamos una cosa clave: Sofie murió en posesión de información vital. La Cierva lo sabía... le tenía tanto miedo que la mató para asegurarse de que esa información muriera con Sofie. Y si no fue tan difícil para Tharion averiguar que Sofie y Danika se conocían e informarnos, estoy segura de que la Cierva también ya lo sabe. Ella tiene hackers a su servicio que podrían haber encontrado los mismos correos entre ambas.

El ala de Hunt le rozó el hombro y se curvó a su alrededor.

—¿Pero esto cómo se relaciona con Danika? Sofie no obtuvo la información hasta dos años después de la muerte de Danika.

—No tengo idea —dijo Bryce y recargó la cabeza contra el hombro de Hunt. Una intimidad despreocupada y tranquilizante.

El sexo en el submarino había alterado su vida. Alterado su alma. Sólo la había... alterado. No podía esperar a volver a hacerlo suyo.

Pero se despejó ese pensamiento de la cabeza cuando Ruhn preguntó:

—¿Hay alguna posibilidad de que esto de alguna manera esté relacionado con el hecho de que Danika estaba investigando su linaje Fendyr? —se frotó la sien—. Aunque no veo cómo algo de esto podría ser información digna de ocultarse porque cambiaría el curso de la guerra o por la cual matar.

—Yo tampoco —dijo Bryce con un suspiro.

Había dormido la noche anterior acurrucada al lado de Hunt en su camastro, entrelazados de extremidades y alas y aliento, pero seguía exhausta. A juzgar por las sombras bajo los ojos de Hunt, sabía que él estaba igualmente cansado.

Tocaron a la puerta y Ruhn se paró para abrir. Hunt la tomó del cabello y tiró un poco de los mechones para que

Bryce levantara la vista hacia él. Le besó la nariz, la barbilla, la boca.

—Tal vez esté cansado —dijo como si hubiera percibido sus pensamientos—, pero estoy listo para la segunda ronda cuando tú lo digas.

A ella se le calentó la sangre.

—Bien —le murmuró en respuesta—. Odiaría que no pudieras seguirme el paso a tu avanzada edad.

Ruhn se paró frente a ellos y les dijo:

—Siento interrumpir su festival del amor, pero el Mastín del Averno está afuera.

Baxian no les dio tiempo de prepararse porque entró de golpe detrás de Ruhn, con las alas negras ligeramente abiertas.

—¿Cómo carajos llamaron esa embarcación?

—¿Tú qué estabas haciendo allá? —preguntó Hunt en voz baja.

Baxian parpadeó.

—Asegurándome de que siguieran enteros.

—¿Por qué? —preguntó Ruhn.

—Porque quiero participar —dijo Baxian y se sentó en un taburete.

Bryce tosió y dijo inocentemente:

—¿En qué?

El Mastín del Averno la miró con ironía.

—En lo que sea que hizo que se reunieran con Ophion y luego volaran toda su mierda en pedazos.

Bryce dijo sin inmutarse:

—Pensamos eliminar a Ophion antes de que arruinaran la paz de Valbara.

Baxian resopló con una risotada.

—Sí, claro. Sin apoyo, sin avisarle a nadie.

—Hay simpatizantes de la rebelión en la 33ª —dijo Hunt con firmeza—. No podíamos arriesgarnos a que se enteraran.

—Lo sé —respondió Baxian con la misma tranquilidad—. Yo soy uno de ellos.

Bryce se quedó mirando al metamorfo fijamente y dijo con la mayor calma que pudo:

—Sabes que podríamos llevarle esta información a Celestina. Serías crucificado antes de que anochezca.

—Quiero que me digan qué está sucediendo —respondió Baxian.

—Te lo acabo de decir. Y tú acabas de arruinarte —dijo Bryce.

—Si empiezan a hacer preguntas sobre cómo saben que yo soy simpatizante, ¿crees que alguien les va a creer su cuento de que estaban ahí para salvar a Valbara de los aterradores rebeldes humanos? ¿En especial cuando le mintieron a Celestina y le dijeron que iban a la casa de tus padres? —rio Baxian.

Hunt se había quedado tan inmóvil que Bryce supo que estaba a nada de matar al ángel, aunque no se veían relámpagos centelleando a su alrededor. Baxian continuó:

—Los asteri le permitirán a la Cierva empezar a trabajar en ustedes de inmediato y entonces veremos cuánto tiempo se sostienen esas mentiras bajo sus cuidados.

—¿Por qué no está la Cierva aquí todavía? —preguntó Bryce. No confirmaría nada.

—No es su estilo —dijo Baxian—. Quiere darles suficiente cuerda para que se ahorquen ustedes solos.

—¿E Ydra no fue suficiente? —se le salió a Ruhn.

Bryce lo miró molesta. Su hermano no le hizo caso y conservó su atención letal en Baxian.

—Si tuviera que adivinar, diría que ella cree que la conducirán a lo que quiere.

Ruhn gruñó:

—¿Pero *tú* qué quieres?

Baxian se recargó en la isla de la cocina.

—Ya les dije. Quiero participar.

—No —dijo Hunt.

—¿Acaso no les advertí ayer? —preguntó Baxian—. ¿No te apoyé cuando vino Sabine furiosa? ¿Le he dicho algo a alguien sobre esto?

—La Cierva juega juegos que duran años —le respondió Hunt como una suave amenaza—. Quién sabe qué estarás planeando con ella. Pero no somos rebeldes, de cualquier manera, así que no hay nada a lo que te puedas unir.

Baxian rio, sin dicha, sin ninguna diversión, y se bajó del taburete de un salto. Se dirigió directo a la puerta.

—Bueno, tarados, cuando quieran respuestas reales, búsquenme —azotó la puerta a sus espaldas.

En el silencio que se produjo tras su salida, Bryce cerró los ojos.

—Entonces... fingimos demencia —dijo Ruhn—. Averiguamos cómo ser más listos que la Cierva.

Hunt gruñó aunque no sonaba convencido. Ya eran dos.

Algo vibró y Bryce abrió los ojos y vio que Ruhn miraba su teléfono.

—Flynn necesita que regrese a la casa. Llámenme si saben cualquier cosa.

—Ten cuidado —le advirtió Hunt pero Ruhn sólo dio unas palmadas a la empuñadura de la Espadastral antes de salir. Como si la espada fuera a servir de algo contra la Cierva.

A solas en el departamento, finalmente solos en verdad. Bryce movió las cejas con un gesto insinuante.

—¿Quieres que nos olvidemos de todo con un revolcón entre las sábanas?

Hunt rio y se acercó para besarle la boca. Se detuvo a unos milímetros de sus labios, lo suficientemente cerca para que ella pudiera sentir su sonrisa, y le dijo:

—¿Qué te parece si me cuentas qué carajos sabes sobre Emile?

Bryce retrocedió.

—Nada.

A Hunt le centellearon los ojos.

—¿Ah, sí? Spetsos casi lo dijo, ¿no? Con sus menciones de serpientes —los relámpagos brillaron en sus alas—. ¿Qué te pasa? ¿Estás loca? ¿Mandar a ese niño con la Reina Víbora?

49

—¿Cómo te fue?

Ruhn estaba parado frente a Flynn y Dec, quienes se encontraban sentados con sonrisas demasiado inocentes en el sofá. Ithan estaba al otro lado de Dec. Su expresión de cautela fue lo que los delató con Ruhn.

—Me pregunto si debería preguntarles lo mismo a ustedes tres —dijo Ruhn con una ceja arqueada.

—Bueno, estás vivo y no te capturaron —añadió Dec y se puso las manos detrás de la cabeza antes de recargarse contra el sofá—. ¿Asumo que te fue... bien?

—Dejémoslo así —dijo Ruhn. Ya los pondría al tanto más tarde. Cuando estuviera un poco menos exhausto y un poco menos preocupado por esas expresiones inocentes.

—Bien, maravilloso, fantástico —dijo Flynn y se puso de pie de un salto—. Entonces... ¿te acuerdas cómo siempre estás diciendo que es muy sexista que no tengamos compañeras de casa...?

—Nunca he dicho eso...

Flynn señaló al recibidor a sus espaldas.

—Bueno, pues aquí tienes.

Ruhn parpadeó al ver tres duendecillas de fuego entrar volando y aterrizar en los amplios hombros de Flynn. Una de cuerpo curvilíneo se acurrucó contra su cuello, sonriendo.

—Te presento a las trillizas —dijo Flynn—. Rithi, Sasa y Malana.

La más alta de las delgadas, Sasa, le parpadeó coquetamente a Ruhn.

—Príncipe.

—Nuestro seguro contra incendios va a irse por las nubes —le dijo Ruhn a Declan, intentando hacer entrar en razón al menos loco de sus compañeros de casa.

—¿Cuándo carajos te volviste tan adulto? —ladró Flynn.

Ithan movió la barbilla hacia la puerta nuevamente.

—Espera a que conozcas a la cuarta compañera antes de enloquecer.

Una mujer de curvas amplias y baja estatura entró a la habitación. El cabello negro y ondulado casi le llegaba a la cintura. La mayor parte de su piel bronceada estaba oculta por la manta a cuadros que traía envuelta alrededor de su cuerpo desnudo. Pero sus ojos... por Solas en llamas. Eran de color rojo sangre. Brillaban como brasas.

—Ariadne, él es Ruhn —canturreó Flynn—. Ruhn, ella es Ariadne.

Ella le sostuvo la mirada a Ruhn cuando él notó un destello de algo derretido que circulaba debajo de la piel de su antebrazo que hacía que su carne se viera como... escamas.

Ruhn giró para ver a Dec y Flynn.

—¡Me fui un día! ¡De un amanecer al otro! ¿Y regreso a casa para encontrarme con *una dragona*? ¿De dónde salió?

Dec y Flynn, junto con las tres duendecillas, apuntaron a Ithan.

El lobo se encogió un poco.

Ruhn miró de nuevo a la dragona, la mano que sostenía la manta a su alrededor. La ligera huella de la marca en su muñeca. Estudió a las duendecillas.

—Al menos díganme que están aquí de manera legal —dijo Ruhn en voz baja.

—Nop —le respondió Flynn alegremente.

Hunt tenía dos opciones: empezar a gritar o empezar a reír. No había decidido cuál de las dos prefería mientras caminaban por el angosto pasillo de la bodega más famosa por su letalidad en el Mercado de Carne para dirigirse a la puerta del fondo. Los guardias hada con expresión vacía en los ojos ni siquiera parpadearon cuando llegaron a la puerta. No dieron ninguna señal de saber quién era Bryce.

—¿Cómo lo adivinaste? —dijo Bryce con las cejas juntas. No lo había negado en el vuelo hacia acá. Que de alguna manera había llevado a Emile con la Reina Víbora. Y Hunt había estado demasiado encabronado como para hacerle cualquier pregunta.

Tan encabronado que se le había quitado todo remanente de deseo de la noche anterior.

Hunt dijo en voz baja:

—Te lo dije. No eres tan infalible como crees. La manera en que te tensaste cuando Pippa habló sobre las víboras te delató —sacudió la cabeza—. ¿No fue Pippa quien mató a esa gente buscando a Emile, verdad?

Bryce hizo una mueca.

—No. Fueron los secuaces de la Reina Víbora. Bueno, una secuaz. Envió a una de sus lacayas humanas, una mercenaria, a buscarlo. Por eso el olor a humana.

—¿Y no tuviste problema con eso? ¿No sólo matar a esa gente, sino también inculpar a Pippa?

Pippa era horrible, sí, pero... Algo se le apachurró en el pecho.

¿Todo esto era diferente al tiempo compartido con Shahar? Enamorarse de una mujer hermosa y poderosa, sólo para que ocultara sus pensamientos más íntimos...

—No —dijo Bryce y palideció. Se detuvo a un par de metros de los guardias. Le tocó el brazo a Hunt—. No me pareció bien esa parte para nada —tragó saliva—. Le dije que lo encontrara por el medio que fuera necesario. No pensé que eso implicaría... lo que sucedió.

—Fue una puta estupidez —gruñó Hunt e inmediatamente se odió a sí mismo por la expresión lastimada de los ojos de Bryce. Pero se separó de ella y continuó hacia la puerta.

Sin decir palabra, los guardias les permitieron entrar al departamento lujoso. Definitivamente muy distinto a las oficinas en ruinas del piso inferior. El vestíbulo de madera tallada se extendía frente a ellos, la alfombra color carmesí conducía hacia una sala amplia con una ventana enorme, de piso a techo, con vista a la famosa arena de pelea de la Reina Víbora.

Bryce murmuró fríamente mientras avanzaban hacia la sala:

—No voy a permitir que este niño caiga en manos de nadie. Ni de Cormac.

—Entonces esa noche que vinimos con Juniper y Fury... ¿Emile ya estaba aquí?

—Se suponía que la Reina Víbora debía tenerlo ya aprehendido en ese momento. Pero entonces Tharion nos contó sobre la selkie muerta y me quedó claro que todavía no lo había encontrado. Así que vine aquí a ver qué demonios había pasado y para informarle que dejar un rastro de cadáveres... que eso *no* era lo que yo tenía en mente. Cuando pasé junto a los guardias después de que nos separamos para buscar, tal vez les hice algunas preguntas para que se las comunicaran a su reina. Y ellos tal vez enviaron a alguien para verme con el carnicero donde compré la carne para Syrinx para decirme que el niño seguía desaparecido y que la última vez que lo habían visto había sido cerca del Muelle Negro. Lo cual me hizo dudar sobre todo lo que había asumido de él al venir acá y entonces supe que yo... que necesitaba ir al Sector de los Huesos para estar segura de que él *no estaba* ahí. Mientras la Reina Víbora seguía buscando. Pero aparentemente o ella o sus secuaces no hicieron caso a mi exigencia de que le pusieran fin a los asesinatos y agregó unos cuantos cuerpos más a la lista antes de que consiguieran a Emile.

—¿Entonces venir aquí aquella noche fue una enorme pérdida de tiempo?

Ella sacudió la cabeza.

—No. También necesitaba que todos pensaran que seguía buscando a Emile y que como ya habíamos revisado en este sitio, si la Reina Víbora sí lo encontraba, no vinieran a buscarlo aquí otra vez. Y necesitaba que estuvieran conmigo tú y Fury para que la Reina Víbora recordara quiénes vendrían a partirle la cara si el niño salía lastimado en el proceso.

Esa reina ahora estaba de pie frente a ellos. La mujer delgada vestía un entallado traje de seda verde neón de cuerpo completo y estaba de pie al lado de un sofá grande y mullido. Su corte de pelo a la nuca resaltaba su cabello negro brillante. Sentado en el sillón frente a ella, pequeño, delgado y asustado, había un niño.

—¿Vienes a reclamar tu paquete o sólo a volverme a amenazar con la promesa de que Athalar me cocinará viva? —preguntó la Reina Víbora y dio una fumada al cigarrillo que traía entre los labios pintados de morado.

—Lindos tenis —fue lo único que dijo Bryce con un movimiento de cabeza hacia los botines deportivos blancos y dorados. Pero volteó a ver a Emile y le sonrió con gentileza—. Hola, Emile. Yo soy Bryce.

El niño no dijo nada. Sólo levantó la vista hacia la Reina Víbora, quien le dijo lentamente:

—La pelirroja es la que te trajo aquí. No le hagas caso al ángel. Ladra, pero no muerde.

—Oh, sí que le gusta morder —murmuró Bryce.

Pero Hunt no estaba de humor para reír. O siquiera sonreír. El ángel le dijo a la Reina Víbora con el poder chisporroteándole en las venas:

—No creas ni por un momento que me voy a olvidar de cómo me traicionaste y me entregaste a Micah aquella noche. El sufrimiento de Vik y la muerte de Justinian son tu culpa.

La reina tuvo la audacia de mirarse el cuerpo deliberadamente, como si estuviera buscando alguna culpa.

Pero antes de que Hunt pudiera considerar rostizarla, Emile dijo con un rechinido:

—Hola.

Era sólo un niño, solo y asustado. Sólo recordar eso tranquilizó los relámpagos de las venas de Hunt.

Bryce asintió hacia la Reina Víbora.

—Me gustaría tener un momento a solas con Emile, por favor.

Era una orden. De una princesa a otra gobernante.

Las pupilas verticales de la Reina Víbora se dilataron, divertidas o depredadoras, eso Hunt no podía distinguirlo. Pero la reina dijo:

—Emile, grita si necesitas algo.

Se alejó caminando por un pasillo ornamentado de madera y desapareció tras una puerta.

Bryce se dejó caer en el sofá al lado de Emile y dijo:

—Entonces, ¿qué pasó?

El niño, y Hunt, solamente parpadearon.

Emile dijo en voz baja:

—Mi hermana está muerta, ¿verdad?

La expresión de Bryce se suavizó y Hunt dijo:

—Sí. Lo está. Lo sentimos mucho.

Emile se miró las manos pálidas y huesudas.

—La Víbora dijo que ustedes la estaban buscando pero... yo ya lo sabía.

Hunt miró al niño para ver si encontraba alguna pista de ese don de pájaro de trueno. Una pista de esa magia capaz de cosechar y transformar la energía a voluntad.

Bryce le puso la mano en el hombro a Emile.

—Tu hermana era una heroína muy cabrona. Cabrona y valiente y brillante.

Emile le devolvió una sonrisa temblorosa. Dioses, el niño estaba en los huesos. Demasiado delgado para su estatura. Si así se veía después de unas semanas de haber salido de detrás del alambrado de púas del campo de concentración... Este niño había visto y soportado cosas que ningún niño, ninguna persona, debería enfrentar.

La vergüenza invadió a Hunt y se sentó junto a Bryce.

No le sorprendía que hubiera tenido que trabajar sola para organizar esto: ninguno de ellos se había detenido a pensar realmente en el niño en sí. Sólo habían pensado en su poder y lo que eso podría significar si caía en manos de la persona equivocada.

Hunt intentó mirarla a los ojos para mostrarle que entendía y que no se lo recriminaría, pero ella se mantuvo concentrada en el niño.

Bryce dijo en voz baja:

—Yo también perdí a una hermana. Hace dos años. Fue difícil y nunca dejas de sentir esa pérdida, pero... aprendes a vivir con ella. No voy a decirte que el tiempo sana todas las heridas, porque eso no es verdad para todos —Hunt sintió que se le encogía el corazón al escuchar el dolor en su voz—. Pero lo entiendo. Lo que estás sintiendo.

Emile asintió, pero no dijo nada. Hunt tuvo que contener la necesidad de tomarlos a ambos entre sus brazos y estrecharlos con fuerza.

—Y mira —continuó Bryce—, no importa lo que la Reina Víbora te diga, no te tomes demasiado en serio sus amenazas. Es una psicópata, pero no mata niños.

—Muy tranquilizante —murmuró Hunt.

Bryce frunció el ceño.

—Es verdad.

Pero Hunt sabía por qué la Reina Víbora no había lastimado al niño. Miró la arena de pelea tras la ventana. Estaba oscura y silenciosa en ese momento, era demasiado temprano para las peleas que atraían a cientos, y ganaban millones, para la metamorfa de serpiente.

Las alarmas se encendieron de pronto. Hunt preguntó de inmediato:

—¿No firmaste ningún contrato con ella, verdad?

—¿Por qué querría ella que yo firmara cualquier cosa? —preguntó Emile mientras jugueteaba con la alfombra con la punta de su pie.

Hunt respondió en voz baja:

—Los pájaros de trueno son increíblemente escasos. Mucha gente quisiera tener su poder —extendió la mano hacia Emile y unos relámpagos le envolvieron los dedos, se movían entre ellos—. Yo no soy pájaro de trueno —dijo Hunt—, pero tengo un don similar. Eso me hacía, eh... valioso —se tocó la marca borrada en la muñeca—. No que ese valor sea lo que importe en realidad, en el fondo, pero el don hizo que algunas personas estuvieran dispuestas a hacer muchas cosas malas para conseguirme.

La Reina Víbora podría matar, había matado, para conseguir ese poder.

Emile abrió los ojos al ver los relámpagos y luego levantó la mirada hacia Hunt. Como si lo estuviera viendo por primera vez.

—Sofie dijo algo así sobre su poder una vez. Que no cambiaba lo que ella era por dentro.

Hunt se derritió un poco ante la confianza en el rostro del niño.

—No lo cambiaba. Y tu poder tampoco.

Emile los miró. Luego hacia el pasillo.

—¿Cuál poder?

Hunt lentamente volteó a ver a Bryce. Su rostro no revelaba nada.

—¿Tu poder... de pájaro de trueno? ¿El poder que hundió esos Omegas?

El rostro del niño se cerró.

—Ésa fue Sofie.

Bryce levantó la barbilla en desafío.

—Emile no tiene poderes, Hunt.

Hunt se veía como si le hubieran vaciado un cubo de agua helada encima.

—¿Qué quieres decir? —preguntó en voz baja. No esperó a que ella contestara y exigió—: *¿Cómo* lo sabes, Bryce?

—No estaba segura —dijo Bryce y miró hacia el niño pequeño y aterrado que ahora se escondía del ángel—. Pero pensé que había una buena posibilidad. Lo único que les importa a los vanir es el poder. La única manera de que se interesaran por un niño humano era inventar una historia de que él tenía poderes como los de Sofie. La única manera de asegurarse de que llegaría a un sitio seguro era fabricar una mentira acerca de su valor. Creo que Sofie sabía eso muy bien —dijo. Luego añadió con una suave sonrisa al niño—: Emile era... *es* invaluable. Para Sofie. Para su familia. Como lo son todos los seres amados.

Hunt parpadeó. Volvió a parpadear. La rabia, y el miedo, centellearon en sus ojos. Susurró:

—¿La Reina Víbora lo sabe?

Bryce no ocultó su frío desdén.

—No. Nunca preguntó.

Bryce se había asegurado de redactar el convenio entre ambas con mucho cuidado para que Emile pudiera salir de este lugar en el momento en que él lo quisiera.

Los relámpagos de Hunt brillaron en su frente.

—Toda la protección que le esté ofreciendo a este niño desaparecerá en el momento en que se entere —su mirada se dirigió a Emile, quien veía sus relámpagos no con miedo, sino con pesar. Los relámpagos desaparecieron de inmediato. Hunt se frotó la cara. Y entonces le dijo a Bryce:

—¿Hiciste todo esto adivinando?

Bryce asintió.

—Sofie era parte humana, como yo —el propio Cormac había comentado sobre sus similitudes. Lo explicó de la manera más amable que pudo—: Tú nunca has pasado un momento de tu vida como humano, Hunt. Siempre tuviste valor para los vanir. Tú mismo lo acabas de reconocer.

Sus alas crujieron un poco.

—¿Y cuál fue el precio de la Víbora?

—Buscaría y traería a Emile, lo mantendría aquí, en un sitio cómodo y seguro, hasta que yo viniera a recogerlo. A cambio, le debo un favor.

—Eso fue imprudente —le dijo él entre dientes.

—No es que tenga montones de oro tirados por ahí —éste no era ni el momento ni el lugar para esta pelea—. Puedes hacer tu rabieta de alfadejo más tarde —dijo furiosa.

—Está bien —le repuso Hunt con molestia. Se acercó al niño para hablar con él. La expresión de trueno se suavizó un poco—. Lo lamento, Emile. Me alegra que estés a salvo, sin importar lo dementes que fueron las acciones de Bryce para lograrlo. ¿Te sientes bien para responder algunas preguntas?

Emile asintió ligeramente. Bryce se preparó.

Hunt le dirigió a Bryce otra mirada molesta antes de decir:

—¿Cómo evitaste que la Reina Víbora supiera que no tienes ningún poder?

Emile se encogió de hombros.

—Cuando ella hablaba sobre peleas y esas cosas no le contestaba. Creo que pensaba que estaba asustado.

—Buena decisión —dijo Bryce, pero Hunt la interrumpió:

—¿Originalmente venías a esta ciudad en busca de una especie de punto de reunión que habían acordado tu hermana y tú antes?

Emile volvió a asentir.

—Se suponía que nos reuniríamos aquí, de hecho.

Hunt murmuró:

—Un sitio *donde las almas cansadas encuentran alivio...*

Bryce explicó:

—El Mercado de Carne es una central de drogas. Me imaginé que si Danika lo había sugerido como sitio para esconderse, era porque probablemente consideraba que la Reina Víbora estaría... dispuesta a ayudarlos. Resultó que Danika tenía razón.

Emile agregó:

—La agente de la Víbora me encontró antes de que pudiera llegar a la ciudad en sí. Me dijo que no estaría seguro en ninguna parte salvo con ellas.

—Y así era —dijo Bryce con una suave sonrisa—, pero ahora estarás seguro con nosotros.

Bueno, al menos en eso podían estar de acuerdo. Hunt preguntó:

—¿Tu hermana mencionó algo secreto sobre los asteri? ¿Algo muy valioso para los rebeldes?

Emile lo consideró con el ceño fruncido.

—No.

Bryce exhaló pesadamente. Las probabilidades eran pocas, de cualquier forma.

Emile se retorció los dedos.

—Pero... Sí reconozco ese nombre. Danika. Era la loba, ¿cierto?

Bryce se quedó inmóvil.

—¿Conociste a Danika?

Emile negó con la cabeza.

—No, pero Sofie me contó sobre ella la noche que nos separamos. La loba rubia, que murió hace un par de años. Con los mechones morados y rosados en el pelo.

50

A Bryce le costaba trabajo respirar.

—¿Cómo se conocieron Danika y Sofie?

—Danika encontró a Sofie usando sus poderes vanir —dijo Emile—. Podía oler el don de Sofie o algo así. Necesitaba que Sofie hiciera algo por ella. Danika no podía hacerlo porque era demasiado reconocible. Pero Sofie... —Emile se quedó viendo la alfombra—. Ella no era...

Bryce lo interrumpió.

—Sofie era humana. O eso parecía. No llamaba la atención. ¿Qué necesitaba Danika que hiciera?

Emile sacudió la cabeza.

—No lo sé. No pude hablar con Sofie durante mucho tiempo cuando estuvimos en Kavalla.

Hunt tenía los ojos muy abiertos y con destellos de sorpresa. Al parecer, su molestia con ella había quedado olvidada por el momento. Bryce sacó un trozo de papel de su bolsillo.

—Estas letras y números fueron encontrados en el cuerpo de tu hermana. ¿Tienes idea de lo que significan?

Emile movía la rodilla de arriba a abajo.

—No.

Maldición. Bryce torció la boca.

Con la cabeza agachada, Emile susurró:

—Lamento no saber nada más.

Hunt se aclaró la garganta. Pasó delante de Bryce para ponerle la mano en el hombro al niño.

—Hiciste bien, chico. Muy bien. Estamos en deuda contigo.

Emile esbozó una sonrisa temblorosa.

Pero a Bryce le daba vueltas la cabeza. Danika necesitaba a Sofie para que encontrara algo *grande*. Y aunque tardó años después de la muerte de Danika, Sofie al fin lo había encontrado. Y había sido lo suficientemente grande para que la Cierva la matara antes de arriesgarse a que lo divulgara...

Hunt habló y la arrancó de sus pensamientos.

—Bryce.

El ángel movió la cabeza de manera deliberada hacia la ventana a un par de metros de distancia.

—Danos un minuto —le dijo a Emile con una sonrisa y caminó hacia la ventana con Hunt tras ella.

Hunt siseó intentando susurrar:

—¿Qué haremos con él ahora? No podemos dejarlo aquí. Sólo será cuestión de tiempo antes de que la Reina Víbora se dé cuenta de que no tiene poderes. Y no podemos llevarlo con nosotros. Pippa bien podría venir a buscarlo ahora que destruimos ese traje y realmente necesitan los poderes de un pájaro de trueno...

—Pippa Spetsos es una mala mujer —dijo Emile desde el sofá con el rostro pálido. Hunt tuvo el acierto de parecer avergonzado de que su pequeña rabieta hubiera sido escuchada—. Sofie me advirtió sobre ella. Después de que abordé el barco, quiso interrogarme... Corrí en el momento en que se descuidaron. Pero ella y su unidad Ocaso me rastrearon hasta los pantanos. Me escondí entre los juncos y pude perderlos ahí.

—Fue inteligente —dijo Bryce y sacó su celular—. Y sabemos todo sobre Pippa, no te preocupes. No podrá siquiera acercarse a ti —miró a Hunt con irritación—. ¿Realmente piensas que no planeé esto bien?

Hunt se cruzó de brazos, con las cejas levantadas, pero Bryce ya estaba marcando el teléfono.

—Hola, Fury. Sí, estamos aquí. Trae el carro.

—¿Metiste a Axtar en esto?

—Ella es una de las pocas personas en quienes confío para que lo escolten a su nueva casa.

El miedo llenó los ojos de Emile. Bryce caminó de regreso al sofá y lo despeinó un poco.

—Vas a estar seguro allá. Lo prometo —miró a Hunt por encima del hombro como advertencia. No revelaría más antes de que se fueran. Pero le dijo a Emile—: Ve al baño. Tienes un recorrido largo por delante.

Hunt seguía poniendo en orden sus sensaciones más dominantes cuando salieron del Mercado de Carne con Emile oculto bajo las sombras de una sudadera con capucha. Como les había prometido, la Reina Víbora los había dejado ir sin hacer preguntas.

Sólo le había sonreído a Bryce. Hunt sospechaba, con una sensación desagradable, que ella ya sabía que Emile no tenía poderes. Que había aceptado al niño porque, a pesar de su potencial, había una cosa que podría serle más valiosa algún día: que Bryce le debiera un favor.

Sí, con un demonio, iba a tener su rabieta de alfadejo.

Pero se guardó esos pensamientos cuando se topó con Fury Axtar recargada con los brazos cruzados contra el sedán negro brillante. Emile tropezó un poco al verla. Hunt no culpó al chico por esa reacción.

Bryce le pasó los brazos por el cuello a su amiga y le dijo:

—*Muchas* gracias.

Fury retrocedió un poco y volteó para estudiar a Emile como si fuera un insecto particularmente desagradable.

—No tiene mucha carne en los huesos.

Bryce le dio un codazo.

—Entonces cómprale botanas para el camino.

—¿Botanas? —preguntó Fury y abrió una de las puertas traseras del automóvil.

—Ya sabes —dijo Bryce—. Comida chatarra que proporcione cero nutrición para nuestros cuerpos pero que le dé *mucha* nutrición a nuestras almas.

¿Cómo podía portarse así de... cínica después de lo que había hecho? Mucha gente probablemente la mataría por esto. Si no Cormac, entonces la Reina del Río u Ophion o la Cierva...

Fury sacudió la cabeza con una risa y llamó al niño.

—Vamos, adentro.

Emile retrocedió un poco.

Fury dijo con una sonrisa feroz.

—Eres demasiado bajo de estatura para ir en el asiento delantero. Son las reglas de seguridad de las bolsas de aire.

—Lo que pasa es que no quieres que se ponga a jugar con tus estaciones de radio —dijo Bryce. Fury no lo negó y Emile no dijo nada al meterse al asiento trasero. No tenía ni una bolsa de pertenencias.

Hunt recordó esa sensación. Después de la muerte de su madre, no tenía ni rastros ni recuerdos ni el consuelo del niño que alguna vez había sido, la madre que le había cantado canciones para que durmiera.

La náusea le revolvió el estómago y le dijo al niño:

—No dejes que Fury te mandonee.

Emile lo vio con ojos grandes y suplicantes. Dioses, ¿cómo habían olvidado todos que era sólo un niño? Todos menos Bryce.

Shahar nunca hubiera hecho algo así, ni hubiera arriesgado tanto por alguien que no pudiera beneficiarla en nada. Pero Bryce...

Hunt no pudo evitar dar un paso hacia ella. Rozarla con el ala para pedir una disculpa silenciosa.

Bryce se apartó para no quedar a su alcance. Muy bien. Se había portado como un patán. Bryce le preguntó a Fury:

—¿Tienes la dirección?

—Sí. Estaremos ahí en ocho horas. Siete si no nos molestamos con las botanas.

—Es un niño. Necesita botanas —la interrumpió Hunt.

Pero Fury lo ignoró y caminó alrededor del carro para

meterse en el asiento del conductor. Tenía dos pistolas atadas a los muslos. Él tenía la sensación de que había más en
la guantera y en la cajuela. Y tenía además su poder vanir
que hacía de Fury Axtar... bueno... Fury Axtar.

—Tienes suerte de que te quiera, Quinlan. Y de que
Juniper no quisiera que este niño permaneciera aquí ni un
minuto más.

Hunt vio que Bryce tragaba saliva, pero levantó una
mano en despedida. Luego se acercó a la puerta trasera, todavía abierta. Le dijo a Emile:

—Ya no te llamas Emile Renast, ¿de acuerdo?

Él abrió los ojos muchísimo, con pánico. Hunt la vio
tocarle la mejilla, como si no pudiera evitarlo. El resto del
enojo de Hunt se disolvió por completo.

Bryce estaba diciendo:

—Todos los documentos estarán esperándote. Certifi-
cado de nacimiento, documentos de adopción...

—¿Adopción? —graznó Emile.

Bryce le sonrió al niño.

—Eres parte del clan Quinlan-Silago ahora. Estamos
locos, pero nos amamos. Dile a Randall que te prepare
croissants de chocolate los domingos.

Hunt no tenía palabras. No sólo le había encontrado
un refugio a este niño perdido. Le había encontrado una
nueva familia. *Su* familia. Sintió que se le cerraba la garganta hasta dolerle y le picaban los ojos. Pero Bryce le besó la
mejilla a Emile, cerró la puerta y le dio unos golpes al techo del carro. Fury salió disparada por la calle empedrada,
dio vuelta rápidamente a la izquierda y se fue.

Lentamente, Bryce volteó a verlo.

—Lo vas a enviar con tus padres —dijo en voz baja.

Los ojos de Bryce se pusieron helados.

—¿Me perdí del memorando donde me informaban
que necesito de tu aprobación para hacerlo?

—Por Urd, eso no es lo que me hizo enojar.

—No me importa si estás enojado —dijo ella con un chispazo de luz—. Sólo porque estemos cogiendo no significa que te tenga que dar explicaciones.

—Estoy seguro de que es un poquito más que coger.

Ella se irritó visiblemente y el enojo de él también se encendió. Pero recordó dónde estaban, justo frente al centro de operaciones de la Reina Víbora. Donde cualquiera podría verlos. O tratar de provocar problemas.

—Tengo que ir a trabajar —dijo Bryce y casi escupió cada palabra.

—Bien. Yo también.

—Bien.

No lo esperó y salió caminando furiosa.

Hunt se frotó los ojos y salió disparado hacia el cielo. Sabía que Bryce estaba muy consciente de que la seguiría desde el aire mientras recorría la madeja de calles que rodeaban el Mercado de Carne, y que no daría vuelta hacia el DCN hasta que la viera cruzar la calle Crone hacia la seguridad de la Vieja Plaza.

Pero ella no levantó la vista. Ni una sola vez.

—Sólo tengo diez minutos antes de tener que ir a los archivos —le dijo Bryce a su hermano cuando la hizo pasar a su casa una hora más tarde—. Y ya voy muy tarde al trabajo.

Furiosa con Hunt, había usado la larga caminata para procesar todo lo que había sucedido con Emile y la Reina Víbora. Para rezar que Fury no asustara demasiado al niño antes de que llegaran a la casa de sus padres en Nidaros. Y contemplar si ella tal vez habría reaccionado con demasiada violencia al enojo de Hunt por no decirle lo que hacía.

Bryce estaba dando la vuelta por la cuadra hacia los archivos cuando Ruhn la llamó con su poco clara petición de que fuera de inmediato a su casa. Le escribió un mensaje rápido a su jefe sobre una cita con el médico que se había retrasado y fue corriendo con Ruhn.

Dejó su bolso junto a la entrada.

—Por favor empieza a explicarme por qué esto era tan urgente que tuviste que... Oh.

Había asumido que era algo relacionado con Ithan, o que tal vez Declan había encontrado algo. Por lo cual había corrido desde CiRo, en sus estúpidos tacones, con este estúpido calor, y ahora toda ella era un cochinero sudoroso.

No se esperaba a una hermosa mujer vestida sólo con una manta parada frente a la pared del vestíbulo como un animal capturado. Sus ojos rojos brillaban con advertencia.

Bryce le ofreció una sonrisa a la mujer frente a la pared.

—Eh, hola. ¿Todo... todo bien? —le siseó a Ruhn por encima del hombro—. *¿Dónde está su ropa?*

—*No se la quiso poner* —le siseó Ruhn de regreso—. Créeme, Dec lo intentó —señaló un montón de ropa de hombre junto a las escaleras.

Pero la mujer estaba viendo a Bryce desde sus tacones hasta la cabeza.

—Tú fuiste a ver a los místicos. Tú brillabas con luzastral.

Bryce la miró con atención. No era la mística pero... volteó a ver a Ithan, que estaba sentado en el sofá con aspecto culpable. Con tres duendecillas de fuego flotando alrededor de su cabeza.

La sangre se le convirtió en ácido. Una de las duendecillas, la más curvilínea, se acostó en su rodilla y le sonrió ampliamente a Bryce. El recuerdo de Lehabah le quemaba, brillante y cegador.

—Bueno... Ithan *tal vez* se enojó cuando regresó con el Astrónomo y se enteró de que la mística es una loba —estaba diciendo Ruhn— y *es posible* que haya hecho algo impulsivo y haya tomado algo que no debía y luego estos idiotas las liberaron de los anillos...

Bryce giró hacia la mujer contra la pared.

—¿Tú estabas en uno de los anillos?

Los ojos rojos destellaron.

—Sí.

Bryce le preguntó a Ithan:

—¿Por qué regresaste?

—Quería estar seguro sobre Connor —dijo. A Bryce no le pasó desapercibido el tono de acusación, como si insinuara que ella no había estado tan preocupada como él. Tampoco a Ruhn, quien se tensó a su lado.

Bryce tragó saliva y dijo:

—¿Él... está bien?

Ithan se pasó la mano por el cabello.

—No lo sé. Tengo que averiguarlo.

Bryce le asintió con seriedad y luego se atrevió a mirar a las tres duendecillas en la sala. Logró levantar la barbilla y preguntar con un temblor apenas distinguible en su voz:

—¿Conocen a una duendecilla llamada Lehabah?

—No —dijo Malana, la duendecilla curvilínea tan similar a Lele que Bryce casi no podía soportar mirarla—. ¿De qué clan es?

Bryce inhaló con un estremecimiento. Los hombres habían guardado silencio.

—Lehabah decía que era descendiente de la Reina Ranthia Drahl, Reina de las Brasas.

Una de las duendecillas delgadas, ¿Rithi tal vez?, se encendió con una flama roja.

—¿Una heredera de Ranthia?

Un estremecimiento le recorrió los brazos a Bryce.

—Eso decía ella.

—Las duendecillas de fuego no mienten sobre su linaje —dijo la tercera duendecilla, Sasa—. ¿De dónde la conoces?

—La conocí —dijo Bryce—. Murió hace tres meses. Sacrificó su vida para salvarme.

Las tres duendecillas flotaron hacia Bryce, estudiándola.

—La línea Drahl ha sido esparcida a los cuatro vientos —dijo Sasa con tristeza—. No sabemos cuántas queden. Perder siquiera a una... —agachó la cabeza y sus flamas se apagaron hasta brillar con un tono amarillo claro.

La dragona en el vestíbulo le dijo a Bryce:

—Tú eras amiga de esa duendecilla.

Bryce volteó a verla.

—Sí —maldita fuera su garganta cerrada. A las tres duendecillas, les dijo—: Yo liberé a Lehabah antes de que muriera. Fue su... —apenas logró pronunciar las palabras—. En su primer y último acto de libertad eligió salvarme. Era la persona más valiente que he conocido.

Malana voló hacia Bryce y presionó una mano cálida y envuelta en flamas contra su mejilla.

—En su honor, te llamaremos una aliada de nuestra gente.

Bryce no pudo evitar ver el tatuaje de esclava en la muñeca de Malana. Miró a las otras dos duendecillas, que tenían las mismas marcas. Lentamente volteó a ver a Ithan.

—Me alegra que se las hayas robado a ese patán.

—No se sentía bien dejarlas ahí.

Algo en el pecho de Bryce se derritió y tuvo que reprimir el deseo de ir a abrazar a su viejo amigo, de llorar al ver el reflejo del hombre que alguna vez había conocido. Bryce volteó a ver a Ruhn.

—¿No podemos encontrar una manera de salir de esto, señor príncipe elegante?

—Marc está trabajando en ello —dijo Dec con el teléfono en la mano—. Piensa que ustedes dos podrían usar sus influencias reales para reclutarlas en nombre de la casa real o conseguir que el Astrónomo acepte un pago por ellas en vez de que levante cargos.

—¿Pago? —dejó escapar Bryce.

—Relájate —dijo Flynn con una sonrisa—. Tenemos el dinero, princesa.

—Sí, he visto la casa elegante de tu papi —le respondió Bryce y se ganó un gesto de molestia de Flynn y un *ooohh* de las duendecillas.

Bryce contuvo su sonrisa y le arqueó la ceja a Ruhn. Ella había echado a perder una amistad gracias a que había usado su posición de princesa para conseguir algo, pero esto... Por Lehabah, lo haría.

—¿Estás con nosotros, Elegido?

La boca de Ruhn se movió hacia un lado.

—Claro que sí, Astrogénita.

Bryce hizo un movimiento con la mano para desestimar su comentario y luego le prestó toda su atención a la dragona en el vestíbulo.

—Estoy calculando que tú cuestas... mucho.

—Más de lo que siquiera un príncipe y una princesa podrían pagar —dijo la dragona con un dejo de amargura—. Fui un regalo al Astrónomo de parte de un arcángel.

—Vaya lectura debió haberle hecho el Astrónomo —murmuró Flynn.

La dragona dijo:

—Así fue.

Bryce observó cómo sus ojos se enfriaron hasta convertirse sólo en cenizas negras. Dejarla a merced del Astrónomo, de regreso a ese anillo diminuto en uno de los dedos asquerosos del anciano...

—Mira —dijo Bryce—. Si Marc tiene razón sobre usar nuestras influencias para reclutar esclavos con el fin de que realicen servicios reales, entonces Ruhn y yo podemos inventar algo para explicar por qué te necesitamos.

—¿Por qué me están ayudando? —preguntó la dragona.

Bryce se tocó la muñeca.

—Mi pareja era esclavo. No puedo fingir que no veo la esclavitud. Nadie debería.

Y si ya había ayudado a un alma perdida hoy, ¿por qué no agregar otras cuantas?

—¿Quién es tu pareja? —preguntó la dragona.

—Espera —objetó Flynn—. ¿Ustedes son pareja? ¿O sea... pareja-pareja?

—Pareja-pareja —dijo Ruhn.

—¿El Rey del Otoño lo sabe? —exigió saber Declan.

Bryce podría haber jurado que Ruhn volteaba a ver a Ithan, quien estaba ocupado con algo en su teléfono, y luego dijo:

—Digamos que lo confirmamos oficialmente anoche.

Flynn silbó.

Bryce puso los ojos en blanco y volvió a ver a la dragona.

—Su nombre es Hunt Athalar.

El reconocimiento brilló en los ojos de la dragona como brasas encendidas.

—¿Orión Athalar?

—Ese mismo —dijo Bryce—. ¿Lo conoces?

Ella apretó los labios.

—Sólo por su reputación.

Bryce asintió un poco torpemente.

—¿Cómo te llamas?

—Ariadne —dijo la dragona.

—Ari, de cariño —dijo Flynn.

—Nunca Ari —intervino la dragona.

Bryce casi sonrió.

—Bien, Ariadne, espera que estos idiotas te hagan rabiar cada hora. Sólo intenta no prenderle fuego a todo el lugar —le guiñó a la dragona—. Pero siéntete en libertad de rostizar a Flynn si se está pasando de listo.

Flynn le hizo una seña obscena, pero Bryce giró hacia la puerta, sólo para toparse con las tres duendecillas frente a su cara.

—Debes hablar con nuestra reina sobre la valentía de Lehabah —dijo Sasa—. Irithys no es descendiente de Ranthia, pero le gustaría escuchar tu historia.

—Estoy un poco ocupada —dijo Bryce—. Tengo que irme al trabajo.

Pero Malana le dijo a su hermana:

—Tendría que *encontrar* a Irithys primero —continuó explicándole a Bryce—. Lo último que supimos, antes de que nos metieran en los anillos hace muchos años, fue que había sido vendida a un asteri. Pero tal vez te dejarían hablar con ella.

—¿Por qué necesitaría hablar con ella? —preguntó Bryce mientras seguía caminando hacia la puerta, consciente de que Ariadne la miraba con atención.

—Porque las princesas necesitan aliadas —dijo Rithi y Bryce se detuvo y suspiró.

—Voy a necesitar un buen trago después del trabajo —dijo y salió por la puerta con el teléfono al oído.

—¿Qué? —dijo Jesiba cuando contestó.

—El Astrónomo, ¿lo conoces? —Bryce no tenía idea de qué era el anciano pero... parecía como si perteneciera a la Casa de Flama y Sombra.

Se escuchó silencio del otro lado del teléfono y luego la hechicera dijo:

—¿Por qué?

—Sólo estoy buscando algunas influencias que usar.

Jesiba rio suavemente.

—¿Tú robaste esos anillos?

Tal vez tenían una especie de grupo de apoyo en línea o algo.

—Digamos que lo hizo un amigo.

—¿Y ahora quieres... qué cosa? ¿Mi dinero para pagar por ellas?

—Quiero que lo convenzas de aceptar el dinero que pagarán mis amigos por ellas.

—Uno de esos anillos no tiene precio.

—Sí, la dragona. Ariadne.

—¿Así se hace llamar? —una risa grave—. Fascinante.

—¿La conoces?

—Sé de ella.

Bryce cruzó una calle con mucho tránsito y mantuvo la cabeza agachada cuando un turista se quedó viéndola demasiado tiempo. Al menos no había necrolobos merodeando por las calles.

—¿Entonces? ¿Puedes ayudar o no?

Jesiba gruñó.

—Haré una llamada. No prometo nada.

—¿Qué vas a decir?

—Que me debe un favor —una promesa oscura brillaba en sus palabras—. Y ahora tú también.

—Fórmate en la fila —dijo Bryce y colgó.

Para cuando Bryce regresó a su pequeña oficina en los archivos, aliviada de no haber tenido que usar su rango como princesa otra vez, ya estaba lista para disfrutar del aire acondicionado y relajarse en su silla. Lista, tal vez, sólo tal vez, para enviarle un mensaje a Hunt e intentar averiguar si seguía molesto. Pero todos esos planes desaparecieron cuando vio el sobre en su escritorio.

Contenía un análisis del fuego de los dragones, con fecha de hacía cinco mil años. Estaba en un idioma que Bryce desconocía, pero se había incluido una traducción. Jesiba había escrito *Buena suerte* en la parte superior.

Bueno, ahora sabía por qué el Astrónomo mantenía a Ariadne en un anillo. No por la luz, sino por la protección.

Entre sus muchos usos, escribía el estudioso de la antigüedad, *el fuego de dragón es una de las pocas sustancias que se ha demostrado que dañan a los Príncipes del Averno. Puede quemar incluso el cuero oscuro del Príncipe del Foso.*

Sí, Ariadne era valiosa. Y si Apollion estaba preparando sus ejércitos... Bryce no tenía ninguna intención de permitir que la dragona regresara a las garras del Astrónomo.

51

Hunt sabía que había sido un tonto por pensar que esto terminaría cuando encontraran a Emile. Cuando el niño estuviera a salvo. Bryce claramente no tenía intención de dejar el tema. No ahora que Danika estaba involucrada.

Pero hizo todo eso a un lado. Tenía otras cosas de las cuales encargarse en ese momento.

Primero, debía reunirse con Celestina. Hacer una aparición, mantener la fachada de que todo estaba bien. Asegurarse de que la Cierva no le hubiera dicho nada a la arcángel. Su reunión con Isaiah no sería hasta dentro de una hora... había suficiente tiempo.

Suficiente tiempo también para rumiar todo el asunto con Bryce y lo bien que los había utilizado a todos. Cómo había ayudado a Emile, pero le había ocultado sus planes. Planes que habían costado vidas. Y sí, Bryce podía cuidarse sola, pero... Él pensaba que eran un equipo.

De nuevo: sabía que había sido un tonto.

Hunt calmó su sangre salvaje y hasta que estuvo seguro de que sus relámpagos no harían erupción tocó a la puerta de la gobernadora.

Celestina le sonrió como saludo, eso era una buena señal. No había rastro de Ephraim o de los otros. Eso también era bueno. La sonrisa de ella se amplió cuando Hunt dio un paso para acercarse.

—Felicidades —dijo con calidez.

Hunt ladeó la cabeza.

—¿Por qué?

Ella hizo un gesto hacia él.

—Por tu olor, asumo que tú y Bryce ya son pareja.

No se había dado cuenta de que el sexo se transmitiría así. Aparentemente, el vínculo entre ellos *sí* había trascendido a ese nivel biológico.

—Yo, eh. Sí. Desde que nos quedamos en casa de sus padres.

Aunque acababan de pelear. Y no de buena manera.

—Así que la visita estuvo bien, entonces.

—Pensé que su madre me iba a castrar en cierto momento, pero si pones a Ember a hablar sobre solbol, se convertirá en tu mejor amiga.

Eso era verdad, aunque él ya lo sabía desde hacía meses. Pero cierta parte de él sentía repulsión al tener que contestar la pregunta de Celestina con una mentira descarada.

Celestina rio contenta. No había reserva ni molestia en su risa, ninguna indicación de que pudiera saber la verdad.

—Muy bien. Me alegro por ti. Por ambos.

—Gracias —dijo Hunt. Agregó, para cubrir las bases—: Ruhn y el príncipe Cormac estuvieron con nosotros. Hizo que las cosas fueran... un poco incómodas.

—¿Porque Cormac es técnicamente el prometido de Bryce? —preguntó Celestina con ironía.

Hunt resopló.

—Eso también, pero principalmente porque Ember no es... fan de las hadas. Le pidió a Ruhn que fuera porque no lo había visto en años, pero de todas maneras fue tenso en momentos.

—He escuchado su historia con el Rey del Otoño. Lamento que siga afectándole.

—Yo también —dijo Hunt—. ¿Algo pasó aquí mientras no estuve?

—Sólo si cuentas la supervisión de los preparativos para la fiesta del equinoccio.

Hunt rio.

—Así de divertido, ¿eh?

—Apasionante —dijo Celestina y luego pareció recordar algo porque agregó—: Por supuesto, es para una celebración dichosa, así que no es completamente desagradable.

—Por supuesto.

El sol entraba por la ventana detrás de ella y hacía brillar y radiar sus alas blancas.

—Baxian tal vez tenga algo más interesante que reportar. Casi no estuvo aquí ayer.

Hunt tuvo que hacer acopio de todo su entrenamiento para mantener su expresión neutral cuando asintió.

—Tengo una reunión con Isaiah, pero mi siguiente parada después de eso será con él para ver cómo está.

Todo entre ellos era una mentira. Y una palabra de la Cierva... Hunt reprimió su poder, que empezaba a acumularse y crujir por su cuerpo.

Baxian tal vez había dicho que era simpatizante de los rebeldes, tal vez los había ayudado lo suficiente como para ganarse un poco de confianza, pero... sería un tonto si confiara en él por completo.

—¿Qué sucede? —preguntó Celestina con el ceño fruncido en señal de preocupación.

Hunt sacudió la cabeza.

—Nada —pasó las manos detrás de la espalda y preguntó desenfadadamente—: ¿Alguna cosa que hacer hoy?

Hunt salió de la oficina de la arcángel cinco minutos después con un montón de informes preliminares sobre actividad de demonios en la Fisura Septentrional. Ella quería conocer su opinión experta sobre los tipos de demonios que estaban siendo capturados, así como un análisis sobre si las razas y frecuencia significarían que el Averno estaba planeando algo.

La respuesta era un sí enérgico, pero encontraría alguna manera de alargar la tarea para comprar un poco más de tiempo. Para decidir qué tanto más decirle sobre el Averno.

Apollion había dicho la verdad, sobre él y Bryce y sus poderes. Y si el Príncipe del Foso había sido honesto con eso, ¿qué más había dicho que fuera cierto? Algo en el Averno se empezaba a mover. Hunt sintió que se le apretaba el estómago.

Pero de todas maneras tenía una cosa más que hacer antes de descender en todo eso. Tardó diez minutos en encontrar a la Cierva, en el baño de las barracas, poniéndose delineador labial rojo, de entre todas las cosas. Nunca había pensado que ella se tendría que aplicar maquillaje. Por alguna razón, siempre se la imaginaba permanentemente peinada y maquillada.

—Hunter —canturreó ella sin apartar la mirada del espejo. Estaban solos.

—No me llames así.

—Nunca te gustó el apodo que te puso Sandriel.

—No tenía interés en ser parte de su club.

La Cierva siguió delineándose los labios con mano segura.

—¿A qué debo este placer?

Hunt se recargó contra la puerta del baño y bloqueó la salida. Ella deslizó un ojo delineado con kohl hacia él.

—¿Qué vas a hacer sobre lo que sucedió ayer? —preguntó él.

Ella abrió el labial y empezó a rellenar el contorno preciso que había dibujado.

—Si te refieres a que cogí con Pollux en las regaderas, me temo que no voy a disculparme con Naomi Boreas por tener la puerta abierta. La invité a participar, ¿sabes?

—No estoy hablando de eso.

Ella empezó a trabajar en su labio superior.

—Entonces, infórmame.

Hunt la observó. Ella lo había visto. Había hablado con él, con todos, mientras estuvieron en el agua. Él había enloquecido y estuvo a punto de matarla. Necesitó el toque y cuerpo de su pareja para tranquilizarse después.

Hunt gruñó:

—¿Esto es una especie de juego del gato y el ratón?

Ella dejó el tubo dorado del labial y volteó a verlo. Hermosa y fría como una estatua de Luna.

—Tú eres el cazador. Tú dime.

Esta mujer había matado a Sofie Renast. La había ahogado. Y había torturado a tantos otros que la torques de plata alrededor de su cuello prácticamente gritaba los nombres de los muertos.

Como Hunt no dijo nada, la Cierva volvió a inspeccionar su cara en el espejo y se acomodó un mechón de cabello en el chongo elegante de su peinado. Luego caminó hacia él, hacia la puerta. Él se apartó en silencio. Cuando salía, la Cierva dijo:

—Tal vez dejarás de decir tonterías cuando veas lo que la Arpía hizo en la Puerta de los Ángeles. Es extraordinario.

Diez minutos más tarde, Hunt supo a qué se refería.

La puerta de cristal del DCN estaba apagada bajo la luz de media mañana, pero nadie la estaba viendo de todas maneras. La multitud estaba tomando fotografías y murmurando sobre las dos figuras que yacían boca abajo debajo de ella.

Había pasado mucho tiempo desde la última vez que Hunt había visto a alguien fileteado en mariposa.

Los cuerpos estaban vestidos con ropa negra de espías, o mejor dicho, lo que quedaba de ella. Eran rebeldes. Tenían la cresta de Ophion en las bandas rojas de sus brazos y el sol poniente del escuadrón Ocaso sobre ellas.

Del otro lado de la plaza de la puerta, alguien vomitó y luego salió corriendo, llorando suavemente.

La Arpía había empezado en sus espaldas. Con sus cuchillos, había serruchado a través de las costillas y había separado cada uno de los huesos de la columna. Y luego había metido la mano en las incisiones y les había sacado los pulmones por ahí. Dejando un par de alas sangrientas extendidas sobre sus espaldas.

Hunt sabía que las víctimas habían estado vivas. Gritando.

Ephraim había traído esto a su ciudad. *Esto* era lo que la Cierva, los asteri liberarían sobre él y Bryce. No sería una crucifixión. Sería algo mucho más creativo.

¿La Arpía había dejado a los rebeldes fileteados como mensajes a Ophion o para todo Valbara?

Celestina había permitido que esto sucediera aquí. Había permitido que la Arpía hiciera esto y exhibiera los cuerpos. Ni siquiera lo había mencionado en su reunión. ¿Porque estaba de acuerdo con estos métodos o porque no tenía alternativa?

Hunt tragó saliva e intentó aliviar la sequedad de su boca. Pero los demás ya lo habían visto. *El Umbra Mortis,* murmuraban. Como si él hubiera ayudado a la Arpía a crear esta monstruosidad.

Hunt se tragó su respuesta. *Podremos ser triarii, pero yo nunca seré como ese monstruo.*

No le habrían creído de todas maneras.

Había sido un puto día muy extraño, pero Ruhn suspiró aliviado cuando Athalar llamó. *Todo bien,* dijo el ángel, y eso había aplacado un poco el agotamiento y temor de Ruhn. No le había dicho a Athalar sobre las duendecillas y la dragona. Dejaría que Bryce le dijera a su pareja esos detalles. Se preguntó si ella siquiera le había contado sobre los místicos.

Ruhn estaba jugueteando con el piercing de su labio cuando regresó a la sala donde Flynn coqueteaba con las duendecillas. Dec les hacía preguntas sobre sus vidas en los anillos. La dragona estaba sentada en las escaleras y Ruhn no le hizo caso, aunque iba en contra de todos sus instintos hacerlo. Ithan lo miró a los ojos cuando entró y arqueó las cejas.

—Todo bien —le dijo Ruhn a los demás, quienes murmuraron palabras de agradecimiento a los dioses. Él miró luego a la dragona y se preparó para lo que le diría, pero lo interrumpió el sonido del timbre.

Con el entrecejo fruncido, Ruhn se dirigió a la puerta y una de sus manos se posó sobre la pistola que traía en la cintura. Un olor femenino, hermoso y familiar le llegó un momento antes de que registrara quién estaba ahí, con la escoba en mano.

La reina Hypaxia Enador sonrió ligeramente.

—Hola, príncipe. Esperaba encontrarte aquí.

52

Tharion terminó su informe a la Reina del Río. Se mantenía en su sitio en la corriente de las profundidades del río gracias al movimiento de su aleta. Ella estaba descansando en una cama de ostiones de río y sus dedos largos recorrían los surcos y abultamientos de las conchas.

—Entonces mi hermana tiene una flotilla de embarcaciones que pueden eludir a los Omegas de los asteri.

Las aguas alrededor de ellos se arremolinaron y Tharion se esforzó por permanecer en su sitio moviendo la cola con fuerza.

—Sólo seis.

—Seis, cada uno del tamaño del Comitium —los ojos de la reina brillaban en la penumbra de las profundidades.

—¿Eso tiene relevancia?

No había tenido alternativa salvo decírselo todo: era la única manera de explicar por qué había regresado sin Pippa Spetsos. O al menos sin respuestas sobre la ubicación de Emile Renast.

—¿Las hermanas no comparten todo? —preguntó la reina y recorrió el borde irregular de un ostión con la punta del dedo. Se abrió y reveló la perla dentro—. Se burlan de mí con esas embarcaciones. Sugieren que yo no soy de fiar.

—Nadie dijo nada parecido —dijo él con la mandíbula apretada—. No creo que le hayan dicho a nadie más.

—Pero esta comandante Sendes pensó que era necesario informarte a *ti*.

—Sólo generalidades, y sólo porque nos encontramos con su embarcación por accidente.

—Ellos te rescataron. Podrían haber dejado que te ahogaras y conservar sus secretos, pero eligieron salvarte —Tharion sintió que se le helaba la sangre. Ella los hubiera dejado ahogarse, si hubiera sido su decisión—. Quiero que averigües todo lo que puedas sobre esas embarcaciones.

—No creo que sea fácil —advirtió Tharion.

—¿Quién me puede garantizar que mi hermana no los usará en mi contra?

Ella gobierna los océanos. Dudo que quiera un estúpido río. Pero Tharion dijo:

—Eso no parecía estar en la mente de nadie.

—Tal vez no ahora, pero no lo dudaría de ella.

Él no le dijo que se estaba portando como paranoica. En vez de eso, intentó con su mejor arma: distraer su atención.

—¿Debo seguir buscando a Emile Renast?

La Reina del Río lo miró.

—¿Por qué no lo harías?

Él intentó disimular su alivio por haber logrado que cambiara de tema, aunque sabía que pronto regresaría al asunto de las embarcaciones de la Reina del Océano.

—Incluso con la destrucción de las municiones y del prototipo de mecatraje, Pippa Spetsos se volvió mucho más poderosa. Su posición en Ophion ha cambiado. Capturarla, interrogarla... Si hacemos eso, nos arriesgamos a que Ophion nos considere enemigos.

—No me importa cómo nos considere Ophion. Pero muy bien —hizo un ademán hacia la superficie—. Ve Arriba. Encuentra otra manera de conseguir al niño.

—Como usted diga —le respondió él e hizo una reverencia en la corriente.

Ella movió la mano para despedirlo.

—Te excusaré con mi hija.

—Envíele mi amor.

Ella no respondió y Tharion no volteó cuando nadó directamente hacia la superficie y el mundo de arriba.

Acababa de terminar de ponerse la ropa que había dejado en un nicho en el muelle cerca de la Puerta del Río de Moonwood cuando escuchó el sonido de unas alas en el pasaje elevado sobre él. Se asomó por el borde de la roca y encontró a Athalar mirándolo con los brazos cruzados.

—Tenemos que hablar —dijo el Umbra Mortis.

Ruhn se le quedó viendo a la reina bruja. Su prometida.

Hypaxia Enador era tan hermosa como la recordaba: el cabello sedoso, brillante y oscuro caía en suaves rizos hasta su delgada cintura; la piel color morena que brillaba como si la luz de la luna la alumbrara desde adentro; los ojos grandes y oscuros que se percataban de demasiadas cosas. Su boca, carnosa y seductora, se abrió en una sonrisa hermosa cuando entró al vestíbulo.

La bruja tocó un nudo en la madera de su escoba. Era un objeto de arte impresionante: cada centímetro de su mango estaba labrado con diseños intrincados de nubes y flores y estrellas, cada ramita en la base estaba labrada también y atada con hilo dorado.

Pero al tocar ese nudo, la escoba desapareció.

No, se encogió. Se convirtió en el broche dorado de Cthona, la diosa de la tierra con su vientre fértil hinchado por el embarazo. Hypaxia fijó el broche al hombro de sus túnicas de gasa azul y dijo:

—Un poco de magia muy conveniente de las brujas. Me di cuenta de que andar cargando una escoba por la ciudad es... incómodo. Y llama mucho la atención. En especial una escoba como la mía.

—Eso es... genial —admitió Ruhn.

Ella empezó a responder, pero sus ojos se deslizaron hacia la dragona que estaba sentada en el pie de las escaleras y se detuvo. Parpadeó una vez antes de devolverle su atención a Ruhn.

—¿Una amiga?

—Sí —mintió Ruhn y luego Flynn y Declan e Ithan ya estaban ahí, con las duendecillas, mirando a la reina con la boca abierta.

Ithan se aclaró la garganta, probablemente por la impactante belleza de la bruja.

Ruhn no había tenido una mejor reacción cuando la vio por primera vez. Pero ella casi no le había hablado en la Cumbre. Aunque contribuyó de manera importante cuando las cosas se fueron al carajo en la ciudad. Estuvo dispuesta a volar hasta acá para ayudar a salvar a los ciudadanos, y a Bryce.

Ruhn se enderezó y recordó sus modales. Que él era un príncipe y le debía el respeto que su rango merecía. Hizo una reverencia grande.

—Bienvenida, Su Majestad.

Flynn rio y Ruhn le lanzó una mirada de advertencia al enderezarse.

—Permíteme presentarte a mis... compañeros. Tristan Flynn, Lord Hawthorne —Flynn se inclinó con irreverencia, una burla del movimiento que había hecho Ruhn—. Declan Emmet, supergenio.

Dec sonrió e hizo una reverencia un poco más seria. Ambos habían estado en la Cumbre cuando Ruhn conoció formalmente a Hypaxia, como reina y no como la medibruja que pensaba que era, pero no habían sido presentados oficialmente.

—Ithan Holstrom... lobo —continuó Ruhn. Ithan lo miró como diciendo *¿En serio, idiota?* Pero Ruhn continuó con las duendecillas y la dragona—. Y, eh, nuestras invitadas.

Hypaxia asintió y miró a la dragona de nuevo con cautela. Flynn dio un paso al frente y abrazó a Hypaxia por los hombros.

—Bienvenida. Hablemos de ese momento cuando Ruhn intentó hablar contigo en la Cumbre y lo ignoraste.

Dec rio y se acercó al otro lado de Hypaxia. Ella frunció el ceño y estudió a ambos, como si estuvieran hablando en un idioma desconocido.

Ruhn la vio notar los detalles de su casa mientras era escoltada hacia el sofá. Su casa asquerosa y bañada en cerveza. Solas, había un cigarro de risarizoma a medio fumar en un cenicero sobre la mesa de centro, a unos centímetros de Hypaxia.

Ruhn le dijo a Ithan: *Llévate ese puto risarizoma de aquí.*

Ithan se lanzó hacia él.

¡No en este instante! Cuando ella no esté viendo.

Ithan se detuvo con la gracia de un jugador de solbol y se relajó contra los cojines del sofá justo cuando Hypaxia se sentó, entre Flynn y Declan. Si Ithan tuviera qué elegir una palabra para describir la expresión de la reina, hubiera sido confundida. Completamente confundida.

Ruhn se frotó el cuello y se acercó al sillón.

—Entonces, eh. Me da gusto verte.

Hypaxia sonrió de esa manera sabia y comprensiva. Carajo, era hermosa. Pero sus ojos se oscurecieron y dijo:

—Me gustaría hablar contigo. A solas.

Ithan se puso de pie y retiró el cigarro de risarizoma discretamente de la mesa.

—La habitación es toda suya. Estaremos arriba.

Flynn abrió la boca, probablemente para decir algo vergonzoso, pero Ithan lo tomó del hombro y lo llevó al piso de arriba. Le puso el cigarro en las manos. Las duendecillas salieron en fila detrás de ellos y luego Declan se sumó a la salida de la habitación. Cuando se fueron todos, Ariadne subió las escaleras. Ruhn no dudaba que intentarían escuchar.

Se sentó en el sofá manchado y apestoso y controló su vergüenza cuando Hypaxia se acomodó la túnica azul.

—Entonces... ¿Cómo estás?

Hypaxia ladeó la cabeza. No tenía puesta su corona de moras del pantano, pero cada una de las líneas de su rostro irradiaba gracia y tranquilidad y cariño. Tenía unos cincuenta años menos que él, pero él se sentía como un cachorro frente a ella. ¿Ella sabía que su prometido vivía en un sitio así, que tenía este estilo de vida?

—Quería pedirte un favor —Ruhn se quedó inmóvil. Ella continuó—: He venido a Lunathion para la ceremonia de unión en unas semanas. Me quedaré en la embajada de las brujas, pero... —se miró las manos, la primera señal de duda que había visto en ella—. Me estaba preguntando si me podrías prestar un escolta.

—¿Por qué? Digo, por supuesto, claro que sí, pero... ¿todo está bien?

Ella no respondió.

Ruhn preguntó:

—¿Qué ha pasado con tu aquelarre?

Ellas debían proteger a su reina a cualquier precio.

Ella levantó la vista y sus pestañas largas se movieron.

—Ellas eran el aquelarre de mi madre. Uno de sus últimos deseos fue que yo las heredara en vez de que pudiera escoger mi propio aquelarre.

—¿Entonces no te agradan?

—No confío en ellas.

Ruhn lo consideró.

—¿Quieres que te preste un escolta para protegerte de tu propio aquelarre?

Ella apretó los labios.

—Piensas que estoy loca.

—Pensé que las brujas vivían y morían por su lealtad.

—La lealtad de estas brujas empezó y terminó con mi madre. Ella me crió aislada del mundo, pero también de ellas. Mis tutoras fueron... poco convencionales.

Era lo más que habían hablado desde que se conocieron. Ruhn preguntó:

—¿De qué manera?

—Estaban muertas.

Él sintió que un escalofrío le recorría la espalda.

—Entiendo. Cosas de nigromantes, ¿eh?

—Las Enador pueden despertar a los muertos, sí. Mi madre invocó a tres espíritus antiguos y sabios para que me enseñaran. Una para la batalla y en entrenamiento físico, otra para las matemáticas y las ciencias y la otra para la historia, la lectura y los idiomas. Ella supervisó mi entrenamiento mágico en persona, en especial el de sanación.

—¿Y eso asustó a su aquelarre?

—Nos distanció. Mis únicas compañeras cuando era una niña eran los muertos. Cuando mi madre murió, quedé rodeada de desconocidas. Y ellas se encontraron con una reina cuya educación poco ortodoxa las inquietaba. Cuyos dones de nigromancia las inquietaban aún más.

—Pero tú eres la última Enador. ¿Con quién te reemplazarían?

—Con mi hermana.

Ruhn parpadeó.

—¿Con la *Cierva*?

—Lidia no tiene dones de bruja, así que sería sólo la representante en nombre. Usaría la corona, pero la generala de mi madre, Morganthia, estaría al mando.

—Es una locura.

—Lidia es la primogénita. Es la viva imagen de mi madre —el padre de Hypaxia debía haberle transmitido los genes del color más oscuro, entonces—. Incluso cuando era joven, a veces escuchaba susurros del aquelarre de mi madre preguntándose si... tal vez no debían haber regalado a Lidia.

—¿Por qué?

—Porque están más cómodas con una media metamorfa que con una media nigromante. Temen la influencia de la Casa de Flama y Sombra, aunque yo no he hecho ningún voto a ninguna casa salvo Tierra y Sangre. Pero Lidia es Tierra y Sangre completamente. Al igual que ellas. Ellas amaban a mi madre, no lo dudo, pero sus planes para el futuro son distintos a los de ella. Eso quedó claro al final.

—¿Qué tipo de planes?

—Un vínculo más cercano con los asteri. Incluso a cambio de nuestra relativa autonomía.

—Ah.

Esto era un campo minado en potencia. En especial considerando la mierda que él estaba haciendo para Ophion. O que había hecho por ellos... ya no sabía como habían quedado las cosas ahora, después de lo de Ydra.

Hypaxia continuó:

—Tu amabilidad fue el motivo por el cual vine aquí. Sé que eres un hombre valiente y dedicado. Mientras esté en Lunathion para la celebración de la gobernadora, en especial ahora que Lidia está en la ciudad, temo que el aquelarre de mi madre podría hacer una movida. Presentaron un frente unido conmigo en la Cumbre, pero los últimos meses han sido tensos.

—Y como estamos técnicamente comprometidos, no se verá como una declaración de tu desconfianza si yo envío a uno de mis hombres a escoltarte. Sería solamente una de esas estupideces de hombre protector.

Ella casi rio.

—Sí. Algo así.

—Muy bien. Sin problema.

Ella tragó saliva y agachó la cabeza.

—Gracias.

Él se atrevió a tocarle la mano. Su piel era suave como el terciopelo.

—Nos encargaremos de esto, no te preocupes.

Ella le dio unas palmadas en la mano como diciendo: *Gracias, amigo*.

Ruhn se aclaró la garganta y miró al techo. El sonido preocupante y distintivo de los *golpes* que se escuchaban arriba.

—Como fuiste criada por fantasmas, espero que no te importe tener un escolta poco ortodoxo.

Ella arqueó las cejas.

Ruhn sonrió.

—¿Qué opinas de los jugadores de solbol?

Nadie los molestó pero mucha gente se les quedaba viendo a Tharion y Hunt mientras caminaban por el ornamentado jardín de agua a lo largo del río en Moonwood. Cien arcoíris brillaban en el aire lleno de finas gotitas a su alrededor. A Tharion le encantaba esta parte de la ciudad, aunque la vivacidad de la Vieja Plaza siempre tendría su atractivo para él.

—¿Qué pasó? —le dijo Tharion a Athalar cuando se detuvieron debajo de un olmo enorme. Sus hojas brillaban bajo el rocío que creaba la enorme fuente de Ogenas recostada dentro de una concha.

El ángel sacó el teléfono de un bolsillo oculto de su traje de batalla.

—Acabo de tener una junta con la gobernadora —sus dedos volaban sobre la pantalla, probablemente buscando la información. Se lo dio a Tharion—. Ella me puso a revisar algunos de los últimos reportes de demonios en Nena. Quería compartir la información con la Corte Azul.

Tharion tomó el teléfono y vio las fotografías.

—¿Algo interesante?

—Éste. La cola... justo fuera de la toma ahí —señaló Hunt hacia la fotografía con el rostro serio—. Es un acosador de la muerte.

Incluso la fuente borboteante detrás de ellos pareció silenciarse al escuchar el nombre.

—¿Qué es eso?

—Asesinos letales criados por el Príncipe del Foso. Los tiene de mascotas —las alas de Athalar se sacudieron. ¿Había pasado una sombra frente al sol?—. Sólo me he enfrentado a uno antes. Tengo una cicatriz en la espalda por ese encuentro.

Si el encuentro había dejado a Athalar con una cicatriz así... que Cthona los salvara a todos.

—¿Había uno en Nena?

—Hace tres días.

—Mierda. ¿A dónde iría?

—Ni idea. Hay informes que dicen que no ha habido ningún cruce en las fronteras de Nena. Dile a tu gente que esté alerta. También adviértele a tu reina.

—Lo haré —dijo Tharion y miró al ángel de reojo. Se fijó que no estuvieran cerca de cámaras u otras personas—. ¿Alguna otra información? —preguntó Tharion con cautela.

—Tal vez —dijo Hunt.

—Eso pensé —respondió Tharion. La advertencia sobre los demonios parecía auténtica... pero también un pretexto conveniente.

—Sé dónde está Emile —dijo Athalar en voz baja.

Tharion casi se tropezó.

—¿Dónde?

—No puedo decirlo. Pero está seguro —Athalar se veía serio a pesar de la belleza de Moonwood a su alrededor—. Detén la búsqueda. Invéntale algo a tu reina. Pero ya terminaste tu búsqueda de ese niño.

Tharion miró al ángel, el rocío que formaba gotas en sus alas grises.

—¿Y crees que es sabio decirme que *tú* sabes dónde está?

Hunt le mostró los dientes con una sonrisa feroz.

—¿Me vas a torturar para sacarme la información, Ketos?

—La idea cruzó por mi mente.

Los relámpagos centellearon en la frente de Hunt e hizo una señal hacia las fuentes, hacia el agua a su alrededor.

—No es el mejor lugar para tener una pelea de relámpagos.

Tharion empezó a caminar.

—La Reina del Río no va a darse por vencida. Quiere a ese niño.

—Es un callejón sin salida. Y una enorme pérdida de tu tiempo —Tharion arqueó la ceja. Hunt agregó, en voz baja—: Emile Renast no tiene poderes. Su hermana inventó todo para que pareciera que sí, con la esperanza de que a los vanir arrogantes como nosotros el niño nos pareciera lo suficientemente importante como para cuidarlo.

Algo brilló en la mirada de Athalar que Tharion no supo interpretar. Dolor. Pesar. ¿Vergüenza?

—Y se supone que simplemente debo creerte —dijo Tharion.

—Sí, así es.

Tharion conocía esa expresión en el rostro de Athalar. La máscara despiadada del Umbra Mortis.

—Puedo pensar en una sola persona que te pondría así de intenso —dijo Tharion en voz lenta, incapaz de resistirse—. ¿Piernas sabe dónde está el niño también, eh? —rio para sí mismo—. ¿Ella se encargó de esto? Debí haberlo esperado —volvió a reír y sacudió la cabeza—. ¿Qué me detiene de ir a hacerle unas preguntas a *ella*?

—Será difícil que le hagas preguntas a Bryce si no tienes la cabeza pegada al cuerpo —le dijo Hunt con los ojos encendidos de violencia.

Tharion levantó las manos.

—Amenaza recibida —dijo. Pero su mente empezó a trabajar con la información que había escuchado—. Digamos que confío en ti. ¿Emile de verdad no tiene poderes?

—Ni una gota. Podrá ser descendiente de un pájaro de trueno, pero Sofie fue la única que heredó esos dones.

—Carajo —la Reina del Río se pondría furiosa, aunque ella le había ordenado pasar semanas en esta búsqueda inútil. Demonios, estaría furiosa de que él no lo hubiera averiguado antes—. ¿Y la información?

—El niño no sabe nada —Hunt pareció considerarlo. Luego añadió—: Confirmó que Sofie y Danika estuvieron en contacto. Pero nada más.

Tharion se pasó la mano por el cabello aún mojado.

—Carajo —repitió y empezó a caminar de nuevo.

Athalar guardó sus alas.

—¿Te va a castigar mucho por esto?

Tharion tragó saliva.

—Tendré que presentarlo de manera muy cuidadosa.

—¿Aunque nada de esto sea tu culpa?

—Ella lo considerará un fracaso. El pensamiento racional es secundario a su necesidad de sentir que ella ganó.

—Lo siento en verdad —dijo el ángel y ladeó la cabeza—. ¿Hay alguna posibilidad de que simplemente te despida y que quede en eso?

Tharion rio sin humor.

—Ya quisiera. Pero... —hizo una pausa, le surgió una idea. Levantó la vista y miró en ambas direcciones en el muelle de cemento—. ¿Quién dice que lo tiene que saber hoy?

Una de las comisuras de la boca de Hunt se elevó un poco.

—Por lo que yo sé, tú y yo solamente nos vimos para intercambiar informes actualizados.

Tharion empezó a caminar hacia la ciudad en sí, hacia ese bullicio que ponía a latir su sangre. Athalar caminó junto a él.

—Podría tomarme días enterarme de que Emile no vale la pena. Semanas.

El ángel le guiñó.

—Meses, si lo haces bien.

Tharion sonrió y sintió una emoción permearle hasta los huesos cuando entraron a las calles arboladas de Moonwood. Era un juego peligroso pero... lo jugaría. Sacaría provecho de cada segundo de libertad que esto le proporcionara. Se quedaría Arriba tanto como quisiera, siempre y cuando informara de vez en cuando a la reina Abajo.

—¿Tienes alguna idea de dónde podría quedarme?

53

Ithan no se consideraba alguien que escuchara en secreto conversaciones ajenas. Pero a veces no podía evitar que su oído de lobo oyera lo que se estaba diciendo. Incluso un piso abajo.

Esta vez, había sido algo grande, *grande*.

Ithan usó todo su entrenamiento, todos esos años de práctica y juegos, para evitar caminar de un lado al otro mientras Ruhn hablaba y hablaba sobre el escolta que necesitaba la reina bruja en la ciudad. Sí, bien, él lo haría, la vigilaría, pero...

—Puedes hablar, Ithan Holstrom —dijo la impresionantemente hermosa bruja e interrumpió a Ruhn, quien se quedó viéndolos, parpadeando. Ithan no se había dado cuenta de que su impaciencia era transmitida con tanta claridad.

Flynn y Declan habían permanecido en el segundo piso con las duendecillas y Ariadne. Le gritaron ¡*Bu!* a Ruhn cuando dijo que sólo Ithan podía bajar.

Ithan se aclaró la garganta.

—¿Tú puedes hablar con los muertos, verdad? ¿Eres... una nigromante? Lo siento, no pude evitar escuchar —miró a Ruhn a modo de disculpa también. Pero al ver que Hypaxia asentía con cautela, Ithan continuó—: Si estoy de acuerdo en ser tu escolta, me... —sacudió la cabeza—. ¿Intentarías ponerte en contacto con mi hermano, Connor?

Durante un largo rato, Hypaxia se le quedó viendo. Sus ojos oscuros lo veían todo. Demasiado.

—Puedo sentir la alteración en tu corazón, Ithan. No deseas hablar con él solamente por extrañarlo y por la pérdida.

—No. Digo, sí, lo extraño con locura pero... —hizo una pausa. ¿Le podían decir todo lo que había averiguado Bryce?

Ruhn le evitó el esfuerzo de decidir y dijo:

—¿Tú sabes lo que les sucede a los muertos después de que están un tiempo en el Sector de los Huesos?

Ella palideció.

—Se enteraron de la luzsecundaria.

—Sí —dijo Ruhn y el piercing de su labio brilló—. Ithan está muy preocupado por lo que le ocurrió a su hermano y a la Jauría de Diablos, en especial después de que ayudaron a mi hermana. Si tú tienes una habilidad que nos pudiera ayudar a saber qué le pasó a Connor Holstrom, o a advertirle, aunque sea inútil... lo apreciaríamos. Pero Ithan te escoltará con gusto sin importar qué decidas.

Ithan intentó no verse demasiado agradecido. Había pasado años pensando que Ruhn era un patán, principalmente gracias a Bryce y Danika, que constantemente hablaban mal de él, pero... este tipo le había abierto las puertas de su casa, le había confiado sus secretos y ahora parecía estar decidido a ayudarle. Se preguntó si las hadas sabían la suerte que tenían.

Hypaxia asintió con gesto sabio.

—Podría hacer un ritual... pero tendría que hacerlo en el Equinoccio de Otoño.

—Cuando el velo entre los reinos es más delgado —dijo Ruhn.

—Así es —dijo Hypaxia y le sonrió a Ithan con tristeza—. Lamento tu pérdida. Y que te hayas enterado de la verdad.

—¿*Tú* cómo conoces la verdad? —preguntó Ithan.

—Los muertos tienen pocos motivos para mentir.

Ithan sintió como si el hielo le recorriera la columna.

—Está bien.

El candelero de arriba se sacudió y voltearon a ver el techo.

Ruhn se frotó la cara. Los tatuajes de su brazo se ondulaban con el movimiento. Bajó la mano y miró a la reina bruja. Su prometida. Era un hombre con suerte.

—¿Te parece bien que se les sume una dragona? —le preguntó el príncipe a Hypaxia.

—¿*Esa* dragona? —preguntó ella y miró hacia el techo.

—Un amigo abogado dice que necesito un motivo real y oficial para reclutar al esclavo de alguien. Un esclavo importante y poderoso. Proteger a mi prometida es de las cosas más importantes que hay.

Los labios de Hypaxia formaron una sonrisa, aunque la duda seguía brillando en sus ojos oscuros. Ya eran dos. Le preguntó a Ithan:

—¿Tú cómo te sientes al respecto?

Él le sonrió a medias, halagado por la pregunta.

—Si tú puedes contactar a mi hermano en el equinoccio, entonces no importa en realidad cómo me sienta.

—Por supuesto que sí —dijo ella y sonó como si lo estuviera diciendo en serio.

Unas semanas más hasta el equinoccio. Y entonces podría volver a ver a Connor. Aunque fuera una última vez.

Aunque sólo fuera para darle una advertencia que tal vez no le serviría de nada.

Bryce podría haber evitado ir a casa el mayor tiempo posible. Se podría haber quedado en los archivos hasta que cerraran y ser una de las últimas personas en salir del edificio cuando cayera la noche. Había llegado a la mitad de las escaleras de mármol, y estaba inhalando el aire seco y cálido de la noche cuando lo vio.

Hunt estaba recargado contra un carro al otro lado de la calle angosta. Tenía las alas dobladas elegantemente. La gente que salía apresurada del trabajo no se acercaba demasiado. Algunos hasta cruzaban la calle para evadirlo.

Se había puesto su gorra. Esa puta gorra de solbol que ella no podía resistir.

—Quinlan —dijo y se separó del carro para acercarse a ella al pie de las escaleras.

Ella levantó la barbilla.

—Athalar.

Él ahogó una risa suave.

—Entonces así va a ser, ¿eh?

—¿Qué quieres?

Habían tenido unas cuantas peleas a lo largo de los meses, pero nada así de importante.

Él movió la mano hacia el edificio a espaldas de ella.

—Necesito usar los archivos para buscar algo. No quería molestarte durante horas de trabajo.

Ella movió el pulgar hacia el edificio que ahora estaba hermosamente iluminado bajo la noche estrellada.

—Esperaste demasiado. El edificio está cerrado.

—No pensé que te fueras a quedar escondida ahí dentro hasta que cerraran. ¿Estás evadiendo algo, Quinlan? —le sonrió salvajemente cuando la vio reaccionar—. Pero tú eres buena para convencer a la gente de que haga lo que quieres. Volvernos a meter será muy fácil, ¿no?

Ella no se molestó con portarse agradable, dio media vuelta y empezó a subir los escalones haciendo un ruido fuerte con los tacones en la roca.

—¿Qué necesitas?

Él miró las cámaras montadas en los enormes pilares de la entrada.

—Te lo explicaré adentro.

—Entonces, ¿piensas que el Averno está planeando algo? —preguntó Bryce dos horas más tarde cuando encontró a Hunt en el mismo sitio donde lo había dejado, con una enorme extensión silenciosa de archivos a su alrededor. No había habido necesidad de convencer a nadie para entrar. Había descubierto otra de las ventajas de trabajar aquí: se podía usar el lugar después de que cerraba. A solas. Ni siquiera había una bibliotecaria que los supervisara. Habían pasado junto a los guardias de seguridad sin tener que decir palabra. Y su jefa no se presentaría hasta que fuera completamente de noche, al menos otra hora.

Hunt había dicho que necesitaba buscar unos textos hada recientemente traducidos sobre demonios antiguos, así que ella le había conseguido una mesa en el atrio y luego se fue a su oficina al otro lado de ese piso.

—Los demonios en los informes que me dio Celestina son malas noticias —dijo Hunt. Seguía trabajando en el escritorio. La gorra de solbol se veía brillante bajo la luz de luna que entraba por el techo de vidrio—. Algunos de los peores del Foso. Todos son raros. Todos son letales. La última vez que vi tantos juntos fue durante el ataque de esta primavera.

—Hmm —dijo Bryce y se sentó en la silla frente a él.

¿Iba a ignorar lo que había sucedido en la mañana? Eso no podía ser. Para nada.

Ella extendió el pie debajo de la mesa. Lo movió por la pierna musculosa de Hunt.

—Y ahora necesitan que un ángel grande y rudo los mande de regreso al Averno.

Él cerró las piernas de golpe y atrapó su pie. Levantó la vista y la vio a los ojos. Había relámpagos en su mirada.

—Si Aidas o el Príncipe del Foso están planeando algo, esto es probablemente la primera señal.

—¿Aparte de que literalmente dijeron que los ejércitos del Averno me están esperando?

Hunt le apretó más el pie. Los músculos poderosos de sus muslos se movieron.

—Aparte de eso. Pero no le puedo decir a Celestina sobre esa mierda sin provocar preguntas sobre el interés del Averno en *ti*, así que necesito encontrar la manera de advertirle a ella con base en la información que me dio.

Bryce estudió a su pareja y consideró la manera en que había hablado sobre la arcángel.

—Te agrada Celestina, ¿eh?

—Tentativamente —tenía los hombros tensos. Explicó—: Tal vez me agrade pero... la Arpía fileteó en mariposa a dos rebeldes de Ophion hoy. Celestina permitió que esa mierda sucediera.

Bryce ya había visto la cobertura en los noticiarios. Le había revuelto el estómago. Dijo:

—Entonces jugarás al leal triarii, le conseguirás información sobre los demonios y luego...

—No lo sé —le soltó el pie. Ella le recorrió la rodilla con los dedos—. Detente. No puedo pensar si estás haciendo eso.

—Bien.

—Quinlan —dijo él con voz grave. Ella se mordió el labio.

Pero Hunt dijo suavemente:

—¿Has sabido algo de Fury?

—Sí. El paquete fue entregado sano y salvo.

Bryce sólo esperaba que su madre no le estuviera enseñando a Emile sus extrañas esculturas de bebés en plantas.

—Tharion detuvo su búsqueda—dijo Hunt.

Ella se tensó.

—¿Se lo dijiste?

—No le di detalles. Sólo que la investigación no vale la pena para él y que no encontrará lo que está buscando.

—¿Y confías en él?

—Sí —su voz bajó más de volumen. Miró hacia los documentos que había estado estudiando.

Bryce recorrió su otra rodilla con los dedos de sus pies, pero él le puso una mano sobre el pie para detener su avance.

—Si el Averno está reuniendo sus ejércitos, entonces estos demonios deben ser la vanguardia, vienen a poner a prueba las defensas alrededor de Nena.

—Pero necesitan encontrar una manera de abrir la Fisura Septentrional por completo.

—Sí —miró a Bryce—. Tal vez Aidas te ha estado preparando para eso.

Bryce sintió que se le helaba la sangre.

—Que Cthona me salve.

Él hizo un gesto de desagrado.

—No creas ni por un momento que Aidas y el Príncipe del Foso han olvidado el Cuerno en tu espalda. Que Thanatos no lo tenía en mente cuando hablaste con él.

Ella se frotó la sien.

—Tal vez sólo debería arrancarme la piel y quemarlo.

Él hizo una mueca.

—Eso sí que es excitante, Quinlan.

—¿Te estabas excitando? —movió los dedos del pie debajo de su mano—. No sabía.

Él le esbozó media sonrisa... finalmente, una cuarteadura en ese exterior encabronado.

—Estaba esperando ver qué tanto iba a subir tu pie.

Ella sintió el calor extenderse por su entrepierna.

—¿Entonces por qué me detuviste?

—Pensé que disfrutarías el reto.

Ella volvió a morderse el labio.

—Había un libro interesante en ese estante de allá —inclinó la cabeza hacia la oscuridad a sus espaldas—. Tal vez deberías ir a buscarlo.

A él le brillaron los ojos.

—Podría ser útil.

—Definitivamente útil.

Se levantó del escritorio y caminó hacia la penumbra, lo suficiente para que ninguna de las cámaras del atrio pudiera grabarla.

Unas manos se envolvieron en su cintura desde atrás y Hunt se presionó contra ella.

—Me vuelves loco, ¿lo sabes?

—Y tú eres un alfadejo dominante, ¿lo sabes?

—No soy dominante —le mordisqueó la oreja.

—¿Pero admitirás que eres un alfadejo?

Él le clavó los dedos en la cadera y tiró de ella para acercarla a su cuerpo. A la dureza que estaba ahí.

—¿Quieres una cogida de reconciliación?

—¿Sigues enojado conmigo?

Él suspiró y ella sintió su aliento caliente en el cuello.

—Bryce, necesitaba procesar todo.

Ella no volteó.

—¿Y?

La besó debajo de la oreja.

—Y lo siento. Por cómo actué.

Ella no sabía por qué sentía las lágrimas picarle en los ojos.

—Quería decirte. De verdad.

Él empezó a mover sus manos por el torso de Bryce, con amor y ternura. Ella se arqueó contra él y dejó su cuello expuesto.

—Entiendo por qué no lo hiciste —le arrastró la lengua por el cuello—. Es que yo... me sentí mal de que no confiaras en mí. Pensé que éramos un equipo. Eso me alteró.

Ella intentó voltear pero él la sostuvo con más firmeza y la mantuvo en el mismo lugar. Así que ella dijo:

—Somos un equipo. Pero no estaba segura de que estuvieras de acuerdo conmigo. De que un niño humano ordinario valía la pena ese riesgo.

Él le permitió que volteara a verlo entre sus brazos en esta ocasión. Y... mierda. Los ojos del ángel se veían heridos.

Hunt dijo con voz ronca:

—Por supuesto que hubiera pensado que un humano valía la pena el riesgo... yo simplemente estaba demasiado ensimismado en todo lo demás como para poder ver lo más importante.

—Lamento no haber creído en ti —le tomó la cara entre sus manos—. Hunt, de verdad lo siento.

Tal vez había cometido un puto error al no decirle, al no confiar en él. Se arrepentía de que la Reina Víbora hubiera matado a esa gente, pero no se sentiría mal por cómo habían terminado las cosas...

Hunt volteó la cabeza para besarle la palma de la mano.

—Sigo sin entender cómo averiguaste todo. No sólo que Sofie mentía sobre los poderes de Emile, sino cómo supiste que la Reina Víbora lo podría encontrar.

—Ella tiene un arsenal de espías y rastreadores, pensé que sería una de las pocas personas en la ciudad que podría hacerlo. En especial si se sentía motivada por la idea de que Emile tenía poderes que le pudieran ser de utilidad. Y *en especial* cuando encontraron su rastro en los pantanos.

Él sacudió la cabeza.

—¿Por qué?

—Ella es reina de las serpientes... y los reptiles. Sé que se puede comunicar con ellos en un extraño nivel psíquico. ¿Y adivina de qué están llenos los pantanos?

Hunt tragó saliva.

—¿De sobeks?

Bryce asintió.

Él le acomodó un mechón de cabello detrás de la oreja. Luego le besó la parte puntiaguda de la oreja. El gesto transmitía el perdón que ella no se había dado cuenta de que necesitaba.

Hunt preguntó suavemente:

—¿Qué hay de los demás? ¿Les vas a decir?

Ella negó lentamente con la cabeza.

—No. Tú y Fury y Juniper son los únicos que sabrán. Ni siquiera Ruhn.

—Y tus padres.

—Me refería a las otras personas en esta ciudad que se encuentran haciendo cosas sospechosas.

Él le besó la sien.

—No puedo creer que tu madre no se haya vuelto loca y que no te haya arrastrado de regreso a casa.

—Oh, quiso hacerlo. Creo que Randall tuvo que organizar una intervención.

—No me lo tomes a mal, pero... ¿por qué Nidaros?

—Fue el sitio más seguro que se me ocurrió. Estará protegido ahí. Oculto. El sacerdote del sol local le debe un favor a Randall y va a conseguir todos los documentos necesarios falsificados. Mis padres... Ellos no pudieron tener un hijo propio. Digo, aparte de mí. Así que aunque mi madre estaba muy asustada sobre el asunto de los rebeldes, ya se puso a decorar un cuarto para Emile como loca.

—Emile-que-ya-no-es-Emile —dijo él con una sonrisa que encendió algo iridiscente en el pecho de ella.

—Sí —dijo ella sin poder detener su sonrisa en respuesta—. Cooper Silago. Mi medio hermano.

Él la miró con cuidado.

—¿Cómo lograste comunicarte?

De ninguna manera ella o sus padres se habrían arriesgado a tener esta discusión por correo electrónico o por teléfono.

Ella sonrió ligeramente.

—Postales.

Hunt no pudo evitar soltar una risotada.

—¿Eso fue una mentira?

—No. Digo, mi mamá me envió la postal después de nuestra pelea, pero cuando le contesté, usé un código que Randall me había enseñado en caso de... emergencias.

—Los placeres de tener a un guerrero como padre.

Ella rio.

—Sí. Así que hemos estado intercambiando postales sobre esto durante dos semanas. Para cualquier otra persona, parece que estamos hablando de deportes y el clima y las esculturas raras de bebés de mi mamá. Pero por eso Emile se quedó con la Reina Víbora tanto tiempo. Enviar postales no es el método más rápido de comunicación.

—Pero es uno de los más brillantes —dijo Hunt y le besó la frente. Los cubrió a ambos con sus alas—. Te amo. Estás loca y haces cosas de maneras muy turbias pero te amo. Amo que hayas hecho esto por ese niño.

Ella sonrió más ampliamente.

—Es un placer impresionarte, Athalar.

Él empezó a mover las manos hacia su costado y a acariciarle las costillas con los pulgares.

—He estado deseándote todo el día. Ansiando mostrarte lo mucho que lo siento, y cuánto puto amor tengo por ti.

—Todo ha sido perdonado —lo tomó de la mano y la pasó por su torso, hasta el muslo y luego abajo de su vestido—. Llevo horas toda mojada —exhaló cuando los dedos de Hunt tocaron su ropa interior empapada.

Él gruñó y le rozó el hombro con los dientes.

—¿Todo esto sólo para mí?

—Siempre para ti —dijo Bryce y volvió a darse la vuelta para presionar su trasero contra él, para sentir la dureza orgullosa de su pene que se presionaba contra ella.

Hunt siseó y sus dedos se deslizaron debajo de su ropa interior para empezar a hacer círculos sobre su clítoris.

—¿Quieres que te coja aquí mismo, Quinlan?

Ella sintió que los dedos de los pies se le enroscaban dentro de sus zapatos de tacón. Arqueó la espalda contra él y él movió la otra mano hacia su pecho, la metió debajo del escote y cubrió con ella su seno ansioso.

—Sí. Ahora mismo.

Él le mordisqueó la oreja y le provocó un grito ahogado cuando sus dedos se deslizaron a su vagina y entraron en ella.

—Pídelo por favor —exhaló.

Ella se arqueó y gimió suavemente. Él la silenció.

—Por favor —jadeó ella.

Tembló con anticipación al escuchar el clic de la hebilla de su cinturón, el zíper de sus pantalones. Se estremeció cuando él le puso las manos sobre la repisa más cercana y la dobló con cuidado hacia el frente. Luego le levantó el vestido por los muslos. Expuso su trasero al aire fresco.

—Malditos dioses —exhaló Hunt y recorrió su trasero con las manos. Ella se retorció.

Enganchó los dedos en su ropa interior y deslizó el encaje hacia abajo de sus muslos y dejó la prenda entre sus tobillos. Ella sacó los pies para abrir las piernas mucho, a modo de invitación.

Pero Hunt se arrodilló a sus espaldas y, antes de que Bryce pudiera inhalar, él ya tenía su lengua en su sexo, lamiendo y metiendo.

Ella volvió a gemir y él la sostuvo de los muslos, manteniéndola en esa posición mientras él se deleitaba con ella. Sus alas le rozaban el trasero, la cadera, cada vez que se inclinaba al frente, probando y succionando y...

—Voy a venirme si sigues haciendo eso —dijo ella con voz rasposa.

—Qué bueno —gruñó él contra su piel y cuando le metió dos dedos, ella hizo justo eso.

Se mordió el labio para evitar gritar y él siguió lamiendo y extrayendo cada oleada de su clímax. Ella jadeaba, mareada de placer, sosteniendo la repisa. Él se puso de pie detrás de ella otra vez.

—Ahora tienes que ser *muy* silenciosa —le susurró al oído y empujó hacia su interior.

Desde atrás, en ese ángulo, su pene entraba deliciosamente apretado y profundo. Como había hecho la noche anterior, Hunt la penetró con cuidado y ella apretó los dientes para evitar gemir con cada centímetro que él reclamaba como propio. Se quedó inmóvil cuando había entrado por completo. Ella tenía el trasero presionado completamente contra el frente de su cuerpo y él le recorrió la columna con una mano posesiva.

El volumen de él, su tamaño, sólo olerlo y saber que era Hunt dentro de ella, detrás de ella, amenazaba con volverla a hacer llegar a la liberación. Más grande y más poderosa que la anterior. Su estrella empezó a brillar y a cubrir de plata las repisas, los libros, la oscuridad de los estantes.

—¿Te gusta eso? —preguntó él y se salió casi hasta la punta antes de volver a entrar. Ella clavó la cara en la repisa dura para intentar mantenerse en silencio—. ¿Te gusta cómo se siente mi pene dentro de ti?

Ella sólo pudo balbucear algo como *síporfavormás*. Hunt rio, una risa oscura y profunda, y volvió a entrar, con un poco más de fuerza esta vez.

—Me encanta verte sin control como ahora —dijo y empezó a moverse de nuevo. A establecer un ritmo—. Completamente a mi merced.

Sísísí, siseó ella y él volvió a reír. Sus testículos golpeaban su trasero.

—¿Sabes cuánto pensé en hacer esto durante todos esos meses? —dijo y se agachó para besarle el cuello.

—Igualmente —logró decir ella—. Yo quería que me cogieras en mi escritorio en la galería.

El ritmo de Hunt se volvió un poco irregular.

—¿Ah, sí?

Ella movió la cadera contra él y cambió el ángulo para que pudiera entrar más profundamente. Él fue el que gimió entonces. Ella susurró:

—Sabía que te sentirías así. Tan perfecto.

Él le clavó los dedos en la cadera.

—Soy todo tuyo, corazón. Cada parte de mí.

Empezó a moverse con más fuerza. Más rápido.

—Dioses, te amo —jadeó ella y eso lo fulminó a él.

Hunt la separó de la repisa y la llevó hacia el piso junto con él. La colocó de rodillas y con las manos en el piso. Usó sus propias rodillas para abrir más sus piernas y Bryce tuvo que morderse la mano para controlar su grito de placer cuando entró en ella de golpe, una y otra y otra vez.

—Te amo, carajo —dijo y Bryce se resquebrajó.

La luz estalló de ella con su orgasmo y ella se movió hacia atrás, hacia su pene, tan profundamente que él tocó su pared más interior. Hunt gritó y su pene empezó a pulsar dentro de ella, siguiéndola en ese placer cegador que no podía detener, como si fuera a seguir vaciándose en su interior para siempre.

Pero luego se quedó inmóvil y permanecieron ahí, jadeando, con Hunt enterrado profundamente en su cuerpo.

—¿Nada de teletransportación esta vez, eh? —dijo y se acercó para besarle el cuello.

Ella recargó la frente contra sus manos.

—Debe necesitar tu poder junto con el mío o algo —murmuró ella—. Qué bueno que no lo hiciste porque probablemente habríamos incendiado el edificio. Pero no me importa ahora —movió el trasero contra él y él siseó—. Vamos a casa y tengamos más sexo de reconciliación.

Night.

Ruhn abrió los ojos y se encontró en el diván del puente con Daybright sentada frente a él.

—Hola —dijo. Se había quedado dormido en el sofá mientras Declan e Ithan discutían alguna tontería sobre solbol. Flynn había estado demasiado ocupado acostándose con una ninfa en el piso de arriba.

Ariadne y las duendecillas habían tomado la habitación de Declan, ya que él pensaba pasar la noche en casa de Marc, y se habían ido a dormir poco después de una comida un poco incómoda. La dragona no había comido nada, como si nunca hubiera visto la comida. Las duendecillas se habían tomado toda una botella de vino entre las tres y pasaron la comida eructando brasas.

Cómo podían dormir con lo que estaba sucediendo en la habitación de Flynn al fondo del pasillo era algo que Ruhn no podía entender.

Day tamborileaba con la mano envuelta en llamas sobre el brazo del diván.

—Tengo información para ti.

Ruhn se enderezó.

—¿Buena o mala?

—Eso lo decidirás tú.

Ella lo miró con atención. No estaba seguro de que la volvería a ver desde esa situación tan extraña de la otra noche. Pero ella no lo mencionó y dijo:

—Me dicen de buena fuente que Pippa Spetsos está planeando algo grande en venganza por haber perdido tantas municiones y el prototipo del mecatraje imperial. Ophion la apoya completamente. Creen que la unidad que saboteó el cargamento se ha rebelado y asignaron a Spetsos para que enviara un mensaje claro a esos rebeldes y al imperio.

Ruhn mantuvo el rostro inexpresivo.

—¿Qué está tramando? ¿Dónde?

—No estoy segura. Pero si su última ubicación conocida fue Ydra, pensaría que esta información debería conocerse entre tus compañeros en Ciudad Medialuna, en caso de que ataque ahí.

—¿Los asteri conocen sus planes?

—No. Sólo yo.

—¿Cómo te enteraste?

—Eso no te incumbe.

Ruhn la estudió.

—Así que ya regresamos a la distancia. ¿No habrá más cuentos para dormir?

Ella volvió a tamborilear con los dedos.

—Digamos que eso fue un momento de locura.

—Yo no vi nada.

—Pero querías.

—No necesito hacerlo. No me importa un bledo cómo te veas. Me gusta hablar contigo.

—¿Por qué?

—Porque siento que puedo ser real contigo, aquí.

—Real.

—Sí. Honesto. Te he dicho cosas que nadie más sabe.

—No veo por qué.

Él se levantó del sillón y cruzó al de ella. Se recargó contra el brazo del diván y la miró a la cara ardiente.

—Verás, creo que yo también te agrado.

Ella se puso de pie de un salto y él retrocedió un paso. Ella se acercó. Lo suficiente para que su pecho rozara el de él. Las flamas y la oscuridad se entrelazaron, las estrellas se volvían brasas entre ellos.

—Esto no es una especie de juego, donde puedas coquetear y seducir para salirte con la tuya —le siseó—. Esto es la guerra y será una que cobre muchas más vidas antes de terminar.

Un gruñido le subió a él por la garganta.

—No seas condescendiente conmigo. Conozco el precio.

—No sabes *nada* sobre el precio, ni el sacrificio.

—¿No? Tal vez no haya estado jugando al rebelde toda mi vida, pero créeme, las cosas no han sido sencillas.

Pero las palabras de ella habían tocado algo.

—No le agradabas a tu padre. No eres el único. Tu padre te golpeaba y te quemaba. A mí también.

Ruhn gruñó y se acercó a su cara.

—¿Cuál es tu puto punto?

Ella le gruñó de vuelta.

—Mi punto es que si no tienes cuidado, si no eres inteligente, terminarás renunciando a fragmentos de tu alma antes de que sea demasiado tarde. Terminarás *muerto*.

—¿Y?

Ella se quedó quieta.

—¿Cómo puedes hacer esa pregunta tan despreocupadamente?

Él se encogió de hombros.

—Yo no soy nadie —dijo.

Era la verdad. Todo lo que era, el valor por el cual lo definía el mundo... todo le había sido *dado*. Por la pura suerte de haber nacido en la familia «correcta». Si había hecho algo de valor, era a través del Aux. Pero como príncipe... Había escapado toda su vida de ese título. Sabía que era completamente hueco.

Y Bryce había mantenido su poder en secreto para que él pudiera conservar ese mendrugo de ser especial.

Ruhn le dio la espalda a Day, asqueado consigo mismo.

Bryce lo amaba mucho más de lo que odiaba a su padre. Había renunciado al privilegio y al poder por él. ¿Qué había hecho él por alguien, en esa escala? Moriría por sus amigos, por la ciudad, sí. Pero... ¿quién carajos era él, en el fondo?

No era un rey. Su padre tampoco era un puto rey. No de la manera que importaba.

—Mensaje recibido —le dijo a Day.

—Night...

Ruhn abrió los ojos.

La sala estaba oscura, la televisión apagada, Ithan probablemente dormido desde hacía tiempo.

Ruhn se volteó en el sillón y puso los brazos bajo su cabeza. Se quedó mirando el techo, las luces de los carros que pasaban.

¿Quién carajos era él?

El Príncipe de Nada.

54

Sentada en su oficina en los archivos, con el teléfono al oído, Bryce bebió los últimos sorbos de su tercer café del día y consideró si una cuarta taza la haría colgarse del techo al mediodía.

—Entonces, eh... ¿Cooper está bien? —le preguntó a su mamá y puso la taza de café sobre la hoja de papel que tenía la secuencia de números y letras del brazo de Sofie. Randall había declarado que ya era seguro hablar sobre el niño por teléfono. Bryce supuso que sería extraño no hacerlo, dado que sus padres acababan de adoptar al niño públicamente.

—Es un niño excepcionalmente brillante —dijo Ember y Bryce alcanzaba a escuchar la sonrisa en su voz—. *Él sí aprecia mi arte.*

Bryce suspiró hacia el techo.

—Ésa es la mejor prueba de inteligencia que existe.

—¿Sabes que lleva más de tres años de no ir a la escuela? —dijo Ember y su voz se hizo más tensa—. *Tres años.*

—Es horrible. ¿Él te ha... eh... hablado sobre su... hogar anterior?

Su madre entendió a lo que se refería.

—No. No quiere hablar sobre eso y yo no lo voy a presionar. Milly Garkunos dijo que lo dejemos hacerlo cuando él así lo decida.

—¿Milly Garkunos de pronto se convirtió en psiquiatra infantil?

—Milly Garkunos es una buena vecina, Bryce Adelaide Quinlan.

—Sí, y es muy entrometida. No le digas nada. En especial sobre esto.

—No lo haría —siseó Ember.

Bryce asintió aunque su madre no la podía ver por el teléfono.

—Sólo... deja que el niño se vaya acostumbrando poco a poco.

—¿Yo soy quien está a cargo de él, Bryce, o tú?

—Pásame a Randall. Él es la voz de la razón.

—Randall está absolutamente encantado de tener a otro niño en la casa y en este momento salió a caminar al bosque con Cooper y le está enseñando la zona.

Bryce sonrió al escuchar eso.

—A mí me encantaba hacer eso con él.

La voz de Ember se suavizó.

—A él también le encantaba hacer eso contigo.

Bryce volvió a suspirar.

—Gracias de nuevo, mamá. Sé que esto fue una sorpresa...

—Me alegra que nos hayas incluido, Bryce. Y que nos dieras este regalo —Bryce sintió un nudo en la garganta—. Por favor ten cuidado —susurró Ember—. Sé que piensas que soy controladora y molesta, pero es sólo porque quiero lo mejor para ti. Quiero que estés segura y contenta.

—Lo sé, mamá.

—Planeemos un fin de semana de chicas este invierno. Un lugar lindo y frío. ¿Vamos a esquiar?

—Ni tú ni yo esquiamos.

—Podemos aprender. O sólo sentarnos frente a la chimenea y beber chocolate caliente con un poco de alcohol.

Ésa era la mamá que adoraba, la que idolatraba de niña.

—Ya está el plan.

Una onda de fuego, de poder puro, hizo vibrar el edificio. Dejó tras de sí un silencio inusual y el ruido de fondo se detuvo.

—Debo regresar al trabajo —dijo Bryce rápidamente.

—Está bien, te quiero.

—Te quiero —dijo Bryce y acababa de colgar cuando entró el Rey del Otoño.

—La basura se tira en la parte de atrás —dijo ella sin levantar la vista.

—Por lo visto, tu irreverencia no se vio alterada con tu nueva inmortalidad.

Bryce levantó la cabeza. Así no era como quería empezar su día. Ya había pasado con Ruhn el tiempo de su caminata al trabajo y le había pedido que le explicara dos veces el plan de hacer que Ithan y la dragona escoltaran a la reina Hypaxia a cambio de que la reina bruja se pusiera en contacto con el espíritu de Connor en el equinoccio. Eso le había provocado algo de náuseas, pero accedió antes de dejarlo en la calle. Le dijo que le diera su número telefónico a Hypaxia por si necesitaba algo. Unos minutos después, Ruhn le envió la información de contacto de la reina.

Su padre la olfateó.

—¿Podrías explicarme *por qué* te has unido con Athalar cuando eres la prometida de un príncipe hada?

—¿Porque él es mi pareja?

—No sabía que los mestizos podían tener esas cosas.

Ella le mostró los dientes.

—Qué fino.

El fuego brillaba en los ojos del rey.

—¿No consideraste que yo te conseguí esta unión con Cormac porque estaba viendo por tus intereses? ¿Por los intereses de tus hijos?

—Querrás decir *tus* intereses. Como si yo fuera a permitirte estar a menos de cien kilómetros de cualquier hijo mío.

—Cormac es poderoso, su casa es fuerte. Quiero que estés en Avallen porque es un *sitio seguro*. Ni siquiera los asteri pueden penetrar sus nieblas sin autorización, así de antigua es la magia que lo protege.

Bryce se quedó inmóvil.

—Seguro mientes.

—¿Eso crees? ¿No mataste a un arcángel esta primavera? ¿No estás a merced de los asteri? ¿No hay demonios nuevamente cruzando por la Fisura Septentrional, en cifras mayores que nunca?

—Como si tú le dieras algo de importancia a mi puta seguridad.

Las flamas ondularon alrededor del rey y luego desaparecieron.

—Soy tu padre, te guste o no.

—No pareció importarte eso hasta que te superé en poder.

—Las cosas cambian. Ver que Micah te lastimaba me pareció... desagradable.

—Debe haberte molestado mucho, ya que no pareces tener ningún problema cuando tú lastimas a otros.

—Explícate.

—Ay, por favor. No me vengas con esa puta expresión de inocente. El último Príncipe Astrogénito. Tú lo mataste porque él era especial y tú no y todo el mundo lo sabe.

Su padre echó la cabeza hacia atrás con una carcajada.

—¿Eso es lo que piensas? ¿Que yo maté a mi rival por rencor?

Ella no dijo nada.

—¿Eso fue lo que te hizo ocultar tu don todos esos años? ¿La preocupación de que yo te hiciera lo mismo?

—No.

Eso era una verdad parcial. Su madre era quien pensaba eso.

El Rey del Otoño sacudió la cabeza lentamente y se sentó en la silla del otro lado de su escritorio.

—Ember te inculcó ideas falsas con base en sus miedos irracionales.

—¿Y qué me dices de la cicatriz en su cara? ¿Eso también fue una mentira? ¿O sólo un miedo irracional?

—Ya te he dicho que me arrepiento de eso más de lo que sabes. Y que amaba a Ember profundamente.

—No creo que sepas lo que esa palabra significa.

El humo le empezó a brotar de los hombros.

—Al menos yo entiendo lo que significa usar el nombre de mi casa.

—¿Qué?

—Princesa Bryce Danaan. Ése fue el nombre que le diste a la gobernadora, así como al director del Ballet de Ciudad Medialuna, ¿no? Y así te llamó tu abogado, ¿Marc, verdad?, en su carta al Astrónomo, justificando el hecho de que tú y tu hermano habían reclutado a cuatro de sus esclavas.

—¿Y?

Su padre sonrió ligeramente.

—Compraste influencia con mi nombre. El nombre real. La compraste y me temo que no hay devoluciones.

Ella sintió que se le helaba la sangre.

—Los documentos legales para tu cambio oficial de nombre ya se presentaron.

—Si tú me cambias el puto nombre yo te *mato* —dijo ella y la luzastral se encendió en su pecho.

—Amenazar a tu rey se castiga con la muerte.

—Tú nunca serás mi rey.

—Oh, lo soy. Tú declaraste tu lealtad al usar mi nombre, tu título. Está hecho —la rabia la recorrió completa y la dejó sin habla. Él continuó, disfrutando cada segundo—. Me pregunto cómo reaccionará tu madre.

Bryce se puso de pie de un salto y golpeó el escritorio con las palmas de las manos. La luz brillaba en las puntas de sus dedos.

Su padre ni siquiera parpadeó. Sólo miró sus manos, luego su rostro y dijo con expresión aburrida:

—Ahora eres oficialmente una princesa de las hadas. Esperaré que actúes como tal.

Ella enroscó los dedos sobre el escritorio y con las uñas largas rasguñó la madera.

—No tienes el *derecho*.

—Tengo todo el derecho. Y tú tenías el derecho de no usar tus privilegios reales, pero elegiste hacerlo.

—No *sabía*.

No podía salirse con la suya en esto. Llamaría a Marc de inmediato. Vería si él y su equipo podían encontrar una manera de escaparse de esto.

—El desconocimiento de la ley no es una excusa —le dijo su padre con la cara cubierta por una helada capa de diversión—. Ahora eres Bryce Adelaide Danaan.

La bilis le quemaba la garganta. Nunca había escuchado algo más odioso. Ella era Bryce Adelaide Quinlan. Nunca dejaría de ser una Quinlan. Era hija de su madre.

Su padre continuó:

—Conservarás las apariencias con Cormac todo el tiempo que yo así te lo ordene —se puso de pie y volvió a mirarle las manos, los rasguños profundos que había hecho sobre el escritorio con su nueva fuerza vanir. Entrecerró los ojos—. ¿Qué es ese número de ahí?

Ella volteó el papel donde había escrito la secuencia de números y letras del cuerpo de Sofie. Pero, a pesar de su rabia y asco, logró preguntar:

—¿Lo conoces?

Él estudió su cara.

—Puedo reconocer que finjo no enterarme de las imprudencias de tu hermano pero pensaría que tú, princesa, serías más cuidadosa. Los asteri no vendrán a matarme a mí primero. Ni siquiera a Athalar. Irán directo a Nidaros.

Ella sintió un nudo en el estómago.

—No sé de qué estás hablando.

¿Qué tenía que ver la secuencia del brazo de Sofie con esto? ¿Él conocía a Sofie? No se atrevió a preguntar. Su padre salió de la oficina con pasos largos y elegantes como leopardo.

Pero se detuvo en el umbral y su mirada se posó en la estrella de su pecho.

—Yo sé qué es lo que buscas. Yo llevo mucho, mucho tiempo buscándolo.

—¿Ah, sí? —se burló ella con desdén—. ¿Y qué es?

El Rey del Otoño se adentró en la penumbra de los estantes.

—La verdad.

Juniper no fue a su clase de baile esa tarde y Madame Kyrah ni siquiera miró en dirección a Bryce.

Aunque todos los demás sí. Había miradas furiosas y murmuraciones.

Completamente fuera de lugar.

Como la niñita mimada que es.

¿Te imaginas hacerle eso a una amiga?

Bryce se fue de la clase en el descanso de cinco minutos y no regresó.

Encontró una banca en la zona silenciosa del Parque del Oráculo y se sentó desanimada sobre los tablones de madera. Se bajó la gorra para ocultar su rostro.

Era una puta princesa. Sí, también lo era antes, pero...

Una carpeta llena de documentos le había llegado justo antes de que saliera a la clase de baile. Ahí tenía un registro de una nueva motoneta, registro del cambio de nombre y una tarjeta de crédito negra donde se leía *SAR Bryce Danaan*. Una correa de oro larga que la conectaba a su padre. Y un acceso a su cuenta de banco. Tomó todo el contenido del paquete y lo metió a un cajón de su escritorio que cerró con llave.

¿Cómo podía decirle esto a su madre? ¿Cómo se lo diría a Randall?

Qué puta *megaestupidez*. Deseó que Danika estuviera con ella. Deseó que June no la odiara, que Fury no estuviera a cientos de kilómetros al norte. Con sus padres, que ya tenían suficientes cosas de qué preocuparse como para además tenerles que informar sobre este mierdero espectacular.

Y sí, sabía que si llamaba a Hunt llegaría ahí en dos segundos, pero... Quería hablar con otra mujer. Alguien que pudiera entender.

Marcó el teléfono antes de poder pensarlo dos veces.

Treinta minutos más tarde, Bryce estaba esperando en una pizzería, con una cerveza en la mano y viendo a la gente que se empezaba a formar en los puestos de comida al caer la noche y, con ella, la temperatura.

La reina bruja entró tan discretamente que Bryce ni siquiera se habría dado cuenta de no ser por la presencia de Ithan. El lobo se sentó en una de las mesas pequeñas del callejón, vestido con su vieja camiseta de solbol y pants, el típico fulano que está esperando a un amigo. Excepto por la pistola que traía escondida en la espalda. El cuchillo que ella sabía que tenía en la bota.

No había señales de la dragona. A menos que Ariadne estuviera oculta.

Bryce le dijo a Hypaxia:

—Me gustan tus jeans.

La bruja se vio, la blusa color verde claro, la chaqueta de motociclista color gris carbón, unos jeans oscuros ajustados, los zapatos de piso y la pulsera de oro bonita. Tenía un broche de oro a juego en la solapa de su chamarra.

—Gracias. Ithan me sugirió que me vistiera como todos.

—Tiene razón —dijo Bryce y miró de reojo al lobo que estaba vigilando a cada una de las personas de la calle. Le dijo a Hypaxia—: Ordena lo que quieras y pagaremos a la salida.

La bruja caminó los tres metros que la separaban del mostrador de la diminuta pizzería y ordenó en voz baja. Si el hombre tras el mostrador la reconoció, no dijo nada.

Hypaxia se sentó junto a Bryce, en las sillas con la vista al callejón. Ithan volteó con las cejas en alto. Ella asintió. Todo estaba bien.

Bryce le dijo:

—Es muy intenso con esto de ser escolta.

—Muy profesional —dijo Hypaxia aprobatoriamente.

Bryce le esbozó una sonrisa amistosa.

—Gracias por venir. Sé que fue repentino. Pero es que... tuve un día muy complicado. Y pensé que me vendría bien un consejo.

Hypaxia al fin sonrió.

—Me alegra que lo hayas hecho. Deseaba verte desde nuestro encuentro en la primavera.

Cuando la reina había estado jugando a la medibruja. Y...

Todo le regresó a la mente.

Hypaxia había liberado a Hunt de su halo. Se lo había quitado. Le había dado la capacidad de matar a Sandriel y de ir por Bryce...

—Muchas gracias por lo que hiciste —dijo Bryce con un nudo en la garganta—. Por ayudar a Hunt.

La sonrisa de Hypaxia se hizo más amplia.

—Por tu olor, parece que ya la cosa es... permanente. Felicitaciones.

Bryce se meció un poco sobre sus pies.

—Gracias.

—¿Y cómo está tu muslo?

—Ya no tengo dolor. También gracias a ti.

—Me alegra escuchar eso.

Bryce dio un sorbo a su cerveza y el mesero llegó con la pizza de la reina. Ella le murmuró algo y el mesero le llevó la segunda rebanada a Ithan, quien le sonrió a Hypaxia y levantó la pizza en el aire como bandera. Seguía sin verse señal de la dragona. Tal vez así era mejor.

Cuando Hypaxia dio una mordida, Bryce dijo:

—Entonces, yo... eh...

—Ah. ¿La razón por la cual me invitaste?

Bryce suspiró.

—Sí. Mi padre, el Rey del Otoño, me visitó hoy. Dijo que como había usado su nombre para conseguir algunas cosas, eso significaba que había aceptado mi título real.

Traté de rechazarlo, pero ya había presentado los documentos. Ya soy oficialmente una princesa —casi se ahogó al decir la última palabra.

—Por la expresión que tienes, eso no es una buena noticia.

—No. Ya sé que somos prácticamente desconocidas y que tú sabías de tu título desde que naciste y nunca tuviste la opción de ser normal pero... Siento que me estoy ahogando.

Una mano amable y cálida se posó sobre la de ella.

—Lamento que te haya hecho eso.

Bryce se quedó mirando una mancha en la barra porque no estaba segura de poder voltear a ver a la bruja sin llorar.

Hypaxia dijo:

—¿Por qué crees que vine aquí esta primavera? Quería ser normal. Aunque fuera sólo por unos meses. Sé lo que estás sintiendo.

Bryce sacudió la cabeza.

—La mayoría de la gente no lo entiende. Piensan *Ay, pobrecita, tienes que ser princesa.* Pero me he pasado toda la vida evitando a este hombre y su corte. Lo *odio.* Y acabo de meterme entre sus garras como una maldita idiota —profirió una inhalación entrecortada—. Creo que la respuesta de Hunt a todo esto sería ir a freír a mi padre hasta que revirtiera sus putos actos pero... quería consultar contigo por si se te ocurre alguna idea alterna.

La reina dio otra mordida a su pizza y se quedó pensativa.

—Aunque creo que podría disfrutar ver a Hunt Athalar friendo al Rey del Otoño —Bryce sonrió al escuchar esto—, creo que tienes razón al pensar que requieres de un método más diplomático.

—¿Entonces crees que hay manera de salirse de esto?

Marc había dicho que la ayudaría, pero no sonaba muy esperanzado.

—Creo que hay maneras de manejar esto. De manejar a tu padre.

Bryce asintió.

—Ruhn me mencionó que tú habías tenido algo de... drama con tu aquelarre.

Hypaxia rio suavemente.

—Supongo que ésa es una buena manera de describirlo.

—También mencionó que tuviste unas tutoras inusuales cuando eras niña.

Fantasmas. Ésa fue la palabra que utilizó cuando hablaron en la mañana.

—Sí. Mis adoradas amigas.

—No me sorprende que quisieras escaparte, si sólo tenías a los muertos como compañía.

Hypaxia rio.

—Eran compañeras maravillosas, pero entiendo. Ellas me animaron a venir acá, de hecho.

—¿Y vienen contigo en este viaje?

—No. Ellas no pueden salir de los confines de la fortaleza donde crecí. El hechizo de atracción de mi madre las mantiene atadas ahí. Es... Tal vez es la razón por la cual regresé a casa.

—¿No para ser reina?

—Eso también —dijo Hypaxia rápidamente—. Pero... ellas son mi familia.

—Como la Cierva —dijo Bryce con cautela.

—A ella no la cuento como familia.

Bryce se sintió agradecida por el cambio en su conversación, aunque fuera sólo por unos minutos. Necesitaba tiempo para poner en orden sus sentimientos desbordados.

—No se parecen en nada.

—Ése no es el motivo por el cual no la considero una hermana.

—No, eso lo sé.

—Nuestra madre tenía el cabello igual de dorado y la piel bronceada como ella. Sin embargo, mi padre... Yo tengo su color.

—¿Y quién fue el padre de la Cierva?

—Un metamorfo de ciervo rico y poderoso de Pangera. Mi madre nunca me dijo los detalles de cómo se reprodujeron. Por qué aceptó hacerlo. Pero la Cierva heredó los poderes de su padre, no los dones de bruja, y fue enviada a vivir con él a la edad de tres años.

—Eso es horrible.

Cuando Bryce tenía tres años... su madre había peleado casi hasta la muerte para salvarla de las garras del Rey del Otoño. Su madre había hecho todo eso sólo para que Bryce terminara aquí. La vergüenza y el temor la invadieron. Sabía que sólo era cuestión de tiempo que su madre se enterara, pero no se lo podía decir, todavía no.

—Fue parte de su trato —explicó Hypaxia—. Dependiendo del don que heredara Lidia, así se decidiría con quién viviría. Pasó los primeros tres años con mi madre, pero cuando se manifestaron los dones de metamorfa, la familia de su padre vino por ella. Mi madre no la volvió a ver.

—¿A tu madre le molestaba en qué se convirtió?

—Yo no me enteré de esos pensamientos —respondió Hypaxia con suficiente firmeza para que Bryce entendiera que no debía insistir—. Pero a mí nunca me ha parecido bien.

—¿La vas a ver mientras esté aquí?

—Sí. No la conozco. Yo nací varios años después de que ella fuera enviada lejos.

Bryce dio otro trago.

—Te sugeriría que no te hagas ilusiones.

—No lo haré. Pero no nos apartemos de tus problemas —suspiró la reina—. No conozco las leyes hadas, así que no creo poder ayudarte de forma definitiva, pero... en este momento creo que los únicos que podrían detener a tu padre serían los asteri.

—Eso me temía —dijo Bryce y se frotó las sienes—. No quiero saber cómo lo tomará Hunt.

—¿No se sentirá complacido?

—¿Por qué demonios estaría complacido?

—Porque ustedes son pareja. Y ahora tu padre te ha convertido en princesa. Lo cual lo vuelve a él...

—Oh, dioses —dijo Bryce casi ahogándose—. Hunt es un puto *príncipe* —se rio con amargura—. Se va a poner como loco. Lo odiará incluso más que yo —volvió a reír, un poco histéricamente—. Perdón. Estoy literalmente imaginándome su cara cuando se lo cuente esta noche. Tengo que grabarla o algo.

—No puedo distinguir si eso es bueno o malo.

—Ambas cosas. El Rey del Otoño espera que mantenga mi compromiso con el príncipe Cormac.

—¿Aunque tu olor deje muy claro que estás con otra persona?

—Aparentemente.

No quería pensar en eso. Se acabó la cerveza y luego tomó su plato y el de Hypaxia para echarlos a la basura. Pagó la cuenta rápidamente y, cuando se estaba guardando el recibo, le preguntó a la reina:

—¿Quieres caminar un poco? Ya no hace tanto calor.

—Me gustaría mucho.

Se mantuvieron en silencio, sin que la gente a su alrededor las reconociera mientras accedían al callejón. Ithan iba caminando a una distancia prudente. La dragona, si es que estaba ahí, no estaba visible.

—Así que tu hermano te dijo sobre la situación con el aquelarre de mi madre.

—Sí. Es una situación muy incómoda. Lo lamento.

Llegaron al río a una cuadra de distancia y empezaron a caminar por el muelle. Un viento seco y cálido agitó las palmeras en sus orillas. Hypaxia estudió las estrellas.

—Tuve tantas visiones de cómo sería el futuro. Del regreso de las brujas al poder. De estar con la persona que... —se aclaró la garganta.

—¿Estás saliendo con alguien? —preguntó Bryce y arqueó las cejas.

El rostro de la reina se volvió hermético.

—No —dijo Hypaxia y exhaló largamente—. La relación ya no era posible. Podría haberla conservado, pero no... No quisieron.

Bryce parpadeó. Si Hypaxia estaba enamorada de alguien más... Carajo.

—Pobre Ruhn —dijo.

Hypaxia sonrió con tristeza.

—Creo que tu hermano tiene tantas ganas de casarse conmigo como yo con él.

—Pero Ruhn es guapo. Tú también. Tal vez la atracción aparezca.

Bryce le debía a su hermano al menos un intento por destacar sus atributos.

Hypaxia rio.

—Es necesario mucho más.

—Sí, pero es buen tipo. Digo, un *verdadero* buen tipo. Y no puedo creer que estoy diciendo esto, pero... aunque estoy segura de que la persona que amas es maravillosa, realmente no te podría ir mejor que con Ruhn.

—Recordaré esas palabras —dijo Hypaxia mientras jugueteaba con uno de sus largos rizos—. Este compromiso con tu hermano fue un intento por evitar que el aquelarre de mi madre adquiriera demasiado poder.

Bryce dijo:

—Pero dijiste que *quieres* que las brujas regresen al poder. ¿O es que quieres que tu gente regrese al poder... pero quieres que el aquelarre de tu madre... esté excluido de eso?

Hypaxia asintió con expresión sombría. Bryce frunció el entrecejo.

—¿Las brujas no son ya poderosas?

—No como lo fuimos alguna vez. Durante generaciones, los linajes poderosos se han secado, la magia se ha marchitado. Como si se hubieran... disuelto en la nada. El aquelarre de mi madre no tiene interés en descubrir por qué. Sólo quieren que seamos más serviles con los asteri. Esta mujer había liberado a Hunt como un desafío puro contra los asteri. ¿Hypaxia era una rebelde? ¿Se atrevería a preguntarle? ¿Cuánto le habían dicho ayer Ithan y Ruhn?

Una niebla oscura se enroscaba al otro lado del río. Preguntó en voz baja:

—¿Tu madre invocaba a tus tutoras del Sector de los Huesos? ¿O de otro sitio de descanso eterno?

—Esas cosas no existían cuando mis tutoras caminaron en la tierra.

Bryce se quedó con la boca abierta.

—¿Tus tutoras son previas a la llegada de los asteri?

Hypaxia entrecerró los ojos como advertencia para que Bryce mantuviera la voz baja.

—Sí. Ya llevaban mucho tiempo muertas cuando se abrió la Fisura Septentrional.

—¿Recuerdan un tiempo antes de los asteri? ¿Cuando Parthos seguía en pie? —se aventuró a preguntar Bryce.

—Sí. Una de mis tutoras, Palania, enseñaba matemáticas y ciencias en su academia. Ella nació en la ciudad donde estaba la biblioteca y murió ahí también. Al igual que generaciones de su familia.

—A los asteri no les gusta que la gente hable sobre estas cosas. Que los humanos hayan logrado tanto antes de su llegada.

—Son los clásicos conquistadores —dijo Hypaxia con la mirada fija en el Sector de los Huesos—. Han conquistado incluso la muerte en este mundo. Los espíritus que alguna vez descansaron pacíficamente ahora son enviados a estas... zonas.

Bryce se sobresaltó.

—¿Sabes sobre eso?

—Los muertos me hablan de sus horrores. Cuando mi madre murió, tuve que hacer algunas cosas que... Digamos que el aquelarre de mi madre no quedó contento de que yo hubiera encontrado una manera de que ella no terminara en un sitio de descanso eterno. Aunque al hacerlo sacrificara mi posibilidad de volver a hablar con ella para siempre —unas sombras oscurecieron su mirada—, no podía enviarla a un lugar como el Sector de los Huesos. No cuando supe qué le sucedería.

—¿Por qué no decirles a todos? ¿Por qué no decirle a todo el mundo?

—¿Quién me creería? ¿Sabes lo que los asteri me harían? ¿A mi gente? Estrangularían a todas y cada una de las brujas para castigarme. Mi madre lo sabía también, y también eligió no decir nada. Si tú eres sabia, tampoco lo harás. Ayudaré a Ithan Holstrom y su familia lo mejor que pueda en el equinoccio, pero hay límites.

Bryce se detuvo junto al barandal que veía al río negro.

—¿Dónde iban los muertos antes de que llegaran los asteri? ¿Tus tutoras te dijeron alguna vez?

La boca de Hypaxia se suavizó y esbozó una sonrisa.

—No. Pero me dijeron que era... bueno. Tranquilo.

—¿Crees que las almas que son cosechadas aquí terminen en algún momento allá?

—No lo sé.

Bryce exhaló.

—Bueno, ésta fue la tarde de chicas más deprimente que he tenido.

—Es la primera tarde de chicas que yo tengo.

—Las chicas normales hablan sobre cosas normales.

—Tú y yo no somos chicas normales.

No, no lo eran. Eran... una reina y una princesa. Se habían reunido como iguales. Hablaron sobre cosas que podrían hacer que las mataran.

—Puede ser muy solitario, portar una corona —dijo Hypaxia en voz baja, como si le leyera los pensamientos—. Pero me alegra contar contigo para platicar, Bryce.

—A mí también.

Y tal vez aún quedaba mucho camino por recorrer en su lucha contra las estupideces de su padre pero... era un alivio saber que tenía de su lado a la reina bruja, al menos. Y a otros aliados.

Ithan se quedó montando guardia a unos siete metros de distancia. Sus ojos se encontraron con los de ella y destellaron en la penumbra. Ella abrió la boca para llamarlo, para preguntarle qué tanto había oído.

Pero en ese momento, una bestia enorme y llena de escamas saltó sobre el barandal del muelle.

Y antes de que Bryce pudiera gritar, chocó directamente con Ithan y cerró su mandíbula alrededor de su cuello.

55

Bryce no tuvo tiempo de gritar. No tuvo tiempo de hacer nada salvo caer de sentón y alejarse de Ithan. Su sangre salía en chorros, borboteaba en su garganta...

La bestia, el *demonio*, le arrancó la garganta a Ithan.

Inclinó la cabeza ancha y plana hacia atrás y se tragó el trozo de carne entre sus dientes negros y curvos.

—Párate —le ordenó Hypaxia desde donde estaba de pie junto a Bryce con un cuchillo en la mano. Bryce no tenía idea de dónde lo había sacado.

Ithan...

No podía hacer esto de nuevo. No lo podría soportar.

El demonio se apartó del cuerpo convulso y moribundo de Ithan. ¿Podría sobrevivir a un ataque así? Si el demonio tenía veneno en sus colmillos como el kristallos...

Esta cosa podría haber sido pariente de ese demonio. Sus escamas color gris mate se extendían sobre un cuerpo musculoso y cercano al piso. Su cola era tan larga como el cuerpo de Bryce y la movía de adelante hacia atrás. Su punta con púas tallaba surcos en la roca. La gente del muelle y las calles cercanas lo vio y corrió.

Bryce no podía mover su cuerpo. El shock... reconocía esto como shock, pero...

La ayuda no tardaría en llegar. Alguien, en el Aux o la 33ª, llegaría. Hunt...

—*Párate* —le repitió Hypaxia y la tomó debajo del hombro para ponerla de pie. Lentamente, la reina bruja arrastró a Bryce hacia atrás...

Un rugido reverberó en las rocas a sus espaldas.

Bryce volteó y encontró un segundo demonio, gemelo del que le acababa de arrancar la garganta a Ithan, acercándose a ellas por la retaguardia. Ambos demonios estaban aproximándose a sus presas, que ahora estaban atrapadas entre ellos.

El temor, frío y cortante, se abrió paso por su cuerpo. Hizo pedazos al shock que la tenía en ese estado de inutilidad. Le aclaró la visión nublada y ensangrentada.

—Espalda con espalda —ordenó Hypaxia con voz baja y calmada. Un cuchillo, era todo lo que tenían. ¿Por qué carajos no traía una pistola?

Pero Ithan tenía una pistola. En su cuerpo sin vida, Bryce alcanzaba a ver el arma que no le había dado tiempo de sacar. ¿Cuántas balas le cabían? Si el demonio era tan rápido como para sorprenderlo a él, ella no tendría ninguna oportunidad. A menos que...

—¿Qué tipo de magia tienes? —murmuró Bryce y presionó su espalda contra la de Hypaxia mientras vigilaba al segundo demonio. Mataría a estos malditos hijos de puta. Los descuartizaría, pedacito por pedacito, por lo que habían hecho.

—¿Importa? —preguntó Hypaxia e inclinó su cuchillo hacia el primer demonio.

—¿Es energía? ¿Como relámpagos?

—Sanación y viento... y la nigromancia, que ni siquiera puedo empezar a explicar.

—¿Puedes dirigirla? ¿Lanzarla dentro de mí?

—¿Qué?

—Necesito una descarga. Como una batería —dijo Bryce y la estrella de su pecho brilló ligeramente.

El demonio frente a ella aulló hacia el cielo nocturno. Ella sintió que le zumbaban los oídos.

—¿Para hacer qué cosa?

—Sólo... hazlo ahora o vamos a estar en putos problemas.

El primer demonio aulló. Como tantos otros seres del Foso, tenían los ojos lechosos, eran ciegos. Como si hubieran estado en la oscuridad tanto tiempo que hubieran dejado de necesitarlos. Así que cegarlos no era una opción. Pero una bala...

—¿Crees que un cuchillo va a servir contra ellos? —exigió saber Bryce.

—Yo... —Hypaxia las iba acercando hacia el barandal del muelle. Quedaba un metro hasta que ya no tuvieran alternativa salvo el agua. Bryce se estremeció al recordar a los sobeks que los habían atacado el día que huyeron del Sector de los Huesos.

—Usa tu poder de sanación y concéntralo en mi puto pecho —gruñó Bryce—. Sólo confía en mí.

No tenían otra opción. Si el poder de Hunt la había cargado, entonces tal vez...

La criatura más cercana a la bruja se abalanzó hacia ellas moviendo la mandíbula. Las dos mujeres chocaron contra el barandal.

—¡Ahora! —gritó Bryce e Hypaxia se dio la vuelta y colocó la palma de su mano brillante sobre el pecho de Bryce. Una calidez fluyó a su interior, suave y gentil y...

Las estrellas hicieron erupción en la mente de Bryce. Supernovas.

Ithan.

Era tan fácil como dar un paso.

En una respiración, Bryce estaba en el muelle. A la siguiente, estaba junto al cuerpo de Ithan, detrás de las criaturas, que giraron hacia ella al percibir que su olor se había movido.

Hypaxia se tocó el broche dorado en la solapa de su chaqueta. Con un *umpf* de aire, su escoba apareció frente a ella y la reina se subió de un salto y salió disparada hacia el cielo...

Bryce tomó la pistola de la cintura de Ithan, le quitó el seguro, y le disparó al demonio más cercano. Su masa encefálica salpicó cuando la bala entró entre sus ojos ciegos.

El segundo demonio la atacó. Hypaxia ya había quedado olvidada y flotaba en su escoba en el aire. Bryce disparó y la bestia esquivó el balazo, como si pudiera sentir el aire que la bala iba partiendo. Ya la había ubicado, estaba consciente del arma que tenía...

El demonio saltó hacia ella y Bryce reunió su poder. Se apartó de su sitio al lado del cuerpo de Ithan y fue hacia el sendero abierto detrás de la criatura que se dirigía a ella.

La criatura chocó con el suelo y giró. Sus garras abrieron surcos en el piso. Bryce volvió a disparar; el demonio usó sus sentidos sobrenaturales para girar a la izquierda en el último milisegundo y el balazo le dio en el hombro. La herida no hizo nada para frenarlo.

El demonio volvió a atacarla y Bryce se movió. Más lentamente esta vez. El poder de Hypaxia estaba saliéndose de ella.

—¡Diez metros atrás! —gritó Hypaxia desde arriba y señaló.

Bryce apretó los dientes y buscó cómo llegar a ese lugar. La danza que tenía que poner a bailar a la criatura.

El demonio volvió a saltar, con las garras fuera, y Bryce se teletransportó tres metros atrás. Volvió a saltar y ella se movió aunque el cuerpo ya le temblaba por el esfuerzo. Otros tres metros hacia atrás. Podía hacer ese último salto. Tenía que hacer ese último salto cuando el demonio se abalanzara...

Con un rugido, Bryce usó todo lo que tenía, todo lo que le quedaba de la chispa del poder de Hypaxia, hacia su deseo de dar un paso, de moverse...

Apareció otros tres metros atrás y la criatura, al percibir su patrón, saltó.

No miró hacia arriba. No vio a la reina bruja que iba en picada hacia la tierra con la daga elevada en la mano.

Bryce cayó al suelo justo cuando Hypaxia saltó de su escoba y aterrizó sobre la bestia. Le clavó el cuchillo en el cráneo. La bruja y el demonio cayeron. Ella quedó montada en él, como un caballo del Averno. Pero el demonio ya no se movía.

Con los raspones en las manos y las rodillas sanando ya, Bryce jadeó temblorosa. Lo había hecho. Había... Ithan. Oh, dioses. Ithan.

Sobre sus piernas temblorosas, avanzó hacia él lo más rápido que pudo. Su garganta estaba sanando, lentamente. Sus ojos sin vida veían hacia el cielo.

—Atrás —dijo Hypaxia jadeando y con la escoba tirada a su lado—. Déjame verlo.

—¡Necesita una medibruja!

—Yo soy una medibruja —dijo Hypaxia y se arrodilló.

Las alas llenaron los cielos, las sirenas empezaron a sonar en las calles. Luego Isaiah estaba ahí con las manos en los hombros de Bryce.

—¿Estás bien? ¿Es Holstrom? ¿Dónde está Athalar? —le preguntó en una ráfaga de preguntas.

—Aquí estoy —dijo Hunt desde la oscuridad y aterrizó con tal fuerza que el suelo se sacudió. Los relámpagos se distribuyeron por el concreto. Miró a Bryce, luego a Ithan. El cuerpo del lobo brillaba debajo de las manos de Hypaxia. Luego registró a los dos demonios y palideció.

—Ésos... —miró nuevamente a Bryce.

—¿Sabes lo que son? —preguntó Isaiah.

Hunt sólo corrió hacia Bryce y la abrazó, atrayéndola hacia su cuerpo. Ella se recargó en su calidez, su fuerza. El ángel dijo en voz baja:

—Acosadores de la muerte. Las mascotas personales del Príncipe del Foso. Fueron vistos en Nena hace cuatro días. De alguna forma cruzaron la frontera.

Bryce sintió un hueco en el estómago.

Isaiah levantó una mano para indicar a los demás ángeles y al Aux que se acercaban que se quedaran en su sitio.

—¿Crees que estos dos vinieron aquí desde Nena? ¿Y por qué atacaron a Bryce?

Bryce envolvió los brazos alrededor de la cintura de Hunt y no le importó colgarse de él. Si lo soltaba, era posible que se le doblaran las rodillas. Hunt mintió sin parpadear:

—¿No es obvio? El Averno tiene una cuenta pendiente con ella después de lo ocurrido esta primavera. Enviaron a sus mejores asesinos a matarla.

Isaiah pareció creer en esa teoría porque le dijo a Bryce:

—¿Cómo pudiste derrotarlos?

—Ithan tenía una pistola. Tuve suerte con el primero. La reina Hypaxia se encargó del segundo.

Era básicamente cierto.

—Listo —anunció Hypaxia y se apartó del cuerpo curado pero inmóvil de Ithan—. Despertará cuando esté listo.

Tomó su escoba y, con un toque, o algo de su poder de bruja, volvió a encogerse y convertirse en el broche dorado de Cthona. Ella se lo puso en la chamarra gris y volteó a ver a Isaiah.

—¿Tus soldados lo podrían transportar a la embajada de las brujas? Me gustaría atenderlo personalmente hasta que recupere la conciencia.

Bryce no podía oponerse a eso. Pero... no había nadie a quién llamar para avisarles de Ithan. No había familia, amigos, jauría. Nadie excepto...

Llamó a Ruhn.

Acosadores de la muerte. Él debió haber enviado una advertencia en el instante en que identificó la cola de uno en esa foto de Nena. Debió haber alertado a todos los soldados de la ciudad.

Pero Bryce... por algún milagro, no tenía ni un rasguño.

No era posible. Hunt sabía lo rápidos que eran los acosadores de la muerte. Ni siquiera las hadas eran más rápidas que ellos. Habían sido criados así por el mismísimo Apollion.

Hunt esperó a hablar hasta que estuvieron en el pasillo dorado de la embajada de las brujas. Los dos ángeles que habían traído a Ithan se lo entregaron a Ruhn y Declan, quienes lo llevaron con cuidado a una habitación pequeña a que se recuperara.

—A ver, me gustaría saber la historia real.

Bryce volteó a verlo, con los ojos brillando de temor... y emoción.

—Lo hice. Me teletransporté.

Explicó lo que había hecho Hypaxia, lo que ella había hecho.

—Eso fue un tremendo riesgo.

No estaba seguro de si besarla o sacudirla por haberlo hecho.

—Tenía opciones limitadas —dijo Bryce y se cruzó de brazos. Por la puerta abierta, vio a Ruhn y Dec colocar a Ithan sobre un catre. Hypaxia les indicó que pusieran su cuerpo de cierta manera—. ¿Dónde demonios estaba la dragona?

—La puta cobarde le dijo a Holstrom que estaría en las azoteas como un par adicional de ojos y luego se largó —dijo Flynn con la expresión sombría al salir al pasillo.

—¿La culpas? —preguntó Bryce.

—Sí —dijo Flynn molesto—. Le hicimos un favor y ella nos jodió. Ella podría haber rostizado a esos demonios.

Antes de que Bryce pudiera responder algo, el lord se alejó dando largas zancadas y con un movimiento desdeñoso de su cabeza.

Bryce esperó a que el pasillo volviera a vaciarse antes de preguntarle a Hunt:

—¿Crees que ellos fueron los bocadillos que el Príncipe del Foso amenazó con enviarnos para ponernos a prueba?

—Sí. Ellos le responden sólo a él.

—Pero estuvieron a punto de matarme. Él no parecía querer matarnos. Y me parece imprudente hacerlo sólo para ponerme a prueba —movió la mano hacia los demonios—. Sus oponentes épicos, ¿recuerdas?

Ruhn salió al pasillo y murmuró.

—A menos que no fueras tú a quien se suponía que debían matar —hizo un movimiento con la cabeza en dirección a Hypaxia y bajó la voz. Miró a su alrededor en los pasillos silenciosos de la embajada para asegurarse de que no había brujas a la vista antes de decir—: Tal vez su aquelarre los invocó, de alguna manera.

Bryce hizo un gesto de desconcierto.

—¿Por qué?

Ruhn avanzó un paso.

—Tú serías el pretexto perfecto. Ella iba caminando al lado de alguien con quien el Averno tiene una deuda por saldar... alguien que encabronó al Averno esta primavera. Los acosadores de la muerte implican el involucramiento del Príncipe del Foso. Si ella hubiera muerto, todas las miradas estarían en el Averno. Todos pensarían que te estaban buscando a ti y que ella había sido una desafortunada pérdida colateral.

—¿Y qué hay de Ithan?

Hunt retomó lo que decía Ruhn.

—También daño colateral. Después de esta primavera, dudo que Sabine fuera tan estúpida como para invocar un demonio. Eso deja a nuestros enemigos o a los de Hypaxia. Pero dada la amenaza de Apollion... yo diría que es más probable que fuera él. Tal vez estaba dispuesto a arriesgarse a que murieras durante su prueba, tal vez supuso que, si morías, entonces no serías digna de luchar contra él de todas maneras.

Bryce se frotó la cara.

—Entonces, ¿dónde nos deja todo esto?

Hunt entrelazó los dedos de ambos.

—Nos deja con el conclusión de que esta ciudad tiene que estar en alerta máxima y que tú tienes que estar armada en todo momento.

Ella lo miró molesta.

—Eso no es útil.

Ruhn, sabiamente, mantuvo la boca cerrada.

—No tenías armas esta noche —gruñó Hunt—. Tenían *un cuchillo* entre las dos. Tuvieron suerte de que Ithan trajera esa pistola. Y todavía más suerte de que funcionara tu idea de que Hypaxia cargara tu habilidad de teletransportarte.

Ruhn gruñó para indicar que estaba de acuerdo.

—Así que así fue como lo hiciste —dijo Declan al regresar al pasillo. El guerrero cerró la puerta a sus espaldas y les dio privacidad a Hypaxia e Ithan.

Bryce hizo una reverencia.

—Será mi acto especial individual para el show de talentos de la escuela.

Declan rio con un resoplido, pero Ruhn la miraba con atención.

—¿Realmente te teletransportaste?

Bryce explicó todo de nuevo y Hunt no pudo evitar acercarla más a él. Cuando terminó de hablar, Ruhn repitió las palabras de Hunt:

—Tuvimos suerte esta noche. *Tú* tuviste suerte esta noche.

Bryce le guiñó a Hunt.

—Y planeo tener más suerte al rato.

—Qué asco —dijo Ruhn y Declan rio.

Hunt le dio un garnucho en la nariz a Bryce y le dijo a Ruhn:

—Establezcamos guardias alrededor del departamento y de esta embajada. Asigna a tus soldados de mayor confianza. Yo les diré a Isaiah y a Naomi también.

—¿La 33ª y el Aux van a trabajar en equipo para cuidarme? —canturreó Bryce—. Me siento halagada.

—Éste no es el momento de discutir la política de los alfadejos —dijo Hunt entre dientes—. Ésos eran putos acosadores de la muerte.

—Y yo me encargué de ellos.

—Yo no sería tan displicente —gruñó él—. El Príncipe del Foso enviará hordas de ellos desde la Fisura Septentrional si algún día la logra abrir por completo en vez de tener que enviar uno o dos a la vez sólo por diversión. Estos demonios cazan a quien sea que les hayan ordenado acosar. Son asesinos. Te marcan para ser ejecutado y estás *muerto*.

Ella se sopló en los dedos, como si se estuviera quitando polvo.

—Un típico día de trabajo para mí, entonces.

—*Quinlan...*

Ruhn empezó a reír.

—¿Qué? —exigió saber Hunt.

Ruhn asintió a Bryce.

—¿Sabes con quién estaba hablando cuando me llamaste? Con mi padre —Bryce se quedó inmóvil y Hunt supo que era algo malo. Ruhn le sonrió—. *Tu* suegro.

—¿Perdón?

Ruhn no dejaba de sonreír.

—Me contó las maravillosas noticias —le guiñó a Bryce—. Debes estar tan contenta.

Bryce gimió y volteó a ver a Hunt.

—Mira, todavía no es oficial...

—Oh, es oficial —dijo Ruhn y se recargó contra la pared junto a la puerta.

—¿De qué carajos están hablando ustedes dos? —gruñó Hunt.

Ruhn le sonrió burlonamente.

—Ella ha estado usando el nombre real, aparentemente. Lo cual significa que ha aceptado su posición como princesa. Y como tú eres su pareja, eso te convierte en el yerno del Rey del Otoño. Y en mi hermano.

Hunt se quedó viéndolo. Ruhn hablaba completamente en serio.

Bryce dijo sin pensar:

—¿Le preguntaste sobre Cormac? Insiste en que el compromiso sigue en pie.

La actitud divertida de Ruhn se apagó.

—No veo cómo puede suceder eso.

—Lo siento —interrumpió Hunt— pero, ¿qué carajos?

—tenía las alas abiertas—. ¿Eres oficialmente una *princesa*?

Bryce hizo una mueca.

—¿Sorpresa?

56

Ithan gimió y todo su cuerpo latió con el mismo dolor.

Su garganta... mandíbulas y dientes y garras, la reina y *Bryce*...

Se sentó de golpe con la mano en el cuello...

—Estás a salvo. Ya pasó —dijo una voz femenina calmada a su derecha. Ithan volteó y se dio cuenta de que estaba en una cama angosta en una habitación dorada que nunca había visto.

La reina Hypaxia estaba sentada en una silla a su lado, con un libro en el regazo, usando sus túnicas azules otra vez. No había señal de la mujer despreocupada y moderna que había estado siguiendo. Su voz sonó rasposa y ronca cuando preguntó:

—¿Tú estás bien?

—Muy bien. Al igual que la señorita Quinlan. Estás en mi embajada, en caso de que te lo estuvieras preguntando.

Ithan se volvió a recostar en la cama. Lo habían emboscado, como un puto novato. Siempre se había enorgullecido de sus reflejos e instintos, pero lo habían derrotado. La reina abrió la boca, pero él preguntó:

—¿Y la dragona?

Hypaxia apretó los labios.

—Ariadne no estaba por ahí. Parece ser que decidió arriesgarse con la ley y huyó.

Ithan gruñó.

—¿Nos abandonó?

La dragona había dicho que no podía. Que no habría ningún sitio en Midgard donde pudiera ir sin que la encontrara el Astrónomo.

Dioses. Una misión como escolta y había fallado. Terriblemente.

Se merecía que le hubieran arrancado la garganta. Se merecía estar aquí tirado, como un puto niñito debilucho, por su ineptitud.

Hypaxia asintió con seriedad.

—Las cámaras de la ciudad lo grabaron. Ariadne se fue en el momento en que entré a la pizzería. Pero nada más... ni siquiera las cámaras la pueden encontrar.

—Probablemente ya esté del otro lado del planeta —gruñó Ithan. Las hadas se iban a enojar mucho.

—Tú la liberaste del anillo. La liberaste de servirle a un amo despiadado. ¿Te sorprende que no esté dispuesta a esperar que alguien más la compre?

—Pensé que al menos estaría agradecida.

Hypaxia mostró su desaprobación con su expresión. Pero dijo:

—Ella es una dragona. Una criatura de tierra y cielo, fuego y viento. Nunca debió haber sido contenida o esclavizada. Espero que se mantenga libre el resto de su vida inmortal.

El tono de su voz no admitía espacio para discutir y, bueno, Ithan estaba de acuerdo con lo que decía la reina de todas formas. Suspiró y se tocó la garganta adolorida.

—¿Qué carajos fue lo que nos atacó, entonces? ¿Un demonio?

—Sí, uno extremadamente letal.

Le explicó lo que había sucedido.

Ithan volvió a sentarse.

—Lamento haber fallado tan espectacularmente. A mí... a mí no me gusta cometer errores así.

Perder le hacía daño en el alma. La reina y Bryce estaban a salvo, pero él era un puto *perdedor*.

—No tienes nada de qué disculparte —le dijo la reina con firmeza—. Considerando la gravedad de la situación, asumo que tus amigos saben más sobre los motivos tras este ataque que lo que me han dicho.

Bueno, definitivamente tenía razón en eso. Ithan exhaló de una manera que hizo que le doliera la garganta. Pasarían todavía unas horas antes de que estuviera completamente recuperado.

No tenía idea de cuánto tiempo pasaría hasta que se pudiera perdonar por el puto error de esta noche.

—Entonces, ¿de verdad puedes ponerte en contacto con Connor en el Equinoccio de Otoño? —preguntó en voz baja y odió que necesitara cambiar el tema. No que el nuevo tema fuera mucho mejor.

—Sí —dijo ella y ladeó la cabeza. Los rizos se desparramaron por su hombro—. Te preocupas por él.

—¿Tú no te preocuparías? No me importa si nos han dicho que él está fuera de nuestro alcance. Sólo quiero cerciorarme de que está bien. Escuché lo que le dijiste a Bryce, sobre asegurarte de que tu madre no se fuera a uno de esos reinos de reposo. Quiero que hagas lo mismo por él —tragó saliva y luego añadió—: Si estás de acuerdo con eso, Majestad.

El brillo en los ojos de Hypaxia le indicó que sus palabras le divertían.

—Haré lo mejor que pueda.

Ithan volvió a suspirar y miró hacia las ventanas altas al otro lado de la habitación, las cortinas que estaban cerradas a la noche.

—Sé que ya estás haciendo mucho por mí, pero... el Astrónomo tiene a una loba esclavizada como uno de sus místicos. ¿Hay algo que puedas hacer por ella?

—¿A qué te refieres?

Él tomó como buena señal que ella no dijera que no. Dijo:

—No puedo dejarla ahí.

—¿Por qué te corresponde a ti cargar con la responsabilidad de liberarla?

—Los lobos no deben estar en jaulas. Eso son los tanques de los místicos: jaulas acuáticas.

—¿Y qué pasa si ella quiere estar ahí?

—¿Cómo podría? —antes de que la reina le respondiera algo, continuó hablando—: Ya sé que es algo muy específico. Hay tanta otra gente sufriendo allá afuera. Pero no me siento bien de abandonarla.

Se había equivocado lo suficiente en los últimos dos años... no dejaría caer el balón en esto. Una loba alfa en cautiverio... la idea era aborrecible. Haría todo lo posible por ayudarla.

Ella pareció leer la expresión que tenía en la cara.

—Eres un buen hombre, Ithan Holstrom.

—Me conociste ayer —dijo él. Y después de esta noche, él ciertamente no se merecía ese puto título.

—Pero puedo notarlo —dijo y le tocó la mano con suavidad—. No creo que pueda hacer mucho por ayudar a la mística, desafortunadamente, más allá de lo que tus otros amigos de la realeza puedan lograr.

Ithan sabía que ella tenía razón. Encontraría otra forma, entonces. De alguna manera.

—Bueno, todo esto está jodido.

—Eso es verdad —dijo una voz masculina desde la puerta e Ithan parpadeó, sorprendido de ver a Flynn y Declan ahí parados. Tharion entró detrás de ellos.

—Hola —dijo Ithan y se preparó para que lo ridiculizaran, lo empezaran a fastidiar, a preguntarle cómo demonios había podido arruinar así su misión de escolta.

Pero Declan le asintió a la reina y luego se acercó a Ithan.

—¿Cómo te sientes, cachorro?

—Bien —dijo Ithan. Luego agregó—: Un poco adolorido.

—Que te arranquen la garganta suele tener ese efecto —dijo Flynn. Le guiñó a Hypaxia—. Pero ella te arregló bastante bien, ¿no?

Hypaxia sólo le sonrió. Tharion se quedó junto a la puerta y rio.

Ithan dijo en voz baja:

—Sí, así es.

Declan dio un aplauso y dijo:

—Excelente, queríamos estar seguros de que estuvieras bien.

La reina agregó:

—Han estado entrando y saliendo toda la noche.

—Los pondrás en evidencia como un par de blandos, Pax —le dijo Tharion a la reina, quien sacudió la cabeza al escuchar el nombre. Como si Tharion lo usara con frecuencia para molestarla.

Declan le preguntó a la reina:

—¿Cuándo podrá regresar a casa?

Casa. La palabra resonó en el interior de Ithan. Había sido su compañero de casa sólo por una semana y media. ¿Cuándo había sido la última vez que había tenido un verdadero hogar? La Madriguera no lo había sido desde la muerte de sus padres.

Pero... había una preocupación genuina en el rostro de Declan. En el de Flynn. Ithan tragó saliva.

—Mañana en la mañana —dijo Hypaxia y se levantó de su silla—. Le haré la revisión final entonces y, si todo está bien, podrás irte, Ithan.

—Se supone que debo cuidarte —dijo Ithan con voz ronca.

Pero ella le dio unas palmadas en el hombro y se dirigió a la puerta. Tharion caminó a su lado, como si planeara conversar en privado. La reina bruja le dijo a Ithan antes de salir con el mer:

—Tómate el día de mañana libre.

Ithan abrió la boca para protestar, pero ella ya se había ido con el mer a su lado.

Flynn se sentó en la silla que había dejado libre la reina.

—No le digas a Ruhn, pero me encantaría que ella me revisara a *mí*.

Ithan frunció el ceño pero no dijo nada sobre la conversación que había escuchado a través de la puerta abierta de la pizzería. La reina amaba a otra persona y parecía bastante atormentada por eso. ¿Pero de qué servía el amor ante el deber?

Mantendría en secreto el romance de Hypaxia. Ella había accedido a la unión con Ruhn y él no podía hacer nada salvo admirar que hubiera elegido hacerlo a pesar de que su corazón le pertenecía a alguien más.

Carajo, él sabía cómo se sentía eso. Bloqueó el rostro de Bryce de su mente.

Declan le estaba diciendo a Flynn:

—Hazte un favor y no coquetees con ella. Ni la estés fastidiando.

—Es la prometida de Ruhn —dijo Flynn y subió las botas a la orilla de la cama de Ithan. Se puso las manos detrás de la cabeza—. Eso me da derecho a fastidiar un poco.

Ithan rio y le ardieron los ojos. Nadie bromeaba jamás en la jauría de Amelie. Él a veces le sacaba una sonrisa a Perry, pero casi todo el tiempo eran serios. Sin humor. Nunca se reían de ellos mismos.

Pero Flynn y Dec lo habían venido a visitar. No para decirle nada sobre su fracaso. Ni siquiera parecían considerarlo un fracaso.

Flynn preguntó con algo más de seriedad.

—Pero, ¿realmente estás sintiéndote bien?

Ithan controló sus emociones.

—Sí.

—Bien —dijo Declan.

Ithan sintió un nudo en la garganta. No se había dado cuenta de cuánto extrañaba eso... tener gente que lo apoyara. Que le importara si vivía o moría. La Jauría de Diablos había sido eso para él, sí, pero también su equipo de solbol. No había hablado con ninguno de ellos desde la muerte de Connor.

La mirada de Flynn se suavizó un poco, como si detectara algo en la cara de Ithan, así que Ithan se enderezó y se aclaró la garganta. Pero Flynn dijo:

—Estamos contigo, lobo.

—¿Por qué? —la pregunta se le salió antes de que Ithan pudiera preguntarse si la debía hacer. Pero había probablemente docenas de hadas que habían pasado años tratando de integrarse al trío que eran Ruhn, Flynn y Declan. Por qué habían dejado que Ithan se uniera a su pequeño círculo era algo que no alcanzaba a comprender.

Flynn y Dec intercambiaron miradas. El primero se encogió de hombros.

—¿Por qué no?

—Yo soy lobo. Ustedes son hadas.

—Qué anticuado —le guiñó Flynn—. Pensé que tenías ideas más progresistas.

—No quiero su lástima —dijo Ithan.

Dec dijo:

—¿Quién carajos dijo algo sobre lástima?

Flynn levantó las manos.

—Sólo somos tus amigos porque queremos buenos boletos para el solbol.

Ithan miró a los dos hombres. Luego estalló en risas.

—Está bien —dijo y se frotó la garganta adolorida de nuevo—. Ésa es una buena razón.

Ruhn miró a su hermana mientras esperaban a que Athalar terminara de informarles a unos miembros de la 33ª sobre lo que había sucedido con los acosadores de la muerte.

Se sentía como la primavera pasada nuevamente. Era cierto que entonces Micah había invocado a esos demonios kristallos, pero... esto no podía ser bueno. El Cuerno estaba tatuado en la espalda de Bryce ahora... ¿qué no haría el Averno para conseguirlo?

—La respuesta —le dijo Bryce a Ruhn— es que no voy a permitir que me esté siguiendo una escolta.

Ruhn parpadeó. Y dijo en silencio: *No estaba pensando en eso.*

Ella lo miró molesta de reojo.

Alcanzaba a sentirte rumiando sobre el ataque. Es la conclusión lógica de un hada macho demasiado agresiva.

¿Demasiado agresiva?

¿Protectora?

Bryce. Esto es muy serio.

Lo sé.

Y eres una princesa ahora. Oficialmente.

Ella se cruzó de brazos y vio a Hunt, que hablaba con sus amigos.

Lo sé.

¿Cómo te sientes al respecto?

¿Cómo te sientes tú al respecto?

¿Por qué carajos importaría cómo me sienta yo? La miró con el ceño fruncido.

Porque ahora tienes que compartir la corona.

Me alegra poder compartirla contigo. Me alegra de una manera egoísta y patética, Bryce. Pero... ¿no era esto lo que querías evitar?

Lo es. Su voz mental se endureció y se convirtió en acero cortante.

¿Vas a hacer algo al respecto?

Tal vez.

Ten cuidado. Hay tantas leyes y reglas y mierda que no conoces. Puedo darte algo de información pero... esto es un nivel completamente distinto del juego. Tienes que estar alerta.

Ella lo miró y le sonrió ampliamente, aunque la expresión no se reflejaba en sus ojos. Luego avanzó hacia Athalar.

—Si nuestro querido papi quiere a una princesa —dijo, pareciéndose más a su padre de lo que jamás la había visto—, entonces eso tendrá.

—Necrolobos en la Vieja Plaza —siseó Hypaxia entre dientes mientras Tharion la observaba asomarse por la ventana de su suite privada en el segundo piso de la elegante embajada.

A pesar del mobiliario acojinado, la habitación definitivamente le pertenecía a una bruja: un pequeño altar de cristal a Cthona adornaba el muro al este, cubierto con varios implementos de adoración; un gran espejo adivinatorio de obsidiana colgaba sobre el altar. Y la chimenea construida en el muro del sur tenía varios brazos de hierro, probablemente para colgar calderos durante la preparación de hechizos. Una suite real, sí, pero también un taller.

—Odio verlos —continuó la reina. Las luces del alumbrado de la calle iluminaban su rostro hermoso con tonalidades doradas—. Esos uniformes. Los dardos de plata en sus cuellos —él se preguntó cuánta gente la habría llegado a ver así de vulnerable—. Cazadores de rebeldes. Eso es lo que son.

Era verdad: donde ellos marchaban, los festejos se silenciaban. Los turistas dejaban de sacar fotografías.

—Dime cómo te sientes en realidad, Pax —dijo Tharion y se cruzó de brazos.

La reina volteó a verlo rápidamente.

—Desearía que dejaras de usar ese apodo. Desde que estuvimos en la Cumbre...

—¿Desde entonces extrañas que lo use? —le sonrió con su expresión más encantadora.

Ella puso los ojos en blanco, pero él notó que sus labios se curvaron un poco hacia arriba.

Tharion preguntó:

—¿Llevas la cuenta? ¿De cuántas veces se te ha quedado viendo Ruhn con la boca abierta desde que llegaste?

Ella se sonrojó.

—No estaba con la boca abierta.

—Creo que la cuenta final en la Cumbre fue... ¿treinta? ¿Cuarenta?

Ella le dio un manotazo en el pecho.

—Te extrañé —dijo él con una sonrisa.

Ella le sonrió también.

—¿Qué opina tu prometida sobre eso?

Ella era una de las pocas personas que lo sabía. Cuando se conocieron en la Cumbre, en un encuentro accidental una noche cuando ella estaba buscando soledad en una de las piscinas subterráneas de los mer y lo encontró buscando lo mismo, hablaron sobre sus diversas... obligaciones. La amistad brotó inmediatamente.

Tharion le repuso:

—¿Qué tiene que decir al respecto *tu* prometido?

La bruja rio suavemente y el sonido era como el de campanas de plata.

—Tú eres el que está trabajando con él. Tú dime.

Él rio, pero su diversión desapareció y el tono de su voz se volvió serio.

—Está preocupado por ti lo suficiente para contarnos a algunos sobre tu aquelarre. ¿Por qué no me lo habías dicho?

Si alguna de ellas la lastimaba, iría por ella y la ahogaría. Lentamente.

Ella vio su rostro con cuidado. Él lo permitió.

—¿Qué podrías haber hecho?

Bueno, eso dolía. En especial porque ella tenía razón. Tharion dejó escapar un largo suspiro. Deseaba poderle decir a ella... decirle que se había comprado un periodo breve de libertad. Que no regresaría a la Corte Azul sólo para mantener las apariencias y que fingiría que Emile Renast seguía libre todo el tiempo que pudiera pero... ¿Regresaría después de eso? *¿Podría* regresar?

Tal vez se pondría en contacto con la gente de la Reina del Océano y les rogaría que le dieran asilo. Tal vez también se lo concederían a su familia.

Abrió la boca para hablar cuando una onda pareció propagarse por la calle. La gente se detuvo. Algunos se pegaron a los edificios.

—¿Qué carajos están haciendo aquí? —gruñó Tharion.

Mordoc y el Martillo caminaban por la calle. El lobo y el ángel iban sonriendo burlonamente a todos los que se cruzaban en su camino. Parecían saborear el silencio y temor que dejaban a su paso.

Hypaxia arqueó las cejas.

—¿No son amigos tuyos?

Él se puso una mano sobre el corazón.

—Me ofendes, Pax.

La boca de la reina estaba cerrada con fuerza cuando vio a Pollux y Mordoc cruzar en la esquina.

—Es un mal agüero, verlos aquí.

—Tal vez sólo quieren asegurarse de que todo esté bien, considerando el ataque de esta noche.

Por el poderoso Ogenas, criaturas directamente salidas del Foso. Estaba disfrutando un trago con una manada de metamorfas de leona en un bar de vinos cuando recibió la llamada. Llegó a este sitio y dijo que era una visita de investigación de la Corte Azul, pero...

—¿Estás segura de que estás bien? —preguntó aliviado de poder apartar su atención de los dos monstruos en la calle.

—Estoy bien —respondió Hypaxia y lo volteó a ver con ojos cansados y tristes—. La señorita Quinlan demostró ser una aliada valiosa en las peleas.

A él le agradaba la idea de que las dos se hicieran amigas. Serían una pareja formidable contra cualquier oponente.

—¿Qué dijo tu aquelarre sobre el ataque? —preguntó Tharion y miró de reojo hacia las puertas dobles cerradas al otro lado de la habitación. Pollux y Mordoc desaparecieron por la calle. Como si todos hubieran estado congelados un momento, la gente empezó a moverse de nuevo. Nadie caminó hacia la dirección a la que iban el Martillo y el necrolobo.

—Mi aquelarre fingió indignación, por supuesto. No vale la pena que te lo cuente.

De acuerdo.

—Deberías dormir un poco. Debes estar exhausta después de sanar a Holstrom.

—Para nada —dijo ella y levantó la mirada a su rostro de nuevo—. Pero tú... tú deberías marcharte. En unos cuantos minutos empezaremos a generar sospechas.

—¿Ah, sí? —no pudo resistir bromear—. ¿Como qué?

Ella volvió a sonrojarse.

—Como que estamos haciendo cosas que no deberíamos.

—Suena sucio.

Ella le dio un empujón en broma hacia la puerta. Él le permitió hacerlo y caminó hacia atrás mientras le decía:

—Nos veremos pronto, ¿está bien? Ya tienes mi número.

Los ojos de ella brillaron como estrellas.

—Gracias por venir a ver cómo estaba.

—Lo que sea por ti, Pax —dijo Tharion y cerró la puerta a sus espaldas. Se topó cara a cara con tres brujas. Todas eran miembros del aquelarre de Hypaxia, si no mal recordaba de la Cumbre. Todas tenían expresiones frías y fastidiadas.

—Señoras —dijo con una inclinación de la cabeza.

Ninguna de ellas le contestó y, cuando se reunieron alrededor de la suite de la reina y tocaron a su puerta, él tuvo que reprimir el instinto de regresar a su lado.

Pero no era su lugar y todavía tenía otra tarea esta noche. Sin embargo, primero debía ir a darse un baño al Istros para garantizar que sus aletas siguieran intactas.

Treinta minutos más tarde, todavía mojado, Tharion caminaba hacia la puerta descarapelada de la casa casi en ruinas de la calle Archer. La música salía a todo volumen por las ventanas a pesar de lo tarde que era. Tharion tocó con fuerza para que lo alcanzaran a oír a pesar de la vibración del bajo.

Un momento después, la puerta se abrió. Tharion le sonrió a Ruhn y saludó a Tristan Flynn y Declan Emmet, que estaban en el recibidor detrás de él.

—¿Tienen espacio para otro compañero de casa?

57

Hunt esperó hasta que Bryce y él estuvieron de regreso en el departamento, con la puerta firmemente cerrada detrás de ellos, antes de decir:

—¿Soy un *príncipe* ahora?

Bryce se dejó caer desganada en el sofá.

—Bienvenido al club.

—¿De verdad hizo eso tu padre?

Ella asintió con tristeza.

—Mi mamá se va a poner como loca.

Hunt avanzó hacia el sofá.

—¿Qué hay de ti, Bryce? Tu mamá puede lidiar con esto. Yo, aunque no lo creas, puedo lidiar con esto. Pero... ¿tú estás bien?

Ella se limitó a acariciar a Syrinx.

Hunt percibió el olor a sal y agua, se sentó sobre la nueva mesa de centro y levantó la barbilla de Bryce con su pulgar y su dedo índice para encontrar las lágrimas rodaban por sus mejillas. Lágrimas que sin duda llevaba horas conteniendo.

Convertiría en carroña ardiente al Rey del Otoño por provocarle esas lágrimas, por poner ese miedo y pánico y tristeza en sus ojos.

—Pasé toda mi vida evadiendo esto. Y me siento... —se limpió la cara con rabia—. Me siento tan pinche *estúpida* por haber caído como tonta en su red.

—No deberías. Rompió las reglas para hacer lo que quería. Es una víbora.

—Es una víbora y ahora, técnicamente, legalmente, es mi rey —trató de ahogar un sollozo—. Nunca volveré a tener una vida normal. Nunca me liberaré de él y...

Hunt la tomó entre sus brazos y se pasó al sofá para ponerla sobre su regazo.

—Lucharemos contra esto. Tú quieres una vida normal. Una vida conmigo. Lo haremos realidad. No estás sola. Pelearemos juntos contra él.

Ella enterró la cara en su pecho y las lágrimas mojaron la armadura negra de su traje de batalla. Él le acarició el cabello sedoso y dejó que los mechones suaves se deslizaran entre sus dedos.

—Podía manejar toda la mierda de la Astrogénita. Podía manejar la magia —dijo con la voz apagada al hablar contra su pecho—. Pero esto... no puedo con esto —levantó la cabeza, el temor y el pánico inundaron su expresión—. Es mi *dueño*. Soy ganado para él. Si él quisiera casarme con Cormac esta noche, podría firmar los documentos de matrimonio sin siquiera mi presencia. Si yo quisiera divorciarme, él tendría que concedérmelo, aunque sé que no lo haría. Soy un bien... o le pertenezco a él o le pertenezco a Cormac. Puede hacer lo que quiera y no importa nada mi bravuconería porque no puedo detenerlo.

Los relámpagos de Hunt chisporrotearon por sus alas.

—Lo voy a matar, carajo.

—¿Y qué ganaremos con eso, aparte de que te ejecuten?

Él recargó la frente sobre la de ella.

—Pensaremos en una manera de salir de esto.

—Hypaxia dijo que sólo los asteri podían decidir algo así. Considerando nuestra posición con ellos, dudo que nos ayuden.

Hunt exhaló largamente. Apretó el abrazo que le daba a su pareja. Mataría a quien intentara apartarla de él. Rey, príncipe, hada o asteri... Sería su puta *muerte*...

—Hunt.

Él parpadeó.

—Tus ojos se pusieron todos... enojosos-ofuscados —dijo sorbiéndose la nariz.

—Perdón.

Lo último que ella necesitaba en ese momento era tener que lidiar además con su furia. Le besó la mejilla, la sien, el cuello.

Ella recargó la frente en su hombro con un estremecimiento. Syrinx lloriqueó a su otro lado.

Durante varios largos minutos, Hunt y Bryce se quedaron ahí sentados. Hunt saboreaba cada uno de los sitios donde el cuerpo de ella tocaba el de él, la calidez y el olor de ella. Buscó en su mente algo que se pudiera hacer al respecto, cualquier camino que los sacara de esta situación.

Ella enroscó los dedos en la nuca del ángel. Él aflojó un poco su abrazo y apartó la cara para verla con atención.

La luzastral y el fuego brillaban ahí.

—Dime que esa expresión significa que encontraste una manera brillante pero indolora de librarnos de esto —dijo.

Ella lo besó suavemente.

—No te va a gustar.

A Ruhn no le sorprendió para nada encontrarse parado frente al sofá mental.

Después de la noche que había tenido, nada podría sorprenderlo.

Sobre el puente, Day lo miraba sin decir palabra. De cierta forma, él sintió que ella percibía su estado agitado.

Pero Ruhn dijo:

—¿Tienes algo para mí?

No había olvidado su última conversación. Ella lo había tachado de ser un perdedor, inútil y sin valor que nunca había conocido el sacrificio ni el dolor.

—Estás enojado conmigo.

—No me importas lo suficiente como para enojarme contigo —le dijo con frialdad.

—Mentiroso.

La palabra era como una flecha que salió disparada entre ambos. La noche a su alrededor tembló. Su temperamento no había mejorado cuando se enteró de que Ariadne se había marchado descaradamente. Se había fugado en el instante en que la dejaron sola y se había marchado sepan los dioses a dónde. No culpó a la dragona. Sólo estaba... encabronado de no haberlo anticipado.

Le preguntó a Day:

—¿Qué carajos quieres que diga?

—Te debo una disculpa por la última vez. Tuve un día difícil. Mi temperamento me superó.

—Dijiste la verdad. ¿Para qué molestarte con una disculpa?

—No es la verdad. Yo... —pareció tener problemas para encontrar las palabras—. ¿Sabes cuándo fue la última vez que hablé honestamente con alguien? ¿Cuándo fue la última vez que hablé con alguien como hablo contigo, comportándome casi tal como soy?

—Asumo que ha pasado un tiempo.

Ella se cruzó de brazos y los envolvió alrededor de su cuerpo.

—Sí.

—¿Puedo hacerte una pregunta?

Ella ladeó la cabeza.

—¿Qué?

Él se frotó el cuello, el hombro.

—¿Qué consideras que debe tener un buen líder?

La pregunta era ridícula... un ensayo para un niño de segundo grado. Pero después de lo que había sucedido...

Ella no reaccionó de manera negativa.

—Alguien que escucha. Que piensa antes de actuar. Que intenta entender diferentes puntos de vista. Que hace lo correcto aunque el camino sea largo y difícil. Que le da voz a los que no la tienen.

Su padre no era ninguna de esas cosas. Excepto por pensar antes de actuar. El rey tenía planes que llevaban décadas en marcha. Siglos.

—¿Por qué lo preguntas?

Ruhn se encogió de hombros.

—Todo este asunto con los rebeldes me puso a pensar con quién reemplazaríamos a los asteri. Con quién *querríamos* reemplazarlos.

Ella lo miró con atención, su mirada se sentía como hierro ardiente sobre su piel.

—¿*Tú* qué piensas que debe tener un buen líder?

No lo sabía. Sólo sabía que no estaba completamente seguro de cumplir con los requisitos que ella había mencionado. ¿Dónde quedaba entonces su gente?

—Estoy intentando averiguarlo —dijo.

Si se convirtiera en rey algún día, ¿qué tipo de gobernante sería? Intentaría hacer el bien, pero...

Se hizo el silencio, tranquilo y cómodo.

Pero entonces Day exhaló y unas flamas azules salieron en ondas por su boca.

—No estoy acostumbrada a este tipo de cosas.

Él se sentó en su sillón.

—¿Qué tipo de cosas?

—La amistad.

—¿Me consideras un amigo?

—En un mundo lleno de enemigos, tú eres mi único amigo.

—Bueno, tal vez debería darte unas lecciones sobre la amistad porque no tienes ni puta idea.

Ella rio pero el sonido no fue del todo dichoso.

—De acuerdo. Me lo merecía.

Él le sonrió un poco aunque ella no lo podía ver.

—Lección uno: no te desquites con tus amigos cuando tengas un mal día.

—Sí.

—Lección dos: a tus verdaderos amigos no les importará cuando suceda, siempre y cuando lo reconozcas y te disculpes. Por lo general eso implica comprarles una cerveza.

Otra risa, más suave en esta ocasión.

—Te compraré una cerveza, entonces.

—¿Sí? ¿Cuando vengas a visitarme?

—Sí —dijo ella y se escuchó el eco de la palabra—. Cuando te visite.

Él se puso de pie y avanzó hacia el diván. La miró desde arriba.

—¿Y eso cuándo será, Day?

Ella inclinó la cabeza hacia atrás, como si lo estuviera viendo.

—En el Equinoccio de Otoño.

Ruhn se quedó inmóvil.

—Tú... ¿qué?

Ella se llevó la mano en llamas hacia la cabeza, hacia la oreja. Como si estuviera acomodándose un mechón de cabello detrás de ella. Se puso de pie y le dio la vuelta al diván. El mueble quedó entre ellos y dijo:

—Debo ir a la fiesta para los arcángeles. Podríamos reunirnos... en alguna parte.

—Yo también iré a esa fiesta —dijo sin entender bien por qué su voz se escuchaba más ronca. Para que ella estuviera invitada, tenía que ser alguien importante, justo como sospechaba—. La fiesta del equinoccio siempre es de máscaras. Podemos vernos ahí.

Ella retrocedió un paso cuando él empezó a darle la vuelta al diván.

—¿Enfrente de tanta gente?

—¿Por qué no? Ambos estaremos usando máscaras. Y ambos estamos invitados a la fiesta. ¿Por qué sería sospechoso que dos personas hablaran ahí?

Podría jurar que alcanzaba a escuchar el corazón de Day latiendo con fuerza. Ella preguntó:

—¿Cómo sabré que eres tú?

—La fiesta es en el conservatorio, en el jardín de la azotea del Comitium. Hay una fuente del lado oeste, justo al lado de las escaleras del conservatorio. Ahí nos veremos a la medianoche.

—¿Pero cómo puedo estar segura de que no te estaré confundiendo con alguien más?

—Si yo pienso que eres tú, sólo... diré «¿Day?». Y si tú respondes «Night», entonces lo sabremos.

—No deberíamos.

Ruhn dio un paso hacia ella y su respiración se volvió irregular.

—¿Es tan malo que sepa quién eres?

—Pone todo en peligro. Podrías estarme tendiendo una trampa en nombre de los asteri.

—Mírame y dime que en verdad piensas eso.

Lo hizo. Ruhn se acercó lo suficiente para que el calor de sus flamas le calentara el cuerpo.

Y, tras decidir mandar a volar la precaución, extendió la mano para tomar la de ella. Las flamas calentaban su piel de noche pero no la quemaban. La mano debajo del fuego era delgada. Delicada.

Ella contrajo los dedos, pero él la sostuvo con firmeza.

—Estaré esperándote.

—¿Y si no soy lo que esperas?

—¿Qué crees que estoy esperando?

De nuevo movió los dedos, como si quisiera quitárselos.

—No lo sé.

Él tiró un poco de su brazo para acercarla. ¿Cuándo había sido la última vez que había tenido que luchar por conseguir la atención de una mujer? Carajo, *sí* estaba intentando conseguirla, ¿no? Quería ver su rostro. Quería saber quién era tan valiente y atrevida para arriesgar su vida una y otra vez en desafío a los asteri.

Ruhn miró por el velo de flamas que lo separaban de Day.

—Quiero olerte. Verte. Sólo por un momento.

—Esa fiesta estará plagada de nuestros enemigos.

—Entonces no nos quedaremos mucho tiempo. Pero... veámonos, ¿sí?

Ella se quedó en silencio, como si estuviera intentando perforar el manto de estrellas que lo cubría.

—¿Por qué?

Él dijo con voz más grave.

—Sabes por qué.

Ella titubeó pero luego dijo con suavidad:

—Sí.

Ruhn se quedó mirando las flamas que parecieron acercarse a sus estrellas y sombras.

—Medianoche.

Ella empezó a disolverse como brasas en el viento.

—Medianoche —prometió.

58

Dos semanas después, Hunt se estaba viendo en el espejo y frunció las cejas. Se acomodó la corbata de moño blanca de su esmoquin aunque ya sentía que la cosa esa lo estrangulaba.

Tenía la intención de usar su traje de batalla para ir a la fiesta, pero Bryce había montado una intervención la semana anterior y le había exigido que usara algo «medianamente normal». *Luego puedes volver a convertirte en el depredador de la noche que todos amamos,* le dijo.

Hunt gruñó y se volvió a ver en el espejo antes de gritar al otro lado del departamento:

—Estoy lo mejor que voy a estar, así que ya vámonos. La camioneta está abajo.

Ciertamente no habría podido meter las putas alas en el sedán negro que el Rey del Otoño normalmente enviaba para transportar a Bryce. Pero por lo menos el idiota había enviado una camioneta en esta ocasión. Cormac sería la pareja oficial de Bryce para la fiesta y sin duda los estaba esperando en el vehículo. Lo más probable era que hubiera sido el mismo Cormac quien había convencido al Rey del Otoño de enviar la camioneta para que el invitado de Bryce pudiera acompañarlos.

Bryce se molestaba con cada nueva orden que llegaba de parte del Rey del Otoño: la joyería que se esperaba que usara, la ropa, el alto de los tacones, el largo de las uñas, el tipo de transporte que usarían, quién saldría primero de la camioneta, cómo saldría *ella*... aparentemente sus tobillos y sus rodillas tenían que estar permanentemente pegados en público. Y, por último, y lo más absurdo, era qué y cómo se le permitiría comer.

Nada. Ésa era la respuesta corta. Una princesa hada no comía en público, era la respuesta larga. Tal vez un sorbo de sopa o un pequeño bocado para ser amable. Y una copa de vino. Nada de licor más fuerte.

Bryce había leído la lista de mandamientos una noche antes de que cogieran en la regadera y estaba tan molesta que Hunt había tenido que recurrir al sexo oral para lograr que se sintiera un poco menos alterada. Se había tomado su tiempo probándola, saboreando cada lengüetazo en su delicioso y embriagante sexo.

A pesar de tener sexo con ella en la noche y antes del trabajo, no era suficiente para él. A mitad de la mañana se daba cuenta de que la deseaba. Ya habían cogido dos veces en su oficina, sobre el escritorio. Ella con el vestido subido hasta la cintura y él apenas con los pantalones desabrochados mientras la penetraba con ímpetu.

No los habían descubierto, gracias a los dioses. No sólo sus compañeros de trabajo, sino cualquiera que le pudiera informar a Cormac o al Rey del Otoño. Ella ya había tenido una batalla con su padre por el hecho de que Hunt siguiera viviendo aquí con ella. Pero después de esta noche...

Él tomó la máscara dorada del sitio donde la había dejado sobre el ropero, tan ridícula y dramática, y salió a la sala moviendo los dedos dentro de sus zapatos de charol. ¿Cuándo había sido la última vez que había usado algo que no fueran sus botas o tenis? Nunca. Literalmente nunca había usado zapatos así. Cuando era joven, usaba sandalias o botas, y después botas por siglos.

¿Qué pensaría su madre de este hombre en el espejo? Sintió que el corazón se le estrujaba al recordar su sonrisa, al imaginar cómo podrían haber brillado sus ojos. Deseó que estuviera ahí. No sólo para verlo, sino para saber que todo lo que ella había luchado para proveer para él había rendido frutos. Para saber que él podría cuidar de ella ahora.

Bryce silbó desde el otro lado de la sala y Hunt levantó la vista y guardó el viejo dolor en su pecho.

Todo el aliento se le salió del pecho.

—Carajo.

Ella estaba...

—Carajo —repitió y ella rio. Él tragó saliva—. Eres una puta belleza.

Ella se sonrojó y a él le empezó a rugir la cabeza, a doler el pene. Quería lamer ese rubor, quería besar cada centímetro de su sonrisa.

—No logré convencerme de ponerme la tiara —dijo Bryce y levantó la muñeca e hizo girar la corona a su alrededor con su típica irreverencia.

—No la necesitas.

Era verdad. El vestido negro brillante apretaba cada una de sus deliciosas curvas antes de hacerse más holgado alrededor de la rodilla, donde caía para formar una cola de noche sólida. El escote profundo se detenía debajo de sus senos y enmarcaba la estrella al centro, atrayendo la mirada hacia la impactante cicatriz.

Tenía guantes negros que subían hasta sus codos y sus dedos envueltos en satín jugaban con uno de los aretes largos de diamantes que destellaban contra la columna de su cuello. Traía el cabello suelto, con una peineta de diamantes en uno de los lados y la masa de pelo sedoso cayendo por encima del hombro opuesto. En la otra mano sostenía su máscara plateada.

Unos labios carnosos y rojos como la sangre le sonrieron a Hunt debajo de ojos delineados con kohl. Maquillaje sencillo... y completamente devastador.

—Por Solas, Quinlan.

—Tú también te ves bien cuando te bañas.

Hunt se acomodó las solapas del esmoquin.

—¿Sí?

—¿Quieres que nos quedemos a coger?

Hunt rio.

—Muy digno de la realeza de tu parte. Cualquier otra noche, mi respuesta hubiera sido sí —le ofreció un brazo—. Su Alteza.

Bryce sonrió, lo tomó del brazo y se acercó más a él. Hunt inhaló su olor, el jazmín de su perfume. Ella se puso la tiara un poco ladeada sobre la cabeza. El pequeño pico de diamante sólido brillaba como si estuviera iluminado por la luz de las estrellas. Hunt enderezó la tiara y salieron por la puerta.

Hacia el mundo que los estaba esperando.

Ruhn hizo una reverencia frente a los arcángeles sentados. Hypaxia, a su lado, también hizo una reverencia.

Era un mentiroso de mierda, pensó con remordimiento cuando se puso el esmoquin negro con negro hacía una hora. Había accedido a ser el acompañante de Hypaxia esta noche, como su prometido y como príncipe heredero no tenía en realidad alternativa salvo estar aquí, pero no había podido dejar de pensar en Day. Si se presentaría en unas cuantas horas.

Ya había revisado la fuente a través de las puertas del lado oeste. Estaba entre sombras detrás del enorme conservatorio de vidrio, como a cinco metros de las escaleras que conducían al exterior del edificio y hacia la noche estrellada.

No había vuelto a hablar con Day desde que se habían puesto de acuerdo. Había intentado hablar con ella, pero ella no había respondido. ¿Estaría aquí esta noche, como lo había prometido? ¿Ya estaría en el conservatorio lleno de gente?

Se había quitado la máscara negra labrada para saludar formalmente a los arcángeles y cuando apartó la vista de Celestina y Ephraim, Ruhn volvió a mirar hacia la multitud.

Vestidos hermosos, damas hermosas... traían sus máscaras, pero él conocía a la mayoría. Por supuesto, Day podría ser alguna conocida. No tenía idea de qué buscar. *Dónde* siquiera buscarla en el espacio vasto iluminado con velas y decorado con guirnaldas y coronas de hojas de otoño que habían traído de los climas más frescos al norte.

Cráneos alados y guadañas decoraban el lugar, mezcladas con un verdadero arcoíris de calabazas de otoño sobre cada una de las mesas. Day podría estar en cualquier parte.

La seguridad era muy estricta para poder entrar a este lugar. Estaba a cargo de la 33ª y estaban haciendo el trabajo como los psicópatas paranoicos que eran. Había soldados apostados en las puertas del exterior y en el cielo. Baxian y Naomi habían revisado las identificaciones y las invitaciones en la entrada. Seguirían ahí toda la noche, mientras otros miembros del triarii celebraban. Ninguna de las personas de Ephraim había sido seleccionada para montar guardia. Podría ser porque no les tenían la confianza o como un privilegio. Ruhn no sabía cuál.

No había habido señal de Pippa Spetsos o su escuadrón Ocaso, ni ninguna otra unidad de Ophion recientemente, pero los necrolobos seguían recorriendo las calles. Y este salón de fiestas.

Ruhn se puso la máscara y le dijo a Hypaxia:

—¿Quieres que te traiga algo?

Ella lucía resplandeciente con un vestido color azul rey y su corona de moras del pantano brillando en su cabello oscuro con un peinado alto. Las cabezas a su alrededor volteaban para comentar sobre su belleza, visible incluso con la máscara blanca con alas que había elegido.

—Estoy bien, gracias —respondió con una sonrisa agradable.

Ithan, con un esmoquin tradicional, venía detrás de ella. Avanzó y su máscara plateada de lobo brilló bajo las pequeñas lucesprístinas que colgaban por todo el lujoso conservatorio.

—La hija de la Reina del Río quiere conocerte —murmuró Ithan e hizo una señal hacia donde estaba Tharion, muy serio, junto a una bellísima mujer joven de cabello rizado. Tharion, cosa rara, se veía algo tieso pero la mujer, vestida con una tela semitransparente color turquesa, se veía llena de energía. De emoción.

Ésa había sido la pequeña sorpresa de la otra noche. Tharion se había instalado con bastante comodidad en la vida de Ruhn y sus amigos... hasta que recibió una nutria con un mensaje de la Reina del Río que le instruía que fuera a la celebración con su hija.

Aparentemente, la correa no se extiende tanto, dijo Tharion cuando Ruhn le preguntó, y eso fue todo.

Hypaxia le sonrió a Ithan.

—Por supuesto. Me encantaría conocerla —Ithan le ofreció el brazo. Hypaxia le dijo a Ruhn—: ¿Supongo que bailaremos más tarde?

—Ajá —respondió Ruhn e hizo una reverencia rápida—. Quiero decir, sí. Será un honor.

Hypaxia lo miró con expresión extrañada y curiosa y se fue con Ithan.

Necesitaba un trago. Un puto trago enorme.

Estaba a medio camino hacia una de las seis barras distribuidas en el espacio, todas llenas de gente, cuando su hermana y Cormac entraron.

Bryce lucía como una princesa y no tenía nada que ver con la corona, una joya familiar de la casa Danaan que su padre le había ordenado que usara hoy. La gente se le quedaba viendo... muchos de manera poco amable.

O tal vez estaban viendo a Athalar. El ángel entró unos pasos detrás de la pareja real. Aparentemente, Celestina le había dado la noche libre. Cómo podía soportar caminar detrás de ellos, ver a Bryce del brazo de otro hombre...

Pero el rostro de Athalar no revelaba nada. Era el Umbra Mortis nuevamente.

Un destello rojo al otro lado del salón atrajo la mirada de Ruhn. Su padre avanzó hacia Bryce y Cormac. El príncipe de Avallen parecía querer encontrarse con él a medio camino, pero Bryce tiró de su brazo y los llevó directamente con los arcángeles.

Unas cuantas hadas ahogaron un grito al notar el desprecio, entre ellas los padres de Flynn. Flynn, el muy traidor, había dicho que tenía un dolor de cabeza para evitar asistir. Por los rostros fruncidos de sus padres cuando vieron llegar solo a Ruhn unos minutos antes, supo que su amigo no les había dicho. Una pena para todas las jóvenes casaderas que sin duda tenían listas para conquistar a su hijo esta noche.

Sin hacer caso a las hadas decepcionadas, Bryce caminó directamente a la plataforma donde estaban sentados los arcángeles y pasó de largo la fila de los que esperaban para felicitarlos. Nadie se atrevió a decir nada. Athalar iba siguiéndolos a ella y Cormac. Ruhn volteó a ver la cara furiosa de su padre y también se acercó.

Bryce y Cormac hicieron una reverencia frente a los arcángeles. Las cejas de Celestina se elevaron cuando vio tanto a Hunt como a Cormac. Bryce dijo:

—Mis felicitaciones a ambos.

—Gracias —respondió Ephraim, aburrido y con la mirada puesta en el bar.

Cormac agregó:

—Avallen extiende sus deseos y esperanzas por su felicidad.

Había sido un alivio descubrir que Mordoc no asistiría a la fiesta esta noche. No podría ponerles caras a los olores que probablemente había detectado en el callejón hacía varios días. Pero la Cierva sí estaba ahí. Ruhn ya le había advertido a su primo que se mantuviera alejado de la mujer, sin importar cuánto le gritara su sangre pidiendo venganza.

—Y nosotros también les hacemos extensivos nuestros buenos deseos —dijo Celestina.

—Gracias —dijo Bryce con una gran sonrisa—. El príncipe Hunt y yo planeamos ser muy felices.

Un grito ahogado se extendió como onda expansiva por todo el salón.

Bryce volteó un poco a ver a Hunt y extendió la mano. El ángel caminó hacia ella con los ojos bailando divertidos. La expresión de Cormac parecía estar atrapada entre la sorpresa y la rabia.

Todo el salón parecía estar girando. Bryce no se atrevería. No tendría el puto atrevimiento de hacer este teatro. Ruhn se tragó una risa de shock puro.

—¿Príncipe? —preguntó Celestina.

Bryce tomó a Hunt del brazo y se acercó a él.

—Hunt y yo somos pareja —una sonrisa encantadora y brillante—. Eso lo convierte en mi príncipe. El príncipe Cormac fue muy amable y me acompañó aquí esta noche, ya que nos hemos hecho buenos amigos este mes —volteó a ver a la multitud. De inmediato, localizó al Rey del Otoño, que la veía con el rostro blanco de rabia—. Pensé que le habías dicho, padre.

Carajo.

Había seguido las reglas hasta el momento sólo para llegar a este punto. Una declaración pública de que ella estaba con Hunt. Que Hunt era un príncipe... un príncipe de las hadas.

Y su padre, que odiaba las escenas en público... podía arriesgarse a llamar mentirosa a su hija, y avergonzarse a sí mismo de paso, o seguirle el juego.

El Rey del Otoño se dirigió a la multitud sorprendida.

—Mis disculpas, Sus Gracias. La unión de mi hija debió habérseme olvidado —con la mirada amenazaba desatar el fuego del Averno sobre Bryce—. Espero que su emoción al anunciar su unión con Hunt Athalar no sea interpretada como un intento de eclipsar la dicha de ustedes esta noche.

—Oh, no —dijo Celestina y se cubrió la boca para ocultar su sonrisa—. Los felicito y los bendigo, Hunt Athalar, Bryce Quinlan.

No había algo más oficial que eso.

Ephraim sólo gruñó e hizo un gesto al mesero más cercano para que le trajera un trago. Bryce tomó eso como la señal para irse, les volvió a hacer una reverencia, y giró con Hunt hacia la multitud. Cormac tuvo la decencia de seguirlos, pero los dejó junto a una columna después de unas palabras con Bryce. Luego se dirigió hacia el Rey del Otoño.

Así que Ruhn se acercó a ellos.

—Linda tu corona —dijo Bryce con una risita.

Él movió la barbilla en dirección a su hermana.

—¿Eso es todo lo que tienes que decir?

Ella se encogió de hombros.

—¿Qué?

Pero ella frunció el ceño mirando por encima del hombro de su hermano. Cierto. Había mucha gente con oído sobrenatural a su alrededor. Ya le gritaría después.

Aunque... en realidad no tenía que gritarle para nada. Ella había encontrado su salida de todo este puto asunto sola. Su propia manera atrevida y brillante.

—Me alegra que seas mi hermana —dijo.

Bryce le sonrió tan ampliamente que mostró todos sus dientes.

Ruhn se sacudió la sorpresa y le dijo a Athalar:

—Bonito esmoquin —y luego, sólo por ser un hijo de puta—, Su Alteza.

Athalar se acomodó el cuello de la camisa.

—No me sorprende que te hayas hecho tantos piercings si así es como se supone que te debes vestir en estas situaciones.

—La primera regla de ser un príncipe —dijo Ruhn con una sonrisa— es rebelarte siempre que puedas.

Considerando lo que habían estado haciendo estos días, era lo mínimo que estaban haciendo.

Hunt gruñó, pero Ephraim y Celestina se pusieron de pie de sus tronos al fondo del conservatorio en ese momento. Una pantalla enorme salió de un panel en el techo de vidrio. Se escuchó el sonido de un proyector.

—Amigos —dijo la voz clara de Celestina hacia la multitud. Si alguien seguía hablando, eso lo calló—. Les agradecemos haber venido a celebrar nuestra unión esta hermosa noche.

La voz profunda de Ephraim se escuchó:

—Es con gran dicha que Celestina y yo anunciamos nuestra unión —miró a su hermosa pareja y sonrió ligeramente—. Y con gran alegría les damos la bienvenida a nuestros invitados de honor que nos acompañarán de forma remota.

La iluminación se atenuó y sólo quedó la suave luz de vela que volvía más amenazantes a los cráneos decorativos. Luego la pantalla parpadeó y se pudieron ver siete tronos. Una vista más aterradora que cualquier cráneo o guadaña.

Seis de los tronos estaban ocupados. El séptimo estaba vacío, como siempre, gracias al Príncipe del Foso.

Un escalofrío recorrió los brazos de Ruhn cuando los asteri miraron la fiesta con frialdad.

59

Bryce no podía respirar bien.

Los asteri los miraban a todos como si pudieran ver a través de la pantalla. Verlos ahí reunidos.

Seguramente sí lo podían hacer, se dio cuenta Bryce. Su mano tomó la de Hunt y él la apretó con fuerza. Una de sus alas grises se envolvió alrededor de ella. Dioses, se veía tan guapo esta noche.

Ella había calculado que esta fiesta sería la única situación en la que su padre no se atrevería a desafiarla. Donde cualquier unión con Hunt podría ser verificada y reconocida por arcángeles. Ella se había vestido con lo que pidió y había hecho todo lo que él le había ordenado... todo para poder llegar aquí esta noche. Se había apresurado hacia la plataforma en cuanto llegaron para poder anunciar a Hunt como su pareja antes de que su padre la pudiera presentar como la prometida de Cormac.

El alivio y la emoción, y un poco de engreimiento, le recorrían el cuerpo. Sin duda su padre haría algo al respecto después. Pero esta noche... celebraría su victoria. Sabía que Hunt tenía tan poco interés en ser un príncipe como ella en ser princesa. Pero lo había hecho. Por ella. Por ellos.

Había estado a punto de arrastrar a Hunt a un armario o guardarropa para coger enloquecidamente con él cuando bajó la pantalla. Y ahora, viendo a las seis figuras inmortales, el rostro infantil de Rigelus...

Afortunadamente, las demás personas en el salón también estaban temblando. Ella sentía que el corazón le latía como un tambor.

Celestina y Ephraim hicieron una reverencia y todos los demás los siguieron. Las piernas de Bryce temblaban sobre sus tacones cuando lo hizo. Hunt le volvió a apretar la mano, pero ella mantuvo la vista en el suelo. Odiaba ese miedo primigenio, el terror de saber que esos seres los juzgaban y que con una sola palabra podían matarlos a todos, podían matar a su familia...

—Nuestras felicitaciones a ustedes, Celestina y Ephraim —canturreó Rigelus con esa voz que no correspondía al cuerpo adolescente que habitaba su alma retorcida—. Extendemos nuestros deseos por una unión feliz y fértil.

Celestina y Ephraim agacharon las cabezas en gratitud.

—Estamos muy agradecidos por su sabiduría y amabilidad al unirnos —dijo Celestina.

Bryce intentó sin éxito detectar alguna intención en su tono de voz. ¿Estaba siendo sincera? ¿Esa ligera tensión provenía de una mentira o de encontrarse frente a los asteri?

Octartis, la Estrella del Sur, el asteri a la derecha de Rigelus, habló. Su voz era como hielo antiguo y resquebrajado:

—Entiendo que hay otras felicitaciones que dar también.

Un escalofrío se disparó por la columna vertebral de Bryce cuando Rigelus dijo:

—Princesa Bryce Danaan y Príncipe Hunt Athalar.

Era una orden. Un comando.

La multitud retrocedió y abrió el paso para que los asteri los pudieran ver claramente.

Oh, dioses. A Bryce se le fue toda la sangre del rostro. ¿Cómo lo sabían ya? ¿Las cámaras habían estado encendidas todo el tiempo y dejaron que los asteri vieran y escucharan sin ser vistos?

Pero entonces el Rey del Otoño se adelantó, haciendo una reverencia a su lado.

—Les presento a mi hija, Oh Sagrados —entonó.

Ella se preguntó si él odiaría hacer reverencias ante los asteri. Le satisfacía mucho ver cómo lo hacía, pero no era el momento para pensar en eso. Bryce también hizo una reverencia y murmuró:

—Salven los asteri.

Cormac apareció al otro lado de su padre y también hizo una reverencia. Como príncipe heredero de Avallen, no tenía alternativa.

Estaba furioso con su numerito. No porque hubiera terminado con el compromiso, sino porque no le había advertido con anticipación. *¿Alguna otra sorpresa esta noche, princesa?*, le había dicho furioso antes de irse a hablar con su padre. *Violaste nuestro acuerdo. No lo voy a olvidar.*

Ella no le había respondido, pero... ¿Los asteri sabían que uno de sus rebeldes más feroces estaba frente a ellos, jugando al príncipe? ¿Ellos sabían cómo le había ayudado ella, cómo había trabajado con él? Supuso que, de ser así, ya todos estarían muertos.

—Y les presento a su pareja y consorte, el Príncipe Hunt Athalar —dijo el Rey del Otoño con voz cortante. Su desaprobación era patente. Bien podría matarla por esto. Si Cormac no lo hacía antes.

Pero, de acuerdo con la ley hada, ella ahora era propiedad de Hunt. Reconocida en los últimos minutos tanto por los arcángeles como por los asteri. Si eso ponía incómodo a Hunt, si le pesaba este nuevo título o los seres frente a él, no mostró ninguna señal de ello e hizo una reverencia. Sus alas le tocaron la espalda a Bryce.

—Salven los asteri.

—Levántense —dijeron los asteri, así que Bryce, Hunt y su padre lo hicieron.

Tenían las miradas de todos sobre ellos. En este salón, en aquella cámara en la Ciudad Eterna. La mirada de Rigelus, en especial, la perforaba. Le sonrió ligeramente. Como si supiera todo lo que ella había hecho estas últimas semanas. Todas sus actividades rebeldes, todos sus pensamientos de amotinamiento.

Bryce se odiaba por bajar la vista. Aunque sabía que Hunt le sostendría la mirada a Rigelus.

Pero la Mano Brillante de los asteri dijo:

—Tantas uniones felices esta noche. Es nuestro deseo que todos participen en las celebraciones. Vayan y celebren el Día de la Muerte en paz.

Todos volvieron a hacer una reverencia y la pantalla se apagó. Varias personas lloriquearon, como si hubieran estado controlando el sonido.

Nadie habló durante varios segundos mientras las luces se volvían a encender. Luego la banda volvió a empezar a tocar, aunque un poco fuera de tiempo, como si los músicos también necesitaran un minuto para recomponerse. Incluso los arcángeles estaban un poco pálidos al volver a ocupar sus asientos.

Bryce volteó a ver a su padre. El Rey del Otoño dijo en una voz tan baja que nadie más lo podría escuchar:

—Eres una perra maldita.

Bryce le sonrió ampliamente.

—Quieres decir «Eres una perra maldita, *Su Alteza*».

Se marchó hacia la multitud. Alcanzó a ver que Hunt le sonreía al rey, y le guiñó de una manera que claramente decía: *Haz cualquier cosa y terminarás frito, idiota.*

Pero ella tuvo que respirar profundamente unas cuantas veces al detenerse al borde de la pista de baile para intentar recuperar la compostura.

—¿Estás bien? —le preguntó Hunt y la tomó del hombro.

—Sí, Su Alteza —murmuró ella.

Él rio y se acercó para susurrarle al oído:

—Pensé que sólo me llamabas así en la cama, Quinlan.

Era cierto. *Eres mi puto príncipe*, había jadeado la noche anterior cuando él la estaba penetrando.

Bryce se recargó en él y se sacudió el último resto del hielo de los asteri.

—No puedo creer que lo hayamos hecho.

Hunt rio en voz baja.

—Vamos a pagarlo caro.

Su padre les cobraría esto. Pero esta noche, no podría hacer nada. Aquí, frente a toda esta gente, no podría hacer nada contra ellos.

Así que Bryce le dijo:

—¿Quieres bailar conmigo?

Él arqueó la ceja.

—¿En serio?

—¿Sí sabes bailar, verdad?

—Por supuesto que sí. Sólo... ha pasado mucho tiempo desde que bailé con alguien.

Desde Shahar, probablemente. Ella entrelazó sus dedos con los de él.

—Baila conmigo.

Los primeros pasos fueron un poco forzados, titubeantes. Él le pasó el brazo alrededor de la cintura y con la otra mano tomó la de Bryce para bailar con ella al ritmo de la balada dulce que tocaba la banda. Todas las miradas estaban sobre ellos y les tomó un par de versos empezar a seguir el ritmo.

Hunt murmuró:

—Sólo mírame a mí y al carajo con todos los demás.

La mirada del ángel se veía encendida por el deseo y la dicha y esa chispa que era Hunt puro. La estrella en el pecho de Bryce centelleó, completamente a la vista. Alguien ahogó un grito, pero ella mantuvo sus ojos sobre Hunt. Él volvió a sonreír.

Eso era lo único que importaba. Esa sonrisa. Empezaron a bailar con más soltura y, cuando Hunt la hizo girar, ella le sonrió de vuelta.

Regresó a sus brazos con un movimiento y Hunt no falló ni un paso y la llevó por toda la pista de baile. Tuvo la vaga sensación de ver a Ruhn e Hypaxia bailando, a Celestina y Ephraim también, a Baxian y Naomi, Isaiah ahora con ellos, vigilando en la puerta, pero no podía apartar la mirada de Hunt.

Él le dio un beso en la boca. Todo el universo se derritió con eso. Eran sólo ellos dos, serían sólo ellos, bailando juntos con las almas entrelazadas.

—Todo lo que me ha pasado en la vida, todo fue para que te pudiera conocer, Quinlan. Estar aquí contigo. Soy tuyo. Para siempre.

Ella sintió un nudo en la garganta y la estrella de su pecho se encendió brillante y alumbró todo el conservatorio como si fuera una pequeña luna. Bryce lo besó de vuelta y no le importó quién los estuviera observando, sólo importaba que él estuviera aquí.

—Todo lo que yo soy es tuyo —le dijo a los labios.

Hypaxia parecía distraída mientras bailaba con Ruhn. Él estaba haciendo todo lo posible por no mirar a Hunt y Bryce hacerse ojitos. Para no escuchar todos los comentarios que se hacían detrás de ellos.

El Umbra Mortis... ahora un príncipe hada. Qué desgracia. Las ofensas y las palabras odiosas fluían al lado de Ruhn de las bocas de las hadas que no tenían reparo en decir lo que les daba la gana, refugiadas tras la seguridad de sus máscaras. No que las máscaras pudieran ocultar sus olores. Ruhn registró a todos y cada uno de ellos.

Athalar era su hermano ahora, por ley. Y a Ruhn no le gustaba cuando la gente hablaba mal de su familia. La familia que le agradaba, al menos.

Cormac ya se había marchado. Se fue a una sombra y se teletransportó. Y estuvo mejor así, considerando que Cormac se distrajo tanto con la sorpresita de Bryce que no se había molestado en confrontar a la Cierva. Pero Ruhn no culpaba a su primo por irse. Después de lo que había hecho Bryce, Cormac se habría visto atacado por un enjambre de familias hada intentando presentarle a sus hijas. Los padres de Flynn, con Sathia muy alerta, claramente estaban buscando en el salón para ver si ubicaban al príncipe de Avallen.

Ruhn controló su sonrisa al pensar en lo infructuosa que sería su búsqueda y se concentró en su pareja. Hypaxia parecía estar buscando en la multitud.

Su corazón dio un vuelco. Le preguntó en voz baja:

—¿Estás buscando a alguien?

Ella se aclaró la garganta.

—A mi hermana. La Cierva.

Él sintió que el pecho se le aflojaba.

—Está al pie de la plataforma. Junto a Pollux.

Hypaxia miró en esa dirección en la siguiente vuelta. La Cierva y el Martillo estaban juntos, ambos con máscaras negro mate. El ángel tenía un uniforme imperial blanco con bordes dorados. El vestido dorado y brillante de la Cierva se ajustaba a su cadera antes de caer al piso. Tenía el cabello rubio recogido y, por una vez, no traía la torques de plata alrededor del cuello. Sólo unos aretes delgados de oro que le rozaban los hombros.

—Son una bonita pareja —murmuró Hypaxia—. Tan monstruosos en el interior como hermosos en el exterior.

Ruhn gruñó.

—Sí.

Hypaxia se mordió el labio.

—Estaba esperando que llegara esta noche para acercarme a ella.

Él estudió su rostro con atención.

—¿Quieres que te acompañe? —no podía ofrecerle menos.

—¿Crees que ella vaya a... reaccionar mal?

—Es demasiado lista como para hacer una escena. Y no creo que la Cierva sea del tipo que hace esas cosas, de cualquier manera. Está hecha de la misma madera que mi padre. Lo peor que podría pasar sería que te ignorara.

Hypaxia se tensó entre sus brazos.

—Supongo que tienes razón. Será mejor que lo haga de una vez. Si no, me va a arruinar el resto de la noche.

—¿Por qué quieres hablar con ella?

—Porque es mi hermana. Y nunca he hablado con ella. Ni la había visto en vivo.

—Yo me sentí así cuando supe de la existencia de Bryce.

Ella asintió distraídamente y sus ojos volvieron a recorrer la habitación.

—¿Estás seguro de que no te importa acompañarme?

Ruhn miró el enorme reloj al fondo del conservatorio. Once cincuenta. Tenía tiempo. Unos cuantos minutos. Necesitaba algo para distraerse, de cualquier manera.

—No te lo habría ofrecido si no estuviera dispuesto a hacerlo.

Salieron de la pista de baile. La multitud le abría paso a la hermosa reina mientras avanzaba hacia su hermana. La Cierva la miró acercarse sin sonreír. Sin embargo, Pollux le sonrió a Hypaxia y luego a Ruhn.

Hypaxia, había que reconocérselo, se paró derecha cuando se detuvo.

—Lidia.

La boca de la Cierva se curvó hacia arriba.

—Hypaxia —dijo con voz suave. Era una descarada falta de respeto no usar el título de la reina. Ni siquiera una reverencia.

Hypaxia sólo dijo:

—Deseaba saludarte formalmente —dijo. Luego agregó—: Hermana.

—Vaya, nadie me había llamado nunca con *ese* nombre —dijo Lidia.

Pollux rio. Ruhn mostró los dientes en advertencia y recibió una sonrisa burlona a cambio.

Hypaxia lo intentó de nuevo.

—Es un nombre que espero ambas podamos escuchar con más frecuencia.

La Cierva la miró a través de la máscara, sin un gramo de amabilidad o calidez en su rostro hermoso.

—Tal vez —dijo Lidia y devolvió su atención a la multitud. Aburrida y desinteresada. Un desprecio y un insulto.

Ruhn miró el reloj. Debía irse. Caminar lentamente hacia las puertas del jardín y luego salir. Pero no podía dejar a Hypaxia ahí sola.

—¿Estás disfrutando de Lunathion? —intentó la reina.

—No —dijo la Cierva con voz lenta—. Esta ciudad me parece tediosamente plebeya.

El Martillo rio e Hypaxia le dijo con una autoridad sorprendente.

—Vete a parar a otra parte.

Los ojos de Pollux destellaron.

—Tú no me puedes dar órdenes.

Pero la Cierva lo volteó a ver con la mirada fría y divertida.

—Danos un minuto, Pollux.

El Martillo vio a Hypaxia con furia pero la reina bruja le sostuvo la mirada sin ninguna expresión. Sin sentirse ni impresionada ni doblegada frente a un hombre que se había abierto paso por el mundo masacrando a diestra y siniestra durante siglos.

Ruhn aprovechó la oportunidad y le dijo a Hypaxia:

—Les daré un momento a solas también.

Antes de que la reina pudiera objetar, retrocedió hacia la multitud. Era una mierda por abandonarla, pero...

Avanzó sin que nadie lo viera ni lo molestara hacia las puertas del lado oeste. Salió por ellas y bajó los cinco escalones hacia el piso de grava. Caminó hacia la fuente que borboteaba en las sombras, más allá del alcance de las luces del conservatorio, y se recargó contra ella con el corazón desbocado.

Dos minutos. ¿Llegaría Day?

Miró las puertas y se obligó a inhalar y exhalar lentamente.

Tal vez esto era una mala idea. Acababa de hablar con la Cierva y el Martillo, carajo. Este lugar *estaba* lleno de enemigos y cada uno de ellos los mataría a él y a Day si los descubrían. ¿Por qué la había arriesgado así?

—¿Buscas a alguien? —canturreó una voz femenina.

Ruhn se dio la vuelta y el estómago se le fue a los pies al ver a la figura enmascarada frente a él.

La Arpía estaba parada en las sombras detrás de la fuente. Como si hubiera estado esperando.

60

Ruhn estudió la cara que estaba en la oscuridad. No podía ser ella.

¿La puta *Arpía*? Miró su cabello oscuro, el cuerpo delgado, la boca seductora...

—¿Qué estás haciendo aquí afuera? —preguntó la Arpía y se acercó un poco. Sus alas oscuras eran más negras que la noche.

Ruhn se obligó a respirar.

—¿Day? —preguntó en voz baja.

La Arpía parpadeó.

—¿Qué carajos significa eso?

El aliento casi se le escapó por la boca. Gracias a los putos dioses no era ella, pero si la Arpía estaba aquí, entonces la agente Daybright estaba a punto de aparecer... La Arpía y la Cierva se habían presentado en el bar aquel día, pero él no había vuelto a ver a la primera desde entonces. Y sí, encontrarse junto a la fuente con otra persona no sería necesariamente interpretado como *contacto rebelde*, pero si la Arpía tenía cualquier sospecha sobre él, o sobre quien fuera Daybright, si ella los veía juntos...

Tenía que irse de ahí. Entrar de vuelta al conservatorio y no poner en peligro a Day.

Qué idiota había sido.

—Disfruta la fiesta —le dijo Ruhn a la Arpía.

—¿No habrá besos robados para mí en el jardín? —dijo ella mientras él subía los escalones.

Se lo explicaría a Day después. El reloj marcaba dos minutos después de las doce... no había llegado. O tal vez había visto con quién estaba en el jardín y había decidido no salir.

Había visto también quién los miraba desde las sombras en la parte superior de las escaleras.

Los ojos dorados de la Cierva brillaban en la penumbra a través de su máscara. Lo había seguido. *Carajo*. ¿Ella habría sospechado que él se había escapado para encontrarse con alguien? No había dicho ni una palabra, que él supiera, sobre lo que había sucedido en Ydra... ¿eso sería para poder seguirlos y obtener una recompensa aún mayor?

La mayor recompensa que podría encontrar una cazadora de espías. La agente Daybright.

Ruhn miró a la Cierva cuando pasó a su lado. Ella lo observó con indiferencia fría.

Él se acomodó el cuello de la camisa al entrar de regreso al ruido y calor de la fiesta. Había estado a punto de ser descubierto por la Cierva y la Arpía... a punto de hacer que ellas descubrieran a Day.

Ruhn no se despidió de nadie antes de irse.

Hunt lamió el cuello de Bryce desde abajo hasta arriba. Le puso una mano sobre la boca para disimular sus gemidos y la llevó hacia el fondo del pasillo oscuro.

—¿Quieres que nos encuentren? —dijo con voz gutural.

—Ya somos una pareja oficial. No me importa —dijo ella, pero intentó abrir la puerta del guardarropa. Detrás de ella, con la boca en su garganta, Hunt reprimió un gemido cuando ella presionó su trasero contra su pene erecto. Unos segundos más y estarían en el guardarropa. Y unos segundos después de eso, él planeaba estar completamente dentro de ella.

Sabía que Baxian y Naomi estaban muy conscientes de que ellos no habían entrado a ese pasillo para ir al baño, pero los ángeles que vigilaban la puerta sólo les sonrieron.

—Está cerrado —dijo ella y Hunt ahogó una risa en la piel tibia de Bryce.

—Qué bueno que tienes a un alfadejo grande y rudo contigo, Quinlan —le dijo y se apartó un poco de ella. Dioses, si alguien pasaba por ese pasillo, vería sus pantalones y sabría qué estaba a punto de suceder. Había aguantado tres canciones en la pista de baile antes de necesitar escaparse con ella. Regresarían pronto a la fiesta. Ya con un buen revolcón de por medio.

Por supuesto que nunca se le ocurriría llamarse a sí mismo Príncipe Hunt, pero... había valido la pena. El plan descabellado que ella le había platicado hacía más de dos semanas, cuando le hizo el honor de preguntarle si estaría dispuesto a hacer esto.

Hunt le recorrió el cuello con los dientes y luego tiró de ella para que diera un paso hacia atrás. Bryce, jadeando suavemente, con la cara sonrojada por el deseo que lo ponía duro como piedra, le sonrió con picardía.

—Mira y aprende, corazón —le dijo Hunt y azotó la puerta con el hombro.

El cerrojo se rompió y Hunt no titubeó y la metió al cuarto con él. Ella le puso los brazos alrededor del cuello y su cuerpo se alineó con el de él. Hunt le levantó una pierna y la puso alrededor de su cintura, luego se recargó en la pared para levantarla por completo...

Un gritito agudo de sorpresa lo detuvo.

Hunt se dio la vuelta y su mente intentó ponerse al corriente con lo que sus sentidos le estaban gritando.

Pero ahí estaba. Ahí estaban.

El vestido de Celestina estaba bajado del escote y dejaba a la vista un seno grande y redondo. Brillante, como si alguien lo hubiera estado lamiendo.

Pero Ephraim no era quien estaba frente a la arcángel, entre la mujer y Hunt. Tampoco era la ropa de Ephraim la que estaba mal puesta, ni su cabello el que estaba despeinado, ni sus labios los que estaban hinchados.

Era Hypaxia.

Hunt no tenía idea de qué decir.

Bryce se aclaró la garganta y se paró frente a Hunt para evitar que se viera su enorme erección.

—Supongo que si una puerta está cerrada con llave eso significa que *el cuarto está ocupado*, ¿eh?

Hypaxia y Celestina sólo los miraban. Tenían el cabello desacomodado y fuera de sus broches elegantes.

Lenta y silenciosamente, Hunt cerró la puerta tras ellos. Levantó las manos. Porque había un ligero fulgor de poder que empezaba a brillar alrededor de Celestina. La ira de un arcángel preparándose para terminar con un enemigo.

Hunt no pudo evitar que sus relámpagos respondieran y su electricidad empezó a recorrerlo. Si Celestina iba a atacar, él estaría listo.

Bryce le dijo a Hypaxia, que tenía los ojos muy abiertos al percibir la tormenta que se cernía en el guardarropa.

—Yo, eh, nunca me había encontrado en una situación como ésta.

Hypaxia miró a la gobernadora, a quien ya se le habían puesto blancos los ojos y ya empezaba a destellar con su poder, y le dijo a Bryce en un intento por parecer despreocupada:

—Yo tampoco.

La única manera de entrar y salir era la puerta que estaba a espaldas de Hunt. A menos que Celestina hiciera estallar todo el techo del edificio. Hunt le puso una mano a Bryce en el hombro.

Pero su pareja dijo con ligereza:

—Sólo en caso de que haga falta que lo aclaremos, no diremos absolutamente nada sobre esto.

Hypaxia asintió sabiamente.

—Se los agradecemos —miró a la arcángel, a su amante—. Celestina.

La gobernadora no apartaba la mirada de Hunt. Si él siquiera respiraba de la manera equivocada, lo mataría. En dos putos segundos. Pero Hunt le sonrió. Podría *intentar* matarlo.

—Mis labios están sellados.

Las alas de Celestina brillaban con tanta fuerza que todo el guardarropa estaba iluminado.

—Están poniendo en peligro a la persona que amo —dijo Celestina con la voz impregnada de poder—. Por vulnerar lo que él considera suyo, Ephraim terminaría con ella. O los asteri la matarían para ponerla como ejemplo.

Bryce mantuvo las manos levantadas.

—Mira, los asteri probablemente me maten a mí también en algún momento —Hunt la volteó a ver rápidamente. Ella no lo haría...—. Me agradas —le dijo Bryce a Celestina y Hunt intentó que el alivio no se le viera reflejado en el cuerpo al darse cuenta de que no explicaría sus actividades rebeldes—. Creo que eres una buena decisión para esta ciudad. Ephraim y su cabal de perdedores, no tanto, pero cuando él se haya ido de regreso a casa... Creo que podremos hacer de Lunathion algo todavía más... asombroso.

Hunt la miró incrédulo. Ella se encogió de hombros. Miró a Celestina a los ojos. Su estrella se encendió.

Poder a poder. Mujer a mujer. Gobernadora a... *Princesa*... no era la palabra adecuada para la expresión del rostro de Bryce, el cambio en su postura.

La palabra que burbujeaba en la lengua de Hunt era otra, pero no le permitió enraizarse, no se permitió pensar en todas las implicaciones letales que la otra palabra conllevaba.

Bryce dijo, con esa presencia de más-que-princesa:

—No tengo ningún plan de fastidiarlas. A ninguna de ustedes —miró a Hypaxia, quien le estaba dirigiendo a Bryce esa mirada de más-que-princesa también—. Somos aliadas. No sólo políticamente sino... como mujeres que han tenido que tomar decisiones difíciles y desagradables. Como mujeres que viven en un mundo donde los hombres más poderosos nos ven solamente como herramientas de reproducción.

Hypaxia asintió, pero Celestina continuaba viendo fijamente a Bryce. Una depredadora estudiando cuál sería el mejor punto para atacar.

Hunt volvió a reunir su poder. Bryce continuó:

—Yo no soy la yegua premiada de nadie. Me arriesgué con este idiota —movió el pulgar hacia Hunt, quien se quedó boquiabierto— y, por suerte, me salió bien. Y sólo quería agregar que —tragó saliva— si ustedes dos quisieran arriesgarse la una con la otra, si quieren mandar al carajo todos los acuerdos con Ephraim y Ruhn, yo las apoyo. Tendríamos que oponernos a los asteri, pero... miren lo que hice esta noche. Lo que sea que yo pueda hacer, la influencia que pueda ejercer, cuenten con ella. Pero empecemos por salir de este armario todos en una sola pieza.

Se hizo el silencio.

Y lentamente, como el sol que se pone, el poder de la arcángel empezó a atenuarse hasta que sólo quedaba su silueta brillando. Hypaxia le puso una mano en el hombro a su amante, prueba de que estaban a salvo.

Celestina dijo mientras se acomodaba la ropa:

—Teníamos algunas alternativas. Cuando el Rey del Otoño pidió la mano de Hypaxia para su hijo, yo fui quien le insistí que aceptara. Pero a quién amo y con quién procrearé... ésas son decisiones que no tengo el derecho de tomar, como arcángel.

Hunt gruñó.

—Sé cómo se siente —Celestina arqueó la ceja y él señaló su muñeca con la marca borrada—. Esclavo, ¿recuerdas?

—Tal vez sólo sea una línea delgada la que separa gobernador de esclavo —reflexionó Hypaxia.

Celestina asintió.

—Pensé que Hypaxia podría casarse con el príncipe, tal vez sólo en el sentido político y, cuando hubiese pasado el tiempo suficiente, podríamos... retomar nuestra relación. Pero cuando los asteri dieron la orden sobre Ephraim no tuve mucha alternativa más que acceder.

Bryce preguntó en voz baja:

—¿Ephraim ya...?

—Fue con mi consentimiento —dijo la gobernadora con firmeza—. Aunque no puedo decir que me pareciera disfrutable.

Hypaxia le besó la mejilla.

Por eso Celestina parecía tan intranquila antes de su primera noche con Ephraim, tan atormentada después... porque su corazón era de otra.

Bryce les dijo a las mujeres:

—El tiempo que necesiten que guardemos esto en secreto, nosotros no le diremos nada a nadie. Tienen mi palabra.

Y entonces, cuando ambas mujeres asintieron, Hunt se dio cuenta de que Bryce se había ganado de alguna manera su confianza, se había convertido en alguien en quien la gente confiaba sin dudarlo.

Una más-que-princesa, definitivamente.

Hunt le sonrió a su pareja y dijo:

—Bueno, probablemente tengamos que irnos. Antes de que alguien más llegue y nos encuentre a todos aquí y piense que yo estoy teniendo la mejor noche de mi vida.

Hypaxia y Bryce rieron, pero la sonrisa de Celestina fue más atenuada.

Bryce pareció notar eso y tomó a la reina bruja del brazo para llevarla hacia la puerta. Le murmuró:

—Discutamos cuánto encabronará esta noche al Rey del Otoño y lo maravilloso que será.

Luego salieron y dejaron a Hunt y Celestina a solas.

La arcángel lo miró con cuidado. Hunt no se atrevió a moverse.

—Entonces ya eres un verdadero príncipe —dijo Celestina.

Hunt parpadeó.

—Eh, sí. Supongo.

La gobernadora pasó a su lado, hacia el sitio donde su amante había salido hacia el pasillo.

—La línea entre príncipe y esclavo también es delgada, ¿sabes?

Hunt sintió un peso en el pecho.

—Lo sé.

—Entonces, ¿por qué accediste? —preguntó ella e hizo una pausa.

Bryce iba caminando muy amistosamente del brazo de la reina bruja.

—Ella vale la pena.

Pero Celestina dijo, con rostro solemne:

—El amor es una trampa, Hunt —sacudió la cabeza, más para ella misma que a él—. Una trampa de la cual no sé cómo librarme.

—¿*Quieres* librarte?

La arcángel salió al pasillo. Las alas todavía le brillaban con el remanente de su poder.

—Todos y cada uno de los días.

Tharion intentó no mirar su reloj (técnicamente el reloj a prueba de agua de su abuelo, que le había regalado en su graduación del bachillerato) conforme avanzaba la noche. El golpe que había dado Bryce con su compromiso le había regalado cinco minutos de diversión antes de tener que volver a ser absorbido en el aburrimiento y la impaciencia.

Sabía que era un honor estar ahí, ser el acompañante de la hija de la Reina del Río, que miraba todo asombrada y llena de deleite y dicha. Pero era difícil sentir ese privilegio porque le habían ordenado estar aquí presente.

Tharion esperó en los muelles junto a la Puerta del Río al atardecer, vestido de gala. La hija de la Reina del Río emergió de la niebla en un bote de roble color claro impulsado por un grupo de cisnes blancos como la nieve. Tharion se dio cuenta de que había sobeks a unos quince metros bajo ellos. Centinelas de este viaje de la hija más preciada de su reina.

—¿No crees que todo esto es mágico? —le preguntó su acompañante por quinta vez esta noche, suspirando al ver las luces y las parejas que bailaban.

Tharion solamente se terminó su champaña de un trago. *Tiene permitido beber una copa de vino*, había dicho su madre en la carta que le envió con la nutria. *Y tiene que estar en casa a la una.*

Tharion vio su reloj. Las doce con veinte. Otros quince minutos y podría empezar a llevarla a la puerta. Le dio su copa a un mesero que pasaba, y se dio cuenta de que su acompañante lo estaba viendo con una expresión que rozaba en el llanto.

Le ofreció una sonrisa encantadora aunque no muy expresiva, y ella dijo:

—No parece que estés pasándola bien.

—Claro que sí —le aseguró él y la tomó de la mano para besarle los nudillos.

—Tus amigos no vienen a hablar con nosotros.

Bueno, considerando que había visto a Bryce y Hunt escaparse a alguna parte, eso no lo sorprendía. Ithan estaba platicando con Naomi Boreas y el Mastín del Averno en la puerta y los demás... Ruhn y Cormac se habían marchado. No había señal de Hypaxia.

Aunque la reina bruja ya había venido a hablar con ellos. Él no pudo verla a los ojos mientras tuvieron esa conversación incómoda, mientras ella podía ver lo estúpido que había sido al atarse a esta mujer. Pero Hypaxia había sido amable con la hija de la Reina del Río, quien a su vez había sido toda sonrisas. Tharion no se había atrevido a llamarla Pax.

—Mis amigos tienen muchas personas con quienes quedar bien —dijo para no darle una respuesta directa.

—Ah —dijo ella y se quedó en silencio, en la orilla de la pista de baile, viendo pasar a las parejas.

Tal vez era la champaña pero, por un instante, él la volteó a ver de verdad: los ojos oscuros llenos de añoranza y felicidad silenciosa, la energía entusiasta que emanaba de ella, la sensación de que ella era una criatura que había adoptado forma de mortal sólo por esta noche y que se disolvería en cieno fluvial en cuanto el reloj marcara la una.

¿Él era mejor que la reina? Llevaba diez años dándole esperanzas a esta chica. La había limitado esta noche porque *él* no tenía ganas de divertirse.

Ella seguramente sintió el peso de su mirada porque lo volteó a ver. Tharion le ofreció otra sonrisa sosa y luego volteó a ver a uno de los guardaespaldas que estaban en las sombras detrás de ellos.

—Oye, Tritus, ¿puedes encargarte durante este baile?

El guardaespaldas los miró, pero Tharion le sonrió a la hija de la Reina del Río, que tenía las cejas arqueadas.

—Ve a bailar —le dijo—. Regreso en un momento.

No le permitió objetar y se la entregó al guardaespaldas, que ya estaba sonrojado y le ofrecía el brazo.

Y no miró atrás al alejarse hacia la multitud. Se iba preguntando en cuántos problemas se metería por esto. Pero... aunque le dieran azotes, no iba a continuar dándole falsas esperanzas a la chica.

Se detuvo en el borde de la multitud y al fin volteó para ver al guardaespaldas y a la hija de la Reina del Río bailando. Ambos sonreían. Estaban contentos.

Bien. Ella se lo merecía. Con o sin su madre, con o sin su temperamento, merecía tener a alguien que la hiciera feliz.

Tharion se abrió paso a la barra más cercana y estaba a punto de ordenar un whisky cuando vio a una mujer curvilínea, metamorfa de leopardo por lo que indicaba su olor, recargada en el mueble a su lado.

Él siempre notaba un buen trasero y el de esta mujer... Demonios, sí.

—¿Vienes aquí seguido? —le preguntó con un guiño. La leoparda volteó a verlo y su piel morena clara relucía bajo las luces suaves. Tenía pestañas gruesas y unos pómulos absolutamente preciosos, labios carnosos y todo enmarcado por una cabellera color castaño dorado que caía alrededor de su cara en forma de corazón en ondas suaves. Parecía una estrella de cine. Probablemente lo era, si era tan importante como para estar aquí. Esa boca sensual se curvó en una sonrisa.

—¿Eso es tu intento de conquistarme?

Él reconoció ese tono provocativo. Así que ordenó su whisky y le dijo a la desconocida:

—¿Quieres que lo sea?

61

—¿Estás bien? —le preguntó Ithan a Hypaxia cuando el reloj marcaba casi las tres y media de la mañana. Se había quejado de tener un dolor de estómago y se fue de la fiesta unos veinte minutos. Regresó pálida.

La reina bruja se acomodó un mechón de su cabello oscuro detrás de la oreja, luego ajustó la caída de su túnica color negro porque acababa de ponérsela sobre el vestido unos momentos antes. En el pequeño claro donde crecían olivos en las colinas en el borde de la ciudad, los sonidos de la fiesta todavía se alcanzaban a escuchar: el ritmo del bajo, los gritos, las luces que centelleaban. A un mundo de distancia de las hojas susurrantes y el suelo seco a su alrededor con las estrellas titilando por encima de las copas plateadas de los árboles.

Era otro mundo alejado de esa fiesta brillante donde se habían reunido tantos poderes esta noche. Donde Bryce de alguna manera había logrado maniobrar con mayor habilidad que el Rey del Otoño y había declarado que Hunt era su príncipe. Él no sabía qué pensar en ese momento.

Había hecho todo lo posible por conservar la puta distancia de Sabine y Amelie hoy. Afortunadamente, sólo se presentaron para ver a los asteri hablar y luego se marcharon. Se odiaba a sí mismo por sentirse tan aliviado. El Premier no había asistido... por lo general evitaba este tipo de eventos.

—¿Entonces esto es todo? —le preguntó Ithan a Hypaxia y movió la mano hacia las siete velas que ella había acomodado sobre el suelo—. ¿Encendemos las velas y esperamos?

Hypaxia sacó una daga larga.

—No exactamente —dijo.

Ithan retrocedió un paso y la observó usar el cuchillo para trazar líneas entre las velas.

El lobo ladeó la cabeza:

—Una estrella de seis picos —dijo.

Como la que Bryce había hecho entre las Puertas en la primavera, con la séptima vela en el centro.

—Es un símbolo de equilibrio —le explicó ella, se apartó unos centímetros pero conservó la daga a su lado. Su corona de moras del pantano parecía brillar con una luz interior—. Dos triángulos que se intersectan. Hombre y mujer, luz y oscuridad, arriba y abajo... y el poder que yace en el sitio donde se encuentran —su voz empezó a sonar más seria—. Es en ese sitio de equilibrio donde concentraré mi poder —hizo un ademán hacia el círculo—. No importa lo que veas o escuches, permanece de este lado de las velas.

Ithan sintió que un escalofrío le subía por la espalda, aunque su corazón se sentía ligero. Si tan sólo pudiera hablar con Connor... Había pensado mucho en qué le diría pero ya no podía recordar nada.

Hypaxia leyó lo que él expresaba en su mirada con el rostro nuevamente solemne.

Pero un trato era un trato. Hypaxia levantó los dos brazos, con la daga en alto, y empezó a cantar.

Day apareció al fondo del puente y se quedó ahí, como si no quisiera acercarse a él.

Ruhn estaba sentado en su sillón con los antebrazos recargados en las rodillas. Todavía no se recuperaba de lo que había sucedido en el jardín, aunque ya habían pasado varias horas. Le sorprendía haberse podido quedar dormido con su cuerpo físico.

Se apresuró hacia ella.

—Lamento haberte puesto en peligro.

Day no dijo nada. Sólo se quedó ahí, ardiendo.

Él volvió a intentarlo.

—Yo... Fue una idea muy tonta. Lamento mucho si te presentaste y yo no estaba. Llegué al jardín y la Arpía y la Cierva me habían seguido y creo que podrían haber sospechado de mí, o no sé, pero es que... lo lamento mucho, Day.

—Estuve ahí —dijo ella en voz baja.

—¿Qué?

—Te vi —dijo y caminó hacia él—. También vi la amenaza. Y me mantuve alejada.

—¿Dónde? ¿En el jardín?

Ella se acercó más.

—Te vi —dijo ella de nuevo. Como si lo estuviera procesando todavía.

—Sí fuiste —dijo Ruhn y sacudió la cabeza—. Pensé que tal vez no habías ido y como no habíamos hablado desde que hicimos el plan, estaba preocupado...

—Ruhn.

Escuchar su nombre pronunciado en los labios de ella lo sacudió.

Se estremeció.

—Sabes quién soy.

—Sí.

—Di mi nombre otra vez.

Ella se acercó.

—Ruhn —dijo y las flamas se separaron lo suficiente para que él alcanzara a ver un poco de su sonrisa.

—¿Sigues en la ciudad? ¿Podemos vernos en alguna parte?

Era mitad de la noche, pero era el equinoccio. La gente seguiría de fiesta hasta el amanecer. Pero ellos estarían usando máscaras y podrían confundirse con el resto de la gente.

—No —dijo ella con voz tensa—. Ya me fui.

—Mentirosa. Dime dónde estás.

—¿No aprendiste nada esta noche? ¿No viste lo cerca que estuvimos de un desastre? Los sirvientes de los asteri están en todas partes. Un error, aunque sea sólo un instante, y podríamos terminar *muertos*.

Él tragó saliva.

—Cuando la Arpía salió de entre las sombras, pensé que eras tú. Yo... sentí pánico por un momento.

Day profirió una risa silenciosa.

—¿Eso hubiera sido tan horrible para ti? ¿Que yo fuera alguien que odias tanto?

—Tendría que acostumbrarme.

—Entonces sí tienes una noción de cómo esperas que sea.

—No la tengo. Sólo... no quiero que seas *ella*.

Otra risa.

—Y tú eres un príncipe hada.

—¿Eso te da asco?

—¿Debería?

—A mí me da.

—¿Por qué?

—Porque no he hecho nada para merecerme ese título.

Ella lo miró con cuidado.

—El Rey del Otoño es tu padre. El que te lastimó.

—El único e inigualable.

—Es una desgracia de rey.

—Deberías hablar con mi hermana. Creo que le agradarías.

—Bryce Quinlan.

Él se tensó por lo rápido que ella pronunció el nombre de Bryce, pero si había estado en la fiesta esta noche, sin duda tendría que conocerlo.

—Sí. Ella odia a mi padre más que yo.

Pero las flamas de Day se apagaron un poco.

—Estás comprometido con la reina Hypaxia.

Él casi rio pero la voz de ella era muy seria.

—Es complicado —dijo Ruhn.

—Bailaste con ella como si no lo fuera.

—¿Me viste?

—Todos te vieron.

¿Ese tono cortante en su voz... eran celos? Él dijo con cautela:

—Yo no soy de los que engañan. Hypaxia y yo estamos comprometidos sólo en nombre. Ni siquiera sé con certeza si nos casaremos. Ella tiene tan poco apego a mí como yo a ella. Nos agradamos y nos admiramos mutuamente, pero... eso es todo.

—¿Por qué debería importarme?

Él la estudió y luego dio un paso hacia ella hasta que sólo los separaba el grosor de una mano.

—Quería verte a ti esta noche. Pasé todo el tiempo viendo el reloj.

Su respiración se entrecortó.

—¿Por qué?

—Para poder hacer esto —dijo Ruhn y le levantó la barbilla para besarla. La boca debajo del fuego era suave y cálida y se abrió para él.

Unos dedos en llamas se enredaron en su cabello y tiraron de él para acercarlo. Ruhn envolvió sus brazos alrededor de un cuerpo delgado y con curvas, sus manos sintieron un trasero generoso. Excelente, carajo.

Su lengua rozó la de ella y ella se estremeció en sus brazos. Pero iba siguiéndole el paso, como si no pudiera contenerse, como si quisiera conocer cada centímetro de él, todos sus sabores y detalles.

Le recorrió la mandíbula con la mano y exploró con sus dedos la forma de su rostro. Él intentó que su manto de noche se retrajera un poco para dejar a la vista sus ojos, su nariz, su boca. Afortunadamente, la oscuridad obedeció. Detrás del velo de flamas que cubría la cara de Day, podía sentir que ella lo estaba observando, veía su cara expuesta.

Ella le recorrió el puente de la nariz con los dedos. El arco de cupido de sus labios. Luego lo volvió a besar, profunda y desenfrenadamente, y Ruhn se dejó llevar por completo.

—Me recuerdas que estoy viva —dijo ella con la voz ronca—. Me recuerdas que la bondad puede existir en el mundo.

Él sintió un nudo en la garganta que casi resultaba doloroso.

—Day...

Pero ella siseó y se tensó entre sus brazos. Miró hacia atrás, hacia su extremo del puente.

No. Ese hombre que la había despertado antes para tener sexo con ella...

Day volteó a ver a Ruhn y las flamas ondularon para revelar unos ojos grandes y suplicantes de fuego sólido.

—Lo siento —susurró, y luego desapareció.

Hunt seguía borracho cuando él y Bryce regresaron al departamento a las tres de la mañana. Ella llevaba sus tacones en una mano y la cola de su vestido en la otra. Se habían ido de la fiesta poco después de que Ruhn se fuera y se dirigieron a un bar en el corazón de la Vieja Plaza, donde jugaron billar y bebieron whisky en sus ropas ridículamente elegantes.

No hablaron sobre lo que habían descubierto en el guardarropa. ¿Qué más había que decir?

—Estoy recontraebria —anunció Bryce al departamento en penumbra y se dejó caer en el sofá.

Hunt rio.

—Palabras muy dignas de una princesa.

Ella se quitó los aretes y lanzó los diamantes sobre la mesa de centro como si fueran joyas baratas de utilería. La peineta de su cabello fue lo siguiente. Las gemas brillaban bajo las suaves lucesprístinas.

Estiró las piernas y movió los dedos de los pies, que tenía ya sobre la mesa de centro.

—No hagamos esto nunca más.

—¿El whisky o engañar a tu padre o la fiesta?

Hunt tiró de la corbata de moño blanca para deshacer el nudo y se acercó al sofá para ver a Bryce.

Ella rio.

—La fiesta. Engañar a mi padre y el whisky *siempre* serán una actividad que quiera repetir.

Hunt se sentó en la mesa de centro y ajustó sus alas alrededor.

—Podría haber sido mucho peor.

—Sí. Aunque no puedo pensar en algo mucho peor que ganarnos múltiples enemigos por el precio de uno —dijo ella. Que la aparición de los asteri hubiera quedado relegada a una anécdota más de la noche decía mucho sobre lo sucedido—. Aunque Celestina no es nuestra enemiga, supongo.

Hunt tomó uno de sus pies y le empezó a masajear la planta. Ella suspiró y se recargó en los cojines. Hunt sintió su pene despertar al ver el placer puro que ella irradiaba.

—¿Te puedo decir algo? —le dijo Hunt mientras masajeada el arco de su pie—. ¿Algo que podría considerarse de alfadejo?

—Mientras sigas masajeando mi pie así, puedes decir lo que se te pegue la gana.

Hunt rio.

—De acuerdo —tomó su otro pie y empezó—. Me gustó estar hoy en la fiesta. A pesar de toda la ropa elegante y los asteri y la situación con Hypaxia y Celestina. A pesar de toda la mierda de ser príncipe. Me gusta que me vean. Contigo.

Ella sonrió un poco.

—¿Te gusta que te vean marcando tu territorio?

—Sí —la miró a los ojos y dejó que viera al depredador dentro—. Nunca había tenido eso con nadie.

Ella frunció el ceño.

—¿Shahar nunca te presumió?

—No. Yo era su general. En los eventos públicos, no aparecíamos juntos. Ella nunca quiso eso. Me hubiera posicionado como un igual, o al menos como alguien que ella consideraba... importante.

—Pensaba que el movimiento de ustedes era en defensa de la igualdad —dijo Bryce con las cejas aún más juntas.

—Lo era. Pero teníamos que obedecer las viejas reglas.

Reglas que continuaban gobernando y definiendo las vidas de la gente. Las vidas de Celestina e Hypaxia.

—Ella nunca dijo: *¡Eh, mundo! ¡Él es mi novio!*

Hunt rio y se maravilló de hacerlo. Nunca pensó poder reír sobre algo relacionado con Shahar.

—No. Por eso me sentí tan... honrado cuando me pediste que hiciera esto.

Bryce lo miró con detenimiento.

—¿Quieres salir para que la prensa nos vea haciendo cosas en público? Eso *sí* que lo haría oficial.

—Tal vez en otra ocasión —Hunt le levantó el pie y lo acercó a su boca para darle un beso en el empeine—. Entonces, estamos algo así como... casados.

—¿Lo estamos? —dijo ella y extendió la mano para mirar sus dedos extendidos—. Yo no veo ningún anillo, Athalar.

Él le mordisqueó los dedos del pie y ella gritó.

—Si quieres un anillo, te daré uno —otro beso—. ¿Quieres hierro, acero o titanio?

Las argollas de matrimonio en Lunathion eran sencillas. Su valor procedía de la fuerza del metal que se usaba para forjarlas.

—Titanio, por supuesto, bebé —dijo ella y Hunt le volvió a morder los dedos.

Ella se retorció un poco pero se mantuvo en su sitio.

—Estos deditos me ponen a pensar cosas sucias, Quinlan —le dijo él con la boca en el pie.

—Por favor dime que no tienes un fetiche con los pies.

—No. Pero todo lo que tenga que ver contigo es un fetiche para mí.

—¿Ah, sí? —se recargó más en los cojines y el vestido se le subió un poco por las piernas—. ¿Así que yo te inspiro a ponerte pervertido?

—Ajá —le besó el tobillo—. Sólo un poquito.

Ella se arqueó sobre el sofá.

—¿Quieres que tengamos sexo borracho y cochino, príncipe Hunt?

Hunt rio sobre su pantorrilla. Sólo toleraría ese título de labios de ella.

—Carajo, por supuesto.

Ella le quitó la pierna de las manos y se puso de pie con gracia de bailarina.

—Abre el zíper.

—Qué romántica.

Ella sólo le dio la espalda y Hunt, aún sentado, levantó la mano para tirar del zíper oculto en su espalda. Apareció el tatuaje del Cuerno junto con centímetros de piel dorada, hasta que se revelaron los primeros hilos de encaje de su tanga. El zíper terminó antes de que él pudiera ver lo que quería.

Pero Bryce se quitó el vestido por el frente y lo dejó caer. No traía sostén, pero esa tanga negra...

Hunt le acarició el trasero firme con las manos y se acercó para morder el elástico delicado de su ropa. Ella exhaló con un sonido suave que hizo que él le besara la base de la columna. El cabello largo de Bryce le rozó la frente, sedoso y tan hermoso como una caricia.

Bryce volteó entre sus manos y, qué suerte, él se encontró justo donde quería estar. La tanga descendía de su cadera hacia una «v» dramática, una verdadera flecha que apuntaba al paraíso.

Le besó el ombligo. Usó los pulgares para jugar con sus pezones mientras iba ascendiendo por su cuerpo con la lengua. Ella le deslizó los dedos en el cabello e inclinó la cabeza hacia atrás cuando él cerró la boca sobre uno de esos firmes botones. Él empezó a girar la lengua sobre el pezón y saboreó su sabor y su peso. Con las manos moviéndose hacia su cintura, tomó el borde de su tanga. La bajó por su cadera. Sus muslos. Luego se movió al otro seno y lo succionó en su boca. El gemido de Bryce provocó que su pene presionara contra el frente de su pantalón elegante.

Le gustaba tenerla a su merced. Le gustaba esta imagen, de ella completamente desnuda y resplandeciente frente a él, para que él la tocara y le diera placer y la reverenciara. Hunt sonrió con el seno de Bryce en su boca. Le gustaba mucho.

Se puso de pie y la tomó entre sus brazos para llevarla a la recámara. La corbata de moño colgaba de su cuello.

La recostó sobre el colchón y su pene pulsaba al ver su mirada de deseo, extendida y desnuda para él. Se quitó la corbata.

—¿Quieres ponerte un poco pervertida conmigo, Quinlan?

Ella miró los postes de hierro de la cabecera de la cama y sus labios rojos se abrieron con una sonrisa felina.

—Oh, sí.

Hunt rápidamente le ató las manos a la cabecera. Suavemente para que no le doliera, pero con firmeza para que ella no pudiera tener ninguna idea sobre tocarlo mientras él se deleitaba con su cuerpo.

Bryce estaba extendida frente a él y Hunt apenas podía respirar mientras se desabotonaba la camisa. Luego los pantalones. Se quitó los zapatos, las calcetas... todas las convenciones de civilidad, hasta quedar desnudo frente a ella. Bryce se mordió el labio. Luego él le dobló las rodillas y las separó lo más que pudo.

—Carajo —dijo al ver su sexo brillante, ya empapado para él. Su olor le llegó un instante después y él se estremeció. El deseo en su pene ya era un dolor constante.

—Como yo no puedo tocarme —dijo ella con voz ronca—, tal vez tú puedas hacerme el honor.

—Carajo —volvió a decir él porque no podía pensar en otra cosa. Ella era tan hermosa... todas y cada una de sus partes.

—¿Estás pensando qué me vas a hacer o te hizo corto circuito el cerebro? Él la miró a los ojos.

—Quería tardarme un poco. Atormentarte de verdad.

Ella abrió un poco más las piernas, una invitación provocadora.

—¿Ah?

—Pero dejaré eso para otra ocasión —gruñó y se subió sobre ella.

La punta de su pene tocó su vagina mojada y caliente y un estremecimiento anticipatorio de placer descendió entre sus alas. Entonces él le recorrió el torso con la mano, con los dedos trazó el contorno de los montículos sedosos de sus senos, la planicie de su estómago. Ella se retorció y tiró de las ataduras.

—Tan desafiante —dijo él y se acercó para besarle el cuello. Presionó un poco hacia adentro y todo desapareció de su mente al sentir la presión perfecta. Pero se salió y luego entró un poco más. Aunque todos sus instintos le rugían que la penetrara hasta el fondo, sería cuidadoso y no lo haría hasta que ella lo pidiera. Quería que ella sólo sintiera éxtasis.

—Deja de provocarme —le dijo ella y Hunt le recorrió el seno izquierdo con los dientes, luego le succionó el pezón y se introdujo más profundamente en su perfección—. *Más* —gruñó ella y levantó la cadera como si quisiera empalarse en él.

Hunt rio.

—¿Quién soy yo para decirle que no a una princesa?

Los ojos de Bryce destellaron con un deseo tan ardiente que le quemó el alma.

—Voy a emitir un decreto real para exigir que me cojas, Hunt. Fuerte.

Él sintió que los testículos se le apretaban al escuchar esas palabras y le dio lo que ella quería. Ambos gimieron cuando él se clavó hasta el fondo con un movimiento de pelvis que lo hizo ver estrellas. Ella se sentía como la dicha, como la eternidad...

Hunt se salió un poco y volvió a empujar y entonces hubo verdaderas estrellas a su alrededor... no, era ella, ella brillaba como una estrella...

Bryce onduló la cadera en un movimiento complementario al de él y lo hizo llegar más profundo.

Carajo. Ella era de él y él de ella y ahora todo el puto mundo lo sabía...

Lanzó una chispa de sus relámpagos y rompió las ataduras de sus muñecas. Ella bajó las manos instantáneamente a su espalda y lo apretó con suficiente fuerza para provocarle un dolor dulce. Las alas de Hunt se movieron y ella le envolvió la cintura con las piernas. Se clavó en ella con más profundidad aún y, *carajo*, cómo lo apretaba...

Ella movió esos músculos internos. Él puso los ojos en blanco.

—Por Solas, Quinlan...

—*Fuerte* —le dijo con una exhalación en la oreja—. Cógeme como el príncipe que eres.

Hunt perdió todo el control. Salió de ella lo suficiente para sostener su trasero con ambas manos, le inclinó la pelvis hacia arriba, y se clavó en ella. Ella gimió y todo en él se transformó en algo primigenio y animal. *Suya*. Su pareja para tocar y coger y llenar...

Hunt se dejó ir y empezó a penetrarla una y otra y otra vez.

Los gemidos de Bryce eran música para sus oídos, una tentación y un desafío. Ella brillaba y Hunt bajó la vista a su pene que entraba y salía de ella, brillante por su humedad...

Él también brillaba. No con su luzastral pero... carajo, sus relámpagos bajaban por sus brazos, se extendían por la cadera de ella, hacia sus senos.

—No pares —jadeó ella con los ojos muy abiertos al ver los relámpagos de él encendidos—. No pares.

Hunt no lo hizo. Se dejó llevar por la tormenta, se montó en la cresta de esa ola como la montaba a ella, y sólo estaba Bryce, su alma y su cuerpo y la manera en que embonaban tan perfectamente...

—Hunt —suplicó ella y él supo por el tono jadeante de su voz que estaba cerca.

No frenó el paso. No le dio ni un gramo de piedad. El golpeteo y deslizamiento de sus cuerpos al chocar uno con otro llenaba toda la recámara, pero esos sonidos eran distantes, el mundo se sentía distante mientras su poder y su esencia fluían hacia ella. Bryce gritó y Hunt se enloqueció y la penetró una, dos veces...

En el tercer movimiento hacia su interior, el más fuerte, reventó junto con su poder.

Los relámpagos llenaron la habitación, la llenaron a ella junto con su simiente, y la besó todo ese tiempo, las lenguas entrelazadas, el éter inundando todos sus sentidos. Nunca se cansaría de esto, de esta conexión, de este sexo, de este poder que fluía entre ellos. Lo necesitaba más que el alimento o el agua, necesitaba compartir esta magia, este entrelazamiento de almas; nunca dejaría de desearlo...

Luego ya estaba cayendo, entre un viento negro y relámpagos y estrellas. Su orgasmo lo recorrió todo y rugió su placer a los cielos.

Porque *era* el cielo sobre ellos. Y las luces de la ciudad. El bajo que retumbaba desde una fiesta cercana.

Hunt se quedó inmóvil y miró boquiabierto a Bryce, la superficie debajo de ella... era el techo del edificio del departamento.

Bryce sonrió apenada.

—Ups.

62

Los cánticos de Hypaxia aumentaron en volumen y en complejidad junto con el ascenso de la luna llena. El huerto estaba bañado en plata.

Ithan tiritó con frío. Sabía que no se debía al clima de esa noche ni al inicio del otoño. No, el aire estaba agradablemente cálido hasta hacía un momento. Lo que estuviera haciendo la magia de Hypaxia también estaba provocando las temperaturas frígidas.

—Puedo sentir... una presencia —susurró la reina bruja y levantó los brazos hacia la luna con el hermoso rostro solemne—. Alguien viene.

A Ithan se le secó la boca. ¿Qué le diría a Connor? *Te amo* sería probablemente lo primero. *Te extraño cada minuto de cada maldito día* sería lo segundo. Luego la advertencia. ¿O debería empezar con la advertencia? Sacudió los brazos y sus dedos temblorosos.

—Prepárate para decir lo que tengas pensado. El espíritu de tu hermano es... fuerte. No sé cuánto tiempo pueda sostener la estrella.

Algo extrañamente parecido al orgullo lo invadió entonces. Pero Ithan se acercó un paso e inhaló profundamente. Justo como lo hacía antes de los partidos importantes, cuando su jugada decidiría al ganador. Se concentró. Podía hacerlo. Ya lidiaría con las repercusiones más tarde.

La estrella que ella había trazado empezó a brillar con un tono azul claro e iluminó los árboles a su alrededor.

—Sólo un momento más... —siseó Hypaxia, jadeando. Se veía una capa de sudor brillar en su sien. Como si esto estuviera drenando su poder.

Una luz se encendió en la estrella, cegadora y blanca. Un gran viento sacudió los árboles a su alrededor y tiró aceitunas al suelo con un suave golpeteo. Ithan cerró los ojos con fuerza y dejó salir sus garras.

Cuando el viento cesó, parpadeó y ajustó su visión. El nombre de su hermano murió en su garganta.

Una criatura, alta y delgada, vestida con una túnica, estaba en el centro de la estrella de seis picos. Hypaxia dejó escapar un grito ahogado de sorpresa. Ithan sintió que el estómago se le hacía nudo. Nunca había visto al hombre, pero había visto ilustraciones.

El Rey del Inframundo.

—Tú no fuiste invocado —dijo Hypaxia tras recuperarse de la sorpresa. Levantó la barbilla, toda una reina—. Regresa a la isla de niebla que gobiernas.

El Rey del Inframundo se rio de la bruja. El cuerpo de ella brilló con una suave luz azul. Como si estuviera reuniendo su poder. Pero el Rey del Inframundo volteó lentamente y miró a Ithan con atención. Su risa era seca y ronca.

—Jóvenes tontos. Están jugando con poderes más allá de su comprensión —su voz era horrible. Llena de huesos polvorientos y los gritos suplicantes de los muertos.

Pero Hypaxia no se intimidó.

—Vete y déjanos ver a quien invocamos.

La mano de Ithan se movió hacia su pistola. No haría nada. Su forma de lobo lo protegería mejor con su velocidad, pero incluso perder ese segundo para transformarse lo dejaría vulnerable y le costaría la vida a Hypaxia.

El Rey del Inframundo extendió una mano huesuda. La luz onduló en el punto donde cruzaba con el borde de la estrella.

—No temas, cachorro de lobo. No puedo lastimarte. Al menos aquí —sonrió y dejó a la vista sus dientes manchados y demasiado grandes.

Ithan se notó irritado y logró hablar al fin con un gruñido:

—Quiero hablar con mi hermano.

A su lado, Hypaxia estaba murmurando algo en voz baja y la luz a su alrededor aumentaba.

—Tu hermano está bien atendido —un fuego oscuro brilló en los ojos lechosos del Rey del Inframundo—. Pero que eso continúe así depende completamente de ti.

—¿Qué demonios quiere decir eso? —exigió saber Ithan. Pero la reina bruja se había tensado. El viento le removía el cabello rizado, como si estuviera preparando sus defensas.

El Rey del Inframundo levantó una mano huesuda y una luz extraña y verdosa le envolvió los dedos. Ithan podría haber jurado que unos símbolos extraños y antiguos se arremolinaban en esa luz.

—Primero, juguemos un juego —dijo e inclinó la cabeza hacia Hypaxia, que se había puesto muy seria en anticipación—. La casa de Flama y Sombra lleva mucho tiempo con curiosidad sobre tus... habilidades, Su Majestad.

Bryce sabía que estaba soñando. Sabía que estaba físicamente en su cama. Sabía que estaba acurrucada al lado de Hunt. Pero también sabía que el ser frente a ella era real... aunque el entorno no.

Estaba en una planicie vasta y polvosa frente un cielo cerúleo y sin nubes. Las montañas distantes decoraban el horizonte, pero ella estaba rodeada sólo por rocas y arena y vacío.

—Princesa —la voz era como el Averno encarnado: oscura y fría y suave.

—Príncipe —dijo ella con voz temblorosa.

Apollion, Príncipe del Foso, había elegido presentarse con un cuerpo de cabello y piel dorados. Apuesto de esa manera que son apuestas las estatuas antiguas, de la manera en que Pollux era apuesto.

Sin embargo, sus ojos negros lo delataban. No tenían ni una parte blanca. Sólo oscuridad interminable.

El Astrófago en persona.

Ella preguntó, intentando controlar el temblor de su cuerpo:

—¿Dónde estamos?

—Parthos. O lo que queda de él.

La tierra estéril parecía extenderse hasta el infinito.

—¿En el mundo real o en el mundo de los sueños?

Él ladeó la cabeza, un gesto más animal que humanoide.

—De los sueños. O lo que tú consideras como sueño.

No iba a preguntar más sobre eso.

—Está bien, de acuerdo. Eh... mucho gusto en conocerte.

Las comisuras de la boca de Apollion se movieron hacia arriba.

—No te acobardas en mi presencia.

—Aidas me arruinó un poco la vibra de monstruo temible.

Apollion profirió una risa sin alma.

—Mi hermano tiene la tendencia a ser una piedra en mi zapato.

—Tal vez debería unirse a esta conversación.

—Aidas se molestaría de que yo hablara contigo. Por eso elegí este momento, ahora que está convenientemente ocupado.

—¿En qué?

—En reunir los ejércitos del Averno. En prepararlos.

La respiración de Bryce se tornó dificultosa.

—¿Para invadir Midgard?

—Ya es momento.

—Voy a hacer una solicitud a nombre de mi planeta y les voy a pedir que por favor se queden en su mundo.

Apollion movió la boca nuevamente.

—No confías en nosotros. Bien. Theia sí. Ése fue su error.

—¿La Reina Astrogénita?

—Sí. El gran amor de Aidas.

Bryce se sobresaltó.

—¿Su *qué?*

Apollion hizo un ademán con la mano ancha hacia el mundo en ruinas que los rodeaba.

—¿Por qué crees que maté a Pelias? ¿Por qué crees que luego devoré a Sirius? Todo por él. Por mi hermano tonto y enamorado. Estaba tan furioso por la muerte de Theia a manos de Pelias. Su estupidez nos hizo perder esa fase de la guerra.

Bryce tuvo que parpadear.

—Lo lamento, pero por favor retrocede un poco. ¿Me llamaste a este sueño para decirme cómo Aidas, Príncipe de las Profundidades, era el amante de Theia, la primera Reina Astrogénita, a pesar de que eran enemigos?

—No eran enemigos. Nosotros éramos sus aliados. Ella y algunas de las fuerzas hadas se aliaron con nosotros... contra los asteri.

Ella sintió que se le secaba la boca.

—¿Por qué no me dijo esto? ¿Por qué me lo estás diciendo *tú?*

—¿Por qué todavía no dominas tus poderes? Fui muy claro: le dije a tu pareja que ambos tenían que explorar su potencial.

—¿Tú enviaste esos segadores a atacarnos a mí y a Ruhn?

—¿Cuáles segadores? —ella podría haber jurado que su confusión era sincera.

—Los que me dijeron exactamente lo mismo, que aprendiera a dominar mis poderes.

—Yo no hice tal cosa.

—Eso es lo que dijo también el Rey del Inframundo. Presiento que alguno de ustedes dos está mintiendo.

—Esto no es un debate de utilidad. Y no me gusta que me llamen mentiroso —la amenaza pura impregnaba sus palabras.

Pero Bryce se mantuvo firme.

—Tienes razón, no es un debate de utilidad. Pero entonces, responde a mi pregunta: ¿por qué demonios me estás diciendo esto de Aidas y Theia?

Si estaba diciendo la verdad, y el Averno no había sido su enemigo entonces... sin importar a qué bando perteneciera, Theia... había estado... contra los asteri. Y Pelias la había matado... peleando *por* los asteri.

La mente le daba vueltas. Por eso nadie sabía nada de Theia. Los asteri probablemente la habían borrado de la historia. Pero una reina hada había amado a un príncipe demonio. Y él la había amado lo suficiente para...

—Te lo estoy diciendo porque estás corriendo a ciegas hacia tu perdición. Te lo estoy diciendo porque esta noche el velo entre nuestros mundos es más delgado y finalmente puedo hablar contigo.

—Hablaste una vez con Hunt.

—Orión fue criado para ser receptivo a los de nuestra especie. ¿Por qué crees que es tan hábil para cazarnos? Pero eso no tiene relevancia. Esta noche, tal vez me aparezca *contigo* de una forma más tangible que una visión —extendió la mano y Bryce contuvo su instinto por retroceder cuando la tocó. Realmente la *tocó*; era un hielo tan frío que provocaba dolor—. El Averno está casi listo para ponerle fin a esta guerra.

Ella retrocedió un paso.

—Ya sé lo que vas a pedir y mi respuesta es *no*.

—Usa el Cuerno. El poder que te da Athalar te permite activarlo —dijo con tormentas bailando en su mirada—. Abre las puertas del Averno.

—Absoluta-puta-mente no.

Apollion rio, un sonido grave y letal.

—Qué decepción.

La planicie que era Parthos empezó a disolverse en la nada.

—Ven a buscarme al Averno cuando sepas la verdad.

Ithan volteó lentamente y miró las sombras donde había estado el Rey del Inframundo antes de desaparecer.

—No te muevas de este sitio —le advirtió Hypaxia en voz baja—. Puedo sentir su poder a todo nuestro alrededor. Convirtió este claro en un laberinto de hechizos de protección.

Ithan olfateó, como si eso le fuera a dar una idea de lo que ella estaba diciendo. Pero nada parecía haber cambiado. Ninguna criatura los atacó por sorpresa. De todas maneras, dijo:

—Yo te sigo.

Hypaxia buscó en el cielo.

—También hay protección hacia arriba. Para mantenernos sobre el suelo —arrugó la nariz—. Bien. Que sea a pie.

Ithan tragó saliva.

—Yo, eh... ¿te cubro?

Ella rio.

—Sólo sígueme el paso, por favor.

Él le sonrió decidido.

—De acuerdo.

Ithan se preparó e Hypaxia dio un paso al frente con la mano extendida. Sus dedos se retractaron un instante después ante la protección que se encontró y sólo se escuchó un gruñido suave desde los árboles al fondo.

Él sintió que se le erizaba el cabello en la nuca. Su lobo le decía que no era el gruñido de un animal. Pero sonaba... hambriento.

Otro gruñido sonó cerca. Luego otro. A todo su alrededor.

—¿Qué es eso? —exhaló Ithan porque ni siquiera sus ojos de vanir podían penetrar la oscuridad.

Las manos de Hypaxia brillaban con magia color blanco ardiente. No apartaba la vista de los árboles frente a ellos.

—Los sabuesos de caza de la Casa de Flama y Sombra —respondió ella con voz sombría y luego azotó la palma de la mano sobre la protección frente a ellos.

63

—Se portó como un puto controlador de pesadilla —se quejó Bryce al día siguiente con Hunt, Ruhn y Declan en el centro de entrenamiento del Aux a la hora del almuerzo. Tharion estaba recostado en una banca junto a la pared, dormido. Cormac, al otro lado del espacio, sólo frunció el ceño.

Ruhn se veía pálido.

—¿De verdad crees que Theia y un montón de hadas se aliaron con el Averno durante la guerra?

Bryce reprimió un escalofrío al recordarlo.

—¿Quién sabe cuál es la verdad?

Al otro lado del espacio amplio y vacío, Hunt se frotó la mandíbula. Ella no había mencionado siquiera lo que le había dicho Apollion, ese comentario de que Hunt había sido *criado*. Eso lo verían después. Hunt dijo:

—¿En qué los beneficia convencernos de una mentira? O de la verdad, también, supongo. Lo único que importa es que el Averno definitivamente está poniéndose en acción.

Declan dijo:

—¿Podemos pausar un momento y considerar que ambos han *hablado* con el Príncipe del Foso? ¿Nadie siente ganas de vomitar al pensarlo?

Ruhn levantó la mano y Tharion también lo hizo, con pereza, desde su banca, pero Bryce chocó palmas con Hunt.

—El club de los niños especiales —le dijo al ángel, quien le guiñó el ojo. Ella dio un salto hacia atrás y reunió su poder. —Otra vez —insistió.

Ya llevaban veinte minutos ahí, practicando.

Los relámpagos de Hunt brillaron en las puntas de sus dedos y Bryce separó los pies.

—¿Lista? —preguntó él.

Tharion se despertó lo suficiente para voltear y apoyar la cabeza en un puño. Bryce le hizo una mueca, pero el mer sólo movió las cejas en apoyo.

Ella volvió a ver a Hunt justo cuando el ángel le arrojó sus relámpagos como lanza. Chocaron contra su pecho, un golpe preciso, y luego ella empezó a brillar, el poder resplandecía, cantaba, se elevaba...

A un metro frente a las ventanas.

En cuanto terminaba de dar la orden aparecía al otro lado del espacio. Exactamente a un metro de las ventanas.

De regreso a medio metro frente a Hunt.

Apareció frente a él, tan repentinamente que él retrocedió un paso.

Ruhn. Se movió de nuevo, más lentamente en esta ocasión. Pero su hermano gritó.

Declan se preparó, como si pensara que él sería el siguiente, así que Bryce pensó: *Medio metro detrás de Hunt.*

Le pellizcó el trasero a su pareja tan rápido que él no tuvo tiempo de voltear antes de que ella se moviera de nuevo. Esta vez frente a Declan, quien maldijo cuando ella le clavó un dedo en las costillas y luego volvió a teletransportarse.

Cormac gritó desde donde estaba, en la esquina opuesta:

—Vas más lento.

Era verdad. Maldición, era verdad. Bryce se concentró para reunir su poder, la energía de Hunt. Apareció frente a la banca de Tharion pero el mer ya estaba listo.

Rápido como tiburón al ataque, Tharion la tomó de la cara y le dio un beso en los labios.

La risa de Hunt vibró por todo el lugar y Bryce empezó a reír también y le dio un manotazo al mer.

—Demasiado lenta, Piernas —dijo Tharion, se recargó contra la banca y cruzó la pierna con el tobillo sobre la rodilla. Tenía el brazo extendido en el respaldo de la banca de plástico—. Y demasiado predecible.

—Otra vez —ordenó Cormac—. Concéntrate.

Bryce lo intentó, pero le pesaban los huesos. Intentó de nuevo, sin éxito.

—Ya no puedo.

—Concéntrate y podrás aguantar un poco más. Usas demasiado de golpe y no reservas energía para después.

Bryce se puso las manos en la cadera y jadeó:

—Tu teletransportación funciona diferente a la mía. ¿Cómo puedes saberlo?

—La mía viene de una fuente de magia también. Es energía, sólo que de otra forma. Cada salto me quita un poco más. Es un músculo que necesitas desarrollar.

Ella lo miró molesta, se limpió el sudor de la frente y caminó de regreso con Hunt.

—Parece que tiene razón —le dijo Declan a Bryce—. Tu teletransportación funciona cuando tu poder se carga con energía. Considerando lo que escuché sobre lo rápido que te quedaste en ceros con Hypaxia, Hunt es la mejor manera de obtenerla.

—Por supuesto que sí —gruñó Hunt y se ganó un manotazo de Bryce en el brazo.

—¿Crees que el poder se quede... en mí si no lo uso? —le preguntó a Dec.

—No lo creo —dijo Dec—. Tu poder viene de la Puerta, revuelto con un putamadral de luzprístina. Entonces tu magia, más allá de la luz, necesita cargarse para subir de nivel. Depende de la luzprístina o de cualquier otra forma de energía que pueda obtener. Eres literalmente una Puerta: puedes tomar el poder y ofrecerlo. Pero parece que las similitudes terminan ahí. Las Puertas pueden almacenar el poder indefinidamente, mientras que tu magia claramente se va agotando después de un rato —volteó a ver a Hunt—. Y tu poder, Athalar, como energía pura, puede extraer de ella al igual que ella extrajo de la Puerta. Bryce, cuando tú extraes de una fuente, sucede lo mismo que cuando las Puertas succionan el poder de la gente que las está usando para comunicarse.

Bryce parpadeó.

—¿Entonces soy una especie de sanguijuela mágica?

Declan rio.

—Creo que sólo de ciertos tipos de magia. Formas de energía pura. Si le añades el Cuerno, que requiere un estallido de poder para activarse...

—Eres un riesgo —dijo Ruhn con tono sombrío. Tharion gruñó en tono aprobatorio.

Declan se frotó la barbilla.

—Tú le dijiste a Ruhn después del ataque que Hypaxia apuntó directamente a tu cicatriz para supercargar tus poderes, ¿no? Me pregunto qué sucedería si te apuntara al Cuerno.

—No quiero averiguarlo —dijo Bryce rápidamente.

—De acuerdo —dijo Cormac desde el otro lado de la habitación. Señaló hacia la pista de obstáculos que había colocado al centro del lugar—. A trabajar. Sigue el camino.

Bryce giró hacia el príncipe de Avallen y le dijo con la mayor indiferencia posible:

—Me sorprende que estés aquí siquiera.

Cormac la miró con frialdad.

—¿Porque decidiste terminar con nuestro compromiso sin consultarme?

Hunt le murmuró al oído:

—Lo que sea para evitar el ejercicio, ¿eh?

Ella lo miró molesta, en especial porque Ruhn rio, pero le dijo a Cormac:

—No tenía alternativa.

Las sombras ondulaban alrededor de Cormac.

—Me podrías haber avisado sobre lo que maquinaban.

—No hubo maquinación. Athalar y yo decidimos y luego sólo esperamos.

El príncipe de Avallen gruñó en tono grave. Hunt le respondió de igual manera como advertencia. Tharion no dijo nada, aunque ella sabía que el mer estaba monitoreando cada respiración y palabra. Cormac no le quitó la vista de encima.

—¿Tienes idea de lo que fue esa llamada telefónica con mi padre?

—Asumo que fue similar a cuando el Rey del Otoño me dijo que soy una perra maldita.

Cormac sacudió la cabeza.

—Seamos claros: yo sólo estoy aquí hoy porque sé bien que, de no ser así, tu hermano dejará de estar en contacto con la agente Daybright.

—Me halaga que me conozcas tan bien —dijo Ruhn y se cruzó de brazos.

Había avanzado hasta estar en una posición al otro lado de Cormac, sin que ella siquiera se diera cuenta. Se había colocado entre el príncipe de Avallen y Bryce. Ay, por favor.

Cormac lo miró con furia, pero luego se concentró de nuevo en Bryce.

—Estoy dispuesto a dejar esto en el pasado, con la condición de que no me vuelvas a sorprender así. Tenemos ya demasiados enemigos.

—Primero —dijo Bryce—, no me pongas condiciones. Pero, segundo... —se miró los brazos desnudos—. No tengo nada bajo la manga. No hay otros secretos, lo juro.

Excepto por ese pequeñísimo detalle de Emile. Hunt la miró como diciendo *mentirosa,* pero ella no le hizo caso.

Pero Cormac sí. Al notar esa expresión, el príncipe de Avallen dijo:

—Hay algo más.

—No.

Pero incluso Ruhn arqueó las cejas. Hunt dijo con desenfado:

—No sean paranoicos.

—Tienes algo planeado —insistió Cormac—. Carajo, ya mejor dime.

—No tengo nada planeado —dijo Bryce— aparte de entender esta mierda de la teletransportación.

Primero, Cormac estaba viéndolos a ella y a Hunt. Y en un instante, desapareció.

Y reapareció detrás de Bryce con un cuchillo en su garganta.

Bryce se tensó.

—Vamos, Cormac. No es necesario esto.

Los relámpagos se encendieron en la mirada de Hunt. Ruhn sacó su pistola. Tharion seguía recostado en su banca, pero ya en su mano brillaba un cuchillo. Su vista estaba sobre el príncipe de Avallen.

—*Dime* —gruñó Cormac y el metal frío le apretó la piel.

Bryce intentó no inhalar tan profundamente y puso un dedo sobre el cuchillo.

—Hice el Descenso. Sobreviviré.

Cormac le siseó al oído.

—Dime qué carajos estás planeando o vas a perder la cabeza. Y buena suerte con tu intento por hacer que te vuelva a crecer.

—Si veo sangre, tú también perderás la cabeza —le gruñó Hunt con amenaza letal.

Ella podría cegar a Cormac, supuso. ¿Pero sus sombras amortiguarían el impacto? Ella dudaba que la matara, pero si lo intentaba... Hunt definitivamente atacaría. Ruhn también.

Y ella tendría un mayor problema entre sus manos.

Así que Bryce dijo:

—Está bien. Se trata de Emile.

Hunt la miró alarmado e incrédulo. Lo mismo Tharion, quien dijo:

—Bryce.

Cormac no quitó el cuchillo.

—¿*Qué* con Emile?

—Lo encontré. En las bodegas de la Reina Víbora —suspiró con fuerza—. Supe que estaba ahí, que todos esos reptiles y cosas asquerosas de los pantanos le habían dicho dónde estaba y que ella había ido a buscarlo. Ella fue quien mató a la gente que le ayudó; tenía la intención de controlarlo. Pero cuando fui a la bodega hace dos días, ya se había ido.

Cormac la giró con brusquedad para que lo viera a la cara.

—¿Ya se había ido a dónde?

—A un sitio seguro. Aparentemente, la Víbora se conmovió y lo puso al cuidado de personas que verán por su futuro.

—¿*Quién?* —insistió Cormac con la cara blanca por la rabia. Tharion tenía los ojos muy abiertos.

—No lo sé. No me lo dijo.

—Entonces yo la obligaré a decirme a *mí*.

Ruhn rio.

—Nadie obliga a la Reina Víbora a hacer nada.

De mente a mente, Ruhn le dijo: *Cormac tal vez no te conozca como para saber que mientes, pero yo sí.*

No es mentira. Emile está a salvo.

Pero no está donde dices que está.

Oh, estuvo con la Reina Víbora. Y ahora está en otra parte.

Cormac negó con la cabeza.

—¿Qué interés podría tener la Reina Víbora en el niño?

—Le gusta coleccionar seres poderosos para que peleen en sus arenas —gruñó Hunt—. Ahora guarda ese puto cuchillo.

Para alivio de Bryce, el príncipe le quitó el cuchillo del cuello con un movimiento ágil.

—Pero, ¿por qué dejaría ir a alguien tan poderoso si quiere usarlo en sus peleas?

Bryce dijo:

—Porque Emile no tiene poderes.

¿Estás bromeando?, preguntó Ruhn.

Nop. El niño es completamente humano.

Cormac entrecerró los ojos.

—Sofie dijo...

—Mintió —dijo Bryce.

Cormac encorvó los hombros.

—Tengo que encontrarlo. No debí haber pospuesto el interrogatorio a Spetsos...

—Emile está a salvo y está siendo cuidado —interrumpió Bryce— y eso es todo lo que necesitas saber.

—Le debo a Sofie...

—Le debes a Sofie mantener a Emile fuera de esta rebelión. Tu vida no es precisamente un entorno estable. Déjalo quedarse oculto.

Cormac le dijo a Tharion.

—¿Qué le vas a decir *tú* a tu reina?

Tharion esbozó una afilada sonrisa.

—Absolutamente nada.

La amenaza de violencia se revolvía debajo de esas palabras. Si Cormac siquiera le sugería algo a los mer, a la Reina del Río, el príncipe de Avallen terminaría en una tumba bajo el agua.

Cormac suspiró. Y, para sorpresa de Bryce, dijo:

—Me disculpo por lo del cuchillo —luego se dirigió a Hunt—. Y me disculpo por amenazar a tu pareja.

Ruhn preguntó:

—¿Y yo no me merezco la disculpa?

Cormac reaccionó con irritación y Ruhn sonrió divertido.

Bryce notó que Hunt la observaba con expresión de orgullo. Como si ella hubiera hecho algo valioso. ¿Sería su habilidad para intercalar la verdad con las mentiras?

—Disculpa aceptada —dijo Bryce y se obligó a sonar animada. Apartó la conversación del tema de Emile—. Entonces regresemos al entrenamiento.

Cormac se encogió de hombros y apuntó a los sitios que había marcado con cruces de cinta adhesiva: en el piso, sobre sillas, sobre colchonetas apiladas, debajo de una mesa.

Bryce se quejó, pero las registró y catalogó el camino que tomaría.

—Bueno, eso fue emocionante —anunció Tharion con un gemido mientras se levantaba—. Yo me voy.

Hunt arqueó la ceja.

—¿A dónde?

—Técnicamente todavía soy empleado de la Reina del Río. Independientemente de lo que haya sucedido con Emile, hay otros asuntos que debo atender.

Bryce se despidió con la mano. Pero Ruhn dijo:

—¿Cenamos esta noche?

Tharion le guiñó.

—Ahí estaré.

Luego se abrió paso por las puertas de metal y se fue.

—Muy bien, Athalar —murmuró Bryce cuando el mer cerró las puertas—. Es hora de subir de nivel.

Hunt rio y sus relámpagos volvieron a dispararse.

—Hagámoslo, Su Alteza.

Algo tenía esa manera de decir *Su Alteza* que la hizo darse cuenta de que la expresión en su rostro un instante antes no había sido orgullo por su manipulación, sino orgullo por la manera en que había desactivado la situación sin violencia. Como si pensara que ella podría merecerse el título que ostentaba.

Bryce apartó ese pensamiento de su mente. Para cuando el relámpago chocó con su pecho, ella ya iba corriendo.

A pesar del agotamiento que sentía en cada uno de sus huesos, a pesar de la urgencia que los había traído a toda velocidad a él y a Hypaxia a este lugar, Ithan no pudo evitar quedarse boquiabierto en la puerta cuando vio a la chica fiestera, que amaba moverse como el viento por todo el salón de entrenamiento del Aux, desapareciendo y apareciendo a voluntad. A su lado, Hypaxia monitoreaba los sorprendentes logros y miraba a Bryce con atención.

Bryce terminó el recorrido de obstáculos, se detuvo junto a Hunt y se dobló sobre las rodillas para recuperar el aliento.

Hypaxia se aclaró la garganta y entró al gimnasio. Incluso la reina se veía... alterada después de la noche interminable y aterradora que habían tenido.

Cuando iban entrando, se encontraron a Tharion que iba de salida. El mer iba hablando en voz baja con alguien al teléfono y arqueó las cejas con preocupación al ver la tierra y el sudor en ambos. Pero al otro lado de la línea debía estar alguien importante, porque no podía cortar la llamada. Tharion continuó la conversación después de que Hypaxia le hizo un gesto que parecía asegurarle que estaba bien. El mer había dejado de hablar, miró por encima del hombro a Ithan, como si necesitara confirmar lo que decía la reina, pero Ithan no tenía nada que ofrecerle. ¿Qué demonios podía decir? No estaban bien. Para nada. Así que dejaron a Tharion atrás y el mer se quedó mirándolos un rato.

—¿Qué pasó? —le preguntó Ruhn a Ithan y saludó a Hypaxia con un movimiento de cabeza. El príncipe los vio entonces con más cuidado—. ¿Qué demonios pasó con ustedes dos? Pensé que estaban invocando a Connor.

Los demás en el salón de entrenamiento se detuvieron.

—Sí intentamos invocar a Connor Holstrom anoche —dijo Hypaxia con voz sombría.

Bryce palideció y se apresuró a acercarse.

—¿Qué pasó? ¿Connor está bien? ¿Ustedes están bien?

Ithan tragó saliva.

—Eh...

Hypaxia respondió por él.

—No encontramos a Connor. Se presentó el Rey del Inframundo.

—¿Qué pasó? —preguntó Bryce de nuevo y levantó el tono de voz.

Ithan la miró a los ojos. Su mirada era de depredador lobo puro.

—Nos retuvo para entretenerse. Liberó perros de pesadilla de Flama y Sombra para perseguirnos y nos atrapó con ellos en un huerto de olivos. Le tomó a Hypaxia hasta este momento encontrar una salida entre los hechizos de protección sin que termináramos hechos pedazos. Pero estamos bien.

Ruhn volteó a ver a su prometida alarmado y la reina bruja asintió solemnemente con sombras en los ojos. Ithan sólo se talló la cara y luego agregó:

—Quiere verte en el Templo de Urd.

Los relámpagos de Hunt brillaron en las puntas de sus dedos.

—No, jamás.

Ithan tragó saliva.

—No tienes alternativa —volteó con mirada suplicante y exhausta hacia Bryce—. Connor está a salvo por ahora, pero si no se presentan en una hora, el Rey del Inframundo lo lanzará a él y al resto de la Jauría de Diablos por la Puerta de inmediato. Los convertirá a todos en luzsecundaria.

64

Tharion avanzó por el Mercado de Carne observando los puestos distraídamente. O al menos, eso intentaba aparentar. Mientras miraba una colección de piedras de la suerte, escuchó con atención a sus alrededores. En el gentío del mediodía, el surtido general de malvivientes había llegado aquí a comer, a comprar o a coger y, en este momento, probablemente ya se habrían tomado unos cuantos tragos. Lo cual implicaba que tenían la lengua un poco más suelta.

Me enteré de que la perra ya está embarazada, gruñó un sátiro a otro, sentados frente a un barril convertido en mesa. Tenían kebabs ahumados a medio comer frente a ellos. *Ephraim se la está cogiendo bien.*

Tharion hizo a un lado su repulsión por las palabras vulgares. Odiaba esa palabra, *perra.* ¿Cuántas veces la habían utilizado contra su hermana cuando salía Arriba? Ella no le daba importancia y se reía, y Tharion se reía con ella, pero ahora... Apretó los dientes y avanzó al siguiente puesto, que tenía un surtido de todo tipo de hongos de los bosques húmedos al noreste.

Revisó su teléfono: un intercambio rápido de mensajes entre él y Pax.

¿Qué pasó? ¿Estás bien?, le había escrito hacía casi una hora, después de encontrársela con Holstrom en el pasillo del centro de entrenamiento del Aux. La había visto sucia y cansada y no le había podido preguntar si estaba bien porque estaba al teléfono con la Reina del Río, quien quería alguna información sobre Emile.

Ése era el motivo por el cual estaba ahí. Para conservar viva la ficción de que estaba buscando al niño. Pensó que podría escuchar algunas conversaciones mientras fingía investigar. Enterarse de algunos chismes de los habitantes de las calles.

Su teléfono vibró y Tharion miro el mensaje en la pantalla. Luego exhaló. Hypaxia le había respondido: *Estoy bien. Sólo un poco de intimidaciones de Flama y Sombra.*

No le gustaba eso para nada. ¿Pero qué demonios podía hacer al respecto?

—La cabeza de león está en temporada —le dijo el gnomo sentado en un taburete detrás de las canastas llenas de hongos y sacó a Tharion de sus pensamientos—. La temporada de morillas acaba de terminar, pero todavía me queda una canasta.

—Sólo estoy viendo —dijo Tharion y le sonrió al hombre de mejillas rosadas y gorra roja.

—Si tienes cualquier pregunta, estoy a tus órdenes —dijo el gnomo y Tharion de nuevo enfocó su atención en las conversaciones de las mesas a sus espaldas.

La pelea de anoche fue brutal. No quedó nada de ese león después...

Bebí tanto que ya no me acuerdo con quién demonios estuve cogiendo...

...esa dragona acabó con ellos. Sólo brasas...

Necesito más café. Deberían darnos todo el día libre después de un día feriado, ¿o no?

Tharion se quedó inmóvil. Dio la vuelta lentamente y ubicó a la persona que hablaba sobre el tema que capturó su atención.

Dragona.

Bueno, *eso* sí era interesante. Y... afortunado.

Estaba descansando en esa banca mientras Piernas entrenaba porque necesitaba la compañía de otros como distracción del terremoto de nervios de anoche. Se había acostado con la metamorfa de leopardo en las sombras del jardín. Había disfrutado cada segundo y, a juzgar por los dos orgasmos, ella también.

Él podría haber terminado con la hija de la Reina del Río anoche, pero no lo hizo. En lo que respectaba a la Reina del Río y su hija, y a juzgar por el tono de voz de la primera en la llamada de la mañana cuando le preguntó sobre la búsqueda de Emile, seguían comprometidos. Pero si cualquiera de ellas se enteraba...

Si se enteraban, ¿sería conveniente tener una dragona como regalo de disculpa? ¿Una dragona no sería perfecta en lugar de Emile?

—Este lugar no es tan divertido cuando estás sobrio —dijo Flynn detrás de él treinta minutos más tarde. Llegó vestido de civil, como Tharion le había pedido. El atuendo hacía poco por ocultar la pistola que traía en la parte trasera de los shorts.

Tharion no se había atrevido a decir mucho al teléfono cuando le pidió al lord hada que se reuniera con él ahí. Y aunque Flynn actuara como universitario sin preocupaciones, Tharion sabía que era demasiado listo para arriesgarse a hacer preguntas en una línea telefónica abierta.

Tharion se puso de pie de la mesa en medio de los puestos de comida, donde bebía un café y archivaba correos electrónicos viejos. Empezó a caminar despreocupadamente por el mercado. Con un tono de voz que nadie, ni siquiera el metamorfo de zorro fénec que trabajaba al lado podría escuchar, dijo:

—Averigüé algo que te podría interesar.

Flynn fingió estar enviando un mensaje en su teléfono.

—¿Sí?

Tharion murmuró entre dientes.

—¿Recuerdas cómo desapareció tu nueva mejor amiga con el... temperamento fogoso?

—¿Encontraste a Ari? —preguntó Flynn. El tono de su voz bajó y se puso peligrosamente solemne. Una voz que pocos escuchaban, eso lo sabía Tharion. A menos que estuvieran a punto de morir.

Tharion señaló el pasillo de madera construido sobre el mercado. Conducía a una puerta ordinaria que, él sabía, daba a otro pasillo largo. Dos guardias hada de rostro inexpresivo armados con rifles semiautomáticos estaban frente a la puerta.

—Adivino dónde podría estar.

Ahora sólo tenía que averiguar cómo llevarse a la dragona Abajo.

Tharion miró el pasillo de madera sin decoración mientras él y Flynn avanzaban sobre los tablones desgastados, camino hacia la puerta redonda al fondo. Parecía la entrada a una bóveda, hecha de hierro sólido que no reflejaba las suaves lucesprístinas.

Los guardias de la Reina Víbora los habían detenido en la primera puerta. Flynn les había gruñido, pero ellos no le hicieron caso. Sus ojos drogados y sin parpadear no se inmutaron cuando le hablaron a su líder por radio. Que Tharion conociera esta puerta ya les decía a los guardias que era lo suficientemente importante como para justificar una llamada.

Y llegaron. Estaban a punto de entrar al nido de la Reina Víbora.

La enorme puerta de bóveda se abrió cuando estaban a unos tres metros de distancia. El interior dejó ver sus elegantes alfombras rojas, definitivamente traskianas, sobre pisos de mármol. Tres ventanas altas con cortinas de terciopelo negro y pesado sostenidas con cadenas de oro y sillones bajos diseñados para relajarse.

La Reina Víbora estaba sentada en uno de ellos, con un traje de cuerpo completo, en color blanco, descalza y con las uñas de los dedos de los pies pintadas de un morado tan oscuro que era casi negro. Del mismo color que su lápiz labial. Las puntas de sus uñas estaban pintadas de dorado y brillaron bajo las luces suaves cuando ella levantó un cigarrillo para llevárselo a la boca y exhaló una nube de humo.

Pero, junto a ella, recostada en el sofá...

Tenía razón. A la Reina Víbora sí le gustaba coleccionar luchadores valiosos.

—Ari —dijo Flynn con seriedad y se detuvo justo después de cruzar la puerta. Se podía oler el humo de risarizoma en el aire, junto con un olor secundario y empalagoso que Tharion sólo podía asumir era otra droga.

La dragona, con sus *leggins* negros y blusa negra entallada y sin mangas, no apartó la vista de la enorme televisión montada sobre una chimenea oscura del otro lado de la habitación. Pero respondió:

—Tristan.

—Me alegra verte —dijo Flynn y su voz estaba adquiriendo ya ese tono que pocos vivían para describir—. Me alegra que estés entera.

La Reina Víbora rio y Tharion se preparó para sus palabras.

—El león con quien peleó anoche no puede decir lo mismo. Incluso confinada a su forma humana, ella es... formidable.

Tharion le sonrió con gesto cortante a la gobernante del Mercado de Carne.

—¿Tú la capturaste? —necesitaba saber cómo lo había hecho. Aunque fuera para repetirlo él.

Los ojos de la Reina Víbora destellaron de color casi verde neón.

—No me dedico a robar esclavos. A diferencia de otras personas que conozco —le sonrió a Ariadne. La dragona continuó viendo la televisión con interés inamovible—. Ella me buscó y me pidió asilo desde que se dio cuenta de que no habría ningún sitio en Midgard donde pudiera escapar de su captor. Hicimos un trato que nos convino a ambas.

Así que la dragona había llegado aquí por su propia voluntad. Tal vez él podría convencerla de ir Abajo. Sería mucho más fácil.

Aunque ya que la llevara allá, nunca más podría volver a salir.

—¿Prefieres estar aquí —le preguntó Flynn a la dragona—, peleando en la arena, que con nosotros?

—Ustedes me mandaron a trabajar de escolta —escupió Ari y por fin apartó su atención de la televisión para ver a Flynn. Tharion no lo envidió cuando esos ojos ardientes se posaron en él—. ¿Eso es mejor que pelear en la arena?

—Eh, sí. Un putamadral mejor.

—Suenas como alguien que se ha acostumbrado a que su vida sea tan aburrida como el polvo —dijo Ari y devolvió su atención a la televisión.

—Llevas no sé cuánto tiempo atrapada en un *anillo* —explotó Flynn—. ¿Qué demonios sabes sobre cualquier cosa?

Las escamas fundidas se movieron debajo de su piel y luego desaparecieron. Pero su rostro permaneció plácido. Tharion deseó tener unas palomitas de maíz. Notó que la Reina Víbora lo miraba con ojos entrecerrados.

Ella dijo con frialdad:

—Te recuerdo: hermana muerta. Metamorfo violento.

Tharion controló la llamarada de ira que surgió en él ante la mención tan despreocupada de Lesia y le esbozó su sonrisa más encantadora a la metamorfa de serpiente.

—Ése soy yo.

—Y el Capitán de Inteligencia de la Reina del Río.

—El único e inigualable —guiñó—. ¿Podemos hablar?

—¿Quién soy yo para oponerme a los deseos del amado de la hija de la Reina del Río? —Tharion se tensó y los labios morados de ella se curvaron hacia arriba. Su corte de pelo tan preciso y anguloso se movió cuando ella se puso de pie—. No rostices a la hadita —le dijo a Ariadne sin mirar atrás y luego le indicó a Tharion que la siguiera—. Por aquí.

Lo llevó por un pasillo delgado lleno de puertas. Él podía ver al frente que el corredor terminaba en otra habitación. Lo único que podía distinguir eran más alfombras y sillones conforme se acercaban.

—¿Y bien, mer?

Tharion contuvo una risa.

—Son sólo unas cuantas preguntas.

—Seguro —ella golpeó el cigarrillo contra un cenicero de vidrio sobre la mesa de centro y cayó un poco de ceniza.

Él abrió la boca, pero habían llegado a la habitación en el otro extremo del pasillo. Era casi una habitación gemela de la otra, sólo que sus ventanas veían a la arena de peleas.

Sentada en uno de esos sillones, con un montón de polvo blanco con las características propias del buscaluz sobre una pequeña báscula de latón en la mesa frente a ella...

—Déjame adivinar —le dijo Tharion a la Arpía, quien levantó la cabeza del lugar donde un hada pesaba las drogas—, no es tuyo, es para un amigo.

Los ojos oscuros de la Arpía se entrecerraron en advertencia cuando se puso de pie.

—¿Vienes aquí a delatarme, pescado?

Tharion le sonrió con calma.

—Sólo es una visita amistosa.

Ella dirigió su mirada amenazante a la Reina Víbora, quien se deslizó las manos a los bolsillos y se recargó contra el muro al fondo.

—¿Me delataste?

—Este hermoso trozo de carne acaba de entrar. Quería hablar. Conoce las reglas.

Tharion las conocía. Éste era el espacio de la Reina Víbora. Su palabra era ley. Él tenía tan poca autoridad sobre ella como sobre los asteri. Y si intentaba cualquier cosa, ella tenía tanta autoridad como los asteri de terminar con él. Probablemente arrojándolo a esa arena y viendo cuántos luchadores eran necesarios para matarlo.

Tharion hizo un ademán hacia la puerta en una reverencia burlona.

—No te molestaré.

La Arpía miró al hombre que estaba vertiendo su buscaluz en una bolsita de terciopelo negro con el interior forrado de plástico.

—¿Servicio VIP, eh? —le dijo Tharion a la Reina Víbora, quien le volvió a sonreír.

—Sólo lo mejor para mis clientes más valiosos —dijo ella todavía recargada contra la pared.

La Arpía recogió la bolsita que le ofrecía el hada y sus alas negras se movieron un poco y crujieron.

—Mantén la boca cerrada, mer. O terminarás hecho pedacitos, como tu hermana.

Él le enseñó los dientes y gruñó en voz baja.

—Sigue hablando, bruja, y te mostraré lo que le hice al hombre que la mató.

La Arpía sólo rio, metió sus drogas al bolsillo de su chaqueta y salió con las alas como una nube negra a sus espaldas.

—¿Estás comprando o vendiendo? —le preguntó la Reina Víbora en voz baja mientras el hada empacaba sus drogas y su báscula y se apresuraba a salir.

Tharion la miró y se esforzó por hacer que la rabia que controlaba su temperamento se aplacara.

—¿Sabes que esa psicópata fileteó en mariposa a dos rebeldes, verdad?

—¿Por qué crees que la invité a ser cliente? Alguien que hace ese tipo de mierda necesita algo para tranquilizarse. O para conservar su energía, supongo.

Tharion se sacudió la repulsión.

—¿Ella te habló sobre qué estaban haciendo esos rebeldes en la ciudad?

—¿Estás pidiéndome que juegue a la espía, Capitán?

—Estoy preguntándote si has oído algo sobre Ophion o una comandante llamada Pippa Spetsos.

Necesitaba saber si Pippa y su unidad Ocaso harían un movimiento y cuándo, aunque ya no tuvieran el prototipo del mecatraje. Si pudiera salvar vidas inocentes en esta ciudad, haría lo necesario para encontrar cómo detenerlos.

—Por supuesto que sí. Todos han oído hablar de Ophion.

Tharion apretó los dientes.

—¿Sabes qué están planeando?

Ella dio una fumada larga a su cigarrillo.

—La información no es gratuita.

—¿Cuánto?

—La dragona es buena para el negocio —sus ojos de serpiente no se movieron de los de él—. Las peleas de anoche me dejaron mucho dinero. Hice un trato con ella: ella se quedará con una parte de las ganancias de sus victorias y eso irá a cuenta de la compra de su libertad.

—Tú no eres su dueña.

No importaba que *él* quisiera entregársela a su reina como...

Carajo, como una esclava.

—No, no lo soy. Por eso necesito que me ayudes a inventar alguna pendejada como la que tus amigos y su abogado le dijeron al Astrónomo. ¿Algo sobre un reclutamiento real? —la Reina Víbora revisó sus uñas inmaculadas—. Les diremos a todos que el hecho de que ella esté peleando aquí es un asunto de seguridad imperial.

—Nadie creerá eso.

Y, carajo, él necesitaba a esa dragona. La necesitaba como una estrategia de salida de esta situación de Emile. Y para las consecuencias que tuviera terminar su relación con la hija de la reina.

—La gente cree lo que sea si se le presenta correctamente.

Tharion suspiró hacia el techo con espejos. La dragona al menos había estado de acuerdo en venir aquí y luchar para conseguir su libertad, pero...

La Reina Víbora dijo, como si estuviera leyendo o adivinando sus pensamientos:

—Incluso en su forma humanoide, te puede convertir en cenizas si tratas de llevarla a la Corte Azul —Tharion le frunció el ceño pero no dijo nada. La víbora continuó—: Tú y tu grupito de amigos han estado muy activos últimamente. Tal vez dejé que Quinlan me convenciera de entregar al niño, pero no tengo planes para permitir que esta dragona se me escape de las manos —esbozó una sonrisa agresiva—. Son unos tontos por no haberla mantenido más controlada.

Tharion le sonrió de la misma manera.

—A mí no me corresponde decidir si ella puede permanecer aquí o no.

—Sólo diles a tus amigos de la realeza y su equipo legal que me ayuden con el trámite y esa mierda y estaremos bien, mer.

Carajo. De verdad iba a salir de aquí con las manos vacías. Su mente se apresuró a pensar en otra cosa que le pudiera llevar a su reina, algo que le salvara el pellejo...

Ya lo decidiría después. Cuando no estuviera en presencia de una vanir famosa por su letalidad.

Suspiró y dijo:

—Si la dragona está de acuerdo, entonces da igual. Nos inventamos tu pendejada.

—Ya está de acuerdo —otra sonrisa irónica.

—Entonces dime lo que está planeando Spetsos —si podía verse competente en su trabajo como Capitán de Inteligencia, tal vez la información sobre la amenaza rebelde podría frenar un poco la ira de su reina.

La Reina Víbora sacó su teléfono y revisó la hora.

—Llama a tus amigos y averígualo.

—¿Qué?

Pero la Reina Víbora ya se había dado la vuelta de regreso al pasillo y se dirigía hacia la dragona y Flynn al otro extremo.

Tharion le marcó a Hypaxia. A Hunt. Luego a Bryce. Ithan. Ruhn. Nadie contestó.

No se atrevió a dejar un mensaje, pero... Le volvió a marcar a Hunt.

—Contesta, carajo —murmuró—. Contesta de una puta vez.

Por un momento, recordó otro día, cuando estuvo intentando e intentando llamar a su hermana sólo para ser enviado al buzón de voz. Así que les habló a sus padres para preguntarles si habían hablado con ella, si sabían dónde estaría.

Tharion llegó con Flynn, quien estaba sentado en el sofá, mirando fijamente a Ariadne. No pudo evitar el tono cortante de su voz cuando le dijo:

—Llama a Ruhn. A ver si te contesta.

—¿Qué pasa? —dijo Flynn y se puso de pie al instante.

—No estoy seguro —dijo Tharion y se dirigió a la puerta. Se tragó todos esos recuerdos horribles y su miedo creciente—. ¿Tienes idea de dónde estuvieron hoy?

La Reina Víbora dijo a sus espaldas al volverse a sentar en el sofá.

—Buena suerte.

Tharion y Flynn se detuvieron en la puerta. El lord hada le apuntó a la dragona con el dedo.

—No hemos terminado.

Ariadne simplemente empezó a ver la televisión otra vez y no le hizo caso.

Flynn gruñó:

—Voy a regresar por ti.

Tharion se guardó el conocimiento sobre lo que había hecho, lo que había negociado por esta mísera información sobre Ophion y Spetsos. Se lo diría a Flynn después.

Los ojos de Ariadne miraron a Flynn cuando la puerta de la bóveda se volvió a abrir. El negro se convirtió en rojo:

—Ahórrate tus aires de superioridad para quien los quiera, lordecito.

Tharion salió al pasillo con el teléfono de nuevo al oído. Bryce no respondió.

Pero Flynn volteó a ver a la dragona, que descansaba en el nido de la Reina Víbora.

—Ya lo veremos, corazón —gruñó el lord hada y salió detrás de Tharion.

Bryce había estado en el Templo de Urd en Moonwood una sola vez desde que se había mudado a Ciudad Medialuna hacía años. Ella y Juniper habían tomado un taxi borrachas aquí una noche en la universidad para hacerle una ofrenda a la diosa del destino y que les asegurara que sus destinos fueran épicos.

Literalmente, eso había dicho.

Benévola y visionaria Urd, por favor haz nuestros destinos lo más épicos posible.

Bueno, pues se le había concedido, pensó Bryce al subir los escalones hacia el templo de mármol gris. June también... El pesar y la culpa y la añoranza la invadieron al pensar en su amiga.

La calle silenciosa estaba vacía de carros. Como si el Rey del Inframundo hubiera despejado todo.

O tal vez se debía a las otras presencias amenazantes que habían evadido cerca de la intersección de Central y Laurel en su caminata hacia acá después del entrenamiento: Pollux y Mordoc. Los dos monstruos libres en la ciudad, seguidos por una unidad de necrolobos de la Cierva.

Buscando algo. O a alguien.

Hunt se aseguró de que no hubiera nadie en la calle detrás del templo cuando Bryce, Ruhn e Hypaxia entraron. El Rey del Inframundo había sido muy específico. Sólo esas cuatro personas podían ir. Ithan y Cormac no estuvieron muy contentos de quedarse atrás.

Tras el patio del templo, donde no había ni una sacerdotisa a la vista, las puertas abiertas del santuario los llamaban. Dentro había sombras y humo.

Bryce comprobó que el rifle que traía a la espalda estuviera en su sitio, la pistola a la cadera. Ruhn, a su izquierda, portaba la Espadastral. Ella había dicho que era poco amable presentarse a una reunión con un arma diseñada para matar segadores, pero los demás votaron en contra de ella. Ruhn se mantendría cerca en todo momento, en caso de que ella necesitara usar la espada. Los relámpagos crujían alrededor de Hunt cuando entraron a la penumbra.

Al no saber cuánto tiempo duraría, o si siquiera podría contenerla en su interior, no le había pedido que le transfiriera una carga. Si fuera necesaria, él la podría encender en segundos.

Una pira humeaba sobre un altar de roca negra al centro del templo. Al fondo, había un trono de roca sobre una plataforma. No había estatuas adornando el templo de Urd, nunca se habían hecho representaciones de la diosa. El destino adoptaba demasiadas formas como para capturarla en una sola figura.

Pero *sí* había alguien en el trono.

—Qué puntuales —dijo el Rey del Inframundo y golpeteó con sus dedos huesudos el brazo de roca del trono—. Agradezco eso.

—Estás profanando ese trono —le advirtió Ruhn—. Levanta tu cadáver putrefacto de ahí.

El Rey del Inframundo se puso de pie y su túnica negra flotó en un viento fantasma.

—Pensé que las hadas le rendían culto a Luna pero, ¿tal vez tú recuerdas las creencias antiguas? ¿Recuerdas un momento en que Urd no fue una diosa sino una fuerza que se movía entre mundos? ¿Cuando era un depósito de vida, una madre de todo, un lenguaje secreto del universo? Las hadas la adoraban entonces.

Bryce fingió bostezar y se ganó una mirada alarmada de parte de Ruhn, quien lució aterrado al ver al Rey del Inframundo bajar de la plataforma. Hunt, al menos, no parecía sorprendido. Ya se había acostumbrado a sus desplantes, supuso Bryce.

Hypaxia monitoreaba todos los movimientos del Rey del Inframundo con el viento removiéndole el cabello. Tenía una cuenta pendiente después de anoche, por lo visto.

—Entonces —dijo Hunt con voz lenta—, ¿estás aquí para terminar con lo que dejamos pendiente?

El Rey del Inframundo se deslizó hacia el altar negro. Su rostro horrible se contorsionaba de placer al inhalar los huesos que ardían sobre él.

—Deseaba informarles que los segadores que ustedes me acusaron tan ofensivamente de enviarles a perseguirlos no eran de parte de Apollion después de todo. Descubrí que provenían de la Ciudad Eterna.

Bryce se puso rígida.

—¿Los segadores pueden cruzar océanos?

—Los segadores han cruzado mundos. No veo cómo un poco de agua podría detenerlos.

—¿Por qué vinieron aquí a atacarnos? —exigió saber Hunt.

—No lo sé.

—¿Y por qué nos estás diciendo esto? —continuó Bryce.

—Porque no me gusta que estén metiéndose en mi territorio.

—Mentiras —dijo Ruhn. Hypaxia venía a unos pasos detrás de él—. ¿Les dijiste la horrible verdad de lo que sucede después de la muerte pero estás dispuesto a dejarlos vivir ahora porque estás enojado de que alguien está metiéndose en tus asuntos de mierda?

Sus ojos, sus ojos muertos y lechosos, se posaron en Bryce.

—Tú eres oficialmente una princesa, según escuché. Sospecho que te enterarás de muchas más verdades desagradables.

—Estás haciéndonos perder el tiempo —gruñó Ruhn.

Pero Bryce preguntó:

—¿Jesiba habló contigo?

—¿Quién?

—Jesiba Roga. Una comerciante de antigüedades. Tiene... tenía unos cuantos Marcos de la Muerte. Debe conocerte. Conoce a todo el mundo.

Los ojos del Rey del Inframundo brillaron.

—No la conozco por ese nombre, pero sí. Sí sé de ella —su mirada se deslizó detrás de Bryce, a Hypaxia al fin—. Lo hiciste bien anoche. Pocos podrían haber salido de ese laberinto de hechizos. La Casa de Flama y Sombra te dará la bienvenida.

La brisa alrededor de Hypaxia se convirtió en un viento helado, pero la reina bruja no se dignó a hablar. Bryce registró en su mente nunca hacerla enojar.

Hunt interrumpió:

—¿Nos llamaste a este sitio para darnos esta información conveniente sobre los segadores y ahora quieres cooperar? No te creo.

El Rey del Inframundo sólo sonrió y reveló esos dientes sucios y demasiado grandes.

Bryce dijo:

—¿Qué significa esta secuencia?

Recitó lo que había en el brazo de Sofie.

El Rey del Inframundo parpadeó.

—No lo sé —luego sonrió más ampliamente—. Pero tal vez les puedes preguntar a ellos —señaló a sus espaldas, a la puerta. Al mundo exterior.

Donde Pippa Spetsos estaba entrando al patio del otro lado del templo, rodeada de soldados de Ocaso.

Los relámpagos de Hunt se encendieron.

—Le informaste a Ophion —gruñó al mismo tiempo que ya calculaba cuál sería la ruta más rápida para salir del templo.

Ruhn ya estaba en las puertas del santuario, las cerró y las bloqueó. Encerrándolos con el Rey del Inframundo.

La voz de Pippa se escuchó del otro lado de la puerta.

—*Salgan a jugar, basura vanír. Van a ver lo que sucede cuando nos traicionan.*

El rostro de Hypaxia palideció.

—¿Estaban... trabajando con los rebeldes?

—Énfasis en el *estaban* —murmuró Bryce. Aunque ya no importaba, de cualquier manera.

La figura del Rey del Inframundo empezó a desvanecerse. Una ilusión. Una proyección. Hunt no se molestó en adivinar cómo lo había hecho, cómo había logrado que los detalles parecieran tan reales.

—La guerra significa la muerte. La muerte significa almas... y más luzsecundaria. ¿Quién soy yo para rechazar este abrevadero de almas? Lo primero que hizo la comandante Spetsos al llegar a Ciudad Medialuna fue arrodillarse ante mí. Cuando mencionó los enemigos que tenían, yo decidí informarle sobre nuestro... altercado. Hicimos un trato que nos beneficia a ambos.

Los rebeldes se adjudicarían las muertes y le evitarían consecuencias políticas negativas al Rey del Inframundo, pero el maldito quedaría satisfecho de haber desempeñado un rol al acabar con ellos y recibir todas las almas que terminaran en su reino. Muchas, si Pippa ya estaba en acción.

Bryce se veía molesta y la luzastral ya brillaba en su cuerpo.

—¿Y estabas mintiendo cuando dijiste que no enviaste a los segadores a buscarnos a Ruhn y a mí hace unas semanas?

—Hablé con la verdad entonces y hablo con la verdad ahora. ¿Por qué te mentiría cuando ya te he revelado tanto?

—Sigue jugando estos jueguitos y pronto serás el enemigo de todos nosotros —le advirtió Ruhn al rey.

El Rey del Inframundo se desvaneció entre sombras.

—La muerte es la única que sale victoriosa de la guerra.

Luego desapareció.

Se escuchó el impacto de una bala contra la puerta de metal. Luego otra. Pippa seguía gritando su veneno.

—¿Alguna idea? —preguntó Hunt. Si los rebeldes tenían balas gorsianas, esto se pondría muy mal, muy rápido. Y atraería a una multitud que presenciaría el desastre.

Bryce tomó a Hunt de la mano. La presionó contra su pecho.

—Súbeme de nivel, Athalar.

Ruhn movió la barbilla hacia Hypaxia.

—Llévala contigo.

La reina bruja miró con reproche al príncipe hada, pero Bryce negó con la cabeza y mantuvo su mano sobre la de Hunt. Apretó los dedos, la única señal que delataba sus nervios, y dijo:

—Nunca me he llevado a nadie. Necesito toda mi concentración en este momento.

Bien. Al menos estaba siendo inteligente sobre esto. Hunt la miró a los ojos, la dejó que notara su aprobación y su apoyo. No perdería el tiempo preguntándole qué planeaba. Bryce era brillante y seguro tenía algo preparado. Así que Hunt permitió que sus relámpagos fluyeran y los envió a través de su mano, hacia el pecho de Bryce.

La estrella empezó a brillar debajo de sus dedos, como si ansiara recibir su poder. Otra ráfaga de balas en la puerta.

Sus relámpagos fluyeron hacia ella como un río y podría haber jurado que escuchaba una especie de música hermosa entre sus almas cuando Bryce dijo:

—Necesitamos refuerzos.

Ruhn contuvo su pánico al ver a su hermana cargarse con un destello de los relámpagos de Athalar y luego desaparecer.

Un impacto hizo vibrar las puertas de metal del santuario. ¿Por qué no se había desplegado aún el Aux? Buscó su teléfono. Si pedía la ayuda, surgirían preguntas sobre los motivos que tenían para estar en este lugar. Ya había intentado hablar con Cormac, pero lo había mandado a buzón de voz. y le había escrito un mensaje diciéndole que estaba hablando con el Rey de Avallen. El príncipe no interrumpiría esa llamada.

Estaban atrapados.

Miró a Hypaxia, quien recorría el santuario con la vista en busca de puertas ocultas.

—Tiene que haber otra salida —dijo y recorrió la pared con sus manos—. Ningún templo tiene sólo una entrada y salida.

—Es posible que éste sí —gruñó Hunt.

Bryce reapareció y Ruhn miró a su hermana jadeante.

—Estuvo fácil —dijo Bryce pero tenía la cara llena de sudor y los ojos apagados por el agotamiento. ¿A dónde demonios se había ido?

Otro golpe en las puertas y el metal se abolló.

—¿Qué carajos fue eso? —preguntó Ruhn y desenvainó la Espadastral.

—Tenemos que irnos ahora mismo —dijo Bryce y se paró al lado de Hunt—. Tenemos tiempo, pero no mucho.

—Entonces teletranspórtanos.

Ella sacudió la cabeza.

—No sé si lo pueda hacer...

—Sí puedes —dijo Athalar con absoluta certidumbre—. Acabas de teletransportarte de afuera a adentro sin problema. Tú puedes. Controla tu respiración, bloquea el ruido y concéntrate.

Ella tragó saliva. Pero asintió y extendió la mano a Athalar.

Hunt dio un paso atrás.

—Hypaxia primero. Después Ruhn.

—Tal vez no tenga tanta fuerza.

—Sí la tienes. Ve.

La cautela y la aprehensión inundaron la mirada de Bryce. Pero besó a Athalar en la mejilla y luego tomó a la bruja del brazo.

—Sostente. Nunca me he llevado a nadie así y podría ser...

Sus palabras se interrumpieron cuando desaparecieron.

Gracias a los dioses. Gracias a los dioses Bryce había logrado salir de nuevo y llevarse a Hypaxia.

Hunt contuvo el aliento.

Ruhn dijo:

—Deberías ser el siguiente. Tú eres su pareja.

—Tú eres su hermano. Y el heredero del trono de las hadas.

—Ella también.

Hunt parpadeó, peroBryce ya estaba de regreso, jadeando.

—Oh, dioses, no jodan, eso estuvo horrible —tuvo una arcada y extendió la mano para llevarse a Ruhn.

—Vamos.

—Descansa —le ordenó su hermano, pero las puertas se abollaron más hacia el interior. Con un par de golpes más, estarían abiertas. Y si el plan de Bryce no les conseguía un poco más de tiempo...

Bryce tomó a Ruhn del brazo y antes de que él pudiera objetar, desaparecieron. A solas, Hunt observó la puerta e hizo acopio de sus relámpagos. Podía volver a cargarla, pero claramente estaba exhausta. ¿Eso siquiera serviría?

Las puertas temblaron y se alcanzó a ver la luz que entraba por las cuarteaduras en los sitios dónde se habían separado unos centímetros.

Hunt se ocultó detrás del altar para mantenerse a salvo de la lluvia de balas que entraron, disparando a ciegas a quien estuviera dentro.

—¡*Ahí!* —gritó Pippa y las pistolas le apuntaron.

Dónde carajos estaba Bryce...

Las puertas se abrieron de golpe y tres soldados Ocaso cayeron al piso.

Pollux apareció en la puerta. Sus alas blancas brillaban con poder. Rio y usó el puño para aplastar la cabeza de una rebelde tirada en el piso frente a él. El hueso y la sangre volaron por el aire. Detrás de él, los rebeldes le disparaban a Mordoc y los necrolobos. Y en la calle, debajo de una palmera, lejos de la pelea, Hunt alcanzó a ver a la Cierva, que supervisaba lo que sucedía.

Bryce apareció y se ocultó detrás del altar. Tenía la piel ceniza y respiraba con dificultad. Con dolor. Levantó una mano temblorosa hacia él.

—Yo...

Cayó de rodillas. No necesitó decir lo demás. Estaba agotada. Pero había regresado por él. Para salir peleando juntos.

—¿Quieres que te dé otra carga? —preguntó él y sus relámpagos centellearon por sus brazos cuando la ayudó a ponerse de pie.

—No creo que mi cuerpo lo pueda soportar —le respondió ella y se recargó en él—. Me siento como carne sobrecocida.

Hunt se asomó al otro lado del altar.

—¿Cómo nos conseguiste más tiempo?

—Las Puertas —jadeó Bryce—. Tuve que teletransportarme a varias antes de encontrar una que estuviera más o menos vacía y sin supervisión. Usé el panel para transmitir un reporte de que Ophion estaba saqueando el Templo de Urd, justo en medio de uno de esos estúpidos anuncios diarios. Pensé que enviarían una unidad. Tal vez la más grande y ruda que tuvieran, que también resultó ser la más cercana.

Lo recordó entonces, habían pasado junto a Pollux y Mordoc de camino, junto con los necrolobos de la Cierva.

—Tu voz sería reconocida...

—Grabé el mensaje y luego lo reproduje a través de la Puerta con una aplicación para cambiar voces —dijo ella con una sonrisa sombría—. Y me aseguré de moverme muy rápido para que las cámaras no pudieran registrar nada salvo una mancha, no te preocupes.

Él sólo pudo quedarse boquiabierto frente a ella, su inteligente y brillante Bryce. Dioses, la amaba.

Agachados detrás del altar mientras la pelea avanzaba hacia el templo, Hunt exhaló:

—Tendremos que encontrar una manera de salir por esas puertas sin que nos vean.

—Si me das un minuto... —dijo ella y se llevó la mano temblorosa al pecho. A la cicatriz.

Pero Hunt lo sabía. Sólo el tiempo le ayudaría a recuperar la fuerza y ciertamente tardaría más del que tenían en ese momento.

Hunt apagó sus relámpagos, temeroso de que Pollux los viera. El Martillo se acercaba y Mordoc era una sombra amenazante a sus espaldas. Donde avanzaban ellos, los rebeldes morían. Hunt no lograba ubicar a Pippa.

Bryce jadeaba y Hunt olió la sangre antes de voltear a ver. Le sangraba la nariz.

—¿Qué carajos? —le gritó y se agachó para cubrir su cuerpo con el de él cuando una lluvia de balas cayó sobre el altar.

—Es posible que mi cerebro se haya convertido en sopa —siseó ella aunque el miedo brillaba en sus ojos.

Si él pudiera liberar sus relámpagos, podría abrirse paso friendo a todos. Ya sin preocuparse de que todos supieran quiénes eran, en especial si Mordoc detectaba los olores más tarde, pero... tendría que arriesgarse. Por Bryce, se arriesgaría.

Podían, por supuesto, decir que habían estado luchando contra Ophion, pero quedaba la posibilidad de que la Cierva decidiera que éste era el momento de revelar lo que sabía.

—Sostente de mí —le advirtió Hunt y la tomó justo cuando algo salió de entre las sombras detrás del trono de Urd.

Un perro negro. Enorme, con colmillos tan largos como la mano de Hunt.

El Mastín del Averno hizo una señal con las garras en dirección al trono. Luego desapareció detrás de él.

No era momento para pensar. Hunt cargó a Bryce y corrió. Se mantuvo agachado y en las sombras al pasar entre el altar y la plataforma, rezando para que nadie los viera en todo el caos y humo...

Corrió detrás del trono y vio que el lugar estaba vacío. No había rastro de Baxian.

Escuchó un gruñido a sus espaldas y Hunt giró hacia la parte de atrás del trono. No era roca sólida, sino una puerta que llevaba a una escalera angosta.

Hunt no cuestionó su suerte al salir corriendo por esa puerta. Baxian, en forma de ángel ya, la cerró tras ellos. Los selló en una oscuridad absoluta.

Baxian alumbró el camino con escalones angostos usando su teléfono. Hunt sostenía a Bryce. Por la manera en que ella colgaba de él, no estaba seguro de que ella pudiera caminar.

—Escuché que Pollux dio la orden de venir acá por radio —dijo Baxian mostrándoles el camino, con sus alas erizadas. Hunt no se opuso a que él fuera el líder y miró hacia atrás para asegurarse de que la puerta no se abriera. Pero el sello era perfecto. No se veía ni un rastro de luz.

—Cuando vi lo encabronada que estaba Pippa después de lo de Ydra, asumí que ustedes estaban involucrados. Busqué la historia de este templo. Encontré rumores de una puerta oculta detrás del trono. Encontrar la entrada exterior al túnel me tomó un poco de tiempo. Alguna sacerdotisa debió haberla usado recientemente. Su olor estaba por todo el callejón y el muro falso que conduce aquí.

Hunt y Bryce guardaron silencio. Ya eran dos veces que Baxian había intervenido para salvarlos de la Cierva y Pollux. Y ahora de Pippa.

—¿Spetsos está muerta? —preguntó Baxian cuando llegaban al final de la escalera y entraban a un túnel largo.

—No lo sé —gruñó Hunt—. Probablemente escapó y dejó a su gente a morir aquí.

—Lidia estará muy encabronada de no haberla capturado, pero Pollux parecía estar disfrutándolo —dijo Baxian y sacudió la cabeza.

Caminaron hasta que llegaron a un cruce de túneles marcados con cráneos y huesos en pequeños nichos. Catacumbas.

—No creo que supieran que ustedes estaban aquí —continuó Baxian—, aunque cómo se enteraron...

Bryce se movió con tal rapidez que Hunt no tuvo tiempo para evitar que se le cayera de los brazos.

Ni para evitar que desenfundara su rifle para apuntarle a Baxian.

—Alto ahí.

Bryce se limpió la sangre que le escurría de la nariz hacia los hombros y apuntó el rifle al Mastín del Averno, detenido en el cruce de túneles de las catacumbas.

La cabeza le iba a estallar, tenía la boca tan seca como el desierto de Psamathe y en su estómago sentía moverse un remolino de bilis. No volvería a teletransportarse. Nunca, nunca, *nunca*.

—¿Por qué demonios te apareces por todas partes? —dijo Bryce furiosa sin apartar su atención del Mastín. Hunt no se movió a su lado—. Hunt dice que no estás espiando para la Cierva ni para los asteri, pero no le creo. Ni por un puto segundo —quitó el seguro—. Así que dime la puta verdad antes de que tenga que meterte una bala en la cabeza.

Baxian caminó hacia una de las paredes curvas llenas de cráneos. No parecía importarle que estaba a medio metro del cañón de su rifle. Recorrió las protuberancias de un cráneo color café con el dedo, parecía ser de un vanir con colmillos.

—Con amor, todo es posible.

El rifle casi se le cayó de entre las manos.

—¿Qué?

Baxian la miró a los ojos. Luego se abrió el cuello del traje de batalla y reveló la carne morena y musculosa. Y un tatuaje garabateado sobre el corazón del ángel con una letra conocida.

Con amor, todo es posíble.

Ella conocía esa letra.

—¿Por qué —preguntó con cautela y la voz temblorosa— tienes la letra de Danika tatuada en tu cuerpo?

Con dolor, los ojos oscuros de Baxian se vaciaron.

—Porque Danika era mi pareja.

65

Bryce volvió a apuntar el rifle contra Baxian.

—Eres un maldito *mentiroso*.

Baxian sólo se dejó abierto el cuello para dejar a la vista la letra de Danika tatuada ahí.

—Yo la amaba. Más que a nada.

Hunt habló con aspereza y sus palabras hicieron eco en las secas catacumbas a su alrededor.

—Esto no tiene ninguna puta gracia, imbécil.

Baxian lo miró con ojos suplicantes. Bryce quería arrancarle la cara de un zarpazo.

—Ella era mi pareja. Pregúntale a Sabine. Pregúntale por qué huyó la noche que se presentó en tu departamento. Siempre me ha odiado y me ha temido, porque yo vi cómo trataba a su hija y no lo toleraba. Porque yo prometí dejarla convertida en carroña un día por lo que Danika tuvo que soportar. Por eso se fue de la fiesta anoche tan rápido. Para evitar verme.

Bryce no bajó el arma.

—Pura mentira de mierda.

Baxian extendió los brazos y sus alas sonaron.

—¿Por qué carajos mentiría sobre esto?

—Para ganarte nuestra confianza —dijo Hunt.

Bryce no podía respirar. No tenía que ver con la teletransportación.

—Yo hubiera sabido de esto. Si Danika tenía una pareja, yo lo hubiera *sabido*...

—¿Ah, sí? ¿Crees que ella te habría dicho que su pareja era alguien del triarii de Sandriel? ¿El Mastín del Averno? ¿Crees que habría corrido a casa para contarte de eso?

—Vete al carajo —le escupió Bryce y apuntó con la mirilla directo entre sus ojos—. Y al carajo con tus mentiras.

Baxian se acercó al rifle. Al cañón. Lo empujó hacia su corazón, justo en el tatuaje con la letra de Danika.

—Yo la conocí dos años antes de que muriera —dijo en voz baja.

—Ella y Thorne...

Baxian rio con una risa tan amarga que a Bryce se le resquebrajó el alma.

—Thorne vivía engañado si creía que ella estaría con él en algún momento.

—Se acostaba con gente —dijo Bryce entre dientes—. Tú no eras nada para ella.

—Estuve dos años con ella —dijo Baxian—. Ella no se acostó con nadie durante esos dos años.

Bryce se quedó inmóvil haciendo cuentas mentales. Justo antes de su muerte, había fastidiado a Danika sobre...

—Dos años —susurró—. Ella no había salido en una cita durante dos años —Hunt se le quedó viendo en ese momento—. Pero ella... —intentó hacer memoria.

En sus años de universitaria, Danika había salido con mucha gente, pero en el último año y el año después de su graduación... Había salido de fiesta, pero dejó el sexo sin compromisos. Bryce casi se ahogó.

—No es posible.

El rostro de Baxian era sombrío, incluso en la oscuridad de las catacumbas.

—Créeme, yo tampoco lo quería. Pero nos vimos y simplemente lo supimos.

Hunt murmuró:

—Por eso cambió tu comportamiento. Conociste a Danika justo después de que yo me fuera.

—Eso cambió *todo* para mí —dijo Baxian.

—¿Cómo se conocieron? —quiso saber Bryce.

—Hubo una reunión de lobos, de Pangera y de Valbara. El Premier envió a Danika como su emisaria.

Bryce lo recordaba. Lo molesta que había estado Sabine al enterarse de que Danika había sido seleccionada para ir y no ella. Dos semanas después, Danika regresó y pareció estar más tranquila durante unos días. Ella dijo que era agotamiento, pero...

—Tú no eres lobo. ¿Qué hacías ahí?

Danika no podía haber estado con Baxian, no podía haber tenido una *pareja* y no decírselo, que no se notara en su olor...

Ella era sabueso de sangre. Con ese olfato supernatural sería la más indicada para saber ocultar un olor, cómo detectar cualquier rastro de él que quedara sobre ella.

—No estuve en la reunión. Ella me buscó mientras estuvo allá.

—*¿Por qué?*

—Porque ella estaba investigando ancestros metamorfos. Mi linaje es... único.

—Tú te conviertes en perro —dijo Bryce furiosa—. ¿Qué tiene eso de único?

Incluso Hunt la miró con desaprobación, pero a ella no le importó. Estaba harta de estas sorpresas sobre Danika, sobre todas las cosas que nunca había sabido...

—Ella quería saber sobre mi linaje de metamorfo. Una ascendencia de metamorfos realmente antigua que se manifestó en mí después de años de permanecer latente. Ella estaba rastreando los linajes más antiguos de nuestro mundo y, en el árbol genealógico de un ancestro lejano, encontró un nombre que pudo seguir hasta su último descendiente vivo: yo.

—¿Qué demonios podías decirle tú si era algo tan antiguo? —preguntó Hunt.

—A fin de cuentas, nada. Pero cuando supimos que éramos pareja, cuando sellamos el... Ella empezó a abrirse más y me dijo qué era lo que investigaba.

—¿Era sobre el sinte? —preguntó Bryce.

—No —dijo Baxian con la mandíbula apretada—. Creo que lo del sinte era un pretexto para ocultar otra cosa. Su muerte se debió a la investigación que ella estaba haciendo. *Con amor, todo es posible.* Una última pista de Danika. Que miraran en el sitio donde había estampado la frase, justo en este hombre.

Así que Bryce dijo:

—¿Por qué le importaba eso?

—Ella quería saber de dónde venimos. Los metamorfos, las hadas. Todos nosotros. Quería saber qué habíamos sido antes. Si eso podría predecir nuestro futuro —Baxian tragó saliva—. Ella también... Me dijo que estaba buscando una alternativa para Sabine.

—*Ella* era la alternativa de Sabine —dijo Bryce.

—Ella tenía la sensación de que probablemente no viviría para ver eso —dijo Baxian con voz ronca—. Danika no quería dejar el futuro de los lobos en manos de Sabine. Buscaba una manera de protegerlos y pensó que lo podría lograr si descubría alguna alternativa en el linaje, alguien que desafiara a Sabine.

Era algo tan... tan *Danika*.

—Pero después de que nos conocimos —continuó Baxian—, ella empezó a buscar una manera de tener un mundo donde pudiéramos estar juntos: ya que no había forma de que Sabine o Sandriel, o siquiera los asteri, lo permitieran.

Bryce volvió a ponerle el seguro al arma y apuntó hacia el piso.

Baxian dijo con ferocidad silenciosa:

—Me sentí tan contento cuando mataste a Micah. Lo supe... Simplemente tuve esa *sensación* de que el patán estaba involucrado en la muerte de Danika.

Qué bueno que alguien finalmente le metió una bala al cerebro de Micah, había dicho Baxian el día que se conocieron. Bryce estudió al hombre que había amado a su amiga: el hombre de quien ella nunca supo nada.

—¿Por qué no me lo diría?

—Quería. No nos atrevíamos a hablar por teléfono ni a escribirnos. Teníamos un acuerdo de reunirnos cada dos meses en un hotel en Forvos, nunca podía apartarme mucho tiempo de Sandriel. Danika se preocupaba de que los asteri me habrían usado contra ella para mantenerla en orden, si se hubieran enterado de nosotros.

—¿Ella te dijo que te amaba? —exigió saber Bryce.

—Sí —le respondió Baxian sin titubear ni un segundo.

Danika alguna vez le había dicho que esas palabras sólo se las había dicho a Bryce. A *ella*, no a este... desconocido. Este hombre que libre y voluntariamente servía a Sandriel. Hunt no había tenido opción.

—¿A ella no le importó que seas un monstruo?

Baxian se encogió un poco.

—Después de conocer a Danika, hice mi mejor esfuerzo para contrarrestar todo lo que hacía por Sandriel, aunque a veces lo único que podía hacer era mitigar un poco su maldad —dijo y se suavizó su mirada—. Ella te amaba, Bryce. Tú eras la persona más importante para ella en el mundo. Eras...

—Cállate. Sólo... cállate de una puta vez —murmuró Bryce—. No lo quiero escuchar.

—¿No quieres? —la contradijo él—. ¿No quieres averiguarlo todo? ¿No es ésa la razón por la cual has estado investigando? Quieres saber, *necesitas* saber lo que Danika sabía. Qué estaba haciendo, cuáles eran sus secretos.

El rostro de Bryce se petrificó. Dijo sin expresión:

—Está bien. Empecemos con esto, si la conocías tan bien. ¿Cómo conoció Danika a Sofie Renast? ¿Alguna vez escuchaste ese nombre en todas sus conversacioncitas secretas? ¿Qué quería Danika de ella?

Los ojos de Baxian brillaron con furia.

—Danika supo sobre la existencia de Sofie mientras estaba investigando el linaje de los pájaros de trueno como parte de sus indagaciones sobre los metamorfos y nuestros orígenes. Ella rastreó los linajes y luego confirmó lo que pensaba al encontrarla y olfatearla. Siendo Danika, no le permitió a Sofie marcharse sin que le respondiera algunas preguntas.

Bryce se quedó inmóvil.

—¿Qué tipo de preguntas?

Hunt le puso una mano sobre el hombro.

Baxian sacudió la cabeza.

—No lo sé. Y no sé cómo empezaron a trabajar juntas con el asunto de Ophion. Pero creo que Danika tenía algunas teorías sobre los pájaros de trueno más allá de la cuestión del linaje. Sobre su poder en particular.

Bryce hizo un gesto de desagrado.

—¿Sabes por qué Sofie Renast podría haber sentido la necesidad de tallarse una serie de números y letras en el cuerpo mientras se ahogaba hace unas semanas?

—Por Solas —murmuró Baxian. Y entonces recitó perfectamente la secuencia que estaba en el cuerpo de Sofie hasta el último número—. ¿Era eso?

—¿A qué carajos estás jugando, Baxian? —gruñó Hunt, pero Bryce exigió saber al mismo tiempo—. ¿Qué significa *eso*?

Los ojos de Baxian volvieron a destellar.

—Es un sistema de numeración de habitaciones que sólo se usa en un sitio en Midgard. En los Archivos Asteri.

Hunt maldijo.

—¿Y, en el nombre de Urd, cómo sabes eso?

—Porque yo se lo di a Danika.

Bryce estaba tan sorprendida que le fallaron las palabras.

—Sandriel era la mascota de los asteri —le dijo Baxian a Hunt—. Tú lo sabes, Athalar. Me obligó a ser su escolta en una de las veces que visitó su palacio. Cuando la llevaron a los archivos a una reunión, los vi entrar a la habitación con esos símbolos. Cuando Sandriel salió, estaba pálida. Me llamó la atención lo suficiente para recordar la serie

de números y letras y se la pasé a Danika después para que
la investigara. Danika se... obsesionó con eso. No me pudo
decir por qué o qué era lo que pensaba que pudiera haber
ahí, pero tenía teorías. Unas teorías que, decía, iban a alterar este mundo. Pero no podía ir ella. Era demasiado reconocible. Sabía que los asteri ya la tenían vigilada.

—Así que después de conocer a Sofie, Danika le
dio la información y le pidió que se metiera a investigar
—murmuró Bryce—. Porque el historial de Sofie no mos-
traría nada sospechoso sobre ella.

Baxian asintió.

—Por lo que yo averigüé de los informes de la Cierva, le tomó a Sofie tres años de trabajo poder entrar. Tres
años de espiar y de entrar encubierta como una de las personas que trabajaban en el archivo. Asumo que finalmente
encontró una manera de meterse a esa habitación y corrió
a Kavalla poco después. Para entonces, Danika ya se había...
ido. Murió sin saber qué había en esa habitación.

—Pero Sofie sí lo supo —dijo Bryce en voz baja.

—Lo que sea que haya averiguado en esa habitación
—dijo Hunt—, tuvo que ser la información que planeaba usar como ventaja contra Ophion... y contra los asteri.

—Algo que cambiaría el rumbo de la guerra —dijo
Bryce—. Algo grande.

—¿Por qué no sale este identificador de habitación en
los buscadores? —le preguntó Hunt a Baxian.

El Mastín del Averno guardó un poco sus alas.

—Los asteri no tienen los planos de su palacio en la
interred. Incluso su sistema de catálogo de biblioteca es
secreto. Cualquier cosa que tengan digitalizada está altamente encriptada.

—¿Y si conocemos a alguien que puede hackear lo que
sea? —preguntó Bryce.

Baxian sonrió amargamente otra vez.

—Entonces supongo que tendrán una posibilidad de
averiguar qué había en esa habitación.

—Esta manera de numerar habitaciones no tiene ningún sentido—murmuraba Declan mientras tecleaba sentado en el sofá de la casa de Ruhn. Bryce había llegado ahí con Hunt después de dejar a Baxian en el callejón donde terminaba el túnel, a unas cuadras del Templo de Urd. Todavía no se recuperaba.

Cuando encendió su teléfono se encontró con varias llamadas perdidas de Tharion. La Reina Víbora le había dado algo de información sobre Ophion, pero unos minutos demasiado tarde. Flynn casi se infartó cuando Ruhn le explicó lo que había sucedido.

Al menos no se había sabido nada sobre su conexión con el ataque rebelde al Templo de Urd, como estaba siendo nombrado en los medios. Pollux, Mordoc y la Cierva fueron llamados héroes por haber detenido a las fuerzas de Pippa y evitado que profanaran el espacio sagrado. Lo único que falló: Pippa había escapado.

Bryce lidiaría con eso después. Lidiaría con muchas otras cosas después.

Declan se rascó la cabeza.

—Espero que estén conscientes de que lo que estamos haciendo ahora califica como traición.

—Te debemos algo grande —dijo Hunt, que estaba sentado en el brazo del sofá.

—Sólo páguenme con alcohol —dijo Declan—. Será un alivio mientras esté preocupado por la aparición de necrolobos en mi puerta.

—Toma —le dijo Ruhn y le dio un vaso de whisky—. Esto te puede ayudar a empezar.

El hermano de Bryce se sentó sobre los cojines junto a ella. Del otro lado del sofá estaba Hypaxia sentada junto a Ithan, silenciosa y observadora.

Bryce le había permitido a Hunt que explicara lo que habían averiguado con Baxian. Y le permitió a Ruhn que explicara toda la verdad a la reina bruja y a las duendecillas, que estaban colgadas alrededor de los hombros de Flynn, al otro lado de Declan.

Pero la atención de Bryce regresaba constantemente a Ithan. Y mientras Declan se concentraba, Bryce le dijo en voz baja al lobo:

—¿Tú sabías sobre Danika y Baxian?

La cara de Ithan no revelaba nada.

—Por supuesto que no —dijo Ithan—. Yo pensaba que ella y Thorne... —negó con la cabeza—. No tengo idea de qué pensar. Nunca olí nada en ella.

—Yo tampoco. Tal vez lo podía ocultar con su don de sabueso de sangre —se aclaró la garganta—. No me habría importado.

—¿De verdad? A mí sí me hubiera importado —la contradijo Ithan—. A todos. No sólo porque Baxian no es un lobo, sino porque es...

—Un patán —propuso Hunt sin levantar la vista de su teléfono.

—Sí —dijo Ithan—. Digo, entiendo que les acaba de salvar el pellejo pero... de todas maneras.

—¿Importa ahora? —preguntó Flynn—. No lo digo como ofensa, pero Danika ya no está.

Bryce lo miró inexpresiva.

—¿En serio? No me había dado cuenta.

Flynn le hizo una seña con el dedo medio y las duendecillas dijeron *Ooooh* sobre su hombro.

Bryce puso los ojos en blanco. Justo lo que Flynn necesitaba: su propia bandada de fans que lo fueran siguiendo a todas horas. Le dijo a Flynn:

—Oye, ¿recuerdas esa vez que liberaste a una dragona y fuiste tan tonto que pensaste que obedecería tus órdenes?

—Oye, ¿te acuerdas cuando te querías casar conmigo y escribías *Lady Bryce Flynn* en todos tus cuadernos?

Hunt casi se ahogó.

Bryce sólo le respondió lo siguiente:

—Oye, ¿recuerdas cuando me fastidiaste por años para que saliera contigo, pero yo tengo algo que se llama estándares...?

—Esto es un comportamiento altamente inusual para la realeza —observó Hypaxia.

—No tienes idea —murmuró Ruhn y se ganó una sonrisa de parte de la reina.

Al ver cómo se había iluminado la cara de su hermano y cómo se apagó después... ¿Él lo sabía? ¿Sobre Hypaxia y Celestina? No tenía idea de qué otra cosa podría estar transformando su expresión.

—¿Dónde está Tharion? —preguntó Hunt mientras recorría la casa con la mirada—. ¿No debería estar aquí?

—Está arriba —dijo Ruhn. Podrían poner a Tharion al tanto después, supuso Bryce. Y Cormac, cuando terminara lo que fuera que le estuviera pidiendo su padre.

Declan de pronto maldijo y su expresión se convirtió en una de desagrado. Luego dijo:

—Tengo buenas noticias y malas noticias.

—Las malas primero —dijo Bryce.

—No hay ninguna manera de que yo pueda hackear este sistema de archivos. Es completamente hermético. Nunca había visto algo así. Es hermoso, de hecho.

—Muy bien, suficiente con el modo fan —gruñó Ruhn—. ¿Cuáles son las buenas noticias?

—El sistema de cámaras en el Palacio Eterno *no* es hermético.

—¿Y eso de que putas nos sirve? —preguntó Hunt.

—Como mínimo, puedo confirmar si Sofie Renast alguna vez entró a esa habitación.

—Y dónde podría estar esa habitación —murmuró Bryce. Ithan e Hypaxia asintieron—. De acuerdo, hazlo.

—Prepárense —advirtió Declan—. Será una noche larga.

Ithan fue enviado a buscar a Tharion después de una hora y Bryce fue recompensada con la imagen de un mer todavía medio dormido que entró a la sala sin nada salvo sus jeans.

Tharion se dejó caer en el sofá junto a Hypaxia y pasó su brazo alrededor de los hombros de la reina.

—Hola, Pax.

Hypaxia apartó al mer.

—¿Dormiste toda la tarde?

—La vida de un playboy —dijo Tharion.

Aparentemente se habían hecho buenos amigos durante la Cumbre. Bryce se habría preguntado si había algo más entre ellos de no ser porque había encontrado a la bruja con la arcángel la noche anterior. Se preguntó si Tharion lo sabía.

Se preguntó si su hermano sentía algo al saber que la bruja y el mer habían permanecido en contacto desde la Cumbre y que él sólo había recibido silencio de su parte. Ruhn ni siquiera cambió de expresión.

Alrededor de la medianoche, Declan dijo:

—Vaya, vaya. Ahí está.

Hunt casi atropelló a Ruhn al apresurarse hacia Declan. Bryce, por supuesto, llegó junto a Declan primero y maldijo. Hunt empujó a Ruhn para quitarlo de en medio con un codazo y se sentó junto a su pareja. Ithan, Tharion, Hypaxia y Flynn, con sus duendecillas, se acercaron a su alrededor.

—Se ve tan joven —murmuró Hunt.

—Lo era —dijo Ruhn. Dec había sacado la fotografía de la identificación de Sofie de la universidad y el programa buscó las caras que se parecían a la de ella en las grabaciones.

Bryce había intentado llamar a Cormac, pero el príncipe no había contestado el teléfono.

Así que se miraron en silencio mientras Declan reproducía las grabaciones hechas en la biblioteca subterránea de madera y mármol. Desde la cámara montada en el techo, podían ver a Sofie Renast, vestida con una especie de uniforme blanco que sólo podía pertenecer a quienes trabajaban en los archivos, pasar junto a las repisas antiguas.

—Puerta Siete-Eta-Punto-Tres-Alfa-Omega —dijo Declan y señaló la puerta de madera detrás de la repisa—. Se alcanza a ver lo que está escrito al lado.

Sí se podía. Y pudieron ver a Sofie entrar a la habitación con una especie de tarjeta de identificación para no tener que usar el cerrojo moderno. Luego cerró la puerta a sus espaldas.

—Pasan quince minutos —dijo Declan y adelantó el video—. Y luego vuelve a salir.

Sofie salió de la habitación de la misma manera que había entrado: con calma.

—No trae nada con ella —dijo Hunt.

—No alcanzo a ver nada bajo su ropa tampoco —agregó Ruhn.

—Tampoco la computadora —dijo Declan—. No metió nada y no sacó nada. Pero estaba pálida como la muerte.

Justo como Baxian había dicho que vio la cara de Sandriel.

—¿De qué fecha es esto? —preguntó Bryce. Hunt le apretó la rodilla, como si necesitara tocarla, recordarse a sí mismo que ella estaba aquí y estaba a salvo con él.

—Hace dos meses —dijo Declan—. Justo antes de que se fuera a Kavalla.

—¿Le tomó *tres años* de trabajo encubierto para lograr tener acceso a esta habitación? —preguntó Ruhn.

—¿Sabes que es casi infalible la seguridad ahí? —preguntó Hunt—. No puedo creer que siquiera lo haya logrado.

—Sé que es muy complicada de evadir, Athalar —dijo Ruhn molesto.

Bryce dijo:

—Bueno, vamos a tener que ser más rápidos que ella.

Todos la miraron. Pero la atención de Bryce permanecía fija en la pantalla. En la joven que estaba saliendo de la antigua biblioteca.

Hunt sintió que se le hacía un nudo en el estómago. Tuvo la sensación de saber qué era lo que ella iba a decir incluso antes de que hablara. Bryce declaró:

—Tendremos que ir a la Ciudad Eterna y buscar en esos archivos.

—Bryce —empezó a decir Hunt con el miedo recorriéndolo por completo.

Podría haber hecho las paces con su involucramiento con Cormac y Ophion pero esto... esto era un nivel completamente distinto. Demasiado cercano a lo que él había hecho como líder de los Caídos.

—Quiero saber lo que Sofie sabía —dijo Bryce entre dientes—. Lo que hizo que Danika estuviera dispuesta a arriesgarlo todo a cambio de descubrirlo.

Después de lo que les había confesado Baxian, necesitaba más que nunca conocer toda la historia. No sólo tenía que ver con querer usar la información como algo que les diera una ventaja contra los asteri. Danika pensó que esta información cambiaría al mundo. Que de alguna manera lo salvaría. ¿Cómo podría alejarse de eso en este momento?

—Estás hablando de meternos al sitio más seguro de Midgard —intervino Tharion con cautela—. Estás diciendo que nos metamos a la fortaleza del enemigo.

—Si Sofie Renast pudo, yo también puedo.

Ruhn tosió.

—¿Te das cuenta de que ninguno de nosotros conoce el palacio, Bryce? Estaríamos operando a ciegas.

Hunt se tensó a su lado y Bryce reconoció esa rigidez específica en su rostro. Supo que él estaba intentando bloquear sus vívidos recuerdos del salón del trono, los calabozos. La sangre y los gritos y el dolor... eso era lo que recordaba, eso le había dicho.

Ella se recargó en él. Le ofreció el amor que podía darle a través del contacto.

—No estaremos operando a ciegas —le dijo Bryce a Ruhn y levantó la barbilla—. Yo conozco a alguien que está muy familiarizado con su diseño.

Ithan estuvo sentado en el sofá mucho tiempo después de que Bryce y Athalar se fueran a su casa y después de que Ruhn, Dec y Flynn se fueran a sus obligaciones del Aux. Las duendecillas habían decidido seguir a Flynn y dejaron a Ithan y Tharion a solas en la casa.

—¿Estás listo para el puto infierno al que estamos a punto de meternos? —le preguntó el mer con los antebrazos recargados en las rodillas cuando se inclinó al frente para jugar el videojuego que estaba reproduciéndose en la pantalla gigante.

—Creo que no me queda alternativa salvo estar listo, ¿no? —dijo Ithan, que jugaba en la otra mitad de la pantalla, y clavó los pulgares en el control.

—Probablemente estés acostumbrado a situaciones en las cuales te estás jugando cosas importantes. Fuiste a las finales un par de veces.

—Dos veces. Y tres en el bachillerato.

—Sí, lo sé. Digo, te veía —dijo Tharion y movió el interruptor del control, al parecer se conformaría con concentrarse en el juego. Como si no fuera un hombre que había entrado y salido de la madriguera de la Reina Víbora ese día—. Pareces muy tranquilo con todo lo que está sucediendo.

—Flynn dijo que no hay ninguna diferencia si Danika era la pareja de Baxian porque ella está, tú sabes, muerta —le dolió el pecho—. Supongo que tiene razón.

—Me refería sobre los rebeldes y el Rey del Inframundo, pero es bueno saberlo.

Ithan se encogió de hombros.

—Después de esta primavera, ¿qué carajos es normal, en realidad?

—Es verdad.

Siguieron jugando unos minutos más.

—¿Cuál es el tema contigo y la hija de la Reina del Río? —preguntó Ithan al fin.

Tharion no apartó la vista de la pantalla.

—Llevo muchos años comprometido con ella. Fin de la historia.

—¿La amas?

—Nop.

—¿Entonces por qué te comprometiste con ella?

—Porque estaba caliente y era tonto y tenía tantas ganas de acostarme con ella que me entregué a ella con un juramento pensando que podría salirme de eso a la mañana siguiente. Resultó no ser posible.

—Qué mal, amigo.

—Sip —dijo Tharion y pausó el juego para voltearlo a ver—. ¿Tú estás saliendo con alguien?

Ithan no tenía idea de por qué, pero por un instante le pasó por la cabeza la loba en el tanque del Astrónomo. Pero dijo con cuidado:

—¿Ruhn no te ha contado sobre mi, eh, mi pasado?

—¿Sobre que tenías un interés en Bryce? No.

—¿Entonces cómo carajos lo sabes?

—Es Bryce. *Todos* tienen algún interés en ella.

—Antes me gustaba.

—Ajá.

Ithan enseñó los dientes.

—Ya no me siento así sobre ella.

—Qué bueno, porque Athalar probablemente te mataría y luego asaría tu cuerpo a las brasas.

—Lo podría intentar.

—Lo intentaría y ganaría y dudo que un lobo asado a fuego lento sepa muy bien, aunque esté bañado en salsa.

—Como sea.

Tharion rio.

—Sólo no hagas nada trágicamente romántico para demostrarle tu amor, ¿de acuerdo? He visto cómo salen esas cosas y nunca funcionan. Definitivamente dejan de funcionar si estás muerto.

—No está en mi agenda, pero gracias.

La mirada de Tharion se volvió seria.

—Lo digo en serio. Y... mira, apuesto que Bryce me pateará en la entrepierna por decirlo, pero si tienes algún asunto pendiente con alguien, yo lo arreglaría antes de que nos vayamos a la Ciudad Eterna. Por si acaso.

En caso de que no regresaran. Lo cual era probable.

Ithan suspiró. Dejó su control. Se paró del sofá. Tharion arqueó la ceja.

Ithan dijo:

—Tengo que hacer algo.

66

—Tienes que ser varias categorías de estúpida —le siseó Fury a Bryce mientras bebían lentamente sus tragos frente a la barra de un bar escondido. Inicialmente, Fury se había negado a reunirse con ella cuando Bryce la buscó la noche anterior, pero Bryce la fastidió tanto a lo largo del día que al final había accedido a verla.

Bryce apenas había podido dormir, aunque Hunt había hecho un buen trabajo cansándola. Su mente no paraba de dar vueltas a lo que había averiguado. Danika tenía una *pareja*. Sabine lo sabía. La pareja de Danika todavía la amaba.

Y Danika nunca se lo había dicho a Bryce.

—Sé que es una locura —murmuró Bryce e hizo girar su whisky con cerveza de jengibre—. Pero cualquier ayuda que me pudieras dar...

—Necesitas una *puta* tonelada de ayuda, pero no con esto. Estás loca —Fury se acercó mucho a la cara de Bryce—. ¿Sabes qué te harán si te descubren? ¿Lo que le podrían hacer a tu familia, a Juniper, sólo por castigarte? ¿Viste lo que le hizo la Arpía a esos rebeldes? ¿Sabes lo que le gusta a Mordoc hacerle a *sus* víctimas? Yo me aseguro de no atravesarme en su camino. Esas personas no tienen alma. Los asteri gustosos les permitirán ponerse a trabajar en ti y toda la gente que amas.

—Lo sé —dijo Bryce con cautela—. Así que ayúdame a asegurarme de que no me atrapen.

—Estás asumiendo que tengo los planos del palacio de cristal por ahí tirados en mi casa.

—Sé que has estado ahí. Tú tienes la mejor memoria de toda la gente que conozco. ¿Me estás diciendo que no tomaste notas mentales cuando estuviste ahí? ¿Que no notaste las salidas, los guardias, los sistemas de seguridad?

—Sí, pero tú quieres saber sobre los archivos. Yo puedo darte una idea general. Sólo he recorrido los pasillos, nunca he entrado a ninguna de las habitaciones.

—¿Entonces tú no quieres saber qué hay *en* esas habitaciones? ¿Qué sospechaba Danika que podría haber en esa habitación en particular?

Fury dio un trago a su vodka en las rocas.

—No trates de convertirme a tu causa de mierda. He trabajado para ambos lados y ninguno se ganaría un premio. Ciertamente no valen tu vida.

—No estamos trabajando para ninguno de los lados.

—¿Entonces para qué lado estás trabajando?

—La verdad —dijo Bryce simplemente—. Sólo queremos la verdad.

Fury la miró y Bryce no se intimidó bajo su mirada escrutiñadora.

—Entonces definitivamente ya perdiste la cabeza. Voy a llevarme a June de esta ciudad por un tiempo. Desaparecer de la vista del público.

—Bien —Bryce deseó poderle advertir a sus padres sin levantar sospechas. Dio unos golpecitos en el travesaño de bronce de debajo de la barra—. ¿Podrían llevarse a Syrinx?

No se podía ir sin estar segura de que alguien lo cuidaría.

—Sí —suspiró Fury y le hizo una señal al cantinero para que le trajera otro vodka—. Te conseguiré la información que pueda.

Tharion encontró a su prometida sentada en la orilla del muelle frente al Sector de los Huesos. Sus pies delicados se sumergían en las aguas turquesa y provocaban olas pequeñas que salpicaban bajo el sol. Tenía suelto el cabello negro y le caía como cascada por la espalda esbelta.

En algún momento, esa belleza lo había deslumbrado, lo había atrapado. Ahora sólo... pesaba.

—Gracias por reunirte conmigo.

Le había enviado una nutria hacía una hora. Ella volteó a verlo con una hermosa sonrisa en el rostro.

Tharion tragó saliva. Había estado tan... ilusionada en la fiesta de la otra noche. Tan deleitada de estar ahí, bailando y riendo.

Una década. Una década desperdiciada para él... y para ella.

Le había aconsejado a Holstrom que arreglara todos sus asuntos pendientes. Él debía hacer lo mismo.

—Yo, eh... —Tharion empezó a caminar sin perder de vista a los sobeks que se ocultaban en el fondo del río y que los observaban con los ojos entrecerrados. Los guardias mer estaban apostados cerca del muelle, con las lanzas listas para empalarlo si así fuera necesario—. Quisiera hablar contigo.

Ella lo miró con cautela. Él casi podría jurar que los sobeks se habían acercado un poco más. Los turistas los encontraron y empezaron a sacar fotografías en el muelle. Vieron a la hija de la Reina del Río y empezaron también a fotografiar su belleza.

Éste era un sitio demasiado público para tener este tipo de conversación, pero sabía que si lo hacía en la Corte Azul, si su madre se enteraba antes de que él pudiera irse, lo mantendría Abajo, tan atrapado como los mortales que alguna vez fueron arrastrados bajo la superficie por los mer.

—Quieres cancelar nuestro compromiso —dijo ella. Las nubes de tormenta se empezaban a arremolinar en sus ojos.

El instinto lo hizo buscar alguna mentira tranquilizadora que la reconfortara. Pero... si iba a morir, ya fuera a manos de los asteri o de la madre de esta chica, quería hacerlo sabiendo que se había portado con honestidad.

—Sí.

—¿Creías que no lo sabía? ¿Todo este tiempo? Un hombre que quisiera casarse conmigo ya habría actuado —arrugó la nariz con molestia—. ¿Cuántos años pasé tratando de convencerte de alguna muestra de afecto, algo de intimidad? ¿Algo para arreglar esto?

Él no mencionó que ella también se había portado vengativa, inmadura y rencorosa.

El agua a sus pies se movió con más violencia.

—Pero siempre decías *Estoy ocupado con un caso del trabajo*. Luego llegaba el siguiente caso, luego el siguiente. Luego se descomponía tu moto acuática, luego tu madre necesitaba algo, luego tus amigos te pedían ayuda —el poder se empezó a agitar a su alrededor—. ¿Crees que no es obvio para toda la Corte Azul que no *quieres* regresar a casa?

Él empezó a respirar con dificultad. La había subestimado mucho. Se atrevió a preguntar:

—¿Por qué no terminaste con la relación, si sabías todo eso?

—Porque albergaba un poco de esperanza de que pudieras cambiar. Como tonta, le recé a Ogenas todos los días para que regresaras a mí por tu propia voluntad. Pero esa esperanza ya se marchitó —se puso de pie y de alguna manera parecía verlo hacia abajo, aunque él medía por lo menos treinta centímetros más. Sus palabras eran un viento helado que se deslizaba sobre el agua—. ¿Quieres quedarte aquí, entre su suciedad y su ruido?

—Yo... —titubeó en busca de las palabras—. Sí.

Pero ella sacudió la cabeza lentamente.

—Mi madre me advirtió de esto. De ti. Tú no tienes un corazón verdadero. Nunca lo tuviste.

Bien. Al menos al fin conocía la verdad. Pero él dijo con toda la gentileza que pudo:

—Mira, tengo que irme un tiempo de la ciudad, pero hablemos más de esto cuando regrese. Siento que hay muchas cosas por aclarar.

—No hablaremos más —dijo ella y retrocedió un paso hacia el borde del muelle. Sus ojos brillaban de poder. Las olas chocaban contra las rocas y salpicaban sus pies—. Ven Abajo conmigo.

—No puedo.

No lo haría.

Ella enseñó los dientes, más tiburón que humanoide.

—Entonces ya veremos qué tiene que decir mi madre sobre todo esto —siseó y se lanzó al río.

Tharion consideró saltar detrás de ella, pero ¿para qué? Le sudaban las manos. Tenía treinta minutos, supuso. Treinta minutos antes de que lo arrastraran Abajo por la aleta y nunca, jamás podría volver a salir.

Tharion se pasó la mano por el cabello y jadeó entre los dientes. Miró hacia el oeste, en dirección a los edificios de poca altura más allá del DCN. Celestina jamás interferiría y Bryce y Ruhn no tenían autoridad. Y de ninguna manera la comandante Sendes del *Guerrero de las Profundidades* llegaría en treinta minutos.

Sólo una persona en Ciudad Medialuna podría enfrentar a la Reina del Río y sobrevivir. Una persona que incluso haría pensar dos veces a la Reina del Río. Una persona que valoraba a los luchadores poderosos y que los ocultaba de sus enemigos. Y una persona con quien podría llegar en treinta minutos.

Tharion no lo pensó dos veces y salió corriendo.

—Gracias otra vez por traerme aquí —le dijo Ithan a Hypaxia, quien estaba sentada en la sala de espera del estudio del Premier en la Madriguera. Era raro tener que pedirle a una virtual desconocida que lo llevara a la seguridad de su propia casa, pero... esta era la única manera.

La reina bruja le ofreció una sonrisa suave.

—Eso hacen los amigos, ¿no?

Él inclinó la cabeza.

—Me honra que me llames tu amigo —se había sentido orgulloso de entrar por las puertas un momento antes al lado de esta mujer fuerte y amable. Sin importar que los lobos de guardia se burlaran cuando pasó.

Una voz silbante gruñó su nombre e Ithan se puso de pie de la silla de cuero y le sonrió a Hypaxia.

—No tardo.

Ella le hizo un gesto de aprobación e Ithan se preparó para lo que sucedería al entrar al estudio formal del anciano lobo. Las paredes con paneles de madera estaban llenas de libreros y relucía bajo la luz del mediodía. El Premier estaba sentado en su escritorio, inclinado sobre lo que parecía ser un montón de documentos. Sabine estaba de pie tras él. Monitoreando cada trazo tembloroso de su mano.

Ithan se quedó quieto. Sabine enseñó los dientes.

Pero el lobo anciano levantó la cabeza.

—Me da gusto verte, niño.

—Gracias por reunirte conmigo —dijo Ithan. Sabine sabía que Danika tenía una pareja. Que Baxian estaba en esta ciudad. Ithan apartó el pensamiento de su mente—. Sé que estás ocupado, así que...

—Ya escúpelo —gruñó Sabine.

Ithan la miró a los ojos. La dejó ver el lobo que había en su interior, el dominio que no estaba reprimiendo hoy como siempre había hecho. Pero el Premier dijo:

—Dime, Ithan.

Ithan enderezó los hombros y se llevó las manos a la espalda. La misma posición que asumía cuando estaba recibiendo instrucciones del entrenador. Al demonio con todo, entonces.

—Uno de los místicos del Astrónomo es una loba. Una loba *Alfa* —sus palabras se toparon con el silencio, pero Sabine entrecerró los ojos—. Ella es de Nena, fue vendida tan joven que no sabe ni su nombre ni su edad. Ni siquiera estoy seguro de que sepa que es una Alfa. Pero es loba y es una esclava en ese tanque. Yo... No podemos dejarla ahí.

—¿Qué nos importa eso? —exigió saber Sabine.

—Ella es una loba —repitió Ithan—. Eso debería ser todo lo que necesitamos saber para ayudarla.

—Hay muchos lobos. Y muchos Alfas. No todos son nuestra responsabilidad —Sabine volvió a enseñar los dientes—. ¿Esto es parte de algún plan que tú y esa puta mestiza están tramando?

Pronunció las palabras con desdén pero... Sabine había ido al departamento de Bryce aquella noche a advertirle que se mantuviera fuera de los asuntos de los lobos. Por algún miedo, aunque fuera infundado, de que Bryce de alguna manera estuviera respaldando a Ithan... Como si Sabine pudiera estar en riesgo de ser derrocada.

Ithan guardó esa información en su mente para otro momento. Lanzar acusaciones sin control no le ayudaría en este momento a su causa. Así que continuó con cuidado:

—Sólo quiero ayudar a la mística.

—¿A esto es a lo que dedicas tu tiempo ahora, Holstrom? ¿Casos de caridad?

Ithan se tragó su respuesta irónica.

—Danika hubiera hecho algo.

—Danika era una idealista tonta —escupió Sabine—. No desperdicies nuestro tiempo con esto.

Ithan miró al Premier, pero el viejo lobo no dijo nada. No hizo nada. Ithan se dio la vuelta hacia la puerta y salió.

Hypaxia se puso de pie cuando él apareció.

—¿Tan rápido terminaste?

—Sí, eso creo.

Le había dicho a alguien sobre la mística. Supuso... Bueno, ahora suponía que podía irse a Pangera con pocos remordimientos.

Sabine salió del estudio. Le gruñó a Ithan desde el fondo de la garganta, pero titubeó al ver a Hypaxia. La reina bruja miró a la loba con calma férrea. Sabine sólo soltó un resoplido y se marchó tras azotar la puerta.

—Vámonos —le dijo Ithan a Hypaxia.

Pero la puerta del estudio se volvió a abrir y el Premier estaba ahí, con una mano apoyada en el marco de la puerta.

—La mística —dijo el Premier jadeando un poco, como si el recorrido de su escritorio a la puerta lo hubiera agotado—. ¿Cómo es?

—Tiene el cabello castaño. Castaño claro, creo. Piel pálida.

Era una descripción bastante común.

—¿Y su olor? ¿Era como de nieve y brasas?

Ithan se quedó inmóvil. El piso pareció moverse bajo sus pies.

—¿Cómo lo sabes?

El viejo lobo agachó la cabeza plateada.

—Porque Sabine no es la única heredera Fendyr.

Ithan casi se fue de espaldas. ¿Por eso había ido Sabine al departamento aquella noche para hablar con Bryce? No para evitar que Ithan se convirtiera en el heredero del Premier, sino para asustar a Bryce antes de que descubriera que había una verdadera alternativa a Sabine. Una legítima.

Porque Bryce no se detendría hasta encontrar a esa otra heredera.

Y Sabine los mataría para evitarlo.

67

Tharion entró de golpe al nido de la Reina Víbora. Sólo tenía unos cuantos minutos antes de que todo se fuera al caño.

Ariadne estaba echada boca abajo en la alfombra con un libro abierto frente a ella. Sus pies descalzos se movían sobre su amplio trasero. La especie de trasero que en cualquier otro día él hubiera apreciado profundamente. La dragona no levantó la vista de su libro y dijo:

—Está en la parte de atrás.

Tharion corrió hacia la habitación al fondo. La Reina Víbora estaba recostada en un sillón frente a la ventana que veía a la arena de luchas donde se estaba desarrollando una pelea. La reina estaba leyendo algo en su tableta electrónica.

—Mer —dijo a modo de saludo.

—Quiero ser uno de tus luchadores.

Ella volteó a verlo lentamente.

—Yo no acepto luchadores independientes.

—Entonces, cómprame.

—Tú no eres esclavo, mer.

—Yo me vendo a ti.

Las palabras sonaban tan desquiciadas como se sentían. Pero no tenía otras opciones. Su alternativa era otra forma de esclavitud. Al menos aquí estaría alejado de esa corte asfixiante.

La Reina Víbora dejó su tableta sobre la mesa.

—Un civitas vendiéndose a la esclavitud. Eso no se hace.

—Tú tienes tus propias leyes. Tú lo puedes hacer.

—Tu reina inundará mi distrito por rencor.

—No es tan tonta como para meterse contigo.

—Supongo que por eso estás solicitando que yo me encargue de ti.

Tharion vio su teléfono. Le quedaban, cuando mucho, diez minutos.

—Mira, tengo la alternativa de estar atrapado en un palacio allá abajo o atrapado aquí arriba. Escojo aquí, donde no se me va a exigir que me reproduzca con algún miembro de la realeza.

—Te estás convirtiendo en *esclavo*. Para liberarte de la Reina del Río.

Incluso la Víbora parecía estarse preguntando si él habría enloquecido.

—¿Hay otra manera? Porque ya me quedé sin ideas.

La Reina Víbora ladeó la cabeza y su peinado se deslizó con el movimiento.

—Alguien bueno para los negocios te diría que no, y aceptaría esta oferta absurda —sus labios morados se separaron para esbozar una sonrisa—. Pero...

Vio al otro lado de la habitación, a las hadas que montaban guardia junto a una puerta sin distintivos. Él no tenía idea de qué había del otro lado. Posiblemente su recámara. Por qué debía ser vigilada cuando ella no estaba dentro era algo que no entendía. Continuó:

—Ellos desertaron del servicio del Rey del Otoño. Me juraron lealtad. Han demostrado ser leales.

—Yo lo haré también. Me declaro desertor. Sólo dame una manera de sumergirme en agua una vez al día y es todo lo que necesito.

Ella rio.

—¿Crees que eres el primer luchador mer que tengo? Hay una bañera unos niveles abajo. Es tuya. Pero desertar... no es tan sencillo como simplemente decir las palabras —la reina se puso de pie y se arremangó el traje negro para dejar su muñeca a la vista. Tenía el tatuaje de una víbora enroscado alrededor de una luna creciente. Levantó la muñeca a su boca y mordió. Sangre, más oscura que lo usual, se acumuló en donde habían estado sus dientes—. Bebe.

El piso empezó a temblar y Tharion supo que no era por una pelea. Supo que algo antiguo y primigenio venía por él, para arrastrarlo de regreso a las profundidades acuosas.

Tomó la muñeca de la Reina Víbora y se la llevó a la boca.

Si él desertaba de la Reina del Río, entonces podría desertar de la Reina Víbora algún día, ¿no?

No preguntó. No dudó cuando puso los labios sobre la muñeca de la Víbora y su sangre le llenó la boca.

Le *quemó* la boca. La garganta.

Tharion dio unos pasos hacia atrás, ahogándose y tocándose el cuello. Su sangre, su veneno le disolvía la garganta, el pecho, el corazón.

Un frío penetrante y eterno estalló en su cuerpo. Tharion cayó de rodillas.

La vibración cesó. Luego se retiró. Como si lo que lo estuviera cazando hubiera desaparecido.

Tharion jadeó y se preparó para la muerte helada que lo aguardaba.

Pero no sucedió nada. Sólo esa vaga sensación de frío. De... calma. Levantó los ojos lentamente hacia la Reina Víbora.

Ella le sonrió.

—Parece que eso fue suficiente.

Él se puso de pie con trabajo y se mareó un poco. Se talló el sitio hueco y extraño en el pecho.

—Tu primera pelea es esta noche —dijo ella todavía sonriendo—. Te sugiero que descanses.

—Necesito ayudar a mis amigos a terminar algo primero.

Ella arqueó las cejas.

—Ah. El asunto con Ophion.

—Algo así. Necesito poder ayudarles.

—Deberías haber negociado esa libertad antes de jurar tu vida a mí.

—Sólo dame esto y regresaré a pelear por ti hasta quedar convertido en carne molida.

Ella rio suavemente.

—Está bien, Tharion Ketos. Ayuda a tus amigos. Pero cuando termines... —sus ojos brillaron de color verde y él sintió el cuerpo distante. La voluntad de la reina era la de él, sus deseos los de él. Se arrastraría por carbón ardiente para obedecer sus órdenes—. Regresarás a mí.

—Regresaré a ti —dijo Tharion con voz que era y no era la suya. Una pequeña parte de él gritó.

La Reina Víbora lo despidió con un movimiento de mano hacia el arco.

—Vete.

No del todo con control de su voluntad, Tharion salió por el pasillo. Con cada paso que daba para alejarse de ella sentía que regresaba a sí mismo, sentía que sus pensamientos volvían a ser suyos, aunque...

Ariadne lo volteó a ver cuando pasó de regreso.

—¿Estás loco?

Tharion miró a la dragona.

—Podría preguntarte lo mismo.

Ella se puso seria y devolvió la atención a su libro.

Con cada paso que daba hacia sus amigos, él podría jurar que se extendía una cadena invisible y larga. Como una correa interminable que lo ataba, sin importar adónde fuera, sin importar qué tan lejos, de regreso a su sitio.

Para nunca volver a la vida que había intercambiado por ésta.

Ithan estaba sentado en una banca de parque en Moonwood, a unas cuadras de la Madriguera. Seguía recuperándose de la noticia estremecedora que el Premier le acababa de revelar.

La loba mística era una Fendyr. Una Fendyr *Alfa*.

Ithan no había logrado sacarle más al Premier antes de que su vista se nublara y necesitara sentarse de nuevo. Hypaxia había usado un poco de magia de sanación para ayudarle con lo que le dolía y el Premier se quedó dormido en su escritorio un momento después.

Ithan inhaló el aire de otoño.

—Creo que acabo de ponerla en grave peligro.

Hypaxia se enderezó.

—¿De qué manera?

—Creo que Sabine lo sabe. O lo adivinó.

Otra Alfa en su linaje podría destruir a los lobos. ¿Pero cómo carajos había terminado en ese tanque? ¿Y en Nena?

—Sabine la matará. Incluso si Sabine sólo piensa que *podría* ser una Fendyr Alfa, si había rumores sobre eso desde antes... Sabine destruirá cualquier amenaza a su poder.

—¿Entonces la mística no es una especie de hermana o hija perdida?

—No lo creo. Sabine tenía un hermano mayor, pero lo derrotó en un combate abierto décadas antes de que yo naciera. Tomó su título como la heredera del Premier y se volvió la Alfa. Creo que él murió, pero... Tal vez fue exiliado. No tengo idea.

El rostro de Hypaxia se puso serio.

—¿Qué se puede hacer?

Él tragó saliva.

—No me gusta no cumplir mis promesas.

—Pero deseas que nos separemos para investigar esto.

—Sí. Y —negó con la cabeza—. No puedo ir a Pangera con los demás. Si hay una heredera Fendyr que no es Sabine...

Eso podría significar que sí había esperanza para el futuro que Danika quería. Si él pudiera encontrar la manera de mantener viva a la mística. Y de liberarla del tanque del Astrónomo.

—Necesito quedarme aquí —dijo finalmente—. Para vigilarla.

No le importaba si tenía que acampar en la calle del Astrónomo. Los lobos no se abandonaban unos a otros. Claro, los amigos tampoco se abandonaban pero él sabía que Bryce y los demás lo entenderían.

—Necesito averiguar la verdad —dijo Ithan. No sólo para su gente. Sino para su propio futuro.

—Yo le diré a los demás —ofreció Hypaxia—. Aunque te extrañaré como mi escolta.

—Estoy seguro de que Flynn y sus chicas del coro estarán encantados de protegerte —Hypaxia rio un poco. Pero Ithan dijo—: No les digas, no le digas a Bryce, quiero decir. Sobre la otra heredera Fendyr. Se distraería en un momento en que necesita concentrarse en otra cosa.

Y esta tarea... esta tarea era de *él*.

No había estado presente para ayudarle a Danika la noche que murió. Pero estaba ahora. Urd lo había dejado con vida... tal vez para esto. Terminaría lo que Danika había dejado inconcluso. Protegería a esta heredera Fendyr, sin importar lo demás.

—Sólo diles a los otros que me tengo que quedar por asuntos de lobos.

—¿Por qué no se los dices tú mismo?

Él se puso de pie. Tal vez ya era demasiado tarde.

—No hay tiempo que perder —le dijo a la reina y le hizo una reverencia—. Gracias por todo.

Hypaxia esbozó una sonrisa triste.

—Ten cuidado, Ithan.

—Tú también.

Él se fue corriendo y sacó su teléfono. Envió un mensaje a Bryce antes de poder pensarlo mejor. *Tengo algo importante que hacer. Hypaxia te dará más detalles. Pero quería darte las gracias. Por no odiarme. Y por apoyarme. Siempre me apoyaste.*

Ella respondió de inmediato. *Siempre lo haré.* Agregó unos cuantos corazones que hicieron que el suyo se resquebrajara.

Guardó el teléfono, inhaló ese dolor viejo y se transformó.

Por primera vez en semanas, se transformó y no le dolió nada. No lo dejó sintiendo el dolor del exilio o de no tener jauría. No, su lobo... estaba concentrado. Tenía un propósito.

Ithan corrió por las calles, lo más rápido que pudo hacia el edificio del Astrónomo para empezar su larga vigilia.

Ruhn no había visto a Day desde la noche de la fiesta. Desde que la había besado. Desde que el otro hombre se la había llevado y el dolor había llenado su voz.

Pero ahora estaba en el diván frente a él. En silencio y cauteloso.

—Hola —dijo Ruhn.

—No puedo seguirte viendo —dijo ella en respuesta.

Ruhn se sorprendió.

—¿Por qué?

—Lo que sucedió entre nosotros el día del equinoccio no volverá a suceder —se puso de pie—. Fue peligroso y arriesgado y una verdadera locura. Pippa Spetsos estaba en tu ciudad. Atacó tu templo con la unidad Ocaso. Lunathion pronto se convertirá en un campo de batalla.

Él se cruzó de brazos. Se enfocó en el interior, en el velo instintivo de noche y estrellas. Nunca había averiguado de dónde había salido, por qué su mente lo había ocultado automáticamente, pero... ahí. Un pequeño nudito en su mente.

Tiró de él y se cayó y dejó caer toda la noche y las estrellas. La dejó verlo por completo.

—¿Qué te pasó? ¿Estás lastimada?

—Estoy bien —dijo ella con voz tensa—. No puedo arriesgar todo por lo que me he sacrificado.

—¿Y besarme ponía eso en peligro?

—¡Me distrae de mi propósito! ¡Me aparta de mi vigilancia! *Me causará problemas* —dio unos pasos—. Desearía ser normal. Que te hubiera conocido bajo otras circunstancias, que nos hubiéramos conocido hace mucho tiempo, antes de que yo me enredara en esto —su pecho subió y bajó y las llamas chisporrotearon. Levantó la cabeza, sin duda para verlo a los ojos a través del velo de flamas—. Te dije que me recordabas que estaba viva y fue en serio. Cada palabra. Pero es por ese sentimiento que probablemente terminaré muerta, y tú conmigo.

—No entiendo la amenaza —dijo él—. Seguramente un beso que es tan bueno como para distraerte no es algo malo.

Le guiñó, desesperado por hacerla sonreír.

—El hombre que... nos interrumpió. Te matará si se entera. Me obligará a ver mientras lo hace.

—Le tienes miedo.

Algo primitivo se agitó en Ruhn.

—Sí. Su ira es terrible. He visto lo que les hace a sus enemigos. No se lo desearía a nadie.

—¿No puedes dejarlo?

Ella rio una risa dura y fría.

—No. Mi destino está atado al de él.

—Tu destino está atado al mío.

Las palabras hicieron eco en la oscuridad.

Ruhn buscó su mano. Tomó las flamas dentro de su propia mano. Se apartaron lo suficiente para que él alcanzara a distinguir sus delgados dedos de fuego mientras los acariciaba con el pulgar.

—Mi mente encontró la tuya en la oscuridad. A través de un océano. No necesitamos ningún cristal elegante. ¿Tú crees que eso no es nada?

Alcanzó a ver suficiente de sus ojos para distinguir que los tenía cerrados. Ella bajó la cabeza.

—No puedo.

Pero no lo detuvo cuando él se acercó un poco más. Cuando le pasó la otra mano alrededor de la cintura.

—Voy a encontrarte —le dijo contra el cabello ardiente—. Te encontraré un día. Lo prometo —ella se estremeció pero se acercó más a él. Como si ella hubiera abandonado ya cualquier intento de controlarse—. Tú también me recuerdas que estoy vivo —le susurró.

Ella lo envolvió con los brazos. Era delgada, alta, pero de cuerpo delicado. Y curvas increíbles. Cadera exuberante, senos grandes que empujaban contra su pecho con una suavidad seductora. Ese trasero dulce y tentador.

Ella murmuró contra su pectoral:

—Nunca te conté el final de la historia del otro día.

—¿Con la bruja convertida en monstruo?

Ella asintió.

—No terminó mal —él no se atrevió a respirar—. Cuando la bruja cayó a la tierra, con la flecha del príncipe atravesándole el corazón, el bosque la transformó en un monstruo de garras y colmillos. Hizo trizas al príncipe y sus sabuesos —le recorrió la columna con los dedos—. Ella siguió siendo monstruo durante cien años, recorriendo el bosque, matando a quien se acercara. Cien años, tanto que se le olvidó que había sido bruja alguna vez, que había tenido un hogar y un bosque que amaba.

Su aliento era cálido contra el pecho de Ruhn.

—Pero un día, un guerrero llegó al bosque. Había escuchado sobre el monstruo tan feroz que nadie podía matarlo y vivir para contarlo. Ella se dispuso a matarlo pero cuando el guerrero la vio, no sintió miedo. La miró y ella a él y él lloró porque no vio un monstruo de pesadilla sino una criatura bella. Él la vio y no tuvo miedo de ella y la amó —ella se separó del abrazo con la respiración entrecortada—. Su amor la transformó de vuelta en bruja y derritió todo en lo que se había convertido. Vivieron en paz en el bosque por el resto de sus vidas inmortales.

—Me gusta ese final mucho más —dijo él y ella rio suavemente.

Él inclinó la cabeza y le besó el cuello, inhalando su sutil olor. Su pene se endureció de inmediato. Sí, carajo. Este olor, esta mujer...

Una sensación de empalmar perfectamente se estableció en sus huesos, como una piedra que cae a un estanque. Ella empezó a acariciarle la espalda de nuevo. Él sentía la presión en sus testículos con cada caricia larga.

Luego ella le puso la boca en el pectoral. Sus labios envueltos en llamas rozaron el tatuaje en espiral de esa zona. El pezón perforado de su pectoral izquierdo. Ella movió el piercing con la lengua y el cerebro de Ruhn hizo corto circuito cuando se dio cuenta de que estaba desnudo o de alguna manera había hecho que su ropa desapareciera porque ella estaba tocando y besando su piel desnuda.

Y ella... Él le recorrió de nuevo la cintura con las manos. Una piel suave y aterciopelada le dio la bienvenida.

—¿Quieres hacer esto? —dijo con voz ronca.

Ella besó el otro pezón.

—Sí.

—No sé siquiera si podamos tener sexo así.

—No veo por qué no —dijo ella y sus dedos se movieron hasta la parte superior de su trasero, provocativas.

El pene de Ruhn latía.

—Sólo hay una manera de averiguarlo —logró decir.

Day rio con otro resoplido jadeante y levantó la cabeza. Ruhn le tomó la cara entre las manos y la besó. Ella abrió la boca para él y sus lenguas se encontraron y ella sabía tan dulce como vino veraniego y él tenía que estar dentro de ella, tenía que tocarla y saborearla entera.

Ruhn la levantó y ella le envolvió las piernas alrededor de la cintura. El pene de Ruhn estaba peligrosamente cerca de donde quería estar. Pero la cargó hasta el diván y la recostó ahí con cuidado antes de subirse en ella.

—Déjame ver tu cara —exhaló y le deslizó la mano entre las piernas.

—Nunca —respondió ella y a Ruhn no le importó, no en ese momento que sus dedos se empapaban en ese sexo mojado. Completamente lista para él.

Él le separó las rodillas y se hincó entre ellas. Subió por su centro con la lengua.

El cuerpo de Ruhn se movió bruscamente, como si su pene tuviera una mente propia, como si *necesitara* estar dentro de ella o iba a hacer erupción justo ahí...

Ruhn se empezó a tocar, bombeando lentamente mientras seguía lamiéndola.

Day gimió y su pecho subía y bajaba. Él fue premiado con la vista de sus senos. Luego sus brazos. Luego su estómago y piernas y finalmente...

Ella seguía siendo de fuego pero él podía ver su cuerpo con claridad. Lo único que permanecía envuelto en esas flamas era su cabeza, y luego se encogieron hasta convertirse en sólo una máscara sobre sus facciones.

El cabello largo caía como cascada por su torso y él le pasó la mano entre los mechones.

—Eres hermosa —dijo.

—Ni siquiera me has visto la cara.

—No necesito verla —dijo él y le puso una mano sobre el corazón—. Lo que haces, cada minuto de cada día... Nunca he conocido a alguien como tú.

—Yo tampoco he conocido a nadie como tú.

—¿Ajá?

—*Ajá* —dijo ella y él castigó la picardía de su respuesta lamiéndola otra vez y provocándole un jadeo—. Ruhn.

Carajo, le encantaba oír su nombre en sus labios. Introdujo un dedo en su cuerpo y se dio cuenta de que estaba extraordinariamente apretada. Lo iba a volver loco.

Ella tiró de sus hombros y lo levantó.

—Por favor —dijo y él siseó cuando ella le envolvió el pene con los dedos y lo guió a su vagina.

Él se detuvo ahí, en el borde.

—Dime qué te gusta —le dijo y le besó el cuello—. Dime qué quieres.

—Me gusta auténtico —dijo ella y le acarició la cara—. Lo quiero real.

Así que Ruhn se deslizó dentro y gritó al sentir esa absoluta perfección. Ella gimió y se arqueó. Ruhn se quedó quieto.

—¿Te lastimé?

—No —jadeó Day. Le tomó la cara entre las manos mientras él seguía detenido encima de ella—. Para nada.

La presión de ella alrededor de su pene era demasiado, una gloria demasiado intensa.

—Puedo ir lento —dijo. Pero no podía. En realidad no podía pero, por ella, lo intentaría.

Ella rio suavemente.

—Por favor no lo hagas.

Él se salió casi hasta la punta y volvió a entrar con un movimiento suave y firme. Casi estalló al sentir las ondas de placer que lo recorrieron.

Ella enterró las manos en sus hombros y dijo:

—Te sientes mejor de lo que me había atrevido a soñar.

Ruhn le sonrió en el cuello.

—¿Soñaste con esto?

Volvió a entrar en ella y se hundió hasta el fondo. Ella ahogó un grito.

—Sí —respondió como si su pene le hubiera exprimido esa respuesta—. Todas las noches. Cada vez que tenía que... —dejó de hablar. Pero Ruhn se apropió de su boca y empezó a besarla tan profundamente como estaba penetrándola. No necesitaba que ella dijera lo demás, la parte que le destrozaría algo en el pecho.

Ruhn le reacomodó la cadera para poder entrar aún más profundamente y ella estiró el brazo hacia atrás para sostenerse del diván.

—Ruhn —gimió de nuevo, una advertencia de que estaba cerca, e hizo eco de sus palabras con el movimiento de sus delicados músculos interiores.

Ese apretar lo hizo tomarla de las manos y penetrarla de un golpe. La cadera de ella se ondulaba a un ritmo perfecto junto con la de él y nada jamás se había sentido tan bien, tan real como sus almas entrelazadas aquí...

—Quiero que te vengas para mí —le exhaló Ruhn en la boca y bajó la mano entre ellos para frotar el botón de su clítoris en un círculo provocador.

Day gritó y esos músculos internos se movieron y apretaron alrededor de su pene, ordeñándolo...

La liberación lo recorrió por completo y Ruhn no se contuvo mientras seguía penetrándola, extrayendo el mayor placer para ambos.

Siguieron moviéndose, un orgasmo tras otro, y cuando él ya no tenía idea de cómo podía ser siquiera posible que siguiera erecto, que siguiera moviéndose, necesitaba más y más y más de ella...

Volvió a hacer erupción y la arrastró con él.

Sus respiraciones hacían eco una contra la otra como olas que rompían y ella estaba temblando mientras lo abrazaba. Él se acercó para que su cabeza quedara apoyada en el pecho de ella. El corazón le latía con fuerza en el oído e incluso esa melodía era hermosa.

Ella le pasó los dedos por el cabello.

—Yo...

—Lo sé —dijo Ruhn. Nunca había estado así con nadie. El sexo era bueno, sí, pero esto... estaba casi seguro de que su alma estaba hecha astillas alrededor de ellos. Le besó la piel sobre el pecho.

—Debí haberte preguntado si tú tenías algo que reportar antes.

—¿Por qué?

—Porque mi mente ahora está demasiado frita como para recordar cualquier cosa.

Otra de esas risas suaves.

—Todo está tranquilo. No se ha sabido nada de Pippa Spetsos después de que evadió la captura en el Templo de Urd.

—Bien. Aunque supongo que podríamos usar una distracción para mantener la vista alejada de nosotros.

—¿De qué?

Ruhn jugueteó con los mechones de su cabello intentando descifrar la textura, el color. Eran pura flama.

—Voy a ir a tus rumbos.

Ella se quedó quieta.

—¿Qué quieres decir?

—Necesitamos entrar a los Archivos Asteri.

—¿Por qué?

—La información vital que poseía Sofie Renast probablemente esté en una de las habitaciones de ahí.

Ella se apoyó en los codos.

—¿Qué?

Él se salió de ella y dijo:

—Si tienes algo de información sobre el diseño del palacio de cristal o de los archivos, ya que estás tan familiarizada con eso... lo apreciaríamos.

—Van a meterse al palacio de cristal. A los archivos.

—Sí.

—Ruhn —le tomó la cara entre las manos—. Ruhn, *no* vayan. Los matarán. A todos.

—Por eso necesitamos que las miradas estén en otra parte en lo que nos metemos.

Ella apretó sus dedos alrededor de las mejillas de él y su corazón latía con tanta fuerza que él lo podía escuchar.

—Debe ser una trampa.

—Nadie lo sabe excepto la gente en quien confío. Y ahora tú.

Ella se puso de pie de un salto, nuevamente cubierta por completo por un velo de flamas.

—Si te capturan, no podré ayudarte. No podré arriesgarme a salvarte. Ni a tu hermana. Estarán solos.

Él empezó a molestarse.

—Así que no me dirás nada útil sobre el diseño.

—Ruhn, yo...

De nuevo, ese siseo horrible de sorpresa y dolor. Esa mirada hacia atrás.

Hacia él. El hombre.

Ruhn la tomó de la mano, como si ella pudiera quedarse con él. Pero ella empezó a jadear, salvaje y frenética. Aterrada.

—Ruhn, ya *saben*. Yo... —su voz se cortó por un momento—. Los calabozos...

Ella desapareció.

Como si se la hubieran arrebatado.

68

—Saldremos hacia el palacio de cristal mañana —le gruñó Ruhn a Hunt en la sala del departamento de Bryce—. Al amanecer.

—Sólo quiero tener esto claro —dijo el ángel con calma irritante—. ¿Has estado reuniéndote mente-a-mente con la agente Daybright... y saliendo con ella?

Bryce estaba sentada a la mesa del comedor con una taza de café frente a ella. Lo necesitaba con desesperación porque Ruhn había llegado a las cuatro de la mañana.

—Se la está cogiendo, aparentemente.

Ruhn le gruñó a su hermana.

—¿Eso importa?

—Sí importa —dijo Hunt— porque estás sugiriendo que nos metamos al palacio de cristal no sólo para ir a los archivos sino para salvar a tu amor. Eso le añade un mierdero de riesgo.

—Yo iré por ella —dijo Ruhn—. Sólo necesito entrar con ustedes dos primero.

—Absolutamente no —lo contradijo Bryce—. Entiendo que quieras jugar tu papel de héroe al rescate, pero lo que estás proponiendo es un suicidio.

—¿Dudarías en ir por Athalar? —señaló al ángel—. ¿O tú por Bryce?

—Llevas un mes de conocerla —protestó Bryce.

—Tú conocías a Athalar apenas un poco más que eso cuando ofreciste venderte como esclava por él —Ruhn dijo antes de que pudieran hablar—. Yo no necesito justificar mis sentimientos ni mis planes con ustedes. Sólo vine a decirles que iré con ustedes. Cuando estemos dentro del palacio, cada quien tomará su rumbo.

—Ves, ésa es la parte que me molesta —dijo Bryce y se terminó el resto de su café—. Esta cosa de «rumbos separados». Todos entramos, todos salimos.

Ruhn parpadeó pero Bryce le dijo al ángel.

—Honestamente, tú deberías quedarte aquí.

—¿*Perdón*? —exigió saber Hunt.

Ruhn guardó silencio mientras Bryce hablaba.

—Mientras más entremos, más probabilidades de que nos descubran. Ruhn y yo podemos.

—Uno: no. Dos: ni en tus putos sueños. Tres:... —Hunt le esbozó una sonrisa malévola—. ¿Quién te va a subir de nivel, corazón? —ella frunció el ceño pero Hunt no dejó de hablar—. Yo iré contigo.

Ella se cruzó de brazos.

—Sería más seguro si sólo van dos personas.

—Sería más seguro no ir, pero henos aquí, yendo —dijo Hunt.

Ruhn no estaba seguro de qué hacer cuando vio al ángel cruzar la habitación, arrodillarse frente a Bryce y tomarla de las manos.

—Yo quiero un futuro contigo. *Por eso* voy. Voy a pelear por ese futuro —los ojos de su hermana se suavizaron. Hunt le besó las manos—. Y para hacerlo, no podemos obedecer las reglas de otras personas.

Bryce asintió y miró a Ruhn.

—Dejaremos de seguir las reglas de Ophion o de los asteri o de quien sea. Pelearemos a nuestra manera.

Ruhn sonrió.

—Equipo Váyanse al Carajo.

Bryce sonrió.

Hunt dijo:

—Está bien, Equipo Váyanse al Carajo —se puso de pie y dio unas palmadas a un mapa dibujado a mano del palacio de cristal que estaba sobre la mesa del comedor—. Fury me dejó esto hace rato y ahora que todos estamos despiertos, es hora de que lo estudiemos. Necesitamos crear una distracción para que los asteri estén viendo en otra dirección y necesitamos saber adónde iremos ya que estemos ahí.

Ruhn intentó no maravillarse ante el modo comandante que había adoptado Athalar.

—Tiene que ser algo grande —dijo él— si en verdad nos va a comprar suficiente tiempo para entrar a los archivos y encontrar a Day.

—Ella probablemente esté en los calabozos —dijo Hunt. Luego añadió, como si percibiera la preocupación de Ruhn—: Está viva, estoy seguro. La Cierva será enviada para trabajar en ella... no la van a matar de inmediato. No ahora que tiene tanta información valiosa.

Ruhn sintió que se le revolvía el estómago. No podía sacarse la voz de pánico de Day de la mente. Su sangre le rugía que fuera con ella, que la encontrara.

Bryce dijo un poco más tranquilamente:

—La sacaremos, Ruhn.

—Eso no nos deja mucho tiempo para planear algo grande —dijo Hunt y se sentó al lado de Bryce.

Ruhn se frotó la mandíbula. No tenían tiempo para esperar semanas. Incluso esperar sólo horas. Minutos.

—Day dijo que Pippa está escondiéndose, pero tiene que tener algo planeado. Ophion ha recibido suficientes bajas en sus bases últimamente y es probable que la dejen hacer lo que quiera, ya sea como un esfuerzo final o para reunir viejos y nuevos reclutas. Tal vez podamos impulsar a Pippa a que haga lo que tiene planeado un poco antes.

Bryce tamborileó con los dedos sobre la mesa.

—Llama a Cormac.

Bryce estaba completamente despierta cuando Cormac llegó treinta minutos después, acompañado de Tharion. Lo había llamado a él también. Los había metido a todos en este drama, más le valía ayudarlos a terminarlo.

Pero Tharion... algo era diferente en su olor. En sus ojos. No dijo nada cuando Bryce preguntó, así que no insistió. Pero parecía distinto. No podía definirlo pero algo tenía diferente.

Cuando Ruhn les contó la situación, Cormac dijo:

—Tengo información de buena fuente de que hasta anoche lo que Pippa estaba planeando era un ataque en unas semanas al laboratorio de Pangera donde trabajan los ingenieros y científicos de los asteri: donde hicieron el nuevo prototipo del mecatraje. Quiere los planos y a los científicos mismos.

—¿Para construir nuevos mecatrajes? —preguntó Tharion.

Cormac asintió.

—¿Y cuándo nos ibas a decir esto? —lo cuestionó Ruhn.

Cormac los vio con ojos de fuego.

—Me enteré a la medianoche. Supuse que podía esperar hasta la mañana. Además, ustedes tampoco se han molestado en mantenerme informado de nada desde el día de la fiesta, ¿o sí? —le dedicó esta última parte a Bryce.

Ella sonrió con dulzura:

—Pensé que estabas escondido lamiéndote las heridas.

Cormac la vio furioso.

—He estado lidiando con mi padre, encontrando la manera de convencerlo de que me permita quedarme aquí después de la *humillación* provocada por la cancelación de mi compromiso.

Tharion silbó al oír esto. Bryce preguntó:

—¿Y lo lograste?

—No estaría aquí si no —le contestó Cormac—. Él cree que estoy intentando reconquistarte y alejarte de Athalar.

Hunt resopló al escuchar esto y Cormac lo miró molesto. Bryce interrumpió antes de que la cosa escalara a los golpes.

—Entonces, ¿cómo convencemos a Pippa de que actúe ahora? No estamos exactamente en buenos términos con ella.

Tharion dijo:

—¿Qué tal si ella no es quien inicia el ataque?

Bryce ladeó la cabeza.

—¿Te refieres a... *nosotros*?

—Me refiero a mí y a Cormac y en quien podamos confiar. *Nosotros* realizamos el ataque y Pippa y sus secuaces vienen corriendo antes de que podamos robarnos los planos y los trajes que quieren.

—¿Y eso qué nos consigue a nosotros? —preguntó Hunt.

—Nos mete a un laboratorio con Pippa y Ophion... y si lo planeamos con cuidado, una jauría de necrolobos llegará justo después de ellos.

—Por Solas —dijo Bryce y se talló la cara—. ¿Cómo nos vamos a salir de eso?

Cormac le sonrió a Tharion, como si percibiera el camino que habían tomado sus pensamientos.

—Ésa es la gran distracción. Lo volamos todo hasta el Averno.

Ruhn exhaló.

—Eso sin duda capturará la atención de los asteri.

—El laboratorio está a treinta kilómetros al norte de la Ciudad Eterna —dijo Cormac—. Tal vez incluso los haga ir a inspeccionar el lugar. En especial si Pippa Spetsos es capturada.

—¿No tienes problema con entregarles a una compañera rebelde? —le preguntó Hunt al príncipe.

—No veo otra alternativa.

—Que haya el menor número de víctimas posible —le dijo Hunt a Cormac, a Tharion—. No necesitamos su sangre en nuestras manos.

Bryce se frotó el pecho. De verdad iban a hacer esto. Se puso de pie y todos la vieron cuando dijo:

—Regreso en un momento —y se fue hacia su recámara.

Cerró la puerta y se dirigió a una fotografía sobre su vestidor. La vio por varios minutos. La puerta se abrió detrás de ella y Hunt apareció ahí, con los brazos cruzados.

—¿Estás bien?

Bryce seguía viendo la foto.

—Estábamos muy contentas esa noche —dijo y Hunt se acercó a ver la fotografía de ella, Danika, Juniper y Fury, todas sonriendo en el Cuervo Blanco, borrachas, drogadas y hermosas—. O al menos yo pensaba que éramos verdaderamente felices. Pero cuando tomaron esta foto, Fury todavía... hacía lo que hace, Juniper estaba enamorada de ella en secreto y Danika... Danika tenía una *pareja,* tenía tantos secretos. Y yo... yo sólo era una estúpida borracha convencida de que estaríamos de fiesta hasta que nos convirtiéramos en polvo. Y ahora estoy aquí.

Bryce sintió un nudo en la garganta.

—Siento que no tengo idea de quién soy. Sé que es un puto cliché, pero... yo *pensaba* que sabía quién era entonces. Y ahora... —levantó las manos y dejó que se llenaran de luzastral—. ¿Cuál es el propósito final de todo esto? ¿De alguna manera, no sé cómo, derrocar a los *asteri*? ¿Luego qué? ¿Reconstruir un gobierno, todo un mundo? ¿Qué tal si eso sólo provoca otra guerra?

Hunt la atrajo hacia sus brazos y recargó la barbilla sobre su cabeza.

—No te preocupes por esa mierda. Nos concentraremos en el ahora y luego ya lidiaremos con todo lo demás.

—Pensé que un general siempre planeaba a futuro.

—Lo hago. Lo soy. Pero el primer paso para ejecutar esos planes es averiguar qué carajos sabía Sofie. Si no es nada, entonces reevaluaremos. Pero... sé cómo se siente despertar un día y preguntarte cómo llegaste a ser alguien tan lejano a esa persona despreocupada que eras. Digo, sí, mi vida en los barrios pobres con mi madre no fue sencilla, pero después de que murió... Fue como si alguien me hubiera arrancado una especie de fantasía. Así fue como terminé con Shahar. Estaba muy alterado y enojado y... me tomó mucho, mucho tiempo resolver eso. Sigo haciéndolo.

Ella recargó su frente contra el pecho de Hunt.

—¿Puedo admitir que estoy cagándome de miedo?

—¿Yo puedo admitirlo también?

Ella rio y lo abrazó con fuerza, inhalando su olor.

—Estaría mucho menos asustada si tú te quedaras aquí y yo pudiera entrar sabiendo que tú estás a salvo.

—Igualmente.

Ella le pellizcó el trasero.

—Entonces supongo que no nos podremos deshacer del otro antes de aventurarnos a la cueva del lobo.

—Que sea mejor un nido de sobek.

—Bien. Muy tranquilizante.

Él rio y el sonido retumbó en los huesos de Bryce y los calentó.

—Ruhn acaba de hablar con Declan. Va a hackear las cámaras de seguridad del palacio, voltear las cámaras cuando estemos ahí. Sólo necesitamos darle nuestra ruta por el edificio para que él las pueda voltear sin que los que vigilan el sistema se den cuenta. Flynn lo va a apoyar.

—¿Qué sucederá si necesitamos usar otro pasillo?

—Tendrá planes de respaldo pero... realmente tenemos que intentar mantenernos en nuestra ruta programada.

La náusea le revolvió el estómago y dijo:

—Está bien.

Hunt le besó la mejilla.

—Tómate tu tiempo, Quinlan. Estaré con los demás.

Luego se marchó.

Bryce se quedó viendo la foto de nuevo. Sacó el teléfono de su bata y marcó. No le sorprendió que el teléfono de Juniper se fuera al buzón. Eran las cinco y media de la mañana pero... ella sabía que antes Juniper habría contestado.

¡Hola! Habla Juniper Andrómeda. ¡Deja tu mensaje!

Bryce sintió un nudo en la garganta al escuchar la voz hermosa y alegre de su amiga. Respiró en lo que sonaba la señal.

—Oye, June. Soy yo. Mira, sé que la cagué y... Lo lamento tanto. Quería ayudar pero no lo pensé bien y todo lo que me dijiste era absolutamente cierto. Sé que tal vez ni siquiera escuches esto, pero quería que supieras que te amo. Te extraño mucho. Has sido mi apoyo durante tanto tiempo, y yo debería haber sido lo mismo para ti pero no lo fui. Yo sólo... te amo. Siempre te he amado y siempre te amaré. Adiós.

Se frotó la garganta adolorida al terminar. Luego quitó la foto del marco, la dobló y la guardó en la funda de su teléfono.

69

Ruhn encontró a Cormac sentado solo en un bar de la Vieja Plaza, con la cara inexpresiva mientras veía un noticiario nocturno. Una celebridad de cabello brillante reía durante una entrevista mientras promovía descaradamente su película más reciente.

—¿Qué haces aquí? —le preguntó el príncipe de Avallen cuando se sentó a su lado.

—Flynn recibió una notificación de que estabas aquí. Pensé venir a ver por qué estás despierto a estas horas. Considerando nuestra cita de mañana.

Cormac lo miró de reojo y luego se terminó su cerveza.

—Quería un poco de paz y tranquilidad.

—¿Y pensaste que un bar en la Vieja Plaza era el lugar ideal? —dijo Ruhn, refiriéndose a la música a todo volumen, los otros comensales borrachos a su alrededor. El silfo que estaba vomitando líquido verde en el basurero junto a la mesa de billar al fondo.

Cormac no dijo nada.

Ruhn suspiró.

—¿Qué pasa?

—¿Qué te importa? —dijo él y pidió otra cerveza.

—Me importa porque estamos contando contigo para mañana.

Day y Bryce estaban confiando en que el príncipe estuviera listo y alerta.

—Ésta no es mi primera... misión importante —dijo y Ruhn miró a su primo: el cabello rubio inmaculado, el ángulo siempre arrogante de su barbilla.

Cormac se dio cuenta y dijo:

—No sé cómo tu padre nunca lo logró.

—¿Qué cosa? —Ruhn apoyó los antebrazos en la barra de roble.

—Romperte. Acabar con la amabilidad de tu corazón.

—Lo intentó —dijo Ruhn.

—Mi padre también. Y lo logró —dijo Cormac con un resoplido y recibió la nueva cerveza de manos del cantinero—. Yo no me hubiera molestado en venir a ver cómo estabas.

—Pero invertiste mucho tiempo y te arriesgaste mucho para encontrarla a... ella.

El príncipe se encogió de hombros.

—Tal vez, pero en el fondo, soy lo que siempre he sido. El hombre que con gusto te hubiera matado, a ti y a tus amigos.

Ruhn se movió el piercing del labio.

—¿Me estás diciendo esto justo antes de que salgamos?

—Supongo que te lo estoy diciendo para... disculparme.

Ruhn se esforzó por no quedarse con la boca abierta.

—Cormac...

Su primo seguía con la vista en la televisión.

—Te tenía celos. Entonces y ahora. Por tus amigos. Por el hecho de que los tengas. Que tú no permitiste que tu padre... corrompiera lo mejor de ti. Pero si me hubieran obligado a casarme con tu hermana... —torció la boca—. Creo que con el tiempo ella tal vez podría haber logrado deshacer lo que él hizo.

—Bryce tiene ese efecto en la gente.

—Será una buena princesa. Y tú eres un buen príncipe.

—Empiezo a sentirme un poco inquieto por toda esta... amabilidad.

Cormac volvió a beber.

—Siempre me pongo pensativo la noche previa a un trabajo.

Por un momento, Ruhn pudo ver en quién se podría haber convertido su primo... en quién aún podría convertirse. Era serio, sí, pero justo. Alguien que entendía el costo de una vida. Un buen rey.

—Cuando todo esto pase —dijo Ruhn con voz ronca e hizo a un lado los pensamientos sobre Day mientras se reacomodaba sobre su taburete—. Quiero que empecemos de nuevo.

—¿Nosotros?

—Tú y yo. Príncipe y príncipe. Futuro rey y futuro rey. Al diablo con el pasado y al diablo con esa mierda de la Espadastral. Al diablo con nuestros padres. No les permitiremos a ellos decidir quiénes queremos ser —Ruhn le tendió la mano—. Nosotros labraremos nuestros propios caminos.

Cormac sonrió casi con tristeza. Y luego tomó la mano de Ruhn y la apretó con firmeza.

—Será un honor.

Las barracas estaban poco iluminadas. Nadie estaba en el área común, por lo que Hunt alcanzaba a ver desde el pasillo cuando entró a su recámara.

Bien. Nadie salvo las cámaras para verlo entrar y salir.

Había dejado a Quinlan dormida y no le había dicho a nadie a dónde iba.

Su recámara lo recibió, fría y sin alma, cuando cerró la puerta a sus espaldas. Igual que él antes de conocer a Quinlan. No había colocado ningún detalle sobre su vida, nada de arte en las paredes, nada para declarar que ese espacio era de él. Tal vez porque sabía que en realidad no lo era.

Hunt caminó a su escritorio y puso el bolso vacío encima. Rápidamente cargó los cuchillos y pistolas adicionales que había dejado aquí porque no quería que nadie se diera cuenta si sacaba muchas armas de la armería. Gracias a los dioses, Micah nunca se había molestado con poner en práctica las reglas del préstamo de armamento. Hunt tenía ahí suficientes para... bueno, para meterse al palacio de cristal, supuso.

Cerró el bolso y su mirada se detuvo en el casco sobre su escritorio. La calavera que tenía pintada al frente lo miraba, el Averno maldito en los fosos negros de sus ojos. El rostro del Umbra Mortis.

Hunt tomó el casco y se lo puso sobre la cabeza. El mundo adquirió una tonalidad de rojos y negros a través el visor. No se permitió pensarlo dos veces y salió de su habitación y hacia la noche.

Celestina estaba parada frente a los elevadores.

Hunt se detuvo bruscamente. ¿Ella lo sabía? ¿Alguien le había informado que él había entrado? El bolso con las armas le quemaba la cadera. Intentó quitarse el casco.

—Déjatelo —dijo ella y aunque sus palabras eran firmes, sus ojos se veían contemplativos—. Siempre me había preguntado cómo se veía.

Él bajó la mano.

—¿Todo bien?

—Yo no soy la que se metió aquí a escondidas a las cinco de la mañana.

Hunt se encogió de hombros.

—No podía dormir.

La arcángel permaneció frente a los elevadores, impidiéndole el paso. Hunt preguntó:

—¿Cómo van las cosas con Ephraim?

Ella cerró las alas bruscamente. Una clara advertencia. Hunt no supo si sería para que mantuviera la boca cerrada sobre Hypaxia o si sería otra cosa. Celestina sólo dijo:

—Se irá mañana. Yo iré a visitar su fortaleza el próximo mes si no hay... un cambio en mi situación para entonces.

Si no estaba embarazada.

—Tu silencio dice mucho sobre tu consternación, Athalar —el poder chisporroteaba en su voz—. Yo voy al lecho de la procreación de manera voluntaria.

Hunt asintió, aunque la repulsión y la rabia lo recorrían. Los asteri habían ordenado esto, habían hecho esto.

Obligarían a Celestina a continuar visitando a Ephraim hasta que estuviera embarazada del bebé que ellos querían que tuviera. Otro arcángel para que lo convirtieran en un monstruo. ¿Celestina lucharía por mantener a su hijo libre de esa influencia? ¿O Ephraim le entregaría el niño a los asteri y sus centros de entrenamiento secretos para los jóvenes arcángeles? Hunt prefería no saber.

Celestina preguntó:

—¿Por qué no podías dormir?

Él exhaló por la nariz.

—¿Es patético que te confiese que es por el asunto de ser príncipe?

Ella lo miró con lástima.

—Pensé que el tema surgiría.

Hunt tocó el lado del casco.

—Yo... lo extrañaba, por raro que parezca. Y quería terminar de sacar lo que quedaba de mis cosas antes de que esto se volviera un espectáculo público.

Eso era parcialmente cierto.

Ella sonrió con suavidad.

—No he tenido oportunidad de preguntarte, pero ¿nos dejarás?

—Honestamente, no tengo idea. Bryce y yo le estamos dando unos días al Rey del Otoño para que se tranquilice antes de pedirle que defina mis obligaciones reales. Pero sólo pensar en tener que actuar elegante y tener reuniones con un montón de idiotas hace que me den ganas de vomitar.

Celestina profirió otra risa silenciosa.

—¿Pero...?

—Pero amo a Bryce. Si hacer toda esa mierda nos permitirá estar juntos, sonreiré y lo haré.

—¿Ella quiere hacer estas cosas?

—Claro que no. Pero... en realidad no importa lo que opinemos. El Rey del Otoño la forzó a actuar. Y ahora estamos atrapados en esta situación.

—¿Lo están? El Umbra Mortis y la Princesa Astrogénita no me parecen ser del tipo de personas que aceptan las cosas como son. Lo demostraron con esa sorpresa en la fiesta.

¿Su voz se escuchaba un poco molesta? ¿Un destello de sospecha?

Habían confiado en que Hypaxia no le diría ni una palabra a Celestina sobre sus actividades, le creyeron a la bruja cuando dijo que Celestina no lo sabía, pero... los dioses sabían que él hablaba después de tener sexo intenso con Bryce. Sucedían errores. En especial cuando estaba involucrado un hermoso par de tetas.

Pero él se obligó a encogerse de hombros de nuevo.

—Estamos intentando comprender mejor la batalla antes de decidir por dónde empezar a luchar contra toda esta estupidez de la realeza.

Ella torció un poco la boca.

—Bueno, espero que si necesitan alguna aliada, se acerquen a mí.

¿Eso sería un mensaje en clave? Buscó algún indicio en su rostro, pero no pudo detectar nada salvo una ligera preocupación. Tenía que irse. Así que agachó la cabeza.

—Gracias —dijo Hunt.

—Un príncipe no tiene que inclinar la cabeza frente a una gobernadora, ¿sabes?

La arcángel caminó hacia las puertas de la veranda de aterrizaje y las abrió para él. Muy bien. Volaría a casa entonces.

Hunt salió hacia la noche. La bolsa con armas le pesaba en el hombro. Abrió las alas y le dijo a la arcángel, que lo observaba:

—Los viejos hábitos.

—En efecto —dijo ella y un escalofrío le recorrió la columna a Hunt.

Hunt no volteó después de lanzarse hacia el cielo.

Voló lentamente sobre la ciudad. El amanecer seguía siendo apenas una insinuación en el horizonte y sólo unos cuantos camiones repartidores recorrían las calles entre las panaderías y las cafeterías. Tenía todo el cielo para él.

Hunt se quitó el casco y lo cargo en el doblez del codo. Respiró la brisa abierta y limpia que provenía del Istros.

En unas horas, saldrían hacia Pangera. Tharion ya había buscado a la comandante Sendes y había acordado que los transportaran por el océano.

Para mañana en la mañana, estarían en la Ciudad Eterna.

Mañana en la mañana, volvería a ponerse este casco. Y rezaría para que él y su pareja salieran vivos.

70

Tharion había estado al mando de muchos ataques a nombre de la Reina del Río. Lo había hecho solo, comandando equipos pequeños y grandes, y por lo general salía sin un rasguño. Pero al lado del príncipe Cormac en el jeep descapotado, mientras se acercaban al puesto de control de seguridad en la carretera bordeada de cipreses, tuvo la sensación de que ese día no correría con la misma suerte.

El uniforme imperial que ambos usaban le pesaba y lo ahogaba bajo el sol, pero al menos el día caluroso disimularía cualquier sudoración nerviosa que pudiera aparecer sobre él.

Nadie había parecido percibir el cambio que él notaba en cada respiración: la correa invisible, que ahora estaba muy estirada, y que vinculaba lo que le quedaba de corazón, esa cosa fría y muerta, con la Reina Víbora en Valbara. Un constante recordatorio de su promesa. Su nueva vida.

Intentó no pensar en eso.

Había agradecido la maravilla tecnológica de la cápsula sumergible y veloz del *Guerrero de las Profundidades* mientras avanzaba rápidamente con todo su grupo a través del océano. Sendes le había dicho, cuando se puso en contacto con ella, que el buque-ciudad era demasiado lento para llegar a tiempo, pero que uno de sus makos, pequeñas cápsulas aerodinámicas para transporte, podía hacerlo. Así que habían abordado la cápsula en la costa y aprovecharon el tiempo del trayecto para planear o dormir, manteniéndose alejados casi siempre del mer que manejaba la embarcación.

Con un desenfado impresionante, Cormac saludó a los cuatro lobos, lobos ordinarios todos ellos, del puesto de vigilancia. Tharion conservó su mano derecha cerca de la pistola que tenía guardada junto a su asiento.

—Salven los asteri —dijo Cormac con tal naturalidad que Tharion supo que lo había dicho miles de veces. Tal vez en situaciones similares.

—Salven los asteri —respondió la guardia que dio un paso al frente. Los olió y registró lo que sus ojos confirmaron: un hada y un mer, ambos con uniformes de oficiales. Hizo un saludo militar un instante después y Tharion le asintió para que descansara.

Cormac le entregó los documentos falsificados.

—Tenemos una reunión con el doctor Zelis. ¿Han avisado por radio si está listo?

La guardia revisó el portapapeles que sostenía en las manos. Los otros tres que la acompañaban no apartaban la vista del auto, así que Tharion los miró con la misma expresión que usaba para los agentes que habían cometido un error gravísimo. Sin embargo, los lobos no se intimidaron.

—No tengo una reunión aquí programada para el doctor Zelis —dijo la guardia.

Tharion dijo con voz lenta:

—No la vas a encontrar por escrito.

Ella lo miró y él le sonrió con expresión de burla.

—Órdenes de Rigelus —añadió.

La guardia tragó saliva. Cuestionar las acciones de un asteri, o arriesgarse a dejar entrar a dos oficiales que no estaban en la lista de seguridad...

Cormac sacó su teléfono.

—¿Lo llamo?

Le mostró una página de contacto que sólo decía: *Mano Brillante.*

La loba palideció un poco. Pero volvió a hacer el saludo militar y los dejó pasar.

—Gracias —dijo Cormac y aceleró para entrar antes de que la reja se abriera por completo.

Tharion no se atrevió a hablarle a Cormac. No con los lobos tan cerca. Se quedaron viendo al frente, hacia el camino de tierra que desaparecía entre los árboles del bosque. Hacia el complejo de concreto que emergió frente a ellos al salir de la siguiente curva. Los guardias ahí les dieron el paso y entraron tras el cerco de alambre de púas.

Tenía que mantenerse atento al reloj hoy. El agua que lo salpicó durante el viaje en el mako había extendido el tiempo que podía pasar Arriba, pero había empezado a sentir una ansiedad conocida desde hacía una hora. Otro dolor de cabeza que tendría que atender: cinco horas más hasta que tuviera que sumergirse de verdad. La costa estaba a dos horas de aquí. Así que... tendrían que terminar con todo esto en tres horas. Dos, para mayor seguridad.

Tharion le asintió a los lobos que estaban frente al laboratorio y contempló el enorme edificio. No era alto, y no estaba construido para ser hermoso, sino para ser funcional y servir de almacenamiento.

Se podían ver chimeneas humeantes tras el laboratorio, que parecía medir casi un kilómetro de longitud y tal vez el doble de ancho.

—Mira este sitio —murmuró Tharion cuando Cormac llegó a la puerta principal de acero. Se abrió, como si lo hubieran hecho unas manos invisibles. Sin duda otro guardia había presionado el botón de seguridad para dejarlos entrar. Tharion susurró.

—¿Crees que Pippa venga?

¿Cómo demonios entraría ella?

Cormac apagó el motor y abrió la puerta. Salió rápidamente al sol de la mañana.

—Ya está aquí.

Tharion parpadeó y siguió los movimientos de precisión militar que hacía Cormac al bajarse del carro. Cormac se dirigió a las puertas abiertas que llevaban al laboratorio.

—Están en los árboles.

Declan había pasado el día anterior plantando información a escondidas en las redes de los rebeldes: el grupo de rebeldes antiOphion que había destruido la base en Ydra estaba dirigiéndose a este laboratorio antes de que Pippa y sus agentes lo pudieran hacer. Seguramente había tenido que apresurar a Ocaso para llegar a tiempo.

Tharion intentó no voltear a ver hacia los árboles.

—¿Y los necrolobos?

—El lugar apesta a humano, ¿no puedes olerlo?

—No.

Cormac entró por las puertas abiertas con sus botas negras relucientes.

—Están usando mano de obra humana. Entran y salen cada madrugada y al anochecer. Pippa sin duda programó su llegada al mismo tiempo, para que sus olores queden disimulados para los necrolobos de abajo.

Por Solas.

—¿Entonces para qué esperar a que nosotros llegáramos?

Cormac gruñó.

—Porque Pippa tiene un saldo pendiente con nosotros.

Bryce no tenía idea de por qué alguien podría querer vivir en la Ciudad Eterna. No sólo porque estaba a la sombra del palacio de cristal de los asteri, sino porque era... vieja. Polvosa. Desgastada. No había rascacielos, ni luces de neón, ni música que brotara de los carros que pasaban. Parecía estar atrapada en el tiempo, atorada en otro siglo con amos que no estaban dispuestos a dejarla avanzar.

Al igual que ella, Hunt y Ruhn permanecían ocultos en las sombras de un huerto de olivos a un kilómetro y medio al oeste del palacio. Tranquilizó sus nervios imaginando a los asteri como un montón de viejitos cascarrabias, que les gritaban a todos para que no hicieran ruido, quejándose de que las luces estaban demasiado brillantes y que los jóvenes eran unos mocosos malcriados.

Definitivamente ayudaba. Un poco.

Bryce miró a Hunt, quien no apartaba su atención del huerto y de los cielos. Traía puesto su traje negro de batalla, junto con el casco del Umbra Mortis, para su sorpresa. Un guerrero de regreso en la batalla.

¿Estarían haciendo lo correcto? ¿Este riesgo, este peligro al que se estaban enfrentando? Tal vez estarían mejor si se hubieran quedado en Lunathion con la cabeza agachada.

Tal vez ella era una cobarde por siquiera pensar eso.

Pasó su atención a Ruhn. Su hermano tenía el rostro tenso y monitoreaba igualmente el huerto de olivos. También se había puesto su traje de batalla del Aux. Traía el cabello negro recogido en una trenza apretada que bajaba por su espalda, a lo largo de la Espadastral enfundada. Tenía el cristal de comunicación apretado en el puño y de vez en cuando abría los dedos para examinarlo. Como si eso le ofreciera algún indicio sobre la situación de Day. Dijo que no lo había usado desde el día que tuvieron el primer contacto, pero lo había tomado justo antes de salir, sólo por si eso pudiera ayudar a localizarla, en caso de que ella trajera el cristal gemelo.

Ruhn pasaba su peso de un pie al otro. Sus botas negras crujían sobre la tierra rocosa y seca.

—Cormac ya debería estar aquí —dijo.

Ella sabía que cada segundo que pasaba desde que había perdido contacto con la agente Daybright le pesaba a su hermano. Bryce no quería pensar sobre lo que probablemente le estaría sucediendo a la agente que tanto le importaba a Ruhn. Si tenían suerte, estaría viva. Si tenían más suerte, aún quedaría suficiente de ella para salvar. Todos los intentos que hacía Ruhn por entrar en contacto con ella —incluso probó con el cristal— habían sido inútiles.

—Dale un minuto —dijo Bryce—. Es un salto largo.

Demasiado lejos para que ella lo hiciera, o siquiera lo intentara. En especial con otras personas. Necesitaba toda su fuerza para lo que estaba por venir.

—¿Ahora ya eres experta en teletransportación? —preguntó Ruhn con las cejas arqueadas. El piercing de su labio inferior brilló bajo la luz de la mañana caliente—. Dec está listo. No quiero apartarme de sus cálculos. Ni siquiera por un minuto.

Bryce abrió la boca, pero Cormac apareció justo entonces en un pequeño claro frente a ellos. Habían estudiado un mapa satelital del huerto ayer y Cormac había memorizado esta ubicación y planeó los saltos que tendría que dar para llegar ahí desde el laboratorio. Y los saltos que tendría que hacer de este huerto al interior del palacio en sí.

Cormac anunció:

—Ya entramos. Tharion está en la sala de espera. Yo me fui al baño. Todo está preparado. ¿Listo, Athalar?

Hunt, luego Bryce y luego Ruhn. Ése era el orden que habían acordado después de una hora de discutir.

Hunt sacó su pistola y la mantuvo junto a su muslo. Esa cabeza con casco volteó a ver a Bryce y ella pudo sentir su mirada a través del visor.

—Nos vemos del otro lado, Quinlan —dijo Hunt y tomó la mano enguantada de Cormac.

Príncipe y príncipe. Ella se maravilló de verlos.

Luego se marcharon y Bryce inhaló con dificultad.

—Yo también siento como si no pudiera respirar —dijo Ruhn al darse cuenta—. Al saber que Day está ahí dentro —. Luego añadió—: Y sabiendo que tú estás a punto de entrar también.

Bryce le sonrió con la boca temblorosa. Y luego decidió mandar al demonio todo y abrazó a su hermano con fuerza.

—Equipo Váyanse al Carajo, ¿recuerdas? Nos irá de puta madre.

Él rio y la apretó entre sus brazos.

—Equipo Váyanse al Carajo por siempre.

Ella se apartó un poco y miró al fondo de los ojos azulvioleta de su hermano.

—La sacaremos. Te lo prometo.

La piel dorada de Ruhn palideció.

—Gracias por ayudarme, Bryce.

Ella le dio un codazo suave.

—Los astrogénitos tenemos que permanecer unidos, ¿no?

Pero el rostro de su hermano se puso serio.

—Cuando lleguemos a casa, creo que necesitamos hablar.

—¿Sobre qué?

No le gustaba esa expresión seria de su cara. Y no le gustaba que Cormac estuviera tardando tanto.

La boca de Ruhn se volvió una línea apretada.

—Está bien, como es muy posible que estemos muertos en unos minutos...

—¡No seas *tan* mórbido!

—Quería esperar hasta que todo se hubiera calmado un poco, pero... Tú tienes un rango mayor al del Rey del Otoño en poder.

—¿Y?

—Creo que ha llegado el momento de que su reino termine, ¿no? —dijo con absoluta seriedad.

—¿Quieres que te respalde en un golpe? ¿Un golpe hada?

—Quiero respaldarte a *ti* en un golpe hada. Quiero que tú seas la Reina del Otoño.

Bryce retrocedió.

—Yo no quiero ser reina.

—Dejemos de lado esta renuencia a ser realeza y demás, ¿sí? Tú viste lo que las hadas hicieron durante el ataque de la primavera. Cómo dejaron fuera a inocentes y permitieron que murieran con el visto bueno de nuestro padre. ¿Crees que eso es lo mejor que puede hacer nuestra gente? ¿Crees que esto es lo que se supone que debemos aceptar como comportamiento hada normal? No lo creo ni por un segundo.

—*Tú* deberías ser rey.

—No —algo más brillaba en sus ojos, un secreto que ella no conocía, pero que podía percibir—. Tú tienes más poder que yo. Las hadas respetarán eso.

—Tal vez las hadas deberían pudrirse.

—Dile eso a Dec. Y a Flynn. Y a mi madre. Piensa en ellos y dime que no vale la pena salvar a las hadas.

—Tres. De toda la población.

Los ojos de Ruhn se tornaron suplicantes, pero entonces apareció Cormac, jadeando y cubierto de sudor.

—Athalar está esperando.

—Piénsalo —murmuró Ruhn cuando ella se acercó a Cormac—. ¿Todo bien?

—Sin problemas. La información era correcta: no tienen siquiera hechizos de protección en este sitio —informó Cormac—. Gusanos arrogantes —extendió la mano hacia Bryce—. Vamos.

Bryce tomó la mano del príncipe. Y con un último vistazo a su hermano, desapareció en el viento y la oscuridad. El estómago se le azotaba en el interior. Cormac dijo en el rugido del espacio entre lugares:

—Te pidió que fueras reina, ¿verdad?

Bryce parpadeó y lo miró, aunque era difícil por la fuerza de la tormenta a su alrededor.

—¿Cómo lo sabes?

—Creo que escuché la parte final de la conversación —Bryce lo tomó con más fuerza al sentir arreciar el viento. Cormac dijo—: Tiene razón.

—Ahórrate tu opinión.

—Y tú también tenías razón. Cuando nos vimos por primera vez y dijiste que la profecía del Oráculo era vaga. Ahora ya lo entiendo. Ella no se refería a que nuestra unión en matrimonio le traería la prosperidad a nuestra gente. Se refería a nuestra unión como aliados. Aliados en esta rebelión.

El mundo tomó forma en los bordes de la oscuridad.

—Pero después de hoy... —la mirada de Cormac se entristeció. Lucía cansada—. Creo que la decisión de liderar a nuestra gente hacia el futuro dependerá de ti.

Hunt no podía hacer que le dejaran de temblar las manos. Estar aquí, en este palacio...

Olía igual. Incluso en el pasillo justo afuera de los archivos, donde se escondió en un nicho, el olor a encerrado de este lugar arrastraba garras sobre su temperamento y hacía que le temblaran las rodillas.

Gritos, dolor que cegaba cuando le cortaron las alas lentamente...

Shahar estaba muerta, su cuerpo destrozado todavía cubierto de polvo porque Sandriel la había arrastrado por las calles de camino a este lugar...

Pollux riendo y orinando sobre el cadáver de Shahar en medio de la sala del trono...

Sus alas, sus alas, sus alas...

Hunt tragó saliva y apartó de su mente los recuerdos para concentrarse en el pasillo. No había nadie alrededor.

Aparecieron Bryce y Cormac y ella apenas le pudo agradecer al príncipe antes de que él volviera a desaparecer para ir por Ruhn y regresar otra vez al laboratorio. El príncipe tenía la cara brillante por el sudor, la piel ceniza. Debía estar exhausto.

—¿Estás bien? —murmuró Hunt y le tocó el cabello con la mano enguantada. Ella asintió, pero su mirada estaba llena de preocupación... y algo más. Pero Hunt le dio un golpecito suave en la barbilla y siguió monitoreando sus alrededores.

Se quedaron ahí parados en silencio tenso y luego llegó Ruhn con Cormac. La piel de Cormac ya se veía completamente ceniza. Desapareció inmediatamente, de regreso al laboratorio.

—Dile a Declan que estamos listos —dijo Hunt.

Las sombras de Ruhn los protegían de miradas curiosas mientras él le enviaba un mensaje de texto en el teléfono seguro que Declan había modificado para que no fuera rastreable. En cinco minutos, Tharion se pondría en contacto con ellos para decirles si podían empezar a moverse o no.

Bryce tomó a Hunt de la mano y apretó con fuerza. Él apretó de regreso.

Hunt no supo cómo, pero pasaron los cinco minutos. Apenas estaba respirando mientras continuaba su vigilancia del pasillo frente a ellos. Durante todo este tiempo, Bryce no le soltó la mano enguantada. Tenía la mandíbula tensa.

Entonces Ruhn levantó la cabeza.

—Tharion dijo que Cormac acaba de hacer explotar el jeep.

Hunt le dio un golpe suave con el ala a Bryce.

—Te toca, Quinlan.

Ruhn dijo:

—Recuerda: cada minuto que estés ahí dentro es un mayor riesgo de detección. Aprovecha cada segundo.

—Gracias por la plática motivacional —dijo ella, pero le sonrió sombríamente a Hunt—. Préndete, Athalar.

Hunt le presionó el pecho con la mano. Sus relámpagos se veían como un suave resplandor que era succionado por la cicatriz. Cuando desapareció lo último, Bryce se teletransportó a los archivos.

Para encontrar la verdad que tal vez existía ahí dentro.

71

La respiración de Bryce se volvió tan agitada que apenas podía pensar mientras caía a solas por la oscuridad.

Estaban en el palacio de los asteri. En sus archivos sagrados y prohibidos.

Y ella estaba en una... ¿escalera?

Bryce respiró unas cuantas veces para tranquilizarse y miró la escalinata en espiral construida totalmente de cuarzo blanco. La luzprístina brillaba, dorada y suave, iluminando los escalones hacia el nivel de abajo. A sus espaldas había una puerta... el otro lado de la que habían visto en el video de Sofie capturado por las cámaras de vigilancia.

La que tenía el letrero con el número que Sofie había grabado en su bíceps.

Bryce empezó a bajar las escaleras. Sus botas negras casi no se escuchaban al pisar los escalones de cuarzo. No vio a nadie. No escuchó a nadie.

Su corazón latía acelerado y ella podría jurar que las vetas de luzprístina del cuarzo se encendían un poco con cada latido. Como si respondieran.

Bryce se detuvo al salir de un tramo de las escaleras y examinó el pasillo largo frente a ella. Cuando comprobó que no había guardias, avanzó.

No había puertas. Sólo este pasillo, tal vez de unos veinte metros de largo y seis de ancho.

Probablemente serían siete metros y veintiuno, múltiplos de siete. El número sagrado.

Bryce miró el pasillo. Lo único que vio fue un conjunto de tuberías de cristal que subían hacia el techo con placas debajo y pequeñas pantallas negras junto a las placas.

Siete tuberías.

El piso de cristal brillaba bajo sus pies y caminó hacia la placa más cercana.

Hesperus. La Estrella Crepuscular.

Con las cejas arqueadas, Bryce caminó a la siguiente tubería y placa. *Polaris*, la Estrella del Norte.

Placa tras placa, tubería tras tubería, Bryce leyó los nombres individuales de cada asteri.

Eosphoros. Octartis. Austrus.

Casi se tropezó con el penúltimo. *Sirius*. El asteri que el Príncipe del Foso había devorado.

Sabía lo que diría la última placa antes de llegar a leerla. *Rigelus*. La Mano Brillante.

¿Qué demonios era este lugar?

¿Esto era lo que Danika había considerado tan importante como para pedirle a Sofie Renast que arriesgara su vida? ¿Lo que los asteri estaban tan desesperados por contener, por lo que habían cazado a Sofie para preservar el secreto?

El cristal a sus pies destelló y Bryce no tuvo a dónde ir, ningún lugar donde ocultarse, cuando la luzprístina, pura e iridiscente, explotó.

Cerró los ojos y apretó los párpados antes de agacharse.

Pero no sucedió nada. Al menos, no a ella.

La luzprístina se atenuó lo suficiente para que Bryce pudiera abrir los ojos una rendija y la vio subir por las seis tuberías.

Las pequeñas pantallas negras junto a cada placa se encendieron y se llenaron de información. La única que permanecía apagada era la de Sirius. Inactiva.

Se quedó rígida cuando leyó la pantalla de la Mano Brillante: Rigelus, nivel de poder: 65%.

Volteó a ver la siguiente placa. La pantalla a su lado decía: Austrus, nivel de poder: 76%.

—Dioses —susurró Bryce.

Los asteri se alimentaban de luzprística. Los asteri... *necesitaban* luzprística. Miró a sus pies, donde la luz fluía por las vetas del cristal antes de entrar a las tuberías. El cuarzo. Un conducto de poder. Igual que las Puertas en Ciudad Medialuna.

Habían construido todo su palacio de este material. Para alimentar y concentrar la luzprística que ingresaba.

Ella había estudiado el mapa burdo del palacio que le había dado Fury. Esta área estaba siete niveles abajo del salón del trono, donde estaban sentados los asteri en tronos de cristal. ¿Esos tronos los llenarían de poder? A simple vista, se cargaban como baterías, succionando toda esta luzprística.

Las náuseas se le atoraron en la garganta. Todos los Descensos que hacía la gente, la luzsecundaria que entregaban los muertos... Todo el poder de la gente de Midgard, el poder que la gente les *daba*... era consumido por los asteri y luego utilizado en contra de los ciudadanos. Para controlarlos.

Hasta los rebeldes vanir que morían peleando les entregaban sus almas a las mismas bestias que habían intentado derrocar.

Todos eran tan sólo alimento para los asteri. Una fuente inagotable de poder.

Bryce empezó a temblar. Las vetas de luz que se retorcían debajo de sus pies, brillantes y vibrantes... Las siguió lo más abajo posible, hasta donde alcanzaba a ver a través de la roca transparente, hacia una masa luminosa y brillante. Un núcleo de luzprística. Que alimentaba de energía a todo el palacio y los monstruos que lo gobernaban.

Esto era lo que Sofie había averiguado. Lo que Danika sospechaba.

¿Los asteri siquiera tenían estrellas sagradas en sus pechos o era sólo luzprística que le robaban a la gente? Luzprística que ellos habían *decretado* que se debía entregar en el Descenso con el fin de usar esa energía para las ciudades y la tecnología... y para los gobernantes supremos de este mundo. Luzsecundaria que se le arrancaba a los muertos. Exprimían hasta la última gota de poder de la gente.

Si se cortaba la fuente de luzprística, si se destruía este embudo de poder, si la gente dejaba de entregar su poder en los Descensos en esos centros que distribuían la energía, si se evitaba que los muertos se convirtieran en luzsecundaria...

Así podrían destruir a los asteri.

72

Athalar caminaba en círculos.

—Ya tendría que estar de regreso.

—Le quedan dos minutos —gruñó Ruhn y apretó el cristal de comunicación con tanta fuerza en sus manos que era un milagro que los bordes no hubieran quedado permanentemente marcados en sus dedos.

Hunt dijo:

—Algo sucedió. Debería estar aquí ya.

Ruhn miró el reloj en su muñeca. Tenían que bajar a los calabozos. Y si no empezaban de inmediato... Miró el cristal en su mano.

Day, dijo, y lanzó su nombre al vacío. Pero no llegó ninguna respuesta. Como todos los intentos que había hecho recientemente.

—Voy a adelantarme —murmuró y se echó el cristal al bolsillo—. Me cubriré con mis sombras. Si no estoy de regreso en diez minutos, váyanse sin mí.

—Todos nos iremos juntos —le respondió Hunt aunque Ruhn negó con la cabeza—. Iremos a buscarte.

Ruhn no contestó y se alejó por el pasillo, fundiéndose con la oscuridad, y se dirigió a los pasadizos que lo llevarían al otro lado del complejo del palacio. A los calabozos y a la agente que ahí estaba capturada.

Bryce corrió a la parte superior de las escaleras. La bilis le quemaba la garganta.

Había estado dentro demasiado tiempo. Sólo le quedaba un minuto, a lo mucho dos.

Llegó a la puerta, al descanso de las escaleras, y empezó a reunir lo que le quedaba de la carga de Hunt para teletransportarse de regreso con él y Ruhn. Pero la perilla de la puerta parecía brillar. ¿Qué más había ahí abajo? ¿Qué más podría descubrir? Si ésta iba a ser su única oportunidad...

Bryce no se permitió dudar y se metió al pasillo de los archivos principales. Estaba oscuro y polvoso. Completamente en silencio.

Las estanterías estaban llenas de libros a su alrededor y Bryce empezó a leer los títulos. Nada de interés, nada de utilidad...

Corrió por la biblioteca, leyendo los títulos y los nombres de las secciones lo más rápido que pudo, rezando que Declan estuviera al pendiente y estuviera moviendo las cámaras para que no la vieran. Revisó los títulos genéricos de las secciones en la parte superior de los estantes. *Regístros fiscales, Agricultura, Procesamiento de aguas...*

Las puertas en este tramo tenían nombres similares. No en código, sino con un tema central.

Aurora. Medianoche. Mediodía. No tenía idea de qué significaba ninguno de esos nombres, ni lo que había al otro lado de las puertas. Pero una de las del centro capturó su atención: *Atardecer.*

Se metió.

Bryce se había retrasado. Hunt no se movió de su sitio sólo porque recibió un mensaje de Declan en su teléfono seguro. *Está bien. Entró a una habitación que decía Atardecer. Te mantendré informado.*

Por supuesto Quinlan haría una investigación *adicional*. Por supuesto no podría obedecer las reglas y regresar cuando se suponía que lo haría...

Pero, por otro lado, *Atardecer* podría tener algo que ver con la Verdad sobre Atardecer. Era obvio por qué había entrado ahí.

Hunt siguió caminando en círculos. Debía haber entrado con ella. Hacerla teletransportarlo, aunque eso podría haberla drenado en un momento que necesitaba contar con todos sus dones.

Ruhn ya llevaba tres minutos de haberse ido. Muchas cosas podían ocurrir en ese lapso.

—Vamos, Bryce —murmuró Hunt y le rezó a Cthona para que mantuviera segura a su pareja.

Cubierto por sus sombras, Ruhn corrió por los pasillos y no se encontró con nadie. Ni un solo guardia.

Todo estaba demasiado silencioso.

El pasillo se bifurcó: a la izquierda estaban los calabozos. A la derecha, las escaleras que llevaban al palacio en sí. Se dirigió a la izquierda sin titubear. Por las escaleras que bajaban y pasaban de ser un cuarzo lechoso a una roca oscura, como si le hubieran succionado la vida a la roca. Sintió la piel helada.

Estos calabozos... Athalar había logrado salir de ellos, pero la mayoría nunca lo conseguía.

Ruhn sintió que el estómago le daba un vuelco y frenó su paso, preparándose para el desafío que aguardaba. Garitas con guardias, que eran fáciles de evadir con sus sombras, puertas cerradas y luego dos pasillos de celdas y cámaras de tortura. Day tenía que estar en algún lugar ahí.

Los gritos empezaron a escucharse. Afortunadamente, eran de hombres. Pero eran desgarradores. Suplicantes. Sollozantes. Deseó tener tapones en los oídos. Si Day estaba haciendo un sonido similar, en semejante agonía...

Ruhn siguió su camino... hasta que Mordoc apareció en su camino y le mostró los dientes con una sonrisa feroz. Olfateó una vez, ese don de sabueso de sangre sin duda le proporcionaría mucha información. Luego dijo:

—Estás muy lejos de tus aventuras con espías en los callejones de Lunathion, príncipe.

Tharion corrió detrás de Cormac. Tenían un escudo de agua a su alrededor y el príncipe lanzaba bola tras bola de fuego al laboratorio caótico y lleno de humo. Trozos de maquinaria rota volaron contra ellos, ardientes. Tharion los iba interceptando como mejor podía.

El doctor los había traído al laboratorio sin pensarlo. Cormac luego le dio un balazo en la cabeza y acabó también con las vidas de los científicos e ingenieros que gritaban a su alrededor.

—¿Estás loco, carajo? —le gritó Tharion mientras corrían—. ¡Dijiste que mantendríamos las víctimas al mínimo!

Cormac no le hizo caso. El bastardo ya actuaba por su cuenta.

Tharion gruñó y consideró si debería intentar controlar al príncipe.

—¿De qué manera esto es mejor que lo que hace Pippa Spetsos?

Tharion recibió su respuesta un segundo después. Los disparos de arma de fuego se escucharon detrás de ellos y los rebeldes entraron. Justo a tiempo.

Los refuerzos de vanires imperiales rugieron cuando los vieron entrar, pero el sonido se perdió bajo la ráfaga de balas. Una emboscada.

¿Sería suficiente para atraer la atención de los asteri? Cormac había incinerado el jeep con su magia de fuego antes de que mataran al doctor. Seguro eso ameritaría un mensaje a los asteri. Y este caos de mierda que estaba en desarrollo...

Cormac se detuvo en seco y Tharion a su lado. Ambos guardaron silencio.

Una mujer conocida, vestida de negro y armada con un rifle, se atravesó en su camino.

Pippa le apuntó a Cormac con el arma.

—Ansiaba que llegara este momento.

Su rifle tronó y Cormac se teletransportó, pero demasiado lento. Sus poderes estaban drenados.

La sangre salpicó un momento antes de que Cormac desapareciera y luego apareció detrás de Pippa.

La bala le había atravesado el hombro y Tharion se puso en acción cuando Pippa volteó a ver al príncipe.

Tharion se detuvo cuando sintió que el suelo temblaba. Una espada luminosa y electrificada se clavó en el suelo frente a él.

La espada de un mecatraje.

Cormac le gritó a Tharion:

—¡*Sal de aquí!*

El príncipe empezó a pelear con Pippa cuando ella disparó otra vez.

Tharion conocía ese tono. Conocía esa mirada. Y entonces lo comprendió.

Cormac no sólo estaba actuando por su cuenta. No tenía ninguna intención de salir de este lugar con vida.

La puerta con el título de *Atardecer* estaba sin cerrojo. Bryce supuso que debía agradecerle a Declan por haber desactivado el panel electrónico.

Había braseros de luzprístina en los rincones de la habitación que iluminaban suavemente el espacio. Una mesa redonda ocupaba el centro. Había siete sillas a su alrededor.

Ella sintió que la sangre se le helaba.

Una pequeña máquina de metal estaba en el centro de la mesa. Un instrumento de proyección. Pero la atención de Bryce se desvió hacia los muros de roca, cubiertos de papel.

Mapas estelares... de constelaciones y sistemas solares, marcados con apuntes a mano y con tachuelas rojas. Se le secó la boca al ver el más cercano. Un sistema solar que no reconocía, con cinco planetas en órbita alrededor de un sol enorme.

Un planeta en la zona habitable estaba marcado con una tachuela y etiquetado.

Rentharr. Conq. A.E. 14,000.

A.E. No conocía ese sistema calendárico. Pero podía adivinar qué quería decir *Conq.*

Conquistados... ¿por los asteri? Rentharr... nunca había escuchado de ese planeta. Escrito al lado había una breve nota: HABITANTES ACUÁTICOS Y BELICOSOS. VIDA TERRESTRE PRIMITIVA. POCO SURTIDO. TERMINADO A.E. 14,007.

—Oh, dioses —exhaló Bryce y continuó al siguiente mapa estelar.

Iphraxia. Conq. A.E. 680. Perdido A.E. 720.

Leyó la nota al lado de éste y el hielo le recorrió las venas. *Los habitantes averiguaron cuáles eran nuestros métodos demasiado pronto. Perdimos muchos ante su frente unificado. Evacuado.*

En algún lugar en el cosmos, un planeta había logrado librarse de los asteri.

Mapa a mapa, Bryce leyó las notas. Nombres de lugares que no eran conocidos en Midgard. Mundos que los asteri habían conquistado, con anotaciones sobre su uso de luzprístina y cómo ellos habían perdido o controlado esos mundos. Cómo se habían alimentado de ellos hasta que no quedaba nada.

Se habían alimentado de su poder... justo como ella con la Puerta. ¿Ella era igual o peor que ellos?

En el muro al fondo de la habitación había mapas de este mundo.

MIDGARD, se leía en el mapa, CONQ. A.E. 17,003.

Lo que fuera que significara A.E., si habían estado en *este* planeta por quince mil años, entonces habían existido en el cosmos por mucho, mucho más que eso.

Si ellos se podían alimentar de luzprístina, generarla de alguna manera en cada planeta... ¿podrían vivir para siempre? ¿Ser verdaderamente inmortales y no morir jamás? Seis gobernaban este mundo, pero originalmente había un séptimo. ¿Cuántos más existían aparte de ellos?

La pared tenía páginas de notas sobre Midgard pegadas junto a dibujos de criaturas.

Mundo ideal ubicado. La vida local no es sustentable, pero las condiciones son óptimas para la colonización. Se han contactado otros para compartir el botín.

Bryce frunció el ceño. ¿Qué demonios quería decir eso?

Miró un dibujo de un mer junto al bosquejo de un metamorfo de lobo.

Los metamorfos acuáticos pueden mantener su forma híbrida con mucha más facilidad que los terrestres.

Leyó la siguiente página con el dibujo de una mujer hada. *No vieron al viejo enemigo que ofreció una mano a través del espacio y el tiempo. Como peces atraídos a la carnada, vinieron y nos abrieron las puertas voluntariamente. Ellos pasaron a través de ellas, a Midgard, tras nuestra invitación y dejaron atrás el mundo que conocían.*

Bryce se apartó de la pared y chocó con la mesa.

Los asteri los habían atraído a todos a este mundo de otros planetas. De alguna manera, usando las Fisuras Septentrional y Austral, o como sea que viajaran entre mundos, los habían... atraído a este lugar. Para usarlos como ganado. Para alimentarse de ellos. Para siempre.

Todo era una mentira. Sabía que mucha de la historia conocida era un invento, pero esto...

Giró hacia el instrumento de proyección en el centro de la mesa y estiró un brazo para tocar el botón. Un mapa redondo y tridimensional del cosmos apareció. Estrellas y planetas y nebulosas. Muchos estaban marcados con notas digitales, igual que los mapas de papel en la pared.

Era un planetario digital. Como el de metal que había visto de niña en el estudio del Rey del Otoño. Como el que tenía el Astrónomo.

¿Esto era lo que Danika había averiguado con sus estudios sobre los linajes? ¿Que todos provenían de otras partes, pero habían sido atraídos y atrapados aquí? ¿Y luego usados para alimentar a estas sanguijuelas inmortales?

El mapa del universo giraba arriba de ella. Tantos mundos. Estiró la mano y tocó uno. La nota digital apareció de inmediato a su lado.

Urganis. Los niños fueron la nutrición ideal. Los adultos, incompatibles.

Ella tragó saliva intentando aliviar la sequedad de su garganta. Esto era todo. Todo lo que quedaba de un mundo distante. Una nota sobre si la gente era buena para comer y qué le habían hecho los asteri a los niños.

¿Había un planeta de origen? ¿Algún mundo de donde provinieran los asteri, que lo hubieran dejado tan seco que necesitaron aventurarse al espacio a cazar más alimento?

Empezó a buscar entre los planetas, uno tras otro tras otro, arañando entre las estrellas y las nubes de polvo cósmico.

Su corazón se detuvo al reconocer uno.

El Averno.

El suelo pareció desaparecer debajo de sus pies.

El Averno. Perdido A.E. 17,001.

Tuvo que sentarse en una de las sillas para leer la nota. *Un mundo oscuro y frío con poderosas criaturas de la noche. No cayeron en nuestras trampas. Los ejércitos reales del Averno, que en algún tiempo fueron enemigos, se unieron y marcharon en nuestra contra. Nos superaron y abandonamos su mundo, pero nos siguieron. Averiguaron de nuestros tenientes capturados cómo pasar por las cuarteaduras entre los reinos.*

Bryce estaba ligeramente consciente de que le temblaba todo el cuerpo, que sus respiraciones eran agitadas y superficiales.

Nos encontraron en Midgard en 17,002. Intentaron convencer a nuestras presas de lo que éramos y algunos cayeron en sus encantos. Perdimos una tercera parte de nuestra comida por su culpa. La guerra duró hasta casi el final de 17,003. Fueron derrotados y enviados de regreso al Averno. Demasiado peligrosos para permitirles el acceso a este mundo otra vez, aunque podrían intentarlo. Desarrollaron algunos vínculos con los colonizadores de Midgard.

—Theia —susurró Bryce con voz ronca. Aidas había amado a la reina hada y...

El Averno había venido a ayudar, justo como Apollion había dicho. El Averno había echado a los asteri de su propio mundo, pero... Las lágrimas amenazaron con brotarle de los ojos. Los príncipes demonio habían sentido una obligación moral de perseguir a los asteri para que nunca volvieran a depredar otro mundo. Para salvar a otros.

Bryce empezó a buscar entre los planetas de nuevo. Tantos mundos. Tanta gente, sus hijos.

Tenía que estar ahí, el mundo originario de los asteri. Lo encontraría y le diría a los Príncipes del Averno cuál era y cuando terminaran de hacerlos polvo en Midgard, irían a ese mundo y lo volarían en putos pedazos...

Estaba sollozando entre dientes.

Este imperio, este mundo... era solamente un enorme buffet para los seis seres que los gobernaban.

El Averno había intentado salvarlos. Por quince mil años, el Averno no había dejado de intentar encontrar una manera de regresar aquí. Para salvarlos de los asteri.

—¿De dónde *carajos* provienen? —dijo furiosa.

Los mundos pasaban por las yemas de sus dedos a toda velocidad, junto con las despiadadas notas de los asteri. La mayoría de los planetas no había corrido con tanta suerte como el Averno.

Se levantaron. Los dejamos hechos cenizas.

La luzprístina sabía raro. Mundo terminado.

Los habitantes nos lanzaron bombas que dejaron al planeta demasiado lleno de radiación para ser comida viable. Se abandonó a que se pudriera en sus desechos.

Luzprístina demasiado débil. Mundo terminado, pero se conservó a los ciudadanos que producían buena luzprístina para usarlos en los viajes. Los niños demostraron ser nutritivos, pero no se adaptaron a nuestro método de viaje.

Esos monstruos *psicóticos y desalmados...*

—No encontrarás nuestro planeta de origen ahí —dijo una voz fría desde el interfono sobre la mesa—. Incluso nosotros ya olvidamos dónde están sus ruinas.

Bryce jadeó, y la rabia era lo único que la recorría. Le respondió a Rigelus:

—*Te voy a matar de una puta buena vez.*

73

Rigelus rio.

—Creía que sólo estabas aquí para buscar la información por la cual murieron Sofie Renast y Danika Fendyr. ¿También me vas a matar?

Bryce apretó los puños para controlar sus manos temblorosas.

—¿Por qué? ¿Por qué hacen esto?

—¿Por qué bebes agua y comes comida? Nosotros somos seres superiores. Somos *dioses*. No puedes culparnos si nuestra fuente de nutrimentos es inconveniente para ti. Los mantenemos sanos y felices y les permitimos que recorran todo este planeta en libertad. Incluso hemos permitido a los humanos vivir aquí todo este tiempo, sólo para darles a los vanir alguien a quien gobernar. A cambio, lo único que les pedimos es un poco de su poder.

—Son unos parásitos.

—¿Qué son todas las criaturas que se alimentan de los recursos que tienen? Deberías ver lo que algunos de los habitantes de otros planetas hicieron con sus mundos: la basura, la contaminación, los mares envenenados. ¿No es lo justo que les devolvamos el favor?

—No finjas que esto es una especie de historia de salvación.

Rigelus rio y el sonido la distrajo lo suficiente de su rabia para recordar a Hunt y Ruhn y, oh, dioses, si Rigelus sabía que ella estaba aquí, los encontraría...

—¿No es eso lo que tú estás haciendo?

—¿Qué carajos se supone que quiere decir eso?

—Dejaste un mensaje tan sentido y noble a tu amiga Juniper. Por supuesto, cuando lo escuché, supe que sólo había un sitio al cual te podrías estar dirigiendo. Aquí. Conmigo. Justo como había esperado... y planeado.

Ella apartó de su mente todas las preguntas que pensó y exigió saber:

—¿Por qué me querías aquí?

—Para abrir las Fisuras.

Ella sintió que se le congelaba la sangre.

—No puedo.

—¿No puedes? —la voz helada se deslizó como serpiente por el interfono—. Tú eres Astrogénita y tienes el Cuerno atado a tu cuerpo y a tu poder. Tus ancestros usaron el Cuerno y otro objeto hada que les permitió entrar a este mundo. Robados, por supuesto, de sus amos originales, nuestra gente. Nuestra gente, que construyó a temibles guerreros en ese mundo para que se convirtieran en su ejército. Todos ellos eran prototipos para los ángeles en este mundo. Y todos ellos traicionaron a sus creadores y se unieron a las hadas para derrocar a mis hermanos y hermanas mil años antes de que llegáramos a Midgard. Mataron a mis hermanos.

La cabeza le daba vueltas.

—No entiendo.

—Midgard es una base. Abrimos las puertas a otros mundos para atraer a sus ciudadanos aquí; tantos seres poderosos, todos tan ansiosos por conquistar nuevos planetas. Sin darse cuenta de que nosotros somos *sus* conquistadores. Pero también abrimos las puertas para poder conquistar esos otros mundos. Las hadas, la Reina Theia y sus dos hijas tontas, se dieron cuenta de eso, aunque demasiado tarde. Su gente ya estaba aquí, y ella y las princesas se percataron de dónde habían escondido mis hermanos los puntos de acceso a su mundo —la rabia se extendía a través de cada una de sus palabras—. Tus ancestros Astrogénitos cerraron las puertas para evitar que invadiéramos su reino otra vez y les recordáramos quiénes son sus verdaderos amos. Y en el proceso, cerraron las puertas a todos los demás mundos, incluyendo las del Averno, sus aliados incondicionales. Y quedamos aquí atrapados. Desconectados del cosmos. Somos todo lo que queda de nuestra gente, aunque nuestros místicos debajo de este palacio llevan mucho tiempo buscando otros supervivientes, cualquier planeta donde pudieran estar ocultándose.

Bryce temblaba. El Astrónomo tenía razón sobre el grupo de místicos aquí.

—¿Por qué me estás diciendo esto?

—¿Por qué crees que te permitimos vivir esta primavera? Tú eres la llave para abrir las puertas entre los mundos nuevamente. Tú rectificarás los actos de una princesa ignorante de hace quince mil años.

—De ninguna manera.

—¿Tu pareja y tu hermano están aquí contigo, no?

—No.

Rigelus rio.

—Eres tan parecida a Danika... una mentirosa nata.

—Lo tomo como un cumplido —dijo y levantó la barbilla—. Tú sabías que ella ya los había descubierto.

—Por supuesto. Su búsqueda de la verdad empezó con el don de sabueso de sangre. No es un don de fortaleza en el cuerpo sino de *magía,* del tipo que los metamorfos no deben tener. Ella podía olfatear a otros metamorfos con poderes extraños.

Como Sofie. Y Baxian. Danika lo había encontrado mientras investigaba su linaje, ¿pero lo había olido también?

—Eso la instó a buscar la historia de su propio linaje, hasta la llegada de los metamorfos a este mundo, para saber de dónde provenían sus dones. Y eventualmente empezó a sospechar la verdad.

Bryce tragó saliva.

—Mira, ya hice toda la escenita del monólogo del villano con Micah en la primavera, así que sé breve.

Rigelus volvió a reír.

—Llegaremos a eso en un momento —continuó—. Danika se dio cuenta de que los metamorfos son hadas.

Bryce parpadeó.

—¿Qué?

—No de tu tipo de hada, por supuesto, tu especie vivía en una tierra verde, hermosa y rica en magia. Si te interesa, tu linaje Astrogénito específicamente proviene de una pequeña isla a unos kilómetros del continente. Y aunque el continente tenía toda suerte de climas, la isla existía en un crepúsculo hermoso y casi permanente. Pero sólo unos cuantos de todo tu mundo podían cambiar de sus formas humanoides a las formas animales. Los metamorfos de Midgard eran hadas de otro planeta. Todas las hadas en ese mundo compartían su forma con un animal. Los mer también descienden de ellos. Tal vez en algún momento compartieron un mundo con tu raza de hadas, pero llevaban mucho tiempo solos en su planeta y desarrollaron sus propios dones.

—Ellos no tienen orejas puntiagudas.

—Oh, los criamos para que desapareciera eso. Tomó unas cuantas generaciones.

Una isla en un crepúsculo casi permanente, el mundo original de *su* especie de hada... Una tierra de Atardecer.

—La Verdad sobre Atardecer —exhaló Bryce. No era sólo el nombre de esta habitación lo que Danika le había dicho a Sofie.

Rigelus no respondió y ella no sabía qué pensar de eso. Pero Bryce preguntó:

—¿Por qué mentirles a todos?

—¿Dos razas de hadas? ¿Ambas con mucha magia? Eran el alimento ideal. No podíamos permitir que se unieran en nuestra contra.

—Así que las orillaron a hacerse enemigas. Pusieron a las dos especies a pelear.

—Sí. Los metamorfos se olvidaron fácil y rápidamente de lo que habían sido antes. Gustosos se entregaron a nosotros e hicieron lo que les pedimos. Dirigieron nuestros ejércitos. Y lo siguen haciendo.

El Premier había dicho algo similar. Los lobos habían perdido lo que alguna vez fueron. Danika lo sabía. Danika *sabía* que los metamorfos habían sido hadas antes. Seguían siendo hadas... sólo que de otro tipo.

—¿Y el Proyecto Thurr? ¿Por qué estaba interesada Danika en eso?

—Thurr fue la última vez que alguien llegó tan lejos como Danika en su investigación sobre nosotros. No terminó bien para ellos. Supongo que ella quería aprender de los errores que habían cometido antes de actuar.

—Iba a decirle a todo el mundo lo que ustedes eran.

—Tal vez, pero sabía que lo tenía que hacer lentamente. Empezó con Ophion. Pero su investigación sobre los linajes y los orígenes de los metamorfos, su creencia en que habían sido un tipo de hada diferente, de otro mundo de hadas, era tan importante que ellos la pusieron en contacto con una de sus agentes más talentosas: Sofie Renast. Por lo que entiendo, Danika estaba *muy* intrigada con los poderes de Sofie. Pero, verás, Sofie también tenía su teoría. Sobre la energía. Lo que sus dones de pájaro de trueno percibían cuando usaba luzprístina. E incluso mejor para Danika: Sofie era desconocida. Danika llamaría la atención si estuviera investigando cosas, pero Sofie, que se veía como humana trabajando en los archivos, pasaba desapercibida fácilmente. Así que Danika la envió a aprender más, a investigar encubierta, como dicen ustedes.

Bryce había cometido un gran error viniendo a este lugar.

—Eventualmente uno de nuestros místicos nos notificó lo que había averiguado al meterse en la mente de uno de los miembros del Comando de Ophion. Así que investigamos un poco. Dirigimos a Micah hacia el sinte. Hacia Danika.

—No.

La palabra era un suspiro.

—¿Creías que Micah había actuado solo? Era un hombre burdo y arrogante. Lo único necesario fue un ligero empujón en la dirección que queríamos y él la mató por nosotros. No tenía idea de que era para nuestro beneficio, y las cosas se dieron como lo habíamos planeado: él eventualmente fue capturado y murió por alterar nuestra paz. Te agradezco por eso.

Bryce se puso de pie de la silla de un salto. Habían matado a Danika... para mantener todo esto en secreto. Los haría trizas.

—Puedes intentar correr —dijo Rigelus—. Si eso te hace sentir mejor.

Bryce no le dio una oportunidad de decir otra cosa y se teletransportó de regreso al nicho. El poder de Hunt estaba desapareciendo como una flama que se apagaba en su interior.

No había señal de Ruhn. Pero Hunt...

Estaba de rodillas. El casco del Umbra Mortis estaba en el suelo de piedra a su lado. Tenía las manos detrás de la cabeza, atadas con esposas gorsianas.

Tenía los ojos enloquecidos, suplicantes, pero Bryce no pudo hacer nada cuando sintió la piedra fría alrededor de sus propias muñecas y se encontró cara a cara con la sonriente Arpía.

74

Tharion corrió... o lo intentó. El mecatraje le bloqueaba la salida con una pistola gigante.

El piloto dentro sonrió.

—Es hora de freírte, pez.

—Qué ingenioso —dijo Tharion y saltó hacia atrás cuando el cañón-pistola disparó. Sólo quedó una pila humeante de cascajo en el concreto donde había estado parado.

—*¡Vete!* —volvió a rugir Cormac y el rifle de Pippa empezó a sonar.

Tharion volteó y alcanzó a ver al príncipe colapsarse de rodillas con un agujero enorme en el pecho.

Tenía que sacarlo de ahí. No lo podía dejar así, su recuperación terminaría siendo detenida con una decapitación. Pero si se quedaba, si no lo mataban de inmediato...

Tenía cuatro horas para llegar al agua. Los rebeldes se aprovecharían de eso y lo usarían en su contra. Y tal vez le había vendido su vida a la Reina Víbora, pero vivir sin sus aletas... No estaba listo para perder ese pedazo de su alma.

Los ojos de Cormac estaban encendidos y miró a Tharion fijamente con ese fuego en la mirada. *Corre*, decía esa mirada.

Tharion corrió.

El mecatraje a sus espaldas volvió a disparar y él rodó entre sus enormes piernas. El piloto disparó hacia sus pies y él corrió al agujero que había hecho el mecatraje en la pared. La luz del día brillaba entre todo el humo.

Esa correa que tenía en el pecho, la correa de la Reina Víbora, pareció susurrarle: *Llega al agua, estúpido bastardo, y luego regresa conmigo.*

Tharion miró hacia atrás y saltó por el agujero. El mecatraje avanzaba hacia Cormac. Pippa iba marchando a su lado, sonriendo triunfal.

Detrás de ellos, fila tras fila de mecahíbridos a medio construir estaban recostados. Esperando a ser activados para la masacre. Sin importar de qué lado lucharan.

Cormac logró levantar una mano ensangrentada para señalar detrás de Pippa. Ella se detuvo y giró para enfrentar a los cinco seres iluminados al final de ese espacio.

Los asteri. Oh, dioses. Habían venido.

Cormac no dio advertencia y estalló en una bola de fuego.

Pippa fue la primera en ser consumida por ella. Luego el mecapiloto, que se quemó vivo dentro de su traje.

Pero la esfera seguía creciendo, expandiéndose, rugiendo, y Tharion volvió a correr y no esperó a ver si eso podría, de alguna manera, contra toda predicción, matar a los asteri.

Corrió hacia el exterior, siguiendo el camino por donde lo llevaba esa correa de regreso al agua, a Valbara, evadiendo a los guardias lobo que ahora corrían al edificio. Las sirenas aullaban. Una luz blanca se extendió ondulante hacia el cielo... la rabia de los asteri.

Tharion salió de entre los árboles. Siguió corriendo hacia la costa. Tal vez tendría suerte y encontraría un vehículo antes... aunque tuviera que robarlo. O amenazar al conductor con una pistola a la cabeza.

Estaba a un kilómetro de distancia cuando todo el edificio explotó y se llevó con él a Cormac, los trajes y todos los rebeldes.

Agachado en el piso de la celda, el cuerpo de Ruhn sentía el dolor de la paliza que le habían dado. Mordoc lo había rodeado de necrolobos... no había sombras suficientes para que Ruhn se pudiera mantener oculto del sabueso de sangre, de todas maneras. Lo hubiera encontrado con su olfato inmediatamente.

¿Day lo había traicionado? ¿Fingiría estar capturada para que él viniera? Había estado tan ciego, tan estúpidamente *ciego*, y ahora...

La puerta a la celda muy por debajo del palacio de los asteri se abrió. Ruhn, encadenado a la pared con grilletes gorsianos, levantó la vista horrorizado y vio entrar a Bryce y Athalar, también con esposas gorsianas. La cara de su hermana estaba completamente blanca.

Athalar le enseñó los dientes a la Arpía cuando lo empujó al interior. Como Mordoc todavía estaba en el arco de la celda, sonriéndoles a los dos, Ruhn no dudaba que la Cierva también estuviera cerca, que ella sería la que se pondría a trabajar en sus cuerpos.

Ni Athalar ni Bryce se resistieron a sus captores mientras los encadenaban también a la pared. Bryce temblaba. Con miedo o rabia, eso Ruhn no lo sabía.

Miró a Mordoc a los ojos y dejó que el necrolobo viera justo con quién carajos se estaba metiendo.

—¿Cómo sabías que estaría aquí?

El capitán de los necrolobos se separó del arco donde estaba recargado, la violencia se podía distinguir en cada uno de sus movimientos.

—Porque Rigelus así lo planeó. Todavía no puedo creer que entraran aquí, justo a sus manos, maldito idiota.

—Vinimos a ayudar a los asteri —intentó Ruhn—. Estás equivocado.

Desde el rabillo del ojo, pudo sentir a Bryce intentando captar su atención.

Pero el rostro de Mordoc se retorció con cruel deleite.

—¿Ah, sí? ¿Ésa era la excusa que ibas a usar en el callejón? ¿O con los místicos? Se te olvida con quién estás hablando. Yo nunca olvido un olor —miró a Bryce y Hunt con desdén—. Los rastreé por todo Lunathion. Rigelus estaba encantado de escuchar sobre todas sus actividades.

—Pensé que tú le reportabas a la Cierva —dijo Athalar.

Los dardos de plata del cuello de Mordoc brillaron cuando se acercó.

—Rigelus tiene un interés especial en ustedes. Me pidió que investigara —olfateó de manera deliberada a Hunt—. Tal vez sea porque tu olor está mal, ángel.

Athalar gruñó:

—¿Qué carajos quiere decir eso?

Mordoc ladeó la cabeza para examinarlo con gesto incisivo.

—No hueles como ningún otro ángel que yo haya olido.

La Arpía puso los ojos en blanco y le dijo al capitán:

—Suficiente. Déjanos.

Mordoc frunció los labios.

—Debemos esperar aquí.

—*Déjanos* —dijo la Arpía con tono cortante—. Quiero empezar antes de que ella me arruine la diversión. Seguramente algo sabes de eso, si estás ocultándote de ella para informarle a Rigelus.

Mordoc se mostró irritado pero se fue con un gruñido profundo.

La mente de Ruhn se movía a toda velocidad. No deberían haber venido.

Mordoc *recordaba* su olor... y los rastreó todas estas semanas. Le había dado todas sus ubicaciones a Rigelus. Carajo.

La Arpía sonrió.

—Ha pasado algo de tiempo desde que jugué contigo, Athalar.

Hunt le escupió a los pies.

—Sólo acércate.

Ruhn sabía que estaba intentando evitar que ella se dirigiera a Bryce. Comprándoles un poco de tiempo en lo que pensaba cómo podrían salirse de este mierdero. Ruhn vio a Bryce y su mirada de pánico.

Ella no se podía teletransportar debido a las esposas gorsianas. ¿Cormac podría regresar? Él era su única alternativa para salirse de estas cadenas y para sobrevivir. ¿Dec habría visto la captura? Aunque así fuera, no había refuerzos que mandar.

La Arpía sacó un cuchillo corto y letal. El tipo de cuchillo tan preciso que podía cortar la piel de los sitios más delicados. Lo hizo girar en su mano y se mantuvo fuera del alcance de Athalar, incluso con las cadenas. Miró a Ruhn. El odio le encendió la mirada.

—¿No eres tan valiente ahora, eh, principito? —preguntó. Asintió en dirección a su entrepierna—. ¿Sabes cuánto tiempo le toma a un hombre que vuelvan a crecerle los testículos?

Un miedo puro lo recorrió entero.

Bryce siseó:

—Mantén tus putas manos lejos de él.

La Arpía rio.

—¿Te molesta, princesa, ver cómo maltratamos a tus hombres? —se acercó a Ruhn y él no pudo hacer nada mientras ella le recorría la mejilla con la parte plana del cuchillo—. Tan bonito —murmuró y sus ojos se encendieron como el Averno más negro—. Será una pena arruinar esta belleza.

Hunt gruñó.

—Ven a jugar con alguien interesante.

—Sigues siendo el bastardo noble —dijo la Arpía y recorrió la otra mejilla de Ruhn con el cuchillo. Si se acercaba lo suficiente, podría intentar arrancarle la garganta con los dientes, pero era demasiado cautelosa. Se mantenía a una distancia prudente—. Estás tratando de distraerme para que no lastime a los demás. ¿No recuerdas cómo hice pedacitos a tus soldados a pesar de tus súplicas?

Bryce tiró de las cadenas intentando lanzarse hacia ella y el corazón de Ruhn se resquebrajó cuando ella gritó:

—*¡Aleja tus putas garras de él!*

—Escucharte gritar mientras trabajo con mi cuchillo será un deleite —dijo la Arpía y deslizó el cuchillo hacia la base del cuello de Ruhn.

Iba a doler. Iba a doler pero, por su sangre vanir, no moriría... no todavía. Seguiría sanando mientras ella lo rebanaba.

—¡*QUE LO DEJES!* —aulló Bryce. Un rugido primitivo envolvía todas las palabras. Lo más hada que había escuchado a su hermana.

La punta del cuchillo perforó el cuello de Ruhn. Sólo un poco. El dolor y el ardor se extendieron. Él se metió dentro de sí mismo, profundamente, al sitio donde siempre huía de los malos tratos de su padre.

Habían entrado aquí tan tontamente, habían sido tan ciegos...

La Arpía inhaló y tensó sus músculos para clavar el cuchillo.

Algo dorado y rápido como el viento chocó contra ella y la tiró al piso.

Bryce gritó, pero todo el ruido, todos los pensamientos de la mente de Ruhn desaparecieron cuando un olor familiar y hermoso le llegó. Y cuando vio a la mujer que se puso de pie de un salto y que ahora era un muro entre él y la Arpía.

La Cierva.

75

—Maldita *puta* —escupió la Arpía y se puso de pie para desenfundar una espada larga y afilada.

Ruhn no podía moverse del piso y vio a la Cierva desenvainar su propia espada. Mientras su olor seductor flotaba en dirección a él. Un olor que de alguna manera estaba entrelazado con el de él. Era muy tenue, como una sombra, tan vago que dudaba que alguien más pudiera darse cuenta de que el olor de debajo le pertenecía a él.

Y su olor le había resultado familiar desde el principio porque Hypaxia era su media hermana. Los vínculos familiares no mentían. Se había equivocado al decir que ella era de la Casa de Cielo y Aliento, pues la Cierva podía reclamar total lealtad a la Casa de Tierra y Sangre.

—Lo sabía. Siempre lo *supe* —dijo la Arpía con desdén y un estremecimiento de las alas—. Perra traicionera.

No podía ser.

No... no podía ser.

Bryce y Hunt estaban petrificados por la sorpresa.

Ruhn susurró:

—¿Day?

Lidia Cervos miró por encima de su hombro. Y dijo con calma silenciosa en un tono de voz que él conocía como el latido de su propio corazón, una voz que nunca la había oído utilizar como la Cierva:

—Night.

—Los asteri te harán pedazos y alimentarán contigo a los necrolobos —canturreó la Arpía con la espada preparada—. Y yo los voy a ayudar a hacerlo.

La mujer de cabello dorado, Lidia, *Day*, se limitó a decirle a la Arpía:

—No si yo te mato antes.

La Arpía atacó. La Cierva estaba esperándola.

La espada chocó con la espada y Ruhn sólo podía observar cómo la metamorfa esquivaba y bloqueaba el ataque del ángel. Su espada brillaba como mercurio y cuando la Arpía le propinó otro golpe que podía romperle los huesos, una daga apareció en la otra mano de Lidia.

La Cierva cruzó la daga y la espada para recibir el golpe y luego usó el movimiento de la Arpía para patear su estómago expuesto. La Arpía cayó en un montón de alas y cabello negro, pero se puso de pie en un instante y empezó a dar vueltas alrededor de Lidia.

—Pienso que los asteri permitirán que Pollux haga lo que quiera contigo.

Una risa amarga y cruel.

Pollux, el hombre que... Un sonido ardiente y furioso estalló en la cabeza de Ruhn.

—Pollux también tendrá su merecido —dijo la Cierva entre dientes y bloqueó el ataque con un giro sobre sus rodillas de manera que terminó detrás de la Arpía. La Arpía se volteó y bloqueó el golpe, pero retrocedió y quedó un paso más cerca de Ruhn.

Sus espadas volvieron a chocar. La Arpía presionaba. Los brazos de la Cierva se esforzaban, los músculos fuertes de sus muslos se alcanzaban a notar a través de sus ajustados pantalones blancos mientras ella se impulsaba hacia arriba, arriba para ponerse de pie. Mantuvo las botas negras plantadas... la posición de la Arpía no era ni por mucho tan firme como la de ella.

Los ojos dorados de Lidia se deslizaron hacia los de él. Asintió ligeramente. Una orden.

Ruhn se agachó y se preparó.

—Basura mentirosa —dijo la Arpía furiosa y perdió otro par de centímetros. Sólo un poco más—. ¿Cuándo te convirtieron?

Ruhn sintió que su corazón se aceleraba.

Las dos mujeres chocaron y se separaron con habilidad aterradora y luego volvieron a chocar.

—Puedo ser mentirosa —gruñó con una sonrisa salvaje—, pero al menos no soy tonta.

La Arpía parpadeó y la Cierva la empujó otro par de centímetros.

Justo donde ya la alcanzaba Ruhn.

Ruhn tomó el tobillo de la Arpía y *jaló*. El ángel gritó y cayó de nuevo con las alas abiertas.

La Cierva atacó.

Rápida como cobra, Lidia clavó la espada en la parte superior de la columna de la Arpía. Le atravesó el cuello. La punta de su espada chocó con el piso antes de que el cuerpo de la Arpía lo hiciera.

La Arpía trató de gritar, pero la Cierva había inclinado el golpe de forma que le cortara las cuerdas vocales. En el siguiente golpe, clavó la daga con la que bloqueaba en la oreja de la Arpía y hacia la nuca. Un movimiento más y su cabeza se separó y rodó.

Y luego silencio. Las alas de la Arpía aún se movían.

Ruhn levantó lentamente su mirada hacia la Cierva.

Lidia estaba parada sobre él, salpicada de sangre. Cada una de las líneas del cuerpo que él había visto y sentido estaba tensa. Alerta.

Hunt exhaló:

—¿Eres una doble agente?

Pero Lidia se puso en movimiento. Tomó las cadenas de Ruhn y las abrió con una llave de su uniforme imperial.

—No tenemos mucho tiempo. Tienen que salir de aquí.

Había jurado que no vendría por él si se metía en problemas. Pero aquí estaba.

—¿Esto era una trampa? —exigió saber Bryce.

—No del tipo que estás pensando —dijo Lidia. Como la Cierva, siempre mantenía su voz grave y suave. La voz de

Day, la voz de *esta* persona, sonaba más aguda. Se acercó lo suficiente al liberar los pies de Ruhn para que él la pudiera oler de nuevo—. Intenté advertirte que yo creía que Rigelus *quería* que vinieras aquí, que él sabía que lo harías pero... fui interrumpida —por Pollux—. Para cuando pude volver a buscarte, me quedó claro que sólo los que estábamos en el triarii de Sandriel sabíamos sobre el plan de Rigelus, y que Mordoc había estado proporcionándole información sobre lo que hacían. Advertirles hubiera significado delatarme.

Hunt frunció el ceño y Ruhn se quedó viendo a la Cierva.

—Y eso no lo podíamos permitir —dijo el ángel.

Mordoc... ¿cómo era posible que el sabueso de sangre no hubiera detectado el ligero cambio en el olor de Lidia? ¿En el de Ruhn? ¿O sí lo había detectado y sólo estaba esperando el mejor momento para atraparlos?

Lidia miró a Hunt molesta y no se retractó mientras empezó a quitarle las cadenas a Bryce.

—Hay muchas cosas que no entiendes.

Era tan hermosa. Y completamente desalmada.

Me recuerdas que estoy viva, le había dicho a él.

—Tú mataste a Sofie —siseó Bryce.

—No —dijo Lidia y negó con la cabeza—. Llamé al buque-ciudad para que fueran a rescatarla. Llegaron demasiado tarde.

—¿Qué? —dijo Athalar sin pensar.

Ruhn parpadeó y la Cierva sacó la roca blanca de su bolsillo.

—Éstas son piedras comunicadoras... como faros. La Reina del Océano las encantó. Llaman al buque-ciudad que esté más cerca cuando caen al agua. Sus místicos perciben cuando los barcos pueden ser necesitados en algún área y las piedras se usan como un método preciso de localización.

Había hecho lo mismo ese día en Ydra también. Había llamado al buque que los salvó.

—Sofie se ahogó por tu culpa —gruñó Ruhn y su voz sonó como grava—. Has matado gente con tus manos...

—Hay tantas cosas que debo decirte, Ruhn —dijo ella con suavidad y escuchar su nombre en esa lengua...

Pero Ruhn apartó la mirada. Podría jurar que la Cierva se había encogido un poco.

No le importó. Hunt le preguntó a Bryce.

—¿Averiguaste la verdad?

Bryce palideció.

—Sí. Yo...

Se escucharon pasos al fondo del pasillo. Lejos, pero se estaban acercando. La Cierva se quedó inmóvil.

—Pollux.

Su oído debía ser mejor que el de él. O ella reconocía la cadencia de los pasos de ese bastardo tan bien que podía identificarlo a la distancia.

—Tenemos que hacer que esto se vea real —le dijo a Bryce, a Ruhn, en voz baja. Suplicante. Completamente desesperada—. Las líneas de información *no* se pueden romper —se le cortó la voz—. ¿Entienden?

Bryce sí, aparentemente. Sonrió con satisfacción.

—No debería disfrutar esto tanto.

Antes de que Ruhn pudiera reaccionar, su hermana le dio un puñetazo en la cara a la metamorfa que la tiró al suelo. Él gritó y los pasos en el pasillo empezaron a correr.

Bryce saltó sobre la Cierva con los puños al aire y la sangre de la Arpía en el piso las manchó a ambas por todas partes. Hunt luchaba contra sus cadenas y Ruhn se puso de pie y se abalanzó hacia las mujeres...

Pollux apareció en la puerta.

Miró a la Arpía muerta, a Bryce ensangrentada y a la Cierva debajo de ella, siendo golpeada, vio a Ruhn avanzando y sacó su espada.

Ruhn podría jurar que la Cierva le había susurrado algo a Bryce al oído antes de que Pollux la tomara del cuello para quitarla de encima de la otra mujer.

—Hola, princesa —canturreó el monstruo.

Hunt se quedó sin palabras en la cabeza al ver al hombre que odiaba más que a cualquier otro tomar a su pareja del cuello. La sostuvo sobre el piso de manera que las puntas de sus zapatos se arrastraban en las rocas ensangrentadas.

—Mira lo que le hiciste a mi amiga —dijo Pollux con esa voz muerta y desalmada—. Y a mi amante.

—Te haré lo mismo a ti —logró decir Bryce mientras pateaba a ciegas.

—*Bájala de una puta vez* —gruñó Hunt.

Pollux lo miró con desprecio y no hizo nada.

La Cierva había logrado retirar su espada del cuerpo de la Arpía y apuntarla a Ruhn.

—Contra la pared o ella muere.

Su voz era inexpresiva y grave, como Hunt siempre la había escuchado. Nada parecido al registro más suave y agudo de unos momentos antes.

La agente Daybright no necesitaba que la salvaran, después de todo. Y la Cierva... La mujer que Hunt había visto marchar por el mundo de manera tan despiadada...

Era una rebelde. Los había salvado aquel día en las aguas de Ydra al llamar al buque con la piedra comunicadora. No había sido la luz de Bryce. *Recibimos su mensaje*, les habían dicho.

Ruhn se veía como si hubiera recibido un golpe en el estómago. En el alma.

Pero Pollux al fin bajó a Bryce al piso y la abrazó por la cintura mientras le sonreía a Hunt. Olfateó el cabello de Bryce. Hunt veía negro de la furia y Pollux dijo:

—Esto va a ser tan satisfactorio.

Bryce temblaba. Ella lo sabía... Sin importar cuál fuera la verdad sobre los asteri, sobre todo esto, ella lo sabía. Tenían que sacarla, para que la información no muriera aquí.

Para que ella no muriera aquí.

Los siguientes minutos fueron un remolino. Los guardias llegaron. Hunt fue puesto de pie y encadenaron a

Bryce a su lado. Ruhn al otro. La Cierva iba caminando detrás de Pollux mientras iban de los calabozos hacia los elevadores.

—Sus Gracias los esperan —dijo la Cierva con un tono tan helado que incluso Hunt lo creyó y se preguntó si se habría imaginado a esta mujer ayudándolos. Si se había imaginado que ella arriesgaba todo para salvar a Ruhn de la Arpía.

Por la manera en que Ruhn la miraba, Hunt sólo podía imaginarse lo que el príncipe estaba pensando.

Entraron al elevador. La Cierva y Pollux los miraban. El Martillo le sonrió a Hunt.

Si pudieran matar a Pollux... Pero había cámaras en este elevador. En los pasillos. La Cierva quedaría delatada.

Bryce seguía temblando a su lado. Él le tomó los dedos y los sintió pegajosos por la sangre. Era todo el movimiento que le permitían sus cadenas.

Intentó no mirar hacia abajo cuando sintió las cadenas de Bryce. Las esposas estaban sueltas. Abiertas. Lo único que las estaba sosteniendo eran los dedos de ella. La Cierva no las había cerrado. Bryce miró a Hunt. Una mirada dolida y llena de amor.

La Cierva también lo sabía. Que Bryce, con la información que poseía, tenía que escapar.

¿Qué estaba planeando la Cierva? ¿Le había susurrado un plan a Bryce al oído?

Pero Bryce no dijo nada. Sólo le sostuvo la mano... por última vez. Se dio cuenta cuando el elevador subió disparado por el palacio de cristal.

Estaba sosteniendo la mano de su pareja por última vez.

Ruhn se quedó mirando a la mujer que pensaba que conocía. Su rostro impasible y hermoso. Sus ojos dorados y vacíos.

Era una máscara. Había visto su rostro real hacía unos momentos. Había unido su cuerpo y alma a los de ella hacía unos días. Sabía qué fuego ardía ahí.

Night.

Su voz era una súplica suave y distante en su mente. Como si Lidia estuviera intentando encontrar una manera de vincular sus pensamientos de nuevo, como si el cristal en su bolsillo hubiera vuelto a crear un camino. *Night.*

Ruhn no hizo caso a la voz suplicante. La manera en que se entrecortaba al decir: *Ruhn.*

Él fortificó los muros de su mente. Ladrillo por ladrillo. *Ruhn.* Lidia golpeó los muros.

Así que él los envolvió en hierro. Con acero negro.

Pollux le sonrió. Deslizó una mano alrededor de la garganta ensangrentada de la Cierva y la besó debajo de la oreja.

—¿Te gusta cómo se ve mi amante, principito?

Algo letal se liberó en él al ver esa mano sobre su cuello. La manera en que apretaba, el ligero destello de dolor en los ojos de Lidia...

La había lastimado. Pollux la había lastimado, una y otra vez, y ella se había sometido voluntariamente para poder seguir dándoles información a los rebeldes. Había soportado a un monstruo como Pollux por esto.

—Tal vez les demos un espectáculo antes del fin —dijo Pollux y lamió el cuello de Lidia y limpió la sangre que tenía salpicada.

Ruhn enseñó los dientes en un gruñido silencioso. Lo mataría. Lenta y completamente, castigándolo por cada vez que la había tocado, cada mano que había puesto sobre Lidia para provocarle dolor y tormento.

No tenía idea de dónde lo dejaba eso. Por qué quería y necesitaba de ese muro cubierto de acero entre él y Lidia aunque su sangre aullaba con deseos de asesinar a Pollux. Cómo podía odiarla y necesitarla y sentirse atraído por ella todo al mismo tiempo.

Pollux rio contra la piel de Lidia y luego se alejó. Ella sonrió fríamente. Como si todo esto no significara nada, como si ella no sintiera nada.

Pero la voz contra los muros de su mente gritó: *¡Ruhn!*

Golpeó contra el acero negro y la roca, una y otra vez.

Su voz volvía a resquebrajarse: ¡*Ruhn!*

Ruhn la dejó fuera.

Ella había cobrado incontables vidas... pero había trabajado para salvarlas también. ¿Eso cambiaba algo? Él sabía que Day era alguien de los altos niveles... había sido un tonto al pensar que alguien con ese nivel de acceso a los asteri sería alguien libre de complicaciones. Pero que fuera ella... ¿Qué demonios decía eso sobre él, que era capaz de sentir lo que sentía por alguien como *ella*?

Su aliada era su enemiga. Su enemiga era su amante.

Se concentró en la sangre que estaba salpicada sobre ella.

Lidia tenía tanta sangre en las manos que no habría manera de lavarla nunca.

Bryce sabía que nadie vendría a salvarlos. Sabía que era probablemente su culpa. Apenas podía soportar sentir los dedos de Hunt junto a los de ella mientras avanzaban por el largo pasillo de cristal. No podía soportar lo pegajoso de la sangre de la Arpía conforme se iba secando sobre su piel.

Nunca había visto un pasillo tan largo. Un ventanal se extendía a uno de los lados, con vista a los jardines del palacio y a la ciudad antigua al fondo. Al otro lado, había bustos de los asteri en sus diversas formas que les hacían muecas de desagrado desde lo alto de sus pedestales.

Sus amos. Sus gobernantes supremos. Los parásitos que los habían atraído a todos a este mundo. Que se habían alimentado de ellos durante quince mil años.

Rigelus no le hubiera dicho tanto si planeara volver a liberarla.

Ella deseó haber llamado a su madre y Randall. Deseó poder oír sus voces sólo una vez más. Deseó haber arreglado las cosas con Juniper. Deseó haberse quedado oculta y haber vivido una vida normal, feliz y larga al lado de Hunt.

Pero no hubiera sido normal. Hubiera sido una ignorancia conformista. Si tenían hijos... su poder algún día sería utilizado para proveer de energía estas ciudades y a los monstruos que las gobernaban.

El ciclo tenía que terminar en alguna parte. Otros mundos habían logrado derrocarlos. El *Averno* había logrado echarlos.

Pero Bryce sabía que ella y Hunt y Ruhn no serían quienes le pusieran un alto al ciclo. Esa tarea se la dejarían a otros.

Cormac continuaría la lucha. Tal vez Tharion e Hypaxia e Ithan retomarían la causa. Tal vez Fury también.

Dioses, ¿Jesiba sabía? Ella había conservado los libros restantes de Parthos... sabía que los asteri desearían borrar la narrativa que contradecía su historia autorizada. Así que Jesiba *tenía* que saber qué tipo de seres gobernaban aquí, ¿no?

La Cierva condujo a su grupo por el pasillo y Pollux venía atrás. En el fondo muy, muy distante, Bryce alcanzaba a distinguir un pequeño arco.

Una Puerta de cuarzo.

Bryce sintió que se le helaba la sangre. ¿Rigelus planeaba que ella la abriera como una especie de prueba antes de abrir las Fisuras?

Lo haría. Rigelus tenía a Hunt y Ruhn entre sus garras. Ella sabía que su pareja y su hermano le dirían que sus vidas no lo valían, pero... ¿acaso no lo valían?

La Cierva dio la vuelta cuando habían avanzado una tercera parte del pasillo, hacia un par de enormes puertas abiertas.

Siete tronos sobre una plataforma al fondo de ese espacio cavernoso de cristal. Todas las sillas salvo una estaban vacías. Y el trono del centro, el ocupado... brillaba, lleno de luzprístina. Alimentando directamente al ser ahí sentado.

Algo feroz abrió un ojo en el alma de Bryce. Y gruñó.

—Supongo que estás complacida de agregar otro ángel a tu lista de muertes ahora que mataste a la Arpía —dijo la Mano Brillante de los asteri a Bryce. Miró la sangre que se secaba sobre ella—. Espero que estés preparada para pagar por ello.

76

Hunt vio sus alas cortadas y montadas en la pared muy por encima de los tronos de los asteri.

Las alas blancas e impecables de Shahar estaban expuestas sobre las de él, brillantes aun después de todos estos siglos, justo al centro de todas. Las de Isaiah estaban a la izquierda de las de Hunt. Tantas alas. Tantos Caídos. Todos conservados aquí.

Él sabía que los asteri las habían guardado. Pero verlas...

Era una prueba de su fracaso. Una prueba de que nunca debió haber regresado aquí, que debieron haberle dicho a Ophion y a Tharion y a Cormac que se fueran al carajo...

—Te hice un favor al matar a la Arpía —le dijo Bryce a Rigelus, quien la veía con ojos sin vida. Al menos no estaban los otros cinco—. Era una aburrida.

Hunt parpadeó y vio a su pareja salpicada de sangre. Sus ojos brillaban como carbones ardientes, desafiantes y furiosos. Ella también había visto sus alas.

Rigelus recargó su barbilla delgada sobre el puño y apoyó el codo huesudo en el trono. Había adoptado la forma de un chico hada de unos diecisiete años, de cabello oscuro y cuerpo larguirucho. Una fachada débil para disimular el antiguo monstruo en su interior.

—¿Quieres intercambiar más comentarios ingeniosos, señorita Quinlan, o podemos llegar a la parte donde te ordeno que confieses los nombres de tus aliados?

Bryce sonrió y Hunt nunca la había amado más. Del otro lado, Ruhn veía entre los asteri y su hermana, como si estuviera intentando formular un plan.

Hunt detectó un olor familiar y volteó a sus espaldas, y vio entrar a Baxian y Mordoc. Caminaron hacia el sitio donde la Cierva y el Martillo estaban junto a las columnas. Bloqueando la salida.

Rigelus sabía de su misión aquí antes de que ellos siquiera llegaran a las costas de Pangera... incluso antes de que salieran. Mordoc había rastreado sus olores con su don de sabueso de sangre por toda la ciudad y había marcado cada ubicación y la reportaba directamente a la Mano Brillante.

Y Hunt había dejado su teléfono en Lunathion, por miedo a que lo rastrearan acá. Baxian no podría haberle advertido aunque hubiera tenido la intención de arriesgarse a hacerlo.

Hunt miró a Baxian. El hombre no le reveló nada. Ni una señal de reconocimiento.

¿Su confesión habría sido una trampa? ¿Un engaño largo para hacer que se presentaran aquí?

Bryce le habló a Rigelus y atrajo la atención de Hunt:

—No hay nadie más. Pero hablemos sobre cómo ustedes son parásitos intergalácticos que nos engañan para que hagamos el Descenso y así poderse alimentar de nuestra luzprístina. Y luego alimentarse de la luzsecundaria de nuestras almas cuando morimos.

Hunt se quedó inmóvil. Podría haber jurado que alguien a sus espaldas, Baxian o la Cierva, tal vez, se sobresaltaban.

Rigelus rio con un resoplido.

—¿Ésta es tu manera de decirles a tus compañeros lo que averiguaste?

Bryce no apartó la mirada.

—Sí, lo es. Junto con el hecho de que si destruimos ese núcleo de luzprístina debajo de este palacio...

—Silencio —siseó Rigelus y la habitación tembló con su poder.

Pero la mente de Hunt daba vueltas. Los asteri, la luzprístina... Bryce lo miró y sus ojos seguían ardiendo con rabia y decisión. Hay más, parecía decir. Tanto más que se podía usar en contra de los asteri.

Rigelus apuntó a Ruhn.

—Estoy seguro de que tú podrías iluminarme acerca de quién los ha estado ayudando. Sé sobre el príncipe Cormac, tenía la esperanza de que sus actividades rebeldes nos resultaran útiles algún día. Cuando nos enteramos de su traición, los demás quisieron matarlo de inmediato, pero yo pensé que sería... valioso ver a dónde y con quién nos conducía. Un príncipe de las hadas sin duda terminaría alrededor de otros vanir poderosos, tal vez incluso intentaría reclutar a algunos, y así podríamos extraer la corrupción entre nuestros súbditos más leales. ¿Así que por qué matar a un traidor cuando eventualmente podríamos matar a muchos? Pero ya está muerto. Ahí es donde están mis otros hermanos, atraídos al laboratorio como sin duda ustedes esperaban. Pero me informaron que había otro hombre con el príncipe y él huyó.

Bryce hizo un sonido grave con la garganta.

Rigelus volteó a verla.

—Oh, sí. Cormac se incineró a sí mismo y al laboratorio. Es un retraso importante, considerando lo útil que era él, pero lo superaremos, por supuesto. En especial porque Pippa Spetsos está entre los muertos.

Al menos Tharion había escapado sin ser identificado.

—Tal vez llamemos a tu padre para que nos ayude con el interrogatorio —continuó diciéndole Rigelus a Ruhn, aburrido y frío—. Era tan hábil con su fuego para sacarte cosas cuando eras niño.

Ruhn se tensó.

Hunt miró las facciones salpicadas de sangre de Bryce. Sólo en otra ocasión había visto ese nivel de furia en su rostro. No hacia Rigelus, sino hacia el hombre que la había engendrado. Era la misma rabia que vio el día que ella mató a Micah.

—¿No eran para eso todos los tatuajes? —continuó Rigelus—. ¿Para ocultar las cicatrices que él te provocó? Me temo que tendremos que arruinar algunos tatuajes esta vez.

Por el puto Averno. Los labios de Bryce se veían blancos por tanto apretarlos. Tenía los ojos brillantes con todas las lágrimas no derramadas.

Ruhn miró a su hermana y dijo suavemente:

—Trajiste una gran dicha a mi vida, Bryce.

Tal vez sería el único adiós que podrían tener.

Hunt buscó los dedos de Bryce, pero ella dio un paso al frente. Levantó la barbilla con esa mirada desafiante y de mandar a todos al carajo que tanto amaba.

—¿Quieren que les abra un portal? Bien. Pero sólo si los dejan ir y juran nunca volverlos a lastimar. Nunca.

La sangre de Hunt se heló.

—¿Por eso nos trajeron acá? —le preguntó al asteri, aunque rugía con indignación por la oferta de Bryce.

Rigelus dijo:

—No podía llevármelos de la calle. No a una figura tan popular y pública. No sin levantar los cargos para traerlos —esbozó una sonrisa de burla a Bryce—. Tu amigo Aidas se decepcionará mucho cuando sepa que no puedes distinguir entre el verdadero Príncipe de las Profundidades y yo. Es muy vanidoso con eso.

Hunt se sorprendió, pero Bryce estaba furiosa.

—Fingiste ser Aidas esa noche.

—¿Quién más podría haber pasado por todos los hechizos de protección que tienes en tu departamento? Ni siquiera dudaste cuando te apuntó en actividades rebeldes. Aunque supongo que el crédito me pertenece... me salió muy bien su indignación sobre Theia y Pelias, ¿no crees?

Carajo. Rigelus había anticipado todos sus movimientos.

El asteri continuó:

—Y ni siquiera investigaste mucho sobre los segadores que te envié desde aquí para provocarte. El Sector de los

Huesos fue un terreno de prueba para que conocieras tu verdadero poder, ¿sabes?... ya que parecías estar muy poco interesada en él todo el verano. Debías afinar tus poderes para que los pudiéramos poner en uso. Hiciste justo lo que necesitábamos.

Hunt apretó los dedos para formar puños. Debió haberlo visto, debió haber alejado a Bryce de todo esto, se la debería haber llevado a la primera señal de problemas a un sitio donde nadie los pudiera encontrar jamás.

Pero estaban en Midgard. No importaba a dónde fueran, no importaba qué tan lejos de Lunathion o de la Ciudad Eterna estuvieran, los asteri siempre los encontrarían.

Rigelus suspiró dramáticamente ante su silencio asombrado.

—Todo esto parece muy familiar, ¿no? Una reina astrogénita que se alió con un príncipe del Averno. Que confió en él profundamente y terminó pagando el precio.

Hunt se controló lo suficiente para hacer un movimiento con la cabeza en dirección al séptimo trono, siempre vacío.

—El Averno sí lo logró con uno de ustedes, creo.

El cuerpo de Rigelus se encendió de ira, pero su voz permaneció sedosa:

—Tengo ilusión de volver a enfrentarme a Apollion. Mordoc sospechaba que el Astrófago había estado intentando capturar la atención de ustedes en estas semanas... para impulsarlos en otra dirección.

Entonces, uno de los príncipes del Averno era falso y el otro verdadero. Apollion en verdad había enviado a sus acosadores de la muerte, probablemente para poner a prueba los poderes de Bryce, justo como también deseaba Rigelus, y los de Hunt. Y lo deseaba tanto que estuvo dispuesto a arriesgarse a que ella muriera si no estaba a la altura de la misión.

Pero ella se había teletransportado esa noche. Había usado esa habilidad para derrotar a los acosadores de la muerte. Había empezado a comprender el don y progresó a toda velocidad desde entonces. Literalmente.

Apollion debió haber sabido que ella necesitaría esas habilidades. Tal vez para este preciso momento.

Las cadenas gorsianas en las muñecas de Bryce no estaban cerradas. Si ella se las quitaba, podría irse. Si la Cierva de alguna manera le pudiera quitar las cadenas a *él*, bloquearía a los asteri y Bryce podría seguir corriendo.

Hunt dijo, en un último intento:

—Estás diciendo mentiras y Mordoc debería revisarse la nariz. No somos rebeldes. Celestina puede comprobarlo.

Rigelus rio y Hunt se molestó visiblemente.

—¿Celestina? ¿Quieres decir la arcángel que me informó que habías mentido sobre la visita a la familia de la señorita Quinlan hace unas semanas y que luego me informó de inmediato cuando te vio salir de las barracas cargando todo un arsenal?

Las palabras lo golpearon como un puñetazo fantasma en el estómago.

El amor es una trampa, le había dicho Celestina. ¿Ésta era su manera de proteger lo que amaba? ¿Demostrando su confiabilidad a los asteri entregándoles a Hunt y sus amigos para que reaccionaran más suavemente si se enteraban de Hypaxia? ¿Tenía idea de que la bruja que amaba estaba involucrada?

Rigelus pareció leer esas preguntas en el rostro de Hunt, porque dijo:

—Ella tal vez fuera amiga de Shahar antes, Orión, pero con tantas cosas personalmente en riesgo para ella, no es tu amiga. Al menos, no cuando se trata de proteger a quienes ella más quiere.

—¿Por qué estás haciendo esto? —preguntó Ruhn con voz ronca.

Rigelus frunció el ceño disgustado.

—Es una cuestión de supervivencia —le lanzó una mirada a Bryce—. Aunque la primera tarea de Bryce será un tema... personal, creo.

—Vas a atacar el Averno —exhaló Hunt. ¿Eso sería lo que Apollion estaba anticipando? ¿Por eso les repetía, una y otra vez, que los ejércitos del Averno se estaban preparando?

No para atacar este mundo, sino para defender al mismo Averno. Para aliarse con quien le hiciera frente a los asteri.

—No —dijo Rigelus—. Ni siquiera el Averno está en el primer lugar de la lista de nuestras venganzas pendientes —de nuevo, le esbozó esa sonrisa a Bryce—. La estrella en tu pecho, ¿sabes lo que es?

—Asumamos que no sé nada —dijo Bryce con tono sombrío.

Rigelus ladeó la cabeza.

—Es un faro dirigido al mundo de donde provienen las hadas originalmente. A veces brilla cuando está más cerca de las hadas que tienen linajes puros de ese mundo. El príncipe Cormac, por ejemplo.

—Brilló para Hunt —lo contradijo Bryce.

—También brilla para aquellos que eliges como tus compañeros leales. Caballeros de armas.

—¿Y qué? —dijo Bryce con tono de exigencia.

—Así que esa estrella nos llevará de regreso a ese mundo. A través de ti. Ellos echaron a nuestros hermanos que alguna vez gobernaron allá... no lo hemos olvidado. Nuestro intento inicial de vengarnos fue frustrado por tu ancestro que también tenía la estrella en el pecho. Las hadas todavía no han pagado por las muertes de nuestras hermanas y hermanos. Su mundo natal era rico en magia. Quiero más de él.

Bryce tembló, pero el corazón de Hunt se resquebrajó cuando ella se paró erguida y dijo:

—Mi oferta sigue en pie. Si ustedes dejan que Hunt y Ruhn se vayan libremente y prometen no hacerles daño, nunca, yo los ayudaré.

—Bryce —le suplicó Ruhn, pero Hunt sabía que no tenía caso discutir con ella.

—Está bien —dijo Rigelus y sonrió. El triunfo se notaba en cada una de las líneas de su cuerpo delgado—. Pueden despedirse, como una muestra de gratitud por tu ayuda.

Bryce volteó a ver a Hunt y el terror y dolor y pesar en su cara salpicada de sangre casi lo hizo caer de rodillas. Le pasó las manos encadenadas alrededor de la cabeza y la acercó a él. Le susurró al oído. Los dedos de ella apretaron su camisa, como en confirmación silenciosa.

Así que Hunt retrocedió. Vio la cara hermosa de su pareja por última vez.

Rio suavemente, un sonido de asombro fuera de lugar en la sala del trono de cristal y los monstruos que ahí vivían.

—Te amo. Desearía habértelo dicho más. Pero te amo, Quinlan, y... —se le cerró la garganta, le ardieron los ojos. Le besó la frente—. Nuestro amor es más fuerte que el tiempo, más grande que cualquier distancia. Nuestro amor abarca estrellas y mundos. Te volveré a encontrar. Te lo prometo.

La besó y ella se estremeció y lloró en silencio mientras movía la boca contra la de él. Él disfrutó la calidez y el sabor de ella, los grabó en su corazón.

Luego dio un paso atrás y Bryce enfrentó a Ruhn.

No podía hacer esto.

Su corazón estaba rompiéndose; sus huesos gritaban que esto estaba *mal, mal, mal*.

No podía abandonarlos. No podía hacer lo que Hunt le había susurrado.

Se colgó de su hermano, incapaz de detener sus sollozos. Pero sintió un pequeño peso caer en su bolsillo.

Ruhn le dijo al oído:

—Le mentí al Rey del Otoño sobre lo que me dijo el Oráculo de niño —ella se quedó inmóvil. Ruhn continuó, con rapidez y urgencia—: El Oráculo me dijo que la línea real terminaría conmigo. Que yo soy el último de la línea, Bryce —ella trató de apartarse para mirarlo, pero él no la soltó—. Pero tal vez ella no vio que *tú* llegarías. Que tú caminarías por esta travesía. Tienes que vivir. Puedo verlo en tu rostro: no quieres hacer nada de esto. Pero *tienes* que vivir, Bryce. Tienes que ser la reina.

Ella había adivinado lo que el Rey del Otoño le había hecho a Ruhn, cómo lo había torturado cuando era niño, aunque nunca lo había confirmado. Y esa deuda... se aseguraría de que su padre la pagara, algún día.

—No acepto eso —le exhaló Bryce a Ruhn—. *No* lo acepto.

—Yo sí. Siempre lo he aceptado. Aunque muera en este instante o simplemente sea infértil, no lo sé —rio—. ¿Por qué crees que siempre estaba de fiesta?

Ella no pudo reír. No sobre eso.

—No te compro esa tontería ni por un segundo.

—Eso ya no importa.

Entonces Ruhn le dijo mente a mente: *Toma la Espadastral cuando te vayas.*

Ruhn...

Es tuya. Llévatela. La vas a necesitar. ¿Abriste las esposas?

Sí.

Había usado la llave que la Cierva le había dado para abrir las esposas de Hunt y Ruhn mientras los abrazaba.

Bien. Le dije la señal a Athalar. ¿Estás lista?

No.

Ruhn apretó su frente contra la de ella. *Necesitamos ejércitos, Bryce. Necesitamos que vayas al Averno a través de esa Puerta y que traigas de regreso contigo sus ejércitos para luchar contra estos bastardos. Pero si el precio de Apollion es demasiado alto... no regreses a este mundo.*

Su hermano se apartó. Y Ruhn le dijo, con los ojos brillantes de orgullo:

—Viva la reina.

Bryce no les dio la oportunidad a los demás de entender.

Movió las muñecas y las cadenas cayeron al piso. Tomó la Espadastral de la espalda de Ruhn y giró hacia Rigelus.

Se sumergió en su poder en un parpadeo. Y antes de que la Mano Brillante pudiera gritar, encendió su luzastral.

Hunt lanzó sus cadenas al piso en el momento en que Ruhn dijo la palabra *reina*. Y cuando su pareja lanzó su poder cegador hacia Rigelus, Hunt lanzó el suyo hacia el hombre también.

Los relámpagos chocaron con la columna de mármol justo arriba del trono de cristal.

Era peligroso: dirigir su primer golpe de poder hacia Rigelus para mantenerlo fuera de la pelea en vez de cargar a Bryce y arriesgarse a que Rigelus atacara antes de que lo lograran.

Detrás de ellos se escucharon gritos y Hunt volteó para ver a Bryce corriendo hacia las puertas. Con la Espadastral en la mano.

Pollux salió detrás de ella, pero Baxian estaba ahí. Lo tacleó hacia el piso de cristal. Detrás de él, Mordoc sangraba de una herida en el cuello. La Cierva estaba en el piso, inconsciente. ¿La traición de Baxian era una sorpresa para ella? Hunt supuso que no le importaba. No ahora que Baxian había derribado a Pollux y Bryce corría por las puertas, hacia el pasillo interminable. Dio vuelta a la izquierda y su cabello rojo iba volando detrás de ella. Luego desapareció.

Hunt devolvió su atención a Rigelus, pero era demasiado tarde.

Un poder, caliente y doloroso, lo aventó hacia una columna cercana. Brillando como un dios, Rigelus saltó de la plataforma y el piso de cristal se astilló debajo de él. Luego salió disparado detrás de Bryce, con la muerte amenazando en su mirada.

El corazón de Bryce se iba rompiendo pedazo a pedazo con cada paso que la alejaba del salón del trono.

Cada paso que daba por ese pasillo largo, los bustos de los asteri la iban condenando con sus caras odiosas.

Una ola enorme de poder se elevó a sus espaldas y se atrevió a mirar hacia atrás para ver a Rigelus, que la venía persiguiendo. Brillaba de color blanco por tanta magia y la furia que irradiaba de él.

Vamos, Hunt. Vamos, vamos...

Rigelus lanzó un golpe de poder y Bryce se movió a la izquierda. El poder del asteri chocó contra una ventana y el vidrio salió volando por todas partes. Bryce se resbaló con las astillas, pero siguió corriendo hacia el arco al fondo del pasillo. La Puerta que abriría para que la llevara al Averno.

Se arriesgaría con Aidas y Thanatos y Apollion. Conseguiría sus ejércitos y los traería de regreso a Midgard.

Rigelus disparó otra lanza de poder y Bryce se agachó apenas lo suficiente para verla romper el busto de mármol de Austrus. Fragmentos de la estatua le cortaron la cara, el cuello, los brazos, pero se puso de pie y siguió corriendo con la Espadastral tan apretada en la mano que le dolía.

Ese resbalón le había salido caro.

Rigelus estaba a tres metros de ella. Dos. Estiró la mano para tomarla del cabello.

Un rayo salió disparado por el pasillo y rompió ventanas y estatuas a su paso.

Bryce agradeció su llegada en el corazón, le dio la bienvenida a sus espaldas. También le dio la bienvenida en su tatuaje al sentir el poder de Hunt enardecerle la sangre, dejándola chisporroteando.

El rayo emergió de su cicatriz como una bala que la atravesaba. Justo hacia el arco de la Puerta.

No volteó para ver si Hunt seguía ahí, si todavía estaba en pie después de su tiro impecable. No lo hizo porque el aire dentro del arco de la Puerta se volvió negro. Turbio.

Los dedos de Rigelus se enredaron en su cabello.

Bryce se entregó al viento y la oscuridad y se teletransportó hacia la Puerta.

Sólo para aterrizar tres metros frente a Rigelus. Como si sus poderes hubieran llegado a un límite. Bryce las podía percibir ahora: una serie de protecciones, como las que había usado el Rey del Inframundo para frenar a Hypaxia e Ithan.

Pero Rigelus gritó con rabia y sorpresa, como si le sorprendiera que ella hubiera logrado avanzar tanto, y volvió a lanzarle su poder.

De tres en tres metros, entonces. Bryce se teletransportó y otra estatua perdió su cabeza.

Otra vez y otra y otra. Rigelus disparaba su poder hacia ella y ella brincaba por el espacio, de hechizo de protección en hechizo de protección, haciendo zigzag, el vidrio y las incontables estatuas a los egos de los asteri se iban destrozando, la Puerta estaba más cerca...

Bryce saltó hacia *atrás*, justo detrás de Rigelus.

Él volteó y ella le disparó un destello de luz en la cara. Él aulló y ella se volvió a teletransportar...

Aterrizó a tres metros de las fauces abiertas de la Puerta y continuó corriendo.

Rigelus rugió cuando Bryce saltó hacia la oscuridad que la esperaba.

La atrapó, pegajosa como una telaraña. El tiempo se hizo lento como el goteo de un glaciar.

Rigelus seguía rugiendo, abalanzándose.

Bryce sacó su poder, le pidió a la Puerta que la tomara a ella y sólo a ella, y luego estaba cayendo, cayendo, cayendo mientras seguía parada, suspendida en el arco, succionada hacia atrás de manera que su cabello volaba hacia el frente, hacia los dedos de Rigelus, que se estiraban...

—¡NO! —aulló él.

Fue el último sonido que Bryce escuchó y la oscuridad de la Puerta se la tragó entera.

Cayó, lenta y eternamente... y de lado. No era una caída hacia abajo sino un tirón *de lado*. La presión en sus oídos amenazaba con hacerle puré el cerebro e iba gritando en el viento y las estrellas y el vacío, gritándole a Hunt y Ruhn, que se habían quedado en ese palacio de cristal. Gritando...

77

Hunt apenas lograba respirar a través de la mordaza de piedra que tenía metida entre los dientes. Una roca gorsiana, para hacer juego con las que tenía alrededor de las muñecas y del cuello. Las mismas rocas contenían a Ruhn y Baxian, mientras Rigelus y sus subordinados los conducían hacia las puertas del salón del trono.

No le quedaba ni una chispa de sus relámpagos en el cuerpo.

La Cierva caminaba al lado de Rigelus cuando pasaron junto al sitio donde Hunt estaba de rodillas, justo fuera de las puertas, hablando en voz baja. Ella ni siquiera volteaba a ver a Ruhn. El príncipe sólo miraba al frente.

Baxian estaba siendo escoltado, ensangrentado y golpeado por la pelea con Pollux. Mordoc se estaba recuperando de su garganta cortada y el odio brillaba en él mientras sangraba en el piso. Hunt lo miró con una sonrisa burlona y salvaje y luego un movimiento del poder de Rigelus lo puso de pie.

—Una pequeña parada antes de los calabozos, creo —anunció Rigelus y dio vuelta a la izquierda, hacia las ruinas destrozadas en el pasillo. Hacia la Puerta ahora vacía.

Hunt no podía hacer nada salvo seguirlos. Lo mismo Ruhn y Baxian. Había estado al final del pasillo cuando Bryce corrió de forma espectacular, teletransportándose tan rápida como el viento hacia el agujero negro que se había abierto en la pequeña Puerta. No había ningún rastro ya ni de la negrura ni de Bryce.

Hunt sólo podía rezar para que Bryce hubiera llegado al Averno. Que hubiera localizado a Aidas y que él la protegiera mientras reunían a los ejércitos del Averno y los traían de regreso a través de la Fisura hasta Midgard. Para salvarlos.

Hunt dudaba vivir para verlo. Dudaba que Ruhn o Baxian vivieran.

Rigelus se detuvo frente a la Puerta.

—Pongan al ángel de rodillas.

El olor de Bryce todavía flotaba en el aire del espacio vacío enmarcado por la puerta. Hunt se concentró en ese olor y sólo en eso cuando Pollux lo empujó hacia el piso frente a la Puerta.

Si éste era el final, podría morir sabiendo que Bryce había escapado. Se había marchado de un Averno a otro literal, pero... había escapado. Su última esperanza de salvación.

—Adelante, Martillo —dijo Rigelus y le sonrió a Hunt con frío letal en sus ojos eternos.

Hunt pudo sentir cómo Ruhn y Baxian miraban horrorizados. Hunt se agachó sobre sus rodillas, esperando el golpe en el cuello.

Bryce, Bryce, Bryce...

Las manos de Pollux apretaron cada lado de su cara. Lo enderezaron, como si quisiera romperle el cuello a Hunt con las manos.

Pollux rio suavemente.

Hunt supo por qué un momento después cuando Rigelus se acercó con una mano levantada y ardiendo con luz blanca.

—No creo que necesite a una de las ancianas en esta ocasión —dijo la Mano Brillante.

No. *No*. Todo menos eso.

Hunt se agitó, pero Pollux lo sostuvo con firmeza y sin dejar de sonreír.

Rigelus le colocó la mano ardiente a Hunt en la frente y el dolor le estalló en el cráneo, en sus músculos, en su sangre. Como si la misma médula de sus huesos se estuviera quemando y vaporizando.

El poder del asteri se deslizó y se extendió por la frente de Hunt, perforándolo con cada uno de los picos del halo de espinas que le tatuó ahí.

Hunt gritó, entonces. El sonido hizo eco en las piedras, en la Puerta.

A su lado, Baxian empezó a inhalar con respiraciones breves y entrecortadas. Como si el Mastín del Averno supiera que él era el siguiente.

El dolor en la frente de Hunt se volvió cegador y perdió la vista.

El halo siguió extendiéndose por su cráneo, peor que cualquier grillete gorsiano. Su poder se retorcía entre sus garras de hierro, ya no estaba totalmente bajo su mando. Al igual que su propia vida, su libertad, su futuro con Bryce... Todo se había ido.

Hunt volvió a gritar y la oscuridad llegó y se lo llevó. Se preguntó si ese grito del alma, no el halo, era lo que Rigelus quería. Si los asteri creían que el sonido de su sufrimiento podría entrar por la Puerta y llegar hasta el mismo Averno donde Bryce lo podría escuchar.

Luego Hunt ya no supo más.

78

El Averno tenía pasto. Y niebla.

Ésos fueron los dos primeros pensamientos de Bryce cuando aterrizó... o apareció. En un momento iba cayendo de lado y luego su hombro derecho chocó con un muro de verdor que resultó ser el suelo.

Jadeó y su mente daba vueltas tan violentamente que sólo pudo quedarse ahí tirada, entre la niebla fría y lenta, y ver sus dedos clavarse en el pasto verde. Tenía las manos cubiertas de sangre. Sangre seca bajo las uñas.

Tenía que ponerse de pie. Tenía que empezar a moverse antes de que una de las criaturas del Averno la olfateara y la hiciera trizas. Si esos acosadores de la muerte la encontraban, la matarían en un instante.

La Espadastral...

Ahí. A treinta centímetros de su cabeza.

Bryce se estremeció y se puso de rodillas, se dobló para abrazarlas con fuerza.

Hunt... Casi podía jurar que había escuchado sus gritos hacer eco en la niebla cuando cayó.

Tenía que ponerse de pie. Encontrar alguna manera de llegar con Aidas.

Pero no se podía mover. Pararse significaría caminar y alejarse de su mundo, de Hunt y de Ruhn, lo que fuera que los asteri les estuvieran haciendo.

Párate, se dijo a sí misma entre dientes.

La niebla se abrió frente a ella y reveló un río color turquesa, tal vez a unos quince metros de donde estaba arrodillada y que cruzaba directamente por el... césped.

Estaba en el césped podado e inmaculado de alguien. Y del otro lado del río, emergiendo entre la niebla...

Una ciudad. Antigua y hermosa... como algo salido de una postal de Pangera. Unas formas indefinidas caminaban entre la niebla al otro lado del río. Los demonios del Averno.

Párate.

Bryce tragó saliva, como si pudiera beberse su propio temblor, y extendió una pierna para levantarse. La sangre de la Arpía todavía empapaba sus pantalones y sentía la tela pegajosa contra su piel.

Algo helado y afilado le apretó la garganta.

La voz fría de un hombre habló detrás de ella en un lenguaje que no reconoció. Pero las palabras cortantes y el tono de voz eran lo suficientemente claros: *Ni se te ocurra moverte.*

Bryce levantó las manos y buscó su poder. Sólo le quedaban algunas astillas rotas.

La voz exigió algo en ese lenguaje extraño, pero Bryce permaneció arrodillada. Él siseó y luego una mano fuerte le apretó el hombro, la puso de pie y la volteó para que lo viera.

Ella vio las botas negras. Una armadura oscura y con aspecto de escamas sobre un cuerpo alto y musculoso.

Alas. Unas enormes alas negras. Las alas de un demonio.

Pero la cara que la veía entre la niebla, seria y letal... era hermosa a pesar de que esos ojos castaños no tenían nada de misericordes. Volvió a hablar, en una voz suave que prometía dolor.

Bryce no podía evitar que el pecho le subiera y bajara con violencia.

—Aidas. Necesito ver a Aidas. ¿Puedes llevarme con él? —dijo con la voz entrecortada.

El hombre alado la recorrió con la mirada, evaluando con cautela. Notó que la sangre que la cubría no era de ella. Su atención se centró entonces en la Espadastral, que estaba en el piso entre ellos. Abrió los ojos ligeramente.

Bryce dio un paso hacia él y trató de tocar la armadura intrincada. Él la esquivó con facilidad, con rostro inexpresivo. Ella preguntó:

—¿Podrías llevarme con el príncipe Aidas?

No pudo contener sus lágrimas entonces. El hombre frunció el ceño.

—Por favor —suplicó Bryce—. Por favor.

El rostro del hombre no se suavizó cuando levantó la Espadastral en su funda y luego le hizo una señal para que se acercara.

Bryce obedeció, temblorosa, y se preguntó si debería estar peleando, gritando.

Con manos llenas de cicatrices, el demonio sacó un trozo de tela negra de un bolsillo oculto de su armadura. Lo sostuvo frente a su cara fingiendo ponérselo. Una venda para los ojos.

Bryce inhaló y trató de tranquilizarse mientras asentía. Las manos del hombre eran cuidadosas, pero le puso la venda con firmeza sobre los ojos.

Luego las manos estaban en sus rodillas y su espalda y el piso desapareció e iban volando.

Lo único que llenaba sus oídos era el aleteo de sus alas de cuero y el susurro de la niebla. Tan distinto al susurro ondulante de las plumas de Hunt en el viento.

Bryce trató de aprovechar el tiempo que tenía en el aire para dejar de temblar, pero no pudo. Ni siquiera pudo formar una idea sólida.

Empezaron a descender y ella sintió el movimiento en su estómago. Luego aterrizaron y el choque de las botas contra el suelo hizo eco por todo su cuerpo. Él la colocó en el piso y la tomó de la mano. Una puerta se abrió con un crujido. Aire tibio le dio la bienvenida y la puerta se cerró. Él dijo algo que ella no entendió y luego ella estaba cayendo hacia adelante.

Él la atrapó y suspiró. Ella podría jurar que él empezaba a sonar... desesperado. No le dio ninguna advertencia y la cargó por encima de su hombro para bajar unas escaleras antes de entrar a un lugar... que olía bien. ¿Rosas? ¿Pan?

¿Comían pan en el Averno? ¿Tenían flores? *Un mundo oscuro y frío,* habían dicho los asteri en sus notas sobre el planeta.

Las tablas del piso crujieron debajo de las botas del hombre y luego Bryce se volvió a encontrar en un piso sólido. Había alfombras que suavizaban sus pisadas. La llevó de la mano y la empujó hacia abajo. Bryce se tensó y lo resistió, pero él lo volvió a hacer y ella se sentó. En una silla cómoda.

Él habló con voz sedosa y ella negó con la cabeza.

—No te entiendo —dijo con voz rasposa—. No conozco los idiomas del Averno. Pero... ¿Aidas? ¿Príncipe Aidas?

El hombre no le respondió.

—Por favor —repitió ella—. Necesito encontrar al príncipe Aidas. Mi mundo, Midgard, está en grave peligro y mi pareja —se le quebró la voz y se dobló en la oscuridad. *Te volveré a encontrar,* le había prometido Hunt.

Pero no lo haría. No podía. No tenía manera de llegar aquí. Y ella no tenía manera de regresar a casa.

A menos que Aidas o Apollion supieran cómo usar el Cuerno. Si tuvieran magia que lo pudiera cargar.

Había dejado a Hunt y a Ruhn. Había huido y los había dejado y... Bryce sollozó.

—Oh, dioses —lloró. Se puso de pie, se arrancó la venda de los ojos y enseñó los dientes—. *¡Aidas!* —le gritó al hombre de rostro frío—. Trae al puto de *AIDAS.*

Él ni siquiera parpadeó. No reveló ni un rastro de emoción, de que le importara.

Pero... esta habitación. Esta... ¿casa?

Los pisos y los muebles eran de roble oscuro. Telas gruesas de terciopelo. Una chimenea amigable. Libros en las repisas de una pared. Un carrito de licor en decantadores de cristal al lado de la chimenea de mármol negro. Y a través del arco detrás del hombre alado, una sala y un comedor.

Su estilo podría ser el del estudio de su padre. Con la galería de Jesiba.

El hombre la observó con esos ojos cautelosos. Ella se tragó sus lágrimas y enderezó los hombros. Se aclaró la garganta.

—¿Dónde estoy? ¿En qué nivel del Averno?

—¿Averno? —dijo él al fin.

—¡Averno, sí, Averno! —dijo ella con un gesto hacia la casa. Era completamente lo opuesto de lo que esperaba—. ¿Qué nivel? ¿Foso? ¿Profundidades?

Él negó con la cabeza y frunció el entrecejo. La puerta principal de la sala se abrió y entraron varias personas, hombres y mujeres, todos hablando ese idioma extraño. Bryce vio a la primera y se puso de pie de un salto.

La mujer pequeña y de cabello oscuro con ojos rasgados como los de Fury se detuvo en seco. Su boca pintada de rojo se quedó abierta, sin duda al ver la sangre que manchaba todo el cuerpo y la cara de Bryce.

Esta mujer era... hada. Tenía ropa hermosa, pero completamente pasada de moda. Parecida a la ropa que usaban en Avallen.

Otro hombre alado, más ancho que el anterior, entró con una mujer hermosa de cabello castaño dorado a su lado. También hada. También con ropa que parecía sacada de una película de fantasía.

Bryce dijo:

—He estado intentando preguntarle, pero no me entiende. ¿Estoy en el Averno? Necesito ver al príncipe Aidas.

La mujer de cabello oscuro volteó a ver a los demás y dijo algo que los hizo voltear a todos a ver a Bryce. El hombre engreído se sorbió la nariz, intentando leer el olor de la sangre en su cuerpo.

Bryce tragó saliva. Sólo conocía otro idioma y era...

El corazón le latía con fuerza y Bryce dijo en el lenguaje antiguo de las hadas, de los astrogénitos:

—¿Este mundo es el Averno? Necesito ver al príncipe Aidas.

La mujer pequeña de cabello oscuro dio unos pasos hacia atrás con la mano sobre la boca. Todos los demás se quedaron boquiabiertos. Como si la sorpresa de la mujer pequeña fuera algo poco usual. La mujer entonces vio la Espadastral. Luego vio al primer hombre alado, el que había capturado a Bryce. Le asintió a la daga de mango oscuro a su lado.

El hombre la sacó y Bryce reaccionó.

Reaccionó, pero...

—¿Qué carajos?

El cuchillo podía haber sido el gemelo de la Espadastral: de empuñadura y hoja negras.

Era su gemelo. La Espadastral empezó a cantar dentro de su funda, una luz blanca y destellante se escapaba desde el sitio donde el cuero se unía a la empuñadura oscura. La daga...

El hombre soltó la daga en la alfombra. Todos retrocedieron cuando empezó a brillar con luz oscura, como en respuesta. Alfa y Omega.

—Gwydion —susurró la mujer de cabello oscuro y señaló la Espadastral.

El hombre más ancho inhaló rápidamente. Luego dijo algo en el lenguaje que Bryce no comprendía. La de cabello oscuro a su lado le dijo algo que sonaba como un regaño.

—¿Esto es el Averno? —volvió a preguntar Bryce en la lengua antigua de las hadas.

La mujer de cabello oscuro miró a Bryce de los pies a la cabeza: la ropa tan fuera de lugar con la de ellas, la sangre y las cortadas. Luego respondió en la vieja lengua:

—Nadie ha hablado ese lenguaje en este mundo desde hace quince mil años.

Bryce se frotó la cara. *¿Había viajado en el tiempo de alguna manera? ¿O el Averno ocupaba un tiempo distinto y...?*

—Por favor —dijo—. Necesito encontrar al príncipe Aidas.

—No sé quién es.

—Apollion, entonces. Seguramente lo conocen.

—No conozco a esas personas. Este mundo no es el Averno.

Bryce negó lentamente con la cabeza.

—Yo... ¿Entonces dónde estoy? —miró a todos los que seguían en silencio, los hombres alados y las otras mujeres hada que la veían fríamente—. *¿Qué mundo es éste?*

La puerta principal se volvió a abrir. Primero, entró una mujer hermosa con el mismo cabello castaño dorado que la que ya estaba frente a Bryce. Tenía una camisa blanca holgada y pantalones color café, ambos salpicados de pintura. Tenía las manos tatuadas hasta los codos con espirales intrincadas. Pero sus ojos color azul grisáceo se veían cautelosos, suaves y curiosos, pero cautelosos.

El hombre alado de cabello oscuro que entró detrás de ella...

Bryce ahogó un grito.

—¿Ruhn?

El hombre parpadeó. Sus ojos eran del mismo tono azul violeta que los de Ruhn. Su cabello corto era del mismo negro brillante. La piel de este hombre era un poco más morena, pero la cara, la postura... Eran las de su hermano. También tenía las orejas puntiagudas, aunque él tenía esas alas de cuero como las de los otros dos hombres.

La mujer a su lado le preguntó a la mujer pequeña algo en su lenguaje.

Pero el hombre se quedó viendo a Bryce. La sangre que tenía encima, la Espadastral y la daga, que seguían brillando con sus luces opuestas.

Él levantó la mirada hacia la de ella con estrellas en los ojos. Estrellas de verdad.

Bryce le suplicó a la mujer pequeña.

—Mi mundo... Midgard... Está en grave peligro. Mi pareja, él... —no pudo pronunciar las palabras—. No tenía la intención de venir aquí. Quería ir al Averno. Para conseguir la ayuda de los príncipes. Pero no sé qué mundo es éste. Ni cómo encontrar el Averno. Necesito su ayuda.

Era lo único que le quedaba por hacer: confiar ciegamente en su misericordia y rezar para que fueran personas decentes. Que aunque ella viniera de otro mundo, la reconocerían como hada y serían compasivos.

La mujer pequeña pareció repetir las palabras de Bryce a los demás. La de las manos tatuadas le hizo una pregunta a Bryce en su idioma. La pequeña tradujo:

—Quiere saber cómo te llamas.

Bryce miró de la mujer tatuada al hombre hermoso a su lado. Ambos tenían un aire de autoridad silenciosa y gentil. Todos los demás parecían observarlos, como si estuvieran esperando sus indicaciones. Así que Bryce se dirigió a ambos y levantó la barbilla.

—Me llamo Bryce Quinlan.

El hombre dio un paso al frente y guardó un poco sus alas. Sonrió ligeramente y dijo en el Antiguo Lenguaje, con una voz como la noche gloriosa:

—Hola, Bryce Quinlan. Me llamo Rhysand.

Epílogo

Ithan Holstrom estaba agachado, un lobo enorme en las sombras azotadas por la lluvia fuera del edificio del Astrónomo, monitoreando la poca gente en el callejón que se enfrentaba a la tormenta.

No habían escuchado nada de Pangera. Sólo la mención de una explosión en el laboratorio fuera de la ciudad, y eso había sido todo. Él no esperaba saber nada de Bryce ni de los demás al menos hasta el día siguiente.

Pero no podía aguantar la necesidad de caminar, aunque fuera mientras vigilaba las puertas al otro lado del callejón. No había visto al Astrónomo para nada. Ningún cliente había entrado. ¿Mordoc se habría llevado a rastras al anciano para interrogarlo sobre por qué Ithan y sus amigos habían ido a visitarlo? ¿Y habría dejado ahí a los místicos, sin vigilancia y solos?

Había cometido un error como el guardaespaldas de Hypaxia. No cometería ese error de nuevo. No con la mística cautiva al otro lado de esas puertas.

La otra heredera Fendyr del Premier. Una Alfa para desafiar a Sabine.

Algo se movió entre las sombras al fondo del callejón, más allá de la iluminación de neón de los letreros sobre los estudios de tatuajes y los bares. Algo rápido y grande... Olfateó el aire. Incluso con la lluvia, reconoció el olor. Reconoció los ojos dorados que brillaban como brasas en la oscuridad lluviosa.

El gruñido de Ithan vibró sobre el empedrado empapado y se le erizó el pelo mojado.

Amelie Ravenscroft, su anterior Alfa, sólo le gruñó de regreso y los peatones que quedaban en la calle se metieron a los edificios o se dispersaron en la oscuridad.

Ithan esperó hasta que su olor desapareciera antes de exhalar. Por lo visto, había hecho bien en estar ahí. Si no lo hubiera hecho... Miró de nuevo hacia las puertas.

No podía quedarse ahí indefinidamente. Necesitaría a otros que vigilaran mientras él descansaba.

Su teléfono sonó en el sitio donde lo había dejado, junto a una puerta en el callejón, e Ithan se transformó a su forma humanoide antes de contestar.

—Flynn. Estaba por llamarte.

Le quería pedir un gran favor. Si Sabine venía a este lugar, o si Amelie regresaba acompañada de jaurías...

El lord hada no respondió de inmediato. Ithan podría jurar que lo escuchó tragar saliva.

Se quedó inmóvil.

—¿Qué pasó? —la respiración de Flynn se oía áspera. Entrecortada—. Flynn.

—Pasaron cosas —dijo el lord hada que parecía tener dificultad para hablar. Y para contener las lágrimas.

—¿Es...?

No podía enfrentar esto. No otra vez. No...

—Ruhn y Athalar fueron capturados y son prisioneros de los asteri. Dec lo vio en las transmisiones de las cámaras del palacio. Tharion acaba de llamar de la cápsula del *Guerrero de las Profundidades* para decir que Cormac está muerto.

Ithan empezó a sacudir la cabeza y calculó el riesgo de hablar de esto por teléfono. Respirar le parecía imposible cuando susurró:

—¿Bryce?

Una pausa larga, larga.

Ithan se deslizó hacia el suelo.

—Desapareció. Tienes... tienes que venir a que te diga Dec lo que sucedió.

—¿Está viva?

El gruñido de Ithan rasgó la lluvia y rebotó en los ladrillos.

—Lo último que se vio de ella en este mundo... sí estaba viva.

—¿Qué quieres decir con *en este mundo*? —preguntó pero tenía la terrible sensación de saber la respuesta.

—Tienes que venir a verlo tú —dijo Flynn con voz ronca.

—No puedo —dijo Ithan—. Tengo algo que hacer.

—Te necesitamos —dijo Flynn y su voz estaba llena de una autoridad que la gente que no pertenecía al Aux rara vez escuchaba—. Somos amigos ahora, lobo. Necesitamos tu trasero peludo aquí.

Ithan miró hacia las puertas enormes. Sintió como si la misma Urd lo estuviera partiendo en dos.

—Llego en quince minutos —dijo Ithan y colgó. Metió el teléfono en su bolsillo. Cruzó la calle.

Con un golpe de su puño, abolló las puertas de metal. El segundo rompió los candados. El tercero hizo que la puerta se venciera hacia el interior.

No había rastro del Astrónomo. Qué mal. Estaba de humor de ver sangre esta noche.

Pero Ithan se dirigió a la bañera más cercana. La mística loba estaba flotando en el agua turbia y salada, con el cabello extendido a su alrededor, los ojos cerrados. Con la máscara para respirar y los tubos en su sitio.

—Despierta —dijo. Sus palabras eran un gruñido grave—. Nos vamos.

La mística no respondió, perdida en donde fuera que la hubiera llevado su mente.

—Sé que puedes oírme. Necesito ir a un lugar y no voy a dejarte aquí. Hay personas allá afuera que quieren que mueras. Así que puedes levantarte de una puta vez o yo lo puedo hacer por ti.

De nuevo, no obtuvo respuesta. Apretó los dedos y salieron sus garras, pero mantuvo la mano a su costado. Era sólo cuestión de tiempo que alguien entrara a investigar por qué las puertas habían sido arrancadas, pero sacarla así de su estado mental... eso la había atormentado mucho la vez anterior.

—Por favor —dijo él suavemente y con la cabeza agachada—. Mis amigos me necesitan. Mi... mi jauría me necesita.

En eso se habían convertido.

Había perdido a su hermano, a la jauría de su hermano, la que un día sería la suya, pero ésta...

No la perdería. Pelearía hasta el fin para protegerla.

—Por favor —murmuró Ithan con la voz entrecortada. Ella movió un poco la mano y produjo unas ondas en el agua. Ithan contuvo la respiración.

La loba frunció el ceño. Los paneles de su tanque empezaron a sonar y unas luces rojas parpadeaban. Ithan sintió que se le erizaban los vellos del brazo.

Y entonces, con un parpadeo, como si la Alfa estuviera luchando para conseguir cada milímetro hacia la vigilia, la heredera perdida de los Fendyr abrió los ojos.

Agradecimientos

A Robin Rue: ¿Cómo puedo siquiera transmitir mi gratitud por todo lo que haces como agente y como amiga? (Dedicarte este libro es un débil intento por lograrlo.) Gracias desde el fondo de mi corazón por tu sabiduría y tu ánimo, y por estar siempre cuando te necesito. Y gracias, como siempre, por ser un espíritu hermano en todo lo relacionado con la comida y el vino.

A Noa Wheeler: Le agradezco al universo todos y cada uno de los días que nuestros caminos se hayan cruzado. Desde tu retroalimentación brillante hasta tu atención al detalle que no tiene comparación, eres la editora más increíble con quien he trabajado. (Y la única persona que verdaderamente entiende mis obsesiones con el crucigrama del NYT y con su Spelling Bee.) ¡Que sean muchos los libros en los que trabajemos juntas!

A Erica Barmash: Trabajar de nuevo contigo ha sido un gran placer. Gracias por todos los años que has pasado apoyando mis libros y siendo una gran amiga.

A Beth Miller, una gema absoluta de ser humano y compañera fanática de la biología marina: gracias por todo tu arduo trabajo y por ser un constante rayo de sol. (Y por las increíbles fotografías de vida marina silvestre.)

Al equipo global de Bloomsbury: Nigel Newton, Kathleen Farrar, Adrienne Vaughn, Ian Hudson, Rebecca McNally, Valentina Rice, Nicola Hill, Amanda Shipp, Marie Coolman, Lauren Ollerhead, Angela Craft, Lucy Mackay-Sim, Emilie Chambeyron, Donna Mark, David Mann, Michal Kuzmierkiewicz, Emma Ewbank, John Candell, Donna Gauthier, Laura Phillips, Melissa Kavonic, Oona

Patrick, Nick Sweeney, Claire Henry, Nicholas Church, Fabia Ma, Daniel O'Connor, Brigid Nelson, Sarah McLean, Sarah Knight, Liz Bray, Genevieve Nelsson, Adam Kirkman, Jennifer Gonzalez, Laura Pennock, Elizabeth Tzetzo, Valerie Esposito, Meenakshi Singh y Chris Venkatesh. No puedo imaginar un mejor grupo de personas como equipo de trabajo. Gracias a todos por su dedicación y gran trabajo. Y toneladas de gratitud y amor a Grace McNamee por animarse a participar tan rápido y ayudar con este libro. Un agradecimiento especialmente grande a Kaitlin Severini, editora extraordinaria, y a Christine Ma, revisora con ojo de águila.

Cecilia de la Campa: Eres una de las personas más trabajadoras y hermosas que conozco. Muchas gracias por todo lo que haces. A todo el equipo de Writers House: Son increíbles y es un honor para mí trabajar con ustedes.

Gracias a la feroz y hermosa Jill Gillett (y a Noah Morse) por hacer que tantos de mis sueños se vuelvan realidad y por ser un verdadero deleite como compañeros de trabajo. A Maura Wogan y Victoria Cook: me siento muy agradecida de que estén en mi equipo.

A Ron Moore y Maril Davis: trabajar con unas estrellas de rock como ustedes ha sido un sueño de *vida* hecho realidad. Y muchas gracias a Ben McGinnis y Nick Hornung, ¡son increíbles!

A mi hermana Jenn Kelly: ¿Qué haría sin ti? Le brindas tanta dicha y luz a mi vida. Te amo.

Podría escribir otras mil páginas sobre las mujeres maravillosas y talentosas que son mis motores y a quienes me siento honrada de llamar mis amigas: Steph Brown, Katie Webber, Lynette Noni y Jillian Stein. ¡Las adoro a todas!

Gracias, como siempre, a mi familia y mi familia política por el amor incondicional.

A Annie, amiga fiel y compañera de escritura: Te amo para siempre, cachorrita.

A Josh y Taran: Gracias por siempre hacerme sonreír y reír. Los amo a ambos más que todas las estrellas en el firmamento.

Y gracias a *ti*, querido lector, por leer y apoyar mis libros. Nada de esto sería posible sin ti.

ESCENA EXTRA:
BRYCE Y HUNT

Bryce apenas se había sentado a trabajar frente al escritorio cuando sonó su teléfono. Al reconocer el número en el identificador de llamadas, hizo una mueca.

—Cormac. ¿A qué le debo este placer?

—Necesito que me acompañes a un almuerzo formal.

—Aquí, en el mundo real, decimos *"Te invito a comer"*.

Una pausa de parte de Cormac. Luego Bryce sonrió. El príncipe de Avallen respondió con seriedad:

—Es un almuerzo formal en la casa de lord Hawthorne. Me acaban de informar que debes asistir conmigo.

Bryce se enderezó.

—¿Quién te informó?

—Mi padre.

Fue el turno de Bryce de hacer una pausa.

—¿Qué dijo *mi* padre sobre esto?

—Nada. No está invitado —respondió Cormac. Al menos eso era algo bueno—. Los Hawthorne y los Donnall tienen muchas generaciones de estar relacionados. Esto es sólo entre nuestras familias. Y como tú supuestamente estás a punto de formar parte de la mía... —Bryce podía notar el desdén en su voz—. Se espera que tú también asistas.

Ella dudó si debería negarse o no, pero... miró su escritorio, su oficina diminuta. Tan contrastante con las fuerzas que se agitaban a su alrededor. Con toda su vida. Aceptaría cualquier distractor que le propusieran, aunque implicara tener que convivir con las hadas.

—¿Tengo que vestirme elegante?

Media hora después, Bryce estaba junto a Cormac, lista para entrar a la villa opulenta en el corazón de CiRo.

Esta villa estaba apenas a dos cuadras de la casa de su padre y era prácticamente idéntica: mármol de tonos claros, naranjos y olivos, macizos de lavanda meciéndose en la brisa, fuentes color aguamarina centelleando bajo el sol... todo exclamaba *dinero* a los cuatro vientos.

Era difícil creer que Flynn hubiera crecido en este lugar. Un mayordomo de aspecto estirado los condujo a través de pasillos relucientes, tan inmaculados e impersonales como si fueran de un museo. No había televisiones en las paredes ni sistemas de audio; más allá de la ocasional luzprístina, no había ninguna indicación de que la mansión existía en este siglo.

Pero Cormac tenía las cejas muy arqueadas. Estaba impresionado.

Mientras el mayordomo avanzaba frente a ellos, Bryce le murmuró al príncipe:

—No debería sorprenderme saber que esto es lo que te gusta. La vida antitecnología en su máximo esplendor —hizo un ademán hacia una puerta de madera cerrada al lado—. Los calabozos están por allá. Si te apuras, tal vez consigas buen lugar para ver los azotes de las dos de la tarde.

Cormac la vio de reojo con un gesto fulminante y respondió en voz baja también:

—Te sugiero que controles ese humor irreverente antes de que entremos al comedor. Estás aquí como representante de tu linaje... y de nuestra gente.

Bryce levantó la vista hacia las cornisas ornamentadas y le suplicó en silencio a Cthona que le concediera fuerza.

Unas voces suaves llegaron revoloteando por el pasillo y luego el mayordomo entró por las puertas abiertas hacia el comedor.

Bryce se tensó un instante al escuchar las voces. No sólo había hadas esperándola en esa habitación. Eran la *nobleza* de las hadas.

Bajó la vista para revisar su vestido blanco de encaje y sus sandalias doradas. Todo estaba limpio. No había arrugas ni tierra. Se había cambiado y agradeció haber dejado esa ropa en la oficina por si se ofrecía para una junta importante.

—Te ves bien —murmuró Cormac sin voltear a verla.

—Me importa un carajo —le siseó de regreso. Pero... era la gente de su padre. Que nunca se había enterado de que ella era la hija del Rey del Otoño hasta la primavera pasada, pero... había visto sus miradas en las calles desde entonces. Nunca olvidaría cómo cerraron sus villas, *esta villa*, cuando atacaron los demonios y dejaron fuera a toda la gente que huía en las calles. ¿Cuántos habían muerto en la acera justo detrás de estas puertas, suplicando misericordia?

Cuando el mayordomo los anunció ante la multitud reunida en el comedor, mientras recitaba los diez nombres reales y títulos de Cormac, Bryce sacó su teléfono y abrió la información de contacto de Hunt.

O la que decía *Hunt* hasta hoy en la mañana. Ahora el contacto estaba guardado como: *Hunt, a quien me quiero tirar en este instante.*

Se tragó la risa. ¿Cuándo lo había cambiado? Aunque, después de ese beso en el callejón el día anterior, no podía salvo opinar lo mismo. Rápidamente escribió un mensaje.

No vas a adivinar dónde estoy. Buen nombre de contacto, por cierto. Fiel a la realidad.

—Guarda eso —le ordenó Cormac en voz baja mientras el mayordomo terminaba su gran presentación—. Es de mala educación.

Bryce revisó su teléfono una vez más. Hunt había respondido.

En una reunión. Te llamo en una hora.

Ella le contestó con un ¡*Ok*! antes de silenciar su teléfono y volverlo a meter a su bolso con una mirada molesta a Cormac.

El mayordomo se hizo a un lado y les indicó que avanzaran. Bryce inhaló para prepararse y entró en la habitación larga y luminosa que daba a un jardín trasero. Cormac puso la mano en su espalda y la guió al interior y ella consideró si debería apartarlo de un manotazo.

Toda la gente en el comedor se quedó viéndola. Nadie le sonrió.

Bien. Ella tampoco se molestó con sonreírles de regreso.

Cormac la empujó ligeramente hacia adelante y se acercaron a un hombre hada alto y apuesto que era igual a Flynn. Un poco mayor, pero prácticamente idéntico, desde el cabello castaño hasta los ojos verdes. Lord Hawthorne. Ella no pudo evitar admirar su traje ajustado color carbón, aunque se odió por hacerlo. Al lado de él estaba una mujer hada delgada y rubia con un vestido blanco ceñido. Tenía el rostro angosto y los ojos fríos. Lady Hawthorne.

Flynn, que los dioses lo bendijeran, estaba junto a los ventanales de piso a techo que veían hacia los macizos de lavanda y bebía una copa de champaña. Nunca lo había visto vestido de traje, pero... Bueno, ¿debería sorprenderle después de tantas cosas insólitas que parecían estar sucediendo últimamente?

Bryce y Cormac se detuvieron frente a sus anfitriones. Lord y lady Hawthorne inclinaron la cabeza.

Bryce intentó no parpadear. Cierto. Ella era... una princesa. Al menos lo era, aunque aún no oficialmente, y estaba comprometida con un príncipe verdadero.

Que Solas la rostizara viva.

Lord Hawthorne estudió cuidadosamente a Bryce y el repudio llenó su mirada, pero no dijo nada. La multitud seguía viéndolos fijamente. No hacía falta confirmar que muchos estaban sonriendo con desdén al presenciar la frialdad de esa recepción.

—Me parece que el término que estás buscando es *Su Alteza* —dijo el Flynn más joven. Avanzó con actitud engreída hacia ellos y le entregó la copa de champaña a un mesero en el camino. Las palabras y los pasos de Flynn activaron la conversación y el movimiento en el grupo de unas veintitantas personas y, aunque parecían estar distraídos, Bryce sabía que todas las miradas y todos los oídos continuaban fijos en ellos.

A Flynn no pareció importarle un comino y llegó al otro lado de Bryce a besarle la mejilla.

—Hola, B.

La madre inhaló alarmada. Ya fuera por la descarada muestra de afecto o porque su precioso retoño se dignara a tocar a esa basura.

Tal vez Flynn lo había hecho por ambos motivos. Que el corazón de Bryce se suavizara un poco con el amigo de su hermano no era algo que sucediera todos los días, pero no pudo evitar sentir una oleada de gratitud.

Sin embargo, Cormac le enseñó los dientes.

—Lord Tristan.

El saludo fue una advertencia. *Aléjate de una puta vez.*

Flynn hizo lo opuesto. Eran aliados en esta habitación llena de víboras.

Así que Bryce les dijo a los padres de Flynn con una sonrisa apretada:

—Gusto en verlos.

La madre de Flynn simplemente recorrió a Bryce con esa mirada de desdén helado. El padre no ocultó su expresión molesta.

Cormac interrumpió el rígido silencio.

—Gracias por organizar este almuerzo. Es un honor.

—Con gusto —respondió la madre de Flynn y cambió su actitud de distanciamiento frígido a sonrisas al mirar al príncipe—. Fue idea de nuestra encantadora Sathia. Es tan considerada.

Flynn resopló al escuchar la mención de su hermana menor y se ganó una mirada de advertencia de su padre.

Tal vez se veían similares en cuerpo y rostro, pero los dos hombres no podían ser más distintos. Según los rumores, los jardines espectaculares de la casa eran resultado de la magia de tierra del mayor de los lords Hawthorne, pero cómo un hombre de corazón tan endurecido podía producir cosas tan hermosas era algo que a Bryce le resultaba incomprensible.

Cormac inclinó la cabeza y miró alrededor de la habitación hasta que encontró al hada pequeña y de cabello oscuro que era el centro de atención entre un grupo de hombres hada. Y estaba disfrutando cada segundo, a juzgar por la sonrisa afectada en su rostro hermoso en forma de corazón.

—Sathia nunca desperdicia la oportunidad de buscar pretendientes —dijo Flynn alegremente y su madre volvió a mirarlo con molestia e irritación—. Tal vez corra con suerte en esta ocasión y al fin muerda el anzuelo algún pobre incauto.

—Te recuerdo que debes comportarte —le gruñó su padre.

Bryce se había enterado de suficientes cosas a lo largo de los años como para saber que Lord Hawthorne, aunque nunca había estado en el Aux, era un guerrero altamente entrenado. Al notar su espalda ancha y la amenaza de su gruñido, no le cabía duda.

Bryce miró a Flynn con comprensión.

Pero fue Cormac quien respondió con cortesía insulsa:

—Iré a saludarla. Hace mucho tiempo que no nos vemos.

La madre de Flynn sonrió ampliamente, casi salivando, pero luego vio a Bryce, que le sonreía burlonamente y la reprobación fría brilló en sus ojos. Muy bien, pues.

Bryce tomó a Flynn del brazo y le anunció a Cormac:

—Tú ve a saludar. Yo tengo unas cuantas cosas que discutir con Flynn.

Cormac le lanzó una mirada de advertencia e intentó decirle que ella estaba ahí para corroborar el engaño de su compromiso, no para ser antisocial, pero ella ya había emprendido una veloz retirada con Flynn hacia las ventanas.

Flynn tomó dos copas de champaña de un mesero que pasaba al lado y le dio una a Bryce. Ella dio un sorbo. Uf, habían sacado de la fina para esta reunión.

Bryce se detuvo frente a los ventanales de piso a techo y examinó la habitación antes de decirle a Flynn:

—Tu mamá es un verdadero encanto, ¿eh?

Los demás invitados los observaban desde el otro extremo del lugar, pero no se acercaron. Bryce los ignoró a todos.

Flynn dio un trago de su copa.

—Está enojada porque tú conseguiste a Cormac antes de que mi hermana pudiera enterrarle las garras. Siempre pensó que Sathia sería una princesa. Sathia también.

—¿Y qué hay de Ruhn?

Flynn la miró con un gesto que casi se podría equiparar con los de su madre.

—Los buenos amigos nunca permiten que sus amigos se casen con hijas de puta.

Bryce rio.

—¿Así de mal está tu hermana?

—Me he asegurado de que Ruhn esté muy consciente de lo que quiere Sathia —dijo Flynn y se encogió de hombros—. Para ser sinceros, Sathia no es tan mala. Sobrevive como puede, supongo. Y no puedo culparla por su ambición. Al menos ella sabe qué quiere de la vida.

Bryce decidió no preguntarle a Flynn si él sabía qué quería para su vida.

—¿Por qué quiere siquiera ser princesa? Tiene suficiente poder y dinero.

Agregar un título sería ganancia, sí, pero también implicaría mucho más trabajo y responsabilidades.

—No lo sé. Nunca le he preguntado. Tal vez le gustan las coronas brillantes —Flynn dio otro trago a su champaña—. Me sorprende que le hayas permitido al Príncipe de los Patanes que te arrastrara hasta acá.

—Es parte del trato. Conservar las apariencias y esas cosas.

Flynn rio con un resoplido.

—Sí. Igual.

Flynn tal vez habría adoptado el rol de *playboy*, pero había ciertas responsabilidades de las cuales ni siquiera él podía alejarse. Bryce miró su rostro cuidadosamente neutral, el aburrimiento que buscaba transmitir. ¿Quién era el hombre debajo de todo eso? ¿Debajo de las fiestas y la irreverencia?

Ella arqueó la ceja:

—¿En realidad odias todo esto, verdad?

Él abrió los ojos.

—¿Por qué te sorprende?

Bryce se encogió de hombros.

—No lo sé. Siento que te debo una disculpa por no haberme dado cuenta antes.

Él le guiñó el ojo. Pero su diversión desapareció cuando dijo en voz un poco más baja:

—Por eso nos hicimos amigos Ruhn y yo, ¿sabes? Porque los dos odiamos esta mierda. Siempre la hemos odiado, desde niños.

—¿Y qué hay de Dec?

—Su familia es rica, pero no son de la nobleza. No están en estos círculos. Y Dec tuvo una infancia normal por eso —lanzó una risa suave—. ¿Por qué crees que es el mejor adaptado de los tres? Él sí les importa a sus padres.

Nunca habían tenido una conversación tan personal. Flynn continuó:

—Entonces Ruhn y yo, y Dec, hicimos nuestra propia familia —profirió otro guiño—. Y ahora tú eres parte de ella.

—Me conmueves. De verdad.

Él se acercó para susurrarle al oído con aliento a champaña:

—Si algún día quieres comparar a las hadas contra los ángeles, búscame, B. No muerdo. A menos que lo pidas bonito.

Ella se alejó bruscamente.

—Llévate tu mierda autodestructiva a otra parte.

Él rio, pero la diversión no se veía reflejada en su mirada. Ella sabía que no lo había dicho en serio. Sabía que él se sentía atrapado y molesto de tener que estar ahí y estaba buscando provocar de cualquier manera que pudiera.

Y, dicho y hecho, su madre lo llamó al sitio donde platicaba con una mujer hada pálida y de aspecto tímido. Flynn gimió en voz baja.

—El deber me llama.

Se terminó su copa de champaña y no se despidió antes de dirigirse hacia su madre. La chica se sonrojó ante lo que él le dijo con esa sonrisa traviesa y agachó la cabeza mientras le respondía.

Bryce rio. Buena suerte para ella. Y para Flynn.

—¿Día pesado, eh? —le preguntó Hunt dos horas después cuando se sentó en el taburete a su lado en el gastropub de la calle Archer.

Bryce le mostró su taza de espresso en una mano y su vaso de whisky en la otra.

—No podía decidir qué necesitaba más: algo para entumecer mi alma o algo para despertarme de ese funeral de almuerzo formal.

Hunt rio y su ala le rozó el brazo desnudo con calidez despreocupada. Bryce no pudo contener el estremecimiento que sintió en la piel ante su contacto.

—¿Así de mal estuvo? —preguntó él.

Ella se bebió el espresso de un trago y Hunt le pidió un café al cantinero.

—Pasar tiempo en una habitación llena de gente que me odia no es mi idea de una tarde divertida.

Él apoyó los brazos en la barra de mármol negro.

—Sí, conozco la sensación.

Era cierto. Si alguien la entendía, era Hunt. Bryce se recargó en su hombro y suspiró profundamente.

—¿Soy patética por permitir que ellos me afecten?

Hunt se alejó para examinar su rostro. Ella no retrocedió frente a la expresión inquisitiva del ángel.

—Estás hablando con alguien que recientemente fue encerrado en las celdas del Comitium por golpear a un fulano que me sigue afectando siglos después de repetirme a mí mismo que debo ignorarlo. Así que, si tú eres patética, yo soy un puto perdedor de pacotilla.

Ella rio y volvió a recargarse en él.

—Tú eres mi persona favorita.

—Igualmente, Quinlan.

La abrazó y Bryce saboreó su fuerza inalterable. No era una fortaleza que la dominara sino un complemento de la de ella, que la apoyaba y la ayudaba a florecer. Era difícil no agradecerle a Urd todos y cada uno de los días por haber puesto a Hunt en su camino.

Se quedaron ahí sentados hasta que el cantinero le llevó el café a Hunt y él quitó el brazo para dar un sorbo a la bebida caliente. Bryce lo observó y notó la ligera tensión en sus hombros, en sus alas. Preguntó con cautela:

—¿Qué tipo de reuniones tuviste hoy?

Sí, sus alas se movieron ante la pregunta.

—Puto perdedor de pacotilla, ¿recuerdas?

—Pollux, ¿entonces?

—Sí —un músculo de la mejilla de Hunt se movió involuntariamente—. Hubo una reunión de personal con Celestina. Pollux estaba... siendo Pollux. Intentando provocarme. Y a Isaiah y a Naomi. Pero principalmente a mí.

—No me sorprende que hayas volado hacia acá tan rápido cuando te dije que nos viéramos.

Hunt le sonrió a medias.

—Oh, para nada. Vine para ver si me tocaba un encuentrito en el baño.

Bryce rio.

—Yo me apunto para eso también, Athalar.

El calor se encendió en sus ojos oscuros.

—¿Ah, sí? —preguntó él y dejó su café sobre la barra. Algo en la parte baja del vientre de Bryce se apretó en respuesta. Pasó el dedo sobre la barra.

—Después de ese almuerzo, necesito un poco de... desahogo.

Él miró el movimiento de su dedo sobre el mármol y su voz se hizo una octava más grave cuando dijo:

—Sólo tengo diez minutos antes de tener que regresar al Comitium.

—Estoy segura de que podemos encontrar algo para mantenernos ocupados —ronroneó ella disfrutando el deseo crudo de su mirada.

—Entonces ve al baño, Quinlan —dijo él con un gruñido que le arrastró los dedos por la piel—. Yo voy detrás de ti.

Ella se bajó del taburete de un salto y ya sentía la humedad entre sus muslos. Le murmuró a Hunt al oído:

—Ahí es exactamente donde te quiero, Athalar.

Un suave gruñido de necesidad pura le respondió, pero Bryce ya iba en dirección al baño al fondo del restaurante. Ella sabía que él tenía la mirada en ella y quizás movió un poco más la cadera. Podría jurar que unos relámpagos le recorrieron el cuerpo en respuesta... como una promesa sensual.

El baño de un solo cubículo se podía cerrar con llave, que era lo único que ella necesitaba, y Bryce cerró la puerta a sus espaldas con el corazón acelerado.

Se lavó las manos para tener algo que hacer y al verse en el espejo notó sus ojos oscuros por el deseo, sus mejillas sonrojadas. Una mujer a punto de obtener lo que necesitaba.

La puerta se abrió y se cerró y el sonido del movimiento de las alas llenó el pequeño cuarto. Bryce vio en el espejo cómo Hunt cerraba con llave y luego miraba su trasero y decía:

—Ese vestido debería ser ilegal.

Ella lo miró por encima del hombro y apoyó las manos en el lavabo.

—¿Por qué no vienes y lo confiscas?

Una sonrisa oscura cruzó los labios de Hunt y se acercó lentamente. Ella no pudo evitar notar su dureza, que presionaba contra el frente de su traje de batalla. Sólo verlo hizo que se mojara más.

Hunt se detuvo justo detrás de ella y bajó la boca hacia su cuello.

—¿Ya lista tan rápido? —murmuró contra su piel y olfateó delicadamente. Percibiendo su excitación.

Bryce presionó las nalgas contra el frente del cuerpo del ángel y le extrajo un siseo cuando dijo:

—Podría preguntarte lo mismo.

—Hmm —dijo él y la besó bajo la oreja—. Creo que necesito confirmación —bajó las manos hacia sus muslos—. ¿Puedo?

Bryce abrió las piernas.

—Adelante, confirma.

Él le rozó el lóbulo de la oreja con los dientes y tiró un poco antes de meter la mano debajo de su vestido.

Sí, con un carajo, *sí.* Sus dedos recorrieron los muslos desnudos y empezaron a subir. Ella se arqueó ligeramente contra él, conteniendo la respiración.

Él le mordisqueó la oreja y apretó más sus dientes cuando sus dedos llegaron a la parte delantera de su ropa interior. Volvió a sisear al percibir la humedad.

—Por Solas, Quinlan.

Bryce sólo pudo gemir con un jadeo. Hunt le dio gusto presionando ligeramente y recorriendo la forma de su sexo. Ella se mordió el labio y se contuvo antes de suplicarle que desgarrara su tanga de encaje.

—Voy a necesitar más de diez minutos —dijo Hunt con voz densa mientras sus dedos recorrían y hacían círculos—. Voy a necesitar varios putos *días* para explorarte —volvió a besarle el cuello—. Semanas —otro beso—. Meses.

Ella volvió a gemir al escucharlo y él presionó su clítoris con fuerza. Incluso así, incluso sobre la ropa interior, él estaba a unos cuantos movimientos de hacerla venirse. El maldito lo sabía, además, y le dijo contra la piel caliente del cuello:

—¿Un poquito tensa?

Ella volvió a presionarse contra él, frotando su cuerpo contra la dureza considerable. Su gemido en respuesta la acercó más al límite.

Él jugueteó con el resorte de su ropa interior, un gato jugando con su comida. Probablemente no haría nada más hasta que ella se lo dijera, le *suplicara* y...

La puerta sonó.

Bryce se quedó congelada, procesando el deseo que le recorría el cuerpo y lo que el movimiento de la puerta significaba. Alguien estaba intentando entrar. Alguien que podría tomar fotografías e informar que ella y Hunt habían salido juntos de un baño. Cuando se suponía que estaba comprometida con Cormac... cuando *acababa* de estar en un almuerzo con Cormac como su prometida.

—Mierda —murmuró Hunt y retiró sus manos.

Bryce sólo gritó:

—¡Ocupado!

Hunt gruñó divertido.

Por supuesto, no había ventanas para que uno de ellos saliera.

—¿Qué hacemos? —preguntó Bryce mientras daba unos pasos por el baño.

—Observa y aprende, Quinlan.

Él abrió un pequeño bolsillo de su traje y sacó una venda.

—Brazo —dijo y ella extendió la mano hacia él.

Él le envolvió el antebrazo y fijó el vendaje. Luego abrió un paquete de ungüento antiséptico y una poción sanadora. Echó ambos por el lavabo y sus olores dulces y estériles llenaron el aire. Luego lanzó los restos a la basura sobre las toallas de papel.

Para cuando Hunt abrió la puerta, Bryce ya estaba participando del engaño y sostenía su brazo «herido» cerca del pecho.

—Sólo no te quites el vendaje al menos durante una hora —le estaba diciendo Hunt cuando salió hacia el pasillo y vio al sátiro que esperaba entrar al baño—. La poción deberá haber curado la laceración para entonces.

Bryce miró al sátiro y le ofreció una sonrisa abatida.

—Qué torpe. No me va a perdonar esto nunca.

El sátiro sólo le sonrió ligeramente y luego entró al baño. Su inhalación le confirmó a ella que había olfateado los olores fuertes de antiséptico y poción sanadora. Que no sólo eran «pruebas» de la emergencia médica, sino que también habían eliminado los olores de su excitación.

Cuando el sátiro cerró la puerta, Bryce miró a Hunt y lo vio observándola aún con la flama oscura del deseo en sus ojos.

—Nos vemos en casa en la noche —dijo en voz baja. Luego se acercó para susurrarle al oído—: Tal vez juegue al medibrujo y atienda tu «herida».

Ella se mordió el labio inferior. Pero antes de poder contestar, Hunt ya había salido del restaurante. La gente le abría el paso y luego saltó hacia los cielos.

Bryce no se dio cuenta, hasta que iba subiendo los escalones hacia los archivos, que todavía estaba sonriendo. Que todos los pensamientos sobre el almuerzo se habían desvanecido.

Hunt había hecho eso por ella. Nunca dejaría de agradecérselo... de agradecer tenerlo a él. El corazón de Bryce se encogió y algo más brillante que la luzastral le llenó las venas.

Permaneció brillando en su interior, resplandeciente y secreto, el resto del día.